デザイン
歴史百科図鑑

DESIGN
THE WHOLE STORY

デザイン
歴史百科図鑑

DESIGN
THE WHOLE STORY

エリザベス・ウィルハイド 編
Elizabeth Wilhide
まえがき=ジョナサン・グランシー　角敦子 訳
Jonathan Glancey　Atsuko Sumi

原書房

エリザベス・ウィルハイド（Elizabeth Wilhide）
インテリアデザイン、装飾、建築にかんする20冊以上の本の著者。デヴィッド・リンリー、テレンス・コンラン、トリシア・ギルドなどとの共著または寄稿編集書も30冊以上ある。最近出版された『エコ』（近藤修訳、河出書房新社）は環境にやさしいデザインと装飾に欠かせない資料集で、『住宅設計のマテリアル』（乙須敏紀訳、産調出版）は『エドウィン・ラッチェンズ――イギリスの伝統的デザイン』『新しいロフト・リビング』とならんで、住宅デザインの指南書となっている。テレンス・コンランとの共著には、『住宅の基本』『小空間の利用』『テレンス・コンランの見たロンドン』『テレンス・コンランのデザイン観』など、数多くのベストセラーがある。

ジョナサン・グランシー（Jonathan Glancey）…まえがき
まえがきジャーナリスト、文筆家、報道リポーター。ガーディアン紙、インディペンデント紙、アーキテクチュラル・レヴュー誌で編集と執筆にたずさわる。「BBCワールド・ニュース」、デイリー・テレグラフ紙のライターとしても活躍。著書に、『新しいイギリス建築』『20世紀の建築』『ロンドン――パンとサーカス』『失われた建築の歴史』（中川武訳、東洋書林）『建築史』がある。

角敦子（すみ・あつこ）
1959年、福島県会津若松市生まれ。津田塾大学英文科卒。訳書に、デイヴィッド・ブロー『アッバース大王』（中央公論新社）、チェ・ゲバラ『チェ・ゲバラわが生涯』、マイケル・パターソン『エニグマ・コードを解読せよ』、イアン・グラハム『図説世界史を変えた50の船』、マーティン・ドアティほか『銃と戦闘の歴史図鑑：1914→現在』（以上、原書房）などがある。千葉県流山市在住。

＊翻訳協力者
生島緑／上原ゆうこ／内田智穂子／柴田譲治

DESIGN: THE WHOLE STORY
Edited by Elizabeth Wilhide

デザイン歴史百科図鑑

●

2017年10月5日　第1刷

編者………エリザベス・ウィルハイド
訳者………角敦子

装幀………川島進デザイン室
本文組版………株式会社ディグ

発行者………成瀬雅人
発行所………株式会社原書房
〒160-0022　東京都新宿区新宿1-25-13
電話・代表03(3354)0685
http://www.harashobo.co.jp
振替・00150-6-151594
ISBN978-4-562-05415-2

2ページ：1931年、モリス商会で行なわれていた更紗染め。工房はロンドンのマートン・アビー・ミルズにあった。

Senior Editor	Elspeth Beidas
Editors	Rebecca Gee, Carol King, Frank Ritter
Senior Designer	Isabel Eeles
Design Assistance	Tom Howey, Thomas Keenes
Picture Researcher	Sarah Bell
Production Manager	Anna Pauletti
Editorial Director	Ruth Patrick
Publisher	Philip Cooper

目次

まえがき

1880年、デザイナーで工芸家、そして饒舌な社会主義者でもあるウィリアム・モリスは、バーミンガムの聴衆に向かってこう語った。「万人にあてはまる黄金率を望むなら、こうすればいい。役に立つかどうか、美しいかどうかわからないものを家にいっさい置かなければよいのだ」。翌年にはロンドンでの集会を前に次のように宣言した。「何もない状態でも、簡素な生活はみじめではない。洗練はそこからはじまるのだから」

このふたつの神聖化された格言を合わせてみると、デザイン史全体のほとんどの説明がつく。いや、すくなくともそれは、デザインはモリスがレールを敷いて以来、スムーズに進行していると信じている者の見解である。たとえばバウハウス［ドイツの総合造形学校］やイギリスのデザイン評議会、すっきりした説明におさめたい歴史家などはそう考えた。モリス自身の作品は華麗だったが、20世紀の機能主義者の観点からすれば、彼の心は正しい場所にあった。しかもたしかに倫理観とよいデザインはまことしやかに歩調を合わせて、この広範な本の核心をなす多くの作品を作りあげているのである。

実際それ以来何十年にもわたり、バウハウスとその子弟、またはそのほかの高潔なモラリストは、「目的への適合」というマントラを広めつづけた。そしてデザイン史はおおよそ着実な進歩が継続する物語であり、美や真実、洗練は合理的な機能主義の当然の副産物として生まれると考えられていたのである。19世紀に好まれていた本質とは無関係な装飾は、まるで船体についたフジツボのようにこそぎ落とされ、ティースプーンから列車にいたるまで、あらゆるもののデザインがますます合理的になっていった。

ところが本書の後半部分で明らかになっていくように、装飾にくわえて遊び心や質感、色に対する通俗的な欲求に押されてデザインはほぼ一巡し、まわりまわってアール・ヌーヴォーやアール・デコといった生き生きとした表現形式に戻っていく。それはかつてバウハウスの教授や偶像に否定的な歴史家、清教徒的な批評家の腹立ちの対象になっていたものである。

ポストモダンやデジタル時代のデザイナーは、いかにして論理的と思われる話をくつがえしたのだろうか？　本書のページをめくるにつれて、その答えは少しずつ明らかになっていく。機能主義的なデザインが絶頂期に達したのは、公共部門で使用されたり、公共性に留意する個人や事業、企業の手にゆだねられたりしたときだった。ここ数十年は、新自由主義的な経済と民間企業、消費者個人の意向がまさっている影響が強く、デザインはおもにそうした時代の勝者にのみ奉仕してきた。それが証拠に、本書の後半部分にあるように、携帯電話や小型コンピュータ、自動車、壁紙、装飾物といった「パーソナル」な製品が最高のものとみなされるようになっている。

これは当然といえば当然である。建築と同様にデザインは、芸術や学問、倫理観にくわえて哲学的理念にまで影響を受けて、追随するが、おそらくものの形を決定する第一の要因は政治経済学なのだ。たとえばロシア革命後に現れた共産主義的社会では、消費者デザインはおおむね重要でないとされていた。21世紀初めの社会では、中国のような国家主導にせよ、アメリカのように企業やロビー活動専門業者が方向性を示しているにせよ、消費者デザインが牽引役になっている。そして消費者の欲求は広範で飽くことを知らないと考えられているので、デザインは千差万別な形をとるようになった。退廃（デカダンス）がいわゆる規律にとって代わり、デザインは倫理的な批判から解放されて自由になった。だがこれこそが自然な状態なのだろう。つまるところデザインはもともと、プランクトンから惑星、タツノオトシゴから星、あるいはサボテンから星座にいたるまで、無限の形をとるものなのだ。またデザインはこのように自然に変化したり成熟したりするので、厳格な機能主義的思考の求める確実性も、新たな相対主義の台頭を許すことになったのである。今日、絶対的な確信をもってよいデザインはなにかをいえる者はいるだろうか？ 「ヒキガエルに美しいものとはなにかをたずねるとよい」とヴォルテールは1764年の『哲学辞典（Dictionnaire philosophique)』のなかで揶揄（やゆ）している。「ヒキガエルは、それは小さな頭からふたつの丸い目が飛び出していて、大きな平たい口、黄色い腹と茶色の背中をした雌ガエルのことだと答えるだろう」

それでも野放しで計画性のない相対主義の時代にいると、目的の明確なデザインが公共事業に関連づけられただけでなく、大真面目に考えられてうらやむような結果を出していた時代を好意的にとらえがちである。世界中の郵便局や国営鉄道、郵便切手や紙幣、河川用フェリーや電柱、学校用設備や公報用グラフィックといった、公共事業のデザインをするために何十年にもわたって捧げられた知的な作業を考えてみるとよい。

だがそれは違う本のテーマになる。本書が大胆かつ鮮やかな手ぎわで示しているのは、デザインの近代的概念がどのようにして生じ、住居内にあるものに照らして産業革命後の250年間でデザインがどのように変化をとげてきたかなのである。

ジョナサン・グランシー
ジャーナリスト、文筆家、報道リポーター

はじめに

デザインを定義するのはむずかしい。本書の重要例の多くが示すように、通例その大半が売買できる製品になる。そしていつか批評家からの評価で祭りあげられれば、博物館の収蔵品にくわえられる。だがデザインはインターネットのように形のないものに行き着くこともある。インターネットは実体がないまま、現代生活とコミュニケーションのあらゆる面を形づくっている。デザインは問題解決にかかわることが多いが、明確な言葉にされていないニーズも予測できる。そうした意味では非常に想像力豊かなのである。当然のことながら美的判断は入ってくるが、美術と工芸のどちらとも違う。同様にデザインがおもに機能と性能にかかわっているとしても、工学技術や技術的仕様と同列にすることはできない。

デザインが計画を意味するなら、人の手で作られたものはすべてデザインされたことになる。そうした意味では、数千年前に形成されメソポタミアの天日で焼かれた壺も、コンセプトカーや「iPhone」と同じくらい、どこをとってもデザインの産物である。ただし、ひとつの専門的工程と分類され、製作と区別される分野としてのデザインはそれよりはるかに歴史が浅く、産業革命のはじまりまでしかさかのぼれない（p.20）。人間はいつの時代も道具を作ってきたが、産業革命の夜明けとともに、人間のテクノロジーが世界を変えられる度合は桁違いに大きくなった。変化はまず繊維業界の機械化からはじまり、西洋の農業中心の経済は製造にもとづく経済へと遷移した。18世紀の末には利益追求の流れのなかで、製造方法が合理化されていくつかの要素または工程に分けられた。また生産量の増加は理論上、単位あたりの原価の低下と、多様な消費者への市場の広がりを意味した。明確な専門分野としてのデザインが出現したのは、生産サイクルの計画または標準化にともなう必要性に迫られたからだった。それにより、仕事の組み立て方も、商品の売買の仕方も大きく転換した。ただし新たな産業化時代の製品は、たいていけばけばしく飾りたてられてわけのわからない様式で作られていたので、そう時間がたたないうちに美的センス（テイスト）の危機がまねかれた。それ以前は、大雑把に「様式（スタイル）」と称されるものについて、幅広い合意があった。18世紀の大半の時期は、古代ギリシア・ローマの様式に由来する古典主義（p.24）が、建造物のみならず日用品のデザインまでも特徴づけていた。こうした基準点があったからこそ、建築と内装、そしてそこに置かれたものに見事な統合性が生じたのである。19世紀の中頃には、合意を示す痕跡は霧散していた。その頃にはすでに一部で産業革命前の働き方に郷愁がいだかれるようになり、この時期は次々と起こるリヴァイヴァルの風潮に特徴づけられた。批評家とデザイナーはそのかたわらで時代に合った視覚的言語を規定しようとしたが、そうした議論ではしばしば道徳性が意識された。

「粗悪品が主流になっている」とウィリアム・モリス（1834–96年、p.52）はイギリスの工場から吐き出される商品の品質について見解を述べた。万国博覧会（1851年、p.38）で様式がごちゃまぜの展示が行なわれると、それを受けて改革の必要性が叫ばれた。かのオーガスタス・ピュージン（1812–52年）は、ゴシック様式を道徳的に適切な様式だと支持し、ヘンリー・コール（1808–82年）に多大な影響をあたえた。サウス・ケンジントン博物館（のちのヴィクトリア・アルバート博物館）を創設したコールは、美的センスの良し悪しを大衆に啓蒙する使命があったので、万国博覧会の展示品から様式を冒涜したひどいものを美術館の「恐怖の間」に集めた。そのなかには飾り立てたオコジョに傘をもたせた代物もあった。それ以外にほかを凌駕する立場にあったのがジョン・ラスキン（1819–1900年）で、モリスと彼の親しい仲間に強大な影響力をふるった。

アーツ・アンド・クラフツ運動（p.74）の実践者は、ラスキンとモリスの作品から多大な影響を受け、地方の素朴さと誠実な構造という理念をおしすすめ

▼北米で作られたハイチェスト（1700–20年頃）。材質はカエデ、ウォルナットの化粧板、カエデこぶ材化粧板、マツである。19世紀末にウィリアム・モリスが危機に瀕していると見ていた、高水準の工芸技能の典型である。

◀ウィリアム・モリス作の「ルリハコベ（ピンパーネル）」壁紙。モリスは1876年にデザインしたあとロンドンのハマースミスにある自宅、ケルムスコット邸のダイニング・ルームの装飾に選んだ。植物のモチーフ、複雑な構造、渦巻く律動は彼の典型的なスタイルである。

て、中世と初期の手工芸ギルドにまで逆戻りした。そしてヴィクトリア朝様式のガラクタが全盛だった時期に、飾り気のない工芸品を重要視して、知的エリートのあいだだけでも内装の軽減化を促進した。アーツ・アンド・クラフツ運動にも特有の矛盾はないわけではなかったが、ヨーロッパと北米の20世紀初期のデザイン運動に重大な作用をおよぼした。

ちょうど同じ時期に、大量消費が定着して本格化しはじめた。家庭と職場で使用する機械製品や電気製品が最初に製造されたのはアメリカだった。リトグラフ（石版印刷）、ホット・タイプ［紙型に熱で溶かした鉛を流しこんで印刷版を作る方法］といった印刷技術の進歩のおかげで、新製品の広告やマーケティングがさかんになり、そのなかでデザインが重要な役割を担った。トマス・エジソン（1847-1941年）が発明した電球によって、家庭への電力供給の需要が刺激され、その波及効果で掃除機や洗濯機などの電化製品の需要も伸びた。ブランド戦略はそれよりかなり前から行なわれていたが、消費者の忠誠心を育む手段になりはじめたのはやはりこの時期だった。

新世紀の初頭には、デザインには個人的な芸術的表現の余地があると信じる者と、機能こそが決定的な要因であると主張する者とのあいだで亀裂が広がりつつあった。19世紀の後半はふたつの重要な影響によって特徴づけられる。ジャポネズリ（ジャポニスム／日本趣味、p.82）とアール・ヌーヴォー（p.92）

▶バウハウスの教師、ヨースト・シュミット（1893–1948年）が、1923年にドイツのヴァイマール市で開催されるバウハウス展のためにデザインした宣伝ポスター。

である。どちらも装飾性が高く、グラフィックやつけたしの装飾で広く用いられた。短命に終わった唯美主義運動（p.88）も同様の熱狂的な世紀末（ファン・ド・シエクル）的性質をもっていた。

ヘンリー・フォード（1863–1947年）が動く生産ラインを考案した1913年には、機能主義はほぼ勝利をおさめていた。大量生産だけでなくデザイン工程そのものも規格化を必要とした。工業化がはじまって以来この傾向はあったが、変わったのは製品に製造元が堂々と表示されてどういう「型式」なのかが強調されるようになったことである。

ルートヴィヒ・ミース・ファン・デル・ローエ（1886–1969年）、マルセル・ブロイヤー（1902–81年）、ル・コルビュジエ（1887–1965年）、シャルロット・ペリアン（1903–99年）のようなモダニズムの巨人が表現した機械の美学（p.134）は、インスピレーションを自転車や遠洋定期船のような近代的な機械と、スチールパイプのような新材料に求めていた。いっさいの装飾をひかえて、ただひたすら機能から生じた純然たるフォルムのみを強調する。モダニズム初期の製品で発売当時によい売れゆきを示した例は少なかったが、遺産となった影響力ははかりしれなかった。同様に後世に多大な影響を残したデザイン学校バウハウス（p.126）と、ロシア革命（p.120）の理念を追求した美術家やデザイナーによる革命的な実験も、デザインの金字塔となっている。こうした概念的進展は写真とともに、情報を伝達しデザインを実践する方法にも、急進的なアプローチを築いた。

一方アメリカでは、利益を最大限に引きあげるデザインの潜在的な力が認められるようになった。流線型の美しいラインが自動車はもちろん、ブロック肉スライサーといった家庭用品にもとりいれられ、デザインの「スタイリング」［機能はそのままでデザインを変えること］の初期の例となった。この時期には、デザインの新たな分野も現れた。グラフィックデザイン、インダストリアルデザイン、インテリアデザインなどである。それとともにデザイナーが表舞台に姿を現してきた。デザイン界のショーマンの走りであるレーモンド・ローウィ（1893-1986年）やラッセル・ライト（1904-76年）はその好例である。もうひとり、ゼネラルモーターズ・スタイリング部長でカーデザイナーのハーリー・J・アール（1893-1969年）も忘れてならない。アールは「毎年のモデルチェンジ」のパターンを作って、見た目だけのために消費者が古いモデルを下取りに出すようにしむけた。メーカーはその動機を包み隠そうとはしなかった。ローウィによれば、「右肩上りの販売曲線」ほど美しいものはないのだ。

だがすべてが利益のためではなかった。昔からよりよい商品作りに貢献することを目的にしているデザイナーも多かったのだ。戦争直前の時期、デザインは公共部門（p.200）のコーポレート・アイデンティティ（企業イメージの統合）の開発をとおして注目を集めるようになった。例をあげると1930年代の初めのロンドン交通局（地下鉄）の表示板、駅のデザイン、路線図を統一する意欲的な計画や、ピート・ツワルト（1885-1977年）がオランダの電信電話公共事業のために作った『PTTの本（Het boek van PTT）』といったものである。それはまた、フォルクスワーゲン「ビートル」のような「国民車」が大量

▼流線型をとりいれたアームチェア（1934年頃）。クロムメッキスチール、木材、革が使われている。作者はドイツのインダストリアルデザイナーで家具デザイナー、建築家、アートディレクター、教師のケム・ウェバー（1889-1963年）。ウェバーの典型的なデザインである。

に出まわった時代でもあった。
第２次世界大戦（p.212）中、デザインはそれ以前とはまったく違う種類の公共事業に押しこまれた。兵装、戦闘機、戦車にもデザイン的要素は必要だった。一般的に初の「近代」戦とされるアメリカの南北戦争と同じく、第２次世界大戦のためにも材料技術など広範囲の分野で、新機軸にいたる高速ルートが設けられた。レーダーとジェットエンジンは、戦時中に開発に成功している。
戦後の経済は、とりわけ敗戦国側で壊滅的だったが、デザインは生産に活力を吹きこみ、新しい世界秩序のなかで明確なナショナル・アイデンティティ（国民意識）を確立するための切り札となった。日本はちょうどこの時期から輸出大国として台頭するようになる。日本製品は厳しい「品質管理」のもとで製造された。イタリアではデザインは映画の『甘い生活』の目に見えない部分とみなされ、美的センスを技術革新と組みあわせて、世界中がほしがる製品を作りだした。ドイツの経済復興の奇跡は、厳格な合理主義を土台に形成されている。それを加速させたのは、第２のバウハウスの役割を果たしたウルム造形大学（p.266）だった。またそれと密接な関係があるのが、純粋さと高潔な中立性を追求したスイスのデザインへの取り組みである。20世紀の世界を席巻した書体、「ヘルヴェティカ」（p.276）は、そういった特徴をよく表している。
イギリス国内を見ると、北欧のデザインが戦後期ににわかに、海を越えても

▶このブラウン社のテレビ（1957年）の外観にはあきらかに、合理主義を原則とする特徴が出ている。ドイツのウルム造形大学とのコラボでデザインされた。形状は機能性を追求しており、そうした考慮からはずれたパーツはいっさいない。

▲アメリカのデザイナー、ジョージ・ネルソンが1958年に考案した机つき壁面収納家具。1960年に家具メーカーのハーマンミラー社がシタン、プラスチック、金属、ガラスで製造した。20世紀なかばには、使い方の柔軟性がデザインの重要な基準として確立された。

てはやされるようになった。デンマークやスウェーデン、フィンランドで製造された陶磁器、ガラス工芸品、家具、照明、テキスタイル（織物）は、モダニズムの感性に天然素材と有機的な形を融合させている。同様に20世紀なかばのアメリカの近代的なデザイナー、チャールズ・イームズ（1907-1978年）とその妻レイ（1912-1988年）、ジョージ・ネルソン（1908-86年）、イサム・ノグチ（1904-88年）、エーロ・サーリネン（1910-61年）は、ノル社やハーマンミラー社といった進歩的な製造業者の支援を受けて、科学とテクノロジーは物質的進歩を永続させられるという、時代の楽観的信念を反映させながら、未来指向の美意識を共有した。この頃、プラスチックのような数々の新しい材料により、市場に使い捨てできる製品が導入された。と同時に計画的陳腐化が生産量を維持するための商業戦略になった。

20世紀が進むにつれて、デザインはそれまで以上に主流となっていった。流行を方向づけるものをわかっている少人数を指向するのでなく、その時代のライフスタイルに深く浸透したのである。ファッションや大衆文化はポップ（p.364）やサイケデリック（p.380）からパンク（p.410）、ポストモダン（p.416）へと変化をとげ、デザインはそうした動きにますます反応・反映するようになった。1960年代末のカウンターカルチャーの動きと平行して、アーキズームのような急進的「アンチデザイン」グループが出現して、「よい美的センス」の概念に挑戦した。また1970年代初めの石油危機でプラスチックの値段が上がり、使い捨て社会の再考がうながされた。

デザインはそれまで以上に、目抜き通りに進出して居座るようになった。ハ

▶「この世のわずらわしさ（This Mortal Coil）」（1993年）はイギリスの美術家、ロン・アラッド（1951年–）の斬新な本棚。1枚の細いマイルド・スチール（軟鋼）を螺旋状に形づくっている。スチール製の仕切りは両端をちょうつがいでとめられているが、移動するときは一部をはずせばコイルがくずれて全体のサイズが小さくなる。

ビタの創業者、テレンス・コンラン（1931年–）や、イケアの創業者、イングヴァル・カンプラード（1926年–）のような先駆的な店舗経営者は、すぐれたデザインを一般消費者にとどけた。デザインは有名デザイナーの作った製品だけでなく、エナメル光沢をほどこした家庭用品やインド製の平織りラグのような昔からある名品、つまり「デザイナーのいないデザイン」にも内在している。

同時にデザインは、しだいに高級ブランド戦略の様相も呈しはじめた。1980年代、1990年代の「デザイナー時代」以降は、デザイナーがどこまでも尊大になり、デザインを手段として、欲求の対象物や、物の言語に精通する消費者に向けてのステータスシンボルが作られた。デザインがファッション・サイクルに引きこまれるにつれて、ミニマリズム、マキシマリズム、ハイテク、レトロと、さまざまな様式が現れては消えた。経済が脆弱で資源に危機が迫る今日の不確実な世界では、デザインのおよぶ範囲と役割は暫定的に変化しつづけている。公正な取引、すべての人が参加し恩恵を受ける包括性、資源を枯渇させずに開発する持続可能性などへの懸念から、新たな倫理的方向性がデザイン制作にくわわっている。今時のデザイナーはただ製品がどのように売れて使われるかだけでなく、その製造と最終的な廃棄が、地球環境とその未来にいかに影響するかも考慮しなければならない。

だがデジタル時代の到来ほど、デザインが世界にとどく範囲と観る者をつなぐスピードに、大きな影響をおよぼしたものはない。この重大な技術革命は、わたしたちにもアプリケーションやデスクトップ・パブリッシング（DTP）、CAD（コンピュータ支援設計）、3Dプリント、ラピッド・プロトタイピング［短期間での試作品製造］といった無数の新機軸をもたらす一方で、デザイン制作を変容させ新たな象徴を誕生させた。今時分のこれから大人になろうとする世代にとっては、インターネットが出現する前の生活は想像できないだろう。デザインの定義はいつの世もむずかしかった。わたしたちの生活の仕方や仕事、遊びの方法を人工知能が作り変えようとしているこの時代もそれは変わらない。

本書は、工業生産の開始から今日まで、世界中のデザインの重要な進展や運動、実践者をつぶさに見ている。年代順に構成されており、デザインを技術的、文化的、経済的、美学的、理論的な枠組みのなかで位置づけている。19世紀の高潔なモラリストからモダニズムの急進的な思想家まで、あるいは1930年代のローウィのようなショーマンから今日のフィリップ・スタルク（1949年-）といったスーパースターまでをたどりながら、わたしたちの生活全般に影響する問題を扱い、その核心に迫っているのである。

マルセル・ブロイヤーの「ワシリーチェア」（1925年、p.136）、エリオット・ノイズ（1910-77年）のIBMコーポレート・アイデンティティの作成（1950年代、p.400）、画面上で読みやすいようデザインしたマシュー・カーター（1937年-）の「ヴァーダナ」フォント（p.478）など、重要な前進をきざむ象徴的な作品や、特定の時代と手法を特徴づける作品については詳細な分析を試みた。

デザインの歴史がはじまって以来、様式の表現と単純化、機能性と形状といったデザインの根底にある緊張関係は、くりかえし高まりを見せた。だがデザインは、ただ美的センスの移り変わりを記録するものではない。想像の一手段としてわたしたちのニーズを定義・予想し、そのような観点から商業と文化を表現しているのである。テクノロジーと密接につながって、ものの形で美感についての解決法を示したりもしている。運転する自動車や購入する製品から周囲にあるグラフィックにいたるまで、わたしたちはみなデザインを消費している。本書には、物質的世界を読み解くために必要とする情報がすべて盛りこまれているのである。

▼インダストリアルデザイナーのサミュエル・N・ベルニエは、CAD（コンピュータ支援設計）と3Dプリンターを使って、空き缶や広口瓶、ボトルに合う蓋を特別に作り、新しい使い方ができるようにした。そうしてアップサイクルしてできたものが、写真の柑橘類しぼり器、雨受け、筆洗い、貯金箱、ランプ、鳥の餌箱、ロング・パスタケース、砂時計、マグカップ、ダンベルである。地域社会がどの程度まで必要とする製造をまかなえるかを模索する、「プロジェクトRE_」の一環として試みられた。

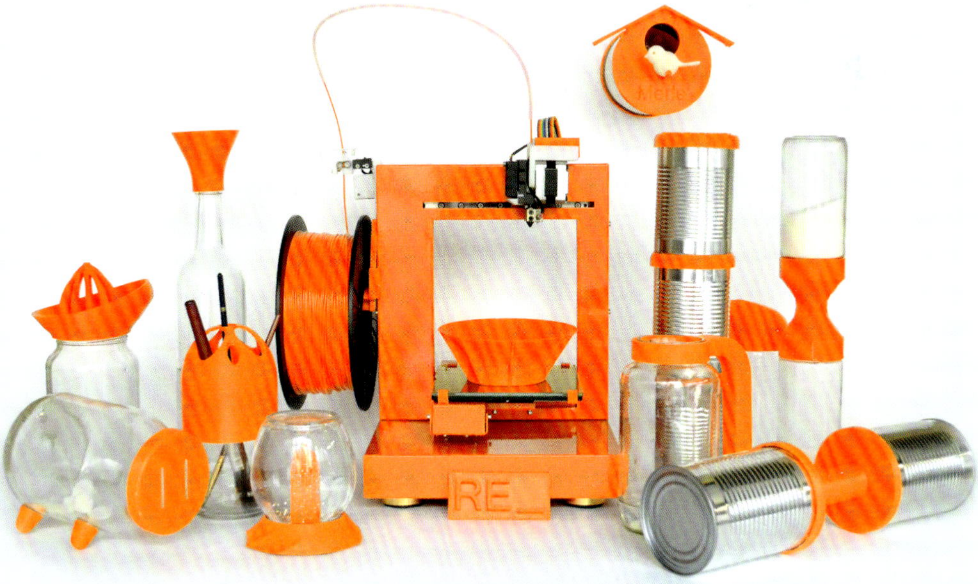

第1章

デザインの出現 1700–1905年

産業革命

1　イングランドのブリストルにある「クリフトン吊橋」(1864年)。イザムバード・キングダム・ブルネルはこのような建造物で、工学技術に革命をもたらした。

2　リチャード・トレヴィシックの「蒸気旅客自動車」。1801年にイングランドのコーンウォールで試運転が行なわれた。

3　ハリソンの「改良型力織機」(1851年)。ロンドン万国博覧会で展示されて、近代織物工場の礎を築いた。

「理性の時代」とも称される啓蒙運動が社会理念全般に変化をもたらすと、テクノロジーや科学、文化の発達にうながされて、さらに大きな社会的、政治的、経済的変革が生じた。こうした一連の時期を今日では「産業革命」とよんでいる。科学の進歩と技術革新が農業と工業の生産を向上させ、経済を発展させて、多くの人々の生活環境と労働生活をさま変わりさせた。イギリスに端を発したこうした流れは、国富を蓄積し一部の人間を繁栄させる一方で、人口の急増から需要の高まりをまねいた。

一般的に産業革命が起こった期間は、およそ1760年から1840年であるとされているが、変化はにわかに訪れたのではない。農業や工業、船舶輸送の技術が向上したために、消費者が求めるほぼすべての物品の生産量が増した。またその結果、経済の活力は農業から工業、貿易へと移っていった。工業化にともない、個人単位の手工業は動力で動く専用の機械や工場、大量生産へと転換した。それを可能にしたのが、連綿と生みだされ、蓄積された発明とデザインの成果である。そうしたなかでもキーマンとなった起業家が、リチャード・アークライト（1732−92年）だった。この製造業者は初の水力紡績工場を作り、熟練工と機械、原料を組みあわせて工場となる機構を作りあげた。さらに綿糸生産の動力に馬、続いて水力を導入して、機械化をもたらした。1780年代のそのほかの重要な発明には、エドマンド・カートライト（1743−1823年）が開発した力織機（図3）がある。これにより布を織る工程が機械化された。

重大な功績は工学の分野にも現れた。化石燃料がますます利用されるようになり、採鉱の重要性が高まった。ところが採掘坑が深くなるにつれて、地下水

キーイベント

1709年	1712年	1733年	1740年	1751年	1759年
エーブラハム・ダービー（1678-1717年）が、木材と木炭のかわりにコークス燃料で鉄鉱石を溶融させる。これで鋳鉄が大量生産されるようになった。	トマス・ニューコメンが鉱山の排水のために蒸気機関を製作し、商業的にはじめて成功する。	ジョン・ケイ（1704−79年頃）が飛杼（とびひ）を発明。織物産業を一変し繊維生産に革命を起こした。	イギリスの時計工、ベンジャミン・ハンツマン（1704-76年）がるつぼ鋳鋼の製法を発見。	イギリスの風景式造園技師、ランスロット・「ケイパビリティ」・ブラウン（1716-83年）が、「庭園の改造者」として活躍しはじめる。	イギリス議会で最初の運河法が通過。水上輸送に利用し工業用水にする水路網の建設がはじまる。

がよくわきだして手動ポンプでは排水が追いつかなくなった。トマス・ニューコメン（1664-1729年）が坑道内の出水に対処するために揚水蒸気機関を考案すると、1769年にジェームズ・ワット（1736-1819年、p.20）が、その復水器を分離させる改良をほどこした。19世紀の初めに最初の蒸気機関車を完成させたのは、機械技師のリチャード・トレヴィシック（1771-1833年、図2）である。鉄と鉄鋼はなくてはならない材料となり、道具類や機械から船舶、施設の建築にまで、あらゆるものに使用された。19世紀の発明の巨人、イザムバード・キングダム・ブルネル（1806-59年）は、技師として造船所、鉄道、汽船、トンネル、橋の設計を手がけた。ブルネルは造船所に大幅な改造をくわえ、グレートウエスタン鉄道の技師長時代にはレールに広軌の間隔を導入した。これで汽車の安定性が高まったために、速度と安全性が向上した。没後5年の1864年には、遺作となった「クリフトン吊橋」（図1）が開通している。イングランド南西部のブリストルの渓谷にかかっているこの鉄橋は、ブルネルの天分と技術の進歩がなければ実現しなかった、人類の偉業である。

工業の発展の勢いは、19世紀末までとどまることがなかった。先駆者の仕事のあとに、新しい発明や発見、アイディアが続いた。工業化がヨーロッパとアメリカに広まるにつれて、インダストリアルデザインの問題に取り組まれる機会もしだいに増えていった。

SH

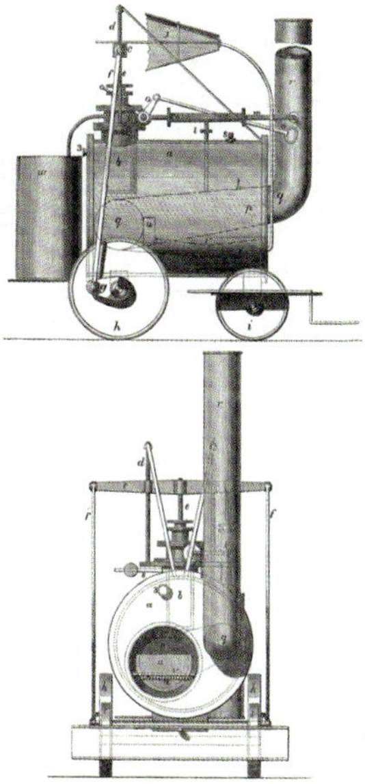

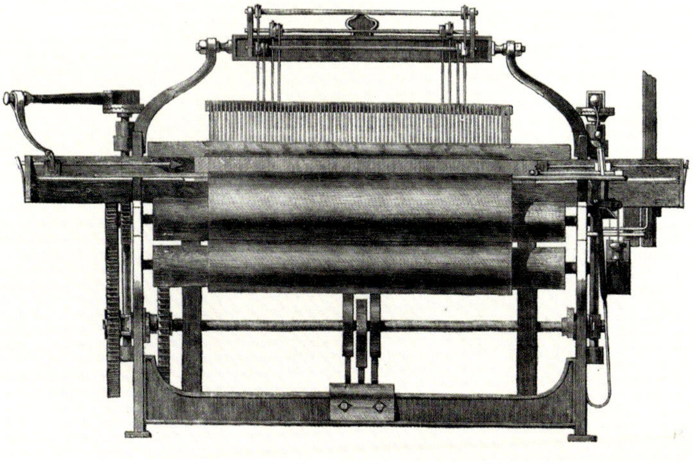

1764年	1769年	1779年	1793年	1802年	1856年
イギリスの職工、ジェームズ・ハーグリーヴズ（1720頃-78年）が多軸紡績機を発明。複数の糸車で同時に糸を紡ぐことが可能になる。	ジェームズ・ワットが、工業用動力源として改良をくわえた蒸気機関の特許を取得。	イギリスの発明家、サミュエル・クロンプトン（1753-1827年　）がミュール紡績機を開発。機械で細い糸を撚ることが可能になった。	アメリカの発明家、イーライ・ホイットニー（1765-1825年、p.22）が綿繰り機を発明。繊維業界に綿の供給をとどこおらせていた問題を解決した。	イギリスの化学者、ウィリアム・クルックシャンク（1810年か11年に没）が、量産可能な初の電池を考案。	イギリスのヘンリー・ベッセマー（1813-98年）が、鉄鋼を安く量産する初の生産方式の特許を取得。

単動式蒸気機関 1763-75年 Single-action Steam Engine

ジェームズ・ワット 1736–1819年

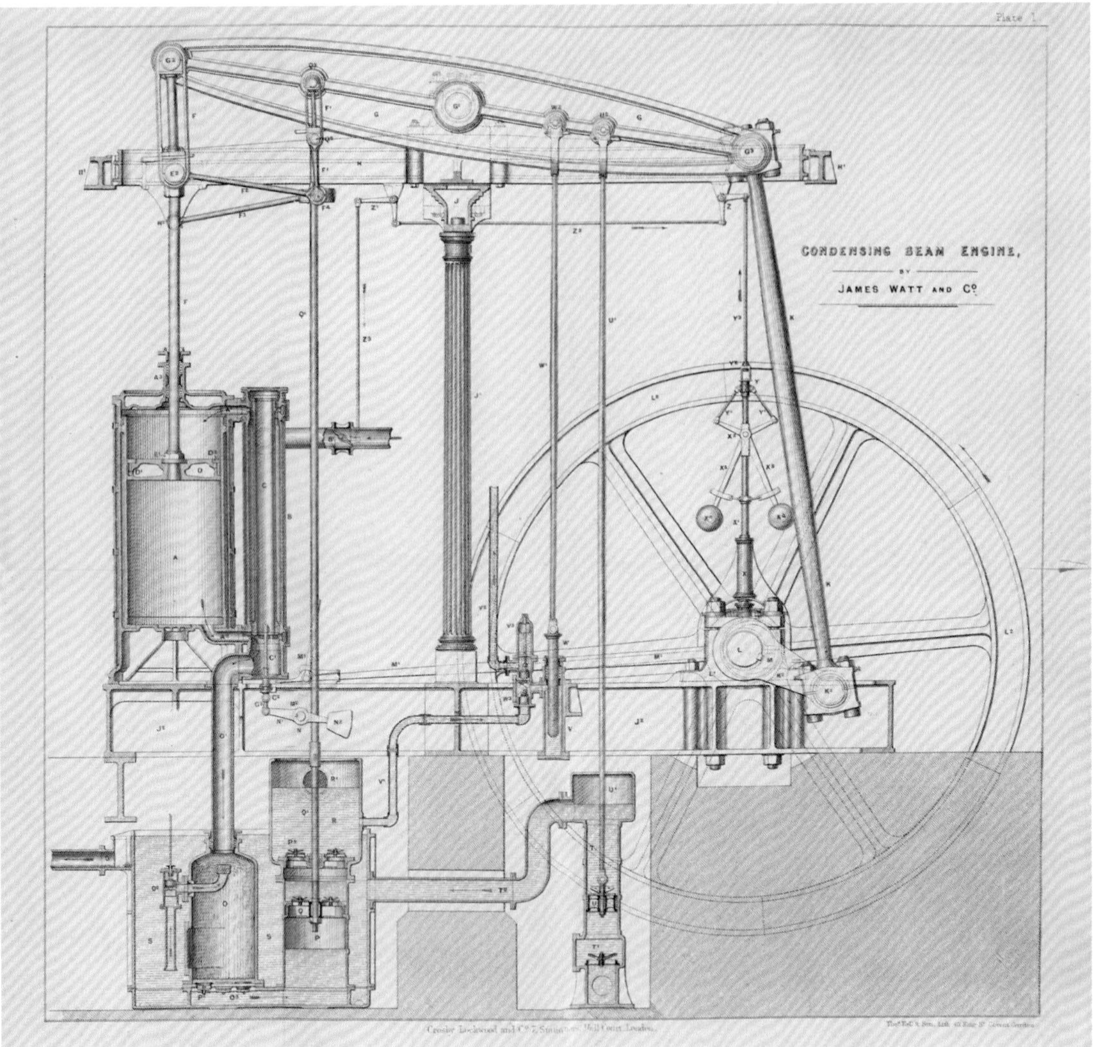

マイケル・レーノルズ『定置機関の操作——取扱マニュアル（Stationary engine driving: a practical manual）』（1881年）掲載の図版。

ナビゲーション

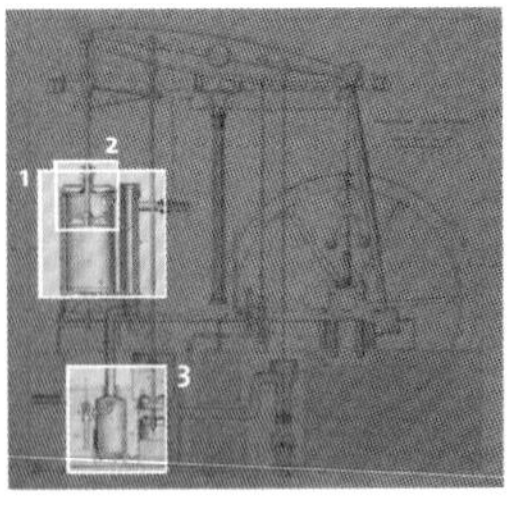

1698年にイギリスの機械技師、トマス・セーヴァリー（1650年頃～1715年）ははじめて商業利用が可能な蒸気機関を完成した。セーヴァリー機関は炭鉱の排水のための動力だったが、ボイラーと1本のパイプからなる単純な構造だったので不具合を起こした。1712年には共同開発者となったトマス・ニューコメンが、その蒸気ポンプに自分で考案した大気圧機関を組み入れて改良した。この機関も蒸気の力をうまく利用しており、同じく鉱山の排水を目的としていたが、非常に複雑な造りで燃料をくうわりには効率が悪かった。1763年、計測器製作業のスコットランド人、ジェームズ・ワットが、ニューコメン機関を修理するうちにデザインを改良しようと決意した。ワットはこの機関の欠点を、シリンダーから分離した復水器（凝縮器）を設けることによって解決した。だが本格的な機関を完成するためには、資金難や部品作りのための技術力不足など、克服すべき障害が立ちはだかっていた。それでも工場経営者のマシュー・ボールトン（1728～1809年）と協力関係を結ぶと、ボールトンを通じて世界屈指の鉄鋼職人と知りあいになり、機関を量産する手立てができた。この発明は、産業革命を前進させる決定的な要因となった。 SH

フォーカス

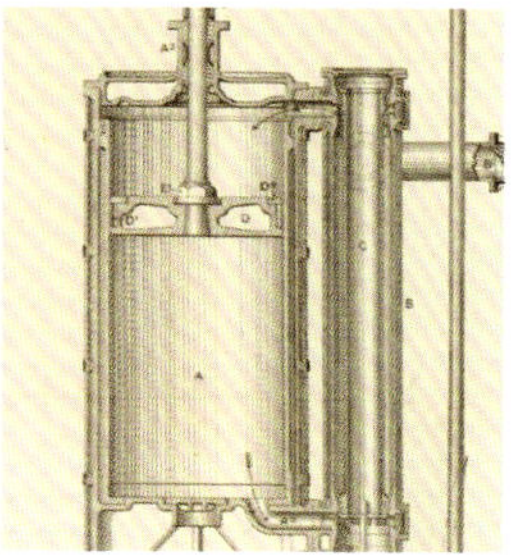

1　シリンダー

ワットの蒸気シリンダーは高温のままで、強制冷却の必要がなかった。メイン・シリンダーの外殻が高温を保つ働きをしている。蒸気ピストンが下がるとシリンダーが揚水する。ポンプ側の重みでビーム（レバー）が傾くにつれて、蒸気ピストンは上昇する。

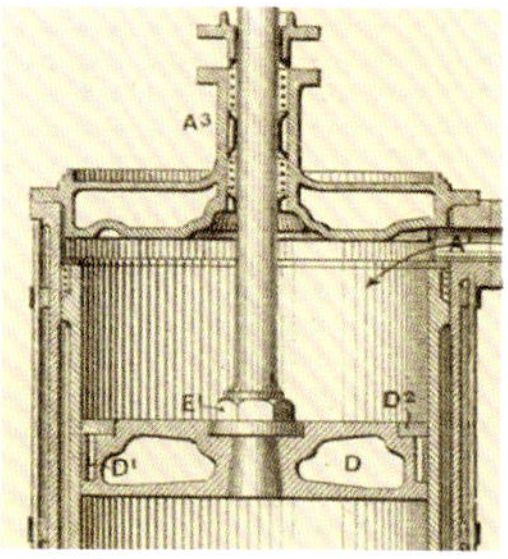

2　ピストン

この蒸気機関は、ピストンの下方にできる真空によって生じる圧力差を利用して動く。真空はピストンを押し下げる。蒸気シリンダーの上部は密封されている。大気圧での往復運動の際、蒸気はピストンの上方に保たれている。

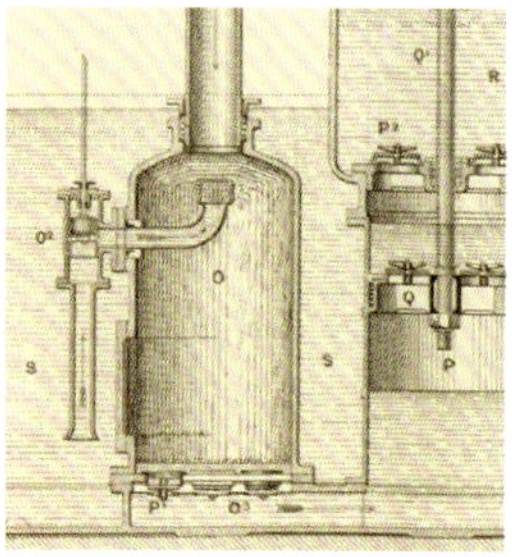

3　復水器

ワットは分離した復水器もあらたに導入した。バルブを開放すると分離した復水器に蒸気が流れこむ。真空状態の復水器に、ピストンの下の蒸気が復水器に引きこまれるのである。すると蒸気が水に凝縮するので、真空が維持される。

効率と経済性

分離した復水器は、ワットの蒸気機関の核心をなす発明だった。ニューコメン機関ではピストンが上下するごとに、シリンダーが蒸気によって熱せられた。同時に蒸気を凝結させるための冷水で冷却されると、シリンダーに真空が生じて大気圧でピストンが押し下げられた。ワットはこの凝結プロセスを分離した容器で行なうことにより、シリンダーの熱さを確実に保ち、機関の効率を大幅に高めて費用を削減した。最初の蒸気機関が完成したときは、構想から11年の歳月が流れていた。というのもある程度の空間を真空に保つためには、それなりの大きさのピストンが必要だったが、技術力不足のために製作できないという大きな問題があったからだ。やがて技術が追いついて資金援助を受けられるようになると、ワットはこの機関を汎用に改造した。するとたちまち輸送や製造業、採鉱などでの用途が見出された。ワットの速くて燃料効率のよい機関は空前の成功をおさめて、世界に変化をもたらした。

デザイナーのプロフィール

1736-73年

ジェームズ・ワットはスコットランドのグリーノックで生まれ、グラスゴーとロンドンで計測器製作の修養を積んだ。1756年からグラスゴー大学で計測器製作にたずさわった。1763年、大学の教授からニューコメン機関の修理をまかされる。それから2年もしないうちに、ワットはその改良策を見出した。1769年には、ワットが蒸気機関の特許を取得した。

1774-87年

ワットがバーミンガムに転居。1776年から1781年は、コーンウォールの銅とスズの鉱山で蒸気機関を設置してまわった。その後は、工場の機械の動力に利用するための変更を蒸気機関にくわえた。回転機構を開発し、1782年には複動式蒸気機関を考案した。1784年に並行運動機構を発明した。

1788-1819年

蒸気機関の運動速度を調整する遠心調速機につづいて、1970年に圧力計を発明。1800年に引退し余生を研究に捧げた。

綿繰り機 1793年 Cotton Gin

イーライ・ホイットニー　1765–1825年

類似品でないオリジナルの「綿繰り機」のリトグラフ。1793年に発明された。

アメリカでは産業革命に入った頃に、イーライ・ホイットニーが「綿繰り機」（英語の「cotton gin」は「cotton engine」の略語）という偉大な発明をした。単純な機構ながらこの機械は、綿の繊維から種を除く作業の能率をあげて、綿花生産に革命をもたらした。

効率性におとる綿繰り機は1世紀から存在していたが、ホイットニーの発明品は実用に耐える初の機械だった。この綿繰り機ができる前は、綿繊維から種をとる作業は手で行なわれており、手間がかかって利益は薄かった。作業員が1日に種を除ける短繊維綿の平均的な量は、450グラム程度だった。綿繰り機は綿繊維を巻きとって種を残す。綿花を木製のドラムに入れると、回転するドラムについている多くのフックが繊維を引っかけて、金網ごしにひっぱる。金網の目は細かくて種をとおさないが、フックについた綿繊維は簡単に引きこまれた。

作業時間が短縮したおかげで、19世紀なかばには綿花はアメリカの主要輸出品目になった。ホイットニーの綿繰り機は綿工業に大転換をもたらし、労力をはぶいて急激な規模の拡大を可能にすると同時に、綿の価格を引き下げた。ところが綿繰り機が成功したのにもかかわらず、特許法にまつわる問題のためにホイットニーにはたいした金は入らなかった。特許の侵害を防ぐのはむずかしく、数年後に法律の改正はあったが、富を生みだす前に特許が切れてしまった。また別のマイナスの要因に、他地域では奴隷制度廃止がいっそうの支持を集めていたのを尻目に、綿花畑の農場主がこの機械を動かす労働力としてしだいに奴隷に頼るようになったことがあげられる。

SH

ナビゲーション

フォーカス

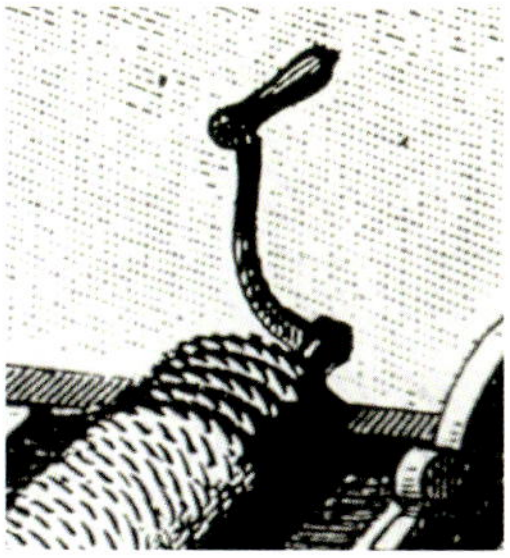

1　手まわしクランク

ホイットニーの手まわし「綿繰り機」を使うと、ひとりが1日に22.5キロの短繊維綿の種を除けるようになった。これは平均的な手作業と比較すると50倍以上の効率になる。大型の綿繰り機はウマで動かせた。のちには蒸気機関も動力源になった。

2　シリンダー

綿繰り機は、比較的単純な構造だった。綿花を投入部分から回転するシリンダーに送りこむと、金網のあいだから出た短い針金状のフックに綿繊維が引っかかり、まとまった量になると下に落ちた。別の場所に集められ種は、そのまま次の季節に植えつけられた。

◀ホイットニーの「綿繰り機」は、綿工業を飛躍的に拡大してアメリカ経済を大きく変貌させた。この発明のおかげで1800年以降の綿花生産量は、10年ごとに倍増した。綿繰り機は繊維産業を活気づかせたが、それにともない奴隷の利用がさかんになって、南北戦争（1861–65年）が口火を切る原因を作った。19世紀なかばには、アメリカは世界の綿花の75パーセントを供給していた。

利益を吸いとる特許権侵害

ホイットニーはイェール大学在学中はずっと、機械の製作や修理で生計を立てていた。1792年の卒業時には、家庭教師をしながら法律を学ぶつもりだった。ところがジョージア州サヴァンナに旅行したときに、プランテーションを所有するキャサリン・グリーン（1755–1814年）に出会い、ジョージア州にある彼女のプランテーション、マルベリー・グローブに招かれた。ここでキャサリンとプランテーションを監督するフィニアス・ミラー（1764–1803年）から、綿花を原料として使えるようにするために、農場主が繊維と種をより分けるのにたいへんな苦労をしていることを知らされ、作業場を借りて「綿繰り機」を作った。1794年にはこの発明の特許を取得し、ミラーとともに会社を設立した。ふたりはアメリカ南部全州のプランテーションで、綿繰り機を組み立てて作業を請け負うつもりだった。報酬は各プランテーションで綿繰りした綿の値段の一定の割合とした。ところが農場主らは新しい機械を歓迎したものの、拡大する利益を分けあたえる頭はなく、ホイットニーの設計はあちこちで盗用された。

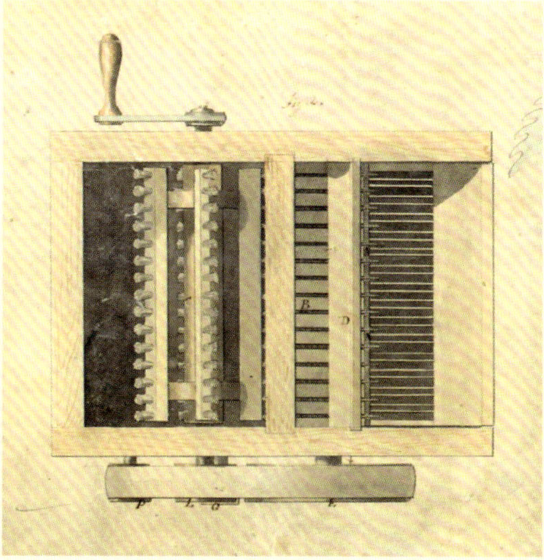

古典様式のリヴァイヴァル

1 「キンボルトン・キャビネット」（1771–76年）。ロバート・アダムが、イングランドのケンブリッジシャーにあるキンボルトン城のためにデザインした。材質はマホガニーとオークで、サテンウッドとシタンに象嵌がほどこされている。

2 金箔を張ったブナ材とウォルナットのアームチェア。1765年、地方貴族が滞在するロンドンの大邸宅の大広間にふさわしい椅子を、という注文を受けて、ロバート・アダムがデザインし、トマス・チッペンデールが製作した。

3 イングランドのスタッフォードシャー州にあるエトルリア工房で、1790年頃に作られたウェッジウッドの「アンフォラ型花瓶」。カメオ細工用に開発された磁器（ジャスパーウェア）で、古典様式の影響が色濃く表れている。中央部をとりまいているのは、アポロ神と９人の女神である。

18世紀後半の産業革命とともに、デザイン史にとって重要な時期が幕を開けた。新たなテクノロジーの発達と大規模工場の導入によって大量生産が、都会生活の変化によって大量消費が可能になり、その結果消費者革命がもたらされた。そうした環境ではさまざまな種類の新商品が手に入るようになり、それを利用する人々の多様性も広がった。重要な発明が怒涛のごとく現れると、時代への信頼感や進歩の実感がかきたてられて、デザインへの興味がわき起こった。機械製品にはしっかりとした構想が必要だった。あまりにも多くのものが、運まかせだったり、実用にそぐわない形で作られたりしたのだ。そこでデザイナーの役割は変化した。機械製造のデザインで、概念的作業が不可欠な側面になったのである。

ヨーロッパと北米の富裕層の子弟が、グランドツアー［見聞を広めるためのヨーロッパ大陸巡遊旅行］に出る習慣は長年つちかわれており、18世紀の末には、この習慣がデザインと美的感覚に絶大な影響をおよぼした。ローマを西洋文化の中心と位置づけたグランドツアーのおかげで、古典様式の魅力が広く

キーイベント

1755年	1757年	1762年	1764年	1768年	1769年
ドイツの美術史家ヨハン・ヴィンケルマン（1717–68年）が、『ギリシア芸術模倣論』（澤柳大五郎訳、座右宝刊行会）を刊行。	ロバート・アダムが３年間のローマ滞在からイギリスに帰国。独自の発想に古典的テーマを融合させて、新古典主義様式を生みだした。	ジョサイア・ウェッジウッドの食器類がイギリス王室御用達となる。	イギリスの職工で大工のジェームズ・ハーグリーヴズが、多軸紡績機を発明。８本以上の糸車で同時に糸を紡ぐことを可能にした。	ロンドンに王立美術院が設立され、ジュシュア・レーノルズ（1723–92年）が初代院長に就任する。	スコットランドの発明家で機械技師のジェームズ・ワット（1736–1819年）が、復水器を分離した蒸気機関の特許を取得。

認識されるようになったのである。その当時起こった古典様式リヴァイヴァルの中心人物は、スコットランドの建築家、ジョン（1721–92年）とロバート（1728–92年）、ジェームズ（1732–94年）のアダム３兄弟だった。ロバートはグランドツアーで1755年から1757年までをローマですごしたあと、研究した古典様式をベースにして内外装のデザインに取り組み、いわゆる「アダム様式」を確立した。アダム兄弟は窓から家具、絵画から暖炉にいたるまで、内装に統一したデザインを用いるのをよしとした。とりわけロバートは新古典主義の装飾と家具職人の完璧な腕前を融合させた家具（図２）や「キンボルトン・キャビネット」（図１）のような名品を生みだし、イギリスの古典様式リヴァイヴァルを牽引した。この動きはヨーロッパと北米の全域に広まった。

家具職人でデザイナーのトマス・チッペンデール（1718–79年）も、新古典主義に創作意欲をかきたてられたひとりだった。彼はくわえて中国の様式やゴシック様式、フランスのロココ様式の影響を受けながら、こうした異なる様式の要素を調和のとれた統一したデザインにまとめあげて、拡大する中産階級をうまくとりこんだ。中産階級はぜいたく品を求めていた。1754年、チッペンデールは家具職人としてはじめて、デザイン集『紳士と家具職人のための指導書』（p.26）を出版した。この本は出版直後から後世まで国際的な影響力をおよぼしつづけた。チッペンデールとトマス・シェラトン（1751–1806年）、ジョージ・ヘップルホワイト（1727–86年）はしばしば、18世紀イギリスの３指に入る家具職人とされている。シェラトンの家具は後期ジョージアン様式の女性的な優雅さを特徴とし、ヘップルホワイトの家具は華奢で優美である。

このような拡張的な雰囲気や、知恵をこらした商売上の実験、産業の発展はとりわけイギリスで顕著で、デザイナーや実業家、発明家を新しい着想や手法の探求に向かわせた。そうした人物の代表例にはジェームズ・ハーグリーヴズ（1720年頃–78年）、マシュー・ボールトン（1728–1809年）、ジョサイア・ウェッジウッド（1730–95年、p.32）、リチャード・アークライト（1732–92年）がいる。1769年、ウェッジウッドはエトルリアに陶芸工房を開き、ここで古代ギリシア・ローマの陶器（図３）から着想を得た陶器を製作した。また貴族階級だけでなく中産階級に商品を届けることに目を向けて、大量市場開拓の草分けとなった。ウェッジウッドは、新聞広告の掲載と小売でのディスプレイ開発をはじめた、ごく初期の製造業者でもある。独自のデザインと製造方法にかんする実験にたえず取り組みながら、製造過程を作業内容で区切ったりもした。これは手作りとは対称的な手法である。工房のひとりの作業員はひとつの作業に専念する。それで全体的な生産量も増加した。こうした生産工程がひな形になって、20世紀初期の自動車組立ラインはできあがっている。エルトリアの工房で製造する陶器は「装飾用」と「実用」に分かれていた。どちらも本体は陶器だが、デザインと仕上がりに違いがあった。装飾的デザインをきわめるために、ウェッジウッドは当代随一の芸術家であるジョン・フラックスマン（1755–1826年）、ジョージ・スタッブズ（1724–1806年）、ジョーゼフ・ライト・オヴ・ダービー（1734–97年）などを雇い入れた。　SH

1771年
イギリスの企業家、リチャード・アークライトが、イングランドのクロムフォードではじめての水力紡績工場を設立。

1774年
アメリカで初のシェーカー教徒の共同体が建設される。この共同体の家具が、デザイン性と品質の高さで有名になった。

1775年
スコットランドの時計職人、アレグザンダー・カミング（1731か32年–1814年）が、水洗トイレ（貯留式）の特許第１号を獲得。

1790年
アメリカで議会が特許庁を創設。発明家の権利を守り、新しい機械や手段を開発する意欲を高めることを目的とした。

1795年
黒鉛を芯として規格化された最初の鉛筆が登場。産業文化への移行期に使用された機械製図の主力となった。

1802年
イギリスの化学者ハンフリー・デーヴィー（1778–1829年）が、細いプラチナ線に通電して最初の白熱電球を制作。

『紳士と家具職人のための指導書』1754年 The Gentleman and Cabinet-Maker's Director　トマス・チッペンデール　1718-79年

『紳士と家具職人のための指導書』のテーブルを描いた図版。

1753年、トマス・チッペンデールは、当時ロンドンで超一流の家具店が軒をならべたセント・マーティンズ通りに、家具のショールームをオープンした。ここで彼は高品質の幅広い家具をとりそろえて、上昇志向の新興中産階級を相手に利益をふくらませた。

1754年には画期的なカタログ、『紳士と家具職人のための指導書』を刊行した。このアイディア集には、チッペンデール考案の彫刻デザイン160点が掲載されている。それ以前にもカタログを作った家具製造業者はいたが、これほど包括的かつ大々的な例はなかった。この指導書は「ゴシック様式、中国風、近代的趣向の家具の、もっとも豪華で実用的なデザインの一大コレクション」を自認している。

予約出版されたこの指導書は、1755年に再版された。1762年に第3版が出たときは、あらたに新古典主義様式の最新の家具の図版もくわえられた。この見本集は異例の成功をおさめた。購読者には一般大衆やほかの家具製造業者はもちろん、俳優のデヴィッド・ギャリック（1717-79年）、ロシアの女帝エカチェリーナ2世（1729-96年）、ルイ16世（1754-93年）といった、富豪や有名人が顔をそろえていた。

多くの場合顧客はこのカタログを参考にして、見本よりシンプルな家具を注文した。デザインを少なめにとりいれるか安価な材料にしたのである。本書のデザイン要素を組みあわせて、オーダーメイドの注文をする者もいた。文章と図版でデザインを公表することによって、チッペンデールの影響力は、ロンドンの作業場をはるかにこえた範囲にまでおよんだ。

SH

ナビゲーション

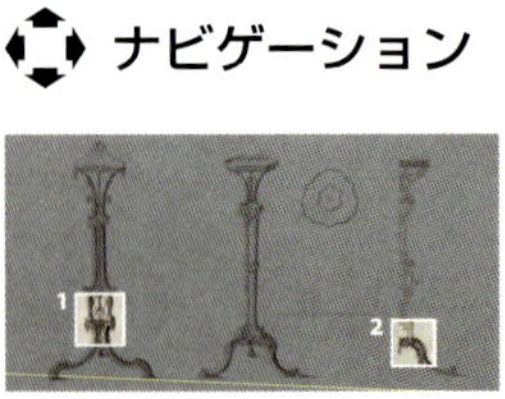

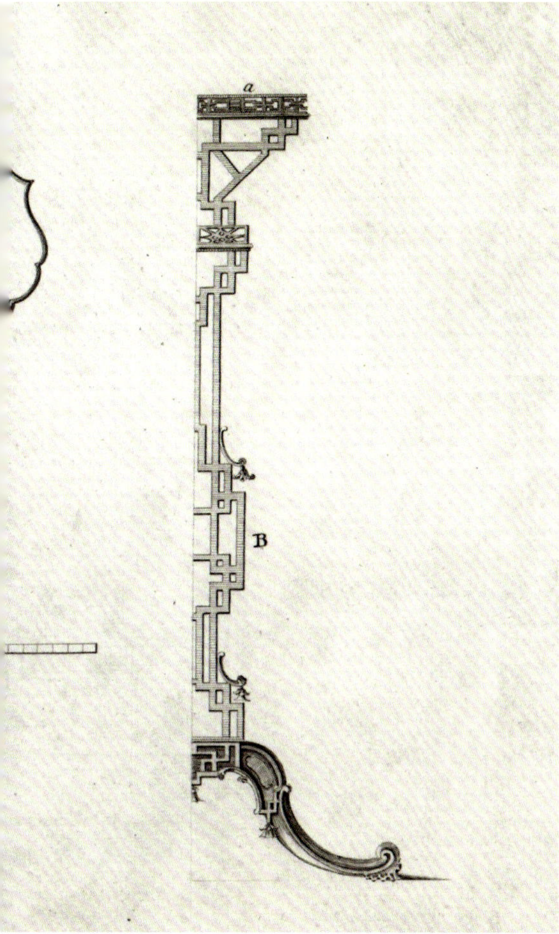

フォーカス

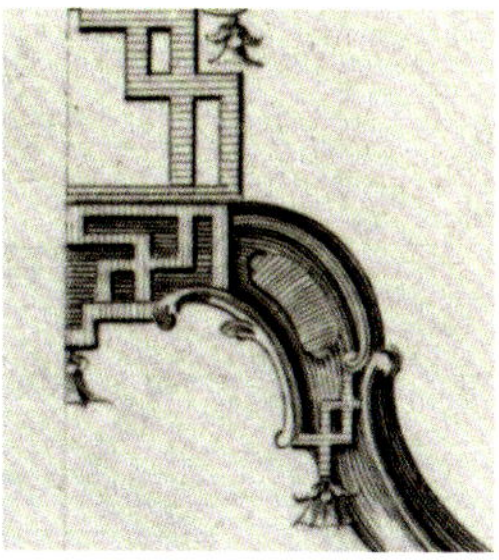

1　銅版画の図版

チッペンデールの製図にもとづいて、友人で出版業者、製図工で版画家のマシュー・ダーリー（1720年頃-81年）が、『指導書』の図版のほとんどを銅版に彫りこんだ。160枚の版には、チッペンデールの作業場が製作できる多様な家具と装飾物が描かれている。

2　バリエーション

指導書の1754、1755年版には4様式の家具が紹介されている。イギリス風、フランスのロココ様式、中国風（装飾様式のシノワズリーと格子細工、漆の効果を強調）、ゴシック様式（尖頭アーチ、四つ葉模様、透かし彫りが特徴的）である。1762年版には新古典主義様式の直線も見られた。

デザイナーのプロフィール

1718-61年

トマス・チッペンデールはイングランドのヨークシャーで生まれた。ここで大工の見習をしたあと、ロンドンに出てショールーム兼作業場をかまえた。1754年、『紳士と家具職人のための指導書』を出版。翌年にはその第2版を出版した。

1762-79年

新たな指導書のためにデザインを創作して、1762年に出版。1776年に引退し、事業を同名の息子、トマス（1749-1822年）にゆずった。

マーケティング・ツール

チッペンデールは予約購読者、つまり本が完成する前に代金を支払う購買者の協力を得て、本書を自費出版した。これはすぐれたマーケティング・ツールだった。事業は急成長し、需要にこたえるためにたちまち熟練工50人ほどを雇うようになった。本のどの図版にもチッペンデールのサインはあったが、その一部は配下のほかのデザイナーの作品である。デザインの多くには職人の腕の違いや予算に応じるために、未熟な家具職人に向けた指示や、仕上がりの手のこみ具合を加減するオプションが示されていた。このデザインはヨーロッパ中に影響力をおよぼし、とりわけ北米でもてはやされて、現地の材料や好みと融合された。

美的センスという概念

18世紀なかばには、「美的センス」という概念が異常なほどに気にかけられるようになった。下品さと上品さを見分けられるか、もしくは美的センスがよいかどうかが人の価値の物差しになり、この時期は美的センスのよさがカギをにぎる産業が爆発的に成長した。チッペンデールの家具（p.26）、ウェッジウッドの陶器（p.32）、セーヴルの磁器（図1）などである。デザイナーは洗練されたラインや軽めのタッチを人々の生活にもたらそうとした。美的センスへの関心の高さは中産階級の台頭とつながっており、金目の室内装飾を楽しんでいたのはこの階級だった。そしてこのことが、新旧の資産家を分けることになったのである。貴族の多くは認めなかったが、人は育ちがよくなくてもよい美的センスをもてるという意見が趨勢を占めた。よい美的センスは、エチケットや洗練、上品さの同義語になった。

商取引の拡大と産業革命が消費を増加させて、そのことが今度は商品を作るデザイナーの数を跳ね上げて、美的センスについての徹底した議論をうながした。きらびやかで誇張されたバロック様式に代わって、ふたとおりの異なるデザイン手法が優勢になった。フランス宮廷のイメージから生まれたロココ様式は奔放で軽妙さがあった。一方、新古典主義様式はロココ様式の非対称的な軽

キーイベント

1704年	1709年	1710年	1711年	1718年	1749年
イギリスの物理学者、アイザック・ニュートン（1643年-1727年）が、著書『光学』［島尾永康訳、岩波書店］のなかで、光と色にかんする理論と発見を発表。	ドイツの科学者が長年の研究のすえに、中国風の硬磁器の製法を見出す。	ドイツのマイセンで王立ザクセン工場が操業開始。ヨーロッパではじめて磁器を量産した工場で、製法は門外不出とされた。	第3代シャフツベリ伯爵のアントニー・アシュリー・クーパー（1671-1713年）が、随筆集の『人間の礼儀、見解、時代の特徴』のなかで、悪趣味は悪徳に等しいとする。	イギリス人の商人トマス・ロンベ（1685-1739年）が、水車で動く絹糸撚糸機の特許を取得。	イギリスの家具職人、トマス・チッペンデール（1718-79年）が、ロンドンで、最初の作業場を開く。

薄さを排除して、かわりに古代ギリシア・ローマの形式主義と対称性を追従した。第3代バーリントン伯爵および第4代コーク伯爵で、建築愛好家のリチャード・ボイル（1694-1753年）は、グランドツアーの際にイタリアの建築家、アンドレア・パラディオ（1508-80年）に感銘を受けた。パラディオの建築物は、数学的に正確な古代の古典建築の影響を受けている。バーリントンは、パラディオの建築物から発見したさまざまなアイディアをイギリスにもち帰り、一世代の建築家を感化した。パラディオはローマの建築家、ウィルトルウィウス（紀元前80、70頃-15年頃）の著書『建築十書（De Architectura）』（紀元前15年頃）から強い影響を受けていた。この本には、建築物は「有用さと堅固さ、喜び」を満たすものでなくてはならない、という記述がある。「有用さ」は建築物が果たす機能をさしている。「堅固さ」は長期間自然の力に耐える性能を意味する。「喜び」は美しくあるべきだということだった。

このことが芸術や美、洞察力についてのさらなる論考をうながした。ドイツでは哲学者のアレクサンダー・ゴットリープ・バウムガルテン（1714-62年）が、「美学」という言葉を時代に合わせて、趣味のよさや美的センスを表すのに用いた。彼は美的センスを、知的な考察からではなく、直感的に判断できる能力と定義した。バウムガルテンの考えは、啓蒙主義の理想の影響を受けていた。啓蒙主義運動は17世紀なかばから18世紀末まで続き、最後の頃は理性の働きを重んじる新しい観念が注目された。これは古代ギリシアの哲学者が探求した概念である。ヨーロッパではじめて、数カ所の公立博物館が開館したのもこの啓蒙主義の時期だった。1759年の大英博物館、1765年のイタリアのウフィツィ美術館、1793年のルーヴル美術館がそうで、こうした場所がすべて美的センスや鑑識眼、文化についての総合的な感性に貢献した。

1757年、イギリスの政治家のエドマンド・バーク（1729-97年）が、哲学の論文『崇高と美の観念の起源』［中野好之訳、みすず書房］を発表して、強い影響力をおよぼした。この論文は、美的能力は経験と知識によって育まれると結論づけている。バークは、判断よりも感性にもとづく美的センスのほうが一貫している、という論を支持した。美的センスは生来のもので、理屈ではないからである。

新古典主義はパラディオ主義から着想を得ると同時に、ヘルクラネウムとポンペイの発掘からも影響を受けた。このふたつの古代ローマの都市は、それぞれ1738年と1748年に発見された。西暦79年に爆発したヴェスヴィオ山の火山灰の下に眠っていて、当時そのままの姿で掘り起こされた。装飾美術の全域で古典的テーマへの新たな関心が広がって、直線と幾何学的なモチーフが強調され、古代世界は優雅そのものだったという通念が確立された。国によって解釈は異なるが、フランスのアンピール（帝政）様式からイギリスのリージェンシー（摂政時代）様式まで、あるいはドイツのビーダーマイヤー様式（図2）から北欧のグスタヴィアン様式、新生国家アメリカのフェデラル（連合）様式まで、概して新古典主義様式では、抑制と質、調和をどう評価するかで美的センスを見きわめる、というコンセンサスができあがった。　SH

1 セーヴル焼きのコーヒー・紅茶セット。1861年に完成したこの華麗な形は、当時のフランスの異国趣味を反映しており、近東や中国をイメージさせる。

2 この優雅なサイドチェア［肘かけのない椅子］は、1820年、ウィーンの家具職人ヨセフ・ウルリヒ・ダンハウザー（1780年-1829年）の工場で製作された。シンプルなフォルムと美しいラインはビーダーマイヤー様式の特徴である。

1757年	1760年	1769年	1782年	1785年頃	1796年
スコットランドの哲学者、デーヴィッド・ヒューム（1711-76年）が随筆集『4編の小論文（Four Dissertations）』を刊行。このなかでセンスと美学について考察した。	「英国王立技芸協会（ロイヤル・ソサエティ・オヴ・アーツ）」の主催で、イングランド初の現代芸術展がロンドンで開かれる。	イギリスの陶芸職人、ジョサイア・ウェッジウッド（1730-95年）が、イングランドのスタッフォードシャー州エトルリアで作陶場を作る。	ウェッジウッドが、かまどや炉、溶鉱炉のなかで高温を測るパイロメーターを開発。	イタリアの印刷業者で活版植字工のジャンバティスタ・ボドニ（1740-1813年、p.30）が、近代的書体のボドニを考案。	ドイツの俳優で劇作家のアロイス・ゼネフェルダー（1771-1834年）が、リトグラフ（石版印刷）の技法をあみだす。

ボドニ体 1785年頃 Bodoni

ジャンバティスタ・ボドニ 1740–1813年

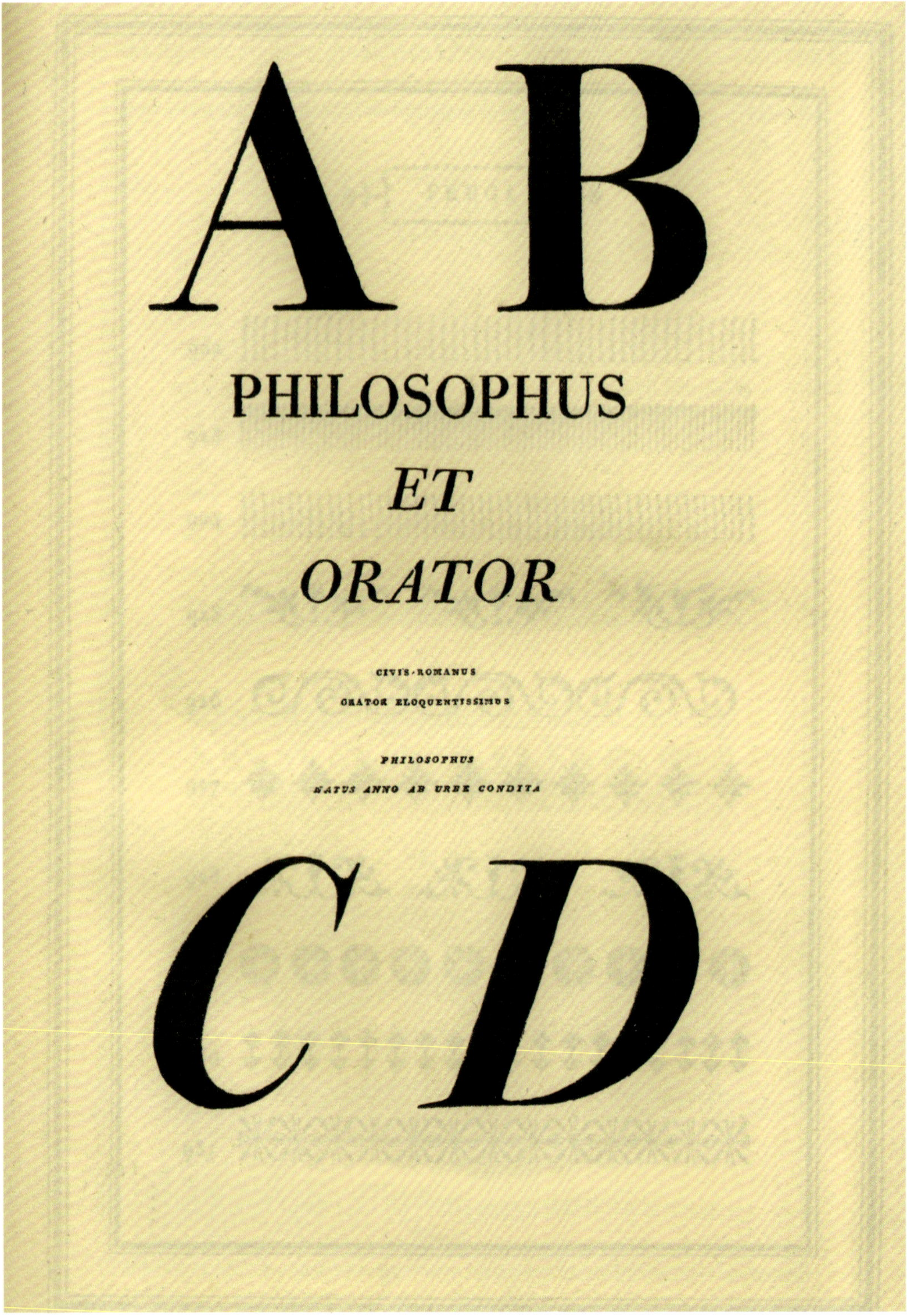
AB

PHILOSOPHUS

ET

ORATOR

CIVIS·ROMANUS

ORATOR ELOQUENTISSIMUS

PHILOSOPHUS

NATUS ANNO AB URBE CONDITA

CD

1439年頃にドイツの印刷業者、ヨハネス・グーテンベルク（1398年頃–1468年）が可動活字を発明して以来、無数の活字書体が考案されたが、何世紀ものあいだ人気を保ちつづけて古典として残ったのは、ほんの２、３例だった。「ボドニ体」はその代表的なフォントである。イタリアの出版業者で活版植字工のジャンバティスタ・ボドニは、イギリスのジョン・バスカーヴィル（1706–75年）、フランスのピエール＝シモン・フルニエ（1712–68年）およびフィルミン・ディドー（1764–1836年）といった出版業者が作成した活字から触発を受けて、1785年頃にこの書体を考案した。

その当時、書籍出版で関心を集めていたのは図版で、活字を用いるタイポグラフィーの重要性は低下していた。印刷業者は、特徴のない活字書体と品質におとるインクを使っていた。印刷された文字は輪郭がぼやけて判別しにくかったが、技術的限界のために粗悪な書籍がまかりとおっていた。ボドニはそうした現状を変えようとして、手はじめにフルニエとディドーの書体を複製した。フルニエは1737年に字体の大きさや長さを表すポイントをはじめて提案し、のちにそれに改良をくわえた。ディドーはその着想を完成させた。ボドニは専用の鋳造所を作ると、フランスのデザインから離れた書体の考案にかかった。そこで近づいたのが長年憧れをいだいていたバスカーヴィルのフォントである。ボドニは古典として残るデザインを作ろうと決心して、自分の名前でよばれることになる書体を考案した。ボドニ体は簡素さを特徴として、全体的に幾何学的な構成となっている。字画の太さに大胆なメリハリがあり、新古典主義的なくっきりとした直線が強調されている。古代ローマの碑文を思わせるデザインとなった。 SH

ナビゲーション

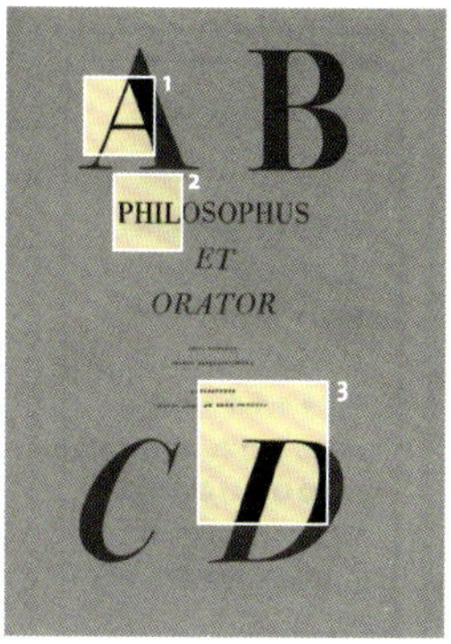

「ボドニ体」のローマン体とイタリック体の大文字。活字をデザインしたジャンバティスタ・ボドニの『活版印刷の手引き（Manuale tipografico）』（1818年）より。

フォーカス

1　細い線の字画

その当時、古典様式が好まれていたことを反映して、「ボドニ体」は細い線の字画を採用して、くっきりとしたシンプルな線と構造を特徴とした。字画の太さの違いで極端な明暗の対比を表した、近代書体の草分けだった。

2　縦の字画

ボドニ体は「近代」書体として知られている。近代書体は、縦の線が強調されて、縦と横の字画に強い対比がある点で見分けられる。近代書体はセリフ［文字の線の端につけられる飾り］と横線が、髪の毛ほどの極細になっている。ボドニ体は圧倒的な影響力をおよぼした近代の書体である。

3　曲線でないセリフ

曲線でないセリフと安定した線のために、ボドニ体は永遠の古典となった。ボドニが最初にデザインをした18世紀の末から、この書体に刺激された数多くの書体デザイナーが、とくに20世紀初期になってボドニ体の改訂版をさかんに考案している。

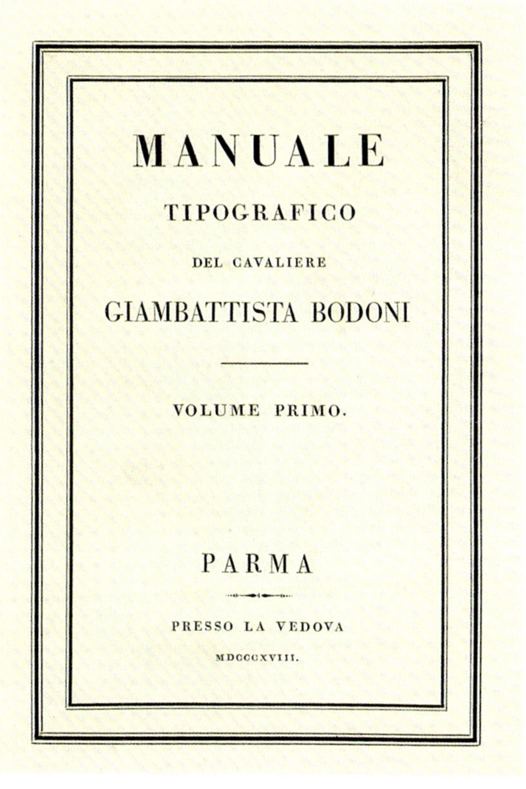
MANUALE
TIPOGRAFICO
DEL CAVALIERE
GIAMBATTISTA BODONI

VOLUME PRIMO.

PARMA
PRESSO LA VEDOVA
MDCCCXVIII.

▲「ボドニ体」はもともとの書体に手をくわえて、より数学的で幾何学的、機械的な形にすることによって、文字の定義を見なおした。著書『活版印刷の手引き』（1818年）のなかでは、300を超える書体について論じて、古代ギリシア・ローマのレタリングにかんする着想をどのように利用し、自分のコンセプトと融合させて、優雅なバランスのフォントを完成させたかを説明している。

ポートランドの壺の最初の復刻版 1790年頃

First Edition Copy of the Portland Vase

ジョサイア・ウェッジウッド 1730–95年／ジョン・フラックスマン・ジュニア 1755–1826年

黒地に白いレリーフのジャスパーウェア。
直径25センチ。

青紫色のガラスの層に、白いカメオ風のレリーフをあしらった「ポートランドの壺」は、西暦5年頃から25年頃のあいだのものである。1582年にローマ近郊の墓で発見された。それを1627年にカーディナル・フランチェスコ・バルヘリーニが買いとり、1780年まではその一族のもとにあった。売却されたあとはイングランドに渡り、1784年にポートランドの公爵未亡人によって購入された。この壺はその2年後に、未亡人の息子である第3代ポートランド公爵の手にわたり、ジョサイア・ウェッジウッドに1年間貸与された。ジョサイアは、繊細なジャスパーウェアでこの壺の複製を作るという考えにとりつかれた。ジャスパーウェアは1770年代に彼が開発した、なめらかできめ細かく、光沢のない陶磁器である。ジョサイアと息子のジョサイア2世、新古典主義の彫刻家でデザイナーのジョン・フラックスマン・ジュニアは、この古代の壺を再現するのにほぼ4年間苦労を重ねた。

1789年の10月、ジョサイアは復刻に成功した最初の壺を、友人のエラスムス・ダーウィンに贈った。翌年の5月には別に複製した壺をシャーロット王妃に献上し、その後王立協会の会長、ジョーゼフ・バンクスの屋敷で内覧会を催した。1790年の5月には、この壺の予約注文が20件入った。ジョサイアはこうした好反応に意を強くして、今度はこの壺を海外で展示することにした。ジョサイア2世が半年間壺とともにヨーロッパをめぐると、ウェッジウッドの会社の名声はさらに高まった。

SH

ナビゲーション

フォーカス

1　白いカメオ

ジョサイア・ウェッジウッドの職人は、オリジナルの壺のレリーフの型を正確にとっていたが、半透明の白いカメオを再現するのは存外むずかしかった。彼は友人への手紙でこう書いている。「わたしは目下、人物像の薄い端の部分にまで、あの美しい陰影を出すのに苦労しています」

2　人物像

新古典主義様式の牽引役であるジョン・フラックスマン・ジュニアは、ウェッジウッドに雇われて型取りの工程をまかせられた。ウェッジウッドのトレードマークである、古代ギリシア・ローマにヒントを得たデザインは、ほとんどフラックスマンの作だった。そのため「ポートランドの壺」の創造性を要する挑戦は、彼の技能に負うところが大だった。

実験

「ポートランドの壺」(右)の復刻は、ジョサイア・ウェッジウッドの代表的な功績だが、完成まではほぼ4年の歳月を要した。実験をくりかえしたあと、彼は「無釉陶器」と名づけた黒いジャスパーウェアを採用した。当初ジャスパーの本体で問題だったのは、割れる、気泡が入る、焼成のあいだにレリーフが浮きあがる、といった欠点だった。オリジナルの壺は、カメオの層の一部をところどころ薄く削ることによって、白い部分に黒地のガラスを透けさせて暗めの部分を作っていた。はじめウェッジウッドは、それほどの繊細さを再現できるほど自分のレリーフを薄くするのはむりだろうと思っていた。そこで最初の複製品のなかには、灰色と茶色の影を塗ってこの効果を出していたものもあった。この壺は製造がむずかしく、1790年からジョサイアが死去する1795年まで、完成したのは全部でわずか30個ほどだった。売値は1個30ギニーで、箱代の2ポンド10シリングが加算された。ジョサイア亡き後、ウェッジウッド社はポートランドの壺を製造していなかったが、1839年になってヴィクトリア朝時代の下品さをいやしむ風潮を考慮して、古代ローマの人物の姿が変えられた。

デザイン改革

イギリスでは芸術と製造業にかんする議会特別委員会が、1835年と翌年についての報告書のなかで、フランスやドイツ、「そのほかの産業国家」で「デザイン技術」と「正しい美的センスの原理」がイギリスよりも奨励されていることに懸念を表明した。その結果、イギリス製品は美的側面に欠けて「輸出競争」に負けるおそれがあるというのだ。その後世紀が変わるまで、芸術家と製造業者のあいだでよりよいデザインを求める議論が、さかんに行なわれるようになった。

1837年、デザイン教育の水準を上げるために、官立デザイン学校（のちのロイヤル・カレッジ・オヴ・アート）がロンドンに創立された。ところが大衆は凝った装飾の様式を好み、産業界もそれに反応しつづけたために、この学校は困難な役割に立ち向かうことになる。産業革命のために急成長した中産階級は、新しい家に家具をふんだんにそろえようとしており、多くの製造業者はその商機を逃すまいとして商品を量産していた。こうした製造業者はたいていデザインをただの製品の一部だとしか見ていなかった。別に考慮すべき事柄で、専門家のアイディアと計画を要するとは思わなかったのである。

ヘンリー・コール（1808-82年）は、こうした風潮に早くから批判的だった。コールは、尊敬される優秀な美術家が日用品のデザインをしたら、大衆の好みも改善するだろうと考えた。1845年、王立芸術・製造・商業振興協会（の

キーイベント

1810年	1826年	1829年	1830年	1832年	1836年
ドイツの印刷業者で発明家のフリードリヒ・クーニヒ（1774-1833年）が、蒸気動力の印刷機の特許を取得。	スコットランドの土木技師で建築家、石工のトマス・テルフォード（1757-1834年）が、ウェールズで吊橋2基を完成。	イギリスの機械・土木技師のジョージ・スティーヴンソン（1781-1848年）が、蒸気機関車「ロケット号」を製作して、列車牽引競争に参加する。	ドイツの建築家、カール・フリードリヒ・シンケル（1781-1841年）がデザインしたベルリンの旧博物館が、7年がかりで完成。	イギリスの数学者で発明家のチャールズ・バベッジ（1791-1871年）が、「階差機関」と名づけた初の計算機を製作。	オーガスタス・ピュージンが建設にかんする宣言書『対比（Contrsts）』を刊行。中世のゴシック建築の復興を強く訴えた。

ちの王立技芸協会、RSA）が、紅茶セットのデザインで賞を設けた。政府官僚のコールはフィリックス・サマリーという偽名でデザインを制作しミントン焼き（図1）で仕上げて、銀メダルを獲得した。続いてサマリー技芸製造会社(Summerly's Art Manufacturers) を立ち上げると、数人のベテラン美術家に工業生産する品物のデザインを依頼した。このベンチャー事業は長くはもたなかったが、似たような起業家を刺激して、デザインを改革する目的には近づいた。また1847年から1849年までは、すぐれたデザインへの注目度を高めるために、RSAの展覧会を毎年催した。1849年、ジャーナル・オヴ・デザイン・アンド・マニュファクチャラーズ誌を創刊、編集長に画家で官立デザイン学校の学長、リチャード・レッドグレーヴ（1804–88年）を迎えた。コールは気づいていたのだ。多くの製造業者がデザインを、コンセプトの段階から製品に不可欠なものとしてではなく、製造の最後のつけたしのようにとらえているのが大きなネックであることを。材質やできばえの悪さをゴマかすために、装飾が用いられることもめずらしくなかった。

イギリスのデザインの水準の低さが明らかになったのは、1851年のロンドン万国博覧会（p.38）だった。大衆の美的センスを高めたいコールは、この博覧会の推進役をつとめて深く関与した。1852年には実用技芸局の初代所長に就任。この機関は国内の大学をふくめた学校教育を改革するために創設された。コールとレッドグレーヴ、そして水晶宮［万国博覧会のガラス張りの建物］のインテリアデザイナーで建築家のオーエン・ジョーンズ（1809–74年）は、官立デザイン学校のデザイン学習のための指針を練った。ジョーンズは海外で見聞を広めており、イスラム世界（図2）に触発されて近代的な様式を作ろうとしていた。3人の目的はレベルを引き上げ、過剰な装飾を避けて、市場を席巻しているごてごてしたデザインから大衆の「好み」が離れるよう教化することにあった。

大勢を占めた安っぽいデザインがよびものになっていたのにもかかわらず、万国博覧会は成功をおさめてかなりの収益をあげた。その一部が新設された装飾美術館（のちのヴィクトリア・アルバート博物館）の展示物の一部を集めるために使われた。美術館の1室にはひどいデザインの作品が陳列された。このような奇怪なものを作った製造業者を恥入らせて、大衆にデザインについての啓蒙をするためである。この部屋は「誤った原理にもとづく装飾」と銘打たれていたが、「恐怖の間」として知られるようになった。美術館の購買委員会にはコールとレッドグレーヴ、建築家でデザイナーで批評家でもあるオーガスタス・ピュージン（1812–52年、p.36）がくわわっていた。ピュージンは中世のゴシック様式を好んだ。道徳に適合すると感じたのである。そしてほぼ独力でゴシック・リヴァイヴァルのデザイン復興運動を確立して、19世紀イギリスのデザインの主流に押し上げた。この傾向は建築において顕著だった。

コールとレッドグレーヴのデザインへの懸念はもちろん、ピュージンの中世尊重主義もあいまって、アーツ・アンド・クラフツ運動（p.74）は近代性と産業を排除した。テキスタイルデザイナーで芸術家、社会主義者のウィリアム・モリス（1834–96年）が提唱したこの運動は、高名な美術批評家で理論家のジョン・ラスキン（1819–1900年）の教えを受け継いでもいる。 SH

1 ヘンリー・コールが受賞した紅茶セット。1846年から1871年まで陶器と磁器の製品が作られていた。

2 オーエン・ジョーンズはスペインとエジプトへの旅で感化されて、イスラム様式のタイル（1840頃–50年）のデザインで美的センスに影響をおよぼそうとした。

1837年	1840年	1849年	1853年	1854年	1856年
イギリスの教師、ローランド・ヒル（1795–1879年）が、先払いの糊つき切手のアイディアをはじめて提案。	イギリスの建築家のピュージンとチャールズ・バリー（1795–1860年）がデザインした、ウェストミンスター宮殿がロンドンで起工。	ロンドンの帽子製造業者ロックが山高帽を創作。猟場管理人の頭を保護する帽子がほしい、という顧客の注文に応じたもの。	1851年にロンドンで開催された万国博覧会に触発されて、ニューヨーク市の水晶宮［鉄骨ガラス張りの建物］を目玉として、アメリカ初の万国博覧会が開催される。	チャールズ・ディケンズ（1812–70年）が小説『ハード・タイムズ（Hard Times）』を執筆。児童によい美的センスについて説く政府検査官ヘンリー・コールズを風刺的に描写した。	オーエン・ジョーンズが『装飾の手引き（The Grammar of Ornament）』を出版し、さまざまな伝統的装飾のパターンやデザインを図版で紹介。

貴族院の壁紙 1848年 Wallpaper for the House of Lords

オーガスタス・ピュージン 1812–52年

フォーカス

1 葉

ピュージンの壁紙の柄は平面的で、人気の過剰装飾のデザインではなかった。色は中世の顔料に工夫をくわえたもの。このデザインはシンプルな反復模様で構成されていて、壁面の平坦さと調和して、違った印象をあたえない。

2 落とし格子の模様

この壁紙はモチーフに、クラウン（冠）を頂く落とし格子とテューダーローズを採用している。前者はウェストミンスター宮殿の象徴で、後者は王室の紋である。「V」と「R」の文字は在位中の君主「Victoria Regina（ヴィクトリア女王）」を表す。このデザインはつまり、君主と議会の権威を象徴しているのである。

オーガスタス・ピュージンは1836年のマニフェスト、『対比（コントラスト）』のなかで、デザインは「現在の美的感覚の退廃」から脱する必要がある、と宣言する一方で、純粋さと明確さを重視して、装飾とデザインにおける「誠実」と「妥当性」という考えを打ち出した。平面を飾るパターンは平らでなければなく、断じてごまかすべきではない、というのがその主張だった。奥行や手触り、長さ・幅・厚さの寸法について錯覚をあたえるのは不誠実で作為的だというのである。こうした考えが、デザイン改革運動の基本原理になった。

ピュージンは中世制度を理想とする社会の改革・改善をめざして、よいデザインには道徳的誠実性があるが、悪いデザインは不誠実でいつわりがあると論じた。みずからが推進したゴシック・リヴァイヴァルは、彼にいわせれば純粋でキリストの精神に沿っていた。少年時代は母親に厳格なスコットランド長老教会に通わせられたが、その後カトリックに改宗している。彼は高い尖頭をもつ建造物は天を向いていて、ごまかしのないデザインをした壁紙や絨毯、家具はカトリックの教義に沿っており、いずれは社会によい影響をあたえると心の底から信じていた。1847年にはイタリアを訪れ、その後はイタリアの重厚さがきわだつデザインを自分のデザインにとりいれるようになった。1851年の万国博覧会（p.38）では、ゴシック様式の家具をひととおりデザインしており、その多くは比較的手ごろな値段で注文が可能だった。中世を再現して、シンプルにデザインされたテーブルとカラフルなディナープレートは、当時の人々の目にめずらしく新鮮に映り、水晶宮の入場者の心をとらえていた。

SH

ナビゲーション

赤い紙に濃厚な色彩。
58.5×53.5センチ

デザイナーのプロフィール

1812–26年
オーガスタス・ウェルビー・ノースモア・ピュージンはロンドンで生まれた。父は建築家だった。ロンドンのクライスツ・ホスピタル・スクールに通い、父から建築図面についての手ほどきを受けた。

1827–35年
ウィンザー城で暮らす、ジョージ4世の家具のデザインに従事した。アンティーク家具の商売をはじめて、ロンドンの劇場キングズ・シアターで舞台美術家として働いた。家具の商売が破綻して一時、債務者監獄に入れられた。1835年、カトリックに改宗した。

1836–43年
建築にかんする初のマニフェスト、『対比』を出版。教会や大聖堂、家屋、修道院をデザインした。チャールズ・バリーの助手になり、ウェストミンスター宮殿の再建にかかわった。

1844–52年
3冊目の著書、『聖職者の装飾と衣装の用語辞典（The Glossary of Ecclesiastical Ornament and Costume）』を出版。貴族院の室内装飾や万国博覧会中の中世展示場、ウェストミンスター宮殿の時計塔をデザインした。極度の疲労から精神病院に入り、その後まもなく亡くなった。

ウェストミンスター宮殿

1834年、ロンドンのウェストミンスター宮殿が大火にみまわれると、再建する建設家を決めるためのコンペが行なわれた。97人の応募者のうちピュージンはふたりの建築家の製図を作成した。チャールズ・バリー（1795–1860年）、ジェームズ・ギレスピー・グレアム（1776–1855年）である。バリーの勝利への功労が認められて、ピュージンはその陣営にくわわるよう要請された。ウェストミンスター宮殿は1940年に起工し､30年後に竣工した。ピュージンの貢献は風見や尖塔といった、独特なゴシック様式の細部に見ることができる。ゴシック様式の内装もほぼすべて彼がデザインした。たとえば100種類以上の壁紙、彫刻物、ステンドグラス、床のタイル、金属細工、家具、ビッグ・ベンを収容する時計台などである。ピュージンの考えは、デザイン改革運動に強い影響をあたえた。「いかに小さな細部も、意味をもたせるか目的にかなわせるべき」という信念と、デザインに歴史的正当性を求める基本姿勢、そしてひかえめにした装飾が、デザイナーと大衆の心をゆさぶったのである。

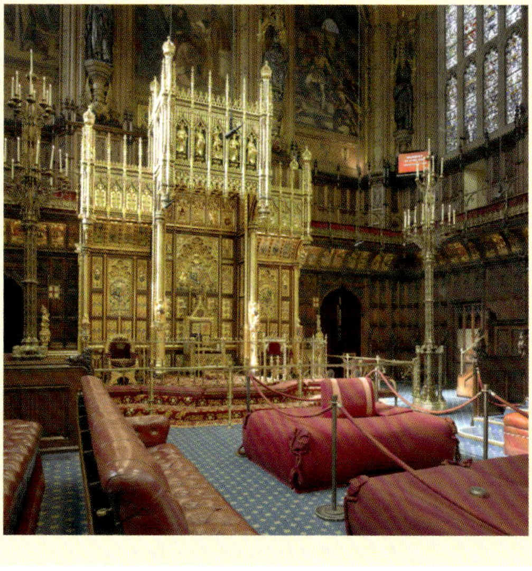

万国博覧会

開催が重ねられた万国博覧会の第１回は、イギリスの万国博覧会だった。これを考案したのが、政府官僚のヘンリー・コール（1808–82年）である。王立芸術・製造・商業振興協会に属していたコールは、インダストリアルデザインの水準を向上させる運動を展開していた。ヴィクトリア女王の夫君で協会総裁のアルバート公（1819–61年）はコールの考えを支持しており、1847年には協会に勅許がくだされた。1849年、コールはパリで開かれた「産業博覧会」（第２共和制の博覧会）を参観して、海外の出品者が入りこむ余地がないのに気づいた。そして帰国すると、ロンドンでの国際展示会を開催するために王立委員会を発足させた。

アルバート公を総裁とする協会は、あらゆる国の産業を対象とする万国博覧会を計画した。この博覧会がロンドンのハイドパークで1851年の５月１日から10月15日まで開催されると、のべ600万人以上の入場者数を記録した。出品者は１万5000人を超え、出展品は10万点以上におよんだ。展示品は過度に飾りたてたものから実用一点張りのもの、家財から工業用機械、高品質の商品から雑な作りの製品までとじつに多彩だった。世界の国々が平和裏に一堂に会したのはこれがはじめての機会だった。またイギリスと世界の製造業者にとってのショーケースとなると同時に、19世紀のデザインの発達にとって重要な瞬間となった。40カ国以上が参加したが、開催国イギリスの展示（図１）が会場の半分を占めた。その展示品も多様で、土木技師ロバート・スティーヴン

キーイベント

1815年	1822年	1825年	1831年	1834年	1839年
イギリスの化学者、ハンフリー・デーヴィー（1778–1829年）が鉱山用の安全ランプを発明。ランプの裸火をおおう工夫で鉱山の爆発を防いだ。	フランスのエジプト学者、ジャン＝フランソワ・シャンポリオン（1790–1832年）が、ロゼッタ・ストーンを研究し、古代エジプトのヒエログリフを解明。	フランスのアンピール（帝政）様式に刺激を受けて、ビーダーマイヤー様式の家具がヨーロッパで人気を博す。ただし金属の装飾は敬遠され、材料には軽軟材が使用された。	アメリカの農夫、サイラス・マコーミック（1809–84年）が機械式の刈りとり収穫機を発明。それにより農場から解放された労働者が工場の働き手になる。	ロンドンで、ウェストミンスター宮殿と両議院の議場がほぼ焼失。	写真撮影術が商業的に導入され、ウィリアム・ヘンリー・フォックス・タルボット（1800–77年）によって完成される。

ソン（1772−1850年）が発明した水力プレスもあれば、ピンク色のガラス4トンで作った噴水、汽船の主軸受の鍛造もそっと卵を割るのも同じ正確さでやってのける蒸気ハンマー、さらには絨毯、カップ、椅子、印刷機、農業機械（図2）もある、といった具合だった。博覧会の目的は基本的に平和の促進にあったが、サミュエル・コルト（1814−62年、p.48）の連発銃は目立つ扱いを受けた。アイザック・メリット・シンガー（1811−75年、p.40）のミシンをはじめ、あらゆる種類の機械見本がそろった。それは莫大な種類の装飾品やパターン、歴史的様式を示していて、あまりの一貫性のなさに多方面から批判がよせられた。

この博覧会は国際競争の場となっただけでなく、国ごとの違いを浮き彫りにもした。欧州全土とアメリカのデザインに対する姿勢の違いは一目瞭然だった。概してヨーロッパ諸国は、産業革命があったのにもかかわらず手作業による技能を、機能より装飾性という点で買っていた。だがアメリカ人は、シンプルなデザインのものを品質をあげて数多く生産する方法として、大量生産を好んでいた。当時のイギリスで批判的だった者にとっては、ごてごてと飾り立てた家庭用品と、あっさりした機能美を見せている製品、もしくは人の感覚に頼った手作業であるのがわかる品物との対比により、デザイン改革と教育、協調の切迫した必要性が立証されることになった。 SH

1

2

1　ヴィクトリア女王とアルバート公の注文を受けて、万国博覧会のイギリスの身廊を描いたリトグラフ。ディキンソン・ブラザーズ社発行の『1851年万国博覧会図版コレクション（Dickinson's Comprehensive Pictures of the Great Exhibition of 1851）』（1854年）に収録されていた。

2　さまざまな農機具の写真。このなかの蒸気牽引車と2種類の種まき機はギャレット・アンド・サンズ社の製品で、1851年の万博で展示されている。

1848年

イギリスの美術家グループがラファエル前派を結成。写実主義が扱う意義ある問題をテーマにすえて芸術を推進しようとする。

1849年

フランスの庭師、ジョゼフ・モニエ（1823−1906年）が、園芸用の桶と容器に使用するために、鉄筋コンクリートを発明。

1854年

ニューヨーク万国博覧会でエリシャ・オーティス（1811−61年）が、みずからがエレベーターに乗り、それをつり下げているロープを切断することによって、エレベーターの安全性を実証。

1855年

イラストレーテッド・ロンドン・ニューズ紙がクリスマス版で、クロモリトグラフ（多色石版刷り）の絵を特集。最初のカラー新聞となる。

1856年

イギリスの化学者、ウィリアム・ヘンリー・パーキン（1838−1907年）が、偶然、合成染料のアニリン・パープル、すなわちモーヴを作る。

1869年

エジプトで、何千人もの見物客を前にスエズ運河が開通。地中海と紅海をつないだ。

ミシン　1851年　Sewing Machine

アイザック・メリット・シンガー　1811–75年

フォーカス

1　踏み板

シンガーの針は左右ではなく上下に動く。踏み板（写真には写っていない）で駆動すると、毎分900針というそれまでにないスピードを実現した。シンガーの単純なミシンの特徴は、ほかの製造業者が作ったのちのデザインにも採用されている。

2　針

シンガーのミシンははじめて、縫っているもののどこでも連続して曲線に縫えるという特徴を折りこんだ。宙に浮いているアーム部は水平なバーでまっすぐな針を保持している。このデザインで糸切れが減少した。

ナビゲーション

アメリカの発明家で起業家のアイザック・メリット・シンガーはミシンの発明者ではないが、1851年に実用的で能率のよい最初のミシンの特許をとっている。読み書きがおぼつかないシンガーは、臨時の仕事をはさみながら可能なかぎり俳優業を続けていたが、1850年にはボストンの機械修理店で働きはじめた。1850年、ミシンの修理をまかせられ、11日後にその改良版を作りあげた。翌年、そのミシンをロンドン万博に出品、その後特許を取得した。同年、I・M・シンガー・アンド・カンパニーを創業し、のちにシンガー・マニュファクチャリング・カンパニーに改名した。だが、シンガーが製品に導入した、とがった針先に穴がある針と、上糸と下糸をからませて縫うロックステッチは、すでにイライアス・ハウ（1819-67年）によって開発され特許が取得されていた。そのため1854年の特許侵害訴訟ではハウに負けたが、シンガーは自分のミシンを作りつづけた。

それまでミシンは工業用だったが、シンガーは1856年から家庭用の小型ミシンを市販しはじめた。その際には多くのミシンを採算のあがる価格で製造するために、最新の大量生産技術を使用した。1855年、シンガー・マニュファクチャリング・カンパニーは世界最大のミシン・メーカーとなり、1863年には自社ミシンにかんする22の改良特許を確保していた。1867年、国外初となる工場を英スコットランドのグラスゴーに開設した。 SH

全金属製の、鉄の機構。
40.5×43×30.5センチ

デザイナーのプロフィール

1811-48年
アイザック・メリット・シンガーはドイツ人移民の8番目の子どもとして、ニューヨークのピッツタウンで生まれた。11歳で家出して、旅まわりの役者の一座にくわわった。1839年に削岩機の特許を取得。移動劇団「ザ・メリット・プレーヤーズ」を結成するも、5年後にはオハイオで製材所に就職。ここで木工彫刻機を設計した。

1849-50年
ボストンに移って、機械工場で働きはじめた。この工場ではレロー&ブロジェット社のミシンの組み立てと修理をしていた。シンガーは改良型のミシンをデザインした。

1851-55年
ロンドン万国博覧会で自作のミシンを展示し、特許を得た。ミシンのデザインにかんする特許訴訟で助けられた弁護士エドワード・クラーク（1811-82年）が、マーケティングでも補佐役になる。

1856-75年
数社のミシン製造会社が、アメリカ史上初のパテント・プール［特許のカルテル］となった、ミシン連合を作る。その年、シンガーの会社は家庭用ミシンを数千台製造した。1862年、ヨーロッパへ出航、イングランドのデヴォンに居をかまえる。

画期的な商品化計画

シンガーは俳優になりたかったが、役者の仕事はあまりなかったので機械工と家具職人としての職を見つけた。腕がよく発明の才もあり、最初の発明品である削岩機で、特許料2000ドルを稼いだ。次は、本の印刷に用いる活字鋳造機の特許を取った。シンガーのミシンの製造は、機械工場経営者のオーソン・C・フェルプスと印刷業者のジョージ・ジーバーの援助を得て実現している。シンガーは鋭いビジネスの頭脳ももちあわせており、大衆向けのマーケティングなど、それまでなかった販売促進活動を開始した。たとえば女性にミシンの実演をさせて、買い手となりそうな者の気を引いてアフターサービスを提供する、といった方法である。経営の相棒のクラークは、信用取引で負担の少ない分割払いをする方式を考えだし、会社の成功をゆるぎないものにした。シンガー・マニュファクチャリング・カンパニーはグラスゴー、パリ、リオデジャネイロに工場を開いて世界に名だたる企業となり、1890年には世界市場の80パーセントを手中にした。

曲木と大量生産

1 「No.14」の椅子の36脚分のパーツ。組み立てない状態だと、1立方メートルの輸送箱に入れて世界中に届けられた。

2 曲木の長い棒2本をねじって作られている椅子。1867年パリ万博では、この椅子を実物宣伝の展示にしたのが功を奏して、トーネットは金メダルを受賞した。

3 1896年に描かれたカフェ・グリエンシュタイドル。1850年頃にミヒャエル・トーネットがデザインした「No.4」の椅子は、このカフェのようなウィーンのコーヒー店で人気だった。

19世紀のなかばには、欧米の全土で操業する大規模工場で、機械の支援による製造、または分業という一般概念が根づいた。経費と時間のかかる職人の手作業は、非熟練者を使って規格化した部品を作り、あとで専用の機械の助けを借りて組み立てる、という生産方式に切り替えられた。こうした生産工程の合理化のおかげで、手ごろな値段の商品を大量に製造することが可能になった。「シンガー・ミシン」(p.40)や「36口径コルト・ネイビー・リヴォルヴァー」(p.48)のような商品に消費者が魅力を感じたのもそのおかげである。最新式の大工場はたいてい海外の原材料を必要としたが、その一方で、国内市場の飽和から海外の顧客を求める動きも出てきた。製造業の成長は輸送手段の急速な改善によって加速され、世界中の顧客を獲得しやすくなった。そこでさらに包装やマーケティング、流通の方式を効率化する必要性が出てきた。

機械で製造された家具はほぼ、手作りの家具を手本にしていた。だが1830年代になるとドイツの家具職人、ミヒャエル・トーネット(1796-1871年)が違った発想を実験しはじめた。トーネットは大量生産の信奉者ではあったが、優美な曲線をとりいれて上品で軽い家具を作りたいと考えていた。そこで木を

キーイベント

1836年	1837年	1849年	1851年	1852年	1853年
ミヒャエル・トーネットが薄板を重ねた合板で実験したあと、初の積層材の椅子を完成。	トーネットがドイツのボッパルトにあるミヒェルスムラ工場を取得。この工場は作業工程で使用するにかわを作ったため、トーネットはほかに頼らずに椅子を製作できるようになった。	トーネットと5人の息子が財政支援を確保したあと、ウィーン郊外に工房を創設。	ロンドン万国博覧会でトーネットが銅メダルを獲得(p.38)。ウィーンの曲木椅子が高い評価を受けた。	トーネットがウィーンに営業所を開き、曲木技術の特許を5人の息子の名で申請。	トーネットが息子らに事業をゆずり、社名を「トーネット兄弟」会社に変更。

曲げるために、以前目にした樽職人や船大工があみだした技法を再現しようとした。最初は薄板を貼りあわせようとしたが、最終的には硬くて長いブナ材を金属のクランプで押さえ、蒸気をあてて、木が自然にたわむ限界を超えて曲げる工程にたどり着いた。こうして作られた椅子はデザインも画期的で、しかもパーツごとに作られるので工場生産に向いていた。最初のうちは、フランス、イギリス、ベルギーで特許の申請を却下されたが、のちに意匠権を獲得したおかげでこの発明にかんする専売が保証されて、世界的な成功につながった。トーネットは５人の息子とともにウィーンにトーネット兄弟工房を創設し、ウィーンの宮廷と大量市場のためにさらに家具を作りつづけた（図３）。

トーネットの工程は、手彫りの継ぎ目や凝った装飾品をはぶいて頑丈な椅子とテーブルを作りだし、しかも低コストでの製造と販売を可能にした。トーネットはまた鋭いビジネス・センスを発揮して、「キット・ファニチャー」を考案した。家具をパーツの状態で作って、フラットパック（平面包装）や長距離輸送の効率化を可能にしたのだ（図１）。目的地に届いた家具は、ねじが２、３本あれば簡単に組み立てられた。こうした独創的な構成要素の削減やフラットパック、組み立ての容易さから、トーネット兄弟会社の曲木家具は大量生産と輸出に適していた。その一方で、過剰な装飾をなくしたために、どっしりしてごてごてと飾りたてた家具であふれかえっていた市場ではかえって異彩を放った。トーネットと息子らは、特許権使用料（ロイヤリティー）を課す契約を小売店舗網と結んだ。そうした曲木家具は、国際的な見本市で展示されて賞を獲得し（図２）、世界的名声を打ち立てて、大量生産初期の模範例となったのである。　SH

1855年
パリ万国博覧会でトーネット兄弟会社が金メダルを受賞。海外から多くの注文がまいこんだ。

1856年
モラヴィアに初のトーネット兄弟家具工場を開設。その後数年で東欧に５カ所の製造施設ができた。

1859年
トーネット兄弟会社が最初の多国語カタログを発行。製造している全家具の図版を掲載し、注文しやすいようにそれぞれに番号をふった。

1859年
トーネットの「No.14」の椅子（p.44）に用いられた画期的な曲木技術で、椅子の工業生産が可能になる。

1871年
順調に成長する遺産を息子らに残して、トーネットが死去。

1889年
７番目で最後となるトーネット兄弟工場が、ドイツのフランケンベルクの町に設立される。

No.14の曲木椅子 1859年 Model No.14 Bentwood Chair

ミヒャエル・トーネット 1796–1871年

ミヒャエル・トーネットの「コンサムスツールNr.14」椅子、通称「No.14」、あるいはカフェ椅子またはビストロ椅子は、軽さとつつましさ、なめらかな曲線を組みあわせたデザインで、家具界の伝説的なヒット商品になっている。一般的に、大量生産された初の椅子で工業的な大量生産の歴史でも破格の成功をおさめた製品だとされている。製品第１号を出荷したのは1859年で、チェコスロヴァキアのモラヴィアにトーネットが新設した工場からだった。クランプと細い金型、蒸気の熱を使って硬いブナ材を曲げるというその革新的な曲木技法は、熟練工を必要としない。だがひかえめで有機的なデザイン、そして格安の価格のためにすぐさま注目を集めて、ヨーロッパ全土でカフェやビストロを中心に飛ぶように売れた。

初期の製造工程では板を貼りあわせていたが、1860年代になると、１脚がパーツ６個とねじ10個、ワッシャー２個で構成されるようになった。さらにトーネットのユニークなフラットパック方式が成功の後押しをした。遠方にも簡単に低コストで輸送できたからである。頑丈だが軽量で、スタイリッシュな椅子はその当時ふたつとなかった。ほかの家具デザイナーは、そのような曲線を彫刻でしか作れなかった。1867年のパリ万博でNo.14は銀メダルに輝き、著名な建設家やデザイナーの賞賛を集めた。そのひとり、建築界の巨匠のル・コルビュジエ（1887–1965年）が愛用したおかげで、トーネットは国際的評価を確立した。1930年には5000万脚以上のNo.14が製造されて、世界各国に出荷された。 SH

ナビゲーション

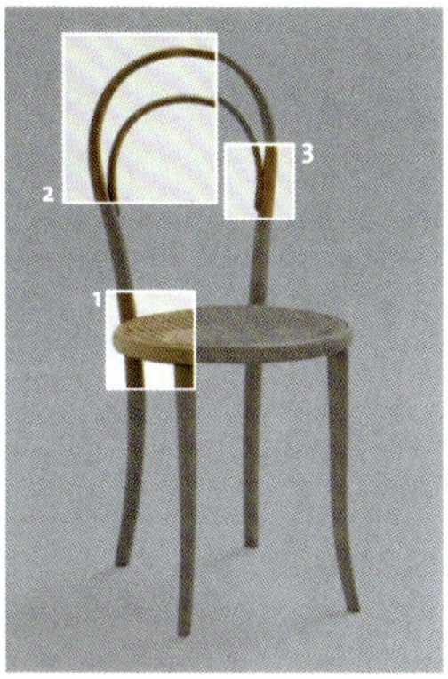

曲木と藤。
93 × 43 × 47.5 センチ

フォーカス

1 シート

トーネットの「No.14」の椅子にはたいてい、藤（ラタン）やヤシの葉を編んだものがシートに用いられている。軽くて実用的だからというのがその理由で、こぼれた液体は目を通りぬける。藤とヤシの葉は木の美しさを引き立たせて、編みこみで生じる弾力が座り心地を高めている。

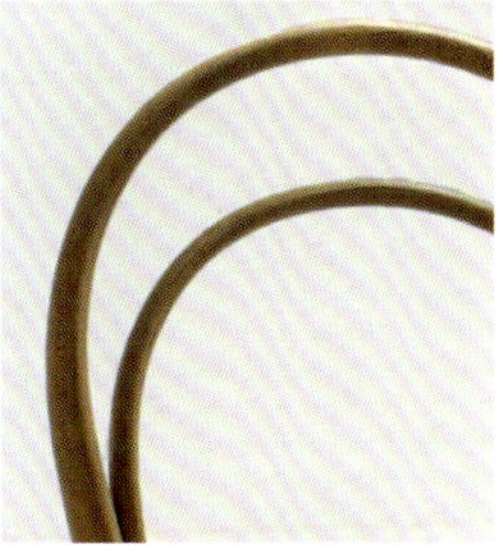

2 椅子の背

椅子の背のつなぎ目のないカーヴは、１本の木材でできており、そのまま下に続いて後ろの２本脚を形成している。この形で椅子を安定させると同時にパーツの数も少なくしている。内側の短いカーヴは背もたれを補強している。このスッキリしたラインは、当時の装飾過多の家具と好対照をなした。

3 ねじ

この椅子は、ねじ10本とワッシャー２個だけでパーツを固定できた。部材は平面的に梱包して世界中に輸送できた。しかも届け先では難なく組み立てられた。荷物の容積が減った分、配送の費用効果は大幅によくなった。

曲木のロッキングチェア

トーネットの曲木技術がロッキングチェア作りに適していたのは、揺り子（ロッカー）を曲木の長くて頑丈な部材で作れるためである。トーネットは数種類のロッキングチェアを作っており、その大半が装飾的に折り曲がる補強材を特色としていた。曲木方式はこうした椅子のデザインの自由度を高めた。それ以前のロッキングチェアは、湾曲した揺り子を脚に履かせなければならなかったからである。曲木技術は時間がかからず、熟練労働者を必要としなかった。複雑なカーヴと手作りのラタンのシートを組みこんで1860年に製作された「ロッキングチェア No. 1」は、トーネットのデザインを象徴している。

軍事の技術革新

1 イギリス領インド軍の兵士と多銃身が回転しながら装填・発射する「ガトリング砲」。この砲は機関銃の初期型にあたる。

2 正装軍服のユリシーズ・S・グラント将軍（1822-85年）。南北戦争で1864年から連邦軍総司令官となった。

3 1874年にジョーゼフ・グリッデンが作成した、有刺鉄線の特許図面。鉄条網にする方法が示されている。

19世紀にはアメリカがしだいに経済力をつけて、新たな世界秩序のはじまりを予感させた。それはヨーロッパの国境と忠誠の変化の前兆でもあった。産業革命が発祥したのはイギリスだったが、おそるべきスピードで開花したのはアメリカだった。その理由のひとつに人的資源がある。新生国家は人がまばらだったので、機械による生産は時宜を得た正解だった。しかも南北戦争によって生じた需要が発展の強い追い風になった。アメリカは1861年の戦争勃発時には、農業にもとづく経済と、19世紀末の姿である主要工業国のいずれかにふみだそうとしていた。この紛争は経済の分裂をきわだたせた。北部の州、つまり連邦軍もしくは北軍側には工業が集中していた。一方南部連合国、すなわち南軍側の経済は、奴隷に生産させる農産物の売上に依存していた。

戦争は資源の動員を必要とする。軍隊は軍装と装備と糧食を兵士にあたえて、必要な場所に移動させねばならなかった。開戦当時、北軍には南軍とくらべて多くの工場と人手（移民が多かったおかげ）、広域に発達した鉄道網があった。機械化でも先んじていた。戦闘が進むとこうしたメリットが浮き彫りになった。北部では生産量が増加した。その直前に設計された「36口径コルト・ネイビー・リヴォルヴァー」（1851年、p.48）や連発銃のような武器だけではない。工場は食品を加工し、農業機械を量産し、急速に拡大する鉄道網に必要物資を供給した。つまり北軍は数にまさった兵士に頼れたのである。しかも兵士はよりよい補給品や装備を支給され、敵の玄関口まで列車や汽船で移動でき

キーイベント

1848年	1854年	1861年	1861年	1862年	1862年
イギリス軍がカーキ色（黄褐色）の軍服をインドで導入。1857年のインド暴動後、カーキの軍服はさらに使用されるようになる。	ゲール・ボーデンが「コンデンスミルク」を考案。ボーデンの食品の缶詰製品は、のちに南北戦争の兵士への支給品になった。	アメリカで南北戦争が勃発。第1次ブルランの戦いのあと、連邦政府の陸軍省が連邦軍の軍服を統一した。	エーブラハム・リンカン大統領（1809-65年）が、南北戦争の資金を集めるために、歳入法を提唱してはじめて連邦所得税を課す。	ホームステッド法により、独立13州以外の入植地で小区画が無償で払い下げられる。	連邦軍の兵士が同じ軍服を着て同じ装備を携帯。軍靴は初期の大量生産による革靴で、左右別に作られた。

た。近代の軍隊は装備と新しいアイディアが実現を見るための資金、そして大量の生産物を必要とする。こうしたことが技術革新の触媒となり、1864年には5000件を超える特許が交付された。技術革新は平時にも起こる。スイス軍が多機能ポケットナイフを必要としたことで、あの伝説的な「スイス・アーミーナイフ」(1890年、p.50)は生まれた。

アメリカの南北戦争では、小火器の設計と製造技術が進歩しただけでなく、鉄の装甲をまとった初の鉄甲艦が開発されて海戦をさま変わりさせた。また1862年に特許が取得されたガトリング砲(図1)によって、完全な自動火器に近づく第一歩がしるされた。この砲は連射が可能だった。皮肉なことに発明者のリチャード・ガトリング(1818-1903年)の狙いは、軍隊規模の縮小によって戦闘での死者数を減らすことにあった。この砲でひとりの兵が戦闘中に100人分の働きができたからである。ガトリング砲は連邦軍では限定的な使い方しかされず、1866年まで米軍に採用されなかった。その後は植民地宗主国によって、植民地の反乱を制圧するためにさかんに使われた。

戦時の技術革新は、その当時は予想できなかった範囲まで恩恵をもたらすこともある。1854年にはゲール・ボーデン(1801-63年)が「コンデンスミルク」を発明した。これは彼のほかの発明品である缶入りビスケットや濃縮コーヒーとともに、南北戦争中は連邦軍兵士への補給品の定番となり、その後一般家庭でも定番化した。連邦政府が制服や武器、食品、装備を支給する仕事を受け継ぐと、サイズの規格化が衣服と、ブーツや靴(サイズがきわめて重要)にはじめて行なわれるようになった(図2)。こうした展開に、大量販売を手がける新興の服飾産業は直接影響を受けただろう。交換可能なパーツの開発で、初の低価格の懐中時計が誕生した。この時計は多くの兵士によって携帯されて、軍の効率を高めた。また、軍の重要な兵站線を維持するために電信ケーブルが2万4000キロ余分に敷かれた。

こうしたプロセスは、共和党だけの議会が通過させた法律によって加速された。もはや敵対する南部の民主党にさまたげられることはなかった。決定的だったのは、1861年の歳入法の成立で最初の所得税が導入されて、紙幣がはじめて法定通貨になったことである。1862年のパシフィック鉄道法により東から西へと進む大陸横断ルートの建設がはじまり雇用が作られて、沿線で開拓地と商業が切り拓かれた。同年のホームステッド法では、小面積の土地が入植者に無償で払い下げられた。平和が訪れると、牧場主が平原に入植した。農民はそういったウシなどの家畜に耕地をふみ荒らされないように、線路から離れる必要があった。解決策は有刺鉄線(図3)にあった。1873年にその特許を取得した農民のジョーゼフ・グリッデン(1813-1906年)は、鉄線のトゲをコーヒーミルで砕いて作っていた。こうした種がまかれて北部の戦争目的に有利に働いただけでなく、財政、商業、製造の拡大がうながされたのである。 EW

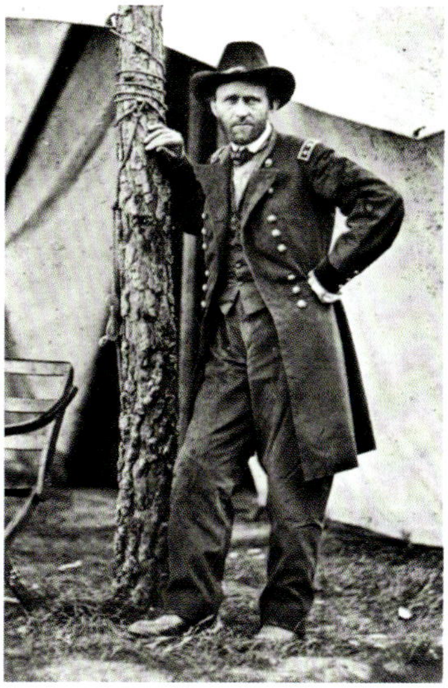

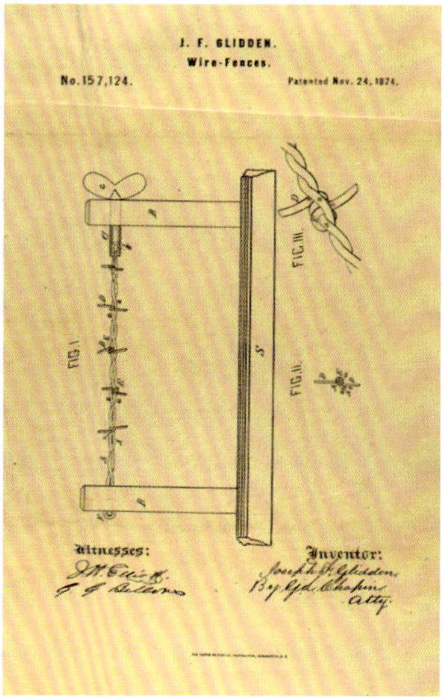

1862年
リチャード・ガトリングが、連射が可能な「ガトリング砲」の特許を取得。

1862年
南北戦争のハンプトン・ローズ海戦で、初の鉄甲艦同士の戦闘がくりひろげられる。

1862年
パシフィック鉄道法が東から西へ大陸を横断するルートを制定。アメリカの鉄道網の拡大が開始された。

1862-65年
アメリカ政府が南北戦争で連邦軍の資金を集めるために、金などの高価な材料を使わないドル紙幣(グリーンバック)を4億5000万ドル分発行。

1864年
連邦軍兵士のジョン・キンロック(1896年死亡)が、障害やケガを負った兵士、または危険な状況でひげそりをする者のために考案した、ガードつきカミソリ「ガードレーザー」の特許を取得。

1865年
南北戦争が終結。北部の勝利で合衆国がひとつの国家として存続して、奴隷制が廃止された。

36口径コルト・ネイビー・リヴォルヴァー 1851年

.36 Colt Navy Revolver　サミュエル・コルト　1814–62年

鉄鋼、真鍮、木。
銃長19センチ

サミュエル・コルトは18歳になると「クルト博士」を名のり、化学の講演者としてアメリカ各地を巡業しはじめた。その3年後には、この講演の利益をある発明に投資した。回転機構をそなえたコルトの拳銃は再装填しなくても何発もの発射が可能だった。

それ以前船乗りをしていた時分にコルトは、クラッチを使用して船の外輪を定位置で回転・停止させる仕組みに魅せられていた。彼は木彫りのモデルガンを作って同じ原理を組みこみ、その数年後の1836年には、アイディアを実用的デザインに仕上げた。それは革命的な連発銃だった。通常の単発の薬莢が入る薬室を廃して回転弾倉をとりいれ、撃鉄が起きると回転するようにしたのである。すると何発もの弾丸がたてつづけに発射される。これはまた既成の銃の火打ち式機構（フリントロック）のかわりに、撃発機構を搭載した初の拳銃でもあった。コルトは1835年、1836年とイギリスとアメリカで続けてこの設計の特許を確保。このリヴォルヴァーはニュージャージーのコルト特許武器製造会社で生産が開始された。1842年には注文が伸びなやんだために生産を中止したが、1847年にはメキシコ戦争で配備するためにアメリカ政府から1000挺の発注があった。1851年のロンドン万国博覧会でリヴォルヴァーを展示すると、さらに多くの注文が舞いこむようになった。その4年後、コルトはコネティカット州ハートフォードに工場を開設した。イーライ・ホイットニー（1765–1825年）の息子、イーライ・ホイットニー・ジュニア（1820–95年）と下請け契約したのは、父親が銃の大量生産の先駆者だったからである。ハートフォードとロンドンに工場をかまえたコルトは、パーツを規格化し互換性をもたせて生産ライン方式を開発し、パーツの80パーセントを機械で作った。1856年には日産150挺に達して、南北戦争では両陣営に売りさばいた。1861年のこの戦争の勃発時には、コルトの銃の精度と信頼性の高さ、精密な仕上がりとデザインについての評判は、世界中に広がっていた。

コルトが成功したのは、銃が実用に耐えたのはもちろん、パーツの規格化と効果的なマーケティングの可能性を理解していたためでもある。彼は販売促進、宣伝、新聞広告を強力なマーケティング・ツールとして使いこなしていた。

SH

ナビゲーション

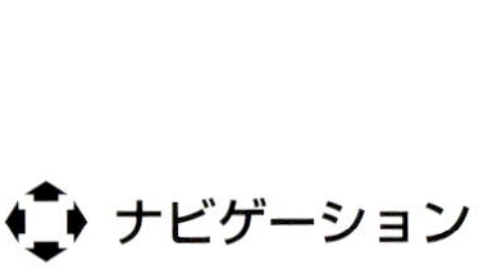

フォーカス

1　安全な雷管

コルトが発明した雷管のおかげで、それ以前のフリントロック式とくらべると点火の速度と安全性、信頼性が高まった。コルトは「機械で作れないものはない」と豪語したという。アメリカ人らしく大量生産とシンプルなデザインの信奉者だったが、ヨーロッパ人は依然として派手な装飾と手作りを好んでいた。

2　回転弾倉

コルトは回転機構の最初の発明者ではない。アメリカの発明家、エリーシャ・コリア（1788–1856年）がすでに特許をとっていた。ただしコルトはフリントロック機構のかわりに雷管機構を導入した。ここまではコリアもやっていなかった。この銃はコルト「M1851ネイビー」（海軍）、もしくは36口径「ネイビー・リヴォルヴァー」とよばれていたが、おもに陸軍と民間人に使用されていた。

3　銃身

19センチと銃身が長いおかげで、銃身の先に固定されているフロント・サイトが見やすく、36口径ネイビー・リヴォルヴァーの命中精度のよさが評価されるようになった。1851年型のコルトのリヴォルヴァーの銃身は八角形だが、その後のモデルは円形になっている。36口径ネイビー・リヴォルヴァーはコルトのそれ以前の銃より大幅に軽量化していて、ベルト・ホルスターに入れて携帯しやすく、人気のある拳銃だった。

デザイナーのプロフィール

1814–28年

サミュエル・コルトがコネティカット州で、第8子として生まれた。父親は元農夫の事業家。学校には14歳まで通った。

1829–31年

マサチューセッツ州にある父親の織物工場で働くかたわら、発明を続けた。その後、航海術を学ぶために海に出された。乗っている船の外輪からヒントを得て、回転機構をもつ木製のモデルガンを作る。

1832–41年

アメリカに帰国したあとは父親の仕事を手伝ったが、その後旅に出て「ニューヨーク、ロンドン、カルカッタで高名なクルト博士」として講演してまわった。貯金を使い借金をして試作品のリヴォルヴァーを組み立てる。1835年と1836年にイギリスとアメリカで特許を取得。

1842–50年

港湾の防衛に使用する、水雷を完成した。その遠隔点火の水中バッテリーには、水面下で電気を伝える防水ケーブルが必要だった。コルトはサミュエル・モールス（1791–1872年）が以前に発明したデザインをとりいれた。1847年、リヴォルヴァー1000挺の注文が入った。

1851–62年

ロンドン万博でリヴォルヴァーを展示した。1855年、その工場が民間の武器工場として世界最大になる。初の試みとして互換性があり規格化したパーツと組織的な生産ラインを採用した。

成長産業

1849年、コルトはヨーロッパへの営業ツアーに出た。1856年には彼のハートフォード工場は民間所有で世界最大の軍需工場になっていた。同年、コネティカット州知事より名誉称号カーネルを贈られる。コルトはその後、サイズ違いのリヴォルヴァーである、ポケット、ベルト、ホルスターの3種類とライフル2種類をデザインした。1880年代には、リヴォルヴァーのコルト「ピースメーカー」がアメリカ西部で伝説を作り、セミオートマティック拳銃の45口径コルト「ガバメント」は、第1次、第2次世界大戦でアメリカ軍に制式採用された。

スイス・アーミー・ナイフ 1890年 Swiss Army Knife

複数デザイナー

多機能性をみごとに実現したポケットナイフ。日常での使い勝手のよさのためにヒット商品となった。

1880年代のスイス軍にはある問題があった。ドライバーがないと、制式採用のライフル「シュミット・ルビン」を組み立てられないのである。だが兵士はドライバーを常時もち歩いてはいなかった。そこで軍は、メンテナンス工具としても糧食の缶切としても使えるポケットナイフを大量に注文した。

スイス政府は、ソルジャーナイフ・モデル1890と命名してスイスで製造したかっただろうが、国内にはじゅうぶんな生産能力をもつ供給会社はなかった。そのため、ナイフ1万5000本は最初ドイツのゾーリンゲンにある大手刃物業者、ヴェスター・アンド・カンパニーに発注された。だがスイスの刃物と手術用器具の製造業者、カール・エルズナーが、スイス刃物師協会（Association of Swiss Master Cutlers）を作るとそれも変わり、1891年にその契約を引き継ぐことができた。エルズナーはオリジナルに変更をくわえて、柄の両端から道具が出るようにした。また1897年には、「スイス・オフィサー・アンド・スポーツ・ナイフ」を売りだした。このナイフは軍との契約にはなかったが、自前で装備を購入しなければならない将校の心をとらえた。販売されたのは食料品店で、スイス社会のあらゆる階層にいきわたる売上を誇った。おもにスイス国内で名が知れていたが、第2次世界大戦の終結でヨーロッパに進駐してきた米軍兵士が土産として大量に買いはじめ、その時分から「スイス・アーミーナイフ」とよばれるようになった。

年月が流れてこのナイフはさらに多機能になり、毛抜きから爪磨き、ハサミ、楊枝までも収納するようになった。盛りだくさんの機能が特色のモデルもある。1000ドルする「ウェンガー・ジャイアント」（2006年）コレクション・ナイフなどがそうだ。87種類の道具と141の機能があり、葉巻カッターやタイヤ溝測定ゲージ、ルーペなどがついている。 DG

ナビゲーション

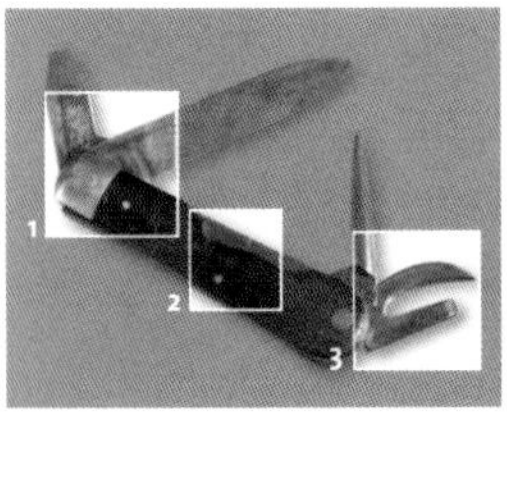

フォーカス

1　折りたたみナイフ

折りたたみ式の刃物には鉄器時代にさかのぼる歴史がある。イベリア半島では、古代ローマ時代以前の折りたたみナイフが出土している。現代のスイス・アーミーナイフはステンレス合金鋼でできており、硬度と耐食性を高める加工がほどこされている。

2　柄

このポケットナイフの最初のモデルは、濃い色の木製の柄をつけていたが、のちにコクタンに変更された。最近よく見かけるデザインは、オーソドックスな赤い酢酸楽酸セルロースのケースだが、濡れたときにすべらないように、表面にゴムを埋めこんだタイプもある。

3　道具類

最初のポケットナイフは、ナイフとリーマー（穴ぐり錐）、缶切り、ドライバーを目玉としていた。のちの消費者をターゲットにした1897年の「オフィサーズ・アンド・スポーツ・ナイフ」は、小さな鋸刃とコルク栓抜きをつけていた。

▲エルズナーは1896年に「スイス・アーミーナイフ」のデザインを変更して、柄の反対側にもナイフと道具類を収納できるようにした。その際に使用した画期的なバネ機構は、道具類を適切な位置に保つのにも役立った。

デザイナーのプロフィール

1860–90年

カール・エルズナ　はスイスのツークで生まれた。刃物師として修行を積んだあと、ドイツのツットリンゲンで職人として働きはじめる。1884年、スイスのイーバッハの町に工房を開設、ナイフと手術用器具を製造し地元に雇用を創出した。

1891–1911年

スイス政府がモデル1890アーミーナイフの納入業者をエルズナーの会社に変更することを決定。これが事業の運命を決した。1897年には初の「オフィサーズ・ナイフ」を製造。1909年、エルズナーの母親ヴィクトリアが他界し、社名をヴィクトリアに変更した。

1912–18年

エルズナーは1912年から1918年までスイス州議会の保守系議員で、地方議会に生涯籍を置いていた。彼の会社は1921年に「ビクトリノックス（Victorinox）」に改名。このときナイフの材質はステンレスに変わった。「inoxydable」はフランス語で「ステンレス」の意味。エルゼナーが亡くなる頃には、この会社では100人が働いていた。

平時のナイフ

スイス国民の武器所有率は世界でもトップクラスにあるのにもかかわらず、あるいはおそらくそのために、スイス・アーミーナイフは戦争で使用されていない。1874年のスイス憲法改正で、すべての壮健な成人男性はスイス連邦軍に属することになった。軍の総動員はこれまで3度行なわれている（普仏戦争と第1次、第2次世界大戦時）。ただし戦闘に参加した例はない。この国は長らく中立を保ってきたが、国際平和維持活動には参加している。1995年以降、軍は徐々に縮小しており、兵員数22万人のうち、空軍をふくめた常備軍兵士は13万人となっている。海上部隊もあるが、内陸国であるために当然規模は小さい。軍の兵士はいまだにかならずビトリノックス製のポケットナイフを支給されている。

モリス商会

ウィリアム・モリス（1834-96年）はデザイナー、作家、翻訳家、画家、植字工、印刷業者、工芸家、製造業者、社会運動家で、最初に世に認められたのは詩人としてだった。しかし後になると、彼のデザインとアーツ・アンド・クラフツ運動の主導的役割（p.74）、そしてたえずデザインと貧しい労働者の生活の改善を同時にめざしていたことのほうが知られるようになった。すぐれた純粋芸術の価値を製品の商業デザインにくわえることによって、芸術を産業と結びつけるというその考え方は、デザイン改革運動の根幹をなした。

モリスは寛大で非常に聡明であると同時に精力的な人物で、経営する製造会社の高い品質をつねに保持するために、多くの工芸技術を習得した。大量生産に真っ向から反対する立場をとったのは、安価な量産品があふれれば、それが原因で伝統工芸や地元産業の衰退といった、望ましくない事態が起こると考えたからである。モリスは信じていた。社会問題のほとんどが、産業革命前の中世期の働き方に戻ることで解決できると。それは地方が尊重されて職人が重んじられ、商品を最初から最後まで労働者が作っていた時代だった。そうして芸術は生産物と融合していたのである。

モリスはオクスフォード大学で神学を学んでいるあいだに、中世の芸術と建築に興味をもつエドワード・バーン＝ジョーンズ（1833-98年）と親しくして

キーイベント

1851年	1851年	1856年	1859年	1861年	1875年
ウィリアム・モリスが家族づれでロンドン万国博覧会を訪れる（p.38）。モリスは目にしたものにショックを受けて、展示を見てまわろうとしなかった。	ジョン・ラスキンがヴェネツィアの芸術と建築にかんする３巻の論文、『ヴェネツィアの石』［内藤史朗訳、法藏館］の第１巻を出版。	モリスはオクスフォード大学のエクセター・カレッジで学びながら、エドワード・バーン＝ジョーンズとともにオクスフォード・アンド・ケンブリッジ・マガジンを発刊。	モリスが家族と住む「赤い家」のデザインをフィリップ・ウェッブに依頼。この屋敷はケント州ベクスリーヒース（現在の南西ロンドン）に建てられた。	モリス・マーシャル・フォークナー商会がロンドンで設立され、工業化によって一掃された伝統工芸を復活させる。	モリス・マーシャル・フォークナー商会が解散し、モリス商会になる。バーン＝ジョーンズとウェッブは、各々の役割を継続した。

共感するようになった。ふたりはまた、ラファエル前派が提起する理念や傑出した美術評論家、ジョン・ラスキン（1819-1900年）の影響を受けている。モリスは建築家としての修行を積んだあと、1861年に室内装飾と製造業の会社、モリス・マーシャル・フォークナー商会を立ち上げた。この商会は1875年にモリス商会に変わっている。共同経営者には、画家のバーン＝ジョーンズとフォード・マドックス・ブラウン（1821-93年）、建築家のフィリップ・ウェッブ（1831-1915年）もくわわっていた。モリスと仲間は、手作りで金属細工や宝飾品、壁紙、テキスタイル（織物）、家具、陶磁器、本を製作した。「商会」とよばれるようになったこの会社はあえて新しい工場方式の分業を採用せずに、中世の工房の伝統を手本にして、創作者グループが自分の仕事を掌握する形をとった。それは「労働の喜び」をとりもどそうとするモリスの狙いに沿っていた。商会は芸術家の集合体として運営され、大量生産を嫌って、美しいデザインで手ごろな値段の手作り品を創ることを指向した。またそういったものには労働者の創造性と個性が反映されていた。大胆な形と中世の顔料を基調にした強烈な色あいのモリスの商品には、不必要または過度の装飾はなかった。そしてこのことが、当時優勢だった流行を変える流れを作ったのである。1876年、モリスはロンドンの華やかなショッピング街に店を開いた。1880年代には国際的に有名になり、商業的な成功をおさめた。ほかにも新たなギルドや組合ができてその理念を踏襲した。

モリスはほぼ無尽蔵なエネルギーと活発な精神で、詩作や小説の執筆から、書体や家具（p.54）、壁紙の製作（p.56）、テキスタイルのデザイン、書籍の翻訳、事業の経営にいたるまで、休むことなく新しい課題を探した。自分でブロック捺染（プリント）と草木染めを復活させて、タペストリーを織るために自宅に機織り機を設置したりもした。捺染した綿や綿ビロードでは家具用布地を作った。「ウェイ」（図2）がそうで、このパターンはインディゴ抜染で特徴的な青色が出るデザインになっている。

モリスはまたオーガスタス・ピュージン（1812-52、p.36）がゴシック・リヴァイヴァル運動で提唱したように、使用する素材本来の価値と美しさに注目して「素材への忠実さ」を原則にした。彼はデザインに用いる写実的なパターンを求めて、徹底的な調査をしている。エリザベス朝様式のしっくい仕上げやイスラム世界のタイルといった、多様な工芸品を研究してそれに解釈をくわえたりもしている。モリスと同僚らは、「スタンデン」のような仕事で需要があった。スタンデンはサセックスの田舎の邸宅で、建築デザインをフィリップ・ウェッブが行ない、テキスタイル、壁紙、家具、陶磁器（図1）などの内装をモリス商会が手がけた。しかしながら、このような製品を手作りして品質のよい材料ばかりを使っていたので、製作コストがふくれあがり、商会の製品はたいてい高価すぎて金持ちしか手が出せなくなった。モリスの社会主義的理想とは相反したが、それでも彼の哲学はその後のデザイナーやデザイン運動にはかりしれない影響をあたえたのである。

SH

1

2

1　イングランドのイースト・グリンステッドにある、「スタンデン邸」（1894年）の応接間。最高レベルの職人技を生かすために、フィリップ・ウェッブが家屋をデザインした。

2　家具用布地「ウェイ」（1883年頃）。モリス商会が市販したこのような布地は、ロンドンの2店舗で売られていた。

1877年

モリスとウェッブらが古代建築物保護協会を結成。目的は古い建築物の修繕と文化遺産の保護にあった。

1882年

芸術家ギルドがロンドンで創設。このギルドは分野の垣根を越えた交流の場で、工芸家、芸術家、建築家など、多様なメンバーが属していた。

1888年

手工作学校ギルドがロンドンで創設。

1891年

高品質の限定本を作るために、モリスが印刷工房ケルムスコット・プレスを設立。

1892年

ケルムスコット・プレスがラスキンの『ヴェネツィアの石』のなかの1章、「ゴシックの本質」を出版。この部分にはゴシック様式の重要な要素があげられている。

1892年

ウェッブがビール家のためにデザインした「スタンデン邸」の建築を開始。この家はイングランドのイースト・グリンステッドに建てられた。

サセックスチェア 1860年頃 Sussex Chair

モリス・マーシャル・フォークナー商会 1861–75年

コクタン色に染色したブナ材とイグサのシート。
85×52×44センチ

フォーカス

1 木
モリスは「素材への忠実さ」をモットーにしていたが、サセックスチェアにはブームに合わせて、コクタン風に加工したブナ材の使用を許した。木製の家具を黒く染色塗装してコクタンに似せる手法は、東洋への旅から戻った人々を発信源にしてヨーロッパで流行していた。東洋では劇的な効果を狙ってコクタンが用いられた。

2 シート
イグサ編みのシートは、ふつう女性作業員の手作業で作られ、この椅子の自然で素朴な印象を高めると同時に、軽さとシンプルな構成を実現する要素となっている。初期のサセックスチェアのシートは正方形だったが、後期の同シリーズのデザインには円形と長方形もあった。

ヴィクトリア朝時代に人気があった家具は、凝った作りでしばしば過剰な装飾がほどこされていた。ウィリアム・モリスの家具はそれとは一線を画して、シンプルで実用的で、しかも手作りだった。モリスは経営するモリス・マーシャル・フォークナー商会（のちのモリス商会）でだれもが手に入れられる手作り家具を作るつもりだった。この椅子は単純な作業工程と競争力のある価格設定で、モリスの日用品のデザイン向上という理想を実現した。

この椅子をデザインしたのはフィリップ・ウェッブだとされている。ウェッブはサセックスで発見された、ジョージ王朝時代後期のアームチェアからヒントを得ていた。この椅子にはイグサのシートと変色させたフレームが組みこまれた。サセックス固有のデザインで、職人の腕がなければ作れない。モリスはこの椅子をケントにある田舎の自宅「赤い家」に置いたあと、ロンドンの印刷工房兼自宅のケルムスコット邸でも使用した。1869年頃から「サセックスチェア」として販売すると、またたくまに人気に火がつき飛ぶように売れた。ロンドンのヒールズ・アンド・リバティ店といった家具製造業者などは、その模造品を出している。モリス商会はサセックス家具シリーズを作りつづけ、サセックスチェアは1920年代まで生産が継続された。

SH

ナビゲーション

◀イギリスの13世紀の建築に感銘を受けたモリスは、「赤い家」に「中世の精神」を宿らせようとした。質素で絶妙なバランスの建物には、ふさわしくない装飾はない。数少ない例外は、アーチ型になっている上の窓枠といった、機能的に必要な部分ぐらいである。通常窓は、外観の対称性を整えるためではなく、部屋のデザインに合うように配置された。

赤い家

1859年、モリスは新妻ジェーン（1839–1914年）と住む新居のデザインを手伝ってほしいとウェッブにもちかけた。ロンドンからそう遠くない田舎に建てるつもりで、ロンドンから15キロほど離れたケントの村に、すでに一画の土地を確保していた。それは建築家ウェッブが独力でのぞんだ初仕事となった。この家はおよそ4000ポンドの総工費で、請負業者が１年以内に完成させた。「赤い家」はＬ型をした２階建ての建物に、赤い瓦の急傾斜の屋根をのせている。１階に大広間、ダイニング・ルーム、図書室、日中使用する居間、厨房、２階にメインの居間、応接室、工房、寝室を配していた。モリスとウェッブの社会主義的信念を反映して、召使の居住区画はその当時の大抵の家より大きかった。モリスは家具やタイル、ステンドグラスといった、内装の大部分をデザインした。また多くの家具のデザインをウェッブとラファエル前派の美術家、エドワード・バーン＝ジョーンズとダンテ・ガブリエル・ロセッティ（1828–82年）が手がけた。できあがった家は、アーツ・アンド・クラフツ運動の結晶となった。高品質の材料を使い、中世に触発されたデザインで美術家が共同制作したのである。

柳の枝の壁紙　1887年　Willow Bough Wallpaper

ウィリアム・モリス　1834–96年

ナビゲーション

紙にディステンパー［膠やカゼインを混ぜた絵の具］の色を木版印刷。
69×53センチ

ウィリアム・モリスの壁紙はたいてい、じっくり観察して研究した植物の形をベースにしていた。パターンのなかには「柳の枝」のように、田舎を散策したときに目にした花や木から発想を得たものもあった。柳はモリスが気に入っていたモチーフで、ほかのデザインにも登場する。1874年、モリスは「柳の枝」をデザインした。これは柳の枝を様式化して表現しており、初期の写実的な部類のパターンだった。彼の壁紙でもきわめて斬新だが、パターン自体は繊細で素朴なデザインで、からみあう細い茎と、柔らかい曲線の葉が描きこまれている。交錯の微妙なリズムは、当時多くの人々のあいだで評価されていた日本の美術をイメージさせ、淡い色使いはイギリスの田舎にある柳の木の自然な曲線とゆれるさまを表している。

21世紀の目にはこのデザインはごてごてしてうるさく映るかもしれないが、モリスと同時代の者がヴィクトリア朝様式の装飾過剰のデザインと比較すると、斬新で大胆、軽やかで新しく見えた。だれもが買える商品を作るというモリスの目的は、「サセックスチェア」（1860年頃）で達成されたが、彼の壁紙は、どうしても木版印刷の工程が複雑になるのできまって高めの価格になった。　SH

フォーカス

1　自然な形

壁面が平らであるのはモリスにとって喜びだった。この「柳の枝」をいつまでもモリスが特別に気に入っていたのは、平らな表面をさりげなく、しかし効果的に強調して、奥行にかんする錯覚をあたえないのに、しなやかさを表現していて写実的だからである。

2　パターン

モリスの初期の壁紙のデザインは、単純な格子をベースにしたものが多いが、「柳の枝」をデザインする頃には、網目や枝を複雑に重ねあわせるようになった。そのヒントとなったのが、インドやイタリアなどの歴史に残るテキスタイルである。反復模様は単純ではなく、パターンの予測がつきにくくなっている。

3　細い線

モリスは壁紙に木版印刷する手法を用いており、このデザインをイースト・ロンドンの専門業者、バレッツに送った。するとバレッツはナシ材の木片にそのパターンを手彫りする。デザインは彫刻刀で木片に彫られるが、細い線や細部は金属片を木に押しこんで再現していた。

▲ウィリアム・モリス商会は、今でもモリスの「柳の枝」の壁紙を販売している。このパターンを緑や赤、青で再現してプリントした布地もそろえている。同商会の壁紙と生地は、すべてイギリスの工房で作られている。

格子垣の壁紙

モリスの壁紙のモチーフには、自邸の庭にある植物から選ばれたものもある。モリスはケント州ベクスリーヒースの「赤い家」に引っ越したとき、気に入った壁紙が見つからなかったので、自分でデザインしはじめた。1862 年には格子垣をデザインした。ちなみに鳥はフィリップ・ウェッブが書き入れている。その発想のもとになったのは、自邸の庭にあったバラの格子垣だった。この壁紙は 1864 年から発売が開始された。ほかの壁紙にはほぼ手間がかからない機械印刷を用いたが、木片の版による伝統的な手刷りは、制作費が高くついた。モリスは自然からヒントを得ており、このパターンはイギリスの生け垣と田舎の庭園をイメージさせる。1881 年には「パターンデザインのためのヒント」と題した講演を行ない、そのなかで理想的なパターンには「庭や野原を明確に思わせるもの」が入っていると論じた。モリスはまた、16 世紀の草木を描いた本の木版画にも触発されている。こうした本には植物とその薬としての用法や調理の仕方が書かれていた。

発明家としてのデザイナー

1　左は1878年のジョーゼフ・スワンの先駆的な電球。右はエジソンが1879年に発明した電球。それぞれが独自に開発した。

2　1892年、はじめてニューヨークからシカゴまで開通した電話をかけるアレグザンダー・グラハム・ベル。ベルが電話を発明してから16年たっていた。

3　1890年代のフランスの映画上映を宣伝するポスター。映画を公開したのは、世界初の映画製作者のリュミエール兄弟だった。

19世紀末になると、製造業者が独力で生産性を向上させる方法を探るようになったため、創意に富んだデザインの解決策が生まれた。それを育んだのが加速する工業化と科学的発見、技術の進歩である。この時期は発明家としてのデザイナーの黄金期になった。彼らは創意と臨機応変の才で、大衆の生活様式を変えた。アメリカは自信と進歩への願望につき動かされて工業化のトップに立った。その結果、テキスタイルからミシン（p.40）にいたるまでの消費財が発明された。1836年には特許法改正により、アメリカ特許庁がはじめて設置されて、発明を特許の侵害から守りやすくなり、それがまたデザインの研究と開発に拍車をかけた。1853年にはニューヨーク万国博覧会で、世界中の最新の産業の成果が展示されると同時に、アメリカのすぐれた発明の実演展示が行なわれた。アメリカの機械技師で発明家のエリシャ・グレーヴズ・オーティス（1811–61年）がデザインした安全エレベーターもそのひとつである。その3年後、オーティスはニューヨークの店舗に、客用の安全エレベーター第1号を設置した。

南北戦争後にアメリカには「金ピカ時代」とよばれる時期があった。経済が急速に拡大して新たな領域に入り、とりわけ工業と鉄道によって機会に満ちた国を実現しつつあった。アメリカの東と西の海岸は、大陸横断鉄道によっては

キーイベント

1865年	1869年	1869年	1877年	1878年	1881年
アメリカの南北戦争が終結。社会を変容させる復興期がその後1877年まで続いた。	アメリカ初の大陸横断鉄道が完成。これでこの国が経済的に豊かになるレールが敷かれた。	アメリカの発明家、ジョージ・ウェスティングハウス（1846–1914年）が鉄道用の空気ブレーキの特許を取得。1893年、アメリカで列車への空気ブレーキの装備が義務づけられる。	トマス・エジソンが、物理的に音声を録音・再生する蓄音機を発明。	エジソンがニューヨークにエジソン電灯会社を設立し、白熱電球と公共用の電灯照明装置を考案。	ジョーゼフ・スワンがイングランド、ニューカースルのベンウェルで、スワン電灯会社を創立し、市販用の電灯を製造。

じめてつながり、ニューヨークとサンフランシスコ間の旅は数カ月から１週間たらずに短縮した。製品をより安くより多く作るための方法を求めるうちに、アメリカは応用技術で世界をリードするようになり、産業の大量生産はほかのどの国よりも着実に発展した。1874年には、E・レミントン・アンド・サンズ社が、はじめて市販用タイプライターの製造に成功した。

生活のあらゆる場面ですばらしいアイディアが出現した。1876年にはスコットランド生まれの発明家、アレグザンダー・グラハム・ベル（1847–1922年）が、アメリカ初の電話の特許を取得した（図２）。最初に提出された頃は、人の声が電線を伝わるなどといった考えは愚にもつかないと思われていた。その２年後には、コネティカット州ニューヘヴンに最初の電話交換局が作られて、ベルの「音響電信」が世界を変えることになる。

アメリカで発明数の多さで群を抜いているのがトマス・エジソン（1847–1931年）である。エジソンはアメリカで蓄音機やマイクロフォンなどの1093の特許をもち、ヨーロッパでもさらに特許を取得した。発明の影響力が強く、彼が量産技術を用いたことから、新産業が産声をあげた。1879年、エジソンは電球を完成させた（図１）。その前年にはイギリスの物理学者、ジョーゼフ・スワン（1828–1914年）も電球を開発しているが、エジソンは独自に開発している。この発明で家庭への電気供給の需要が活性化して、世界は激変した。

ヨーロッパでも、同様ににわかに発明が激増した。1860年、ベルギー生まれの技術者、エティエンヌ・ルノワール（1822–1900年）は、世界初の実用的な内燃機関の特許をとった。その４年後、ドイツ生まれのオーストリア人発明家、ジークフリート・マルクス（1831–98年）がガソリンを動力源にするエンジンで自動車を動かした。燃焼機関が蒸気機関を上まわる大きな長所は、出力重量比にあり、出力にまさる燃焼機関は自動車や航空機を駆動することも可能だった。1871年の普仏戦争終結から1914年の第１次世界大戦開戦までの期間は、「ベル・エポック（よき時代）」とよばれている。技術や科学の革新的進歩だけでなく、楽観主義と平和、経済的繁栄の時期でもあった。デザインと発明は最盛期を迎え、1885年の「ローヴァー安全型自転車」（p.62）、1892年の「魔法瓶」（p.64）といった、多様な製品が市場に現れた。エジソンのキネトスコープ［のぞきメガネ式の活動写真映写機］の影響を受けて、1895 年にはフランス人のオーギュスト（1862–1954年）とルイ（1864–1948年）のリュミエール兄弟が最初の活動写真用のカメラと映画撮影機を作り、そのためのフィルムを開発した（図３）。1901年、イタリア人の物理学者、グリエルモ・マルコーニ（1874–1937年）が、世界初の大西洋横断無線通信機を作り、イングランドのコーンウォール州ポルドューから、大西洋を越えてカナダのニューファンドランド島にあるセント・ジョンズまで電波を飛ばした。その２年後、エンジンを積んだ初の動力飛行機をアメリカの飛行士、ウィルバー（1867–1912年）とオーヴィル（1871–1948年）のライト兄弟がデザインし、初飛行に成功した。このような通信と輸送の進歩によって、市場は成長し新たな産業が生まれることになるのである。

SH

1883年
エジソンとスワンが合同でエジソン＆スワン連合電灯会社を設立。

1891年
エジソンとウィリアム・ディクソン（1860–1935年）が、活動写真投影機の先駆け、キネトスコープを発明。

1895年
オーギュストとルイのリュミエール兄弟が、パリのレストラン、グランカフェのサロン・ナンディアンで世界初の短編映画10本を公開。

1899年
グリエルモ・マルコーニが、２隻の船からニューヨークに無線でアメリカスカップ・ヨットレースについての実況報告を送る。

1901年
アメリカの実業家、キング・キャンプ・ジレット（1855–1932年）が使い捨て両刃型カミソリ（p.66）の特許を取得。

1908年
ライト兄弟が、アメリカとヨーロッパで公開飛行に成功。

QWERTY配列のキーボード　1874年　QWERTY Keyboard

クリストファー・レーサム・ショールズ　1819–90年

フォーカス

1　シリンダー

タイプライター文字は、ひとつずつ金属製のタイプバー(活字棒)の先についていた。この機構には行送りや改行をするローラー、ローラーを左に移動する文字送り装置がついている。キーをたたくとインクリボンとタイプバーが跳ね上がり、ローラーに固定されている紙にインクを押しつけた。

2　キー

最初のQWERTY配列は、現代の配列と少し違っている。数字の「1」と「0」はほかの文字で代用できるのでなかった。現在「M」は4列目にあるが、その当時は3列目の「L」の右にあり、「C」と「X」の位置が逆だった。

　1868年、アメリカの新聞編集者クリストファー・レーサム・ショールズと、弁護士で発明家のカルロス・グリッデン（1834-77年）、印刷業者のサミュエル・W・スーレ（1830-75年）に対して、「タイプ＝ライター」の特許が認められた。その後この特許はアメリカの武器とミシンの製造業者、E・レミントン・アンド・サンズの協力で、ようやくQWERTY配列のキーボードを目玉とする最初の装置となった。このタイプライターを使うと、手書きよりかなり速く文字を打てた。

　ショールズの考案した機械では、キーがアルファベット順にならんでいた。ところがこの配列だと、「ST」などよくある組みあわせの文字が近くなってしまう。キーを連続して速く打つと、タイプバスケットに入っている隣りあわせの「タイプバー」、つまり金属製のアームがからまった。グリッデンとスーレは開発計画に興味を失ったが、ショールズは新聞社の同僚で投資家のジェームズ・デンスモア（1820-89年）とともに、使われる頻度が低い文字の組みあわせの配置を開発して、問題を解決した。1873年、ショールズらはその特許をレミントンに売却した。その後もショールズは改善をくわえつづけて、ついにQWERTY配列のキーボードを作りあげた。レミントンは1874年に「ショールズ・アンド・グリッテン・タイプライター」を売りだしたが、あとになって商標を「レミントンNo.１」とした。このタイプライターが人気を集めるようになると、人々はこの変わったキーの配列に興味をいだき、記憶して効率のよい全指タイピングを習得するようになった。ほかのタイプライター製造業者も違うキーの配列をたずさえて市場に参入しようとしたが、QWERTYのキーボードから離れようとする者は少なかった。　SH

ナビゲーション

「ショールズ・アンド・グリッデン・タイプライター」は、レミントン社によって製造され、1874年に発売された。

▲「レミントンNo.１」は大文字しか印字しなかったが、1878年にはアッパーケース（大文字）とロアーケース（小文字）を両方そなえた初のタイプライター、「レミントンNo.２」が発売された。シフトキーを押すと、タイプライターのキャリッジ（往復台）が前方に動いて大文字が打たれる。大文字は、同じアルファベットのロアーケースのタイプバーについていた。これでQWERTY配列の人気に火がついた。レミントンによれば、1888年にはタイプライターの売上は４万台に達したという。

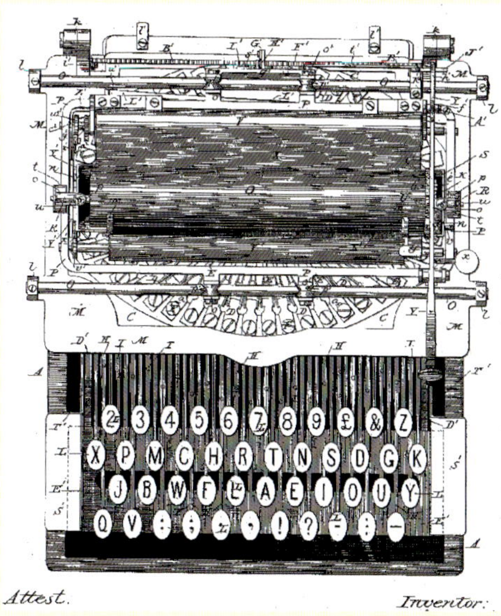

XPMCHR型

　QWERTY配列のキーボードは人気があったが、ショールズはそれがベストのならべ方だとは思っていなかった。そのためさらに効率を高めるキーボード配列を考案しつづけた。そのひとつ、XPMCHR型の特許を1889年に申請してから１年後に、ショールは帰らぬ人となった。だがXPMCHR型に成功のチャンスがあったのはつかのまだった。なぜなら1893年には、５大タイプライター製造業者のレミントン、カリグラフ、スミス＝プレミア、デンスモア、ヨストが合併してユニオン・タイプライター社を形成し、QWERTYのキーボードの構成を標準規格として採用したからである。

ローヴァー安全型自転車 1885年 Rover Safety Bicycle

ジョン・ケンプ・スターレー 1855–1901年

「ローヴァー安全型自転車」。だれもが安全に乗れるようになり、移動の仕方を一変させた。

1880年代の初めまで、市販されている自転車はオーディナリー型自転車のみだった。この自転車が「ペニー＝ファージング（ペニーと1／4ペニー）」と小ばかにされていたのは、大きな前輪と小さな後輪のせいだった。スピードは出たが安定性が悪く、実際乗るのに向いているのは、収入に余裕がある、長身のスポーツマン・タイプの若者だけだった。1877年、ジョン・ケンプ・スターレーはイングランドのコヴェントリーで、地元のサイクリング愛好家のウィリアム・サットン（1843年–）と共同事業をはじめた。ふたりは3輪自転車を作りはじめた。3輪のほうがペニー＝ファージングより乗りやすく安全だったのだ。1885年2月、ロンドンで毎年開かれる自転車の大展示会、スタンレー・サイクル・ショーで、スターレーは「ローヴァー安全型自転車」を披露した。これは後輪チェーン駆動式の自転車で、前後輪のサイズは同じだった。そのためペニー＝ファージングよりまたがりやすく安定性があった。スターレーは述べている。「乗り手の位置を地面から適切な高さにして…サドルをペダルから適正な場所に設け…ハンドルをサドルとの関連で、乗り手がペダルを最大限の力で踏めて、しかもほとんど疲れないような位置につけたかった」

ペニー＝ファージングより重量があり高価だったために、この自転車は鼻にもかけられなかった。ところが1885年9月に、ロンドンとヨークを結ぶグレート・ノース・ロードで、宣伝をかねた100マイル（161キロ）のレースを開催し、そこで数台のローヴァー安全型自転車が世界記録を破ったとたんに、世間の見る目が変わった。ペニー＝ファージングのように重心が前輪のハブの上方の高い位置にあるのではなく、前輪と後輪のあいだの低い位置にあるので、安全型自転車はハンドルを越えて転倒する危険性が減った。ブレーキの効きもよくなった。こうしたことはとくに女性に好意的に受けとられた。スターレーの自転車ははじめ、ゴムが充填され中空のないソリッド・タイヤをつけていた。だが1888年にジョン・ボイド・ダンロップ（1840–1921年）が空気タイヤを発明すると、やがてそれを装着するようになり、ゆれが抑えられて乗り心地が大幅に改善された。 SH

ナビゲーション

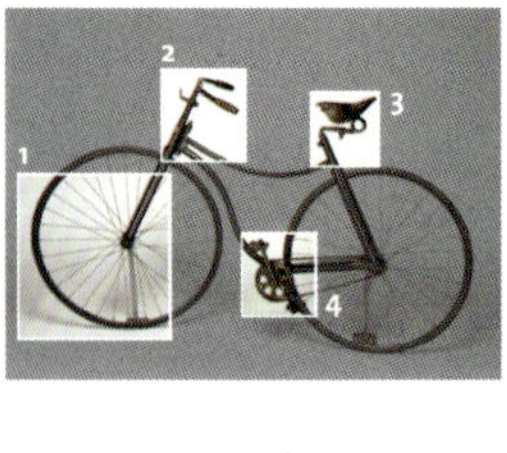

フォーカス

1　車輪

最初小さなソリッド・タイヤ２個を使用していたので、ゆれが激しく乗り心地が悪かった。ところがダンロップの膨張型の空気タイヤに換えると、こうした難点はなくなった。「ローヴァー安全型自転車」はブームをよんで世界中に輸出されるようになり、自転車を普遍的移動手段の一形態に定着させた。

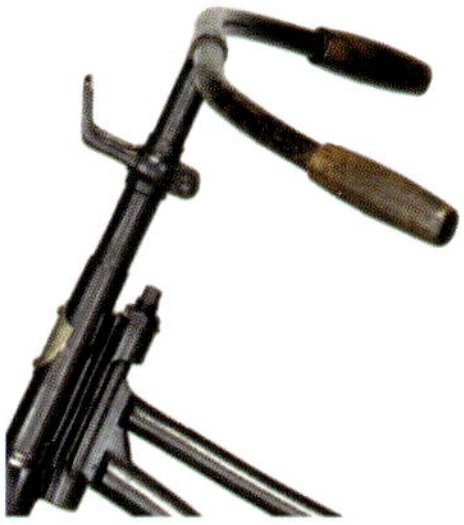

2　ハンドル

この自転車で導入されて画期的だったのは、三角形のフレームと、サドルの下のペダルがチェーンとギアを介して後輪を駆動すること、前輪とつながったハンドルで方向転換をすることなどである。こうした要素はすべて現代の自転車に組みこまれている。

3　サドル

サドルが調節可能だったので、スピードや安全性を犠牲にせずにだれもがサイクリングを楽しめた。運動神経の良し悪しにかかわらず男女、子どもに利用可能だったため、サイクリングは特別な技能をもった人間の趣味にとどまらず、一般的な移動手段になった。

4　チェーン駆動

前方の大きいスプロケットと後輪側の小スプロケットをつなぐチェーン駆動で、ペダルの回転が増幅されるので、ペニー＝ファージングのように巨大な車輪を直接ペダルでこぐ必要がなく、小さめの車輪でもよくなった。

▲スターレーの従業員が安全自転車を「ローヴァー」とよんだのは、この自転車で好きなように「rove（うろつく）」ことができたからだ。1896年にスターレーは、自社名をローヴァー自転車会社に改名した。スタンリーの死後、この会社はバイクに続き自動車の製造を開始した。

ペニー＝ファージング

スターレーは自転車のデザインを叔父のジェームズ（1831－81年）から学んでいる。ペニー＝ファージングはジェームズの数多い発明品のひとつで、ペダル駆動でできるだけ遠くまで最短の時間で移動できる乗り物を求める声があり、それに応じて1871年に発明された。ギアが出現するまでは、スピードを上げるためには前輪を大きくするしかなかったので、その分乗り手に危険がおよんだ。

魔法瓶　1892年　Vacuum Flask

ジェームズ・デュワー　1842–1923年

フォーカス

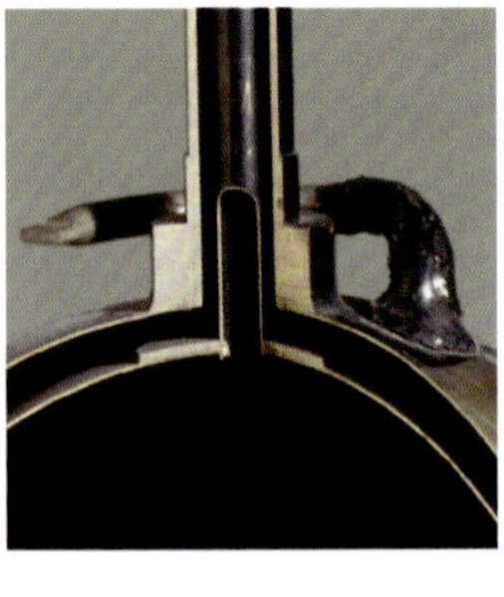

1　細い首

デュワーは1872年に真空保湿ジャケットをかぶせたゴブレットを発明した。そしてその20年後に、同じような原理にもとづく実験用のフラスコを作った。このフラスコの首が細くなっているのは、熱が内側の容器の首を通って逃げるのがわかっていたので、熱の損失を最小限にするためである。

2　壁

デュワーの実験用フラスコは、熱伝導をさまたげるために壁のあいだに部分的な真空状態を作っている。完全な真空には物質がまったく存在しないので、熱を伝導するものもない。またこのフラスコが密封されているのは、真空を維持して対流（空気の循環による熱移動）を生じさせないためである。

デュワー・フラスコ、デュワー瓶、サーモスともよばれる「魔法瓶」は、周囲の温度と関係なく（通常は液体の）内容物の熱さや冷たさを数時間保つ。1892年にイギリスの化学者で物理学者のジェームズ・デュワーによって、とくに科学の実験で液化ガスを超低温で保存するために考案された。この魔法瓶はガラスのフラスコ２個で構成されており、大きな容器のなかに小さな容器が入っていて、首のところでつながっている。容器のあいだの空気は真空に近くするためにポンプで抜かれている。真空は熱伝導をいちじるしく減少させて断熱効果を発揮し、温度の変化を生じにくくする。デュワーがフラスコの壁をガラスで作ったのは、熱伝導率が低いからだった。彼はそこに水銀で銀メッキをほどこして、放射による熱の損失も防いだ。デュワーの目的は液体を低温に保って実験に役立つ容器を作ることだったので、銀メッキをした魔法瓶の特許はとらなかった。

ところが1904年にドイツ人のガラス技術者、ラインホルト・ブルガー（1866–1954年）が、デュワーのフラスコが熱い飲み物の温度を保つためにも使えることに気づき、商業的可能性を見出した。そしてそれを再現すると自分のデザインとして特許を取得し、「テルモス（サーモス）」の名で家庭用のフラスコを売りだした。デュワーは激怒してブルガーを訴えようとしたが、勝ち目はなかった。テルモス社の初期の魔法瓶は手吹きのガラスで作られていたので、高価になり金持ちしか買えなかった。一方、1907年のアーネスト・シャクルトン（1874–1922年）の南極探検など、探検旅行では欠かせないものになった。生産の機械化で魔法瓶の価格は低下した。 SH

ナビゲーション

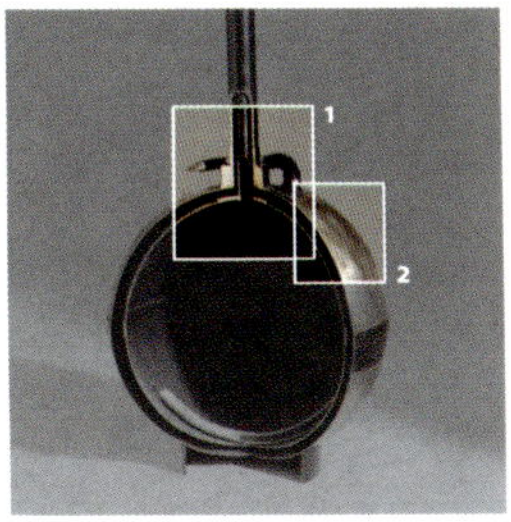

ジェームズ・デュワーの実験用フラスコを再現したもの。内部が見えるように縦に切断されている。

▲はじめデュワーは液体を低温に保つために保温箱を作ったがうまく行かなかった。液化するまでガスを冷却する極低温の実験には法外な費用がかかった。研究のためにできるだけ長くその状態を保つことがどうしても必要だったので、そうした目的のフラスコを開発したのである。

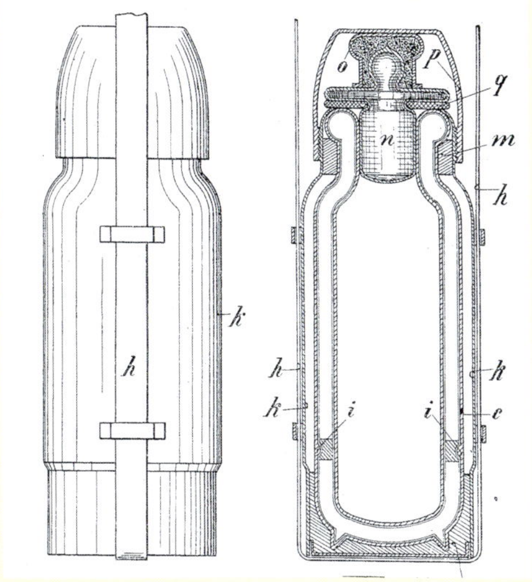

特許の効力

ブルガーはデュワーのフラスコの２個のあいだにスペーサー（間隔保持片）を入れて空洞を固定し、このデザインで特許をとった。またもうひとりのドイツ人ガラス吹き職人に協力してもらって、この真空フラスコの新たな名前を公募した。選ばれた「テルモス」は、ギリシア語の「熱」を表す言葉に由来していた。ふたりはテルモス有限会社を設立したが、商標権を独立会社のアメリカ魔法瓶会社（American Thermos Bottle Company）、イングランド・サーモス有限会社（Thermos Limited in England）、カナダ魔法瓶有限会社（Canadian Thermos Bottle Company Limited）の３社に売却した。

ジレット安全カミソリ 1901年 Gillette Safety Razor

キング・キャンプ・ジレット　1855-1932年

1931年以降の「ジレット安全カミソリ」。1904年には、ジレットは安全カミソリを9万本以上、替え刃を1200万枚以上生産していた。

人類は何世紀にもわたり、さまざまなひげ剃りの道具を使ってきた。有史以前には2枚貝の殻、サメの歯、燧石ナイフも用いられた。だが道具の扱いが悪いとひげ剃りが危険なのは、いつの世も変わらない。直刃のカミソリの場合は、きれいに剃るために刃の切れ味を保つ必要があり、刃がなまくらだとなおさら肌を傷つけやすい。

フランス人の理髪師ジョン＝ジャック・ペレ（1730-84年）は、1769年に安全カミソリの走りといえるものをデザインしている。それはまだ単純な作りで、最初の近代的な安全カミソリを作ったのは、イギリス人のウィリアム・S・ヘンソン（1812-88年）だった。多くの発明をしているヘンソンは1847年にカミソリの特許を取得している。このカミソリは刃が柄に対して直角についており、「一般的なクワの形にやや似て」いてケガを防ぐ櫛歯のガードがついていた。

ブルックリンのフレデリック（1851年頃-1915年）とオットー（1855-1932年）のケンプフェ兄弟は、ドイツ生まれの発明家で、この発明をさらに進めた特許を1880年にとった。その「スター・クラシック安全カミソリ」は、刃が肌を傷つけない位置に保持されている。ただしその刃はまだ1枚の鋳造した金属で、定期的に研ぐ必要があった。その後アメリカの実業家のキング・キャンプ・ジレットが市場のすきまを見出し、1901年に鋼板から打ち抜いた使い捨ての2枚刃の特許を申請した。そしてすぐさま当時の流行に追随した。本体価格を抑えて替え刃の価格を高く設定したのである。1917年にアメリカが第1次世界大戦に参戦したとき、米軍兵士に支給されたのはこの刃だった。この戦争中に軍関係者によって350万本以上のカミソリと3200万枚の刃が使われて、ジレットの刃はあらゆる近代カミソリの原型になった。

DG

ナビゲーション

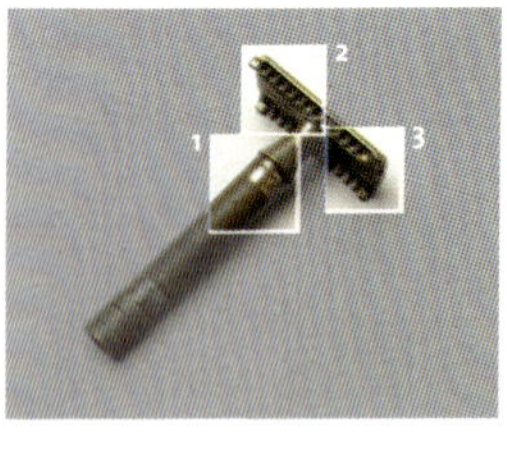

フォーカス

1 柄

小さめの直刃のカミソリを留め金で柄に固定することによって、刃を思いどおりに動かしやすくなり、肌に切り傷を作ることも少なくなった。櫛歯のガード、つまりプロテクターは肌に刃がくいこむのを防ぐ。この画期的な工夫はヘンソンの発案だった。

2 刃

刃の切れ味を保つのは面倒なので、自分でやらずに床屋に研いでもらっている者が多かった。帯状の革で金属の刃を整える（革砥）と切れ味が長もちしたが、それでも月に1度は砥石で研ぐ必要があった。ジレットの刃は、切れなくなったら交換された。

3 キャップ

刃にかぶせるキャップにはねじ山のついた軸があり、これを柄にねじこむ。キャップから下に突出しているスタッドは、しなやかに曲がる刃の穴にはめる。柄をまわすとガードと刃、キャップが同時にしめられる。柄を少しだけひねるとキャップが刃を下のガードに押しつけるので、刃先が露出する。

▲ジレットは使い捨て製品でも、カミソリの刃のように研磨や手入れがむずかしいものに価値を見いだした。ケンプフェ兄弟の安全カミソリのデザインをベースにしたジレットのカミソリは、打ち抜かれた鉄鋼の刃が目玉だった。生産は1903年に開始した。

デザイナーのプロフィール

1855–1900年

キング・キャンプ・ジレットはウィスコンシン州フォンドゥラックで生まれ、イリノイ州シカゴで育った。1890年代はクラウン・コーク・アンド・シール社でセールスマンをしており、その際に瓶のふたを見て、使い捨ての品物が商売になるのに気がついた。ジレットが売っていたコルク栓は、瓶を開けるとすてられた。

1901–16年

ジレットがみずからが考案した安全カミソリを売るために、アメリカン・セーフティ・レザー・カンパニー（のちのジレット・セーフティー・レーザー・カンパニー）を創立。巧みな宣伝と販売方式でブランドを確立した。

1917–32年

アメリカが第1次世界大戦に参戦すると、ジレットは米軍兵士全員に戦場用のカミソリ・セットを支給した。1920年代に、企業内の内紛で経営からしりぞいた。

心憎いマーケティング手法

ジレットの成功は、カミソリ作りの技術だけでなく、すぐれた包装や広告、宣伝活動によることも大きい。広告では安全カミソリの長所と思われるところを次から次へと売りこんだ。1905年にはユーモアたっぷりに、広告にシェービング・クリームを顔につけた赤ん坊まで登場させている（上）。この安全カミソリを使えば、わずかな出費で朝のひげ剃りが3分から5分で終わる、という謳い文句もあった。

ブランドの誕生

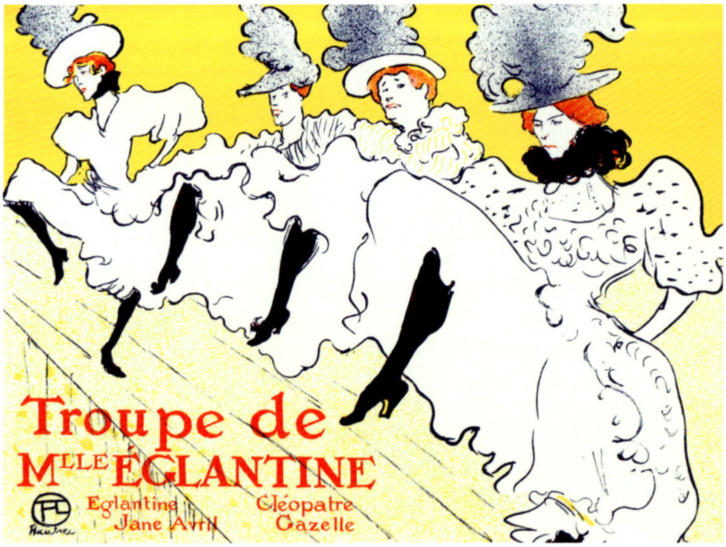

1 「エグランティーヌ嬢一座」を宣伝する、アンリ・ド・トゥルーズ＝ロートレック作のポスター。1896年に一座がロンドンのパレス・シアターで公演したときのもの。

2 『しゃぼん玉』（1886年）のポスター。トマス・J・バラットがペアーズ石鹸の広報活動にこのような王立美術院会員の作品を使ったのは、ブランドが高まるからである。

3 「ベガースタッフス」作のカサマ・コーンフラワーを宣伝するポスター（1894年頃）。簡素なカラー・スキーム（色彩設計）なので、多色刷りとくらべると値段は安かった。

産業革命で大量生産がはじまると、マーケティングとブランド戦略の必要性が高まった。一方、大型化して高速化した蒸気動力の印刷機やリトグラフ（石版印刷）の技術、金属活字による印刷工程、色再現技術といった、印刷技術が進歩したおかげで、大量印刷の費用対効果が向上し、新製品の広告とマーケティングが盛んになった。平板輪転機［平板の版を円筒形の圧胴で加圧］が、スピードにおとる平圧印刷機以来のデザインの歩みを加速したのと平行して、新たな製紙方法や進歩した写真術も登場した。

製造業者は消費者の需要を掘り起こして利益を上げるために、広告に大金をそそぎこんだ。製品にユニークな個性をあたえて特色を打ちだし、消費者に品質と価格競争力について納得させたのである。裕福な新興中産階級をターゲットに、広告主は新聞広告、チラシやビラ、トレードカード（業務用名刺）、ポスターを作成した。スローガンや商標（トレードマーク）が、傘や旗、チラシ、ポスター、ビール用コースターに印刷された。広告代理店が開業し、製品やサービスが購買層の目に確実にとどく戦略を展開して、その魅力をアピールした。

1870年代までは、物品の大半が樽や蓋の開いた容器から直接売られていた。石鹸やチーズといった商品は大きな塊から切り分けられ、買い物客は製造元の名前を意識しなかった。ところが1880年代になって、商品を包装して独自の明確なブランド作りをはじめる製造業者が増えた。まず特許医薬品メーカーとタバコ会社が商標名と装飾的なラベルを作りはじめ、すぐに石鹸、洗剤、朝食用シリアルの生産者がそれに続いた。初期の包装はブリキ缶やガラス瓶、ダンボール箱だったが、その頃に既製品が出ていた衣類には個々にラベルがついて

キーイベント

1786年	1842年	1843年	1878年	1880年	1887年
ロンドンで広告代理店の第1号、ウィリアム・テーラー社がオープン。印刷業者の広告営業代理業者として活動した。	全米不動産業協会と実業家のヴォルニー・B・パーマー（1799-1864年）が、アメリカ初の広告代理店をフィラデルフィアに設立。	アメリカの発明家、リチャード・マーチ・ホー（1812-86年）が平板輪転機を発明。印刷工程を大幅にスピードアップした。	イギリスの革新的な写真家、エドワード・マイブリッジ（1830-1904年）が、疾走するウマの連続写真を撮影。	アメリカではじめて網版（ハーフトーン）の写実的なイラストが新聞に印刷される。	アトランタ・ジャーナル紙が、初の新聞広告を掲載。赤と白のコカ・コーラのロゴを大きく扱った。

いた。缶はそれ以前から使われていたが、紅茶やかぎタバコ、砂糖菓子、クッキーといった、さらに多くの種類の製品を保存するのに利用された。複雑で細かいデザインが印刷されたものが多く、中味の製品がなくなったあとも長く手もとに置かれるように、変わった形に作られる例が増えた。1879年には印刷業者のロバート・ゲア（1839–1927年）が、折りたたんで組み立てられるダンボール箱を発明して、それまで高価だったダンボール箱がはじめて求めやすくなった。ダンボールも最初から印象的な絵や目立つブランド名が印刷されて、ビスケットやシリアルのメーカーに広く利用された。ブランド設定と広告では、ユニーク・セリング・プロポジションが強調された。つまり類似品を売る他同業者がもっていない、あるいは公表していない独自の長所や魅力を広告業者が売りにしたのである。すると消費者は特定のブランドをその特性である信頼性や新鮮さ、価値、あるいは抽象的な属性である美しさや願望などと関連づけて考えるようになった。

ブランド・ロイヤルティ（顧客の忠誠心）が必要だとわかってくると、ごく初期から購買意欲を刺激するために期間限定の景品を進呈する販売戦略がとられた。イギリスのタバコ製造業者のW・D＆H・O・ウィルズ社は1887年から、シリーズものの絵のカードをそえた。イギリスの石鹸製造業者、A・アンド・P・ペアーズ社（A. and F. Pears）社長のトマス・J・バラット（1842–1914年）は、それまでだれもやらなかったブランド・マーケティングを展開した。ラファエル前派の画家、ジョン・エヴァレット・ミレー（1829–96年）が孫息子を描いた『子どもの世界（A Child's World）』（1886年）に石鹸の絵をくわえてシャボン玉のポスター（図２）にして、ペアーズの石鹸を愛すべき製品として宣伝したのである。

ヨーロッパは1880年代にカラー・リトグラフ（多色石版術）が開発されたこともあり、芸術的なポスターや広告で世界をリードした。それ以前は文字だけだったポスターにカラーの絵も入るようになった。フランス人画家のジュール・シェレ（1836–1932年）は芸術的ポスターの分野を切り開き、1000点を超えるデザインを残した。それに触発された美術家に、フランス人のアンリ・ド・トゥルーズ＝ロートレック（1864–1901年、図１）、チェコスロヴァキア人のアルフォンス・ミュヒャ（1860–1939年）がいる。イギリス人のふたりの画家、ジェームズ・プライド（1866–1941年）とウィリアム・ニコルソン（1872–1949年）は、「ベガースタッフス（物乞いの作品）」の雅号で、単純化されたイラストのポスター（図３）を制作した。またドイツ人デザイナーのルチアン・ベルハルト（1883–1972年）とハンス・ルディ・エルト（1883–1918年）、ルートヴィヒ・ホールヴァイン（1874–1949年）も同様に、大胆な色使いとシンプルなレタリングで省略化した平面的デザインを創作した。1890年代には網版（ハーフトーン）の技術が完成した。この写真の濃淡を小さな点で表現して普通紙に印刷する製版方法は、新聞やポスターの広告、パッケージに途方もない影響をおよぼした。文学への興味が高まり、同時に印刷コストが下がったので、本と新聞の市場を拡大し利用価値が高まって、雑誌が登場する土台が整った。そしてこういったことすべてが新たな広告のチャンスを作ったのである。　SH

1888年
アメリカの発明家、ジョージ・イーストマン（1854–1932年）が、コダックの商標を登録。ロールフィルムを使用するカメラの特許も得た。

1895年
ジュール・シェレが美術作品集、『ポスター芸術の巨匠たち（e Maîtres de l'Affiche)』を刊行。「ベル・エポック（よき時代）」の欧米のポスターを収録した。

1896年
ナショナル・ビスケット・カンパニー（のちのナビスコ）が、ロバート・ゲアに200万個のダンボール箱を発注。消費者にわたすための消費者包装が誕生した。

1898年
キャンベル・スープの白と赤のラベルがはじめて登場（p.72）。

1899年
オーストリアの神経科医、ジークムント・フロイト（1856–1939年）が、臨床経験にもとにに『夢判断』を出版。

1908年
スイスの化学者、ジャック・E・ブランデンバーガー（1872–1954年）がセロハンを発明。プラスチック包装の時代の前ぶれとなった。

コカ・コーラのロゴ 1886年 Coca-Cola Logo

フランク・メーソン・ロビンソン 1845–1923年

1882年、アトランタの薬剤師、ジョン・ペンバートン（1831-88年）が新しいアルコール飲料を作った。材料はコカの木とコーラ・ナッツ、ワインである。この飲み物は「心と体の疲れ」によいとの売り文句で「ペンバートンズ・フレッシュ・ワイン・コカ」として販売された。４年後、アトランタ州で酒類の売買が禁止されると、ペンバートンの共同経営者で経理担当のフランク・メーソン・ロビンソンがワインのかわりにシロップを入れて、材料をソーダ水で割ったらどうかと提案した。この飲み物はソーダ・ファウンテン［ドラッグストアの軽食を出すカウンター］で１杯５セントで売られた。

ロビンソンはペンバートンの新しい飲み物に「コカ・コーラ（Coca Cola）」の名を考案した。「ふたつのCは広告映えする」と考えたからである。そのほかにもアメリカの同胞がすぐに認識できて好感をおぼえるような商標をデザインした。地元の彫版工のフランク・リッジと緊密に協力しながら、彼は流麗なスペンサー書体のさまざまなバージョンを試した。この筆記体のロゴは即座に採用になり、1897年にはこの文字で飾った最初の新聞広告が掲載された。その後万人のための飲み物をうたうロビンソンのキャッチフレーズとともに宣伝計画が展開されると、ブランドの知名度は確固たるものになった。1890年代にコカ・コーラのロゴは何度か大きく変わった。当時はやっていたアール・ヌーヴォー（p.92）に追随して、1890年から翌年にかけては渦巻きとひげがつけくわえられた。しかしロビンソンはすぐさまこの変更はまちがいだと判断して、オリジナルのデザインに戻しそれが今日まで続いている。

SH

ナビゲーション

1904年以降のコカ・コーラの宣伝。

フォーカス

1　テール

「コカ・コーラ」のスペンサー書体の商標は、1893年にアメリカの特許庁に登録された。その後この商標の先頭の「C」に横に伸びるテールが追加された。1941年には、「Trademark Registered（登録商標）」の文字はテール上から移動してロゴの下になり、ロゴの外に出された。

2　筆記体

このロゴが使用しているスペンサー書体は、およそ1850年から1925年頃にアメリカでひろく使われていた筆記体の１種だった。このような書き方が学校で教えられ、タイプライターが普及するまで、おもにあらたまった手紙や商業文に用いられていた。

ブランド戦略の起源

古代のエジプト人や中国人は、物品の所有者や製造者を表す記号によって、ほかの物品との差別化をしていた。このような方法は歴史をとおして存続している。最初に商標を使ったとされているのは、ローマ帝国で剣を作っていた鍛冶屋である。中世期のヨーロッパでは、職人ギルドが製品の特定の製作者をマークで表した。するとほどなくして販売できるほとんどの品物の製作者が、それぞれ異なるマークをつけるようになった。1266年にイギリス議会を通過した初の商標法は、すべてのパン屋に販売するパンにほかの店と区別するマークを入れることを義務づけた。イギリスでは初の商標権侵害をめぐる裁判が、1618年に２軒の布地製造業者のあいだで争われている。最初の包括的な商標法は、1857年にフランスで制定された。19世紀には、写真撮影術、印刷方式、タイポグラフィー［書体の選択・配列］の進歩とともに商標のデザインが発達した。1880年代には、製造業者が混雑している市場で認知度を高めて、顧客の忠誠心を獲得するために互いにしのぎを削るなか、ロゴは商売のかなめとなっていた。

キャンベル濃縮缶スープのラベル 1898年

Campbell's Condensed Soup Label　**複数デザイナー**

「キャンベル濃縮缶スープ」のラベルのレイアウトは、最初のデザインからほとんど変わっていないため、21世紀に見ても違和感を覚えない。

1869年に青果商のジョーゼフ・A・キャンベル（1817–1900年）は、アンダーソン保存加工（Anderson Preserving Company）会社のエーブラハム・アンダーソン（1829–1915年）との共同事業としてジョーゼフ・A・キャンベル保存加工会社を設立して、トマトや野菜、スープ、ゼリー、調味料、ひき肉の缶詰めを製造しはじめた。アンダーソンが手を引くと新たな共同経営者を引き入れ、社名を「ジョーゼフ・キャンベル保存加工会社」に変更した。1897年、共同経営者のひとりのアーサー・ドーランスが甥のジョン・T・ドーランス（1873–1930年）を雇った。するとジョンはスープの風味をそこなわずに、多くの水分を抜いて濃縮する工程を考案した。そのおかげで輸送費が削減されて配達が楽になった。それから５年もしないうちに、キャンベルは年間1500万個以上の濃縮缶スープを売り上げていた。

「キャンベル濃縮缶スープ」のラベルは社内の共同作業で生みだされたと考えられているが、ラベルを作った初代の印刷業者、シニクソン・チュウ・アンド・サンズにもデザインの一部を担った功績がある。1897年の１枚目のラベルは、オレンジと青のデザインだった。1898年からこの配色が赤と白に変更になったのは、従業員でのちに経理・業務部長になったハーバートン・L・ウィリアムズが、ペンシルヴェニア大学対コーネル大学のフットボールの試合を観たあとだった［前者が赤と白のユニフォーム］。ロゴの筆記体は、主婦受けがよいように親近感をあたえるのが狙いで、創設者自身の署名をもとにしているというのが定説である。このスープは1900年のパリ万国博覧会で評価され、金メダルを獲得した。以来、その金メダルを描いたイラストがラベルに追加されている。デザインを担当した彫版工は、できるだけ実物に似せてほしいという注文を受けた。ラベルのなかで現実世界のものを描いているのは、このメダルのみとなっている。　SH

ナビゲーション

フォーカス

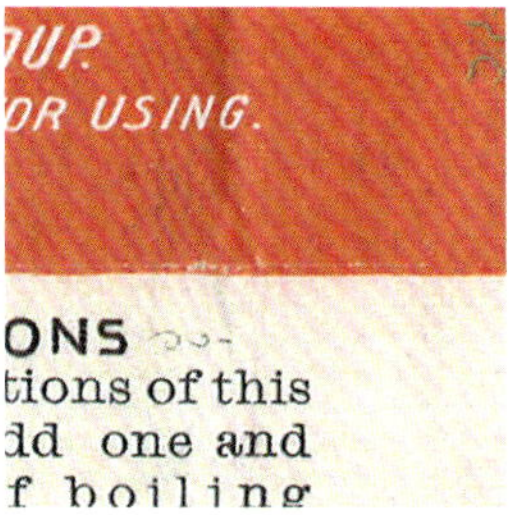

1　赤と白

ウィリアムズはフットボール・チームの赤と白のユニフォームに触発されて、スープのラベルも同様のインパクトを狙って変えるべきではないかと提案した。キャンベルのチームワークと馴れあいの社風を反映して、赤と白の色彩設計は採用された。

2　筆記体

筆記体は角張った活字書体とくらべて、かたくるしい印象はない。この製品はなによりもアメリカの主婦を購買層に想定していたので、家庭的な感じをあたえる必要があった。この書体は、手書きのレシピも連想させた。

3　メダル

キャンベルのラベルの中央にこの円形の装飾が登場したのは1898年だった。この会社がパリ万博で金メダルを獲得する２年前である。受賞後円形の装飾は、第１級品の永遠の象徴として、フランスの金メダルのエンブレムに変更された。

◀1777年、バス・ブリュワリーは、イングランドのバートン・アポン・トレントでウィリアム・バス（1717–87年）によって創設された。この会社のインパクトの強い赤い三角は、1876年にイギリスの登録商標第１号になり、一躍有名になった。このマークはエネルギーや繁栄、活力、熱意を象徴している。バス・ブリュワリーは1877年に世界最大のビール醸造所となった。フランスの画家、エドゥアール・マネ（1832–83年）が1882年に描いた『フォリー・ベルジェールのバー』のなかでも、この三角マークがきわだっている。

アーツ・アンド・クラフツ運動

1

2

3

1　1901年から翌年にかけてチャールズ・ロバート・アシュビーがデザインし手工作学校ギルドが製作した銀のカトラリー。表面をやさしくたたいて作るという、ギルドの円熟した製作手法の典型例である。

2　社会主義者の芸術家で理論家のウォルター・クレーンは、芸術の統合を唱えて、壁紙や陶器だけでなく、ステンドグラスのデザインも手がけた。ロンドンのストリーサム・クライスト教会の窓、『嘆くなかれ(Weep Not)』(1891)もそのひとつ。

3　チャールズ・ロールフス作のオークと鉄の机(1899年頃)。ロールフスはアーツ・アンド・クラフツの境界線を押し広げて家具と彫刻の区別をあいまいにした、型破りなデザインと作品で知られている。

19世紀半ばにイングランドで躍進したアーツ・アンド・クラフツ運動は、工場で生産されつつある劣悪なデザインの粗悪品と工業化によって生じた不平等に対する抗議行動だった。それに多大な影響をあたえたのはオーガスタス・ピュージン(1812–52年)、ジョン・ラスキン(1819–1900年)、ウィリアム・モリス(1834–96年、p.52)である。この動きはおよそ1860年から1910年まで続いたあと国際的な運動に発展していった。ただし、それに結びつく単独の様式を判別することはできない。アーツ・アンド・クラフツ運動の芸術家、建築家、デザイナー、職人、文筆家は、工業化は環境を破壊し、伝統的な技能や手工業を圧迫して、製造品の品質を大幅に低下させたと考えた。そして工業化によってひき起こされた芸術的水準の後退は、社会的、道徳的退廃とつながっていると確信していた。

アーツ・アンド・クラフツ運動の主唱者は、工場環境に対抗する立場をとり、労働者が自尊心をとりもどして、デザインの全工程を共同で作業する方式をおしすすめようとした。そしてモリスの哲学にしたがって、人の努力を重んじてごまかしや過剰装飾、粗雑な製作品を排除することをめざした。1882年には、建築家でデザイナーのアーサー・ヘイゲート・マクマード(1851–1942年)が、聖職者でデザイナーで詩人のセルウィン・イミジ(1849–1930年)とともに、センチュリー・ギルド・オヴ・アーティスツを立ち上げた。ふたりが支持したのは美術と装飾美術に違いはないという考え方である。アート・ワ

キーイベント

1884年	1884年	1887年	1888年	1893年	1893年
ジョン・ラスキンとウィリアム・モリスがアート・ワーカーズ・ギルドを設立。装飾美術と職人個人の地位の向上をめざした。	センチュリー・ギルド・オヴ・アーティスツが、ギルドの目的と理念をおしすすめるために、季刊誌ホビー・ホースの出版を開始。	純粋芸術と装飾美術の同時展示を普及させるために、アーツ・アンド・クラフツ展覧会協会がロンドンで結成される。	チャールズ・ロバート・アシュビーが、職人の創造力の育成をはかるために、ロンドンに共同組合の手工作学校ギルドを設立。	絵入り美術雑誌ステューディオがロンドンで創刊され、アーツ・アンド・クラフツの理念を海外に広める。	イギリスのデザイナー、アーネスト・ギムソン(1864–1919年、p.80)がロンドンを離れて、地方の伝統的な共同体のなかで建築と工芸を実践。

ーカーズ・ギルドは、ふたつの非公式なグループがまとまって1884年に結成された。ひとつは美術家でイラストレーターのウォルター・クレーン（1845-1915年、図2）をはじめとするデザイナー集団「15人組（The Fifteen）」、もうひとつは建築家6人で構成されるセント・ジョージ美術協会（St George's Art Society）である。アート・ワーカーズ・ギルドにはアーツ・アンド・クラフツの基本原理はもちろん、さまざまな芸術的な職業の会員の交流の場を作りたいという思いも反映されていた。デザイナーのチャールズ・ロバート・アシュビー（1863-1942年）は、1888年に手工作学校ギルドを開くにあたって、商業の体系を打破して労働者の威厳と労働の満足感を復活させようとした。アシュビー自身がデザインした家庭用銀食器（図1）はこのギルドに属していても、銀製品のデザインが当時のイギリスだけでなく、ヨーロッパやアメリカにも影響をおよぼすことを証明した。

19世紀末には、アーツ・アンド・クラフツ運動の理念が北米の大勢の人々を動かしていた。アメリカ版のアーツ・アンド・クラフツ運動である「クラフツマン・スタイル」は、イギリスの運動の改革思想に共感しながらも、独創性やシンプルなフォルム、地元の天然素材の利用、手作業に焦点を置いた。ただしイギリスのアーツ・アンド・クラフツの社会主義への傾倒とは一線を画して、急速に拡大しつつある中産階級の需要にこたえることを目的とした。アーツ・アンド・クラフツ運動の理念はイギリスのデザイナーによる公演旅行と刊行物をとおして、アメリカ全土に広まった。モリスとならんでチャールズ・フランシス・アンズリー・ヴォイジー（1857-1941年）やアシュビーの影響力も大きかった。ボストン、マサチューセッツのソサエティ・オヴ・アーツ・アンド・クラフツ、シカゴのアーツ・アンド・クラフツ・ソサエティなど、アーツ・アンド・クラフツ協会があちこちで設立された。

そうしたアメリカ人の価値観は一致していたが、創作上の解釈は多様だった。銀細工師のアーサー・J・ストーン（1847-1938年）はイギリス生まれで、シェフィールドとエディンバラで修行を積んだ。その後アメリカに移民し、ボストン・ソサエティ・オヴ・アーツ・アンド・クラフツに入会した。そして工房を開き弟子に手製の銀器の作り方を仕込みながら、装飾を抑えた家庭用の銀器を製造した。ニューヨーク州バファローのチャールズ・ロールフス（1853-1936年）は、ムーア様式や中国、スカンディナヴィアのデザインに触発されて、個性的な家具を作った（図3）。家具デザイナーで家具メーカー、ユナイテド・クラフツの創設者、そしてクラフツマン・スタイルの中心的な提唱者であるグスタフ・スティックリー（1858-1942年）は、モリスが美的センスを改善しようとした目的を、自分も負けじとごまかしのない構造とシンプルなライン、品質のよい家具の材料で実現しようとした。スティクリー作の「モリスチェア」（1901年、p.76）がそのよい例である。

アーツ・アンド・クラフツの理念は高邁だったが、この運動には根本的な欠点があった。近代の製造方法に異を唱えても、手ごろな値段で高品質のデザインを手作りで一般大衆のために作るという、社会主義的な理念にはむりがあった。というのもそのようなデザインの製造コストは法外になるので富裕層しか買えなかったからである。この運動の最大の遺産は、デザインとクォリティ・オヴ・ライフ（生活の質）との関連性を認めて、デザインの地位を向上させたことにある。

SH

1895年	1896年	1897年	1899年	1901年	1902年
アメリカのデザイナー、グスタフ・スティックリーが初の訪欧で、ウィリアム・モリスとアーツ・アンド・クラフツ運動に啓発される。	ロンドンで中央美術工芸学校が創設される。アーツ・アンド・クラフツの基本原理を推進するために、工芸工房を導入した。	ボストンでアメリカ初のソサエティ・オヴ・アーツ・アンド・クラフツが設立される。	アーツ・アンド・クラフツ展覧会協会の第6回展覧会で、イギリスのデザイナー、アンブローズ・ヒール（1872-1959年、p.78）が家具を出展。	スティックリーが雑誌クラフツマンの創刊号でモリスを特集。この雑誌がその後15年間、アーツ・アンド・クラフツの基本理念を推進した。	手工作学校ギルドのメンバーがコッツウォルズに移る。このコッツウォルズ・スクールがイギリスのアーツ・アンド・クラフツ運動の中心となった。

モリスチェア 1901年 Morris Chair

グスタフ・スティックリー 1858-1942年

オーク、革。
99×80×98.5センチ

グスタフ・スティックリーといえば、シンプルなラインと抑えた装飾が特徴の木製家具が有名だが、彼はイギリスのアーツ・アンド・クラフツ運動の延長線上にある、アメリカのクラフツマン・スタイルに絶大な影響をおよぼしてもいる。叔父の椅子製作会社で働きはじめ、経営にもたずさわったあと、1883年にペンシルヴェニア州サスケハナで兄弟ふたりとともに家具製作会社を創設した。それから５年もたたずに、グスタフはニューヨークで独力で事業をスタートさせた。1890年代にヨーロッパを訪れたときは、アーツ・アンド・クラフツ運動の父、ウィリアム・モリスに大いに感化されて、自分の会社でアーツ・アンド・クラフツ様式の家具を作るべきだと確信した。

スティックリーのデザインは手作りなので昔懐かしくもあり、装飾がないためにモダンでもあった。この椅子は彼がヨーロッパで目にしたデザインのなかでも、イギリスにあるモリスのアーツ・アンド・クラフツのデザイン会社が製作した椅子をベースにしていた。ただしデザイナーはフィリップ・ウェッブ（1831-1915年）である。スティックリーのオーク材の椅子は、簡素で頑丈な作りで機能的で、たっぷりとした茶色の革のクッションをあしらっており、世界中で複製品が作られた。スティックリーがこの椅子を「モリスチェア」とよんだことはなく、背もたれが調節可能な椅子、つまりリクライニングチェアというよび方を好んだ。「クラフツマンチェア」、「ミッション・モリスチェア」と称されることもあった。スティックリーはそうしたよび名をきらったが、「モリスチェア」という名称はついてまわった。 SH

ナビゲーション

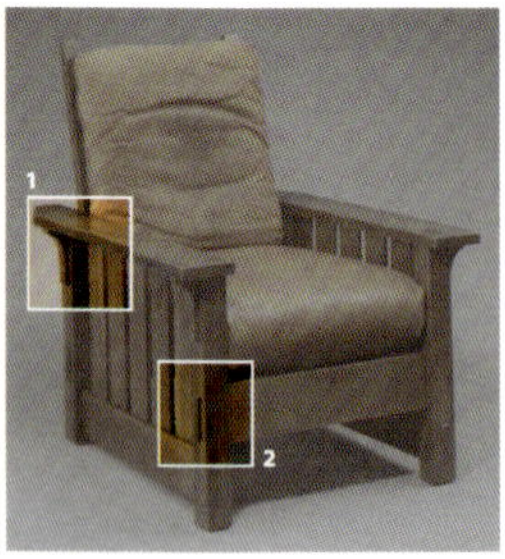

フォーカス

1　側面の薄い平板
この椅子は頑丈で単純な構造をしている。縦に張られた側面の薄い平板、ほぞ穴接合のつなぎ目、前方で短い受け材によって支えられている水平のアーム、差しこみ式のスプリング・シート、留め具を利用したリクライニングの背もたれといった要素は、ヨーロッパのアーツ・アンド・クラフツよりは、アメリカのクラフツマン・スタイルの特徴を表している。

2　深い風あい
年代を感じさせる暗めの濃い風あいは、木材にアンモニア蒸気をあてて出している。この仕上げの工程では、濃い水酸化アンモニウムの水溶液から発生する蒸気に木材をさらす。すると木材の成分のタンニンが反応して色が黒くなる。

▲1909年に発行されたスティックリーのクラフツマン誌に掲載されたイラスト。「モリスチェア」が見える。この雑誌はクラフツマン・スタイルの住宅建築と内装の発展に影響をおよぼした。

デザイナーのプロフィール

1858-82年
グスタフ・スティックリーはウィスコンシン生まれ。石工として修行を積んだが、1875年頃には、弟妹とともに母親につれられてペンシルヴァニア州ブラントに移住。スティックリーはここの叔父の椅子工場で働いた。

1883-87年
ふたりの弟とともにスティックリー兄弟会社（Stickley Brothers Company）を設立。1888年には家具のセールスマン、エルギン・A・シモンズが共同経営者になった。

1895-1900年
1895年から翌年にかけてヨーロッパを訪れ、アーツ・アンド・クラフツ運動に触発される。1898年にはシモンズの分担出資金を払い戻して、クラフツマン・スタイルの家具を製作しはじめた。

1901-14年
クラフツマン誌を創刊。1903年にクラフツマン・ホーム・ビルダーズ・クラブを結成し、建築に対するみずからの理念を広めた。1907年、ニュージャージー州モリス・プレーンズで地所を購入し、寄宿制学校のクラフツマン農場（Craftsman Farms）を作る。

1915-42年
モダニズムの到来とともに大衆の好みが変わり、スティックリーの家具の人気がなくなった。破産宣告をしてクラフツマン誌を廃刊にした。

レオポルトとジョン・ジョージのスティックリー兄弟

1904年、グスタフ・スティックリーのふたりの弟、レオポルト（1869-1957年）とジョン・ジョージ（1871-1921年）は、グスタフと袂を分かってニューヨークで家具を扱うオノンダガ・ショップ（Onondaga Shops）を開いた。その2年後には社名をハンドクラフトに変更。経営的にはグスタフより成功した。この兄弟はグスタフが意匠権の問題に無頓着だったのをいいことに、その手作り家具のデザインを流用して機械で製造し、価格を下げた。また「プレーリーベンチ」（1912-13年）など、アメリカの建築家でデザイナーのフランク・ロイド・ライト（1867-1959年）のプレーリー・スタイル［草原様式。家屋、内装を開放的に総合設計］を反映させたシリーズも導入した。1918年、兄弟はグスタフのクラフツマン工房を手に入れると、ふたつの家具シリーズを統合した。この会社は21世紀に入っても営業を続けている。

レッチワースのオーク食器棚 1904-05年 Oak Letchworth Dresser

アンブローズ・ヒール　1872–1959年

オーク、クリ、マツ、真鍮。
136.5×45.5×169センチ

ナビゲーション

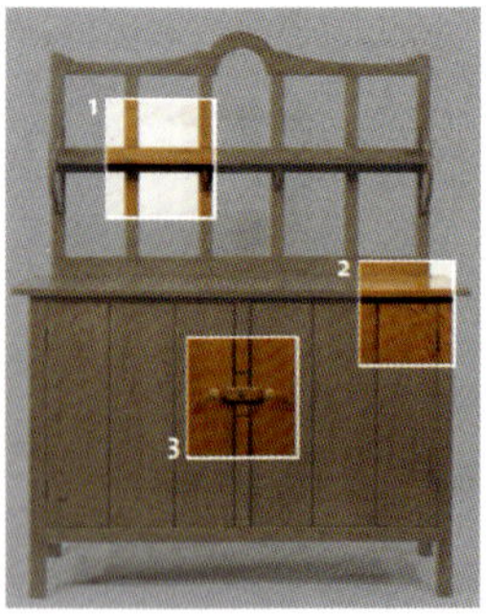

ヒール・アンド・サン社は、1810年にロンドンで創業した。もともとベッドと寝具類を販売していたが、1880年になると居間用家具の部門も開設した。1896年から創業者のひ孫のアンブローズ・ヒールが、オーク白木で簡素な家具をデザインしはじめると、この店の主力商品である装飾的なアンティーク複製品といちじるしい対照をなすようになった。その2年後、アンブローズはみずからのデザインを集めたカタログ『オーク白木の家具（Plain Oak Furniture）』を発行する。アーツ・アンド・クラフツの伝統を追うその家具デザインは、この店を新たな方向に導いた。またアンブローズの簡素でていねいな作りの家具は、ほかとくらべて求めやすい価格だったので、購買層が広がった。このオークの食器棚にはクリ材の棚、マツ材の背面、真鍮のカップ・フック、ヒンジが使われている。デザインはアンブローズ、製作はヒール・アンド・サン社が行なった。素朴な田舎の別荘用家具（カントリー・コテージ）のひとつで、そうした家具は1905年にイングランドのレッチワース田園都市で開催された、「低価格コテージ展（Cheap Cottages Exhibition）」で披露された。そのときの食器棚の価格は6155ポンドだった。アンブローズはジョン・ラスキンやウィリアム・モリスの理念の影響を受けてはいたが、機械の使用は妥当だと信じていたので、コストを低く抑えられた。この家具の売れゆきが好調だったおかげで、ヒール・アンド・サン社は、電気の動力を導入した家具工房を店舗の隣に増設できた。

SH

フォーカス

1　フック
アーツ・アンド・クラフツ運動は簡素と節度をモットーに、装飾をくわえようとしなかった。アンブローズは、そうした理念に沿うデザインを制作者に注文して販売していた。このオークの食器棚は彼のコテージ家具の典型例である。真鍮のカップ・フックとヒンジのほかに、金属類はほとんど使用されていない。

2　接合個所
ヒールの操業当時の工場には、丸鋸とカンナ盤が1個ずつしかなかった。そのためすべてが手作りだった。おおまかなサイズに切った木材は機械で四角い形に削られたあとに、家具職人にわたされた。家具職人は伝統的な手法しか用いない。この精巧な接合個所にもそういった技が見てとれる。

3　扉
アンブローズの素朴で堅牢、そしてバランスのよい家具には、意図的に構造的要素を見せている個所があるが、これは木材の自然の風あいと色を強調するためである。頑丈な2枚の扉を開けると、クリ材の収納棚が左右にひとつずつならんでいる。

デザイナーのプロフィール

1872-92年
アンブローズ・ヒールはロンドンで5人兄弟の長男として生まれた。曽祖父は家具店のヒール・アンド・サンの創始者。マルボロ・カレッジで学んだあと、ウォーリックの家具メーカー、ジェームズ・プラクネット（James Plucknett）で2年間修行し、その後ロンドンの家具商グレアム・アンド・ビドル（Graham and Biddle）で半年間働いた。

1893-1924年
家族経営の会社にくわわり、寝具類の部門に所属する。1896年、自分のデザインで家具作りをはじめる。1913年に父親が亡くなると、アンブローズがヒールズの社長に就任。1915年、デザイン産業協会（Design and Industries Association）の共同創立者となる。1917年には店舗内にマンサード（屋根裏）・ギャラリーを新設。ここではのちにピカソの作品が展示された（1881-1973年）。

1925-32年
パリ万国博覧会に出品。この万博がアール・デコ運動の先駆けとなる。アンブローズはヒールズ製品のラインナップを陶磁器、ガラス製品、テキスタイルにまで拡大した。美術家がヒールズのポスターをデザインし、美術評論家がそのカタログを執筆した。

1933-38年
デザインの水準を向上させた功績を認められて、ナイト爵を授与される。その1年後、ロンドンで開催された「現代産業デザイン展（Contemporary Industrial Design exhibition）」に出品。1935年の「イギリス産業美術展（British Art in Industry exhibition）」、1937年のパリ万国博覧会に出品。

1939-59年
「王立産業デザイナー会（Faculty of Royal Designers for Industry）」のメンバーに選出される。1953年、ヒールズの社長を辞任。1954年、デザインへの功労をたたえて、王立技芸協会（RSA）よりアルバート金賞を受賞。

手ごろな価格の家具

1905年、ヒール・アンド・サン社は、イングランドのレッチワース田園都市で開催された「低価格コテージ」展で、コテージ2軒に家具を陳列した。この展示会は、深刻化しつつある住宅不足の解消を目的にしており、建築家が農業労働者を対象に手ごろな価格のコテージのモデルハウスを作ったが、これがアンブローズと事業の運命を決することなった。それ以来、手ごろな価格の家具というコンセプトが、アンブローズの会社のイメージと密接に結びつくようになったのである。そうしてアンブローズはモリスの夢である「よき市民の家具」の実現に近づくことになった。アンブローズの初期の家具はオークで作られていた。20世紀になるとウォルナット、ニレ、サクラ、クリなど、ほかのイギリス産の木材も使われはじめて、豊富な種類の機械製造の家具が世に送りだされた。

オークの長椅子 1906年 Oak Settee
アーネスト・ギムソン 1864–1919年

オーク、イグサ編みのシートと
毛織物の座張り。
高さ88.5センチ
幅167.5センチ
奥行60センチ
シートの高さ42センチ

イギリスの家具デザイナーで建築家のアーネスト・ギムソンは、アーツ・アンド・クラフツ運動のコッツウォルズ・スクールの祖となった人物でもある。ギムソンはまだ若い頃に、ウィリアム・モリスと会っており、モリスの芸術と社会主義についての講演を聴いていたく感銘を受けた。建築家としての修養を積んだあと、ロンドンの家具製造会社、ケントン・アンド・カンパニーで実験的試みをする。そして1893年になると、シドニー（1865–1926年）とアーネスト（1863–1926年）のバーンズリー兄弟とともにコッツウォルズ丘陵に移り、モリスが提唱するように、職人の共同体に身を置いて互いに学びあい、工房の環境で地元の伝統に従いながら家具を作ろうとした。ギムソンは地元で手に入るトネリコ、モミ、オークなどの木材を材料に家具や建物を作った。その際用いたのは伝統的な技巧である。同じ考えをもって共同体に引きつけられるデザイナーは数を増やし、やがてその集団はコッツウォルズ・スクールとして知られるようになった。その作品の多くは、背がはしご状のラダーバックチェア、オークの食器棚やワードローブなど、田舎でよく見かける形を原型にしていた。一方象嵌、寄せ木など18世紀の技術を用いる者もいた。ギムソンもモリスと同じく、自分の仕事にかんしては材料にしても実際のやり方にしても、自分の目で確かめようとした。そうして修得した、姿を消しつつあった工法は数多い。たとえば1890年には、多大な影響力をもつ椅子職人、フィリップ・クリセット（1817–1913年）から、椅子の「ボッジング」（伝統的な木工旋盤）技術を学んでいる。

1900年以降ギムソンは工房をさらに増やし、伝統的な工芸技術を探して吸収しつづけながら、アーツ・アンド・クラフツ・スタイルの家具を作った。そこで強調したのは自然のままの木目が現れた表面と手触り、実物そっくりのモチーフである。それまでの家具のスタイルをかたくなに模倣しようとせずに、装飾をはぶいた独自の家具を作りながら、ジョン・ラスキンやモリスが提唱した誠実さへの傾倒を形にした。この長椅子は、格子の背面が面とりされて特殊な形の３部分に分かれ、ユニークな形のアームをつけて、長方形の箱枠に座張りしている。ギムソンの飾らず素材を生かす姿勢の典型的な例で、アーツ・アンド・クラフツ運動の目的にもきわめて忠実である。 SH

ナビゲーション

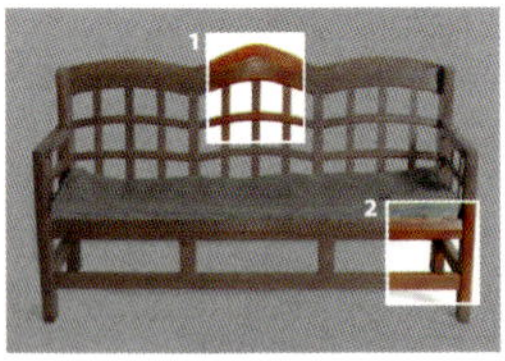

フォーカス

1　椅子の背面
中世とテューダー様式のデザインにインスピレーションを得たギムソンの作品には、有機的な性質がある。たとえばこのカーヴしている椅子の背面は、ともすれば単調で角張った形になりがちなデザインに軽やかさをくわえている。この長椅子には、ギムソンの簡素さと仕上がりの質への熱意が表れている。

2　木材
ギムソンは無垢材の美しさを称賛しながらも、細部の正確さとバランスにこだわった。木材はできるかぎりその土地で提供されたものを使った。彼のスタイルは基本的でむだがない。構造や材料への忠実な姿勢は、その後の創作人生でも変わらなかった。

デザイナーのプロフィール

1864-85年
アーネスト・ギムソンはイングランドのレスターで生まれた。レスター美術学校（Leicester School of Art）に通ったあと、地元のアーツ・アンド・クラフツを信奉する建築家、アイザック・バラデール（1845-92年）に弟子入りした。

1886-88年
ウィリアム・モリスに会って発奮しロンドンに上京した。モリスの推薦で建築家のジョン・ダンドー・セディング（1838-91年）に雇われ、そのときにアーネスト・バーンズリーに出会った。

1889-92年
モリスの古代建築保存協会に参画。1890年にシドニー・バーンズリーらと家具会社のケントン・アンド・カンパニーを共同創設した。

1893-1910年
バーンズリー兄弟とともにイングランドのコッツウォルズに移る。1900年に結婚し、もうひとつの家具工房を立ち上げる。理想の工芸村を作ろうと奮闘しながら、手作り家具を作りつづけた。

1911-19年
イングランドのビデールズ・スクールの「ラプトン・ホール」をデザイン。中庭を四方向から囲む建物群の最初の棟にする予定だった。第1次世界大戦が勃発して、記念図書館のみが1921年に建てられた。

▲アーツ・アンド・クラフツ協会でもとくに有名なのが、チャールズ・ロバート・アシュビーがロンドンで開設した手工作学校ギルドである。1902年にこの工房の賃貸期限が切れたとき、会員はコッツウォルズに移ったが、ここではすでにギムソンが活動を展開していた。

ラダーバックチェアの復活

このようなトネリコ材のラダーバックチェアが最初に作られたのは中世期だったが、1700年から1900年までのあいだは、家具職人のあいだでとくに人気があった。クリセットはギムソンに、複雑なシートの編み方もふくめてこうした椅子の作り方を伝授した。ギムソンはこの椅子を1892年から作りはじめたが1904年には製作を断念した。その後彼のデザインは、イングランドのグロスターシャー州デーンウェイにあるギムソンの工房で、助手のエドワード・ガードナー（1880-1958年）によって作られた。

日本の影響

1　1867年にエドワード・ウィリアム・ゴドウィンがデザインした、コクタン色に染色したマホガニーのサイドボード。
2　19世紀末の薩摩焼き。
3　1876年にフェリックス・ブラックモンがデザインした、リモージュ陶器の「落日（Setting Sun）」。

日本は200年以上鎖国体制を維持していたが、アメリカとイギリスに強要されて1854年に世界への門戸を解放した。貿易が軌道にのると、日本の美術品や工芸品、思想、文化が輸出されて西洋に強い衝撃をあたえた。1867年のパリ万博では日本の単独パヴィリオンが、歓呼をもって迎えられた。その翌年には明治維新が起こったが、明治天皇の権威は守られた。西洋との協調をめざす新政府は改革に着手して、それ以降日本は国際展示会の常連になった。

欧米が日本の魅力にとりつかれると、美術家とデザイナーは日本の影響をおおっぴらに表現しはじめた。日本版画の流麗な線、単純化された形、装飾的パターンは彼らのインスピレーションをかきたてた。このような要素は印象派の絵画だけでなく、唯美主義運動（p.88）やアール・ヌーヴォー（p.92）と認められるデザインの特徴にもなった。こうした熱狂的ブームはフランスではジャポニスムまたはジャポネズリ（日本趣味）とよばれ、イギリスではアングロ＝ジャパニーズ・スタイルと称された。建築家でデザイナーのエドワード・ウィリアム・ゴドウィン（1833–86年）も日本の美的理念を作品に盛りこんだひとりである。ゴドウィンは、1867年にデザインしたサイドボード（図1）など、アングロ＝ジャパニーズ・スタイルの多様な家具を作った。サイドボードのシンプルな幾何学的フォルムと、コクタン色に染色した木材の使用、模様を打ちだした日本の擬革紙は、

キーイベント

1854年	1862年	1862年	1872年	1875年	1876–77年
アメリカ海軍が日本に開港を迫り、西洋との通商を開始させる。	パリのリヴォリ通りで日本品の専門店「ラ・ポルト・シノワーズ（中国の門）」が開店	ロンドン万博で大量の日本の物品が展示される。	フランスの評論家、フィリップ・ビュルティ（1830–90年）が、ヨーロッパでの日本美術の熱狂的ブームを表す造語「ジャポニズム」を考案。	アーサー・ラゼンビー・リバティ（1843–1917年）がロンドンにリバティ社をオープン。アジアからの輸入品を専門に販売した。	クリストファー・ドレッサーが訪日。ニューヨーク市のティファニーとロンドンのロンドスの輸入バイヤーとして厳選された品を集めた。

当時の装飾美術におよぼした日本の影響を集約している。
日本の浮世絵版画、陶磁器、織物、青銅製品、七宝焼、家具、扇子、漆器、磁器に多くみられる最小限のライン、非対称的な構成、横長の体裁、有機的なモチーフ、濃淡のない色の塗りつぶし（図2）は一大ブームをまきおこし、西洋のデザインのほぼあらゆる分野でとりいれられた。浮世絵は木版印刷の一種で、日常的な景色や歌舞伎役者、相撲の力士、景色、美人などを題材にしている。フランスで日本的イメージの牽引役になった人物に、印刷業者でインダストリアルデザイナーのフェリックス・ブラックモン（1833–1914年）がいた。ブラックモンは、家具、宝飾品、製本、タペストリー、陶磁器、ホーロー細工のデザインに、一貫して日本の様式を用いた。代表的浮世絵師、葛飾北斎（1760–1849年）を見出した人物として名をあげられることが多く、北斎の複製画はさまざまな美術家やデザイナーに影響をあたえた。彼の「パリジャン・シリーズ（Service Parisien）」のディナー・セット（1876年、図3）は、北斎のスケッチ画集『北斎漫画』（1814–75年）からヒントを得ている。
イギリスのデザイナーで文筆家のクリストファー・ドレッサー（1834–1904年）も、西洋への日本美術の紹介で特筆すべき役割を果たした。1876年にヨーロッパ人デザイナーではじめて日本に国賓として招かれ、イギリスに帰国すると、その体験を文章や講演会で伝えた。美術商として日本の美術品や物品も輸入している。また銀のティーポット（p.84）から陶器、家具にいたるまで、自分のデザインに日本の様式を取りこんだ。
ドイツ出身でパリで美術商をしていたジークフリート・「サミュエル」・ビング（1838–1905年）も、ジャポニズムの普及に貢献している。1888年から1891年にかけてビングが編集した月刊誌、芸術の日本は、東洋の美術とデザインへの熱狂をますますかきたてた。つづいて1895年には美術店アール・ヌーヴォーの店を開店し、ここで輸入した日本の浮世絵や当時の美術品、日本的着想から刺激を受けたさまざまな様式のデザインを展示した。ビングはこの店のどの部屋も家具やテキスタイル、装飾品を完備した居住空間にしつらえた。アール・ヌーヴォーはこの人物を軸として展開していった。
ジャポニズムのアメリカへの到達は、チャールズ（1868–1957年）とヘンリー（1870–1954年）のグリーン兄弟のようなデザイナーの作品に見てとれる。この兄弟は日本の指物師の技を家具にとりいれた。その代表例にカリフォルニア州パサデナのデヴィッド・B・ギャンブル邸のサイドボード（p.86）がある。その影響は両方向に働いた。明治維新後に日本の貿易は栄え、美術商の林忠正（1853–1906年）と評論家の飯島半十郎（1841–1901年）のふたりが渡仏して、パリで文化交流の橋渡し役として活躍したのである。　SH

1878年	1878年	1880年頃	1882年	1882年	1893年
林忠正がパリ万博で通訳として働くためにパリに到着。	ドレッサーが、日本美術を輸入するためにドレッサー・アンド・ホーム（Dresser and Holme）社を設立。	リバティが熱狂的日本ブームに火をつける。イギリスのデザイナーでもとくに日本美術の影響を受けている者に作品を注文した。	林が店を開いてジャポネズリ（日本趣味）の美術品を販売。美術界と実業界の両方の大勢の顧客を引きつけた。	ドレッサーが『日本の建築と美術、美術製品（Japan: Its Architecture, Art and Art Manufactures）』を刊行。米英で影響をおよぼした。	チャールズとヘンリーのグリーン兄弟が、シカゴ万国博覧会の日本コーナーを訪れて触発される。

銀のティーポット 1879年 Silver Teapot

クリストファー・ドレッサー　1834–1904年

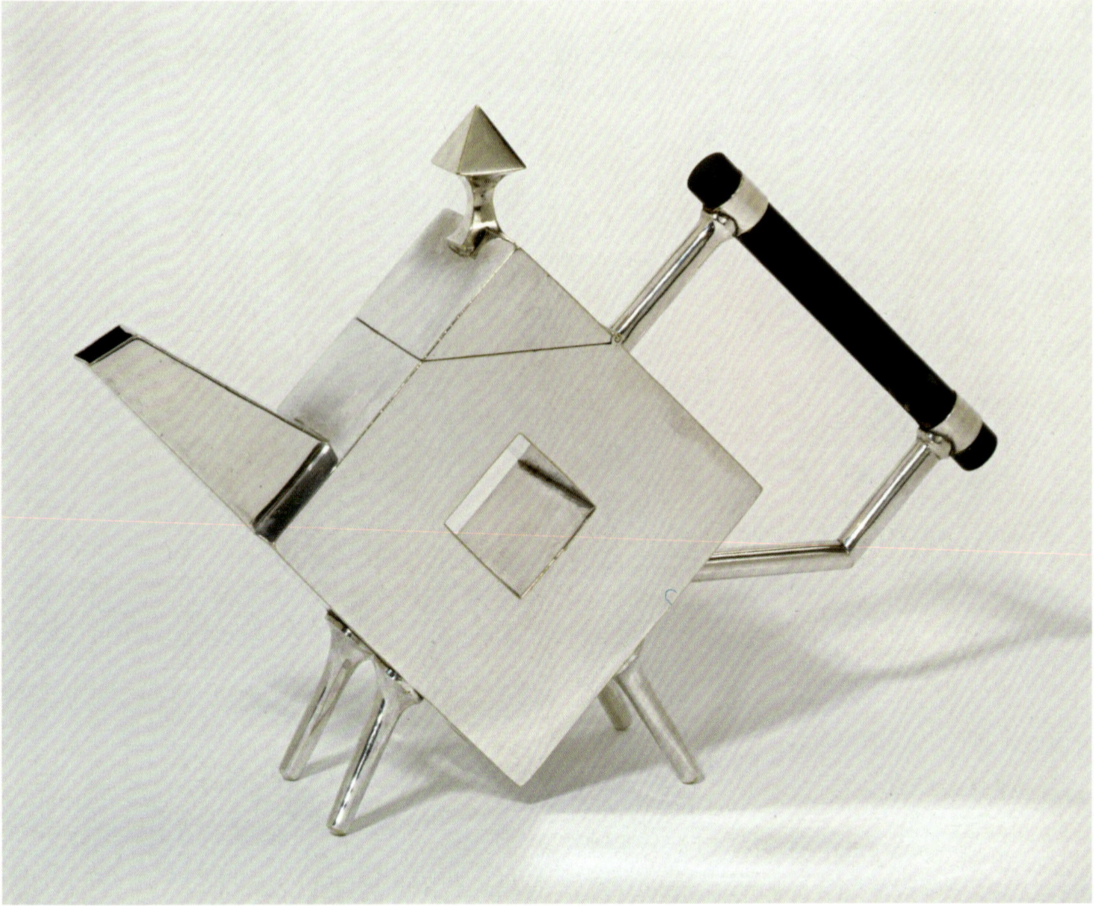

電気メッキによって純銀でおおった洋白銀器とコクタンの持ち手。
高さ13センチ
持ち手からそそぎ口までの幅23センチ

クリストファー・ドレッサーは19世紀のイギリスでも、一流の才能に恵まれたデザイナーだった。しばしば最初のインダストリアルデザイナーとしてあげられる。ドレッサーはさまざまな材料の特性や製造工程を理解していたので、同世代の者にやれないような方法でデザインできた。そうした経歴のなかで彼は多くの製造業者の注文を受けて、家具、テキスタイル、絨毯、壁紙はもとより、銀器類、鋳鉄、陶磁器、ガラス製品のデザインも制作した。このティーポットは、日本のデザインの影響とドレッサーの考え方が融合されており、ドレッサーの姿勢を象徴している。

1879年、ドレッサーはシェフィールドのジェームズ・ディクソン＆サンズのために多数の銀器のティーセットを作りはじめた。その当時のテーブルウェアの多くは曲線的で凝った装飾がほどこされていた。そうしたものとくらべるとこれは素朴で飾り気がなかった。印象的なひし形の本体の中央には、小さなひし形の穴が貫通している。まっすぐな脚と持ち手、そそぎ口は本体に対し90度もしくは45度の角度でついている。蓋はあくまでも幾何学的な本体と一体化しており、先端部分のつまみは鮮烈に角張っている。また持ち手をコクタンにしたのは、デザインのワンポイントであり実用的な配慮でもある。というのもティーポットが沸騰したお湯で満たされても、木材はあまり熱くならないからである。部分的には自然のフォルムへの思い入れから、また部分的には日本のデザインへの憧れから生まれたこの革新的デザインは、最小限の方法で最大の効果を、というドレッサーのモットーに沿っていた。ドレッサーは製品のコストダウンを維持する考えだったが、このティーポットは大量生産されなかったので高額商品のままで、裕福でなければ手が出せなかった。

SH

ナビゲーション

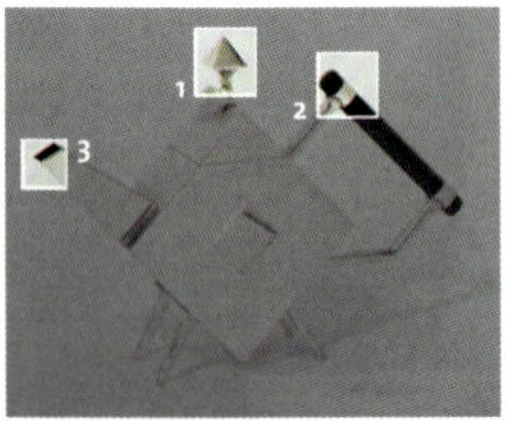

フォーカス

1　つまみ

不つりあいに大きなピラミッド型のつまみには、角張った部分と曲線部分があり、当時大半を占めていた丸いつまみと好対照をなしている。この形は蓋を開けやすく実用的でもある。美的観点では、直線と斜めの輪郭線が、蓋とこのオブジェ本体の斜めの輪郭線と呼応している。

2　持ち手

コクタンの持ち手は、それぞれ2つの銀メッキの管とブラケットによってティーポットの本体と平行に支えられている。このような構成には、別のデザインで使用されていたパーツを流用するという、実利的な目的があった。ドレッサーが工業的な条件と生産コストの削減を意識していたのがわかる。

3　そそぎ口

直線的で頑丈そうに見えるそそぎ口は、ティーポットの反対側についている繊細で斜めの持ち手と引き立てあっている。単純な長方形の開口部分はそそぎ口の先端にあり、縁と見てとれるものはないが、ポタポタと滴り落ちないデザインになっている。そそぎ口の基部は、中央の穴の角度と大きさに一致している。

▲ドレッサーは日本から戻ると、バーミンガムのフキン・アンド・ヒース社のために、銀器と電気メッキをした器物のデザインをはじめた。このコクタン色の木の持ち手がついた、銀とガラスのデカンター（1881年）もそのひとつである。

チュリーンとレードル

ドレッサーは1876年12月から翌年にかけての4カ月間、日本を訪れていた。1880年頃に作られたこのチュリーン［蓋つきの深皿］とレードル［杓子］には、滞日中に彼が高く評価した品々からの影響がうかがえる。デザインは日本と古代エジプト、アジアの様式の混合で、真実を表現するというドレッサーの理念に合致する。接合部などの構造要素を隠そうとする意図はない。装飾より形を重視するデザイナーの信念に忠実に、ゆるやかな曲線を描くスープ・チュリーンとレードルには、日本の金属細工に対する彼の敬意と、ヨーロッパデザインのすっきりしたフォルムが表れている。このシリーズには純銀と電気銀メッキを素材にした種類、持ち手にコクタンまたは象牙を使用した種類がある。チュリーンの脚は先端が鋭角で斜めにつきだしていて、シンプルな輪郭を強調している。また実用的な機能も果たしており、熱いスープが満たされているとき、どのような平面に置かれても深皿が直に接することはない。

サイドボード 1908年頃 Sideboard

チャールズ・グリーン 1868–1957年／ヘンリー・グリーン 1870–1954年

フォーカス

1 コクタンの木釘

グリーン兄弟のトレードマークである木釘は、装飾的効果にくわえて、接合個所の補強やネジ隠しのために使われることもあった。こうした異国風の木で作った短い木釘は、図版にあるように、間隔をあけて正確な位置に配置されており、食器棚本体の明るめの色の木材と好対照をなしている。

2 仕口（接合）

板をつなぎあわせる際は、日本の伝統的な接合方法が使われた。グリーン兄弟は可能なかぎり日本の方式をとりいれており、木材を正確な形に加工してから小さな木片、すなわち木釘を両側の板に打ちこんでぴたりと接合させた。

デザイナーのプロフィール

1868–92年

チャールズとヘンリーの兄弟は、15カ月違いでオハイオ州シンシナティで生まれた。1884年にチャールズがカルヴィン・ウッドワード創立の［ワシントン大学］手工学部に入学。翌年にはヘンリーもそれに続いた。1888年にはふたりで建築学を学び、1891年からボストンの建設会社で下積みをした。

1893–1901年

兄弟でシカゴ万博（1893年）を見学。1894年、カリフォルニア州パサデナで、建築会社グリーン・アンド・グリーンを開業。

1902–21年

クラフツマンのような雑誌で、グリーン・アンド・グリーンが特集された。1903年から兄弟は、オーダーメイド家具などの調度品をふくむ、総合デザインを提供しはじめる。1905年にはピーターとジョンのホール兄弟との提携がはじまり、ホール兄弟は多くの家具デザインを製作した。グリーン兄弟独特のバンガロー式住宅は、クラフツマン・スタイルの典型例となった。

1922–57年

グリーン・アンド・グリーンが解散した。1952年にはアメリカ建築家協会から、建物と家具についての新しい考え方を発展させた功績を認められた。

ン・アンド・グリーン社製の「ステンドグラス・ボード」。カリフォルニア州パサデナのデヴィッド・ギャンブル邸のダイニングルームに置かれた。

チャールズ・サムナーとヘンリー・メーザーのグリーン兄弟は、デザインの美学をおもにイギリスのアーツ・アンド・クラフツと日本様式を融合して発展させた。兄弟がとりわけ刺激を受けたのは、クラフツマン誌が発信源となったアーツ・アンド・クラフツの理念はもちろんだが、シカゴ万博の日本コーナーで出会ったデザイン、そしてその後は美術家ウィル・H・ブラッドリー（1868–1962年）と建築家フランク・ロイド・ライト（1867–1959年）の作品だった。この両名については、レディズ・ホーム・ジャーナル誌も特集を組んでいる。名工のピーター（1867–1939年）とジョン（1864–1940年）のホール兄弟と出会ったあと、グリーン兄弟は提携にふみきり大成功をおさめた。すぐれた技術をもつホール兄弟は、強迫観念といえるほど細部にこだわりながら、グリーン兄弟の家具デザインを数多く製作した。コクタンの木釘は簡素な装飾として、あるいは色の対比、接合個所の目隠しとして使用され、グリーン・デザインのトレードマークになった。図のサイドボードでは、木釘は取っ手の丸くなっている角をきわだたせており、その一方でやや横長の取っ手は、このデザインを横長に見せる効果を出している。丸く加工した扉の角は、全体的な構造の角張った堅牢さとのバランスを保ち、堅固な外観に光沢のある古艶をそえている。

グリーン兄弟はさまざまな対象に触発されたが、独自の理念を探求した。たとえばほぞ継ぎ手はかならず見えるデザインの一部にして、従来ならあるべき装飾の代用にした。つねに品質のよい材料と手のこんだ製造方法を選び、日本のデザインにある接合技術を好んで用いた。ただしアメリカの家具職人グスタフ・スティックリー（1858–1942年）のひかえめなスタイルにも影響を受けている。このサイドボードの洗練された表現は、兄弟のこうしたすべての観念を特有の形で統合した例であり、発展途上にあるアメリカのクラフツマン・スタイルに強い影響をおよぼした。　SH

ナビゲーション

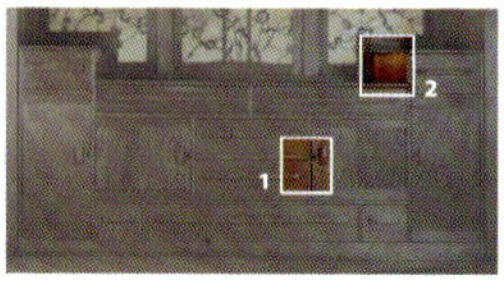

グリーン・アンド・グリーンの椅子

家具のなかでも椅子はとくに制作がむずかしい。それでもグリーン兄弟は、たとえ1部屋のためでも椅子をデザインし、さまざまな種類を製造した。ピーターとジョンのホール兄弟の工房は、そうしたデザインの挑戦をつねに受けつづけた。ときには脚の断面を意表をつく台形や並行四辺形にすることもあった。背もたれはたいてい複雑に湾曲している。また通常のアーツ・アンド・クラフツ・スタイルのシンプルな肘かけとは対照的に、グリーン・アンド・グリーンの椅子は波打つように曲がっていた。背もたれにはさまざまサイズの平板も使われた。一般的なのは、背もたれの中央に幅広の平板があり、その両端に細い平板が配置されているパターンで、カリフォルニア州パサデナのロバート・R・ブラッカー邸の居間に置いたアームチェア（1907年、右）もこのデザインである。たいてい後部の脚には特徴的なコクタンの雇い実継ぎ［2枚の板の凹部に差しこむ細い木片］がはめこまれており、コクタンの木釘の接合を補強している。このコクタンの細部装飾のほかにはひかえめな象嵌と優雅な穴あき平板だけが、ふつうは装飾らしい装飾になる。グリーン兄弟はどの椅子にも、いくつものデザイン要素をたくみに組みあわせていたが、シンプルで高品質でひかえめなセンスは維持していた。

唯美主義とデカダンス

1

2

3

唯美主義（耽美主義）は、19世紀末のイギリスで産業革命への反発として現れたデザイン改革の発展形だった。ゴシック・リヴァイヴァルやアーツ・アンド・クラフツ運動（p.71）、ラファエル前派から派生しており、ヴィクトリア朝の道徳性を拒絶して「芸術のための芸術」という考えを推進した。それを世に知らしめたのは、フランスの詩人で芸術評論家のテオフィル・ゴーティエ（1811–72年）である。ただしこの考えを唯美主義者がとりいれたのは、運動の旗手である、イギリスの小説家で批評家のウォルター・ペーター（1839–94年）が、1868年にウィリアム・モリス（1834–96年、p.52）の詩の書評のなかで、この言いまわしを使ってからだった。唯美主義は芸術とデザインの感覚的、視覚的属性を強調して、対象そのものの重要性を社会や政治、道徳への配慮と切り離してとらえた。芸術家やデザイナー、製造業者は、職人の技能の価値について議論をかわした。この形式張らない運動は、そうしたより広い議論のなかで語られるようになった。

唯美主義の主唱者がとりわけ刺激を受けたのは、1862年に開催されたロンドン万国博覧会だった。このときはモリス・マーシャル・フォークナー商会の初期の作品にくわえて、日本の幅広い工芸品が披露されていた。唯美主義者の大半にとって、それは新奇なデザイン文化だった。1878年のパリ万博での日本の展示も、同様に芸術家とデザイナーの関心を集め、断片的な印象がやがて唯美主義の顕著な特徴となった。この思潮の芸術においての理念を絵画で表現したのは、親英家のアメリカの画家、ジェームズ・マクニール・ホイッスラー（1834–1903年）と美術家のフレデリック・レイトン（1830–96年）、アルバー

1　ジェームズ・マクニール・ホイッスラーの「クジャクの間」（1876–77年）。かつてはロンドンの大邸宅のダイニング・ルームだった。

2　ロンドンのリバティ店で売られていた家具用布地（1887年）。クジャクの尾羽根は唯美主義のデザイナーに人気のモチーフだった。

3　フレデリック・レイトンがロンドンの自宅、レイトン邸に増設した「アラブの間」（1877-81）年。

キーイベント

1862年	1864年	1868年	1873年	1875年	1876–77年
ロンドン万博が開催される。中国と日本が磁器、漆器、象牙の彫刻、綿のタペストリーなど、数々の品を展示した。	ロンドンでフレデリック・レイトンのレイトン邸が着工。この邸宅が唯美主義建築の先駆的な例となった。	オクスフォード大学教授、ウォルター・ペーターが、ウェストミンスター・レヴュー誌のなかでウィリアム・モリスの詩を「芸術のための芸術」と激賞。	ペーターの評論の改訂版が論文集『ルネサンスの歴史の研究（Studies in the History of the Renaissance）』に収録される。この評論が唯美主義者のよりどころになる。	アーサー・ラゼンビー・リバティがロンドンで出店。東洋のバザールをイメージしつつ、家庭用品の外観とファッションに変化をもたらそうとした。	ジェームズ・マクニール・ホイッスラーがロンドンで「クジャクの間」をデザイン。その青緑色の壁、赤褐色と金色の葉のモチーフ、東洋趣味はまちがいなく耽美的だった。

ト・ムーア（1841-93年）である。応用美術の分野でとくにその傾向が表れていたのは、建築家でデザイナーのエドワード・ウィリアム・ゴドウィン（1833-86年）やイラストレーターのオーブリー・ビアズリー（1872-98年）、陶芸家のウィリアム・ド・モーガン（1839-1917年）の作品だった。家具や壁紙、陶磁器、テキスタイルの一流の製造業者の多くは、唯美主義スタイルの商品を作るために、イラストレーターのウォルター・クレーン（1845-1915年）、デザイナーのクリストファー・ドレッサー（1834-1904年）といったその道のプロを雇った。1875年にはアーサー・ラゼンビー・リバティ（1843-1917年）がロンドンにリバティ社をオープンし、極東からの輸入品や布地、美術品、装飾的な家具の販路を開いて、唯美主義スタイル（図２）を急激に普及させた。

この運動は最初からとくに、ロンドン西部のあるグループのあいだで盛り上がっていた。そのメンバーは日本趣味のガウンやヴェルヴェットの上着といった、一般的なファッションとはまったく違う唯美主義的なドレスのスタイルまでとりいれていた。1864年にはレイトンがそこで土地を取得し、ド・モーガンやクレーンといった仲間の唯美主義者の協力を得て、豪華で唯美主義的なアトリエ兼住居を建てた。その建物はトルコやペルシア、シチリア、シリアのモチーフで装飾され、アラビアから受けた影響をとどめていた（図３）。引き立てあうあらゆる装飾的要素で全室を埋めることにこだわるのは、唯美主義の特徴である。ホイッスラーは1877年に、海運王フレデリック・レイランド（1832-92年）がロンドンで滞在する邸宅のために、「青と金のハーモニー――クジャクの間」を完成させた（図１）。その部屋の壁は日本の漆器箱の内側に似ており、濃い青緑をバックにパターン化された金色のクジャクが豪華にあしらわれている。ぜいたくなスタイルは唯美主義の典型で、アール・ヌーヴォー（p.92）とウィーン分離派の発展をうながした。アメリカの作家で評論家のクラレンス・クック（1828-1900年）が1878年に著書『ザ・ハウス・ビューティフル――ベッドとテーブル、スツール、燭台についての随筆（The House Beautiful: Essays on Beds and Tables, Stools, and Candlesticks）』を出版すると、室内装飾への関心はますます高まり、唯美主義の作家オスカー・ワイルド（1854-1900年）にも支持された。

だが唯美主義のエートス（道徳的気風）に一般大衆はとまどった。1879年にフランス生まれのイギリス人風刺漫画家で作家のジョージ・デュ・モーリア（1834-96年）が風刺的な雑誌パンチ上で、風刺漫画「ニンコンプーピアナ（唯美主義）」を連載してその理念を笑いものにした。ワイルドは1887年から1889年にかけて、婦人世界（The Woman's World）誌の編集者だった。この季刊誌の対象読者層は教養ある中産階級の女性である。ワイルドは騒がしい周囲に心乱されることなく、人はみな美しい環境を作ろうとするべきではないか、という『ザ・ハウス・ビューティフル』の主張を婦人世界のなかでもくりかえした。友人で唯美主義の同士であるビアズリーとともに、ワイルドは私生活のデカダンスで世間に衝撃をあたえ、ビアズリーのイエロー・ブック（Yellow Book）誌（p.90）によせたようなイラストと、1894年のワイルドの物議をかもした戯曲『サロメ』の英訳版は、猥雑さを賛美した。それでも唯美主義は結果的に、デザインの重要性と、量産品を制作する際の洗練の必要性を高めたのである。

SH

1877年	1878年	1878年	1881年	1885年	1895年
グローヴナー・ギャラリーがロンドンでオープンする。王立美術院からはじかれた唯美主義美術家の作品を展示。	第３回パリ万博が開催される。日本パヴィリオンがよびものになった。	クラレンス・クックが家庭用家具をテーマにした著書『ザ・ハウス・ビューティフル』のなかで、望ましいインテリアデザインを提案。	W・S・ギルバート（1836-1911年）とアーサー・サリヴァン（1842-1900年）の共作オペラ『ペイシェンス』で、ホイッスラーとオスカー・ワイルドに似た人物が登場。唯美主義者が揶揄された。	ホイッスラーがロンドンのプリンス・ホール（Prince's Hall）で「10時（Ten O'Clock）」と題する講演を行ない、唯美主義の信条を解説。	ワイルドが男色の罪で、２年間の懲役に処せられる。その５年後のワイルドの死が唯美主義の終焉となった。

イエロー・ブック 1894-97年 The Yellow Book

オーブリー・ビアズリー 1872-98年

絵入り季刊誌、イエロー・ブック第１巻の表紙。1894年４月発行。

フォーカス

1 黄色

ビアズリーの名前と色の選択は挑発的である。フランスで発禁になった小説をまねて、ドギツい黄色のクロス（布）装に黒のイラストの表紙を作り、「イエロー・ブック」と称した。当時ほぼ真四角に割りつけられていた季刊誌とくらべると、この雑誌のレイアウトはいちじるしい違いを見せている。

2 人物

ビアズリーは平面化のデフォルメと曲線、非対称性、曲がりくねった線での様式化という、新たなイラストのスタイルを導入した。日本の優雅な版画の影響が色濃く表れている。図のようなマスクをしたカーニヴァルの参加者という題材の起用も、また雑誌の内容も衝撃的だったが、雑誌の販売は好調だった。

1894年4月にイギリスで創刊された美術季刊誌は、唯美主義とデカダンスと重ねあわせられるようになった。前衛的(アヴァンギャルド)であることをめざしたこの雑誌は、文学と美術の両方の要素を扱い、どちらにも等しく重点を置いた。また連載小説や広告は掲載しなかった。もともとイギリスのイラストレーターのオーブリー・ビアズリーとその友人でロンドン在住のアメリカ人作家、ヘンリー・ハーランド（1861–1905年）の発想から生まれた本で、ジョン・レーン（1854–1925年）とチャールズ・エルキン・マシューズ（1851–1921年）が経営するボドリー・ヘッド社から出版された。文学の編集はハーランド、美術の編集はビアズリーが担当した。この雑誌は新進気鋭の作家や美術家を起用した点でも革新的だった。そうした美術家には、ジョン・シンガー・サージェント（1856–1925年）、フィリップ・ウィルソン・スティア（1860–1942年）、ウォルター・クレーン、フレデリック・レイトンがいる。寄稿者も同様に錚々たる顔ぶれで、マックス・ビアボーム（1872–1956年）、ヘンリー・ジェームズ（1843–1916年）、H・G・ウェルズ1866–1946年）、ウィリアム・バトラー・イェーツ（1865–1939年）などが執筆していた。だが、この雑誌に独特な性格をもたらして、デカダン派雑誌として名声を確立したのは、ビアズリーの美術的な功績だった。レーンの抗議にもかかわらず、ビアズリーは作画のなかにくりかえしエロティックなディテールを描きこんで読者を狼狽させた。部外者の批評家はその官能的なイラストを厳しく批判し、風刺雑誌のパンチなどはそのうちの数枚をパロディー化した。イエロー・ブックは3年の発行期間中に、13巻を出版した。 SH

ナビゲーション

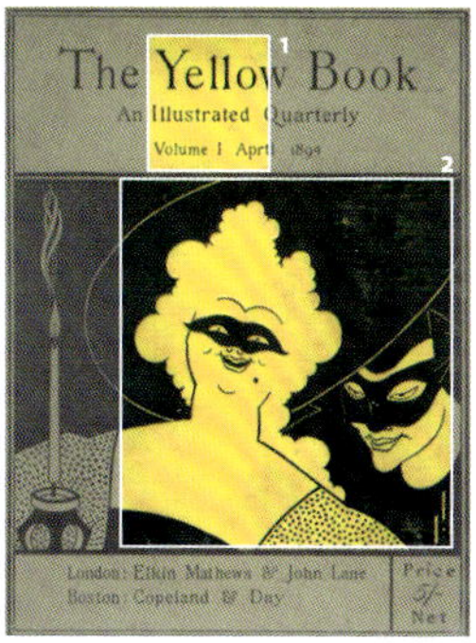

デザイナーのプロフィール

1872–91年

オーブリー・ビアズリーはイングランドのブライトンで生まれた。6歳になってからたびたび結核が悪化して教育が中断された。1889年には保険会社の事務員として働きはじめたが美術家になる夢はすてなかった。画家のエドワード・バーン＝ジョーンズ（1833–98年）とピエール・ピュヴィス・ド・シャヴァンヌ（1824–98年）と会って励まされて、1892年にロンドンのウェストミンスター美術学校に入学。同年、パリに旅行し、アンリ・ド・トゥルーズ＝ロートレック（1864–1901年）のポスターとブームの日本の浮世絵に感銘を受けた。

1893–94年

出版社のJ・M・デントから『アーサー王の死』（1470年頃）の挿絵を描くよう依頼された。『シドニー・スミスとR・ブリンズリー・シェリダンの名句（Bon-Mots of Sydney Smith and R. Brinsley Sheridan）』の挿絵も手がけた。美術雑誌ステューディオがビアズリーのイラストを表紙にして創刊し、その特徴的な白黒の描画も掲載した。オスカー・ワイルドの戯曲『サロメ』にエロティックな挿絵を描くと名声はますます高まった。イエロー・ブックを共同創刊した。

1895–96年

ワイルドが猥褻行為の罪で逮捕されると、つきあいがあったビアズリーはイエロー・ブックから追放された。その後もイラストレーター、風刺漫画家、作家として精力的に活動を続けた。1896年、サヴォイ誌を共同創刊。これもまた文学と美術、評論の雑誌だったが、8巻で廃刊になった。アレキサンダー・ポープの『髪盗人』（1712年）の復刻版にも、ロココ様式の挿絵を創作した。

1897–98年

カトリックに改宗し、その後出版業者のレナード・スミザーズ（1861–1907年）に、自分のエロティックなイラストをすべて破棄するよう懇願した。スミザーズは耳をかさずに、ビアズリーの作品の複製品と贋作を作りつづけた。ビアズリーはフランスに移ったが、子どもの頃からかかっていた結核のために、1年後に命を落とした。

不道徳

ビアズリーはオスカー・ワイルドの戯曲『サロメ』の原作をフランス語で読んだあと、サロメが洗礼者ヨハネの首をかかえ、図案化された血がまきちらされているさまを描いた。ワイルドはこの絵を見て、ビアズリーに英語版の挿絵を描くよう頼んだ。その後挿絵のグロテスクさと優雅さの組みあわせが不道徳であるとのそしりを受けて、ビアズリーは悪評をかった。

アール・ヌーヴォー

アール・ヌーヴォーは特定の様式というよりは、むしろ国際的な運動で、あらゆる形態の美術とデザインに出現した。主唱者がめざしたのは独創的なデザインを生みだして、階級の垣根を越えながら大衆にいきわたらせて、大量生産と職人の技を融合させることだった。インスピレーションは自然物の形に見出され、曲がりくねった有機的なフォルムが大勢を占めた。アール・ヌーヴォーの源流となったアーツ・アンド・クラフツ運動（p.74）と唯美主義（p.88）は、いずれも歴史主義や凝った装飾の様式、大量生産の粗悪品に対してアンチテーゼを唱えて、美術界の伝統的ヒエラルキーを拒絶した。そうした権威的構造は17世紀から美術教育を支配してきた高等教育制度によって確立されており、絵画や彫刻などの純粋芸術は、工芸にもとづく装飾美術よりすぐれていると決めつけられていた。工芸と装飾美術の地位を向上させる試みのなかで、アール・ヌーヴォーはあらゆる種類の美術とデザインに適用された。そしてそれを実践する者は多角的な取り組みから、美術の総合作品を制作しようとした。アール・ヌーヴォーはヨーロッパ全土とアメリカでほぼ同時に芽生えて、1890年から1914年まで存続した。それはユニークで近代的な表現の形を創りだそうとする試みだった。言い換えると時代の精神をかきたてて、過去を模倣せずに、近代のテクノロジーを受け入れる、真に国際的な表現の形だったのであ

キーイベント

1883年

『レンのシティ・チャーチ』が出版される。アーサー・ヘイゲート・マクマードがデザインした表紙に、植物をベースにした、律動的に渦巻く抽象的なフォルムが描かれた。

1888年

ロンドンを拠点とするアーツ・アンド・クラフツ展覧会協会の装飾美術展示会で、アール・ヌーヴォーの美術とデザインの作品が披露される。

1894年

アルフォンス・ミュヒャが、サラ・ベルナール（1844-1923年）主演の演劇『ジスモンダ』のポスターで、独特の作風をパリで売りだす。

1894年

ヴィクトール・オルタがブリュッセルでアール・ヌーヴォー様式の初の建造物、「タッセル邸」を完成させる。細部へのこだわりと曲線を特色とする鉄製部分が注目を集めた。

1895年

ジークフリート・ビングがパリでアール・ヌーヴォーの店を開く。この店とギャラリーが、アール・ヌーヴォーのデザイナーと美術家の出会いの場となった。

1900年

エクトール・ギマールがパリの地下鉄のためにデザインした、初のアール・ヌーヴォー様式の出入り口が開場。ガラスと鋳鉄で作られており、最後の部分は1912年に建造された。

る。
　最初のアール・ヌーヴォーのデザインは、1880年代にイギリスの建築家でデザイナーのアーサー・ヘイゲート・マクマード（1851–1942年）によって制作されたとされている。マクマードの背面透かし彫りの椅子のデザインと著書『レンのシティ・チャーチ』（1883年）の表紙は、日本の浮世絵の構図を思わせる。非対象的に波打つ抽象的な植物に似たデザインは、力強い印象をあたえる。こうしたデザインは数多くの再解釈を生み、アール・ヌーヴォーの重要な特徴となった。日本は200年以上の年月をへて1854年に西洋との貿易を再建し、それとともに芸術的インスピレーションの源となっていった。西洋の芸術家とデザイナーは、その平面的なデフォルメと最小限のライン、非対照的な構図、横長の体裁、有機的で装飾的なモチーフ、濃淡のない色の塗りつぶし（p.82）に心をときめかせた。
　フランスでアール・ヌーヴォー様式の萌芽として認められるのは、アルフォンス・ミュヒャ（1860–1939年）の絵画とポスター、内装である。ミュヒャは美術の勉強をするために、1887年にチェコスロヴァキアからパリに来ていた。その頃にはリトグラフのポスターの広告掲示板はめずらしくなくなり、街角の画廊となって宣伝されている品物はもちろん、その作風を大衆に広めた。ミュヒャは、退廃的なパリ生活を反映するポスターを作る仕事にありついた。自転車、ビールからシャンペン、チョコレートにいたる日用品はもちろん、舞台作品のためのポスター（図１）も作った。彼の商業的な作品は、ゆるやかなローブをまとった女性が、装飾的な花のモチーフに囲まれている構図が多い。パリではまた1895年に、ドイツの美術商ジークフリート・「サミュエル」・ビング（1838–1905年）が美術店「アール・ヌーヴォーの店」を開店して、輸入した日本の浮世絵や当時の純粋芸術作品、新しい様式のさまざまなデザインを展示した。ビングは装飾美術のアール・ヌーヴォー様式を奨励した。エミール・ガレ（1846–1904年）のガラス工芸品、ルイ・マジョレル（1859–1926年）の家具、ルネ・ラリック（1860–1945年）のガラス工芸品と宝飾品がそれを物語っている。ラリックは自然の有機的な形の影響を受けて、革新的なデザインを制作し奇想天外な宝飾品を作った（図２）。製作にあたっては最新の技法を採用し、色をくわえるために半透明エナメル、準貴石といった奇抜な材料を使った。
　ベルギーでは、アール・ヌーヴォーはいちはやく建築の構想に現れた。そうした代表的な建築家にポール・ハンカー（1859–1901年）、ヴィクトール・オルタ（1861–1947年）、アンリ・ヴァン・ド・ヴェルデ（1863–1957年）がいる。オルタがデザインしたブリュッセルの「タッセル邸」は、建築のアール・ヌーヴォー様式の最初の例とたたえられている。その影響を受けて、フランスの建築家エクトール・ギマール（1867–1942年、p.96）は、1900年からパリの地下鉄出入り口のデザインを手がけた。
　イギリスでは1880年代にロンドンで、リバティ社が東洋のさまざまな装飾品や布地、家具を販売した。この店は、その時期イギリスで進歩的だったデザイナー数人にも納品を依頼していた。なかでも特筆すべきなのがアーチボールド・ノックス（1864–1933年）である。ノックスはケルトの装飾を多くの作品にとりいれていた（図３）。その銀や白目（ピューター）などの作品と宝飾品は、アール・ヌーヴォーのイギリス版を代表するものになった。その結果、リバティはアール・ヌーヴォー運動と同一視されるようになったのである。

1

1 1895年、パリのルネサンス劇場で上演された喜劇『恋人たち』のために、アルフォンス・ミュヒャがデザインしたポスター。

2 ルネ・ラリックはエナメルのような奇抜な材料を使って、この1900年頃の真珠と金の指輪のような宝飾品に色をくわえた。

1900年	1901年	1902年	1904年	1909年	1914年
パリ万博でルネ・ラリックが、ガラスや象牙、青銅でできた宝飾品と美術品でセンセーションをまきおこす。	チャールズ・レニー・マッキントッシュが、スコットランドのグラスゴー国際博覧会で商業団体のために、4つのパヴィリオンをデザイン。	イタリアのトリノで、第1回現代装飾美術国際博覧会が開催される。	ヨーロッパのアール・ヌーヴォーの巨匠が、ミズーリのセントルイス万国博覧会で出品。その美学を広く知らしめる。	マッキントッシュがグラスゴー美術学校の建物を完成。イギリスでのアール・ヌーヴォー様式の建築物第1号となる。	第1次世界大戦が勃発。アール・ヌーヴォー様式はこりすぎているとみなされる。

こうした店のアール・ヌーヴォー商品の販売と平行して、印刷と販路が改善されて無数の定期刊行物が出版され広範囲に流通するようになった。たとえばイギリスのステューディオ、ドイツの美術誌パン、ウィーン分離派の機関誌フェル・ザクルム（聖なる春）などである。こうした定期刊行物の多くは海外の読者まで届いて、アール・ヌーヴォーのコンセプトを紹介した。

この様式はドイツ、オーストリア、スコットランドへと拡散した。それを伝えたのは、ヨーゼフ・ホフマン（1870−1956年）の建築、家具、家庭用品、ウィーン分離派でのホフマンの同志であるグスタフ・クリムト（1862−1918年）の絵画、チャールズ・レニー・マッキントッシュ（1868−1928年、p.100）の直線で構成された優雅な建築物や家具、内装のデザインである。スペインではアントニ・ガウディ（1852−1926年）が、非常に個性的で印象的な建造物を造った。バルセロナの「カサ・バトリョ」（1906年、図5）のような、うねるような曲線が特徴の斬新な建物は、ガウディのアール・ヌーヴォー観を反映している。アメリカでは、ルイス・カンフォート・ティファニー（1848−1933年、p.98）が多様な色のガラスまたは光彩ガラスを製作して、この運動のアメリカの解釈を示した。その独特なデザインは評価されて「ティファニースタイル」とよばれた。

この様式に地方的特色をくわえたバリエーションには、国ごとに異なる名称がつけられた。たとえばユーゲント——芸術と生活のためのミュンヘンの週刊誌（Jugend: Münchner illustrierte Wochenschrift für Kunst und Leben）が1896年に創刊されると、ドイツ語圏で「ユーゲントシュティール（青春様式）」が現れた。オーストリアでは「ゼッシオン（分離派様式）」とよばれた。その名称の由来となったウィーン分離派は、画家や彫刻家、建築家のグループで、保守的なオーストリア芸術家協会（Kunstlerhaus）に反発して、マッキントッシュの線的なスタイルに触発されていた。フランスでは、スティル・モデルヌ（現代の様式）、スティル・ジュール・ヴェルヌ、スティル・メトロ（地下鉄様式）ともよばれた。カタルーニャではモデルニスモ（モダニズム）、スペインではアルテ・ホヴェン（若い芸術）、ポルトガルではアルチュ・ノヴァ（新しい芸術）、オランダではニーヴェ・クンスト（新しい芸術）だった。イタリアではアルテ・ヌオヴァ（新しい芸術）またはロンドンの店の名からスティル・リバティとよばれた。

スコットランドではデザイナー・グループ、「ザ・フォー（The Four）」の功績を認めて、おもに「グラスゴー様式」の

呼称が使われた。ザ・フォーとはマッキントッシュ、ハーバート・マクネア（1868–1955年）と、それぞれと結婚するマーガレット（1864–1933年）とフランシス（1873–1921年）のマクドナルド姉妹の４人組である。ビングのパリの美術店に由来するアール・ヌーヴォーという言いまわしが定着したのは、とくにビングが1900年のパリ万博で出品したあとだった。それ以降、この名称が様式と同義語となった。

1900年のパリ万博はアール・ヌーヴォーのショーケースだった。大衆は夢中になり、アール・ヌーヴォーは近代で初の国際的な装飾様式となった。この万博ではまた20世紀のはじまりを祝う目的で、新しいテクノロジーとアイディアが誇示された。その目玉となったのは、ルネ・ビネ（1866–1911年）がデザインした凝ったドーム型の記念ゲート、何千個もの色とりどりのランプをつけた「電気館」、ギュスターヴ・セリュリエ＝ボヴィ（1858–1910年）のデザインで、エッフェル塔のふもとに造られた大レストラン「パヴィリオン・ブルー（Pavillon Bleu）」、そして絶賛されたビングのパヴィリオン「アール・ヌーヴォー・ビング」である。このパヴィリオンは内部が６部屋に分かれていて、著名な美術家やデザイナーのグラフィックアート、美術品などが展示されていた。たとえばウジェーヌ・ガイヤール（1862–1933年）、エドゥアール・コロナ（1862–1948年）、ジョルジュ・ド・フール（1868–1958年）、アンリ・ド・トゥルーズ＝ロートレック（1864–1901年）、ミュヒャ、ティファニー、ラリックなどの作品である。ガイヤールの湾曲したウォルナットの椅子（図４）は、流れるようなラインのデザインで、有機的で彫刻的なフォルムが自然のねじれた木の枝を思わせる。こうした家具は来場者の目に斬新に映っただろう。それにくわえてフランスの工芸の再活性化に取り組む公的機関、装飾美術中央連合のパヴィリオンにも、アール・ヌーヴォーの作品がならべられた。外国のパヴィリオンでは、アール・ヌーヴォーの解釈と表現の国ごとの違いが浮き彫りになった。この万博に続いて世界博覧会は３度開催され、そのたびに多くのアール・ヌーヴォーの大家が出品した。

だが1914年には突如として、そうしたいっさいが第１次世界大戦の勃発という残酷な形で終わりを告げる。アール・ヌーヴォーはぜいたくで高価な様式だとみなされ、すっきりとした外観のモダニズムの道筋が作られるのである。SH

3

5

3　このタバコ入れ（1903–04年）は、アーチボールド・ノックスがリバティのケルト・シリーズの銀器と宝飾品のために、制作した数々のデザインの一部。

4　ウジェーヌ・ガイヤール作のウォルナットと革のダイニングチェア。美術商のジークフリート・ビングが1900年のパリ万博で展示した。

5　アントニ・ガウディがデザインしたバルセロナの「カサ・バトリョ」（1906年）。アール・ヌーヴォーの有機的な形が建築に新たな切り口をもたらし、このうねるような形に帰結した。

地下鉄ポルト・ドーフィヌ駅の出入り口 1900年

Porte Dauphine Métro Entrance　エクトール・ギマール　1867–1942年

パリ地下鉄ポルト・ドーフィヌ駅の出入り口には、塗装した鋳鉄とほうろう引きした溶岩パネル、ガラスが使われている。

エクトール・ギマールがデザインしたパリ地下鉄の出入り口は、おもに鋳鉄とガラスでできている。地下鉄の魅力を高めることを目的にデザインされた。この地下鉄は拡大する都市の必要性を満たすため、さらには1900年の万博にまにあわせるためにパリの地中に建設されつつあった。万博では芸術や産業、科学の進歩、そしてとくにフランスの功績を示す展示をする一方で、新しい地下鉄は入場者の足となり、輸送の進歩をアピールする予定になっていた。1899年、パリ都市鉄道会社は、駅の出入り口のためのデザイン・コンペを行なったが、会社の重役は応募された案に満足しなかった。ギマールが請われて提案書を出すと、その後出入り口のデザインを依頼された。ギマールは12年にわたり、２とおりのパターンで地下鉄の出入り口141カ所を作った。ひとつはただ手すりだけで屋根のないタイプ、もうひとつは大きさはまちまちだが張り出し屋根がついている東屋風の建物である。ポルト・ドーフィヌ駅がそうで、このタイプは「エジクール（小建物）」とよばれている。部品を規格化したので、どの入口もコストが抑えられ組み立ても容易だった。

ポルト・ドーフィヌ駅は1900年12月13日に落成した。万博が閉幕してから１カ月後で、この地下鉄の区間が完成する前のタイミングだった。天盤はガラスでできた扇形で、その両側に花の茎を模した鉄柱２本が立っている。奥の屋根は成形された鋳鉄の緑のフレームで逆アーチ型に支えられていた。ただ、有機的な様式にしたアール・ヌーヴォーのデザインは、その当時の人々の目には異質に映り物議をかもした。ギマールの地下鉄のデザインはアール・ヌーヴォーの時代を超えたシンボルになり、「スティル・メトロ（メトロ様式）」という用語が、その様式全体を表すのに使われるようになった。　SH

ナビゲーション

フォーカス

1　表示板
駅名表示板はほうろう引きした溶岩を使って、明るい色となめらかな表面を実現している。黄色の地に配された緑の文字は、有機的スタイルの書体である。曲線的でなだらかなレタリングは、ギマールの手書きだった。表示板のレタリングは、1902年にギマールが一貫した書体におちつくまでまちまちだった。

2　支柱
表示板を支える鋳鉄の支柱は、花の茎を擬している。曲線の流れるようなラインは、花から着想を得ている。パリジャンはこのタイプの入口を「トンボ」とよんでいる。出入り口を守る小さな天蓋は、雨水が滴り落ちないように上向きに張りだしている。

3　金属
鋳鉄の部材は青銅に似せるために緑に塗装されており、年月とともに深みをおびた色になっている。ギマールが豪華なデザインに寄せるコンセプトは、万人のための創造という、アール・ヌーヴォーが理想とする願望を表している。美しいデザインは金持ちのためだけのものではないのだ。

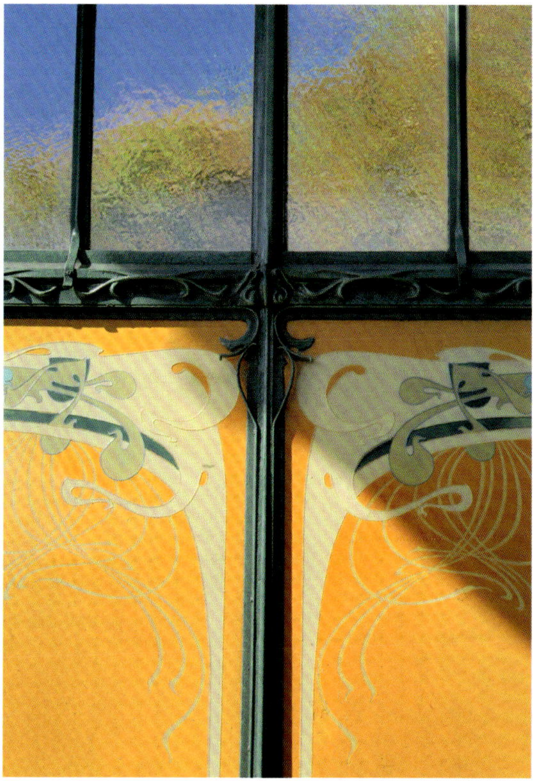

▲ギマールは建築物を総合芸術（ゲザントクンストヴェアク）として考えていた。内壁にならぶほうろう引きした溶岩パネルは、官能的なカーヴと凝った飾り線文様で装飾されており、その装飾が外部構造の流麗な形と調和している。

カステル・ベランジェ

ギマール作のパリ地下鉄出入り口は当初、大多数のパリジャンにとって奇妙で異様に見えたが、「ギマール様式」なる言葉が、この新しい風変わりなデザインの表現に使われるようになった。万博の入場者にとって、巨大な様式化された支持物が頭上にひろがる地下鉄出入り口は、近代化の高さのようにも思えただろう。ただしギマールはすでに「カステル・ベランジェ」のデザインで、パリ初のアール・ヌーヴォー建築家として名を知られていた。このジャン・ド・ラ・フォンテーヌ通りにあるアパルトマンは、1895年から1898年にかけて建てられた。ギマールの無名時代に着工した36階建ての建物で、1895年に彼がブリュッセルでベルギーの同志、ヴィクトール・オルタに出会って以来の様式の発展を象徴している。木造部分、金属部分、ステンドグラスと板ガラス、壁紙、家具など、ギマールは外装構造と室内装飾を手がけた。建材は地下鉄の出入り口と同様に、安くて手に入りやすいものを使用した。たとえばバルコニーの手すりは、既成の鋳鉄部材で作っている。

ティファニーウィステリア・テーブルランプ

1902年頃　Tiffany Wisteria Table Lamp　ルイス・カンフォート・ティファニー　1848–1933年

緑青皮膜をつけた青銅と鉛泊で接合したガラス。
46.5×67.5 センチ

2000ピース近くのガラスで構成されているこのランプは、ニューヨークのルイス・カンフォート・ティファニーの工房で制作された。デザインのスタート時の責任者はティファニーだが、それを完成させた功労者は、ガラス工芸チームのリーダー、クララ・ドリスコル（1861–1944年）だった。青、紫、緑、黄の宝石のような色あいの小さなガラス片が、満開の藤（ウィステリア）の花のように形づくられている。繊細なガラスの色あいは、ランプの硬質の青銅スタンドと好対照をなしている。ティファニーとドリスコルのインスピレーションの源は、自然への愛、アール・ヌーヴォーの進展、唯美主義運動（p.88）、日本のデザイン（p.82）だった。ティファニーはステンドグラスの窓を製作するために、1885年にガラス製造会社を創立した。1894年には玉虫色の輝きを放つ「ファヴリルガラス」の特許を取得。その1年後に色ガラスのランプシェード作りに手を広げた。最初のランプは灯油で灯りをつけていたが、しばらくして友人のトマス・エジソン（1847–1931年）が作った、市販にたえる新しい電球を利用した。製作は手作業で、まずは小さな花びらの形の型板に沿ってガラスに浅い切りこみを入れ、ペンチで切り離す。つづいて細い銅箔をガラス片の周辺に巻いて、ハンダでつなぎあわせる。銅箔はデザインの一部となっていた。ファヴリルガラスは斑紋があるので、ガラス片の選択には美術的センスが必要だった。色や色相の多様さでランプの豊かさと個性が高まるからである。ティファニーは色にかんしては女性のほうがセンスがあると考えて、ランプ作りの専門技術者には、ほとんど女性を採用した。ティファニーのランプのなかでもとくに評価が高かったこのランプは、アール・ヌーヴォーの国際的なアイコンとなっている。

SH

ナビゲーション

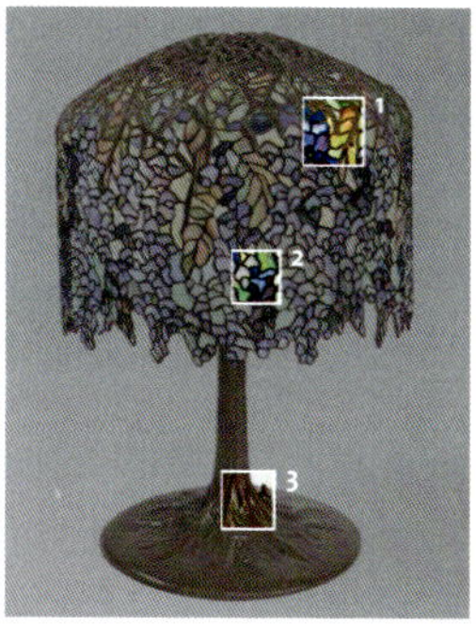

フォーカス

1　銅箔

ティファニーは作業を色を使ったデザインのスケッチからはじめて、その後切りだすガラス片1枚ごとに銅板の型を作った。作業員は手作業で小さな形をひとつずつ切り離し、デザインどおりに組みあわせる。あとは片側に蜜蝋がついている薄い銅箔をガラス片に巻き、ハンダで固定した。

2　ガラス

ティファニーは自身が開発した、斑紋のある色調豊かなファヴリルガラスをこのランプに使用して、柔らかに輝く光を創りだした。電球の製造がはじまったころ、その光は強烈でまぶしかった。だが室内装飾の事業から、ティファニーは光をやわらげて拡散・屈折させるノウハウを豊富にもっていた。

3　ベース

青銅のランプスタンドはカラフルな光に注目を集めるように作られていた。波打つ彫刻のようなスタンドは、光を受けた自然のモチーフを表現しており、本物の藤の茎をイメージさせる。ランプシェードと同様、ティファニーのランプベースはどれも少しずつ異なっている。

▲「ピオニー」（ボタン、1905年頃）のテーブルランプには、いまにも動きだしそうなたくさんのボタンのつぼみと花が描かれている。花弁の赤とピンクの光は花芯の黄色とともに、斑紋のある琥珀色と緑の背景と対照をなしている。なめらかなカーヴを描くシェードは、いかにも繊細で自然な形をしており、スイッチを入れると暖かみのある輝きを放つ。曲線的な青銅色と玉虫色のベースには、その形状から「タートルバック」とよばれる赤色ガラスのモザイクがあしらわれている。

ヒル・ハウス・ラダーバックチェア　1903年

Hill House Ladder-back Chair　**チャールズ・レニー・マッキントッシュ　1868–1928年**

コクタン色に染色したトネリコ、海草の生地、ウマの毛。高さ141センチ

ナビゲーション

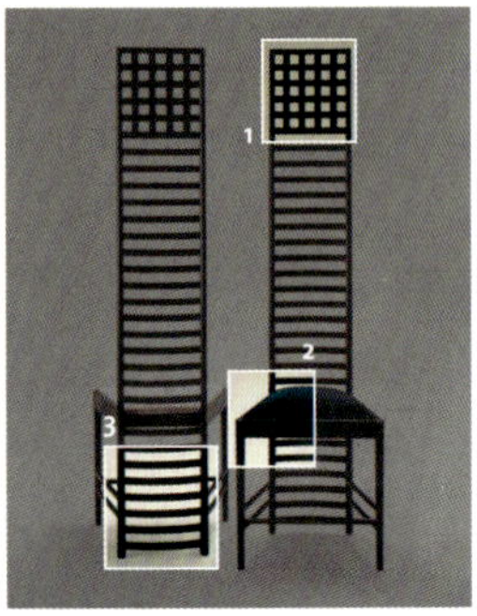

スコットランドのヘレンズバラにある「ヒル・ハウス」は、チャールズ・レニー・マッキントッシュの作品のなかでもとくによく知られている。出版業者のウォルター・ブラッキー（1816–1906年）の自宅として、1902年から1904年にかけてデザインと施工が行なわれた。マッキントッシュは家屋にくわえて大半の内装、家具、調度品のデザインを手がけた。すると建築家として正式な訓練を受けて技量もあったのにもかかわらず、インテリアデザインと家具のほうが有名になった。マッキントッシュの家具は直線と最小限の装飾が印象的だが、それだけで完結するのではなく、室内空間との相乗効果を狙ってデザインされた。また大衆の美的センスが曲線を好んでいた時期に、そのスタイルはなだらかな曲線とすっきりした縦のラインを組みあわせていた。それは、伝統的なケルト職人の技巧・デザインと純粋な日本の美学との融合だった。マッキントッシュはヒル・ハウスの主寝室のために椅子を２脚作った。そのシンプルで線を重視した幾何学デザインは、部屋の繊細な白とピンク、銀色の装飾の配置と意図的に対比させている。高い背もたれと水平な棒の列、その最上部につけた格子によって、彼は空間の分節［造形モチーフを単位ごとに分けて、アクセントをつけること］をしている。サイズの延長は、黒漆でトネリコをおおい隠したのと同様に、マッキントッシュが日本からヒントを得た様式の典型例である。　SH

フォーカス

1　ヘッドレスト
　ヘッドレストの格子は簡潔なラインが特徴的で、椅子が置かれる部屋の白壁と呼応していた。この椅子の明確な幾何学的ラインは、マッキントッシュのモダニズムへの傾倒を表しており、アール・ヌーヴォーの多くの解釈とあきらかに一線を画している。

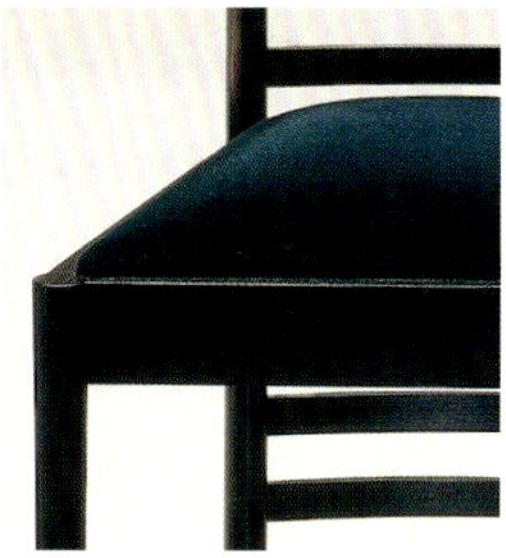

2　シート
　扇形のシートは小さく装飾的だが、あまり機能的ではない。この椅子は腰をおろすより服の置き場所として考えられたのだろう。小さなシートは椅子のもろさを強調しているが、長い木材が直角に接合して頑丈な枠を作っているので構造の強度はある。

3　横木
　床から最上部まで、背もたれの水平な横木がまったく同じように間隔をあけて配置されて、垂直な両サイドとつりあいをとっている。直線は日本の美の理念の線的要素とウィーン分離派を反映している。この椅子は直線的に見えるが、背もたれの横桟はもたれやすいように湾曲している。

▲マッキントッシュは家具のほとんどを特定の空間のためにデザインした。ヒル・ハウスの寝室では、椅子の背もたれの水平な横木と縦に長い垂直部材が、もともと壁にステンシルで描かれたバラの模様につきもののつる棚を連想させる。

ハイバックチェア

　1896年にマッキントッシュが出会ったケート・クランストン（1849–1934年）は、起業家精神にあふれる女性実業家で、グラスゴーに喫茶店を4軒開いていた。1896年から1917年までのあいだに、マッキントッシュはクランストンの4軒の喫茶店すべての内装をデザインした。この椅子は1898年から翌年にかけて、アーガイル通りの喫茶店の改装に合わせて作っており、ランチ用の部屋に置く予定だった。彼が多数作ったハイバックチェアの第1号で、空間を増幅する機能も果たした。つまり客がグループごとにテーブルに座ってもほかの客から見えないので、高い背もたれが個室にいるような感覚をもたらしたのである。楕円形のヘッドレストのなかの三日月型の切りぬきは、部屋中にある飛んでいる鳥のモチーフと呼応し、幅広で間隔をあけて配置されている2枚の背板と、細めで先細りになっている垂直部材、そしてほっそりとしている脚は、内装全体の垂直性を反映していた。この椅子はシンプルに見えるが、後ろの脚は複雑である。断面が円形から楕円形、さらに四角に変わっており、先細りになっている前の脚は頑丈であり繊細でもある。

ウィーン工房

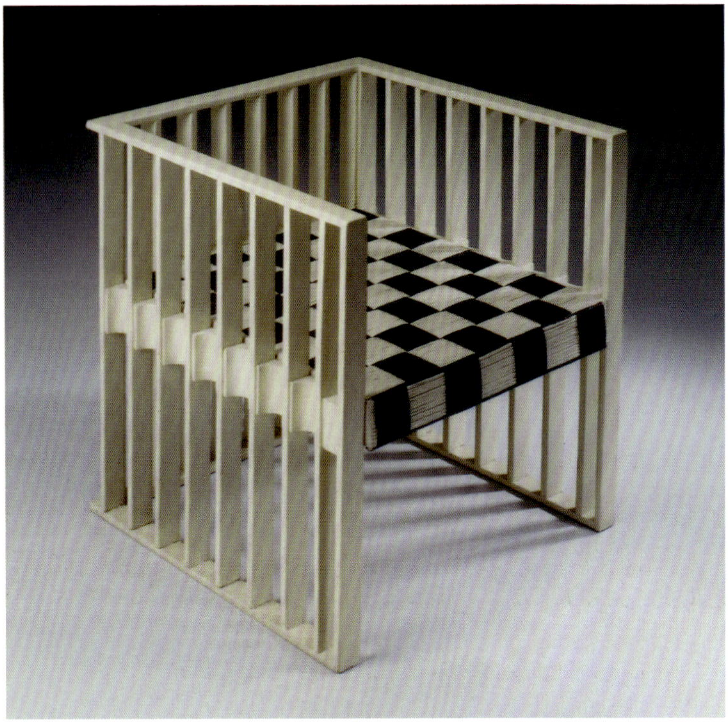

1　コロマン・モーザーの立方体型のアームチェア。1903年に作られて、プルカースドルフのサナトリウムで使用された。ウィーン工房のデザイナーはシンプルで幾何学的なフォルムを多く採用した。その典型的な例である。

2　1907年のヨーゼフ・ホフマンのリトグラフ。ウィーン工房がデザインした「キャバレーこうもり」のバー・ルームを描いている。室内装飾と家具のほか、テーブルウェアも工房がデザインした。

3　オットー・プルッチャーがデザインしたワイングラス（1907年頃）。ゴブレットの模様が、優雅で長い脚と調和している。ウィーン工房のガラス工芸品デザインの見事な1品である。

ウィーン工房は、1903年に創設された革新的な総合デザイン集団である。ウィーン分離派の分派で、美術家やデザイナー、職人に創造性を発揮できる場を用意して装飾美術を活気づかせようとした。美術と応用美術の交流がカギだった。この工房は30年の活動期間のあいだに、応用美術のあらゆる分野をゆさぶった。

当初の主導者は建築家のヨーゼフ・ホフマン（1870–1956年、p.106）と画家でグラフィックデザイナーのコロマン・モーザー（1868–1918年）だった。時とともにウィーン工房はしだいに折衷的になり、異なる領域の多様なデザイナーの流入を反映するようになった。その継続性を保っていたホフマンは、1931年まで美術の製作責任者をつとめていた。1915年にくわわった才能豊かなダゴベルト・ペッシュ（1887–1923年）も、なみなみならぬ貢献をした。バレエの優雅さをそなえた模様で、工房のコレクションに新たな方向性をくわえたのである。

このグループの名声は、ふたつの重要な建築プロジェクトによって確立された。ウィーンの近くにあるプルカースドルフの「サナトリウム」（1904-05年）とブリュッセルのストックレー邸（1905–11年）である。どちらもホフマンが

キーイベント

1897年	1901年	1903年	1907年	1908年	1910年
オーストリアの画家、グスタフ・クリムト（1862–1918年）がウィーンの芸術家協会に対する改革を先導。ウィーン分離派を結成した。	コロマン・モーザーの教え子、ユッタ・ジカ（1877–1964年、p.104）が、ウィーン家内美術グループを共同設立。	10月、ウィーン市内のノイシュティフト通り32–34番地で、ウィーン工房の本部が開設。	ウィーン工房のショールームが、ウィーン市内のグラーベン15番地にオープン。コロマン・モーザーが脱退するが、主宰のヨーゼフ・ホフマンは残った。	ウィーン総合芸術展で、ウィーン工房のメンバーがデザインしたポスターのために展示室が設けられる。	ウィーン工房がテキスタイルとファッションの部門を設置。1922年までエドゥアルト・ヨーゼフ・ヴィンマー＝ヴィスグリルが責任者をつとめた。

デザインした。「キャバレーこうもり」（1907年、図2）はウィーンのレストラン兼ナイトクラブで、生き生きとした創造性を発現する舞台となった。ウィーン工房はその内装に印象的な家具をコーディネートした。総合芸術（ゲザムトクンストヴェルク）として構想されたそのデザインは、細部の一つひとつが調和している。見るからに幾何学的で角張ったフォルム、そしてくっきりとした輪郭と市松模様が、その手法の特徴となった（図1）。黒と白のパターンは、明るく陽気な色が入った場所と対比させると非常によく目立った。

ウィーン工房は美術家主導の事業だったため、従来の会社より大胆で実験的な試みができた。製造の手段を管理下に置いていたために、高水準を維持しながらリスクをおかせたのである。多くの製品が工房の作業所で手作りされた。ここには金属加工、製本、革細工、漆器製造などの施設があった。外部の製造業者を使う場合は慎重に調べたうえで、ウィーン工房のほうからデザインを渡して製造方法を指定した。

ガラス工芸品は、ウィーンの販売業者、E・バカロヴィッツ＆ゾーネ（E. Bakalowits und Söhne）、J＆Lロブマイヤーをとおして、あちこちのボヘミア・ガラスの工場で委託製造された。なかでも印象的なのがオットー・プルッチャー（1880–1949年）デザインの背の高いワイングラスで、脚が精巧にカットされた幾何学模様になっている（図3）。陶器はふたりのウィーン工房のメンバー、ミヒャエル・ポヴォルニー（1871–1954年）とベルトルト・レフラー（1874–1960年）が1906年に設立したウィーン陶器工房で製造された。このふたりは珠玉の器と小立像を創作した。

テキスタイルもウィーン工房の重要な分野だった。当初はジャカード織物の家具用布地が、ヨハン・バックハウゼン＆ゾーネ（Johann Backhausen und Söhne）で製造されていた。1910年に工房内にテキスタイルとファッションの部門ができると、その後は木版画のように作る捺染（プリント）の服地が重要な活動領域になった。そうした強烈で抽象的な花柄模様は、郷土芸術から原色と荒々しい筆致の野獣主義（フォーヴィズム）にいたるまでの様式で無数のデザイナーによって作られ、ウィーン工房が得意とする、ゆったりとしたドレスの削ぎ落としたシンプルなデザインといちじるしい対照をなした。デザイナーのエドゥアルト・ヨーゼフ・ヴィンマー＝ヴィスグリル（1882–1961年）の指揮下で、ファッション部門は異例の成功をおさめた。そしてポール・ポワレ（1879–1944年）のような国際的デザイナーに影響をあたえたのである。

ウィーン工房の製造量はあまり多くなかったが、製品は国際的な注目を浴びた。様式では、世紀末のアール・ヌーヴォー（ドイツとオーストリアでは青春様式（ユーゲントシュティール）、p.92）と戦間期のアール・デコ（p.156）をつなぐ役目をしたと考えられている。伝統にとらわれない大胆な考え方から、ウィーン工房はデザイナーが芸術を仕切ったら何ができるかを示した。ポストモダンという言葉が、ウィーン工房の説明によく使われる。ル・コルビュジエ（1887–1965年）といった新進モダニストの建築家を刺激して、バウハウス（p.126）設立の地ならしをしたからである。しかしながらウィーン工房はバウハウスより多元的であり、バウハウスほど教育的ではなかった。自由奔放で熱意にあふれる工房の産物は、装飾美術の視覚的効果を世に知らしめたのである。 LJ

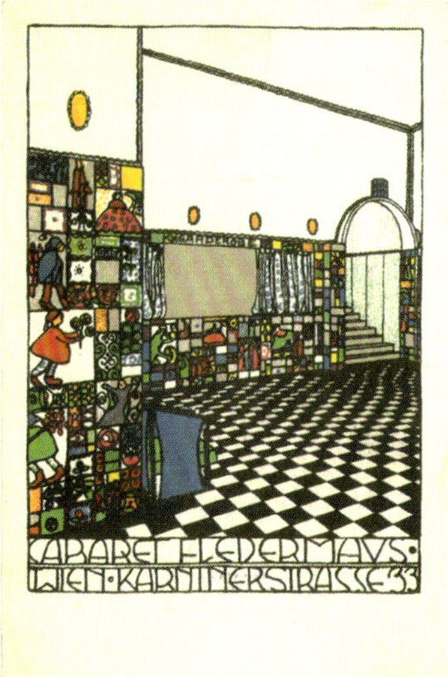

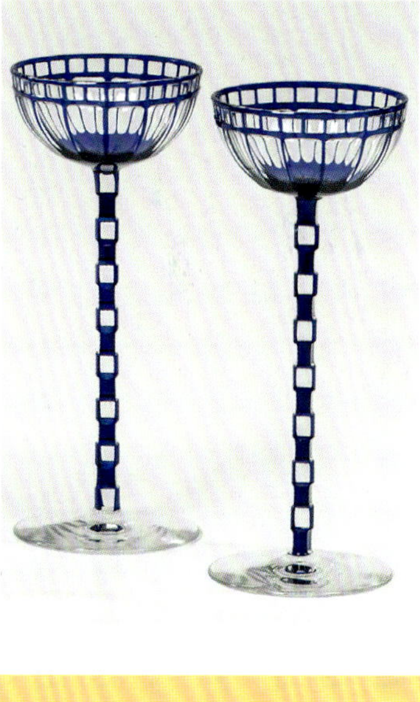

1913年
ウィーン工房が、ロゴの2文字「WW」を特徴とする商標を登録。

1914年
ドイツ工作連盟ケルン展で、オーストリアのパヴィリオンがウィーン工房専用の展示室を設けて、目玉とする。

1916–17年
ウィーン工房がウィーンにショールームをオープン。そのひとつはテキスタイルを専門にしていた。スイス支部がチューリヒに設立された。

1922年
オーストリア生まれの舞台美術家、ジョーゼフ・アーバン（1872–1933年）が、ニューヨーク市の5番街にウィーン工房のアメリカ支部を設立。

1924年
ウィーン工房のニューヨーク支部が廃止になる。1929年の復活の試みは失敗した。

1931年
1929年の株式市場の暴落につづく財政難のために、ウィーン工房が活動を停止し1年後に解散する。

コーヒーセット 1901-02年頃 Coffee Service

ユッタ・ジカ 1877–1964年

フォーカス

1 持ち手

このデザインを印象的にしているのは持ち手である。従来の曲線の持ち手と丸いつまみのかわりに、穴あきの平らな「背びれ」がある。こうした特徴は目を引くが実用的ではなかった。というのも製造で問題が多く、使い勝手も悪かったからである。

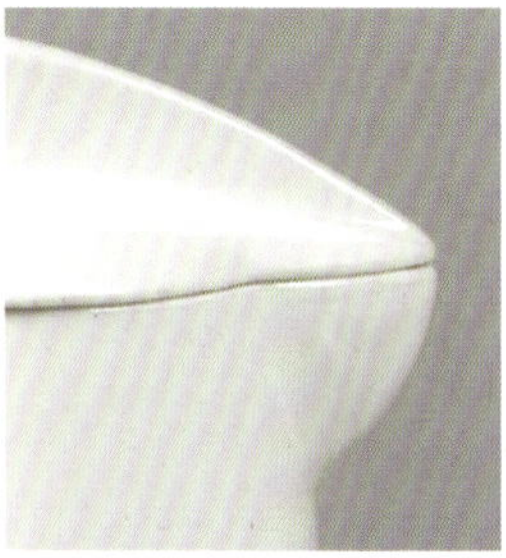

2 そそぎ口

容器の形は奇抜で、とくに蓋つきのコーヒーポットのそそぎ口はツノメドリのくちばしに似ている。セット全体でポットやカップを人に見立てて、活気と気どった雰囲気を演出している。ソーサーのカップ置きの窪みははじめ中心からずれていたが、この特徴は後から修正された。

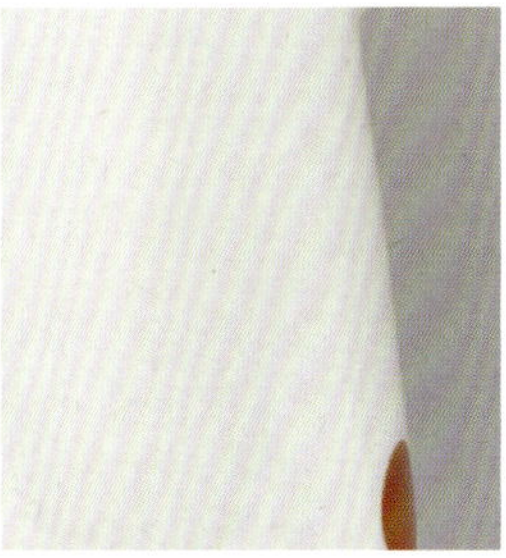

3 磁器の素地

硬質磁器を使用。これは高温で焼成したガラス質の陶磁器材で、ヨーロッパの陶器製造業では伝統的に用いられていた。このセットは、ヨーゼフ・ベックというウィーンの磁器製作所によって製造されている。磁器本体は当製作所がボヘミアの工場に製造を委託して、あとから製作所で装飾したのだろう。

4 パターン

重なりあう円と点のパターンは、ステンシルで絵づけされている。このような平面的で抽象的なモチーフと非対照的な構成は、当時はめずらしかった。ジカと応用美術学校の生徒は候補のパターンを用意しており、これはそのひとつだった。

硬質磁器。
コーヒーポットの高さ
19.3センチ

このコーヒーセットは持ち手が風変わりで、モダンに見えるので20世紀はじめのものとは信じがたい。この形を作ったのはユッタ・ジカという、オーストリアの若いデザイナーで、当時はまだ学生だった。ジカはウィーン応用美術学校に通っており、その教官にグラフィックデザイナーのコロマン・モーザーがいた。このセットのステンシル装飾は、モーザーが授業内の演習として生徒に作らせたものだった。

その当時のモーザーはウィーン美術界で、絶大な影響力があった。1897年のウィーン分離派の創設メンバーで、1903年にはヨーゼフ・ホフマンとともにウィーン工房を立ち上げた。その先駆けとなったグループが、1901年に結成されたウィーン家内美術（Wiener Kunst im Hause）である。ジカはこのギルドを応用美術学校の生徒9人とともに創設した。ウィーン工房と同様にウィーン家内美術は、総合芸術のコンセプトを推進した。一言でいうと、内装にふくまれる要素はかならず視覚的な統一感がなければならない、という理念である。グループのメンバーは陶器はもちろん、テキスタイルのデザインもしていた。テキスタイルにはオーストリアの伝統工芸に由来するパターンを用いていた。

磁器製のこのコーヒーセットは、最初無地の白だった。ユニークな形にはたしかに劇的なインパクトがあったので、当時ウィーンのオーストリア応用美術博物館で展示されていた。その後も「整えられたテーブル（Der Gedeckte Tisch）」展で大々的な扱いを受けた。この展示会は初回が1905年で、ブルノ市（現チェコスロヴァキア）のモラヴィア博物館で開催され、第2回は翌年にウィーンのウィーン工房ショールームで催された。つまりジカがウィーン工房のためにデザインしたのではないにしろ、理念は共通であり同じ芸術的環境の一部として組みこまれていたのである。　LJ

ナビゲーション

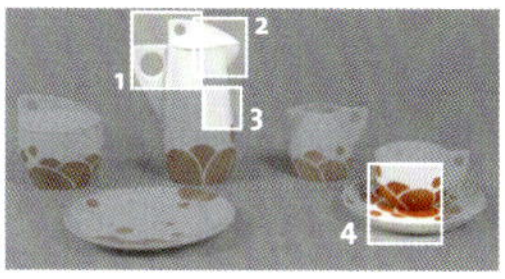

デザイナーのプロフィール

1877–96年
ユッタ・ジカはオーストリアのリンツで生まれた。1895年にウィーンのグラフィック教育研究所（Graphische Lehr- und Versuchsanstalt）に入る。

1897–1904年
1891年から1902年にかけて応用美術学校で学ぶ。ここでコロマン・モーザーの教えを受けた。1901年にウィーン家内美術グループを共同設立。

1905–12年
グラフィックデザインを手がけるかたわら、フレーゲ姉妹のオートクチュール・サロンのためにアクセサリーを、ウィーン刺繍グループのために刺繍飾りをデザインした。

1913–64年
応用美術学校に復学し、アルフレッド・ローラー（1864–1935年）のもとで2年間被服デザインを学んだ。1920年代以降は絵画および教育に全力をそそぎ、花をテーマとした絵を専門的に描いた。

◀この小立像はウィーン工房がかかわった装飾陶器の代表作である。1907年頃にミヒャエル・ポヴォルニーがデザインした。ポヴォルニーはベルトルト・レフラー（1874–1960年）と組んで1906年にウィーン陶器工房を創立している。天使ケルビムの像は従来どおりの古典様式だが、春を象徴する懸崖（カスケード）作りの花は、まちがいなく新しい時代のものである。黒と白で装飾された種類もあった。それ以外は明るい色で彩色されていたので、作品の雰囲気がまるっきり異なった。

フルーツボウル 1904年頃 Fruit Bowl

ヨーゼフ・ホフマン 1870–1956年

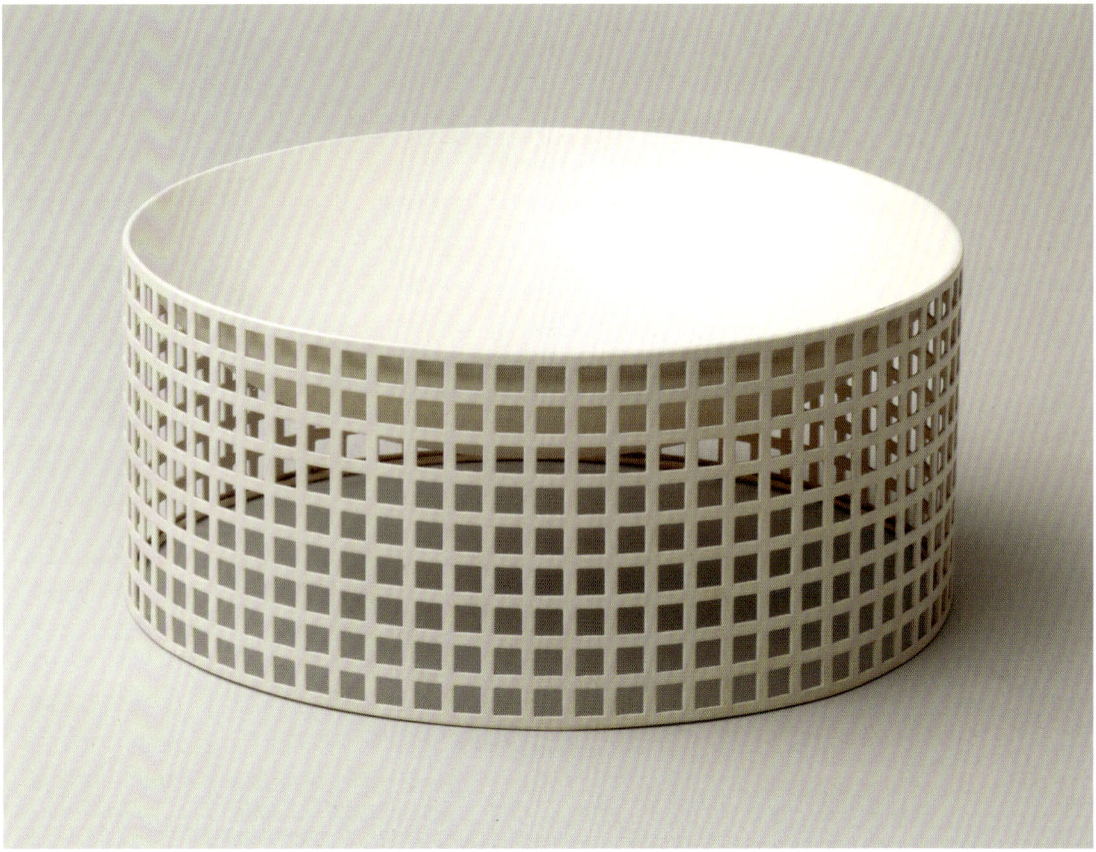

塗装金属。
高さ9.5センチ
直径21.5センチ

ヨーゼフ・ホフマンが魅力的なデザイナーであるのは、作品の計算された抑制が逆に装飾的だからだ。1900年のウィーン分離派の展覧会では、グラスゴーの建築家でデザイナーのチャールズ・レニー・マッキントッシュ（1868–1928年）の作品が紹介された。その信奉者であるホフマンは、同じように格子（グリッド）パターンと幾何学的フォルムを好むようになった。当時流行していたアール・ヌーヴォー（p.92）の有機的な形はとりいれなかった。伝統主義には反対したが、古典的な形の純粋な要素だけをとりだしてよく利用した。その3次元のデザインは優美でバランスが絶妙だったが、ホフマンは表面の動的パターンにも才能を発揮した。この「フルーツボウル」のデザインには、質素であると同時に装飾的であるという、彼のデザインの特徴が封入されている。

このフルーツボウルは、さまざまな幾何学的フォルムのバスケット型器シリーズのひとつで、ホフマンがウィーン工房のために作ったごく初期の作品である。板金を加工して外側に鳥かごのような穴を打ち抜いており、飾り気のなさと徹底した簡素さをきわめた、ホフマンの代表作となっている。そのすっきりしたラインと清純な白い仕上げ、そして工業製品としての美といった要素から、このようなデザインがモダニズムの前駆的存在とされる理由がよくわかる。ほうろうをほどこした鉄もしくは亜鉛、またはニッケルメッキの真鍮など、さまざまな金属を加工した種類が作られており、銀のバージョンはさらに上をゆく高級感とぜいたくな印象をただよわせている。

ホフマンはなによりも建築家であると自認していたが、デザイナーとしての作品のほうが多かった。彼の作る形には建築学の厳密さがあり、精密さを建物と同じようにボウルのデザインにも適用した。そうした品物は彼がデザインした内装と補完する美しさをそなえていたので、ふたつの要素は切れ目なく結合した。総合芸術はまさにそれを中心的な動機として創造されたのである。 LJ

ナビゲーション

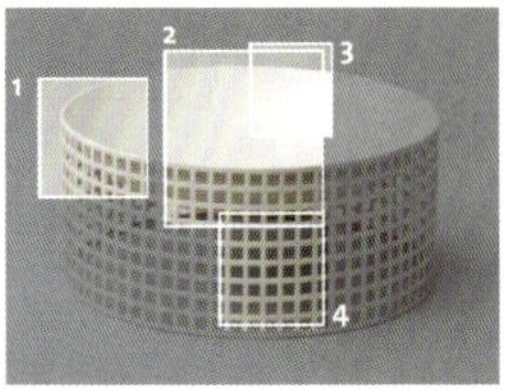

フォーカス

1 幾何学的フォルム

ボウルのフォルムとパターンは完璧に幾何学的である。円形の縁から側面がストレートに下りている。また格子には四角い穴があいている。器のフォルムと装飾に、これほど妥協を許さない純粋さがあるのはめずらしい。当時は地味に見えたにちがいない。

2 宙づりのボウル

この容器は一見円筒形に見えるが、土台の部分があいていて、浅く湾曲したボウルが上部の縁から宙づりになっている。側面に穴があいているので軽くて通気性がよく、面白い陰影効果が生じる。このボウルには彫刻のような存在感があるので、何も入っていなくても視覚的に満足できる。

3 白い彩色

デザイナーはよく純粋さや汚れのなさを演出するために白を使用する。ホフマンのデザインの多くは、黒と白の視覚的なコントラストを用いている。こうした作品はモノクロムだが、四角い穴が光と影の無限の対比を作りだしている。

4 穴のあいた金属

格子状に穴のあいた金属板を器の構造に使用するというのは、革新的だった。金属がかなり薄いために、縁は折り重ねられて針金で補強されている。このシリーズの作品は卑金属の鉄、亜鉛、ニッケルメッキの真鍮、そして貴金属の銀などで作られた。

デザイナーのプロフィール

1870–99年

ヨーゼフ・ホフマンはチェコのモラヴィアで生まれた。ウィーン美術アカデミーで建築学を学び、その後建築家で都市設計家のオットー・ヴァーグナー（1841–1918年）の事務所に入る。1897年にはウィーン分離派を共同創設した。ホフマンは1898年に独立して開業し、1899年にウィーン応用美術学校の教授に任命された。

1900–11年

訪英してチャールズ・レニー・マッキントッシュと会う。1903年にウィーン工房を共同創設したあとは、ここがホフマンのデザインの主要手段になった。手がけたなかでも重要なふたつの建築物、ウィーン近郊のプルカースドルフの「サナトリウム」（1904–05年）とブリュッセルの「ストックレー邸」（1905–11年）は、ホフマンの初期の家具とテキスタイルのショーケースになった。

1912–36年

ウィーン工房の美術の製作責任者を1931年の閉鎖までつとめた。その間ガラス、銀、金属細工、家具、テキスタイルなど多様な制作材料で、おびただしい数のデザインを考案した。また応用美術学校とは密接にかかわりつづけて、1936年までここで教鞭をとっていた。

1937–56年

建築家としての仕事を継続。後年、ウィーン公営住宅の建築に集中的に取り組んだ。

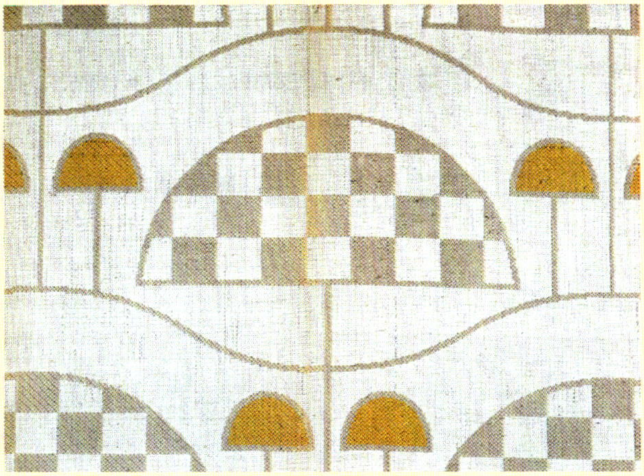

ヨーゼフ・ホフマンのテキスタイル

デザイナーで3次元の形と表面装飾を同じくらい得意としている者はまれである。だがホフマンは熟達した建築家でプロダクトデザイナーであると同時に、独創性の高いパターンデザイナーでもあった。そのごく初期のテキスタイルには、カーテンや座席の布張りなどに使う、ジャガード（ジャカード）織りの家具用布地がある。その後1910年以降は、ウィーン工房のファッション展示を充実させるために、ブロック捺染(プリント)の服地に取り組んだ。格子は彼のパターンの顕著な特徴で、ときには三角や山形紋(シェヴロン)が並置されることもあった。だがホフマンの装飾のレパートリーは「キノコ（Pilz、1902年、上）のように様式化された植物もカバーしていた。みずからに課した厳格な規定要因のなかで活動しながらも、ホフマンは動的なデザインを作った。そうしたテキスタイルでとりわけ顕著な特徴は、白黒のパターンが圧倒的多数を占めていることである。

第2章 | 機械の時代 1905-45年

生産ライン

1　1913年、ミシガン州デトロイトでフォードの移動組立ラインを試している労働者。自動車の完全な大量生産としては、初の試みだった。

2　第１次世界大戦中にイギリスの軍需工場で機械を操作している女性。それぞれのもち場で銃の部品を組み立てていた。

3　1924年、ビュイックが傾斜路を使って特設ステージから降ろされている。1920年代に自動車の需要が拡大すると、ゼネラルモーターズが生産をリードした。

モダンデザインへの技術的影響のなかでもとりわけ重要なのが、工場での大量生産の発展である。工場生産は、偶然の要素や、手作りの特徴的だった暗黙の知識、くりかえし、即興への依存を排除した。とくに、互換性のある部品から規格化された製品を機械で製造することが可能になり、規模拡大の効果によって、価格を下げて販売できるようになった。

熟練および半熟練労働者が分業体制の一部を担当してチームで製造を行なう一方で、デザインは高度に計画的な作業になり、製品の完成形が製造行程がはじまる前から確実にわかるようになった。即興で作ったり途中で変えてみたりする余地はなかった。さらに、工場で使用する機械が製品の最終的な外観に影響をおよぼし、利用できる製造機械がかぎられていることを考慮して、試作品をデザインする必要があった。

イギリスでは生産の機械化は比較的ゆっくりと進んだが、労働力不足のためそれが不可欠だったアメリカでは普及のスピードが速かった。高度に合理化された量産方式が、戦争で使用される武器をすばやく修理するために部品の互換性が欠かせない軍需産業から発達し、錠、時計、自転車など、多くの（おもに金属）製品のデザインと製造にも導入された。20世紀初頭には、いわゆる「アメリカ式製造方式」がほぼ完成した。

しかし、本格的なシステムがもつ要素がまだひとつ欠けていた。それは移動組立ラインである。導入したヘンリー・フォード（1863-1947年）は、それを

キーイベント

1908年	1910年	1913年	1914年	1915年	1918年
建築事務所アルバート・カーン・アソシエーツが、フォード・モーターのためにミシガン州デトロイトのハイランドパーク工場を設計する。鉄筋コンクリートの建物に大きな窓を入れた設計だった。	ヘンリー・フォードがミシガン州デトロイトのハイランドパーク工場の操業を開始。ここは現在も世界最大の製造施設である。	フォードが工場に移動組立ラインを導入。フォードがこの方式を発明したわけではないが、それほど大規模に導入した例はなかった。	第１次世界大戦が勃発。フランスの実業家アンドレ＝ギュスターヴ・シトロエンが、軍需品を大量生産する必要があるとフランス政府を説得する。	シトロエンが軍需工場を建設。砲弾の生産量が１日あたり５万5000発に達する。	第１次世界大戦が終結。シトロエンが、兵器工場を安価な小型自動車を大量生産する工場に転用する方針を固める。

食肉加工業で解体作業をスピードアップするために使われていた天井トロリーコンベアから思いついた。このシステムは大量生産を根本から変えた。工場労働者は部品をとりつける際、静止している製品の周囲を動きまわる必要がなく、製品が通過していくので同じ場所で作業ができる。それで製造速度が上がり、結果的に収益性がかなり向上した。1913年にフォードはミシガン州のハイランドパーク工場に本格的な大量生産方式を導入した（図１）。これは分業体制、製品の規格化、互換性のある部品、機械化に、移動組立ラインを組みあわせたものだった。

組立ラインによる流れ作業はすぐにめざましい成果をあげた。1913年から1914年の１年間で、「モデルT」（p.112）の組み立てに必要な時間が12.5時間から1.5時間へと減ったのである。それに付随して、運転初心者用モデルの価格が1909年に1200ドルだったのが1914年には690ドルまで下がった。しかし、労働者がこの新たな労働条件を快適とは思わなかったため、フォードは職員をとどまる気にさせるために１日あたり５ドル支払う策をとった。うまいことに、これには社員に自社製品を買う手段をあたえる効果もあった。

あとから思えば、このような展開のタイミングとしてこれ以上によいときはなかった。移動組立ラインが導入された翌年に第１次世界大戦が勃発したのである。生産ラインは新たな生死を左右する段階に入り、戦争遂行のための乗り物と兵器を作るために使われた（図２）。砲弾や武器のほか救急車、トラック、航空機、あらゆる種類の軍用輸送手段が両陣営の工場で大量に生産され、大量生産と世界大戦は切っても切れない関係になった。アメリカ以外で最初に自動車を大量生産したアンドレ＝ギュスターヴ・シトロエン（1878-1935年）は、最初は戦時中にパリで流れ作業によって武器の製造をしていた

戦争が終わってから、純粋な大量生産方式は変化していった。1927年には１台目の車を買う人より２台目を買う人のほうが多くなり、しだいに選択肢の豊富さと高級仕様が求められるようになった。1920年代後半にはフォード社は、最大のライバルで、「すべての財布と目的に合った車」をモットーとするゼネラルモーターズ（図３）の後塵を拝した。ゼネラルモーターズは顧客が望む多様性を提供するため、そして大衆車であるシボレーを買う人がいつか豪華なキャデラックを所有したいと願うことができるようなブランド・ポートフォリオを構築するために、「バッチ生産」というより柔軟な大量生産方式を採用した。この市場志向型のアプローチは、売り上げを増やすために生産効率をある程度犠牲にした。またこの方式で、機能はそのままで外見を変えるスタイリングとデザイナーが、自動車産業の中心的役割を果たすようにもなった。 PS

1919年

5月、最初のシトロエンの自動車である「タイプA」が組立ラインから生まれる。

1923年

アルフレッド・P・スローン（1875-1966年）がゼネラルモーターズの社長に就任。市場志向型のアプローチを推進して経済的に成功する。

1927年

フォードが、ゼネラルモーターズからしかけられた競争に対抗して新型「モデルA」を発売。この車はモデルTよりスタイリッシュだった。

1927年

スローンがゼネラルモーターズに美術色彩（のちのスタイリング）部を開設。責任者としてハーリー・J・アール（1893-1969年）を招く。

1928年

ミシガン州ディアボーンでフォード・リバー・ルージュ工場が操業を開始。発電所と総合製鋼工場を併設していた。

1930年

スローンが、毎年外見だけを変えて車を市場に出すモデルチェンジの考え方を導入。自動車産業に新たな方向を定めた。

フォード・モデルT　1908年　Ford Model T

ヘンリー・フォード　1863–1947年

「モデルT」は使われているバナジウム鋼の引張り強度のおかげで、穴だらけのでこぼこ道の走行にも耐えた。

「ティン・リジー（ブリキのリジー）」ともよばれる「フォード・モデルT」は、最低限の機能をそなえた車である。1908年に最初に生産されたこの自動車は、材料だけでなく、フォード工場の製造工程の効率の良さの産物で、そのおかげで会社の創設者であるヘンリー・フォードは競合他社より安い価格で車を販売することができた。モデルTのシャーシとボディは分離しており、組立工程の途中で一体となる。部品を組立てたのにすぎないという印象はモデルTの特徴で、後続モデルとの区別の目安になる。たとえばシャーシとボディのあいだの目に見えるすきま、ボディにとってつけられたようなヘッドライト、やや離れているステップがその顕著な例である。それでもモデルTの魅力は、価格と効率のよさにあった。しかもすべて2.9リットルエンジンと2段変速のギヤボックスをそなえていた。それまでは移動手段として馬と荷車しか使っていなかった田舎の人間が購入したはじめての自動車だったため、所有しているというだけでステータスシンボルになった。

フォードは生産方法の改良と合理化に取り組み、それによってコストを削減し販売価格を下げた。モデルTは、この会社がはじめて完全に互換性のある部品を使って移動組立ラインで大量生産した自動車である。モデルTの生産は1927年に終了したが、あらゆる時代を通じてもっともよく売れた車といってよい。19年で1650万という販売台数を達成できたのは、その全期間を通じてデザインの見なおしが行なわれたことや、ロードスター、クーペ、サルーン、ワゴン、あるいはピックアップトラックとして使用可能だったためである。モデルTははじめて大量生産された手ごろな価格の自動車で、アメリカでは中産階級の家庭まで自動車を所有できるようになった。また最初の世界的な自動車でもあった。1921年には世界の自動車生産のほぼ57パーセントに達し、数カ国で組立てられていた。PS

ナビゲーション

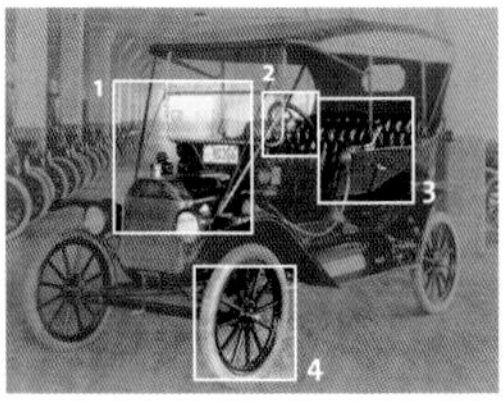

フォーカス

1　ボディパネル
「モデルT」では、世界で一様に採用されていたカーヴした形にする試みはまったくなされなかった。むしろ、ボディパネルの平面、直立した平らなフロントガラス、ラジエーターカバーの直線は、これよりあとに登場する空気力学的に計算された形の車とは違い、スピードをセールスポイントにしていないことを示している。

2　ハンドル
コラム（軸）にとりつけられたモデルTのシンプルなむき出しの鋳鉄製のハンドルは、デザインの統一性の欠如の一因となっている。しかし、モデルTが普及してほかのメーカーが続いたときに、この車の左ハンドルが基準になった。

3　座席
モデルTで唯一ぜいたくで快適といえるのは、クッション性のある革張りの座席である。ぜいたくさが欠けているのは、フォードがこの自動車を、金持ちだけが買えるめずらしい品物ではなく、大衆向けの手ごろな値段の移動手段にするつもりだったからである。

4　車輪のスポーク
モデルTともとになった田舎の荷車の関連性は、露出したスポークに見ることができる。モデルTが発売された当時、アメリカには舗装道路がほとんどなかった。この車の車輪と横向きのスプリングは、泥だらけの路面や砂利道に適していた。

デザイナーのプロフィール

1863–1912 年
ヘンリー・フォードはミシガン州グリーンフィールドの農家に生まれた。デトロイトに出て機械工の見習いになったのち、エジソン電灯会社の技師になる。1896年に最初の自動車を作った。1903年にフォード社を設立し、5年後に「モデルT」を生産した。

1913–47 年
ミシガン州ハイランドパークのフォード・モーターの工場に移動組立ラインを導入した。1927年に「モデルA」を発売し、1928年にミシガン州ディアボーンのリバー・ルージュ工場を開設したが、その頃にはモデルTの販売数は減少しつつあった。

それが黒であるかぎり

どんな色の「モデルT」でも買うことができる、「それが黒であるかぎり」という、ヘンリー・フォードの有名な言葉は、半分しか真実ではない。それは乾燥時間が短くてすむためハイランドパーク工場の生産ラインから生みだされる車の大半が黒色になった1914年以降のことにすぎず、1908年から1913年までのモデルTはグレーが主流で、赤、緑、青のモデルも生産されていた。赤はツーリングカー（オープンカー）にのみ、グレーはタウンカー（運転席のみ側面オープン）にのみ使われた。黒が主要な色に採用されたときも、この自動車のパーツごとに異なる塗装や乾燥の方法に応じて、さまざまな黒色塗料が使用された。1927年にモデルAが発売されると、もはや黒ばかりではなく、4色の車を買うことができた。

モダニズムの先駆者たち

1　1918年にヘリット・リートフェルトがデザインした「赤と青の椅子」。最初のバージョンは着色しただけの木材だった。塗装したバージョンは1923年から生産された。

2　1914年、ドイツ工作連盟の要請で、先駆的なデザイナーのペーター・ベーレンスが、ドイツのケルンでの展覧会を宣伝するこのポスターを制作した。

デザインと建築において本格的なモダニズム運動が起こったのは1920年代だが、それ以前にも、デザイナーや建築家がそうした方向で考えはじめている兆候は数多くあった。実際、19世紀後半には、当時流行していた様式の折衷主義にくわえて、市場に出まわりはじめていた新しい家庭用機械のデザインのコンセプトに刺激されて、「プロト・モダニズム」なるものが登場していた。そしてこれは、進歩的な建築家やデザイナーの国際的なグループが募らせていた、派手な消費に対する不満や、資本主義市場の商業的実利主義よりも工業の合理主義のほうが前進のための出発点としてよいという彼らの考えと結びついた。このグループはデザインの新たな表現手段を探しはじめて、多くの者が装飾を着想から排除した。

モダニズムの思想のルーツは、建築家でデザイナーのオーガスタス・ピュージン（1812–52年）や評論家のジョン・ラスキン（1819–1900年）の著作のな

キーイベント

1904年	1907年	1907年	1907年	1914年	1917年
ヘルマン・ムテージウスがイギリスのアーツ・アンド・クラフツの建築について報告した『イギリスの住宅（The English House）』を出版。ドイツに非常に大きな影響をあたえる。	ミュンヘンでドイツ工作連盟が組織される。この団体はデザイナーと建築家と実業家で構成されていた。	ドイツの電気機器メーカーAEGがペーター・ベーレンスをコンサルタントとして雇い、会社の建物から製品まで、ブランドを再構築する。	マリアノ・フォルトゥーニが、舞台用の新しい間接照明をもとに「フォルトゥーニ・ランプ」（p.116）をデザインする。	ドイツ工作連盟がケルンで第1回の工作連盟展を開いて、ドイツの産業、デザイン、芸術を称賛する。	オランダでデ・ステイルが結成される。目的は、新しい抽象言語を作ることにより、芸術、デザイン、建築を連携させることにあった。

かで表明されている改革主義的な考え方にある。そして、それはデザイナーのウィリアム・モリス（1834-96年、p.52）などのイギリスのアーツ・アンド・クラフツ運動（p.74）に賛同した人々の思想にふたたび現れた。そうした人々の考え方の中心にあるのは、過度に装飾された、本物ではないと彼らが思う工場製品に対する不快感である。そうした影響はまもなくヨーロッパ全土に広がり、スペインのデザイナーであるマリアノ・フォルトゥーニ（1871-1949年、p.116）をはじめとするデザイナーの作品に強い影響をあたえた。フォルトゥーニの「デルフォス・ドレス」（1907年）が生まれたのは、この運動のドレスの刷新への自然ななりゆきだった。プリーツ加工をほどこしたこのシルクのドレスは体の輪郭にそって包むデザインで、下着なしで着るように意図されていた。

こうした思想はとりわけドイツに根づき、建築家で作家のヘルマン・ムテージウス（1861-1927年）がドイツ工作連盟の設立に尽力した。この連盟は芸術家、建築家、デザイナー、実業家の組織で、目的はデザイナーと産業のつながりを作り、それによってドイツの商品の質を向上させることにあった。参加した重要人物に、建築家でデザイナーのテオドール・フィッシャー（1862-1938年）、ペーター・ベーレンス（1868-1940年、p.118）、リヒャルト・リーマーシュミット（1868-1957年）、ブルーノ・パウル（1874-1968年）がいる。連盟は1914年にケルンで大きな影響力をもつ展覧会を開催した。そのためにベーレンスがデザインしたたいまつをもつ男性のポスター（図2）は、この団体がドイツのプロダクトデザインの前途を照らしていることを象徴するものだと考えられている。第1次世界大戦によってこの思想の発展に空白期間が生じたが、1920年代にはドイツをはじめとするヨーロッパの国でふたたび表舞台に登場した。

第1次世界大戦前後のオランダで活躍し「デ・ステイル（様式）運動」に参加したモダニズムの建築家、芸術家、デザイナーは、非常に大きな影響力をもっていた。デ・ステイルは、芸術家と建築家のグループのことでもあり、そのメンバーであるテオ・ファン・ドゥースブルフ（1883-1931年）が発行した雑誌の名前でもある。このグループの主要メンバーには、画家のピエト・モンドリアン（1872-1944年）とバート・ファン・デル・レック（1876-1958年）、建築家のヘリット・リートフェルト（1888-1964年）とロベルト・ファント・ホッフ（1887-1979年）などがいた。デ・ステイルのデザイナーは、あらゆることの原動力は機能で、芸術の言語である形、面、色を、その伝達に使うべきだと提案した。その結果、急進的なデザインが多数生まれた。徹底して幾何学的な「赤と青の椅子」（図1）をはじめとする、リートフェルトの作品はその代表例である。リートフェルトは、その創作をいくつかの平面とその交差で構成される座るためのものを作るという着想からはじめた。彼は平面を互いに部分的に重ねあわせて、それぞれの交差を強調し、赤、黄、黒、白を用いて平面をきわだたせた。ファン・ドゥースブルフはドイツのヴァイマルに設立された学校バウハウス（p.126）に参加してオランダの思想をもちこんだ。それはロシア構成主義のグループ（p.120）の影響とともに、モダニズム建築とデザインの思想の形成に強い影響をあたえた。

PS

1918年
ヘリット・リートフェルトが「赤と青の椅子」をデザインする。これは抽象形態についての信条にしたがってデザインされた最初の家具といってよい。

1920年
リリー・ライヒ（1885-1947年）が、ドイツ工作連盟の初の女性理事に就任。ライヒはのちにルートヴィヒ・ミース・ファン・デル・ローエ（1886-1969年）と共同制作をする。

1922年
テオ・ファン・ドゥースブルフがバウハウスにくわわる。そうしてデ・ステイルの新造形主義の原則がもたらされたことが、バウハウスのデザイン美学に重要な役割を果たす。

1924年
工作連盟がベルリンで展覧会を開催。モダニズムのデザイン思想を広めるうえで重要な役割を果たした。

1927年
工作連盟が展覧会のためにシュトゥットガルトにヴァイセンホーフ住宅団地を建設。一流のモダニストの建築家がこの住宅団地のために建物を作った。

1934年
工作連盟がナチ政権と関係のある新しい指導者に支配される。

フォルトゥーニ・ランプ 1907年 Fortuny Lamp

マリアノ・フォルトゥーニ　1871–1949年

ナビゲーション

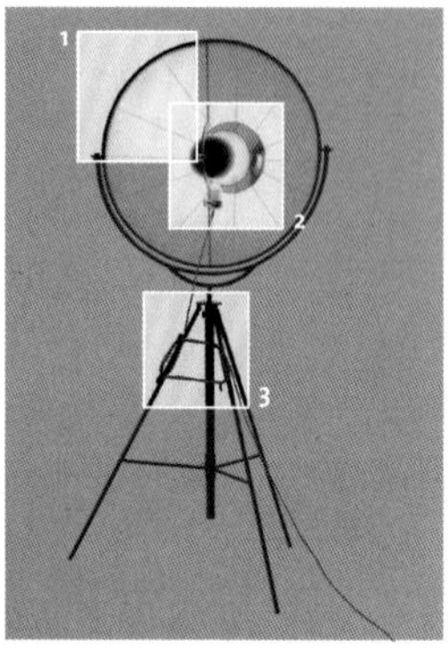

粉体塗装スチール製フレーム、
コットンのシェード。
高さ 190.5–240 センチ
幅 94 センチ
直径 82.5 センチ

マリアノ・フォルトゥーニは婦人服デザイナー、建築家、発明家、舞台装置デザイナー、そして照明技師でもあった。デザイナーとして多才だったために、当時を代表する創造性豊かな人物として注目を浴びるようになった。フォルトゥーニはドーム型ホリゾント（舞台の背景）の特許を取得しており、その明るい空から夕暮れのほのかな明かりまで即座に舞台照明を変えることを可能にした原理にもとづいて、1907年にフロアライトを作った。このランプの最初のバージョンは黒のスチール製フレームに、外側が黒、内側が白の回転する散光シェードがついていた。光は間接的に拡散されてとどき、ランプは上下左右に360度回転する。このランプは、発生する光の量より質に重点を置いて一定の範囲を効果的に照らす。シンプルだが非常に機能的で、時代を超越した外観の作品で、20世紀初期のアイコン的デザインである。
PS

フォーカス

1　シェード
フォルトゥーニは、このかなり大きな回転するシェードを作るとき、当時のよくあるシェードを思いきって逆さまにした。最初のバージョンでは、無色であることや、コットン・シェードの単純な円形で、機能性への徹底したこだわりがいっそう強められている。

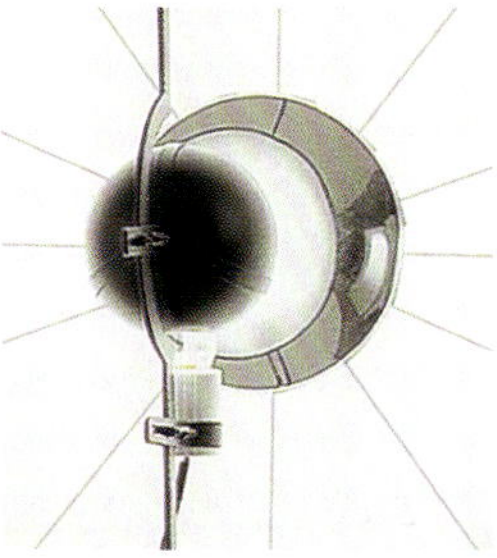

2　角度調整の仕組み
フォルトゥーニはこのシェードに、光の可変性を増す角度調整の仕組みをつけた。照明効果の多様性を向上させるために、コードに調光スイッチを導入した。このランプは、広い空間で発生する光の微妙さがもっとも生かされて、最大の効果を発揮する。

3　脚
このライトのシンプルな黒のフレームは、カメラの三脚から視覚的ヒントを得ている。そうすることで、大衆の心をとらえている最新のハイテク製品と同列にならんだ。中央の脚は調整可能で、必要に応じて高さと位置を変えられる。

▲舞台の間接照明の分野では、舞台の雰囲気を即座に変えそれによって劇的な効果を増すための実験が行なわれており、このランプのデザインはその影響を受けている。このシンプルだが非常に大きな柔軟性をもつ反射型ランプも同様の働きをする。

多分野で活躍するデザイナー

フォルトゥーニは多分野で活躍する最初のデザイナーだった。画家として教育を受けたあと、ファッションから建築、内装、舞台装置デザイン、照明まで、さまざまな媒体に芸術的スキルをそそいだ。フォルトゥーニは、デザインが材料や空間の境界をどのように越えるかを理解している点で、時代の先頭にいた。彼の照明と舞台装置デザインにかんする仕事は、内装と建築の仕事に影響をおよぼした。なぜなら彼は、空間がそのなかで起こっている人間の相互関係をどのように支えているかに興味をもっていたからである。ドレスは舞台衣装の形であろうが日常着の形であろうが、その重要な構成要素である。フォルトゥーニの「デルフォス・ドレス」(1907年)は、体にフィットする、細かなプリーツの入ったシルクのドレスで、夜会服としてだけでなく略式の茶会服としても着ることができた。

AEG電気ケトル 1909年 AEG Electric Kettle

ペーター・ベーレンス　1868–1900年

真鍮と籐。
高さ 23.5 センチ
幅 20.5 センチ
深さ 15.5 センチ

ナビゲーション

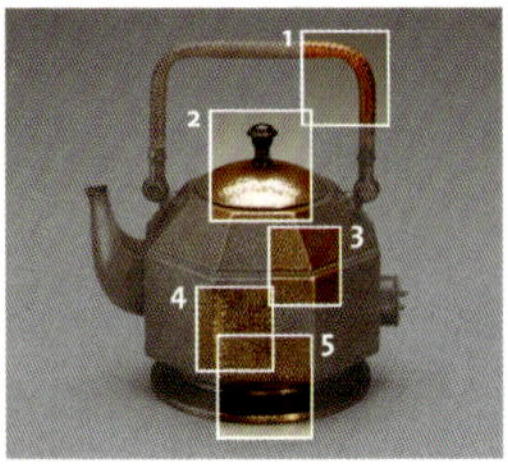

1907年から1914年にペーター・ベーレンスはAEGのコンサルタントとして働き、同社のコーポレート・アイデンティティをデザインした。その依頼をした同社社長のエミール・ラーテナウ（1838–1915年）は、1887年の創業以来、AEGで進歩的な営業方針を実行に移していた。ベーレンスのプロジェクトは、このような方法でみずからをブランド化しようとする現代企業の草分けだった。ベーレンスは扇風機、ケトル、照明器具、時計などの同社の電気製品、社員食堂のナイフ・フォーク類、あるいは多様なグラフィックアートや広告をデザインするなかで、それまでの装飾的なユーゲントシュティールの様式をほとんどすててしまい、このプロジェクトに適当と思われる高度な機能美を生みだした。それはベーレンスがかかわっているドイツ工作連盟がおしすすめているものだった。この前例にないアプローチがめざしたのは、最終的に工場の外観とその中身が、おのずから機能性の美を表現するようにデザインで変えてやることだった。

ベーレンスの電気製品のデザインは、家庭環境に置かれるような品物（ケトル）がもつある程度の装飾性と、産業の環境を意図したもの（照明、扇風機、時計）の実用本位のシンプルさをあわせもっていた。AEGでの仕事により、ベーレンスはインダストリアルデザイナーのパイオニアとしてきわだった存在になり、多くの人がその後見習うことになるモデルを作りだした。

PS

フォーカス

1　持ち手

どのモデルにも籐でおおった持ち手があり、このモダンな品物に伝統的な外観をあたえている。手を守るために採用した籐は、このケトルに日本的な感じも出して、19世紀末に人気が出たジャポニズムの品と同じような趣をあたえている。

2　つまみ

ドーム型の蓋のてっぺんに黒く塗装した木のつまみがあり、このモダンな作品ともっと古い見慣れたものとのつながりを強調している。これは、家庭でとっつきにくい新技術と思われかねないものを、人々が安心して使えるようにするためだった。

3　玉縁飾り

この電気ケトルは進歩的な家庭用品メーカーのためにデザインされているが、家庭での使用を想定して、本体上部を囲む玉縁飾りや、本体と持ち手の両端との接続部分の細部などに、装飾的要素をとりいれている。

4　表面

これは、ベーレンスがAEGのためにデザインした電気ケトルのシリーズのひとつで、さまざまなモデルが市販された。ニッケルメッキと銅メッキの真鍮でできており、表面をハンマーでたたいたものもある。技術的には進んでいるが、従来のケトルを思い出させる。

5　スタンド

この電気ケトルはレンジの上に置くのではなく、スタンドが電気部品を組みこんだ本体と一体化している。ケトルの後ろ側にある電気ソケットにプラグをつないで電気を供給するが、このソケットは見た感じがアンバランスにならないように慎重に配置されている。

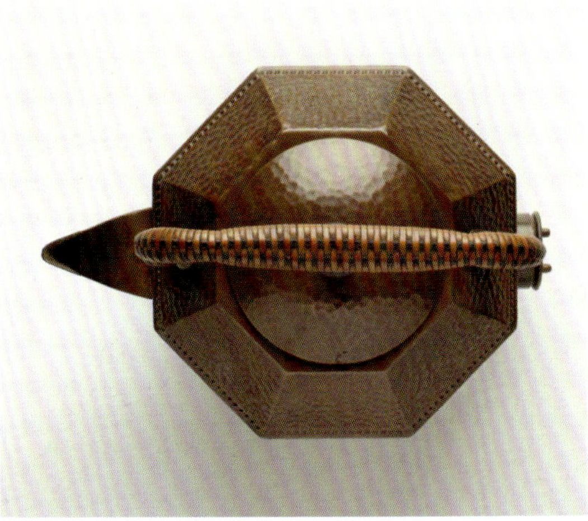

▲このケトルには、八角形、楕円形、円形の３種類の形と、さまざまな材料と仕上げのデザインがあり、居間やキッチンと合わせて持ち手の形を選べるようになっている。互換性があるために、消費者の選択の幅が広がった。

コーポレート・アイデンティティ

ベーレンスはAEGのロゴを、ハチの巣に似たシンプルな幾何学的デザインにした。六角形のなかにそれより小さな六角形があり、それぞれのなかに社名の文字をひとつずつ入れた構図である。これは大きな力をもつ工業製品メーカーの合理的なイメージにふさわしかった。ベーレンスはコーポレート・アイデンティティの概念を導入し、ベルリン近郊にあるAEGタービン工場の設計もしたが、コンクリート、ガラス、スチールを前例のないやり方で使用して、20世紀に建てられた多くの機能的な近代的工場の方向性を定めた。

革命的なグラフィック

1917年のロシア革命の動乱に第１次世界大戦の荒廃が続くと、デザインをふくめてさまざまな専門分野でその余波が感じられた。構成主義のような運動は、こうした変動への対応を見出す試みではないが、結果として新しい世界秩序の形成を助けることになった。

どちらの紛争でも、初弾が発射される前に変化の種子はまかれていた。キュービズムと未来派に代わると考えられるヴォーティシズムは、ちょうど第１次世界大戦が勃発した頃、イギリスの美術・文学界に短期間の混乱をひき起こした。その指導的人物のひとりが、画家で作家のウインダム・ルイス（1882–1957年）だった。この運動の宣言に署名した者のなかには、フランスの彫刻家のアンリ・ゴーディエ＝ブジェスカ（1891–1915年）や、「ヴォーティシスト」という言葉を作ったアメリカの詩人エズラ・パウンド（1885–1972年）がいた。キュービズムと同じように、ヴォーティシズムは、肖像画、裸体画、風景画、静物画といった、従来の芸術の主題を拒否して、はじまろうとしている機械時代の駆動パルスをとらえようとする抽象的な表現を好んだ。未来派はさらにその傾向が強かった。ルイスは、ヴォーティシズムの機関誌ブラスト（図２）を編集した。1914年から1915年のあいだに２号しか出なかったが、サンセリフ体の活字を使ってタイポグラフィ様式の新機軸を打ちだして、この運動でとくに大きな影響力をふるった。

1　アレクサンドル・ロトチェンコの 1924 年のポスター。ソ連の美術でもとくに印象深く模倣される構図となった。

2　ヴォーティシズムの文学雑誌ブラスト第２号の表紙。ウインダム・ルイスの木版画が使われている。

3　ワルワーラ・ステパーノワの、非常に印象的な書体が印刷された、『山岳道路（Gornye dorogi）』（1925 年）の表紙。

キーイベント

1914年	1915年	1915年	1916年	1917年	1917–22年
7月にヴォーティシズムの機関誌ブラストの創刊号が発行される。8月に第１次世界大戦が勃発。	カジミール・マレーヴィッチが「黒の正方形」と「黒の円」を描いて、シュプレマティズムの原則を表現。	第２次イーペル会戦で、戦争ではじめて毒ガスが使用される。ブラストの最終号となる第２号が刊行された。	ルーマニアの作家でパフォーマンス・アーティストのトリスタン・ツァラ（1896–1963年）がダダ芸術運動をはじめる。この運動でキュービズムのコラージュ技法が発展。	2月革命と10月革命の動きからソヴィエト連邦が誕生し、新体制が芸術的表現手段としてシュプレマティズムを採用。	ロシア革命直後にロシア内戦が勃発。５年後に、共産主義者の権力掌握とともに収束した。

同様にロシアでは革命が起こる前に、芸術とグラフィックの新たな方向が示された。カジミール・マレーヴィッチ（1879–1935年）の『黒の正方形』（1915年）は、白地に黒の正方形が描かれており、芸術は何でありうるか、あるべきかということについてのそれまでの考えからの劇的な決別を示している。マレーヴィッチは、純粋な抽象形態を称賛する運動である、シュプレマティズムの成立に貢献した。この観念は具象的な描写より幾何学的な描写に優越性があるとする。円、正方形、限定された色のべた塗りといった要素は、グラフィック作品に容易にとりいれられた。こうした考え方を採用した人々のなかでもとりわけ大きな影響力をもっていたのが、デザイナーでタイポグラファーのエル・リシツキー（1890–1941年）で、彼の実験的で力強い構図は、バウハウス（p.126）のようなのちのモダニズム運動に長く影響をあたえた。またシュプレマティズムも、革命後に登場した芸術運動、構成主義に理論的基盤をあたえて後世にも長く影響をおよぼした。

構成主義がシュプレマティズムと異なるのは、芸術、建築、デザインは社会変革をもたらす役割を果たすべきだと主張する点である。このような分野はもはやそれ自体を楽しむものでも美的感覚を形成するエリートのためのものではなく、社会の大義のために役立てられるべきだとした。新たな共産主義時代になると構成主義の運動は、プロパガンダのポスターや包装から本の表紙、テキスタイル、舞台装置まで、あらゆる場面のデザインに絶大な影響をおよぼした。この革新的な新様式の実践者のなかでもとりわけ多作だったのが、画家でグラフィックデザイナーのアレクサンドル・ロトチェンコ（1891–1956年）で、彼はのちに写真を合成するフォトモンタージュと写真の分野へと移った。また妻のワルワーラ・ステパーノワ（1894–1958年）とともに、日常的なグラフィック手段をとおして、大衆の生活への芸術の浸透を推進する生産主義に賛同した。ステパーノワは、社会を変えるために芸術を使うことに力をそそぎ、テキスタイルのデザイン、ポスター、本の表紙（図3）におよぶ作品を残した。

リシツキーやロトチェンコのようなロシアの前衛的（アヴァンギャルド）な芸術家やデザイナーがその後の世代のグラフィックデザイナーにおよぼした影響を過小評価することはできない。このような考え方は当初はバウハウスのようなモダニストの集団に広まったが、時がたつにつれて影響はさらに浸透し、時代の視覚言語の一部をなすようになった。その好例が、ロトチェンコが1924年に国家出版社のために作ったポスター（図1）である。その中心になっているのは、リーリャ・ブリーク（1891–1978年）の写真である。ブリークはロシアのアヴァンギャルドの女神で、1915年に公然と詩人のヴラジーミル・マヤコフスキー（1893–1930年）の恋人になったが、当時、彼女はまだ、文芸評論家で出版業者のオシップ・ブリーク（1888–1945年）の妻だった。革命の混乱の時代でも、3人同居の暮らしは衝撃的だった。ブリークの美しさと強烈な個性に刺激されてロトチェンコは多くの作品を制作したが、アイコン的作品になったのは国家出版社のポスターだった。ブリークの開いた口から「本」を意味する楔形が斜めに飛びだしている。2005年に、同じ構図が、フランツ・フェルディナンド（スコットランドのロックバンド）のアルバム『ユー・クド・ハヴ・イット・ソー・マッチ・ベター』のカバーに使われた。 EW

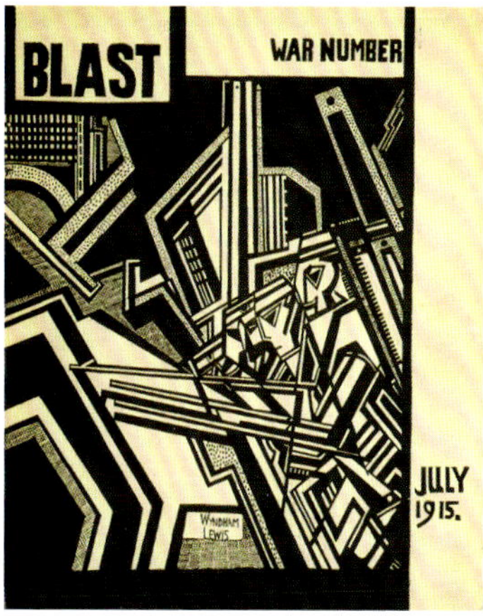

1918年
芸術の権力体制のなかで構成主義の支持者が活躍するにつれて、構成主義がシュプレマティズムを押しのけて実用本位の芸術文化を提唱。

1918年
1月に休戦協定が調印されて第1次世界大戦が終結。スペイン風邪が世界中で大流行した。

1919年
エル・リシツキーがポスター「赤き楔で白を打て」（p.122）を制作。

1923年
リシツキーの影響を受けて、ドイツのグラフィックデザイナー、クルト・シュヴィッタース（1887–1948年）がメルツ誌（p.124）を創刊。

1924年
アレクサンドル・ロトチェンコが、ソ連の国家出版社のためにリーリャ・ブリークの写真を使って象徴的なポスターを制作。

1924年
ヴラジーミル・レーニン（1870–1924年）が死去。スターリン主義が力を得て、ロシアのアヴァンギャルドと社会主義リアリズムが衰退させた。

赤き楔で白を打て 1919年 Клином краснымбейбелых

エル・リシツキー　1890–1941年

リトグラフ。
46 × 55.5 センチ

このソ連の宣伝ポスターは、ロシア革命に続いて起こったロシア内戦（1917–22年）のあいだに制作され、20世紀のグラフィックデザインのなかでもとくに強い影響力をおよぼした。制作者のエル・リシツキーは、1890年に生まれたロシア系ユダヤ人で、アヴァンギャルドを代表する、グラフィックデザインと展示デザインの巨匠だった。このリトグラフは、リシツキーの初期の作品で、ヴィテブスク人民美術学校でグラフィックと建築の責任者をしていたときに、赤軍のために制作されている。この学校でリシツキーは、シュプレマティズムを牽引する芸術家カジミール・マレーヴィッチに出会った。シュプレマティズムは、幾何学的な形の視覚に訴える大胆なアルファベットと反対色を使って、見る人の政治意識をかきたてる運動だった。リシツキーはマレーヴィッチの影響を受けたが、独自の形式を作りだした。ソ連の国境を越えて、社会改革に悪影響をおよぼすかもしれない産業化を経験した人々にメッセージを伝えることに関心をもったのだ。1921年にリシツキーがベルリンへ移り、ドイツ駐在のロシア文化大使になると、西洋で『赤き楔で白を打て』が影響力をもつようになった。リシツキーは、バウハウスでタイポグラフィ課程を指導していたハンガリーの画家で写真家のラースロー・モホリ＝ナギ（1895–1946年）、ドイツのタイポグラファーであるヤン・チヒョルト（1902–74年）、オランダのデ・ステイル・グループの芸術家や建築家（p.114）など、ヨーロッパ中の多くの人々に影響をあたえた。このポスターは西側の書籍ではロシア内戦の代表的図版とみなされているが、ロシアでは何十年ものあいだ、ほとんど知られていなかった。だが今日もなお世界中でグラフィックと政治運動の発想の源でありつづけている。 JW

ナビゲーション

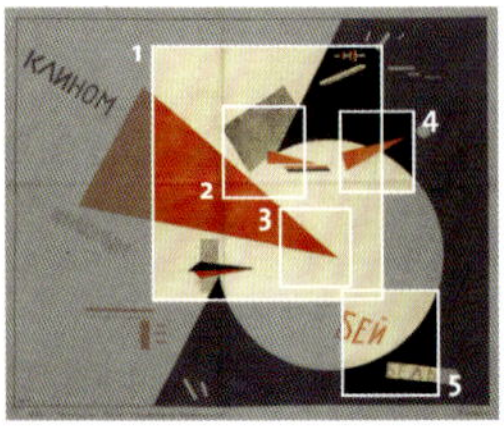

フォーカス

1　様式化された主題
主題は不要なものを除いて理想化された幾何学的な形になっており、軍用地図の同じような形を連想させる。白い円をつき刺す赤い楔は、反共産主義者の白衛軍を破るボルシェヴィキを象徴している。赤い三角が広い底辺からしだいに細くなって、戦争の強力な兵器を表している。

2　色
新たな視覚的パラダイムでのリシツキーの試みでは、色は重要なツールである。ここでは基本の赤、黒、白にまで減らして心理的効果を引き出し、形と対立させて配置している。大胆な色構成によって最大限に視線を集中させて、力強さを演出している。

3　楔
白い球体をつき刺している赤い楔は、ユダヤの格言でいう目のなかのほこり［自分の大きな欠点を棚にあげる者が気づく他人の小さな欠点のこと］を意味している。この図柄にさらにエネルギーをあたえる面白い対比である。「赤き楔で白を打て」というタイトルは、反ユダヤ主義の中傷の言葉「ユダヤ人を打て！」との語呂合わせと思われる。

4　赤い三角形
この形についてはさまざまな解釈がある。赤い楔の両側の小さな赤い三角形は、赤軍の兵士と協力者の集団を表しているのかもしれない。円は不変あるいは保守を表すシュプレマティズムのシンボル、赤の短い横線は変化のシンボルだろう。

5　文字
左側の「Клином красным」という文字は「赤き楔で」、右側の「бей белых」は「白を打て」という意味である。文字を少なくし、よく知られた色構成を使用することで、このポスターは文字を読める人にも読めない人にも広く訴える効果的なプロパガンダになっている。

▲リシツキーは1919年から1927年まで、印刷物、絵画、描画、コラージュ、アッサンブラージュ［廃品などを使った芸術作品］など多数の作品を制作し、「新しいものを肯定するプロジェクト」を意味するロシア語の頭文字をとって「プロウン（Proun）」というタイトルをつけた。これらの作品は、空間次元の新たな評価を主題としている。作品はたんなる絵画表現を超えて技術デザインのような趣を見せており、シンプルな幾何学的形態の連動で3次元空間を表現している。

デザイナーのプロフィール

1890–1911年
ラーザリ・マールコヴィチ・リシツキーは、ロシアのスモレンスク近郊にある小さなユダヤ人町で生まれた。リシツキーは画家のエル・グレコ（1541–1614年）に敬意を表してみずから改名した。サンクトペテルブルクの帝国美術アカデミーを受験したが、ユダヤ人だという理由で入学を断わられた。ドイツのダルムシュタットへと旅立ち、建築工学を勉強した。

1912–16年
イタリアをめぐったあとフランスへ向かって、パリでロシア系ユダヤ人と交流した。1914年に第1次世界大戦が勃発するとロシアに帰国し、建築事務所で働き、イディッシュ語の子ども向けの本のイラストを描いた。

1917–20年
ヴィテブスクの人民美術学校の校長であるユダヤ人の画家マルク・シャガール（1887–1985年）に、教師として招聘され、ここでマレーヴィッチのシュプレマティズムを信奉するようになった。

1921–24年
ドイツで文化大使としてロシアとドイツの関係を促進し、アヴァンギャルドを推進した。1923年にメルツ誌（p.124）に、書体と内容の関係についての論文「タイポグラフィのトポグラフィ」を寄稿。

1925–41年
ソ連に戻り、展示デザインに取り組んだ。1928年にドイツのケルンで開かれた国際報道展「プレッサ（Pressa）」でソ連の展示を担当した。

メルツ誌 1923-32年 Merz Magazine

クルト・シュヴィッタース 1887–1948年

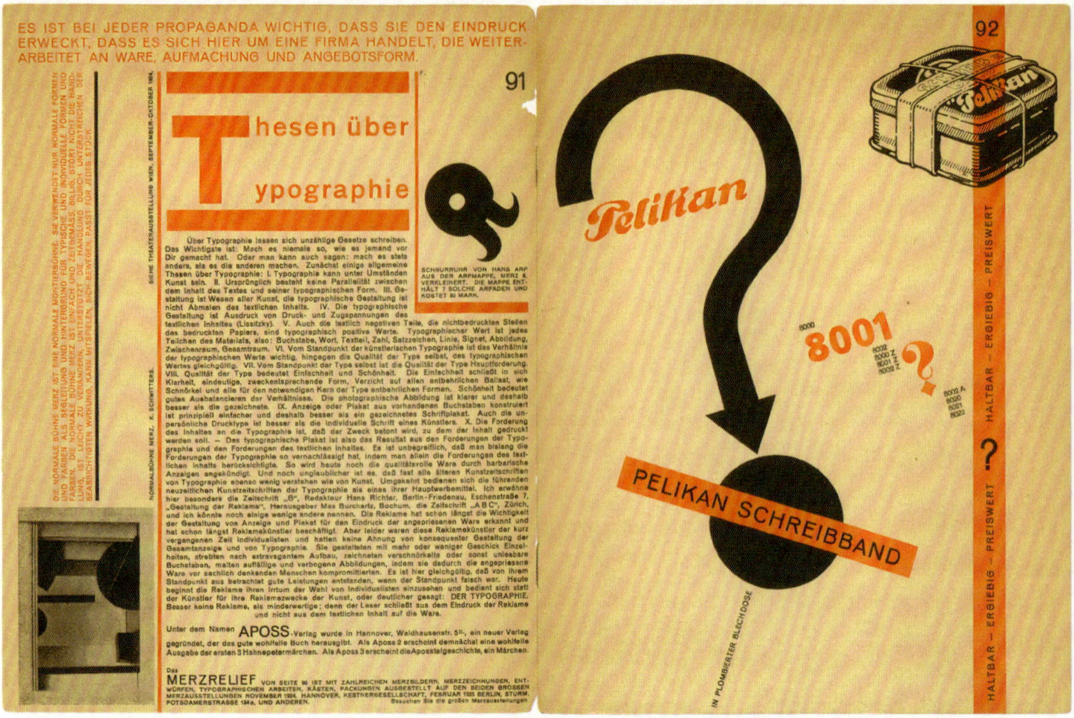

メルツ誌11号（1924年）。印刷紙、針金とじ。
29 × 22.5 センチ

クルト・シュヴィッタースは1923年から1932年までのあいだ、ドイツのハノーファーでメルツ誌を制作した。シュヴィッタースは伝統的な芸術と建築製図の勉強をしたが、まもなくアンチ合理主義の表現主義とダダ芸術運動に参加し、詩を作るようになった。彼がデザインしたメルツ誌は25号まであるが、合併号が3度出されていて、10、22、23号は刊行されていない。シュヴィッタースがメルツ誌を作って広めた考えは、今日も美術、タイポグラフィ、建築の分野で影響をおよぼしている。

1918年、ベルリンのアヴァンギャルドの牽引役となった画廊、デア・シュトゥルムが、夏の展示会にシュヴィッタースの絵を2点展示した。その後まもなくシュヴィッタースは、木ぎれ、ワイヤー、雑誌の広告、古い路面電車の切符、さまざまなものの破片を集めて、ライフワークとなるコラージュ作品を作りはじめた。そのなかにはハノーファーの印刷会社モリング（Molling）の広告のきれ端もあった。シュヴィッタースは、なりゆきにまかせるこの方法を「メルツ」とよんだ。このよび名は「Kommerz und Privatbank」と書かれた紙片を貼りつけたごく初期のコラージュに由来する［Kommerz（商業）という文字の一部が切りとられて「MERZ」となった］。彼は、状況が変わって違う用途をあたえられるともののの本質がたちまち変わるのを見て、この過程を「素材の解毒」とよんだ。

1919年にヴェルサイユ条約が調印されると、デア・シュトゥルムが尽力してシュヴィッタースのメルツ絵画の個展を開き、「戦争中、物事はおそろしい混乱のなかにあった…すべてが破壊され、その断片から新しいものを作らなければならなかった。それがメルツである。それはわたしのなかの革命のようだった…」というこの芸術家の言葉を出版した。

シュヴィッタースはロシア構成主義のタイポグラファー、エル・リシツキーに出会い、またリシツキーがメルツ誌の編集にかかわるようになると、根源をゆさぶる影響を受けるようになった。各号はひとつの中心テーマに注目し、おもに黒、白、赤で印刷された文字を基本とするが、紺青色が使われた表紙もある。シュヴィッタースはタイポグラフィを建築と比較した。そして、どちらも同じように抽象芸術の作品だと考えた。メルツ誌はドイツだけでなく、遠方のアメリカやそのほかの地域にも届けられた。 JW

ナビゲーション

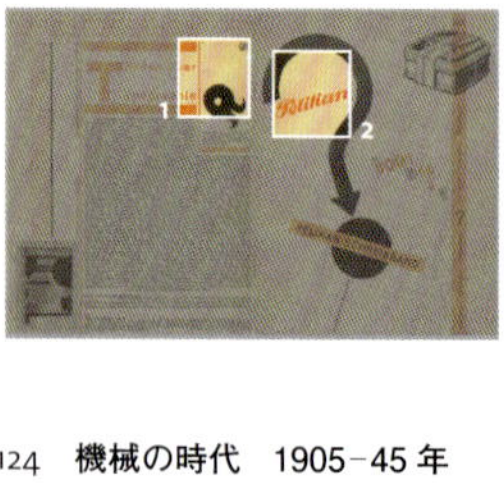

フォーカス

1　空白

シュヴィッタースは芸術術活動の中心をなすテーマを、印刷術を使うコラージュ、アッサンブラージュ、詩といった形で表現した。その際にはダダと未来派の理論にしたがって、実験的なレイアウトを作成した。このページのなかの空白は、動的な相互関係をとりもってタイポグラフィを生かしている。

2　ペリカン（Pelikan）の意味

メルツ誌をとおしてタイポグラフィに精通したシュヴィッタースは、ハノーファー市にも雇われて、市の印刷物をデザインしていた。ペリカン（Pelikan）インクとバールセンのビスケットの広告も担当した。そうしたデザイン、試し刷り、校正刷りが彼のレイアウトのモチーフになることもあった。

デザイナーのプロフィール

1887–1922 年

ドイツのハノーファーで生まれたクルト・シュヴィッタースは、1914年までハノーファーとドレスデンで美術を勉強した。表現主義とキュービズムに深い感銘を受けて、1918年にたまたま見つけた印刷物やさまざまなものの破片を使って、「メルツ」とよばれる最初のダダイズムにのっとったコラージュとアッサンブラージュを制作した。1919年に詩と散文を集めた『アンナ・ブルーメの詩集（Anna Blume: Dichtungen）』を発表すると、その影響は国際的になり、ベルリンの画廊デア・シュトゥルムで最初の個展を開くほどになった。

1923–39 年

メルツ誌の発行を開始。ハノーファーの自宅に「メルツバウ」とよばれる大きな彫刻的なメルツ空間を作り、その部屋を芸術作品にした。シュヴィッタースのアッサンブラージュはインスタレーション・アート［屋内外のある空間をオブジェを使って芸術空間化する表現手段］の出現を予見させるものだった。ナチに作品を退廃芸術だと決めつけられたので、1937年にオスロへのがれて第2のメルツバウ作りにとりかかった。

1940–48 年

イギリスへ亡命した。数カ月間収容所ですごしたあと、ロードアイランド・スクール・オヴ・デザインからの働きかけで解放された。1945年に、ニューヨーク近代美術館から資金を得て、湖水地方の古い納屋に最後のメルツの建設をはじめた。イングランドのケンダルで生涯を閉じた。

▲メルツ誌は、ダダイスト相互、そしてダダとロシア構成主義のあいだの交流の場だった。メルツ8・9号（1924年）は、シュヴィッタースと、それを製版したエル・リシツキーの共同作品だった。この雑誌は、エル・リシツキーの「プロウン（都市）」の写真や、ヴラジーミル・タトリン（1885–1953年）による設計図「第3インターナショナル記念塔」（1920年）など、ロシア構成主義者の建築と絵画の分野での斬新な試みにも注目している。

マルチメディアの実験

メルツ誌は変化の種子をまき、シュールレアリズムの終焉と20世紀なかばのアメリカにおける芸術運動の爆発とのあいだのすきまを埋めた。シュヴィッタースは、メルツ誌で抽象的な音響詩も発表した。1932年には、29ページのメルツ誌特別最終号に、有名な音響詩の代表作「ウルソナタ」を発表した。

バウハウス

バウハウスは、1919年に建築家のヴァルター・グロピウス（1883-1969年）がドイツのヴァイマルに設立した総合的造形学校である。大公立美術工芸学校とヴァイマル美術アカデミーの合併で誕生した。グロピウスは、芸術とデザインのあらゆる分野を横断するが、建築が主導する学校作りを構想していた。

バウハウスは初期段階で、ドイツ表現主義の影響を受けた。この芸術運動は従来の様式をとりいれる慣習や主題を拒否して、大胆に単純化された形と強調された色を好んだ。この学校の宣言書の表紙にはリオネル・ファイニンガー（1871-1956年）が制作した線画の木版画『大聖堂』（図3）が使われており、強い表現主義の趣があった。グロピウスが集めた最初のスタッフは、ファイニンガー以外に、ゲルハルト・マルクス（1889-1981年）やヨハネス・イッテン（1888-1967年）といった芸術家もいた。その後まもなくオスカー・シュレンマー（1888-1943年）、パウル・クレー（1879-1940年）、ヴァシリー・カンディンスキー（1866-1944年）といった芸術家がくわわった。1922年にオランダからテオ・ファン・ドゥースブルフ（1883-1931年）がやってきて、そのオランダ・デ・ステイル芸術運動（p.114）の経験が、グラフィックデザイナーのエル・リシツキー（1890-1941年、p.122）がドイツの土壌にもたらしたロシア構成主義の理念とともに、バウハウスの思想にそそぎこまれた。

バウハウスではデザイン教育の実験が行なわれ、学生は木材、陶器、金属、織物といったさまざまな材料を抽象的な形にして、椅子からティーポット、ランプ、ラグにいたる、機能的な製品を作るよう指導された。予備課程はおそら

1　ドイツ、デッサウのバウハウスの校舎（1925-26年）。デザインはヴァルター・グロピウスで、正面が巨大なカーテンウォール[建物の荷重を直接負担しない壁]になっている。

2　アム・ホルンの住宅のキッチン（1923年）。ドイツ、ヴァイマルでの公開展のために、ベニータ・コッホ＝オッテとエルンスト・ゲープハルトが作った。

3　バウハウスの設立宣言の表紙。印刷工房の責任者であるリオネル・ファイニンガーによる木版画『大聖堂』（1919年）が使われている。

キーイベント

1919年	1922年	1923年	1923年	1924年	1925年
ヴァルター・グロピウスが、ドイツのヴァイマルにバウハウスを設立。この地域にすでにあったふたつの学校を統合した試みだった。	テオ・ファン・ドゥースブルフがオランダのデ・ステイル運動についての授業を開始。バウハウスの学生を刺激し影響をおよぼした。	予備課程を指導していたヨハネス・イッテンが、教育方法を疑問視されたためバウハウスを去る。	芸術と技術──新しい統合展で、一般の来場者にバウハウスの哲学が示される。	ヴァイマルの地元の保守政党が、バウハウスを閉鎖してその財源を絶つことを命じる。	バウハウスがヴァイマルからドイツのデッサウに移転。グロピウスがデザインした新しい校舎で勉強がはじまった。

く、バウハウスの教育改革のなかでもとくに画期的だっただろう。学生がさまざまな分野にわたって勉強できる基礎コースの形になっており、20世紀の芸術とデザインの教育に影響をあたえたほか、長期にわたってさまざまな波及効果をおよぼした。バウハウスの予備課程は最初から表現主義的な傾向が強かった。これを指導していたイッテンは、自分が傾倒していた「マスダスナン」という宗教運動から生まれた思想ももちこんだ。学生は、ある特定の種類の服を着て［菜食のような］特別な食事をとるよう勧められた。この極端なやり方はまもなく不興をかい、1922年にイッテンは去った。その後任になった、画家で写真家のラースロー・モホリ＝ナギ（1895–1946年）は、ガラリと変わって構成主義の影響を受けた美学思想と形態理論に重点を置いた。学生は予備課程の非常にオープンなカリキュラムにしたがって、幅広く芸術とデザインの根本原則に取り組んだ。クレーとカンディンスキーは色と構図を重視した指導をした。

バウハウスができて最初の何年かは財政的に苦しく、地方政府は完全に協力的というわけではなかった。そこで1923年に、学校で達成されつつあることを地域に示すために、「芸術と技術——新しい統合」というテーマの公開展を開催した。バウハウスの学生と職員は、この展覧会の企画としてアム・ホルンの住宅を作った。そこには、内部空間を色を用いて区別する方法や作りつけ家具など、多数の目新しい要素が盛りこまれていた。ベニータ・コッホ＝オッテ（1892–1976年）とエルンスト・ゲープハルトがデザインしたキッチン（図２）はとくに興味深い。そのなかには作業台と主婦が仕事中に腰かけられるスツールがあり、目の高さの食器棚には扉がついていて、なかのものがほこりをかぶらないようにしている。このキッチンで注目すべき要素のテオドール・ボーグラー（1897–1968年）がデザインした、規格化されたラベルつきの陶磁器の容器セットは、現在のキッチンでもよく使われているデザインの解である。

当時グロピウスは、バウハウスでは工業界に適用できる技能を学生に身につけさせるつもりだと表明した。しかし、このヴァイマルの学校は1925年に政治的圧力が理由で閉鎖された。学校はデッサウに移転し、グロピウスのデザインで専用の新校舎（図１）が建てられた。ここにはすばらしい工房や学生のための居住棟があり、各部屋にはバルコニーがついていた。

バウハウスの学生は予備課程をすごしたあと、材料別の工房のひとつで勉強するようになる。そこで専門家から技術を修得し、引きつづき形態についても学び、そうした知識をそれぞれの材料に重点を置いた作品へと生かした。バウハウスの工房で作られたものは工場製品のプロトタイプとみなされたが、業界と試験的に結びつくことはほとんどなかった。それでもとりわけきわだったものが、1933年にナチによって学校が閉鎖されたのちに、生産に移された。

金属工房はとりわけ多作で、非常によく知られているバウハウスの作品のいくつかを生みだした。長く愛されているアイコン的作品に、ヴィルヘルム・ヴァーゲンフェルト（1900–90年、p.130）によるガラスのテーブルランプ、マリアンネ・ブラント（1893–1983年、p.132）による金属製茶こしつきのティーポットなどがある。こうした既存の品物の徹底した作りなおしは、品物がどのようにそれぞれの機能を発揮し材料を活用しているかについてのデザイナー

1925年	1928年	1928年	1930年	1933年	1937年
マルセル・ブロイヤーが、木工、つまり家具の工房の運営を引き継ぐ。バウハウスの卒業生であるブロイヤーは、３年間ここにとどまった。	グロピウスがバウハウスの校長を辞任。後任はハンネス・マイヤーになり、ヘルベルト・バイヤー、ラースロー・モホリ＝ナギ、ブロイヤーも辞職した。	芸術家のヨゼフ・アルバース（1888–1976年）が予備課程の指導者に就任。新しい考え方とエネルギーを注入した。	ルートヴィヒ・ミース・ファン・デル・ローエがマイヤーからバウハウスの校長の地位を引き継ぐが、その２年後に学校はベルリンへ移る。	ナチがバウハウスを閉鎖。教師の多くがドイツからヨーロッパのほかの国々やアメリカへと発った。	モホリ＝ナギがシカゴにニュー・バウハウスを設立。ドイツの総合造形学校の教育手法を復活および発展させた。

の深い問いかけによって可能になった。彼らは、現代の家とそのなかにあるもののために まったく新しい美を創造することに成功した。重要なのは、そうした探求の目標が審美性に集中しなかったことである。むしろ彼らはゼロから形態の問題について再考し、行動を変え、現代生活の将来像を実現しはじめたのである。

陶磁器もバウハウスで重要な役割を果たした。主要な教師にボーグラーとオットー・リンディヒ（1895–1966年）がいた。リンディヒが彫刻を学んでいたことは、彼のコーヒーポット（図6）とティーセットのシンプルで明快なフォルムによく表れており、その人気はいまだにおとろえていない。木材工房は家具が中心で、そこから頭角を現したすぐれた学生にマルセル・ブロイヤー（1902–81年、p.136）がいた。彼は同輩の何人かと同じように、のちにバウハウスの職員になり、20世紀を通じて多大な影響をあたえた。ブロイヤーは、ヘリット・リートフェルト（1888–1964年）が推進したデ・ステイルの原則、すなわち家具は一組の幾何学的要素で、一目瞭然の方法で集合させなければならない、という考えを拡張した。バウハウスで考えだされた新たな住宅観はとくに、塊でなく空間に注目して、家にあるものとそれを入れている建築物とが継ぎ目なしに融合することが必要であるとした。

バウハウスはかなり男性に偏っていたが、織物工房は例外で、職員も学生もほとんど女性で占められていた。そのような状況で影響力をもっていたのが、アンニ・アルバース（1899–1994年）とグンタ・シュテルツル（1897–1983年、p.152）である。直線と単色を用いて、具象描写をしない壁かけ（図5）を製作したアルバースのバウハウスでの実験には、デ・ステイルの影響が表れている。また、幾何学模様を使用することで、バウハウスの原則どおり素材をきわだたせていた。

バウハウスは、現代のグラフィックデザインとタイポグラフィにも影響をあたえた。1923年に起用されたモホリ＝ナギは、バウハウスに「ニュー・タイポグラフィ」とよばれるようになる分野を導入した。これはロシアのリシツキーなどによって開発された、グラフィックデザインの手法で、伝達の明快さに重点を置いて、サンセリフの使用と非対称性を優先した。ヘルベルト・バイヤー（1900–85年）は、バウハウスの印刷工房を指導し、そこで彼の「ユニバーサル」書体で作品を制作した。その後バイヤーはアメリカに移り住むと、20

世紀で絶大な影響力をもつグラフィックデザイナーとなった。

学生はバウハウスで熱心に学んだが楽しむのにも熱心で、カリキュラム外の作品作りも多く行なった。シュレンマーの指導で取り組んだ演劇は、教育と美学の考え方を統合し、バウハウスが提唱する新しい生活の仕方を示すものだった。シュレンマーは人体を芸術の表現手段とみなし、抽象ダンスの先駆者となった。彼は1922年に初演された「３組のバレエ」（図４）で、人体とそれをまとうコスチュームとの関係を探った。

グロピウスは建築を究極の表現手段とみなしていたが、バウハウスでそれが教えられるようになったのは、1927年にハンネス・マイヤー（1889–1954年）によって導入されてからである。彼は極端な機能主義者で、デザインにおける美学の役割を否定し、そのかわりに完全に合理的な原則にもとづいたアプローチを提唱した。これは、イッテンらの主観寄りの作品や、美術家のおもに審美的な部分を重視する作品と決別する大きな変化がバウハウスで起こっていることを意味した。

グロピウスが1928年に校長をしりぞくと、マイヤーがあとを継いで校長となり、学校をまったく違った方向へ導いた。彼は２年ほどしか在任せず、建築家のルートヴィヒ・ミース・ファン・デル・ローエ（1886–1969年）が後任になった。1932年、バウハウスは国家社会党から攻撃されて、ミースは学校をベルリンへ移した。だが、この学校はナチによって閉鎖されるまでの10カ月しか続かなかった。

バウハウスが存続した期間はわずか14年間だったが、芸術とデザインの教育を完全に急進的なものに変え、モダンデザインの美学理念を統一した。またそうしたことはその後何十年も価値を失わなかった。抽象美術の原則に工芸の技能を組みあわせるという考えは、素材環境に対するまったく新しいアプローチにつながったのである。

1933年以降、そのすぐれた指導者が理念をほかの場所へ伝えて、バウハウスの遺産は残った。グロピウス、ブロイヤー、モホリ＝ナギはみな1930年代にしばらくイギリスに住んでいたが、デザイン教育と現代建築の世界でとくに大きな影響を受けたのは、その後彼らやミースが次々と渡ったアメリカだった。

PS

4　バウハウスの原則はパフォーマンスにも適用された。オスカー・シュレンマーは「３組のバレエ」（1922年）のコスチュームで、肉体と動きを探求した。

5　アンニ・アルバースのコットンとシルクの壁かけ（1927年）。具象描写を避け、基本的な形だけを使って素材の性質を生かしている。

6　オットー・リンディヒ作の陶器のコーヒーポット（1923年頃）。わずかに張りだした本体、丸みをおびた肩と基部に、彫刻家としての経験が表れている。

WG24ランプ 1923-24年 WG24 Lamp

ヴィルヘルム・ヴァーゲンフェルト　1900–90年／カール・J・ユッカー　1902–97年

ヴィルヘルム・ヴァーゲンフェルトのサイドテーブル用のエレガントな小型ランプは、バウハウスで生まれ、いつまでも長く愛されているアイコン的作品である。ヴァーゲンフェルトはバウハウスの金属工房の学生で、ラースロー・モホリ＝ナギのもとで学んだ。正式に電気の勉強をしたことがなかったため、このライトはカール・J・ユッカーの助けを借りて作られた。

「WG24」は、ガラスのドーム型の傘、支柱、台座、電子部品といった、基本的な機能を果たす少数の部品で構成される。このランプの傘と支柱、ガラスと金属とのあいだには強い視覚的コントラストがあり、そこからインパクトが生まれている。対象を要素に分解し、それを使って抽象的な形を作るというバウハウスの原則に従ったこのランプは、各部分の合計にすぎず、視覚的なシンプルさと合理性が魅力の欠くことのできない要素となっている。不透明および透明なガラスと金属といった使用する材料の選択、全体のバランスと大きさの選択もその原則にしたがって、美しい調和を見せている。バウハウスの原則によれば、もっとも重要なのはランプが発する照明の質、すなわち品物の機能である。このランプが放つ光は拡散されて軟らかい。非常に斬新なデザインだったため、バウハウスが存在した数年のあいだにこのランプは50個しか生産されなかった。しかし1980年代以降は大量生産されて、現代の生活の場や職場でよく見かけるようになった。　PS

ナビゲーション

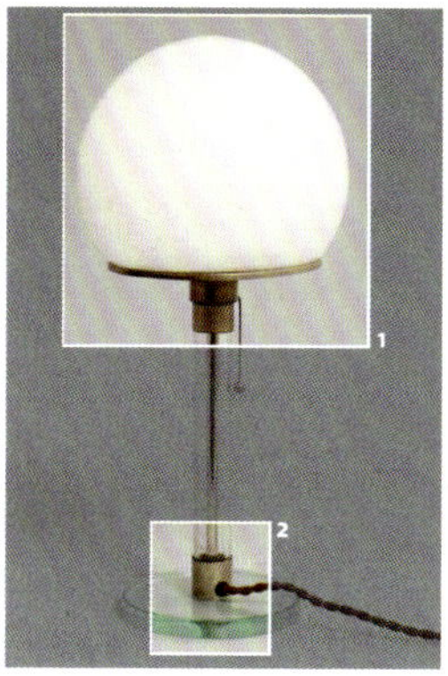

クロムメッキの金属とガラス。
直径 45.5 × 20.5 センチ
台座の直径 14 センチ

フォーカス

1　ドーム型の傘

このランプできわめて印象的な形をしているのがドーム型のシェードである。シンプルなカーヴは球体を暗示するが、光を下へ向ける必要があるために完全な球ではない。バランスのとれた外観をあたえて、照明を最大にする位置で球形が切断されている。

2　台座

完全に幾何学的な形で構成されるこのデザインは、典型的なバウハウス作品である。デザイナーは余分な要素がまったくない機能的な品物に仕上げた。曲面と直線の結合が、このデザインの中心にある。

◀ヴァーゲンフェルトがイエナのガラス工場のためにデザインしたこの小さなガラスのティーポットも、20世紀のデザインの名品である。この場合はガラスのみだが、バウハウス・ランプと同様に工業的素材を使用し、お茶をいれて供するというその本来の機能に役立たない要素はひとつもない。作品の視覚的調和と、うまくそそぐ能力に注意がはらわれている。

茶こしつきティーポット 1924年 Tea Infuser

マリアンネ・ブラント　1893–1983年

マリアンネ・ブラントは1924年に女性としてはじめてバウハウスの金属工房にくわわり、構成主義の芸術家ラースロー・モホリ＝ナギから教えを受けた。同年、学生のブラントはこの小さな茶こしつきティーポット、「モデルNo.MT49」をデザインした。きわめて完成度の高い作品で、近代のアイコンになり、そのシンプルさと端麗さゆえに称賛された。機械の美学（p.134）に触発され、多数の幾何学的要素を注意深く組みあわせて納得のいく構造にしたこの作品には、彼女の師の形態に対する厳格な取り組み方が表れている。バウハウスのデザイン思想を反映して、ブラントは半球、円、円筒を組みあわせた、非常に彫刻的な形を生みだした。目標はお茶を出してそそぐという、この品物の機能を忘れないで調和のとれた形を作ることだった。そうした機能を高めるデザイン要素はいくつもあった。たとえばすっきり組みこまれた茶こし、滴がたれないそそぎ口、中心からはずれた蓋の位置、取っ手に耐熱性のコクタンを採用したことなどである。押しこみ式の蓋は、金属製のちょうつがい式の蓋とは異なり、滴がもれないようにそそぎ口から離してある。このため、この宝石のような品は印象的な美しさをもつと同時に、おいしいお茶をいれることができる。ブラントは丹銅（銅と亜鉛の合金）、銀、洋銀（ニッケルと銅の合金）、コクタンを用いた種類を作っていて、それぞれがわずかずつ違っている。このデザインは、材料によって独自性が出るのだ。同時に、最初このティーポットは手作りされてプロトタイプの段階にあるとみなされていたが、機械の美学との関連がそのフォルムに表れていた。ブラントはぜいたくと民主主義、美と実用性を結合させることに成功した。彼女はその後も、大量生産を想定した多数のデザインにこの考えを適用している。　PS

ナビゲーション

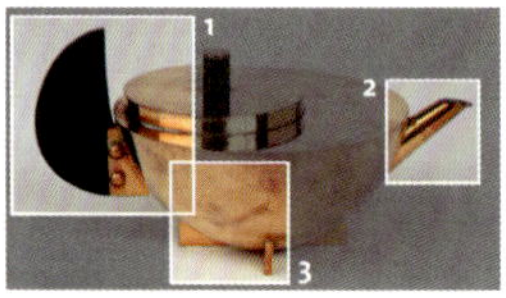

フォーカス

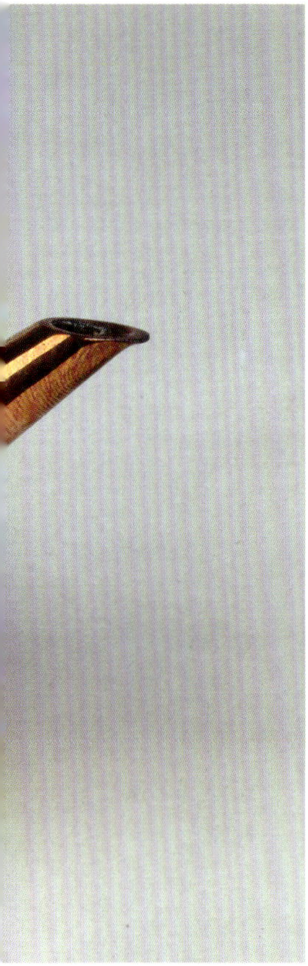

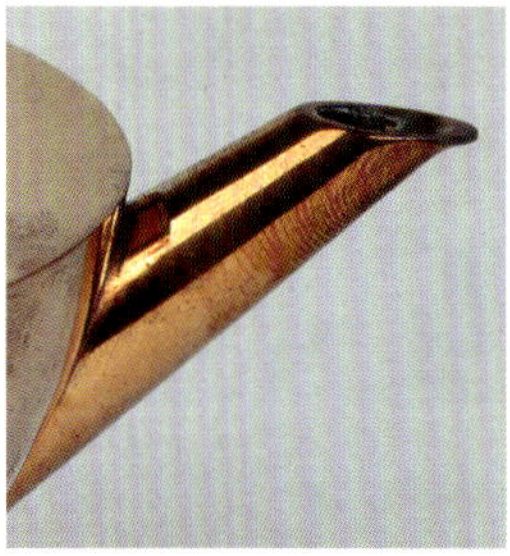

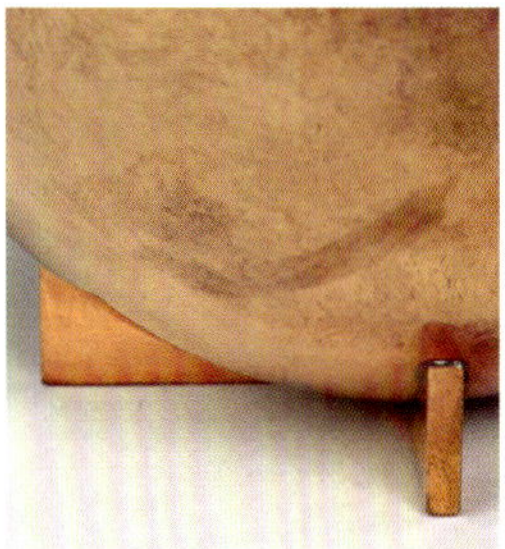

1　取っ手

この茶こしつきティーポットに使われているほかに類を見ない材料である、真鍮とコクタンは、高く評価されるべき装飾的な品物であることを示している。しかしこのフォルムは、それ意外のことも示している。これは大量生産向けに作られ、さまざまな環境で使うことを想定した、機械の時代のデザインなのである。

2　そそぎ口

この作品の大きな特徴は彫刻的な形ではあるが、その目的は無視されていない。滴がたれないそそぎ口から、コクタンの取っ手のおかげで手をやけどしないことまで、機能する部分すべてに配慮が行き届いている。外からは見えないが、なかに組みこまれた茶こしも機能を申し分なく果たす。

3　台座

この要素が全体の調和をとっている。横から見ると、ポットが十字型の台座の上にうまくのっている一方で、そそぎ口と取っ手が本体の両側でつりあいをとっている。蓋と取っ手が片側に位置していることが、構成のバランスのとれた非対称性を完成させている。

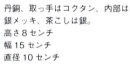

丹銅、取っ手はコクタン、内部は銀メッキ、茶こしは銀。
高さ 8 センチ
幅 15 センチ
直径 10 センチ

▲ブラントは 1924 年に、このタバコ置きのついた真鍮とニッケルメッキの灰皿をデザインした。茶こしつきティーポットと同様、彼女はベーシックな幾何学的フォルムを用いた。灰を入れる部分は球形で、タバコ置きは円筒形である。蓋には中心からはずれたところに開口部があり、十字型の台座を形づくる 2 本の棒の上に椀状の本体がのっている。

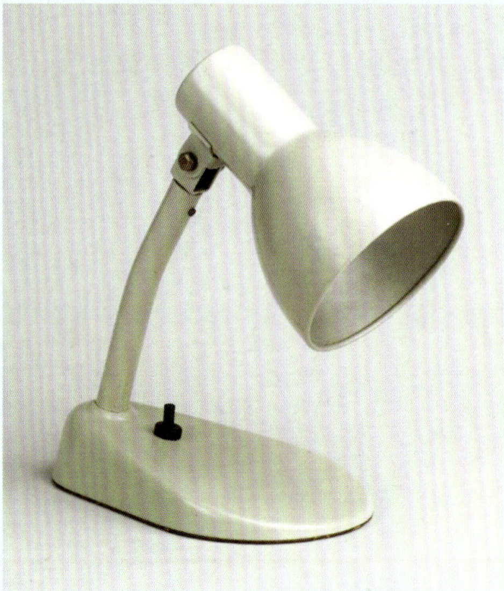

ベッドサイド・テーブルランプ

このカンデム社の小さな作業用ライトは、ブラントが 1928 年にバウハウスの学友であるヒン・ブレーデンディーク（1904–95 年）と協力してデザインした。最初はバウハウスの金属工房で手作りされたが、大量生産されるようになり、20 世紀を通じて広く市販された。ラッカー塗装したスチール製で、望みの場所に光をあてることが可能であり、「形態は機能に従う」というバウハウスの金言をうまく実現している。

機械の美学

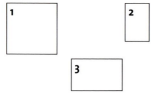

1　ウェルズ・コーツの「アイソコン丸テーブル」(1933年)。すっきりしたラインはコーツが提唱したモダニズム様式の特徴である。

2　ルートヴィヒ・ミース・ファン・デル・ローエがデザインした、チェコスロヴァキア、ブルノのトゥーゲントハット邸 (1929-30年) の椅子「MR10」。

3　オリヴァー・パーシー・バーナードがPELのためにデザインした「SP4チェア」(1931年)。フレームにスチールパイプを使い、背もたれとシートを合成樹脂でおおっている。

モダニズム建築に浸透した合理性の精神は、内装の考え方にも広げられた。装飾と家庭的雰囲気は拒否され、空間とそのなかで続く合理的な暮らし方が重視された。内と外の境界を最小限にするオープンプランニングの考え方が推奨されたが、このようなデザインはスチールとコンクリートの建築によって可能になった。

近代の家は機械にたとえられる。もっと正確にいえば機械化された生産のロジックが適用されている。そうした近代の家の必要条件を満たす出発点として、建築家は家具に対してさまざまなアプローチを試みた。たとえば家具を建築の骨組みの延長とみなした。つまり、壁からつきだしたテーブルを設け、ワードローブや棚といった、作りつけの家具に依存したのである。もうひとつのアプローチでは、機能的な既製品家具を手に入れた。モダニズムの建築家は、自分でも家具をデザインした。材料としてスチールパイプが好まれたのは、丈夫な工業的素材で家庭的イメージがなく、空間の流れをさまたげない骨格のような家具を作れるからである。

1920年代以降、著名な鋼管家具が、オランダのマルト・スタム（1899-

キーイベント

1923年	1925年	1925年	1925年	1927年	1927年
ル・コルビュジエが、モダニズム建築についての先進的な論文『建築をめざして』[吉阪隆正訳、鹿島出版会] を出版。	ル・コルビュジエが著書『今日の装飾芸術』[前川国男訳、鹿島出版会] のなかで、家具を3タイプに分類。	マルト・スタムがガス管で実験を開始。カンチレヴァー（片持ち構造）椅子の原理を開発した。	マルセル・ブロイヤーがバウハウスの家具工房の指導者の地位を引き継ぎ、曲げたスチールパイプを使った実験を開始。	ドイツ工作連盟がシュトゥットガルトにヴァイセンホーフ住宅団地を建設。大部分のモダニストの建築家が建物を作った。	ルートヴィヒ・ミース・ファン・デル・ローエが、ドイツのインテリアデザイナー、リリー・ライヒ（1885-1947年）の助けを借りて、カンチレヴァーのスチールパイプ椅子「MR10」をデザイン。

1986年)、ル・コルビュジエ(1887–1965年)、バウハウスの卒業生であるマルセル・ブロイヤー(1902–81年)、バウハウスの校長ルートヴィヒ・ミース・ファン・デル・ローエ(1886–1969年)によってデザインされた。ル・コルビュジエの「LC4シェーズロング」(1928年、p.140)やブロイヤーの「ワシリーチェア」(1925年、p.136)などは金属の椅子で、どれもがスチールパイプを曲げる同じ技法で作られた。ミースは、スタムが開発したデザインをもとに、非常に印象的なカンチレヴァー(片持ち構造)の椅子「MR10」(1927年、図2)を作った。ミースはスチールパイプを温度が低いうちに曲げて弾性を維持した。アイルランドの建築家アイリーン・グレー(1878–1976年)は、フランスのロクブリュヌ=カップ=マルタンに1929年に完成した自宅のためにそなえつけ家具をデザインした。スチールパイプの「E-1027」サイドテーブル(1927年、p.138)はそのひとつである。

1920年代後半にはヨーロッパ大陸のアヴァンギャルドの建築家のあいだで、住居に工業的素材を使い、オープンプランニングの可能性や開放感、内と外との視覚的連続性をそこなわないオープンな形を重視するすべきだという考えが広まった。それはアメリカでも、とくに気象条件から戸外での生活が可能な西海岸で受け入れられた。イギリスでは、機械を手本とした家という考えには、それらの地域よりも抵抗があった。しかしいくつか例外はあった。建築家のウェルズ・コーツ(1895–1958年)はヨーロッパのアプローチをとりいれ、ロンドンのアイソコン・ビル(1934年)のために木とスチールの「アイソコン丸テーブル」(1933年、図1)など、みずからがデザインした集合住宅のための家具を作った。イギリスのプラクティカル・イクイップメント(PEL)社は、スチールパイプを曲げた安価な椅子を生産しはじめた。そのひとつ、建築家のオリヴァー・パーシー・バーナード(1881–1939年)がデザインした「SP4」(1931年、図3)は、個人ではなく公共のために作られた。 PS

1927年	1929年	1929年	1931年	1932年	1934年
スタムがカンチレヴァーのスチールパイプ椅子をデザイン。	ミースがドイツを代表して、スペインのバルセロナ万博のドイツ館「バルセロナ・パビリオン」をデザイン。	ル・コルビュジエが、フランスのポワシーにモダニズム住宅、サヴォア邸を完成。「住宅は住むための機械である」という考えを実践した。	イギリスの企業PELが、オリヴァー・パーシー・バーナードのデザインによるスチールパイプ椅子の生産を開始。	ニューヨーク近代美術館で「近代建築—国際展覧会」が開催される。	ニューヨーク近代美術館の「機械芸術」展で、機械とモダニズムデザインの密接な関係が示される。

ワシリーチェア 1925年 Wassily Chair

マルセル・ブロイヤー 1902–81年

クロムメッキ・スチールパイプと革のつり帯。
71.5 × 77 × 70.5 センチ

マルセル・ブロイヤーの「ワシリー（ヴァシリー）」チェアは、1920年代にデザインされた当時はモデルB3とよばれていたが、のちにブロイヤーの友人で同僚のバウハウスの講師であるロシア人画家ヴァシリー・カンディンスキー（1866–1944年）にちなんでこの名がつけられた。曲げたスチールパイプで作られたこの椅子は、とりわけ長く愛されているバウハウスの象徴的な作品である。ブロイヤーが家具工房を指導していた時期に作られており、工房で行なっていた実験から生まれた。

基本的にこれは伝統的な革張りの安楽椅子を作りなおしている。ブロイヤーは、自分の自転車のフレームのカーヴから、曲げたスチールパイプを使うことを思いついたといわれる。ドイツの鉄鋼メーカー、マンネスマンが継ぎ目のないスチールパイプを製造する工程を開発していて、それによって生産が可能になった。このスチールパイプのおかげで、ブロイヤーは快適さをまったくそこなわずに、骨格のような椅子を開発することができた。鉄鋼がもともともっている強度を利用して、従来の椅子の必要最小限の線と面だけにしたのがこのデザインである。ボリュームではなく構造に重点を置き、体を支える部分に、最初は帆布、のちに細長い革を使った。ブロイヤーの斬新な構想は、それが占める建築空間を邪魔することなく、存在感をもち快適で視覚的に心地よい椅子を作るというものだった。機械の美学の考え方の典型で、ヴィクトリア朝時代の住居の概念をこばんでいた。 PS

ナビゲーション

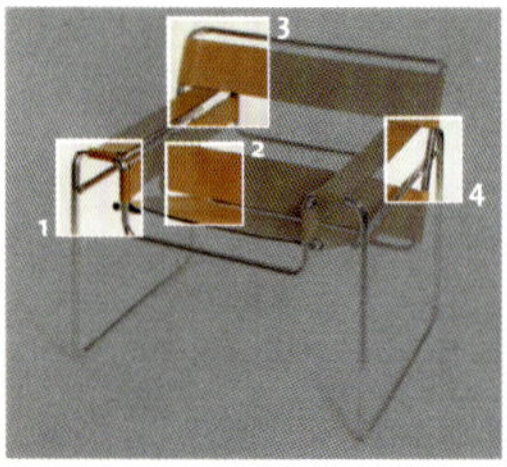

フォーカス

1　金属

バウハウスでの機能性の定義では、品物の用途より、外見が材料と製造工程をいかに反映しているかに重きが置かれていた。この椅子の美しさの決定的要素は、構成する曲がった金属と革または布である。

2　単色

ブロイヤーのデザインは多くが中間色で、とくに黒、白、灰色をよく使った。それにより、使用されている工業的素材と形の重要性、形と空間との関係が強調された。ただし、スチールパイプのクロムメッキをほどこした表面が、この椅子に感覚に訴えるものをくわえている。

3　背もたれ

有形のものが最小限であるのにもかかわらず、使われている材料の強度と柔軟性により、この椅子は快適である。体はくつろいだ姿勢に保たれる。背もたれとシートのゆるやかな傾斜のおかげで座り心地はさらによくなり、肘かけが必要な場所を支えてくれる。

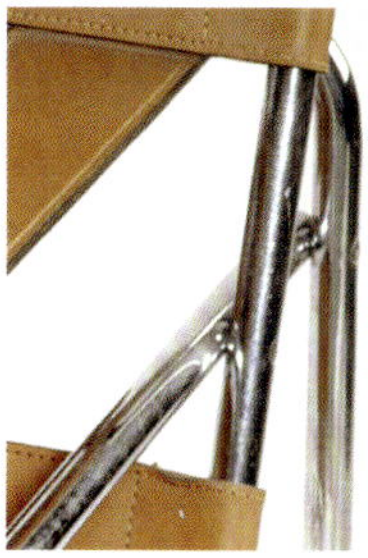

4　フレーム

「ワシリーチェア」は背景を見通せる透明性が特徴的である。従来のおおいをかぶせて、場所をふさいだ椅子やソファーは、周囲の建築要素の輪郭を見えなくしていたが、ワシリーチェアは周囲の空間にあるものを隠さない。

▲ブロイヤーは、「B3 チェア」の製作の支援を、最初は自分の自転車のメーカーであるアドラー社に頼もうとしたが、この会社は家具作りに関心がなかった。そこでブロイヤーは鉄鋼メーカーのマンネスマン社に出向いた。配管工に金を払い最初のプロトタイプの組み立てを手伝わせたあと、スタンダルト・モーベル社を設立して鋼管家具を製造した。

曲げたスチールパイプ

ブロイヤーは曲げたスチールパイプから多数の作品を作った。そのひとつが曲木と籐でできたシートと背もたれをもつカンチレヴァーのサイドチェア（「B32」、1928 年）である。しかし、スチールパイプでカンチレヴァーの形態を作ったのはひとりだけではなかった。ブロイヤーは特許取得の戦いに敗れ、このデザインを自分のものだと主張することができなかった。その結果スチールパイプを使うデザインをやめてしまった。それでも 1960 年代初めには、B32 のデザインがふたたびブロイヤーの名前で生産された。

E-1027アジャスタブル・テーブル 1927年

E-1027 Adjustable Table アイリーン・グレー 1878–1976年

クロムメッキ・スチールパイプ、
鋼板、ガラス。
最小の高さ 54 センチ
最大の高さ 93 センチ
直径 51 センチ

アイリーン・グレーは、この非対称的で高さを調節できるスチールパイプのサイドテーブルを、自宅の寝室用家具としてデザインした。「E-1027」（1926–29年）とよばれ、フランスのロクブリュヌ＝カップ＝マルタンにあるこの家は、パートナーのルーマニア人建築家ジャン・バドヴィッチ（1893–1956年）と住むためにデザインされた。この暗号化された名称は、ふたりの関係を記念している。Eはアイリーン（Eileen）を意味し、数はアルファベットの文字を表す。つまり、10はJ、2はB（したがってJean Badovici）、7はG（Gray）である。

フランスのル・コルビュジエやドイツのマルセル・ブロイヤーと同様、グレーもテーブルにスチールパイプを使ったが、それで作品を作る観念的な根拠はそれほどなかった。バウハウスのブロイヤーのスチールパイプを使った作品から発想を得たグレーは、自分の姉妹がベッドで朝食を食べられるようにこのテーブルを作ったといわれる。この椅子は室内やテラスで椅子の隣にも置かれて、一時的なサイドテーブルの役割をした。また視覚的に強い印象をあたえ、ほかのスチールパイプのデザインがもつ対称性を拒否している。グレーはスチールパイプを多くは使わなかったが、椅子とテーブルにほかの形のスチールを構造要素として用いた例はいくつかある。このテーブルを特徴づけているフォルムと機能の密接な結びつきが、この作品をきわめてモダンにしている。グレーは1970年代にイギリスの家具デザイナー、ゼエヴ・アラム（1931年–）とともに生産用のテーブルを開発した。最初に生産を決定したクロムメッキのバージョンは、アラムデザインズ（Aram Designs）がライセンスを得て製作している。

PS

ナビゲーション

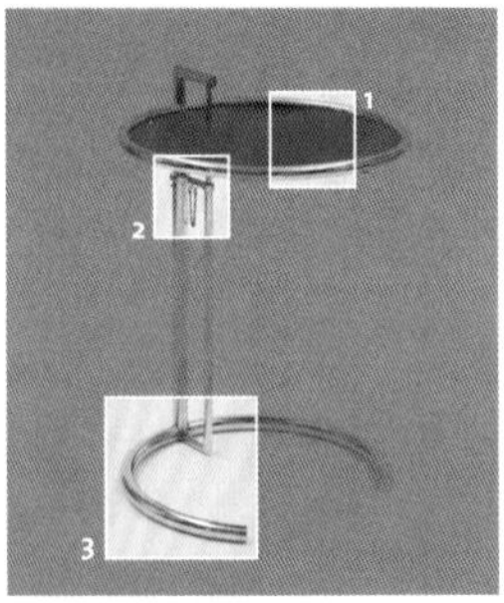

1　テーブルの天板

グレーは1920年代を通じて、さまざまなバージョンの「E-1027テーブル」のデザインを試みた。フレームは、表面に黒の粉体塗装またはクロムメッキをほどこしたスチールパイプで作られた。天板には、透明なクリスタルガラス、灰色のスモークガラス、黒のラッカー塗装した金属のものがある。

2　チェーン

このテーブルは、病人や寝たきりの人、あるいはたんにベッドで食べたり飲んだりしたい人のためのベッドサイド・テーブルとしてデザインされた。高さを調節できるので、ベッドの高さやベッドをおおっているものの厚さが違っても対応できる。

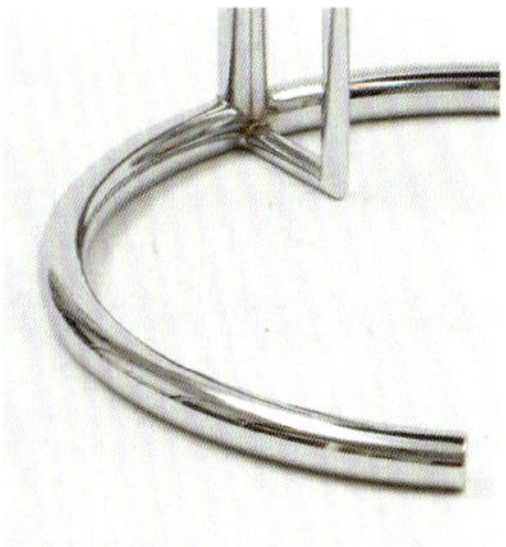

3　基部

このテーブルをきわだたせている形態的特徴は、非対称性である。この形態によってベッドにいる人の手がとどくようにベッドのすぐそばに置くことができるため、機能的でもある。このテーブルの基部は円がとぎれた形になっているため、ベッドの脚を囲むようにして置くことができる。

ボナパルトチェア

グレーは1935年にふたたびスチールパイプを使い、このときはサイドチェアを作って、椅子張り材料として革または布を使った。この椅子は、マルセル・ブロイヤーがバウハウスにいたときに作った有名なスチールパイプを用いたデザインや、それと同じ材料で作られたル・コルビュジエの椅子、ルートヴィヒ・ミース・ファン・デル・ローエの椅子の伝統を引き継いでいるが、そうした例よりかなりしっかりとクッション材が入っているため快適さは上である。また、シートと背もたれのあいだにすきまを残してカンチレヴァーにしていることから、グレーがブロイヤーとミースの作品を参考にしたことがわかる。

◀フランス南部にあるグレーの家「E-1027」の中心的な居住スペース。グレーはこの家の大部分の家具をモダンスタイルでデザインした。ル・コルビュジエといったモダニストの作品は知っていたが、その表現法のやや穏やかなバージョンを採用し、質感をとりいれて、モダンな素材の感覚に訴える力を利用した。また、ラグ(p.154)に抽象的な模様を入れた。椅子は、快適さを重視してしばしばクッション材を使った。たとえば「トランザットチェア」(1925–27年)では、木製のフレームから柔らかい革を筒状に膨ませたものをいくつもぶら下げた。

LC4シェーズロング 1928年 LC4 Chaise Longue

ル・コルビュジエ 1887–1965年

クロムメッキのスチール、布、革。
67 × 58.5 × 158.5 センチ

この「LC4シェーズロング」は、スイス系フランス人のモダニズム建築家、ル・コルビュジエによってデザインされた。製作には、いとこのピエール・ジャンヌレ（1896–1967年）と、ル・コルビュジエのほとんどの家具デザインの開発にかかわった助手のフランス人デザイナー、シャルロット・ペリアン（1903–99年）が協力している。もともとこの寝椅子は1925年にパリで建てられたラ・ロッシュ邸の椅子として考えられた。パリでは医師のジャン・パスコー（1903–96年）が治療用に発明した最新の椅子「シュルレポ（Surrepos）」が評判になっており、ル・コルビュジエはとくにその椅子に創作意欲をかきたてられていた。それまで彼はもっぱら家庭向けではないモデルを作りながら、19世紀のブルジョワの家庭生活への憂いを強めており、その姿勢そのままに近代性を自分の生活環境にももちこんだのである。大量生産のためにデザインされたこの寝椅子は、最終形に到達するまでにいくつもの進化の段階をたどった。あるバージョンは1929年にパリの「サロン・ドートンヌ（秋のサロン）」展において「住宅のインテリア設備」と題したデザイナーの展示場で発表された。この展示場では、モジュール式の家具をそなえたアパートの部屋が演出されていた。

オーストリアの家具メーカー、トーネットがこのデザインのライセンスを取得し、1930年から数を限定して生産した。1934年には、スイスと当時のチェコスロヴァキアの企業にライセンスがあたえられた。1959年に生産の権利はスイスの画廊のオーナーであるハイディ・ウェバーに、そして1965年にはイタリアの家具メーカー、カッシーナに移された。

LC4シェーズロングには工業的素材が多く使われて、ル・コルビュジエと協力者が強く望んだ機械の美学を実現させている。その視覚的、物質的、空間的特徴があいまってモダニズムの中心的メッセージを伝えて、1920年代から象徴的な作品でありつづけている。

PS

ナビゲーション

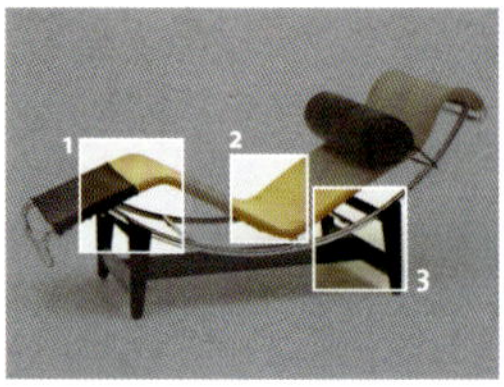

フォーカス

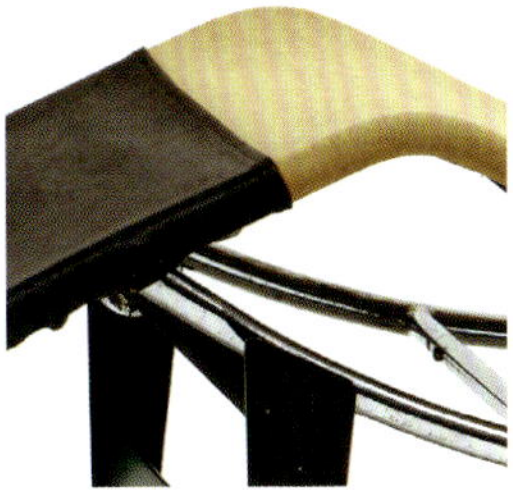

1 輪郭

この椅子の輪郭は、横になっている人間の体の輪郭によく似ている。ペリアンは人の姿について研究し、この椅子を制作したときは、「ただ兵士が疲れて、背嚢を枕にして寝て、脚を上げて樹にもたせかけた」状況を考えたと述べた。

2 マットレス

「LC4」は、18世紀のデイベッド（寝台兼用の長椅子）の優美なカーヴから発想を得て、くつろぐための機械として開発された。デザイナーが参考にした最新の情報源には、結核の療養所で使われた病人のリクライニングチェアのようなものもふくまれていた。自己支持型のマットレスが直接フレームにとりつけられている。

3 フレーム

黒く塗装したスチールが基部に、クロムメッキのスチールパイプが支持フレームに使われた。最初のモデルでは、帆布をゴム、バネ、ネジを使ってフレームにとめたが、フットレストとヘッドレストは革製だった。のちのバージョンで帆布は黒の革にかえられた。

デザイナーのプロフィール

1887–1916 年

ル・コルビュジエはスイスのラ・ショー＝ド＝フォンという町で、シャルル＝エドゥアール・ジャンヌレとして生まれた。地元の美術学校に通って、懐中時計のケースの彫金師になる勉強をしたが、建築に興味をもつようになった。1907年から1911年までヨーロッパを広く旅し、1910年から1911年にかけて、ドイツの建築家でデザイナーのペーター・ベーレンス（1868–1940年）のベルリン近郊にあった事務所で働き、1912年にスイスで独立して建築の仕事をはじめた。

1917–22 年

パリに居をかまえると、ル・コルビュジエという新たな人物（ペルソナ）を作って絵をはじめた。建築家としても働き、政府から仕事を請け負ってコンクリートの構造物を作った。1920年に機能主義を唱道する有力雑誌エスプリ・ヌーヴォー（新精神）を共同創刊した。1922年にいとこのピエール・ジャンヌレと建築事務所の共同経営をはじめた。

1923–34 年

ル・コルビュジエが論文集『建築をめざして』［吉阪隆正訳、鹿島出版会］を出版。この著書に触発されたペリアンがスタジオで働きたいとやってきた。ふたりはインテリアにかんして協力し、スチールパイプ椅子や「LC4シェーズロング」を作った。また、ル・コルビュジエは邸宅をいくつもデザインした。

1935–50 年

モダニズムの邸宅のデザインから都市の基本計画のデザインへ方向転換し、1935年に『輝く都市』［坂倉準三訳、鹿島出版会］を出版した。1947年から1952年にかけて、マルセイユのユニテ・ダビタシオン集合住宅の仕事をして、「打放しコンクリート」を使うスタイルを再発明した。

1951–65 年

インドのパンジャブ州の新しい州都チャンディーガルで、イギリスの建築家のマックスウェル・フライとジェーン・ドリュー（1911–96年）とともに、政府の建物の設計にたずさわった。

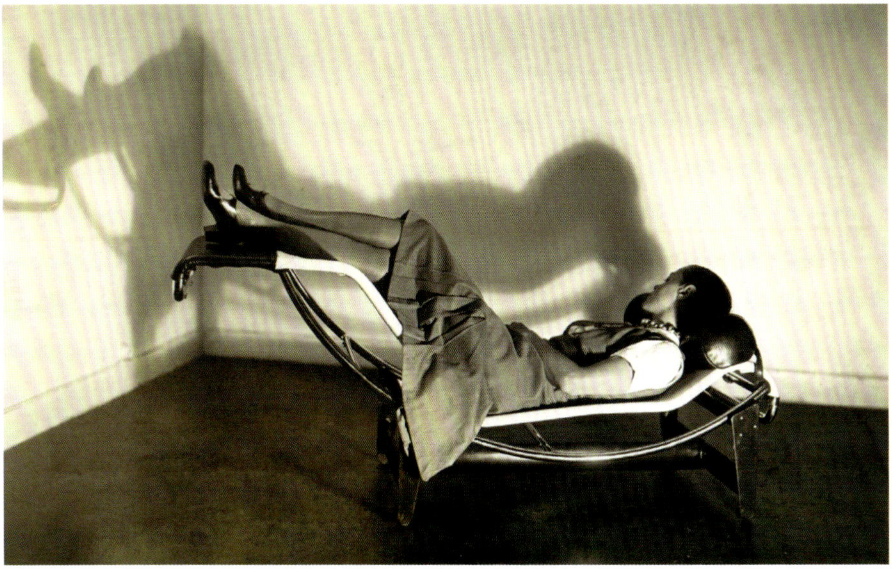

◀「LC4シェーズロング」の宣伝用写真のためにポーズをとるペリアン。短いスカートをはいて脚を交差させ、工業用ボールベアリングで作ったネックレスをしている。腰と膝を曲げて完全にもたれかかった姿勢になって、LC4の傾きをどこまで調整できるか示した。角度調節できる面は基部から独立していて、1対の弓型フレームにとりつけられているため、使う人に合わせて基部からもちあげることができる。

レス・イズ・モア

「レス・イズ・モア（少ないほうが豊かである）」の思想はルートヴィヒ・ミース・ファン・デル・ローエ（1886–1969年）と強く結びつけられているが、実際には彼がこの言葉を作ったわけではない。ドイツの建築家ペーター・ベーレンス（1868–1940年）が、若いミースを雇って1907年から1910年にベルリンのAEGタービン工場の仕事をしていたときに使ったのである。ミースはのちにこの表現を耳にしたときのことを回想して、「ベーレンスの事務所ではじめてそれを聞いた。わたしは工場の正面の図面を作らなければならなかった…わたしができあがった図面の束を見せたら、彼が『レス・イズ・モア』といったのだ。だが、ベーレンスはその言葉をわたしとは違う意味で使っていた」と述べている。ミースは、建物、その構成要素、家具のデザインを減らし不必要なものを削ぎ落して、シンプルで統合された形にするうちに、そのフレーズをほぼ自分のものにした。彼は生涯をとおして、装飾を少なくして適切に配置したほうが、装飾を多くするより大きな効果が得られるという持論を実証した。ミースはベーレンスにくわえて、プロイセンの建築家カール・フリードリヒ・シンケル（1781–1841年）や、ロシア構成主義とオランダのデ・ステイルの思想からも刺激を受けた。シンケルはすっきりしたラインに重点を置き、構成主義者は建築を社会のために使うことを目標とし、デ・ステイルの思想はミースが使った意味での「レス・イズ・モア」と一致する単純さを提唱した。周囲に何人もいた人々と同様、ミースは当時の時代感を体現する新たなデザイン様式を作りだそうとした。ミースは最小限の構成要素と装飾の削減または放棄の重

キーイベント

1910年

ガブリエル・「ココ」・シャネル（1883–1971年）が、パリで最初の店「シャネル・モード」を開店。

1915年

アメリカのインダストリアルデザイナー、アール・R・ディーン（1890–1972年）が、曲線的なコカ・コーラのガラス瓶をデザイン。

1925年

パリで開催された万国博覧会（現代産業装飾芸術国際博覧会）をきっかけに、新しいデザイン様式アール・デコ（p.156）が大流行する。

1925年

スコットランドの発明家ジョン・ロジー・ベアード（1888–1946年）が、初のテレビ画像を送信。

1930年

ミース・ファン・デル・ローエがバウハウスの最後の校長に就任。デッサウからベルリンへの移転を監督した。

1930年

ミースがチェコスロヴァキア、ブルノのトゥーゲントハット邸のために、バルセロナ・ガラスやスチールを使ったコーヒーテーブル（p.148）など、そなえつけの家具をデザイン。

視をデザイン哲学の土台にすえて、ガラスやスチール、クロム、れんが、コンクリート、革から、独特の構造的解釈をもつ家具を誕生させた。

1919年にヴェルサイユ条約で厳しい戦争賠償金に合意したあと、ドイツは経済的な苦境におちいった。1907年にミュンヘンで結成されたドイツ工作連盟は芸術家とデザイナーと建築家の組織で、建築と大量生産品にかんするすぐれたデザインと技能の発達をうながすことを目的とした。戦後、工作連盟は、理事であるミースが中心となって開催した1927年のシュトゥットガルトでの展覧会で、以前にもまして力強く自己主張をした。第一に、工作連盟は公営住宅の問題に取り組み、建設と維持の両面でむだを最小限にすることを目標とした。その結果、ヴァルター・グロピウス（1883–1969年）やル・コルビュジエ（1887–1965年）のような一流の建築家が建設した21の建物からなるヴァイセンホーフ住宅団地は、あっさりとした飾りのない正面、平らな屋根、オープンプランの内装、プレハブ部品、強い幾何学的な形式主義という特徴を示した。同年、ミースとインテリアデザイナーのリリー・ライヒ（1885–1947年）は、スチールパイプのカンチレヴァー（片持ち構造）の椅子「MR10」をデザインし、以前にマルト・スタム（1899–1986年）が考案した「S33」モデル（図2）と同様、不必要な細部を排除した。1928年にこのふたりは、バルセロナ万国博覧会のドイツ部門の美術制作責任者の仕事をまかされた。ミースはいくつかの展示エリアのデザインにくわえて、公式レセプション・ビル、つまりドイツ館（バルセロナ・パビリオン、図1）も担当した。彼は、建物自体と同じくらい家具のデザインにも時間をさいた。「バルセロナチェア」とよばれる椅子と足台（1929年）は、ライヒとの共同デザインである。この椅子は、万博の開会式のあいだに、スペイン国王と王妃の玉座とすることを意図して、古代ローマ時代の有力者の象牙の腰掛であるセラ・クルリスをもとにしている。なめらかでとがった形とすっきりしたラインをもつ古典的なX形のフレームは、クロムメッキをほどこしたスチールパイプでできており、シートと背もたれを形成する厚みのある四角形の革張りクッションと対照をなしている。

ミースは「レス・イズ・モア」のアプローチで、単純化し流線型をとりいれ、余分なものをとりさった。そうした機能的な面は、ほかの建築家やデザイナーの作品にも現れ、パッケージ（p.144）、グラフィックデザイン、タイポグラフィ（p.146）など、あらゆる形態のデザインで表現された。純粋性と、不必要な細部へのこだわりと懐古主義の排除をあわせもつ「レス・イズ・モア」の思想は、ミニマリズム（p.444）の前ぶれとなり、20世紀を通じてくりかえされるテーマとなった。それはさまざまな方面で共感をよんだ。アメリカの建築家、理論家、作家、デザイナー、発明家であるリチャード・バックミンスター・フラー（1895–1983年）もそうしたひとりである。フラーは環境活動家の走りであり、地球の資源が有限であるのをはっきりと認識していた。1927年には、この惑星の資源をみんなが共有できるようにするためにすべての者が「ドゥーイング・モア・ウィズ・レス（少ないものでよりよい効果を）」の方法を見つけなければならないという信条を広めた。半世紀後の1970年代に、大きな影響力をもつインダストリアルデザイナーのディーター・ラムス（1932年–）が、自身のひかえめなアプローチは「レス・バット・ベター」、つまりできるだけデザインの使用を少なくするという信念にしたがっていると説明した。

SH

1

2

1　バルセロナ・パビリオン（1928–29年）。ドイツ政府からの依頼で、ミースが産業展示品を収容するためにデザインした。

2　マルト・スタム作のカンチレヴァーの椅子「S33」（1927年）。1925年のガス管を使ったこのデザイナーの実験から生まれた。

1931年	1933年	1933年	1933年	1935年	1938年
ニューヨークのエンパイア・ステート・ビルが完成。長年にわたって世界一高いビルでありつづけた。	バウハウスがナチ党によって閉鎖に追いこまれ、ミースはアメリカへ移住する。	アメリカの発明家ジョージ・ブレイズデル（1895–1978年）が、オーストリアのライターからヒントを得て、ジッポー・ライターをデザイン。	イタリアのデザイナー、アルフォンソ・ビアレッティ（1888–1970年）が、レンジの上で使うコーヒーメーカー「モカエキスプレス」を開発。	アメリカの建築家フランク・ロイド・ライト（1867–1959年）が、ペンシルヴェニア州で「落水荘」をデザイン。この建築物は片持ち構造だった。	フォルクスワーゲンが、シンプルで経済的でツードアの「ビートル」(p.210) を発売。

シャネルNo.5香水瓶 1921年 Chanel N°5 Perfume Bottle

ガブリエル・「ココ」・シャネル　1883–1971年

シャネルの友人のミシア・セールは、シャネル「No.5」の瓶のデザインを「厳粛、超シンプル、準医薬品」と表現した。

「No.5」はフランスのファッションハウス、シャネルの最初の香水である。またその瓶はモダニズムデザインの傑作で、商品性と今日性を維持してきた。自己宣伝に長けたブランド創設者でファッションデザイナーのガブリエル・「ココ」・シャネルをめぐる多くの謎と同様に、この瓶がどのようにして生まれたかは依然としてはっきりしない。イラストレーターのジョルジュ・グルサ（1863–1934年）が、このアイコン的な瓶とパッケージをデザインしたと記述している本はある。「セム」の愛称でよばれたグルサは、1913年にフランスのドーヴィルでココと恋人のアーサー・エドワード・「ボーイ」・カペル（1881–1919年）のイラスト画を描いている。しかし、ココがこのデザインの要素を選んだ可能性のほうが高い。この瓶はジャズ・エイジ［第1次大戦後から世界恐慌までのアメリカの繁栄の時期］のアヴァンギャルドに合うように考案された。ココに協力した調香師のエルネスト・ボー（1881–1961年）は、実験室で80以上の合成成分を組みあわせて嗅覚の抽象芸術を作った。1921年にココにサンプルを送ると、彼女は15のサンプルを選んで、その年の5月5日にドレスコレクションとともに売りだした。ヴェルリ・ブロス社により、ノルマンディで誇りをもって機械で大量生産されたこの瓶は、カペルが旅行用スーツケースに入れていたシャルベの化粧水の瓶からヒントを得たと考えられている。その栓つき小瓶は、直方体の縁を斜めにカットした形だった。白のパッケージが葬儀用を思わせる黒のストライプで縁どられているのは、1919年のカペルの死と関係があるかもしれない。シャネルのブランド戦略は21世紀も変わっていない。　JW

ナビゲーション

フォーカス

1　斜めにカットされたガラス
もともとは瓶の肩は丸みをおびていた。シャネルのデザイナー、ジャン・エルー（1938–2007年）が1924年にアメリカへの輸出をしやすくするために瓶を変更して、鋭い斜めのカットをくわえた。このベベルカットは、ココのアパートにあった18世紀の鏡からヒントを得ている。

2　栓
栓は、最初は平らな正方形のガラス栓で、サイズは小さくココのイニシャルが入っていた。1924年にエルーが変更して八角形の栓にした。その後も15年ごとに時代の好みに合わせてわずかずつデザインを変えている。

3　シール
キャンソン社製の紙のラベルは上質の便箋のようで、長年のあいだにサイズが大きくなった。そのほかの唯一の装飾は、首のまわりの黒いシールである。1921年には、気どらない「No.5」という名称が、競争相手の香水の趣向をこらした名前といちじるしい対比を見せていた。

4　ラベル
「No.5」が発売された頃のヨーロッパでは、サンセリフ・フォントは普及していなかった。このフォントは特別に作られている。無地の白いラベルと黒の大文字のレタリングが、モダニズム的な外観を強調している。シャネルのロゴとフォントは、1924年にアメリカの特許庁に登録された。

▲フランスの風刺漫画家セムは、1921年にシャネル「No.5」を称賛するスケッチを作成した。これは香水の最初の広告として知られているが、有料の宣伝ではなかった。腰のほっそりしたフラッパードレスを着てパールをつけたココが、シャネルNo.5の瓶をうっとりと見上げている。中性的でモダニズム的な姿である。

シャネルの香水

1924年に、エルネスト・ボーを生産責任者兼主任調香師として、パルファム・シャネル社が設立された。彼はシャネルのために多くの香水を作った。たとえば「No.22」（1922年）、「ガーデニア」（1925年）、「ボアデジル」（1926年）、「キュイール・ドゥ・ルシー」（1927年）などである。ココ・シャネルは死の直前の1970年に、自分の誕生日にちなんで「No.19」を発売した。その存命中は、ゴールドに縁どられた黒のラベルをもつ「ココ」を除き、No.5のあとのシャネルの香水瓶は無地の白いラベルが貼られたNo.5のデザインを踏襲した。

フツーラ　1927年　Future

パウル・レナー　1878–1956年

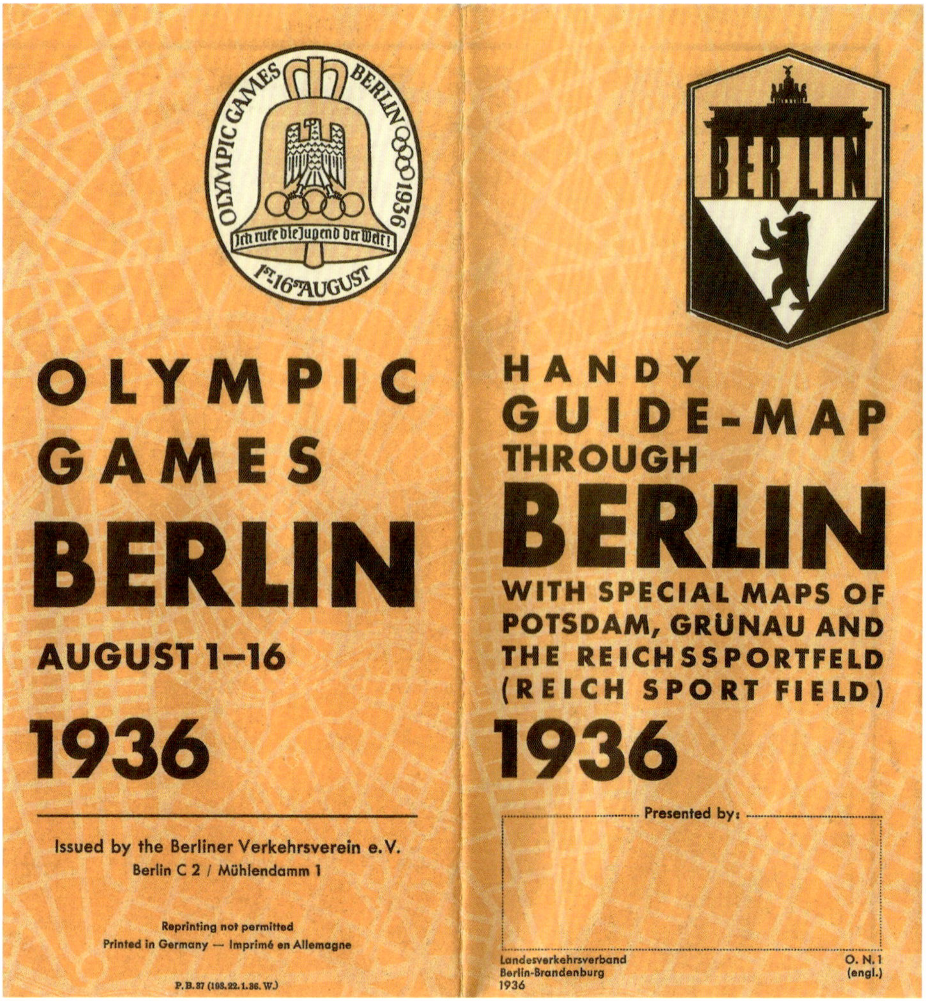

1936年のオリンピックでの使用を目的に、ドイツ観光局が発行したベルリンの地図は、フツーラ・フォントを使っていた。

フツーラまたはフーツラ［ドイツ語読みでは「フトゥラ」］は20世紀に普及した書体である。ジオメトリック・サンセリフ（幾何学的なサンセリフ体）の１種であり、ドイツのタイポグラファーであるパウル・レナーによって作られた。そのすっきりした幾何学的な形は、バウハウスのデザインの原則と一致するが、レナーはバウハウスのメンバーではなかった。彼ははじめ、1924年から1926年のどこかの時点で手書きでこのフォントを描いた。その後、フツーラは注文を受けて発売された。1927年にはフランクフルトのバウアー活字鋳造所が「われわれの時代の字体」と宣伝した。

1920年代の中頃に、ドイツの芸術、デザイン、工学においてまれに見る刷新が起こり、ヴァイマル共和国で世界のどの国よりも多くの雑誌や新聞が発行された。昔ながらのゴシック体とローマン体の重要性の比較にかんする議論が、熱い政治的問題になった。アヴァンギャルドの思想家や芸術家が、タイポグラフィをそれぞれぞれの構成のなかで重要な媒体として使いはじめると、彼らの作品をとおしてタイポグラフィが新たな側面をもつようになった。ニュー・タイポグラフィ運動を率いたのはヤン・チヒョルト（1902–74年）だった。チヒョルトの友人で作家でもあるレナーは、この議論に参加した。彼はドイツ工作連盟（p.114）のメンバーでもあり、いくつもの重要な学校の校長をつとめた。フツーラの人気は続き、フォルクスワーゲンやイケアはフツーラのみを広告に使っている。　JW

ナビゲーション

フォーカス

1　大文字

フツーラはすべて幾何学的な形（ほとんど完全な三角形、円、長方形）から作られた。大文字の幅は文字ごとにかなり違っている。「O」と「G」はほとんど完全な円形をしているのに対し、「E」、「F」、「L」のような文字は幅が縦の半分しかない長方形をしている。

2　小文字

しばらくしてから、大文字の幾何学的な構造が小文字にも適用されたが、三角定規とコンパスで描かれたわけではない。たとえば「a」、「g」、「m」、「n」、「r」のようないくつかの初期の字形だけはまちがいなく作図されたが、そうした文字はしだいにこのフォントから除外されていった。

3　大きなポイントサイズ

フツーラの線幅はウェイト（太さ）とコントラスト（太さの違い）がほとんど均等だった。バウアー社によって、大きなポイントだけでなく小さなポイントも扱えるように、とりわけ鮮明になるように改良された。線幅の均等な印象を守るために、レナーの描いた字体にはいくつかの光学的修正をくわえる必要があった。

4　サンセリフ

フツーラはすっきりしていて読みやすく、効果的で飾り気がない。バウハウスの哲学の姿勢を守り、機能的で普遍的で、新時代の大量生産に重点が置かれてデザインされていた。バウハウスの夢は、美術と工芸を再統合して、機能的で最高品質の製品をデザインすることだった。

デザイナーのプロフィール

1878–1906年

パウル・レンナーはドイツのヴェルニゲローデで生まれた。ベルリン、ミュンヘン、カールスルーエで建築と絵画を勉強し、ミュンヘンで画家として働いた。

1907–24年

ミュンヘンで、戯曲、おとぎ話、冒険小説を扱う進歩的な出版業者ゲオルク・ミュラー（1877–1917年）の製作助手兼デザイナーになった。1911年、ミュンヘンでイラストレーションの私立学校を共同創設した。

1925–31年

フランクフルト美術学校のコマーシャルアートとタイポグラフィの責任者になった。1926年にミュンヘンへ戻り、印刷業の職業学校の校長になった。1927年にミュンヘンのドイツ書籍印刷業マイスター養成学校の校長になり、チヒョルトを招いて教授陣にくわえた。レンナーはフツーラ（1927年）、プラク（Plak）（1928年）、フツーラブラック（1929年）など、いくつもの書体を作りだした。

1932–56年

1932年に、ナチの文化政策を批判する『文化的ボルシェヴィズム？（Kulturbolschewismus?）』という小冊子を発行した。同年、ナチの力が大きくなり、レナーは逮捕されて破壊分子の宣告を受けた。ルドルフ・ヘス（1894–1987年）がアドルフ・ヒトラー（1889–1945年）に直訴して、ようやくレナーは解放された。レナーは、1933年のミラノ・トリエンナーレでドイツ部門のアートディレクターをつとめ、グランプリを授与された。その後まもなく、彼はドイツ書籍印刷業マイスター養成学校の校長をやめさせられた。ナチが学校を引き継ぐのを避けるため、レナーは友人のジョージ・トルンプ（1896–1985年）と結託して後任にすえた。レナーは残りの人生を絵画に捧げた。

宇宙のフツーラ

アメリカの映画監督スタンリー・キューブリック（1928–1999年）が、映画『2001年宇宙の旅』（1968年）のタイトルとクレジットにフツーラを使ったとき、フツーラが現代の新しい書体になるというレナーの言葉が証明された。フツーラは、月面上の最初の書体になりさえした。1969年にアポロ11号の宇宙飛行士が月に残した記念銘板は、フツーラ・ミディアムの大文字を使ったフツーラの書体できざまれていた。

バルセロナテーブル 1930年 Barcelona Table

ルートヴィヒ・ミース・ファン・デル・ローエ　1886–1969年

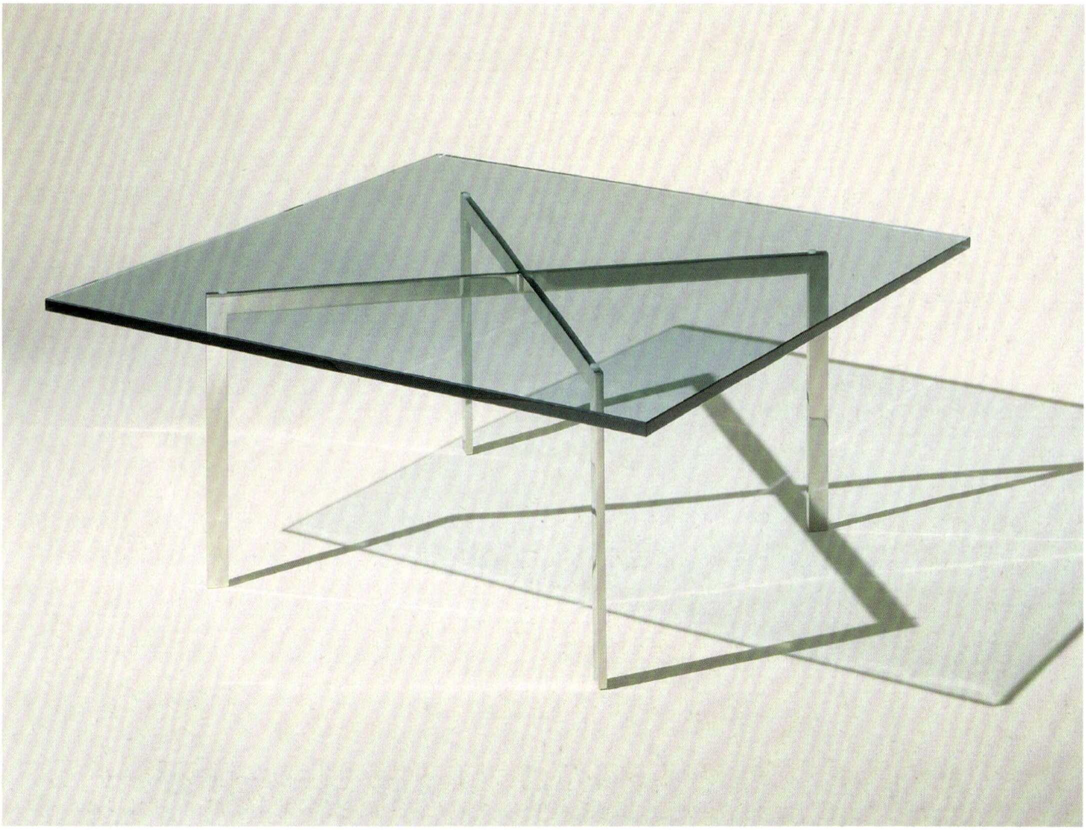

フォーカス

1　スチール

ガラスの表面が均一で研磨したクロムのフレームが輝くこのテーブルは、光を反射し、周囲を映して溶けこむ。こうした建築表面を非物質化することによって、このテーブルは当時のモダニズムの傾向に合ったものになっている。

2　天板

このテーブルは、ミースのとくにミニマリズム的傾向が強いデザインである。ミースはシンプルな外形と現代的な材料を使っている。天板は研磨した厚い透明なガラスで、縁を面とりしてある。テーブルの支持構造に使われているクロムメッキをほどこしたスチールの棒は、ガラスと同様、本来はあきらかに工業用である。

3　X形

正方形のガラスとX形のスチールの支持部からできているこのテーブルの魅力は、このふたつの要素の並置から生まれている。X形の支持部と4本のクロムメッキをほどこした棒が見えることが、表面に何も装飾がないオブジェに面白みをあたえている。

4　ガラス

このテーブルの透明性は、トゥーゲントハット邸のオープンプランの床のデザインと調和している。テーブルは広々とした板ガラスの窓のそばにあり、窓は電動の回転機構で開いて、この空間を風景と融合させている。

ルートヴィヒ・ミース・ファン・デル・ローエのガラスとスチールのコーヒーテーブルは、革張りのデイベッド（寝台兼用長椅子）とともに、アメリカの家具会社ノルから販売されている。ノルはバルセロナ・パビリオンのために彼がデザインした多数の家具も扱っている。バルセロナ・パビリオンは、1929年のバルセロナ万博で彼が設計したドイツ館で、流れるような空間、言い換えると制約されない空間のコンセプトが表現された。しかし、展示されたミースのデザインは、のちに「バルセロナチェア」とよばれる革張りの椅子と足台だけだった。

1920年代末にはさまざまな家具がミースのベルリンの事務所でデザインされた。そのうちふた組はバルセロナ・パビリオン用で、残りは現在のチェコのブルノにあるトゥーゲントハット邸用にトゥーゲントハット家から依頼されたものだった。ミースの助手のリリー・ライヒは、それらすべてのデザインで重要な役割を果たした。バルセロナチェアはほかの家具と同じようにこの邸宅で使われたので、「トゥーゲントハット」デザインとよばれている。このコーヒーテーブルは「バルセロナチェア」や「トゥーゲントハットチェア」のシリーズ、そして足台とともに邸のオープンプランのシッティング・エリアに置かれ、そのため「トゥーゲントハット・コーヒーテーブル」あるいは「Xテーブル」とよばれている。この正方形のテーブルには、研磨したステンレススチールまたは研磨したクロムのフレームがついていて、デザインは最小限に抑えられているためほとんど目立たない。抑制が効いていて透明で、ほとんど目に見えないのだ。 PS

ナビゲーション

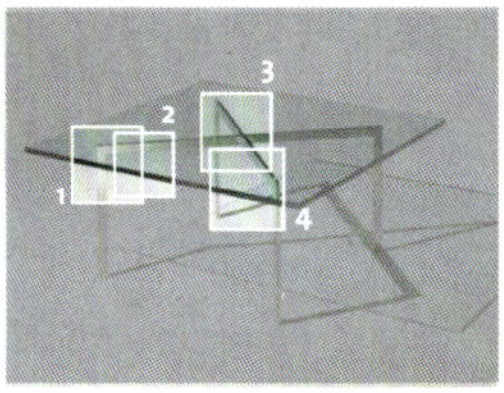

ステンレスと板ガラス。
45.5 × 101.5 × 101.5 センチ

トゥーゲントハット邸の2階にはメインの居住スペースがあり、オリジナルの「バルセロナテーブル」が保管されている。デザインされた当時ここは斬新な空間で、制約されないスペースでのモダンな生活に住人を誘った。この家具の配置は、さまざまな方法で空間を利用し、そのなかで動きまわれることを示している。

オープンプランの生活

チェコのブルノにあるトゥーゲントハット邸（1929–30年）は、オープンプランのフロアをもつ最初のモダニズム建築といってよいだろう。この3階建ての建物は丘の中腹にある。通りと同じ高さにある最上階には、別々に仕切られたいくつかの寝室が配置されている。しかし、真ん中の階はオープンプランで、コクタン材の半円形の壁と、独立して立っているオニキスの壁がある。大きな板ガラスの窓の向こうには庭園が見える。この邸宅の建設には、スチールやガラスなどの工業的素材にくわえて、イタリアの白いトゴムチン大理石のようなぜいたくな材料もふんだんに使われていた。窓をおおったり空間を仕切ったりするためには、ビロード、シャンタンシルクなどの織物が用いられた。

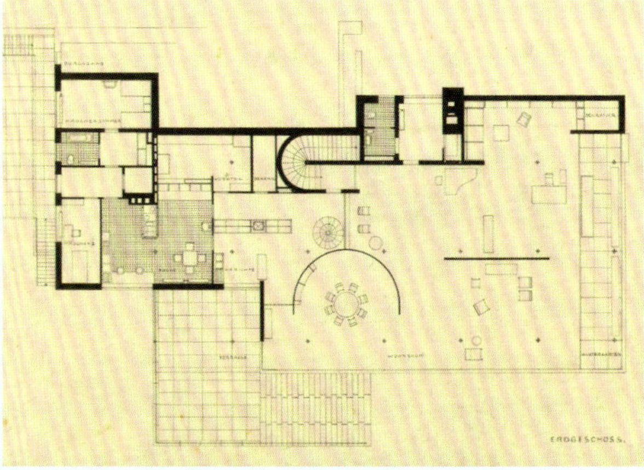

モダニズム・テキスタイル

1920年代のモダニズムの登場がきっかけとなって、芸術とデザインが相互交流する刺激的な時代がはじまった。モダニズムのデザイナーは抽象をとりいれ、キュービズム、未来派、表現主義のような革新的な新しい芸術表現を実験した。画家、デザイナー、工芸家がみな熱心にテキスタイルに取り組み、テキスタイルは応用美術のきわめて活発で進歩的な領域になった。

イギリスでは、1913年から1919年まで画家のロジャー・フライ（1866-1934年）を筆頭とする美術家主導の集団、オメガ工房が、将来の活動への道を開いた。ブルームズベリーに本拠を置くこのグループが、家具と陶磁器にくわえてデザインしたカラフルでエネルギッシュで絵画的な模様の家具用布地は、フランスでブロック捺染された。伝統的表現法を避けて、縁を始末していないデザインは、意図的に未完成のように見せていた。画家のヴァネッサ・ベル（1879-1961年）による、正方形と三角形を部分的に重ねあわせた「モード(Maud)」（図２）のような柄は、フォーヴィスム［表現主義絵画の一形式］の爆発したような形と通じるところがある。もうひとりのモダニストのパイオニアは、ウクライナ生まれの画家で、パリで活躍したソニア・ドローネー（1885-1979年）だった。ドローネーのテキスタイルのデザインは彼女の生気あふれる絵がもとになっていて、近代生活の活力が感じられる（図１）。ドローネーは1923年にブロック捺染を使った実験をはじめて、大胆で鮮やかな色を使った幾何学模様の服地を作りだした。ブティック、シミュルタネの特注デ

キーイベント

1910年	1911年	1913年	1919年	1923年	1923年
ウィーン工房（p102）がテキスタイルとファッションの部門を設立。プロト・モダニズム的作風でブロック捺染の織物を作った。	ポール・ポワレ（1879-1944年）がパリにアトリエ・マルティーヌを開設。訓練されていない若い女性を雇って、ほんとうの意味で素朴なテキスタイルのデザインを生みだした。	ロンドンのオメガ工房が、芸術家のデザインをブロック捺染してモダンスタイルの布地のコレクションを生産。	ドイツのヴァイマルに設立されたバウハウスで、グンタ・シュテルツルとアンニ・アルバースが草分け的な手織りのテキスタイルを生産。	ソニア・ドローネーが芸術とファッションを融合した抽象模様の捺染テキスタイル「ティシュー・シミュルタネ」を開発。	リュボーフィ・ポポーワ（1889-1924年）とワルワーラ・ステパーノワ（1894-1958年）が、作業着用に抽象模様を捺染した布地をデザイン。

ザインの衣服に劇的な効果をおよぼしたドローネーのテキスタイルは、1925年のパリ万国博覧会で注目の的だった。もうひとり、パリを本拠に活動していたのが、アイルランド家具とテキスタイルのデザイナー、アイリーン・グレー（1878–1976年）だった。もとはアール・デコ（p.156）様式で作品を作っていたが、ラグ（p.154）や家具だけでなく、具象的イメージとキュービズムの影響を受けた幾何学的デザインで知られる漆工芸品も製作した。近代運動をとりいれたのち、グレーはパートナーのルーマニア人建築家ジャン・バドヴィッチ（1893–1956年）と協力して、フランス南部のロクブリュヌ＝カップ＝マルタンにふたりの家「E-1027」（1926–29年）を建てて、この家のためにモダニズム家具を作った（p.138）。

イギリスでは、1920年代にブロック捺染のテキスタイルへの関心が急上昇した。この素材は美術家が指揮する小規模な工房での生産に適していた。この運動の指導的人物であるフィリス・バロン（1890–1964年）とドロシー・ラーチャー（1884–1952年）は画家として勉強していたが、テキスタイルに魅了されると、1923年に協力してブロック捺染の工房を運営した。植物染料の柔らかい色調で実験していたふたりは、民俗的なテキスタイルのリズミカルなおおらかさをもつ、シンプルでエネルギッシュなデザインを生みだした。しかし、ドイツでは1919年にバウハウス（p.126）美術学校が設立されると、モダニズムのテキスタイルは違った道をたどった。染色ではなく、織り方が重視されたのである。バウハウスでとりわけ大きな影響力をもっていた織り手のグンタ・シュテルツル（1897–1983年、p.152）とアンニ・アルバース（1899–1994年）の壁かけは、技術を最大限まで探求した成果である。

イギリスのテキスタイル産業では、スクリーン捺染が出現して1930年からさかんに採用されるようになり、モダニズムをますます普及させた。それはローラー捺染よりずっと融通がきいたため、メーカーは冒険的なデザインを短期間だけ生産してもよいと思うようになった。芸術家に自由に領域を超えてテキスタイルを手がけることを推奨した当時のイギリスの肯定的な創造的気運も、ここでモダニズム・テキスタイルがさかんになったもうひとつの理由である。1930年代にロンドンを中心に活動したアメリカ生まれのマリオン・ドーン（1896–1964年）は、この時代に注目の的となったフリーランスのデザイナーである。布の染色にも織りにも同じように熟達していた彼女は、多くの一流テキスタイル企業と提携した。もともとは画家の勉強をしていたドーンは「床の建築家」として称賛され、モダニズム様式をとりいれた遠洋定期客船やぜいたくなホテルのために、創意に富む織り方やカリグラフィー的なモチーフが特徴の特注カーペットを作った。クライアントのなかでもとくに支持してくれたのがエディンバラ・ウィーヴァーズだった。アラステア・モートン（1910–63年）の人々を鼓舞する指導力のもと、エディンバラ・ウィーヴァーズはベン・ニコルソン（1894–1982年）やバーバラ・ヘップワース（1903–75年）などの有力な芸術家に依頼して、構成主義的な織物の草分け的コレクションを生みだして、近代運動をリードした。大規模なジャガード織りとスクリーン捺染の家具用布地の形で生産されたこれらの野心的なデザインは、構成主義の絵画と彫刻の美を、繊細な色彩で純粋に抽象的な模様のテキスタイルに移植している。　LI

1

2

1　ソニア・ドローネーによるシルクの「ティシュー・シミュルタネ No.46」（1924年）。大胆な幾何学模様を使っているが、手描きの絵画的な側面も保っている。

2　捺染されたリネンの家具用布地。このモードの柄は1913年にヴァネッサ・ベルによってデザインされ、4種類の配色で販売された。

1923年	1923年	1925年	1931年	1934年	1937年
ミュンヘンに本部を置くドイツ工作連盟がテキスタイル部門を設立。ヨーゼフ・ヒレルブラント（1892–1981年）が幾何学的に描かれた花柄の布を生産した。	フィリス・バロンとドロシー・ラーチャーが、手作業のブロック捺染テキスタイルを生産する工房を、はじめロンドン、のちにグロスターシャー州に設立。	パリ万博で、アール・デコとモダニズム・テキスタイルが展示される。	イギリスの芸術家アラン・ウォルトン（1892–1948年）が、アラン・ウォルトン・テキスタイルズを設立。芸術家がデザインしたスクリーンプリントの家具用布地を作った。	マリオン・ドーンがロンドンで、マリオン・ドーン有限会社を創業。高級ホテルや遠洋定期客船のためにラグやカーペットをデザインした。	エディンバラ・ウィーヴァーズが、芸術家のベン・ニコルソンとバーバラ・ヘップワースがデザインした家具用布地「コンストラクティビスト・ファブリックス（構成主義の織物）」を発売。

壁かけ 1926-27年 Wall Hanging

グンタ・シュテルツル　1897−1983年

フォーカス

1　赤のストライプ

このテキスタイルは赤、黄、青の3色の糸で織られている。縦糸は赤だが、横糸は規則的に色が変わり、横方向の縞ができている。中央付近の赤いストライプは縦糸と横糸が同じ色になって、一様な単色の帯になっている部分である。

2　円

シュテルツルはバウハウスの教官ヨハネス・イッテンの理論の影響を受けており、純粋に幾何学的な形というかぎられた表現形式を用いて、このデザインを生みだした。柄のなかには円、正方形、長方形にくわえて、にぎやかに配置された三角形、ストライプ、半円もある。

3　模様の帯

シルクとコットンの糸を組みあわせて作られたこのカラフルな壁かけを、シュテルツルは小型のジャガード織機で手織りした。単純な反復模様だけならそのような織機がなくても作れるが、この抽象的なデザインは複雑で、各列のパターンが非常にむずかしい。

4　フリンジ

赤い縦糸は両端で結わえてあり、フリンジ（房飾り）を形成してこのデザインの縦方向を強調し、横方向の段の模様とのつりあいをとっている。このフリンジにより、この作品が絵画ではなく、織られた布だということがよくわかる。

ジャガード織りのシルクとコットン。
130 × 73.5 センチ

バウハウスで生みだされたテキスタイルの背後には非常に重要な原則があった。それは織られる模様は具象的でなく抽象的で、織りの構造を強化しなければならないということである。バウハウスの織物工房で、ドイツ人テキスタイル・アーティストのグンタ・シュテルツルのほか、アンニ・アルバースなどの同僚スタッフが織った壁かけやラグが、これほど徹底して幾何学的なのはそのためである。彼女らは布の構造の基礎をなす縦糸と横糸の相互関係を意識的に強調した。

バウハウスの目標のひとつが、純粋美術と応用美術の創造的な交流を促進することだった。シュテルツルは、表現主義のスイス人画家ヨハネス・イッテン（1888–1967年）から影響を受けていた。イッテンは1921年まで織物工房で学生に美術の理論を教えていた。スイスの芸術家パウル・クレー（1879–1940年）もその年にバウハウスにくわわり、1931年まで指導して、テキスタイルの学生に強い影響をあたえた。原色と基本的な形についてのイッテンの理論が、円、市松模様、ストライプといった幾何学模様で表現されるこの壁かけに封入されている。しかし、シュテルツルがこの作品を作ったときには、バウハウスはすでに方向を変えはじめていた。1925年に学校がヴァイマルからデッサウへ移ったあと、個人的な工芸品製作から、工業的な大量生産のためのデザインへ重点が移ったのである。のちにバウハウスで発展した椅子張り材の布地の要素として色は依然として重要だったが、模様よりも質感と織りの構造のほうが重要視されるようになった。シュテルツルはいつまでも手織りを大切にしつづけたが、それでも不朽の人気と影響力を誇るのは、この壁かけのような、表現力に富む初期のテキスタイルである。 LJ

ナビゲーション

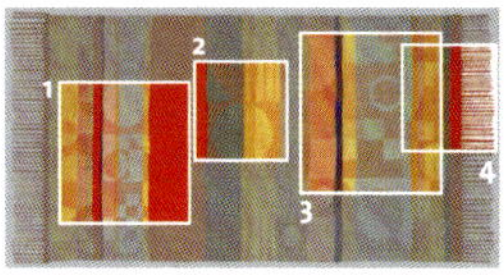

アンニ・アルバース

シュテルツルのほかに、バウハウスの織物工房出身の重要な人物に、1922年に入学したアンニ・アルバースがいる。アンニは、美術家でバウハウスでの同僚であるヨゼフ・アルバース（1888–1976年）と結婚したあとも勉強を続けて1929年に卒業した。夫にくわえて、彼女の成長にとくに大きな影響をあたえた芸術家がパウル・クレーである。アンニはクレーの学生向けの織物の授業を受けて、リズムと動きの重要性、色と色の相互作用について学んだ。クレーは織物と音楽を対比して類似性を論じた。そのコンセプトはアンニの織った壁かけとラグに幾何学的に表現されている。アンニは織物作品を作るとき、しばしばまずこの「スミュルナ・ラグのデザイン（Design for Smyrna Rug）」（1925年、右）のようなスケッチを描いた。たいていストライプで構成される模様に限定しているにもかかわらず、彼女は色と濃さを巧みに変えることによって変化と力強さを引き出した。三重織りのような複雑なテクニックをマスターすることにより、多重構造のテキスタイルを作ることもできた。アンニのデザインは、視覚的な創意工夫と構成の厳密さで、きわめて純粋な形で近代運動の理想を具現している。

ブルーマリンラグ　1926-29年　Blue Marine Rug

アイリーン・グレー　1878–1976年

フォーカス

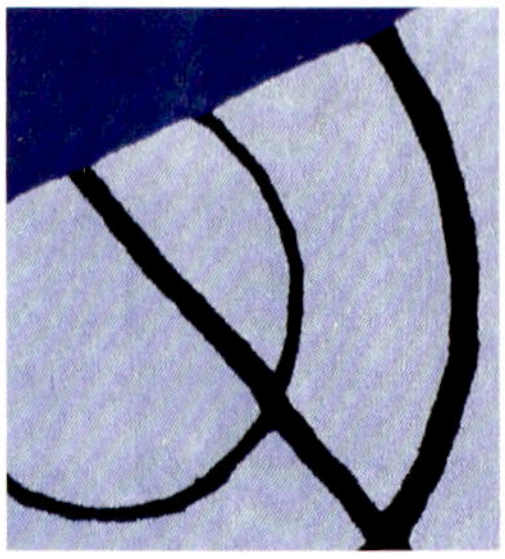

1　抽象
グレーは画家としての修業を積んでおり、このカーペットのデザインには色と模様に対する芸術家の目が生かされている。ここでグレーは円、楕円、ストライプといった、抽象的な形の従来のモダニズム表現手段を用いて、全体をおおう色と動的な線のモチーフを対比させている。

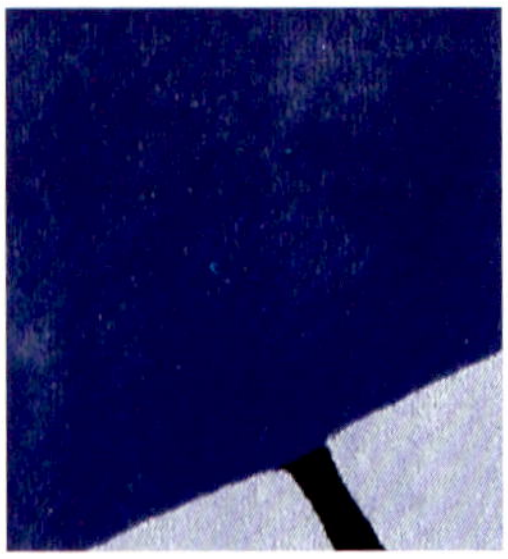

2　青
1920年代から1930年代にかけてグレーはフランス南部ですごしており、ここで2軒の家をデザインして家具をそなえつけた。グレーのデザインにはマリンカラーが使われている。鮮やかな青は地中海の濃い色調を思わせ、ほかの黒、白、薄い青と対照をなしている。

3　非対称性
伝統的にカーペットは左右対称だったが、グレーは抽象的なモチーフを好み、従来のやり方をすてた。構成は非対称的だが、明暗のコントラストや形の相互作用によってバランスのよさを感じさせる。

4　波線
複数のモチーフによって航海の主題が暗示されている。波のようにうねる線がひたひたと寄せる波を連想させるのに対し、大きな黒い円は船の操舵輪をイメージさせる。この陽気なイメージが、シリアスになりかねない抽象デザインにちょっとした快活さをくわえている。

りの新毛100パーセントウール。
×215センチ

アイリーン・グレーは、モロッコを旅行したときに友人のエヴリン・ワイルド（1882-1973年）とともにウールの染色と製織の基本を学んで以来、カーペットに興味をもつようになった。ワイルドはのちに熟練した織り手になり、1910年にパリで設立したふたりの工房で、グレーのカーペットの生産を監督した。グレーは、自分のデザインがどのように織りこまれるかにかんして非常に厳格で、表現した図柄について詳しい注意書きをした。デザインはたいていグワッシュ［不透明な水彩絵具］画で描いたが、場合によっては切った紙、厚紙、布に要素をコラージュすることもあった。ワイルドはふたりの協力関係が終わったあとも、いくつかグレーの既製デザインの生産を続けたが、この「ブルーマリンラグ」はそうではなく、ふたりが別々の道を歩んだあとに作られた。「マリン・ダボール（Marine d'Abord）」ともよばれるこのカーペットは、パートナーだったジャン・バドヴィッチとともに、1920年代末にフランス南部のロクブリュヌ＝カップ＝マルタンにデザインしたモダニズム住宅、「E-1027」（p.138）のために作られた。それまでにグレーは、何年も室内装飾家として活躍していて、独特な漆塗りの家具とカーペットをそなえたぜいたくなアール・デコのインテリアを生みだしていた。E-1027が重要なのは、グレーが本格的な建築に取り組んだ最初の例だったからである。E-1027という記号には個人的な象徴的意味がこめられていた。Eはアイリーン（Eileen）のことで、数字はアルファベットの文字をさし、10はJで2はB（つまりJean Badovici）、7はG（Gray）をさす。E-1027のテラスのために特別に作られたこのカーペットのデザインには、10という数がさりげなく入れられている。

このカーペットは、全盛期のグレーが、豪華なモダニズム的アール・デコからより厳格なミニマリズムのモダニズムデザインへ意識的に移ったことを示している。彼女の色使いは、フランス南部に魅了されたもうひとりの芸術家アンリ・マティス（1869-1964年）の絵を思い起こさせる。その衝撃的な抽象的構成と鮮やかな色彩で、ブルーマリンは絵画と同じくらい力をもち、同じように壁にかけるのにふさわしい床の芸術作品となった。　LJ

ナビゲーション

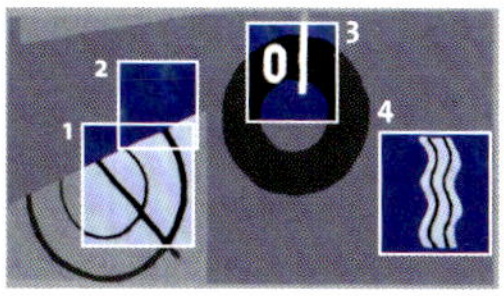

デザイナーのプロフィール

1878-1906年
アイルランドで生まれたアイリーン・グレーは、ロンドンのスレイド美術学校で学んだ。1900年にパリ万国博覧会を訪れた。

1907-25年
パリに定住した。日本人工芸家の菅原精造（1884-1937年）から漆工芸を学び、1910年にカーペット、家具、漆工芸品を作る工房を設立。1913年から装飾芸術家協会で展示した。1922年にギャラリー・ジャン・デゼールを開き、自分のラグ、家具、照明を販売した。

1926-39年
バドヴィッチとともに「E-1027」の仕事をしたあと、カステラーの自邸（1932-34年）をデザインした。グレーは革新的でモダンな家具を開発して内装を補った。1937年のパリ万国博覧会で作品が紹介された。

1940-76年
第２次世界大戦中に財産をすべて失うと、パリで引きこもりがちな生活を送り、その作品はほとんど忘れさられた。グレーの業績は死後に認められた。

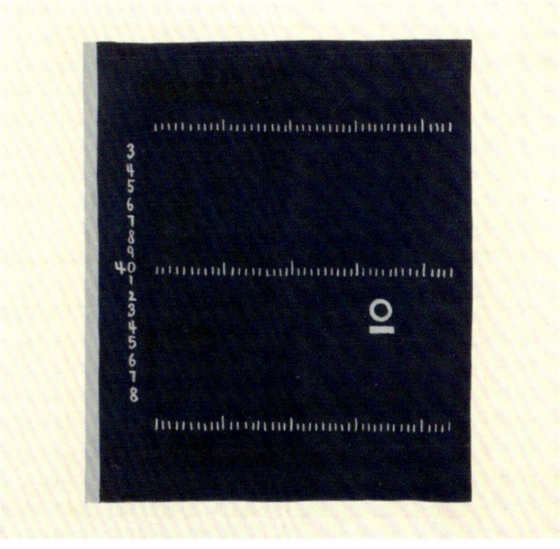

▲グレーはパートナーの頭文字Ｊをさす数「10」をこのラグのデザインにも入れた。ほかの数字も見られ、定規の目盛りを思わせる短い平行線もある。

アール・デコ

1

2

3

1　エミール＝ジャック・リュルマンによる１対の「デュシャルン（Ducharne）アームチェア」（1926年）。アール・デコ様式の魅力が集約されている。

2　ホーランドアメリカラインのクルーズ船を宣伝するポスター（1932年頃）。キュービズムの視覚的表現法を使っている。

3　建築家ウィリアム・ヴァン・アレンがデザインしたニューヨークのクライスラー・ビル。1930年の完成時には世界一高いビルだった。

「アール・デコ」という言葉を最初に使ったのは、建築家ル・コルビュジエだとする説がある。ル・コルビュジエは発行するエスプリ・ヌーヴォー誌に、「1925年展――アール・デコ」という見出しで一連の記事を書いた。これはつまりパリで開催された万国博覧会のことである。しかし、この言葉が広く使用されるようになったのは、1966年にフランスで開かれた「1925年アール・デコ／バウハウス／ステイル／エスプリ・ヌーヴォー」展以来である。この展覧会では、1920年代のフランスの装飾的な美術と、バウハウス（p.126）やデ・ステイル（p.114）などその時代の類似性がある様式が比較された。２年後、イギリスのデザイン史家ベヴィス・ヒリアー（1940年–）が『アール・デコ』を出版し、そのなかでアール・デコを「1920年代に発展し、1930年代に頂点に達したまぎれもなく現代的な様式…非対称ではなく対称、曲線ではなく直線を使う…古典様式」と定義している。

アール・デコは世界大戦の戦間期に活況を呈した20年代とその後の大恐慌の時期に花開き、純粋美術や装飾芸術からファッション、写真、プロダクトデザイン、建築まで、あらゆる種類のデザインに影響をおよぼした。魅力あふれるこの様式（図１）は、低迷する経済状態や、ふたたび戦争が避けられなくなるにつれ生じた不安感と対照をなしていた。同時期のモダニズム運動が機能主義とデザインの削減を称賛したのに対し、アール・デコはフラッパー時代の活力と興奮、ハリウッドの魅惑、第１次世界大戦後に爆発したハーレム・ルネサンス［1920年代から1930年代の米NYマンハッタンのアフリカ系アメリカ人

キーイベント

1917年	1919年	1920年	1923年	1923年	1924年
テオ・ファン・ドゥースブルフ（1883-1931年）、ピエト・モンドリアン（1872-1944年）などの芸術家グループがデ・ステイル誌を創刊。雑誌名が運動の名称になった。	ドイツのヴァイマルに、純粋美術とデザインを結合させる革新的な学校バウハウスが開設される。ヴァルター・グロピウス（1883-1969年）の発案だった。	ニューヨークを拠点に文化、社会、芸術の運動、ハーレム・ルネサンスがはじまる。	ラースロー・モホリ＝ナギ（1895-1946年）がバウハウスの金属工房を引き継ぐ。学生にシンプルで飾らないことを重視してデザインするよう指導。	インダストリアルデザイナーのヴィルヘルム・ヴァーゲンフェルト（1900-90年）が、クロムとガラスの半球状の「MT8」テーブルランプをデザインする。	陶芸家のクラリス・クリフ（1899-1972年）が、アール・デコに触発された「ファンタスク」シリーズの陶器（p.160）に取り組みはじめる。

の文化運動］の楽観主義に目を向けた。
第1次世界大戦が終わる頃にはすでに、世界全体がもう二度と戦争を起こすまいと決意していた。それとともに、デザインによって新しく改善された環境を築くことも可能だと信じられた。否定的な政治経済的底流は少なからずあったが、この時期は楽観主義の時代で、多くの国で女性が選挙権を獲得し、電話や電気アイロンのような手ごろな価格の家庭電化製品が、大量生産で次から次へと作られた。また、富裕層は自動車を買い、クルーズ船で休暇を楽しんだ。そして列車、船、世界中の超高層ビルが、広く受け入れられた進歩の感覚を具現した。これに呼応して、伝統と機械化された近代世界の両方にまたがる折衷的な様式であるアール・デコが登場した。アール・ヌーヴォー（p.92）と同じように、手工芸と機械生産の両方を包含したこの理念は、たちまち広がりを見せた。

アール・デコは1930年代には国際的な現象になっていたが、誕生した場所はパリだった。パリでは1910年代と1920年代に、建築家とデザイナーが専門のメーカーと協力して家具、ガラス製品、金属細工、照明、テキスタイル、壁紙の華麗なデザインを生みだしていた。1910年から1913年にかけて、建築家のオーギュスト・ペレ（1874–1954年）はパリのシャンゼリゼ劇場をデザインした。その直線と幾何学的なフォルム、浅浮き彫りをもつ正面は、アール・デコの最初期の例である。しかしこの運動が大衆のもとにとどいたのは、パリ万国博覧会が開催されて1600万人以上の入場者があった1925年だった。万博では、アール・デコのインテリアが、より前衛的なモダニズムの構成とならべて展示された。なかでもエミール＝ジャック・リュルマン（1879–1933年）がデザインし、ピエール・パトゥー（1879–1965年）が建てたコレクショヌール館と、ル・コルビュジエがデザインしたエスプリ・ヌーヴォー館は多大な影響力をおよぼした。

1929年のウォール街の暴落の前は、世界中の人々に自宅用にぜいたくで高価な品物を買う余裕があり、アール・デコは、アフリカの部族の芸術からコロンブス到来以前のメソアメリカ、古代エジプトの芸術まで、歴史的資源の多様さのために人気になった。この様式はキュービズム（図2）や未来派のようなこの時代の芸術的展開、ロシアのバレエ団であるバレエ・リュスの豊富な色と異国風の主題、機械の流線型の輝く構成要素の影響も受けた。アール・デコの観念は短時間で遠方まで到達し、その影響は輸送、公共および個人の建物、内装、家庭用品、タイポグラフィ、装身具、ファッションのデザインに現れた。アメリカでは、なめらかな輪郭をした形が近代風の様式とくらべてスタイリッシュだと受けとられた。また多くの大量生産の工程は比較的安価で、不況のあいだにこの意識はますます強まった。この様式はニューヨーク中で新たに建設されたビル（図3）で顕著だった。

SH

1925年	1926年	1930年	1931年	1932–34年	1937年
ドイツ系オーストリア人の木製家具職人ミヒャエル・トーネット（1796–1871年）のアイコン的作品、ウィーンのカフェの椅子「No.14」が、パリでル・コルビュジエにより展示される。	家具デザイナーのパウル・T・フランクル（1886–1958年）が、ニューヨークでアール・デコの家具シリーズ「スカイスクレーパー・ファニチャー」（p.158）を発売。	ニューヨークで、レーモンド・フッド（1881–1934年）を中心的な建築家として、ロックフェラーセンターのアール・デコ様式のビル14棟の建設が開始。	タバコのポスターで、喫煙はスタイリッシュで体にいいと明言される。	ドイツのデザイナー、ヘリット・リートフェルト（1888–1964年）が「ジグザグチェア」を制作。4枚の木の板をZ型に固定して作った椅子で、不要なものを排除して角を強調したデザインになっていた。	ホバート社が、エグモント・アレンズ（1888–1966年）がデザインした、「キッチンエイド・スタンドミキサー・モデルK」を発売。

スカイスクレーパー・ファニチャー　1926年

Skyscraper furniture　パウル・フランクル　1886–1958年

フォーカス

1　棚

「スカイスクレーパー・ファニチャー」は、下部は箱型で上部は背が高く、構成技能の高さを表している。フランクルは、長い垂直の線とつりあいをとるために水平な面で安定させるだけでなく、面と縁に対照的な色で輪郭線を入れた。

2　取っ手

フランクルのスカイスクレーパー・ファニチャーは、人気が出るにつれて、1928年頃から作られたこの本箱のように、外観がますます洗練されて優美になった。フランクルは、取っ手の細部を飾る光沢のある銀箔のような装飾的要素をくわえて、家具自体のがっしりした形との対照を生みだした。

ナビゲーション

ラッカー塗装の木材。
高さ 242 センチ
幅 109 センチ
奥行き 33 センチ

オーストリアで生まれたパウル・フランクルは、ベルリンで建築家としての技術を身につけたのち、1920年代にアメリカへ渡った。ニューヨークの楽観主義に魅了されたフランクルは、ここに居をかまえ、まもなく自分の部屋の窓から見えるマンハッタンのデコボコしたスカイラインを表現した本箱を作った。近所の人がこの本箱に感心すると、彼らのために、この街の摩天楼の形をまねて同じような家具をデザインした。彼の着想は、大戦戦間期の大恐慌前の時期に多くの人が感じていた解放感を代言していた。1920年代には、摩天楼がアメリカの近代性、独立、力の象徴になっていた。ほかの世界のどこにも都会の風景をなぞらえた家具などなかった。彼はそれを単純に「スカイスクレーパー・ファニチャー」とよんで、東48番街に開いたばかりのインテリアデザインのショールーム、フランクル・ギャラリーズで販売した。アール・デコとモダニズムの影響を受けたそのデザインは、過去との決別を望み、現在に対する自信と未来への希望をいだく、社会に共通する気分を反映していた。フランクルの本箱、机、食器棚、クローゼットなどの積み重ね構造のシリーズは、大半の人にとっては割高だったが、それでもすぐに大衆のあいだで人気になった。

遊び心のあるしゃれた方法を採用して、既往のデザイン様式を用いなかったフランクルは、アメリカの多くの地方だけでなく、中央でもアール・デコとモダニズムを受け入れさせるきっかけを作った。だが、その成功は長くは続かなかった。スカイスクレーパー・ファニチャーのすっきりした端正なラインは流行になったが、簡単にコピーできた。1927年には、ほかの家具メーカーがそのデザインを模倣した。なかには大量生産してもっと購入しやすい価格にするところさえあった。 SH

デザイナーのプロフィール

1886–1911年
パウル・テーオドール・フランクルはウィーンで生まれた。ウィーン工科大学に続いて、ベルリン工科大学で建築を学んだ。

1912–25年
ニューヨークに定住する前に、アメリカと日本を旅してまわった。第1次世界大戦中はヨーロッパに戻っていた。1920年にふたたびアメリカに渡った。

1926–58年
フランクルの「スカイスクレーパー・ファニチャー」はすぐに人気が出て、多くの新聞や雑誌でとりあげられた。カリフォルニア州ビヴァリーヒルズで開いた店は、ハリウッドの有名人にひいきにされた。彼は家具に生物に似た形をとりいれ、家具の材料としてラタンを採用した。モダンスタイルについて本や記事も書いていて、1934年にロサンゼルスへ移ると、大学で教鞭をとった。

◀ニューヨークのメイシーズ百貨店では、モダンデザインを宣伝するために、「1927年商業のなかのアート」展が開かれた。ここで演壇に立ったフランクルは、持論を披露するなかで、デザインにとって幾何学が重要であるという考えを説明した。直線と鋭い角はモダンだが、曲線を使って目立たせることもできるという。フランクルのモダンな美の哲学は、左の1929年のマツ材にラッカー塗装したコーヒーテーブルのような作品にはっきりと表れている。彼は同じ考えを、1928年の『新たな次元――言葉と写真で知る今日の装飾芸術（New Dimensions : The Decorative Arts of Today in Words & Pictures)』や1930年の『フォームとリフォーム――モダンインテリアの実用ハンドブック（Form and Reform : A Practical Handbook of Modern Interiors)』などの著書でも書いている。

ファンタスクの陶器 1928–34年 Fantasque Ceramics

クラリス・クリフ 1899–1972年

フォーカス

1 カップ

このティーセットには、ジブラルタルの絵柄が手描きされている。ジブラルタルの岩山と海の景色にくわえて、青い海に浮かび、帆走するヨットがパステルカラーで描かれている。そしてこの絵柄を青、薄紫、ピンク、黄の帯が縁どっている。クリフの大胆なデザインと半抽象的な表現が盛りこまれている。

2 ティーポット

側面が平らなティーポットと穴のない取っ手のついたカップをそろえたスタンフォードの茶器セットの形は、クリフ独特のものである。曲線と角度にアール・デコ様式をとりいれており、ティーポットの扁平な側面は、クリフが絵入れをするのに理想的な面になっている。

デザイナーのプロフィール

1899–1926年

クラリス・クリフは、イングランド、スタフォードシャー州タンストールで生まれた。13歳で絵つけ師の見習いになった。17歳で、ストーク=オン=トレントのバースレムにあるA・J・ウィルキンソンのロイヤル・スタフォード・ポタリーにくわわった。1924年から1925年までバースレム美術学校の授業を受けた。その才能は上司のアーサー・「コリー」・ショーター（1882–1964年）の注意を引いた。

1927–28年

ショーターはクリフをロンドンのロイヤル・カレッジ・オヴ・アートへ送って、短期間だが2度学ばせた。ウィルキンソンに戻ったクリフは、ニューポート・ポタリーのなかでスタジオをあたえられた。そこで鮮やかな上絵具を使って、手描きのデザインで伝統的な白い陶器を装飾し、「ビザール（奇妙な）」シリーズと名づけた。

1929–72年

1929年から1935年まで、「コニカル」や「トリエステ」など、さまざまな形のシリーズを発表した。1930年、ニューポート・ポタリーのアートディレクターになった。1932年には、人気のある「アップリケ」シリーズに14種類の絵柄がそろい、不況にもかかわらずよく売れた。1940年に妻を亡くしたショーターと結婚した。彼の死後、クリフは工場をミッドウィンター・ポタリーに売って引退した。

ウィルキンソンのニューポート・ポタリーで作られたビザールとファンタスクの茶器（1932年）。マジョリカ焼きにジブラルタルの絵柄を多色塗りしたティーセットになっている。

クラリス・クリフは、仕事をはじめてまもない頃から、独創的な活気に満ちたスタイルで、大胆で独特な陶器を作った。ウィルキンソンズ・ポタリーの支部であるイングランド、スタフォードシャー州のニューポート・ポタリーで働く彼女は、しばしば「ビスキュイ」あるいは「ブランク」とよばれる無地の白い磁器であるビスク焼きに、鮮やかな上絵具を使った。ちなみにビスク焼きは、一度焼くが釉をかけない。クリフのデザインはたいていのものより鮮やかで、赤、オレンジ、黄、青、緑の色使いで認められるようになった。1927年には最初のシリーズに「ビザール」と名をつけ、この窯元（ポタリー）で生産され市販されている伝統的な形の陶器にデザインを描いた。しかし、その在庫がなくなると、正方形や多角形の皿、円錐形のコーヒーポットとシュガーシェイカー、三角形の取っ手のあるカップとティーポットのような、アール・デコの影響を受けた、絵柄に合う陶器の形をデザインしはじめた。クリフは絵柄を手描きし、1929年からはおもに若い女性のチームを指導して需要にこたえた。そして、ビザールに続いて「ブラックルクソール（Black Luxor）」、「ファンタスク」、「ラヴェル（Ravel）」のような、さらにエキゾティックな響きのあるシリーズを出した。どのスタイルもすぐに成功した。1928年から1934年のあいだにファンタスク・シリーズを開発し、ビザールが非常に大きな利益を上げたことから、おもに税金対策として、ニューポート・ポタリーでなくウィルキンソン個人の名で販売した。ファンタスクには当初、傘と雨、ブロス、果物などの8種類の絵柄があった。時がたつにつれて、抽象的な絵、小屋と木のある風景、アール・デコの影響を受けた柄を使うようになった。最初のファンタスクの風景は木々と家の絵柄でよく売れたが、もっとも人気があったのは、その少しあとの1930年の末近くに発売され、洗練度が高かった「オータム（秋）」の絵柄である。最初はコーラルレッド、緑、黒だったが、すぐにほかの配色になり、何年もよく売れつづけた。大恐慌の間中、ファンタスクはそのほかのシリーズとともに、当時としては高い価格で世界中で大量に売れていた。　SH

ナビゲーション

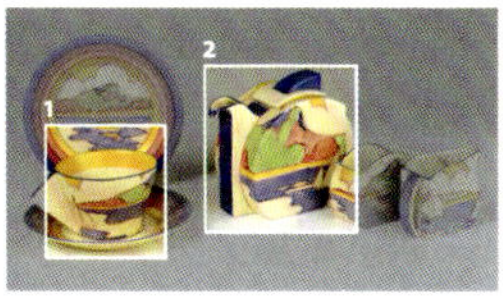

クロッカスの絵柄

クリフは製陶所の絵付師に、自分のデザインに逐一従うよう指示した。「クロッカス」（1928–64年）は彼女の人気のある絵柄で、１点に集まるように3–4回筆を走らせて花を描き、それからひっくり返して、細い緑の線で葉を描いている。クリフは最初はクロッカスを鮮やかなオレンジ、青、紫で塗っていた。図柄の上にある黄色の帯は太陽、下の茶色の帯は土を表している。のちには、パープル、ブルー、サングリーム（Sungleam）、スプリング（Spring）などの異なる色シリーズを生産した。当初このデザインには絵付師をひとりしか必要としなかったが、続々と注文が入ると、若い女性のチームを訓練して、花弁に2–3人、葉と帯にひとりずつの担当をふり分けた。1930年代の大部分は、週に５日半、20人の若い女性がクロッカスの絵柄だけを塗っていた。クロッカスは卓上食器、ティーセットとコーヒーセット、贈答品として生産された。

省力化デザイン

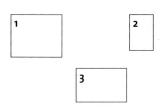

1　1934年頃にクリスティアン・バーマンがデザインしたクロムメッキの電気ファンヒーター。1930年代のイギリスでは、こうした家電を販売できるほど電気が安かった。

2　1940年代からのフーヴァー社の宣伝には、居間のカーペットに掃除機をかけながらほほえむ女性が登場する。省力化につながる機器は、時間を節約することによって幸せをもたらすとして売りだされた。

3　1927年にドイツのシュトゥットガルトで開かれたドイツ工作連盟展に出展されたJ・J・P・アウトによるキッチンのデザイン。食事を用意する主婦に合理的で効率的な作業場を提供することを狙った。

1920年代、デザイナーは家庭での労働を軽減して主婦の生活を楽にするための研究をしはじめた。まず注目されたのは、キッチンのデザインとレイアウトの変更だった。合理的な家事動作にかんしてきわめて大きな影響力をおよぼした、アメリカの家政学者クリスティーン・フレデリック（1883-1970年）は、歩数を減らす原則を家庭の領域に適用した。フレデリックは、インテリア・プランニングを示す図を作った。そしてキッチンを家の裏側へ配置し、主婦が背の高いスツールに座って、そこから必要なものに何にでも手がとどくような、小さくて効率的な家庭の実験室を作った。フレデリックの著書の翻訳はヨーロッパのモダニズム建築家に読まれた。そのひとり、オーストリアの建築家マルガレーテ・シュッテ＝リホツキー（1897-2000年）が市の公営住宅計画のために考案した、作りつけの「フランクフルト・キッチン」（1926年、p.164）は、合理的なキッチンのプランニングの例として広く知られるようになった。

1927年にドイツ工作連盟（p.114）は時代にふさわしい生活スタイルを探る展覧会のために、シュトゥットガルトにヴァイセンホーフ住宅団地を作った。ルートヴィヒ・ミース・ファン・デル・ローエ（1886-1969年）やル・コルビュジエ（1887-1965年）をはじめとする指導的なモダニズム建築家が、この住宅団地のために建物を作った。ここにドイツのフレデリックに相当する人物の影響を見ることができる。それは、一般向けの『新しい家庭――経済的な家事へ

キーイベント

1913年	1922年	1923年	1924年	1926年	1926年
家事に動作研究を適用した、クリスティーン・フレデリックの『新しい家事――家庭管理における効率性の研究（The New Housekeeping: Efficiency Studies in Home Management）』が出版される。	フレデリックの『新しい家事』の翻訳書がドイツで『Die rationelle Haushaltfu:hrung』として出版される。	バウハウスがヴァイマルで「芸術と技術――新しい統合」展を開催。合理的なキッチンのあるアム・ホルンの家が展示の主軸だった。	イギリスで女性電気協会（Electrical Association for Women）が結成。目的は、家庭を近代化し、省力的な製品の使用について女性を教育することにあった。	ドイツでエルナ・マイヤーの『新しい家庭』が出版される。たちまちモダニズム建築家にとって重要な教科書になった。	マルガレーテ・シュッテ＝リホツキーが、作りつけのフランクフルト・キッチンをデザイン。フランクフルトの新しい集合住宅のための制作だった。

の指針（Der neue Haushalt : ein Wegweiser zu wirtschaftlicher Hausführung）』を書いた経済学者、エルナ・マイヤー（1890–1975年）である。マイヤーはコンサルタントの立場で、オランダの建築家J・J・P・アウト（1890–1963年）とともに、展示用に扉のない棚、主婦のスツール、作業台（図3）をそなえたキッチンを作った。

すぐには明らかにならなかった欠点だが、この新しいデザインには主婦を家族から引き離す傾向があるために、結局、女性に背を向けられた。もうひとつの欠点は、フレデリックがまだシンプルなキッチン用品の使用を支持していたことである。そのためアメリカの工場で生みだされ大量に消費されている、家事軽減の革新的な電化製品をとりいれなかった。美的見地からいえば、1920年代に生まれた家庭労働を減らそうとする考え方は視覚的ミニマリズムを強めることになり、最終的に家全体の家具と備品の外見に影響をあたえることになる。

1930年代に経済不況がはじまると、家庭電化製品のメーカーは、見るからに効率がよさそうな曲線や流線型をとりいれたモダンなデザインで市場を刺激して、古くても機能する商品を見た目で時代遅れにした。そうしたメーカーはインダストリアルデザイナーを雇い、そのスキルを省力化電気製品に適用した。たとえばイギリスでは、HMVハウスホールド・アプライアンシズ社がクリスティアン・バーマン（1898–1980年）に依頼して、対流式暖房器（図1）など、さまざまな器具をデザインさせた。アメリカでは、フーヴァー社がヘンリー・ドレフュス（1904–72年）に依頼して、電気掃除機の「モデル150」（1936年、図2）を流線型にしたほか、ホバート社はエグモント・アレンズ（1889–1966年）を雇って「キッチンエイド・スタンドミキサー・モデルK」（1937年、p.166）を制作した。 **PS**

1927年	1933年	1934年	1934年	1936年	1936年
ドイツ工作連盟がドイツのシュトゥットガルトで開いた展覧会で、省力キッチンを奨励。	イギリスで、クリスティアン・バーマンがHMVハウスホールド・アプライアンシズ社のために電化製品のデザインを開始。	ゼネラル・エレクトリック社のフラットトップ型冷蔵庫がアメリカの市場に登場。コンプレッサーが見えない現代的なスタイルにデザインされた、ごく初期のモデルだった。	アメリカのデザイナー、レーモンド・ローウィ（1893–1986年）が、シアーズ・ローバック社のために「コールドスポット冷蔵庫」を作る。自動車のデザインの要素を借用した。	ヘンリー・ドレフュスが、スピードと効率をイメージさせる流線型デザインの電気掃除機「フーバー・モデル150」をデザイン。	バーマンが、HMVハウスホールド・アプライアンシズ社のために、流線型のサーモスタット制御の電気アイロンをデザイン。

作りつけのフランクフルト・キッチン 1926年

Frankfurt Fitted Kitchen　マルガレーテ・シュッテ=リホツキー　1897–2000年

マルガレーテ・シュッテ＝リホツキーは家庭以外の厨房で、とくに船の調理室（ギャレー）、食堂車のキッチン、移動販売車をもとにして、歩数を少なくすることと効率的な貯蔵の重要性に着目してキッチンのレイアウトを作成した。先駆者のクリスティーン・フレデリックと同様に、主婦が君臨し、スツールに腰かけて、作業机に向かう科学者のように働ける、小さな実験室のようなキッチンを考案した。そのためフレデリックと同じように、どの道具もすぐに手のとどく範囲内にある作業台を開発した。さらに、連続した調理台をくわえてモダンな外観と統一感をあたえ、ガラス戸をはめた吊戸棚の下に木製の皿立てをとりつけた。彼女はまた、食器棚や収納棚に扉をつけた。こうして視覚的に統一されたことで、シュッテ＝リホツキーのキッチンは同時代の建築家の心をとらえた。色の選択によっても、効率は向上した。独創的な青は火事を防ぐのに有効と考えられたが、キッチンの視覚的効果をかなり強める働きもした。リノリウム、ガラス、スチールといった材料がとくに、この部屋の洗練されたモダンな外観をさらに高めた。

シュッテ＝リホツキーはこのキッチンを、フランクフルトの新しい公共住宅計画のために作った。住宅の設計者はドイツの建築家、エルンスト・マイだった。その後そのまま大量生産に移されると、1920年代末から1930年代初めにかけてこのキッチンをモデルに、多くの住宅が開発された。だが、1930年代後半になると、主婦は実験室のようなキッチンという考え方を敬遠しはじめた。

PS

ナビゲーション

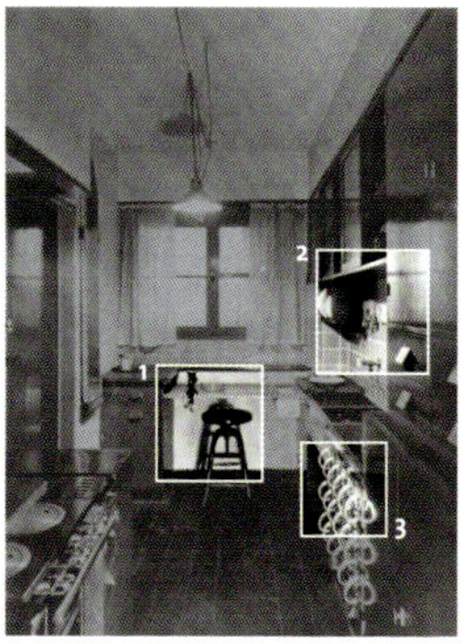

木、ガラス、金属、リノリウム、エナメル塗料。
344 × 187 センチ

フォーカス

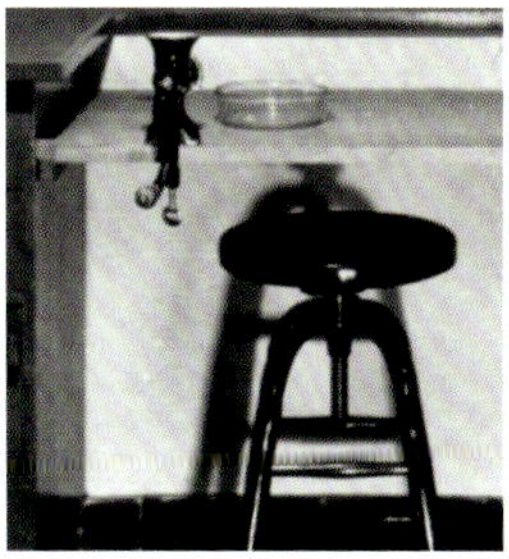

1　スツール

フレデリックのキッチンと同じように、フランクフルト・キッチンでも主婦は座って作業をすると想定された。この目的のため、作業台の下のスペースにしまいこめる背の高いスツールが置かれた。このスツールは、キッチンでの作業の大半が行なわれる、食品を準備するエリアに置かれた。

2　閉じられた扉

キッチンの食器棚と収納棚に引き戸と開き戸がとりつけられたので、なかの物がごみやほこりからよく守られた。扉の開閉に時間がとられたが、それによって室内はすっきりしたモダンな外観になった。

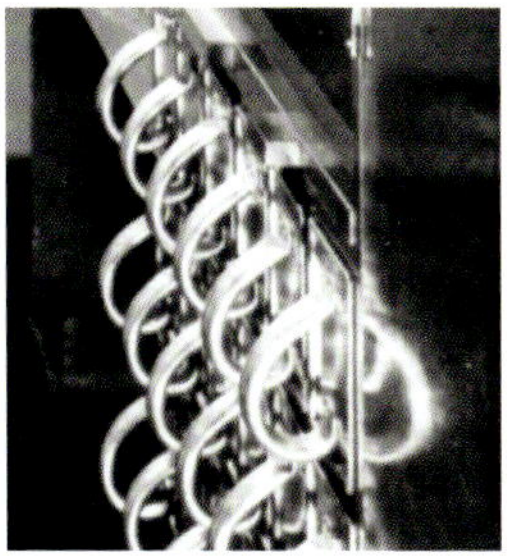

3　体系化

このキッチンは、すべてのものが主婦の手近にあるように配置された。作業は分離されていて、食品の準備と調理は洗い場から切り離されていた。小さな保管棚に金属容器がひとつずつ入っていて、小麦粉、砂糖、塩といったものを分けて保存するようにデザインされていた。

デザイナーのプロフィール

1897–1937 年

マルガレーテ・シュッテ＝リホツキーはウィーンで生まれ、ウィーン応用美術大学で学んだ最初の女性となった。1926年に、建築家のエルンスト・マイに、フランクフルトでの公共住宅計画の仕事に誘われた。このときに「フランクフルト・キッチン」をデザインした。1930年代の大半をモスクワですごし、スターリンの５カ年計画の実現に貢献した。

1000 2000 年

ロシアを去ったあと、ようやくトルコのイスタンブールにおちついて、1938年には建築家と教師として働いた。ウィーンに戻ったが、反逆罪で1945年まで投獄された。残りの人生の大部分をウィーンですごした。

▲作りつけの「フランクフルト・キッチン」は、アパートの大きさに応じて３つの異なる大きさで設置できた。モールディング［装飾的な細長い建材］や装飾がないため、掃除がしやすかった。

キッチンエイド・スタンドミキサー・モデルK　1937年

KitchenAid Model K Food Mixer　エグモント・アレンズ　1889–1966年

ステンレススチールとアルミニウム。
35.4 × 35.9 × 22.2 センチ

オハイオ州トロイに設立されたホバート社はキッチンエイドのブランドを所有して、1914年から市販品のフードミキサーの開発をはじめた。1920年に最初の消費者向けの製品を発売したが、このモデルは金物店にならべたうえに、あとになって女性訪問販売員による販売をしたのにもかかわらず、売れゆきはあまりよくなかった。1930年代のなかばに、ホバート社はエグモント・アレンズにフードミキサーのデザインを依頼した。1937年に発売されたアレンズの低価格の「モデルK」は、デザインの名品になった。その優美な流線型の形と軽さ、そして完全に互換性のある付属部品が消費者に受けて、この会社は商業的に成功した。

アレンズは出版やプロダクトデザイン以外にも、多くの領域で高い評価を得ていた。1932年、彼は共著者とともに、計画的陳腐化の考え方を導入した『消費者工学（Consumer Engineering)』を書いた。この本でアレンズは、商品をうまくデザインしたら継続的にデザインしなおして、積極的に販売する必要があると指摘した。この本が出版されると、多くのメーカーから自社の製品の仕事をしてほしいと依頼があった。ほどなくしてアレンズのインダストリアルデザイナーとしての評判は確立されて、多数の製品を手がけることになったが、この優美なフードミキサーほど長く売れたものはなかった。キッチンエイドの部品はいまだに1937年のモデルと互換性があり、デザインはそれ以来ほとんど変わっていない。

PS

ナビゲーション

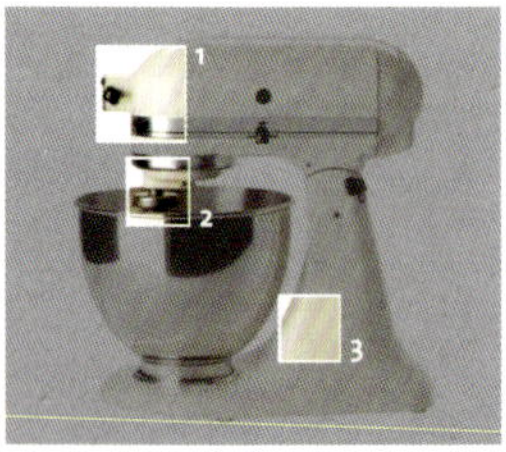

フォーカス

1　ボディ

アメリカでは1930年代のあいだに、流線型の視覚的モチーフの使われる範囲が、自動車から動かない消費財へと広がった。アレンズの「キッチンエイド・ミキサー」の本体は、流線型になっている。このミキサーをスタイリッシュにしただけでなく、流線型には消費者に電気製品を安全に使えると思わせる効果があった。

2　ヘッド

弾丸のような形をしたミキサー・ヘッドは後方へ倒れるので、付属部品を交換しやすくなっている。このミキサーには完全に互換性のあるさまざまな付属部品がついているため、野菜をきざんだり肉を切ったりするだけでなく、豆を殻からとりだす、缶を開けるといった、さまざまな作業に使うことができる。

3　白

はじめキッチンエイド・ミキサーには白いタイプしかなかった。1950年代中頃にはペタル・ピンク、サニー・イエロー、アイランド・グリーン、アンティーク・コッパー、サテン・クロムといった選択肢がくわえられた。両大戦間期にあった黒とシルバーは廃止され、かわりにキッチンにパステル調から鮮やかな色彩まで、さまざまな色が出現した。

家庭の近代化

家庭のキッチンへの省力機器の導入は、両大戦間期のアメリカ家庭の近代化の目安だった。不況にもかかわらず、人々がこうした近代的なものをとりいれようとしたために、家庭の消費は増加した。

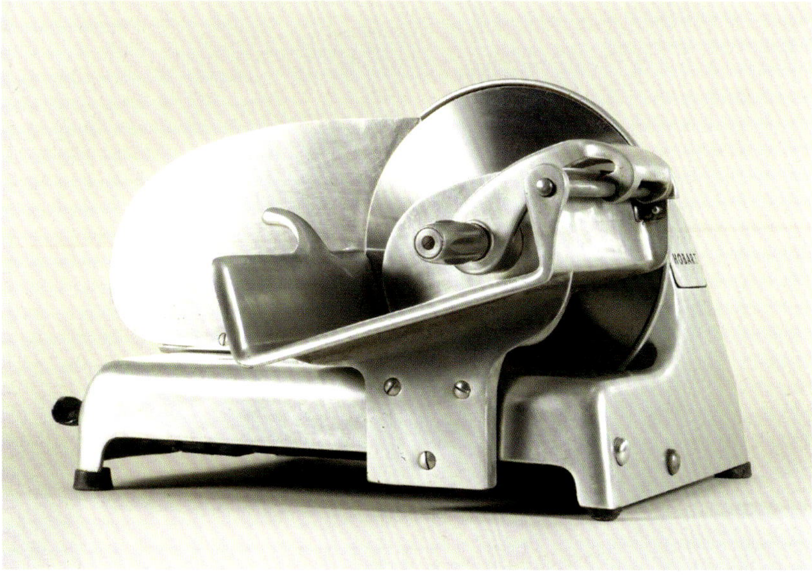

◀キッチンエイド・ミキサーをデザインした4年後に、アレンズはホバート社のためにもうひとつのインダストリアルデザインを手がけた。「ストリームライナー」というミートスライサーで、そのために印象的な空気力学的形態を考案した。スチールだけを使用して、リベットがむき出しになっているこのスライサーは、流線型の形と実用主義的な外観をあわせもっており、2枚砥石のシャープナー、ベークライトの歯車で回転するステイシャープのステンレス刃、特許をもつモーターを搭載していた。ミキサーと同じくこのデザインも、多くの報道機関から注目を集めた。ストリームライナーはこの時期にアメリカで大成功をおさめたデザインに数えられており、1944年から1985年のあいだに10万台近くが製造された。

形態は機能に従う

20世紀の初めに、表面的な装飾の使用から純粋な最低限の形の重視へと美意識の変化が起こったことは、モダンデザインの歴史における様式の一大転換といってよいだろう。しかし、機械化された生産が直接、機械風の製品につながったわけではない。そうではなく、2、3世代間の進歩的なデザイナーはまず、機械時代の文化的必要性にいちはやく応じた同時代の建築家や造形美術家からヒントを得てから、建築家や美術家に着想をあたえていた工場製品にそのヒントを反映させたのである。

純粋な形態は機能から生まれ、製品は表面的装飾を見せびらかすべきではないという考えは、ものの用途がその外見を決めるといっているのではない。むしろこの考え方は、内部構造が外の形に影響をおよぼすという考えにもとづいているのだ。「形態は機能に従う」と述べたのはアメリカのルイス・サリヴァン（1856–1924年）で、この建築家は、花が植物の根と茎から生じるように、建物の外観はその内部構造によって決まると考えていた。サリヴァンは、近代建築への鉄骨構造の使用を提唱したときに、外形はその下にある単純な幾何学的形状を反映するはずだと述べた。とはいっても、自分が説いたことをつねに実行したわけではない。彼の建物には、外装でもとくに入り口に装飾的な細部構造をもつ例がいくつもあった。それでもその考えは初期のモダニズムの建築

キーイベント

1900年	1901–02年	1907年	1908–10年	1908年	1910年
アドルフ・ロースがウィーン分離派の装飾的な作品を攻撃する『虚空へ向けて』［加藤淳訳、アセテート］を出版。	ルイス・サリヴァンのエッセイ「幼稚園談義（Kindergarten Chats）」が連載される。このなかでサリヴァンは建築の形についてのさまざまな考えを詳しく説明した。	ドイツ工作連盟（p.114）が、プロダクトデザインに「形態は機能に従う」の原則を採用。	フランク・ロイド・ライトがシカゴに「ロビー邸」を建設。照明、家具、ラグ、テキスタイルなどの内装もデザインした。	ロースが、『装飾と犯罪』［伊藤哲夫訳、中央公論美術出版］のなかで、人類は装飾を拒否して文明化されたと主張。	ロースがウィーンで『装飾と犯罪』を講義。ロースの思想はヨーロッパで影響力をもち、モダニズムの定義に貢献した。

家やデザイナーに影響をあたえた。サリヴァンの考えは、アメリカの建築家でのちのモダニズム思想に大きな影響をあたえたフランク・ロイド・ライト（1867−1959年）によってとりあげられた。ライトはシカゴの「ロビー邸」（1908−10年、図1）のような初期のプロジェクトに、「形態は機能に従う」の原則を適用した。クライアントが人から見られずに近所を眺めたいと希望したので、ライトは水平な面をうまく使って、目的を達成した。

モダンデザインの機能主義的思想が発展するうちに、こうした建築中心の原則は、商品の大量生産から生じた考えをもつ人々によって補足された。ヨーロッパの初期のモダニズムの著作は、アメリカの大量生産のシンプルな製品に対する畏敬の念を表明した。置時計、カギ、自転車、農機具、規格化された本箱は、機能的で視覚的に気どらない機械製品として広く愛された。モダニストに共通の、無垢な時代への郷愁に満ちた憧れは、デザインの商業的な状況についての不安の裏返しだった。

20世紀が進むにつれて、建築家とデザイナーは、サリヴァンとオーストリアの建築家アドルフ・ロース（1870−1933年）の考え方を出発点とする、客観的な方法を求めた。デザインのモダニズムの支持者が悩んだのは、それが近代的な美を生みだす試みを意味していて、機械の概念はただ重要な隠喩としてもちだされているのか、それとも機械生産ができるデザインをして、大量市場で近代的な商品を広く入手できるようにする試みを意味しているのか、ということだった。ふたつの目標は、バウハウス（p.126）で教えるマルセル・ブロイヤー（1902−81年）の家具のような、鋼管（スチールパイプ）家具で統合された。彼の「モデルNo.B22棚ユニット」（1928年、図2）の均等に分けられた区画はその目的を果たしていた。着色されたベニヤ板の簡素な水平面を囲う光沢のある金属製フレームは、装飾がないため、何を収納しても目立たせることができる。

1930年代には、「形態は機能に従う」という考え方は広くいきわたっていた。シンプルさと幾何学的な形が近代の美になったという事実は、ジオ・ポンティ（1891−1979年）の「0024つり下げ式ランプ」（1931年、p.170）などのデザインに見ることができる。同心円、スチールとガラスのような装飾のない現代の工業的素材の使用、つり下げライトを最小限度の本質的要素まで削ぎ落としたことから生みだされたフォルムの純粋さは、戦前のイタリアのデザイナーに受け入れられていた合理性を明確に表現している。

「形態は機能に従う」という概念のかなり違う解釈を示しているのが、もうひとつのアイコン的なランプ「アングルポイズ・タスクライト」（1932−35年、p.172）である。この品物の機械的な形は機能主義を語っている。アングルポイズは操作しやすい作業ランプで、必要な場所に正確に光をあてられるようにデザインされている。と同時に、工学的思考の産物であることを披露している。このデザインの技術は隠されておらず、それがひとつのデザインになっている。つまりその形態は、ランプが果たさなければならない機能から直接、生じているのである。

PS

1

2

1　フランク・ロイド・ライトは、ロビー邸（1908−10年）の片持ち構造の屋根を建物の鉄骨を使って支え、モジュラー・グリッド・システムを用いて内部をデザインした。

2　マルセル・ブロイヤーのクロムメッキをほどこしたスチールパイプの棚（1928年）。むだのない外観とシンプルなラインは、「形態は機能に従う」の精神の特徴をよく示している。

1910−12年	1914年	1924年	1925年	1928年	1933年
ロースがウィーンに「ロースハウス」を建てて、そのなかで多くのアイディアを実行に移す。装飾がないことが論争をまきおこした。	ヨーロッパの建築家のアンリ・ヴァン・デ・ヴェルデ（1863−1957年）とヘルマン・ムテージウス（1861−1927年）が、職人の技能と工業の関係について議論。	サリヴァンが回顧録『サリヴァン自伝』［竹内大／藤田延幸訳、鹿島出版会］を出版。そのなかで「形態は機能に従う」の考え方について言及した。	マルセル・ブロイヤーがバウハウスに通うあいだに、曲げたスチールパイプから作った「ワシリーチェア・モデルBB3」を制作。	ジオ・ポンティが雑誌ドムスを創刊。この雑誌を通じて、当時のデザインの問題と思想について認識を高めた。	ポンティの尽力で、第1回ミラノ・トリエンナーレ美術デザイン展が開催される。

0024つり下げ式ランプ 1931年 0024 Suspension Lamp

ジオ・ポンティ　1891-1979年

フォーカス

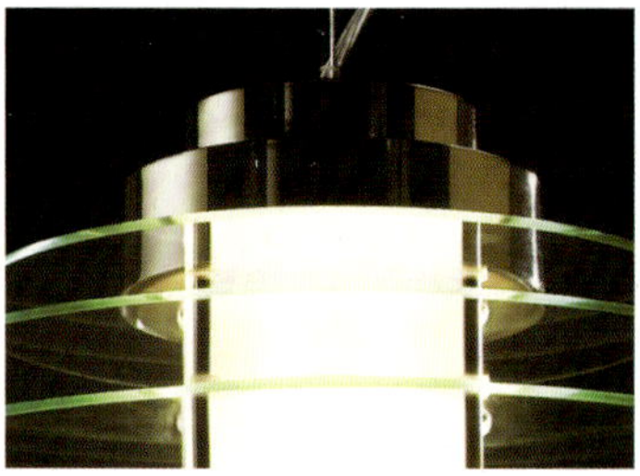

1　ガラスと金属

「0024」は、11枚の透明な強化ガラスの円盤からなり、それがクロムメッキをほどこした真鍮のフレームに水平に固定されて、段々に重ねられている。中央の散光器はサンドブラスト処理されたガラスを使用している。ポンティがガラスを使った理由に、近代的な美しさの魅力と、光の分散の仕方があった。

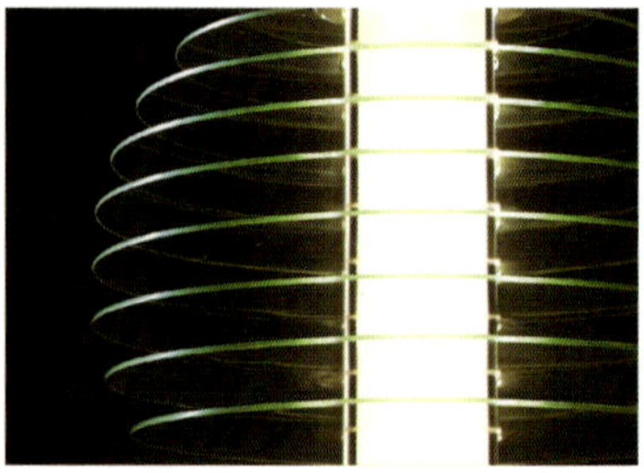

2　幾何学的フォルム

さまざまな大きさのガラス円盤を互いに平行に配置して作った0024は、基本的に球体で、抽象的な幾何学的フォルムの作品である。ポンティは、水平な円盤と中心の円筒形の散光器を対比して、印象的な彫刻作品を作った。

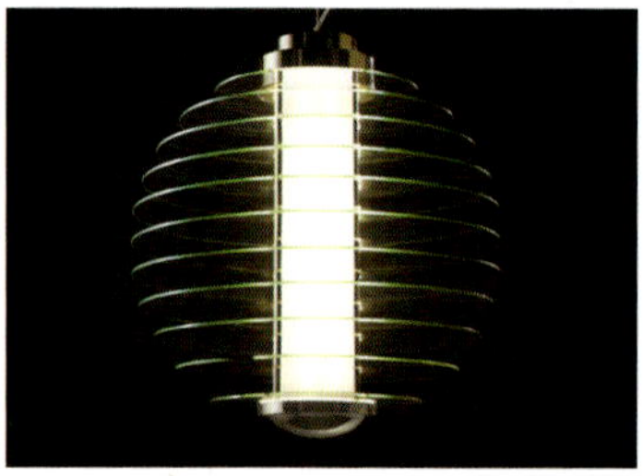

3　照明

0024は、つり下げる工芸品としての魅力にくわえて、中心の光源から放出される光が拡散されるようすが斬新である。サテングラスを使っていることが、独特の効果をもたらしている。このランプは、暗くしてエネルギー消費を抑えることができる。

ナビゲーション

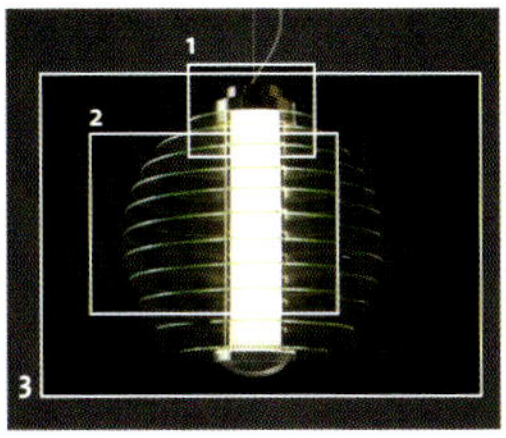

透明な強化ガラスの円盤、円筒状のサンドブラスト処理したガラスの散光器、クロムメッキをした真鍮のフレーム。
直径 50 センチ

イタリアでは1920年代末に、独自のモダニズム建築とデザインが生みだされていた。イタリアの建築家グループが、ル・コルビュジエ（1887-1965年）とヴァルター・グロピウス（1883-1969年）の作品の影響を受けて、イタリア合理主義とよばれる運動を展開し、そこから多数のモダニズムの家具やプロダクトデザインが生まれていた。この建築中心のアプローチのほかに、装飾美術の作品を作っていたイタリアのデザイナーも、少なからずこのモダンなスタイルをとりいれた。建築家のジオ・ポンティもそのひとりだった。

「0024つり下げ式ランプ」は、金属と組みあわせてガラスを使うこのデザイナーの革新的な手法の典型例である。天井からぶら下がるこのランプは、光を発する彫刻作品でもあった。その形は本質的に抽象的だが、ポンティの材料と形の選択は、結果として有効に機能し、しかも非常に装飾的でモダンな作品を生んだ。ポンティが0024ランプで達成した美は、フランスのアール・デコ運動の影響を受けていた。アール・デコは装飾的なモダンスタイルを確立しながら、従来よりミニマルな形の建築的モダニズムを両立しようとする。「モデルヌ」ともよばれ、モダニズムでもぜいたくさと商業性に傾いた範疇となり、従来の装飾美術で受け入れられた。1932年にポンティは一流ガラス製造会社ルイジ・フォンタナの傘下にフォンタナアルテを設立し、昔からある材料でそうしたモダンな装飾的デザインを生みだした。

PS

デザイナーのプロフィール

1891-1932 年

ミラノに生まれたジオ・ポンティは、ミラノ工科大学で建築を学んだが、第1次世界大戦中に一時的に学業を中断して従軍した。1923年に建築の仕事をはじめ、1927年からエミリオ・ランチャ（1890-1973年）とともに働いて、芸術家集団ノヴェチェントの写実的スタイルでデザインした。1928年にポンディは建築とデザインの雑誌ドムスを創刊した。1920年代をとおしてインダストリアルデザインの仕事もして、陶磁器メーカーのリチャードジノリでアートディレクターをつとめた。

1933-79 年

1933年にエンジニアのエウジェニオ・ソンチーニとアントニオ・フォルナローリとともに仕事をはじめた。3人はともにフィアットの事務所と、イタリアの化学薬品企業モンテカチーニの本社の建設にかかわった。1956年には、ポンティがデザインしたミラノのピレッリ・タワーの建設がはじまった。それ以降、この建築家は数多くのイタリアの重要建造物のデザインにかかわりながら、装飾芸術の仕事も続けてピエロ・フォルナセッティなどと共同制作をした。

スーパーレッジェーラチェア

「0024 つり下げ式ランプ」をデザインしてから 20 年以上たってから、ポンティはアイコン的作品である「超軽量」の椅子「スーパーレッジェーラ」（1957 年、右）を制作した。製造したのはミラノの家具メーカー、カッシーナである。この椅子は重さが 1.7 キロしかなかった。この頃には、スタイルはそれほどアール・デコ風ではなくなり、「コンテンポラリー」になっていた。ここでもポンティは伝統と近代性を互いに接触させ、土地の漁師の「キアヴァリチェア」（1807 年）を手本に、ニスを塗った木と細かく編んだ籐で、この安定した小さなサイドチェアを作った。しかし彼は、さりげなく伝統的なデザインに手をくわえて、自分の作品に新しい外観をあたえている。0024 つり下げ式ランプよりミニマリズム的なこの椅子は、ポンティが戦後の時期に非常に独創的だった、イタリアデザインの美の創造に貢献していたことを示している。芸術的ミニマリズムに優美さと実用性と快適さが同居しているのである。

アングルポイズ・タスクライト 1932–35年

Anglepoise Task Light　ジョージ・カワーダイン　1887–1947年

スチール、スチールのカバーのついた鋳鉄の台座。
高さ 60 センチ

ナビゲーション

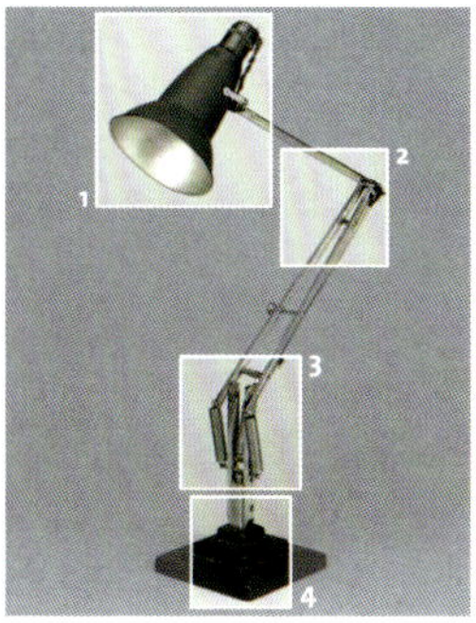

アングルポイズ・タスクライトは「形態は機能に従う」の典型例である。目的に役立たない部分はひとつもなく、外観は機能的な構成要素によって決定されていて、デザインのクラシックとなった。考案者は、イギリスのカーデザイナーでサスペンション・システムの専門家、ジョージ・カワーダインである。1932年、カワーダインは本業の仕事をしているときに、工学関係のほかの場面で利用できそうなメカニズムを発見した。要はいろいろな方向に動かせるが、適当な位置に保つと固定できるバネを作ったのである。そして、１組のバネ（３個か４個）をつけることで、さまざまな角度に動かせて、しかも支えがなくてもそのままその位置にとどまるジョイントを開発した。光線をいろいろな場所に集中できるため、カワーダインはこのメカニズムの最良の用途が作業用ライトであることに気づいた。また、自分のアイディアを生産に移すためには、専門のメーカーと協力する必要があるとも判断した。そこで、テリー・スプリング社（のちのハーバート・テリー・アンド・サンズ）と提携して、1935年に「1227アングルポイズ」を完成させた。　PS

フォーカス

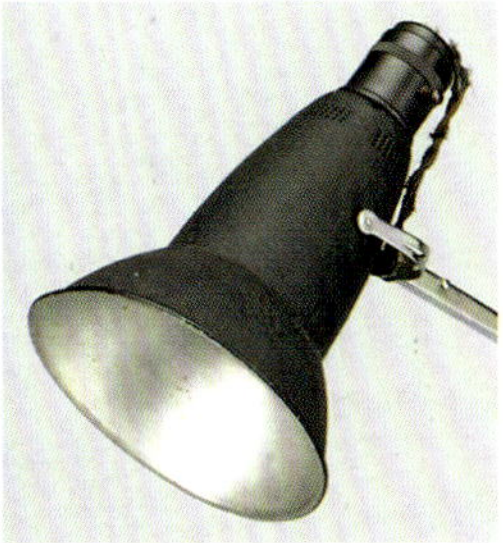

1　シェード
このシェードはまぶしさを抑えるために追加された。首ふりを可能にするメカニズムを内蔵していて、使う人は光を望みの場所に向けられる。アングルポイズの機能向上に一役かっている。

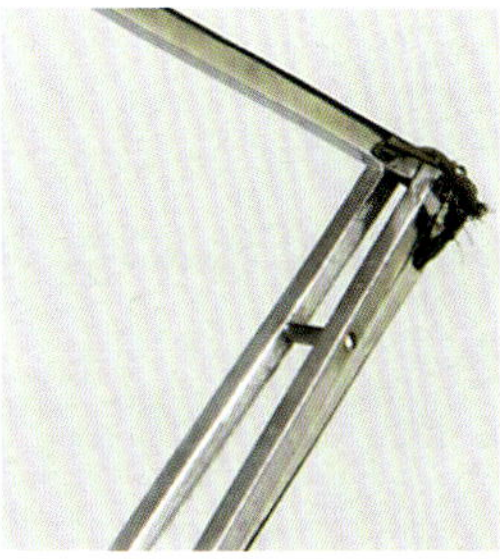

2　アーム
アングルポイズの３つの部分からなる金属製の支柱には、人間の腕との強い類似性がある。カワーダインは作業用ライトを設計しているときにそれに気づき、人体の関節によく似た機能をするジョイントを考えた。

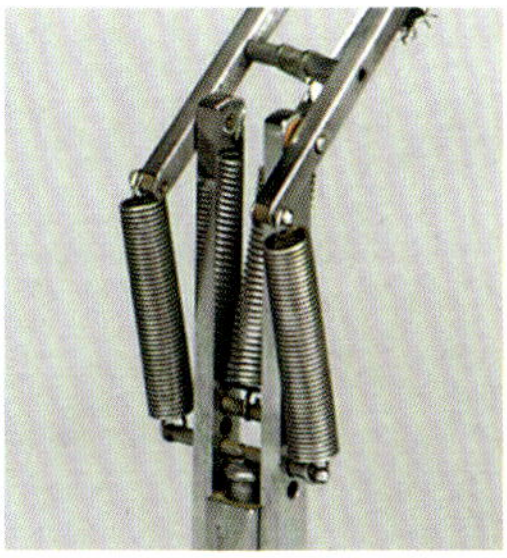

3　メカニズム
アングルポイズのメカニズムは、ジョイント２個をバネで連結した金属製の支柱で構成されている。ジョイントで接合された支柱を、動かしていったんある位置で止めると完全に安定する。この機能はカワーダインが開発した特別なバネによって可能になった。

4　台座
このランプには、倒れないようにする重い台座が必要である。台座は２枚の正方形の金属でできていて、１枚がもう１枚の上に重なっている。この台座はオリジナルのデザインのなかでもスタイルらしいものをもつ唯一の要素で、この古代メソポタミアの巨大聖塔ジグラートのような形はアール・デコ風である。

コピーと「リ・デザイン」

20世紀末には、アングルポイズ・ライトはイギリスのデザインの名品になった。広くコピーされ、世界中で続くバージョンが買い求められた。2003年にはハーバート・テリー・アンド・サンズ社がイギリスのプロダクトデザイナー、ケネス・グレンジに、オリジナルの「1227」モデルをデザインしなおすよう依頼した。グレンジは1950年代からデザインの仕事で成功しており、ロンソンのシェーバー、ケンウッドのフードミキサーなどを世に送りだしていたが、このむずかしい仕事に飛びついて、３とおりの新モデルを作りだした。ひとつめは「アングルポイズ・タイプ３」で、100ワットの電球の重量にも耐えられる２層構造のシェードをもつ。ふたつめは「タイプ75」で、オリジナルに非常によく似ている。そして、３つめが「タイプ1228」（右）で、シェードに色がついており、３タイプのうちでもっとも洗練されていた。

合板と集成材

合板と集成材は1930年代のモダニズム家具と密接に結びついているが、決してこの時代にはじめて生まれた材料ではない。ドイツ生まれの木製家具職人ミヒャエル・トーネット（1796–1871年）は、はやくも1830年から、膠で煮た薄板を型に入れて成形し、そうしてできた集成材を曲げる実験をしている。トーネットの鋭い発想から生まれた木材技術は、のちの技術躍進の道を開いた。アメリカで最初の合板の特許は、1865年に登録された。はじめベニヤ板とよばれたこの板は、原木を薄くはいで木目が互い違いの方向に向くように張りあわせてあり、いくつもの層からできていた。初期の合板の品質はかなり悪かったため、たいてい戸棚の裏側や引き出しの底の無垢材の代用品などとして使われた。しかし、合板は無垢材にくらべて安定していて歪んだりひびが入ったりしにくいため、多くの利点がある。大きな薄板が製造できるというのも長所だが、その最大の価値は丈夫さにある。集成材は合板に似ているが、木材をそれより厚く切った板から作られ、木目が同じ方向に走るように重ねてある。集成材は合板や無垢材の曲木より丈夫である。

モダニズムの建築家は、1920年代に家具に注意を向けたとき、最初は金属に関心をもった。だが、フィンランドの建築家アルヴァ・アールト（1898–1976年）はスチールパイプに殺伐としたものを感じて、自然と木に惹かれた。問題はいかにして木の物理的限界を打ち破るかだったが、集成材と合板が解決

キーイベント

1927–29年

アルヴァ・アールトがオットー・コルホネンと共同で、曲げた集成材と成形した合板の実験を開始。

1931年

ジェラルド・サマーズが、ロンドンにメーカーズ・オヴ・シンプル・ファニチャー社を設立。合板の家具を専門に扱った。

1931–32年

アールトが「アームチェア41」と「アームチェア31」をデザイン。いずれもフレームに曲げた集成材、シートに成型合板を使った。

1932–33年

アールトが「スタッキングスツール60」(p.176)をデザイン。バーチの無垢材と集成材を使用し、円形のシートと３本の曲木製の脚で構成した。

1933年

アールトの家具がロンドンの百貨店、フォートナム・アンド・メイソンで展示される。

1934年

アールトの家具をフィンランドからイギリスへ輸入するために、フィンマー社が設立される。

策になった。どちらも弾性と展性はあるが驚くほど丈夫で、うまく加工すれば面白い有機的な形になる。アールトはそうした草分け的な作品となる、パイミオのサナトリウムのための「アームチェア41」（図1）に、このふたつの材料を組みあわせて使った。集成材を環状のフレームに、合板を曲がりくねらせて成形してシートにしたのである。アールトはさらに、「スタッキングスツール60」（1932–33年、p.176）など、あらゆる種類の家具を開発した。

1935年にロンドンに移ったバウハウスの建築家マルセル・ブロイヤー（1902–81年）は、アールトと同じ技法と材料を採用した。彼の「ロングチェア（長椅子）」（1935–36年）の、ふたつの部分からなる片持ち（カンチレヴァー）構造のフレームは集成材を曲げて作られているが、波打つリクライニングシートは成型合板だった。1937年に、ブロイヤーはこのデザイン解が革新的であることを強調して、「ここで合板はたんなるパネルでも、別の構成要素によって支えられる平面でもなく、一度にふたつの機能を果たしている。重量を支えながら、それ自体の平面を形成しているのである」と書いている。彼はこれ以外にもアイソコン・ファニチャー社のために多数の家具をデザインしている。代表的なものに、1枚の厚いバーチの合板から切り分けた、3台1組の「ネストテーブル」（図2）がある。しかし、ブロイヤーは1枚の合板からひとつの家具を作った最初のデザイナーではない。その2年前に、ジェラルド・サマーズ（1899–1967年）がロンドンのメーカーズ・オヴ・シンプル・ファニチャー社のために合板のアームチェアをデザインしているのである。この椅子は肘かけと脚が一体となり、さまざまな方向に曲げられた流れるような曲線美をなしている。この形は13層からなる1枚の合板から切り出されていた。サマーズのデザインでもとくに有名だが、これひとつで終わりというわけではない。1934年のスタイリッシュなS型フレームのワゴン、1936年の螺旋形の合板に円形の天板と棚をつけた合板の斬新なZ型テーブルなど、先駆的な合板の家具シリーズを作っている。 LJ

1 アルヴァ・アールト作の「アームチェア41」（1931–32年）。曲げた合板、曲げたバーチの集成材、バーチの無垢材を使っていた。

2 マルセル・ブロイヤー作の「ネストテーブル」（1936年）。各テーブルを一枚板に切ってから型に入れて成形したことでよく知られている。

1934年
ブルーノ・マットソン（1907–88年）がスウェーデンのカール・マットソン社のために、「エヴァチェア」をデザイン。バーチ集成材を曲げたフレームにジュートを編んだシートをのせた。

1935年
アルヴァが妻のアイノ・アールト、美術評論家のニルス・グスタフ・ハール（1904–41年）と、アールトの家具を販売するアルテック社を共同設立。

1935年
モダニズム建築を推進するアイソコン社の子会社、アイソコン・ファニチャーがジャック・プリチャード（1899–1992年）によってロンドンに設立される。

1936年
マルセル・ブロイヤー作の「ロングチェア」を、アイソコン・ファニチャー社が製造。この長椅子は、ブロイヤーがそれ以前に作っていたアルミ製家具の形をとりいれていた。

1936年
ブロイヤーがアイソコン・ファニチャー社のために、集成材と合板のさまざまな椅子とテーブルをデザイン。1937年にアメリカへ移住する。

1939年
エゴン・リス（1901–64年）がデザインした「ペンギンドンキー」（p.178）が、アイソコン・ファニチャー社から発売されたが、同社は翌年廃業した。

スタッキングスツール60 1932-33年 Stacking Stool 60

アルヴァ・アールト 1898–1976年

バーチとバーチの化粧張り。
高さ 44 センチ
直径 35 センチ

18世紀以降の200年間は、注目に値する家具の大半が建築家によってデザインされていた。アルヴァ・アールトが制作した「スタッキングスツール60」がそのよい例である。アールトが開拓した新しいスタイルの特徴は、フィンランドの「パイミオのサナトリウム」(1929–33年)の建造物と、その明るく風通しのよいすっきりしたラインの内装に現れている。このプロジェクトにはそれに調和する家具が不可欠だったので、この建築家が家具のデザインも手がけることになった。彼は工業材料としての木材の可能性を認めて、オットー・コルホネンと組んで共同の工房を設立した。ふたりは協力して集成材から構造体を作りだす技術を開発した。有機的な形にするためには、集成材を治具で固定して曲げた。

円形のシートに3本のL字型の脚をつけた「スタッキングスツール60」は、まったくむだのないフォルムの家具だった。上端を集積構造にして曲げた脚をアールトはたいそう誇りにしていて、デザインのうちこの要素について特許をとった。その後、1930年代に4本脚のバージョンが生産されたが、最初の3本脚のモデルのほうがスツールが軽く、材料費と人件費を抑えることができるため、製造コストが低かった。スタッキングスツール60は今日まで継続して生産されており、1935年以降はアールトの家具会社アルテックから販売されている。

LJ

ナビゲーション

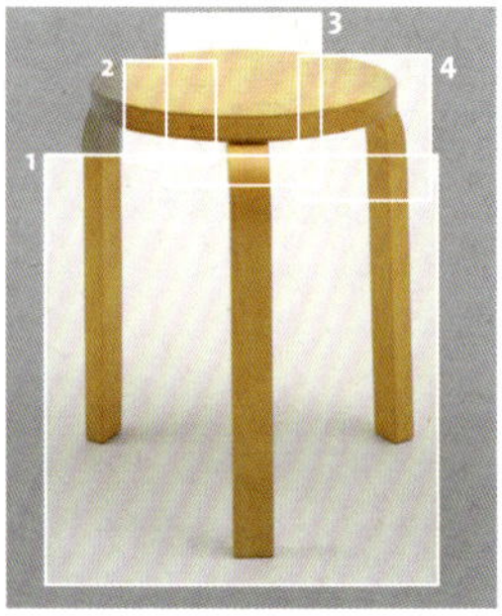

フォーカス

1　3本脚の構造

このスツールの3本脚の構造には、積み重ねやすいという実用的な利点がある。スツールをいくつも積み重ねると脚がずれて、螺旋を描いて上昇する形になり、このデザインをトータルした美しさがまた魅力になっている。

2　バーチ材

フィンランドで家具にバーチが広く使われてきたのは、この材料が手に入りやすいからである。色が薄く木目が細かいバーチ材は、見た目が美しく、化粧張りに適している。構造的にも、このスツールのデザインに不可欠な集成材に理想的である。

3　円形のシート

円形のシートは快適に座れるだけでなく、構造的視点からいっても申し分がなく、湾曲した脚とともに椅子を構成している。シートはバーチの化粧張りをしたタイプと、カバーをしたクッション性のあるタイプがあった。どちらでも、厚みと各部の比率は同じに保たれた。

4　曲木の脚

脚は曲木でできており、シートの下側にネジでとりつけてある。脚の下部は無垢材で、上部は集成材である。薄く切った材を接着することで木材の強度を大きく上げることができる。破損させせずに曲げられるほど柔軟にすることもできる。

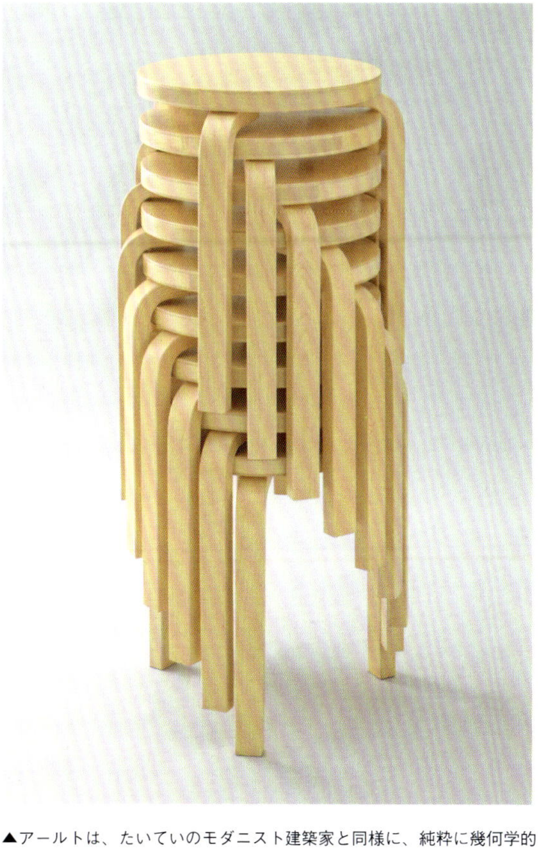

▲アールトは、たいていのモダニスト建築家と同様に、純粋に幾何学的な形を好んだが、家具のデザインには有機的なフォルムもある程度とりいれた。スツールを積み上げると、植物の形などの自然現象によく似たパターンができ上がる。

有機的なデザイン

有機的なデザインはたいてい1940年代や1950年代のものだが、その兆しがあったのは1930年代である。アールトはその発生と進化にとってきわめて重要な人だった。タピオ・ヴィルカラ（1915–85年）といったフィンランド人デザイナーと同様、アールドは自然界に根ざした形を作ったが、抽象芸術にも関心をもち、コンスタンティン・ブランクーシ（1876–1957年）やハンス・アルプ（1886–1966年）のような芸術家を尊敬した。アールトはこのように、装飾的ではないが流麗な線をもち、より人間的な美を開拓した。この有機性と幾何学性の融合こそが、彼の家具と「サヴォイベース」（1937年、上）のようなガラス製品のデザインをこれほどまでに時代を超えた純粋なものにしているのである。

ペンギンドンキー 1939年 Penguin Donkey

エゴン・リス　1901-64年

バーチの合板と集成材。
30 × 60 × 42 センチ

一部は本箱で一部はマガジンラックという、この奇抜なハイブリッド家具を生産したアイソコン・ファニチャー社は、モダン建築とデザインへの関心を高めた理想主義的な一匹狼、ジャック・プリチャードによって創設された。1920年代以降は、洋服ダンスや整理ダンスに無垢材の代用品として化粧張りをした合板のパネルがますます使われるようになったが、プリチャードは合板は家具産業でそれ以上に広い応用の可能性をもっていることに気づいた。無垢材より軽くて丈夫で柔軟性があり、それ自体、過去のものとはまったく異なる新しい形の家具を生みだす材料として使うことができる。

1930年代に建てられた家はそれ以前のヴィクトリア朝様式やエドワード朝様式の家とくらべて、多少は部屋相互の違いが少なくなり、家具つきのアパートに住むことを選ぶ中産階級のロンドン市民が増加した。スペースが不足していたため、ふたつの目的をかねた家具が流行した。1937年にプリチャードは、ウィーンから移住してきた建築家エゴン・リスにいくつかデザインを依頼した。この「ペンギンドンキー」という変わった名前の家具は、リスがアイソコンのために作った4種類の非常に実用的な家具のひとつである。あとは「ガル（カモメ）」という本立て、「ボトルシップ」と「ポケットボトルシップ」という、ボトルとグラスを保管し運ぶためのふたつの道具だった。それまでのデザインにくらべて遊び心のあるペンギンドンキーの本箱は、多目的であるだけでなく、技術的にもすぐれていて機知に富み、視覚的に変化に富む。棚のあいだの奥まった部分は新聞や雑誌を入れるラックとして使える。全体のデザインがきわめて有機的でもあり、バーバラ・ヘップワース（1903-75年）やヘンリー・ムーア（1898-1986年）のような同時代の彫刻家の形をさらに完成度を高いものにしている。

LJ

ナビゲーション

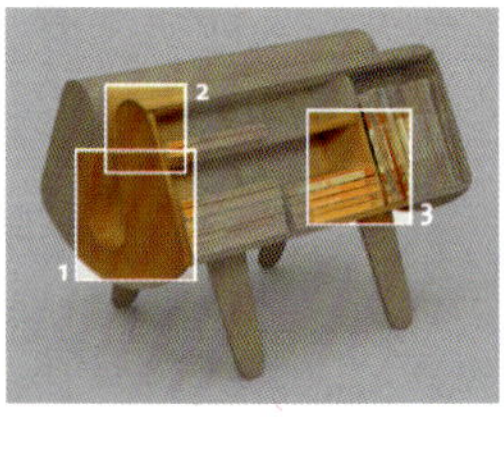

フォーカス

1　ドンキー
「ドンキー」という名称は、主要部分のブックケースのパニエ（ワインかご）に似た形に由来している。この部分は最大重量を運べるようにデザインされ作られている。蹄鉄型をした端のパネルと丸みをおびた杭のような足が、この元気のいい小さなデザインの生き生きした個性を強めている。

2　成型合板
この本箱は、薄い成型合板と厚めの集成材を組みあわせて作られている。合板は折りたたまれて、中央に雑誌を入れる口の狭くなったポケットを作っている。端の平らなパネル、棚の仕切り、脚は1枚の集成材から切り出されている。

3　ペンギン
名称の「ペンギン」部分は、この本箱の形からではなく、このデザインがペンギン社のペーパーバックを入れられるように特別に作られたという事実に由来する。同社のペーパーバックの背表紙は特徴的なオレンジ色をしている。棚は、この本のサイズに合うようにデザインされている。

ポケットボトルシップ

リスがデザインしアイソコン・ファニチャー社が生産した「ポケットボトルシップ」（1939年、上）は、ワインボトル2本とワイングラス6個を運べるようにデザインされている。中央に巻いた雑誌を入れる場所もある、かわいらしい家庭用アクセサリーだった。テーブルの上に置けるほど小さく、壁にかけることもできた。流れるようなラインと空気力学的形状をもち、見て面白く、成型合板の彫刻的作品への可能性を実証した。

◀ 1970年代に、マルセル・ブロイヤーがデザインしたアイソコンの「ロングチェア」（1935–36年）でくつろぐプリチャード。そのそばに、アーネスト・レース（1913–64年）がデザインした、アイソコンの「ペンギンドンキー・マーク2」（1963年）がある。プリチャードはレースに、最初のリスのデザインを、上部が平らでサイドテーブルとして使える形にデザインしなおすよう依頼した。

写真を撮る

1

2

1　ゲルダ・タローは中判（6×6センチ）の「ローライフレックス・オールド・スタンダード・モデル」（左）を使った。

2　1936年のライフ誌創刊号の表紙。マーガレット・バーク＝ホワイトの写真が使われている。

1839年の銀板写真法の導入から実用的な写真術ははじまったが、写真撮影はまだスタジオにまかされていて、アマチュアが楽しむようになったのは1880年代に、アメリカの企業家ジョージ・イーストマン（1854-1932年）が最初のイーストマン・コダック社のカメラを発売してからである。イーストマンは翌年には、ロールフィルムを使うモデルに改造した。

写真撮影の民主化は、正しいビジネス感覚によりうながされた。イーストマンは、フィルムを販売したいと考えていた。フィルム市場の可能性は、プロ以外の人々に、だれにでもすばらしい写真を撮れると思ってもらえるかどうかにかかっている。彼はそう理解して消費者の心をつかむために、アマチュアでも簡単に操作できて購入可能なカメラを生産しただけでなく、いたって簡単な操作といえる写真撮影を、面倒な現像から切り離した。

このメッセージを消費者の心を鷲づかみにする言葉で述べたのが、イーストマンの広告スローガン「あなたはシャッターを押すだけ、あとは当社におまかせあれ」である。客はカメラを向けて写真を撮りさえすればよかった。そして、全部撮ったらカメラを工場へ送ってフィルムを処理してもらい、今度はカメラだけでなくプリントとネガと新しいフィルムのロールを受けとる。1930

キーイベント

1900年
イーストマン・コダック社がロールフィルムを使う「ブローニー」を発売。写真の大衆化の時代が到来した。

1908年
コダックが、可燃性の強い硝酸セルロースではなく酢酸セルロースをベース材に使用して、最初の安全で商業的に実用可能なフィルムを生産。

1917年
日本の3大光学機器メーカーが合併して日本光學工業株式會社が設立され、最終的にニコンになる。

1925年
世界初の高品質の35ミリカメラである「ライカ」が、市販される。

1930年
コダックが、とくに女性をターゲットにデザインしたボックスカメラ、「ボーブローニー」を発売。

1933年
ハンガリーの写真家ブラッサイ（1899-1984年）が、パリジャンのナイトライフの写真集『夜のパリ』［みすず書房］を出版。

年にイーストマンは、とくに女性の購買層を狙ったアクセサリーのような「ボーブローニーNo.2」(p.184)を売りだした。1935年には初の現代的なカラーフィルム、「コダクローム」を発売して、新次元を切り拓いた。

写真を撮ることが家庭生活の一部になり、市民は毎年の誕生日、休暇、重要な場面を記録するようになる一方で、雑誌出版という媒体をとおして写真を目にするようにもなった。1883年にはアメリカで、ユーモラスな大衆週刊誌ライフの定期刊行がはじまった。1936年、タイム誌を出版するヘンリー・ルース(1898-1967年)がこの雑誌を買収し、フォトジャーナリズムの伝達手段に変えた。方向転換したこの雑誌の創刊号(図2)には、マーガレット・バーク=ホワイト(1904-71年)が撮影した写真が使われた。ライフ誌は数多くの20世紀の写真家の活躍の場となった。バーク=ホワイトはこの雑誌の最初に4人いたスタッフカメラマンのひとりで、やがて軍隊とともに働いた最初の女性報道カメラマンとなった。イギリスではライフに相当するピクチャー・ポスト誌が、1938年に創刊された。同年、フランスの写真ニュース雑誌マッチが発行され、1940年に廃刊になったが、1949年にパリ・マッチ誌としてふたたび登場した。

コダックが生産したような使いやすいカメラが、アマチュア写真家の市場と数百万ドル規模の産業を生みだすのに一役かったとすれば、「ライカ」(1925年、p.182)のような35ミリカメラは報道を変えた。容易に現場に運べるライカはたちまち、スペイン内戦(1936-39年)を取材したロバート・キャパ(1913-54年)のようなフォトジャーナリストに好まれた。彼の公私にわたるパートナーで、最初の女性フォトジャーナリストとされるゲルダ・タロー(1910-37年)とともに、キャパは戦争写真というジャンルの確立に貢献した。ちなみにタローは「ローライフレックス」シリーズの中判カメラ(図1)を手にしていた。キャパが前線でシャッターを切った「人民戦線兵士の死」(1937年)は、この紛争の決定的瞬間をとらえた写真になった。

次の戦争の直前に、「ミノックス」(p.186)が発売された。ラトヴィアのデザイナー、ヴァルター・ツァップ(1905-2003年)がデザインしたこの小型カメラは、1938年にはじめて生産され、枢軸国と連合国の両陣営で秘密作戦に従事する諜報員に注目されるようになった。これはのちの冷戦時には、スパイカメラとして使われた。しかし、ほんとうの商業的成功が訪れたのは、このカメラがステータスシンボルとなった1960年代だった。

写真のデザインでも、グラフィックへの影響は非常に大きかった。アンリ・カルティエ=ブレッソン(1908-2004年)の有名な言葉を使えば、「決定的瞬間」をとらえられる写真は、近代生活の速いペースに合っていた。アヴァンギャルドの芸術家やデザイナーは、写真もフォトコラージュも抵抗なく受け入れた。写真撮影の最初期から画像は操作されてきたという事実があるにもかかわらず、視覚的伝達手段の一形態である写真は客観的真実を語るものとして支持された。広告業者は利用価値に気づき、製品とパッケージの写真が重要な販売ツールになった。映画館、そしてのちにはテレビの映像とともに、写真の大衆化が、視覚文化への移行に重要な役割を果たした。 EW

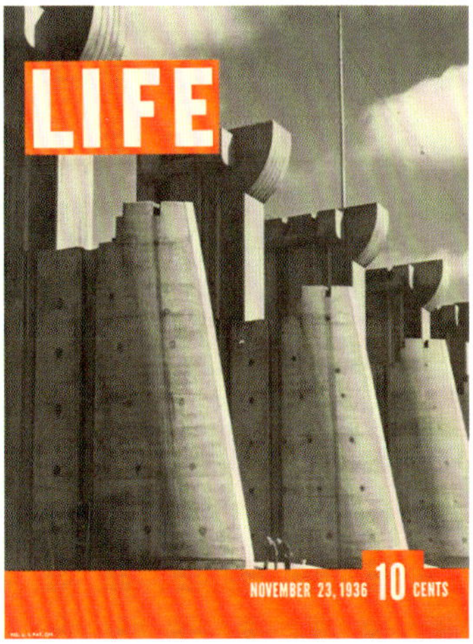

1935年
ラトヴィアのデザイナー、ヴァルター・ツァップが革新的な「ミノックス」超小型カメラをデザイン。1938年に生産に移される。

1936年
コダックが、35ミリサイズのスライド用フィルムの「コダクローム」を発売。商業的に成功した最初のアマチュア用カラーフィルムとなった。

1936年
ヘンリー・ルースがライフ誌を買収し、写真報道雑誌としてふたたび発行。4カ月たたないうちに発行部数が週100万部を超えた。

1937年
ポピュラー・フォトグラフィー誌がアメリカで発行される。

1938年
ニューヨーク近代美術館の「アメリカン・フォトグラフス」展が、ストレートフォトグラフィ［ぼかしや合成の技巧を用いない、人間が見たままのような写真］の認知度を高める。

1940年
ニューヨーク近代美術館が写真部門を設立。

ライカ35ミリ 1925年 Leica 35mm
オスカー・バルナック 1879–1936年

フォーカス

1 映画フィルム

「ライカ」は、ガラス板ではなく標準の映画フィルムを使う、最初の35ミリスチールカメラだった。ただしフィルムを垂直方向に入れる映画撮影用カメラと異なり、水平方向に入れる。スチール写真の品質を向上させるために、バルナックはフレームのサイズを倍の24×36ミリ（アスペクト比2：3）にした。

2 エルマーレンズ

ライカは、2種類のシャッタースピード、自動のフィルムカウンター、ベレークの設計したf3.5エルマーレンズをそなえていた。レンズは使わないとき引っこむため、このカメラはさらにコンパクトになった。機能性に徹したライカは、心地よく手のなかに納まり、戸外の条件では日光だけで撮影できた。

デザイナーのプロフィール

1879–1913年

オスカー・バルナックはドイツの光学技術者で、35ミリ写真の父とよばれている。1911年に、ドイツのヴェッツラーにある光学機器メーカー、エルンスト・ライツの顕微鏡の研究開発責任者に任命された。バルナックは風景写真に情熱をそそいでいたが、喘息だったため重い大型の装置を運ぶことができなかった。このため、彼は手のひらに納まる最初の大衆市場向けカメラを作り、24×36ミリのフィルム形式を導入した。それが35ミリとよばれるようになった。

1914–20年

バルナックは「ウル・ライカ」を作ったあとに、自分でもいたるところで使用していた。1914年から死去するまで、1920年にヴェッツラーで起こった歴史的な洪水などの出来事を写真で次々と記録した。

1921–36年

バルナックのカメラは1920年代に生産に移された。このデザイナーののちの人生についてはほとんど知られていないが、1979年にライカ社は、彼の生誕100周年を記念してオスカー・バルナック・アワードを設けた。これは毎年恒例の行事として続いており、国際的な審査員団がいて5000ユーロの賞金が贈られる。ドイツのリュノウには、バルナックの生涯と仕事を記念する小さな博物館がある。

1913年にオスカー・バルナックが個人的にデザインした最初のライカの35ミリカメラは、小型軽量の形態で黎明期にある写真界に革命をもたらした。プロトタイプは1913年に作られたが、第２次世界大戦のために生産が遅れ、バルナックがようやく光学機器メーカーのエルンスト・ライツの雇い主を説得して、市場調査用のプロトタイプ31台を作ったのは、1923年のことだった。反応はさまざまだったが、1924年にこの会社は「ライツ・カメラ」(Leitz Camera、Lei-Ca）の生産を命じ、モデルＡすなわち「ライカI」が1925年春のライプツィヒ見本市で一般の人々に紹介された。このカメラはたいへんな好評を博し、写真史における画期的な出来事となった。発表されるとすぐに、その抜きんでた品質のために憧れの的となり、以来、世界の一流写真家にくわえて、アルフレッド・ヒッチコックやスタンリー・キューブリックからブラッド・ピットまで、伝説的な映画製作者に愛用されてきた。

かさばるガラス板ではなく、運びやすい小さなロール状のフィルムを使うようにデザインされたライカIには、布幕式フォーカルプレーンシャッターと内蔵式光学ファインダーが使われており、１秒の１/20から１/500の範囲でシャッタースピードを切り替えられた。バルナックは１度に１フレームを撮って35ミリフィルムの狭い範囲を露光し、それからネガを作ったあと暗室で画像を引き伸ばせばよかった。フィルムは、ストリップの穴にはめたスプロケット（歯車）を手動で動かして巻いた。シャッター切り替えのポジションZ（Zeitすなわちタイム）にくわえて、このカメラにはアクセサリー・シューがあり、フラッシュなどのアクセサリーを装着できた。これらプロ向けの機能は、拡大に耐えられるほど十分に鮮明な像を記録できる精密なレンズがくわわって完全なものになった。これについては、エルンスト・ライツの顕微鏡部門にいたバルナックの同僚、マックス・ベレークの貴重な貢献があった。　JW

ナビゲーション

「ライカ」（1927年）。
アルミニウム、ガラス、真鍮、合成皮革。

▲「ライカ250」はレポーターともよばれ、アンリ・カルティエ＝ブレッソンのようなフォトジャーナリストのなくてはならない道具になった。30フィート（９メートル）のフィルムが入り、再装填しなくても250枚撮影できる。

自由列車

エルンスト・ライツ社は、従業員の福祉にかんしてすぐれた実績を残している。年金、病気休暇、健康保険を早くから設けていた。この会社は技術をもつ従業員によって成り立っていたが、その多くがユダヤ人だった。1933年にヒトラーが権力の座についたとき、エルンスト・ライツ２世はひそかに、フランク・ダバ・スミス・ラビが「ライカの自由列車」とよんだものをはじめた。国境が閉じられるまで、この会社はユダヤ人従業員と友人がドイツを離れるのを助けるために、イギリス、香港、アメリカの営業所へ送った。ライツの娘のエルジー・キューン＝ライツは、ユダヤ人女性が国境を越えてスイスへ入るのを助けていて捕まり、ゲシュタポによって投獄された。

コダック・ボーブローニーNo.2 1930年 Kodak Beau Brownie No.2

ウォルター・ドーウィン・ティーグ　1883–1960年

金属、エナメル、ガラス、人工皮革。
13 × 9 × 13 センチ

「ボーブローニー箱形カメラ」は、ニュージャージー州ロチェスターのイーストマン・コダックが作った、人気のブローニー・シリーズのひとつだった。これは女性向けの特別版としてデザインされており、前面のモチーフがアール・デコ（p.156）風で、側面は人工皮革になっている。1930年から1933年まで生産され、120フィルム用と116フィルム用の２種類のサイズが販売された。ロータリーシャッターは、瞬時かタイム（マニュアル露光）の３段階があり、８枚撮りが可能だった。写真術を民主化したカメラという評価もあるボーは、カメラのすばらしさを階級だけでなく性別を越えて広めた。従来より短い距離でフィルム板に像を投射できるダブレットレンズのおかげで、ほかの多くのモデルよりコンパクトになり、キュートな魅力が増した。また、この時代の若い女性に気に入ってもらえるように、ボーはそれまでのカメラより簡素だった。といってもそれは光学や専門的な話ではなく、使いやすく好ましい品物になるようにデザインしたということではあるが。正面部分のツートンカラーのスタイリングはウォルター・ドーウィン・ティーグによるもので、厚紙のパッケージもジャズ・エイジの幾何学的な形と色で飾られていた。ティーグは、インダストリアルデザインの分野の草分け的存在で、専門のひとつがパッケージだった。

JW

ナビゲーション

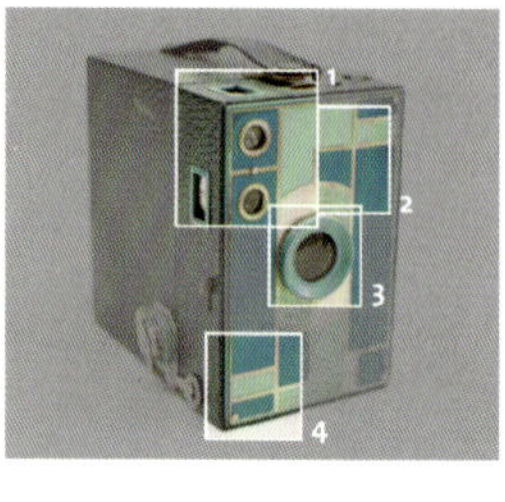

フォーカス

1　ファインダー

ボーはファインダーがふたつあるデザインになっている。長方形の写真を撮るためにできたふたつの選択肢で、ポートレート（長辺が縦）かランドスケープ（長辺が横）で撮影できる。どちらの状態もうまく撮れるように、ティーグは各フォーマットに対してひとつずつファインダーを用意した。

2　配色

前面のパネルは、よく研磨したニッケルにツートンカラーのエナメルをはめこんで装飾している。ローズの配色と緑の配色は、1931年よりあとは生産されず、このふたつのモデルはアメリカ以外では販売されなかった。そのため、現在ではこの２種類は希少で、そのパッケージはさらに希少価値が高くなっている。

3　ダブレットレンズ

このカメラには固定焦点のイーストマン・ダブレットレンズがとりつけられた。このタイプの光学レンズは、２枚の単レンズを組みあわせて作り、あいだのすきまを接着するか密着させて、光学収差を補正できるようにする。ダブレットレンズのおかげでボディは短くなった。

4　アール・デコのスタイリング

中央の円の周囲に縦長や横長の長方形が配置された前面の幾何学的なプレートは、アール・デコ時代のソニア・ドローネーなどによる非具象的な絵画を思わせる。ティーグはこれを1930年１月６日にデザインし、同年の７月26日に特許を取得した。

▲「ボーブローニー No. 2」は、5種類の配色（黒と暗紅色、ツートーンの青、ツートーンのローズ、茶と黄褐色、ツートーンの緑）のものが製造され、それぞれに合う人工皮革でおおわれていた。

成層圏旅客機の内装

ティーグは、1947年7月に初飛行をして1963年に引退したボーイング377ストラトクルーザーの内装（右）をデザインした。この187立方メートルのぜいたくな内部空間のデザインは、第２次世界大戦後の民間航空機の新たなはじまりを告げ、のちのボーイング707と747の内装の青写真になった。1988年にティーグはロナルド・レーガン大統領の専用機エアフォース・ワンの内装も手がけた。機内にはすべてがそろった２カ所のキッチン、100台の電話機、７つの洗面所、16台のテレビ、31セットのリクライニングシートが配置されていた。

ミノックス超小型カメラ 1936年 Minox Subminiature Camera

ヴァルター・ツァップ　1905–2003年

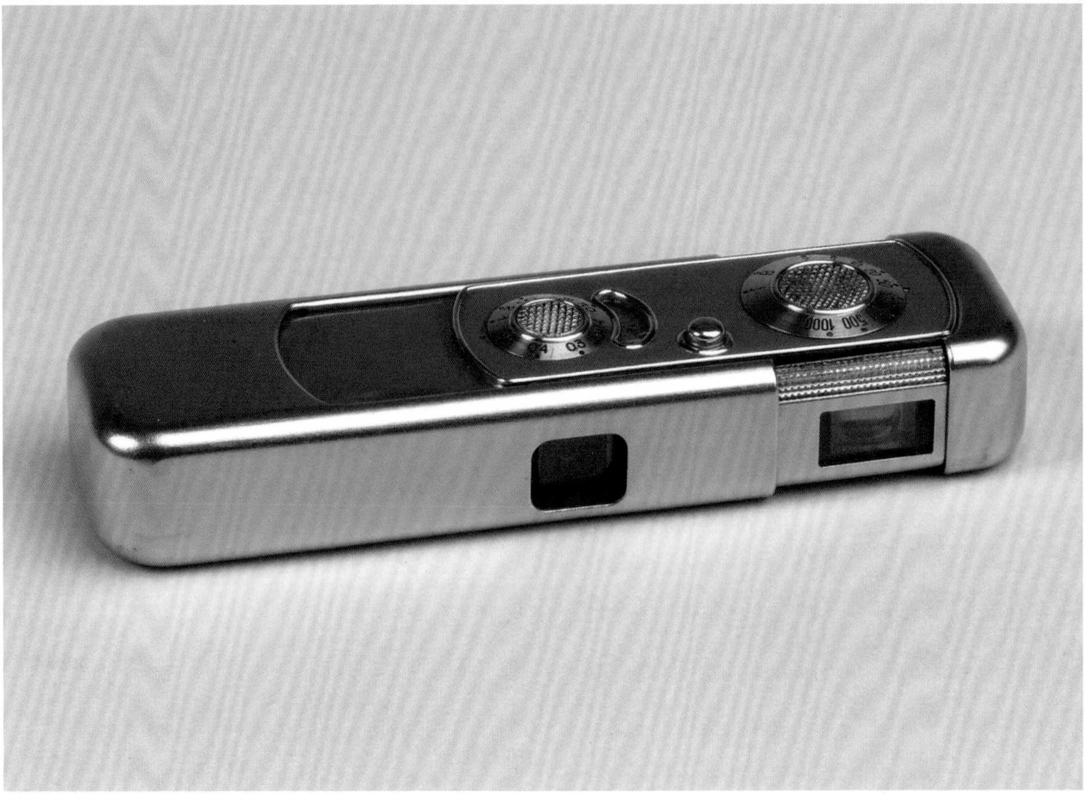

ステンレス。
1.5 × 8 × 2.5 センチ

小型化したものでもとりわけ電子装置の分野となると、20世紀末のデザインという先入観にとらわれがちなので、このコンパクトカメラが意外と早く出ているので驚かされる。だが、写真の大衆化が急速に進んでいたときにこの「ミノックス」が登場したことは、当然のなりゆきと見ることもできる。すでにイーストマン・コダックのようなメーカーが使いやすくもち運びのできるカメラを一般人の手にもたらしていた。ヴァルター・ツァップがしたのは、ポケットに隠せるほど小さなカメラをデザインしたことである。

当初、ミノックスの魅力はすぐには理解されず、1938年にラジオと電子機器の会社VEFが最初に生産したラトヴィアでは、発売しても無視された。それでもその後の2年間で世界中で2万台近くが売れて、その多くが軍事目的で使われた。サイズが小さいだけでなく、このカメラはマクロ撮影ができるために文書を撮るのに理想的で、スパイ目的に使用できた。第2次世界大戦後、このカメラはデザインしなおされて、最終的に西ドイツのヴェッツラーで生産が再開された。その後も売れゆきは好調だった。もっとも人気のあるモデルは「ミノックスB」で、1958年から発売されて1972年に生産中止になった。冷戦の状況で、このカメラがあきらかに秘密作戦やスパイ活動に適している事実から、この品物はぜいたく品として人を引きつける特別な魅力を帯びるようになった。製造費用がかかるため、ツァップが最初に考えていたように大量生産品になるほど安くはならなかった。

革新的で好奇心が強く技術に精通しているツァップは、仲間に恵まれていて、とくにドイツの実業家リヒャルト・ユルゲンスは後援者となり、戦後になって共同でミノックス社を立ち上げた。早くから励ましてくれていた写真家のニコライ・ニーランデル（1902–81年）は、ミノックスの名称とネズミのロゴを考案した。　EW

ナビゲーション

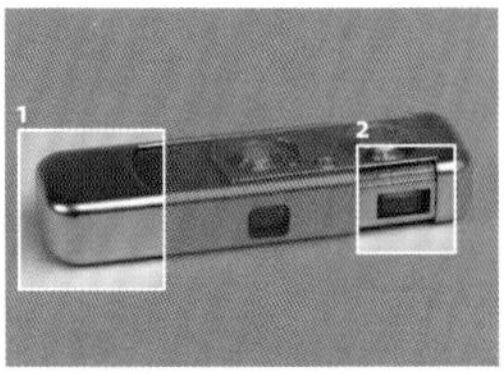

フォーカス

1　外殻

最初の「ミノックス」は、真鍮のシャーシをステンレスの外殻がおおっていた。のちに生産されたモデルはアルミニウムで被覆されたプラスチックの外殻になり、それによって軽く、いくぶん安くなった。金またはプラチナでメッキ、あるいはアルマイト処理した特別仕様のぜいたくなモデルも出た。

2　焦点距離が短いレンズ

ミノックスは35ミリカメラほど人気はなかったが、そのミノスティグマート15ミリf/3.5レンズは、20センチの距離でしか焦点が合わなかった。多くのモデルが測定チェーンつきで売られ、これをいっぱいに伸ばした60センチが、レターサイズの文書の写真を撮るのに最適な距離だった。

デザイナーのプロフィール

1905–29年

ヴァルター・ツァップはラトヴィアのリガで生まれ、エストニアで美術写真家に弟子入りした。1925年に印画紙断裁機のデザインの特許をとった。

1930–35年

ミニチュアカメラの試作品を作り、これにニコライ・ニーランデルが「ミノックス」の名をつけた。ツァップはドイツの企業アグフアに製造を断わられたあと、リヒャルト・ユルゲンスの提案でVEFに話をもちかけた。

1936–44年

VEFと契約を結び、1938年にリガで生産がはじまった。ヨーロッパとアメリカで宣伝された「リガ・ミノックス」はささやかな成功をおさめた。1941年にツァップはベルリンのAEGで働きはじめた。ミノックスの生産が1943年に終了した。

1945–50年

ツァップとユルゲンスが西ドイツのヴェッツラーで会社を設立した。1948年に、デザインしなおした「ミノックスII」の生産がはじまった。ツァップは会社の後援者のひとりと口論して、1950年に会社を去った。

1951–2003年

ミノックスのモデルは、高級品市場で好調な売れゆきを示した。1970年代から電子化が進み、新たなフィルムのフォーマットがくわわった。1989年にツァップはミノックスとの関係を修復した。

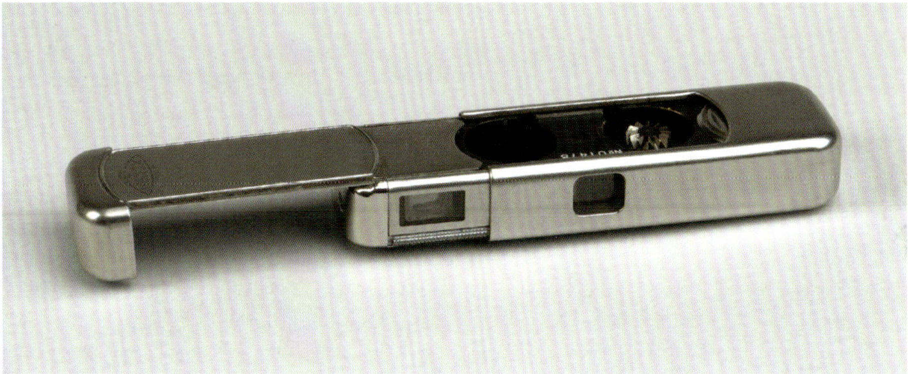

◀このカメラの外殻はスライドして開閉するようになっている。この動作によってフィルムを送り、カメラのコンパクト化に貢献している。閉じた状態ではレンズとファインダーがおおわれて、傷がつくのを防ぐことができる。

スパイ対スパイ

「ミノックス」はサイズがコンパクトでレンズの焦点距離が短いので、文書を隠し撮りするのにうってつけで、諜報活動に魅力的なアイテムになった。アメリカ、イギリス、ドイツの諜報機関が、第2次世界大戦中にスパイ活動でこのカメラを使っていたことが知られている。このカメラは冷戦中にも似たような役割を果たした。イギリスとアメリカの諜報機関は、1960年代前半にミノックスのカメラ（右）をソ連のダブルスパイ、オレグ・ペンコフスキー（1919–63年）にあたえていた。

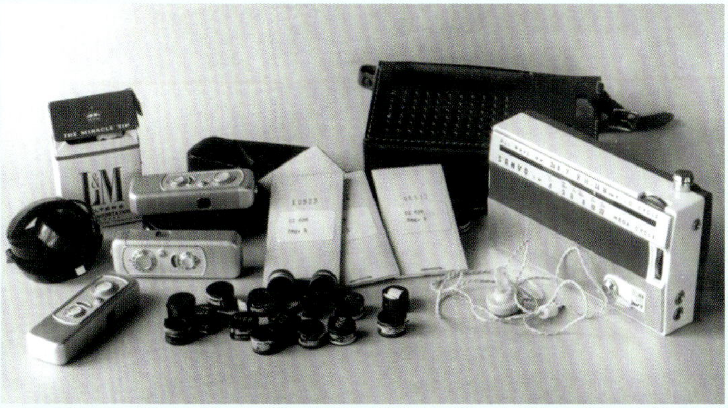

初期のプラスチック

1　1926年頃、バーミンガムのブルックス・アンド・アダムズによって作られた八角形のバンダラスタ・ウェアのボウル。

2　アメリカ規格基準局の職員が、新たな規格を定めるために、ナイロンの長靴下の長さを測定している。

3　イタリアの化学会社モンテディソンが製造した、ガラリス（カゼイン樹脂の一種）のランプ（1925–30年）。

プラスチックの開発は技術の進歩の成果だった。先進国の中産階級の消費者層は、それまであまりぜいたくできておらず、商品や目新しいものを求めていた。そうした需要を満たすための進展でもある。まずは、天然素材との半合成の人工素材が登場した。セルロイド、カゼイン、ガッタパーチャ、バルカナイト、セラックといったものである。これらはみな、象牙、黒玉、琥珀、鼈甲、角といった、さまざまなぜいたくな素材の代用品として開発された。このような高価な天然素材から作られた装身具や髪飾りのような品物への需要は高まったが、供給量が減少したために代替素材を見つける必要が生じた。

初期のプラスチックが開発された結果、中産階級向けの商品の生産が大きく拡大し、多数のメーカーが出現してこの新しい産業に熱心に投資するようになった。プラスチックは装飾的な品物にかぎらず、家庭用品にも使用されるようになった。たとえば、カゼイン樹脂は乳製品の副産物から作られ、ホルムアルデヒドで硬化させる。鮮やかな色に染めることができて、洗濯やアイロンがけに耐えるため、その一種であるガラリスのようなプラスチックはボタンや宝飾品用に人気が出た。またランプ（図3）のような家庭用品の材料にも使用された。

最初の完全な合成素材ベークライトは、ベルギー生まれのアメリカ人科学者レオ・ベークランド（1863–1944年）によって1970年に発明され、20世紀前

キーイベント

1910年	1913年	1924年	1930年	1931年	1933年
ナイロンより早くレーヨンから作られたストッキングが、ドイツで生産される。	アメリカのウェスティングハウス・エレクトリック社がフォーマイカの特許を取得。はじめ電子部品に使われ、1930年代には装飾的なラミネート製品に使われた。	研究化学者のエドマンド・ロシター（1867–1937年）が、バンダラスタに使われるチオ尿素–尿素–ホルムアルデヒド・ポリマーを発見。	アメリカの企業3Mが透明な粘着テープ、「スコッチ・セルロース・テープ」を発明。	ドイツの企業IGファルベン（現BASF）が、販売目的でポリスチレンを製造しはじめる。	イギリスの科学者がポリエチレンを発見。第2次世界大戦後に広く使われるようになる。

半をとおしてプラスチックの歴史を決定づけた。ベークライトは、社会のあらゆる階層にぜいたく品を買えるようにした代替素材となった。大衆誌で魔法の特性をもつ物質として宣伝され、暗褐色や黒色のものを入手できた。

プラスチック製品は型からとりだしやすいようにカーヴした形をしていて、流線型スタイルの大流行を起こす一因となり、流線型は形が実用的機能とあまり関係ない品物と同義語になった。新素材の製品への転換を可能にしたのは、素材を活用して電話機やラジオのような品物の流線型のボディを作り上げたデザイナーである。「Ekco AD65型ラジオ」（1934年、p.190）は、両大戦間期のイギリスのラジオのなかでもきわめて現代的な姿をしたモデルである。その輝くベークライドのボディは、なかにある複雑な機能を隠しながら、型で作られたカーヴした形を見せている。また、アメリカのライフスタイルのテイストをイギリス人の生活にもちこんだ。

しかし、市場を圧倒したベークライトも新参のプラスチックの挑戦を受けた。そうした新素材でもとくにセルロース・アセテート、プレキシガラスあるいはパースペックス、ポリエチレン、ナイロンは、ほかの新しい特徴にくわえて、さまざまな魅力的な色をつけられるために、それまでに市販されていたものをしのいだ。たとえばバンダラスタ・ウェアは、イギリスのブルックス・アンド・アダムズ社がアール・デコ（p.156）風の合成樹脂から作った、軽い家庭用品、ピクニックセット、食器類（図1）の商標である。ベークライトと同じように、バンダラスタはさまざまな形に成形できるうえに、半透明と淡い大理石模様のさまざまな色あいの品物ができた。

新しいプラスチックは硬いものもあれば軟らかいものもあった。ナイロン、すなわちポリマー6,6は、1935年にアメリカの化学会社デュポンのために、アメリカの化学者ウォーレス・ヒューム・カロザース（1896–1937年）が発明している。これは歯ブラシの毛に使われる天然の動物の剛毛に代わる材料となって、歯ブラシを一変させた。最初のナイロン毛の歯ブラシ、「ドクター・ウェストのミラクル歯ブラシ（Doctor West's Miracle Toothbrush）」は1938年に発売された。ナイロン糸で作られたこの歯ブラシは、現代の歯ブラシの基礎を築いた。ナイロンは織ることができて、ナイロンストッキング（図2）など、テキスタイルの領域に新たな可能性をもたらした。透明な素材は脚をなめらかで光沢があるように見せて、手ごろな価格の絹のストッキングの代替品として市販された。1939年のニューヨーク万国博覧会で発表されたナイロンストッキングは、市場に革命をもたらした。ナイロンは、最初縫い糸やパラシュートの布に使われていた。石油化学製品から合成されるナイロンは、新しい種類の人造繊維を発見する扉を開いたのである。

1945年には、西洋諸国の日常の生活環境を途方もないスケールで変えていた。プラスチックは、ボールペン（p.192）から布地、自動車部品、家庭のインテリアまで、多種多様な製品でさまざまな使われ方をした。 PS

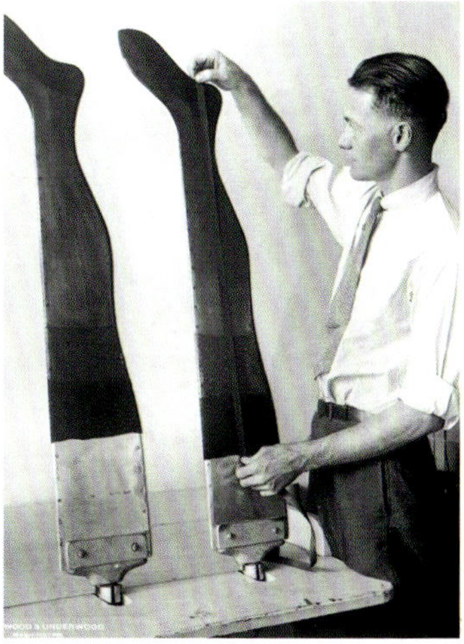

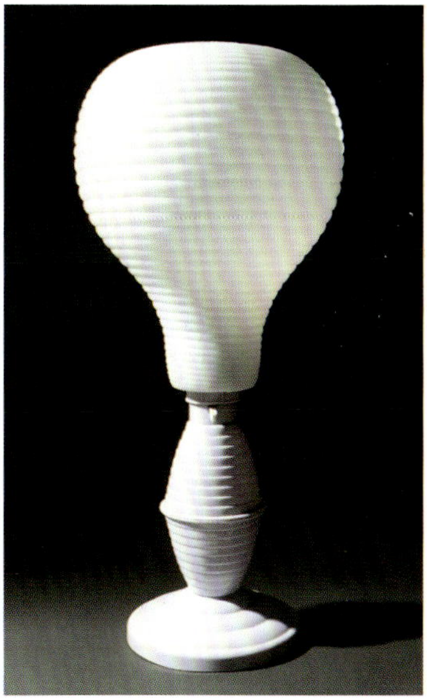

1934年	1934年	1936年	1938年	1940年	1943年
イギリスの化学企業ICIが、パースペックス・アクリルをシート、棒、管などの成形した品物の形で発売。	豪華客船クイーン・メリー号の内装が、木目調のフォーマイカで艤装される。	航空機のキャノピーが、透明なプラスチックのパースペックスから作られる。保護とともに視界の確保が可能になった。	ナイロン毛を使った最初の歯ブラシが製造される。天然の剛毛で作ったものよりすぐれていることがわかった。	イギリスで、はじめてPVCが生産される。雨着に広く使われている。	デュポンが商標名「テフロン」で知られる合成素材を発見する。

Ekco AD65型ラジオ受信機 1934年 Ekco AD-65 Radio

ウェルズ・コーツ　1895–1958年

ベークライト、ステンレススチール、織布。
40.5 × 39.5 × 21 センチ

ナビゲーション

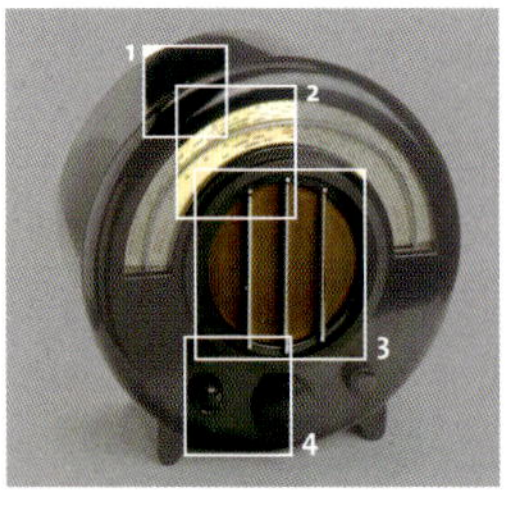

両戦間期のラジオの姿はプラスチックの登場によって一変した。それまでのラジオは、従来の家具に似たデザインの木製キャビネットに入れられていた。居間のいちばんいい場所を占めて、タンスやカクテルキャビネットと同じような美観を呈していた。ラジオの機能を収容するために成形されたプラスチックのボディが使われるようになると、家具に似せるのをやめて、キッチンの電気製品のほうに見た目がなじむ装置になった。

「Ekco AD65型ラジオ」は1932年にイギリスでデザインされて、約２年後に生産に移された。デザインしたのは、カナダ人の建築家でデザイナーのウェルズ・コーツである。スチールと織布を組みあわせたボディは、それ以前のどの様式にもあてはまらない形をしていた。むしろプラスチック成形の工程が、その形を定めていたのである。メーカーのE・K・コール社は、イングランドのサウスエンド＝オン＝シーに本部を置いていた。この会社の創設者は、革新的なラジオのデザインを生みだすために、多数のモダニズム建築家を招いた。これをきっかけに、毎日の生活で使う家庭用品のデザインが一歩前進したのである。

SP

フォーカス

1　曲線的なボディ

ベークライトを使えるようになったため、「AD65型ラジオ」はそれまでとはまったく違うモダンな外観をもてた。製造に用いられる成形技術により、曲線的な輪郭をもつボディの開発が可能になり、この独特の姿が生みだされた。

2　半円形のダイヤル

形を円形にすることが決まると、ほかの要素をそれに合うように配置しなければならなかった。チューニングダイヤルにふさわしい形として、機能的で美しい半円形が選ばれた。このラジオは円形なので、平面上で安定させるために小さなプラスチックの脚が2本必要になった。

3　円形の形

このラジオの円形の形は、ドイツのバウハウスを発信源とするようなモダニズムデザイン、つまり本質的に幾何学的なフォルムと同列にある。コーツは、ヨーロッパのモダンデザインについて知っていて、自分のデザインにも同じように進歩的な外形をもたせようとしたのである。

4　調節つまみ

このラジオの下部にある3個の円形の調節つまみは、調和した構成を生みだす位置にある。ボディの形と同じで、ラジオの正面の魅力的な姿を完全なものにしている。このラジオは黒、ウォルナット、アイボリー、緑のものが販売された。

デザイナーのプロフィール

1895–1927年

ウェルズ・コーツは東京で、カナダ人宣教師の長男として生まれた。若い頃に目にした日本の美が、のちに彼の作品に影響をあたえることになる。第1次世界大戦中はイギリス空軍に所属し、銃手からパイロットになった。戦後、カナダのブリティッシュ・コロンビア大学で学ぶ。1922年にロンドンに移り、イースト・ロンドン・カレッジで工学を専攻して、2年後に博士号を取得した。ジャーナリストとして働いたあと、デザイン事務所に雇われた。

1928–33年

イングランドで独立して事務所をかまえた。その最初期のデザイン・プロジェクトには、ハートフォードシャー州ウェリン・ガーデン・シティの「クレスタ・シルク工場」(1928年)の作業場と内装、ロンドンの「BBC放送局スタジオ」(1930年)などがある。1932年に、E・K・コール社との協力を開始した。1933年に、近代建築国際会議のイギリス支部である近代建築研究グループを共同設立して、近代建築の実践を推進した。

1934–39年

ロンドン、ハムステッドのローンロードに立つ「アイソコン・ビル」(1934年)、サセックス州ブライトンの集合住宅「エンバシー・コート」(1935年)、ロンドン、ケンジントンの「パレスゲート10」(1939年)など、イングランドの集合住宅をデザインした。

1940–58年

第2次世界大戦中はイギリス空軍で働き、戦闘機を開発した。その後、建築の仕事を続けるうちに、ヨットの設計をするようになった。1954年にコーツはロンドンを去った。ハーヴァード大学の大学院で2年間デザインを教えたあと、カナダのヴァンクーヴァーへ移った。

アイソコン・ファニチャー

コーツは1929年にアイソコン・ファニチャー社を設立して、モダニズムの住宅や集合住宅を設計して建築したほかに、その家具や建具類もデザインした。彼は、ミニマリズム的な生活の実験として、ロンドン、ハムステッドの「アイソコン・ビル」(1935年)をデザインしたことでよく知られている。そこはさまざまな知識人や芸術家の住まいになった。なかにはヴァルター・グロピウス(1883–1969年)、マルセル・ブロイヤー(1902–81年)、ラースロー・モホリ＝ナギ(1895–1946年)といったバウハウスからの移住者もいた。1939年に第2次世界大戦がはじまると、この会社は合板を調達できなくなって家具の生産を中止したが、1963年にようやくイギリスの家具デザイナー、ジャック・プリチャード(1899–1992年)によって復活された。

ボールペン　1938年　Ballpoint Pen

ラースロー・ビーロー　1899–1985年

1945年頃にマイルズ＝マーティン・ペン社が作った初期の「ビロ・ボールペン」。

インクを使って万年筆よりきれいに書けるペンの方式の探求は19世紀末にはじまり、さまざまな解決策に対して多くの特許が認められた。とくに有望だったのがボールペンのアイディアである。これはペン先についた小さなボールの上をインクが流れる仕組みになっていた。大きな進展は1938年に訪れた。ハンガリー人の画家で新聞編集者のラースロー・ビーローが、弟のジェルジュと協力して、ボールソケットの仕組みでイギリスの特許を申請したのである。汚れたり、補充用のインクがすぐに乾いてなくなったりせずに、インクで書く方策を見つけようと熱心に取り組んだラースローは、ボールベアリングと速乾性のインクを組みあわせる方法を考案した。ジェルジュは化学者で、毛管現象でボールに供給するインクの開発を助けた。

3年後、兄弟はヨーロッパを離れてアルゼンチンに移り住み、会社を立ち上げて、1943年にアメリカの特許を申請した。そこで出会ったイギリス人の会計士ヘンリー・マーティンが、ボールペンは万年筆と違って、標高の高いところで使ってもインクがもれないことに気づいた。マーティンの支援を受けて、ラースローはイギリス空軍に自分のアイディアの使用を許可すると、第2次世界大戦中は飛行機の乗組員がこのペンを使って日誌を書くようになった。「ビロ」という名前のこのペンは、イギリスのマイルズ・エアクラフ社によって生産された。1945年のクリスマスに、マイルズ＝マーティン・ペン社が製造を引き継ぎ、ビロは1本55シリングで販売された。

ビロの戦後の物語には、エバーシャープ社やエバーハルト・ファーバー社など、ボールポイントの仕組みをもつペンを生産する権利を取得したアメリカの会社が多数出てくる。1945年にレーノルズ・ボールポイントペンがボールペンを生産し、1954年にパーカーが「ジョッター」を作った。これらのベンチャービジネスはどれも成功せず、ボールペンは消費者の支持を失った。国際市場でついに主導権をにぎったのが、1945年に設立されたフランスの企業ビックで、1950年から莫大な数の安い「ビックボールペン」を大量生産した。すでにプラスチックが万年筆に使われていて、当時はプラスチックが入手しやすく安かったので、ボールペンの胴軸の材料になったのは当然だった。それどころかボールペンは、日常生活にプラスチックが入りこむ道のひとつになった。20世紀後半にはビックのボールペンが安くていたるところにある使い捨ての品物になった。非常にシンプルで役に立つため、その存在にほとんど気づかれないほどだった。このような品物は多くの点で現代の庶民の芸術品とみなすことができる。

PS

ナビゲーション

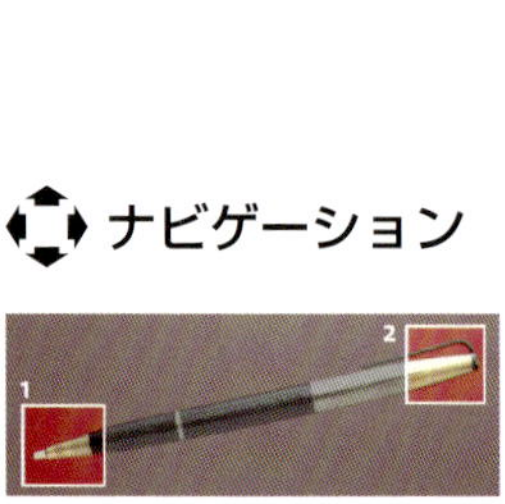

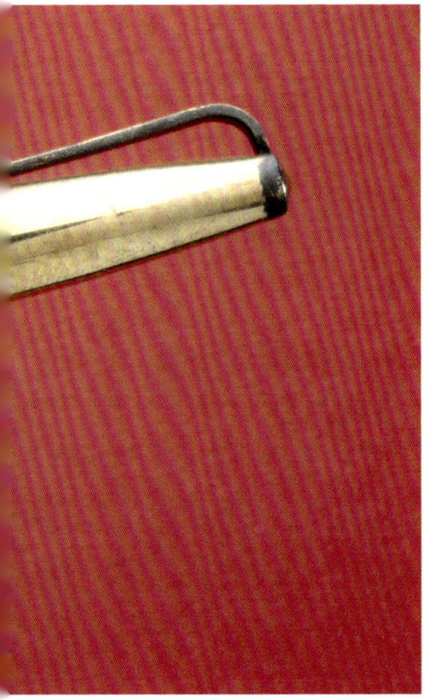

Picture Post, December 8, 1945

Biro

MARKS A TURNING POINT IN THE HISTORY OF

Writing

"BIRO" is unique: it writes with a ball-bearing point—a point that never goes wrong, never floods, bends or splutters—a point that rolls your writing on to the paper with effortless ease. "BIRO" ink dries as you write; you cannot smudge it; you need no blotter. "BIRO" writes six months or more without refilling—according to the amount you write. To replenish "BIRO" for a similar period of trouble-free service, a refill unit is inserted while you wait.

The demand for "BIRO" has far exceeded production capacity. Consequently you may have to be patient until your turn comes round.

Retail Price 55/-
including purchase tax.

Biro—for perpetually perfect WRITING

◀「ビロ・ボールペン」が世の中に出たときは、長所が広告で大々的に宣伝された。当時、このボールペンは高価なぜいたく品として販売された。

フォーカス

1　先端

ボールペンは、小さなボールベアリングをペンの先端に挿入し、その上をインクが流れるという、単純な仕組みを採用している。これにより、ペン先はなめらかかつ均等に動き、万年筆で書いているときのように汚れない。

2　クリップ

初期のボールペンは、従来の万年筆の姿をかりていた。胴を囲む金属の帯から、使用者が男性であるとして、その上着の胸ポケットに合う金属のクリップまで、すでになじみのある要素を多くとりいれた。

ビック・クリスタル

ボールペンは、1950年に「ビック・クリスタル」が登場して以来、万年筆との類似性はなくなった。このペンは、インクの残量がわかる透明なポリスチレンの本体、にぎりやすく机の上で転がらない六角形の胴軸、インクと同じ色の流線型のポリプロピレン製キャップを採用していた。このペンを過去のものと結びつけようとする者はいなかった。その外見と人間工学的デザインは、この筆記用具の近代性を反映していた。大量に生産されたこのペンは、製造の投資を回収するためには、大勢の人に買われなければならなかったため、広範な広告キャンペーンがたびたび打たれて成功した。

顧問デザイナー

1　ノーマン・ベル・ゲッデスが、1939年にニューヨークの万国博覧会のために作ったモデル都市、「フューチュラマ」。ゼネラルモーターズをスポンサーとするフューチュラマは、高速道路の概念を導入している。

2　1936年のウォルター・ドーウィン・ティーグ作の「コダック・バンタムスペシャル」。黒いエナメルとクロムのクラムシェル型（ふたつ折り）のケースは、アール・デコの流線型スタイリングの例である。

アメリカでは両戦間期に顧問（コンサルタント）デザイナーの役割が大きくなった。その背景にはおもに製造業における不況の影響があったが、拡大する消費ニーズも作用していた。ドイツのペーター・ベーレンス（1868–1940年）のようなそれ以前の開業デザイナーの仕事にくわえて、顧問デザイナーは、高い視覚的・概念的スキルと、幅広い分野を横断して仕事をする能力をあわせもつ必要があった。ノーマン・ベル・ゲッデス（1993–1958年）、ウォルター・ドーウィン・ティーグ（1883–1960年）、レーモンド・ローウィ（1893–1986年）、ヘンリー・ドレフュス（1904–72年）といった一流デザイナーが、モダンスタイルをすばやくとりいれた、舞台デザイン、広告、小売などのあらゆる分野で、それぞれの職業人生を歩んでいた。ベル・ゲッデスは最初は舞台デザイナーとして働いて、舞台演出の効果を勉強していたことが、ショーウィンドウのディスプレーや製品作りの仕事につながった。ティーグは、カルキンズ・アンド・ホールデン広告代理店のために、広告用の飾り枠をデザインしたことがあった。ローウィは、ニューヨークのサックス・フィフス・アベニューやメイシーズのようなデパートのウィンドウデザイナーとして出発した。そしてドレフュスは、最初は舞台デザイナーとしてベル・ゲッデスの弟子をしていたが、その後、メイシーズの仕事をした。

顧問デザイナーが登場したとたんに、デザイナー文化ははじまった。品物、イメージ、あるいは環境に有名デザイナーの名前がそえられると、付加価値がついた。雑誌のタイムとライフは、まるでハリウッドスターでもあるかのよう

キーイベント

1924年	1926年	1927年	1928年	1929年	1932年
ノーマン・ベル・ゲッデスとヘンリー・ドレフュスが、ニューヨークのブロードウェイで上演された「ザ・ミラクル」の舞台装置をデザイン。	アメリカのインダストリアルデザイナー、ドナルド・デスキー（1894–1989年）が、家具、テキスタイル、照明のデザインを専門とするコンサルタントデザイン事務所を設立。	ベル・ゲッデスがインダストリアルデザインのスタジオを開設。さまざまなメーカーと仕事をするコンサルタント事務所の草分けだった。	ウォルター・ドーウィン・ティーグがコダックとの関係を開始。このことが同社のさまざまな革新的なデザインにつながった。	ドレフュスがコンサルタントデザイン事務所を開く。初期クライアントには、ニューヨークのデパートのメイシーズがいた。	ベル・ゲッデスが、顧問デザイナーらの共著『ホライズンズ（Horizons）』を刊行。これを皮切りに顧問デザイナーがデザイン思想を述べた本が多く出版されるようになった。

に、顧問デザイナーの日常生活について詳しく伝えた。有名人の地位は個人としての彼らにとって重要だったが、彼らを雇っている製造業者にとってはもっと重大だった。なぜならそれが商品に即座にお墨つきをあたえたからである。実際、デザイナーの名前は一種の製品保証として使われた。

ベル・ゲッデスは、そうしたデザイナーのなかでもとりわけ先見の明があった。仕事をはじめてから早いうちに実験的な輸送形態に取り組み、非常に印象的な空気力学的スタイリングを採用した。そして1927年には舞台デザインの経験を生かして、ニューヨークの広告代理店ジェイ・ウォルター・トンプソンの本社のために劇場のような室内装飾を作った。1939年のニューヨーク万国博覧会は「明日の世界」をたたえ、顧問デザイナーが提案する未来的で流線型な出品物が圧倒した。ここでもゲッデスは重要な役割を果たし、ゼネラルモーターズ社の出展したジオラマのモデル都市「フューチュラマ」（図１）で20年先の世界を描いた。

ティーグは、彼の名前で、テキサコのガソリンスタンド（1934年）、コダックの「バンタムスペシャル」（1936年、図２）のようなカメラなど、現代性と進歩をイメージさせる、将来性のある流線型のデザインを多数作った。ティーグは1939年のニューヨーク万国博覧会のデザイン委員会のメンバーで、多くの展示をデザインした。そのひとつであるデュポン社の「化学のワンダーワールド」には45メートルの試験管の形をした塔があり、夜、照明に照らされると化学物質が泡立っているように見えた。

ローウィは「ゲステットナー複写機」（1929年、p.196）を流線型にして、インダストリアルデザイナーとしての経歴をスタートさせた。彼が通信販売会社のシアーズ・ローバックのためにデザインした「コールドスポット冷蔵庫」（1934年）は、扉に埋めこまれた取っ手など、自動車のデザインから細部を借用している。ローウィの最大の功績は、ペンシルヴェニア鉄道会社のために考案した流線型の「GG−1電気機関車」（1936年）だった。

ドレフュスは、電気掃除機のフーバーから、時計のウエストクロックスまで、幅広い製造業者に仕事を依頼され、流線型化という美的表現手段と製品の「人間的要素」とよばれるようになるものへの配慮とが両立可能であることを証明した。流線型の美と結びついた人間工学についての彼のスキルは、ベル社の「モデル302ハンドセット電話機」（1937年、p.198）のような製品にはっきり表れている。

顧問デザイナーは数々の華々しい流線型のデザインを開発するだけでなく、実際のビジネスの領域でも革新的だった。ベル・ゲッデスは、詳しい消費者アンケートによって市場にかんする知識を得た。彼は、1931年にフィルコのラジオのために、市場調査の結果を参考にして異なる市場セグメントに受けるように、ハイボーイ、ローボーイ、レイジーボーイという脚の長さが違う３タイプのラジオキャビネットを作った。

1920年代の末から、消費者向けの製品を生産しているそれ以外の多くの業界も、顧問デザイナーを雇うことで恩恵をこうむった。まもなくほかの国々も、アメリカに登場したコンサルタントによるデザインというやり方を見習って、デザインを新興産業に組みこみ、消費者の関心をよび起こす方法を模索した。

PS

1933年
シカゴで「進歩の世紀」展（万国博覧会）が開催される。アール・デコ様式が目立ったが、スチールやアルミニウムなどの新しい素材も使われた。

1934年
自動車市場に投入された最初期の流線型の自動車、クライスラーの「エアフロー」が発売される。時代の先を行っていたことが証明される。

1934年
ニューヨーク近代美術館で、産業が芸術についての考え方にどのように影響をおよぼしているかを示す「マシン・アート」展がはじまる。

1936年
レーモンド・ローウィがペンシルヴェニア鉄道会社との関係を築く。その結果、彼の非常に印象的なデザインがいくつか生まれることになった。

1939年
クイーンズでニューヨーク万国博覧会が開催される。この万博は当時の生活のあらゆる分野に浸透した流線型化の絶頂期となった。

1940年
ティーグが、作品の概要を示しデザインの流線型化を支える思想を『デザイン宣言――美と秩序の法則』［GKインダストリアルデザイン研究所訳、美術出版社］で説明。

ゲステットナー複写機 1929年 Gestetner Duplicator

レーモンド・ローウィ 1893−1986年

金属、ゴム、木材。
機械部分 34 × 38 × 61 センチ

デザイナーのプロフィール

1893−1919年
ローウィはパリで生まれ、第1次世界大戦中はフランス陸軍に従軍した。1919年にニューヨークへ移住した。

1920−28年
ヴォーグ、ハーパース・バザーなどの雑誌のファッションイラストレーター、ニューヨークの百貨店、メイシーズとサックスのショーウィンドウの装飾の仕事をした。

1929−43年
1929年にローウィはシグムント・ゲステットナーから依頼を受けて、複写機をデザインしなおした。この仕事はさらに多くのインダストリアルデザインの依頼につながり、1930年には顧問デザイナーとして個人の事務所を立ち上げた。1930年代の仕事に、ハップモービルの自動車のリ・デザインが数例ある。

1944−63年
1944年にインダストリアルデザイン事務所ローウィ・アソシエーツを設立した。大きな成功をおさめ、1949年にはタイム誌の表紙を飾った。よく知られているデザインに、1950年代の新しいコカ・コーラのボトルや、1963年のスチュードベイカーの自動車「アヴァンティ」などがある。

1964−86年
1960年代から1970年代初めにかけて、NASAの宇宙船の居住システムや内装のデザインをした。

ナビゲーション

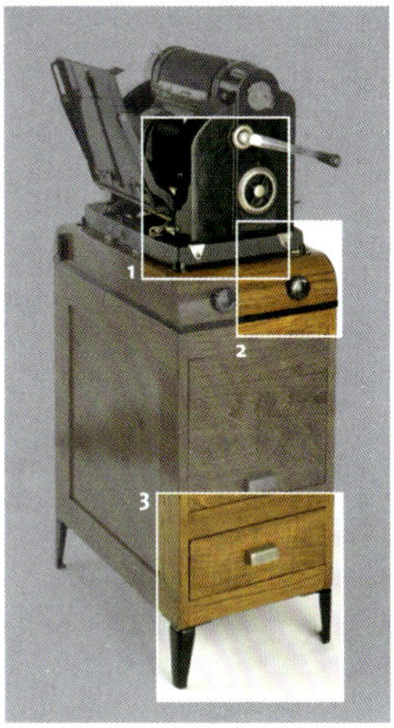

1929年、シグムント・ゲステットナーがレーモンド・ローウィに、自社製品のかなり時代遅れになった事務用複写機を魅力的な外観にしてほしいと依頼してきた。その装置は、すべての機能を果たす複雑な金属製機械の（そして少しミシンに似ている）上部と、古風なファイルキャビネットに似た台で構成されていた。ローウィは、コピー機と木製キャビネットの機能的分割は維持したが、重要なモダン化のポイントとして、両者のあいだの物理的断絶を除いた。それにより複写機は購入者と使用者の両方にとって、魅力のある一体型モデルになった。そしてリ・デザインの傑作となったのである。

とりわけ重要な追加は大きなベークライトの外殻である。このなかに機能がすべて入っていて、機械の安全を保ち、ほこりが入らないようにしている。その曲線的な輪郭は当時の新しい流線型の美を反映しており、それによってこの複写機は平凡な機械から輝く進歩のシンボルに変わった。実際、ローウィのデザインは、1920年代にアメリカに登場しつつあった近代的なオフィス環境にくわえる進歩的な品物を意図していた。それは、すでに20世紀のもっと早い時期にはじまっていた時間動作研究の結果である、効率と生産を高める動きの一環だった。ゲステットナー複写機の成功によってローウィの評判は高まり、20世紀なかばの顧問デザイナーのなかでもとりわけ有名な人物になった。ローウィは自動車や列車から陶器類まで、多種多様な製品のデザインを手がけた。　PS

フォーカス

1　混成材料

この複写機のリ・デザインで、ローウィは、木と金属というもともとの材料の組みあわせを保持しながら、ベークライトをくわえた。その結果製造は複雑になったが、彼が採用した新しい視覚的表現は、これらの材料をうまく調和させるのに成功した。

2　流線型化

ローウィはこの機械の上半分を流線型にデザインして、型成形したベークライトでボディを作った。しかし、プラスチックの成形がまだ初期段階にあったため、外殻の大きさが技術的にむずかしい課題となった。ローウィはキャビネットの上の縁を丸くして、機械部分のおおいのカーヴと調和させた。

3　新しい脚

ローウィが導入した重要な変更のひとつが、猫脚を短くて頑丈で現代的に見える脚に変えたことである。これにより、この複写機全体の安定性が増し、時代遅れのキャビネットがスタイリッシュなオフィス用品に変わった。

コールドスポット冷蔵庫

1934年にローウィは、シアーズ・ローバック社のために「コールドスポット冷蔵庫」をデザインしなおした。その際には、自動車製造業から多くのヒントを得てデザインした。彼が制作した冷蔵庫は、完全に流線型のボディをもつ最初の冷蔵庫だった。そのふくらんだ形は、スチールの製造と曲げ加工に新しい技術が導入されて可能になった。

ベル・モデル302 1937年 Bell Model 302

ヘンリー・ドレフュス　1904–72年

「モデル302」は、ひとつの機械に振鈴装置とネットワーク回路を入れたベルの初の電話機である。

「モデル302ハンドセット・テレフォン」ともよばれる「ベル302」は、1937年にアメリカのインダストリアルデザイナー、ヘンリー・ドレフュスによってデザインされた。ドレフュスは「人間的要因」と表現する機能性重視の原則から、この形を発想した。製造はウェスタン・エレクトリック社である。モデル302のカーヴした側面は、正方形の台座から上方へ一気に上がり、ハンドセットのゆるやかな弧を支えている。

ドレフュスは舞台デザイナーのノーマン・ベル・ゲッデスのもとで修業したあと、自分のスタジオを開いた。彼だけではなかった。芸術家、舞台装置デザイナー、イラストレーターとして仕事をはじめていた新しいタイプのインダストリアルデザイナーは、大恐慌が襲ったとき、新たな仕事を探さざるをえなくなったのだ。またよいデザインによって、企業が利益を拡大できるという革命的な認識が広まりはじめていた。ドレフュス、レーモンド・ローウィなどは、人間と使用する製品との関係を再考した。製品をよりユーザーフレンドリーにするために、彼らは流線型の成形された外殻のなかに機械部分を入れることが多かった。

1930年にベル研究所が、古いロウソク型電話機に代わる新しいハンドセットのコンペを開催し、ドレフュスに参加を要請した。しかし彼は、技術者と顔をつきあわせていっしょに働くのを好み、それができないと参加を断わった。コンペが終わり、会社はふたたびドレフュスをよんだ。それが数十年におよぶ関係のはじまりだった。モデル302では、受話器と送話器が一体になったハンドセットが、水平の受け台に置かれている。黒のフェノール樹脂を型成形したこのハンドセットは、1954年から生産された。モデル302を「ルーシーフォーン」とよぶコレクターがいたのは、1950年代のテレビ番組「アイ・ラブ・ルーシー」にしばしば登場したからである。

JW

ナビゲーション

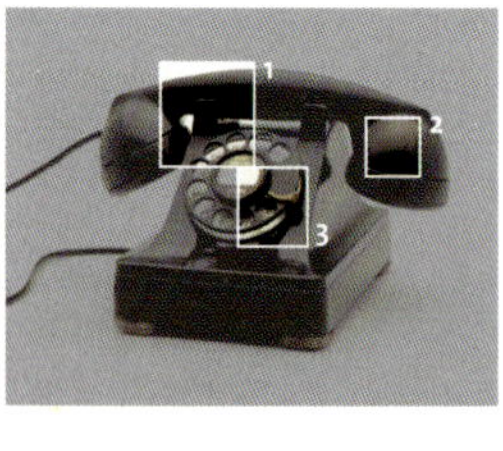

フォーカス

1　ハンドセット
ドレフュスは「モデル302」を、人体とどのような関係にあるかという観点から総合的に考えた。彼はデザインをソフトにし、角を丸く、縁をなめらかにした。たとえば、ハンドセットの三角形の断面は、電話をもっているときの手のひらの形にそったものになっている。ハンドセットは肩にもたせかけられた［ただし三角形なので、安定性は悪かった］。

2　筐体
モデル302は基本的に黒だった。数種類の色で塗装した金属の筐体の電話機が市販され、ダークゴールド、彫像の青銅、古い真鍮色、酸化した銀のような金属的な色あいが注文購入できた。その後、アイボリー、赤、グレー、緑、ダークブルー、ローズのプラスチックの電話機もできた。

3　ダイヤル
四角形のスチール製の底板にのったモデル302の筐体は、鋳造した亜鉛合金から作られたが、その後、第２次世界大戦で金属が不足するとプラスチックになった。ダイヤル盤は白いガラス質のエナメルでおおわれたスチールでできていた。金属製の回転板は透明なプラスチックに変わった。

▲ドレフュスのスタジオであるヘンリー・ドレフュス・アソシエーツは、1965年にベルのために斬新な「トリムライン」コード電話機もデザインした。ダイヤルが電話機の台部分からハンドセットの下側へ移された。

デザイナーのプロフィール

1904–37年
ニューヨーク市ブルックリンで生まれたヘンリー・ドレフュスは、見習いの舞台デザイナーをへて、1929年にデザイン事務所を開いた。1933年にゼネラルエレクトリック社のためにデザインした冷蔵庫は、シアーズ・ローバック社のためにデザインした洗濯機「トペレーター」と同様、外観と機能性を徹底的に改善した。ドレフュスは1934年にフォーチュン誌にとりあげられた。その後まもなく、「モデル150直立式電気掃除機」をデザインして、フーヴァー社に年に２万5000ドルの利益をもたらした。

1938–54年
ニューヨーク・シカゴ線のための蒸気機関をデザインした。また、ジョンディア社のトラクター「モデルA」、ビッグ・ベン社のめざまし時計、1939年のニューヨーク万国博覧会で2039年の未来都市を制作した。1941年には、アメリカ統合参謀本部の戦時戦略室を共同でデザインした。

1955–72年
『百万人のデザイン』（1955年）［勝見勝訳、ダヴィッド社］と『人体測定図（The Measure of Man）』（1960年）を著述した。1965年にアメリカ・インダストリアルデザイナー協会の初代会長になった。

一貫性と長寿

「モデル302」はたちまち成功し、1960年代までほぼ変更はなかった。デザインの基準からいうと信じられないほど長い有効期間である。一貫性がドレフュスの代名詞で、茶色のスーツしか着ないことで、持ち衣装を合理化しさえした。ニューヨークにいるときはプラザホテルにしか泊まらず、このためクライアントは彼とどこで会えるか知っていて、22年のあいだに５日しか仕事のない日はなかったといわれる。

公共事業のデザイン

国旗、エンブレム、軍服、貨幣は、古くから王国や国家をブランド化する方法だった。20世紀になって国や地方の政府が市民にさまざまな品物、サービス、情報を提供するにつれて、政府は公に広報活動の技術を利用するようになった。と同時にデザインの普遍的かつ永続的な規格の検討も行なわれた。19世紀の自由放任の資本主義に対して道徳的・知的な拒否感が広く浸透したせいで、公的部門と民間部門の境があいまいになり、ロンドン交通局のような中間的な存在が生まれた。またその一方で公的所有のサービスは、見識あるビジネスに特徴的な効率性や近代性を実現した。ただし公的部門がブランド化にあたってデザインにあたえた役割は、販売（多くの場合、独占的供給者）ではなく、おもに親しみやすさと安心感を築くことに関連していた。

第１次世界大戦で崩壊したヴァイマル共和政のドイツ（1919–33年）は、多くの分野でモダンデザインを生みだした。フランクフルトでは、1920年代末に市の定期刊行雑誌が、モダニズムの家屋に入居する者にどんな家具が適しているかを示し、1926年には最小限の設備しかない便利な「フランクフルト・キッチン」のデザイン（p.164）を提案した。

1922年にアイルランド自由国が成立したあと、その独立性を象徴する方法が独自の硬貨の発行だった。イギリス人彫刻家パーシー・メトカーフ（1895–1970年）が1928年にデザインした硬貨（図１）は大いに親しまれ、2002年にアイルランドが通貨としてユーロを採用するまで使われた。

イギリスではロンドン地下鉄が、資本主義より上にある公共事業としてイメージを統一しようとしたとき、公益事業デザインの見本になる例が示された。コマーシャルマネージャーのフランク・ピック（1878–1941年）は、「まちが

1　パーシー・メトカーフのアイルランドの硬貨。デザインには、国のシンボルであるハープと、この国の農業経済にとって重要な何種類かの動物を用いている。

2　フィアットの列車「リットリナ」。前面にベニト・ムッソリーニのファシスト党のシンボルであるファスケス（木の束とつきだした斧）を飾っている。

3　1936年のヘルベルト・マターのスイスへの旅行を勧めるポスター。マターはこのようなポスターで、コマーシャルアートにおけるフォトモンタージュの先駆者となった。

キーイベント

1907年	1909年	1915年	1923年	1926年	1930年
ドイツの電気機器メーカーAEGが、建築家のペーター・ベーレンス（1868–1940年）を雇い、会社のロゴ（p.118）とブランドをデザインしなおす。	デンマークの建築家クヌード・V・エンゲルハルト（1882–1931年）がコペンハーゲンの電話帳のために、プロト・モダニズムのレイアウトを採用。	実業家、小売業者、ジャーナリストが、市民デザインと責任ある産業の推進を目的に、ロンドンデザイン産業協会を設立。	エンゲルハルトが、東デンマークのゲントフテの道路標識を、黒地に白いサンセリフのレタリングを使ってデザイン。「j」の文字の点を赤いハートにした。	オーストリアの建築家マルガレーテ・シュッテ=リホツキー（1897-2000年）が、都市労働者の住宅のために「フランクフルト・キッチン」（p.164）をデザイン。	パリからのソー鉄道路線が、緑と白の車体にアール・デコ様式の照明をつけた列車を導入。

いなく、われわれが生きている時代」に属するアルファベットのデザインを依頼した。ほんとうの意味での手描きレタリングの先駆者であるエドワード・ジョンストン（1872–1944年）は、1916年にモノライン（単線）のサンセリフ書体の「ジョンストン」をデザインした。これはそのような多くの書体の先駆けで、21世紀になっても使われている。ジョンストンは、特徴のないひし形をした元のマークから、地下鉄用の円を基調にした標識を考案して駅名を表示した。チャールズ・ホールデン（1895–1960年）の駅の構造は、アーツ・アンド・クラフツ運動（p.74）の原則から生まれたが、平らな屋根とコンクリートを使い、自己満足も現実逃避もない安心できるメッセージを発した。鉄道網が拡大するにつれて、運行管理が複雑になった。ピックは製図技師のハリー・ベック（1902–74年）に路線図の作成を依頼して、この問題を解決しようとした。ベックの1933年のすぐれたデザイン（p.202）は、いまだに使われている。

大戦間期のあらゆる公共事業デザインがモダニズム的だったわけではない。1910年から1940年まで、個人的すぎると考えられたアール・ヌーヴォー（p.92）に対抗して古典的な様式が復活し、建築と同じくレタリングでもよけいなものをはぎとられた古典主義が、スターリン政権のロシアからアメリカにいたる政治的にバラつきがある国々で、道徳的な絵画や英雄の彫刻とともに使用されつづけた。ナチも郷愁に満ちた田舎の「ハイマートシュティール」様式とフラクトゥール、つまりブラックレターの書体を奨励したが、同時に近代的な高速道路と、フォルクスワーゲン「ビートル」（1938年、p.210）になる「クラフト・ドゥルヒ・フロイデ（喜びを通じて力を）」という国民車の開発も後押しした。流線型のアール・デコ（p.156）は、ファシズム下のイタリアのデザインの要素で、フェッロヴィーエ・デッロ・スタート（国有鉄道）にフィアットが提供した流線型の「リットリナ」の鉄道客車（1932年、図2）につながった。この客車の名前はベニト・ムッソリーニ（1883–1945年）政権にちなんでつけられている。

オランダのPTT（郵便電信電話）公社は、電話ボックスや印刷物、切手から公的な情報誌（p.204）にいたるまで、活発なモダニズムを国が支援した例である。しかし、1930年以前にもっと徹底してモダニズムに取り組んだ国はスイスで、グラフィックデザイナーで写真家のヘルベルト・マター（1907–84年）による、スイス政府観光局とスイスのリゾート地のためのフォトモンタージュのポスター（図3）は広く称賛された。

一連の国内外の展覧会では、19世紀以来の建築や、芸術と産業の展示で国家的な自己表現をする伝統が続けられた。1929年のバルセロナ万国博覧会のルートヴィヒ・ミース・ファン・デル・ローエ（1886–1969年）のドイツ館は、通常の国のシンボルを欠き、省略によって多くを語った。それに刺激を受けたのは、イギリスのエンパイアマーケティングボードの責任者で、その後郵政公社の広報を担当することになるスティーヴン・タレンツ（1884–1958年）である。タレンツは工業製品ではなく、文化と言語というふれることのできない資産の視点から未来を見た。 AP

1931年	1932年	1932年	1932年	1935年	1939–40年
オランダの建築家レーンデルト・ファン・デル・フルーフト（1894–1936年）がPTT電話ボックスをデザイン。上部が平坦でガラスを多く使い、小文字のサンセリフで標示した。	スティーヴン・タレンツが脱工業化社会の推進にかんする論文『イングランドの将来（The Projection of England）』を出版。デザインとともに世界に売りこんだ。	タイポグラファーのスタンリー・モリソン（1889–1967年）が、古典的な原則にもとづき作成したタイムズ・ニュー・ローマン書体を使って、タイムズ紙をデザインしなおす。	デンマークの建築家スティーン・アイラー・ラスムッセン（1898–1990年）がコペンハーゲンで「イギリスの応用美術」展を開催。	イギリスの建築家ジャイルズ・ギルバート・スコット（1980–1960年）が、ジョージ5世即位25周年を記念して、ドーム状の屋根と小さな窓枠をもつ、赤い電話ボックス「K6」をデザイン。	ニューヨーク万国博覧会で、国の通商を投影した60のパヴィリオンが出展。アメリカ館は消費者優先主義に染まっていた。

ロンドン地下鉄路線図 1933年 London Underground Map

ハリー・ベック　1902–74年

カラー・リトグラフ。
16.8 × 22.8 センチ

1931年、エドワード・ジョンストンの書体サンセリフとチャールズ・ホールデンの建築が、ロンドン地下鉄の統一感とコーポレートアイデンティティを生みだしはじめていた。しかし、路線網の広がりとその交差の状況を示すポスターやポケットサイズの折りたたみパンフは、改訂されないままだった。路線網が新しい郊外地域に広げられたため、地図製作者にとって一定の縮尺では、新たに建設され郊外へ遠くのびた路線の端の部分と中心部の密集地域とのバランスをとるのがむずかしくなった。

ハリー・ベックは、実際の縮尺をすてて地理的ではなく位相的な路線図をめざす概念的な飛躍を行なったが、ロンドン交通局の役員は最初、ふつうの旅行者には理解できないだろうと考えた。ロンドン地下鉄の信号事務所の製図技師だったベックは、空き時間に図式的な路線図を作成しはじめた。1931年に最初に提示したデザインは却下されたが、1933年になって試験的に使用することになった。するとたちまち乗客のあいだで人気になり、懸念に根拠がなかったことが証明された。

ベックのデザインは、それ以前のマップの特徴を合成する一方で、重要な工夫がくわえられていた。色分けされたマップにより、利用者は地上についての余分な情報にわずらわされずに自分のルートを計画できた。ルートの形は単純化され、乗換駅にはわかりやすいシンボルが使われた。こうした原則は時がたつにつれて世界のほぼすべての輸送システムで採用された。21世紀になってもなおベックの路線図は、ロンドンで採用されている地下鉄マップの土台になっている。

AP

ナビゲーション

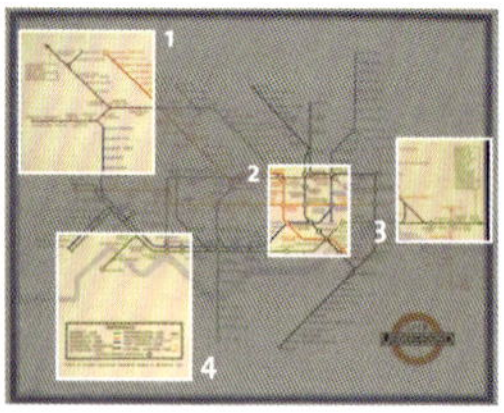

フォーカス

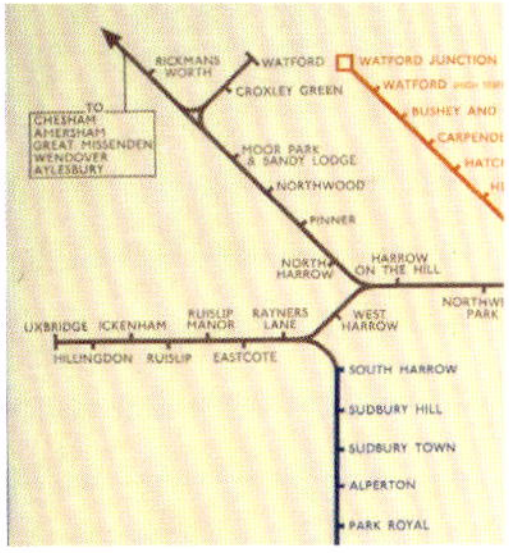

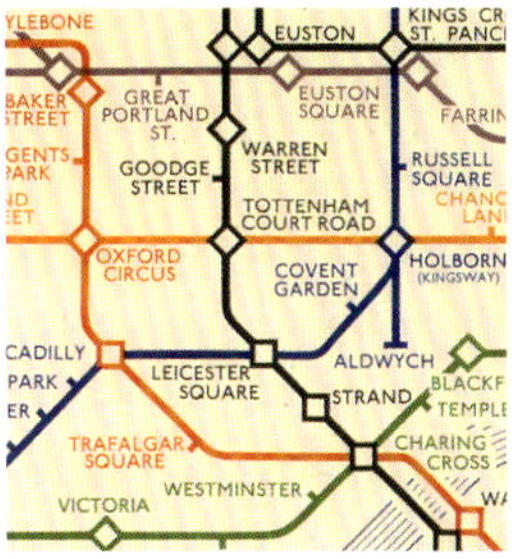

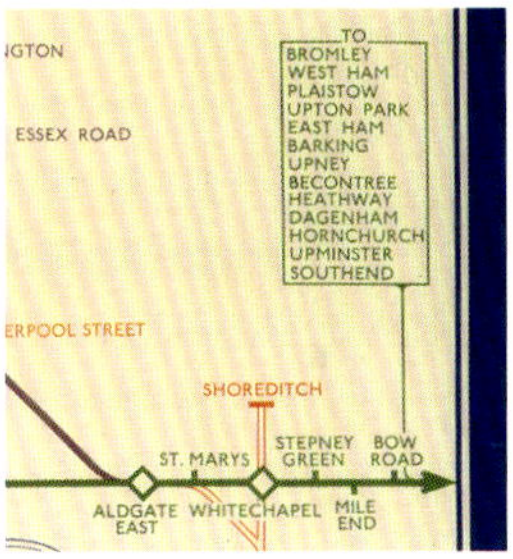

1 点

ベックによる路線図の最初の草案では、乗り換えのない駅を表示するのに丸い点が使われた。その後、彼は線上の点を駅名が書かれている側にはみださせるようにした。文字自体の配置は図中で使えるスペースによって決めた。これにより、対応する駅名を探しやすくなる。

2 ダイヤ形

1933年のマップでベックは、乗換駅を中空のダイヤ形で示した。その駅を通る各路線ごとに設けられることもあれば、複数の路線で共有されることもある。1949年から、乗り換え駅を示すために採用した白抜きの線は、いまだに使われている。

3 囲み

メトロポリタン線とディストリクト線は線路が地上に出て郊外へ延び、沿線に新しい住宅ができていた。ベックは範囲内の距離を実際より縮小し、1933年のバージョンでは書ききれない駅名を四角の囲みのなかに入れて、ディストリクト線の東の部分に対処した。

4 テムズ川

ベックはみずから課したルールで、地表にあるものはテムズ川以外すべて省略したが、テムズ川でさえ無視したバージョンもある。このマップは、45°の角度の線と水平線というベックの幾何学的ルールにしたがっている。下側にあるのは、路線の色などの情報の凡例である。

デザイナーのプロフィール

1902–32 年

ハリー・ベックはロンドンで生まれた。1925年にロンドン地下鉄の製図技師になった。1931年に拡大する地下鉄網を図解するデザインを提案したが、却下され修正した。

1933–74 年

ベックのデザインの試作ポケット版が発行された。地下鉄網が拡大されるたびに、1960年までロンドン交通局のためにマップの修正を続けた。1947年から、ロンドン・スクール・オヴ・プリンティングでタイポグラフィと色彩デザインを教えた。

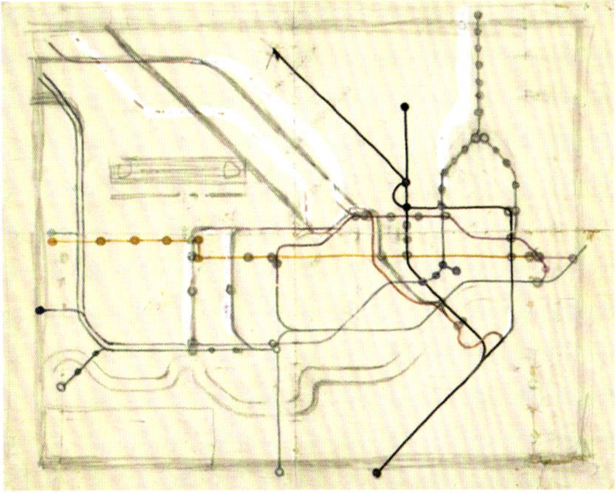

▲1931 年に作られたこのマップは、ベックによるロンドン地下鉄路線図の最初のラフスケッチである。電気回路図からヒントを得て、ベックは垂直、水平、対角線方向の線だけを使った。

アマチュアリズムと有効性

イギリス人は保守的で、デザインにおける外国のプロフェッショナリズムや芸術についての外国の考え方に懐疑的である一方で、アマチュアの工学や発明の伝統が尊敬の対称でありつづけている。ベックの仕事は、バウハウス（p.126）やデ・ステイル（p.115）ではなく、この文脈のなかで理解すべきである。世紀の変わり目に、イギリスの文化は、しばしば目的適合性と言い換えられる有効性の概念にとりつかれるようになった。ダーウィンの進化論は、すべてのものは不必要または時代遅れの要素を落とすことにより、理想の形を得る可能性があるという考えを後押しした。ロンドンの地下鉄列車を動かす電気モーターのような新しい技術は、その前にあった蒸気機関車に対して、この進化のパターンを示した。

PTTの本　1938年　Het boek van PTT

ピート・ツワルト　1885−1977年

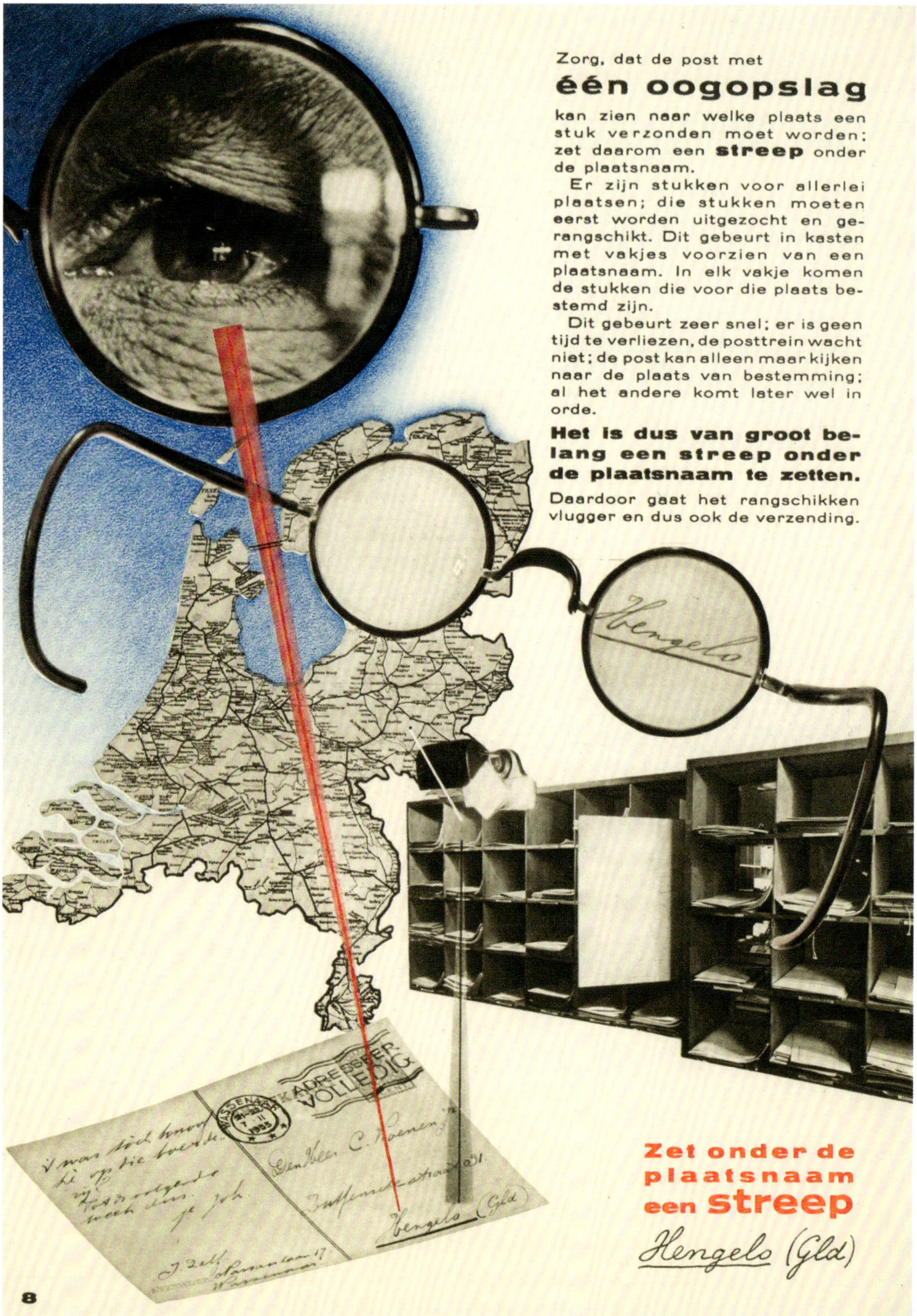

オランダPTT（郵便電信電話）事業の取締役会の法律事務をしていたジャン＝フランソワ・ファン・ロイエン（1878−1942年）は、1912年に政府が作成したデザインはみっともないと苦言を呈した。1920年にはファン・ロイエンは事務局長になっていて、当時のヨーロッパ独特のやり方で、この組織の代表者に影響をおよぼせるようになっていた。ファン・ロイエン自身がタイポグラファーで、同時代の一流デザイナーの友人が多くいた。彼は組織に統一されたスタイルを課すのではなく、アール・ヌーヴォー（p.92）の開祖のひとりであるヤン・トーロップ（1858−1928年）やモダニストのパウル・スカイテマ（1897−1973年）のようなさまざまなデザイナーが、それぞれのやり方で仕事ができるようにした。さらに、デザインの改善をめざしている建築家のレーンデルト・ファン・デル・フルーフト（1894−1936年）には、電話ボックスのデザインを依頼した。

ファン・ロイエンはこの活気のある芸術活動にピート・ツワルトを引き入れて、はじめて写真画像を使った切手にくわえて、リーフレットとポスターをデザインさせた。ツワルトがこの会社のために制作した有名な作品が『PTTの本』である。この本はPTTのサービスの利用をうながすために、子どもに配布された。切りぬいた紙人形や統計グラフのフォトモンタージュを使って、既存の複製技術を限界まで押し広げて、退屈なテーマを忘れられない空想的な作品にした。それはふつうの営業用文献とはまったくの対極をなしていた。広報資料のデザインがいかにPTTのイメージを近代化し一変させるのに役立ったかを示す例である。 AP

ナビゲーション

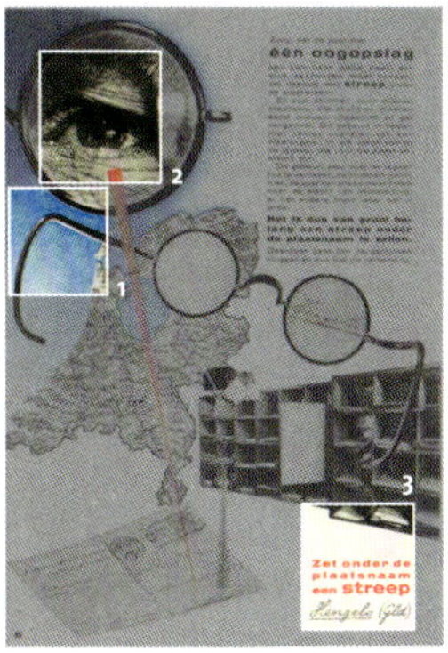

輪転グラビア印刷。
25 × 17.5 センチ

フォーカス

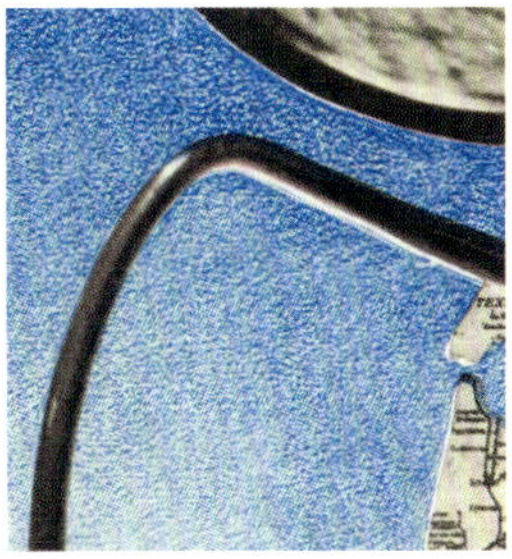

1　青
フルカラー印刷は費用がかかるので、デザイナーは多くの場合、スポットカラーを使い、かぎられた数の特定の色で印刷した。その際は黒い線に色がついたので、色別に下絵を用意した。ツワルトはデ・ステイル運動で好まれた３原色のバージョンをいくつか使った。

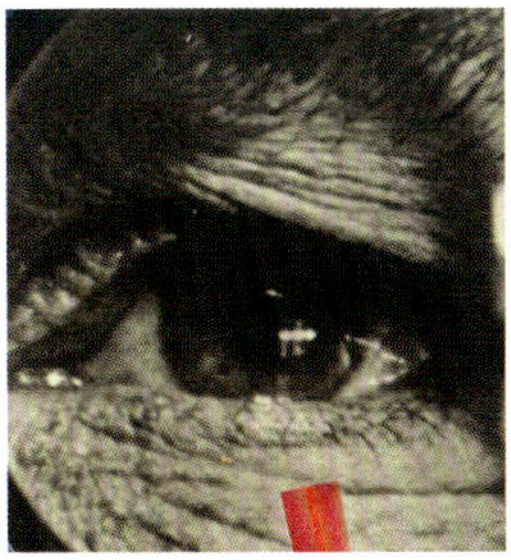

2　目
ページに文字と画像が無秩序にちらばっているように見えるが、上から下、左から右へ読む従来の構成になっている。そのため目線は対角線にそって移動し、この視覚に訴える物語が郵便物の選別所で働く人の目からはじまることがわかる。

3　ピンクの文字
サンセリフ書体のみを使う、あるいは小文字ばかりを用いるといったことを提唱するこの時代の考え方が、ツワルトの本にも見ることができる。ツワルトは慣習にとらわれずにポスターのようなやり方で異なる種類の大きさや色を使って、強調や変化をもたらしている。

映画の影響

ツワルトの世代のグラフィックデザイナーは、はじめて動く画像を経験した人々である。ツワルトは1928年に、ハーグで開かれた国際映画祭のポスターをデザインした。1920年代前半のアヴァンギャルドの映画は、見慣れたものを見慣れない方法で見せる技法を開発しており、デザイナーはそうし方法を参考にしていた。そのひとつが、遠く離れたところからの撮影と対比される、比較的大きなものや場面の一部に注目するクローズアップで、セルゲイ・エイゼンシュテイン（1898−1948年）監督の『戦艦ポチョムキン』（1925年）のオデッサの階段の場面が有名である。各場面が斜めから撮られ、「PTTの本」の目がのぞいている片メガネのように、動きの一部を枠からのぞいているように見せる構図になっていた。無声映画は純粋に画像をとおして物語が展開された。『TPPの本』のページが、オランダの地図を横断して、封筒に正しく住所を書くことの重要性を説明する映画も想像できそうだ。

自動車の大衆化

20世紀前半のアメリカでのフォード「モデルT」の大量生産は、大衆が自動車を所有する時代を始動させ、そのとき以降、自動車に乗ることが日常生活の一部になった。車に資金を投入する人が増えるほど、見栄えのよい自動車が求められるようになった。フォード・モーター・カンパニーが、ゼネラルモーターズ（GM）との競争にさらされて、1926年の１年間、リバー・ルージュ工場の閉鎖にいたった経営危機を機に、新たに発生しつつあった自動車デザイナーの役割は転換した。変化する消費者の需要にこたえて、GMはより柔軟な製造システムを採用して製品を規格化しようとしなかった。1927年のスタイリング部門の立ち上げは、大量生産の自動車に美的要素をとりいれる最初の試みだった。

両大戦間の数年間、アメリカの自動車は大きくてスタイリッシュなままだったが、移動距離が比較的短いヨーロッパでは、小さく安価な大衆車、あるいは「国民車」のコンセプトが定着した。有用性にくらべて外見は補足的にすぎず、自動車のスタイリストよりエンジニアが幅をきかせていた。イギリスでは、ハーバート・オースチン（1866-1941年）とウィリアム・モーリス（1877-1963年）が先行していた。オースチンの自動車で絶大な人気があったのが、1922年に発売された「オースチン７」（図２）だった。この車には４座席があったが、後部のふたつは子どもにしか適さなかった。モーリスの最初の自動車「マイナー」は６年後に発売された。この場合もスタイルより価格が優先された。

ドイツ版の国民車はフォルクスワーゲン社の「ビートル」（1938年、p.210）

1　シトロエン「2CV」。ボディはあまり洗練されておらず流線型になっている部分はごくわずかで、付属品と装備は基本的なものだけだった。

2　「チャミー」ともよばれるオースチン7。イギリス版フォード「モデルT」だった。

3　フィアット「500C トポリーノ」。小型のふたり乗り自動車で、ボディはシンプルな流線型だった。

キーイベント

1913年	1919年	1922年	1928年	1931年	1932年
イギリスでモーリス・オックスフォード「ブルノーズ」が製造される。この国初の低価格の大量生産車だった。	フランスでシトロエン社が設立される。その直後からフォードの生産手法を導入し、大衆市場を狙って車を販売した。	イギリスで小型の「オースチン7」が発売される。この国初の大衆車だった。	イギリスでモーリス「マイナー」が発売される。アレック・イシゴニス（1906-88年）がデザインしたこの車は、第２次世界大戦後に大衆の熱狂的支持を受けた。	フェルディナント・ポルシェ（1875-1951年）がドイツのシュトゥットガルトに自動車会社を設立。大衆のための小型車を開発しはじめた。	フラミニオ・ベルトーニがシトロエン社に雇われ、３年後にシトロエン「2CV」のデザインをはじめる。

で、今日では時を超えたすぐれたデザインとして認められている。フランスではシトロエン社が有力になり、大西洋の向こうのフォード社の製造技術をもちこんで、両大戦間期に革新的な実用モデルを開発しはじめた。この開発は、1936年にピエール＝ジュール・ブーランジェ（1885-1950年）をパリ工場へ配置したことで実現の目を見た。ブーランジェが、イタリアの彫刻家フラミニオ・ベルトーニ（1903-64年）の協力をえながら、開発に取り組んだ「2CV」（図1）は、1948年に発売された。この車は、とくにフランスの農民のニーズを念頭に置いてデザインされた。ほとんどどんな路面でも走れて走行費用がやすかった。イタリアの本格的な国民車、フィアット「600」は1956年に発売された。生産されたのは戦後だったが、そのデザイナーであるダンテ・ジアコーサ（1905-96年）は両大戦間期に初期モデル（図3）を手がけていた。

国民車の出現で、人々はそれまでに経験したことがなかった規模で旅行や観光に出かけるようになった。そして今度はそれが、もっぱらドライブを支えることを目的とする多数の付随産業の誕生につながった。大量のゴムタイヤが必要とされるため、ミシュランやダンロップといったタイヤの製造業者が成長する一方で、広範囲におよぶ燃料供給システムが必要になって、世界中でガソリンスタンドが建設された（p.208）。なかでも旅行の大衆化により、新しい道路や道路の信号システムが必要になった。自動車の大衆化もレジャーを一変させた。田舎への日帰り旅行、道路脇のピクニック、観光旅行はとくに新しくはなかったが、ふつうの人々にもはじめて手がとどくようになった。このレジャーと生活様式の民主化は、デザイナーと製造業者にさまざまな新たな課題を提起した。

PS

1933年	1936年	1936年	1939年	1948年	1953年
ヒトラーが権力をにぎる。その目標のひとつが、ドイツのために開発された国民車を見ることで、その計画にポルシェがかかわるようになった。	ピエール＝ジュール・ブーランジェが、パリにあるシトロエン社の工場の責任者に雇われる。ブーランジェは戦前にシトロエン2CVの開発をはじめた。	イタリアでフィアット「トポリーノ」が発売される。ダンテ・ジアコーサがデザインしたこの車は、この国初の低価格大衆車だった。	この年に作られたシトロエン2CVのプロトタイプが、戦後の大量生産モデルになる。	シトロエン2CVがついに完成形でパリ・サロン・ド・ロトモビル（パリ・モーターショー）に登場。すぐに都市向け自動車として受け入れられた。	イギリスで、フォード「ポピュラー」が安価なファミリーカーとして発売され、たちまちその名のとおり人気を得る。

「ユー・キャン・ビー・シュア・オヴ・シェル」ポスター

1933年 'You Can Be Sure of Shell' Poster

エドワード・マクナイト・コーファー　1890–1954年

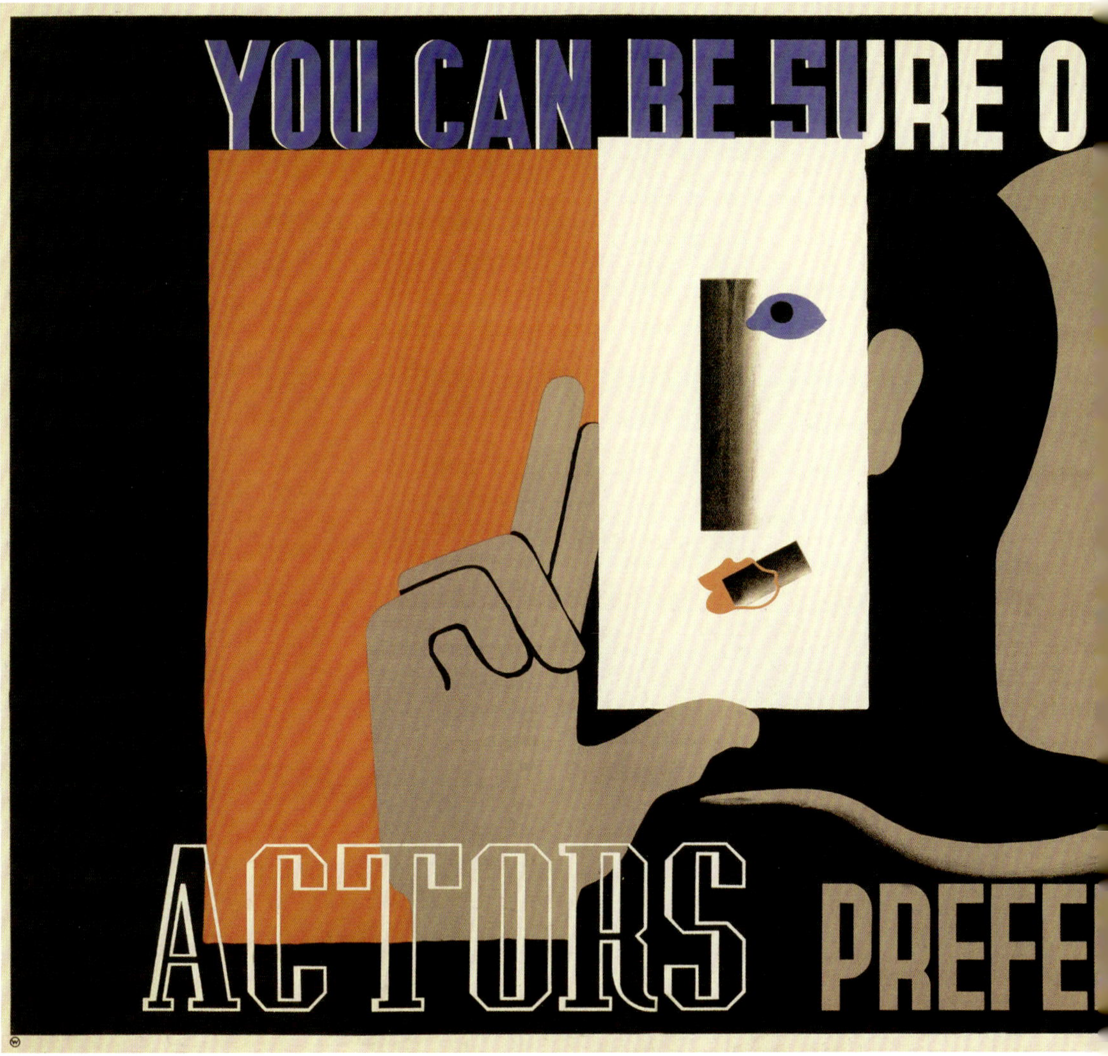

リトグラフ。
77 × 113 センチ

大衆車に乗って旅に出る新たな市民ドライバーにとって、ガソリンスタンドはどれもまったく同じに見えた。と同時に、AからBへ到達するのに必要な手段としてではない、楽しむためのドライブは、比較的新しい概念だった。このため、大衆の移動を支える付随的な業界にとって第1の課題は、ドライブの概念を宣伝することによって自社製品への需要を刺激し増やすことだった。自動車旅行が多ければ多いほど、燃料が多く売れるというわけである。そして製品がそれほどわくわくするようなものでない場合、第2の課題はブランドの差別化とブランド・ロイヤルティ（顧客の忠誠心）の獲得だった。シェルは宣伝方法の一環として斬新な広告キャンペーンを行ない、そのガソリンの信頼性と田舎の楽しさを強調した。

エドワード・コーファーがデザインした「ユー・キャン・ビー・シュア・オヴ・シェル（シェルは信頼を裏切りません／俳優もシェルを選ぶ）」ポスターは、イギリスのシェル宣伝部によるキャンペーンのために制作された。この宣伝活動は1932年から、ジャック・ベディントンを中心に進められた。ベディントンの手法は、多数の芸術家に協力を依頼してポスターを作るという点でかなり革新的だった。ポール・ナッシュ（1889–1946年）、ジョン・パイパー（1903–92年）、ヴァネッサ・ベル（1879–1961年）、グラハム・サザーランド（1903–80年）などがポスター作りに参加している。

PS

ナビゲーション

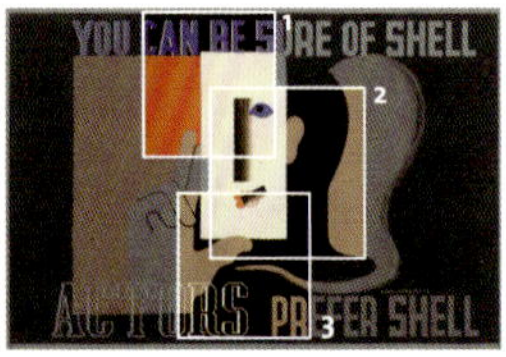

フォーカス

1　色

作者は基本的な配色を使っている。そうすることで、オランダのデ・ステイルの芸術家とデザイナー、ドイツのバウハウスの工芸家とデザイナーによって表明されたモダニズムの考えを反映している。コーファーは、このような色の使用法を広告の世界にもちこんだ初期の人物である。

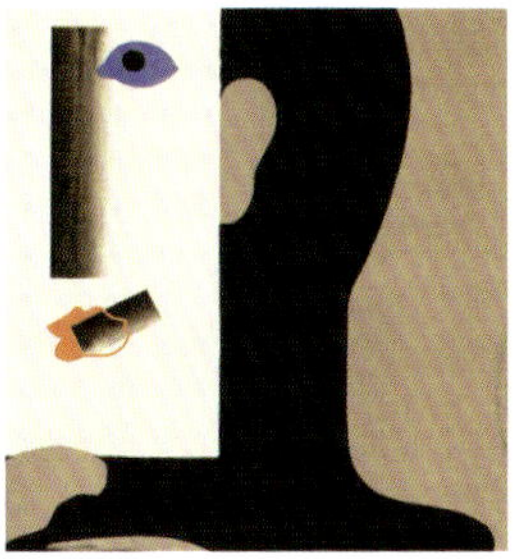

2　抽象

コーファーの最大の貢献は、未来派やキュービズムのようなアヴァンギャルド運動を広告にもたらしたことである。このポスターは、キュービズムのコラージュ技法でも、とりわけピカソの技法に負うところが多い。幾何学的で印象の強い形を用いることで、非常に効果的なコマーシャル・メッセージを発している。

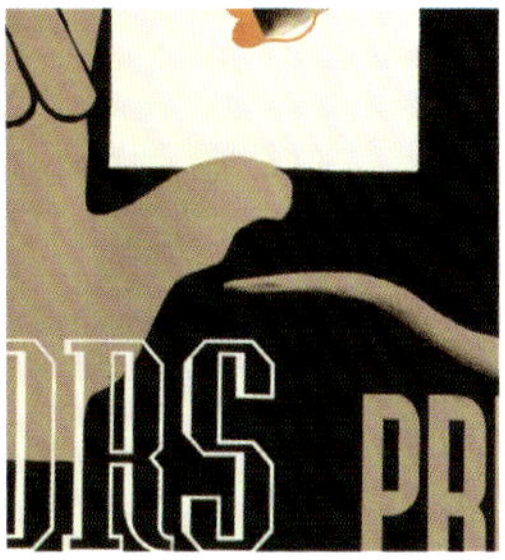

3　タイポグラフィ

コーファーは高度に洗練された手法でタイポグラフィを使った。このポスターのなかでは３書体を組みあわせている。そのうちふたつは、グラフィックデザインの近代運動と結びつきのあるサンセリフである。コーファーは純粋美術を勉強したが、モダニズムのデザインとタイポグラフィにも精通していた。

デザイナーのプロフィール

1890–1912年

コーファーがはじめて芸術的スキルを世に示したのは、地方のオペラハウスの舞台背景を描いたときだった。その後、サンフランシスコのカリフォルニア・デザイン学校で造形美術を学び、同校の指導教員から旅費の援助を受けて、パリで勉強を続けた。

1913–14年

パリで美術を勉強して２年ほどたった頃に、第１次世界大戦が勃発した。パリでアヴァンギャルドについて直接得た知識が、その後の仕事で大いに役立った。

1915–39年

ロンドンへ移り、すぐにパリで学んだことを広告の世界に適用しはじめた。1915年にフランク・ピックからの依頼でロンドン地下鉄のポスターを多数デザインした。1930年代は、シェルがコーファー最大のクライアントだったが、コーファーはフォートナム・アンド・メーソン（百貨店）やランド・ハンフリーズ（出版社）の仕事もしていた。

1940–54年

1940年にアメリカに戻って仕事を続けた。晩年の1950年代に、アメリカン航空のために一連のポスターを制作した。

エドワード・コーファーとマリオン・ドーン

コーファーは1923年のパリ旅行中に、アメリカのインテリアとテキスタイルのデザイナー、マリオン・ドーン（1896–1964年）と出会うと、すぐに妻と娘のもとを去って、ロンドンで彼女と生活しはじめた。ふたりは共同で多数のプロジェクトを手がけた。オフィスの内装計画にもかかわったし、近代的な遠洋定期船オリオン号の内装、ロゴ、荷札、パンフレットなどのデザインもした。ちなみにオリオン号は、当時イギリスとオーストラリアを結んでいたオリエント・ラインを代表する定期船だった。コーファーはパンフレットの表紙を担当し、幾何学的な形とモダニズム的なタイポグラフィを個性的に組みあわせた。ふたりはラグ・シリーズも作っている。ドーンの抽象的デザインのラグのレプリカは、ロンドンのエルサム宮殿の玄関ホール（右）で見ることができる。

フォルクスワーゲン・ビートル 1938年 Volkswagen Beetle
フェルディナント・ポルシェ　1875–1951年

1953年のフォルクスワーゲン「エクスポート・タイプ1・ビートル」。アドルフ・ヒトラーが、国民車は流線型で「カブトムシのように見える」ものにしてはどうかと助言した。1981年に、ビートルは2000万台販売された最初の自動車になった。

1930年代前半に、チェコの自動車技術者フェルディナント・ポルシェはドイツで働き、アドルフ・ヒトラーの支援を受けていた。そのポルシェが率いるプロジェクトから、のちのフォルクスワーゲン「ビートル」は誕生した。ほかの西洋諸国とくらべると、ドイツの自動車所有率は低かった。総統は、国民の大多数が購入できる低価格のフォルクスヴァーゲン（国民の車）、いわゆるドイツ版のフォード「モデルT」を開発したいと考えた。そしてその自動車は時速100キロでの走行と５人家族を乗せることが可能で、平均的給料の30週分の価格でなければならないと定めた。ポルシェは自動車のデザインにかんして豊富な実績をもっていて、同じような方針でいくつもの会社と仕事をしたことがあった。ヒトラーの激励を受け、チェコの自動車「タトラ」のレイアウトを参考にして、ポルシェは「タイプ60」を開発した。

この車は幅広くテストされて、着々と製品化に近づいた。1937年にヒトラーが、国が生産資金を出すべきだと判断をくだしたため、政府がフォルクスワーゲンを設立した。翌年、デザインは完成し、宣伝キャンペーンとともに「KdFワーゲン」（歓喜力行団の車）が発売された。1939年に第２次世界大戦が勃発すると、鉄鋼の供給が軍需生産にふり向けられ、自動車は後まわしにされた。戦後すぐにイギリスが、ドイツの再建と生産基盤の回復を促進する目的で、ヴォルフスブルクのフォルクスワーゲンの工場を再開する決定をした。その決定がなかったら、この自動車は敗北したファシスト政権のシンボルでありつづけただろう。その後、1949年にアメリカ市場へビートルが投入されたことで、最終的に商業的成功をおさめてデザインのアイコンとなる道が開かれた。1960年代末には、手ごろな価格の２ドアサルーンは一部の人々のあいだで憧れの的となった。とりわけ若者に人気で、若者はしばしば車体に絵を描いてカスタマイズした。2003年に生産が終了したとき、2100万台以上が組み立てられていた。 PS

ナビゲーション

フォーカス

1　丸みをおびた輪郭
「ビートル」は非常に印象的な輪郭をしている。丸みをおびたボンネット、傾斜したフロントガラス、先細りの後部をもつボディシェルの形は、空気力学でいう典型的な涙滴形をしている。その視覚的統一性を高めるためにヘッドライトは一体化され、テールライトはボディの形に沿っている。

2　リアウィンドウ
ビートルの初期のプロトタイプにはリアウィンドウはなかった。のちに小さなリアウィンドウが導入され、このスプリットデザイン［リアウインドウが２つに分割されているデザイン］はブレーツェル・フェンスター（プレッツェル・ウィンドウ）モデルとよばれる。1953年に、分割していた窓が楕円形の一枚ガラスの窓に変えられて、23パーセント大きくなった。

3　ルーヴァーヴェント
ビートルのほかと異なる特徴は、後部に位置する空冷式エンジンである。そしてもうひとつの特徴である水平なルーヴァーヴェント（スリット状の通気口）は、リアウィンドウの真下にあり換気をしている。また統一的な外観をあたえて、機能性を高めている。

▲「ビートル」は視覚的に強い個性をもつ車で、そのためウォルト・ディズニーの映画『ハービー』シリーズでは主役になっている。このシリーズは、擬人化された1963年式ビートルがあるレーシングカー・ドライバーの優勝を助ける『ラブ・バッグ』（1968年）からはじまっている。

デザイナーのプロフィール

1875-1930年
ボヘミア（のちのチェコ）のマッフェルスドルフで生まれたフェルディナント・ポルシェは、ウィーンの自動車会社で技術者として働いた。1906年に主任デザイナーとしてアウストロ・ダイムラー社に入り、その後1923年にドイツ、シュトゥットガルトのダイムラー・モトーレン・ゲゼルシャフト社に技術部長としてくわわった。

1931-38年
独立して会社を立ち上げた。３年後、息子のフェリーと協力して、アドルフ・ヒトラーの国民車計画にかかわるようになり、のちに「ビートル」になるものを作りだした。ナチ党およびSS（親衛隊）のメンバーになった。

1939-51年
第２次世界大戦中にはドイツのために戦車「ティーガー」と「V-1飛行爆弾」の設計にたずさわった。1945年、戦犯として逮捕され、数カ月間、刑務所に入れられた。1950年のポルシェのスポーツカーの設計では息子に協力した。

シンク・スモール

ビートルのアメリカでの商業的大成功には、広告代理店ドイル・デイン・バーンバックによる見事な広告キャンペーンが少なからず貢献している。この広告代理店は当時、よくあった言葉巧みで厚かましく強引な販売法を避けて、この車の少し変わった魅力と信頼性を強調する白黒写真とひねりのきいたコピーを採用した。1959年の「シンク・スモール・キャンペーン」は、読む人の発想を転換させて、比較的遅くて小さく、変わった形をしている、というこのモデルの短所と思われるところを長所に変えてみせた。

戦時の世界

1

2

3

1　1941年に現役だったウィリス「MB8ジープ」。この4輪駆動の輸送用装輪車両は、悪路を走行するのに適していた。フロントガラスがボンネットの上に倒されている。

2　「V−2ロケット」。ドイツのペーネミュンデ陸軍兵器実験場で開発され、1942年にテストがはじめて成功した。

3　第2次世界大戦中に「T−34」戦車に乗って戦闘に向かう赤軍の兵士。大量生産が容易なこの戦車は、対ドイツの生産戦に勝利した。

必要が発明の母なら、医学、材料技術、光学、デザインの多くの重要な進歩が、見返りが大きく緊急の必要性のある戦争中に端を発していたとしても不思議ではない。第2次世界大戦も例外ではなかった。スーパーマリン「スピットファイア」（1936年、p.214）の急進的なデザインは、高機能の戦闘機を求める1934年のイギリス空軍省の仕様書にこたえて生まれた。場合によっては、このような進歩が真のブレークスルー、つまり戦時の要求によって刺激された技術革新であることもあった。あるいはそれまでの発展の上に築かれ、範囲と応用場面を広げただけの場合もあった。レーダー、合成ゴム、ジェットエンジンはみな、連合国側でも枢軸国側でも、研究開発への政府の投資から生まれている。

第2次世界大戦は、それまでに前例がないほど機械化された世界規模の戦争であった。陸上で最強の兵器は戦車だった。この装甲した巨獣が戦場にデビューしたのは1916年だったが、戦車部門が気概を証明したのは第2次世界大戦中だった。そうしたなかでも純粋な威嚇効果と戦闘能力という観点で頂点に立ったといえるのは、ミハイル・コーシュキン（1898−1940年）が設計したソ連の戦車「T−34」（図3）だろう。T−34の設計は戦前までさかのぼるが、それがはじめて姿を現したのは1940年である。泥や雪のなかでもスピードが落ちずに機動性があるうえに、製造と修理が簡単で低コストですむという重要な長所があった。1945年までに約5万7000台のT−34が生産された。戦時の戦車では最大の数字である。

キーイベント

1936年	1939年	1940年	1940年	1940年	1941年
スーパーマリン「スピットファイア」の試作機が初飛行に成功。原型となったのは、レジナルド・J・ミッチェル（1895-1937年）が設計した戦闘機「タイプ300」だった。	ドイツがポーランドに侵攻したのをきっかけに、第2次世界大戦が勃発。	ドイツが電撃戦でデンマーク、オランダ、ベルギーを侵略する。6月にイギリス海外派遣軍がダンケルクから脱出し、フランスが降伏する。	スピットファイアがバトル・オヴ・ブリテンで決定的な役割を果たす。9月にロンドン大空襲がはじまる。つづいてドイツ空軍がイギリスのほかの都市を攻撃する。	ソ連の戦車「T−34」がはじめて登場する。1958年まで生産が続いた。	1月に「ステン短機関銃」の生産が開始。アドルフ・ヒトラー下のドイツ軍がソ連に侵攻する。12月にアメリカが参戦する。

労働力と材料の供給が不足しているときは、費用効果の高い方法でとぼしい資源を利用できて、簡単に修理できるものが有利だった。最小限の労力と材料で製造できるイギリスの「ステン短機関銃」(1941年、p.216)は数百万丁も生産された。ほんの少しの訓練だけで撃てるようになるこの銃は、照準を定めずに銃弾をバラまくような撃ち方で威力を発揮した。同じように、操作の容易さが高度な技術より重要なことも多かった。「ジープ」(図1)はだれもが知る戦場の車両だった。1941年になって導入されたのは、アメリカの陸軍省が人を運ぶという基本的な仕事のために、安価だが頑丈な乗り物を必要としたからである。さまざまなメーカーによって製造され、戦場の救急車から参謀の車まで、いろいろな形で使用された。

材料は可能性を広げるような方法で応用された。プレキシガラスは、軽くて砕けず防弾性があるので、航空機のキャノピー[コックピットの天蓋]や風防、ガラス窓に使用された。合板は、希少な木材資源を経済的に使う方法として重宝がられ、航空機の胴体などに用いられた。新しい成形技術が、とくにチャールズ(1907-78年)&レイ(1912-88年)・イームズ夫妻によって考案された。夫妻は1942年にアメリカ海軍から、脚を負傷した者を輸送する際に使う軽い添え木を作ってほしいと依頼された。そこで材料に成型合板を使うと、輸送しやすい組立式の脚用添え木ができあがり、大量生産につながった。イームズ夫妻の実験の成果は、ふたりが戦後にデザインした成型合板の家具(p.284)に見ることができる。

技術革新は、あきらかに兵器を優位に立たせる手段となる。コンピュータ、ナビゲーションシステム、ロケット科学のような近代的な技術の多くは、戦争中に登場し、その後もひき続き世界を方向づけている。ドイツの「V-2ロケット」(図2)の設計に協力したドイツの航空技術者ヴェルナー・フォン・ブラウン(1912-77年)は、のちにアメリカ航空宇宙局で宇宙計画にたずさわるようになり、ついには人類を月面に立たせた「サターンVロケット」を開発した。

EW

1942年	1943年	1944年	1944年	1945年	1945年
アメリカ海軍がチャールズ&レイ・イームズ夫妻に、負傷したパイロットのために成型合板で添え木を作るよう依頼。	ドイツ軍がスターリングラードで最初の大敗を喫し、降伏する。連合軍が北アフリカで勝利をおさめる。イタリアが降伏する。	4月に、最初のジェット推進戦闘機であるドイツのメッサーシュミット「Me262」が導入される。	6月の「Dデー」に、連合軍がドイツ占領下のフランスに侵入。8月、パリが解放される。	ソ連軍がアウシュビッツを解放。ベルリンに達すると、5月7日にドイツが降伏し、ヒトラーが自殺した。	原子爆弾が広島と長崎に投下される。8月15日の午後(現地時間)に、日本が降伏を発表。

スーパーマリン・スピットファイア 1936年

Supermarine Spitfire　レジナルド・J・ミッチェル　1895–1937年

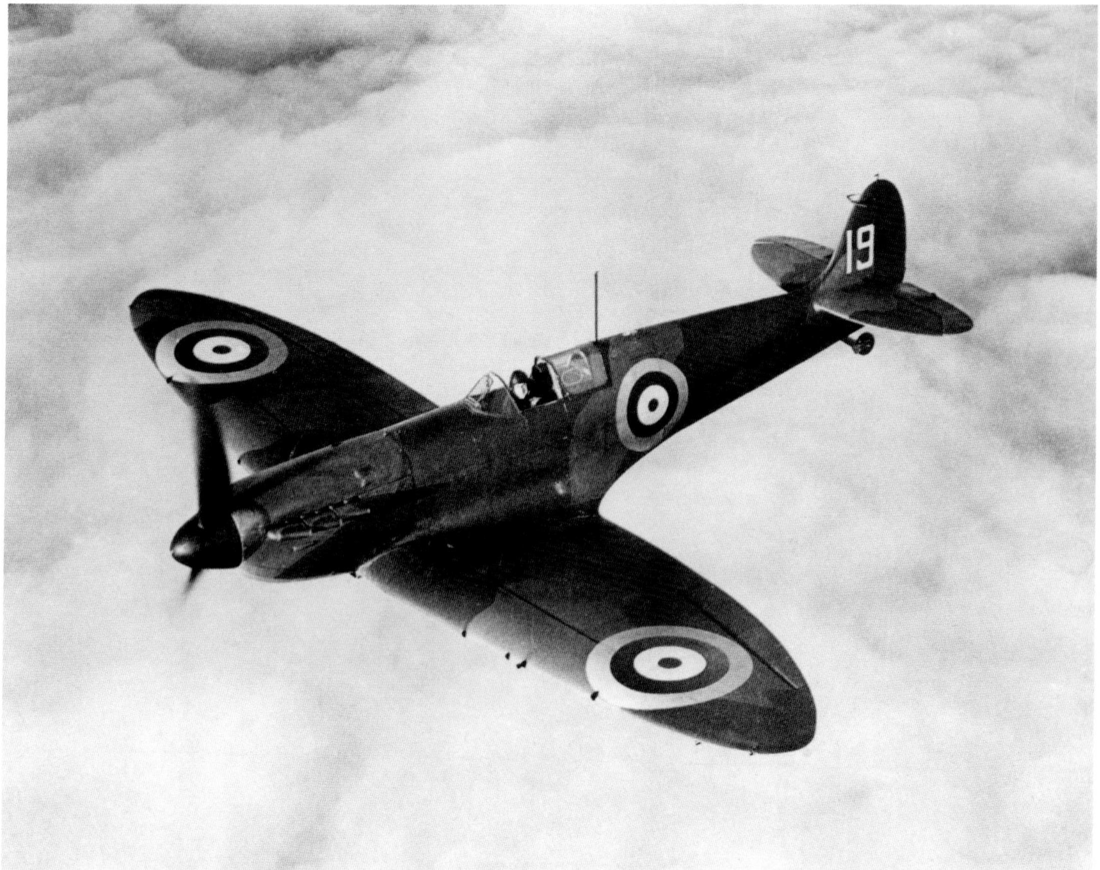

1939年2月16日に飛行中の「スピットファイア1」。無線機をそなえている。イングランドのダックスフォードの第19飛行隊の所属で、RAFに供給された最初のスピットファイアである。

戦争中のデザインで、「スピットファイア」ほど愛着をもたれているものは少ない。操縦桿をにぎっていたパイロットからだけでなく、1940年のバトル・オヴ・ブリテンの勝利に果たした決定的な役割に感謝する人々からも高い評価を受けているのだ。この航空機は、第2次世界大戦中のほかの戦闘機と共通の特徴をもっているが、空の防衛者として成功をもたらしたのは、主任設計技師のレジナルド・J・ミッチェルが行なった、かろうじて見えるほど小さな選択だった。

航空機のデザインはすべからく、きわめて純粋な形で「形態は機能に従う」を体現している。スピットファイアが開発されていた1930年代には、航空機のデザイナーと技術者は驚くほど緊密に情報を共有して、互いにほとんど違わない設計概要にしたがって仕事をしていた。スピットファイア、ホーカー「ハリケーン」、ドイツのメッサーシュミット「Bf109」、別名「Me109」のあいだに明らかな類似点が多数あるのはそのためである。これらはすべて、巨大なエンジンを収納するための大きなエンジンカバーでおおわれた前部、飛行中の抵抗を減らすために格納可能な降着装置、そして尾輪をもっている。スピットファイアをこれほどひいでた戦闘機にしたのは、おもにその翼のデザインである。スピットファイアの翼は楕円形で、翼の先端に生じる空気の渦を最小限に抑えている。イギリス空軍（RAF）の設計の要求仕様は銃を翼にすえるよう指定していたので、翼をミッチェルが望むほど薄く（そのため速く）できないことを意味していた。しかし、翼をなみはずれて丈夫になるよう設計したので、さらに強力なエンジンや、戦争が進むにつれて登場した重い武器に耐えられるようになった。そして同じく大きな意味をもったのは、この戦闘機は比較的経験の浅いパイロットでも、空中戦で性能を限界まで引きだしながら、機体をひるがえす動きや旋回、急降下が可能だったことである。さまざまなバージョンのスピットファイアが2万344機ほど製造された。

EW

ナビゲーション

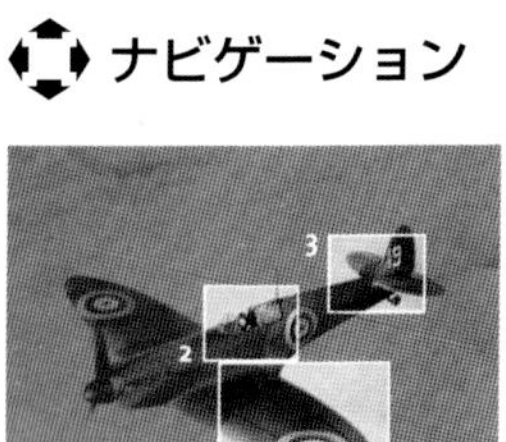

フォーカス

1　翼
独特の輪郭をもつスピットファイアの翼は、高速を出せるほど薄かったが、非常に丈夫だった。ミッチェルは、翼の根もとにカーヴを入れて、失速したときに補助翼の効きができるだけ長く保たれるようにした。すると回復は容易になった。

2　コックピット
1934年にパイロットの免許を取得したミッチェルは、安全には万全を期して、とりわけ防弾のコックピットにするよう強く主張した。また、コックピットは比較的余裕があり、操縦桿の動きでも、とくに前後に動くスペースは大きくとられていた。

3　外殻
ミッチェルは、外殻にアルミニウムのモノコック（応力外皮）構造を用いて、スピットファイアのパフォーマンスを限界まで押し上げた。このため、負荷は内部の骨組みでなく外板にかかるので、胴体の内部には邪魔するものがなかった。すべて金属でできているために火災の危険性が低くなった。

デザイナーのプロフィール

1895–1916年
イングランドのスタフォードシャー州で生まれたレジナルド・J・ミッチェルは、16歳で機関車専門の技士の見習いをした。その後、夜間学校で勉強しながら、同じ会社で製図工として働いた。

1917–20年
ミッチェルはサウサンプトンへ行き、水上飛行機を製造するスーパーマリン・アビエーション・ワークス社で働いた。1919年に主任設計士に昇進し、その後、1920年に主任技師になった。

1921–31年
主任技師、そして1927年からは技術部長として24機のデザインを担当した。そのなかには多数の飛行艇やレース用の水上機もあった。1928年にヴィッカーズ社がスーパーマリン社を吸収合併したとき、ミッチェルはとどまるよう要請された。1931年に彼のスーパーマリン「S.6B」レース用水上機がシュナイダー・トロフィーを勝ちとり、続いて対気速度の世界記録を破った。

1932–37年
ミッチェルは、空軍省の指示にしたがって「タイプ224」戦闘航空機を設計した。完成にはいたらなかったが、彼の「タイプ300」はRAFの関心を引き、「スピットファイア」になるものの基礎を形成した。1936年にスピットファイアの試作機が初飛行した翌年、ミッチェルは癌で亡くなった。

バトル・オヴ・ブリテン

バトル・オヴ・ブリテンのあいだに、「スピットファイア」が通常相手をしたのはドイツの「Me109」（上）だった。デザインの違いは必然的に空中で影響をおよぼした。スピットファイアと異なり、Me109は胴体に銃が搭載されていたために、翼を薄くすることができた。そのため、ドイツの航空機は少しだけスピードが優っており、空中での接近戦できわめて重要な旋回半径が小さめになった。しかしMe109の場合、銃同志の位置が近くて専門の射手が操縦席にいる必要があるのに対し、スピットファイアはパイロットが発射し、より広い範囲に効果的に銃弾をばらまくので、的にあたる確率が高くなった。また、Me109のコックピットは窮屈で、操縦桿は前後に約12.5センチしか動かせなかった。スピットファイアのパイロットは、敵が最後の瞬間に急上昇できるほど十分に操縦桿をひきもどせないのを知って、Me109に追いかけさせて急降下にもちこむ手をすぐに覚えた。

ステン9ミリマシンカービン Mk.Ⅰ 1941年

9 mm Sten Machine Carbine Mark 1

レジナルド・シェパード　1892–1950年／ハロルド・ターピン　1977年没

「ステン Mk.Ⅰ」は、スコットランドのクライドバンクの、もとシンガーのミシン工場だった場所で作られた。最初の銃は1941年10月に納品された。

1940年6月、ナチが電撃戦でヨーロッパを侵攻したのに続き、イギリス海外派遣軍はダンケルクの海辺から撤退した。深刻ではあるが戦死者は予想ほど悲劇的ではなかった。しかし、撤退する軍隊はあとに戦車や大砲だけでなく、ライフルやピストルといった、多くのものを残した。イギリス本土への侵攻が現実になる可能性が見えはじめ、再軍備がさしせまった問題になった。

「ステンガン」が開発されたのは、この危機に対処するためだった。ロンドン北部のエンフィールド・ロックにある王立小火器工廠で産声をあげたステンには、設計者のレジナルド・V・シェパード少佐のイニシャルのS、ハロルド・ターピンのTに、エンフィールドのENをくわえた名称（Sten）がつけられた。アメリカの「トンプソン」短機関銃は輸入が需要に追いつかなくなっていたので、それに代わるイギリス製の銃として考案されたのである。

接近戦で使われる火器として設計されたステンは、堅牢で安く生産できて、コンパクトで隠しやすかった。また、非常に軽く、弾が入っていない状態では重量は2.7キロあまりしかなかった。潤滑油をささなくても発射できるステンは、通常の火器なら、油をさすために砂がこびりつきやすくなる砂漠の条件でも使えた。不利な面は、弾づまりが起こりがちで、100メートル以上の距離ではあまり正確ではないことである。しかしまもなくこの銃が、兵士や戦車の乗員に射程の短い火力を供給するためだけでなく、占領下にある国のパルティザンやレジスタンスの戦士を武装させるためになくてはならないものであることが証明された。膨大な数の銃が弾薬とともに敵陣の背後にパラシュート投下された。またこの銃は敵の弾薬集積場から得られるさまざまな種類の枢軸国の弾薬も発射できた。

ステンは非常に単純で安く生産できた。小さな工房でもその大半の機械加工に対応でき、部品はその後、エンフィールドで組み立てられた。基本機能だけを満たすバージョンは、数時間で生産できた。この銃の洗練されていない外観やたまに起こる不具合を、現場の兵士は大いに気にしていて、「配管工の悪夢」というあだ名をつけた。また当時はよく「マークス＆スペンサーがウールワースの材料で作った」［どちらも大衆向きの小売りチェーン店］とも称された。

ステンのおもな長所は、どちらも供給不足におちいっていた材料と労力を最小限しか必要としないことだった。1940年代にさまざまなバージョンで製造された400万丁以上のうち、半分近くが「Mk.Ⅱモデル」だった。

EW

ナビゲーション

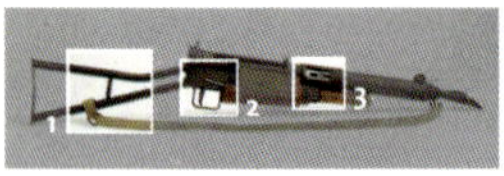

レジスタンスと反乱

「ステンガン」がレジスタンスの戦士や反乱者にとって有効な武器となったのは、実用本位のデザインと生産コストの低さ、操作の単純さのためである。ステンは、床尾と銃身をはずして横についている弾倉収納部を下へまわすと、コンパクトに収納できる。第2次世界大戦中フランスのレジスタンス（下）のような現地の戦士を助けるために、枢軸国側によって占領された地域にステンガンがパラシュートで大量に投下された。その能力はとくに都市部の街中での接近戦で歓迎された。ステンは構造が単純なために、修理、複製、再生産が容易だった。ノルウェーがドイツに占領されていたとき、奇襲部隊やレジスタンスの戦士は、現地の秘密の工房で作られたステンガンで武装していた。デンマークやポーランドでも同様だった。ドイツ軍も接収したステンガンを使用して、戦争末期には非常によく似たものを製造していた。第2次世界大戦後、ステンは世界中の紛争で重要な役割を演じつづけ、多くの国で少しずつ変化したモデルが生産された。1948年の第1次中東戦争では、両陣営がステンガンを採用した。アラブ人の戦闘員がイギリス製の銃で武装したのに対し、ユダヤ人の武装集団は1945年以降、さまざまな場所で秘密裏に複製を作っていた。朝鮮戦争（1950–53年）は、イギリス軍が外国でステンを使用した最後の戦いになった。

フォーカス

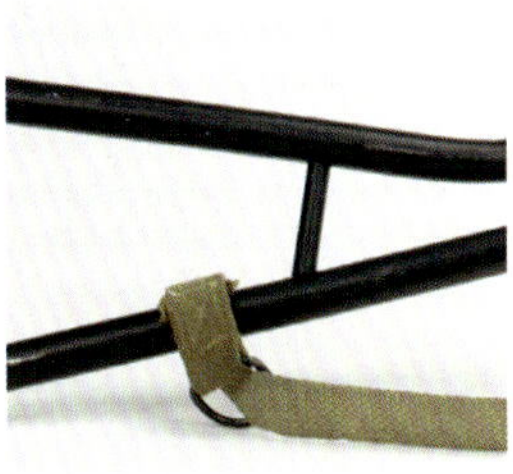

1　銃床

「ステン」はベーシックな火器で、外観もそうだった。作動機構は圧延したふつうのスチールパイプに入っていて、一方の端に銃身、もう一方に簡単な骨格のような銃床がついていた。組み立てや輸送のための分解は容易だった。

2　引き金

ステンのオープンボルト・ブローバック方式は、ドイツの「MP38」短機関銃の機構をもとにしている。そのため操作は簡単で、引き金を引くとボルト（遊底）が前方に動いて弾倉から弾薬を薬室へ移動させ、発射する。

3　弾倉収納部

脱着可能な箱型弾倉に銃弾が32発入る。ステンは、拳銃用の9×19ミリパラベラム弾を装填し、1分間に500発を連射する。これに対し、標準的なボルトアクションの歩兵ライフルは15発である。

銃後の暮らし

第２次世界大戦は、イギリスのデザイナーと製造業者に大きな影響をおよぼした。開戦して何年もたたないうちに、木材の供給制限のような政府の規制が実施されるようになり、家具産業は急激に材料、燃料、労働力の不足の影響を受けたが、それは戦争のあいだだけでなく、1950年代前半まで続いていた。さらに、アイソコン・ファニチャー社をはじめとする多くの小規模な革分け的企業が、戦争中は完全に営業をやめ、戦後に苦労して再建した。モートン・サンダー・ファブリックス社（Morton Sundour Fabrics）など操業を続けたところは、設備や技術を使って、暗幕用の布やカムフラージュ用ネットのような戦時の必需品を生産した。ルシアン・アーコラーニ（1888-1976年）が経営する、ハイ・ウィカムの大工場、ファニチャー・インダストリーズ（現在のアーコール）は、木製のかんじきやテント用の杭など、軍用装備品の契約を結んだ。アーコールの戦後の復活は、戦時中の10万脚という大量のキッチン用ウィンザーチェアの注文と深く結びついている。それはこの椅子が発想のきっかけとなって、この会社の大ヒットしたウィンザー家具シリーズができたからである。

必需品の大量注文を除けば、家具の製造は空襲で焼けだされた人のための基本的な家庭用品にかぎられていた。最初はスタンダード・エマージェンシー・ファニチャーとよばれた「ユーティリティ・ファニチャー」（実用家具）（p.220）の名称は、政府がデザインの諮問委員会を設置した際の1942年に採

1

2

1　エーブラム・ゲームズ作の「祖国イギリスのために今戦おう」ポスター（1942年）。イングランド、ケンブリッジシャー州の爆撃で破壊された学校とそれに代わる現代的な建物を描いている。目的は士気を高めることにあった。

2　アーノルド・リーヴァーによる「ロンドン・ウォール」のデザイン（1941年）。ネックスカーフとヘッドスカーフの両方に使われた。スローガンには「あなたの勇気、あなたの明るさ、あなたの決意」や「勝利のために節約を」などもある。

キーイベント

1939年	1940年	1941年	1941年	1941年	1942年
ドイツのポーランド侵攻に続いて、9月3日にイギリスとフランスがドイツに対し宣戦布告をする。	ロイヤル・カレッジ・オヴ・アートがイングランドの湖水地方のアンブルサイドへ移転。1945年までここでかぎられた規模で運営された。	グラフィックデザイナーのエーブラム・ゲームズが、正式に陸軍省のポスター・アーティストに任命される。	イギリスで40歳未満の男性全員が徴兵され、製造業のさまざまな分野で労働力と技能がひどく不足する。	真珠湾のアメリカ海軍基地に対する日本の攻撃により、アメリカが第２次世界大戦に参戦。	商務省により、ユーティリティ・ファニチャーにかんする諮問委員会が設置される。ユーティリティ・ファニチャーの最初のコレクションが1943年に発売される。

用された。家具製造者のゴードン・ラッセルを委員長とするユーティリティ・ファニチャー諮問委員会は、シンプルで質素、経済的で標準化されたデザインを次々と開発した。生産は認可を受け登録された製造業者にかぎられ、家具は消費税を免除されたため、手ごろな価格で販売された。

戦争は多くのデザイナーの仕事を中断させた。軍務に召集された者も、販路がないため休業に追いこまれた者もいた。1930年代にイギリスのデザイン界を席巻したアメリカのテキスタイルデザイナーのマリオン・ドーン（1896-1964年）とグラフィックデザイナーのエドワード・マクナイト・コーファー（1899-1954年）は、1940年にアメリカへ帰国したあとは同じような成功を果たすことはなかった。ロビン・デイ（1915-2010年）とルシアン・デイのような新進デザイナーは、家具業界でチャンスがないため、休業しなければならなかった。ようやく復帰できたのは、1951年のイギリス祭のときだった。戦争中はどこも異常な状態だったが、将来につながる取り組みもはじまっていた。たとえば成型合板用の合成樹脂の接着剤の開発のような重要な技術的進歩である。「モスキート」爆撃機のような木造の軍用機に軽い材料が必要となったために、戦時中に行なわれた研究が直接的な成果に結びついた。このような技術躍進は戦後の家具産業にとって大きな恩恵となり、アメリカのチャールズ・イームズ（1907-78年）とレイ・イームズ（1912-88年）のようなデザイナーによって利用された。

戦争中に創造性が開花したデザイン分野がグラフィックだったのは、ポスターが情報を広めるための重要な道具だったからである。1930年代末にすでにコマーシャル・アーティストとして名声を得ていたエーブラム・ゲームズ（1914-96年）は、政府の宣伝キャンペーンのデザインをして戦時中をすごした。ゲームズの最初のデザイン「ジョイン・ザ・ATS」（1941年）は、女性に女子国防軍への参加をよびかけながら、金髪の魅力的な美女の絵を使っていたために、物議をかもすことになった。そのほかのゲームズの戦時中のポスターはもっとまじめだった。「あなたの話が仲間を殺すかもしれない」（1942年）では、ひとりの男性の口から螺旋状に出る音波が、最後は銃剣になって３人の兵士をつき刺している。「食料を育てよう」（1942年）では、自分で野菜を育てて勝利のために頑張ろうと明るく人々を励ました。これに対し、「祖国イギリスのためにいま戦おう（Your Britain, Fight for it Now）」（図１）は、爆弾で破壊された建物の瓦礫に現代建築の理想像を重ねあわせて、国民の士気を高めようとした。アメリカでもポスターは重要なプロパガンダの手段だった。その象徴的表現がＪ・ハワード・ミラー（1918-2004年）による「ウイ・キャン・ドゥ・イット！」（1942年）で、このポスターでは上腕二頭筋を曲げているロージー・ザ・リベッター（軍需工場で働く女性）を登場させて、戦争遂行に協力し支援するようアメリカ国民によびかけている。

イギリスとアメリカでは、スカーフも気軽なプロパガンダに使われた。イギリスの企業ジャックマーの主任デザイナー、アーノルド・リーヴァー（1905-77年）は、しばしばデザインのなかにウィットに富んだ愛国的なメッセージを入れた。「ロンドン・ウォール」（図２）と名づけたスカーフでは、「不注意な話が命を奪う」とか「道具をくれ、そしたら仕事をやりとげる」といった手描きの貼り紙で飾られたレンガ塀の図柄を使った。

LJ

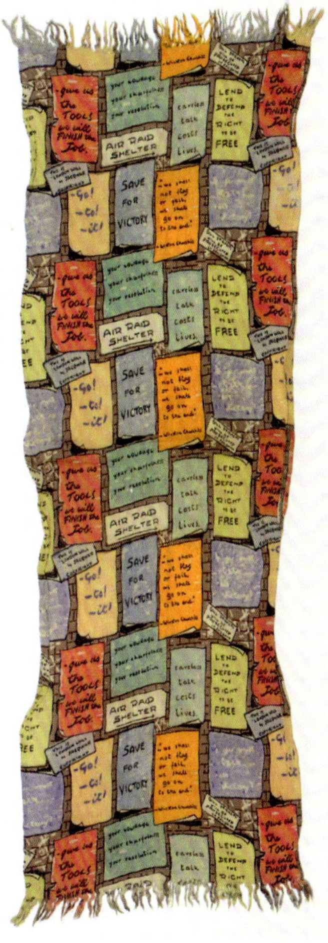

1944年

12月に、イギリスのデザイン評議会の前身である産業デザイン協議会（COID）が設立される。

1945年

設立されたばかりの音楽芸術奨励協議会によって、ナショナル・ギャラリーで「デザイン・アット・ホーム」展が開催される。

1946年

3月に、「チルターン」と「コッツウォルド」とよばれるユーティリティ・ファニチャーのふたつの新シリーズが商務省展で発表される。

1946年

COIDが、ヴィクトリア・アルバート博物館で「イギリスはできる！」展を開催。戦時のイギリスの革新的なデザインを展示した。

1947年

ユーティリティ・ファニチャー諮問委員会と、のちのデザイン委員会の委員長だったゴードン・ラッセルが、COIDの会長に任命される。

1948年

ユーティリティ政策の規制が緩和され、「デザインの自由」が許されたが、ユーティリティ・ファニチャーとそなえつけ家具の生産は1952年まで続いた。

ユーティリティ・ファニチャー「コッツウォルドのサイドボード」

1942年 Utility Furniture: Cotswold Sideboard　エドウィン・クリンチ／ハーバート・カトラー

フォーカス

1　平らな表面

このサイドボードはシンプルで質素で、表面の装飾はなく、このため近代運動の理想の典型例となっている。キャビネットの側面だけでなく、引き出しの前面や扉も平らである。表面が平らなため、このサイドボードは掃除しやすい。

2　経済的なデザイン

「コッツウォルド」のサイドボードのひかえめな大きさと作りは、ユーティリティ・ファニチャー政策の背後にある基本的な前提を反映している。使用する木材の量をできるだけ少なくして貯蔵量をなるべく減らさないようにデザインされている。

3　頑丈な作り

ユーティリティ・ファニチャーはぺらぺらでも一時しのぎでもなかった。製品は非常にしっかりしていて頑丈で、家庭での摩耗や損傷にもちこたえる。継ぎ目は、できるだけ強度を上げるために釘やネジ、接着剤を使用するのではなく、ほぞ継ぎか木釘でとめられている。

4　耐久性のある材料

ユーティリティ・ファニチャーを丈夫で耐久性があるものにするためには、硬材が必要条件だった。マホガニーとオークが標準的な木材だが、明るい色のオークのほうが色と木目の点で美しかった。パネルは化粧張りをしたハードボード（硬質繊維板）で作られた。

1941年には、家具にできる品質の木材が非常に少なくなっていて、政府は国内の家具に割当制度を導入し、製造は中核的な工場に集中した。ユーティリティ・ファニチャーにかんする諮問委員会が、生産されるすべての家具のデザインを管理し、1942年に最初のプロトタイプを承認した。このプロジェクトに当初からかかわり影響力をもっていた人物が、コッツウォルドを中心に活動する家具のデザイナーで製造者のゴードン・ラッセルだった。アーツ・アンド・クラフツ運動のデザインのシンプルさに触発されたラッセルは、ユーティリティ・ファニチャーが厳しい規制のなかで可能な最高の水準で作られるようにした。材料の経済的な利用、続いて実用性と強度が重要な判定基準だった。構造が簡単であることがもうひとつの不可欠な要素だったのは、当時の家具業界の労働者の技能はかぎられ、時間も制約されていたからである。当初のユーティリティ・ファニチャーのデザインは大部分が、家具製作の町ハイ・ウィカム出身のふたりの経験豊富なデザイナー、エドウィン・クリンチとハーバート・カトラーによって生みだされていた。クリンチがグッドアール・ブラザー（Goodearl Brothers）の社内デザイナーだったのに対し、カトラーはハイ・ウィカム技術学校（High Wycombe Technical Institute）の講師だった。ベーシックな「チルターン」やもっと高価な「コッツウォルド」シリーズなど、彼らのデザインは戦後になってもしばらく生産された。

LI

ナビゲーション

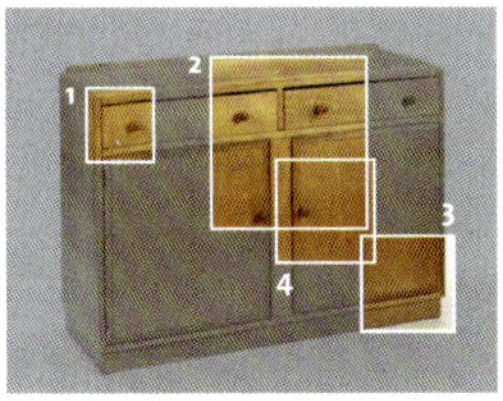

長方形のオーク材サイドボード。
86 × 122 × 49.5 センチ

デザイナーのプロフィール

1892–39 年

ゴードン・ラッセルは、6歳のときにイングランドのウスターシャー州ブロードウェイに移った。1908年に家業にくわわり、歴史のあるリゴン・アームス・ホテルの家具の修復とデザインをはじめた。第1次世界大戦で従軍したあと、ラッセルは家具のデザインに多くの時間をさくようになった。1923年に『誠実と工芸（Honesty and the Crafts）』と題した小冊子を出版した。急速に拡大する事業の経営に専念するため、1930年にデザインをやめた。

1940–80 年

1940年に会社を去り、2年後にユーティリティ・ファニチャー諮問委員会に参加した。1943年、この組織を改変したユーティリティ・ファニチャー・デザイン委員会の委員長に任命された。1946年の「イギリスはできる（Britain Can Make It）！」展と1951年のイギリス祭に深く関与し、1947年から1960年に産業デザイン協議会の会長をつとめ、1955年にナイト爵に叙された。自伝『デザイナーの仕事（Designer's Trade）』が1968年に出版された。

ユーティリティ・テキスタイル

ユーティリティ政策の影響を受けた家庭のデザインのもうひとつの重要な分野が家具用布地だった。ユーティリティ・ファニチャー・デザイン委員会が設けられたときのメンバーに、テキスタイルデザイナーのイーニッド・マルクス（1902–98年）がいた。彼女は1945年にカーライルに本部を置く製造業者モートン・サンダー・ファブリックスと組んで、「リング」（右）など、ユーティリティ政策のためのさまざまな綿織物の家具用布地を開発した。ユーテリティ・ファニチャーと同様、材料の経済的な利用が最重要事項で、このためデザインごとに色数は限定された。反復模様をわざと小さくしたのは、ひとつにはそのほうが織るのが簡単で、布を切ったときにむだが少ないからだった。マルクスの活力に満ちたユーティリティ・デザインはたいていが幾何学模様だったが、有機的なモチーフを様式化したものもあった。

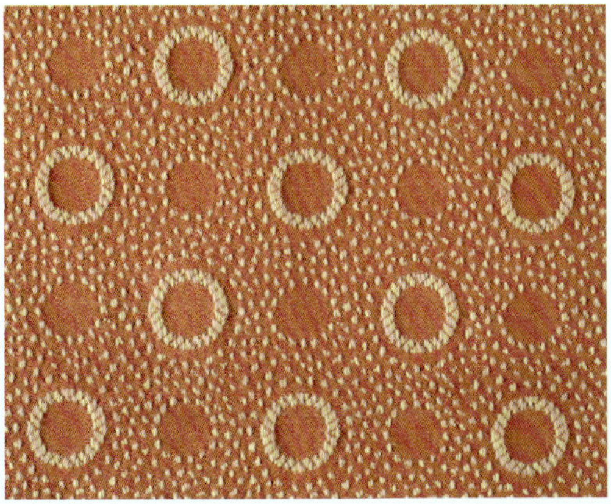

JUNGHANS
MADE IN GERMANY

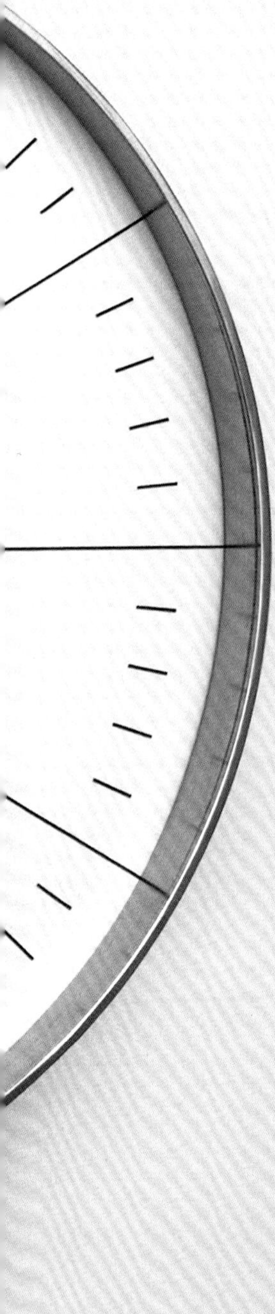

第3章 アイデンティティと調和 1945-60年

デンマークモダン

20世紀なかばに、スカンディナヴィア諸国のなかで世界のデザイン界にどこよりも大きな影響をあたえたのはデンマークだった。それ以前はスウェーデンとフィンランドが独自の近代運動を進めていたが、どちらの国もさほど勢いはなく、表現手段も多様化しなかった。ヨーロッパとアメリカに深い印象をきざんだ「デンマークモダン」という概念は1930年代に端を発する。家具、テキスタイル、金属細工、陶磁器、ガラス製品といった手工芸品を基盤としていた産業界において、デンマークの新世代の革新的なデザイナーはこの時期に頭角を現し、独自のモダニズムを確立した。従来の素材である木、金属、土、ガラスを使い、小規模な製造業者と手を組み、当時ドイツで誕生しつつあった非常に合理性の高い工業製品にとって代わるものを生みだした。ドイツのモダニズムよりも人間に重きをおいたデンマークの有機的なデザイン運動は、家庭生活に焦点を合わせて、自然から直接発想を得ていた。運動の目的は、すべての人に高品質のモダンデザインを自宅で堪能してもらうことであり、そういった意味ではあくまでも民主主義的だった。

こうした前向きな動きのなかで、まず再考されたのは家具のデザインだった。その中心となったのはコペンハーゲンにあるデンマーク王立芸術アカデミー家具科の主任教授をつとめたコーア・クリント（1888-1954年）である。クリントの教えにしたがい、家具のフォルムは基本に戻された。クリントは人体測定学の原理を作品に適用した家具デザイナーの草分けで、人が動いているときと静止しているときのデータを膨大に集め、家具が使用目的に適合するよう

キーイベント

1945年	1945年	1947年	1949年	1951年	1951年
ボーエ・モーエンセンが「1789ソファ」をデザイン。狭い場所で使えるよう考案された。	フィン・ユールがデザインオフィスを設立。ニールス・ヴォッダーとコラボした抽象的な彫刻風家具で有名になる。	ハンス・ウェグナーが「ピーコックチェア」をデザイン。伝統的な「ウィンザーチェア」をベースに、フォルムと全体のバランスを改良し、モダンな外観をそえた。	ウェグナーが「ラウンドチェア」をデザイン。デンマークモダンデザインの究極だろう。完璧を求めるあくなき探究の賜である。	カイ・ボイエセンが連結式木製玩具「モンキー」をデザイン。魅力あふれるこのサルは今日も生産されている。	ボイエセンがデザインしたカトラリー、「グランプリ」がミラノ・トリエンナーレでグランプリを受賞。

研究を重ねた。たとえば軍隊で使用するものなど、機能性の高い伝統的な家具をふりかえり、「飾り」ではなく「用具」として機能するようデザインを改善した（図1）。そうして手狭になりつつあったデンマークの一般的住居に合わせた家具は、多くの市民にとってモダンな暮らしを象徴するようになった。

デンマークの金属工芸職人もモダンデザインに惹かれ、20世紀初頭に設立された銀食器のトップ企業ジョージ・ジェンセンが高い水準を確立した。1930年代に、デンマークの銀食器デザインを率いたデザイナー、カイ・ボイエセン（1886–1958年）はジョージ・ジェンセンで経験を積んだ。ボイエセンのカトラリー「グランプリ」（1938年）は研磨スチール製で、シンプルながらエレガントである。人間工学をもとにした機能的デザインのおかげで使いやすい。これこそデンマークモダンの最高峰である。また、ボイエセンはデンマークのデザインを発展させるために重要な役割を果たした。彼が1931年に創設し、アーティストが共同運営していた展示会場デン・パーマネンテは、当時最高とされたデンマークのデザインを陳列していた。この会場はそれから50年後の1981年まで、すぐれたデザインの認定場として存続した。

デンマークは長年にわたる陶磁器の伝統をしっかりと受け継いでいた。昔も今も世界的に有名なのは18世紀後期に創設されたロイヤルコペンハーゲン社である。両大戦間の当社のデザインは伝統を重視していたが、アクセル・サルト（1889–1961年）が自然のままの抑えた色のきわめてモダンな陶器（図2）を制作し、いままでにないイメージを打ち出した。また、陶磁器メーカーのビングオーグレンダールも伝統的な製品にくわえてモダンなスタイルをとりいれた。ガラス製品も新たなデザインの風潮にいち早く反応した。テキスタイルはマリー・グメ・レス（1895–1997年）のようなデザイナーによって変化をとげた。レスはシルクスクリーン印刷に革命を起こし、1941年、自身の工房を創設した。

照明メーカーのルイスポールセンは革新性とすぐれた製品で、またたくまに世界に名を知られるようになった。建築家ポール・ヘニングセン（1894–1967年）と提携し、空間照明の外観と質の両方で斬新なデザインを生みだした。ヘニングセンの代表作「PHライト」は1925年に製造され、今日もデザインのクラシックとなっている。ヘニングセンは20世紀なかばにほかにも多くの斬新な照明器具を創作した。そのひとつが「アーティチョーク（チョウセンアザミ）ライト」である（1958年、p.232）。

デンマークモダンの礎は1930年代に築かれたが、戦後数年間でこの運動はますます勢いづき、世界中に影響をおよぼすまでになった。デンマークでは新世代のデザイナーが台頭し、家庭生活のためのデザインとしてモダニズムを普及すべく尽力した。先駆者と同様この一団は、デザインをとおして一般市民の生活の質を向上させることを一貫した目的にしていた。とりわけ強調したのは手ごろな価格で提供することであり、そのために手工業と産業が手を結んだ。ここでもふたたび、家具が牽引役となった。手工業側のハンス・ウェグナー（1914–2007年）が次々と生みだした非常にシンプルなデザインの製品は、たちまちその象徴的存在となった。たとえば「チャイニーズチェア」（1944年）、「ピーコックチェア」（1947年）、「ラウンドチェア」（1949年、p.228）などである。昔ながらの接合技術を用いるウェグナーのデザインは、今日、デンマークモダンの最高傑作とされている。ウェグナーとの関連ですぐ思い浮かぶのは、家具デザイナーのボーエ・モーエンセン（1914–72年）である。家具職人、建築家として訓練を積んだモーエンセンは短期間ながらコーア・クリント

1

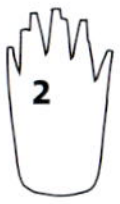
2

1　コーア・クリント作の「サファリチェア」（1933年）。シンプルで機能性が高いことで有名。道具を使わずに組み立てることができる。

2　アクセル・サルトがデザインしたどっしりとした花器（1956年）。製造はロイヤルコペンハーゲン。有機的なフォルムで、質のよい紅色の釉（うわぐすり）が塗られている。

1952年	1954年頃	1958年	1958年	1959年	1960年
アルネ・ヤコブセンが「アントチェア」をデザイン。シートは成型合板、脚はスチールで、フリッツハンセンによって製造された。	エリック・ハーロウがコペンハーゲンカトラリー社のために「オベリスク」食器シリーズをデザイン。	ポール・ヘニングセンが「PHライト」（1925年）の成功に続き、デザインのクラシックとなる「アーティチョークライト」を制作。	ポール・ケアホルムが「PK22チェア」でルニング賞［北欧のすぐれたデザインにあたえられる賞］を受賞。その後ミラノ・トリエンナーレでも受賞。	ナナ・ディッツェルが「ハンギングチェア」をデザイン。デンマーク近代運動の先駆けとなる。	ヴェルナー・パントンが「Sチェア」をデザイン。初の射出成形、全プラスチック製、カンチレヴァー（片持ち構造）の椅子が製品化された。

3

4

3　ヘニング・コッペルがデザインした銀のネックレス（1947年）。製造はジョージ・ジェンセン。鋳造銀の「リンク」14個がアメーバのような抽象的な形をしている。

4　ポール・ケアホルムによる「PK24シェーズロング」（1965年）。ケアホルムらしいデザインのひとつ。空飛ぶ絨毯のように波打つシートが、角張った最小限のスチール製フレームで支えられている。

のもとで働き、1959年に独立して工房を創設した。モーエンセンのデザインの多くは、クリントの伝統的な家具の型への関心を反映している。1945年にデザインした「1789ソファ」はスポークバック［縦に格子状の棒がついた背もたれ］の古典的な「ウィンザーチェア」と、倒せるサイドが革ひもで固定されている「ノールソファ」を彷彿とさせる。モーエンセンのアプローチにさらに彫刻的デザインをとりこんだのが家具デザイナー、フィン・ユール（1912-89年）だった。

デンマークモダンはアメリカでも広まった。最初に勢いがついたのはおおむねエドガー・カウフマン・ジュニアのおかげである。カウフマンは実業界の大物を父親にもち、跡を継いだ。その父親のために、かの建築家フランク・ロイド・ライトがペンシルヴェニア州南西部に傑作「落水荘」（1936-39年）を建築している。カウフマンはニューヨーク近代美術館（MoMA）の運営にもたずさわっており、相当の唯美主義者だと見られていた。その彼が「落水荘」にそなえつけるためにデンマークの家具を購入した。結局、この行為が、ニューヨークで流行をあやつる者に鮮明なメッセージを送ったのである。たちまちデンマークモダンの製品は新聞や雑誌の特集を飾り、アメリカの主要小売業者の店頭にならべられ、ライセンス生産されるようになった。とりわけフィン・ユールのデザインは人気をよんだ。デンマークモダンの製品は比較的入手しやすい価格で、使い勝手がよく、親しみやすい家庭的な素材を使用していたため、アメリカ市民からますます熱意をもって受けいれられた。さらに、国際的な展示会がその人気を高めていった。

数少ないデンマーク人女性デザイナーのひとり、ナナ・ディッツェル（1923-2005年）の作品は世界に知れわたるようになった。その「ハンギングチェア」（1959年）は籐で編んだ卵形の椅子で、天井から鎖でつり下げて使うようにデザインされている。新しい自由なライフスタイルを提案して、ファッションやインテリア関係の雑誌に何度もとりあげられた。ディッツェルの作品は、インテリア、展示物、ジュエリー、テキスタイルと多岐にわたる。また、デンマークモダンのテキスタイルはもうひとつサクセス・ストーリーとなっている。その代表となるのはリス・アールマン（1894-1979年）の作品と、テキスタイル・メーカー、クヴァドラの製品である。銀細工はジョージ・ジェンセンのデザインをはじめ、ヘニング・コッペル（1918-81年）（図3）やエリック・ハーロウ

(1913−91年）による有機的フォルムがとりわけ世界中で歓迎されている。

デンマークモダンは進化しつづけた。1950年代、デザイナーは手工業の美学から離れはじめ、作品に金属やプラスチックをとりいれるようになった。ポール・ケアホルム（1929−80年）は修行を積んだ職人で、印象的なミニマルアートの作品を作った。そのひとつが「PKシリーズ」（図4）である。建築家アルネ・ヤコブセン（1902−71年）は、アメリカのデザイナー、チャールズ（1907−78年）＆レイ（1912−88年）・イームズ夫妻に感化されて、成型合板とスチールロッドを材料に「アント（Ant）チェア」（1952年）を考案した。これはデンマークの製薬会社の社員食堂用にデザインした椅子で、のちの「3107チェア」（1955年、p.230）につながった。ヤコブセンは象徴的な家具を数多くデザインした。その例が「スワンチェア」と「エッグチェア」（どちらも1958年）で、卵型のシートシェルには成型したガラス繊維強化プラスチック（ファイバグラス、GRP）を用いていた。

1960年代には、ヴェルナー・パントン（1926−98年）のかなり個性的な作品が、その時点まで考えられていたようなデンマークモダンからの決別を示す象徴となった。建築家として経験を積んだパントンは短期間ヤコブセンのもとで働き、プラスチック成型の有機的なフォルムのインテリアを多く提案するようになった。家具の代表作は「Sチェア」（1960年）で、初の射出成形による全プラスチック製だったが、生産が困難なため中止となった話は有名である。パントンの作品によってデンマークのデザインは劇的な転換期を迎えた。工芸技術や天然素材への信頼は遠のき、家庭生活や毎日の暮らしも重視しなくなった。かわりに熱狂的なナショナリズムが芽生え、産業化の気風が世を席巻しはじめた。

1960年代末には、デンマークモダンは下火になっていた。あまりの成功が結局は失墜をもたらしたのである。この様式の人気につけこんだ安価な偽物やコピー商品のために、色眼鏡でみられるようになってしまった。ヨーロッパのしゃれたモダニティを求める人々は、いまやイタリアのデザインに目を向けるようになった。ただし、これで物語が終わったわけではない。21世紀を迎えたいま、20世紀なかばから存続しつづけた様式として、デンマークモダンのあらゆる特質が、当初人の心をとらえたようにふたたび称賛されはじめている。とりわけ、わたしたちが日々接するデザインに人を大切にする要素を組みこんだ気づかいが高く評価されているのである。 **PS**

ラウンドチェア 1949年 Round Chair

ハンス・ウェグナー　1914–2007年

硬質アッシュ、
革張り。
76×52×63センチ

制作したハンス・ウェグナーが「丸いやつ（ラウンド）」とよんだ理由は背もたれの形にある。この椅子のデザインはメーカーのカール・ハンセン＆サンとコラボして生まれた。まさにデンマークモダンの典型例であり、絶妙なバランスのフォルムが優雅をきわめている。天然素材の使用、有機的なフォルム、シンプル性、人への思いやり、近代性、心地よさ、気品といった要素がすべて合わさって、1940年代のデンマークにしかなかったデザインができあがっている。なかでもきわだっているのはシンプルさである。ウェグナーは快適に座るための最低必要条件を考え抜いて、材料を最小限に抑えた椅子を制作した。その結果、だれも座っていないときでさえ人の姿が見えるような、きわめて彫刻的なフォルムが誕生した。「ラウンドチェア」はウェグナーのオリジナルで、既存の椅子からヒントを得たわけではない。以前制作した「チャイナチェア」は中国皇帝の王座をモデルとしているし、「ピーコックチェア」は伝統ある「ウィンザーチェア」からヒントを得ているが、ラウンドチェアは構成要素を極限まで削ぎ落したデザインで、いまもウェグナーの代表作として高く評価されている。事実、ラウンドチェアをデザインの基準として、ウェグナーはその後長年にわたって多くの作品を生みだしている。「ウィッシュボーンチェア」やその関連製品も同じテーマで制作されている。　**PS**

ナビゲーション

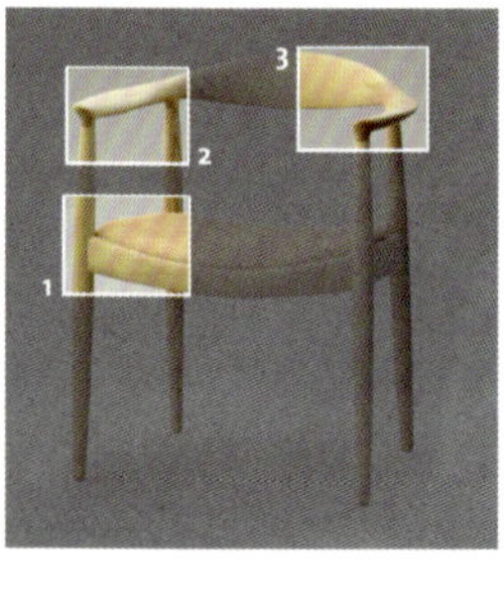

フォーカス

1　天然素材
すべて天然素材で、おもに硬質木材のオーク、アッシュ、サクラ、ウォルナットなどを使用している。シートには編んだ籐や革を張っている。籐を使用する場合は座り心地を考慮して背もたれに背あてを追加している。

2　職人技
シンプルに仕上げるには職人の究極の技が欠かせない。ごくわずかな欠陥も目立つからである。作品の構造を見てもらうのもデザイナーの大きな喜びである。ウェグナーは面と面が接合する部分を隠さなかった。

3　曲線
このデザインには直線部分がひとつもない。中央が幅広になっている背もたれは半円形で、カーヴしている肘かけは、先細になっている4本の脚にのっている。シートもカーヴしており、シートと背もたれとのあいだにある空間が構造のかなめとなっている。

◀1960年、「ラウンドチェア」は、CBSで生中継されたジョン・F・ケネディとリチャード・ニクソンの大統領選挙討論会の椅子に選ばれた。長年、ひどい腰痛に苦しんでいたケネディが、この椅子ならきっと楽だろうと思い特別にリクエストしたのである。「ラウンドチェア」はテレビに映るなりそれとわかり、放映後、マスコミにとりあげられた。

ウィッシュボーンチェア

ハンス・ウェグナーの「ウィッシュボーン（鳥の叉骨。V字形）チェア」（右）がそうよばれるのは背柱がVに近いY字形になっているからである。「ラウンドチェア」の姉妹品にあたる。カーヴしている背もたれの先端が支えのない短い肘かけになっており、前脚とはつながっていない。後脚だけが背柱とつながっているため、肘かけとシートのあいだに印象的な空間ができる。シートは籐や革ではなく手織りの紙ひも製である。ラウンドチェアと同じく1949年のデザインで、ウィッシュボーンチェアは1950年からカール・ハンセン＆サンによって生産されている。

3107チェア 1955年 3107 Chair

アルネ・ヤコブセン 1902-71年

加圧成型したウォルナット突板、クロムメッキスチール。
高さ80センチ

ナビゲーション

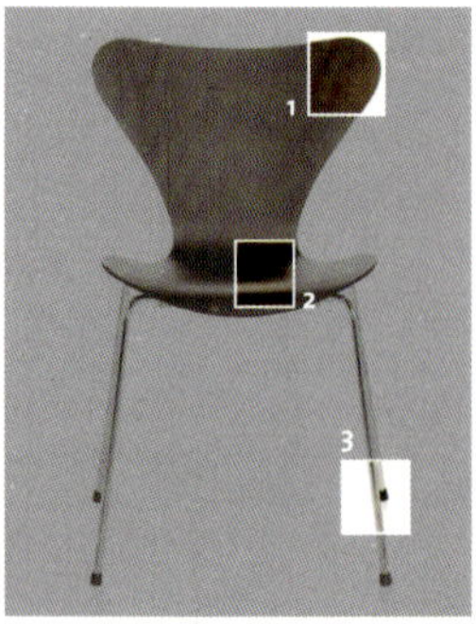

1950年代に、建築家アルネ・ヤコブセンはヨーロッパのモダニズムとノルウェーの有機的フォルムを融合させて、時を超えて切望されつづける家具シリーズを生みだした。そうした家具を製造したのはフリッツハンセン社である。ヤコブセンは1952年に、成型合板で肘かけのない「アントチェア」を制作したあと、シリーズ7の一部として、エレガントさを増した「3107チェア」を開発した。シンプルで見た目のバランスもよく、すぐさま飛ぶように売れた。成功をおさめた一因は、さまざまな状況や目的で使えたことにあった。デンマーク初期の家具デザイナーと違い、ヤコブセンは一般家庭での使用にこだわらなかったので、その椅子は食卓を囲むだけでなくオフィスや受付に置かれても違和感がなかった。ヤコブセンは公私の用途を融合させる特徴を、モダニストのル・コルビュジエ（1887-1965年）やルートヴィヒ・ミース・ファン・デル・ローエ（1886-1969年）のデザインからとりいれていた。1950年代のデンマークの多くの住居が小さかったことを考えると、積み重ね可能な椅子は予備や食卓での用途に最適だった。3107チェアはそれほど高く積むことはできないが、この特徴が実用性を高めている。 PS

フォーカス

1　輪郭
「アントチェア」の背もたれは丸型だが、「3107チェア」の背もたれには左右に特徴的な「耳（肩）」がある。その曲線は細い「腰」や流線型のシートとバランスがよい。人体に見立てた魅力ある形状で、座っている人の姿を想起させる。

2　成型合板
アメリカのデザイナー、チャールズ＆レイ・イームズ夫妻の作品にならって成型合板を使用。イームズ夫妻は戦時中を通じて成型合板の試験を続けていた。それまでは薄い合板を１本の軸に沿って曲げることしかできなかった。

3　スチールパイプの脚
曲線で成型したシェルと、クロムメッキをほどこしたハの字型の細い脚のバランスも、「3107チェア」をエレガントに見せる仕掛けとなっている。スチールパイプの脚の先に小さなカバーがついているのは床を傷つけないためである。

フリッツハンセン

家具メーカーのフリッツハンセンは、デンマーク近代運動の第一線で活躍したデザイナーと組んで、20世紀をとおして重要な役割を果たした。そうしたデザイナーには、1936年に「チャーチチェア」（上右）を生んだコーア・クリント（1888−1954年）もいる。当社は戦時中に繁盛し、戦後に使用する木材を備蓄しておいた。1944年にハンス・ウェグナーの「チャイナチェア」を、１年後にはボーエ・モーエンセンのソファ「スポークバック」を製造。ヤコブセンとは1934年から提携していたが、彼の秀逸なデザインが市場に出まわった1950年代に絆が深まり、この絆のおかげで当社の国際的な評価はゆるぎないものとなった。

◀シリーズ７の用途をさまざまなシーンに広げるため、多くの種類が開発された。クッション材を入れたタイプ（左端）や５つの車輪をつけたオフィス用（左から２番目）、肘かけをつけたタイプ（右端）のほか、背の高いスツールやライティングテーブルつきもあった。

アーティチョークライト 1958年 Artichoke Light

ポール・ヘニングセン　1894–1967年

研磨銅、塗装、クロム、ガラス。
高さ72センチ
直径84.5センチ

ナビゲーション

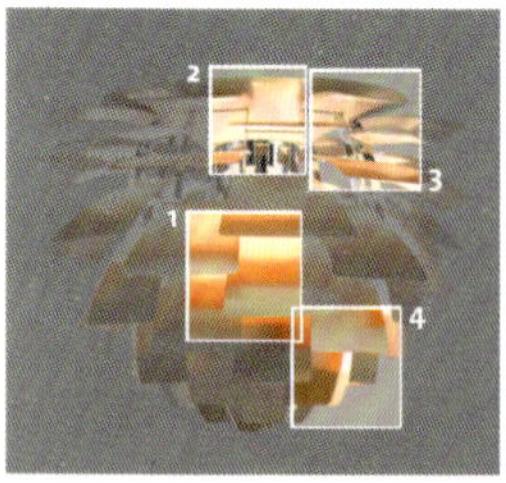

ポール・ヘニングセンは子ども時代、ガスの灯のもとですごした。成長してその灯のあたたかみを思い出して、同じような雰囲気を作りたいと考えた。直接的に放射される電気の光は、ギラギラとまぶしすぎたからである。1925年、ヘニングセンはまず複数のシェードをつけた照明をデザインした。これらがのちに「PHシリーズ」とよばれるようになる。照明器具のザインによって、光の分散や拡散を調整できることを徹底的に分析して得た最初の成果だった。この処女作のランプは1925年のパリ万国博覧会で入賞した。製造元のルイスポールセンとは、その後最後まで手を組むことになった。ヘニングセンの代表作は「PH5」と「アーティチョークライト」である。

ヘニングセンがルイスポールセン社のためにはじめてデザインしたアーティチョークライトは30年以上製造されており、早くからデザインのクラシックとなった。なにしろ圧倒的な存在感がある。幾重にも重なる刃のような反射板のシェードは葉のように見えて、内側が白く塗られているため反射する光がやわらかい。初期のデザインと同じ原理にもとづいているが、見るからに華やかで、とりわけ商業スペースや広々としたオープンプランのモダンな内装の家につるすと壮観である。　PS

フォーカス

1　拡散

「アーティチョークライト」は、なんといっても光の拡散のハーモニーがすばらしい。わずかにカーヴした反射板が幾重にも重なり、光源を隠すように慎重に配置されていて、やわらかな光が均一に分散される。どこから見てもギラギラした光が目に入ることはない。

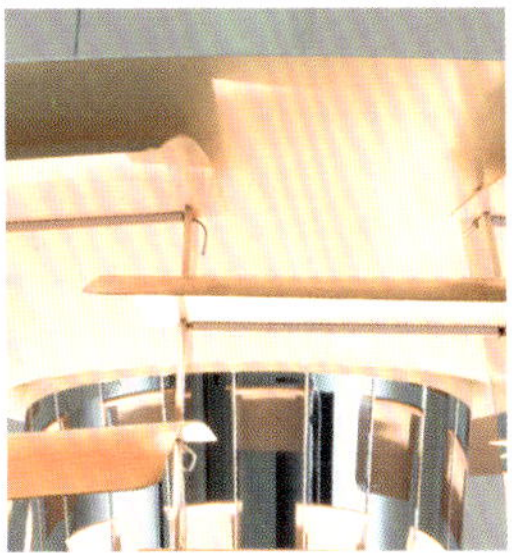

2　多くの要素をもつシェード

ヘニングセンの照明器具はどれも多くの要素をとりいれて、電器部品を隠し、光を拡散させてあたたかな雰囲気を生みだしている。これは照明器具を空間の光る彫刻品に変える効果ももたらしている。

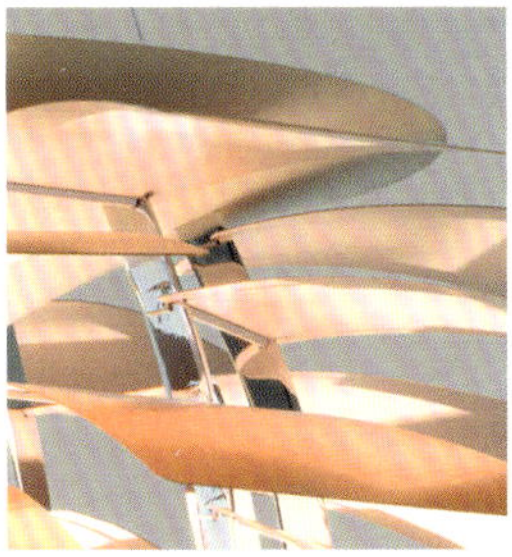

3　素材

アーティチョークライトの視覚効果の大部分は、銅や磨いたステンレススチールの葉から得られている。クロムメッキをほどこした内側の散光器は金属の質感を失わずに電球を隠している。白く塗装したタイプもある。

4　自然から得たヒント

葉のような形をした反射板はアーティチョークやトウモロコシのコーンを連想させる。しかし、たんに見た目を飾るだけでなく、しっかりとした機能性もそなえている。合理的かつ幾何学的なドイツ製品のデザインとくらべると、こうした人に優しいモダニズムがデンマークらしい特徴なのである。

デザイナーのプロフィール

1894–1924年

ポール・ヘニングセンはコペンハーゲンのデンマーク工科大学で学び、建築家として経験を積んだ。1920年、コペンハーゲンに建築事務所をかまえたが、ジャーナリストや評論家としても活動した。

1925–67年

1925年、初の照明器具「PHシリーズ」をデザイン。長年ルイスポールセンで働き、当社のために500種以上の照明器具を考案した。

▲コペンハーゲンのランゲリニエ・パヴィリオン。ヘニングセンがこのレストランの照明デザインを依頼されたので、「アーティチョークライト」が誕生した。「PHセプティマ」（1927年）にヒントを得たデザインである。

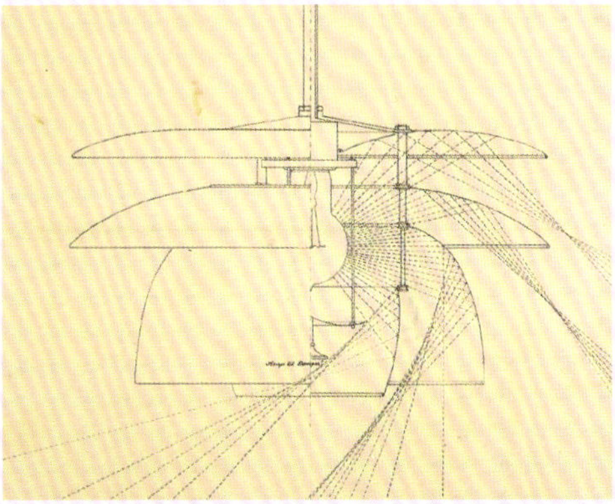

ルイスポールセン

ヘニングセンが長年にわたってルイスポールセンと協力していなかったら、「PHシリーズ」は生まれなかっただろう。ヘニングセンの創造力がルイスポールセンのマーケティング力や製造技術と結びついたから実現した成功なのである。ヘニングセンがデザインした「PH5ペンダントライト」（1958年。上）はテーブルの上方からつるす照明で、いまではクラシックとなっている。一方、ルイスポールセンはワイン輸入会社としてスタートした。この事業は数年しか続かず、1914年には機械や器具を扱っていた。当初はヘニングセンがデザインした照明器具のマーケティングにかかわっただけだったが、1941年には製造工場をそなえ、生産を開始した。いまや照明器具の大手メーカーとして名をはせている。

スカンディナヴィアのガラス製品と陶磁器

1

2

3

1 「スペクトラムリーフ（Spectrum Leaf）」（1947年）。チュリーン（蓋つきの容器）はほぼ球形で、高台は低く、ドーム型の蓋の先端がわずかに傾いている。

2 オレフォスが製造した「チューリップ」（1954年）。色やバランスを変えて1981年まで生産された。

3 繊細で彫刻的な「アップル」（1955年）。ヘルシングボリで開催されたH55展示会のためにデザインされ、いまも工芸ガラス黄金時代の象徴でありつづけている。

北欧諸国は戦後まもない時期、応用美術の分野でも、とくにガラス製品と陶磁器で注目されるようになった。スウェーデン、デンマーク、フィンランドでは19世紀末までに重要産業が発達しており、1920年代以降はモダニズム（北欧では機能主義とよばれていた）へ徐々に移行しつつあった。第2次世界大戦後、スカンディナヴィアでは創造力が一気に花開き、才能あるデザイナーがそのエネルギーをガラス製品と陶磁器にそそぎこんだ。彼らは見識あるメーカーに支えられて美意識的にも技術的にも新境地へ足をふみいれ、すばらしい芸術品や魅力的な食器を生みだしている。

フィンランドの2大ガラスメーカーは、イッタラとヌータヤルヴィだった。イッタラは1930年代に、建築家のアルヴァ（1898–1976年）とアイノ（1894–1949年）のアールト夫妻の受賞デザインを製品にとりいれて以来、モダンガラスを擁護していた。タピオ・ヴィルカラ（1915–85年、p.238）も1946年に開催されたイッタラのデザインコンテストを機に当社に関心をもたれるようになった。4年後、イッタラのラインナップにティモ・サルパネヴァ（1926–2006年）がくわわると、ふたりの業績によりフィンランドのガラスが世界に広まっていった。どちらの作品も抽象的で有機的なフォルムが特徴である。ヴィルカラの花器「カンタレッリ」（1946年）はキノコのアンズタケ（フィンランド語でカンタレッリ）をモチーフにしており、流れるようなフォルムで、口が広がり、細いラインが幾筋もきざまれている。サルパネヴァの「オ

キーイベント

1942年	1945年	1946年	1948年	1949–50年	1950年
フィンランドの陶芸家ルート・ブリュック（1916–99年）が、アラビア社の美術部にくわわる。当部署は工房の陶工が産業界で自由に働けるよう1932年に設立された。	カイ・フランクがアラビア社のために食器をデザイン。その後、実用品部主任に就任した。	フィンランドの芸術家グンネル・ニューマン（1909–48年）が、イッタラとヌータヤルヴィのためにデザインを開始。それ以前はリーヒマキのガラス製品を制作していた。	スウェーデンのガラス製品と陶磁器がミラノ・トリエンターレで称賛を浴びる。グスタフスベリのスティグ・リンドベリが金賞を受賞。	ティモ・サルパネヴァがイッタラで働きはじめる。ナニー・スティル（1926–2009年）がリーヒマキに入社、カイ・フランクはヌータヤルヴィのアートディレクターに就任した。	スウェーデンで、マリアンヌ・ウェストマンがロールストランドに入社、ヴィッケ・リンドストランドはコスタ社と提携する。

ルキデア」(1953年)は蘭(フィンランド語でオルキデア)の花からその名と着想を得ている。ヴィルカラとサルパネヴァが息をのむようなガラス工芸で称賛を浴びる一方、カイ・フランク(1911–89年)はヌータヤルヴィで実用的な工芸ガラスの考案に力をそそいだ。また、フランクが陶磁器メーカーのアラビアのために作った陶器の食器も質素だった(p.236)。飾り気のない器はぎりぎりまで不要なものを削ぎ落とし、単色の釉がかけられている。かたや、スウェーデンの陶磁器メーカー、グスタフスベリと提携したスティグ・リンドベリ(1916–82年)は、かなり遊び心のある装飾をほどこすデザイナーだった。タマネギ形の蓋つき容器「スペクトラム・リーフ」(図1)は錫釉を塗った白地に多色の小さな葉が手描きされている。ロールストランドの「ピクニック」シリーズ(1956年)はマリアンヌ・ウェストマン(1928年–)のデザインで、同じように見ていて楽しくなる食器だった。カットした野菜や魚など、料理を想像させる絵が描かれている。

スウェーデンのガラス産業はスモーランド地方に集中しており、規模も大きく、扱う製品も幅広かった。スウェーデンでもまた、定評ある2社、オレフォスとコスタの存在がきわだっていた。オレフォスは第1次世界大戦以降、モダンガラスのパイオニアでありつづけ、ふたりの傑出したデザイナー、シーモン・ガーテ(1883–1945年)とエドワルド・ハルド(1883–1980年)との提携関係を築いていた。ヴィッケ・リンドストランド(1904–83年)もオレフォスで働きはじめたが、1950年にはコスタに移り、すぐれたガラス製品を制作した。抽象的な作品もあったが、たいていは印象的で絵画的な装飾をほどこした。第2次世界大戦後、オレフォスは多くのデザイナーを雇った。そのひとり、ニルス・ランドベリ(1907–91年)は重力に挑戦したグラス「チューリップ」(図2)を制作した。細長い脚の上に、優美にふくらんだ縦長のボウルがのっている。インゲボルグ・ルンディン(1921–92年)は初期のスウェーデンのガラス産業では数少ない女性デザイナーのひとりで、ガラスの特性を引き出し、どこか人の胸を打つ作品を生みだした。透明なガラスをカットしたり抽象的な模様や写実的な絵をきざんだりすることもあったが、大きくふくらませた吹きガラスの花器「アップル」(図3)をはじめ、大胆に色を使った作品もある。ランドベリとルンディンはガラスの繊細さと透明性を探究し、エドヴィン・エールシュトレム(1906–94年)とスヴェン・パルムクヴィスト(1906–84年)はガラスの展性と不変性を活用した。パルムクヴィストの心躍る「ラヴェンナ」シリーズ(1948年)はステンドグラスとモザイクを合わせたような作品で、エールシュトレムのアリエル技法の厚みのある器(1940年代)は気泡を閉じこめて水をイメージさせる模様を作りだした。

デンマークのガラスデザイナー、ペル・リュトケン(1916–98年)はホルムガード社でキャリアを積んだ。リュトケンがデザインする有機的なフォルムの吹きガラスの器は、形も色も比較的シンプルだったため大量生産にもってこいだった。花器「ビーク」(1951年)は胴がふくらんでいて、非対称のくちばし(ビーク)がついている。溶融したガラスの可塑性を生かした、彼の技がきわだつ作品である。可塑性は、アクセル・サルト(1889–1961年)がロイヤルコペンハーゲンのために制作した陶器の重要な特性でもある。ひょうたんのような形と、流動性と粘性のある釉をかけて凹凸を出すサルトの花器やボウルは、工業製品というよりも工房で作った陶器である。こうした作品が象徴しているとおり、スカンディナヴィアの戦後のガラス製品や陶磁器は多様性に富み、たいていはひかえめで質素だったが、なかには華美で風変わりな作品もあった。

LJ

1951年	1954年	1955年	1956年	1957年	1960年
フレデリック・ルニング が、スカンディナヴィアのすぐれたデザイナーに授与するルニング賞を創設。第1回の受賞者はヴィルカラだった。	ノルウェーのガラス製品と陶磁器が、スウェーデン、デンマーク、フィンランドの作品とならんでミラノ・トリエンナーレで展示される。	H55展示会(p.240)がヘルシングボリで開催され、スカンディナヴィアのデザインを世界に紹介。	サルパネヴァがルニング賞受賞。フィンランドのデザイナー、オイヴァ・トイッカ(1931年–)がアラビア社のために陶磁器のデザインをはじめる。	1953年からボダ社のガラス製品を制作していたスウェーデンの前衛的ガラスデザイナー、エリック・ホグラン(1932–98年)がルニング賞を受賞。	ヴィルカラが、ミラノ・トリエンナーレで金賞およびグランプリを受賞。

「キルタ」シリーズの食器 1948年 Kilta Tableware

カイ・フランク　1911-89年

陶器、色釉。
高さ6センチ

カイ・フランクがデザインで関心をもったのは、日常で使用する陶器とガラス製品だった。フランクは器を重要な機能のみにしぼり、形状においても装飾においてもよけいなものをいっさい排除した。こうした精神はモダニズムから来ているようにも思えるが、フランクのインスピレーションの源は、田舎に古くからある、最小限度の必要性を満たすために作られた質素な品々だった。社会的目的意識に燃えたフランクは、工業技術を駆使して使い勝手のよい安価な食器を作ることに専念した。またこのことでシンプルさへのこだわりがますます強くなった。デザインが複雑で装飾が華美になれば、たいていそれだけ製作コストがかかるからである。フランクの陶器とガラス製品は飛ぶように売れたが、ほかのスカンディナヴィアのデザイナーのようにスター扱いされるのをいやがり、あえて名前を出さなかった。第2次世界大戦中に質素さを強いられた影響はいつまでもその心理に残りつづけたため、彼は生涯、可能なかぎりコストをかけないデザインを心がけた。

フランクが1948年にデザインした「キルタ」シリーズの食器類は、アラビアが製造し、1952年から販売がはじまった。彼が1945年に入社して以来ずっと追究してきたアイディアの集大成だった。当初は10点セットで、フォルムを簡素化するだけでなく従来の食器のありかたをくつがえした点でも革命を起こした。それまでは、各料理に合わせて作られた大きめの華美なディナーセットが主流だったが、キルタは形式ばっていないため用途が広い。さらに、ほとんどの食器を重ねて収納できた。いろいろ組みあわせて使えるので、消費者は自分の用途や必要に応じて少しずつ買い足すことができたし、見た目の統一感もあった。そのフォルムのおかげでどれを選んでも合わせやすく、単色のため全体のバランスもよかった。

LJ

ナビゲーション

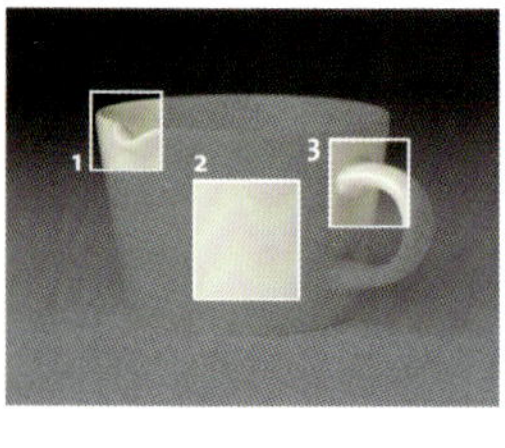

フォーカス

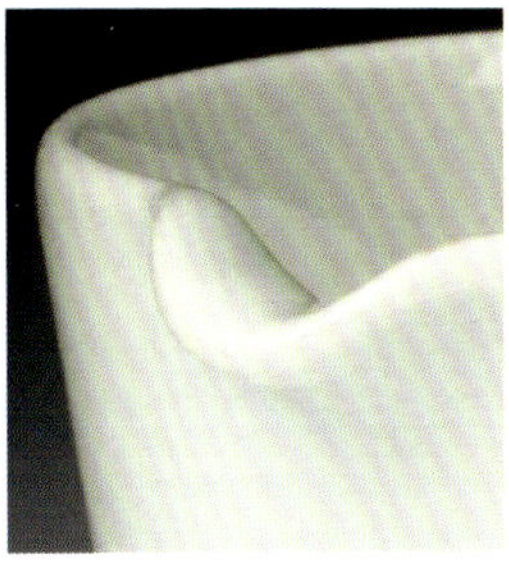

1　削ぎ落とされたフォルム

「キルタ」のオリジナルシリーズはどれもかぎりなく質素でシンプルである。シルエットは四角いが鋭くとがった部分はない。側面は凹凸がなく平らで、下に向かって細くなっている。こうした形状は製造しやすいため、生産コストが抑えられた。

2　単色の釉

キルタの白い陶土は単色の釉に最適である。当初は黒、白、黄、緑、茶の5色で、のちに茶がコバルトブルーに変わった。キルタの食器は、単色、2色のコントラスト、さまざまな色の組みあわせでセットにしても、いずれもうまくマッチする。

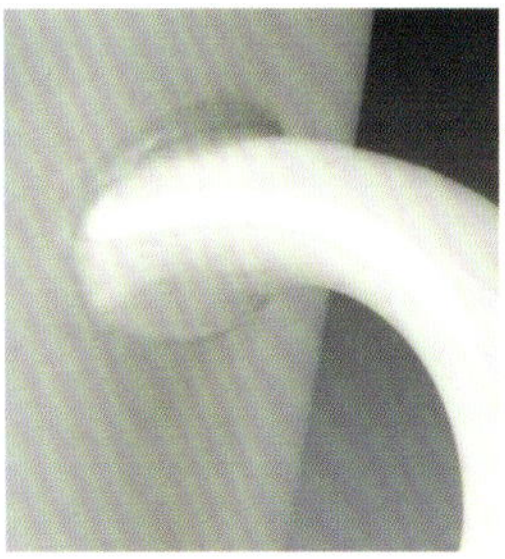

3　ファイアンス焼き

キルタはほかの食器と異なり、「ファイアンス焼き」という方法を用いて高温で硬く焼きあげるためオーブンでも使用できる。ほとんどの陶器は素焼きのあと釉を塗って焼く2段階方式だが、キルタは一度焼くだけである。そのため製造はスピードアップし、コストも抑えられた。

実用的なガラス製品

フランクがデザインするガラス製品は、彼が作る陶製の食器ととてもよく似ている。砂時計型カラフェと円錐形のタンブラー「カルティオ」(1958年、上）は質素でシンプルで、角張った形と豊かな暗単色（紫、青、赤、緑、グレー）が特徴的である。これらはまわし吹きで製造されるためにガラスが薄かった。のちにフランクは厚みのある型押しのガラス食器をデザインし、生産コストを抑えた。

◀当初、「キルタ」の製品はよく使う食器のみだった。カップ＆ソーサー、砂糖入れ、ミルク入れ、平皿、深皿、サラダボール、横長の大皿、蓋つきピッチャーなどである。その後、長年のあいだに、エッグスタンド、瓶セット、粉ふり器、キャセロール、オードブル用の皿が追加された。どれも集めて楽しめるフォルムになっている。

タピオのガラス製品 1954年 Tapio Glassware

タピオ・ヴィルカラ 1915–85年

吹きこみ成形ガラス。
高さ13センチ
直径6.5センチ

ナビゲーション

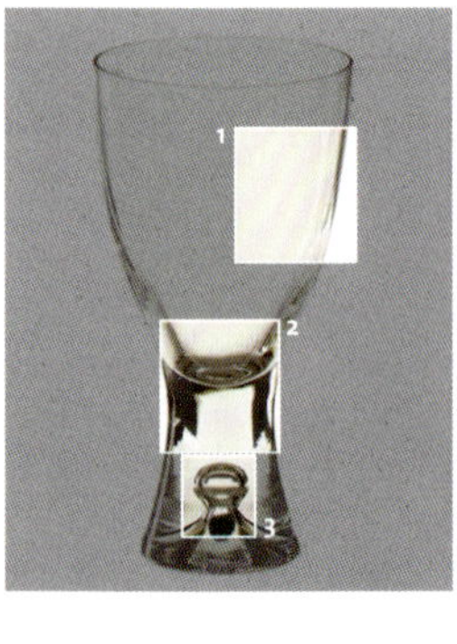

もともと彫刻家として修業を積んだタピオ・ヴィルカラは、工芸品のフォルム、質感、色あいを芸術家の目で見ていた。ヴィルカラの美的感覚は、自然界でもとくにフィンランドの田舎の湖や森に根ざしていた。そのためガラスはぴったりで不可欠な素材だったのである。石さながらに硬く、氷さながらに透明で、多様な表現ができて、吹いたり成型したり型をとったりして、フォルムや表面の質感を自在にあやつることができる。「タピオ」はヴィルカラが手がけた初期の食器シリーズで、手作業のまわし吹きによって成型された。炉のなかにある溶融ガラスの小球を鉄製の吹きこみパイプの先につける。それをカップ型のなかでふくらませてボウルにして、表面がなめらかになるまで吹きこみパイプを転がす。従来のワイングラスとは違い、聖餐杯やゴブレットに似た口広のボウルは、樹幹のようなステム（脚）から継ぎ目なく続いており、どっしりとした高台と見事なバランスをとっている。ステムに埋まった気泡はいまにも浮き上がりそうで、シンプルながら工夫に富んだからくりである。このデザインでは表面はなめらかだが、ヴィルカラはのちに炭や溶けた氷を模した凹凸の多い食器を作るようになった。

LJ

フォーカス

1　有機的なライン
わずかに湾曲したフォルムは手にも目にも優しい。有機体として作られた器は美的にも物理的にも完全な統一体になる。感性に訴えかける流線型はスカンディナヴィアデザインの典型で、地味ながら人間のボディラインをイメージさせる。

2　ボウル、ステム、高台
どっしりとした基部がグラスを支えている。通常ワイングラスの構成は3部位（上からボウル、ステム、高台）で、別々に製造してから接着するが、このグラスは一体型として一度に製造する。

3　気泡
唯一の装飾がステムに浮かぶ気泡である。濡れた木の棒を溶融したガラスに差しこむと、発生した蒸気がガラスのなかで気泡となって上昇していく。実用的な飲用グラスにはこういったシンプルな装飾が合っている。

▲ヴィルカラの画期的デザインの「カンタレッリ」（1946年）。口の広い花器で、縁がわずかにうねっており、キノコのひだを想起させる細いラインがきざんである。「切り株」（1948年）や「苔」（1950年）など、ほかの初期の作品も見るからに有機的で同じように立体感があった。

ガラス工芸

スカンディナヴィアのガラス工場できわだつ特徴のひとつは、食器と同時に限定の工芸ガラス製品を製造することだった。どちらも同じデザイナーが担当したが、後者は実験として創造力を試す絶好の機会となった。「パーダー湖の氷」（1960年。右）はヴィルカラが自然からヒントを得て作った工芸ガラスの典型である。ラップランド地方の湖から名前をとったこの作品は、まさに抽象的な彫刻品で機能性は考慮されていない。圧倒的な立体感があり、側面にきざみこんだ筋が、なめらかに波打つ上縁と対照的である。溶融したガラスに棒を押しこんで作った指のようなくぼみは氷柱（つらら）を思わせる。

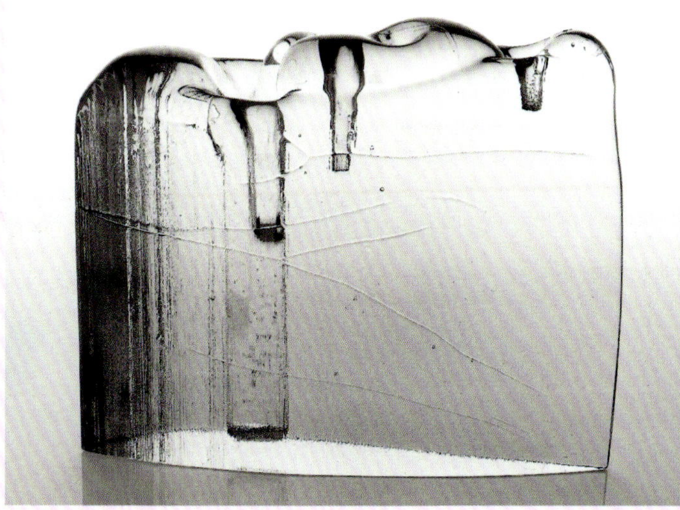

ヘルシングボリ展覧会

1955年、スウェーデンのヘルシングボリで、建築、インダストリアルデザイン、家具の国際展覧会「H55」が開催された。スウェーデン・クラフト・アンド・デザイン協会が主催し、母国の工芸品を世界に紹介した。スウェーデンの工芸は1920年代から栄えており、とくに陶磁器、ガラス、金属工芸、テキスタイルが発達していた。この時期はフィンランドとデンマークの工芸も花開き、フィンランド人はガラス工芸、デンマーク人は家具作りの腕をふるった。H55はこうした地域がひとつになってなしえる業績を祝う絶好の機会だった。デザイン3強国のそれぞれの美学が合わさり、さらにノルウェーも成長したため、まとめてスカンディナビアンモダンと称された。

H55はひたすら楽観的だった。モダンデザインによるすばらしい新世界を望む、デザイナーと消費者の前向きな思いを反映し、理想とする戦後の時代精神を表現していた。ニルス・「ニッセ」・ストリニング（1917–2006年）の「ストリングシェルフシステム」（1949年、p.242）など、画期的な新デザインにスポットライトをあてるとともに、数多くの新製品を世に送りだした。そのなかには、スティグ・リンドベリ（1916–82年）がグスタフスベリ社のためにデザインした、茶色の釉がつややかな「テルマ」キッチンウェア（図1）や、有名な銀細工師スィグアド・パーソン（1914–2003年）がKF（スウェーデン消費生活協同組合）のためにデザインした「セルヴス（Servus）」ステンレススチール・カトラリーなどがあった。H55ではスカンディナヴィアのデザインがセンターを飾り、大きなふたつのパヴィリオンと家具をそなえたさまざまな部屋で展示された。こうした部屋のインテリアを担当したのは、建築家のアルヴァ・アールト（1898–1976年）、フィン・ユール（1912–89年）、ボーエ・モー

1

2

3

1　スティグ・リンドベリがデザインした「テルマ」キッチンウェアシリーズの一部。

2　カール・アクセル・アッキングがデザインした「オン・ボード・パヴィリオン」。約120万の観客をH55に向かわせるのに一役かった。

3　スヴェン・パルムクヴィストがデザインしたボウル「フーガ」（1954年）。手動のガラス成形を発展させた技法で製造された。

キーイベント

1939–45年	1948年	1949年	1951年	1951年	1954年
スウェーデンは第2次世界大戦中、中立の立場をつらぬく。そのためこの国の応用美術産業はヨーロッパの他国にくらべて、受けた傷は少なかった。	スウェーデン人デザイナーがミラノ・トリエンナーレで快挙。スティグ・リンドベリとベルント・フリーベリ（1899–1981年）が陶器で金賞を受賞した。	スウェーデンデザインの展覧会「都市計画からカトラリーまで」がチューリヒで開催され、このテーマがのちのH55につながる。	スウェーデン、デンマーク、フィンランドがミラノ・トリエンナーレに出品。スカンディナヴィアのモダンデザインという概念を確立する。	ロンドンのサウスバンクでイギリス祭が開催される。これに刺激され、またモデルにして4年後にヘルシングボリでH55が開かれる。	スウェーデン、デンマーク、フィンランドにくわえて、ノルウェーがはじめてミラノ・トリエンナーレに出品。

エンセン（1914–72年）である。３人は家具デザイナーでもあった。このことは、当時のスカンディナヴィアで建築とデザインのあいだに動的で生産的な交流があったことを示している。

さらに、卓越した手作りのぜいたく品を作る達人であるスウェーデン人は、デザインのみならず機能的にもすぐれた製品を安価で大量生産することをめざして、「毎日使える、もっと美しいものを」というスローガンとともに推進した。オレフォス社の代表的ガラス工芸家スヴェン・パルムクヴィスト（1906–84年）はこのふたつの方針を実証してみせた。色づかいが豊かで技術的にも手のこんだガラス食器「ラヴェンナ」（1948年）と並行して、革新的な遠心鋳造法を用いて、質素で実用的な器「フーガ」（1948年）シリーズも開発したのである。ノルディスカ・コンパニエットのテキスタイル部でチーフデザイナー兼アートディレクターをつとめていたテキスタイルデザイナーのアストリッド・サンペ（1909–2002年）も同様に寛容なアプローチを試みた。彼女は鮮やかな幾何学模様の家具用生地をデザインしたほか、美術家が考案したシルクスクリーン印刷の生地「サインド・テキスタイル」（1954年）のコレクションも手がけて、生地にデザイナーのサインを残すという大胆な試みを先導した。

スウェーデンで育まれた民主的な思潮はＨ55のほかの局面にも反映された。スウェーデン人は、人が暮らす環境は屋内外をとわず生活の質を大きく左右すると信じていた。デザイナーのスヴェン・エリク・スカヴォニウス（1908–81年）はスカンディナヴィアン・ドメスティックデザイン誌で「家、戸外、職場をとりまくものには本来の機能がそなわっている。だがそれだけではなく、その美しさにも意義がある」と述べている（1961年）。H55は理にかなった公共性に富む建築物や都市計画の恩恵をわかりやすく例示した。カール・アクセル・アッキング（1910–2001年）がデザインし、エーレスンド海峡を見下ろす埠頭に設置されたオン・ボード・パヴィリオン（図２）では、支柱の上に船橋が建設されて、てっぺんで旗がひるがえっていた。会場では簡素な建物と魅力的なオープンスペースが全体的に心地よい歓迎ムードをかもしだしていた。また、アンダース・ベックマン（1907–67年）がH55のために考案したわかりやすいロゴが、展覧会の一貫したデザインをさらに引きしめた。

1950年代なかばに北アメリカをまわった「スカンディナヴィアのデザイン」をはじめとする展覧会は世界中の観客を狙っていたが、H55だけは異なる雰囲気をただよわせて、別の目標を見すえていた。売買の利益は二の次で、国や地域のアイデンティティを表現していたのである。1951年、イギリス祭が「コンテンポラリー（現代）」スタイルの端を発したように、H55もスウェーデンに創造の時代が到来したことを知らしめ、国内外でスカンディナヴィアならではのデザインを宣伝した。第２次世界大戦中に中立の立場をとっていたスウェーデン人は、ヨーロッパの隣国とふたたびつながりをもって、国際的な輪を広げようと努めた。H55によって生まれた市民やメディアのデザインへの関心は、北欧諸国がもちまわりで主催して毎年開くスカンディナヴィアデザイン・パレードによってその後何年も維持された。

LJ

1954年	1954年	1954年	1955年	1956年	1957年
「スカンディナヴィアのデザイン」展が北アメリカをまわる４年ツアーを開始。スカンディナヴィアのモダンデザインという概念を広めて、人気を集める。	スウェーデンのデザイナー、イヴァル・ベルグストロームが、棚板を調節できるアルミニウム製システム棚「テブラックス」を発表。	アストリッド・サンペがサイン入りテキスタイル計画のために、「アングル」、「ソフトサンド」、「テルミドール」の３種をデザイン。	ニューヨークタイムズ紙がフォルケ・アールストローム（1907–97年）の食器「フォルケドリュクス」をモダンベストデザイン100のひとつとして絶賛。	ストックホルムを拠点とする通信機器会社エリクソンが、一体型電話機「エリコフォン」(p.244）の国内販売を開始。	ブルーノ・マットソン（1907–88年）がベルリン国際博覧会に家具を出品。サンペがデザインした部屋に展示された。

ストリングシェルフシステム 1949年 String Shelving System

ニルス・「ニッセ」・ストリニング 1917–2006年

オーク、プラスチックでコーティングしたワイヤー、ステンレススチール。
サイズ調整自在

戦後、スカンディナビアンモダンは多くの観点で消費者の心をとらえた。有機的なフォルム、天然素材の使用、心地よさへの関心。こうした特徴は身近にあるモダニズムを象徴し、戦後のライフスタイルと調和していた。バランスのとれた家具デザインはスペースの節約にもつながり、親世代が享受していた住居より手狭になった環境では重要な要素だった。

1955年のヘルシングボリ展覧会で披露された数々の新製品のなかに、スウェーデンのデザイナー、ニルス&カイサ・ストリニング夫妻が考案した「ストリング」があった。これは規格化したパーツを組みあわせて作れる画期的な収納システムで、スウェーデンの最大手出版社ボニエールが主催した、安価で組み立てが簡単な本棚のコンテストに、夫妻が応募して優勝したデザインだった。ストリニングはメーカーのアルネ・リドマーと提携して、ワイヤーをプラスチックでコーティングする技法を考案して、収納棚に活用した。重要なのは、あふれかえる日用品を整理整頓するにはどうしたらよいかという普遍的な問題にアプローチした点だった。梯子のような支柱だけで壁に固定するタイプのこの棚は、見た目に圧迫感がなく、きわめて機能的だった。自在に拡張したり形を変えたりすることが可能で、従来の本棚や食器棚など、支柱なしで立っていて場所をとる収納家具を不要にした。本来は本の収納が目的だったが、組み立てかたによってほかの用途にも使用できる。主人公は棚そのものではなく、収納する品になった。生産者側からすれば、部品キットは梱包も輸送も容易だった。

EW

ナビゲーション

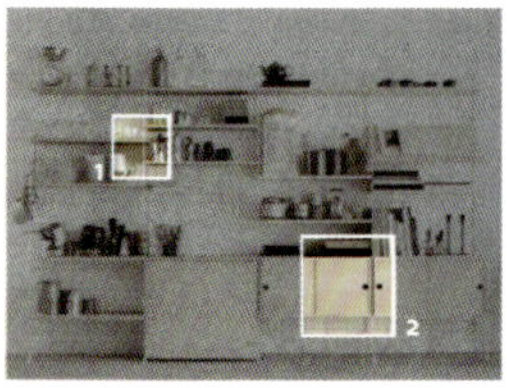

フォーカス

1　部品キット

「ストリング」の収納システムは規格化された部品からなっていて、コンパクトに梱包できるため輸送も容易だった。組み立てもごく簡単で、組み換えも自由。あらゆる場所や用途に適応できる棚である。

2　梯子のような支柱

軽量で圧迫感がなく、邪魔にならないデザインの目玉となっているのは、安価な梯子のような支柱である。この支柱はプラスチックでコーティングされた頑丈なワイヤーでできている。同じくワイヤー製のバスケットやトレーといったアイテムが「隠す収納」の定番小物になっている。

デザイナーのプロフィール

1917–46年

建築家でデザイナーのニルス・ストリニングはスウェーデンのクラムフォシュで生まれた。1940年代は、ストックホルムにあるスウェーデン王立工科大学で建築を学び、1946年の在学中に、プラスチックコーティングのワイヤーを使った、食器乾燥用ラック「エフラ」をデザインした。

1947–51年

1940年代後期、ストリニングはプラスチックコーティングの技術をさらに進化させた。すでに「エルファ」は人気を博しており、この成功が同技術を多用途の収納棚に生かすきっかけとなった。

1952–2006年

1952年、ストリニング夫妻はストリングデザインABを設立。当社はいまでも看板商品の収納システムを生産している。現在ではスライドドアつきのキャビネットはじめ、パーツの種類も増やしている。1954年、「ストリング」はミラノ・トリエンナーレで金賞を受賞し、同年アメリカで開催された「スカンディナヴィアのデザイン」展でも紹介され、1955年にはヘルシングボリ「H55」展覧会に展示された。ストリニングはほかのプラスチック製品のデザインも手がけて、母国スウェーデンのみならず世界中で数々の賞を受賞した。

モジュール式収納棚

規格化されたパーツで組み立てるモジュール式収納システムが誕生したのは1930年代で、ル・コルビュジエ（1887–1965年）のような初期のモダニストデザイナーが考案した「用具としての家具」の美を反映している。1950年代から1960年代にかけてはさらに外観が洗練されたモジュール式システムが生産された。たとえば、ジョージ・ネルソン（1908–86年）がハーマンミラーのために作った「コンプリヘンシヴシェルフシステム」（1957年）や、イギリスのステープルズが生産した自立型「ラダラックス」（1964年）などである。しかし、今日とりわけ有名なのは、1960年にディーター・ラムス（1932年–）がヴィツゥのためにデザインした「606ユニバーサルシェルフシステム」（上）だろう。

エリコフォン 1956年 Ericofon

エリクソン　1876年設立

ABSプラスチック、ゴム、ナイロン外皮。
22×10×11センチ

プラスチックが世に出まわると、デザイナーはこの用途の広い素材の可能性を生かして彫刻的に表現する方法を探りはじめた。それと隣あわせにあったのが、継ぎ目のない一体型の製品を作ろうとする野心である。当初は時代を超越する椅子のデザインに焦点が集まったが、1940年代は多くのデザイナーが一体型電話機を作ろうと試行錯誤した。この目標を最初に達成したのが「エリコフォン」だった。

スウェーデンの通信機器会社エリクソンによってデザインされたエリコフォンは1954年に製造が開始されて、1956年に国内市場に出まわった。その前身となったのは、ヒューゴ・ブロムベルグ（1897–1994年）とラルフ・ライセル（1907–87年）がデザインし、エリクソンが1941年に特許を取得した、直立型でやや高さがあるバージョンと、ハンス・クレペリンが考案し、ヨースタ・ターメス（1916–2006年）が設計した、中央につなぎ目がある水平型「ユニフォン」（1944年）である。画期的な「エリコフォン」は、ダイヤル、受話器、スピーカーが一体化した初の商品だった。とぐろを巻いて立つヘビに見えることからついたあだ名は「コブラ」。人間工学的に計算された扱いやすいフォルムで、回転式ダイヤルは下部にある送話口の裏（底面）に隠されていた。

「エリコフォン」は数十年間製造されつづけて、250万台以上を売り上げた。このデザインは1972年で廃止されたが、最新型や記念版として何度も再生産され、現在はニューヨーク近代美術館のコレクションとして収蔵されている。　EW

ナビゲーション

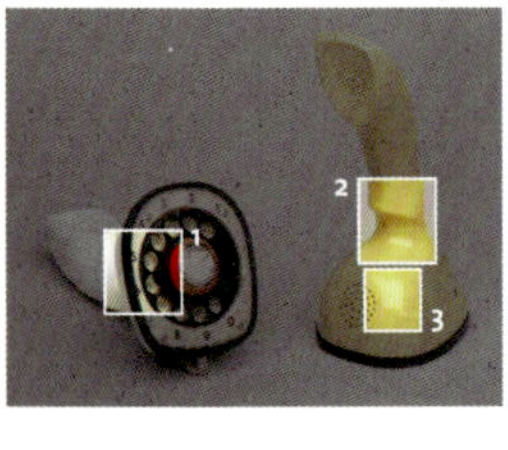

フォーカス

1　一体型

発売時の「エリコフォン」のプラスチックケーシングは、半分のパーツが製造されてあとから接着されていた。しかし1958年、射出成形により継ぎ目のない一体型となり、本来のコンセプトを売りとした。

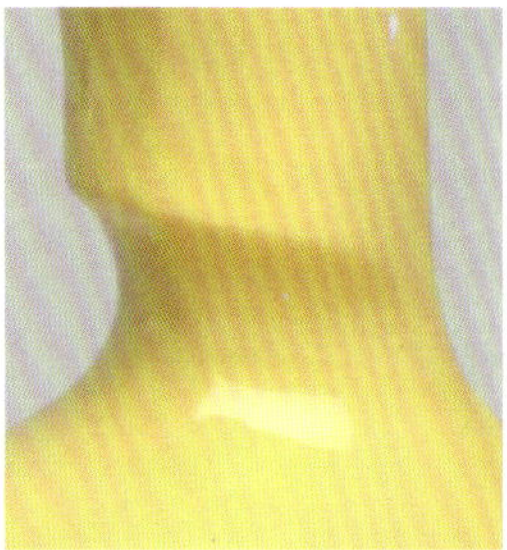

2　有機的フォルム

エリコフォンの担当デザイナーらはプラスチックの彫刻的な表現法を探究して、使い心地のよい一体型電話機になるよう、なだらかな曲線をつかって有機的フォルムに仕上げた。一見ヘビのようだが、基部がどっしりとしているために安定感がある。

3　色

ヨーロッパとアメリカで発売された当初、黒以外の18色があり、もっとも人気があったのは鮮やかな赤と白だった。成型プラスチックの光沢で、明るい色がいっそう輝きを放った。

会社のプロフィール

1876–1913年

スウェーデンの通信機器会社エリクソンは、1876年、ラーシュ・マグナス・エリクソンによって電信電話修理工場として設立された。その後すぐ電話機製造を開始、1900年には社員1000人になった。

1914–39年

第1次世界大戦、ロシア革命、大恐慌のために販売と開発が打撃をこうむった。1930年代には買収の失敗と不正株取引により倒産しかけたが、ワレンベリ家によって救われた。

1940–96年

第2次世界大戦中はビジネスの焦点を国内に向けていたが、1950年にエリクソンの電話交換局が世界初の国際電話を可能にすると、メディアがこぞってとりあげた。1960年代にハンドフリーのスピーカーフォンを発売し、1970年代後半にはデジタル化へと移行した。

1997年–現在

1997年には、エリクソン製品は世界の携帯電話市場の40パーセントを占め、2000年には3G販売の世界最大手となった。2009年、ベライゾンと提携し、4Gデータ通信を実現した。

はやりの電話機

戦後は、一般家庭で2台以上の電話をもつことがあたりまえとなり、キッチンや寝室にも置かれるようになった。これにともない多くの電話機が販売されて、粋な商品が出まわった。ヘンリー・ドレフュス・アソシエーツは「プリンセス・テレフォン」(1959年。上) と「トリムライン」(1965年) を考案。前者はコンパクトで色が豊富で女性をターゲットとし、後者はしゃれたスリムなボディで、光るダイヤルを受話器の裏に配置していた。イギリスではマーティン・ローランズ (1923–2004年) がデザインした「トリムフォン」(1964年) が同様に細身だったが、飛びぬけて斬新だったのはマルコ・ザヌーゾ (1916–2001年) とリヒャルト・ザッパー (1932年–) が手がけた「グリッロ」(1965年) だろう。2枚貝を模したデザインでじつにコンパクトだった。

ラ・リコストルツィオーネ

イタリアの復興　LA RICOSTRUZIONE

1940年代なかばには、モダンデザイン界に活気に満ちた新勢力としてイタリアが台頭してきた。こうした発展をとげたのは、終戦を迎えていくつもの要因が重なったからだった。そのひとつは、おもにミラノでモダニストとして修業を積んだにもかかわらず職につけない建築家たちの存在だった。アキッレ（1918-2002年）とピエール・ジャコモ（1913-68年）のカスティオリーニ兄弟や、ヴィコ・マジストレッティ（1920-2006年）、マルコ・ザヌーゾ（1916-2001年）、エットーレ・ソットサス（1917-2007年）といった建築家は生活費を稼ぐために家具デザインとプロダクトデザインに目を向け、ブリアンツァなどに誕生しつつあった新たな産業からチャンスをつかもうとした。新しい企業がそれまでとは違う美学を胸にファシズムを遠ざけると、建築デザイナーがその美学を披露する舞台が整った。

再生の精神はイタリアの復興 LA RICOSTRUZIONE（ラ・リコストルツィオーネ）を支えた。イタリアの都市は戦争の爆撃によって広範囲におよぶ壊滅的被害を受けており、早急に住居を建設しなければならなかった。戦後すぐ建てられた家はほとんどが都市周辺のアパートで、こうした部屋に見あう家具の需要が伸びた。カッシーナ、アルテミデ、アルテルーチェ、フロスなどの企業が立ち上がり、新たな機械に投資した。おかげで建築デザイナーが家具の新シリーズを創作する機会が開け

キーイベント

1946年	1946年	1946年	1946年	1947年	1951年
戦後、建築誌ドムスが復活し、エルネスト・ロージャス（1909-69年）が編集長に就任。	イタリア共和国の新たな政治情勢のなか、デザインが前衛的モダニティや未来を担う。	エンリコ・ピアジオ（1905-65年）が「ヴェスパ」のデザインで特許を取得 (p.248)。「実際に役立つデザインのモデル」とされた。	ピニンファリーナが「チシタリア」をデザイン。イタリアデザインの象徴となり、のちにニューヨーク近代美術館のコレクションとして展示される。	ミラノ・トリエンナーレの重点が、戦後の復興、および、住居の建設と装飾に置かれる。	ミラノ・トリエンナーレのデザイン部門のテーマが「使いやすいフォルム」に。オリベッティのタイプライターが話題となった。

た。たとえば、ジオ・ポンティ（1891–1979年）はカッシーナ社と手を組み、椅子「スーパーレッジェーラ」（1957年）を開発した。また、マルコ・ザヌーゾ（1916–2001年）が入社し、戦力となったアルフレックスは、椅子のクッション材に発泡プラスチックを利用した。ザヌーゾがデザインしたアームチェア「レディ」（図1）のカーヴはこの新素材の可能性に触発されて生まれている。さらに、カルテルなどのプロダクトデザイン会社もこの新素材を採用し、バケツのような日用品にも奇抜なデザインをとりいれて芸術性を高めた。タイプライター（p.250）で知られるオリベッティなどの大手技術会社も、大胆な新しいフォルムを探究した。

当時、イタリアでモダンデザインを採用した製造業のなかには、伝統的な生産方法を基本として設立した自動車産業もあった。フィアットが大量生産を開始し、1950年代にモデル「600」と「500」を発表する一方、アルファロメオ（p.252）、ランチア、フェラーリ、マセラティ、ピニンファリーナ（図2）といった高級市場向けメーカーは世界のエリートに向けてスタイリッシュな車を製造した。

イタリアのモダンデザインは民主的どころか上昇志向が強く、1940年代後半から1950年代は国内外の市場向けに劇的な品質向上があった。この現象は経済発展と「dolce vita（ドルチェヴィータ）（自由な暮らし）」という概念の出現によって拍車がかかった。1947年、1951年、1954年に開催されたミラノ・トリエンナーレのようなイベントでは、「使いやすいフォルム」（1951年）や「芸術品の生産」（1954年）といったテーマが掲げられ、国際的な議論をうながす場としての役割を果たした。1950年代後半にイタリアは高度成長期「経済の奇跡」を迎え、輸出額が伸び、スタイリッシュなモダンデザインの拠点となった。しかし、1960年代前半には経済成長が落ちこみ、楽観的な経済発展の時代は勢いを失いつつあった。

PS

1

2

1　アームチェア「レディ」（1951年）。4つの独立した部位からなっている。1951年のミラノ・トリエンナーレで金賞を受賞した。

2　レーシングカーの空気力学的形状にヒントを得た、ピニンファリーナの「チシタリア202GT」（1946年）。ボディは一体型である。

1954年	1954年	1956年	1956年	1957年	1958年
ミラノの百貨店ラ・リナシェンテがゴールデン・コンパスインダストリアルデザイン賞を創設。	スティレ・インダストリア誌が創刊。インダストリアルデザインに対してきわめて芸術的なアプローチを採用した。	ミラノにイタリア・インダストリアルデザイナー協会（Italian Association of Industrial Designers）が発足。インダストリアルデザインが尊重されるようになった証となった。	フィアットがモデル「600」を発売。大衆車として初のミニヴァンだった。	ミラノ・トリエンナーレがイタリアの「経済の奇跡」におけるデザイナーの役割を高く評価。	エットーレ・ソットサスがオリベッティに入社し、イタリア初のコンピュータ「エレア9003」を手がける。

ヴェスパ 1946年 Vespa
コラディーノ・ダスカニオ 1891-1981年

「ヴェスパGS150」(1955年)。塗装スチール、メタルフレーム、ゴム、革、プラスチック。
108×72×171センチ

コラディーノ・ダスカニオは実業家エンリコ・ピアジオのためにスクーター「ヴェスパ」をデザインした。イタリア語で「ヴェスパ(スズメバチ)」と命名されたわけは、ボディの形状と触角のようなバックミラーを見ればよくわかる。ダスカニオ同様、ピアジオも航空エンジニアの経歴をもち、ヴェスパには航空機の特徴を多くとりいれている。ピアジオがダスカニオにあたえた指示は、一般大衆向けでシンプルで安価、そしてオートバイとは違う乗り物を作ることだった。さらに操縦が楽でふたり乗りができなければならない。ヴェスパは1946年のミラノフェアで紹介されると、またたくまにイタリアの復興LA RICOSTRUZIONE(ラ・リコストルツィオーネ)を代表する製品の仲間入りを果たした。自転車ではなくモーターつきの乗り物を欲していた多くのイタリア人にとって、ヴェスパは自由な新時代の到来と楽しいモダンなライフスタイルの象徴だった。機械部分がすべて隠れている点がとくに好まれ、分割払いが可能だったことも人気をよんだ。ヴェスパのデザインは外見的にも象徴的な意味あいでも非常に魅力的だったため、たちまち多くの熱烈なファンを惹きつけて、ハリウッド映画にも多く登場するようになった。なかでも有名なのは『ローマの休日』(1952年)である。この映画ではグレゴリー・ペックの後ろにオードリー・ヘップバーンが横向きに乗っていた。

特許を取得すると生産台数が急激に伸びて、1948年には2万台近くに迫った。ピアジオはイタリア内外をとわず積極的に売りこみ、人気を後押しするためにヴェスパクラブを創設した。1950年以降、ヴェスパはドイツ、イギリス、フランスなどで生産され、1960年代にはヨーロッパ以外でも生産が開始された。 PS

ナビゲーション

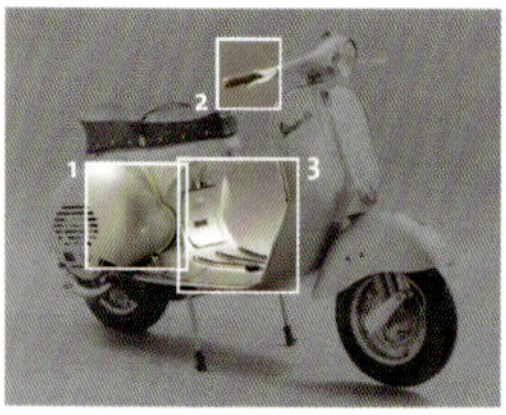

フォーカス

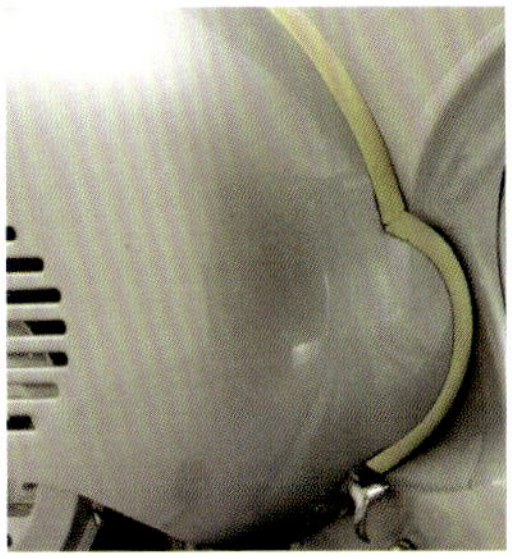

1　ボディ

空気力学的なボディには航空機の技術をとりいれた。塗装プレススチールの一体化したボディで、アメリカナイズされた流線型がちょっとスタイリッシュだ。「ヴェスパ」はモノコック、つまり、ボディとシャシーが一体化している構造を適用した、初期の乗り物である。

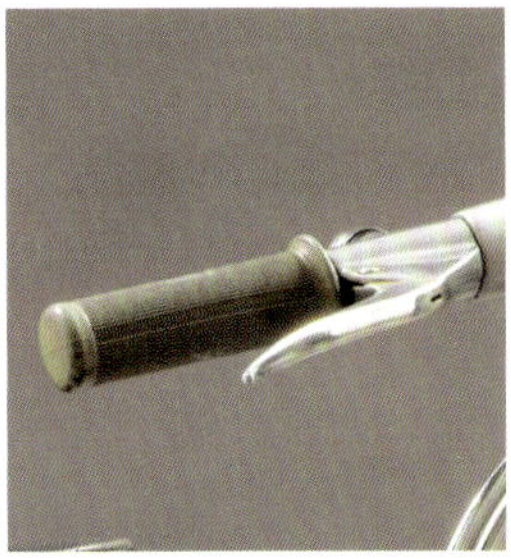

2　新技術

ヴェスパは外見が斬新なだけでなく、技術的にも最先端を行っていた。それまでのバイクと違ってボディ自体がフレームとなり、ギアはグリップについている。さらにはエンジンが後輪上部に設置された新構造だったため、入念な試験が必要だった。

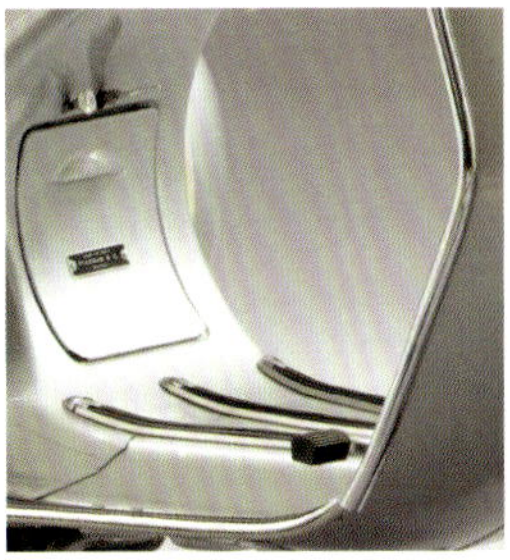

3　女性ライダー

スカートをはいた女性も乗りやすいように、またがずに座れるデザインをとりいれた。ドライブフレームがないため、オイルで汚れることもない。男女兼用としてデザインされたが、たいてい女性は後部座席に乗っていた。

▲「ヴェスパ」はイギリスで崇拝される地位にまで昇りつめた。1960年代前半には、「モッズ」、つまりサブカルチャーの主役となった青年がとくに移動手段として愛用した。サイドミラーやヘッドライトをいくつも追加し、グリップの先に房飾りをつけていた。

ランブレッタ

「ヴェスパ」の最大のライバルは1947年に発売された電動スクーター「ランブレッタ」（右）だった。メーカーはイノチェンティで、「ランブレッタ」という名は製造工場のあったランブラーテ地区に由来する。デザインのベースは第2次世界大戦で使用された軍用車である。外見はヴェスパにどこか似ているが、革新的技術は使われておらず、ボディのデザイン性もとぼしかった。しかしランブレッタもイタリアの都市の狭い裏通りを走るには便利で、女性を後部座席に乗せて操縦しやすかった。かなりの台数が製造されたが、ヴェスパが享受したカリスマ的地位を得ることはできなかった。

オリベッティ・レッテラ22 1950年 Olivetti Lettera 22

マルチェロ・ニッツォーリ　1887–1969年

エナメルメタルカバー、インクリボン、ゴム。
8×30×32.5センチ

マルチェロ・ニッツォーリが、オフィスにしばられずに使用できるポータブルのタイプライターとしてデザインしたオリベッティ「レッテラ22」は、新境地を開いた。以前、ニッツォーリが同社向けに考案した大きくて重たいタイプライター「レキシコン80」にくらべると、コンパクトでエレガントである。今日の基準からすれば重くて運びにくいが、1950年当時としては軽く、とくに移動が多いジャーナリストに評価された。さらに、デザインが称賛を浴びた。「レッテラ22」は1954年にインダストリアルデザインを評価するゴールデン・コンパス賞を受賞し、1959年にはイリノイ工科大学により「過去100年のベストデザイン商品」に選定されている。

ニッツォーリは絵画を学んだあとグラフィックデザインを専門分野に選び、オリベッティには当初、グラフィックデザイナーとして入社した。1930年代にはその仕事に従事し、展示会のデザインも手がけた。社長アドリアーノ・オリベッティはニッツォーリがもつヴィジュアル化のセンスを見抜き、タイプライターの新しいデザインを依頼した。オリベッティは1930年代にアメリカを訪問しており、そこで生産されていたなめらかな流線型の機器をまのあたりにして痛感した――アメリカ製品とわたりあうには、戦後のイタリアはもう一歩ふみだして、工業製品の見た目をいわば魅力的な彫刻品にしなければならないと。ニッツォーリは新たな仕事に、そうした構造と外観のハーモニーを大事にする視点をとりこんだ。

PS

ナビゲーション

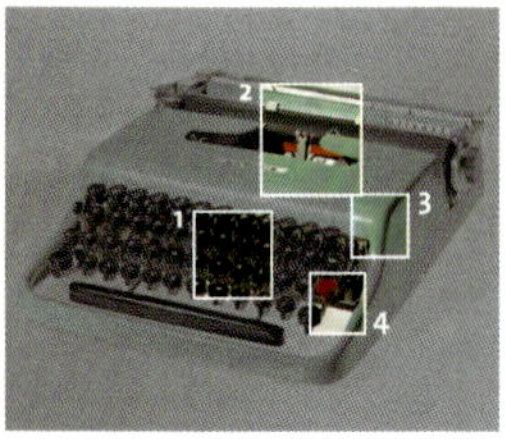

フォーカス

1　感触
細心の注意をはらったのは入力に対する反応で、「レッテラ22」は鋭く明確な反応を示し、使いやすかった。ニッツォーリはすぐれたデザインの製品を作るには、視覚、触覚、聴覚すべてを融合させる必要があると認識していた。このデザインがいくつもの賞を受賞したのは、ニッツォーリの的確なアプローチのおかげである。

2　彫刻品的フォルム
彫像を思わせる特徴はそのフォルムと空間の相関性に表れている。たとえば、キーの上にある腎臓のような形の空間はこの製品の堅固なフォルムと同様、構成のかなめになっている。ニッツォーリは当時の彫刻家の手法を参考にした。

3　ボディ
レッテラ22のスタイルは「ひかえめな流線型」と表現される。スチール製のボディは機械部分を隠して、見た目の統一感を生みだしている。ひかえめというのは、継ぎ目を隠すクロムを使用せずに、わずかにカーヴした曲線を用いて丸みをもたせているからである。

4　色
ニッツォーリはまったく自己主張しない色を選んで、レッテラ22に上品さと機能性をそえた。いちばん普及しているのは水色だったが、薄緑やグレーもあった。ニッツォーリはアクセントとして、キーをひとつだけ赤にした。

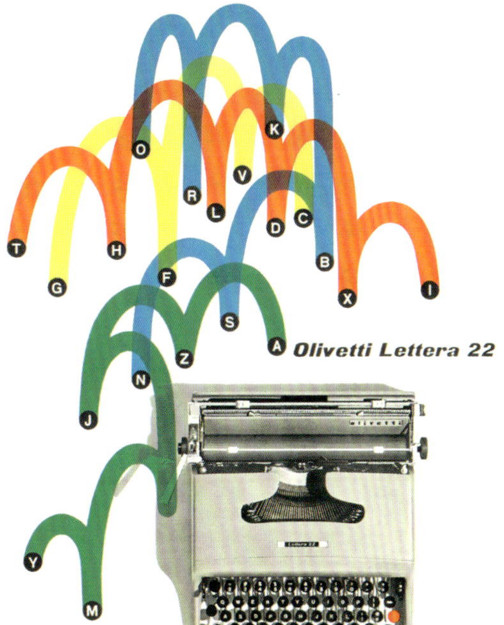

▲1955年、グラフィックデザイナーのジョヴァンニ・ピントーニ（1912–99年）が「レッテラ22」のポスターをデザインした。ピントーニはオリベッティのためにミニマリズムのデザインをしたことで有名である。

レキシコン 80

「レキシコン 80」（上）は「レッテラ 22」の前年にデザインされたまったく違う種類のタイプライターである。オフィス用に作られて、機能で信頼をあたえるようなどっしりとしたデザインになっている。重い金属製のボディは曲線を描く彫像さながらのフォルムで、なかでも目を引くのはボディを構成するふたつの成型部品を接合している曲線である。ニッツォーリは継ぎ目を表面に残すことに決めて、全体のデザインのなかに組みいれた。こうした彫刻的なアプローチがイタリアらしい流線型を生み、もともとのアメリカのデザインと一線を画した。1959 年に「ディアスプロン 82」が登場するまで、レキシコン 80 は 80 万台近く生産された。

アルファロメオ・ジュリエッタスプリント 1954年

Alfa Romeo Giulietta Sprint　ジュゼッペ・「ヌッチオ」・ベルトーネ　1914–97年

「ジュリエッタスプリント」は、イタリアのトリノに近い、グルリアスコにあるベルトーネグループの自動車工場で生産された。

イタリアの家具界とプロダクトデザイン界における戦後の成功は、自動車のデザインにも波及した。これは20世紀前半からイタリアがひいでていた分野だった。その強みはとくに、自動車製造業で長年つちかい維持してきた伝統と技術にあった。ブガッティやアルファロメオなどの企業は、とくにレーシングカーの生産ですでに世界的に有名になっていたが、第2次世界大戦から数年たつと、アルファロメオは大衆車の大量生産にのりだすことを決断した。とはいっても、ただ高度な専門技術と完璧なスタイルを新たな分野に移行しただけだが。その過程で失ったものは何もなかった。

「ジュリエッタ」は新たな試みの成功例のひとつで、1954年から1965年まで生産された。2＋2クーペ「スプリント」(1954年)、4ドアセダン「ベルリーナ」(1955年)、2シーターオープンカー「スパイダー」(1955年) など、数多くのモデルも開発された。生産ラインにいちばんのりしたジュリエッタスプリントは、エレガントさがきわだつ流線型の車である。戦後のイタリアのカーデザインで有名なジュゼッペ・「ヌッチオ」・ベルトーネの工房でデザインされたが、実際に作業したのはベルトーネのパートナー、フランコ・スカリオーネ (1916–93年) だった。スカリオーネは戦後にイタリアのデザインを流線型化させた陰の立役者とされている。航空エンジニアの経歴をもち、1959年から独立してポルシェなどと組んでデザインをはじめた。ジュリエッタスプリントは生産打ち切りまでに4万台生産された。この車はアルファロメオにとって大きなターニングポイントとなり、ベルトーネグループに大成功をよんだ看板デザインとなった。 PS

ナビゲーション

フォーカス

1　フロントグリル

「ジュリエッタスプリント」は、アルファロメオ車でおなじみの盾形フロントグリルが特徴的である。前面の外観をドラマティックに見せるため、左右にクロムメッキのグリルを追加している。この角度から見るとアメリカ車にそっくりだ。

2　細部のクロム

アメリカ車ほど顕著な流線型ではないが、フロントガラス、フロントグリルの周囲、ドアの下部など、あちこちでクロムのラインが使用されている。ヴィジュアルにインパクトをあたえ、彫像さながらのフォルムを強調するためである。

3　外観

ジュリエッタスプリントは伝統的な流線型で、やや涙形でもある。ボンネットはなだらかなカーヴを描いてフロントガラスの傾斜につながり、ルーフから後部バンパーにかけても同じようなカーヴを描いている。フェンダー（泥よけ）がないために、すっきりして見える。

デザイナーのプロフィール

1914–51年

ジュゼッペ・「ヌッチオ」・ベルトーネは、1934年に父の経営する家業にくわわった。戦後、ベルトーネグループを受け継ぎ、自動車製造とデザイン事業を扱う大企業へと成長させた。大量生産を開始し、技術開発のために莫大な投資をした。

1952–97年

1952年、アルファロメオは「スプリント」のデザインと製造をベルトーネに託した。ベルトーネはジョルジェット・ジウジアーロ（1938年–）などのデザイナーをよびよせたうえで、ランボルギーニ、ランチア、フィアットなど、イタリアの主要自動車メーカーが生産する車のデザインや製造法を研究した。82歳で死去するまでビジネスに関心をもちつづけた。

▲オープンカー「スパイダー」は1955年の「スプリント」の直後に発売された。この車体はイタリアの自動車デザインをリードするピニンファリーナ社のデザインで、「アルファロメオの赤」を使ったきわめて独特で印象的な車になった。

すばらしい新世界

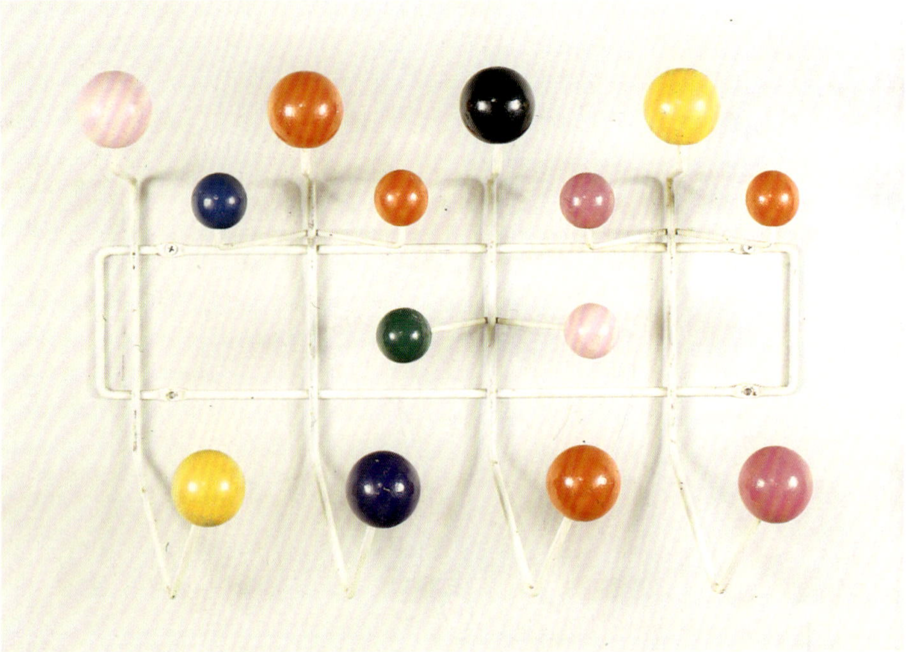

第２次世界大戦が終結すると、デザイン界や科学界で楽観的な気風がわき起こった。どちらも今よりもよい世界を築こうと懸命だった。戦後しばらくのあいだ、科学は、Ｘ線結晶学、分子生物学、原子核物理学、宇宙開発、天文学などの分野でめざましい進歩をとげた。1940年代後半から1950年代にはテクノロジーや医学で多くの大発見があった。一般市民もポピュラーサイエンスに夢中になった。

戦後の荒廃期から10年がすぎると、製造業者が事業を再開して増大する需要にこたえられるようになり、その結果デザインが時代を彩った。自意識の高さを表すモダンデザインは1950年代に人気を博した。未来への信頼からデザイナーは新たなインスピレーションの源を探しあてて、いかにもモダンな日用品のフォルムや装飾を生みだし、たとえば、家具や電気製品に分子構造モデルを思わせる球形の足やスポークをつけた。作品でいえば、ジョージ・ネルソン・アソシエーツの「ボールクロック」（1947年、p.256）、チャールズ（1907–78年）＆レイ（1912–88年）・イームズ夫妻がデザインしたコートラック「ハングイットオール」（1953年。図１）などである。現代美術は肥沃な領域であり、ジャクソン・ポロック（1912–56年）のアクション・ペインティングに触発された抽象表現主義のテキスタイルや、ヘンリー・ムーア（1898–1986年）

キーイベント

1945年	1947年	1950年	1951年	1952年	1953年
イギリスの結晶学者ドロシー・ホジキンが、Ｘ線回析によりペニシリンの分子構造を解明。	イギリス医学研究審議会がケンブリッジに生物系分子構造研究機関を創設。	アメリカのデザイナー、チャールズ＆レイ・イームズ夫妻によるプラスチック椅子をハーマンミラーが生産。	ロンドンでイギリス祭が開催され、「ドーム・オヴ・ディスカヴァリー」が科学革命の象徴的建造物となる。	アメリカがマーシャル諸島エニウェトク環礁で初の水爆実験を実施。	ソヴィエト連邦がカザフスタンのセミパラチンスク核実験場で初の水爆実験を実施。

の影像を想起させるスティグ・リンドベリ（1916–82年）の「ランセットブレードディッシュ」（1951年、p.258）のような有機的な陶磁器やガラスの器が流行した。1950年代はアメーバのような自由な形が流行した。コーヒーテーブルから食器まですべてに影響をあたえたのは分子生物学の発展だろう。

科学に触発された独創性のなかでも、非常に好奇心をそそるのはフェスティバル・パターン・グループのプロジェクトである。1951年に開催されたイギリス祭の一部として産業デザイン協会は、装飾の新たな手法を促進しようとした。メーカーにテキスタイルや壁紙、プラスチック、ガラス、陶磁器、金属製品のパターンの基礎に結晶構造の図形を用いるよう勧めたのである。このアイディアを思いついたのは、ケンブリッジ大学出身の著名な科学者ヘレン・メーガウ（1907–2002年）で、メーガウは結晶構造（原子同士の結びつきを示す、X線回析による結晶の図形）、つまり分子構造が装飾になる可能性に気づいていた。「結晶構造は壁紙の柄と似ていて、同じパターンを無限に自己再生するのです」とメーガウは解説している。

産業デザイン協会からフェスティバル・パターン・グループの科学コンサルタントに任命されたメーガウは、雲母、緑柱石、アフィライトなどの鉱石の構造や、ヘモグロビンやインスリンなど生体物質の構造を表すX線回析の図形をいくつか選択した。この企画に参加した結晶学者には、当時こそ名前を伏せていたが、世界的に有名なノーベル化学賞受賞者ドロシー・ホジキン（1910–94年）やジョン・ケンドリュー（1917–97年）もいた。ダイアグラムは大きく分けて2タイプあった。ひとつは球で表された原子が線で結ばれているボール＆スポーク構造型、もうひとつは地図の等高線のように、物質の分布を記録した電子密度マップ型だった。前者はアウトラインが幾何学的で、後者は左右非対称の流体だった。どちらも好奇心をそそるパターンで、その結果、それまでにないデザインを生んで、後年に受け継がれた。

こうした図形は、ウェッジウッド、ワーナー＆サン、ICI、チャンスブラザーズなどの選ばれた企業グループに配布されて、機械編みレースやジャガード織り、シルクスクリーン印刷、ビニールレザークロス、セラミックタイル、窓ガラスなど、さまざまな製品のパターンのベースとして用いられた。その後、ロンドンで開かれたイギリス祭のドーム・オヴ・ディスカヴァリーやレガッタ・レストラン、ロンドンにあるサイエンスミュージアムの「科学展示会」では、鉱石アフィライトのダイアグラムをベースにしたデザインの生地（図2）などが、科学をとりいれた絵画や工芸品とともに展示された。レガッタ・レストランはカーペット、カーテン、積層プラスチックをこうしたユニークで華麗なパターンで飾りたてた。芸術と科学を融合させたフェスティバル・パターン・グループは戦後デザインのすばらしい新世界を極限まで具現したのである。

LJ

1

2

1　コートラックの「ハングイットオール」。チャールズ＆レイ・イームズ夫妻がデザインし、1953年にハーマンミラーが生産した。電子顕微鏡で見る分子構造を思わせる。

2　レーヨン製シルクスクリーン印刷。デザインは鉱石アフィライトの構造がもとになっている。1951年、フェスティバル・パターン・グループの一社、ブリティッシュセラニーズのために考案された。

1953年	1953年	1954年	1957年	1957年	1958年
ロンドンの現代芸術研究所で、科学と芸術の相互交流をテーマとした「生活と芸術の融合」展が開催される。	イギリス人とアメリカン人のコンビ、フランシス・クリック（1916–2004年）とジェームズ・ワトソン（1928年–）がDNAの二重螺旋構造を発見。	モスクワ郊外のオブニンスクに世界初の民間向け原子力発電所が開設。	イギリスの科学者ジョン・ケンドリューが、ミオグロビンの分子構造を解明。X線回析ではじめてタンパク質の構造が明らかになった。	ソヴィエト連邦が世界初の人工衛星スプートニク1号を打ちあげる。宇宙時代と宇宙開発戦争が到来した。	ブリュッセル万国博覧会で分子構造を模した体心立方格子［立方体の頂点と中心に同一の原子が配置された結晶構造］型のモニュメント、「アトミウム」（高さ102メートル）が建設される。

ボールクロック 1947年 Ball Clock

ジョージ・ネルソン・アソシエーツ　1947–86年

漆塗り木材、スチール。
直径33センチ

ナビゲーション

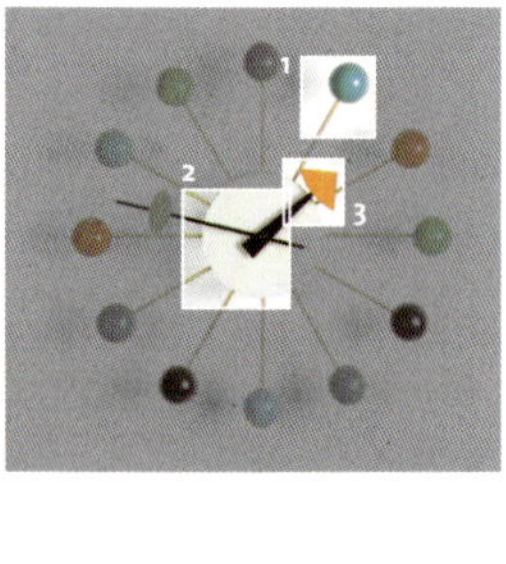

建築家ジョージ・ネルソン（1908–86年）はアメリカの戦後のデザインにきわめて好ましい影響をあたえた。1947年以降ネルソンは、ハーマンミラーのデザインディレクターとして、チャールズ&レイ・イームズ、イサム・ノグチ（1904–88年）、アレキサンダー・ジラード（1907–93年）など、優秀なアーティストやデザイナーを集めた。自身のデザインオフィス、ジョージ・ネルソン・アソシエーツも立ちあげており、当時の才能あふれるグループを支援して、想像性に富んだデザインの「ココナツチェア」（1955年）や「マシュマロソファ」（1956年）を生産した。1947年から1953年まで、ハワード・ミラー・クロック・カンパニーのためにテーブルや壁かけ時計シリーズの開発を率いたのは、ネルソンのオフィスにいたアーヴィング・ハーパー（1916–2015年）だった。

「ボールクロック」はふつうの時計のような盤面や外枠もなければ数字もない。しゃれた遊び心がくわえられて、実用性を保ちつつ、見た目にも刺激的なものを作るために現代美術の表現と科学をマッチさせた作品である。こうしたシリーズには、亜鉛メッキスチールから活字のアスタリスク（星）型を抜いた「アスタリスククロック」（1950年）や、何本もの透明な細いひもを星型に張った「スパイダーウェブクロック」（1954年）などがあった。人気の絶えない「ボールクロック」は現在も生産されている。　LJ

フォーカス

1　ボールとスポーク
ボールとスポークの形状は分子構造に由来する。色つきのボール（原子）がスチールロッド（スポーク）で結合されている分子モデルは、当時の科学研究室でよく見られた。

2　文字盤
一般的な時計のデザインと違って「ボールクロック」にはガラスのフレームもなければ文字盤の数字もない。機械部分をおおう円盤の中心から細いスチールロッドが放射状に伸びて、先端に彩色したバーチ材のボールが12個ついている。このボールが数字がわりになる。

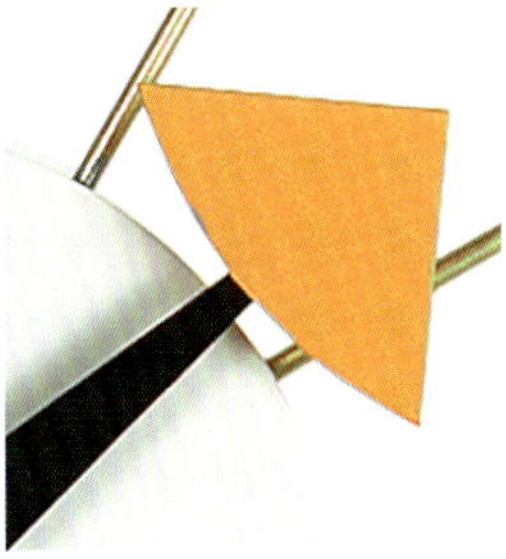

3　針
モダニストのデザインはほとんどが生真面目だが、「ボールクロック」は遊び心いっぱいでユーモラスだ。人の目を奪い、いろいろ考えさせるように作られたこの時計は、戦後初期の快活な雰囲気を象徴して、インテリアデザインに色と楽しみをそえている。

デザイナーのプロフィール

1908–34年
ジョージ・ネルソンはコネティカット州ハートフォードで生まれた。イェール大学で建築と純粋芸術を専攻し、1932年から1934年までローマのアメリカン・アカデミーで学んだ。

1935–86年
アーキテクチャル・フォーラム誌の編集委員となった。1936年から1941年は建築事務所を経営。1945年からハーマンミラー社の家具デザインを手がけ、1947年にデザインディレクターに就任した。1947年から1983年はジョージ・ネルソン・アソシエーツも運営し、オフィス、レストラン、店舗をデザインした。

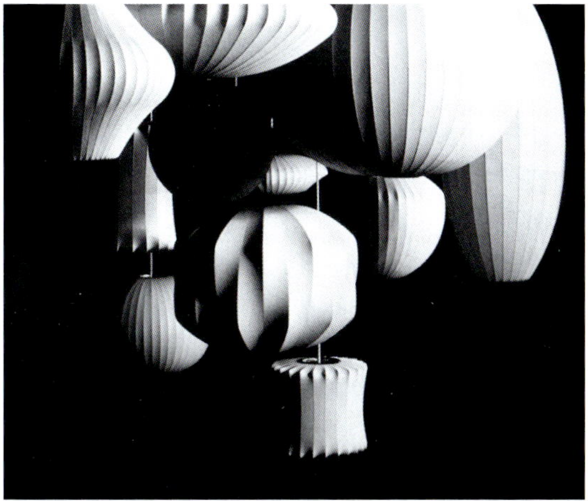

▲壁かけ時計で成功したあと、ジョージ・ネルソン・アソシエーツは照明の開発も依頼された。「バブルランプ」（1952年）は形とサイズが豊富である。アメリカ軍が開発した製造技術を用いて、かご型のワイヤーに白色の薄いプラスチックを吹きつけて被覆した。

カルダーの彫刻

現代美術を視覚的に表現したジョージ・ネルソン・アソシエーツの「ボールクロック」は、アメリカの彫刻家アレグザンダー・カルダー（1898–1976年。右）の作風を思わせる。カルダーが作りだした動きのある作品は、色のついた幾何学的、有機的なモチーフがロッドやワイヤーでつるされて宙に浮いている。カルダーは1931年から動きのある立体的な彫刻を創作しており、抽象的な形や大胆な色づかいで視覚と空間のリズムを作りだした。「ボールクロック」にほどこされた放射状の星のモチーフはカルダーの定番である。1930年代、カルダーは自作のなかで宇宙のダイナミズムを再現しようと試みた。星のモチーフは彼のテキスタイルデザインにも使われている。

ランセットブレードディッシュ 1951年 Lancet Blade Dish

スティグ・リンドベリ　1916–82年

錫釉陶器。
長さ27センチ

堂々とした装飾を特徴とするデザイナー、スティグ・リンドベリはスウェーデンの戦後のデザインにパターン作りの新たな流れをもたらした。手書きで絵を入れたカラフルなファイアンス焼きはグスタフスベリ社のために考案した作品で、第２次世界大戦初期に制作し、1942年にはじめて展示された。この作品では流れるような曲線的フォルムと様式化された有機的なモチーフがみごとに融合している。当時、ヨーロッパのほかのメーカーは操業がむずかしい状態だったが、スウェーデンだけは生産を続けていた。戦後、スウェーデンは国際的なデザイン大国として一気に頭角を現した。リンドベリはスターデザイナーのひとりで、1948年から1957年にかけてミラノ・トリエンナーレで４度受賞した。リンドベリのファイアンス焼きは魅力あふれる彫刻的な形状と色鮮やかな柄で人の目を引き、楽しい気分にしてくれる。戦後のスカンディナビアンモダンデザインがもつ前向きな姿勢を象徴する作品である。

1940年代をとおして、スウェーデンのテキスタイルにおいては田園風の模様が流行した。それは戦後の他地域の広範囲におよぶ荒廃を意識した反応だった。戦時中、スウェーデンのプリント生地は野生の花であふれていた。スウェーデンに亡命したオランダ人建築家アルネ・ヤコブセン（1902–71年）の生き生きした花柄や、スヴェングステン社のためにヨセフ・フランク（1885–67年）がデザインした青々とした植物柄といったものもあった。リンドベリのファイアンス焼きも葉や花のついた小枝が手書きされており、当時の田園風の流行を追った作品といえる。リンドベリの器は形も非常に有機的である。彼の魅力である生物に見立てたフォルムや生物学的な形象は1950年代をとおして一貫しており、グスタフスベリ社のためにデザインした食器や装飾的なファイアンス焼きだけでなく、百貨店ブランド、ノルディスカ・コンパニエット向けに作ったテキスタイルの柄にも生かされていた。　LJ

ナビゲーション

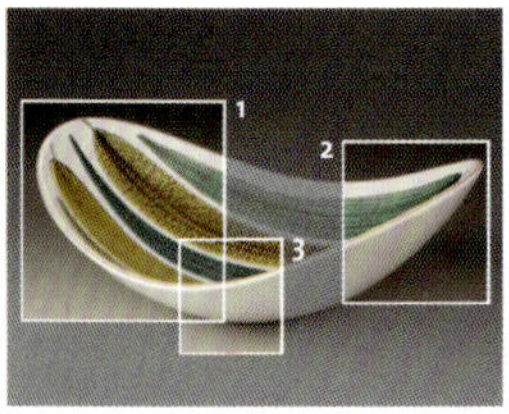

フォーカス

1　葉のモチーフ

先のとがった細長い葉が楕円形の器と調和している。2トーンの緑色で描かれた葉はシンプルで様式化されており、細い黒のラインで茎や葉脈がくわえられている。植物の柄もフォルムも見るからに有機的である。

2　縁

なだらかな曲線を描く有機的な器は卵形で端が盛りあがっている。1920年代から1930年代にはとがった幾何学的な形や機械的な模様が流行したが、1940年代から1950年代には、リンドベリが自然界にもとづく柔らかなフォルムを開拓した。

3　白

この器の白さは錫をふくむ釉が出している。錫釉の陶器は「デルフト陶器」あるいは「ファイアンス焼き」として知られ、何世紀にもわたってヨーロッパで生産されていた。20世紀初めには錫釉はすたれていたが、リンドベリが新たな命を吹きこんだ。

「フルクトラーダ」の生地

リンドベリの戦後まもない時期の生地でとくに生物学的な色あいが濃いのは、シルクスクリーン印刷の生地「フルクトラーダ（フルーツボックス）」（上）に描かれた柄である。リンゴの横断面が列になって、面白いパターンがならんでいる。ひとつひとつ異なる柄で、芯や種のほか、虫もある。リンゴの形やそのなかのモチーフは、グスタフスベリ社のためにデザインした陶器のものとそっくりである。リンドベリが確立したスタイルはデンマークやフィンランドのデザイナーに大きな影響をあたえた。

◀リンドベリがデザインしたファイアンス焼きの絵はすべて手描きだったため、どれも一点物である。焼く前のなめらかな錫釉の上に、こうしたモチーフを描くのには相当な技術を要した。顔料と釉は焼成する過程で融合し、柄の縁に柔らかな風あいをそえる。白い素地が鮮やかな色を引き立て、顔料のインパクトを強めている。

イギリス祭

1

2

3

1　双子の象徴的建築物、ドーム・オヴ・ディスカヴァリーとスカイロン。イギリス祭の敷地にならんで建っていた。

2　フェスティバル・パターン・グループのロバート・セヴァントがデザインした壁紙。

3　ライオンとユニコーンのパヴィリオンの側壁。目の形をした窓がついていた。

1951年に開催されたイギリス祭の起源は1943年にさかのぼる。この年、王立技芸協会（RSA）が、1851年にロンドンのハイドパークで行なわれた万国博覧会の100周年記念を提案した。このアイディアが1945年に新たな労働党政権のもとで再浮上し、イギリス祭は労働党でも、とりわけ副党首ハーバート・モリソンの精神とアイディアを表現することになった。1951年、産業界はまだ品不足に悩み、都市の多くでは戦争の爪痕が残っていたが、イギリスは前進と復興の思いを胸にいだいていた。

1946年の展覧会「イギリスはできる（Britain Can Make It）」では博物館に製品を展示したが、イギリス祭は国をあげての大がかりな企画となった。たとえば、海軍護衛空母カンパニアが沿岸を巡回して地域ごとに展示会を開き、イースト・ロンドンのポプラーでは住宅展示場が創設され、バターシーでは遊具や飲食店をならべたフェスティバル・プレジャー・ガーデンがオープンした。一般的な芸術だけでなく、建築やデザインにも目を向けられた。メインとなるふたつの建築物はドーム・オヴ・ディスカヴァリーとスカイロン（図1）で、1939年のニューヨーク万国博覧会を飾ったペリスフィアとトライロンを彷彿とさせた。どちらも未来的な建物で、進化したテクノロジーや科学がくりひろげるすばらしい新世界の到来を約束していた。これらの名所はウォータールー駅に近いサウスバンクにそびえたち、周囲にはさまざまな展示品を陳列した建

キーイベント

1943年	1945年	1946年	1948年	1948年	1949年
王立技芸協会（RSA）が、1851年にロンドンのハイドパークで開かれた万国博覧会の100周年を祝うために、国際的展示会の開催を提案。	第2次世界大戦が終結し、イギリスでは労働党政府が誕生。社会改革に対する市民の熱望が、選挙での圧倒的勝利をよんだ。	RSAによる国際的展示会開催の提案が見送られ、かわりにイギリス祭が企画される。芸術、デザイン、建築、科学、テクノロジーがテーマとなる。	イギリス芸術評議会、イギリス映画協会、産業デザイン協会がイギリス祭の企画に参加。	イギリス祭での展示のために、各メーカーが自社で最高のデザインについての詳細を提出するよう依頼される。	労働党党首クレメント・アトリーがロイヤル・フェスティバル・ホールの定礎式を行なう。このホールはイギリス祭終了後に残された唯一の建築物となった。

物がならんだ。ジェラルド・バリー（1898-1968年）が監督を務め、ヒュー・カッソン（1910-99年）が建築責任者となった。ジェームズ・ガードナー（1907-95年）はバターシーのフェスティバル・プレジャー・ガーデンを、ラルフ・タブス（1912-96年）はドーム・オヴ・ディスカヴァリーを担当した。1946年の展覧会と1951年のイギリス祭のおもな類似点は、どちらも産業デザイン協会が重要な役割を果たして、すべての展示品を審査したことである。

前向きな視点で開催されたイギリス祭は新世界を築くデザインと建築に焦点をあてたが、伝統も大切にした。大英帝国は主として過去によって定義されると認識していたからである。このテーマがとりわけ顕著に表れたのがライオンとユニコーンのパヴィリオン（図3）で、R・D・ラッセル（1903-81年）とロバート・グッデン（1909-2002年）のもとで、ロンドンのロイヤル・カレッジ・オヴ・アートの学生がデザインを担当した。展示品は紋章や歴史的な像などの過去のイメージも巧みにとりいれていたが、同時に郷愁的な愛国心を未来に投影していた。イギリス祭におけるほかのおもなテーマには、イギリスの陸、海と船舶、輸送があった。目的は、イギリスの功績と大志を概観してもらうことにあった。とくにブロネック・カッツ（1912-60年）がデザインした家と庭のパヴィリオンではデザインが必要不可欠な要素となり、近い将来、市民が自宅でどんな暮らしを送るのかを表現していた。部屋のセットは明るく輝き、なかでもロビン（1915-2010年）とルシアン（1917-2010年）のデイ夫妻がデザインした新しい家具やテキスタイル（p.264）がきわだっていた。さらに、モダン家具は屋内にとどまらなかった。産業デザイン協会は屋外用の奇抜な家具も展示することにしたのである。アーネスト・レース（1913-64年）が制作したスリムな金属製の椅子「アンテロープ」（p.262）や「スプリングボック」はジャック・ハウ（1911-2003年）がデザインしたゴミ箱の横に設置されて、サウスバンクのエクステリア展示場にひと味そえた。

1951年のイギリス祭で抜きん出ていたデザインのひとつに、フェスティバル・パターン・グループの作品（図2）がある。分子構造をはじめ、科学的な発展や図像を反映したこのグループの当時のパターンは、テキスタイルからキッチン用化粧板まで幅広い使用を目的に考案された。好奇心をそそるこうした抽象的なデザインは、イギリス祭がうたっていたアヴァンギャルドの縮図となった。

1951年夏にイギリス祭は幕を閉じた。その後、新たに選ばれた保守党政権がすべての建物をとり壊す決定をくだしたが、ロイヤル・フェスティバル・ホールだけは例外となり、今日もその姿を残している。イギリス祭の名残はほぼ消え失せたが、その影響は1950年代からとどまるもののなかにくすぶり、とくに当時生まれた新しい町に染みついた。建築の発展、住宅の新しいデザインや家具、なかでも都市計画の急進的アプローチは、サウスバンクで得られた成果のおかげだといっても過言ではない。

PS

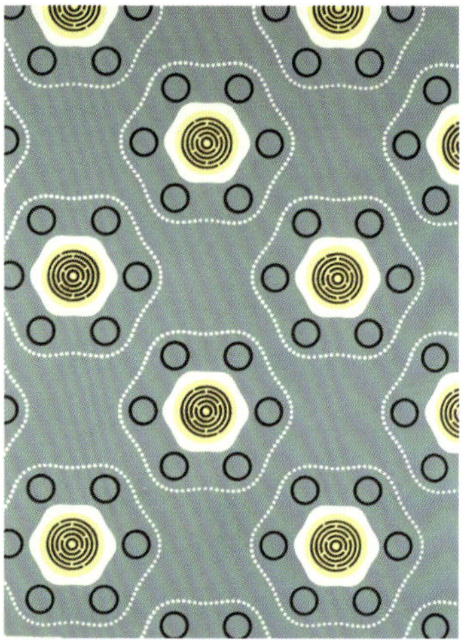

1950年	1951年	1951年	1951年	1951年	1952年
イギリス祭責任者のジェラルド・バリーがローマを訪れて、噴水や投光照明を視察。	結晶学者ヘレン・メーガウ（1907-2002年）がフェスティバル・パターン・グループと提携。当グループは28のメーカーで構成された。	5月3日、国王ジョージ6世がイギリス祭開催を宣言。その後、国中で2000のキャンプファイアが焚かれた。	イギリス祭が夏をとおして開催され、膨大な観光客を魅了。一部の展示品は海軍護衛空母カンパニアにのせられて、イギリスの港を巡航した。	労働党がイギリス祭の成功を生かせずに、10月の選挙で保守党に敗れる。	保守党の首相ウィンストン・チャーチルがイギリス祭のシンボル、スカイロンの解体を命じる。

アンテロープチェア 1951年 Antelope Chair

アーネスト・レース 1913–64年

曲げたスチールロッド、成型合板。
80 × 50 × 53センチ

アーネスト・レースがイギリス祭のために制作した「アンテロープチェア」は後世に残り、20世紀なかばのイギリスデザインの象徴でありつづけている。曲げたスチールロッドと成型合板で作られているが、こうした構成にできるのはアメリカのデザイナー、チャールズ（1907–78年）＆レイ（1912–88年）・イームズ夫妻の研究のおかげである。ふたりは戦時中に開発された成型合板を椅子のシートやシェルに応用する実験をしていた。とはいえ、レースのデザインは完全なオリジナルで、軽くてエレガントな点が特長である。サウスバンクのロイヤル・フェスティバル・ホール周辺に置くエクステリアとしてレース自身の会社で製造した椅子はふた種類あり、そのひとつがアンテロープで（もうひとつは「スプリングボック」）、多数の需要があったため利益が出た。

どちらの椅子も、科学とデザインの融合というイギリス祭の精神にのっとってデザインされた。「アンテロープ」のフォルムを決定したのはスチールロッドで、技術の進歩が反映された。遊び心のある彫刻的な外観は当時の楽観的なムードと合致している。イギリス祭のあと、レースはこの椅子の大量生産を開始し、ふたり用などの違うタイプも多く考案した。イギリス祭用の椅子は成型合板の黄色いシートだったが、新色も発売され、1950年代をとおして人気をよんだ。屋外の食事エリア、新しくできた街、プールなど、さまざまな場所でおなじみとなった。「アンテロープ」は家具以外の分野にもイギリス祭の精神を広めて、前向きな風潮を維持するのに一役かったのである。 PS

ナビゲーション

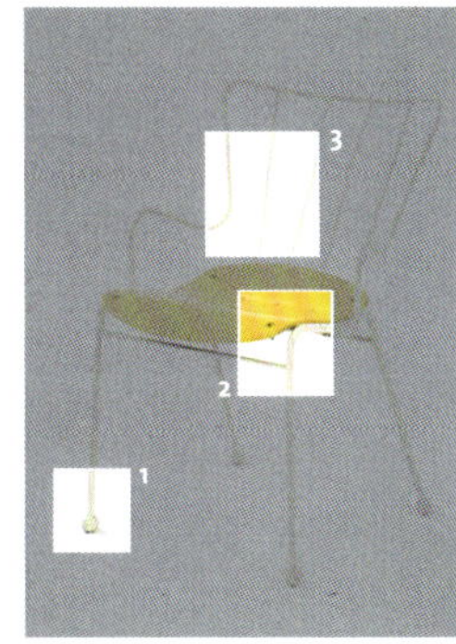

フォーカス

1　ボール型の足

ユーモラスな小さいボール型の足は、本来、細い脚にそえるヴィジュアル的なアクセントだが、床を傷つけない役割もしている。足の形はイギリス祭のテーマ「原子」を想起させる。「原子」は当時生まれた数多くのデザインに影響をあたえた。

2　スチールロッド

「アンテロープ」の主要構造（脚、背もたれ、肘かけ）には丈夫で弾性がある細長いスチールロッドを使用。素材を最小限に抑えた彫刻的デザインは屋外の悪天候にも耐える。スチールは白いエナメルでコーティングされている。

3　空間

「アンテロープ」の骸骨のようなフォルムと裾広がりの脚は、モダニズムの概念を反映している。家具は建築物のなかで目ざわりであってはならない。この椅子はそばにある建築物の特徴を引き立てるよう考案された。

スプリングボックチェア

「アンテロープ」ほど印象深いデザインではないが、「スプリングボック」（1951年、上）もモダンでしゃれた椅子である。屋外用に作られたが、必要なら屋内でも気持ちよく使える。座り心地がよいのは、背もたれにポリ塩化ビニルでコーティングした棒が水平に何本も渡されているからだ。色は赤、黄、青、グレーなど多くの種類があり、脚は積み重ねられるようスチールロッドのフレームの外側にとりつけてある。

カリックス室内装飾用生地 1951年 Calyx Furnishing Fabric

ルシアン・デイ　1917–2010年

従来の写実的なモチーフとは異なり、花がシンプルなカップ&ソーサー型で描かれている。鮮やかな色のものや、生地の質感で装飾したものが、凧糸のような茎でつながっている。

第２次世界大戦後は、デザインの創造性が爆発した。1930年代後半に腕を磨いたにもかかわらず戦争でその成果を発揮できなかったルシアン・デイのようなデザイナーが次々とアイディアを噴出させたのである。「カリックス」はこの抑えこまれていた芸術的エネルギーが放出される瞬間をとらえた。デイは装飾用プリント生地で革命を起こして、あたりまえだった花柄の伝統を打ち破り、胸躍る抽象的な表現を導入した。デイはアメリカの彫刻家アレグザンダー・カルダー（1898–1976年）を崇めていた。カルダーはワイヤーで金属片をつるした動きのある作品を作っており、「カリックス」のモチーフはその金属片の形に似ている。その力強さや遊び心は、モダンアートの美学のみならず、戦後まもなくの上昇志向とも調和していた。

デイの夫ロビン（1915–2010年）は、1951年のイギリス祭では家と庭のパヴィリオンで展示する部屋をデザインした。「カリックス」はその部屋に合わせて作られた。デイの冒険的な室内装飾用テキスタイルはロビンの斬新な成型合板家具を引き立てた。当初、ヒールズ・ホールセール・アンド・エクスポート（のちのヒール・ファブリックス）は、こんなデザインはイギリス人には奇抜すぎると考え、生産に二の足をふんだ。しかし、デイは危険をおかす価値があると説得した。すると予想に反して「カリックス」は好評を博し、商売としても成功をおさめた。長年、需要はたえずに数々の賞も受賞した。デイのデザインに対する独創的なアプローチはイギリス市場に衝撃をあたえて、現代デザインの到来を告げた。

LJ

ナビゲーション

フォーカス

1　まだらな質感
デイは斬新なモダンアートの表現形式を吸収して、その美的感覚を独自の方法で生地にとりいれた。戦後まもなくこうした開拓を試みたデザイナーのひとりであるデイは、コラージュのような表現を用いて、単色の平面生地と凸凹、まだら、スポンジ風の質感を組みあわせている。

2　ライン
庭いじりが大好きだったデイは、テキスタイルデザインのヒントに植物をよく使ったが、そのフォルムはスタイリッシュで抽象的である。このデザインのタイトル「カリックス」は花のガクを意味する。カップは花を、細長いラインは茎を漠然と表現している。

3　平坦な色
カリックスには、ハンドプリントのシルクスクリーンが用いられた。ローラープリントよりかなり大きなパターンが作れるというのが、この融通のきく工程のメリットである。スクリーンプリントは、平坦な色と微妙な質感をくりかえしプリントするのに最適だった。

4　黒と白
カリックスは色づかいが斬新だった。何とおりかの色のとりあわせで生産されたが、よく知られているタイプは、素地が茶色っぽいオリーヴ色で、くっきりとした白黒の柄と鮮やかな色のハイライトが対比をなしている。当時にしては奇抜だった。

デザイナーのプロフィール

1917–40年
デジレ・ルシアン・コンラーディはイングランドのサリー州コールズドンで生まれた。クロイドン・スクール・オヴ・アートで学んだあと、ロイヤル・カレッジ・オヴ・アートでテキスタイルのプリントを専攻した。

1941–2010年
家具デザイナーのロビン・デイと結婚。戦後、フリーのテキスタイルデザイナーとして仕事をはじめた。1950年代から1960年代に大成功をおさめ、ヒールファブリックス社と緊密な関係を築いた。夫妻は1962年から1987年まで、ジョン・ルイス・パートナーシップ社のデザインコンサルタントをつとめた。

▲デイはパウル・クレー（1879–1940年）やホアン・ミロ（1893–1983年）の抽象的な絵がかもし出すいっぷう変わった表現とリズム、色からヒントを得ていた。デイのデザインはミロの『避難梯子（The Escape Ladder）』（1940年、上）のような作品と美的感覚が似ている。

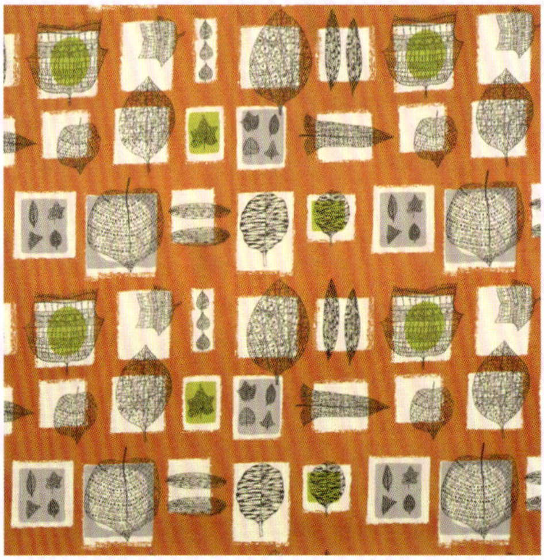

透かしのデザイン

1953年、ロイヤル・カレッジ・オブ・アートのジェームズ・ド・ホールデン・ストーンはデイが人気を広めたテキスタイルについて次のように語り、未来について予言した。「昔からある花柄に反感をもちつづけているアーティストは、霜の降りた木、枯れ葉、小枝、芝、シダ、つる草に目を向けるようになりました。今後は花へのこだわりをすてて、すべての成長段階に目を向けるでしょう。茎、とげ、葉、巻きひげや、とくにその輪郭にオーバーなくらい注目して、彩色にかんしてはあとから考えるのです」。デイが生んだ透かしのデザインはそうした発展のきっかけとなった。エディンバラ・ウィーヴァーズ社のために考案した装飾用プリント生地「フォール」（1952年、上）は、その特徴をよく表している。

ドイツの合理主義と復興

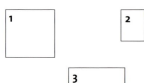

1　マックス・ビルがデザインしたクロムメッキ壁かけ時計「NO.32」(1957年)。ビルがテーマとする明確性と正確性を反映している。

2　1960年代の雑誌にのったドイツの航空会社ルフトハンザの広告。戦後ドイツのデザイン精神を如実に表している。

3　ハンス・ロエリヒトがローゼンタール社のためにデザインした、積み重ね可能な磁器「TC100」(1959年)。もともとは卒業制作として考案した作品だった。

第２次世界大戦で敗北したあと、ドイツは以前の秀逸なモダンデザインをとりもどす道を探りはじた。ナチの時代が終わると、1933年にヒトラーが閉鎖したバウハウス（p.126）の功績を見なおす風潮が出てきた。その結果、戦後ドイツのデザイン精神は合理主義と幾何学的ミニマリズムに深く根づいていった。陶磁器メーカーのローゼンタールなど装飾芸術を扱う既存の企業は復興をめざして社を建てなおし、ブラウンなどの技術系企業はテクノロジー分野での位置づけを復活させた。

合理主義の新たな精神はさまざまな形で現れた。1953年にはウルム造形大学などの教育機関が創設された。この大学はバウハウスにあった教科過程を復活、発展させることを主要な目的としていた。初代校長のスイス人デザイナー、マックス・ビル（1908-94年）はデザインに対して理論的にも形式的にもきわめて合理的なアプローチを採用した。強調したのはスタイルよりシステムだった。デザインは合理的プロセスと考えられ、仕上がった製品は問題解決に取り組んだ結果でなければならなかった（図１）。カリキュラムはグラフィックとプロダクトデザインがメインで、建築も装飾芸術も存在しなかった。アルゼンチンのデザイナー、トマス・マルドナード（1922年-）は1950年代後半

キーイベント

1948年	1949年	1950年	1951年	1953年	1954年
ポルシェが「356」(p.268）を発売。はじめて大量生産した車だった。	ヴィルヘルム・ヴァーゲンフェルト（1900-90年）がシュトゥットガルトにある食器メーカー、WMFの金属・ガラス部のアートディレクターとなる。	ブラウンが初の電気シェーバーを生産。のちに看板商品となった。	エルヴィンとアルトゥールのブラウン兄弟が父親の会社を引き継ぎ、ディーター・ラムスを雇用。ラムスは最初はインテリアデザイナーだったが、のちにプロダクトデザイナーとなった。	インゲ・アイヒャー＝ショル（1917-98年）、オトル・アイヒャー（1922-91年）、マックス・ビルがウルム造形大学を開校。校長のビルは戦前のバウハウスをモデルとして運営した。	ドイツのデザインがミラノ・トリエンナーレに展示される。合理的アプローチと幾何学的フォルムが大反響をよんだ。

に学校を引き継ぐと、芸術記号論を導入した。これは1968年に閉校するまでウルムがめざすデザインでありつづけた。つまり、マルドナードの戦略とは、デザイン表現の原理モデルに理論をとりいれることだった。いいかえれば、デザインする作品のフォルムより存在意義に重点を置いたのである

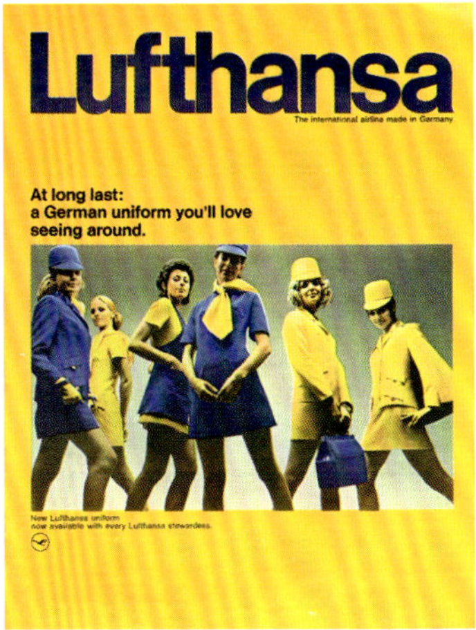

ウルム造形大学は、周囲のコミュニティにインパクトをあたえることも目的とした。ウルムの教師と学生は可能なかぎり協力して作品を制作した。ウルムの学生ハンス・ロエリヒト（1932年-）がごくシンプルな白い陶器のセット（図3）をデザインすると、それをローゼンタール社が生産した。こうしたジョイントベンチャーには、ルフトハンザ航空のために作った広告（図2）やブラウンと組んで大成功した例もある。ウルムの教師ハンス・グジェロ（1920-65年）はブラウンのデザイナー、ディーター・ラムス（1932年-）と組んで、1956年に斬新なハイファイ（ラジオ＆レコード）システムを作りあげた（p.270）。また、グジェロはそのほかにもコダックのために開発したスライド映写機「カルーセル」（1963年、p.272）など、時代を象徴する製品を生んでいる。いたって合理的なラムスのフォルムは戦後ドイツのプロダクトデザインのきわみだった。つねに製品の機能を引き出すことがテーマであり、きわめてシンプルかつ幾何学的なフォルムには表面の装飾などいっさいない。もっとも反響をよんだデザインは、オーディオ機器、多種の付属品がついたフードプロセッサー、電気カミソリで、1970年代には電卓も手がけた。

ドイツデザイン界の新たな精神は、1954年のミラノ・トリエンナーレなど海外で称賛を浴びた。刷新されたドイツ工作連盟や、その思想を世に宣伝したフォルム誌をはじめ、国内のサポートシステムもそれを後押しした。AEG（アーエーゲー）やボッシュなどの企業は当時すでに家電製品を生産しており、厳密な幾何学的フォルムや高度なテクノロジーにこだわって、ドイツデザインの典型例となった。

PS

1955年
ブラウンの製品がデュッセルドルフ・フェアに展示される。ブラウン兄弟のデザインに対する新たなアプローチが称賛を浴びた。

1955年
ハンス・グジェロがウルム造形大学の職員となる。1950年代をとおして、ひときわ権威ある教師となった。

1957年
ブラウンがディーター・ラムスのデザインによるフードプロセッサー「マルチミックス」を発売。徹底的に機能性にこだわった美学がデザインの手本となった。

1958年
ドイツ工作連盟がブリュッセル万国博覧会の西ドイツ・パヴィリオンで、デザインと展示品を担当。

1968年
ウルム造形大学が閉校。バウハウス同様、資金を提供していた地元当局から不信をかっていた。

1968年
ブラウン賞が設立される。国際的に認められる一流のデザインにあたえられる賞で、選考委員にはラムスも名をつらねた。

ポルシェ 356 1948年 Porsche 356

エルヴィン・コメンダ　1904–66年／フェルディナント・ポルシェ　1909–98年

ポルシェ「356」（1962年）は外見が美しいだけでなく、運転しやすく、抜群の性能を誇った。

「356」はもはやポルシェの代名詞で、当社が今日もスタイリッシュだと評される一因となっている。それはまた第２次世界大戦後直後のドイツのデザインの厳格さと質の高さも表していた。「356」はポルシェ初の量産車だが、軽くてコンパクトでスピードも出るため、発売された当時、市場でもっともエレガントでスタイリッシュな車だと評された。２ドアのぜいたくなこのスポーツカーを世に出したのは、ポルシェ創業者の息子、フェルディナント・「フェリー」・ポルシェである。フェリーはハイパワーの小型車を作って、ドライバーに心から楽しんでもらいたいと考えていた。制作担当はポルシェのスタッフ、エルヴィン・コメンダ。航空力学を利用した斬新な「356」のボディはかつてないデザインだったが、その多くの部品は、シャシー以外、フォルクスワーゲンの「ビートル」のものだった。「ビートル」は1930年代にフェルディナント・ポルシェ（父）がデザインした車である。「ビートル」同様、「356」もリアエンジンの後輪駆動で、デザインはスタイリングもエンジニアリングもすべて高性能化を目的としていた。初期の「356」はフロントガラスが左右に分かれていたが、1950年代初期にはＶ字型に変わった。その後、1950年代に車輪にクロムメタルのハブがくわえられるなど、マイナーチェンジが多少くわえられた。

「356」の生産台数は最初の２年間でわずか50台だったが、その後増えつづけて、総計７万6000台に達し、1965年まで生産された。オープンタイプとハードトップタイプがあった。

PS

ナビゲーション

フォーカス

1　航空力学

「356」のフォルムは航空力学によって計算されている。フロントの鋭い曲線はルーフからリアバンパーに向けてゆるやかになっている。風洞実験によると、この「涙形」がもっとも耐風性にすぐれており、高速車に適している。

2　素材

ごく初期の356はアルミニウム製で、手作業で作られていた。塗装しなかったため、機能的な外観が強調された。大量生産されるようになるとアルミニウムはスチールに代わり、そのため重量増加は避けられなかった。クリーム色など、さまざまなボディの色があった。

3　ボディシェル

フェンダー（泥よけ）がないため、シンプルで、実用性の高さをうかがわせる。つまり、「形態は機能に従う」のだ。356の流線型のボディにはスピードの邪魔をする突起物はないが、外観のアクセントとしてクロムの縁どりがくわえられている。

ポルシェ 911

1950年代後半、ポルシェは「356」に代わる車が必要だと考えていた。フェリーは息子のフェルディナント・「ブッツィ」・ポルシェ（1935–2012年）と、ふたたびボディエンジニア、コメンダの協力を得て、よりパワフルでやや大きめの車をデザインした。この「911」（右）は1964年に発売されると、たちまちデザインのアイコンとなった。356同様、高性能のレーシングカーとしてデザインされたため独特な雰囲気がある。さらに、これも356同様、911はスタイリングもエンジニアリングもすぐれており、20世紀後半を代表する車の仲間入りを果たした。

ブラウンSK4 1956年 Braun SK4

ハンス・グジェロ 1920–65年／ディーター・ラムス 1932年–

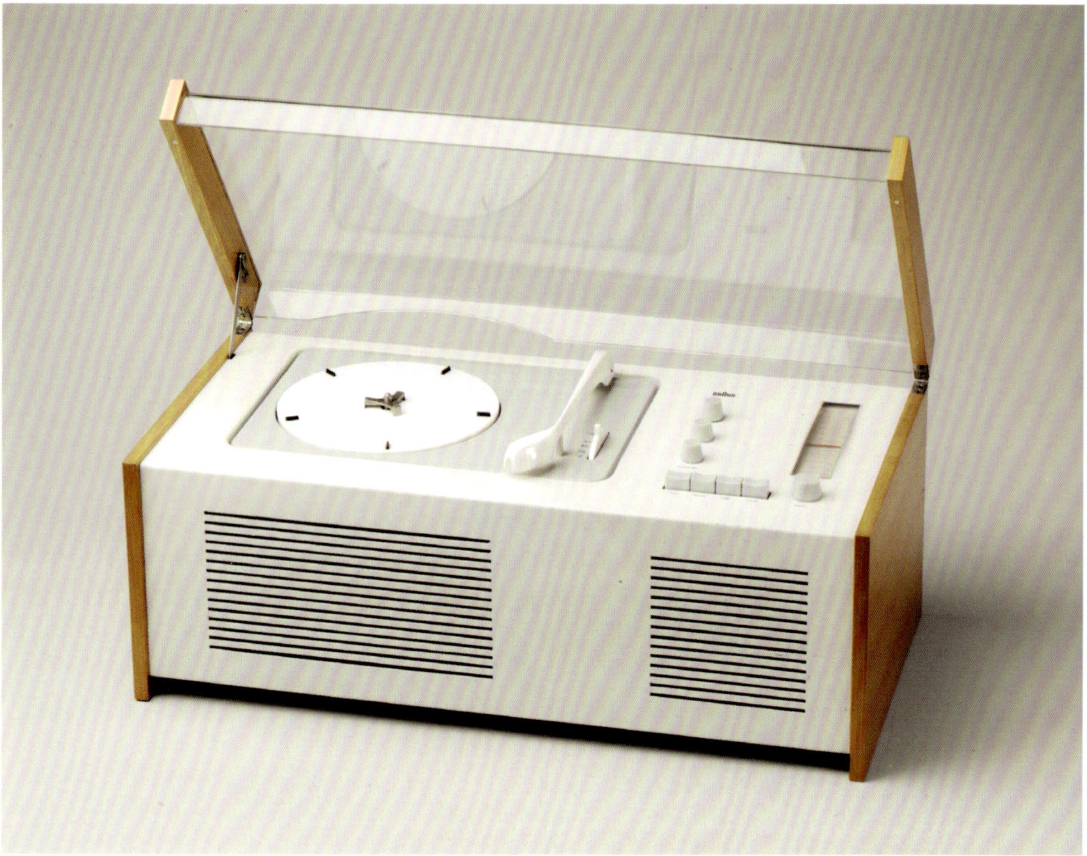

フォーカス

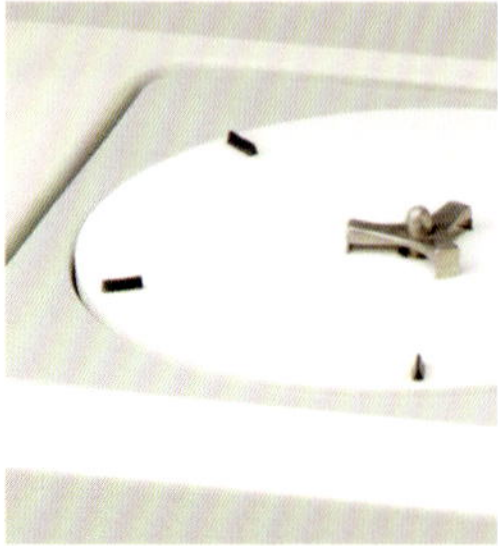

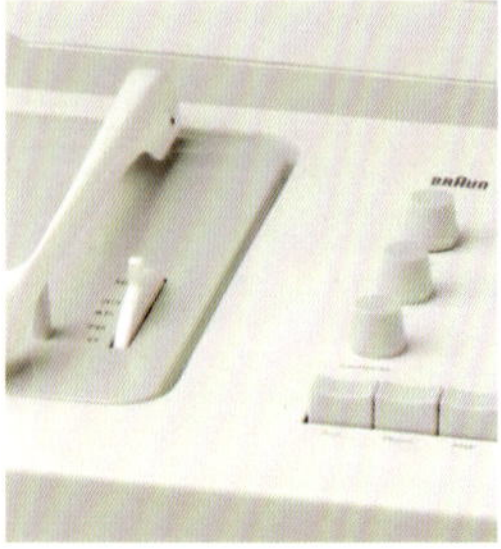

1 合理的なフォルム

「SK4」はあらゆる点で理論上の必然に沿ってデザインされた。部品はすべて機能があるからついている。この理論がむだをすべてはぶいた幾何学的フォルムに反映されており、ほとんどが平行な直線、長方形、円で成り立っている。

2 最小限の色

使われた色は白、グレー、黒のみ。唯一の例外は天然木を使った筐体で、ここだけが茶色である。ブラウンはひかえめな色を使って性能へのこだわりを強調している。

3 コントロール

ラジオの丸いつまみやレコードプレーヤーのカーヴしたアームはシンプルにデザインされて、使いやすい。そこに外蓋が透明のプレキシガラス製なのでさらに使い勝手がよくなる。このデザインのおかげで「白雪姫の棺」というあだ名がついた。

4 家庭用品にあらず

「家庭用」を感じさせるのは外枠と蓋のフレームに使われている木の部分だけである。SK4がリビングルームに置かれるのはわかっていたが、家庭用品としてデザインされてはいない。あくまで機能的なミュージックプレイヤーなのである。

ラジオ・レコードプレイヤーのブラウン「SK4」はディーター・ラムスとウルム造形大学の教師ハンス・グジェロが共同で開発した。オーディオ機器ではブラウン社初の斬新なデザインで、あとに続く数ある製品の基準となった。ラムスとグジェロはラジオとレコードプレーヤーを一体型ユニットとし、機能がひとつだけではない「システム」として認められる複合機器を作ろうと決意した。さらに、オーディオ機器をリビングルームに合う家具として扱わなかったのもはじめての試みだった。SK4は非の打ちどころのない機能的な道具だった。この出発点は重要な役割を果たし、ブラウンのオーディオデザインに未来をもたらした。その一例がポータブル型ワールドバンドラジオの先駆け、「T1000」(1962年)である。

SK4は戦後のドイツで最初に大量生産された商品で、デザインが機能を反映していた。すべては理由があって存在する。よけいなものは何ひとつない。さらに、デザイナーは製品のどのパーツも、使いやすいだけでなく、使いやすく見えるよう工夫した。SK4の作動部分はすべて本体のなかに隠されている。この決断の裏には、ユーザーはラジオやレコードプレーヤーを使うために機械を見る必要はない、という論理があった。ユーザーはコントロールつまみやレコードのアームを操作できればよいのだ。 PS

ナビゲーション

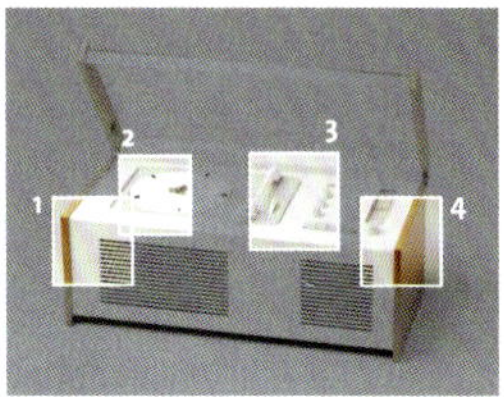

曲げた鋼板、ニレ、プレキシガラス。
58×24×29センチ

デザイナーのプロフィール

1932–87年

ドイツ、ヴィースバーデンで生まれたディーター・ラムスは、1955年にブラウンに入社した。当初は建築とインテリアのデザイナーとして勤務した。1961年にはプロダクトデザイン・開発部の部長となり、オーディオ機器からスタイリッシュなジューサーまで、記憶に残る製品を数多く生みだした。1959年からは家具メーカー、ヴィツゥでも活躍した。

1988年–現在

ラムスは1988年にブラウンの取締役に就任し、7年後、企業イメージ統合戦略担当専務となった。1997年に退社したあともさまざまなかたちでデザインにたずさわっている。2002年、デザイン界への長年の貢献に対して、ドイツ連邦共和国功労勲章を授与された。

ブラウン社

1921年に、エンジニアのマックス・ブラウンによってフランクフルトに設立されたブラウン社は、ラジオの部品生産からスタートした。20年代末には、業界の先導者と認められ、1932年に、はじめてラジオと蓄音機を一体化した。1950年には電気シェーバーと家電製品生産にものりだした。そうした製品のなかでも特筆すべきなのは、フードプロセッサー「マルチミックス」である。翌年、マックス・ブラウンが死去すると、当社はふたりの息子、アルトゥールとエルヴィンに引き継がれた。兄弟はブラウンの歴史をきざみはじめ、とりわけディーター・ラムスの作品をとおしてデザインを前面に押しだした。また、ヴィルヘルム・ヴァーゲンフェルト(1900–90年)にラジオの開発を託して、レコードプレーヤーつきのポータブルラジオ「ブラウンコンビ」(1957年、右)を発売した。ラムスは1961年、フリッツ・アイヒラーの後任としてデザイン部主任に就任。その後数十年間、ブラウンの製品はますます称賛され、とくに革新的なデザインが評価された。2005年にはブラウンはすでにジレットの子会社となっていたが、そのジレットをプロクター・アンド・ギャンブル(P & G)グループが買収した。

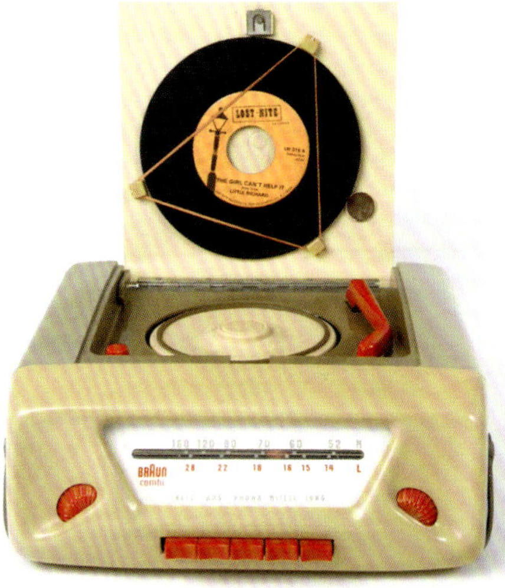

コダック・カルーセルS 1963年 Kodak Carousel-S
ハンス・グジェロ　1920-65年

塗装アルミニウム、プラスチック。
15×28.5×27センチ

1950年代、スライド映写機は空の旅とともに人気が高まった。戦後世代は友人を自宅に招いて、休暇中に撮った写真をスクリーンに拡大して見せるようになった。初期のモデルは写真スライドを1枚ずつ手で差しこまなければならなかった。すぐに新型が開発され、長方形のトレーにスライドをまとめて収容できるようになったが、よくつまったため不評だった。この欠点を改善しようと、カリフォルニア州グレンデールに拠点を置くナポリの発明家ルイ・ミズラカが、自動スライド送り装置がついた円形のトレーをデザインして、コダックに売りこんだ。ミズラカのカルーセル（円形トレー）はボタンを押すと作動し、つまることもなかった。コダックはデザインを改良して、1962年の春に、アメリカでいささかやぼったいタイプを発売した。しかし、シュトゥットガルトに拠点を置くドイツ支社がさらに改善できると考え、ハンス・グジェロにドイツ版を依頼。そうして完成した「カルーセル（カローセル）S」スライド映写機は1963年に発売された。まさに期待どおりの製品だったため世界中で販売され、2004年に改良されるまでほぼ手直しもなく生産されつづけた。

コダックがグジェロに声をかけたとき、彼はすでに名が知れており、1955年からブラウンの看板商品を手がけていた。また、ドイツのウルム造形大学の教授でもあり、尊敬される存在だった。当校のデザイン哲学の定義にはグジェロが一役かっている。それは、機能性と使いやすさを重視して妥協しないことだった。グジェロはめったに美学については語らず、断固として美に関心を示さなかったが、彼のデザインはつねにラインが美しく、色はひかえめで、仕上りはエレガントだった。　JW

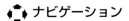

ナビゲーション

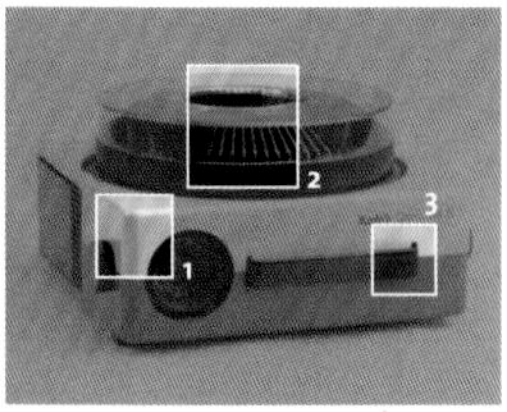

フォーカス

1 「形態は機能に従う」
縁はなだらかにカーヴし、装飾は最小限に抑えられている。グジェロは試作品の作動部位を可能なかぎりおおわなかったと伝えられている。グジェロが重視したのは、内部の機構がスムーズに作動することだった。スライドは焦点距離60-180ミリのレンズで投影された。

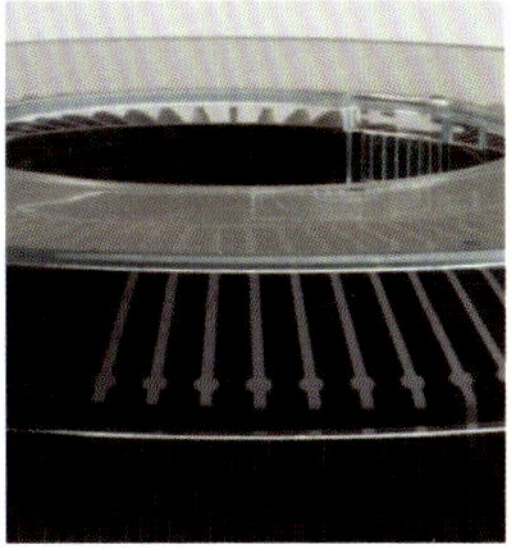

2 作動方法
トレーはプロジェクター本体の下部に内蔵されているモーターで回転した。トレーが動き出すと往復機構によってその時光源とレンズのあいだにあるスライドが押し戻されて、次のスライドが押しだされる仕組みである。

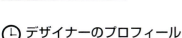

3 実用性、美、郷愁
素材は塗装アルミニウムとプラスチック。黒を基調として、それ以外は色調を変えたグレーしかない本体は美とは無縁だが、バランスがよくておちつきのある、考え抜かれた製品である。また、「カルーセル」はメリーゴーランドや曲乗りという意味をもち、懐かしい子ども時代を思い起こさせる。

▲1962年には、多くの家庭にスライド映写機があったが、長方形のトレーにスライドを入れるタイプがほとんどだった。タイマー式の自動投影機が発売されたのはこの頃である。

デザイナーのプロフィール

1920-54年
ハンス・グジェロはインドネシアで生まれ、1934年、家族とともにスイスへ移った。1940年から1942年はローザンヌで建築を学び、1946年までチューリヒのスイス連邦工科大学に通った。その後、フリーランスとしてマックス・ビルの建築事務所で8年間働き、作りつけの収納家具「M125」をデザインした。1954年以降はドイツのウルム造形大学で教鞭をとって自身の哲学を確立。グジェロは、すぐれたデザインは売り上げを急増させるための手段であってはならないと考えていた。デザインはそれをはるかに超えた存在で、文化に不可欠なものなのだと。1954年、グジェロはブラウンとも提携するようになった。

1955-65年
グジェロがブラウンで手がけた製品は幾何学的なフォルムで色はひかえめである。電気シェーバー「シクスタント1」(1961年)をはじめ、多くの製品が世界的ベストセラーになった。黒とシルバーのモデルはもはやブラウンのアイデンティティとなっている。グジェロはパフ・ソーイングマシン・カンパニーのデザインを担当し、また、ヘルベルト・リンディンガー(1933年-)らとともにハンブルクの地下鉄開発にもたずさわった。建築ではプレハブ住宅が専門だった。

ブラウン・シクスタントSM31

電気シェーバーはアメリカで1920年代に開発されており、1950年にはブラウンが刃が直接肌にふれないよう保護するワイヤーメッシュを採用した。1962年、グジェロはゲルト・A・ミュラーと協力してブラウンの看板商品となる「シクスタントSM31」(上)を開発した。電気分解によって電鋳加工された網刃の目が六角形(シクス)なのでこの名がついた。「SM31」は化粧室に黒をくわえ、男性の身だしなみに頼りになる精密機器となり、800万個を売り上げた。

スイスの中立性と美徳

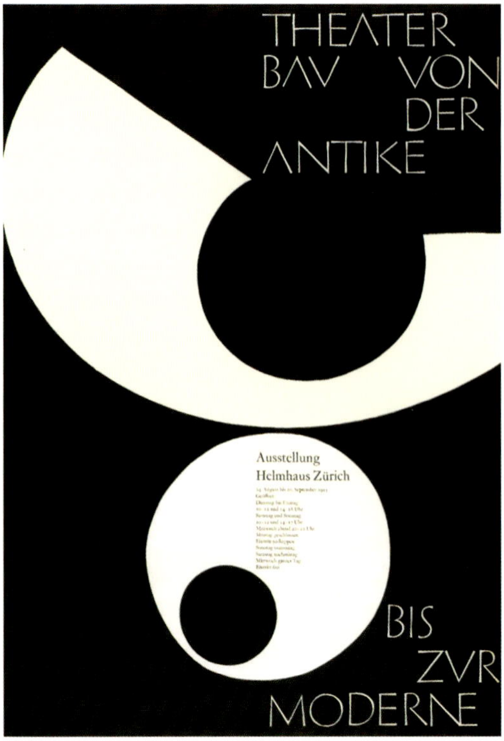

第２次世界大戦で中立国だったスイスは、1945年の戦闘にほとんどまきこまれずにいた数少ないヨーロッパの国のひとつだった。執拗な爆撃も受けず、侵攻や外国支配によるインフラ崩壊からものがれて、連合国と枢軸国双方からの貿易封鎖があったのにもかかわらず、土台となる製造業（おもに精密機器、時計、化学薬品、薬）が戦時体制をとることは一度もなかった。

戦後、中立と慎重さを重んじるスイスの伝統は、デザインでもとくにグラフィックにとりいれられ、世界に向けて発信された。国際タイポグラフィー様式（スイス・スタイル）やそのバリエーションで知られるスイスの書体デザインやレイアウトへのアプローチは、1940年代と1950年代にヨーロッパを越えて広まり、世界中の公私の通信手段のデザインを支配するようになった。シンプル、明確、読みやすさを重視する先例は、デ・ステイル（p.114）、構成主義（p.120）、バウハウス（p.126）など、初期モダニストの試みに見出せる。その流れをくみながらも、スイスはナチが「退廃芸術」の特徴だと決めつけた抽象主義をとりいれた。

スイスのデザイナーはモダニストの原理「形態は機能に従う」（p.168）にこ

キーイベント

1947年
アーミン・ホフマンが、バーゼル造形芸術大学で教師の道を歩みはじめる。

1951年
ヨーゼフ・ミュラー・ブロックマンが、チューリヒ・タウンホールで開かれるコンサートや演劇を宣伝するポスターのデザインを開始。

1953年
ドイツのウルム造形大学が開校。創設者はインゲ・アイヒャー＝ショルとマックス・ビル、オトル・アイヒャー。

1954年
アドリアン・フルティガーがサンセリフ体系のユニヴァースをデザイン。

1955年
ミュラー・ブロックマンがベートーベンのポスターをデザイン。以来これをまねたデザインが数多く登場している。

1956年
マックス・ビルがドイツのメーカー、ユンハンスのためにシンプルでエレガントな壁かけ時計をデザイン。この時計は必要最小限の機能をそなえていた。

だわり、社会に役立つデザインを心がけた。この動きの源となっているのは、チューリヒの芸術工芸学校とバーゼル造形芸術大学の２校である。チューリヒではヨーゼフ・ミュラー・ブロックマン（1914–96年）が、バーゼルではアーミン・ホフマン（1920年–）が主唱者だった。このスタイルの特徴は、左詰めしないサンセリフ体、緻密なグリッド、余白もめだつ左右非対称のレイアウトを採用していることだった。イラストよりフォトモンタージュが好まれたのは、より現実味があると考えられたからである。重要なのは、統一感のある構成と明確な情報、科学的アプローチにもとづく問題解決だった（図２）。

ミュラー・ブロックマンはノイエ・グラフィーク（ニュー・グラフィック）創刊にたずさわったひとりだった。当誌は1958年から1965年まで発行された影響力の大きな雑誌で、デザイナーのおもな役割は伝達だという概念を擁護した。ブロックマンは幾何学的なグリッドを支持して、次のように述べている。「グリッドは系統だったシステムであり、最小限のコストで秩序ある結果を得ることができる」。ブロックマンの有名な代表作は、1951年から担当したチューリヒタウンホールのポスターである。1955年にベートーベンのコンサート向けに作られたポスターは、黒と白の同心円が特徴で、以来これをまねたデザインが続出している。ホフマンも白黒を基調に、力強くはっきりしたサンセリフ体を用いたポスターをデザインして（図１）、称賛された。彼はこう述べている。「わたしが白黒のポスターで第一の目的にしているのは、今日の広告や宣伝でみられる『色の平均化』にあらがうことなのです」

当時のスイスの活字デザインを象徴していたのは、サンセリフ体のユニヴァースとヘルヴェティカ（このときはノイエ・ハース・グロテスクとして）（p.276）で、どちらも1957年に発表された。1954年にアドリアン・フルティガー（1928–2015年）がデザインしたユニヴァースは字体全体に一貫性があり、完全に幾何学的な形ではなく、フーツラ（p.146）のような初期モダニストの字体とは違う点が特徴的である。マックス・ミーディンガー（1910–80年）とエドゥアルト・ホフマン（1892–1980年）がデザインしたヘルヴェティカは時代を問わない定番中の定番で、そのあまりの偏在性が一部で批判の原因となり、「コーポレートの非ブランド化」だともいわれている。

スイスの質素、明快、読みやすさの追求は、当然、ミニマリズムへと向かっていった。スイスのデザイナー、マックス・ビル（1908–94年）は、ドイツのメーカー、ユンハンスのためにデザインしたエレガントでひかえめな壁かけ時計（1957年）などで有名である。ビルは戦前に全盛期だったバウハウスで学び、1953年にはドイツで、インゲ・アイヒャー＝ショル（1917–98年）とオトル・アイヒャー（1922–91年）とともに、ウルム造形大学を創設した。この大学は開校していた15年間で大きな影響をあたえつづけて、ドイツの戦後復興物語（p.266）とスイスのデザインが重なりあう舞台となった。　EW

1

2

1　左：アーミン・ホフマンによる展覧会用ポスター、「古代と現代の劇場構造」（1955年）。シンプルで左右非対称の構成が特徴的である。

右：ホフマンがスイスのバーゼルで開かれた展覧会「アメリカの美術教育」のためにデザインした、大胆な白黒のポスター（1961年）。

2　ヨーゼフ・ミュラー・ブロックマンがデザインしたポスター「子どもを守れ！」（1953年）。網目漉き紙にオフセット・リトグラフで印刷している。

1957年	1958年	1965年	1965年	1967年	1968年
サンセリフ体のノイエ・ハース・グロテスク（のちのヘルヴェティカ）とユニヴァースが公開される。	ミュラー・ブロックマンが影響力のある定期刊行誌ノイエ・グラフィークを共同出版。「スイス・スタイル」をアメリカに広める役割をした。	ホフマンが『グラフィックデザイン・マニュアル――原理と実践（Graphic Design Manual: Principles and Practice）』を刊行。その後何世代にもわたって学生の教科書となった。	ミュラー・ブロックマン、リヒャルト・パウル・ローゼ、ハンス・ノイブルク、カルロ・ヴィヴァレリがプロデュースと編集をした、ノイエ・グラフィーク誌の最終号が出る。	ミュラー・ブロックマンがIBMのヨーロッパ・デザインコンサルタントに起用される。	ウルム造形大学が内部での見解の相違が続き閉校。

ヘルヴェティカ体 1957年 Helvetica Typeface

マックス・ミーディンガー　1910-80年／エドゥアルト・ホフマン　1892-1980年

「ヘルヴェティカ」はスイスの書体デザイナー、マックス・ミーディンガーがバーゼルのハース活字鋳造所の社長、エドゥアルト・ホフマンの協力を得て開発したモダニズムのサンセリフ体である。ふたりがめざしたのは、用途が広く政治的意味あいをもたない明確な書体を作ることだった。1898年のサンセリフ体アクチデンツ・グロテスクをベースとした写実主義者のデザインは、当初、「ノイエ・ハース・グロテスク」と名づけられた。1961年になって、ライノタイプ社が版権を取得し、スイスが起源であることを示すために、ヘルヴェティカと改名した［スイスの別名はヘルヴェティア］が、数年間は旧称で販売された。ローザンヌで開かれた展示会「グラフィック57」でスイス・テクノロジーのシンボルとして宣伝されると、時代を越えて世界に認められる書体になった。ウィーンからシカゴまでの多くの街路標識や、ロンドンのナショナルシアターのロゴ、ニューヨークの地下鉄などで使用されている。

ヘルヴェティカは1950年代と1960年代のスイスのグラフィックスタイルや、中立性、平和と関連があり、いかなる内容にも余分な意味をくわえないことで信頼を得ている。流行を求めることもなければ、流行で変わることもない。公表以降、さまざまな派生書体が生まれ、フォント・ファミリーは30種におよぶ。2004年には、クリスティアン・シュワルツ（1977年–）がノイエ・ハース・グロテスクのデジタル化を依頼された。この字体は復刻版と称されて、2010年に「可能なかぎりオリジナルに忠実に」完成された。シュワルツはミーディンガーのオリジナルに近づけるとともに、長年失われていた温かみにふたたび火を灯すことを心がけてデジタル化した。 JW

ナビゲーション

フランクフルトのステンペル活字鋳造所で作られた「ヘルヴェティカ」のサンプル。

フォーカス

1　読みやすさ
「ヘルヴェティカ」最大の特徴は小文字にとがったところがなく、エックスハイト［小文字の基本の高さ］が高く、幅のあるストロークフォント［線で描かれたフォント］であることだ。小さなポイントでも遠くからでも読みやすくて、どっしりとした力強い質感がある。

2　実用性
ヘルヴェティカは質素で実用性がある。歴史に平和をもたらし、未来を見すえている。国際貿易がさかんになると、商業界の通信では特定の地域に限定されない文字が望ましくなった。それでなおさらヘルヴェティカの人気が高まったのである。

3　正確性
ヘルヴェティカのすばらしい正確性は信頼できる。しかし近年では保守的な文化と結びついているので、ある方面からは、企業向けでアメリカの巨大企業のお気に入りだという批判も出ている。

▲アメリカン航空は企業ロゴに「ヘルヴェティカ」を使っている。ヘルヴェティカは飾り気がなく永続性があり、どんな内容にもよけいな意味をつけくわえないことで信頼を得ている。流行を求めることもなければ、流行で変わることもない。

彫刻的フォルム

20世紀なかばのデザインは、彫刻的フォルムをとりいれた新しい表現を特徴としていた。こうした形状を生んだ源はまさしく現代美術に求められる。スイスのイタリア語圏で生まれた彫刻家アルベルト・ジャコメッティ（1901-66年）が作るひょろりと長いブロンズ像は、細長いスチールロッドの脚や先細の器をはやらせた。20世紀なかばで絶大な影響力をもった美術家には、ルーマニア生まれのコンスタンティン・ブランクーシ（1876-1957年）もいる。彼の質素なミニマリズムの彫刻は、デンマークの銀細工師ヘニング・コッペル（1918-81年）やフィンランドのガラス工芸家ティモ・サルパネヴァ（1926-2006年）など、戦後スカンディナヴィアのデザイナーに大きな創造力をあたえた。コッペルがジョージ・ジェンセン社のために作った、カヌーに似たエレガントな「イールディッシュ」（1956年）や、サルパネヴァがイッタラ社のために作った刃形の「ランセット」（1952年）は、ブランクーシの作品同様、飾りを削ぎ落したシンプルな仕上がりとなっている。アメリカの彫刻家イサム・ノグチ（1904-88年）は戦後、「AKARI（アカリ）」（1951年、p.280）のような時代のアイコンとなる照明器具や家具をデザインした。1927年にノグチがパリでブランクーシのアシスタントとして働いていたのは偶然ではない。

ドイツとフランスに国籍をもつハンス・アルプ（1886-1966年）が作る抽象的で有機的な彫刻も、20世紀なかばの多くのデザイナーに深い影響をおよぼした。アルヴァ・アールト（1898-1976年）以降、デンマークのホルムガード社では、ペル・リュトケン（1916-98年）のようなガラスデザイナーが、流れるようなラインの吹きこみガラスを制作して真髄をきわめた。イギリスの彫刻

キーイベント

1940年	1946年	1946年	1947年	1948年	1950年
ニューヨーク近代美術館が「室内装飾の有機的デザイン」コンテストを開催。	チャールズ（1907-78年）＆レイ（1912-88年）・イームズ夫妻の成型合板チェアをエヴァンスプロダクツが製造。	エヴァ・ゼイセルの「タウン・アンド・カントリー」シリーズの食器を、レッド・ウィング・ポタリーが製造。	フランク・ロイド・ライト（1867-1959年）がニューヨークのグッゲンハイム美術館をデザイン。上広がりの螺旋構造で1959年に完成した。	エーロ・サーリネンの「ウームチェア」がノル社から発売される。シートはガラス繊維で補強したポリエステル樹脂（ファイバグラス）だった。	イームズ夫妻の「プラスチックチェア」をハーマンミラーが製造。シートは彫刻的で色鮮やかなファイバグラスだった。

家バーバラ・ヘップワース（1903–75年）やヘンリー・ムーア（1898–1986年）が作る、穴の開いたフォルムや生物に似た形状も現代デザイナーの美学を巧みに伝えた。ハンガリー生まれのアメリカ人デザイナー、エヴァ・ゼイセル（1906–2011年）がレッド・ウィング・ポタリーのために作った「タウン・アンド・カントリー」シリーズの抽象的で有機的なソルト＆ペッパー入れ（1946年。図2）はムーアの作品群と深く結びついている。

応用美術では、1940年代なかばから表現豊かな彫刻的フォルムが浸透した。アールトの提唱で、ニューヨーク近代美術館は1940年に「室内装飾の有機的デザイン」コンテストを開催した。この開催は非常に意義があった。有機的デザインの第一人者、チャールズ・イームズ（1907–78年）とエーロ・サーリネン（1910–61年）が表舞台に出てきたからである。ふたりが受賞した有機的な椅子のコンセプトのおかげで、画期的なデザインの家具が次々と生みだされるようになった。

スカンディナヴィアでは1930年代にアールトがまいた種が、その後数十年間実をつけつづけた。デンマーク人は彫刻的家具の潜在性を認めて、成型合板を活用するだけでなく、硬い木材を魅力あるなめらかなフォルムに変える技術を磨いた。ハンス・ウェグナー（1914–2007年）はフリッツハンセン社のために作った「シェルチェア」（1950年頃）にふたつの技術を織りこんだ。カップ型の合板シートに、彫刻をほどこした木製フレームを合わせたのである。アルネ・ヤコブセン（1902–71年）がデザインした「アントチェア」（1952年）も、アウトラインにダイナミックな曲線を使い、合板シートを湾曲させた点で彫刻的だった。

スウェーデンの20世紀なかばの陶磁器とガラスのデザイナー、ヴィルヘルム・コーゲ（1889–1960年）、エドヴィン・エールシュトレム（1906–94年）、ニルス・ランドベリ（1907–91年）、スティグ・リンドベリ（1916–82年）は彫刻的デザインの巨匠である。コーゲがグスタフスベリ社のために作った食器「ソフトフォルムス」（1938年）は、リンドベリの動植物の絵をそえた、きわめて有機的なファイアンス焼きの器や花瓶につながった。エールシュトレムがオレフォスのために作ったアリエル技法の器は、厚いガラスのなかで気泡が模様を描いており、フォルムも装飾も彫刻的で、1930年代をとおして新境地を切り拓いた。ランドベリが作った高台つきの彩色した器も同様で、成型加工した厚いタイプだけでなく、「チューリップ」（1957年）のように吹きこみ式で薄いタイプも有機的だった。一方、フィンランドではタピオ・ヴィルカラ（1915–85年）とサルパネヴァというふたりの彫刻家でもあるデザイナーの巨匠が、美術と装飾美術の垣根をとりのぞいて、工芸ガラスを新たな高みへと導いた。

そのほかヨーロッパでは彫刻デザインがイタリアで繁栄したが、こちらのほうが奔放だった。大胆な建築家カルロ・モリーノ（1905–73年）は途方もなく有機的な家具を制作した。合板を湾曲させて作ったテーブル「アラベスク」（1949年、図1）はダイナミックに波打っており、当時、「ネオリバティ（新しい自由）」と表現された。退廃的アール・ヌーヴォー（p.92）を想起させるムチのようなフォルムをとりいれたからである。フラヴィオ・ポーリ（1900–84年）がセグーゾ・ヴェトリ・ダルテ（Seguso Vetri d'Arte）社のために作った、鮮やかな色づかいの彫刻的な器もガラスに本来そなわる可塑性を十分に生かしているが、スカンディナヴィアの同世代にくらべるとその作風ははるかに自由奔放だった。

LJ

1

2

1　カルロ・モリーノの曲線を描いたテーブル「アラベスク」（1949年）。ハンス・アルプなどシュールレアリズムのアーティストの作品がインスピレーションの源となっている。

2　エヴァ・ゼイセルの釉を塗ったソルト＆ペッパー入れ（1946年）。「タウン・アンド・カントリー」シリーズのひとつで、母子が互いに体をよせあうような形になっている。

1951年	1952年	1955年	1956年	1956年	1958年
ロンドンでイギリス祭が開催。彫刻的なドーム・オヴ・ディスカヴァリー、エレガントなスカイロン、ロビン・デイ（1915–2010年 ）の合板チェアがよびものになった。	アルネ・ヤコブセンの「アントチェア」をデンマークのフリッツハンセンが製造。昆虫のようなデザインと、スチール製の脚に乗せた曲線の合板シートが特徴的だった。	彫刻的なフォルムの自動車シトロエン「DS19」（p.282）が発売される。デザイナーは、イタリアの彫刻家でデザイナーのフラミニオ・ベルトーニ（1903–64年）。	サーリネンがニューヨーク、ジョン・F・ケネディ空港の彫刻的表現に富むTWAターミナルをデザイン。1962年に完成した。	ブラジルの建築家オスカー・ニーマイヤー（1907–2012年）が首都ブラジリアのために、有機的なスタイルを押しだす主要建築物をデザインしはじめる。	ヤコブセンがコペンハーゲンのロイヤルホテルのために、クッション性のある彫刻的な椅子、「スワンチェア」と「エッグチェア」をデザイン。どちらもフリッツハンセンが製造した。

AKARI 1951年 Akari Light

イサム・ノグチ 1904–88年

フォーカス

1 脚

竹ひごに和紙を貼りつけた笠は、特許を取得したワイヤーストレッチャーで伸長されて、細い金属の三脚だけで立つ。細長い脚は「AKARI」を昆虫のように見せて、明るさと軽やかさを引き立てている。

2 竹ひごの骨組み

和紙の笠を支える細い骨組みは竹ひごである。天然素材で曲げやすい竹は軽量で弾性があるために笠には最適である。和紙は電球が放つまぶしい光をやわらげてくれるだけでなく、光を拡散する役目も果たしている。

イサム・ノグチは有機的な抽象主義をとりいれた初期のアメリカ人彫刻家で、その美学を家具と照明のデザインに生かした。アメリカで生まれたが、幼少期のほとんどを日本ですごし、一生涯、日本の文化と深いかかわりをもちつづけた。

ノグチは1940年代なかばに、アメリカの大手家具メーカーのハーマンミラー社とノル社と提携していたが、その数年前からみずからが「ルナー」とよぶ実験的作品を手がけていた。これはいわば照明を組みいれた小さな彫刻品だった。「AKARI」は日本へ旅行したあとの1951年に制作された。ヒントをくれたのは日本の「提灯」だった。「あかり」という言葉は照明の「光」だけでなく自然光をも意味する。AKARIは提灯作りで歴史のある岐阜県の会社オゼキによって製造されている。笠には和紙（楮(こうぞ)の内皮で作る繊細な紙）を使用。木製の張り型に竹ひごを巻きつけてフレームを作り、そこへ数枚の和紙をのりで貼りつけていく。のりが乾いたら内側の張り型を解体してはずす。提灯はたためるようデザインされており、和紙を貼った竹ひごはダメージをあたえることなく平らにたたむことができる。

ノグチが最初に作ったAKARIは卵形で、土台は細長いスチールの三脚だった。ノグチはほかの笠もデザインしている。有機的な形もあれば、円錐形、立方体、混合型など幾何学的な形もある。AKARIにはさまざまなフォルムがあるが、どれも統一感があり美しい。たんに機能性の高い照明器具というだけでなく、室内で光を放つ、有機的な彫刻品なのである。 LJ

ナビゲーション

床置き型の「AKARI」は竹ひごの骨組みに和紙を貼りつけてあり、脚は金属性である。

デザイナーのプロフィール

1904-21年
イサム・ノグチはロサンゼルスで生まれた。父は日本人、母はアメリカ人。1907年から日本に住み、1918年に学業を終えるためアメリカに戻った。

1922-37年
ニューヨークに移り、レオナルド・ダ・ヴィンチ・アート・スクールに通った。1924年に工房を開設。1927年、パリでルーマニアの彫刻家コンスタンティン・ブランクーシ（1876-1957年）のアシスタントとして半年をすごした。ノグチはブランクーシの有機的フォルムのシンプルさに深い感銘を受けて、抽象主義に傾いた。極東を旅したあと、1931年にニューヨークに戻り、ダンサーのマーサ・グレアム（1894-1991年）の舞台装置を製作した。

1938-51年
ニューヨーク、ロックフェラーセンターのバスレリーフ（浅浮き彫り）のデザイン・コンペで受注を勝ちとり、1939年にはニューヨーク近代美術館館長アンソン・グッドイヤー（1877-1964年）からテーブルのデザインを依頼された。1951年の日本訪問後に「AKARI」を制作した。

1952-88年
ノグチは木、石、金属、土をメインに有機的な彫刻品を作りつづけ、1961年、ニューヨークのロングアイランドに移った。屋外の彫刻的な庭もデザインした。

ノグチの家具

ノグチは照明をデザインするだけでなく、芸術的才能を家具にも生かした。ハーマンミラー社のために作った「ラダーテーブル」（1949年、上）は、脚の１本が舵(ラダー)のような形の木で、ほかの２本はヘアピンのように曲がったスチールロッドである。また、ノル社と提携して、木製の丸いスツールにスチールロッドを何本も斜めにわたして支えた「ロッキングスツール」（1953年）をデザイン、これを機に、サイドテーブルやダイニングテーブルのシリーズ「サイクロン」が生まれた。ノグチの最後のデザインは「プリズマティックテーブル」（1957年）だった。アルミニウム製品メーカー、アルコアが広告キャンペーン用に依頼した商品で、折り曲げたアルミニウムを重ねあわせた六角形のテーブルだった。

シトロエンDS19 1955年 Citroën DS 19

フラミニオ・ベルトーニ　1903–64年／アンドレ・ルフェーヴル　1894–1964年

フォーカス

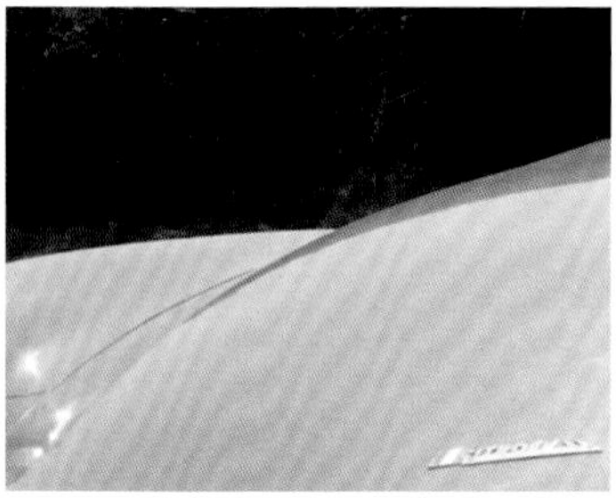

1　ボンネット

シトロエン「DS19」のなめらかなラインは彫刻家の視点から生まれた魅力である。つきだしたボンネットにはモダニストの彫刻家らしいセンスが凝縮されている。有機体としてデザインされ、ボディ、ルーフ、ウィンドーがそれぞれを引き立てている。外装の流れるようなフォルムはどこから見ても美しい。

2　フロントガラス

航空エンジニアのルフェーヴルと共同でデザインしたDS19は、まさに航空力学の賜である。弾丸形のボンネットと傾いて丸みをおびたフロントガラスは、見た目に美しいだけでなく耐風性をきわめた設計で、ルーフトップからトランクにかけてもなだらかに傾斜している。

3　サスペンション

ハイドロニューマティック・サスペンションをそなえたDS19はさまざまな運転条件や道路環境に対応可能である。ボディは圧縮ガスにより高さを自在に調節できる。エンジンをかけると車体がホバークラフトのように浮きあがり、走行中はまるで地面の上をすべっているようになる。

シトロエン「DS19」がパリ・モーターショーで公開されると、SFから飛び出してきた車だと評された。

このエレガントで有機的な流線型の車は、まるでタイヤつきの彫刻品である。もともと彫刻を学んでいたイタリアのデザイナー、フラミニオ・ベルトーニがデザインしたシトロエン「DS19」はバランスが美しく、曲線美がきわだっている。テールフィンやクロムなどの華美な装飾に頼らず、非常にスタイリッシュで、ヨーロッパの上品で洗練されたカーデザインの象徴となった。

ベルトーニは生来の天才だった。1923年にイタリアのヴァレーゼで車体製造業のマッキで製図工をしていたころには早くも、フランスの自動車メーカーの技術者がその才能に目をつけていた。パリに移る決意をするまでに10年近くかかったが、1932年、ベルトーニはシトロエンの開発チームにくわわった。シトロエンがタイヤメーカーのミシュランに買収されたあと、先見の明のあるピエール・ジュール・ブーランジェ（1885-1950年）が経営者に抜擢された。ブーランジェの発想に刺激を受けたベルトーニは、1935年に新たな小型車「2CV」の開発にとりかかる。それを助けたのは航空エンジニアで元グランプリレーサーのアンドレ・ルフェーヴルだった。ところが、2CVは1939年に完成したのにもかかわらず、第2次世界大戦の影響により、発売は1948年まで延びた。

シトロエンDS19は、ひかえめでコストのかからない2CVにくらべると、はるかに洗練された豪華な車だった。1955年に発売されると、「ゴッデス」というよび名がついた（フランス語のDSの発音「デエス」のもじり）。彫刻的なボンネットとなだらかに傾斜したルーフをもつDS19は、航空力学を利用した前例のないフォルムで、フランスの消費者の熱望にこたえた。ルーフがファイバグラス製なので重量が抑えられ、重心も低い。ぜいたくな雰囲気にあふれ、すぐれた技術的特徴も山ほどある。そのひとつが一定の車高に調節するハイドロニューマティック・セルフレベリング・サスペンションだった。DS19はたちまち革命的な車として宣伝され、偶像となり、20年間生産されつづけた。彫刻家の目をもつアーティストデザイナーが愛情こめて設計したDS19は、いまも美しさをきわめた車に数えられている。 LJ

ナビゲーション

彫刻への愛着

ベルトーニはヴァレーゼのマスナゴで生まれた。技術学校を卒業後、絵画や彫刻を学んだ。1918年、車体製造業者のマッキで組立て工として働きはじめて、1922年に製図工になった。カーデザイナーとして職を得たが、生涯、彫刻家としての制作を続けた。芸術家であることによって独特な視点をもち、自動車業界ではほかのデザイナーと一線を画していた。ベルトーニが手がけた最初のシトロエン「トラクシオン・アヴァン」（1934年、右）は均整のとれたセダンで、前輪駆動が特徴である。最後のデザインとなったのは1961年の「アミ6」だった。

20世紀なかばのアメリカンモダン

第２次世界大戦終結後、デザイン界に劇的な変化が訪れた。両大戦間にモダニズムを築いた２大国、ドイツとフランスは、もはや創造の主導権を狙う激戦地ではなくなっていた。1940年代後半に、スウェーデン、デンマーク、フィンランド、イタリア、そしてアメリカを筆頭とする世界のデザイン大国が、新たな同盟を結んで台頭してきたのである。それぞれの国が新しい観点とアイディアをもっていた。アメリカは19世紀後半から、超高層ビルの開発をとおして近代建築に重大な貢献をしてきた。しかし、唯一の特例であるフランク・ロイド・ライト（1867–1959年）を除いて、1920年代まで家具や室内装飾の分野ではいくぶん独創性に欠けていた。1930年代になるとアメリカは機械化時代のスタイルや流線型を広く適用して、独自のデザインを主張しはじめた。だが、商業としての発展は大恐慌によってさえぎられた。

20世紀なかばのアメリカのデザイン界を率いたのは、ラッセル・ライト（1904–76年）である。ライトはプロダクトデザイナーで、「アメリカンモダン」という概念を打ち立てた。この言葉はアメリカ独自の特徴や文化を表すモダンスタイルを示し、当初は1939年にライトがスチューベンヴィル社のためにデザインした陶器の食器シリーズをさして使われた。有機的で彫刻のようなデザインは、かたくるしさがなく、色鮮やかで用途の広いフォルムに特徴があった。アメリカンモダンは登場したときから時代を引っぱり、1950年代をとおして人気を博した。ライトがイロコイ・チャイナ社（Iroquois China Co.）

キーイベント

1940年	1945年	1946年	1948年	1948年	1950年
チャールズ・イームズとエーロ・サーリネンが「室内装飾の有機的デザイン」コンテストではじめて賞（室内用椅子と収納用品）を受賞。	アーツ・アンド・アーキテクチャ誌の実験的企画のために、イームズとサーリネンが、ケーススタディ８と９の家をデザイン。	イームズ夫妻の「プライウッドチェア」がエヴァンス・プロダクツ社の成型合板部で生産される。	ノル社がサーリネンの「ウームチェア」を製造。そのシェルが、ガラス繊維強化ポリエステル樹脂ではじめて大量生産された。	イームズ夫妻がニューヨーク近代美術館の「低コストデザイン」コンテストに出品する「ラ・シェーズ」（p.288）をデザイン。	ハーマンミラーが、イームズ夫妻の「ESU」（イームズ・ストレージユニット）（p.290）と「プラスチックチェア」「プラスチックアームチェア」を製造。

のためにデザインし、いかにもふさわしい名をつけた「カジュアルチャイナ」（1946年、図１）は、オーブンでも使える食器シリーズで、これもまた美と機能性をかねそなえるという理念を実現している。終戦からいくらもたたないうちに、システムキッチン、フォーマイカのテーブル、クロムトリム仕上げの冷蔵庫が市場に出まわった。アメリカンモダンはアメリカンドリームの物質的な憧れを物語っていた。

アメリカは第２次世界大戦への参戦が遅く、主戦場から離れていたために、1940年代のデザイナーやメーカーが受けた影響は、ヨーロッパの同業者とくらべるとはるかに少なかった。創造という観点から見れば、アメリカの建築やデザインの世界では、1930年代にヨーロッパからアメリカに定住した移民から、大きな恩恵を受けていた。なかには建築家のマルセル・ブロイヤー（1902–81年）とルートヴィヒ・ミース・ファン・デル・ローエ（1886–1969年）、織工のアンニ・アルバース（1899–1994年）など、近代運動を率いたアーティストもいた。北アメリカはまさに磁石で、アメリカンドリームを追って新たなスタートを切ろうとする移民を引きつけた。フィンランドの建築家エリエル・サーリネン（1873–1950年）もアメリカで未来あるチャンスをつかもうと胸を躍らせ、1923年に移住した。のちに彼はミシガンのクランブルック美術アカデミーの校長に就任した。当校はバウハウス（p.126）をモデルとした前衛的な美術学校で、20世紀なかばのアメリカンモダンデザインの苗床となった。息子のエーロ・サーリネン（1910–61年）が、戦後に主要デザイナーとして頭角を現したチャールズ（1907–78年）とレイ（1912–88年）のイームズ夫妻と出逢ったのもこのアカデミーだった。

家具と建築の融合はエーロ・サーリネンとチャールズ・イームズの作品にとって不可欠であり、20世紀なかばのアメリカンモダンデザインを発展させるかなめとなった。サーリネン同様、イームズももともとは建築家として働き、仕事の重点が家具に移ってからも自分の職業を建築家だと考え、こう述べている。「わたしは根っからの建築家です。周囲の問題を構造の問題だととらえることしかできません。そして、構造とは建築なのです」。戦後まもなくはアメリカの芸術にとっても刺激的な時期だった。絵画や彫刻において、抽象表現主義などのさまざまな形の抽象的表現が開花した。1940年代から1950年代にかけて栄えた純粋芸術と応用芸術の活発な相互作用は、作品の形状だけでなく、色、質感、素材にも影響をあたえた。

エネルギッシュなイームズ夫妻は、20世紀なかばのアメリカンモダンデザインの冒険的精神や、芸術、建築、デザインを結ぶ奔放なアイディアの流れを集約していた。チャールズが最初に名を知られるようになったのは1940年で、このとき彼はサーリネンと協力してニューヨーク近代美術館主催の「室内装飾の有機的デザイン」コンテスト（図２）に２点エントリーし、入賞した。チャールズ＆レイ・イームズ夫妻は結婚してからともに仕事をし、1941年にはカリフォルニアにデザインオフィスを開設した。大戦とその後に続いた耐乏の時期、デザイナーは素材不足を補うためにも工夫せざるをえなかったが、戦時な

1

2

1　ラッセル・ライトのディナーシリーズ「カジュアルチャイナ」（1946年）。アメリカン・モダンの典型で、イロコイ・チャイナ社が製造した。

2　ニューヨーク近代美術館で1941年９月24日から11月９日まで開催された、「室内装飾の有機的デザイン」の展示場。

1950年	1950年	1951年	1952年	1956年	1958年
ラッセル＆メアリ（1904–52年）・ライト夫妻が『すごしやすい生活へのガイドブック（Guide to Easier Living）』を発売、ベストセラーとなる。	ニューヨーク近代美術館が「グッドデザイン」と題した展示会シリーズを開始。翌年、巡回展示会「アメリカの使えるデザイン」がヨーロッパで開催される。	イームズ夫妻の「ワイヤーチェア」がハーマンミラーから発売されて、1967年まで製造される。	ハリー・ベルトイアの「ダイヤモンドチェア」が２年の開発期間をへて、ノル社で生産開始。	エーロ・サーリネンの「ペデスタルチェア」がノル社で生産され、すぐに「チューリップチェア」として知られるようになる。	イームズ夫妻が家具シリーズ「アルミニウムグループ」をデザイン。のちにオフィス家具として絶大な人気を得た。

らではの最新技術を活用することもできた。戦争直後、理想とする民主主義の精神を具現すること（つまり、用途が広く入手しやすいユニバーサルデザインをあみだすこと）にくわえて、イームズ夫妻はあえてコストを抑えた家具を作った。素材をむだに使わないよう細めにデザインするだけでなく、もっとも効率のよい方法で製造できるよう技術面の開発も探究した。

当初は彫刻的なデザインを実現させるために成型合板の適用に注目し、まず完成した画期的製品が「プライウッド（成型合板）チェア」（図３）だった。アッシュ、バーチ、ウォルナットの５層合板で作られたこの椅子は、最初はエヴァンス・プロダクツ社の成型合板部で製造され、その後、ハーマンミラー社が受け継いだ。ハーマンミラー社はのちに「イームズ・ストレージユニット」（1950年、p.290）を製造している。このユニットにふくまれる椅子は独特で、軽くて人体にフィットする流線型である。輪郭を体のラインに合わせているために、座っている人が宙に浮いているような印象をあたえる。

成型合板の扱いをマスターしたイームズ夫妻はしだいにプラスチックにのめりこんだ。20世紀初期以降、プロダクトデザイン界ではベークライトが主流でプラスチック加工技術はまだ揺籃期だった。合板同様、プラスチックのおもな問題はシートの成型にあった。人間の重さに耐え、かつ、軽くて薄い丈夫な椅子を作らなくてはならない。一体型のプラスチック製椅子を最初にデザインしたのはサーリネンだったが（1948年、ノル社から「ウームチェア」が発売されている）、イームズ夫妻はその直後に画期的な「プラスチックチェア」（1950年）を開発した。アームチェアとサイドチェアの２タイプがあり、シェルはガラス繊維で強化したポリエステル樹脂（GRP、ファイバグラス）で成型した。「ウームチェア」が座りやすいようにクッション材が必要だったのに対し、「プラスチックチェア」は洗練されたデザインだったため「素材そのまま」で使用できた。あくなき探究心をもって、イームズ夫妻はさまざまな金属で実験を重ねた。「ワイヤーチェア」（1951年）は溶接金網とスチールロッドを使

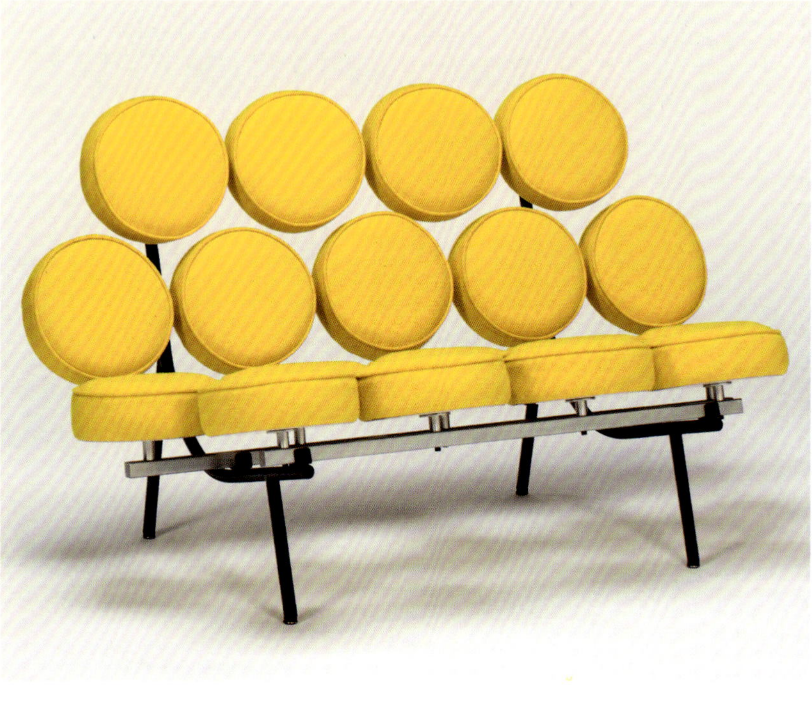

った椅子で、「アルミニウムグループ」（1958年）は鋳造アルミニウムのフレームを用いた柱脚つき椅子のシリーズだった。

イームズ夫妻以外にも、ハーマンミラー社は多くのデザイナーと手を組んだ。当社のデザインディレクターはジョージ・ネルソン（1908–86年）で、直接間接をとわず製品に多大なる貢献をした。オフィス家具や工夫に富んだすえつけ型収納システムをデザインすると同時に、ジョージ・ネルソン・アソシエーツの同僚と「マシュマロソファ」（図４）のような遊び心のある屋内家具も生みだした。従来のフォルムを逸脱した「マシュマロソファ」は、スチール製フレームの上に丸いシートパッドが４列ならんでいる。また、ネルソンは彫刻家イサム・ノグチ（1904–88年）を戦力にくわえた。ノグチは20世紀なかばアメリカのアイコン中のアイコンとなるモダン家具を作った。それは、有機的なフォルムのガラステーブルで、巨大な骨に似た、木彫りの彫刻品のような脚が天板を支えていた（図５）。

ハーマンミラー社の好敵手、ノル社も革新的なモダン家具のデザインに専心していた。1943年に、ハンス（1914–55年）＆フローレンス（1917年–）・ノル夫妻が当社を創設し、ハンス亡きあとはフローレンスがひとりで運営した。ノル社はフローレンスがデザインした、バランスのよいおちつきあるクッション材入りの椅子を製造する一方で、ほかのデザイナーとも充実したパートナーシップを結んだ。有名なのはサーリネンとハリー・ベルトイア（1915–78年）である。彫刻家でグラフィックアーティストでもあったベルトイアのおもな活動からすれば家具は専門分野外だったが、20世紀なかばらしいモダンデザイン「ダイヤモンドチェア」（1952年、p.292）をとおして記憶に残る貢献をした。ダイヤモンドチェアは溶接金網で作った、表現豊かな彫刻的ラウンジチェアである。かたやサーリネンの家具への関心は1930年代にさかのぼる。父のために複数のビルの装飾をデザインしたのがきっかけだった。ただし、有機的デザインに興味をもちはじめたのは1940年にチャールズ・イームズと組んだときである。サーリネンの「ウームチェア」はシェルが大きく、ファイバグラス製で、彫刻的にも技術的にも注目すべきコンセプトをそなえていた。有機的デザインを具現したこの椅子の目的は、「体を丸めて脚を乗せられる大きなカップ型のシェルで心地よくすごせること」だった。サーリネンがノル社のために考案した２番目に有名なデザインは「チューリップチェア」（1956年、p.294）である。カップ型シートだけでなく、曲線のステムと台座が印象的だった。サーリネンとイームズ夫妻は協力しあって、20世紀なかばのアメリカのモダン家具に革命を起こした。３人が生みだした作品のインパクトは当時かなりの衝撃をもたらし、いまも反響をよびつづけている。 **LJ**

3　チャールズ＆レイ・イームズによる「プライウッド（成型合板）チェア」（1946年）。DCW（ダイニングチェアウッド）とLCW（ラウンジチェアウッド）の２サイズで生産された。

4　ジョージ・ネルソン・アソシエーツの代表的商品「マシュマロソファ」（1956年）。当社のために実際にデザインしたのは、アーヴィング・ハーパー（1916–2015年）だった。

5　天板がガラスのテーブル（1946年）。イサム・ノグチのデザインで、ハーマンミラーが製造した。

ラ・シェーズ 1948年 La Chaise

チャールズ・イームズ　1907-78年／レイ・イームズ　1912-88年

ガラス繊維強化プラスチック（ファイバグラス）、アイアンロッド、木材。
82.5×150×85センチ

ナビゲーション

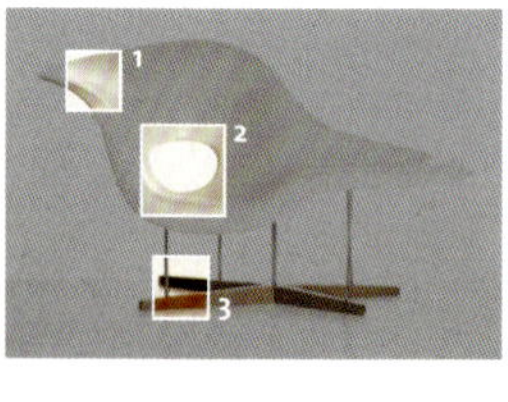

チャールズ＆レイ・イームズ夫妻はニューヨーク近代美術館で開催されるコンテストに応募するために、「ラ・シェーズ」をデザインした。コンテストのテーマは「低コスト家具デザイン」で、生産を刺激し、戦後の住宅が必要としているデザインを奨励することが目的だった。ラ・シェーズは称賛を浴びて、1950年のカタログやショーに登場した。

戦時中、樹脂と組みあわせたファイバグラスで低圧力で成型する開発が進み、人体の線に沿う有機的なフォルムの椅子を作れるようになった。すでにイームズ夫妻は戦時中に合板で試験を重ねて、成型のプロセスに精通していた。

実際、この椅子はおおいをしないために素材が丸見えで、いままで見たことがないタイプとして評判をよんだ。さながら彫刻品で椅子には見えず、当時の雑誌や新聞をにぎわせた。ラ・シェーズは実験性の強い椅子で大量生産を見こんでいなかったが、2006年からヴィトラがポリウレタン（ラッカー仕上げ）で製造した。　PS

フォーカス

1　強化プラスチック
流れるような有機的フォルムは非常に薄い2枚のガラス繊維強化プラスチックを貼りあわせたシェルから生まれている。2枚のあいだに硬質ゴムをはさんで、シェルのすきまをスチレンで埋めている。

2　穴
シートの穴はヴィジュアル効果も狙っている。レイは、穴の開いた作品を手がけるイギリスの彫刻家ヘンリー・ムーア（1898-1986年）など、現代アーティストに精通していた。

3　基部
金属の脚5本のうち2本が交差し、シートの有機的なフォルムと調和している。基部は十字型の木材でしっかり安定している。

「DAR」

実験的作品「ラ・シェーズ」の試作と同時期に、イームズ夫妻はプラスチック製の椅子を数多くデザインした。アームチェア「DAR」（右）はニューヨーク近代美術館の「低コスト家具デザイン」コンテストのために制作された。色が豊富で、基部も金属のロッドや木製のキャッツクレイドル（あやとり）型などがあり、ロッキングチェアタイプも生産された。DARはシートが成型プラスチックでフォルムも有機的だが、彫刻的なタイプにくらべると刺激に欠ける。DARの曲線は背筋を伸ばして座る通常の姿勢に最適である。

デザイナーのプロフィール

1907-39年
チャールズ・イームズは、1907年、ミズーリ州で生まれた。バーニス・「レイ」・カイザーは、1912年、カリフォルニア州サクラメントで生まれた。1925年、チャールズは建築科に入学したが2年で退学した。1938年、建築を学ぶためミシガン州のクランブルック美術アカデミーに通った。レイはドイツ生まれの美術家、ハンス・ホフマン（1880-1966年）から抽象表現主義の絵画を学んだ。

1940-41年
チャールズがニューヨーク近代美術館の「室内装飾の有機的デザイン」コンテストでエーロ・サーリネン（1910-61年）とともに賞を受賞。チャールズ＆レイは結婚し、1941年、ふたりでオフィスを開設した。

1942-49年
夫妻はロサンゼルスに移った。チャールズが自分の脚で型をとった添え木を、アメリカ海軍が5000個注文。夫妻は成型合板の家具を創作し、カリフォルニア州パシフィックパリセーズにある「イームズハウス」（1949年）をデザインした。

1950-88年
夫妻はファイバグラス、プラスチック、アルミニウムの家具をデザインした。また、マルチメディアのプレゼンテーション、展示会、映画も手がけた。1978年にチャールズが死去したあともレイが未完のプロジェクトを続行。1988年、チャールズの死からちょうど10年後の命日に、息を引きとった。

イームズ・ストレージユニット400シリーズ　1950年

Eames Storage Unit-400 Series　チャールズ・イームズ　1907–78年／レイ・イームズ　1912–88年

スチール、合板、メゾナイト。
148.5×119×40.5センチ

ナビゲーション

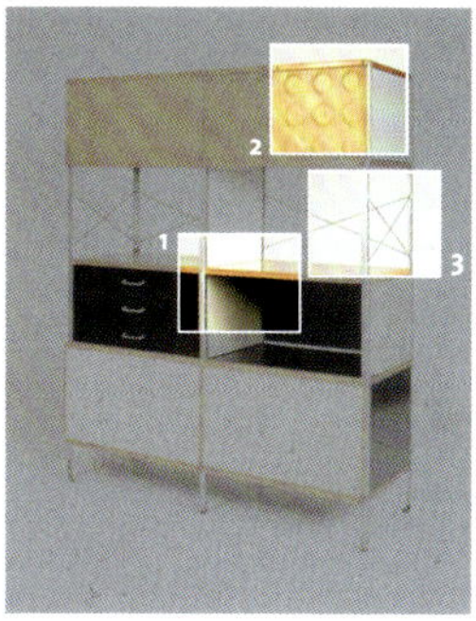

「ESU」ともよばれる「イームズ・ストレージユニット」は、イームズ夫妻が初期にデザインした「ケースグッズ」シリーズから派生した。ケースグッズは木製の収納家具で、横長の低いベンチの上に規格化された交換可能なキャビネットをとりつけられた。低コストの収納家具をデザインしようと思い立ったのは、戦後の厳しい状況を懸念したからだった。夫妻はモジュール式のキャビネットで、最小のスペースに最大の収納機能をもたせようと考えた。ESUシリーズで特筆すべき点は、徹底的にシンプルさを求めるコンセプトと、安価な既製品を利用したことである。その最たる例が四角いスチール製フレームとX形の支柱だろう。こうした特徴は1949年に、カリフォルニア州サンタモニカに近いパシフィックパリセーズに完成した「イームズハウス」の建築法と非常によく似ていた。どちらもスチール製フレームで格子状の構造を組み、さまざまな色のパネルでおおっている。色調までそっくりだった。ESUユニットはスライドドアには、黒の積層プラスチックか白のガラス布積層板が用いられている。メゾナイト製のパネルは、赤、黄、青など8色のエナメル加工がしてあり、ピエト・モンドリアンの抽象画を想起させる。きわめて実用的だが、豊富な色と交換可能なパネル、棚、ひきだしの質感は見た目にも刺激的で、このデザイナー夫妻の創造力と遊び心が現れている。 LJ

フォーカス

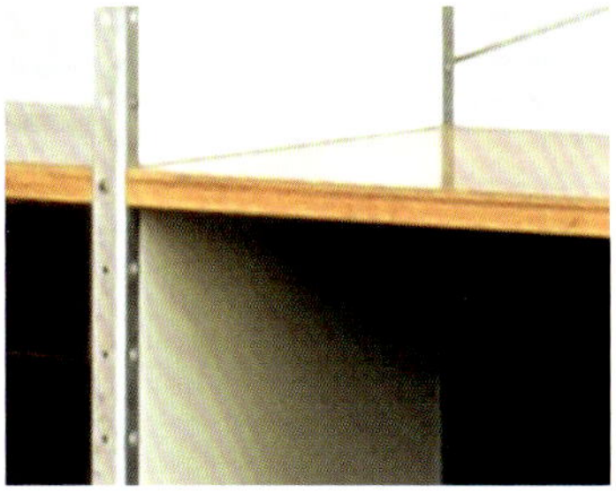

1 合板とメゾナイト

棚とパネルに使用されている素材は既製品である。合板の棚は頑丈で、骨組みの安定性を保ち、かなりの重量に耐えられる。パネルはエナメル焼付塗装のメゾナイト（断熱用硬質繊維板）である。

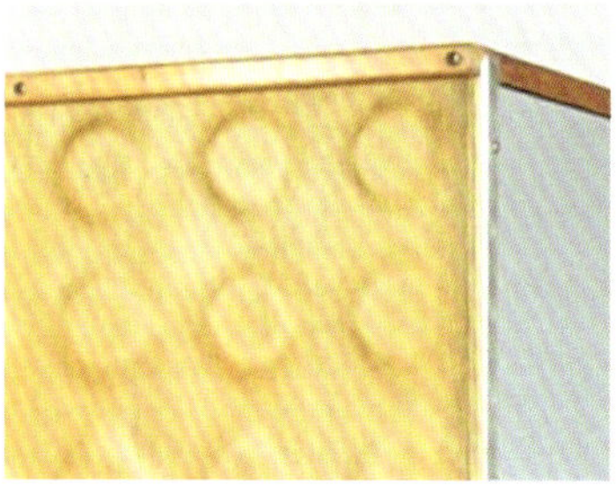

2 質感

構造と別にこのユニットの大きな特徴は、凹凸のある表面である。見ても触ってもさまざまな質感がある。穴があいた金属の背板と、浮き彫りのような丸いモチーフをほどこした、真空プレスの薄いバーチ合板のパネルが、彫刻のような味わいをそえている。

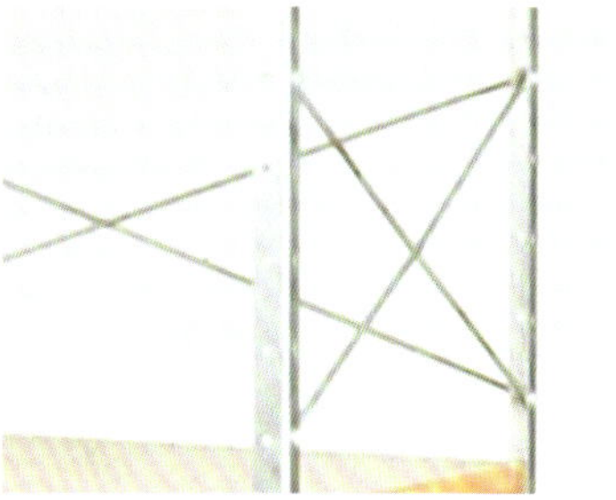

3 スチール製フレーム

クロムメッキ冷間圧延鋼のフレームは、家庭用キャビネットというより、オフィスや工場で保管用に使う工業用品に近い。スチールロッドを抵抗溶接して対角線に組んで、安定性を強化している。

◀ハーマンミラーが生産したこのユニットは、さまざまな組みあわせで販売された。収納1段のキャビネット「100シリーズ」、2段の「200シリーズ」（写真左）、背の高い4段の「400シリーズ」、そして、「イームズデスクユニット」（EDU、写真右）があった。

ダイヤモンドチェア 1952年 Diamond Chair

ハリー・ベルトイア 1915–78年

溶接スチールロッド、ビニール、プラスチック。
76×72×85センチ

ハリー・ベルトイアは金属工芸作家で、1950年代前半の短期間、家具デザインに挑んでいた。おもな活動分野は彫刻だったが、「ダイヤモンドチェア」は20世紀なかばのアメリカン・モダンデザインにおいて、純粋芸術と応用芸術の融合を具現していた。1950年、ベルトイアはフローレンス・ノルからノル社と提携するよう依頼され、その後2年間、「ダイヤモンドチェア」のデザインに磨きをかけた。発売が遅れた理由は、製造が困難だったからである。商品としては美しかったが、シートの複雑な曲線を機械では成型できず、手作りするほかなかった。それでもかなりの利益をあげた。

ベルトイアの溶接スチールの魅力は、建築の彫刻にもみられる。たとえば、1954年、ニューヨークの銀行、マニュファクチュラーズ・ハノーバー・トラスト社のために作った壮大な衝立がよく知られている。この作品では真鍮、銅、ニッケルでできた多くのパネルが溶接スチールの支柱につるされた。また、エーロ・サーリネンがデザインしたマサチューセッツ工科大学の教会には、きらめく泉のような彫刻（1955年）を制作した。こうした作品をつなぐ共通点は、その構成が生みだす明るさと軽さである。スチール素材のすきまは、金属部分と同等の重要な意味をもっている。 LJ

ナビゲーション

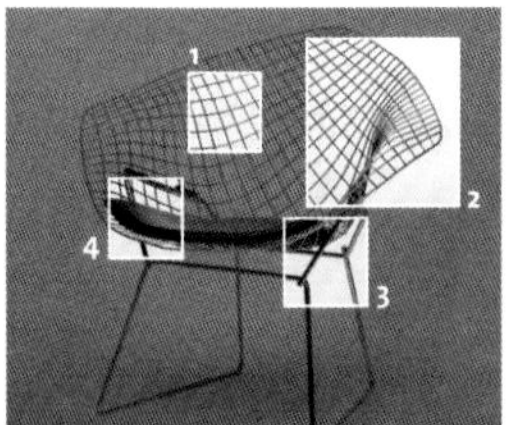

フォーカス

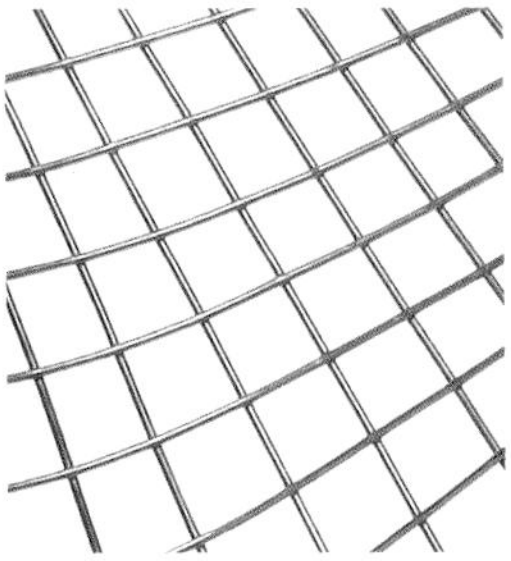

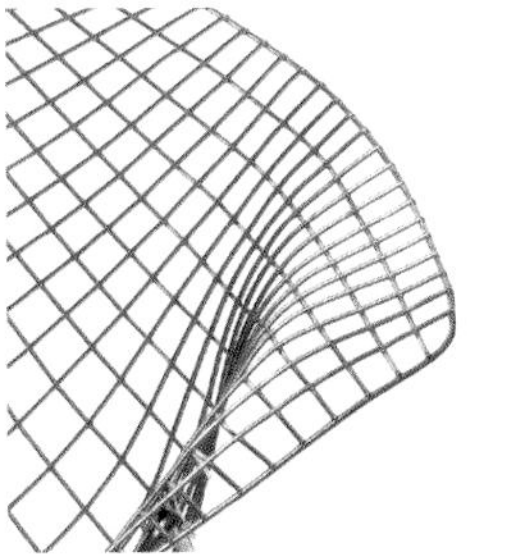

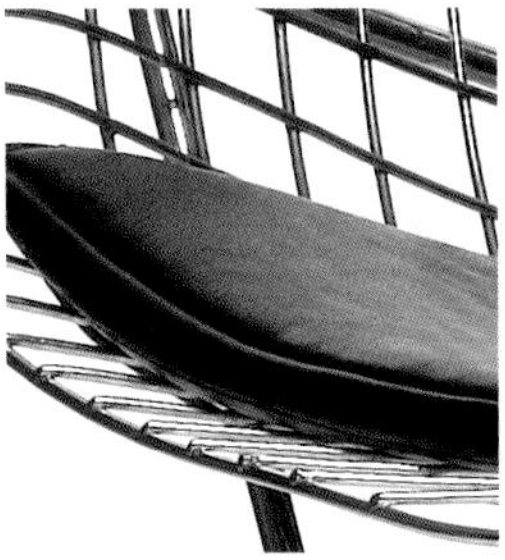

1　ワイヤーメッシュ
カーヴした椅子はビニールコーティングしたスチールワイヤーを溶接して作られ、一体感のある仕上りとなっている。むき出しのワイヤーメッシュがヴィジュアル面で大きな効果をもっているのは、椅子の輪郭が波打つネットのように流動的かつ彫刻的だからである。

2　ダイヤモンド形
緻密な数学的計算をもとに、メッシュの四角形をダイヤモンド形に変形しており、縁までほぼ同じパターンを保っている。快適に座れるように、前部には丸みをつけている。

3　スチールロッドの基部
シートを支える基部には太いスチールロッドが使われている。基部はふたつのパーツからなっており、冶具で固定して成型、溶接されている。従来の椅子とは異なり、ソリの滑走部のような脚が2本ついていて、プラスチック製のグライド［床を保護し、移動を容易にするために足先につける部品］でわずかに床からもち上がっている。

4　クッション材を入れたシート
彫刻的視点からすれば、ベルトイアはシートに何も置かずに、計算された形状と骨組みの軽さを強調したかっただろう。ただ、これでは座り心地が悪いためクッションをつけた。

デザイナーのプロフィール

1915-43年
ハリー・ベルトイアはヴェネツィアに近いサンロレンツォの村で生まれ、1930年にアメリカに移住した。デトロイトのキャス・テクニカル高校（Cass Technical High School）で学び、その後、1936年から1937年はデトロイト芸術工芸協会（Detroit Society of Arts and Crafts）の美術学校に通った。奨学金を得てミシガンのクランブルック美術アカデミーで絵画を学び、才能を開花。1943年まで同校の金属工房で講師をつとめた。

1944-52年
1940年代に抽象的な一点物を創作しはじめた。金属細工もジュエリーも現代美術を反映している。チャールズ＆レイ・イームズと共同作業するためにカリフォルニアに移り、とくに成型合板の実験的デザインを追究した。戦後まもない時期にともに仕事をした期間は短かったが、3人の作品に共通点があるのは明らかである。ベルトイアはハンス＆フローレンス・ノル夫妻からノル社の家具デザインを依頼されたあと、ペンシルベニア州の東部に移り、1950年に金属工房を創設した。1952年には、ノルのために制作した「ダイヤモンドチェア」と「バードチェア」が発売された。ダイヤモンドチェアは影響を受けたイームズ夫妻の「ワイヤーチェア」よりも彫刻的だった。

1953-78年
1950年代以降、おもな仕事は金属彫刻と建築になり、当時の多産な建築家エーロ・サーリネン、ヘンリー・ドレフュス（1904-72年）、イオ・ミン・ペイ（1917年-）らとともに働いた。ベルトイアは数多くの賞を受賞した。そのなかにはニューヨーク建築連盟の金賞（1955-56年）もある。

▲チャールズ＆レイ・イームズの「ワイヤーチェア」は1951年、ベルトイアの「ダイヤモンドチェア」はその翌年に発売された。双方のデザインには明らかな共通点があるが、はっきりと異なる点もある。たとえば、ワイヤーチェアのフォルムはかなりシンプルで、正方形のメッシュがシートの中央に向かってカーヴを描いている。

チューリップチェア 1956年 Tulip Chair

エーロ・サーリネン　1910–61年

ナビゲーション

20世紀なかばのアメリカのモダン家具と建築の軸となる人物、エーロ・サーリネンはデザイン界での成功を約束されていた。文化的背景、家族のつながり、教育のメリットがあったからである。サーリネンが絶賛していたフィンランド人の同胞アルヴァ・アールト（1898–1976年）のように、サーリネンも近代彫刻につきものの、流線型の有機的なフォルムで家具を作りたいと切望していた。しかし、成型合板や集成材への関心を深めることはなく、プラスチックでもとくにファイバグラス（ガラス繊維強化プラスチック、GRP）の可能性を信じた。というのも、プラスチックはサーリネンが作りたかった一体型の彫刻的椅子のシェルに最適な素材だったからである。代表作である大型のラウンジチェア「ウームチェア」のシートは、当時開発されたばかりのガラス繊維で強化したポリエステル樹脂でできており、1948年、ノル社から発売された。

強化プラスチックはサーリネン作の「チューリップチェア」のシェルにも使われている。これは小さめのアームチェアで、基部は一脚型のペデスタルである。理想としては単一素材で仕上げたかったはずだが、強化プラスチックは細いステムと大きな円形の土台には強度がたりない。そこでペデスタルにアルミニウムを使用し、1956年には開発されていた技術を使って白いプラスチックでコーティングした。なめらかに仕上がった彫刻的なペデスタルは宇宙時代の雰囲気をかもしだしている。それまでの家具とは違った大胆なフォルムは、いまでさえ信じられないほどモダンである。 LJ

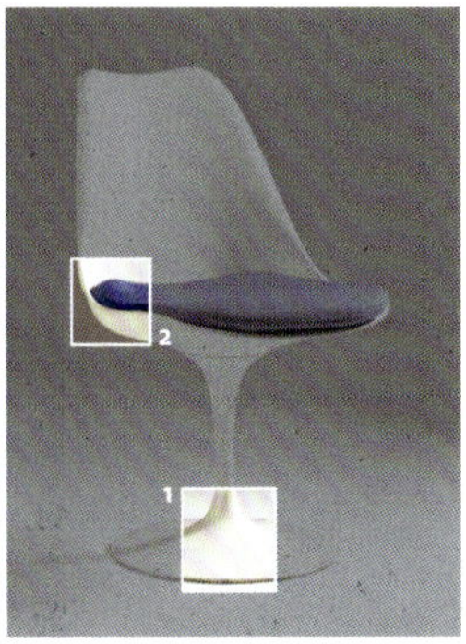

塗装GRP、塗装鋳造アルミニウム、発泡ゴム、テキスタイル。
81×54×51センチ

フォーカス

1 ペデスタル
この椅子のデザインでとりわけ斬新なのはペデスタルである。実際それまでは、椅子はかならず4本脚だった。「どうしても邪魔な脚をとりのぞきたかった」とサーリネンは説明している。基部は一見プラスチックに見えるが、構造上の理由で、白いプラスチックでコーティングしたアルミニウムになっている。

2 ファイバグラス製のシェル
カップ型のシートはガラス繊維強化ポリエステル樹脂でできている。流線型の彫刻的フォルムで、一体型の肘かけがついた「チューリップチェア」は、イームズ夫妻の「プラスチックチェア」（1950年）と似ている。だが、光沢のある白色仕上げとシートを覆うクッション材がまた違った美しさをたたえている。

TWA ターミナル

感性に訴える「チューップチェア」の曲線と有機的なフォルムは、近代彫刻でもとりわけハンス・アルプ、ヘンリー・ムーア、バーバラ・ヘップワースなどの作品と密接な関連がある。サーリネンがこうした美に惹かれたのは、まさに彼の建築を生む美学と同じだったからである。特筆すべきは、ニューヨークのジョン・F・ケネディ国際空港にあるトランスワールド航空のTWAターミナル（1962年、右）など、流れるようにカーヴを描く建築物のフォルムである。サーリネンはこう語っている。「この形は急上昇するラインを強調するために、あえて選びました。旅の高揚感を演出したかったのです」

戦後のプラスチック

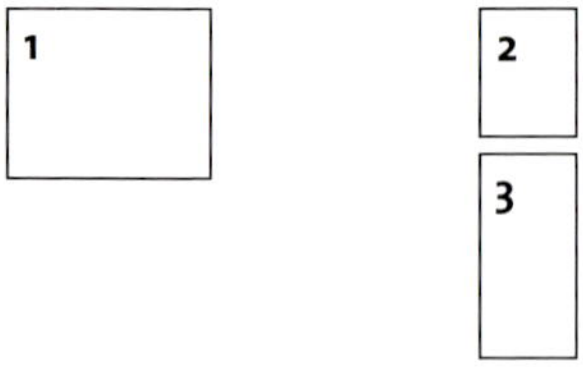

1　デヴィッド・ハーマン=パウエル作の2色のメラミン製カップ＆ソーサー。カップと取っ手が一体化している。

2　1950年代以降のフォーマイカの化粧板を宣伝するイギリスの広告。第2次世界大戦後、フォーマイカはヨーロッパ市場に進出した。

3　ジーノ・コロンビーニ作のカーペットたたき。コロンビーニはポリエチレンを使用したこのような日用品をデザインして賞を受賞した。

戦後のプラスチックの物語は、実験と拡大、民主化の物語でもある。プラスチックの原料はガスから石油に代わり、さまざまな種類のプラスチックが誕生した。射出成形などの新しい技術で、この合成物質の適用範囲は拡大した。1960年には目に見える光景と素材の世界が一変していた。事実、それは工業、商業、小売店のみならず家庭でも同じだった。製造工程でプラスチックが代替品としてみられることはなくなり、それ自体の特性に価値が置かれるようになった。

戦時中の開発をもとに、多様な技術的な可能性があらたに広がった。戦後プラスチックは、すぐにでも大量販売用に開発できるところまで来ていた。こうした状況がアメリカほど顕著だった国はない。アメリカではデュポンなどの化学会社が素材を生かす新技術の最前線にいた。とりわけデュポンのポリエチレン開発は重要で、ポリエチレンはバケツからボトル、フラフープまで、広範囲にわたる製品の素材として使用された。

プラスチックはアメリカの戦後消費ブームの火つけ役だった。この安価で魅力的な素材の重要な部分を占めたのは色である。日用品がはじめて鮮やかなはやりの色をおび、一般家庭でも買える手ごろな価格で販売された。メーカーはデザイナーの協力を求めて、郊外の新興住宅地で暮らしはじめた人々に訴えかける製品を作った。ファイバグラス製の椅子「ラ・シェーズ」（1948年、p.288）もそのひとつだった。キッチン関係は新素材を使った衛生的な商品が

キーイベント

1947年	1948年	1948年	1949年	1950年	1953年
「タッパーウェア」の容器に色が導入されて、色分け保存が可能になる。	アメリカのコロンビアレコードが33回転のLPレコード（マイクログルーヴ）を発売し、音楽の聴き方を変える。	チャールズ（1907-78年）＆レイ（1912-88年）・イームズ夫妻が「プラスチックチェア」をデザイン。家具にプラスチックを導入した画期的先例となった。	イタリアの企業カルテルが創業。高品質のプラスチック製品でたちどころに有名になる。	ニューヨーク近代美術館が「低コスト家具デザイン」をテーマに国際コンテストを開催。	ガラス繊維強化プラスチック製シャシーで大量生産された初の自動車、シボレー「コルヴェット」が発売される。

大量に出まわり激変した。プラスチックのボウル、ちりとり、ブラシ、レモンしぼり器などがどこでも手に入るようになった。プラスチックの収納容器「タッパーウェア」（1946年、p.298）は、タッパーウェア・パーティを通じて新たなマーケティングモデルを確立し、キッチンの姿を変えた。調理台やテーブルはフォーマイカ（メラミン樹脂のブランド名）で埋めつくされた。フォーマイカは積層プラスチックで、表面にくっきりとした色柄をプリントすることができた（図2）。子どものおもちゃもプラスチックが市場に出まわるようになってさま変わりした。

戦後、プラスチックに目をつけたのはアメリカだけではなかった。イタリアもプラスチックを先どりした。その中心人物、ジュリオ・ナッタ（1903–79年）は、はやくからポリプロピレンの合成に成功して、1963年にはノーベル化学賞を受賞した。アメリカがプラスチック製品の大衆化にのりだし、可能なかぎり価格を下げる一方で、イタリアは高級市場を狙い、新素材で近代美学を表現する道を選んだ。この点ではカルテルの製品が筆頭にあげられる。カルテルは高品質のプラスチックを使用して、トレー、ボウル、ダイニングチェアなどを製造した。ジュリオ・カステッリ（1920–2006年）が1949年に創設したカルテル社の製品は、ジーノ・コロンビーニ（1915年–）のカーペットたたき具（1957年。図3）や、マルコ・ザヌーゾ（1916–2001年）の子ども用椅子など、奇抜で魅力にあふれたものがある。ザヌーゾはアルフレックス社とも手を組み、ひときわモダンな、プラスチックをベースとした発泡ゴム製の椅子を作りだした。スティレ・インダストリア（スタイル・インダストリー）誌がこうしたプラスチックの新たな利用法を写真つきで掲載したが、どれもがまるで美術品のようだった。

イギリスはプラスチックにはあまり関心を示さず、侵入してきたアメリカ大衆文化のシンボルとみなしていた。それでも、1940年代から1950年代にかけて、画期的なプラスチック製品が誕生している。その担い手となったデザイナーには、ランコライト社（Runcolite）と提携したゲービー・シュライバー（1916–91年）や、食器メーカーのブルックス・アンド・アダムズのロナルド・E・ブルックス、ラントン・アンド・カンパニー（Ranton and Company）の非常に彫刻的なカップ&ソーサーを制作したデヴィッド・ハーマン＝パウエル（1931年–）などがいる。しかし、概してイギリス人はプラスチック製品を品質におとると考えて、イタリア人のように潜在美を追求することはなかった。イギリスのデザイン評議会はこの新たな素材には明確な評価をせずに、木やスチールなど従来の素材を用いたデザインをたたえる傾向にあった。

1950年代末には、プラスチック製品が工業国のいたるところでみられるようになった。そしてその結果、当初の注目度は弱まり、日常の風景の一部となったのである。デザインの観点から見ると、この通常の流れに反する例はわずかながらあった。アメリカとヨーロッパの家具デザイナーが、いよいよ全プラスチック製の椅子を実現させようとしていたのである。 PS

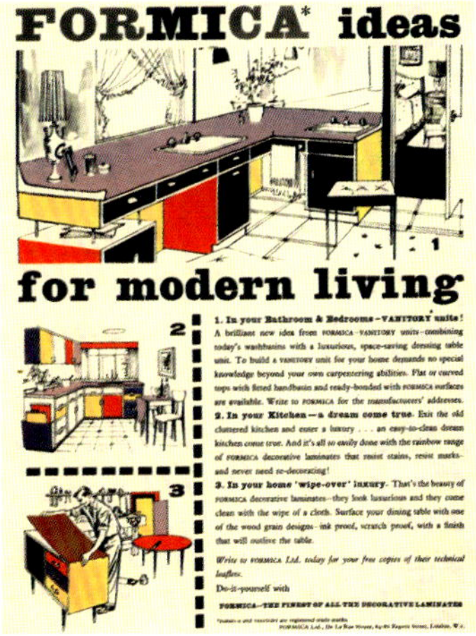

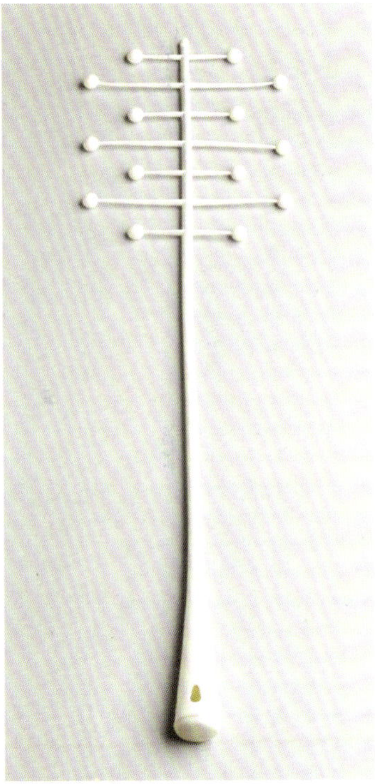

1954年	1954年	1957年	1958年	1958年	1959年
イタリアの化学者ジュリオ・ナッタがプロピレンを重合させたポリマー、ポリプロピレンの合成に成功。	プラスチックの専門家ビル・ピュー（1920–94年）が、レモン果汁を押しだせるプラスチック容器「ジフレモン」（p.300）をデザイン。	アメリカの企業モンサントが、カリフォルニア州アナハイムにあるディズニーランドのトゥモローランドに、プラスチック構造を用いた「未来の家」をオープン。	レゴが連結型プラスチック製ブロックの特許取得を申請（p.302）。	オランダとイギリスに本拠をかまえるユニリーバが、プラスチック容器に入れた洗剤「スクィージー」を発売。洗剤の容器としては初のスクイーズボトル型だった。	アメリカの玩具メーカー、マテルが「バービー人形」を発売。大部分がPVC（ポリ塩化ビニル）でできており、着せている水着にはデュポンのストレッチ素材、ライクラを使用していた。

タッパーウェア 1946年 Tupperware

アール・タッパー 1907–83年

クリーム入れ。
11×11×8センチ
ピッチャー。
16.5×17×12センチ

アール・タッパーはアメリカの化学会社デュポンに勤めていた頃、石油精製の過程で廃棄される無色透明のプラスチックを発見した。1938年、タッパーはこのポリTという素材を使ってベル型の容器を作り、1946年に、この初期デザインを「タッパーウェア」として発売した。軽くて丈夫で密封もできる容器で、食品や残り物を入れると冷蔵庫で新鮮さを保てる。フタつきのボウル「ワンダリア」または「ワンダー」は重ねられる３点セットで、当社の未来への道を築いた。

タッパーウェアのプラスチック容器がほかのライバル商品と大きく異なる点がふたつあった。ひとつは音、タッパーウェア音である。フタをはずすときにポンと音がする。密封されていたことが耳でわかる合図は、タッパーが開発して特許を取得した技術である。不完全真空状態になるよう、ペンキ缶の金属蓋を手本に成型した。ふたつめは、タッパーウェア・パーティをとおして直接販売する方法を導入したことである。このパーティプランでは、女性が隣人や友だちを自宅に招いてかたくるしくない集まりを開き、製品を実際に使ってみせて、その場で販売する。戦後のアメリカでは、このパーティが郊外生活の一部となった。

タッパーウェアが成功したのは品質がすぐれているうえにタイムリーだったからである。この容器は食品の味に影響をおよぼすことなく新鮮に保ち、冷蔵庫にすんなりおさまる。さらに生産販売された背景には、戦後のフェミニズムが生まれる以前の文化があった。毎週の食料品買い出しが日常となり、女性は有能な主婦であることを求められた。そんななか、女性はタッパーウェアを買えばその期待に少しはこたえられたし、パーティを開けば収入も得られるため、解放感を味わえたのである。 PS

ナビゲーション

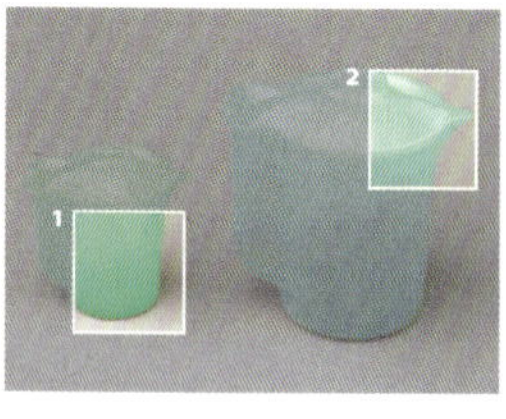

フォーカス

1　プラスチック
戦後はじめて発売された「タッパーウェア」はポリエチレン製だった。当時市民が使い慣れていたのはガラス、金属、陶器だったため、タッパーウェア・パーティには使い方を説明する目的もあった。素材はやがてポリプロピレンなどほかのプラスチックに変わった。

2　色
1947年、タッパーは色をとりいれ、これによってユーザーは色分け収納ができるようになった。戦時中のわびしさから抜けだしつつあった時代の流れが人気を後押しした。タッパーが導入した5色のパステルカラーはほかのキッチン用品の色と調和した。

デザイナーのプロフィール

1907–41年
アール・タッパーはニューハンプシャー州バーリンで生まれた。1937年、デュポンのプラスチック製造部に入り、1年後、独立してアール・S・タッパー・カンパニーを創設。透明なプラスチックで作った容器「ウェルカムウェア」を生産した。

1942–47年
マサチューセッツ州ファーナムスヴィルに最初の工場を設立。1946年、タッパーウェアの「ベルタンブラー」と「ワンダリア」を発売した。翌年、ハウスビューティフル誌にタッパーウェアの記事が掲載され、ワンダリアが「39セントの純粋芸術」として紹介された。

1948–57年
ブラウニー・ワイズが第1回のタッパーウェア・パーティを開催して、1949年に当社に入社した。同年、タッパーは密封法で特許を取得した。1956年、ニューヨーク近代美術館がタッパーウェアを現代デザイン展で特集した。

1958–83年
意見の相違からタッパーがワイズを解雇し、会社を1600万ドルで売却した。タッパーは離婚し、中央アメリカの島を買い、コスタリカに移住した。

▲タッパーの製品はけっして人に見せるために作ったわけではなく、当時人気が出はじめた冷蔵庫に重ねて収納できるよう考案された。「タッパーウェア」のシンプルな外観はいままでほとんど変わっておらず、時代遅れにもなっていない。

タッパーウェア・パーティ

「タッパーウェア」は社交と販売をかねたタッパーウェア・パーティ（上）で宣伝販売された。ブラウニー・ワイズ（1913–92年）は1951年、当社の副社長に就任し、パーティを開催できる社会的ネットワークを構築するために尽力した。タッパーはすぐさまその可能性を感じ、小売店での販売を中止した。ワイズは販売員への報奨金制度を導入した。販売員女性の家でパーティを開けば、客は気が楽だし、自宅での利用法を思い描きやすい。1950年代のアメリカでは女性は専業主婦になるのがあたりまえとされたが、パーティを開いて収入を得ることでそんな理想像をくつがえして、自立している気分を味わえた。

ジフレモン果汁容器 1954年 Jif Lemon Packaging

ビル・ピュー　1920–94年

吹きこみ成型ポリエチレン。
高さ8センチ
直径5センチ

プラスチック製の果汁容器「ジフレモン」は、それがなんであるのか一目瞭然の愉快な製品である。1950年代に、加工食品やセルフサービスのスーパーマーケットが人気を集めるなか、メーカーにとってますます重要になってきたのが商品を買いやすくする工夫だった。ほとんどの加工食品が中身を図解した紙箱に入っているのにくらべて、「ジフ」は一歩先を行っていた。まるでしぼった果汁が出てくるかのように容器を本物のレモンそっくりに作ったのである。しかし、この製品のオリジナルデザインにかんしてはいまも議論が続いている。一般的には、レスターを拠点としたプラスチック会社カセロイドに勤めていたイギリスのデザイナー、ビル・ピューがエドワード・ハックのデザインをもとに考案したといわれているが、元イギリス空軍パイロット、スタンリー・ワグナーが作ったという説もある。このデザインは家庭用品会社レキット&コールマンが買いとり、発案から2年後の1956年に市場に出まわった。

プラスチック製のジフレモンは本物のレモンに見える。美学の見地からするといわば「キッチュ（ゲテモノ）」で、皮肉とユーモアのあるメッセージ性が特徴である。同時に、これは抜け目ない商戦だった。消費者は文字情報がまったくなくても買おうとしているものがレモン果汁だと一目でわかる。モダニストの概念の「形態は機能に従う」（p.168）がくつがえり、「形態はメッセージに従う」にとって代わった。　**PS**

ナビゲーション

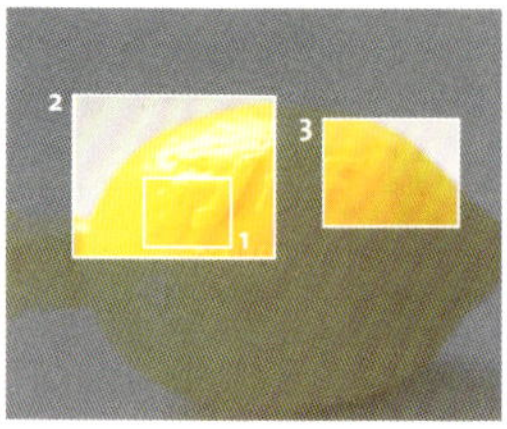

フォーカス

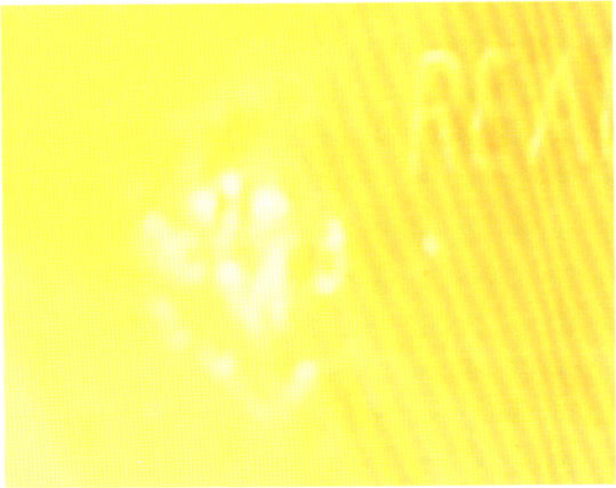

1 質感

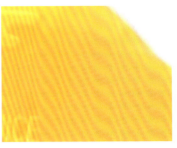

プラスチック製「ジフレモン」のボトルで人目を引くのは、見てもふれても、でこぼこしたレモンの皮そっくりな質感である。この特徴が「プラスチックであること」を忘れさせ、一瞬、本物ではないかと思わせる。リアルに見せるため、本物のレモンの皮から型をとった。

2 ねじぶた

ジフレモンが本物のレモンではないとわかるのは小さな蓋の部分があるからである。キャップの下がノズルになっていて、ボトルを押すとここからレモン果汁が流れる。この点はほかの多くの液体用容器と似ている。1956年に発売されたとき、「本物のレモン果汁入り」と書かれたタグがついていた。

3 プラスチック

第2次世界大戦後、プラスチックの種類は劇的に増えて、たちまち消費財産業に普及した。デザイナーが多種多様なすばらしい製品を生んで、手軽に買えるようになった。ジフレモンのボトルは吹きこみ成型ポリエチレン（ブランド名ポリシン）を使用して製造された。

▲この雑誌の広告（1966年）は、「ジフレモン」の果汁は本物の果汁より新鮮なまま1か月も長もちするとうたっている。多くの国では灰の水曜日前日の告解火曜日にあたるパンケーキデイ［パンケーキにレモン汁と砂糖をかけて食べる］とセットで考えられるようになった。

会社のプロフィール

1814–1938年

1814年、ノーフォークを拠点とする小麦粉とマスタードシードの製粉業者、ジェレマイア・コールマンがコールマンズ・オヴ・ノリッチを創設した。1823年には甥が経営にくわわり、社名をJ.&J.コールマンにあらためた。一方、1840年にアイザック・レキットは製粉業ビジネスを営みながらハルにあるでんぷん製粉所を買いとり、家庭用品にも手を広げていた。息子らが就職できる年齢に達するとレキット＆サンズを創設。1913年、この2社は共同で事業を展開し、1938年、レキット＆コールマンとなった。

1939–74年

コールマンの会社はマスタードと多くの家庭用品を販売し、国際貿易で成功をおさめつづけた。「ジフレモン」を発売したのは1956年である。1964年に、レキット＆コールマンは芳香剤エアーウィック社を買収し、製品の幅を広げた。さらに、掃除用品を扱う他企業を多く買収し、のちにコールマンのフードビジネスを売却した。

1975年–現在

1975年、レキット＆コールマン対ボーデンの裁判がはじまった。ボーデンはアメリカの企業で、1930年代から「リアレモン」というレモンジュースを生産して、イギリスで販売していたが、1975年にジフレモンと似た容器を使用しはじめた。ボーデンのプラスチック製レモンは底が平らだが、そのほかは瓜ふたつだった。レキット＆コールマンは「詐称通用」でボーデンを訴えた。ところが「ジフレモン」が商標登録をしていなかったために、事態は複雑化した。裁判は1990年に控訴院で結審し、レキット＆コールマンが勝訴した。1999年、当社はオランダを本拠とするベンキーザーと合併し、レキットベンキーザーグループとなった。

レゴ　1958年　Lego　オーレ・キアク・クリスティアンセン　1891–1958年／ゴッドフレッド・キアク・クリスティアンセン　1920–95年

1997年製の「レゴ」のブロック。射出成型されており、ひとつの鋳型は１時間に2880個製造する。

ナビゲーション

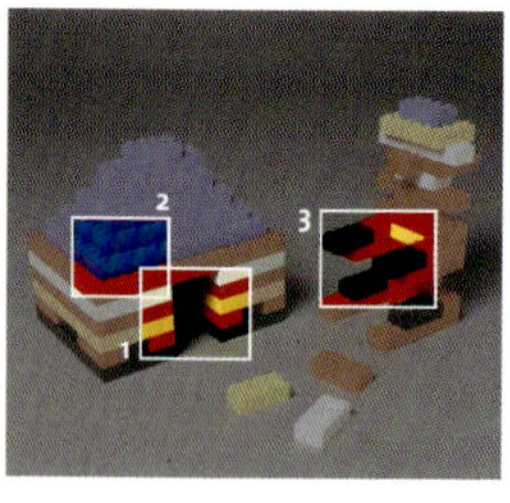

「レゴ」の創設者オーレ・キアク・クリスティアンセンは、社名をデンマーク語で「よく遊べ」を意味する「leg godt（レ・ゴート）」からとった。あとになって、レゴがラテン語で「いっしょにやる」を意味することにも気づいたという。レゴは1949年にデンマークのビルンでブロックの生産をはじめたが、特許を申請したのは1958年だった。

1947年、オーレは新たなプラスチック素材で小さなおもちゃを作りはじめた。イギリスのデザイナー、ヒラリー・フィッシャー・ページ（1904–57年）が1939年にデザインした「キディクラフト・セルフロッキング・ブロック」からヒントを得て、レゴは最初のブロックを発売した。当初売り上げは伸びなかった。1954年には、オーレの三男ゴッドフレッドがブロックのシステム化に関心をよせるようになり、取締役に就任した。1955年、創意工夫に富んだ大きな街「レゴタウンプラン」のセットを発売すると、社運は上向いた。1958年、ブロックは改良され、底を空洞にして安定性と連結力を高めた。レゴはこの新製品をはじめ、いくつかのデザインで特許を取得した。

エンジンがかかるまでに時間こそかかったが、レゴは世界一大規模な玩具会社に成長して、製品は１秒ごとに約７セット売れている。最後の特許が1989年に切れてからは模倣品が出まわっているが、この家族経営グループは業界のリーダーでありつづけている。　JW

フォーカス

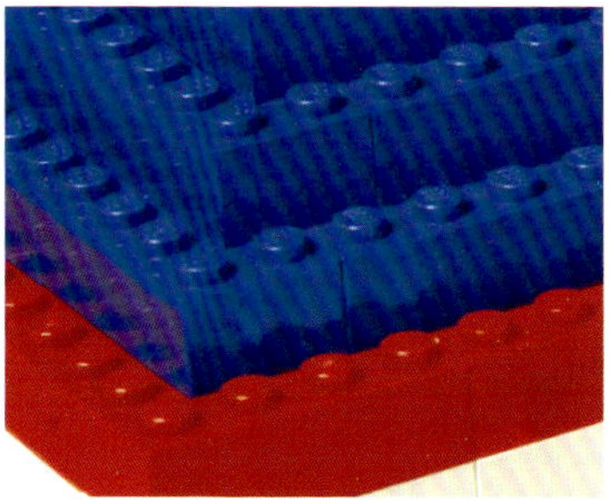

1　色

「レゴ」の鮮やかな色と光沢のある表面は子どもの目を引くと考えられた。娯楽以上のものもそなわっている。知育効果には、パターンを作る訓練になる、細かい作業能力が発達する、3次元で考える力がつく、などがある。もともと「レゴ」は6歳以上の子ども向けに作られたが、1969年に5歳未満の子ども用に大きめの「デュプロ」が発売された。

2　スタッド

レゴのスタッドアンドチューブ・カップリングシステム（突起と空洞の連結システム）と規格デザイン（取りはずしてまた使える機能）は、創意工夫で連結させていくだけで複雑さを増した作品を生みだせる。規格ブロックで作った作品の長所は、残りの部分に影響をあたえずに、ブロックをはずしたりくわえたりできる点である。幼いころレゴから影響を受けたと語る建築家は多い。

3　プラスチック

プラスチック製レゴは軽くて安価で丈夫である。大量生産が可能で世界中で販売されている。水洗いできるので簡単に汚れを落とせる。素材は1963年にアセチルセルロースから石油系プラスチックABS樹脂（アクリロニトリル・ブタジエン・スチレン）に変わった。現在はABS樹脂に代わる、環境にやさしい素材を探している。

デザイナーのプロフィール

1891–31年

オーレ・キアク・クリスティアンセンはデンマークのユトランドの村で生まれた。兄のクリスティアンのもとで大工の修行をはじめ、1916年にはビルン・ウッドワーキング・アンド・カーペントリーショップを購入して、数年間は順調に経営した。結婚して4人の息子を授かった。

1932–46年

デンマークが大恐慌に襲われるさなか、オーレは妻を亡くし、息子4人をかかえて失業した。大工の仕事で商売をはじめて、アイロン台やスツールなどの家庭用品を製作した。木彫り玩具で大成功をおさめたあと、1934年にブランド「レゴ」を考案した。1935年、車輪つきで引っぱって遊ぶ「レゴ・アヒル」を販売すると人気を博し、1958年まで生産された。

1947–54年

1947年、デンマークにはじめてプラスチック射出成形機が導入された。オーレはその1台を購入すると、1949年に、4色のプラスチック製「オートマティック・バインディング・ブロック」を発売した。これはレゴの前身で、スタッドアンドチューブ・カップリングシステムを採用し、1953年、「レゴムァスティン」すなわち「レゴブロック」と改名された。「レゴ」は1954年に、デンマークで商標登録された。

1955–95年

オーレの息子ゴッドフレッドが28種類のセットと8種類の車からなるシリーズ、「システム・オヴ・プレイ」を発売した。レゴの展望は開けて、人気も高まっていった。1958年、ブロックは進化したスタッドアンドチューブ・カップリングシステムでリ・デザインされて、より安定したモデルが完成し、特許を取得した。同年、オーレが死去し、ゴッドフレッドが社を引き継いだ。1961年、ゴッドフレッドの指揮のもと、レゴはアメリカに渡った。

▲「レゴ」はもともと男女両方を対象にした玩具だった、1971年、女の子向けシリーズ第1弾「ホームメーカー」シリーズを発表。2012年には小さな人形がついた「レゴフレンド」シリーズが発売されて、レゴ史上最高ともいえるヒット作になっている。

余暇をデザインする

1

2

3

1　ダンセット社のレコードプレーヤーの鮮やかな合皮カバー。おもなターゲット層は若者だった。

2　CBSのロゴ「アイ」。アメリカのラジオとテレビのネットワークが「すべてを見通す目」であることを示唆している。

3　アレックス・スタインワイスがデザインした1952年のLPジャケット。この作品からもわかるように、遊び心あふれる活字と人目を引くイラストを駆使している。

1950年代には、各家庭で楽しめる大衆の娯楽はラジオからテレビへ移行しはじめた。1954年にはアメリカの家庭の55パーセントにテレビがあった。翌年、ラジオを聴く人は半分にまで減った。しかし、新たなメディアの放送時間を競いあったのは粉せっけんのブランドだけではない。各テレビ会社もアイデンティティを確立しようと努力した。1951年に作成されたCBSのロゴ「アイ」（図2）はテレビのニュースレポートが何たるかをひとめでわかる視覚化をしている。これはCBSの敏腕クリエイティヴディレクター、ビル・ゴールデン（1911–59年）がグラフィックアーティストのカート・ヴァイス（1918–2004年）の協力を得て考案したロゴで、ペンシルヴェニア州ダッチカントリーのアーミッシュの納屋に描かれているヘックスサイン［魔法の記の意。図式化された魔除けとされる］からヒントを得ている。

ラジオとチラシに慣れている広告会社にとってテレビが未知の分野なら、新たな消費者にとってもそれは同じだった。当時、若者のレジャー文化が劇的な変化をとげた。反抗的だという世評があったにもかかわらず、親世代よりステ

キーイベント

1939年	1948年	1951年	1951年	1952年	1954年
アレックス・スタインワイスがコロンビアレコードに、イラスト入りのレコードジャケットを作らせてほしいと説得。	コロンビアがニューヨークのウォルドルフ・アストリア・ホテルで記者会見を開き、長時間用レコードLPを発表。	イギリス人がデザインしたポータブルレコードプレーヤーをダンセット社が生産開始。	CBSがロゴ「アイ」を発表。「優良テレビの証」として宣伝される。	アメリカでLPが売り上げ枚数の17パーセント近くに達し、ドル売上高では26パーセントをわずかながら超える。	アメリカの家庭の半分以上がテレビを所有。ラジオのリスナーが激減する。

ータスを意識したのである。
かつて、若者とは子どもに毛が生えた程度、あるいは、なりきれていない大人とみなされていた。そんな若者が独立した層を築いて、新たな名称を授かった――ティーンエイジャーである。理由は消費力にある。1950年代、典型的なアメリカのティーンエイジャーは親から週に10-15ドルもらい、たりない分はアルバイトなどでまかなっていた。1959年には、彼らが自由に使えるお金は年間100億ドルに達した。かたやある調査によると、イギリスのティーンエイジャーは15億ドルだった。稼いだ金を家計の足しにしなければなかった前世代とは違い、ティーンエイジャーは自分の楽しみのために自由に使った。基本的に娯楽を目的に、レコード、レコードプレーヤー、雑誌、化粧品、映画、服など、自分のアイデンティティを定義するためにあれこれ購入した。
なかでも音楽は彼らのアイデンティティを表現するおもな方法だった。1950年代、ロックンロールが世の中を席巻し、続く10年間、ポピュラーミュージックが人気を爆発させた。1957年のイギリスのレコードとレコードプレーヤーの売り上げの44パーセントは、ティーンエイジャーによるものだった。レコードではLPよりシングル盤（45回転）が圧倒的に売れた。ダンセット社のレコードプレーヤー（図1）は1951年に発売され、イギリスの多くの家庭、またはティーンエイジャーの寝室にあるなじみの品となった。蓋は蝶番式で、留め金で閉じるタイプで、もち運び用の取っ手、フロントスピーカー、調整つまみがついていた。1950年代と1960年代で売れた数は100万台に達した。人気の第一の理由はポータブルだったことだ。ティーンエイジャーはどこだろうと親のいない場所で音楽を聴きたがった。デザインの重要ポイントは、シングル盤を重ねてセットして、次々と聴けるオートチェンジャーだった。
一方、1948年にコロンビアレコードがLP盤を発売したことで大人の音楽の聞きかたも変わった。LPは両面で20分ずつ聴ける。これによってはじめて、ちょこちょこレコードをとり替える手間がはぶけて、長く楽しめるようになった。LPが普及する少し前に、LPを人気者に仕立てる新しいグラフィックアートが誕生した。レコードジャケットである。1939年、コロンビアレコードのアートディレクター、アレックス・スタインワイス（1917-2011年）は当時標準だった茶色い紙のレコードカバーをイラスト入りのジャケットにする提案をした。このアイディアは採用され、数カ月でコロンビアのレコード売り上げは800パーセントにまで伸びた。スタインワイスは30年間で、クラシック、ジャズ、ポピュラーのレコードジャケットを制作した（図3）。特徴のある太字を使った独創的なイラストである。スタインワイスはこう述べている。「アートを観て、音楽を聴いてほしいんだ」
アメリカのグラフィックデザイナー、ソウル・バス（1920-96年）はその職歴を通じて後世に残る映画ポスターをデザインした。バスもスタインワイスと似たテーマを掲げ、映画のエッセンスを抽出して、人の目を引くひとつのイメージに閉じこめることに専念した。『めまい』（1958年、p.306）のポスターをはじめ、アルフレッド・ヒッチコック（1899-1980年）のために描いた1950年代のデザインは、この目的をみごとに達成して、その結果、監督はひとつのブランドとなった。

EW

1955年
ソウル・バスが映画『黄金の腕』のしゃれたポスターを制作。映画の真髄を伝えるため、ぎざぎざの腕が描かれた。

1955年
映画『暴力教室』のタイトルバックでビル・ヘイリー・アンド・ヒズ・コメッツの「ロック・アラウンド・ザ・クロック」が流れる。ロックンロールの時代が到来。

1956年
エルヴィス・プレスリー（1935-77年）がシングル盤の「ハートブレーク・ホテル」をリリース。発売から3週間で30万枚を売り上げ、ビルボードチャートのトップに躍り出る。

1957年
『ロミオとジュリエット』（1597年）の現代版のミュージカル、『ウエスト・サイド物語』がブロードウェイで初公演される。ティーンエイジャーのストリートギャングのライバルが登場した。

1958年
バスがアルフレッド・ヒッチコック監督『めまい』のポスターを制作。渦巻く螺旋と鮮やかな色調が、方向感覚の喪失とミステリー、恐怖をイメージさせた。

1959年
アメリカのティーンエイジャーが自由に使える金額が年間100億ドルに。新しいライフスタイルに合わせた製品やサービスにとって重要な消費者となる。

映画『めまい』のポスター　1958年　Vertigo Film Poster

ソウル・バス　1920-96年

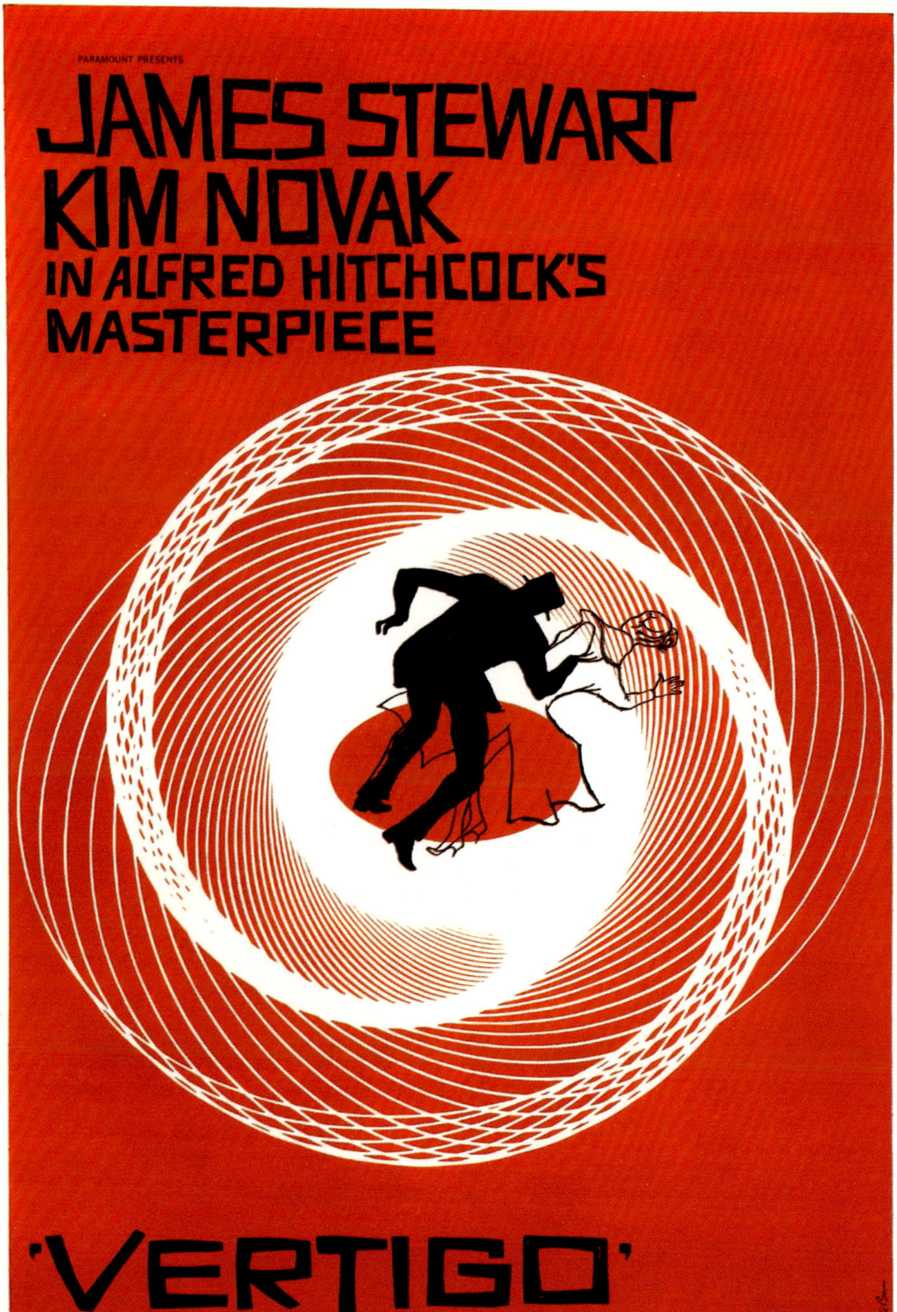

中央の幾何学的パターンの渦巻く螺旋は、方向感覚の喪失とミステリー、恐怖を表現している。

ソウル・バスはアカデミー賞を受賞した映画制作者であり、グラフィックデザイナーでもあった。1950年代から1960年代を中心に、記憶に残る数々のポスターやタイトルバックを制作した。バスのモットーは「象徴と要約」だった。ロマンティックスリラー『めまい』のために制作したポスター（1958年）は、シンプルな２色刷りがベースで、オレンジがかった鮮やかな赤を背景に、手でカットしたレタリングが映えている。文字とグラフィックが重要なシンボルとして扱われており、シンプルで力強く、メタファーも効いていて印象深い。

バスは1940年代後半からハリウッドで映画広告を作りはじめた。すぐさまポスターとタイトルバックをまかされ、1958年に『めまい』のポスターを手がけた頃にはすでに巨匠となっていた。バスが現れるまで映画ポスターはみな似たようなもので、ドラマティックなシーンを抜粋しただけでつまらなかった。映画全体をひとつの簡潔なイメージに凝縮しようとはだれも考えなかったし、それをなしとげた者もいなかった。バスはポスターもタイトルバックも映画に不可欠であり、見る者を映画の雰囲気に一気に引きこんで、期待をあおる手段だととらえていた。余分なものが削ぎ落された迫力あるバスのスタイルは、たちまち認められてはかりしれない影響をおよぼした。 JW

ナビゲーション

フォーカス

1　クレジット
バスは観客の期待をよび起こした。俳優の名前をトップにならべ、次にアルフレッド・ヒッチコック監督の傑作だとぶちあげてから、中央にイラスト、そして最後に、小さな文字列の上にタイトルを配置している。

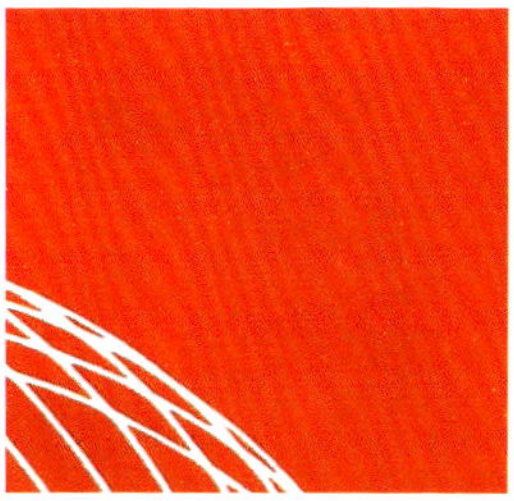

2　赤
中心的な視覚的要素は背景の赤である。赤は1920年代から1930年代にかけて、ロシアやドイツのデザイナーが使った鮮やかな色で、まぎれもなくアヴァンギャルドの構成主義哲学やモダニストの世界観と合致している。

3　人影
中央で、まぶしい光を背景にふたりの動きをとらえたシルエットが浮かびあがり、渦巻く嵐の目に吸いこまれていく。白いメッシュで縁どられた渦は、ふたりを罠に落とす網である。

4　レタリング
文字はボールド体の大文字で、急いで木に彫ったような筋が入っている。バスはドイツの表現主義者による1920年代の映画ポスターを参考にした。そうしたポスターは目がくらくらするほどの遠近法や斜字を用いて、手書きでレタリングされていた。

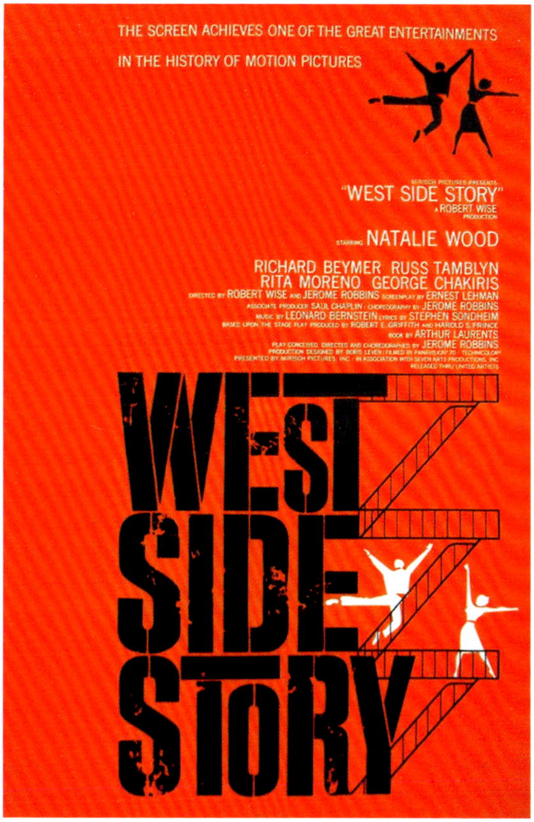

▲バスが制作した『ウエストサイド物語』のポスター（1961年、上）はとりわけ印象深い。真っ赤な背景に小さなふたりの白と黒の２組がシルエットが描かれ、モダンバレエのふりつけとロマンティックな物語を表して巨匠らしい印象をたたえている。タイトルは手書きの太字で、ポスターの中核である。この文字を巧みな技で横に拡張し、ニューヨークの火災非常階段とつなげて都会の雰囲気をみごとに出している。バスはプロローグの撮影を担当し、オープニングのダンスシーンの絵コンテを作り、エンディングのタイトルバックも手がけた。この映画のヴィジュアル面にあたえるインパクトははかりしれない。

戦後の家庭用品デザイン

1　戦後に、ニューヨークの住宅開発地レヴィットタウンに建てられた、ひかえめな住居群の空中写真。郊外に住むことがアメリカンドリームと同じ意味をもつようになった。

2　1948年に、フリッジデール社が発売した冷凍室つきの冷蔵庫。革新は消費者を引きつける。モダンキッチンには冷蔵庫が不可欠になった。

3　1954年、ヒュー・カッソンがミッドウィンター社のためにデザインしたコーヒーポット「カンヌ」。戦後の楽観主義はこのような食器に表れている。旅行ブームから着想を得て街のカフェが描かれた。

1945年から1960年までは住居と室内のデザインが注目された。イギリスなどヨーロッパの主要国は、なによりも第2次世界大戦の爆撃によって破壊された家屋を復旧しなければならなかった。戦地から兵士が帰還したため、大戦中に主要産業の職についていた女性は退役軍人のために有給の職場を去るよううながされた。平和が訪れ、家庭生活がよみがえった。

スタイルの面からいえば、戦争は過去との決別をうながした。戦後、家を所有する者は未来志向になり、家庭用品もモダンになった。スタイルをさす「コンテンポラリー（現代）」という言葉も生まれ、戦前と違って同類品でもいろいろな選択肢を楽しめるようになった。天然木材や壁紙、生地がふたたびはやりだした。生地や壁紙のデザイナーの豊かな感性によって、抽象的な純粋芸術が多数生みだされ、科学の発達による写実的なモチーフも登場した。

アメリカでは郊外で住居の建築ラッシュがはじまった。ニューヨーク、ロングアイランドのレヴィットタウン（1951年、図1）は、刈りそろえた芝、玄関先に停めてある自家用車、立派なキッチンが特徴的だった。イギリスでも戦後になって街が次々と建設されて、イタリア、ドイツ、スカンディナヴィア諸国にも都市周辺に同じように未来志向のマンションが建ちならんだ。

こうした新たな住居のほとんどが戦前とくらべて狭かった。そのかわり、空間、光、空気は仕切りが少ないオープンプランのレイアウトで改良された。部屋は一人ひとりに分けず、キッチンは食卓と居間を見渡せるよう作られ、本や

キーイベント

1945年	1946年	1947年	1950年	1951年	1951年
ジョージ・ネルソン著『未来の家（Tomorrow's House）』がアメリカで出版され、仕切りの少ないオープンプランの家が流行。	イサム・ノグチが現代的な家のために「フリーフォームソファ」をデザイン。丸みのある岩のような有機的なフォルムだった。	戦争のために延期になっていた第1回の「理想の家」展がロンドンのオリンピアで開催される。	シアトルのノースゲートモールがオープン。このほかにもアメリカでは戦後すぐに郊外モールが建設された。	アメリカのテレビドラマ「アイ・ラヴ・ルーシー」が放映開始。家庭生活の理想的モデルを描いた。	退役軍人とその家族用の住居としてウィリアム・レヴィット（1907-94年）が設計した、ニューヨーク郊外のレヴィットタウンが完成。

植物を飾った棚で仕切られているだけだった。主婦は孤立することなく、柄の入ったエプロンでよそおい、陽気に家族の世話をした。料理、掃除、やりくりなどに必要な情報は、ガイドブック、華やかな雑誌の広告、テレビから得ることができた。

戦後の消費ブームに合わせてメーカーが生産量を増やしたので、家具や家庭用品はたちまち市場にあふれた。アメリカでは都市や町の郊外に車でしか行けないショッピングモールが建設されて、「目抜き通り」の買い物はすたれた。アメリカ市場のトップにいたのは、チャールズ・イームズ（1907–78年）、ジョージ・ネルソン（1908–86年）、エーロ・サーリネン（1910–61年）、イサム・ノグチ（1904–88年）らがデザインを提供したハーマンミラーやノルだった。家具の街グランドラピッズの製造業者は、こうしたデザイナーによる大衆向けの新たな家具を競って生産した。キッチン用品では、ジェネラルエレクトリック、ウェスティングハウス社などが鮮やかな色の大型冷蔵庫（図2）や電子レンジを製造した。イギリスでは、ロビン・デイ（1915–2010年）やアーネスト・レース（1913–64年）と提携したヒルやレースが斬新な家具を提供して、Gプランのような企業と熾烈な競争をくりひろげた。ルシアン・デイ（1917–2010年）はヒールズのために魅力いっぱいのモダンな生地をデザインした。イギリスのミッドウィンターやホワイトフライヤーズなど、英米両国の陶磁器やガラス製品のメーカーが新たな家庭生活に向けてデザイン開発にのりだした。イギリスではジェシー・テイト（1928–2010年）による抽象的なパターンや、ヒュー・カッソン（1910–99年）によるカンヌ（図3）やリヴィエラの景色シリーズなどを復刻させて、新たな消費者を魅了する陶器のディナーセットやティーセットを販売した。景色を用いたのは、海外でのぜいたくなヴァケーションをイメージさせたかったからである。

消費者がいまの流行と手に入る製品を、確認するために重要な役割を担っていたのは展示会だった。戦後、ロンドンの見本市場オリンピアで開かれた「理想の家」展は大人気となり、入場者に住居からキッチン用品まで多くの商品を紹介した。1956年にこの展示会に訪れた観客は、アリソン（1928–93年）&ピーター（1923–2003年）・スミッソン夫妻のデザインによる展示「未来の家」を見学できた。この家は戦後に入手できるようになった新しい素材を数多く利用していた。

しかし、1950年代が終わる頃には、戦後の消費ブームはピークを迎えて、別の視点からの批判が聞かれるようになった。最初にそうした懸念が表明されたのは、「計画的陳腐化」という考え方と、すでに新たなレベルに達していた広告の急成長だった。アメリカの時事解説者、ヴァンス・パッカード（1914–96年）は『かくれた説得者』（1957年）［林周二訳、ダイヤモンド社］と『浪費をつくり出す人々』（1960年）［南博／石川弘義訳、ダイヤモンド社］のなかでこうした戦略を非難した。

PS

1951年
アメリカのインダストリアルデザイナー、ラッセル・ライト（1904–76年）がディナーシリーズの「ハイライト」と付属のステンレス製の食器を発売（p.310）。

1954年
ヒュー・カッソンがミッドウィンター社のためにデザインした「リヴィエラ」がイギリスで発売される。海外の海岸で休暇を楽しむ人々を描いたはじめてのデザイン。

1955年
グラスゴーの過密状態を緩和するために、カンバーノールド・ニュータウンが建設される。同様の開発が続いた。

1957年
『かくれた説得者』が出版。なにも疑わない消費者を襲う、サブリミナル（潜在意識）広告のおそろしさを警告した。

1960年
イギリスのラッセルホブス社が全自動電気ケトル「K2」を発売（p.312）。イギリスでケトルのベストセラーとなる。

1960年
『浪費をつくり出す人々』が出版。自社製品で「計画的陳腐化」をたくらむ自動車メーカーの悪影響を浮き彫りにした。

ハイライト食器シリーズ 1951年 Highlight Flatware

ラッセル・ライト　1904–76年

フォーカス

1　表面

戦前、ライトは回転成形したアルミを積極的に使っていた。「ハイライト」シリーズは不慣れなステンレスに素材として挑んだ製品のひとつである。研磨スチールの表面はつややかに輝き、モダンな雰囲気をかもしだしている。このセットは全20点で、４人家族向けだった。

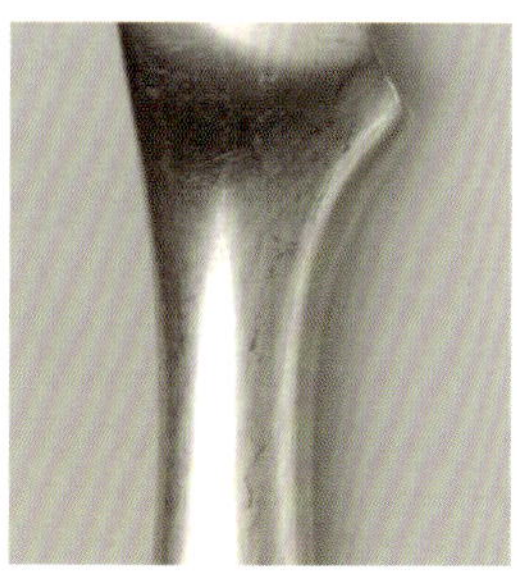

2　柄

ライトはこのセットに「ピンチ（つまみ）」というあだ名をつけた。ナイフの柄が刃の手前で細くなっているからである。「ハイライト」を特徴づけるナイフ、フォーク、スプーンの有機的なフォルムは、当時の彫刻や家具、陶器から大きな影響を受けている。

　ラッセル・ライトはアメリカン・モダンとして知られる陶器のディナーセットの作家として有名である。この食器は1939年から1959年にかけて、アメリカのオハイオにあるスチューベンヴィル陶器製造所で生産された。そして第２次世界大戦後に、モダンなライフスタイルを手に入れるために安価な生活用品を必要としていた世代の願望を象徴するようになった。ライトは家庭が生活のかなめであることを信じて、そのためのデザインに専念した。

　ライトはカラフルな陶器を制作するかたわら、回転成形したアルミの食器シリーズをはじめ、他素材の食器類、木製家具、テキスタイルもデザインした。そのシンプルでモダンなデザインは、アメリカの多くの家庭にモダニズムの風をもたらした。

「ハイライト」を制作した1951年に付属品としてデザインしたステンレスの食器も、モダンなうえ入手しやすかった。スタイルの点でいえば、当時スカンディナヴィアで誕生した有機的デザインの影響を受けて、戦後のアメリカで初となるモダン食器シリーズとなったが、あちこちで似たような製品が出まわった。このシリーズはニューヨークのジョン・ハル・カトラーズ社で生産されて、手ごろな価格で販売されたため、すでにライトの陶器製ディナー食器や家具をもっている人々の心をつかんだ。 PS

ナビゲーション

ステンレススチール。
サラダフォーク 17センチ
ディナーフォーク 18センチ
ディナーナイフ 22.5センチ
バターナイフ 16センチ
テーブルスプーン 17.5センチ
ティースプーン 16センチ

デザイナーのプロフィール

1904-38年
　ラッセル・ライトはオハイオ州レバノンで生まれた。シンシナティ芸術アカデミーで美術と彫刻を学び、ノーマン・ベル・ゲッデス（1893-1958年）とともに舞台デザインを手がけた。1930年、妻メアリとともにビジネスを立ちあげて、1934年には家具デザインを開始した。

1939-76年
　ラッセルは1939年のニューヨーク万国博覧会で「フードフォーカル」の展示をデザインし、同年、「アメリカン・モダン」食器シリーズを発売した。1950年、夫妻は家を維持するための『すごしやすい生活へのガイドブック（Guide to Easier Living)』を刊行した。

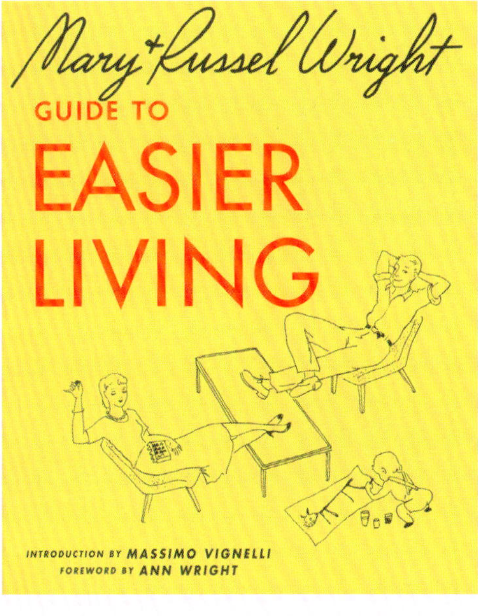

メアリ・ライト

　1927年、ラッセル・ライトはメアリ・スモール・アインシュタイン（1904-52年）と結婚した。メアリはデザイナーでビジネスウーマンでもあり、アレグザンダー・アーキペンコ（1887-1964年）のもとで彫刻を学んだ経験があった。夫妻はともにビジネスにのりだした。ラッセルがデザインし、メアリがマーケティングを担当した。モダンな家庭生活をデザインするという概念を発展させたのはメアリだといっていいだろう。ふたりで書いた『すごしやすい生活へのガイドブック』（1950年）は家事を低減して、余暇を増やすことをテーマとしている。

ラッセルホブスK2ケトル 1960年 Russell Hobbs K2 Kettle

ウィリアム・ラッセル 1920–2006年

最初のラッセルホブス「K2ケトル」は、回転成形した銅と研磨したクロムで製造されていた。

ナビゲーション

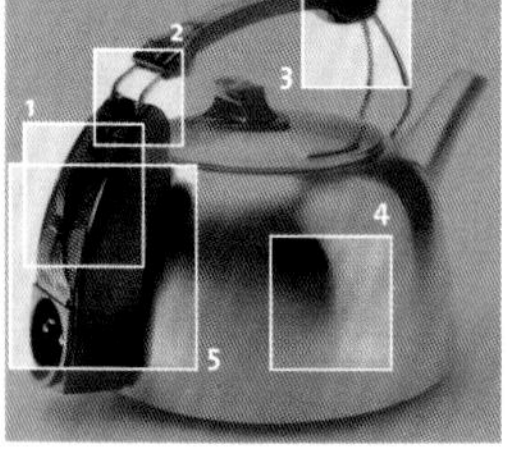

イギリスの小さな家庭用品メーカー、ラッセルホブスはウィリアム・ラッセルとピーター・ホブス（1916–2008年）によって1952年に創設された。同年、当社は世界初となる自動コーヒーパーコレーター「CP1」をデザインし、続いて世界初の自動ケトル「K1」を、1959年にはその後継モデルとなる「K2」を開発した。「K2」は1960年に発売されると、ラッセルホブスの名を世に広めて、その後30年間生産されつづけた。また産業デザイン協会の優良デザイン製品のリストにも名をつらねた。

従来のやかんはコンロにかけて湯がわくと笛で知らせていたが、自動ケトルは湯がわくと勝手にスイッチが切れた。「K1」は機能こそあったが、見た目はモダンでもなくスタイリッシュでもなかった。しゃれたクロムスチール製の「K2」の登場はすべてを変えた。

「K2」は手ごろな価格ではなかったが、品質が確かで丈夫だった。やがてクラシックデザインに認められ、1960年代、1970年代をとおして、イギリスのキッチンには欠かせない品となった。1982年になってついに「K3」が発売された。 PS

フォーカス

1　赤いスイッチ
「K2」のデザインで特徴的なのは、持ち手にある真っ赤なプラスチックのスイッチである。金属のシルバーとプラスチックのマットな黒とのコントラストがじつに鮮やかで、K2にモダニズムの美をそえている。

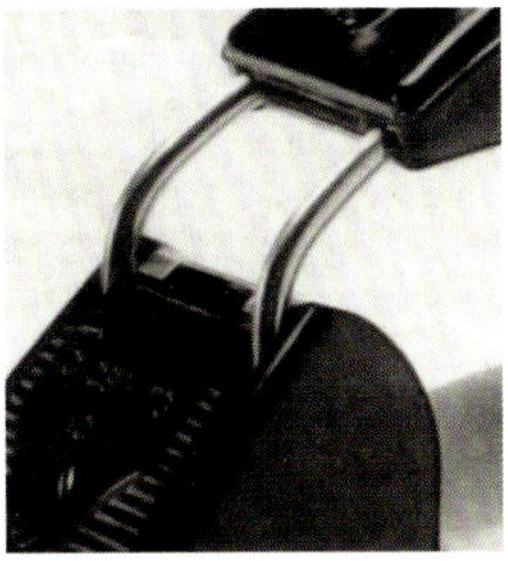

2　U型金具
「K2」はエレガントな流線型である。これが顕著にみられるのは背部にかけて下降している持ち手で、U型金具の下にはスイッチがあり、底面までなだらかなカーヴを描いている。ボディの丸みをおびたしゃれたフォルムで、エレガントさはさらにアップする。

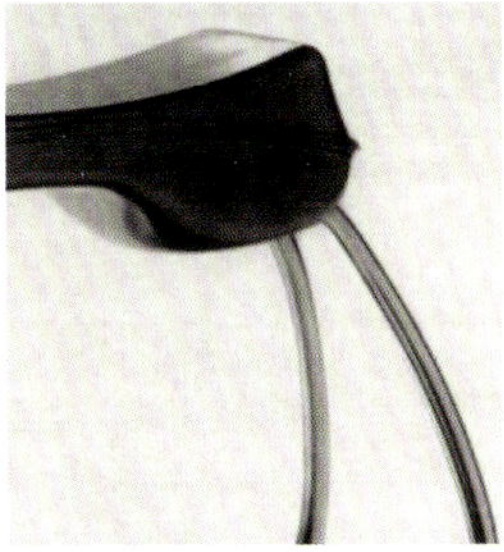

3　持ち手
機能性も魅力もあるK2は使い心地を考慮してデザインされた。もちあげたときのバランスにすぐれ、水が入れやすく、持ち手も手になじみやすい。

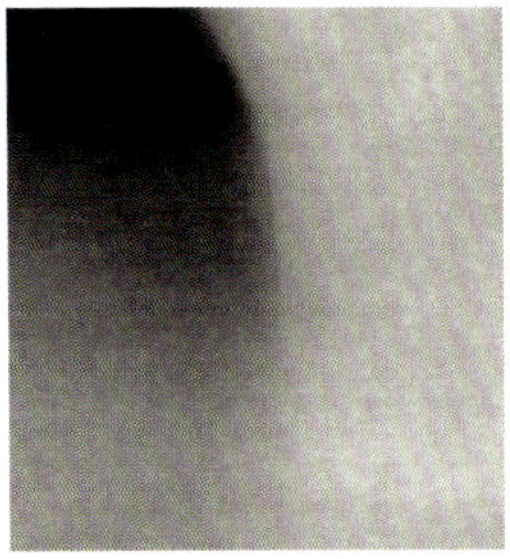

4　本体
当初、K2の本体はクロムメッキの銅で艶やかに輝いていた。スイッチ、持ち手、蓋の小さな取っ手にはプラスチックが使われた。のちに本体は研磨ステンレスに代わり、洗練された外観になった。

5　スイッチ
K2は湯がわくと、背部のバイメタルサーモスタット［膨張率の異なる２種の金属を貼りあわせた板］によって自動でスイッチが切れる。板の穴を蒸気が通ると金属板が反り、スイッチが押される仕組みである。紅茶を飲む国民にとって、自動湯わかし器の登場は進歩だった。

デザイナーのプロフィール

1920–46年
ウィリアム・モリス・ラッセルはロンドンのイズリントンで生まれた。奨学金を得てハイ・ウィカム技術学校で学んだ。スラウにある電気工学会社レオスタティックで見習工として働きながら、エンジニアリングの課程を修めた。第２次世界大戦ではイギリス軍の兵役についた。

1947–62年
ラッセルは軍を辞して家庭用品メーカー、モーフィーリチャーズに入社し、飛びだすトースター、電気アイロン、ヘアドライヤーのデザインに貢献した。その間にエンジニアのピーター・ホブスと出逢い、1952年にラッセルホブスを立ちあげた。ふたりはイングランドのクロイドンに工場を設立し、「CP1」パーコレーターを製造。ケトルの「K1」（1955年）を発売するとエレガントかつ斬新な製品を作るメーカーであると認められ、1959年の「K2」でますます評価があがった。

1963–2006年
1963年、ラッセルホブスはイギリスのエンジニアリング会社チューブ・インベストメンツに買収された。ラッセルは子会社クレダの技術ディレクターとなり、その後、チューブインベストメンツグループ下で制御装置や調整装置を生産するターンライトに移って経営に従事した。2006年死去。

CP1 電気コーヒーメーカー

ラッセルホブスが1952年に作った「CP1」（上）はこの会社の初製品であり、初の自動電気コーヒーパーコレーターでもあった。CP1には緑色のお知らせランプがついていて、コーヒーができると自動でスイッチが切れる。コーヒーの濃さの調整機能も内蔵されていて、セットで砂糖入れやミルクピッチャーもついていた。1967年にはラッセルホブスはウェッジウッドと提携して、陶器製も生産した。

高級自家用車

1 1955年、アメリカのドライブインシアター。戦後、車の所有者数とともに増加した。

2 1959年製４人乗りのフォード「サンダーバード」。独特なスタイルのコンパクトな高級車だった。

3 1956年のミネアポリスのショッピングモール、サウスデール・センターの駐車場。5200台を収容した。

自動車産業が誕生して以来、車で優先されていたのは外観とステータスだったが、それでもつねにエンジンパワーと性能は重要だった。早いうちから、自動車とガソリン、タイヤのメーカーは需要をうながすために自動車旅行という概念を広めようとしていた。戦後は自動車を売るために、ドライバーの立場からのスタイリングが重視されるようになった。たとえばフォードの「サンダーバード」（図２）などのマーケティングは新たな市場の区分、高級自家用車を生んだ。

スタイリングは自動車産業での重要課題となり、1927年にはゼネラルモーターズの社長、アルフレッド・Ｐ・スローン（1875–1966年）は新設したアート・アンド・カラー部（1937年、正式にスタイリング部と改名）をハーレー・Ｊ・アール（1893–1969年）にまかせた。アールは「積極的陳腐化」として知られるマーケティング戦略や、それとよく似た「年次モデルチェンジ」にも貢献した。自動車メーカーはこの戦略にそって、毎年、モデルやコンセプトを変えて、顧客が新車を手に入れたくなるよう故意に誘導した。あらかじめプログラムした器具の故障により機能の寿命を縮める「計画的陳腐化」と違って、このアプローチは物質的問題ではなく、テールフィンの華やかさやラジエーターグリルの微調整などを基本にしている。そうして1959年には、テールフィンにこり、宝石のようなラジエーターグリルのついた「キャデラック・クーペ・

キーイベント

1947年	1948年	1950年	1951年	1953年	1954年
ウィリアム・レヴィットがニューヨーク郊外にレヴィットタウンの建設を開始。大量生産方式で生まれた住宅地となった。	ハーレー・Ｊ・アールがキャデラックにテールフィンを装備。1950年代のカーデザインの特徴が誕生した。	シアトルのノースゲート・モールがオープン。郊外のショッピングモール第１号とされている。	カリフォルニア州サンディエゴにファーストフードのチェーン店、ジャック・イン・ザ・ボックスのドライブスルーがオープン。急発展する車文化に便乗した。	アールがデザインした「シボレー・コルヴェット」が発売される。アメリカのメーカーが生産した初のスポーツカーだった。	フォードがデトロイト・オートショーでふたり乗りの「サンダーバード・コンヴァーチブル」を発表。高級車と位置づけた。

ドゥヴィル」(p.316) が誕生した。故障したり動かなくなったりする車を設計すればブランドに傷がつく。しかし、流行遅れになった車なら快く過去のものにできるのである。1950年代の中流家庭のアメリカ人にとっては、前年のモデルから最新モデルに買い替えることがステータスと富の象徴になった。一方、ほとんどのヨーロッパのメーカーがこうした戦略にのろうとはせずに、むしろシトロエンやプジョーのようにデザインをほとんど変えないモデルがあったことは注目に値する。

最新のビュイック、シボレー、キャデラックをアメリカンドリームの究極のシンボルとするスタイリングの特徴は、広範囲におよぶ文化の変遷と一致していた。1950年代のアメリカはますます車社会となり、車が約束する自由を謳歌していた。1956年、ドワイト・D・アイゼンハワー米大統領(1890-1969年)が連邦補助高速道路法に署名して6万5983キロの高速道路が新設され、東海岸から西海岸へと道路網が広がった。くわえて、フルサービスのガソリンスタンドでは従業員がガソリンを入れてフロントガラスを洗い、タイヤに空気を入れてくれるようになり、また道路沿いに泊まれる食事つきモーテルができたおかげで、もはや距離は問題ではなくなった。

この時期、郊外へ移住する人が増え、アメリカのいたるところで続々と家が建った。郊外は都市だけでなく田舎の住人も惹きつけてベッドタウンとなり、住民は近くの都市へ車で通勤するようになった。最初に建設された大規模な郊外の街がニューヨークのレヴィットタウンである。1947年から1951年にかけてウィリアム・レヴィット(1907-94年)が建設の指揮をとり、住居建築に組み立てラインの技術を導入した。連邦住宅局は、戦後、低金利のローンを提供してこうした開発を後押しして、以前よりも幅広い層が家や庭を購入できるよう配慮した。住宅地分散化に合わせて、郊外でショッピングモールの建設がはじまると、小売直売店が集まって巨大な駐車場もそなえられた。その第1号が、1950年にシアトルにオープンしたノースゲート・モールだろう。1956年にはミネアポリスにサウスデール・センターが開設され、初の屋根つきモールとなった(図3)。それ以外の車文化の新たな象徴は、ドライブインのファーストフード店やドライブインシアター(図1)で、当時数千軒が誕生した。

車が戦後の機動力の象徴だとしたら、その機動力は、とくに若者のあいだでおちつきではなく不穏を生む一因にもなった。この心情を色濃く表しているのは、ジャック・ケルアック(1922-69年)が書いたビートジェネレーション[1950年代後半か60年代初めまで、物質文明に反抗した若者]の小説『オン・ザ・ロード』(1957年)[青山南訳、河出書房新社]である。「車でひとびとのもとを離れると、みんながどんどん平地の上を後退していき、しまいには点のようになって飛んでいってしまう、あの気分はなんなのだろう?——大きすぎるくらいの世界がぼくらに跳びかかってくる、あれが別れなのか。しかし、ぼくらは、いくつもの空の下、つぎなるクレージーな冒険に向かって前のめりで進む」[同書訳文引用]

EW

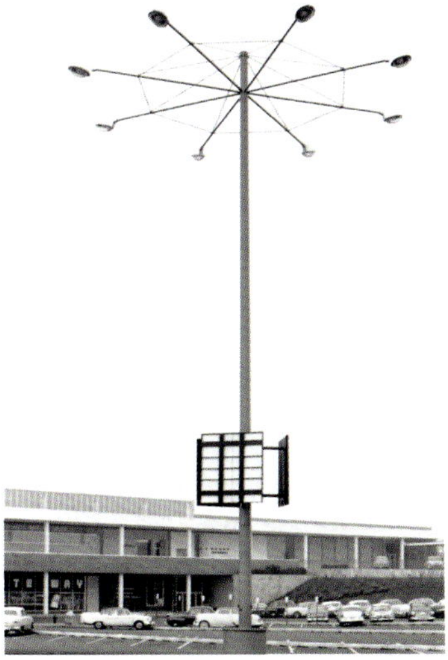

1956年

ミネアポリスでサウスデール・センターがオープン。アメリカではじめての屋根つきモールだった。

1956年

ドワイト・D・アイゼンハワー米大統領が連邦補助高速道路法に署名。アメリカの道路建設ラッシュがはじまった。

1957年

ポピュラーサイエンス誌が驚くべき数字を掲載。アメリカの映画館数は6000に達し、1週間の観客数が3500万人になった。

1957年

ニューヨークのコピアーグに全天候型ドライブインシアターがオープン。敷地は11ヘクタール以上で、駐車場には2500台を収容できた。

1957年

ジャック・ケルアックがビートジェネレーションを描いた『オン・ザ・ロード』を発表。

1959年

アールの「キャデラック・クーペ・ドゥヴィル」が発売される。時代をとわず、これほどテールフィンを強調したデザインはない。

キャデラック・クーペ・ドゥヴィル 1959年

Cadillac Coupe De Ville　ハーレー・J・アール　1893–1969年

「キャデラック・クーペ・ドゥヴィル」（1959年）。窓が丸みをおび、ガラス部分が多いこの車は戦闘機を彷彿させる。

アメリカの超高級車キャデラックは、車の歴史とともに歩んできたブランドである。1902年に創設し、1909年にゼネラルモーターズに買収された。このときすでに評価は高く、秀逸な特色とパワフルなエンジンをそなえた、高品質の信頼できる車を生産するメーカーとして知られていた。大恐慌時代には低迷したが、第2次世界大戦によって失った土台はとりもどした。アフリカ系アメリカ人には車を売らないという以前のこだわりをすてたのも功を奏した。

戦後の「キャデラック・クーペ・ドゥヴィル」にはハイスペックなモデル（パワーブレーキ、パワーステアリング、パワーウィンドーなど）のシリーズであり、当時はシャープさがきわだったデザインだった。このスタイルには、世界の第一線を行くカーデザイナーで、ゼネラルモーターズのスタイリング部主任をつとめたハーレー・J・アールの特色が満載されている。誇張したテールフィン、クロムメッキ、ツートンカラーはどれもアールが導入し、当時のアメリカ車の多くが模倣した。

自動車産業の揺籃期には、車の見た目はメーカーにとっても消費者にとっても優先項目リストの下位にあった。ヘンリー・フォード（1863–1947年）の有名な言葉「黒でさえあれば何色でもかまわない」は、スタイル戦争にまきこまれたくないという心情を示している。「スタイルをいじくりまわし、変えることで、いいものをだいなしにする傾向がある」とフォードは自伝に書いた。1920年代にゼネラルモーターズの社長をつとめていたアルフレッド・P・スローンはそうした条件をいっさいつけず、1927年にアールをアート・アンド・カラー部に起用した。アールは車の外観に焦点を合わせて、ボディを自由にデザインした。それが大成功に結びついたのである。　EW

ナビゲーション

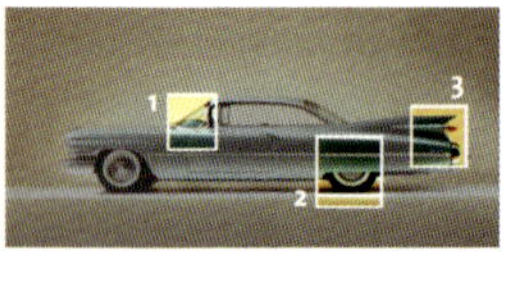

フォーカス

1　フロントガラス

丸みをおびたフロントガラスは視界が広く、縁にクロムメッキをほどこしている。それがアールの革新的デザインである。前部の装飾的なグリルもクロムで高級感をただよわせている。後部もそれに合わせて手がこんだ作りになっている。

2　後輪

「クーペ・ドゥヴィル」のフォルムは長く低く流れるようなラインで、高速ジェット機やロケットをイメージさせる。後輪をおおうフェンダー（泥よけ）は長く低いボディを強調している。アールはアメリカ車を長く低く見せるようにデザインした。

3　テールフィンとライト

とくに特徴的なのは凝ったテールフィンと弾丸型のデュアルテールライトである。はじめてテールフィンをつけたのは1948年製のキャデラックで、第2次世界大戦のアメリカの戦闘機ロッキード「P-38ライトニング」から着想を得ていた。1959年製のテールフィンは既成のどの車のものよりも大きく凝った作りである。

ビュイック Y-Job

高級車「ビュイック Y-Job」（右）は初のコンセプトカーで、1938年にアールのスタイリング部でデザインし生産された。ふたり乗り、２ドア、車長６メートル弱、高さはわずか1.5メートル。そして、流線型のフォルム、ラップアラウンド・バンパー、ガンサイト（照準器）型のフードマスコット、パワーウィンドー、リトラクタブル・ヘッドライト。まさに人の目を引き、アピールするためのデザインだった。アール自身も乗っていた。

日本と品質管理

1 「ダットサン・ブルーバード」(1959年)。新世代向けの新製品として発売された。

2 1962年にトランジスタ部品の機能をチェックするソニーの日本人従業員。

3 世界初のオールトランジスタ式テレビ。「ソニー8-301W」(1959年)。

歴史に残る流行がたったひとつのアイディアから生まれたと考えるのは賢明ではないだろう。しかし第2次世界大戦後に、ルーマニア生まれのユダヤ人でアメリカに移住したエンジニア、ジョーゼフ・M・ジュランとアメリカの統計学者W・エドワーズ・デミングが伝えた品質管理という概念がなかったら、日本の製造業には革命が起こらず、1960年代後半から1970年代にかけて日本がテクノロジー市場を牽引することもなかったのである。

第2次世界大戦以前、日本には製造業セクターがあった。実際、日本はアジアの経済大国であり、国内で消費する多くの商品を製造していた。しかし、個々の企業によって生産された製品のほとんどは、軍事力を強化したいと望む国の保護のもとで規制されていた。戦争が終わると日本の製造業者は戦時体制から離れて、輸出市場をターゲットにしなければならなくなったが、もとからあった製品の多くは占領軍によって生産を禁止された。たとえば、自動車の製造が再開できたのは1940年代後半になってからだった。何を作り、どこへ売ればいいかが考えられたこともあったが、すぐに品質の悪さが露呈した。「メードインジャパン」は「安かろう悪かろう」だった。

それでも「系列」システムによって、製造業者、供給者、分配者、銀行が協力しあい、日本の経済を確実に発展させていった。強力な労働組合の支援と通商産業省(現経済産業省)の調整も功を奏した。さらに、アメリカの占領軍も

キーイベント

1945年	1947年	1951年	1954年	1955年	1958年
市街地に原爆を投下された日本がアメリカに降伏。アメリカは日本をイメージどおりに変えようと改革に着手。	W・エドワーズ・デミングが日本を訪問し、統計学的管理の概念を紹介。	ジョーゼフ・M・ジュランの『品質管理ハンドブック』が日本製品改善の指南書として広くとりあげられる。	アメリカの企業テキサス・インスツルメンツが初のトランジスタラジオ、「リージェンシーTR-1」を発売。同時期、ソニーもトランジスタの研究を進める。	ソニーが日本初のトランジスタラジオ「TR-55」を、続いて1958年に「TR-610」(p.320)を発売。	ホンダが大衆向け小型バイク、「スーパーカブ」(p.322)を発売。

日本を軍国主義や共産主義をよせつけない民主国家として立ちなおらせたいと切望していたので、再建のために巨額な資金を投入した。1947年、デミングは戦後初の国勢調査を支援するため日本に派遣され、日本科学技術連盟(JUSE）の首脳陣と会合した。彼らはデミングが専門とする統計的管理を知りたがった。ジュランは20年以上、ウェスタン・エレクトリック、AT＆Tの品質管理のスペシャリストだった経歴をもち、その後、生産管理工学の教授となり、品質管理コンサルタントとしての副業もはじめていた。1951年に『品質管理ハンドブック』［日本科学技術連盟訳］が刊行されると、JUSEはこの本に注目し、ジュランを日本へ招いて、おもなメーカーや大学を紹介してまわった。

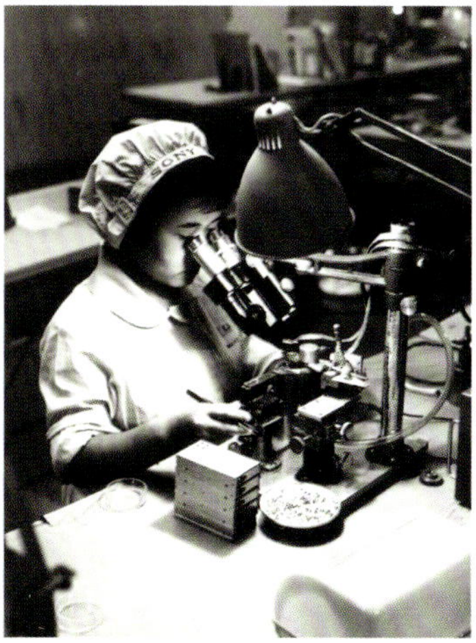

ジュランとデミングの提唱する品質管理は「山と積んで安く売る」モデルとは対極にあった。ふたりは、高品質の製品は規格化して管理システムを改良するために初期投資費用（イニシャルコスト）こそかなりかかるが、最終的には他製品に負けずによく売れ、利益も上がるという。さらに、ふたりのメッセージが伝えたのは製品の品質改善だけではなかった。ジュランは訓練によって社員の質をあげて、企画や組織化に長けた企業文化を構築することを提唱した。こうした着想は多くの人の心をとらえた。

品質管理は日本の製造業を変えた。品質管理が導入された時期は、ソニーのような会社がトランジスタなどの新技術（図2、3）の商業的応用を試みた革新の時代と一致する。ソニーが初のトランジスタラジオ「T-55」(1955年）を発売すると、小型化が強く求められるようになった。これは日本がデザインにおいて追究したテーマである。同様に、「ニコンF」(1959年、p.324）は高い技術とデザインを技術革新と結びつけた。すべてはジュランの教えを守ったからこそ実現したのである。1940年代後半に自動車製造の制限が解除されるころ、研究開発を進めてきたトヨタや日産は、新たなアプローチを導入する準備がすでに整っていた。1958年、日産はアメリカへの自動車輸出を開始した。快適でスタイリッシュな「ダットサン・ブルーバード」(図1）は衝撃的なヒット商品になった。日産はまたたくまにアメリカ各地に販売店をオープンした。

日本の復興はアメリカの情勢と対照的だった。アメリカの製品には世界中から膨大な需要があったが、この国が戦時に学んだ品質管理の教訓は徐々に忘れさられていった。アメリカが失ったものに目覚めるのは、日本の製造業が思いがけず優勢になる1980年代になってからである。

DG

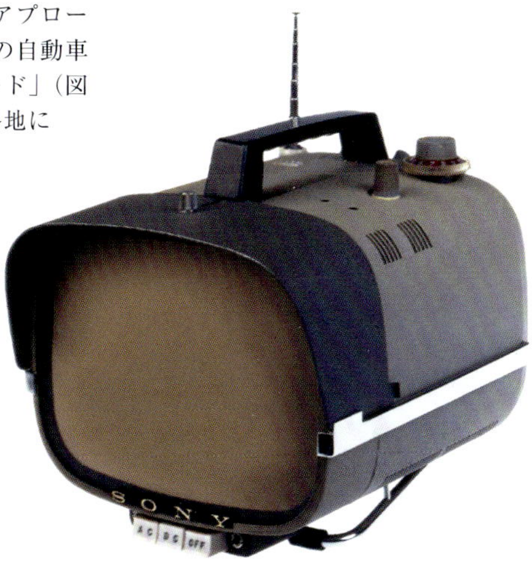

1959年	1959年	1960年	1977年	1979年	1991年
プロの写真家が選ぶカメラとして、「ニコンF」がドイツの「ライカ」にとって代わる。	8月、「ダットサン・ブルーバード」が発売される。1970年には日産が世界最大級の自動車輸出会社になる。	ソニーが世界初のポータブル型トランジスタテレビ「8-301W」を発売。	日本製品が海外であまりにも優勢なため、アメリカ政府が日本に輸出規制を迫り、関税を引き上げる。	はじめての低価格（約150米ドル）ポータブルステレオ、「ソニー・ウォークマン」(p.408)が日本で発売される。	日本でカラーテレビの輸出が国内生産量の46.7%、ビデオレコーダーの輸出が87.3%に達する。

ソニー TR-610 トランジスタラジオ 1958年

Sony TR-610 Transistor Radio　ソニー

合金、プラスチック。
13×7×2センチ

フォーカス

1　スピーカーグリル

光沢のある本体に、穴の開いた金属製グリルパネルが映えるデザインが特徴的。グリル周囲のリングは本体内に隠れているフランジでグリルの下に留められているために留め具が見えず、しゃれたフォルムに仕上がっている。

2　ダイヤル

チューニングとボリュームのダイヤルは右側に設置してあるため片手で操作可能である。どちらも小さく、本体に埋めこんである。この前の型の「TR-63」などはダイヤルが大きく、前面に設置されていたために、違和感があり格好が悪かった。

ナビゲーション

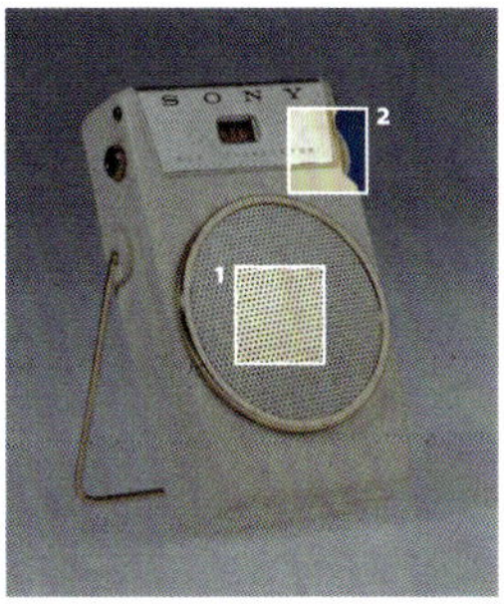

第２次世界大戦後に、成功をおさめた企業の多くは戦前からの生き残りだった。しかし、ソニーは1946年に井深大（1908-97年）と盛田昭夫（1921-99年）が東京通信工業株式会社として設立した企業である。最初は東京に小さなオフィスがあるだけで、ラジオを修理したり、短波ラジオに画期的な装置をくわえてを全波ラジオに改良したりしていた。1952年、販路開拓のためにアメリカを訪れたのを機に、井深は新しいトランジスタを開発した。今日、トランジスタは現代のあらゆる電子機器の主要な動的部品となっている。半導体のようにスイッチとしてもアンプとしても使える。なにより、従来の真空管をはるかに超える利点がある。非常に軽くて正確で丈夫なのである。井深は不安もあったが、トランジスタを一般消費者向けに実用化するために、製造権を取得しようと決意した。

「TR-55」（1955年）は日本初のトランジスタラジオだった。重さは560グラムで、アメリカナイズされた現代的な外観だった。２年後に発売された「TR-63」は世界初のポケットサイズとなった。クリーム色のプラスチック製で、小さな穴がたくさん開いたアルミ製のスピーカーグリルがついていた。そしていよいよ「TR-610」が完成した。このモデルはとりわけデザインが有名で、本体の前面に、穴の開いた大きな丸いスピーカーが鎮座していた。このしゃれたラジオは折りたためるワイヤースタンドつきで、シャツのポケットに入るようデザインされて、50万台を売り上げた。 DG

会社のプロフィール

1908-45年
日本の日光町（現日光市）に生まれた井深大は早稲田大学で科学と工学を学んだ。あだ名は「天才発明家」。卒業時に「走るネオン」（ネオン管に高周波電流を流して周波数を変えることで表示を変化させる）を発明し、パリ万国博覧会で優秀発明賞を受賞。その後、写真科学研究所に入り、映画フィルムの現像・録音を専門とした。のちに、日本測定器株式会社を設立した。

1946-70年
井深は東京通信工業株式会社を共同設立し、その後、当社は西洋市場向けにソニーと改名。1949年、ソニーは磁気記録テープを開発し、日本初のテープレコーダーを発売した。その後の製品には、初のトランジスタラジオ（1955年）、トランジスタテレビ（1960年）、計算機、レコードプレーヤーなど多数ある。また、1967年には初のトリニトロンカラーテレビを開発した。

1971-97年
1971年、井深は『幼稚園では遅すぎる』［サンマーク文庫］を出版し、学ぶべきもっとも大切なことは３歳までに経験すると提言した。1976年、ソニーを退社したあとも名誉会長にとどまった。また、ボーイスカウト日本連盟理事となり精力的に活躍した。

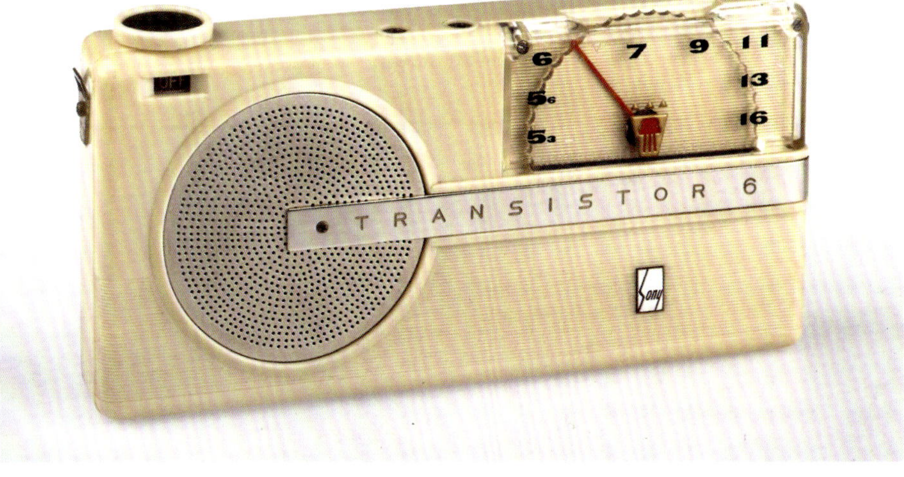

◀「TR-6」（1956年）などのモデルにトランジスタを使用することによって、ソニーはラジオのサイズをそれまでの真空管ラジオとくらべて格段に小さくした。ソニーが多くの機器にトランジスタを導入したおかげで、「日本はあらゆるものの小型化に長けている」と評されるようになった。

ホンダ・スーパーカブ 1958年 Honda Super Cub
ホンダ

「スーパーカブ」は典型的なバイク乗り向けに作られたバイクではない。なめらかなデザインはモダンなキッチン用品を思わせる。

ホンダもソニーと同様に、戦後に成功した企業である。戦前、修理工だった本田宗一郎（1906-91年）は修理工場で働き、車を修理したりレースに出場したりしていたが、つねに車の生産を夢見ていた。その生涯は波乱万丈だった。最初にはじめた会社は品質におとる部品を作ったために大切な取引関係を壊し、工場のひとつはアメリカ軍に爆撃され、もうひとつは三河地震で倒壊した。そんな環境下にあっても、本田は自分の目的を実現する。1956年、ホンダは安定した堂々たる企業となっていた。本田はレースへの夢をすてきれずにいたが、ビジネスパートナーの藤沢武夫は高性能の小型バイクを大量生産したいと考えていた。生産技術はシンプルでなければならない。そうすれば、スペア部品がなかったり熟練した修理工がいなかったりした場所でも走りつづけられる。バイクの条件は、騒音を立てず、信頼できて、乗りやすいこと。また、そば屋の出前もちが片手で運転できること。「日本にどれだけそば屋があるか知らないが、どの店も配達に1台はほしくなるはずだ」と藤沢は自負した。

「スーパーカブ」（ホンダ50）は1958年に発売された。特徴は、鋼板プレスのフレーム、プラスチック製の魅力的な流線型ボディ、ステップスルー、自動遠心クラッチ、3段変速、50cc 4ストロークエンジンである。エンジンはのちに70ccや90ccにグレードアップした。藤沢が「規模の経済」による収益を見越して大量生産を望んでいたにもかかわらず、最初は日本が不景気だったため売れゆきが悪かった。しかし、「スーパーカブ」は今日も製造されており、史上もっとも多く生産されたバイクとなっている。 DG

ナビゲーション

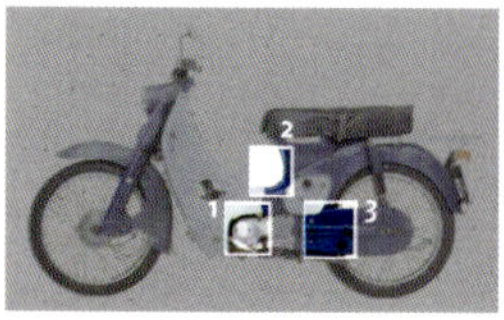

フォーカス

1　原動機付自転車？　バイク？
「スーパーカブ」のデザインはハイブリッドである。プラスチックが作る流線型やまたぎやすいステップのアーチはスクーターにも見える。しかし、バイクと同じくエンジンは中央にあり、バランスがよい。ホイールもスクーター用の25センチではなくバイク用の43センチである。

2　キックスターター
スーパーカブの4ストロークエンジンは、以前の50ccモデルとくらべて馬力が9倍になり、性能が格段によくなった。安価な低オクタン燃料を使い、キックスターターに改良したため、高価で重い電動スターターが不要となった。

3　カバー
カバーの多様な留め具は見た目もおしゃれだが、美しさ以上の価値がある。チェーンをおおうカバーは潤滑油がライダーの衣服に飛びちるのを防ぎ、レッグシールドは風やゴミがライダーにあたらないようにしている。

デザイナーのプロフィール

1906–27年
富士山の近くで鍛冶屋と織工の家に生まれた本田宗一郎は、高等小学校を卒業後、15歳で家を出て東京の修理工場で働いた。

1928–45年
22歳のとき故郷に戻り、自動車修理とレーシングカーの製造をはじめた。1937年、レース中の事故を機に方向変換して東海精機株式会社を創設し、トヨタのピストンリングを生産。工業学校機械科で聴講して、リングの大量生産法を確立した。

1946–91年
1946年、ホンダを創設。あまっていた無線機発電用の2ストロークエンジンをバイクに導入したところ、ビジネスは急成長した。ホンダ初となる製品は2ストロークの「D型」（1949年）。1964年にはホンダはバイク生産世界一の企業となっていた。

新市場

1962年、日本の国会は既存メーカーに対し、自動車とトラックの製造を制限する特定産業振興臨時措置法案を成立させようとしていた。本田は4輪車製造から永久にしめ出されては困ると、早急にスポーツカー「S360」（生産されなかった）と2ドアの軽トラック「T360」（右）をデザインした。「T360」はフラットデッキ、一方または三方開き、パネルバンの3タイプがあった。また、後輪を履帯に交換できるので雪道にも対応できた。結局、法案は可決されなかったが、そのおかげでホンダは新たな市場を切り開いた。

ニコンFカメラ　1959年　Nikon F Camera
ニコン

ステンレススチール、チタン、ガラス、クロム、プラスチック。
14.5×10×9センチ

ニコンは1917年に創業した会社で、日本でも歴史の古い企業である。当初は日本光學工業株式會社という社名で、双眼鏡や顕微鏡、カメラ用の光学レンズの製造を専門としていた。第2次世界大戦中は日本政府のために30以上もの工場を運営していたが、戦後はふたたび工場ひとつに縮小し、カメラのブランド名をニコンとした。「ニコンI型」（1948年）など、初期のニコンの多くを作ったのは更田正彦（ふけたまさひこ）（1913-2001年）である。更田は「ニコンF」までのカメラをすべて手がけており、1973年に副社長に就任した。

ニコンFは1959年に発売され、1年もしないうちにアメリカのほぼすべての写真家やフォトジャーナリストがドイツの「ライカ」（p.182）からのりかえた。ニコンFはニコンが生産した初の一眼レフで、宣伝する必要などないに等しく、シンプルなスローガンがひとつあるだけだった。「もうほかは選べなくなる」。発売から1年後、タイム誌やライフ誌の共有オフィス［フリーのカメラマンなどに使わせていた］は「ニコンF」であふれかえっていた。修理工マーティー・フォースチャーは、「写真を撮るホッケーの玉だね」とコメントしている。つまり、なにしろ頑丈なのだ。そう感じているのは現在の所有者も変わらない。落としてもぶつけても、50年放っておいても、ニコンFは写真を撮りつづける。大人気だったため、月に同行した最初のカメラにもなった。NASA特別仕様でデジタルのニコンFは1991年までスペースシャトルで使用された。 DG

ナビゲーション

フォーカス

1　レンズ
「ニコンF」はレンズの種類が幅広く、焦点距離が21ミリから1000ミリまである。そのうちの一部は、既存のレンジファインダーのレンズである。またニコンは「ミラーレンズ」も採用している。おかげで、標準の望遠レンズよりはるかに高性能な長焦点レンズの使用が可能になった。

2　適用性と正確性
レンズにくわえて、ビューファインダー、プリズム、ピントグラスも換えることができた。標準で視野率100パーセントのビューファインダーが装備されているため、ファインダーをとおして見た像がそのままフィルムに焼きつけられる。縁が切れていることも、よけいなものが写っていることもない。

会社のプロフィール

1917–38年
ニコンは日本の光学会社トップ3が合併して生まれた会社で、顕微鏡や双眼鏡を専門とした。1918年から大井製作所を拠点とし、1932年にはレンズ「NIKKOR（ニッコール）」［日本光學工業株式會社の略称「日光」とレンズ名の末尾によく用いられた「R」を合わせた名称］が発売された。

1939–45年
第２次世界大戦中ニコンの工場は、日本政府にとってはかりしれないほど貴重な存在だった。爆撃照準器、潜望鏡などに使用する各種レンズを製造していたからである。戦後、会社規模は劇的に縮小された。

1946–87年
ビジネスの中心はカメラ、光学機器、調査器具になり、世界中に多くの支社が創設された。ニコンブランド初となったカメラは1946年に完成し、2年後に「I型」が発売された。

1988年–現在
1988年、カメラの名から社名をニコンと改名。今日も拠点は大井製作所で、創業以来100年近くまったく同じ作業を続けている。

▲ニコンのカメラを宣伝するシルクスクリーン印刷のポスター。1955年頃の亀倉雄策（1915–97年）のデザイン。亀倉は1950年代に、日本のデザインの地位を向上させようと尽力した。ニコンはその抽象的なスタイルを後援し仕事を依頼していた。

ニコンのレンジファインダー

ニコン「5」（1951年。上）のようなレンジファインダーカメラは一眼レフとは少し違った原理で動く。一般的に被写体の像がふたつ映し出され、ダイヤルをまわすとそのひとつが動く。ふたつの像が重なるとその距離を読みとり、しっかりピントの合った写真が撮られる。ニコン「SPレンジファインダー」（1957年）はフォトジャーナリストに好まれたプロ仕様で、当時はライカのどんなカメラをもしのぐ最先端のファインダーをそなえていた。動きがなめらかで、ほとんど音を立てないという点では、現代のデジタル一眼レフよりもはるかにすぐれている。

第4章 デザインとクォリティ・オヴ・ライフ 1960－80年

ブランド・ロイヤルティ

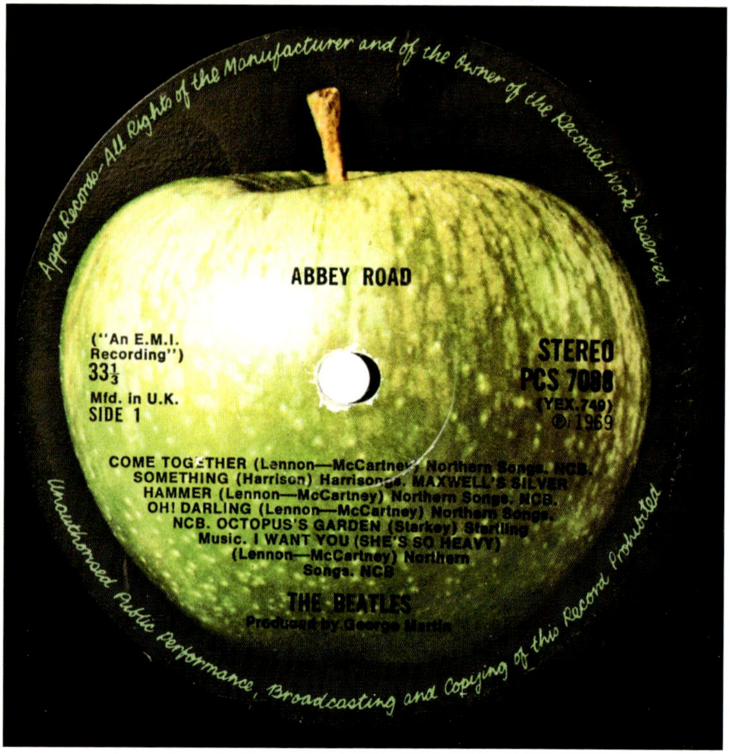

1　デザイン会社ウルフ・オリンズが制作したアップル・レコードのロゴ。ビートルズの『アビー・ロード』アルバム（1969年）のA面にある。B面は半分に割ったリンゴだった。

2　レーモンド・ローウィが制作したシェルのロゴ（1971年）。象徴性の高いデザインで今日も使用されており、「Shell」の文字がないことも多い。

3　ナイキの最初の雑誌広告。1976年のランナーズ・ワールド誌に掲載され、広告代理店のジョン・ブラウン・アンド・パートナーズが制作した。

製造企業はブランド・ロイヤルティ（顧客の忠誠心）を最終的な目標としている。企業は消費者に製品を買うようにしむけて、消費者が何度も同じ製品を選び、その信頼が全製品に対しておよぶのを望む。大量生産がはじまって以来、パッケージのデザインは鍵になるポイントだった。パッケージにはふつう、最重要である製品名が認識しやすい図案で示され、品質や信頼性を示すマークが描かれる場合もある。そうしたマークのきわめて古い例に、イギリス王室御用達証がある。王室御用達証は高品質を意味し、王室に納めるほどの良質の製品なら、だれにとっても良質であることを示唆している。とはいえ、品質がつねに決定的要素になるとはかぎらない。市場に１種類の粉末洗剤しかなければ、消費者は衣類の洗濯が必要であるかぎりは、その製品を買うだろう。良質の粉末洗剤が手に入るなら、高値でも当然そちらを買う。実際には市場には多くの種類の洗剤が出まわっていて、洗浄力はほぼ変わらず、同じような価格帯で売られている。そうなると、ブランドがほかの製品と区別する重要な方法であったり、区別の唯一の方法であったりすることもある。

60年代初めにはブランドが激増した。航空会社、清涼飲料水、シリアル、

キーイベント

1960年	1961年	1961年	1962年	1962年	1964年
アメリカの4570万世帯以上とイギリスの約1630万世帯がテレビを所有。	ロメック・マーバー（1925年–）がペンギン推理小説シリーズの表紙を考案（p.332）。シリーズをまとめながらも著者の区別がつくブランドを創出した。	榮久庵憲司（1929–2015年）が「キッコーマンしょうゆ卓上びん」（p.330）をデザイン。日本らしさを表現した。	ポール・ランド（1914–96年）がABCテレビの小文字ロゴをデザイン。	マクドナルドの「ゴールデンアーチ」のロゴ（p.338）が登場。	ケン・ガーランド（1929年–）を筆頭とする21名の創造のプロが、「ファースト・シングス・ファースト」マニフェストに署名。デザインを公共事業の理想に貢献させることをよびかけた。

煙草といった製品が、ますますごったがえす市場で目を引こうと競いあった。アメリカでもヨーロッパでも、テレビが普及して新たな宣伝競争の場が誕生した。デザイナーはロゴやパッケージの制作、広告やコーポレート・アイデンティティのキャンペーンはもとより、一般的に商業を助け販売を促進する仕事にさまざまな形で用いられた。アメリカではデザイン会社は古くから確立されていたが、イギリスでも徐々に根づきはじめた。1965年にマイケル・ウルフ（1933年–）とウォリー・オリンズ（1930–2014年）が設立したウルフ・オリンズは、1968年にアップル・レコードを表すアイコンとなるデザインを作った（図1）。明るいグリーンのグラニースミス種の青りんごをレコードのレーベルに描いたのである。しかし、すばらしいロゴはつねに高いデザイン料金から生まれるとはかぎらない。1971年に、オレゴン大学の陸上競技の選手だったフィル・ナイトとコーチのビル・バウワーマンはランニングシューズの事業をはじめるにあたって、ロゴを作りたいと思った。学生だったキャロリン・デビッドソン（1943年–）に声をかけると、いまでは世界で知らない者がいない有名なシンボルができあがった。そのブランドがナイキで（図3）、デヴィッドソンがデザインした「スウッシュ」は、今日ではブランド名や特定のカラーなしでも認識されるが、かかった費用は35ドルにすぎなかった。

製品が好評であれば、それだけ企業はロゴに手をくわえるのをいやがる。グラフィックデザインの流行の変化に合わせてデザインを変更するときでも、一般的にはもとのデザインをいくらか残す。シェル石油の名前は19世紀からあるが、ホタテ貝のモチーフが導入されたのは、1904年だった。初期のロゴの図柄は写実的で白黒だったが、のちに赤と黄の目立つ色あいが使用された。今日のロゴは多少の色彩調整を除けば、レーモンド・ローウィ（1893–1986年）が1971年にリ・デザインしたままである（図2）。鮮明で簡略なデザインで、わかりやすく再現しやすく、オリジナルデザインに沿っている。

創造性のあるプロでもかならずしも、商業的なブランドの発展に寄与したいと思っているわけではない。1964年にはそうした不満がつのり、「ファースト・シングス・ファースト」マニフェストで表明された。このマニフェストは「キャット・フード、胃薬、洗剤、毛生え薬、縞模様の歯磨き」のような製品の販売促進に、デザイナーの才能が浪費されるのを批判した。そして公共事業の理想に戻ることをよびかけ、デザインは広い意味での教育、情報、社会改善に使われるべきだとした。「われわれは、社会が下心のある商売や社会的地位の売りこみ、隠れた広告に見切りをつけて、もっぱら価値のある目的のためにわれわれのスキルを求めることを望む」。このマニフェストはメディアの大きな注目を集めると同時に、1960年代末から1970年代にかけてのカウンターカルチャー運動によって、消費者の主流の価値が否定されるのを予見していた。2000年には改訂された「ファースト・シングス・ファースト」マニフェストが示され、こうした倫理的関心が消滅していないことを示した。カナダのアドバスターズ誌に発表されたマニフェストに署名したのは、ジョナサン・バーンブルック（1966年–）、ミルトン・グレーザー（1929年–）、ズザーナ・リッコ（1961年–）、エリック・シュピカマン（1947年–）といった著名なデザイナーだった。

EW

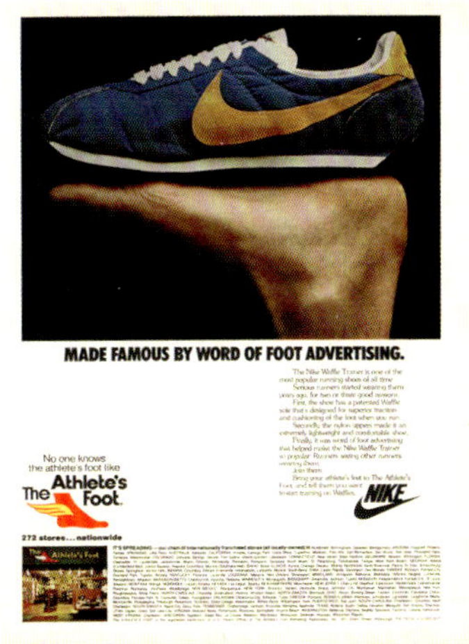

1965年

イギリスの有力なデザイングループ、ウルフ・オリンズがマイケル・ウルフとウォリー・オリンズにより創設される。

1968年

ウルフ・オリンズが同年に設立されたビートルズのレコード・レーベル、アップル・レコードのアイコンとなったロゴをデザイン。

1969年

オリベッティのポータブル・タイプライター、「ヴァレンタイン」(p.334）をエットーレ・ソットサス（1917–2007年）がデザイン。ソットサスはマーケティングのキャンペーンにも深くかかわった。

1971年

レーモンド・ローウィがシェルのロゴに、基本的な最初の特徴をとどめながら、鮮明で現代的な修正をくわえる。

1971年

キャロリン・デヴィッドソンがナイキの「スウッシュ」ロゴをデザイン。現在ではナイキは世界でだれもが知るブランドとなった。

1978年

ミルトン・グレーザーがいまではアイコンとなっているニューヨーク市の「I ♥NY」ロゴをデザイン。ハートのシンボルは赤で、書体はアメリカン・タイプライターだった。

キッコーマンしょうゆ卓上びん 1961年

Kikkoman Soy Sauce Bottle　**榮久庵憲司　1929–2015年**

ナビゲーション

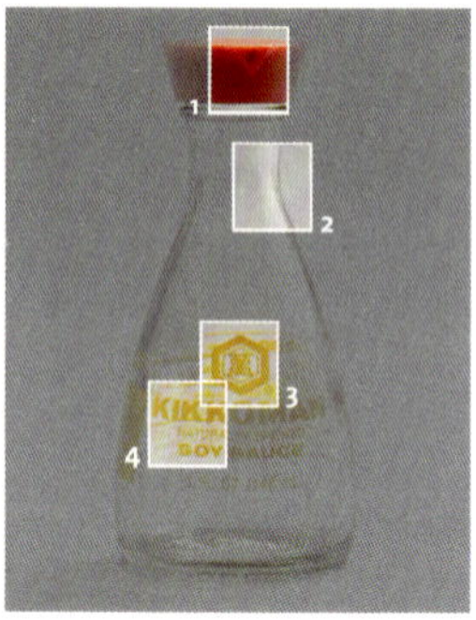

ガラスとポリスチレン・プラスチック。
13.5 × 6.5 センチ

1957年、日本の大手食品飲料製造会社キッコーマン株式会社は、サンフランシスコに販売とマーケティングの事務所をオープンした。大規模な輸出市場に進出しようという狙いである。しょうゆは日本料理に欠かせない食材だが、扱いにくい大きなビンにつめられていた。キッコーマンは貯蔵と船積みに便利で、家庭の食卓にも置ける小型のびんを作りたいと考えた。デザイナーの榮久庵憲司はそうした要求仕様をかなえるべく、3年以上をかけて100以上の試作品を作ったすえに、なだらかな曲線の肩をもつデザインにおちついた。優しい曲線は、(赤い) 帽子をかぶった日本古来の水運搬人を思わせ、ボトルのもっとも広い部分はローブをまとった人物ならほぼ膝の高さになっている。上蓋は水運搬人の帽子、あるいは先端にさげた水桶でしなる竹棒のように、ふくらんだカーヴを描いている。赤い蓋の両側から出ているそそぎ口はトップの曲線の延長線にあり、内側に向かって斜めにカットされている。この時代の象徴となった榮久庵のびんが1961年に発表されるまでは、日本ではパッケージング［商品の包装］は明確なデザインの分野として考えられていなかったが、状況はただちに変化した。榮久庵が2015年に亡くなるまで、3億個以上のびんが販売された。

JW

フォーカス

1　赤いキャップ

このしょうゆ注しはたれない。テーブルに輪染みができず、びんの外側にたれた跡もできないしつまることもない。赤いキャップの内側にある構造により、しょうゆは上昇する角度で細い溝をゆっくりつたって、そそぎ口から出てくる。

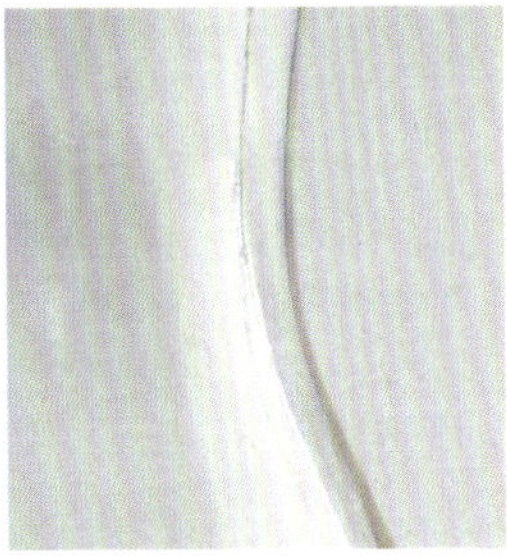

2　カーヴ

「究極のデザインは自然界とほとんど変わらない」と榮久庵は言った。彼のデザインした美しい曲線をもつキッコーマンしょうゆ卓上びんの輪郭は、自然にある生物の形を思わせる。榮久庵は心地よさと便利さ、使いやすさを追究した。そのモットーを実現したこの小さな卓上びんはすばらしい成功例である。

3　ロゴ

日本では亀は1万年生きるとされ、長寿のシンボルとなっている。「キッコー」は「亀の甲羅」、「マン」は「万」で、社名はふたつの言葉を合わせている。六角形のロゴは亀の甲羅、内側の漢字は万を表す。

4　金文字

あっさりした字体はモダンスタイルと未来への自信を表している。ただし、金色の使用は過去と関連がある。日本では、金色は伝統的に皇族と結びつく。キッコーマンは1917年以来皇室にしょうゆを納めている。金色は天の色を表しているのである。

デザイナーのプロフィール

1929–54年

広島出身の僧侶の家庭に東京で生まれる。榮久庵が1歳のとき、父の布教活動のために一家はハワイに移住し、7年後に広島に戻る。仏教と幼児期にアメリカで接したインダストリアルデザインに大きな影響を受けた。1945年の広島への原爆投下時は海軍兵学校に在学中で、姉妹のひとりを原爆で失った。原爆投下後、ただちに自宅に戻った。翌年、父が放射線疾患で死亡すると、京都で仏門に入るために修行を開始したが、周辺の惨状を目にして、別の道に進む決心をした。

1955–69年

東京芸術大学を卒業後の1957年に、のちにGKデザイングループとなるデザインスタジオを設立した。

1970–2015年

日本インダストリアルデザイナー協会理事に就任。1975年には、国際インダストリアルデザイン団体協議会会長に選任された。成田エクスプレスの車両（1991年）、ヤマハのオートバイ「VMAX」（2008年）などをデザインした。1998年には、デザインを通じて貧困問題を解決する組織、世界デザイン機構会長に就任。プライバシーと水平に近い睡眠姿勢を確保できるJALのシェル型シートのデザインにより、2003年に日本グッドデザイン賞を受賞した。

新幹線車両「E3系」

「すばらしい新世界」のスピードと未来志向を象徴する新幹線は、日本を苦難に満ちた過去から運びさるように思われた。榮久庵がJR東日本のために「E3系」をデザインしたのは1997年になってからである。「E3系」は新幹線でもひときわ美しい車両となった。榮久庵は流線型の美の限界をさらに未来へとおしすすめた。この車両はノスタルジアや迎合主義におぼれることなく、日本の伝統的表現形式を保ちながら、大胆な未来志向を示している。日本は1930年代に高速列車の必要性の議論をはじめた。最初の新幹線が登場したのは1964年の東京オリンピックにまにあう年であり、日本の発展の到達度を世界に知らせるシンボルになった。それが証拠に、榮久庵のデザインした車両は日本が誇りとする地方を走っていた。

ペンギン推理小説シリーズ 1961-65年 Penguin Crime Series

ロメック・マーバー 1925年–

1962年7月発行のロメック・マーバー制作の『絞首刑執行人の休日（Hangman's Holiday）』（1933年）の表紙。マーバーのグリッド方式にしたがってデザインされて、のちに大きな影響をあたえた。

ペンギンブックスの推理小説シリーズが特徴的なデザインになったのは、1961年からである。アートディレクターのジェルマーノ・ファチェッティ（1926–2006年）が、デザインの刷新を一任され、その作業によって表紙デザインが大きく変化することになった。それ以前のペンギン社は、25年以上にわたって採用してきた自社の美的センスに疑いをもたなかった。よく知られた3本帯の上下に色を入れて中央にギルサン書体の活字を使ったフォーマットは1947年に更新されたものの、現代風に変更する必要があった。ロメック・マーバーの出した答えは、強いイメージを用いて、一貫性のあるグリッド・システムにもとづく表紙デザインを採用することだった。このデザインはその後も影響をおよぼすことになった。マーバーはこのシリーズのコンセプトについてのメモで、「図形的なアイディアでは、線描、コラージュ、写真をとわず、可能ならその本の内容の雰囲気を示すもの」と書いている。彼は過去とのつながりを示そうとして、「共通する特徴をとおして」、つまり「印象的な水平の動的効果は現在の推理小説シリーズの表紙でも強調されているが、新しい表紙でも水平のルールを引きつづき採用し、ときに白い水平の帯を使用する」とした。マーバーはなじみのあるグリーンによる色分けを保持しながら少し明るい色調に変え、書体にはスタンダードを使用した。その結果誕生した70以上の表紙は、すっきりしたデザインと安定した個性、刺激的で多くは暗く謎めいた図とのバランスがとれていた。統一性のある特徴に種々のイメージを埋めこむ方式は、ペンギンのオレンジのフィクション部門と青いペリカン版にも採用された。 MS

ナビゲーション

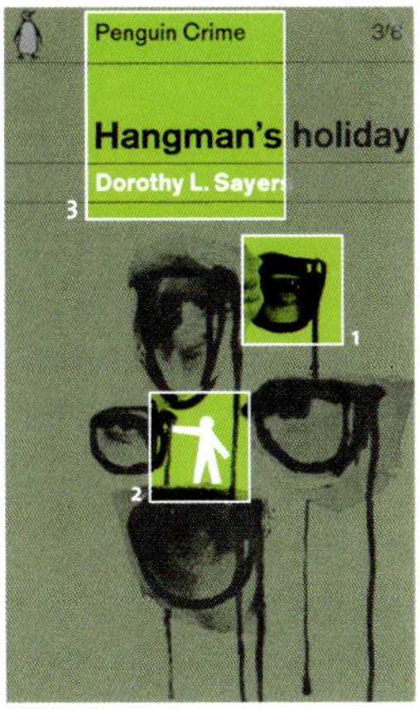

フォーカス

1　目
マーバーは推理小説シリーズの全表紙に、ゆがんだ書体、線描、実験的な数々の写真など、多彩な技術を使用している。自分をモデルにするのが常で、犯罪を暗示する暗い視覚イメージをよく選んだ。したたるインクは、不吉さや不気味さを表している。

2　白い人物
マーバーがデザインしたドロシー・L・セイヤーズの作品の表紙は、広範囲の推理小説シリーズのなかで、著者ごとの下位シリーズを迷わずに選べる方法を示している。セイヤーズ作品の表紙にある白い人物は、殺人の被害者像をチョークで描いたカリカチュアで、さまざまな場面で現れる。

3　幾何学的グリッド
いわゆる「マーバー・グリッド」では、出版社のロゴマーク、本のタイトル、著者名が表紙上部の3本帯内に配置されている。「タイトルの長さとさまざまな位置取り」の自由がきき、残りの部分全体に図形的要素を配置できる。

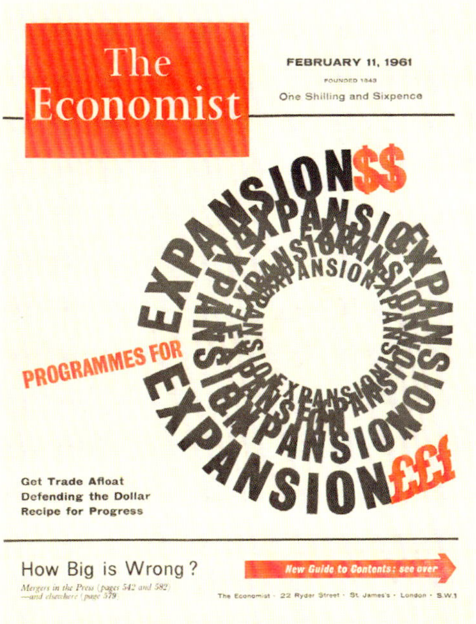

赤と黒

マーバーはエコノミスト誌やニュー・ソサエティ誌のデザインを手がけていた。ファチェッティはマーバーのエコノミストの表紙でも、とくに社会政治問題をボールド体の黒と赤のグラフィックに凝縮させる表現方法に感心して、ペンギン25周年の推理小説シリーズ改訂コンペに参加するよう勧めた。

オリベッティ・ヴァレンタイン 1969年 Olivetti Valentine

エットーレ・ソットサス 1917-2007年

ABS プラスチックなど。
12 × 34.5 センチ

エットーレ・ソットサスは著名なガラス作家、陶芸家で、建築家、プロダクトデザイナー、アーティスト、芸術理論家でもあった。彼はその仕事をとおして芸術とインダストリアルデザインの境界をあいまいにして「デザインは感覚的でエキサイティングであるべきだ」という自身の言葉を具体的に示そうとした。

1958年、ソットサスはアドリアーノ・オリヴェッティ（1901-60年）の招聘を受けて、息子のロベルト（1928-85年）とともにオリベッティが新設した電気部門のクリエティブ・コンサルタントになった。そしてその後何年かのあいだに、エンジニアのマリオ・チュー（1924-61年）と共同で、ソットサスの美的センスと技術的革新を結合させた多数の製品を手がけた。「ヴァレンタイン・タイプライター」は市場初の携帯型ではなかったが、標準的なオフィス用品が消費者向けの製品として再開発されたごく初期の例だった。ソットサスはポップ・アートとビート・ジェネレーションから強い影響を受けており、このデザインを「機械らしくない機械」とか「タイプライターのボールペン」とよんでいた。このプロジェクトでの共同デザイナーは、ペリー・A・キング（1938年-）だった。

多くのオフィス機器がまだほとんど金属製だったなかで、ヴァレンタインは光沢のあるプラスチックのケーシングを誇示した。プラスチックの使用で小粋な魅力がそなわり、軽量で携帯が可能になった。ソットサスはつねに新素材に関心をもっていた。この製品に使用された熱可塑性樹脂ABS（アクリロニトリル・ブタジエン・スチレン）は、光沢のある硬い堅牢な素材で、一般にスーツケースに使用される。レゴのブロック（p.302）もABS製である。「ヴァレンタイン・タイプライター」は批評家からも好評で商業的にも成功し、1970年には栄誉あるゴールデン・コンパス賞を受賞した。 EW

ナビゲーション

フォーカス

1　改行レバー
　当時のタイプライターの多くは、垂直についたキャリッジ（用紙巻きつけ部）だったが、「ヴァレンタイン」のキャリッジは水平にキーとつながり、改行レバーは曲げて収納できてケースにおさめやすかった。その結果スリムになった形は、携帯しやすさというポップ的美学も強調していた。

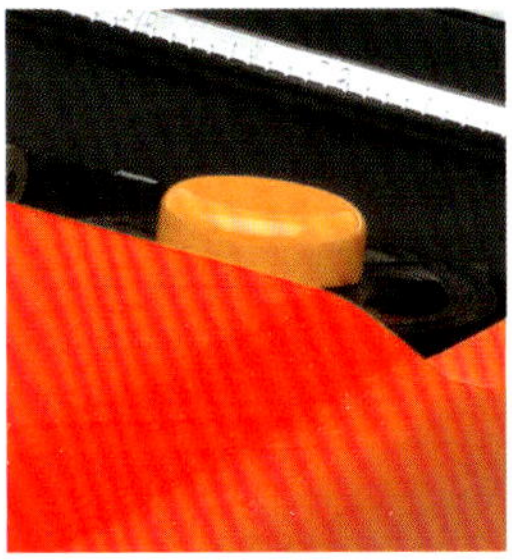

2　リボンカバー
　グレー、ブルー、グリーンの製品もあったが、赤がシンボルカラー（ソットサスによると「情熱の色」）で、製品名も赤で書かれた。オレンジのリボンカバーは、これと強いコントラストをなしている。この色彩選択はアメリカ車の光沢ある車体を思わせる。

デザイナーのプロフィール

1917−57年
　エットーレ・ソットサスはオーストリアのインスブルックで生まれ、ミラノで育つ。トリノで建築を学び第2次世界大戦後にミラノで独立して仕事をはじめた。1956年にニューヨークに行き、現代的なアメリカ美術と産業文化にふれた。イタリアに戻ってポルトロノヴァ社の家具デザインを開始した。

1958−79年
　オリベッティのクリエーティヴ・コンサルタントとして、ヴァレンタインなどの斬新な製品を多数手がけた。1972年からスタジオ・アルキミア、アーキズームなど前衛的デザイングループに参加。

1980−2007年
　デザイン集団メンフィスを設立。1985年に建築設計とインダストリアルデザインを再開した。彼の会社ソットサス・アソシエイトは2000年に、マルペンサの新ミラノ空港を設計した。

▲「ヴァレンタイン」の一体型ケースは視覚的にもポータブルであることを示している。タイプライターの後部はそのままケースの蓋の一部になる。ケースは付属物ではなく、デザイン全体の一部と考えられている。

「ヴァレンタイン」のマーケティング

　プロダクトデザイナーにはめずらしく、ソットサスは「ヴァレンタイン」タイプライターのマーケティングにも深くかかわった。名前の選択、小文字のレタリングの使用、赤いプラスチック・ケースなど、ヴァレンタインは技術的にもコンセプトとしても革新的だった。名前にふさわしく、製品の発売は1969年のヴァレンタインデーだった。ソットサスがアートディレクターをつとめた広告キャンペーンでは、ポップ・アートとの関連性が明確にわかるデザインの広告と、人目を引くポスターが用いられた。ある広告では、タイプライターが草に寝そべるカップルのかたわらに置かれ、世界中のさまざまな人がもち歩いている。そのメッセージは明瞭である。つまり、オフィス以外の場所どこでも使用できる、軽量で携帯可能な魅力あるオフィス機器だということである。

使い捨てデザイン

第２次世界大戦直後は多くの国にとって、窮乏をきわめた時代だった。しかし、食料や衣類、家屋など生活に必要なものへの欲望が満たされると、人々は使える所得が残っているのに気づき、その金を使う製品を探すようになった。1950年代と1960年代の製造業者は、こうした需要に対する供給を競い、車や大型家電、家庭用品をひんぱんに買いなおす消費者向けに、モデルの更新をくりかえした。

現代のコンシューマリズム（消費の拡大を好意的に考える主張）は経済学者のＪ・Ｋ・ガルブレイス（1908–2006年）によると、広告などの「消費者の欲望創造の機械」により形成され動かされていた。ガルブレイスの著書『ゆたかな社会』（1958年）［鈴木啓太郎訳、岩波書店］には、アメリカでの裕福な私企業部門と困窮した公共部門の分裂が増大し継続するさまが描かれている。著述家のヴァンス・パッカード（1914–96年）もガルブレイスと同様に「コンシューマリズム」への懸念をいだいた。彼の著作『浪費をつくり出す人々』（1960年）［南博／石川弘義訳、ダイヤモンド社］では、「ビジネス界が人々に浪費し、負債をかかえ、たえず不満をいだくように組織的に試みる」のを嘆いている。これとは対照的に、マーシャル・マクルーハン（1911–80年）は著書の『人間拡張の原理――メディアの理解』（1964年）［後藤和彦／高儀進訳、竹内書店］で、社会がメディア技術により形成されるのに好意的で、メディアは人間に力をあたえると考えた。そのほかにも、コンシューマリズムが人々を困窮させるのでなく、力をあたえる新たな経済的自由だとする考え方はあった。

キーイベント

1960年

ヴァンス・パッカードが『浪費をつくり出す人々』を出版。放任されたコンシューマリズムの環境と人間への危険性を警告。

1961年

レイ・クロックがマクドナルド兄弟からマクドナルドを買収。グローバルなファーストフード企業にいたる道にのりだす。

1963年

アンソラのコーヒー紙コップがデザインされ発売される。ニューヨーク市の動きの速い社会のシンボルになる。

1964年

マーシャル・マクルーハンが洞察力に富んだ『メディアの理解』を出版。「メディアはメッセージである」と主張した。

1966年

バークレイカードがアメリカ以外の最初のクレジットカードとして登場。今日買う品の支払いは明日という革新的な考えの受容を拡大した。

1966年

カリフォルニアの複数の銀行がインターバンクを設立し、マスターチャージを発行。このクレジットカードには、関係銀行による共同の決済システムがあった。

一部の批評家は懸念をいだいたものの、アメリカ人はさかんに金を使いつづけたので、経済はかつてなく高度な成長をとげた。1950年代にダイナーズクラブ、アメリカンエクスプレス、カルトブランシュなどのクレジットカードとデビットカードの使用がはじまると、消費はさらに助長された。アメリカでは1970年までに、約1億枚のクレジットカードが請求なしで送付された。借金は、前世代では経済運用の失敗の結果と広くみなされていたが、「クレジット（信用）」にすげ替えられて市場に出まわった。

使い捨てデザインと計画的陳腐化は、こうした新たなコンシューマリズムの鍵になる要素である。製造業者は戦後に出てきた新素材を利用して、保証期間しか使用できない道具や、すぐにすり切れ太陽光線で色あせる衣服を考案した。食料は週単位でなく1日でもたなくなるような作られ方をした。アンソラのコーヒー紙コップのような使い捨て容器（p.340）が、おしゃれで実用的だとして提供された。消費者はコーヒーをもち運ぶことができて、レストランは食器を洗う必要がないのだ。「ポストイット」付箋（p.342）も同様に、短期間の使用期間と使い捨てを目的に、1968年に技術が考案された。

満足度について陳腐化するように考案されるものもあった。この場合は、新製品はできるだけ耐用性があり魅力的であるより、旧製品より望ましくする程度が主眼とされた。ゼネラルモーターズのアルフレッド・P・スローンは、GMブランド内で段階的な価格設定を行なった。「シボレー」（図1）にはじまり、「ポンティアック」、「オールズモビル」、「ビュイック」、そして「キャデラック」と続き、購買者の目がGM車に向くようにしむけた。どの製品も毎年新デザインが発表されて、運転者が新製品を購入する余裕がなくても、つねに新しい欲望の対象が確実に存在するようにしたのである。

ここでは広告の力も作用した。すでに1938年には、デビアスグループは広告を利用して（図2）、婚約指輪はダイヤモンドであるべきだという考えを作りあげた。アメリカの大衆はこれを受け入れた（のちにはサイズは問題ではないということ――ロシア産の小粒ダイヤが市場に出まわってこの考えを強めた――、そして愛情を再確認するためにあとの人生で2個目のダイヤを買うことも許容した）。1970年代の日本の見合い結婚では、結婚前のロマンスはなかったが、デビアスはダイヤの指輪を現代西洋の価値観を具体的に示すものとして市場にのせ、同様の手法を最近の中国でくりかえしている。マクドナルドの拡張には、すぐに目につきやすいレストランの「ゴールデンアーチ」（p.338）と、これにもとづくロゴも役立った。

1950年代から、デザインは消費者の期待を変化させ、物質主義、つまり新しさを求める気風を受け入れさせて、実用性より新式に見える製品を好む雰囲気を助長した。デザインの力で新しく見えさえすればよいものとみなされた。個人が消費パターンで判断されるように、目立つ消費行動は社会的地位の印とされた。今日ふりかえると、パッカードとマクルーハンの両者ともが、正しかったのだろう。経済的繁栄の追求により、アメリカはかつてないほど豊かになったが、重要な点で困窮したようにも思われる。ヘルスケア、雇用保障、安全な資産所有は、富裕層だけの特権になっているのである。 DG

1

2

1　シボレー「コルベット・スティングレー・スポーツクーペ」（1963年）。1960年代には、このような車の所有は、戦後の苦しい欠乏時代からかけ離れた、華やかで気楽なライフスタイルを達成していることを表した。

2　1970年代のデビアスの広告。小粒のロシア産ダイヤの新市場を生むのに役立った。「永遠の」リングには、不滅の愛がこめられているというのがそのメッセージである。

1968年	1960年代	1970年	1976年	1979年	1980年
使い捨ての「ポストイット」付箋の接着剤技術がはじめて考案されたが、当初は使用法が明確でなかった。	デビアスが小粒のロシア産ダイヤのマーケティングの手段として、指輪の周囲に散りばめて台座のダイヤとセットにした、「永遠のリング」のアイディアを開拓。	申しこみなしで発行されるクレジットカード（「ドロップ」とよばれた）の大量送付が、アメリカで不法になる。高額の負債が生じたため。	VISA（ビザ）カードが発行開始。発行のライセンスを所有しているのは、バンクアメリカード、バークレイカード、カルトブルーなど。	1966年のマスターチャージ・カードがマスターカードに改名。クレジットカード事業範囲を世界規模に拡大。	「ポストイット」付箋がこの名前で発売される。便利さが認知され売れゆきは非常に好調だった。

マクドナルドのゴールデンアーチ 1960年代

McDonald's Golden Arches　　マクドナルド株式会社　1961年創立

「ゴールデンアーチを探そう」とさりげなくうながされた客は、自宅近辺のライバル店を無視するように巧みに誘導される。

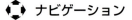

マクドナルドの有名な「ゴールデンアーチ」ロゴの発想の源は、1940年代から1960年代なかばまで南カリフォルニアでよく見られたグーギー建築にある。未来派に属するグーギー建築は、車、ジェット機、宇宙船のデザインに影響を受けており、一般的にモーテル、石油スタンド、コーヒーショップなど、目立たない沿道の建物に使われている。曲線、幾何学的な形、ガラス、スチール、ネオンの多用が特徴的である。このデザインが、マクドナルド兄弟のサンバーナディーノにある人気レストランのデザインに影響をあたえた。1952年に、建築家のスタンリー・メストンが、アリゾナのフェニックスで兄弟のフランチャイズ店を設計したとき、ディック・マクドナルドがメストンの描いた見取り図にくわえて、建物の両側に巨大な半円形をつけた。アーチは入り口ではなく、構造的、文化的、歴史的な意味あいもなかった。この時点では「M」にも見えなかった。この形になったのは1962年である。アーチの目的はたんに店が目立つようにすることだった。のちに看板製作者のジョージ・デクスターがこれを洗練させて、金属シートにネオンの縁どりをして、高さ８メートルの２本の幅広の放物線を作った。

ケン・フロックが1961年に全国フランチャイズの権利を買収すると、マクドナルドは広告に力を入れはじめた。フロックのミネアポリスのフランチャイズ店は、ラジオ広告によって1959年に爆発的に売り上げが伸びたので、彼はほかの店にもこれにならうように勧めた。「ゴールデンアーチを探そう（LOOK FOR THE GOLDEN ARCHES）」キャンペーンは、宣伝活動の鍵となった。

DG

ナビゲーション

フォーカス

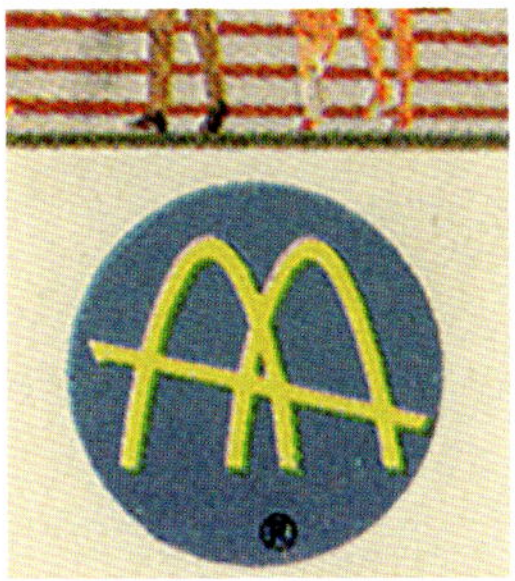

1　ロゴ

1962年にマクドナルドは新しいロゴを作ろうとしたとき、事業部長のフレッド・ターナーがデザインのたたき台になる下絵を描いた。技術建築部門長のジム・シンドラーが、それを見て店を角から見たときのアーチの形に似た「M」にした。

2　ゴールデンアーチ

マクドナルドは後年のほとんどのキャンペーンで、「ゴールデンアーチ」のデザインテーマを存続させて、ビジネス上の視覚的アイデンティティの中心となるロゴとした。2003年には広告に6億ドルを費やし、60億ドルの売り上げがあった。

3　スローガン

「ゴールデンアーチを探そう」スローガンは現在のロゴではなく、レストランの本物のアーチを意味する。皮肉なことに、巨大なゴールデンアーチはなくなり、フランチャイズ店は新しいデザインのアーチを作る必要に迫られた。それでもこのアーチは引きつづき店の目印になっている。

会社のプロフィール

1937–53 年

1937 年、スコットランド系アイルランド人のリチャードとモーリスのマクドナルド兄弟が、カリフォルニア州パサデナでホットドッグのドライブイン・スタンドを開店。1940 年には、サンバーナディーノでバーベキューレストランをオープンした。1953 年、アリゾナのフェニックスでフランチャイズ 1 号店を開店。

1954–60 年

1954 年に、シカゴ生まれでチェコ系のレイ・クロックがマクドナルド兄弟に代わって全国規模のフランチャイズを展開する。クロックはビジネスを確立したが、兄弟が最大限の可能性を実現するつもりがないことに気がついた。

1961 年–現在

1961 年、クロックは兄弟から 270 万ドルで会社を買収し、出身地のイリノイでフランチャイズのオーナー向けに「ハンバーガー大学」を設立。今日では、190 万の従業員のうちじつに 150 万人がフランチャイズ店で働いている。

ハッピーミール

1970年のポテトフライのフラットパックのユニークなカーヴ、1960年代の怪しげなハロウィーンバッグなど、マクドナルドはつねに斬新なパッケージデザインを採用している。ハッピーミールは1960年代から1970年代初めにかけて開始された。当時、アメリカ中のオーナー事業者が子ども用ミールを作ろうとアイディアを練り、数種がテストされ売り上げは好調だった。しかし、くりかえし全国規模で展開されるものはなかった。セントルイス地区の広告マネージャーのディック・ブラムズは、広告代理店に子ども用ミールのコンセプトの制作を依頼し、ハッピーミールが誕生した。その発案をしたカンザスのバーンスタイン・レイン社は、ゴールデンアーチを持ち手にした有名な「ランチペール」（右）もデザインした。

アンソラのコーヒー紙コップ 1963年 Anthora Paper Coffee Cup レスリー・バック 1922–2010年

素朴なデザインと暖かいメッセージの「アンソラ紙コップ」は、予想外にも何十年ものあいだニューヨーク市のアイコンになった。

ナビゲーション

古代ギリシアのデザインをまねた青と白のアンソラのコーヒー紙コップは、シェリカップ社のレスリー・バックによって1963年にデザインされた。2000年代まで、この紙コップはニューヨークの象徴的な商品で、1994年単年でも5億個が販売された（ほとんどニューヨーク市内にかぎられた）。テレビでもニューヨークを舞台にしたほとんどの娯楽作品に登場し、アンソラコップをもつ人物は「NYPDブルー」、「法と秩序」、「マッドマン」、「メン・イン・ブラック」など多くの番組に登場した。

20世紀初頭には、水桶や公共の蛇口などの水飲み場でグラスや柄杓などを共有することが、衛生面から問題視された。飲料用品の共有は広く禁止され、「ディキシーカップ」というブランド名の初の紙カップが利用された。コップは通常、防水コーティングの硬い紙製で、縁は強度を増すために丸められていた。アンソラなど熱い飲料用コップは、空気を閉じこめて断熱層とするために二重構造にもなっている。

残念なことに、アンソラはコピーされることが多く、多様なデザインとスローガンが出現してブランドの印象がぼやけた。スターバックスやコスタのような新しいコーヒーチェーンが、アンソラに完全にとって代わると、公衆の目にふれずに消えさった。2005年には、シェリカップ社はソロカップ社に買収され、アンソラは1年間に2億個の売り上げに減った。バックが2010年に死去した頃には、特注でなければ手に入らなくなった。 DG

フォーカス

1　モットー

NY名物の寒さに耐えていたニューヨーカーは、湯気が立つ暖かい飲み物をイメージさせる金色カップ3個のデザインを喜んだ。古代ギリシア風の文字で書かれた「皆様のお役に立てて幸いです」という暖かいモットーは、古代ギリシアの碑文から着想を得ている。

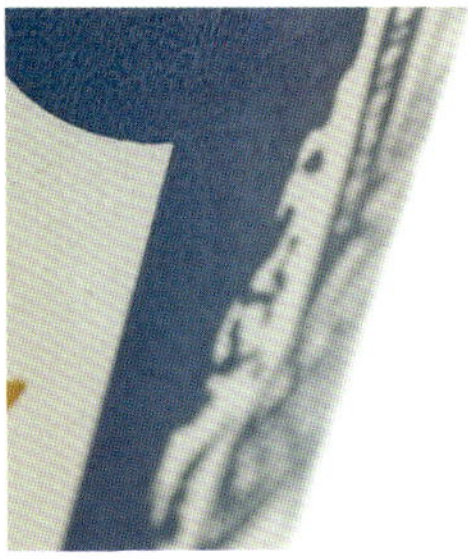

2　アンソラ

カップの横にはギリシアの壺のアンフォラ2個が描かれ、バックのチェコなまりから「アンソラ」と名前がついた。バックのアンフォラは1本の持ち手と、曲線でなく角張った面、平らな底が独特である。もっとも、バックは自分をアーティストと称したわけでない。

3　ギリシアの色

バックはギリシア国旗の青と白を使い、縁には古代ギリシアの曲折模様をデザインした。ギリシア系の経営者が多いニューヨークの軽食堂やレストランで、このカップを使用してほしかったのである。マーケティング的な配慮がデザインに強く出ている。

▲映画『ウルフ・オヴ・ウォールストリート』のスチール写真では、レオナルド・ディカプリオがウォールストリートを物思いにふけりながら歩いている。当然ながら、コーヒーはこの町を象徴するアンソラに入っている。

デザイナーのプロフィール

1922–45年

チェコスロヴァキアのフストで、ユダヤ人家庭に生まれたときの名前はラスロ・ブッヒ。家族とともにナチの強制収容所、アウシュビッツとブーヘンヴァルトに収容され、両親は死亡した。

1945–65年

戦後に兄弟のユージーンとニューヨークに移住し、英語風にレスリー・バックに改名後、貿易業をはじめた。1950年代末に兄弟で紙コップ製造業にのりだしプレミアコップを発売。

1965–92年

創業まもないシェリーカップに販売マネージャーとしてくわわり、のちにマーケティング部の責任者になる。1960年代初めに「アンソラ紙コップ」をデザイン。その後30年間、同社で働いた。

1992–2010年

1992年にシェリーカップを退職し、特製のアンソラ紙コップ1万個を受けとる。2010年に亡くなった。

古代の先例

中国では唐王朝（618–907年）から紙コップが使用されていた。イグサの器に「紙杯」とよばれるコップがはいっていて、お茶が供された。コップには多様な色と大きさがあり、装飾的なデザインで飾られていた。上の墓の絵にあるように、陶器の器で茶が出されたのはのちの時代である。

ポストイット付箋 1968年 Post-it Note

アート・フライ　1931年–／スペンサー・シルヴァー　1941年–

1978年、アイダホのボイシでの大規模試験販売では、消費者の94%が「ポストイット」を購入すると回答した。

スペンサー・シルヴァーは3M（ミネソタ・マイニング・アンド・マニュファクチャリング）から、超強力な粘着剤を開発する仕事を割りあてられた。ところがシルヴァーは1968年に、アクリル酸塩共重合体でできたアクリル球体のために、強く接着しない弱い粘着剤を開発した。あたえられた仕事の流れでは、あきらかにこの成果は無用だと考えられ、シルヴァーはほかのプロジェクトにまわされた。しかし、シルヴァーにはこの素材は有用だという確信があった。この低粘着性の接着剤は、粘着力が弱くても何度も再利用できる。スプレーのほかにも、一時的な掲示を簡単に張ったりはがせたりするので、掲示板に使えると考えた。問題は、このことをだれも認めないことだった。

シルヴァーが社内プレゼンで実演を続けていると、５年目にアート・フライがちょうど居あわせた。フライは教会の聖歌隊で歌っていたが、使用する栞がすぐに落ちるのに困っていた。彼はシルヴァーの素材が、この種の一時的な接着に完璧な役割を果たすことを見抜いた。フライが上部にこの考えを伝えると、懐疑的ながら、この会社の主要製品であるスコッチテープより使用場面がはるかに多いことを実感してもらえた。続く５年間、シルヴァーとフライは付箋を製造するための機械を完全に仕上げる作業にかかった。発明の10年後の1978年、「プレスンピール・パッド」という名で付箋を世に送りだした。そして２年間の市場テスト期間をへて、「ポストイット」というブランドに改名し販売した。正式な発売後１年で、200万ドル以上の売り上げがあった。今日では、１年に10億ドル以上の売り上げを誇っている。

DG

ナビゲーション

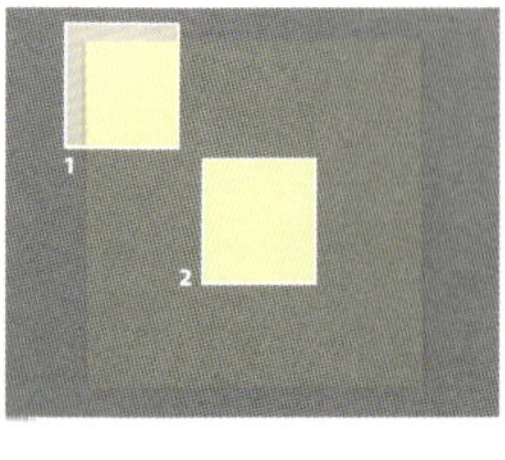

フォーカス

1　粘着性

はがれやすさが生じるのは、弱い粘着性のためと思いがちだが、それは粘着剤に細かいプラスチックの粒を混ぜているからである。付箋の粘着度は粒のサイズと数によって異なる。粒のために接着は長く続かない。

2　色

この製品には正方形で黄色というシンボル的な基本形がある。黄色になったのは、じつは隣室の実験室に、テスト用の黄色の古紙しかなかったためである。これは、スティーヴ・ジョブズの、「iMac」を機能でなく色で区別する独創的なアイディアを思わせる。いまでは多くの色と形の製品が販売されている。

デザイナーのプロフィール

1931–53年

アーサー・「アート」・フライはミネソタ生まれで、子ども時代から不器用だった。ミネソタ大学に進み、学部卒業後の1956年に3Mに就職した。

1941–66年

スペンサー・シルヴァーは1941年にテキサスで生まれた。アリゾナ州立大学で化学を専攻し、コロラド大学で1966年、有機化学の博士号を取得した。

1966–96年

スペンサー・シルヴァーは3Mに在職中22の特許を取得。フライとともに「ポストイット」用に発明した粘着剤は、医療用包帯やインテリア装飾などほかの製品にも応用されたが、シルヴァーが特許料を得たことはなかった。絵画に専念するために、1996年に3Mを退社。アート・フライも1990年代初めに退社した。両人とも全米発明家殿堂に選出された。

▲ロンドンのミレニアム・ドームのワークゾーンで開催された粘着付箋展。2000年中公開され、便利な「ポストイット」が実業界に偏在することを裏づけた。

スコッチ「マジック」テープ

3Mの有名な粘着製品に、加圧で接着するセロハンテープ、スコッチテープがある。最初に構想が生まれたのは1845年だが、リチャード・ドゥルー博士（1899–1980年）がこの製品をデザインしたのは、1930年代である。「スコッチ」という名前は、この製品の弱粘着性から、スコットランドが「けち」だという当時の侮蔑的連想に由来する。

グラフィックの案内標識

1　1965年CBSのニューヨーク本部でウォールグラフィックのハイレリーフ（高浮彫）を制作するルー・ドーフスマン。

2　デレク・バーゾールは1967年以降、有力女性誌ノヴァなど多くの雑誌のアートディレクターをつとめて、時代を象徴する表紙を作った。

3　マッシモ・ヴィネッリのニューヨーク地下鉄路線図。1972年。

イタリアに生まれ1960年代にニューヨークに移住したマッシモ・ヴィネッリ（1931–2014年）は、ヨーロッパのモダニストの流れをくむ多作なデザイナーだが、なかでもグラフィックデザインがとくに有名である。アメリカン航空のコーポレート・アイデンティティ（1967年）は50年間変更されず、ニューヨーク市交通局のモジュール方式の「地下鉄案内表示板」（1966–70年）、「地下鉄路線図」（図３）など、その仕事は何百万もの人の目にふれている。「わたしはいつも数百万の人の生活に影響をあたえようとしてきた。政治や娯楽ではなくデザインをとおして」と彼は述べている。ヴィネッリはヘルヴェティカの書体（p.276）の熱烈なファンで、明瞭さと正確さを重視した。「意味的に正確で構成的に一貫性があり、実用的で理解しやすいデザインが好きだ」という。しかし、彼の作品に好意的でない者もいた。ヴィネッリがボブ・ノーダ（1927–2010年）と1972年に共同デザインした地下鉄の図表は、とりわけ論議の的になった。ヘルヴェティカ（のちの1989年にニューヨークの地下鉄全線に採用）を使用したマップを彼は、ハリー・ベック（1903–74年）デザインの「ロンドン地下鉄路線図」（1933年、p.202）の方針にならい、路線網の地理的事実を再現するのでなく、図式的系統的に表現した。「わたしが仕上げたなかでもっとも美しいスパゲッティ作品」だとヴィネッリは語ったが、広がりのあるロンドンとは異なり、ニューヨークは厳格なグリッドパターンの街なみになっている。ヴィネッリの地図が地理的事実と一致しないのは、多くのニューヨーク市民には受け入れがたかった。路線図が発表されるとただちに、腹をたてた

キーイベント

1962年	1962年	1963年	1963年	1965年	1966年
イギリスで最初のカラー別冊誌、サンデータイムズ誌が発刊。	ジノ・ヴァッレ（1923–2003年）が自動案内表示機を共同デザイン。空港や駅で広く採用され、工業的標準機になった。	ジョック・キニアがイギリスの道路標識デザインを委託され、マーガレット・カルヴァートに協力を求める。	リチャード・ガイヤットがRCAで「グラフィックRCA─グラフィックデザイン科15年の作品」というタイトルの作品展を計画。	ヴァッレがイタリアのディスプレー会社ソラリー・ディ・ウビネ（p.348）のために旅行用時計「チフラ３」をデザイン。	マッシモ・ヴィネッリがニューヨーク市交通局のために、パネルを組みあわせる「地下鉄案内表示板」をデザイン。

市民から、セントラルパークが実際より小さく形も異なる「不正確さ」などに不平が殺到した。1979年にこの路線図は廃止され、地理的に正しい新デザインに変更された。

イギリスの高速道路標識（p.346）は1950年代末から10年のプロジェクトで開発され、ジョック・キニア（1917–94年）とマーガレット・カルヴァート（1936年–）によってデザインされたが、こちらには不平がほとんどよせられなかった。ヴィネッリはあらゆる機会でヘルヴェティカを好んだが、キニアとカルヴァートはイギリス国民がスイスのサンセリフ（ひげ飾りのない書体）のほうをやや堅実だと感じると考えた。ふたりがデザインした標識用書体「トランスポート」は、明瞭で読みやすく、ヘルヴェティカの系統だが、丸みをおびて親しみやすい。公共事業デザインの記念碑的作品で、ドライバーを南のランズエンドから北のジョン・オグローツまで導き、この国の原風景の一部になっていて、これ以上に「イギリス的」といえるものを想像しにくいほどである。

グラフィックデザイナーが路線図や案内表示で求められるのは、簡単で理解しやすく安全に利用者をナビケーション（誘導）することである。「ナビゲーション」が文字で行なわれるとき必要条件である読みやすさは、配置の仕方であるとも考えられる。その典型的な例に、イギリスのタイポグラファー（活字書体、レイアウトなどの専門家）、マシュー・カーター（1937年–）が、アメリカの電気通信大手のベル電話会社のために制作した1974年の作品がある。彼はそれまで電話帳に印刷していたベル・ゴシックに代わる新しい書体、ベル・センテニアルをデザインした。ここで課題とされたのは、安価な紙に高速で印刷し読みやすさを保つフォントを作ることだった。カーターの出した答えは、文字の角の内側に「インキトラップ」の切りこみを入れて、インクがうまく広がるようにしたことだった。この新書体では、圧縮しても鮮明さが保たれた。その結果、2列の住所記載が減少して全体の記載列も減少し、紙が大幅に節約された。

1920年代に「グラフィックデザイン」という言葉をはじめて使用したのはアメリカの活字デザイナー、W・A・ドゥイッキングズ（1880–1956年）で、1948年になってロンドンのロイヤル・カレッジ・オヴ・アート（RCA）でグラフィックデザイン科を設立したリチャード・ガイヤット（1914–2007年）が、再度提唱した。ガイヤットは新しい学際的手法を提案して、最初のグラフィックデザイン展を1963年にRCAで開催した。アラン・フレッチャー（1931–2006年）など、この分野で活躍した卒業生は数多い。のちの1980年代にここで教鞭をとったデレク・バーゾール（1934年–）は、フレッチャーの同僚だった。バーゾールの重要な仕事は、ペンギンブックスの表紙、ピレッリカレンダー、イギリスの有力誌ノヴァ（図2）のアートディレクター、さらにギルサン書体を用いた『英国国教会祈祷書』（2000年）の新デザインなど、多彩な分野におよんでいる。

グラフィックには楽しい面もある。1960年代の時代を集約する作品に、CBS放送のデザインディレクターだったルー・ドーフスマン（1918–2008年）が、CBSニューヨーク本部のカフェテリアに制作した「言葉の壁」（図1）がある。ちなみにその建物は、エーロ・サーリネン（1910–61年）の設計だった。ドーフスマンはこれを「ガストロタイポグラフィカルアセムブレイジ」とよび、幅10.5メートル、高さ2.5メートルの壁に、固いマツから手作業で切った1450個の文字をならべて、食べ物に関連する言葉をつづった。 EW

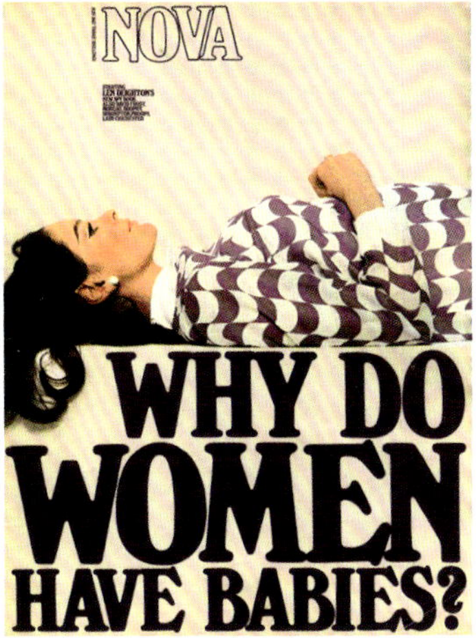

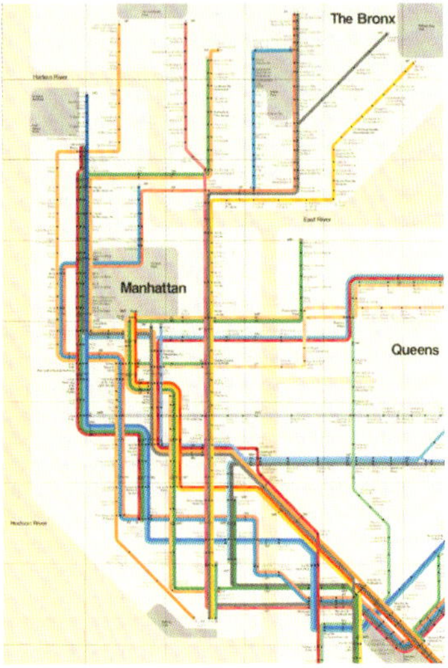

1966年	1967年	1971年	1972年	1972年	1974年
ルー・ドーフスマンの「言葉の壁」が完成しCBSのカフェテリアに設置される。	ヴィネッリがアメリカン航空のコーポレート・アイデンティティをデザイン。50年間使用された。	ローリングストーンズがRCAデザイン科の学生だったジョン・パッシュ（1945年–）に制作を依頼し、唇と舌のロゴが誕生。	ヴィネッリがニューヨーク市交通局の地下鉄路線図をデザイン。その直後から論議をよんだ。	イギリスの有力なデザインスタジオ、ペンタグラムを、アラン・フレッチャー、ケネス・グランジ、セオ・クロスビー、ボブ・ギル、マーヴィン・カーランスキーが共同設立。	タイポグラファーのマシュー・カーターがアメリカで、ベル電話会社向けに「ベル・センテニアル」書体を制作。

高速道路標識 1963年 Motorway Signage

ジョック・キニア　1917–94年／マーガレット・カルヴァート　1936年–

フォーカス

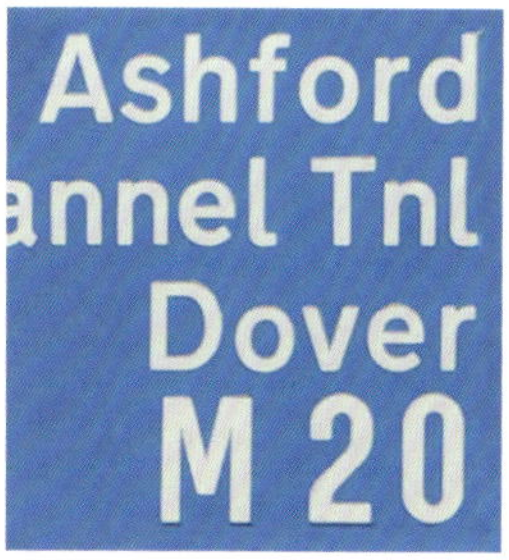

1　書体

アクチデンツ・グロテスクの一種だが、のちにトランスポートという名前がついた。サンセリフ書体（ひげ飾りがない）で、ヨーロッパのモダニストの文字より丸い。大文字だけより読みやすいというので、大文字と小文字が使用された。

2　反射素材

標識の白い部分には特殊な反射素材が使用され、夜間車のヘッドライトの照明で浮きあがる。背景のブルーは反射しないので、コントラストが強まる。

3　色

標識の背景のスカイブルーは昼の光のなかでは目立たない。赤やオレンジのような「はっきりした」色あいのように、目に飛びこまないともいえる。夜間にはブルーは黒く見え、白い文字や数字を効果的に引き立てる。

4　スペースとつりあい

書体のデザイン完成後は、とくにカーニング（文字間のスペース調整）に注意がはらわれた。標識に対する文字サイズも、つりあいがとれるように考えられた。

ジョック・キニアとマーガレット・カルヴァートのデザインは、世界中の道路標識に影響をあたえた。

イギリスでは1957年から1967年にかけて政府主導の意欲的な情報デザイン事業が実施され、その一環として1960年代の初めにジョック・キニアとマーガレット・カルヴァートがイギリスの道路網用に標識を制作した。この標識は一貫性と判読のしやすさのモデルであり、イギリス中の道路の道案内に変革をもたらした。南端のランズエンドから北端のジョン・オグローツにいたるあらゆる場所で、瞬時に識別できて風景にあたりまえのように溶けこんでいるこの標識は、英国ブランドと名づけるのにふさわしい。この政府の事業は、道路網の拡張と新しい高速道路建設が1950年代末に開始するのと同時期に企画された。高速道路第１号の開始部分、つまりM1はウォトフォードからラグビーまでで、1959年に開通した。当時あった標識は無秩序で一貫性がなく、高速で走る運転者に（1950年代には速度制限がなかった）混乱と危険をまねくという当然の懸念があった。

政府委員会はこの問題の検討にのりだし、ロンドンのガトウィック新空港の標識をデザインしたキニアに、1963年に仕事を委託した。膨大で複雑な事業でもあり、キニアはチェルシー美術学校の教え子だったカルヴァートに協力を求めた。さしせまった課題は、新高速道路用のシステムの考案だったが、あとになってふたりは全道路について同様の仕事をまかされた。当初から道路標識は、前方のジャンクションのマップとみなされた。情報を最重要な事項にしぼるのを目標にして、高速走行中でも判読可能かどうかを大規模なテストで確認した。レタリングについては、キニアとカルヴァートは、のちにトランスポートという名前がつくサンセリフの新しい書体を考案した。レイアウト、割合、バランスにくわえて、字の濃度、カーニングにも細心の注意をはらった。 EW

シンボルと絵文字

道路標識事業の政府委員会は、言葉よりもシンボルの利用を進めた。キニアとカルヴァートは、1949年のジュネーヴ条約で定められた規定を採用した。つまり三角形は警告、円形は命令、長方形は情報提供といったことである。進入禁止、右折禁止など抽象的なシンボルが多かったが、この赤い三角形の警告標識では絵文字が使われている。絵文字のほとんどはカルヴァートが描き、絵に特性と性格を吹きこんだ。たとえば農場の家畜に注意をうながす三角標識では、いとこの農場にいた牝牛のペーシェンスを描いている。鹿が飛びでる絵文字はとりわけ楽しい。「子ども横断注意」の標識（右）はかなり苦労して描いたがいちばん気に入っている、とカルヴァートは語っている。以前の標識では、通学帽をかぶった少年が幼い女の子を引率していた。カルヴァート制作の標識は時代に合わせて男女平等になり、女の子が幼い男の子の手を引いている。女の子は自分の子ども時代の写真をモデルにしている。

チフラ３ 1965年 Cifra 3

ジノ・ヴァッレ　1923–2003年

プラスチック。
10 × 18 × 9.5 センチ

一流の建築家、ジノ・ヴァッレはきわめて多作で、イタリアをはじめ世界各地で数多くの重要建築を手がけたが、製品は消費者のニーズを反映するべきだという硬い信念をもつインダストリアルデザイナーでもあった。ヴァッレはイタリアの製造業者ザヌッシの主要製品である洗濯機や冷蔵庫のアイデンティティ（個性）を作った。表示装置製造業者のソラリー・ディ・ウビネのために制作した1965年の「チフラ３」時計は、1966年の発売直後からベストセラーになった。現在では製造は中止されているが購入の希望は多く、ニューヨーク市の近代美術館やロンドン科学博物館に収蔵されている。この時計には、ソラリーが製造した反転フラップ式案内表示機と同様の構造が採用されている。明快なグラフィックとむだのないフォルムから、この製品は戦後イタリアデザインの古典とされている。時計のケースはプラスチック製で、形状は円筒形内の回転構造をそのまま採用した。回転ブレードが動くたびに、個々のプラスチックのタイルつまり「カード」が音を立てて所定の位置に動く。

ヴァッレの建築物の多くは、故郷のヴェネツィア近郊にあるウディーネ近辺にある。父親のプロヴィーノ・ヴァッレもここで建築業を営み、息子は家業についたのである。ウディーネには父の設計による第１次世界大戦を記念する教会と、ヴァッレ自身がデザインしたレジスタンスの記念碑がある。彼は第２次世界大戦中にイタリアのレジスタンス運動に参加してドイツに捕えられ、マウトハウゼン強制収容所に収容されていた。　EW

ナビゲーション

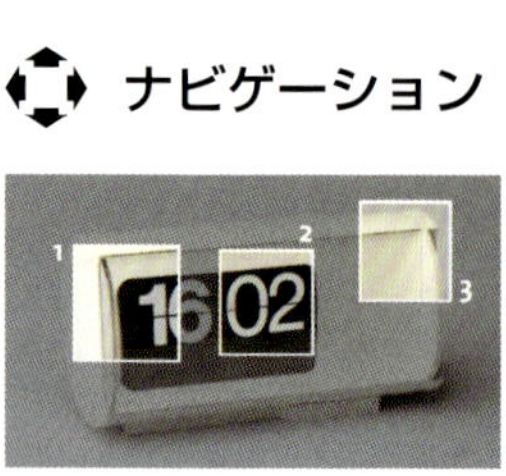

フォーカス

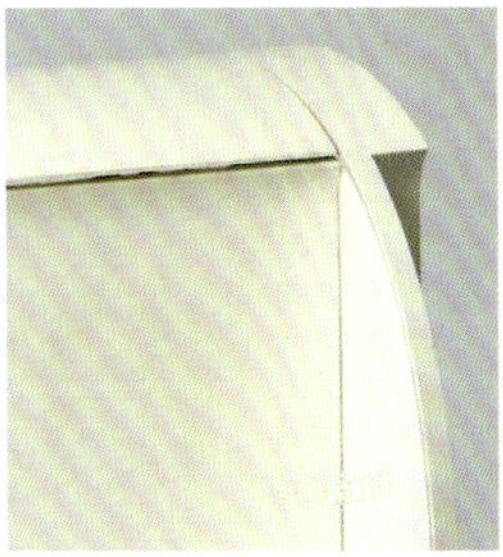

1　透明な前面

時計のカーヴした正面は透明で、パーツの動きが見える。数字用ロールが2本あり、48枚のプラスチックのフラップは時間、120枚は分を表す。フリップ（パタパタ）時計は一方向にだけ動く。つまり重力の助けをかりて、下方にだけ落ちるのだ。時計を進めるためのノブがついている。

2　書体

現代的だというので、ヘルヴェティカ書体を選択。時間を表す数字は、遠距離からでも読めるボールド体になっている。なじみのある時をきざむ音ではなく、1分ごとにフラップが落ちる音が聞こえて時を知らせる。

3　円筒形

回転ブレードを内蔵するフリップ構造の形状をそのまま生かして、全体を円筒形にしている。ヴァッレのデザインにはよけいなものや装飾がまったくない。シンプルな未来派的形状が、プラスチック容器の使用により強調されている。

デザイナーのプロフィール

1923–63年

ジノ・ヴァッレはイタリアのウディーネに生まれ、ヴェネツィア大学で建築を学んだあと、マサチューセッツのハーヴァード大学に進んだ。1950年代に、ウディーネ近郊を中心に建築物を多数設計。1950年代末にザヌッシやソラリーとの仕事で成果を上げた。1956年と1962年にゴールデン・コンパス賞を受賞。

1964–2003年

1964年ロンドンのロイヤル・カレッジ・オヴ・アートでの個展などで、国際的に有名になった。商業的不動産の仕事はしなかったが多作な建築家で、イタリアだけでなくアメリカ、ドイツ、フランスで仕事をした。ヨーロッパ、南アフリカ、ハーヴァードで教えた。

ソラリー式表示板

反転フラップ式表示板（右）は、デジタル表示の出現まで世界中の駅や空港で見られたが、この構造を発案したのはソラリーの創始者で独学のエンジニア、レミージョ・ソラリーである。ヴァッレはそれを具体的な発明品にしたジョン・マイヤーとともにデザインを考えた。どの角度からも見やすく省エネで、「ソラリー式表示板」はすぐに業界の標準モデルとなった。「チフラ3」と同じ音を立てて、到着や目的地を変更する音に、昔の旅を思い起こす人は多い。

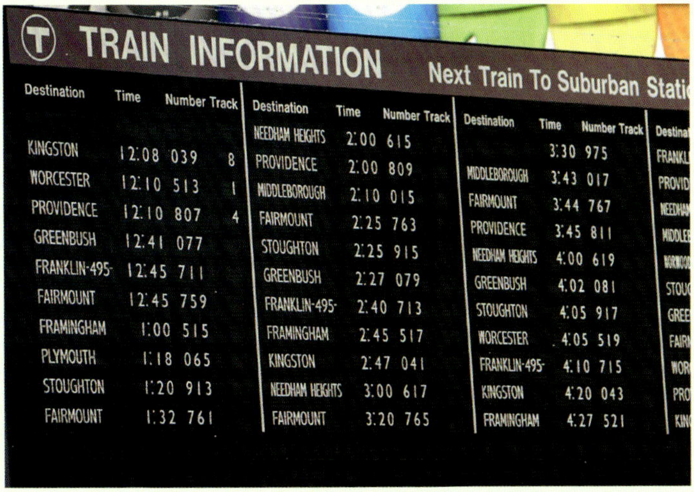

すばらしいプラスチック

戦後期のデザイナーにとって、プラスチックの立体成形が可能な性質は、一体型の物品「モノブロック」を作るきっかけになった。一体化は美的・商業的な目標でもあった。単純化した製造工程でデザインを多様な人々にとどける可能性が出てくるためであるが、当初は技術的限界のために、こうした目標は実現できなかった。エーロ・サーリネン（1910–61年）作の「チューリップチェア」（1956年、p.294）は、もともとは単一成形で製造されるはずだったのが、成形されたガラス繊維強化プラスチック（ファイバグラス）のシート・シェル（外郭）を、別に成形されたアルミの土台にのせる必要があった。それでも真っ白な仕上がりと流れるラインから、単一の素材であるように思わせる。一体成形プラスチックチェアの構想は60年代初めからあったが、多くのデザイナーが取り組んだものの、最初に製造されたのは1967年だった。デンマークのデザイナー、ヴェルナー・パントン（1926–98年）作の過激なカンチレヴァー（片持ち構造）の「パントンチェア」（1960年、p.352）がそれで、この椅子はデザイン界のアイコンになったが、製造するのが非常にむずかしく、これまで順調に製造されたわけではない。

キーイベント

1960年	1961年	1963年	1964年	1965年	1966年
ヴェルナー・パントンが初の一体形成形のプラスチック製の椅子をデザイン（p.352）。基部が広がった光沢のあるカンチレヴァーという過激な形だった。	ヴィコ・マジストレッティが優雅な「セレーネチェア」をデザイン。はじめてガラス繊維強化プラスティックを射出成形した椅子だった。	ロビン・デイが「ポリプロップチェア」をデザイン。スチールパイプの脚に成形プラスチックのシートがのっていた。世界中で何百万脚も売れた。	イリヤ・クッカプーロ（1933年–）が「カルセリチェア」をデザイン。ファイバグラスの基部とシェル、革張りという古典的なフィンランドの椅子は、縦横に回転する。	ジョー・コロンボ（1930–71年）がモノブロックの「ユニヴェルサーレチェア」のデザインを開始。カルテリが1968年から製造した。	スイスのデザイナー、ハンス・テオ・バウマン（1924–2016年）が子ども用のカトラリー・セットを制作。

イギリスのデザイナー、ロビン・デイ（1915–2010年）は、成形したプラスチックのシェルを曲げたスチールパイプの脚が支える「ポリプロップチェア」（図2）の制作にあたって、異なる方法をとった。この商品はプラスチック製の椅子では、商業的に空前の成功をおさめており、23か国で何百万脚もの売り上げがあった。ほぼ10年前の1954年に開発された射出成形のポリプロピレンを、はじめて使用した例である。積み重ねができてさまざまな色の製品があり、世界中の診療所から学校の講堂まで、公共の場所でよく見かける椅子となった。

1960年代中頃から末には、プラスチックはファッションとポップ・アートの世界にも進出した。こうした風潮を反映した商品に、ジョナサン・デュ・パ（1932–91年）、ドナト・ドゥルビーノ（1935年–）、パオロ・ロマッチ（1936年–）のミラノを拠点とするスタジオ制作の膨張式「ブローチェア」（1967年、p.372）や、エーロ・アールニオ（1932年–）作の透明なプラスチックのシェルを天井からチェーンでつるした「バブルチェア」（1968年、図1）などがある。1960年代後半には、プラスチックはおしゃれとされたが、これは素材そのものが技術的に改良されただけでなく、おもにイタリアのデザイナーがプラスチックの評価を高めようと努力したからである。ヴィコ・マジストレッティ（1920–2006年）は、家具と「キメラ・フロアランプ」（1969年、p.356）などの照明を得意とし、前衛的なプラスチック商品を制作した。彫刻のような「セレーネチェア」（1968年）は座り心地や価格の面ですぐれていて、積み重ねできる。このモノブロック商品は圧縮成形したファイバグラスで作られており、ヘラー社から復刻版が出ている。そのほかのイタリアのデザインの古典には、「ヴァレンタイン・タイプライター」（1969年、p.334）がある。エットーレ・ソットサス（1917–2007年）がオリベッティ向けにデザインしたが、ケースを大胆な赤いプラスチック製にしたのは、ほかの「上等な」素材そっくりに作れるからでなく、素材そのものの長所のためである。

当然ながら、プラスチックは単一の素材ではなく、変化に富んだ特徴のある各種の素材グループであり、こうした特性そのものから現代社会には不可欠となっている。イタリアのデザイナーが、ABS（アクリロニトリル・ブタジエン・スチレン）などの素材を選択したことも、彼らの制作したプラスチック製品の評価を高めた。ABSを使用すると、視覚的にすぐれ、光沢と立体感のある表面になる。ABSはイタリアのカルテル社が発売した商品に多く使用され、この時期に同社は購買欲をそそる多数のプラスチック製品を製造した。

イタリアのデザイナーは、素材自体の美しさからプラスチックに新たな価値をくわえようとしたが、プラスチックは安価で用途が広いことから、家庭用品、車、フローリング、電気製品、配管設備など、目に見えるところとそれ以外の場でさまざまな製品に利用された。プラスチックをふくまない製品が市場に出まわるのはまれだった。1970年代初めに起こった中東での戦争とその結果生じた石油危機は、石油と石油化学工業の合成製品への依存度を増大させる社会に、警告をあたえる出来事だった。プラスチックはもはや安価ではなく、ポップ・アート運動での使い捨て文化は、資源のかぎられた世界への賢明な反応にも見えなかった。プラスチックは消滅したのではなく、デザイナーがこの素材を「すばらしい新世界」をもたらす可能性を秘めていると考える時代が、終わったのである。　EW

1　エーロ・アールニオの「バブルチェア」（1968年）。クッションを入れたアクリルの半円球になっていて、チェーンとスチールのリングで天井からつるされている。アールニオは透明な台座の支えを好まなかった。

2　デイ制作の「ポリプロップチェア」（1963年）。クッション材が入ったシート、庭園用に排水用の穴があるタイプ、子どもサイズなど、数種類が製造された。

1967年	1968年	1968年	1969年	1969年	1973年
アンナ・カステッリ・フェリエーリ（1918–2006年）が、ABS使用の「コンポニビリ・規格ユニット」（p.354）をデザイン。	エーロ・アールニオが「バブルチェア」をデザイン。目立ちたがり屋の注目を集めた。	セルジオ・マッザ（1931年–）が一体型のファイバグラス製スタッキングチェア、「トーガ」をデザイン。自社のアルテミデで製造した。	エットーレ・ソットサスがオリベッティの「ヴァレンタイン・タイプライター」（p.334）をデザイン。赤いプラスチック・ケースはプラスチック素材を積極的に利用しようとする表れだった。	マジストレッティがプラスチックの柔軟性と透明性を追求して、巻き上げた劇的な形の作品「キメラ・フロアランプ」（p.356）を制作。	中東で緊張が高まり、OPEC（石油輸出国機構）が石油輸出の禁止・抑制にふみきる。その結果生じた石油危機からプラスチックの価格が急上昇した。

パントンチェア 1960年 Panton Chair

ヴェルナー・パントン　1926–98年

ナビゲーション

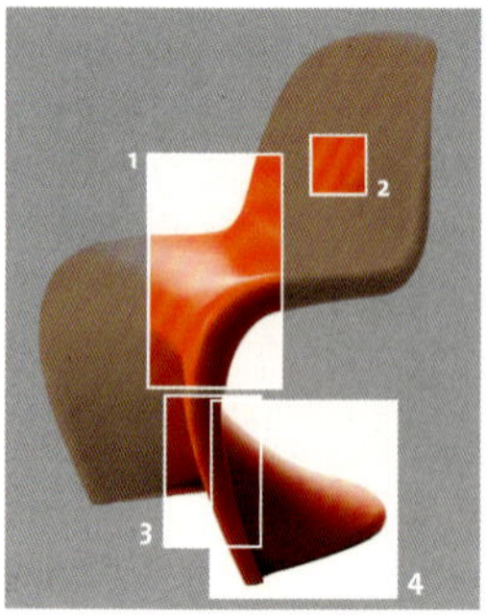

ポリウレタンフォーム。
83 × 61 × 50 センチ

ヴェルナー・パントンの作品には、いわゆる典型的な北欧のモダンデザインとの決別が表れている。彼は自然素材や伝統的な有機的形状を使用しないで、宇宙時代の美意識と大胆な合成素材を好んだ。かくして、当時のデンマーク人のあいだでは「enfantterrible（おそろしい子）」として有名になった。「わたしは想像力をかきたてることをおもな目標にして仕事をしている」とパントンは語っている。

後部、シート、基部がひと続きになった「パントンチェア」は、一体形成の椅子をプラスチックでデザインする、という戦後のデザイナーが共有した夢を達成している。これ以前のプラスチック製の椅子はたいてい、モノブロックのように見えても、よく調べるとどうしてもできる継ぎ目と結合部をデザイナーが懸命に隠そうとしているのがわかった。この大胆でカラフル、セクシーな椅子は、1968年にケルン家具フェアに初出展されると、たちまち賞賛の的になり、それ以来、新世代のデザインのアイコンになった。カンチレヴァーの形は革新的で、甘味な曲線、強い光沢のある仕上げは、あきらかに自動車のデザインを意識している。しかし、製造されたのはデザイン後7年たってからだった。パントンの想像力は、つねに技術的進歩の少し先を行っているのだ。　EW

フォーカス

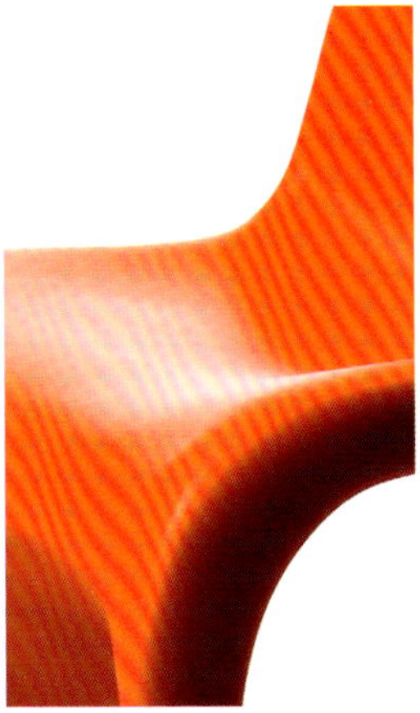

1　体に沿う本体のシェル（外郭）

パントンが目標としたのは、快適で万能、低価格のプラスチックチェアだった。シートと背もたれは人の体格にフィットするように形づくられているが、快適さが唯一のテーマではなく、だれも座っていないときでもカーヴとくぼみは人の存在を想像させる。側面から見ると、カンチレヴァーの形はきれいにバランスがとれている。積み重ねができて用途が広いデザインである。

2　明るいカラー

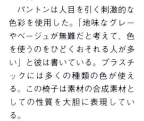

パントンは人目を引く刺激的な色彩を使用した。「地味なグレーやベージュが無難だと考えて、色を使うのをひどくおそれる人が多い」と彼は書いている。プラスチックには多くの種類の色が使える。この椅子は素材の合成素材としての性質を大胆に表現している。

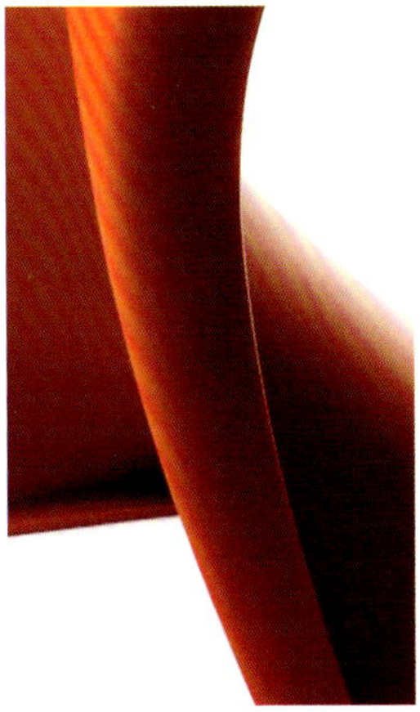

3　唇形の縁

椅子全体の縁を流れるようにたどる唇の形は、強度と硬さをさらに増すという実用的な機能を果たしている。この椅子が最初に製造されたプラスチック技術開発の初期には、こうした性質が最重要視された。同時に、唇形の縁は官能的ともいえる流れるラインを強調する。積んだバケツから着想を得たデザインである。

4　広がった基部

広がった長い基部は、魚の尾ビレか車のバンパーに似ている。同時代の大衆芸術と文化に関連をもたせるのがパントン作品の特徴であり、この商品はただちにポップ・アート運動の象徴的作品になった。近年には1995年のヴォーグ誌の表紙にも登場した。

デザイナーのプロフィール

1926–55年

ヴェルナー・パントンは1951年にデンマーク王立芸術アカデミーを卒業した。アルネ・ヤコブセン（1902–71年）の建築事務所で「アントチェア」(1952年)のデザインの助手をつとめ、その後コペンハーゲンで事務所を立ち上げた。

1956–60年

フューン島のコミゲン・イン向けにデザインした「コーンチェア」（1958年）と赤で統一したインテリアが反響をよび、同じくトロンヘイムのアストリア・レストランの改修でも、明るい色彩と、錯視的な効果をもつオプ・アートに影響を受けたデザインが評判になった。

1961–69年

フリッツハンセン、ルイスポールセンなどの会社のランプ、家具、テキスタイルをデザイン。1967年に「パントンチェア」が製造されるころには、スイスに居住していた。

1970–98年

1970年のケルン家具フェアに出展したサイケデリックな風景のインスタレーション、「ヴィジョナII」が、合成素材の使用と宇宙時代の美意識の両面で話題になる。後年には幾何学的形状を研究した。

製造上の問題

ヴェルナー・パントン（上）はユニークな椅子をデザインしたものの、製造がむずかしいのがわかり、製造業者を見つけるのに3年を要した。ヴィトラの協力で「パントンチェア」が公表されたのは、ようやく1967年になってからである。プラスチック技術は戦後大きく進歩したが、今日のように精密ではなかった。技術的進歩により、パントンチェアは多数製造されたが、使用可能なプラスチックの強度が十分でなく、座ると割れ目が生じるので、ヴィトラは1979年に製造を中止した。1990年に、ポリプロピレン製とポリウレタン・ハードフォーム製の椅子が再生産された。

コンポニビリ・モジュール 1967年 Componibili Modules

アンナ・カステッリ・フェリエーリ　1918–2006年

このディスプレーの「コンポニビリ」は、丸形のユニットである。四角形や大小のドア、キャスターをつけたモジュールもある。

アンナ・カステッリ・フェリエーリと夫のジュリオ・カステッリ（1920–2006年）が1949年にミラノでカルテル社を設立すると、同社はすぐに斬新なデザインのプラスチック製品で知られるようになった。建築を学んだフェリエーリは、1960年代なかばからカルテル社の多くの製品をデザインした。

収納ユニット・セットの「コンポニビリ・モジュール」は非常に好評で、現在でも製造されている。単一でも組みあわせても使えて、応用性に富んだ機能的な収納家具として家庭のどこでも使える。さまざまなサイズの四角形と丸形があるが、人気があるのは丸形である。垂直に重なりあって積載可能なので、タワーの蓋はひとつですみ、キャスターもとりつけられる。スライド式ドアが特徴的で、指穴で簡単に開閉できる。

この商品の融通がきく機能性は、主としてプラスチック、この場合はABS（アクリロニトリル・ブタジエン・スチレン）という熱可塑性タイプのプラスチックの使用から生まれた。ABSには強度と光沢、耐性があり、広く知られている使用例に子ども用ブロックのレゴがある。

プラスチックは1960年代の末には評価の低い素材だったが、フェリエーリのすぐれたデザインは強靭で現代的な視覚的個性をもたらして、こうした位置づけを変える一端を担った。ジノ・コロンビニ、ヴィコ・マジストレッティ、マルコ・ザヌーゾ、ジョー・コロンボなど、ほかの才能あるイタリアのデザイナーも、同じ役割を果たした。コンポニビリは、ニューヨークの近代美術館とパリのポンピドー・センターで展示されている。1972年には、ニューヨークのデパート、ブルーミングデールがウィンドー・ディスプレーでこのユニットを使って、ニューヨーク全市のシルエットを作った。 PS

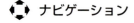

ナビゲーション

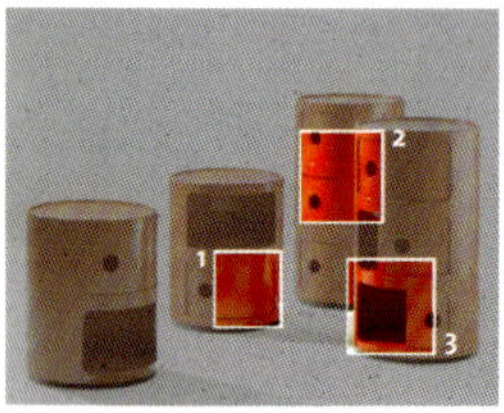

フォーカス

1 光沢のある素材

「コンポニビリ」はABSという硬く高品質の光沢のあるプラスチックで作られた。この素材は1960年代のイタリアのデザイナーにより、日用品に豪華さをくわえるために好んで使用された。超現代的な素材は、家庭に置くユニットに今風で宇宙時代の趣もあたえた。

2 ポップ調の色

1960年代のネオ・モダンのポップの美意識に沿ったコンポニビリは、最初は白、黒、赤だったが、現在はほかの色もある。白と赤の製品では、ドアを開けるための指穴が強烈な黒い点として、視覚的な特徴をくわえている。

3 機能性

この製品は視覚的、機能的なシンプルさをかねそなえている。個々の「階」には重なるドアがあり、開けるとユニット内部に沿ってスライドする。スライド式のドアなので、スペースのかぎられた場所でも非常に利用しやすい。

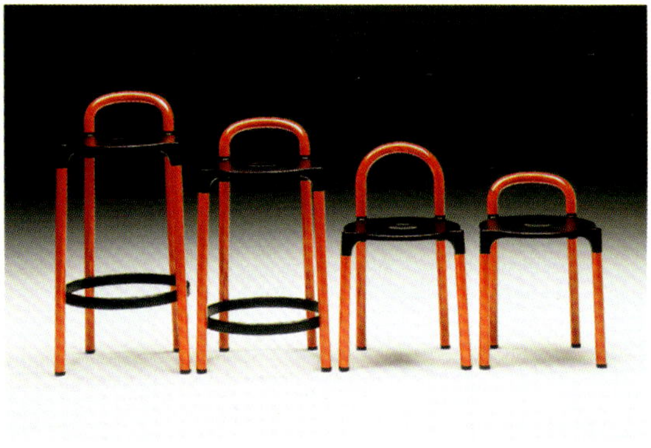

▲フェリエーリは1970年代に、カルテルで印象的なポロ・スツールもデザインした。金属とプラスチックを使用し、白、黒、赤のコンポーネントを組みあわせるのも可能だった。

デザイナーのプロフィール

1918–48年

アンナ・カステッリ・フェリエーリは1918年にミラノで生まれた。ミラノ工科大学で建築を学び、しばらく建築家でデザイナーのフランコ・アルビニ（1905–77年）のもとで働いた。1943年にジュリオ・カステッリと結婚し、1946年から1947年まで月刊誌カザベラの編集を担当した。

1949–63年

1949年にカステッリ夫妻は、高品質のプラスチック製品をおもに作るカルテル社を設立。最初は自動車部品に特化していたが、1963年に家庭用品にシフトした。

1964–75年

1965年に、フェリエーリみずからがカステリ製品のデザインを開始。商業的にもっとも成功した２商品が、「4822/44スツール」と「コンポニビリ・モジュール」だった。

1976–2006年

1976年、カルテルのアートディレクターに就任した。化学エンジニアという経歴のジュリオ・カステッリと建築を学んだフェリエーリの共同事業は、高い業績を上げた。

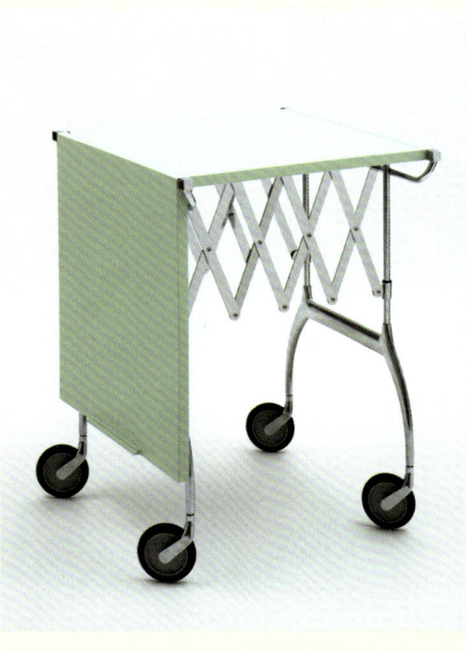

カルテル社

カルテル社はデザインで有名なだけでなく、実験的プラスチック技術でも知られている。1950年代以降、同社は同時代の著名な建築家やデザイナーと仕事をしている。最近ではフィリップ・スタルク（1949年–）、「バッティスタ折りたたみテーブル」（19991年、上）をデザインしたアントニオ・チッテリオ（1950年–）ともコラボしている。ジュリオ・カステッリの息子のクラウディオ・ルティ（1946年–）はさらにデザイナーとの共同制作を進め、熱可塑性プラスチックのプリカーボネートを使って画期的な透明な家具を製造した。

キメラ・フロアランプ 1969年 Chimera Floor Lamp

ヴィコ・マジストレッティ 1920–2006年

フォーカス

1 彫刻のようなフォルム

「キメラ」の着想は光を発する彫刻作品にあり、点灯時でなくても楽しめることをテーマとしている。波打つ曲線は、文字どおりプラスチック（柔軟な）素材で製造したために可能になった。

2 半透明の素材

ランプの素材はアクリルともよばれるメタクリル樹脂で、プレキシガラスなど多数の商品名がある。熱した素材が冷めないうちに曲げて、彎曲した表面を作っている。基部はラッカー塗装のスチールである。

ナビゲーション

点灯・非点灯にかかわらず、優雅で波打つ形は彫刻を置いたような空間を演出する。

「キメラ・フロアランプ」は、イタリアの家具デザイナーで建築家のヴィコ・マジストレッティがアルテミデ社のために制作したなかでも、とりわけ豊かな表現力をもつ照明デザインである。「ダル」や「エクリッセ」などの彼のほかのテーブルランプは、より合理的で機能性を重視しているが、マジトレッティはしばらくのあいだ、謹厳なネオ・モダンのデザイン姿勢から離れていた。アーキグラムやスーパースタジオなどの急進的グループのポップ調デザインはふつう、機能的な製品に象徴的要素や俗悪で皮肉っぽい要素を加味しており、この作品はそうした隠喩に富んだポップ調のデザインと歩調を合わせている。キメラはマジストレッティが想像力に遊び、機能と表現の面の双方でデザインを自由にあやつったまれな例である。

「キメラ」という名前は、ギリシア神話に出てくるライオン、山羊、ヘビが合体した火を吹く怪物にちなんでいる。この製品は合体物ではないが、波打たせたトップは、とくに点灯時にゆれる炎を思わせる。強く心に訴える製品で、置かれた空間に温かみをもたらす。デザインの鍵は周囲に柔らかい光を照射する点にあり、光度を増すと、照明する空間の存在を高めるように考えられている。たとえば、垂直のボディのなかに3つの光源が別々に配置されていて、日照の変化に合わせて照射する光度を調節できる。シェル（外郭）は乳白色の半透明のメタクリル樹脂（アクリル）で作られており、点灯すると視覚的な暖かみが広がる。この素材には、光を抑える効果がある。 PS

会社のプロフィール

1960–71年

アルテミデ社は1960年、エルネスト・ジスモンディ（1931年–）とセルジオ・マッザ（1931年–）によりミラノ近郊のプレニャーナ・ミラネーゼで設立された。著名デザイナーによる照明器具が専門で、最初のランプ「アルファ」は、1959年にマッザによってデザインされた。

1972–85年

1972年にリヒャルト・ザッパー（1932年–）デザインの「ティツィオ・デスクライト」を販売し、大ヒットする。この製品で国際的に知られる会社になった。曲げやすい作業用ライトは世界中のインテリアの定番になった。

1986年–現在

1986年、ミケーレ・デ・ルッキ（1951年–）とジャンカルロ・ファッシーナ（1935年–）がデザインした「トロメオ」が、大成功した。それ以降、1995年のゴールデン・コンパス賞、1997年のヨーロッパデザイン賞など、多数の受賞作を出している。

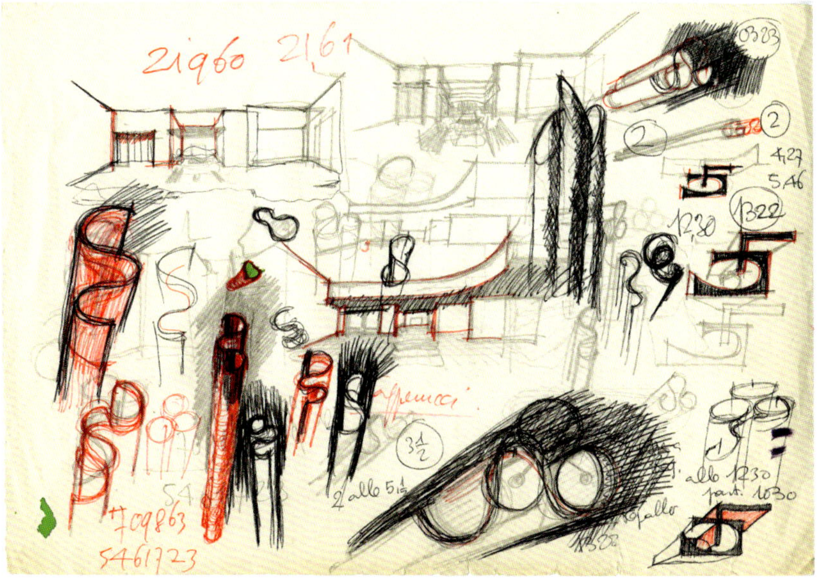

◀1966年にマジストレッティが描いた最初のランプのスケッチ。のちにアルテミダ社が製造し、最初は「キメラ」（1969年）、のちに「メッザキメラ」（1970年）という製品名がつけられた。

宇宙時代

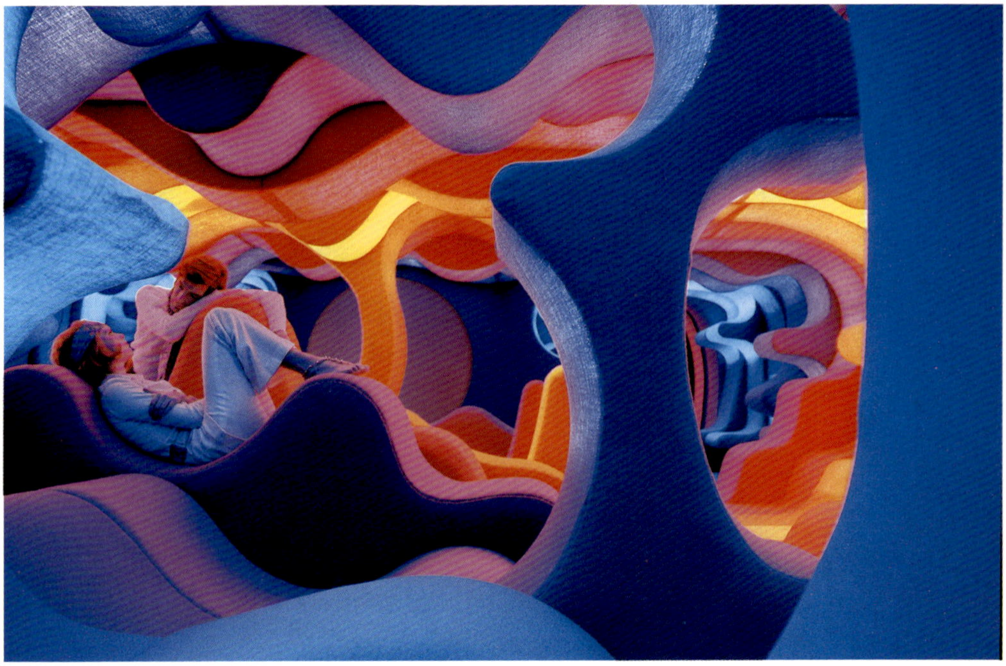

1960年代をとおして人々がいだいていた宇宙探検への興味や想像は、1969年のアポロ宇宙船の月面着陸でクライマックスを迎えた。「宇宙時代」は60年代を表現する言葉になった。この言葉は狭義には宇宙探検を表しているが、コンピュータ工学、プラスチック素材、航空学など、技術進歩全般にくわえて、ファッション、デザイン、映画などで表現された宇宙旅行の視覚文化と図像をイメージさせる言葉にもなっている。アメリカ航空宇宙局（NASA）の宇宙計画から生まれたきわめて現実的な副産物に、マイラーという合成箔がある。宇宙飛行士を放射熱から保護する宇宙服用に開発されたが、のちにアメリカの壁紙産業界が装飾的なシルバー仕上げ材に使用した。

家具デザインでは、宇宙時代は現実的な憧れであると同時に、型を破って境界を突破しようとする哲学的概念でもあった。新素材と技術を手中におさめた宇宙時代のデザイナーは、一般的な美意識と因習に挑戦して、創造的な才能と技術に対する認識を表現しようとした。デンマーク生まれのヴェルナー・パントン（1926-98年）とフィンランド生まれのエーロ・アールニオ（1932年-）は、宇宙時代のデザインの反抗的な面を表す典型例である。彼らは北欧の伝統に背を向けてプラスチックなどの人工素材を好み、幾何学的な形と人工的色彩をもつ未来派的表現を意識的に探求した。パントンの作品は60年代にさらに

キーイベント

1957-58年	1961年	1962年	1963年	1963年	1964-65年
ソ連邦が2基の無人衛星、スプートニク1号と2号を1957年に打ち上げる。アメリカはエクスプローラー1号を1958年に発射した。	ロシアの宇宙飛行士ユーリ・ガガーリン（1934-68年）が人類初の宇宙飛行をする。4月12日に宇宙船ヴォストークで地球軌道をまわった。	最初の通信衛星テルスターが打ち上げられる。世界中にニュースと画像を送ることが可能になった。	3基の巨大なゴルフボール状のレドームが、弾道ミサイル早期警戒システムの一部として、北ヨークシャーのイギリス空軍ファイリングデール基地に建設される。	エーロ・アールニオが「ボールチェア」(p.360) をデザイン。土台にのった大型の強化プラスチック（ファイバグラス）製の球体の椅子だった。	アメリカのマリナー4号宇宙探査機が、1964年に火星の接近映像を送信。ロシアの宇宙飛行士アレクセイ・レオーノフ（1934年-）が1965年に宇宙遊泳した。

大胆で冒険的になり、ついには1970年のケルン家具フェアに出展した名高いインスタレーション［場所や部屋をモチーフとして表現する芸術］、「ヴィジョナⅡ」（図１）に到達した。

ピエール・ポラン（1927–2009年）やオリヴィエ・ムルグ（1939年–）などのフランスのデザイナーも、宇宙時代のデザインを好んだ。ポランがオランダのアーティフォート社のために制作した「リボンチェア」（1966年）と「タンチェア」（1967年）は宇宙空間の物体のように見えるが、流動的でねじれてふんわりしているフォルムは、スチールパイプを合成発砲体でおおって形成されている。ムルグ作の奇妙に生物的な「ジンチェア」とソファー（図２）も、時代を先どりしている。

1960年代の家具と照明器具の技術開発でも、とくにプラスチックの分野で先頭に立ったのは、イタリアのデザイナーだった。彼らは美意識と概念の両面で最先端を行っていた。この時代で強大な影響力があったデザイナーが、ジョー・コロンボ（1930–71年）で、個々の家具デザインと同様に、「環境美術作品」といわれるインスタレーションを作る機会を楽しんだ。フレックスフォルム社向けの「チューブチェア」（1969年）は、さまざまな組みあわせでつなげられるふくらんだ円筒で構成されている。使用しないときには、ロシアの人形のように互いのなかに収納できる発想が独創的である。

図案デザイナーも、近年の画期的な科学技術を題材にとりいれて宇宙時代のイメージを開発しようとした。エディー・スクワイア（1940–95年）と同僚のスー・パーマー（1947年–）は、アポロ11号の月面着陸を祝って、ロケットと宇宙飛行士の図柄の膨大なスクラップブックを制作した。多様な分野のデザイナーを結びつけたのは、彼らの宇宙時代への情熱であり、デザインを新たな領域へ広げようとする願望である。　LJ

1　ヴェルナー・パントンの宇宙時代の環境美術。彫刻的な発砲体カバーのシートを結合した「パンタワー」で作られている。1970年のケルン家具フェアで合成材の家庭用家具の販売促進を目的にバイエル社のために制作した。

2　オリヴィエ・ムルグが1965年に制作したゴムと発砲体の「ジンソファー」。超現代的で、SF映画『2001年宇宙の旅』（1968年）での宇宙ステーションの家具に使用された。

1967年
アメリカの建築家バックミンスター・フラー（1895–1983年）が、モントリオール博覧会のアメリカ・パヴィリオンで、巨大な球体の「ジオデシック・ドーム」を建設。

1968年
フィンランドの建築家マッティ・スーロネン（1933–2013年）が、「フトゥロハウス」をデザイン。楕円形のファイバグラスのさやがスチールパイプにのっている宇宙カプセルのような小屋だった。

1968年
スタンリー・キューブリック（1928–99年）の映画『2001年宇宙の旅』に、オリヴィエ・ムルグの「ジンチェア」とアルネ・ヤコブセン（1902–71年）の「AJカトラリー」（1957年）が登場。

1969年
ニール・アームストロング（1930–2012年）とバズ・オールドリン（1930年–）が、7月21日に人類初の月面歩行をする。

1969年
英仏開発の超音速飛行機「コンコルド」（p.362）が3月に処女飛行し、10月に音速を突破。

1970年
ヴェルナー・パントンがケルン家具フェアで、ドイツの化学会社バイエルのために、印象的な宇宙時代のインスタレーション、「ヴィジョナⅡ」を制作。

ボールチェア 1963年 Ball Chair

エーロ・アールニオ　1932年–

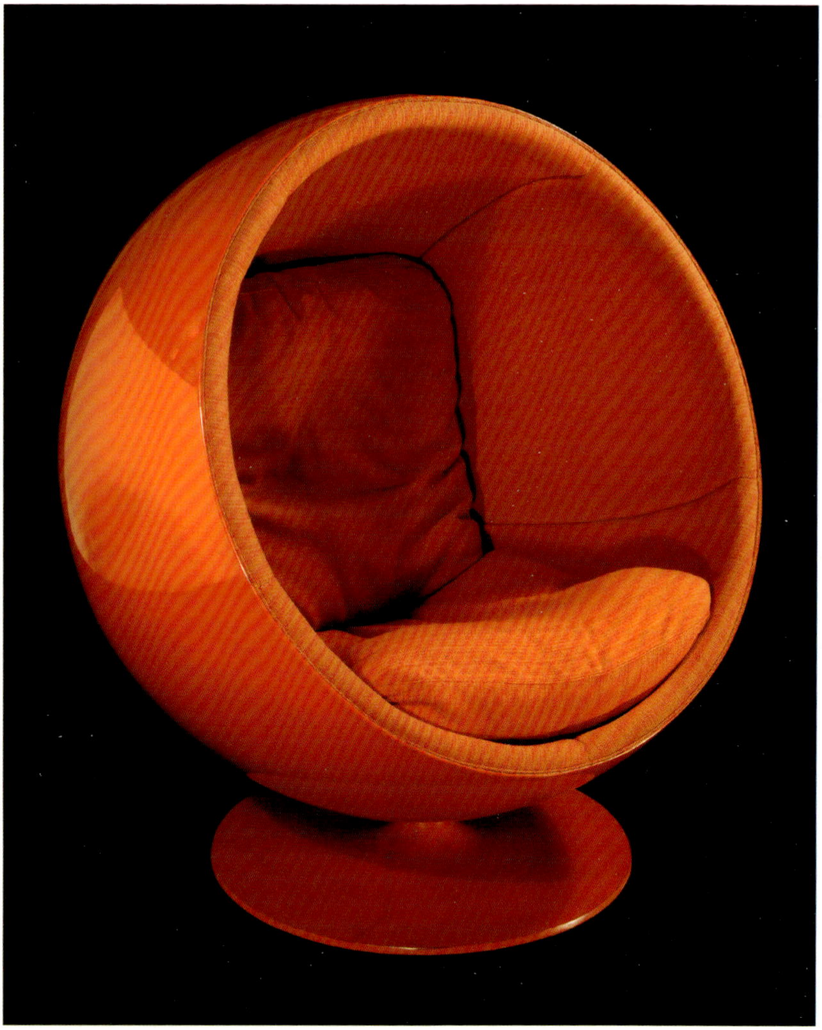

ナビゲーション

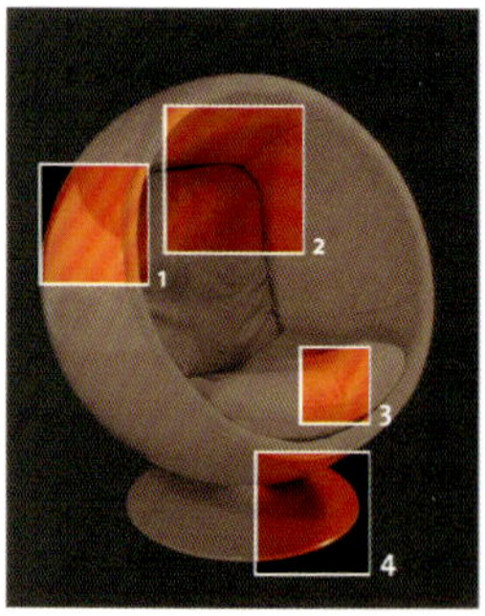

「ボールチェア」。ガラス繊維強化プラスチックとカシミヤや革を使用したクッション材で構成されている。

1960年代のデザイン界を変革した偶像破壊的な若いデザイナーの先頭に、エーロ・アールニオがいた。アールニオはフィンランドのデザインに特徴的な抑制的な美意識と自然素材と決別し、プラスチック素材でもとくにガラス繊維強化ポリエステル樹脂を実験的に使用しはじめた。開放的なポップ世代は、デザインが未来を見すえ、若者のアイディアと興味を表現するべきだと考えたが、アールニオもそのひとりだった。「翔んでいる1960年代」の時代思潮をとらえた「ボールチェア」は象徴的存在になり、人気テレビ番組の「プリズナー」（1967–68年）や映画『ミニミニ大作戦』（1969年）にも登場した。「ボールチェア」は宇宙時代の理想主義、つまり新しいフロンティアの開拓という考えを反映している。宇宙飛行士のヘルメットの形を思わせる椅子は斬新な未来志向でSF映画の一部のように見える。球体のモチーフはテキスタイルや壁紙のデザインではすでに広く採用され、円筒形は現代建築で増加していた。球体が登場するのは自然のなりゆきだった。これが可能になったのはプラスチックという未来素材のおかげで、プラスチックはそれまでの家具の歴史では想像できない刺激的な形に成形できた。この作品は、概念、色、形の面で宇宙時代の現代性を示している。

LJ

フォーカス

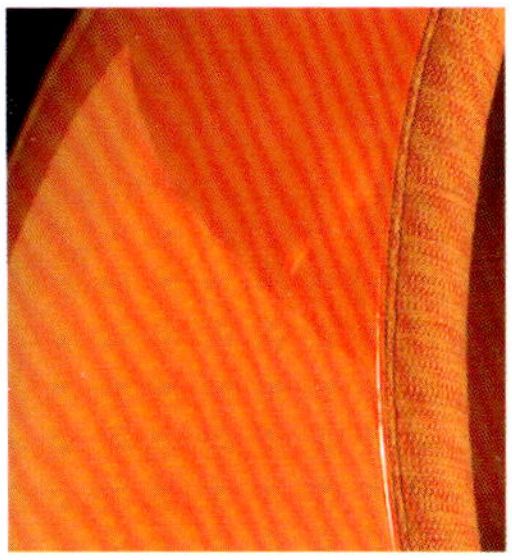

1　シェル（外郭）
球体のシェルはガラス繊維強化ポリエステル樹脂製。この椅子で目を奪う特徴は球体のフォルムで、球を切り開いてシートを作っている。宇宙時代の未来への願望を表現し、円形のフォルムという新しい形式を採用した。

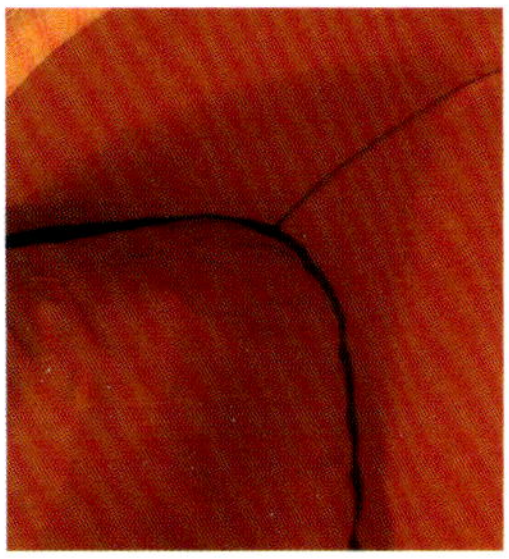

2　内部
球体は自己充足的な環境を生む。発泡体を繊維でおおった内部に座ると、子宮のなかで丸まっている心地がする。スピーカーなどの追加オプションで、世間から引きこもる感じが強化される。

3　色
宇宙時代のデザインの特徴は、強烈な色彩である。ポップデザインのエネルギーを表現するトマトレッドと刺激的なオレンジが人気だった。オプ・アート［抽象的なだまし絵］の影響が表れた黒と白も、非常に特徴的で目立った。「ボールチェア」には全４色がそろっていた。

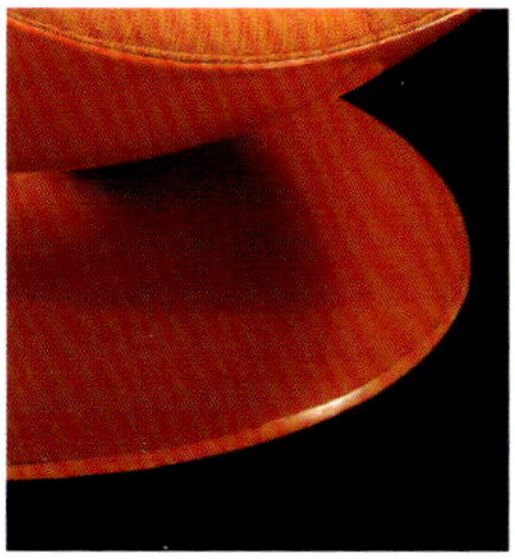

4　台座
よくある脚ではなく、円形の台座になっている。バランスをとり転倒を防ぐために低く広くなっている基部は、シートの色に合致する色のエナメル仕上げのアルミ製である。ふたつの要素は視覚的調和がとれている。

デザイナーのプロフィール

1932-59 年
エーロ・アールニオはフィンランドのヘルシンキで生まれた。1954 年から 1957 年にヘルシンキ芸術デザイン大学（現アールト大学）で学んだあと、家具デザイナーとして活動を開始した。

1960-69 年
1960 年から 1962 年にかけて、フィンランドの家具会社アスコ社でデザイナーとして働く。1962 年に独立したあとも同社との関係を保った。北欧の伝統から離れ、プラスチック素材を探求。このあいだの数年間で、「ボールチェア」、「バブルチェア」（1965 年）、「パスティルチェア」（1968 年）など数点の代表作をデザインした。

1970 年-現在
家具デザインやプロダクトデザイン、インテリアデザインだけでなく、写真、グラフィックデザインなどほかの分野にも興味を広げている。たとえば 1978 年から 1982 年には、ドイツでデザインスタジオを主催した。それ以降はフィンランドのヴェイッコラを拠点にしている。つねに未来志向で、1980 年代にコンピュータ使用のデザインを採用し、21 世紀になっても積極的にデザイナーとして活動している。

球体デザイン

椅子、建物、照明具をとわず、60年代を思わせる球体デザインには、どこか人の心をとらえるものがある。球体の建物ではじめて登場したのは、1967年モントリオール博覧会のアメリカ館などでバックミンスター・フラーが設計した、「ジオデシック・ドーム」だった。家庭用品では、ヒュー・スペンサーとジョン・マジャールがカナダのクレアトン音響会社（Clairtone Sound Corporation）のためにデザインした地球形のレコードプレーヤー用スピーカー（1963年頃）、アーサー・ブレースガードルがアメリカのケラカラー社のためにデザインしたプラスチック製のコンソール型テレビ・キャビネット（1969年頃）などの好例がある。ヴェルナー・パントンは円形と球形を採用したデザイナーの走りで、最初の例がルイスポールセン社のためにデザインした「ムーンランプ」（1960年）だった。「フラワーポット」（1968年）というつりランプでは球形と半球形の双方を使用して、「ボールチェア」と同様の色で生産された。

コンコルド 1967年 Concorde

該当者多数

コンコルドは技術の驚異だったが、ほかの飛行機と比較すると非効率的で高くついた。2003年10月24日が最後の商業飛行になった。

1969年のアポロ11号の月面着陸とともにあげられる60年代の航空学上の重要事件は、世界初の超音速旅客機「コンコルド」の1969年3月2日の処女飛行である。1961年、はじめブリティッシュ・エアクラフト・コーポレーション（BAC）がコンコルドの構想を練り、その開発にフランスのシュド・アビアション社（アエロスパシアルの一部門）が参加し、英仏チームの協力で完成にこぎつけた。イギリスでの名称は「Concord」（調和の意味）だったが、最初の試作機「コンコルド001型」が1967年12月11日にツーロンで披露されてからは、フランス語のスペル「Concorde」が採用された。

動力を供給するオリンパス593ターボジェットエンジンは、ブリストルのロールスロイス社のエンジン部門で開発された。ツインスプールとよばれるエンジンには、独立したコンプレッサが2台あり、それぞれ別のタービンで駆動されているため、実質的にエンジン1基のなかにエンジン2基があることになる。燃料は高温の圧縮空気を封入した燃焼室に注入して点火する。後部のジェットパイプをとおして噴出する高温ガスが、タービンを回転させ前方への推力を生む。

処女飛行に続いてテスト飛行がくりかえされて、1969年10月1日には確実に超音速に達し、時速2180キロで航行して音速を破った。1971年9月にははじめて大西洋を横断したものの、本格的に定期便の運航がはじまったのは、その5年後だった。 LJ

ナビゲーション

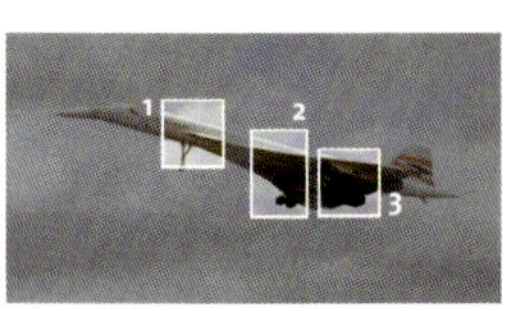

フォーカス

1　翼

コンコルドは、大型で細長い三角形の翼を、胴体の半分以上の長さにわたってつけている。音速以上と以下の飛行を可能にする翼は、横方向から見た盛り上がり具合と後部への先細り、縦方向から見た垂れとねじれといった点で、計算されつくされた形状をしている。

2　機体

主要な構造用材料はアルミニウム銅基合金で、金属の塊を加工した部品もある。この金属は軽さと強度、柔軟性の観点から選ばれて、採用前に厳格にテストされている。「クリープ」、つまり機械的荷重と高温との相互作用から生じる変形に対する耐性も確認された。

3　胴体

62メートルという異常に細長い胴体をしている。抵抗を減らすために流線型にして空気力学的な理想に近づけようとした結果、印象的で優雅な機体の形になった。これではじめて、音速を破ることが可能になった。

◀「ドループ・スヌート」（たれた先端）は視覚的に面白いが、この形になったのは技術的に必要だったからで、美しさを考慮したのではない。先端を低くしてバイザー［機首部分の窓］を下げると、離着陸時にパイロットの視界が開ける。十分な高度に達するとノーズをまっすぐにして、機体を高速で飛行できる流線型にすると同時に、超音速飛行で生じる極端な高温と圧力から操縦室を保護した。

ポップ

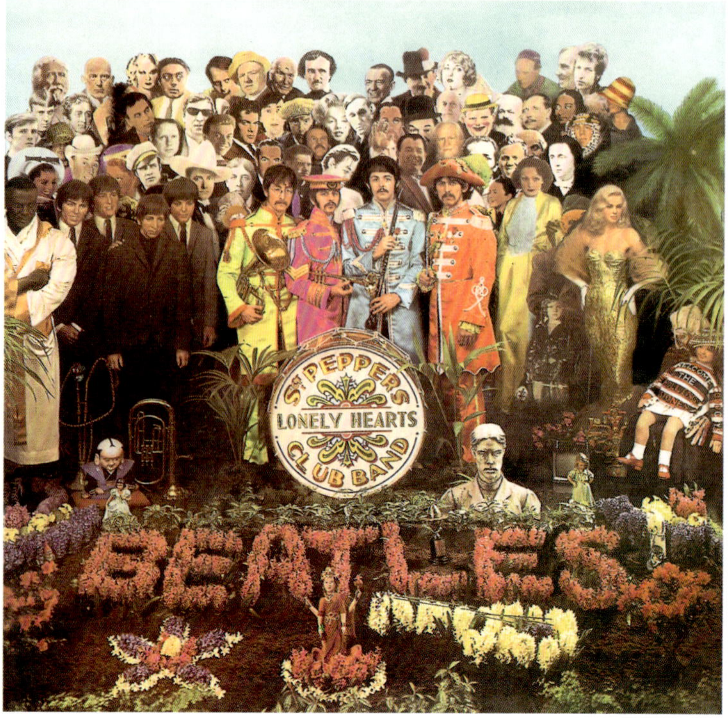

1　『サージェント・ペパーズ・ロンリー・ハーツ・クラブ・バンド』のレコードジャケット。このコラージュに登場する人々は、1960年代のポップ的な時代思潮を表している。

2　マリー・クワントの口紅とマニキュア（1966年頃）。クワントの化粧品は、デージーのロゴで簡単に見分けがつく。

3　ピーター・マードックの使い捨てチェア「シング」。1枚の厚紙を切りぬいて作成された。

1950年代に出現した計画的陳腐化は、使い捨てという概念や若者文化の発展とそれにともなう消費力とも重なり、デザインに対する急進的な新しい考え方に影響をおよぼした。それは「形態は機能に従う」（p.168）という古い考えを拒絶し、はかなさに通じる価値観にもとづいていた。押しつけがましい初期のモダニスト的な考え方とは異なり、ポップは人間の活力を躍動させた。

最初にポップの発信源となったのは美術界だった。イギリスの画家リチャード・ハミルトン（1922–2011年）作のコラージュ『いったい何が今日の家庭をこれほどに変えて、魅力あるものにしているのか』（1956年）が、消費文化をモチーフにした風潮の原点にある作品だと一般的に考えられている。パトリック・コールフィールド（1936–2005年）、ロイ・リキテンスタイン（1923–97年）、アンディ・ウォーホル（1928–87年）などの欧米のアーティストは、漫画、広告、食品包装、テレビニュースなどの図像に惹かれて、大衆の美的センスを賛美すると同時に皮肉っぽい批評をこめた作品を制作した。

こうした前例から考えると、ポップの精神が最初に広がったのが、ファッションとグラフィックデザインという高度に反応しやすいメディアで、それから家具デザインと建築の分野におよんだのは驚きではない。家具や建築ではリー

キーイベント

1959年	1963年	1964年	1965年	1965年	1966年
「オースチン・ミニ」（p.366）が発売される。1960年代イギリスのアイコンとスウィンギング・ロンドンのシンボルになった。	ミニスカートのデザインで有名なマリー・クワントが最初のドレス・オヴ・ザ・イヤー賞を受賞。	フィンランドのテキスタイルデザイナー、マイヤ・イソラ（1927–2001年）が、アイコン的な「ウニッコ（ポピー）」プリント模様をデザイン（p.368）。花柄時代の先駆けとなった。	ピーター・マードックが子ども用に紙製の椅子をデザイン。初の大量生産用の紙製の椅子で、売れゆきは好調だった。	マイケル・ラックス作の「ライトジェムランプ」（p.370）が製造開始に。球体と立方体のデザインがポップの「楽しい」面を表した。	ロンドンのヴィクトリア・アルバート博物館で、オーブリー・ビアズリー（1872–98年）展が開催される。ポップのポスターデザインの形成に貢献した。

ドタイムが長く生産までの時間がかかるために、影響が出るのも遅くなる。ポップは若者世代と新しい使い捨て文化のライフスタイルに付属する衣服、レコード、ポスターなどと強く結びつき、若者が親世代と区別する方法としてますます求められるようになった。これと並行して、ポピュラー音楽が爆発的に成長した。

1960年代の初期には、ミュージック・シーンでのビートルズとローリングストーンズの登場と時を同じくして、「スウィンギング・ロンドン」がポップ・カルチャーの中心となった。ファッションでは、イギリスのデザイナー、マリー・クヮント（1934年–）がその先頭を走り、ツィッギー（1949年–）などの長い脚のあどけない目をしたモデルが、ミニスカート、ハイソックス、エプロンドレスを着用して子どもっぽい憧れを表現した。クヮントは自身のブランドを活用して1966年に化粧品にも進出し、たちまち成功をおさめた。化粧品パッケージのシンプルなデザインは、クヮントの衣服のデザインを反映している（図2）。若者に受ける安価な衣類は新しい小売形態であるブティックで販売され、客は店の外観と同じく大胆な色で彩られた店内で、大音響の音楽を聞きながら買い物を楽しんだ。デザインは急激な転換を示し、ファッション・シーンは熱に浮かされた。ロンドンのブティックの多くはカーナビー・ストリートにあり、起業家のジョン・スティーヴン（1934–2004年）は何店かをここにかまえた。チェルシーのキングズ・ロードにあったトミー・ロバーツ（1942–2012年）の店ミスター・フリーダムは、若いロンドンっ子のハートをわしづかみにする品揃えで、ツィッギー、ミック・ジャガー（1943年–）などの客がこの店にかよった。この頃にはファッション写真家も変身し、デヴィッド・ベーリー（1938年–）、テレンス・ドノヴァン（1936–96年）などの労働者階級出身の新人が衝撃をあたえた。

グラフィックデザインの世界では、レコードカバーが当時の文化的雰囲気にとっての白紙のキャンバスになった。ロバート・フリーマン（1936年–）撮影のビートルズの写真がアルバムのジャケットに登場し、ポップ・アーティストのピーター・ブレーク（1932年–）は当時の妻だったジャン・ハワース（1942年–）と共同で、1967年の『サージェント・ペパーズ・ロンリー・ハーツ・クラブ・バンド』のアルバムのジャケットを制作した（図1）。若者の寝室を飾るポスターにもポップの表現は入りこんだ。

ポップのファッションやグラフィックデザインは本質的にはかないものだが（紙で作ったドレスまで流行した）、家具にも同様の影響が見えはじめた。イギリスのピーター・マードック（1940年–）は1968年に水玉模様の紙の椅子（図3）をデザインし、ロジャー・ディーン（1944年–）はビーンバッグチェアの先駆けといわれる発泡体をつめた「シーアーチン（ウニ）チェア」をヒル社のために制作した（1968年）。フランスのピエール・ポラン（1927–2009年）の自由に流れるフォルムの作品は、ポップ革命の直接的な影響を受けており、イタリアではアンチデザインのスーパースタジオ、アーキズーム、グルッポNNNNなどのデザイナーが、建築家でデザイナーのエットーレ・ソットサス（1917–2007年）の急進的な作品に刺激されて、アンチフォルム、アンチシック、そしてついにはアンチデザインのポップ精神を熱愛した。アーキズームの「ドリーム・ベッド」（1967年）などの作品は夢と現実が結合した幻想的世界を表し、物理的境界がなくなっていた。

PS

1967年	1967年	1967年	1967年	1968年	1969年
ビートルズが『サージェント・ペパーズ・ロンリー・ハーツ・クラブ・バンド』をリリース。ジャケットの革新的なポップ・アート作品は、このバンドと厚紙からカットした著名人だった。	エットーレ・ソットサスの個展「新しい惑星のための風景」が開催され、ポップの影響を受けた陶磁器作品「トテム」が展示される。	モントリオール博のイギリス館がポップデザインに敬意を表して、コンパニオンのユニフォームにクヮントのデザインを採用。	イタリアの製造企業ザノッタ社が、膨張式「ブローチェア」(p.372)を発売。ポリ塩化ビニール（PVC）製の初期の家具だった。	1968年のミラノ・トリエンナーレが学生の反対運動のために会期の途中で中止に。反対運動を多くのアンチデザイナーが支援した。	トミー・ロバーツのブティック、ミスター・フリーダムがロンドンで開店。若手デザイナーによる明るい色彩、大胆なグラフィックのポップ・ファッションを販売した。

オースチン・ミニクーパーS 1963年 Austin Mini Cooper S

アレック・イシゴニス 1906–88年

フォーカス

1 ルーフ

スタンダードの「ミニ」は単色だったが、「クーパーS」は、ルーフパネルがほかの車体部分とコントラストをなす色になっている。このツートンカラーのボディーパネルと内装トリムがスタイルの特徴となっている。ラジエーターグリルとエンブレムも異なっている。

2 インテリア

「ミニクーパーS」はミニよりエンジン性能がよいだけでなく、多くのデザイン細部も異なっている。シートカバーは2色のビニール製で中心にブロケード織りがついていて、日除けの仕様は3種類あった。

3 ホイール

スタンダードのミニとクーパーSは同じ組立ラインで生産された。ミニの車輪は直径25.5センチだが、クーパーSはレース仕様の外見にするために、ブレーキディスクに穴があいており、ラジアルタイヤも装着している。

4 窓

ミニは横置きエンジンで前輪駆動デザインの小型車である。車体の8割を人と荷物に使用できる。窓は可能なかぎり大きくして、広い空間を演出している。

アレック・イシゴニスがデザインした「オースチン（もしくはモーリス）・スタンダード・ミニ」は、1959年に発売された。イギリス人に乗ってもらうための小型モデルで、安価な大衆車をめざしていた。ヨーロッパ大陸にあった同様の車でも、とくにドイツのVW「ビートル」(p.210)、フランスのシトロエン「2CV」、イタリアのフィアット「600」と「500」と競合する車としてデザインされた。イシゴニスは1948年制作の「モーリス・マイナー」でこの分野の仕事をしていたが、ミニの登場までは、イギリスは小型車市場で他国に後れをとっていた。

オースチン・ミニは発売後すぐに、好調な売れゆきを示し、斬新なデザインのコンパクトな車体で小型車市場に革命をもたらした。当初想定されたミニは高性能の競争力のある車ではなく、848ccのエンジンしか搭載していなかった。しかし、F1とラリーカーの創始者でクーパー・カー社のオ－ナー、ジョン・クーパー（1923–2000年）がミニの可能性を見抜いて、イシゴニスとともにラリー用の997ccエンジンとツインキャブレター、フロント・ディスクブレーキを搭載した「ミニクーパー」を作った。この車は1961年に発売され、さらに強力な1071ccのエンジンと大型のディスクブレーキを搭載した「ミニクーパーS」が２年後に発売された。クーパーSはラリーカーとして十分な性能を発揮して、1964年、1965年、1967年のモンテカルロ・ラリーで優勝した。1966年には優勝したと思われたが、フィニッシュ後にヘッドライトの規定違反で失格になった。1962年から1967年のあいだに約１万4000台のクーパーSモデルが製造されたが、クーパーは製造されたミニ全体の2.5パーセントを占めるのにすぎない。ミニの生産台数は530万台に達して、イギリス自動車史上最高の売れゆきを示した。 PS

ナビゲーション

「ミニ」の箱型の車体は、1960年代ロンドンのファッショナブルな街の見慣れた光景になった。

デザイナーのプロフィール

1906–48年

アレック・イシゴニスはスミルナ（当時はギリシア、現在はトルコのイズミル）で生まれた。イギリスに移住し、バタシー工芸専門学校（現サリー大学）で工学技術を学んだ。1936年にモーリス・モーターズ社に就職して、「モーリス・マイナー」（1948年）のデザインに参加した。

1948–88年

モーリス社を退職しアルヴィス社に移り、アレックス・モールトン（1920–2012年）の助手として革命的な自転車を創作した。その後ブリティッシュ・モーター社（モーリスとオースチンが合併した会社）に戻り、ミニを開発。またイタリアのピニンファリーナ社にもデザインを委託してブリティッシュ・モーター社の「オースチン1100」（1963年）を完成させた。

▲軽量小型の「クーパー」と「クーパーS」は、ラリーで有利だった。ジェームズ・ハント（1947–93年）、ジャッキー・ステュアート（1939年–）などのトップドライバーが乗車した。

スウィンギング・ロンドン

「ミニ」は家族用の大衆車としてデザインされたが、スウィンギング・ロンドンのシンボルという異なるイメージをもたれて、男女をとわず有名人が好む車になった。雑誌や新聞は、この車がロンドンの街を疾走する写真や、ミニスカートをはいたツィッギーなどのモデルがミニから降りる写真を載せた。ビートルズもミニを運転し、スティーヴ・マックィーン（1930–80年）、ダドリー・ムーア（1935–2002年）、ピーター・セラーズ（1925–80年）など多くの俳優もこの車に乗った。この車自体までが映画スターでモデルの扱いで、1969年の映画『ミニミニ大作戦』（上）などでは、「クーパーS」は、金塊強盗の犯人が逃亡する車として登場した。

ウニッコ（ポピー）テキスタイル 1964年

Unikko（Poppy）Textile　　マイヤ・イソラ　1927-2001年

大きなスケールのモチーフの反復は自信とエネルギーを表している。

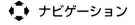

ナビゲーション

マイヤ・イソラがフィンランドの織物会社マリメッコでデザインしたなかで、もっとも長く製造された注目すべきプリントに、「ウニッコ」（「ポピー」の意味）がある。この作品がデザインされたのは、ポップが最盛期の頃だった。このデザインは、2000年代初めの装飾模様のリヴァイヴァル・ブームと同時に人気が復活して、マリメッコ社のトレードマークのようになった。誰もが知るプリントになったために、フィンエアーのジェット機に青、緑、グレーの取りあわせで描かれるまでになった。

イソラはマリメッコに勤務した38年間に、500以上の柄をデザインしたが、生涯を通じて自然や民俗芸術など種々のものからインスピレーションを得ていた。イソラがこの図案をデザインしたのは、マリメッコの創立者のひとりであるアルミ・ラティアが、自社は花柄プリントを生産しないと公表したのに触発されたからである。おそらく、インテリアとドレスのファブリックで当時一般的だった、おとなしい図案に対する批判の意味もこめたのだろう。ウニッコがイソラの出した答えだった。このデザインでは彼女の以前の仕事にみられるふたつの要素、つまり自然から直接得たインスピレーションと強力なグラフィック的手法が結合している。

EW

フォーカス

1　色
　ピンクとポピーレッドという衝突するカラーを適切に組みあわせて、黒のアクセントを効かせた鮮やかな白のバックでしめている。大胆な色調は若々しく情熱的で、小生意気なポップの雰囲気をとらえている。後年には青と黄色に代表される、同様に強い配色もできた。

2　グラフィック的な迫力
　フィンランドのデザイナーの例にもれず、イソラも自然に深い影響を受けた。平坦なデザイン、生き生きしたグラフィックスタイルで表現されたモチーフは、パンチがあり印象に残る。こうした豊かさはポピーのフォルムの研究と、非対称な図案から生まれている。

デザイナーのプロフィール

1927–51年
　マイヤ・イソラはフィンランドのリーヒマキに生まれ、ヘルシンキ・インダストリアルアーツ中央学校を1949年に卒業した。最初のテキスタイルデザインはシルクスクリーン印刷の綿素材で、同年に創設されたヘルシンキの織物会社プリンテックス向けのものだった。1951年に、ヴィリヨ・ラティアと妻のアルミがプリンテックスの生地部門を発展させるためにマリメッコ社を創立。インテリアとドレスの生地の両方を扱った。イソラはこの会社に入り、40年近く勤務した。

1952–2001年
　マリメッコのテキスタイル・デザイナーのエースとして、500以上のプリントを創作した。有名なものに、キヴェット（1956年）、プトキノトコ（1957年）、ロッキ（1961年）、アナナス（1962年）、メローニ（1963年）、ウニッコ（1964年）、カイヴォ（1964年）、トゥーリ（1971年）、プリマヴェラ（1974年）などがある。娘のクリスティーナも1964年に18歳でマリメッコに入社し、母親とともに働いた。イソラは娘が幼いころには母親に子どもを預けて、美術的インスピレーションを求めてよく旅行した。後年にはテキスタイルの世界を離れて、絵画に専念した。

▲大規模な反復模様が印象的な「カイヴォ」（右端）を、イソラはマリメッコ社で「ウニッコ」と同じ年にデザインした。大胆で波打つ図案とグラフィック的な色の区切り、色彩の強いコントラストは、民族アートからインスピレーションを得ている。イソラの娘クリスティーナが別の配色で再度制作した。

応用可能（アダプタブル）なデザイン

「ウニッコ」のように、多数の異なる製品にこれほどうまく応用される図案デザインはめずらしい。シーツと枕カバー、壁パネル、ゴム長靴、化粧バッグ、シャワーカーテンは、この有名なプリント製品の一部にすぎない。近年ではアイルランドのデザイナー、オーラ・カイリー（1963年–）が同様の象徴的で応用可能なパターンをデザインした。様式化された「ステム（茎）」柄モチーフ（上）はその一例である。シンプルでグラフィック的なプリントは電話ケース、オーディオ機器、さらにはロンドンの2階建てバスにも使われている。

ライトジェムランプ 1965年 Lytegem Lamp

マイケル・ラックス 1929–99年

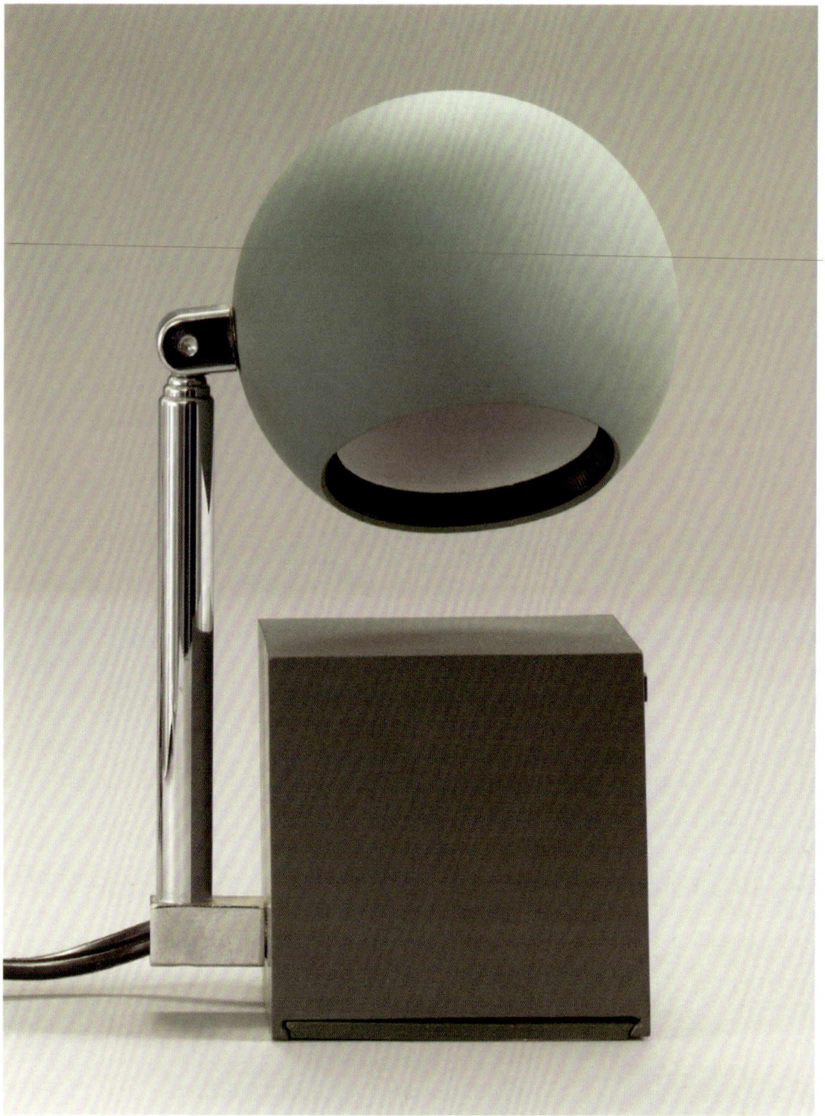

プラスチック、亜鉛、アルミニウム。
38 × 7.5 × 9 センチ

フォーカス

1 ネック

この読書スタンドのすぐれた特徴は、望遠鏡のように360度回転するネックの機能性と融通性である。強弱の2段階の明るさは立方体の台座にあるスイッチで選べる。台座は安定性をもたせるために重くなっている。

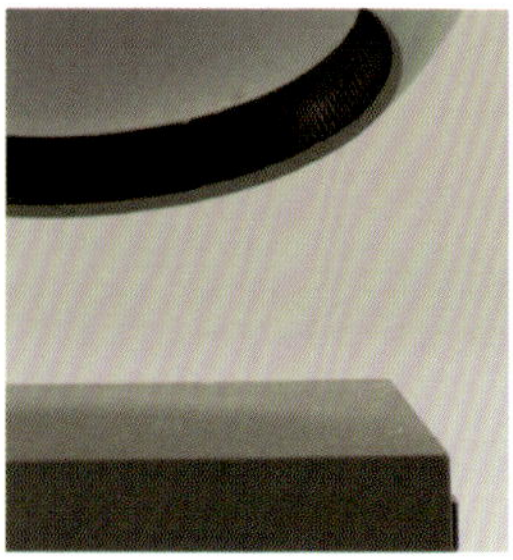

2 球体と立方体

球体が立方体にのるという構成は、バウハウス的なデザイン手法の典型であり、両大戦間にあったモダニズムを思わせる。ラックスは金属と黒、白、赤という基本色の使用により、モダニストのデザインへの傾倒をさらに強めている。

ナビゲーション

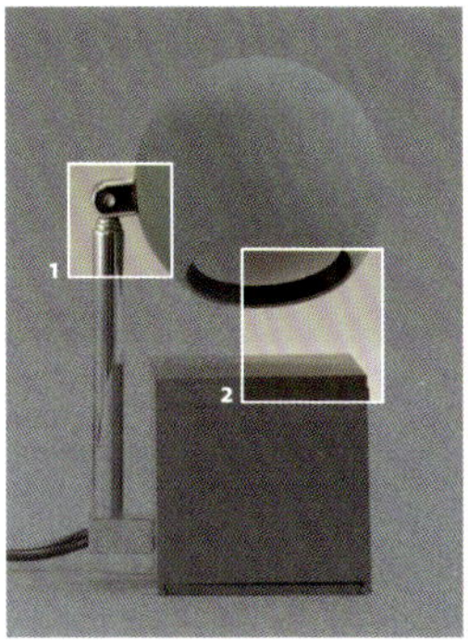

1964年にマイケル・ラックスがデザインし翌年にライトリア社が製造したこの望遠鏡のような読書ランプは、1960年代デザインのアイコンである。この製品には当時のネオ・モダニズム、ポップ感覚、ライフスタイルの重点が集約されている。立方体の台座には変圧器が内蔵され、ボール状の反射器は望遠鏡のようなアームの上に伸びている。デザインは機能性を重視していて、強い局部照明で楽に読書ができるうえに、望遠鏡状のネックでさらに利用しやすくなっている。その一方で、幾何学的なフォルムは置かれた空間に強烈な彫刻的な存在感を放つ。融通性もきくデザインで、卓上電気としても壁かけの電灯としても使用できる。

ラックスは高く評価され業績を上げたデザイナーだが、ほんとうに興味があったのは彫刻で、後半生はこの分野の仕事に没頭した。陶芸の知識もあり、素材と手工芸に対する天性の感覚をもっていた。ラックスは北欧の伝統を受け継いでいた。フィンランドに滞在したことがあり、この国のデザイナーが工芸的感性とポップの美学を融合させるさまを目にしていた。デザインに取り組む際には、つねに日用品に彫刻的フォルムをくわえようとしていた。ホーロー仕上げの鉄製料理器具をコプコ社のためにデザインしたほかに、MIKASA（ミカサ）社、ローゼンタール社にガラス工芸品と食器、アメリカンサイアナミッド社に浴槽とタッパーウェアの容器を作った。展示やグラフィックデザインの仕事も手がけて、子どもの遊技場用の木製器具シリーズも制作した。「ライトジェムランプ」はニューヨーク近代美術館に永久収蔵されている。

PS

デザイナーのプロフィール

1929–55年

マイケル・ラックスはニューヨークに生まれて陶芸を学んだ。1947年にニューヨーク・スクール・オヴ・ミュージック・アンド・アートを卒業後、1951年にはニューヨークのアルフレッドにあるアルフレッド大学を卒業。1954年にフルブライト奨学金を得てフィンランドに行き、北欧のモダンデザインを学んだ。

1956–99年

ラッセル・ライト（1904–76年）のもとで食器類の制作をした。1960年からコプコ社で働き、のちにライトリア社に移った。1977年にローマ賞を受賞してイタリアを訪れたあと、1984年にイタリアに戻って彫刻を制作した。

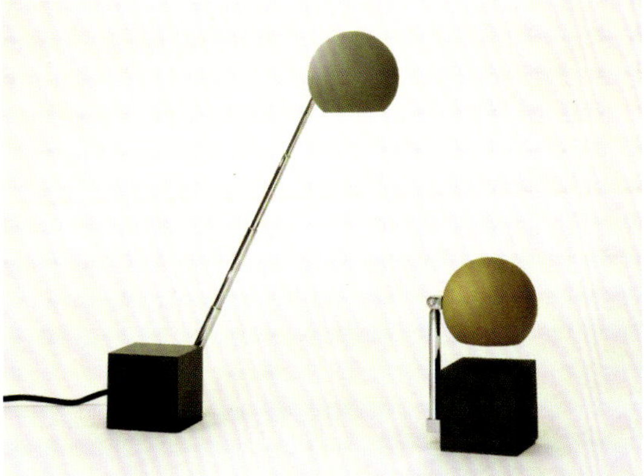

▲望遠鏡のようなネックの高さは16.5センチから38センチのあいだで調節できる。この電気は宇宙空間からの生物のような形で、ユーモアも感じられる。

コプコ社のティーケトル

ラックスは1960年からコプコ社で働き、鋳鉄とホーローの料理器具シリーズを制作した。鋳鉄製の料理器具のデザインは伝統的にのっとっており、チーク材の曲木の持ち手がついたエナメル塗装のケトル（1962年、上）は、アイコンになったデザインである。鋳鉄製器具はデンマークで製造された。北欧器具を思わせるケトルはアメリカに新たな美意識をもちこみ、コプコ社はのちに、当時としては革新的だった赤、青、黄などの明るい色のケトルも販売した。ラックスは1980年代までコプコ社のデザインに貢献した。

ブローチェア　1967年　Blow Chair

該当者多数

PVC プラスチック。
84 × 119.5 × 102 センチ

イタリアのデザインスタジオ、デュ・パ&ドゥルビーノ&ロマッツィがイタリアのザノッタ社のためにデザインした「ブローチェア」は、はじめて大量生産された膨張式チェアだった。この製品は、シートの形状によって家具のもつ性質を一変させた例である。それまでの家具は、安定的で保守的で、社会的地位を表していたが、人々の生活のいたるところでライフスタイルに合わせて機能する、融通性のある道具になった。この椅子は軽量で透明かつコンパクト、もち運びができてポップ世代の理想に合っていた。膨張式であることから短期使用のものとみなされ、所有物にしばられたくない若者に受けた。屋内外でもプールでも使用できた。

ブローチェアは技術的観点からも革新的で、ポリ塩化ビニール（PVC）で作られた初期の家具になる。ジョナサン・デュ・パ（1932-91年）、ドナト・ドゥルビーノ（1935年-）、パオロ・ロマッツィ（1939年-）、カルラ・スコラリの建築家とデザイナーのグループがはじめてデザインした家具で、彼らはこの椅子をゴムボートの上にすえた。それぞれのPVCのシートは、高周波溶接の技術、つまり高周波をプラスチックにあてる製法で溶着した。加熱して圧力をかけると、小区分に分かれた素材が結合する。

ポップ家具は値段が手ごろで、当時の最新ファッションをとりいれたイタリアの高額商品とはまったく対照的だった。ザノッタ社はそうした家具のデザインにも、国際的な市場があることを示した。ブローチェアなどによって、ザノッタは国際的に有名になった。　**PS**

ナビゲーション

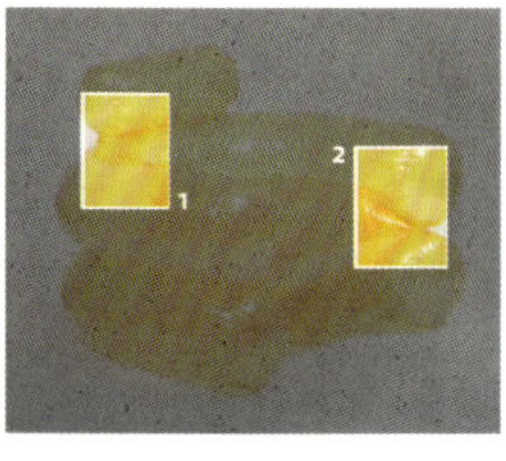

フォーカス

1　つなぎ目
PVCの表面をつなぐために、高周波溶接製法の研究が重ねられた。採用した新技術は宇宙競争からヒントを得ている。そうしてできあがったプラスチックチェアは、固体のような感触になって座る人の体重を支えられるまで、膨張できる強度がそなわっている。エアーポンプを使って膨張させる。

2　透明性
最初はPVCに色をつけない透明色と、青、黄、赤があり、どれも透明だった。これはデザイナーの側の意図的戦術で、彼らはモダニズムデザインのガチガチに固まったフォルムを否定したのである。この椅子は当時の自由な遊び心を形象化している。

▲ピエロ・ガッティ（1940年-）、チェザーレ・パオリーニ（1937-83年）、フランコ・テオドーロ（1939-2005年）がザノッタ社のためにデザインした「サッコ」（1968年）は、布のカバーにポリスチレンのビーズをつめている。モダニスト家具のアイコンとは異なり、ビーンバッグチェアは座る人の望むままの形になる。

膨張式の家具

1960年代の中頃から末にかけて、多様な膨張式の使い捨て家具のデザインが、多くの国で生まれた。デンマークのヴェルナー・パントン（1926-98年）はだれよりも早い1950年代に膨張式スツールを制作したが、これは1960年に売りだされた。彼は同様の多数の家具の制作を続けた。イギリスでは、建築家のアーサー・クォーンビー（1934年-）が1965年にパカマック・スペシャル・プロダクツ社のために、膨張式のプーフ（布団つき円形長椅子）をデザインした。透明なPVCのクッションは八角形で、中心の柱状部はクッションの形を保ってシートの位置を示すために膨張しない。フランスでは、ベトナム生まれのクアザール・カーン（1934年-）が考案した車、「クアザール・ユニパワー」もしくは「キューブ」（右）が、1967年から1968年にかけて製造された。この箱型の車はプラスチックの膨張式シート、ガラス屋根、スライド式ガラスドアをそなえていた。カーンはエアロスペース・シリーズの巧妙に手作りした膨張式家具も、パリのおもちゃ工場で1968年から1972年にかけて製造していた。

現代の消費者

1 ハビタが1968年に発売したテラコッタの「チキンブリック」。レシピ・カードつきでチキンを従来の粘土のオーブンのように焼きあげた。

2

2 イケアが1977年から販売した「ポエムチェア」。フレームは積層曲木で、快適で耐久性があり魅力的であることを追究した。

1960年代中頃には、英米とヨーロッパで中流階級の消費者層があらたに形成されていた。彼らは前世代より自由に使える収入が多く、基本的に将来に前向きで、モダンデザインを中心とするライフスタイルに憧れていた。快適な生活は社会的地位と結びつくという考えは身につける衣服、家庭に置く家具、口にする食べ物の種類にさえも表れていた。こうした新しい消費者は、何年かたつと統一性を欠く所有物をもとうとは思わなかったが、かといってみずからの美的センスに完全な自信をもっているわけでもなかった。一般的に、モダンで比較的裕福ではあっても、それほど外国へは旅行していない。こうした要素が重なって生まれた市場では、以前から選ばれていた、あるいは方向性のある商品のラインナップが、遠方からのエキゾティックな製品とならんで単一の販売店で売られていた。

一部の先見性のある小売業者は新市場を理解して、その好みを予測できた。また、そうした業者はデザインを販売戦略の中心にすえて、店に置く商品を自分の鑑識眼のある目で選んだ。イギリスでこうした方法をとったのが、テレンス・コンラン（1931年–）の画期的な店、ハビタである。コンランはテキスタイルと家具のデザイン、レストラン経営の経験を生かして、1964年にハビタの1号店を、スウィンギング・ロンドンの中心に近いチェルシーに開いた(p.378)。ここでは新旧さまざまな品をいっしょにならべた。「チェスターフィールドソファー」の復刻品もあれば、曲木の椅子、明るい色彩のホーローマグなどの伝統的な品、イタリアや北欧のモダンデザイン、さらにインドなどで生

キーイベント

1962年	1963年	1964年	1964年	1966年	1969年
テレンス・コンランがイタリアの建築家ヴィコ・マジストレッティ（1920–2006年）作の「カリメートチェア」（1960年、p.376）をイギリスに輸入。	イケアのスウェーデン国外の1号店が、ノルウェーのオスロに開店。	コンランが最初のハビタをロンドンに開店。2000点の実用的家具をそろえ、これまでにない小売方式を採用した。	ハビタが「コンチネンタル・キルト」、または「デューベ」とよばれる羽布団を販売。コンランがスウェーデンで使用したことがきっかけになったといわれている。イギリスのベッドに変革をもたらした。	ハビタのロンドンでの2号店が、有力家具店ヒールズの近くにオープン。	コンランが通信販売カタログ、ハビタ・クリエーティヴ・リビング・バイ・ポストの配布を開始。ロンドン店に来られない全国の客を対象にした。

産された敷物やバスケットのような民芸品がある、といった具合である。コンランが作りだした折衷的な雰囲気は時代に合っていた。製品は家庭を想定した設定で展示されるか、彼が賞賛してやまないフランスのマーケットのように高く積み上げられた。客は家まるごとの備品を手に入れても、ハビタ製の木製スプーンをもって店を出てもよかった。どちらもコンランによって提供されており、賢明なライフスタイルをもたらす品を買うことができた。

店全体の雰囲気が革新的だっただけでなく、コンランはチキンブリック（鶏料理用素焼き鍋、図1）、ガーリック・プレス、和紙を使ったランプ、羽布団など、多くの物品をはじめてイギリスの家庭にもちこんだ。家事に対して先見性のある考えをもち、このような品物に大きな可能性があるのを見抜いていた。ハビタはロンドンと地方で多数の店舗を展開し、1970年代にはデザインを家庭でもなじみのある言葉にする貢献をした。また、カタログ販売でも成功をおさめて、家庭で組み立てるフラットパック（平面包装）の家具や、家具一式をセットにした「ハウス・パック」を木枠入りで配達した。

コンランと同じく、スウェーデンの家具会社イケアの創立者、イングヴァル・カンプラード（1926年–）も、ライフスタイルの概念を理解していた。彼は戦後の家庭に安価でモダンな家具の必要性があることを見越して、1956年からスウェーデンの消費者にフラットパックの家具を提供した。また、コンランより前の1951年にカタログ販売を、1953年にショールームをはじめた。スウェーデンでイケア1号店を開店したのは1958年だった。1960年代からはシンプルで安価な家具をそろえた。このなかには日本人デザイナー中村昇の椅子「ポエム」（1977年、図2）もある。ちなみにその名称はのちに「ポエング」に変えられた。

1980年代になると、イケアはイタリア、フランス、イギリス、アメリカなどに大きく展開した。どの店でも同じ方式をとった。なによりもイケアは青と黄をブランド色として使用し、スウェーデンが起源であることを宣伝した。カンプラードは、どの国でもスウェーデンに対し良質のモダンデザインのイメージがあるのを知っていて、自国の定着した評判を大いに利用して、以前より広い層の大衆の手に製品がとどくようにしたのだった。

郊外にあるイケアはどの国でも似ており、店に入った客を迎えるのは多数の完璧な部屋のセッティングで、ここで客はモダンなライフスタイルのイメージを浮かべる。それから、インテリアのセッティングに組みこまれて、すでに目にした商品を購入する。イケアの商品はすべてモダンスタイルで、カンプラードは幅広いスウェーデンの若手デザイナーを起用して製品作りをしている。

1980年代中頃には、多くはコンランやカンプラードの奮闘のおかげで、モダンなライフスタイルはかなり大衆的になり、良質のモダンデザインが、先進工業国の何百万という人々の生活に入りこんでいた。

PS

1973年	1973年	1974年	1976年	1977年	1981年
イケアの北欧以外の初の店がスイスのチューリヒにオープン。	ハビタ初の国際的な店がフランスのパリにオープン。このあと世界各国で多くの店が開店した。	コンランが『ハウス・ブック（The House Book）』を出版。若者がはじめて家具を買い、家の装飾をする際に頼りになるガイドブックとなった。	イングヴァル・カンプラードが『家具業者の遺言（The Testament of a Furniture Dealer）』を出版。イケアの家具販売のコンセプトを概説し宣言した。	ハビタが、寝室3部屋の住居に必要な品すべてを梱包した「ハウス・パック」を発売。ソファーからベッドまでが木枠入りで配達された。	デザイン・ミュージアムの前身でコンランの発想によるボイラーハウス展示場が、ロンドンのヴィクトリア・アルバート博物館に開館。

カリマテチェア 1960年 Carimate Chair

ヴィコ・マジストレッティ　1920−2006年

ラッカー塗装のブナ材と紙ロープのシート。
74 × 58 × 47 センチ

現代イタリアのデザインのルーツは、第2次世界大戦後の復興期にある。イタリアの産業界はこのころ政治的経済的援助を受けて発展し、回復することができた。イタリアの建築家ヴィコ・マジストレッティが当時仕事をしていたミラノは、戦後のイタリアを特色づける国家再建の雰囲気に満ちていた。彼は、新たな集合住宅の建設と家具作りを重視して、ミラノ近辺で建築中だったアパートで簡単に使用できる、シンプルで積み重ねられる折りたたみ式の家具を制作した。

1950年代後半には、イタリアは近代化と工業化をとげた国に変化していて、デザイナーもこうした気運を反映しはじめた。1959年、ゴルフ愛好家だったマジストレッティは、ロンバルディアにあるゴルフクラブ、カリマテのラウンジで使用する椅子をデザインした。1962年、イタリアの家具製造会社カッシーナがこの椅子の製造に着手した。するとすぐさま好調な売れゆきを示し、1960年代をとおしてイタリアのレストランの多くで見かけられるようになった。

1960年代初めには、ミラノ・トリエンナーレ関連の情報が伝達したために、イギリスのデザイン界はイタリアで制作される進歩的な品物を知るようになった。1962年にテレンス・コンランは、「カリマテチェア」をイギリスに輸入した。最初は通信販売にかぎっていたが、1964年にロンドンのチェルシーにハビタ1号店を開店すると、店頭に展示した。この作品は現代と地方をミックスするハビタに完璧に適しており、コンランの美意識とスムーズに同化した。

PS

ナビゲーション

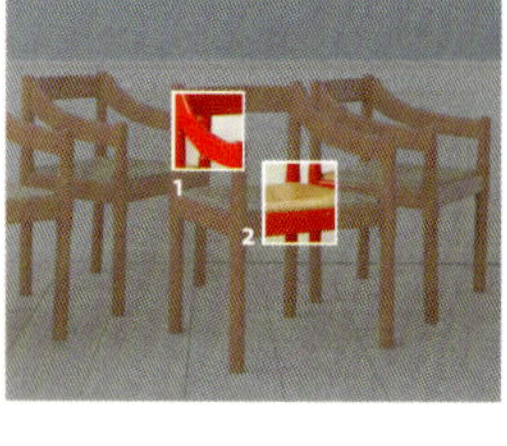

フォーカス

1　色
「カリマテ」のもっとも強烈な特徴は、色である。マジストレッティは木部を自然色ではなく、プラスチックチェアに使うような真っ赤に塗った。こうして、自分のデザインを派手な色彩のポップ環境に同調させた。

2　シート
マジストレッティは伝統的な素材を使用して、都会の洗練を思わせるなめらかなラインのおしゃれなモダンデザインに、素朴な田園の雰囲気を出した。シートは高耐久性の紙ロープを織って作られている。なめらかな支柱と脚はブナ材である。

デザイナーのプロフィール

1920–46 年
ヴィコ・マジストレッティは建築家の家庭に生まれた。1939 年にミラノ工科大学に入学し建築を学んだ。1943 年にスイスのローザンヌに移り、勉学を続ける。1945 年にミラノに帰って大学を卒業し、父の会社に入った。翌年、ミラノ・トリエンナーレの一部の「イタリア家具展示会」の展示に数点の家具を出品。

1947–59 年
イタリアの復興期に中心的役割を果たし、建築と家具のデザインをした。大規模な展示を行ない、1951 年と 1954 年のトリエアンナーレで受賞した。

1960–69 年
このあいだは建築中心だったが、カッシーナ社、アルテミデ社、オルーチェ社のためにアイコンとなった家具と照明具を制作した。

1970–2006 年
1970 年代末からロンドンのロイヤル・カレッジ・オヴ・アートで教鞭をとる。制作した主要なデザインに「マラルンガソファー」(1973 年)、「シンドバッドソファー」(1981 年) などがある。

▲「カリマテチェア」のとくに目立つ特徴は、民芸の影響と強烈な現代性の融合である。こうした結びつきは、イタリアの建築家でデザイナーのジオ・ポンティ（1891–1979 年）がカッシーナ社のためにデザインした「スーパーレッジェーラチェア」（1955 年、p.171）にもみられる。この椅子はイタリアで 1807 年に制作された「キアーヴァリチェア」をもとにしている。

セレーネ・スタッキングチェア

「カリマテチェア」は民芸をもとにしているが、マジストレッティ作でアルテミデ社製造の「セレーネチェア」（1968年、上）は、あくまでも20世紀のものである。この椅子は圧縮成形のガラス繊維強化プラスチック（ファイバグラス）製で、初期に製造されたオールプラスチックの積み重ね可能な椅子である。光沢のある表面が超現代的な印象をあたえる。一体製造ではなく、脚は製造後に固定する必要があった。断面がS形の革新的な脚のデザインにより、シート素材に安定性が生まれる。その結果、素材が安価で速く製造できて、多くの人の目にふれる彫刻のような椅子が生まれた。

ハビタのインテリア 1964年 Habitat Interior

テレンス・コンラン　1931年-

最初のハビタには製品が山積みにされ、小売店と倉庫をかねた。

テレンス・コンランはロンドン、チェルシーのフラム通りに最初の店を開くと、その後次々とそっくりな店を増やしていった。こうした店は、モダンで気楽で魅惑的な、まったく新しい生活様式を象徴していた。

1960年代初めのイギリスの家具店とデパートは、多くが店を動かす仕入れ係の警戒心を反映する非常に保守的な場所だった。注文に対応してもらうのに、客はよく長時間待たされた。コンランがハビタをはじめようと決めた理由は、自分の家具を厳めしい販売店で売ることができず、売れるとしても適切な展示と販売法がとられないことに失望したからでもある。

ハビタはこうした店とはまったく異なっていた。店で提供するものは即座に渡されるのも魅力的で、購入した日にもち帰れるか自分で組み立てるフラットパックにしてある品が多かった。

ハビタ１号店のスタッフは、マリー・クヮント（1934年-）がデザインした制服に身を包み、髪を美容師の（ヴィダル・）サスーンが考案した髪型にカットしていた。リラックスした雰囲気を出すためにジャズを流していたので、客はくつろいで品定めができた。ロゴさえも強烈だった。「ハビタのロゴが評判になったのは、まず名前がよかったし、時代に合った小文字の書体にしたからだ」とコンランは語っている。こうした総合的な効果が、コンランの目で統一されて、豊かな折衷主義となった。 PS

ナビゲーション

フォーカス

1　折衷的融合
　ヨーロッパ大陸のマーケットをまねて、工業的な棚に現代製品と地方色豊かな製品が山積みになっている。なによりも特徴的なのは、古い椅子、地中海風のテラコッタの鍋、ポット、それにモダンなデザインと、多彩な品物が店いっぱいに混在していることである。

2　設定
　視覚的には、最初のハビタのインテリアは陽気な地中海風で、コンランが非常に賛美したエリザベス・デヴィッド（1913-92年）の料理書を思わせる。部屋を演出したディスプレーに大型の家具が配置され、テーブルには生花が飾られた。

3　レンガと木
　1964年のハビタのインテリアの骨組みを決定する素材の選択では、なによりも感触のもつ役割を重視した。セラミック・タイル、むき出しのレンガ、塗装した木材は、自然素材への傾倒を表している。コンランはそうした素材の実直さを好んでいた。

デザイナーのプロフィール

1931-52年
　テレンス・コンランはイングランドのキングストンアポンテムズで生まれた。ロンドンの中央美術工芸学校でテキスタイルデザインを学び、家具製造業を創業した。

1953-63年
　はじめてフランスに旅行した。帰国後に最初のレストラン、スープ・キッチンをロンドンで開店。1956年にコンラン・デザイン・グループを設立した。1962以前にノーフォークのセットフォードで家具製造工場をはじめた。

1964年-現在
　ハビタ1号店をオープン。1968年にコンラン・デザイン・グループはライマンと合併した。1973年には、高級市場向け製品を扱うザ・コンラン・ショップをロンドンにオープンした。1992年、スウェーデンのイカノグループにハビタが買収された。コンランはレストランの展開と、ロンドンのデザイン・ミュージアムの仕事を継続している。

▲（左から右へ）ハビタの仕入れ担当のジミー・サッソン、テレンス・コンランの当時の妻キャロライン、コンラン。1964年5月に最初のハビタを開店した直後に撮影された。

デザイン・ミュージアム

　コンランがデザイン界に果たした重大な功績に、彼の発想と資金にもとづくロンドンのデザイン・ミュージアムがある。1980年代にロンドンのヴィクトリア・アルバート博物館にあった、ボイラーハウス・プロジェクトをひな型として、デザイン・ミュージアムは1989年にシャド・テムズに開館した（右）。その展示と企画は、デザインと職業デザインの意義を一般人に説明することを第1の目標としており、万人にモダンデザインを普及したいというコンランの思いが表れていた。世界中のデザインの例にも展示を広げ、デザインを博物館という場所で表現するモデルにもなった。30年近く好評を博して拡張を続けたあと、2016年にロンドンのケンジントンの広い敷地へと移転した。

カウンターカルチャー

1　マーティン・シャープ制作のクリームのアルバム、『カラフル・クリーム』(1967 年)のジャケットデザイン。バンドのメンバーの写真の上にサイケ調パターンをかぶせている。

2　ジェラルド・ホルトム制作の CND のロゴ。イギリスの反核運動家に核武装廃止のシンボルとして採用された。写真は 1959 年ロンドンの抗議グループ。

3　チェ・ゲバラを描いたポスター。この革命家の死後、ジム・フィッツパトリックがヨーロッパの左派の政治活動家グループに送った。

1960年代初めには、既成の体制に反抗する文化現象が経済的活力のあったアメリカで発生し、おもに若者世代のあいだで進展していった。この現象はアメリカからイギリス、やがては多くの西洋世界へと広がった。このころは男女平等、市民の自由、女性の権利、ベトナム戦争（1955–75年）などの問題があり、多様な社会政治的な出来事が社会的緊張をひき起こした時代だった。

ヒッピー文化のなかでも、新たな自由奔放主義が表れた。ヒッピーは、物質主義に支配された抑圧的な中流階級の社会から疎外されていると感じ、独自のライフスタイルと服装を作りだした。率直さと寛容をよしとし、ユダヤ・キリスト教の伝統以外の、とくに仏教などの東方の宗教に精神的な導きを求めた。占星術が人気で、多くが性的に解放され、幻覚剤でもとくにマリファナとLSDを気晴らしに使用することは、意識拡張の方法として正当化された。フォークとロックの音楽が、カウンターカルチャーに不可欠な部分を占めた。ボブ・ディラン（1941年–）、ジョーン・バエズ（1941年–）などのシンガー、ビートルズ、グレートフル・デッド、ジェファーソン・エアプレイン、ローリングストーンズなどのグループも、こうした動きに自分らを重ねあわせており、音楽祭や抗議運動などの集会が、重大な影響をもつ場となった。イギリス全土で核兵器に反対する核武装反対運動が起こり、1958年にはイギリスのデ

キーイベント

1963年	1963年	1964年	1965年	1966年	1967年
ベトナムの僧侶、ティック・クアン・ドック（1897–1963年）が抗議の焼身自殺をとげた写真が、6月に配信される。	アメリカ大統領ジョン・F・ケネディ（1917–1963年）が11月に暗殺される。政府への信頼失墜につながった。	12月、アメリカのフォークシンガー、ジョーン・バエズがサンフランシスコでベトナム戦争に反対する600人のデモ隊の先頭に立つ。	アメリカのクエーカー教徒ノーマン・モリソン（1933–65年）がアメリカのベトナム戦争参戦に抗議して、国防総省前で焼身自殺。	アメリカのグラフィックデザイナー、ミルトン・グレーザー（1929年–）が、『ボブ・ディランのグレーティスト・ヒット』アルバム（1967年）に挿入するポスターを制作（p.382）。	1月、人間回復を求める集会、ヒューマンビーインがサンフランシスコのゴールデンゲート公園で開催される。ヒッピーの大規模集会サマー・オヴ・ラブをまねたもの。

ザイナー、ジェラルド・ホルトム（1914–85年）がイギリスの核兵器廃絶運動（CND）のロゴを制作して、これが国際的な平和のシンボルになった（図２）。

同時代の視覚芸術は、革命的な政治、社会、精神の信念を表現していた。グラフィックデザインでもとくにポスターと音楽アルバムのジャケットは、蔓延する感情を表すのにサイケデリックな素材を使用した。「サイケデリック」はギリシア語の「psyche」と「delos」を合わせた言葉で、「心（または魂）の顕現」を意味する。そのために、ゆれうごくイメージを作るために何色もの色を並置し、タイポグラフィー（印刷の体裁）を歪曲させた。こうした表現はポップ・アートやオプ・アート、さらにアール・ヌーヴォー（p.92）の曲線のフォルムから影響を受けている。著名なグラフィックデザイナーのなかには新奇なスタイルを創造して、その後何十年にもわたって模倣された者もいる。イギリスのハプシャッシュ＆ザ・カラード・コートは、マイケル・イングリッシュ（1941–2009年）とナイジェル・ウェイマウス（1941年–）がはじめたグラフィックデザインと音楽のユニットで、1960年代初めからサイケデリック・ポスターを創作し、ロンドンのクラブとコンサートで催されるアンダーグラウンドのハプニングを宣伝した。そのスタイルは、とりわけアルフォンス・ミュヒャ（1860–1939年）やオーブリー・ビアズリー（1872–98年）のもつ要素を反映している。彼らは新しいシルクスクリーン印刷の技術を使って、１版でひとつの色から別の色へのグラデーションを生むことができた。また、広告用ポスターにはめずらしく、高価な金属粉インキをよく使用した。その作品などから、ポスターがアートとして商業的に販売されることにもなった。

マーティン・シャープ（1942–2013年）はオーストラリアのアーティスト、漫画家、作詞作曲家、映画製作者で、オーストラリア随一のポップ・アーティストとして有名になった。シャープは、ディラン、ドノヴァン（1946年–）、クリーム（図１）など著名なミュージシャンに、サイケ調で画面一杯に絵が描かれた、ゆれる色彩のポスターとアルバムのジャケットを制作した。初期の仕事で特筆すべきなのは、オーストラリアの風刺的カウンターカルチャーのオズ誌で、シャープはこの雑誌を1963年にオーストラリアで、1967年にはイギリス版を共同創刊した。

1966年にアメリカのデザイナー、ウェス・ウィルソン（1937年–）は、サンフランシスコのフィルモア公会堂で開催されるロックコンサートの宣伝用に、グリーンのバックに赤い炎のようなレタリングを配した画期的なポスターを制作した。ウィーン分離派の画家アルフレッド・ローラー（1864–1935年）の作品に刺激を受けたウィルソンは、流れるようなレタリングがスペースを埋めつくすスタイルを生みだし、ほかのサイケデリック・ポスターにもとりいれられた。

アルゼンチン生まれの革命家チェ・ゲバラ（1928–67年）が落命した直後の1968年に、アイルランドのアーティスト、ジム・フィッツパトリック（1943年–）は、その死に方への個人的な抗議として、ゲバラの２色のポートレートを制作した。キューバの写真家アルベルト・コルダ（1928–2001年）の撮影した写真をもとにしたこのポートレートは、反帝国主義と急進的左翼の旗印として、この時代の論議をよぶアイコンになった（図３）。後年、この作品は抑圧に対する抵抗の国際的な象徴となった。

SH

1967年	1968年	1968年	1969年	1969年	1975年
10月にアルゼンチン人のキューバ革命家で共産主義者のチェ・ゲバラがボリビア軍によって処刑される。左翼から信念に命を捧げたヒーローとみなされた。	平和を愛する長髪のヒッピーが登場するロック・ミュージカル『ヘアー』がアメリカのブロードウェイで開幕。のちにロンドンのウエストエンドで上演された。	アメリカのライター、ステュアート・ブランド（1938年–）がカウンターカルチャーのホール・アース・カタログ誌を発刊。	7月、アメリカのロードムービー『イージー・ライダー』が封切られる。カウンターカルチャーのライフスタイルとヒッピー運動の盛衰を描いた。	8月、３日間の屋外音楽祭、ウッドストックがニューヨークのベセルで開催され、総計40万とされる観客を動員。	4月に南ベトナムの首都サイゴンが陥落し制圧される。ベトナム戦争が終結。

ボブ・ディランのポスター 1966年 Bob Dylan Poster

ミルトン・グレーザー 1929年-

アメリカの多作なグラフィックデザイナー、ミルトン・グレーザーはここでとりあげる1966年のボブ・ディランのサイケデリック・ポスター、1977年の「I♥NY」のロゴなど、何百枚ものポスターや独創的なイメージを作ってきた。グレーザーは1954年に仲間のデザイナーのエドワード・ソレル（1929年–）、レーノルド・ラフィンズ（1930年–）、シーモア・クワスト（1931年–）と共同でプッシュ・ピン・スタジオを設立し、1968年にはジャーナリストのクレイ・フェルカー（1925–2008年）と共同でニューヨークマガジン誌を創刊した。

ディランのポスターを手がけたのはまだキャリアの浅い頃で、当時コロンビアレコードのアートディレクターだったジョン・バーグ（1932–2015年）から依頼されたのは、1967年にリリースする『ボブ・ディランのグレーティスト・ヒット』LP盤に折って同封するポスターだった。グレーザーの記憶では「たぶん3枚目か4枚目のポスター」だったという。600万枚以上が配布され、これまで配布された最大枚数のポスターに数えられている。

ディランの巻き毛をもつれた虹色にしたのは、ほかからのインスピレーションだったという。「当時、アール・ヌーヴォーに興味をもっていて、絵の色と形に影響を受けた」。ポスターの右下にある「Dylan」という唯一の文字には、ベビー・ティースというがっちりした書体をはじめて使用した。この書体はグレーザーがメキシコ・シティーで見た手書き看板の色あせた字から着想を得て、1964年にデザインしていた。このフォントはポスター作成後に多くの場面で使用されて、時代を表す文字になった。 SH

ナビゲーション

ミルトン・グレーザー作のフォーク・ロックのスター、ボブ・ディランのサイケデリック・ポスターは、60年代のフラワーパワー時代の精神をとらえている。

フォーカス

1 シルエット

万華鏡のような髪をした横顔のシルエットは、グレーザーが尊敬するフランスの画家マルセル・デュシャン（1887–1968年）作の『プロフィールの自画像』（1957年）から発展されている。グレーザーは最初にこの絵を見たときの記憶を語っている。「シンプルな黒いシルエットのもつエネルギーとパワーに驚いた」

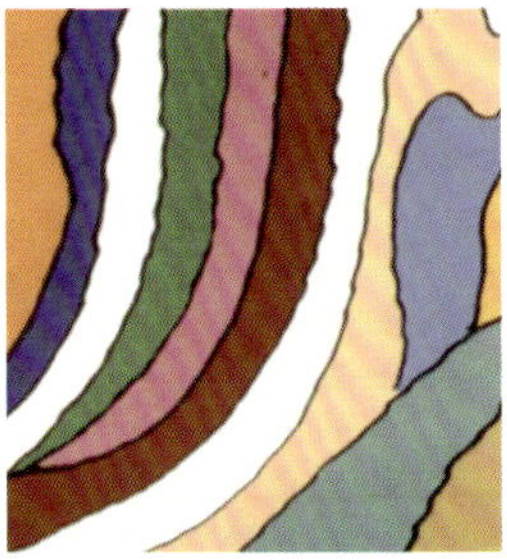

2 髪

グレーザーはモダニズムを賞賛していたが、その厳密な権威主義的なかたくるしさに反発した。ポスターにはモダニストの理想に供応して、ある程度の抑制がみられるが、黒いシルエットに色彩豊かな巻き毛というのは、少ない方が効果的という考えを否定している。

3 レタリング

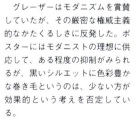

ベビー・ティースはグレーザーの初期の傑作といえる書体である。この書体は彼がヒントを得たメキシコの看板にあっただけでなく、1920年代と1930年代のイタリアのファシストの広告やプロパガンダで使用された。スピードと現代性を表現しようとした未来派の書体もベースにしている。

デザイナーのプロフィール

1929–53年

ミルトン・グレーザーはニューヨークのブロンクスで生まれた。ニューヨーク市の音楽美術ハイスクールとクーパー・ユニオン美術学校で学んだ。奨学金を得てイタリアに渡り、ボローニャ美術学校で画家のジョルジョ・モランディ（1890–1964年）の指導を受けた。

1954年–現在

プッシュ・ピン・スタジオを共同設立し、グラフィックデザインに大きな影響をあたえた。1968年にはニューヨークマガジン誌を発行し、1974年に多数のデザイン分野を扱うスタジオ、ミルトン・グレーザーを設立。1983年には出版デザイン会社WBMGを共同創立した。50以上の定期刊行物のデザインを手がけている。

▲モランディ作の『静物』（1949年、上）。モランディの指導を受けて、グレーザーのデザインへの姿勢が変わり、モダニズム以前に展開していた運動に着想を得るようになった。

バック・トゥ・ザ・パスト

1　インテリアデザイナー、シスター・パリッシュ（1910–94年）のメイン州の自宅のゲストルーム。ストライプのアイルランド製敷物、花模様の更紗、骨董品が独創的に混在している。

2　ベヴィス・ヒリアーの『20年代と30年代のアール・デコ（Art Deco in the 20s and 30s）』（1968年）。出版社はヒラーが望んだタイトルを簡略化している。

3　ビバの広告。1966年にジョン・マコーネルがデザインした会社のロゴを掲載している。

1960年代末から1970年代初めになると、とくにイギリスの一般の人々は過去のスタイルとデザイン運動に興味をいだくようになり、モダニズムの正当性が問われるようになった。はじめはおもにアール・ヌーヴォー（p.92）とアール・デコ（p.156）の様式が注目を集めたが、こうした一連の様式が復活すると、デザインの巨大な衣装ケースを開けたような状態になった。家庭での興味は、古い家財の近代化（壊す例も多かった）から、もともとの時代の特徴を保ち復元する方向へと移った。クロムメッキのスチールとファイバグラスに代わって、むき出しの松材が使用され、未来志向のSFデザインよりも、フリーマーケットや骨董店にある古風な掘りだしものが好まれた。モダンデザインと同じく伝統的なタイプの家具を好んだデザイナーのテレンス・コンラン（1931年–）は、「チェスターフィールドソファ」を復元し、ポップ・アーティストのピーター・ブレーク（1932年–）は広場の回転木馬や古い字体など、19世紀の民芸と民芸文化からインスピレーションを得た。最初はおもにイギリスでの現象だったが、すぐにほかのヨーロッパ諸国やアメリカもこの例にならった（図1）。

マスメディアでも、とくにテレビや映画の時代物のドラマからも、こうしたノスタルジックでロマンティックな雰囲気はかもし出された。ジョン・ゴールズワージー原作の「フォーサイト家物語」は20世紀初めが舞台だったが、テレビ化されて1967年にBBCが放送すると、1900万人が翌年の最終回を見ると

キーイベント

1964年	1966年	1966年頃	1967年	1968年	1968年
バーバラ・フラニッキが通信販売の店としてビバを設立。2年もせずに「レトロ」の衣服に転向し、ケンジントンにビバ店をオープン。	ジョン・ジェシーがポートベローロードの市場に出していた店からケンジントンに移り、ヴィクトリア朝時代やアーツ・アンド・クラフツの品を販売。	ジョン・マコーネル（1939年–）が最初のビバのロゴをデザイン。ケルトとアール・ヌーヴォーをヒントにして、1960年代中頃のレトロ趣味の雰囲気を表現した。	ウォーレン・ベーティとフェイ・ダナウェイ主演の『俺たちに明日はない』が上映される。1930年代の衣装がファッション・トレンドを方向づけた。	ベヴィス・ヒリアーが『20年代と30年代のアール・デコ』を出版。この本などからアール・デコ様式への憧れに火がつき、とりわけロンドンではしゃれた様式とされた。	ロンドンの王立美術院で開催されたバウハウス展は、モダニズムさえもノスタルジーに満ちた視線でみられることを示した。

いう大ヒット作になった。映画では『俺たちに明日はない』（1967年）、『恋する女たち』（1969年）、『ボーイフレンド』（1971年）が同様の影響をあたえた。『恋』（1971年）と『バリー・リンドン』（1975年）は時代の細部にこだわった点が特徴的である。ロンドンのヴィクトリア・アルバート博物館でのオーブリー・ビアズリー展（1966年）もヴィクトリア朝時代への情熱をあおり、ベヴィス・ヒリアー（1940年–）の著書『アール・デコ』（1968年、図2）［西沢信彌訳、パルコ出版］などの大量の出版物も、大きな影響をおよぼした。

イギリスにはこうしたムードにすばやく反応した起業家もいた。ジョン・ジェシーはそうした業者のひとりである。ポートベローロードの市場に店を出したあとに、おしゃれなロンドンの中心にあるケンジントンに出店したとき、ジェシーはヴィクトリア朝時代、アーツ・アンド・クラフツ運動（p.74）や、アール・デコのコレクター好みの品に人気が出ると見抜いていた。ブティックのビバ（BIBA）店（図3）を立ち上げたバーバラ・フラニッキ（1936年–）は、デリー・アンド・トムズ・デパートに移転すると、壮麗なアール・デコ趣味のショーのように、昔のこの建物のイメージを上から下まで再現した。

終戦直後の都市部では、スラムや空襲で損害を受けた街なみの多くに、主としてモダニズム様式の高低層の公営住宅が建築された。同時に、戦後の時代には維持費がかさみすぎるために、おびただしい数の歴史的家屋がとり壊された。だがこの頃になって反対方向へのゆれもどしが生じて、保存が最優先になった。ジョージ王朝、ヴィクトリア朝、エドワード王朝といった時代の建築物を、中流階級の若者がしだいに住居として求めて、手間をおしまずにもとの建物の細部を復元するようになった。オリジナルかどうかの信頼度はさまざまだが、時代がかった様式の布地、壁紙、ペイントが、コールファックスアンドファウラー、ローラアシュレイ（p.388）、ファロー＆ボール（もともとはナショナル・トラストのためにペイントを製造）などの会社によって製造された。1970年代から1980年代には、無数の華やかな雑誌が流布した「イギリスのカントリーハウス・スタイル」という概念は、大西洋の彼方にもおよんだ。市場の最上部では、ジョージアン（王朝）様式がヴィクトリア朝様式に代わって憧れの的となった。大理石模様のペイント仕上げと花飾りのついた窓、襞（ひだ）をよせたランプシェードがあれば完璧というわけである。

イギリスの製造業の土台が衰退すると、以前はナショナル・アイデンティティ（自国に帰属するという愛国的自己認識）のなかで製造業が占めていた空白部に、文化遺産産業が躍りでた。1950年代のジョン・ファウラーとナショナル・トラストがはじめた大邸宅の改装から、旅行者の目にとまる産業センターの再生まで、イギリスは選り抜いた過去の遺産を再建した。ヨークのヨービック・ヴァイキング・センター、アイアンブリッジ渓谷博物館、リバプールのアルバート・ドックの改装などは主要な例であり、クインラン・テリー（1937年–）によるリッチモンド・アポン・テムズ区の整備計画などの新古典主義デザインも注目に値する。

現在を過去に融合させようとする願望は、短期の現象ではなかった。むしろ、1970年代から現在にいたるデザインへの支配的な姿勢になった。たとえばヴィクトリア朝の松材に代わって20世紀中頃には現代的なチーク材が使われるというように、年をへると流行やスタイルは変化するものの、モダニズムのスタイルの純粋さと未来への信頼は、過去の歴史に安らぎを見出す折衷主義に代わられた。デザインされたオブジェほど、それが生じた過去を明確に語るものはないのだ。

PS

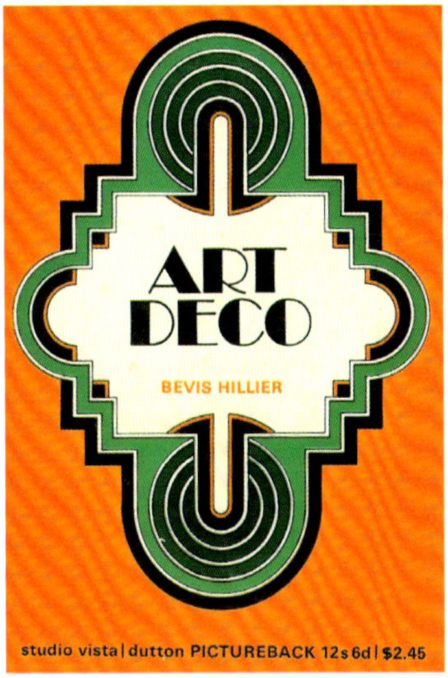

1969年
ジョン・マコーネルがビバのために新しいロゴをデザイン。このロゴは1930年代のアール・デコにヒントを得た。

1971年
ケン・ラッセル監督の『ボーイフレンド』が上映される。大ヒットになったのは、豪華なアール・デコ様式を再現した衣装とセットのおかげでもある。

1972年
ジリアン・ネイラー（1931–2014年）がアーツ・アンド・クラフツ運動のデザインにかんする本を出版。新たな関心をひき起こした。

1974年
サラ・キャンベルとスーザン・コリアーが、ヴィンテージもののリヴァイヴァルで定評のあるリバティ社のために、「コテージガーデン」のプリントをデザイン（p386）。

1974年
ロンドンのヴィクトリア・アルバート博物館が「カントリーハウスの破壊」展を開催。一般の関心をよぶきっかけとなった。

1984年
ヨービック・ヴァイキング・センターがヨークで開館。イギリスでは1980年代と1990年代にこうした遺産関連の多数のプロジェクトがはじまった。

コテージガーデン・テキスタイル 1974年

Cottage Garden Textile　コリアーキャンベル

このスクリーン印刷の綿の家具用布地は、花柄ですきまなく埋められている。

1961年、独学で絵画とデザインの才能を開花させたスーザン・コリアー（1938-2011年）は、ロンドンのリバティ社に画帳をもちこんだ。同社は6枚のデザインをその場で買い、さらに注文を出した。これがコリアーとリバティの長期間にわたる実り多い関係のはじまりだった。この間、コリアーと妹のサラ・キャンベル（1946年-）は、リバティ社がプリント生地の大手卸売業者に変貌する過程で、テキスタイルデザインに多くのエネルギーと新鮮さをもちこんだ。姉妹のデザイン方法の特徴は、図案創作に絵画的な手法を使い、そうしたタッチがプリントの仕上がりに正確に再現されることにこだわる点だった。イヴ・サンローラン（1936-2008年）は早い時点から姉妹を認めて、1971年にはじめて開催される既製服のコレクションのために、特別な図柄を制作するように依頼した。同年に、コリアーはリバティのデザインと色彩のコンサルタントに任じられて、この仕事を1977年まで続けた。その後すぐ、妹とともにコリアーキャンベルを創設した。創設時から、ふたりはローン、ウール、シルク、リネン混紡、綿など、多様な布地のデザインを制作し、ドレス、スカーフ、インテリア関連など幅広い用途に応用した。こうした生地と用途の多様さは、ファッションと家具・インテリアが近づきつつあることを示すと同時に、その動きを促進する作用もおよぼした。この傾向はその後数十年間強まっていく。「コテージガーデン」は1974年にデザインされ1977年にリバティによって製造された柄で、ファッションとインテリアの双方が過去の装飾とデザインからの影響を探っていた時期の、ノスタルジーに満ちた雰囲気をもっている。イギリス・スタイルの古典であり、19世紀のモチーフを思わせるが、模倣にはなっていない。コリアーは自然のものでもとくに蝶や小鳥、庭に咲く花に影響を受けていた。すぐれた色彩感覚をもっていたが、この資質は女優だった母親のペーシェンス・コリアーによってつちかわれていた。　EW

ナビゲーション

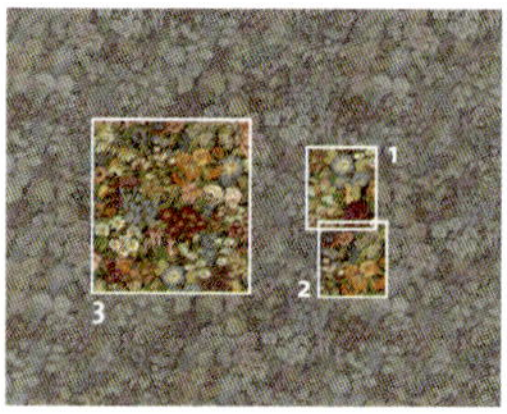

フォーカス

1　絵画的デザイン
コリアーキャンベルのデザインはすべて、まずは描いた絵からはじまる。姉妹はゆるやかに流れる質感を生地のプリントに残してほしいと要求した。そのために、絵筆の跡などがはっきり残っている。コリアーは影響を受けた画家として、アンリ・マティスの名をあげている。

2　色彩感覚
「バウハウス」（1972年）、「タンバリン」（1976年）、「カサク」（1973年）などのこの時期のコリアーキャンベルのデザインと同様に、「コテージガーデン」も従来のリバティの色調を意図的に避けて、雰囲気を表現したり暗示したりしやすい色彩を使用している。

3　「反復模様をごまかす」
コリアーは「反復模様をごまかす」ことを心がけていた。コリアーキャンベルは手作業で描いたために、従来のテキスタイルデザインにみられる機械的な図案にならずに、生き生きとした感覚のリズムを生みだせた。「大量市場向けの美しい布地を製造したいという政治的な動機がありまして」とコリアーは語っている。

デザイナーのプロフィール

1938–60年
スーザン・コリアーはマンチェスターに生まれ、幼児期から色彩と自然に深い関心をもっていた。独学の画家としてフリーランスのデザイナー、パット・オールベック（1930年–）のもとで働きはじめ、はじめはリチャードアレンやジャックマーのようなスカーフ会社にスケッチを売っていた。

1961–74年
1961年、リバティ社がコリアーのデザイン6枚を買った。同社に1968年から勤務し、1971年にデザインと色彩のコンサルタントに任命される。同年にイヴ・サンローランが最初の既製服コレクション用のデザインを依頼。妹のサラ・キャンベルはまだあどけない年齢から、そしてのちにはチェルシー美術学校で学びながら、姉を手伝った。1960年代末にキャンベルが卒業デザインをリバティに売ってから、妹もリバティで図案を制作しはじめて、1970年代初めに同社にデザイナーとして雇用された。

1975–2010年
キャンベルは1975年にリバティを退社し、フリーランスとしてフランスのドレス生地会社スワリー・ヌーヴォテ社（Soieries Nouveautés）のためにデザインした。2年後にコリアーも退社し、姉妹でコリアーキャンベルを結成。続く30年間、コリアーキャンベルは多数の絵画的デザインを、イエーガー、ハビタ、マークス＆スペンサー、ロディエ、フィッシュバッハ、マーテックス、P.カウフマンなど幅広いクライアント会社のためにデザインした。1984年に上品で優雅なデザインに贈られるプリンス・フィリップデザイナー賞を受賞。1988年には、テレンス・コンランからの依頼で、ガトウィック空港北ターミナルのカーペットをデザインした。

2011年–現在
2011年、コリアーは癌により72歳で世を去った。キャンベルは多くの素材を使って、商業的製品とプロジェクトの注文を受け、自分の名でデザインを続けている。

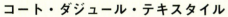

コート・ダジュール・テキスタイル

コリアーキャンベルのとくに有名で愛されたデザインのひとつに、「コート・ダジュール」がある。夏向けのマティス風の図案で、地中海を思わせる色と光に色彩が変化して見える織り方になっている。スイスの高級テキスタイルブランド、クリスティアン・フィッシュバッハ用にデザインされたコットン素材のインテリア生地で、「シックス・ヴュー（Six Views）」コレクションのひとつである。このデザインでふたりは1984年のプリンス・フィリップ・デザイナー賞を受賞したが、このときが栄誉ある初の女性の受賞だった。1980年代初めごろふたりのスタジオは、ファッションショーの舞台、マークス&スペンサーのベストセラーの羽布団カバー、ガトウィック空港北ターミナルのカーペット、スカーフ、カーテン、枕カバーなど、大成功をおさめてどこでも見かける図案の多くを手がけた。「コート・ダジュール」（右）もこの時期の作品である。このころのとくに好評だったパターンには、「バウハウス」や「タンバリン」などがある。コリアーキャンベルはつねにデザインを多くのファンにとどけようと苦心しており、1970年代に直接販売する布地カタログビジネスを開始した。

コテージスプリグ壁紙 1981年 Cottage Sprig Wallpaper

ローラ・アシュレイ　1925–85年

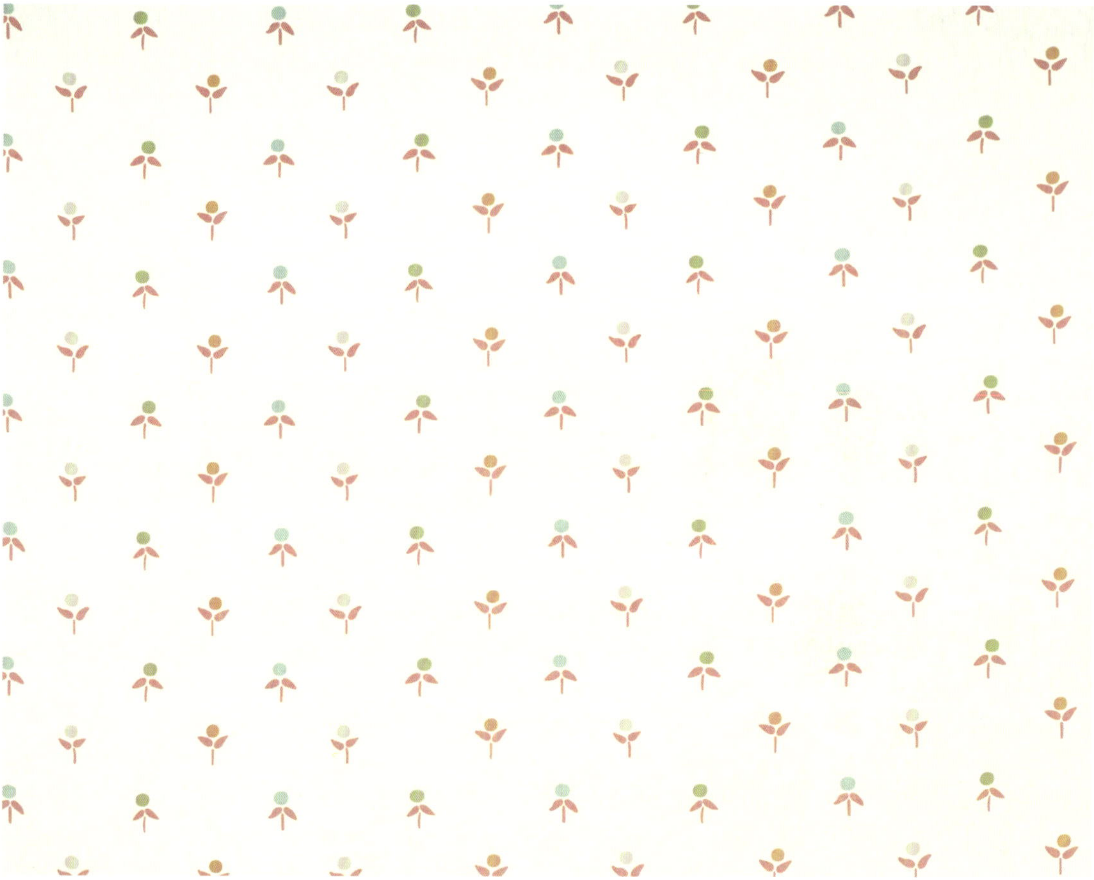

もともとはヴィクトリア朝時代の図案だった「コテージスプリグ」。ローラアシュレイ社によって当時を懐かしむ消費者向けに、うまく現代化されている。

ウェールズのファッションデザイナーで実業家のローラ・アシュレイは、当時圧倒的に多かった未来志向で男性的でポップ的な美意識とまったく対照的な、ノスタルジーに満ちた家庭的な美意識を開発した。ヴィクトリア朝時代の模様見本帳に花のモチーフを見つけると、衣類とインテリア装飾品に使用した。たとえば寝室なら、壁紙にもベッドカバーにも、さらに椅子の張り生地にも、同じ図案を使用しただろう。彼女が細かい反復模様を好んだのは、おちついた雰囲気が出て、一種独特な生活様式を演出するからである。

とりわけ人気のあった図案が、1981年発売の「コテージスプリグ」だった。これはアシュレイ社で長年働いていたテキスタイルデザイナーのブライアン・ジョーンズが、ヴィクトリア朝時代の児童書『コックスとボックス（Cox and Box）』のなかで見つけたといわれる。ジョーンズは、このモチーフを1980年代に合うように描きなおし、色彩を整えた。壁紙、壁タイル、陶磁器などさまざまな家庭用品に使用されて、すぐに1980年代初期を特徴づけるデザインになった。ヴィクトリア朝時代の世の中を強く想起させるが、都会の中流階級ではなく、アシュレイが幼児期に知っていた質素な田園生活を感じさせる。これを引き立てるように、マツ材の食器棚と曲木の椅子が展示された。コテージスプリグは新鮮でかわいく、女性的で自然界にルーツがある。

ローラアシュレイ社は、アシュレイが提唱するようにシンプルなカントリースタイルで家庭を飾って家具調度を整えたい若者へのアドバイスとして、書籍も出版した。彼女が序文を書いた『ローラ・アシュレイの家庭の飾りつけ（The Laura Ashley Book of Home Decorating）』（1984年）は大好評で、こうした本などから彼女のスタイルが遠方まで広く知られるようになった。

PS

ナビゲーション

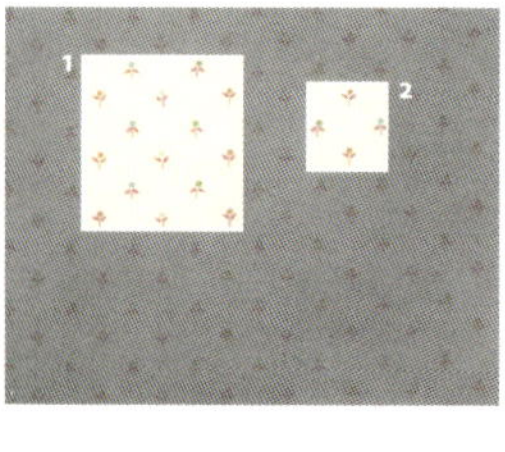

フォーカス

1　反復模様

細かいモチーフを使った反復模様は、家庭での応用範囲が広く心やわらぐ効果がある、とアシュレイは認識していた。「コテージスプリグ」にとくに人気があったのは、擬人化された花のモチーフが、手をふる子どものようにも見えるからだろう。

2　自然からのインスピレーション

アシュレイの図案は、ほとんどが自然の世界を題材にしており、古いヴィクトリア朝時代の図案製作者と同じく、彼女も花や植物、小鳥からインスピレーションを得ていた。消費者がさらに楽しめるように、人にやさしい自然からの図柄にパステル調の色をバランスよく混ぜて使用した。

◀ 1980年代の雑誌広告では、ローラアシュレイの生地と壁紙、陶磁器などの工芸品がしっくり調和して、センスよく心地よいライフスタイルが提案されている。

ローラアシュレイ社

ローラ・アシュレイ（右の写真の着席した女性、1980年頃）は1966年にはじめてドレスを製作し、２年後にロンドンのサウス・ケンジントンに自分の名前をつけた最初の店を開いた。1970年には、さらにシュルースベリーとバースに２店を開いた。1970年末にはローラアシュレイ社は大きく拡大し、世界中に70店舗以上をかまえた。1980年代には家庭のインテリア用品に進出したが、ローラ・アシュレイは1985年に亡くなった。洞察力をもって会社を刺激したこの創造性ある女性がいるあいだに、同社が繁栄をきわめたのは疑いのない事実である。ローラの夫で共同創立者のサー・バーナードは1993年に会長にしりぞき、名誉社長を1998年までつとめた。1990年代に財政的に逼迫すると、同社は1999年にローラアシュレイデザインサービスをはじめた。今日では、製造の拠点をウェールズのポーイスの１カ所に集中させて、ペイントや壁紙、カーテンを製作している。同社は現在ではイギリス全土だけでも200店強を経営しており、2011年には少女向けの衣料を新しくはじめた。

科学の応用

1　1974年4月に導入された第3世代のトヨタ「カローラ」。「究極のファミリーカー」と宣伝された。

2　フィリップス社のカセットプレーヤー。録音ずみの音楽カセットの人気が高くなったために、ベストセラーになった。

3　1977年に購入可能になった「TRS-80マイクロコンピュータ」。愛好家の自作マシンに代わる魅力的な選択肢となった。

デザインが話題になるときには、目に見えるものに焦点をあてることが多い。しかしときには、良質のデザインが見えないもの、つまり陰で働く科学の応用に関係することもある。この場合は、エンジニアと技術者の参加が不可欠になる。「ベオリット400」ポータブルラジオ（1970年、p.392）は、その適例である。ヤコブ・イェンセン（1926-2015年）デザインのすっきりこじんまりしたケーシングは、この製品がトランジスタ市場の頂点部分のみを狙った製品であるのを物語っている。しかし、このラジオはすばらしいサウンドの質でも、ほかより抜きんでている。ベオリットのシリーズを製造した、デンマークの家電製品会社バング＆オルフセンは、同社のいう「正確な音の再生」に長らく取り組んできた。このことは1925年に会社を共同設立したピーター・バング（1900-57年）の大きな関心事だった。プロダクトデザイナーとしてのイェンセンの役割は、見えないオーディオ機器を収容する物体で、この品質を表現することだった。

1970年代は技術変革の分岐点の時代である。マイクロプロセッサーが最初に大量生産されたのは1971年で、その6年後に、最初期の量産型家庭用コンピュータがアメリカで発売された。それが「TRS-80」（図3）だった。タンディ社が製造したこのコンピュータは、600ドルたらずで同社系列のラジオシャック店をとおして販売された。デジタル時代が来ようとしていたが、家庭用コンピュータは一時的流行として見すごされる向きもあった。録音済の音楽カ

キーイベント

1963年	1970年	1970年	1971年	1972年	1973年
フィリップス社が電池で動くカセットレコーダー「EL3300」を発売。アマチュア愛好家の感性をとらえ、放送局の関心さえも引いた。	手のひらサイズの計算機、シャープ「マイクロコンペットOT-88」が発売される。はじめて量産された電池式計算機となった。	バング＆オルフセンが「ベオリット400」ポータブルラジオを発売。ケースのデザインはヤコブ・イェンセン。	はじめてマイクロプロセッサーが大量生産される。最初の一般向けマイクロプロセッサーはインテル「4004」。	ドイツのインダストリアルデザイナー、リヒャルト・ザッパー（1932-2015年）が「ティツィオ・デスクライト」（p.394）を制作。	OPECのアラブ諸国が、第4次中東戦争でイスラエルを支持するアメリカなどに石油輸出禁止措置を実施。

セットはそうではなく、カー・ステレオ用としても、フィリップス「EL3302」(1967年、図2)のように世界のベストセラーとなったコンパクトカセットレコーダー用としても、この形態の品の人気は高かった。最初のポケット計算機は1970年代に出ていた。電子レンジは小型で低価格になり、70年代末には売り上げが急増した。

自動車産業では、1973年の石油危機のあとに大きな変化が起きた。コンパクトで軽量の低燃費モデルが、フォードやゼネラルモーターズが生産する大型で重く「ガソリンをくう車」よりも急に好ましく見えはじめた。1974年には小型のファミリー用ハッチバック車のフォルクスワーゲン「ゴルフ」(p.396)が発売された。この車でインダストリアルデザイナー、ジョルジェット・ジウジアーロ(1938年-)のさっそうとしたスタイルが一世を風靡し、角張った「折り紙細工」的美意識が1970年代の自動車デザインに影響をあたえた。同年の最新型トヨタ「カローラ」(図1)は、重要になってきたランニングコストは低く保ちながらも、新しい安全性と快適さという特徴を提案した。この車は世界のベストセラーとなった。

この時期に日本の自動車製造業が優勢になり、1980年にはアメリカを追い抜いた。厳しい品質管理と、コンピュータとロボットを多用することで、日本の自動車製造業は精密さを増し、それにつれて製品への信頼度も高くなった。1970年代には燃料噴射方式が一般的になったことも、こうした方向性の助けになった。新たなエネルギー意識が生まれたときに、燃料噴射方式は燃費を抑えられて、冷間始動時にチョークを引く(燃料供給量を増やす)必要がなく好都合だった。これとは対照的に、キャブレターはひんぱんに調整する必要があり、燃料がオーバーフロー(あふれること)しがちだった。このすぐあとに防錆技術が改善され、車の使用年は長くなった。消費者は法律を制定して製造業者に従わせてまでして、ますます安全な車を要求するようになった。シートベルトが最初に考案されたのは19世紀だが、最初に車にシートベルトを装備する法律が施行されたのはオーストラリアで、1970年になってからである。同じくエアバッグも考案されたのは比較的古いが、フォードとゼネラルモーターズがいくつかのモデルにエアバッグを導入したのは1970年代だった。それはシートベルトを着用するドライバーがほとんどいなかったためでもある。

家庭用品にも革新的変化が生まれた。1978年にドイツのミーレ社は家庭用品製造業者としてはじめて、マイクロプロセッサーでコントロールする洗濯機、乾燥機、食器洗浄機を製造した。ミーレの市場向けスローガン「つねによりよいものを」は、競争相手より性能がよく長く使用できて、最新の技術の進歩のなかでもITを利用した商品を開発する、というデザイン姿勢を要約している。ミーレ社のような会社は、自社の製品に故障がなく、ひんぱんにとり替える必要がないことを保証して、ブランドを確立し利益を上げた。当然ながら、そうした高級な製品にはそれ相応の価格がつく。最新の製品への投資をいとわず、また可能である消費者にとって、得るものは精神的安らぎでありしばしば社会的地位である。製造業者にとっては、名声にもとづくブランド・ロイヤルティの確立が目標になる。1970年代には、最高仕様の堅牢な消費財が憧れの的になりはじめた。この傾向は20世紀末に向かうにつれて強まり、21世紀になってもおとろえていない。 EW

1974年	1974年	1974年	1975年	1977年	1978年
1月の世界の石油価格が、1973年10月にはじまった石油危機以前の4倍に上昇。	トヨタ「カローラ」の輸出台数が年間30万台以上に。世界最高の売り上げになった。	フォルクルワーゲンが「ゴルフ」を新発売。これまでの売り上げトップテンに入る車になった。	イーストマン・コダック社のスティーヴン・サッソン(1950年-)がはじめて実用的なデジタルカメラの試作品を制作。	タンディ・ラジオシャック社が「TRS-80マイクロコンピュータシステム」を発売。当初の予定の2倍近くの売り上げがあった。	ミーレ社が家庭用品製造業者としてはじめて、マイクロプロセッサーでコントロールする洗濯機、乾燥機、食器洗浄機を製造。

ベオリット400ポータブルラジオ 1970年

Beolit 400 Portable Radio　ヤコブ・イェンセン　1926–2015年

アルミニウムとプラスチック。
22 × 36 × 6 センチ

「ベオリット（Beolit）」というのは、バング＆オルフセン社のポータブルラジオ製品につけられた名前で（「ベオヴィジョン（BeoVision）」はテレビの名前といったように、同社の製品ラインすべてに共通する）、「BeO」は「B＆O（バング＆オルフセン）」のラテン語表記である。ポータブルラジオの「ベオリット400」と「ベオリット600」は、ヤコブ・イェンセンによってデザインされ、1970年から1975年にかけてバング＆オルフセンによって製造された。見かけ上は両モデルに大差はないが、600はAM放送が入りコンセントと電池の両方が使えて、選局がより精密にできる。とくに600は売り上げが上々だったので、ストルーアにある工場で１日600台を生産した時期もあった。

イェンセンは1965年から20年以上、B＆Oの主任デザインコンサルタントをつとめ、同社の美的センスを決定づける最高の製品を数多く制作して、ほかに類をみない品質というブランドの評判を固めるのに寄与した。同社のラジオのデザインを多く手がけたが、色彩豊かな（ピエト・）モンドリアン調のスタイルもあり、チーク材とネクステル®（スエードの風合いの塗料）のような組みあわせで、素材と仕上げの実験をすることが多かった。しかし彼のデザインの特性は、おそらくベオリット400と600にもっとも明確に表れている。

このラジオのデザインがあまりにも美しくむだがないので、機能はすぐには目につかない。アルミニウムのフレームが、電池交換時にはずせる２枚の模様入りプラスチックのトレーを固定している。選局インジケーターの金属ボールは、アルミのフレームにある溝を磁石でひっぱられて移動し、ガラスカバーで保護されている。必要に応じて折り曲げたハンドルで斜めに支えることもできる。イェンセンのデザインは自信に満ち知性があり、気どりがなく迎合的でもない。1970年代の優美なデザインを代表するものである。　JW

ナビゲーション

フォーカス

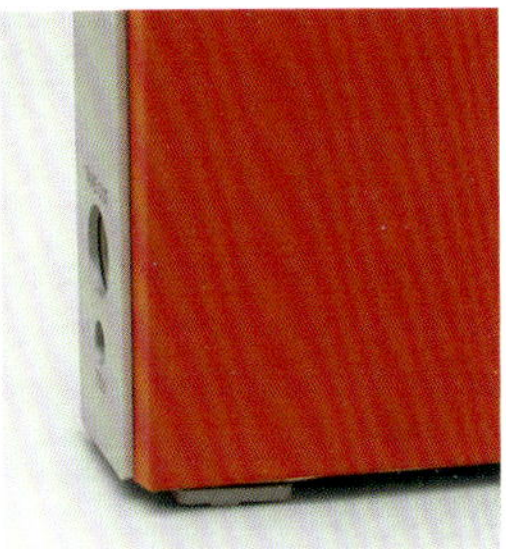

1　直線的な形
薄く、平らで、細長い「ベオリット400」は奇をてらわず、すぐには機能性を主張しない。これ見よがしのノブなどのつまみが通常より少なく、すっきりしたモダンなラインとむだのない細部で、たちまちデザインの名品とみなされた。

3　表情をつけたパネル
プラスチックのサイドパネルは外部表面に模様があり、ラジオのもつ高品質という全体的な印象を高めている。イェンセンはデザインの完璧主義を定義して「仕事を見なおす能力、ほとんど際限なく何度も」と言い、さらに「何度もというので、わたしは苦しみに苦しみ抜いている」と語っている。

2　選局インジケーター
透明なパネルの下に、金属ボールでできた選局インジケーターがアルミのフレームにおさまっている。ボールは操作スライダー上の磁石で動かされる。ケース内に砂が入らないようにデザインされたもので、「600」モデルでは多少変更されている。

4　アルミニウムのフレーム
2枚のプラスチックのフレームであるサイド面は、電池交換時にとりはずせるが、中央のアルミのフレームを「サンドイッチ」している。フレームから伸びるハンドルは折り曲げられ、斜めにして使用するときにラジオを支え地面に接触しないようにする。

デザイナーのプロフィール

1926–53年
ヤコブ・イェンセンは1926年にコペンハーゲンで生まれ、1948年に美術工芸学校に入学した。ここでの恩師にはハンス・J・ウェグナー、ヨルン・ウッツォンなどがいる。1952年に卒業後、デンマーク初のインダストリアルデザインスタジオ、ベルナドッテ&ビヨンに就職。ここで現在も製造されているメラニン樹脂のミキシングボウル、「マルグレーテ」をデザイン。

1954–80年
1956年にインダストリアルデザインナーのレーモンド・ローウィとニューヨークで出会い、当時シカゴのローウィのもとでLTJとして活動していたリチャード・レイサム、ボブ・タイラー、ジョージ・ジェンセンとともに働く［LTJは3人の頭文字］。1960年にLTJの共同経営者、1975年にはLTJヨーロッパの責任者になった。そのあいだの1958年、ヤコブ・イェンセン・デザインスタジオをコペンハーゲンで設立。玄関のよび鈴、煙探知器、腕時計、トースターにいたるまで、特色ある黒とクロムのスリムなスタイルで多数の賞を受賞した。1959年から1961年まではシカゴ大学の助教授としてインダストリアルデザインを教え、影響力をおよぼした。1965年にはじまったバング&オルフセンとの付き合いはその後長く続き、最終的に230点以上を制作した。1975年には、コペンハーゲン工芸美術館がイェンセン作品の展覧会を開催。1978年にはニューヨークの近代美術館が「音のデザイン」展で、B&Oのためにデザインした28点のオーディオ製品を展示した。B&O以外にもベル・エクスプレス、F&Hスカンディナヴィアなど多くの会社の仕事を手がけた。

1981–2015年
1990年に、LTJヨーロッパの責任者の職を息子のティモシー・ヤコブ・イェンセンにゆずり、ティモシーは会社を上海とバンコクに拡大した。ヤコブ・イェンセンは2015年に89歳でこの世を去った。

イェンセンのワイツの時計

イェンセンは自分のスタイルが身のまわりにある景色でも、とくにユトランド半島北部の陸地と海が接する場所や、フィヨルドの空などに影響を受けていると語っていた。アムステルダム郊外にあるS・ワイツ時計有限責任会社（S. Weisz Uurwerken Bv）と共同制作した腕時計の多数のコレクションは、こうした景色からインスピレーションを受けている。たとえば、「クロノグラフ605」（上）は削ぎ落としたシンプルなラインで、デザイン的には（装飾性がない）ミニマリズムであり、幾何学的に純粋なフォルムをしている。機能性と高品質の素材は重要だが、イェンセンの腕時計はどれも、腕時計が時間を知る道具だけでなく装身具にもなるという事実を示すデザインになっている。

ティツィオ・デスクライト 1972年 Tizio Desk Light

リヒャルト・ザッパー　1932–2015年

ABSプラスチック、アルミニウム、合金。
76×76センチ

リヒャルト・ザッパーがアルテミデ社のためにデザインした「ティツィオ」は、ただちにデスクライトのデザインのルールを塗り替えた。このライトはミケーレ・デ・ルッキ（1951年–）による「トロメオ」作業用ライト（1987年）にヒントを得ており、トロメオとともにアルテミデ社の売れ筋製品となっている。イタリア語の「tizio」は「あいつ」の意味で、名の知れぬ男性をさすのに使われ、ザッパーのデザインの核となる男性的な性質を表現している。アルテミデ社の創立者エルネスト・ジスモンディ（1931年–）も、ティツィオの大きな特徴は、どのような形になっても非常にハンサムに見えることだと述べている。

初のバランス・アームつきライトは、イギリスの技術者ジョージ・カワーダイン（1887–1947年）のデザインによる「アングルポイズ」（1932–35年、p.172）で、このライトはスプリングを使用して、折りたたみ式アームの重力に逆らう位置調整を可能にしていた。ザッパーは連結式アームというアイディアを、これまでにないレベルのぜいたくでむだのない洗練さに高めた。ワイヤを見せないのでよりすっきりしたラインになり、スプリングはなくつりあいをとる重りだけがある。1990年代にアルミニウムのヘッドに改良がくわえられて、ガラスのカバーと、ヘッドが熱くても簡単に傾斜を変えられるようにするための、細いワイヤのハンドルがつけられた。色は黒と白、メタリック・グレーがあり、サイズもいろいろな種類があるが、初めからあるとりわけ有名なモデルは、黒の「ティツィオ50」である。さらに最近になって、調光器つきLED使用の製品ができた。　JW

ナビゲーション

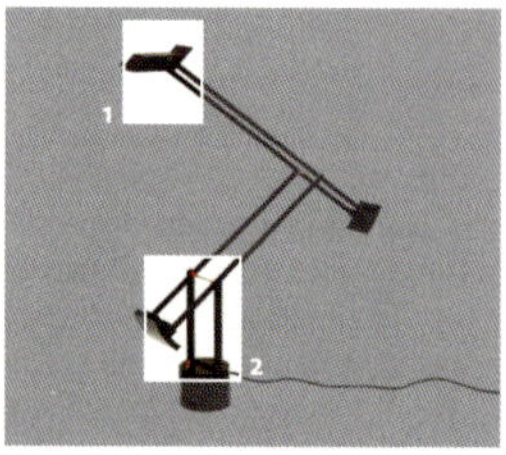

フォーカス

1　革新

ザッパーの「ティツィオ」の構造はまったく革新的である。回転台に内蔵された12ボルトの変圧器を使用し、電気は２本の平行するアームのなかを通るので、見えるケーブルはない。おもに自動車産業で使用されていたハロゲンランプを、最初に使用した照明具でもある。

2　融通性とバランス

ティツィオは４方向に回転する男性的な可動アームをそなえたランプである。すべて動力学的な動きとバランスによるもので、片手で調整できる。つりあいをとるための四角い重り２個が、印象的な外観の仕上げになっている。首ふりポンプが、美しい洗練された机上の彫刻に変身したようだ。

デザイナーのプロフィール

1932–69 年

リヒャルト・ザッパーはミュンヘンで生まれ、ミュンヘン大学で経営学の学位を取得した。最初に働いたのはダイムラー・ベンツ社のスタイリング部門だった。1958 年にミラノに移住し、独立して仕事をはじめた。

1970–2015 年

1970 年代には、フィアットとピレッリのデザインコンサルタントをつとめた。1980 年から IBM の主任インダストリアルデザイン・コンサルタントになり、1992 年にはノートパソコン「ThinkPad（シンクパッド）700C」(p.434) をデザイン。船舶や自動車、電子機器、家具、キッチン用品もデザインした。アレッシ、アルテミデ、カルテル、ノルなどの会社の仕事をした。

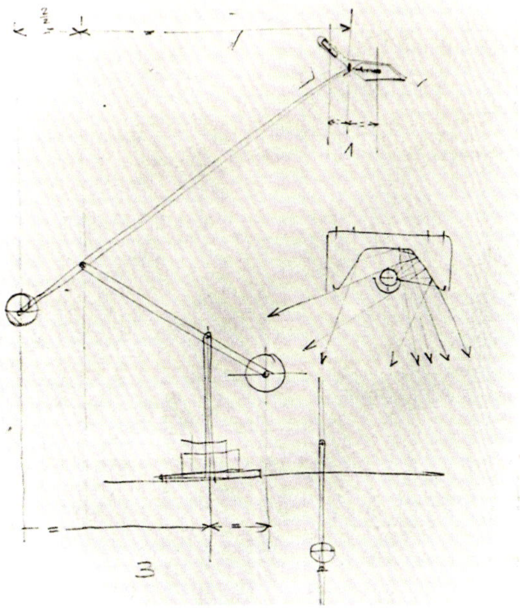

▲ザッパーのデザインスケッチからわかるように、操作の容易さが「ティツィオ」のデザインのかなめである。ティツィオをデザインしたのは、自分がほしい作業ランプがなかったからだという。

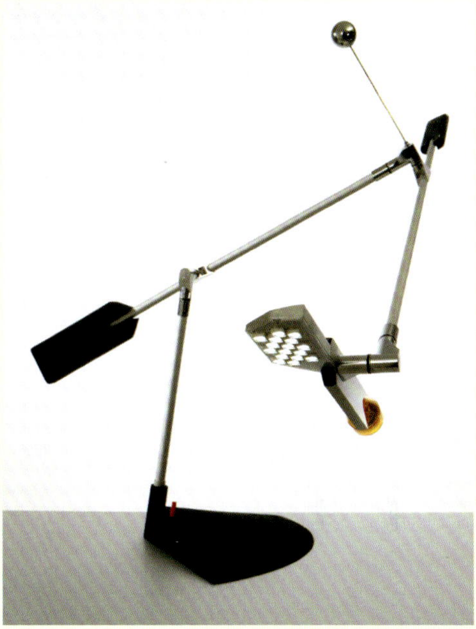

ハレーシリーズ

ザッパーは2005年にふたたびライトを手がけ、温白色LED作業用ライト、「ハレーシリーズ」（上）をルセスコ社のためにデザインした。スプリングやテンションノブではなく、平衡バランスを使った動きをとおして完璧なバランスをとるデザインは、類例のない運動性と操作性をそなえている。各ジョイント部は水平・垂直方向に自由に動き、流れるような運動が生まれる。また軽量のヘッドと一体になったファンがLEDを冷やした。この名前は裸眼で見えて人生で２度遭遇する唯一の彗星、ハレー彗星からとっている。ザッパーは「ティツィオ」の流星のような成功が、２度目に手がけた作業用ライトにもハレーのように２度くりかえすのを望んだのかもしれない。残念ながらルセスコは2008年初頭に財政難から営業を停止し、ハレーは現在製造されていない。

フォルクスワーゲン・ゴルフⅠ 1974年

Volkswagen Golf Mk1　ジョルジェット・ジウジアーロ　1938年-

フォーカス

1　バンパーとLEDディスプレー

1980年、「ゴルフⅠ」にマイナーチェンジがほどこされた。内容はジウジアーロのオリジナルのコンセプトに近い大きなリアランプ類、最新機器を装備した新しいダッシュボード、LEDの警告灯、成型プラスチックの黒いバンパーなどで、アメリカ仕様はヘッドライトが長方形になった。

2　ウィンドウ

ゴルフⅠのデザインに爽快感があるのは、フロントとサイド、ハッチバックのリアのウィンドウ越しに見える空の広さのためである。まるで温室内にいるように、広々とした道路を走る晴れやかで自由な開放感を体験できる。

3　快適さとハンドリング

インテリアには上質の素材を使い、こだわりのスタイルと快適性がくわわった仕上がりになっている。マクファーソンのストラット式フロントサスペンションとトーションビーム式リアサスペンションによって、しっかりバウンドを吸収する。道路を確実にとらえ、快適さをそこなわずにきびきびと走る。

4　「折り紙細工」的スタイル

1970年代初めから、ジウジアーロは角張った「折り紙細工」のデザイン・コンセプトをとりいれ、1970年代の車のデザインに大きな影響をおよぼした。角張ったスタイルにより格好よく明瞭な切れ味が生まれ、エコドライブが必要になったことを忘れさせる。

ナビゲーション

ジョルジェット・ジウジアーロの「ゴルフⅠ」は、３ドアハッチバックの小型ファミリーカーである。前輪駆動で、フォルクスワーゲン「ビートル」(1941年) の空冷エンジンを水冷式におきかえて前部に搭載した、シンプルで高性能のファミリーカーだった。「第２次世界大戦後のイタリアは貧しい国で、デザイナーは自由に使えるわずかな資材で仕事をしなければならなかった。素材を最小限におさえ、むだな反復を避ける。シンプルなデザインは必要から生まれた」とジウジアーロは語っている。しかし彼は、ありあわせの材料の修復以上のものを創造した。ゴルフはすぐに好評を博し、1976年10月には、100万台が生産ラインから運びだされた。

この車はヨーロッパ的なコンセプトに深く根づいており、小型でひかえめで、都会の狭いスペースに駐車するのに理想的である。しかし、この車が成功したカギは、何をおいても家族を第一に考えるイタリア的感覚にある。この小型車にはゆるぎない信念が感じられる。おしゃれできびきびとした走りの真のファミリーカーなのである。プレイボーイのレーサーでもなく、価値を証明するのに馬力に訴える大型車である必要もない。また勤務時間外に自主的に進められた「スポーツ・ゴルフ」プロジェクトはゴルフ「GTⅠ」となって、1970年代の末に発売された。ここからホットハッチバック［スポーツカーに負けない走りと実用性をあわせもつ車］のブームが起こり、今日まで続いている。フォルクスワーゲンの社内チームは、ジウジアーロのデザインを幅広で細長い「ゴルフⅡ」に応用し、1983年に市場に登場させた。「ゴルフⅢ」が1991年に発売されるまでに、この車は630万台販売された。ジウジアーロの全デザインのなかでも、ゴルフは満足度が高いが、彼は感傷にふけることなく、「美は数学に行き着く。車をデザインするときに、感情からはスタートしない」と語っている。 JW

ジョルジェット・ジウジアーロがスタイリングしたフォルクスワーゲン「ゴルフⅠ」。
コンパクトな前輪駆動のハッチバック車である。

デザイナーのプロフィール

1938–66 年

ジョルジェット・ジウジアーロは、イタリアのピエモント州ガレッシオに生まれ、トリノに移って美術とテクニカルデザインを学んだ。彼の車のスケッチがフィアット社の技術部長だったダンテ・ジアコーサ（1905–96 年）の目にとまり、1955 年にフィアットに採用された。1959 年にベルトーネ社の主任デザインになり、1965 年に同社を退社してギア社に移った。

1967–95 年

フリーランスで多くの会社の仕事をするイタルスタイリング社を立ち上げた。１年後にイタルデザイン社を共同で設立し、技術とスタイリングのサービスを自動車産業に提供した。アルファロメオ、BMW、フェラーリ、ランボルギーニ、ロータス、マセラッティ各社のスタイリングを担当。ニコンのカメラのボディ、電話機、拳銃、パスタの形、腕時計などのデザインも手がけた。1995 年に生涯にわたる功績とフィアット「プント」のデザインに対して、ゴールデンステアリングホイール賞を受賞した。

1996 年–現在

2010 年にフォルクスワーゲンによって会社の 90 パーセントの資本を買収された。2015 年に辞職した。

▲自動車製造会社は、車に技術的付属物とガソリンを大量消費するぜいたくな装置を各種搭載していたが、1980 年にベーシックで安価で、実用的なフィアットの「パンダ」（上）が発売されて新風を吹きこんだ。この車でジウジアーロは 1981 年イタリアのゴールデン・コンパス・インダストリアルデザイン賞を受賞した。

コーポレート・アイデンティティ

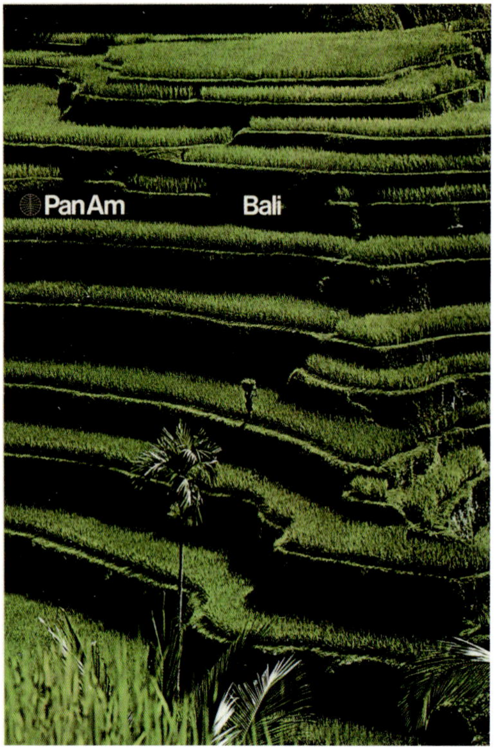

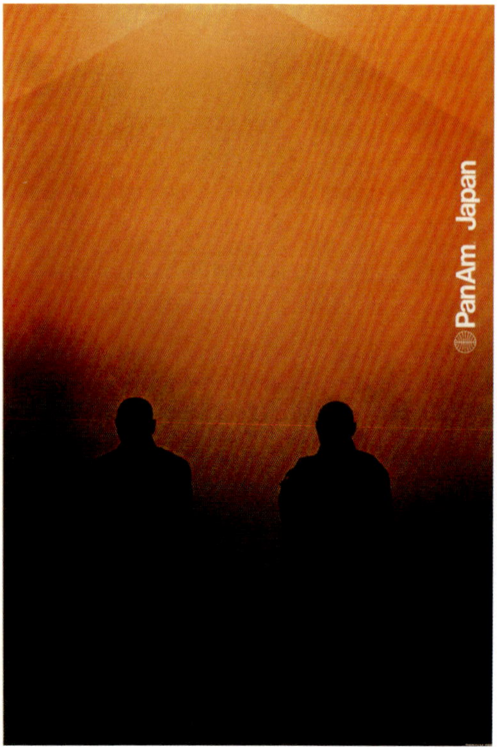

製品は視覚的にほかと区別する明確な独自性（アイデンティティ）を、古くからもっていた。しかし、製造会社もそうしたアイデンティティをもとうとする考えが起こったのは、第2次世界大戦後である。不幸な話だが、最初はナチ党の外観へのこだわりを見て、世界は統一したコーポレート・アイデンティティの潜在力に気づいた。実業界でコーポレート・アイデンティティの所有がとりわけ価値を発揮したのは、買収と合併のときだった。企業は視覚的な言語記号でコミュニケーションをとる必要があったため、逆に、受けとったメッセージの理解能力を大衆が高めることにもなった。実際に製品が販売されないとき、明確なコーポレート・アイデンティティはきわめて重要である。デザイン会社ペンタグラムのコリン・フォーブズ（1928年-）は、次のように書いている。「会社のきわだった特徴が普遍性のある技術や規制のためにぼやけている場合、デザイナーは記憶に残るアイデンティティを創造するのに苦労する」。こうした会社には、製品でなくサービスを提供する航空会社や銀行がある。こうした世界では、「1カ所のオフィスとレターヘッドだけが、高度に洗練され

キーイベント

1961年

世界野生生物基金が、ジャイアントパンダをグラフィックで表現したロゴを作成。絶滅危惧種の保存活動を強調した。

1962年

グラフィックデザインのコンサルティング会社フレッチャー・フォーブス・ギルがロンドンで設立。のちにペンタグラムと改名した。

1964年

チャマイエフとガイスマーがモービル石油のロゴを、青のアルファベットのなかで「O」だけ赤のデザインに改定。翼馬ペガサスのロゴも場合により利用しつづけた。

1965年

マイケル・ウルフとウォーリー・オリンズがロンドンでウルフ・オリンズを設立。国際的に著名なコーポレート・アイデンティティのコンサルタント会社になった。

1971年

ポートランド州立大学の学生キャロライン・デヴィッドソン（1943年-）が、点検印に似た商標「スウッシュ」を、新たにナイキと名前がついた会社のために制作。

1971年

レーモンド・ローウィ（1893-1986年）が、シェル石油のホタテ貝のロゴを、今日まで使用されているデザインに微調整。

たサービスを表現するかもしれず、第一印象が最重要になりえる」

コーポレート・アイデンティティでふつう身近な存在であるロゴまたはトレードマークは、見た目では純粋なグラフィックの創造物である。会社のアイデンティティは一般に1語または2語からなり、わかりやすいがほかと区別できて記憶に残り、視覚的スタイルをとおして、その会社の価値を伝えなければならない。ニューヨークを拠点とするブランドとグラフィックデザインの会社、チャマイエフ&ガイスマー社のアイヴァン・チャマイエフ（1932年–）とトム・ガイスマー（1931年–）は次のように書いている。「商標デザインでは、アイデンティティを探してわたしたちのもとに来る組織の性格と願望を体現するために、自由に使えるマジックと知性、スキル、知識、ヴィジョン、能力を総動員して単一でわかりやすい、直接的なイメージを創造しなければならない」

グラフィックデザインはコーポレート・アイデンティティに対して、ロゴの制作をはるかに超えた貢献をしている。レターヘッドや車両に描く図案、カレンダーのような会社が配る販促品、さらには会社の広告といった多方面におよんでいる。モービル石油は、建築家でインダストリアルデザイナーのエリオット・ノイズの紹介で、1970年代にチャマイエフ&ガイスマー社の顧客になった。同社は注文を受けてモービルのロゴを、サンセリフ（ひげ飾りがない）書体の青で書き、「O」の字を円にした。また、モービルがスポンサーになっていた幅広い芸術活動のポスターもデザインした。ポスターには、素朴な手書き、コラージュ、建物を単純化した幾何学的表現など、多様な技法を駆使した。これらはすべてそれ自体興味深いが、ビジネスの核心とは無関係である。同様に、同社が制作した1973年のパンアメリカン航空のポスター（図1）も、創意工夫に富む間接的な手法で「ブランドを作っていた」。

コーポレート・アイデンティティで世間の認識だけでなく、社内での結束にも変革をもたらしたい場合には、たんに「用字用語のルール」をもうけるだけではすまない。その際には、ブランドの背後にある概念とブランドを守る必要性から、会社の全体像を世界に知らせる緊急性がくわわる。電力発電のインフラ供給部だったイギリスのナショナル・グリッド社は、かつての公社の多くと同様に1990年に民営化された。ペンタグラム社のデザイナー、ジョン・マコーネル（1939年–）は、そうした仕事（図2）について次のように書いている。「社内で共有される企業姿勢、価値観、優先事項はしばしば企業風土とよばれる。企業デザインはまずその風土を特定する必要があり、それからそれを視覚的に表現しなければならない」。この行為によって一般人に誤解をまねく可能性は確認されていて、マコーネルはデザイナーが、現実に反する企業の願望をチェックする必要性を強調して、「会社とコラボするデザイナーは、組織の望ましくはあっても根も葉もない概念が、企業デザインによって実際に創造されると考えることすらある」と警告している。だから、会社はデザインコンサルタントを、セラピストに似た「批判的友人」、つまり会社の精神を洞察し強さを築き、病変を治療する友人として利用するのがよいだろう。クライアント会社に対する世間の認識を形づくり、改善するデザイン会社は、そうした目的のために何十年も契約を継続される可能性がある。　AP

1　チャマイエフ&ガイスマーが、1973年にパンアメリカン航空のために制作した広告シリーズのなかの2枚。この会社の多様な目的地を美しくシンプルに強調しながらも、同時にそうした場所の魅力も見せている。

2　ペンタグラム社のジョン・マコーネルとユストゥス・ウーラーのデザインによる、イギリスのナショナル・グリッド社の太字ロゴ。1989年。

1971年　スターバックスがコーポレート・アイデンティティを作成。16世紀北欧の木版画にある、2本の尾の人魚をモデルにした。

1972年　IBMのロゴ（p.400）をポール・ランド（1914–96年）が改定。「スピードとダイナミズム」をイメージさせるために水平のストライプを使用した。

1977年　ニューヨーク市から1976年に委託を受けたミルトン・グレーザー（1929年–）が、「I♥NY」のロゴを制作。黒の活字に赤のハートマークを使用した。

1977年　スティーヴ・ジョブズのために、ロブ・ジャノフがアップル社のロゴを無料でデザイン。ジョブズはMacintosh（マッキントッシュ）コンピュータのカラーディスプレイを表現するために、虹色をくわえた。

1987年　ハビエル・マリスカル（1950年–）が、1992年バルセロナオリンピック大会のかわいい「コビー」のキャラクター（p.402）を考案。

1997年　元イギリス首相のマーガレット・サッチャーが、ニュウォル・アンド・ソレルによる新しいイギリス航空の垂直安定板のデザインを批判。「こんなひどいものでなく、イギリス国旗をつけて飛べばいいのに」

IBMのロゴ　1972年 IBM Logo

ポール・ランド　1914–96年

IBMのロゴの基本的デザインは1972年から変わっておらず、世界的に認識されている。

IBM（International Business Machines）は1911年に創立され、1939年には多角的な情報処理と機械製造の企業となっていた。第２次世界大戦後に、汎用コンピュータを早期に開発できる見通しが立つと、その当時の旧式で未整理なイメージでは、イタリアのデザインを意識したオリベッティ社に対抗できないと感じられたため、第２代社長となったトマス・ワトソン・ジュニア（1914–93年）がプロの助けを借りようと考えた。

1956年、ワトソンは建築家のエリオット・ノイズ（1910–77年）を、デザインのコンサルタント部長として迎え入れた。ノイズはヴァルター・グロピウス（1883–1969年）、マルセル・ブロイヤー（1902–81年）、チャールズ・イームズ（1907–78年）とともに、1940年にニューヨーク近代美術館で開催された「室内装飾の有機的デザイン」展の仕事をしていた。ノイズはポール・ランドをIBMのグラフィックデザイナーに選び、ランドは当時あったロゴを、よく知られるどっしりした３文字に改定し、1967年には横縞入りに修正した。

ランドにとってこの仕事は新しい体験で、企業を説明するマニュアルを作成して、巨大組織の従業員に社内の変化を説明する必要があると考えた。彼はマリオン・スワニーの助けをかりて、社内に信頼できるグラフィックデザイナーのチームを作り上げた。社名に主眼をおいたのは方針転換をしたからではない。ノイズが当時語っているように「IBMの製品はあまりにも複雑で、ふつうの消費者には理解できないので、IBMという名前に信頼をおいてもらうしかない」からである。ランドは製品の包装には明るい色を用い、ストライプと文字を反復するパターンを使って、事務機器の世界ではめずらしい華々しい特色をもちこんだ。

AP

ナビゲーション

フォーカス

1　セリフ（書体のひげ飾り）

以前のロゴでは、「IBM」の文字をベトン・ボールド体の輪郭線で表していた。ランドは1956年のロゴで、シティ・ミディアム体というさらに太い書体に変更して、目立つセリフをつけた。このようなタイプはもともと1820年代に人気があったレタリングスタイルで、「スラヴセリフ・エジプシャン」とよばれていた。1930年代にレトロ感覚があるというので見出し書体として復活し、モダニズムのサンセリフ（セリフなし）の書体ともなじむとされていた。

2　直線

ランドは字形の構成を、直線と円の一部分に単純化して、まちがわずに簡単に描きなおせるようにした。ランドによれば細い平行線は、紙幣または小切手の偽造予防のストライプを連想させ、権威づけにもなり文字の集合体で全体的な調和を生んでいる。しかしあるIBM職員は、縞柄の囚人服を連想すると述べている。

3　ストライプ

「ポールは、ロゴがあまり説明的になるべきでないと考えた」とIBMのデザイナーで、ランドの2番目の妻になったスワニーは説明する。ランドはこのロゴで遊び心を発揮して、黒地にして文字ごとに色を変えたり、1967年には13本バー、1972年には上の図にあるシンプルな8本バーというように、時間をおいてストライプの数を変えたりした。彼はストライプを入れると、スピードとダイナミズムのニュアンスが生じると感じていた。

デザイナーのプロフィール

1914–39年

ポール・ランドはニューヨークのブルックリンで生まれた。出生名はペレツ・ローゼンバウム。食料品店を営む貧しい正統派ユダヤ教徒の家庭に育った。夜学で美術を学び、書店とニューヨーク公共図書館でグラフィックの雑誌に出合い、関心をもつ。タイポグラファーのアーヴァイン・メツル（1899–1963年）の助力を得て、（反ユダヤ主義的偏見を避けるために改名した）ランドは好条件のグラフィックの注文を受け、イメージ豊かで新鮮なスタイルを発展させた。エスクワイア誌のアートディレクターになった。

1941–96年

ウィリアム・H・ウェイントローブ広告代理店に入社し、抽象画とシュールレアリズムの美術にもとづく、斬新でほとんど言葉を使わないスタイルを導入。1947年に『デザインについて（Thoughts on Design）』を著し、広告でのシンボルやコラージュの使用などの技術を論じる。ウィッテンボーン社出版の美術本のために、秀逸な表紙を制作。他分野での仕事に児童書のイラストがある。

IBM

▲ランドは1956年に、IBMのロゴのデザインをノイズの指示のもとに改定した（上）。それがこのコンピュータ会社での統合的なコーポレートデザイン計画の第一歩となった。

ロゴ

ロゴは「ロゴタイプ」を縮めた言い方で、組版印刷の時代には1本の活字に鋳造した連結活字を意味したが、現代では生活に欠かせないものになっている。歴史的にはロゴとブランド名は偶然に近い状態で発生したが、そうした無邪気な時代はすぎさった。事業会社や各オリンピック大会のような一時的行事のロゴは、協議とテストをへてデザインされる。さまざまな意味をこめる必要があるが、こりすぎても伝わらないだろう。絵の表現や文字だけ、その中間などさまざまな構成がある。レタリングのスタイルによってメッセージの表現力を豊かにするために、しばしば新しい書体がデザインされたり、現存する書体が修正されたりする。

コビー・マスコット 1987年 CoBi Mascot
ハビエル・マリスカル　1950年–

1992年のバルセロナ・オリンピック大会を記憶にきざむ視覚イメージとして、ジョセップ・M・トリアスがほんの3筆で空中に跳ねる人物を表現した公式マークは、デザイナーでイラストレーターのハビエル・マリスカルが創作したマンガの小さな牧羊犬を前に、長らく影が薄い存在になっている。「コビー」が最初に考案されたのは1987年で、「CoBi」という名称はバルセロナ・オリンピック大会組織委員会（COOB'92）にちなんでおり、大成功をおさめたオリンピックのマスコットとして広く認められている。マリスカルは従来にはないデザインの制作を依頼されたときに、スペインの美術と文化を参考にしてこれを作り上げた。彼はオリンピック組織と開催都市の両方に対して、マスコットが商業的に達成可能だと予想されることを現実化してみせた。コビーは完全に前衛的な創造物だが、かわいらしくマンガ本から飛びだしてきたような外見は、世界への文化の発信という重要性と相反している。オリンピック大会がはじまるころには、コビーはいたるところで見られ、ダノン、コカ・コーラとタイアップした後援ポスター、おもちゃ、ライセンス契約した土産物、はては26話のアニメ「コビーの冒険」にまで登場した。コビーは何百種類もの衣装を着ていた。オリンピックの各競技の代表になったり、観衆または旅行者、さらに支援者やサービス要員にもなった。トリアスの人物画はグラフィック的な簡潔さを示す好例だが、コビーは対照的に簡明さを欠いている。生命力と魅力に満ち、再構築された町によく似あっていた。 MS

ナビゲーション

1992年バルセロナのポスターには、主役の「コビー」と、それとくらべると目立たない公式ロゴが描かれている。

フォーカス

1　手描きスタイル

「コビー」の角張った顔と平面的な透視画法は、ピカソがはじめたキュービズムにヒントを得ている。濃淡も立体感もない色彩要素を縁取る黒の輪郭線と陰影の欠落は、漫画本のグラフィックタイルを思わせる。ほかの細部は見る人の創造にまかされている。

2　色調

コビーと、商業的に使用されるほかの漫画の絵を区別するために、マリスカルは原色を避けた。使用した色調はパステル調が多く、コビーと背景に感じられる新鮮さは、バルセロナを新たな面から見せようとする意気ごみに通じている。

▲マスコットの「コビー」のキャラクターを作成するスケッチで、マリスカルは基本的フォルムと応用を考えている。大会組織委員会の公式ユニフォームを着せたのは、あとになってからである。

ピカソにならって

マスコットの「コビー」の外見を考えるにあたり、マリスカルはパブロ・ピカソ（1881-1973年）が1957年に制作した44枚の絵画シリーズの細部を参考にした。ピカソはディエゴ・ベラスケス（1599-1660年）の有名な肖像画『ラス・メニーナス（女官たち）』（1656年）に新解釈をくわえて、キュービズムの様式で再構成している（下）。

購買欲をそそる物

1　マルコ・ザヌーゾがデザインした「ブラック 201 テレビ」(1969 年)。ものの外観はまず技術的機能を表現するものであるべきだという美意識の例である。

2　しゃれた黒とクロムで重量が 13.6 キロのソニー「CRF-320 ラジオ」(1976 年)。ラジオ愛好家がふつう期待するより多くの調節つまみがついている。

3　1970 年代のアメリカの雑誌の広告。カルヴァン・クラインのジーンズは絶対に手に入れるべきものであり、暗にその所有者も魅力のある人物だとする考えを定着させた。

1970年代がはじまるころには、とくに著述家のヴァンス・パッカードなどが、華々しい消費の結果生まれる巨大な浪費に批判を向けて、市場でデザインの果たす役割を再評価する必要に迫った。計画的陳腐化などの売り上げを伸ばすための戦後の戦略は、低俗で安直だとみなされ、一般大衆は広告主の主張にますます懐疑的になって、そうしたメッセージを解読する経験を積んだ。それでも、デザインは小売文化とそれまで以上に密接なつながりをもったため、問題は残されたままだった。つまり、人々の必要性がほとんど満たされているときに、どのようにして新品を買うようにしむけるか、である。

ひとつの答えは、「必要性」ではなく「欲望」を刺激することだった。こうした姿勢の一形式が、長らくファッション産業の存在意義であった。「新しいもの」を欲するから、人々はシーズンごとにワードローブを新しくしようとするのだ。プロダクトデザインの世界でも同様に、斬新さは表面的なスタイリングの魅力で表されるかもしれない。こうした方法は1930年代と1940年代に流線型の使用で成功した。あるいは、斬新さはまだ動くかどうかは関係なく古い

キーイベント

1969年	1972年	1973年	1974年	1975年	1977年
マルコ・ザヌーゾが「ブラック201テレビ」をブリオンヴェガ社のためにデザイン。スクリーンが明るくないときには、真っ黒の箱に見えた。	リヒャルト・ザッパーが黒一色の「ティツィオ・ライト」をアルテミデ社のためにデザイン。ネオ・モダニズムの傑作となり、「センスのよいデザインの」どのオフィスでも見られた。	ディーター・ラムスがフロリアン・ザイフェルト(1943年-)、ロバート・オベルハイム(1938年-)と共同で、むだのない魅力的な「シックスタント8008シェーバー」を制作。	ソニーが黒一色のポータブルラジオ「CF1480」を発売。円形のダイヤルがレーダー・モニターを思わせ、男っぽさが魅力のデザインだった。	ディーター・ラムスがディートリヒ・ルブス(1938年-)と共同で、ブラウン時計の最終「第3段階」に入った、四角形の「AB20/20tb」旅行用時計を制作。	ソニーがジェット機にちなんで、「サイテーション」と愛称をつけたポータブルテレビを発売。ジェット機のコックピットにあるモニターの、簡潔な外観からヒントを得た形をしていた。

モデルを時代遅れに思わせる、技術的仕様と機能性の改善によって感じられるかもしれない。もうひとつ、このときになって前面に押しだされてきたのが、デザインをハイ・カルチャー（高級文化）のオーラで包むという方法である。デザインの価値と地位を上げると、必然的に目立つデザインの製品が、欲望の対象になる。ディヤン・スジック（1952年–）は著書の『崇拝物（Cult Objects』（1985年）でこの現象を追った。

1970年代末のそうした「崇拝物」の多くは、「つや消しの黒の美学」を共有していた。これが最初に登場したのは、1960年代と1970年代のイタリア製品のスタイリングだった。たとえば、マルコ・ザヌーゾ（1916–2001年）がブリオンヴェガ社のためにデザインした「ブラック201」テレビ（1969年、図1）がこうした風潮を定めた。リヒャルト・ザッパー（1932年–）がアルテミデ社のためにデザインした「ティツィオ・ライト」（p.394）も黒でデザイン化されている。この1色だけの使用は思慮深い抑制を意味して、多くの人にとって「良質のデザイン」の目安になった。黒はとくにハイテク機器の分野で広く使用され、こうした機器は機能性だけではなくしゃれた外観によって売られる傾向が強くなった。

1970年代のドイツでも、ブラウン社の装飾性を廃した製品がそうした崇拝物の地位を築き、ディーター・ラムス（1932年–）の製品が謹厳さのために広く賞賛された。彼がデザインした旅行用時計、計算機（p.406）、シェーバー、腕時計は、とくにデザインに敏感な男性消費者にアピールした。日本のソニー社も、ハイテク製品に同じ美学をもたせた。1970年代初期の多くのラジオ（図2）、テレビ、ハイファイ機器、カメラのボディは、ドイツが熟達していた「良質のデザイン」の男性的公式にあてはまる黒とクロムのボディであった。それでも、ステレオ・カセットプレーヤーの「ウォークマンTPS-L2」（1978年、p.408）のように、ほかの色もいつのまにか使われるようになった。

つや消しの黒の美学は、真面目さを表すだけではない。一般的に、黒は高品質を約束もしていた。デザインのハイ・カルチャーへのかさ上げにともない、「デザイナー・レーベル」がにわかに出現した。これは他製品との区別の証であったり、高額な価格を正当化する空疎な値札であったりする。最初に流行したのはファッション産業でも、とくに競争の激しい（かつ利益の多い）ジーンズの市場だった。カルヴァン・クライン（図3）、グロリア・ヴァンダービルト、ジョルジオ・アルマーニ、ジャンニ・ヴェルサーチ、ダナ・キャランなどの名前が、ふつうは無個性で大量生産される商品に個性を注入するのに利用された。ピエール・カルダンがはじめた同一ライセンス戦略によって、デザイナーの名前がシーツや枕カバー、家庭用品などいたるところにみられるようになった。

1980年代と1990年代になると、70年代に多数の「購買欲をそそるもの」がまとったオーラは、品物の制作者に移り、その多くはアーティストと自称した。「デザイナー」グッズとよばれるものの範囲は徐々に広がり、ついには「デザイナー・ウォーター」を語るところまで来た。大量生産のブランド品のデザイナー文化は、大衆市場にもすばやく進出した。中国のような国でさえ、ぜいたくなブランド製品のコピーを大量に生産したので、こうした流れから「デザイナー」という言葉はまったく新しい意味あいをおびるようになった。その結果、「デザイナー」の概念は、これまでになく商業と小売りの世界に緊密に組みこまれたのである。

PS

1979–84年
ジェームズ・ダイソン（1947年–）が、127種の掃除機の試作品を開発。最初の商業モデル「G-Force」は、1983年に日本の市場に出た。

1980年
日本のブランド無印良品がスーパの西友チェーンの一部で販売される。外国のぜいたくを否定しむだのない商品を販売するというヴィジョンを掲げた。

1981年
ロン・アラッド（1951年–）がキャロライン・ソーマンとデザインと制作のスタジオ、ワン・オフを共同設立。このスタジオ兼店舗はロンドンにあった。

1982年
ロンドンのヴィクトリア・アルバート博物館のボイラーハウス展示場で、ソニーの展覧会が開催された。キュレーターはスティーヴン・ベーリー（1951年–）。

1984年
フィリップ・スタルク（1949年–）がミッテラン大統領公邸の住居部分を改装した1年後に、パリのカフェ・コスタスをデザイン。スタルク初の衆人環境でのインテリアの仕事となった。

1985年
ディヤン・スジックが『崇拝物（Cult Objects）』を出版。西洋文化のなかで特定の物品が、特別の地位と望ましさを獲得した経緯を回顧した。

ブラウンET22 1976年 Braun ET22

ディーター・ラムス　1932年–／ディートリヒ・ルブス　1938年–

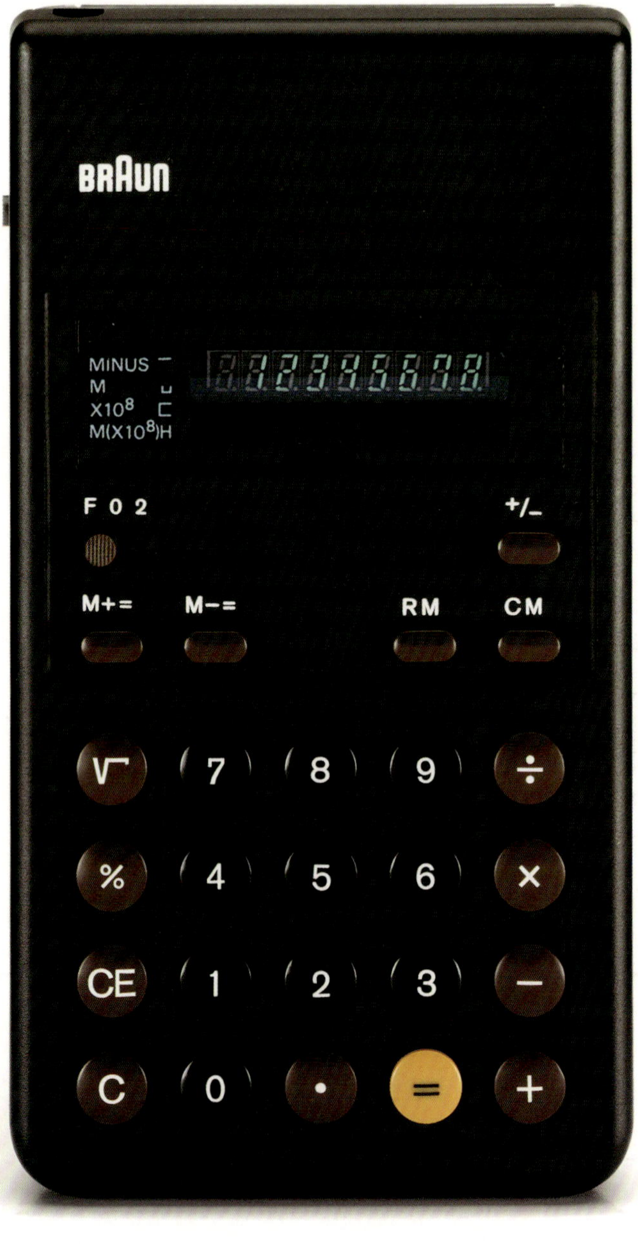

ディーター・ラムスがディートリヒ・ルブスと共同でブラウン社のためにデザインした「ET22計算機」は、同社が1980年代をとおして発売した計算機シリーズの最初の製品である。このシリーズの最後は1987年発売の「ET66」だった。ET22は初期の製品なので、後年のモデルのような技術的精密さに欠けるところもある。しかし、美的にも機能的にも特徴的かつ魅力的で、のちのデザインの方向を決定づけていた。

ET22の特徴はむだのない外観と、機能を論理的な順序で配置した、シンプルでユーザーにやさしい作りである。黒のボディに色違いのボタン、見やすいレタリングは操作しやすく、作業中に混乱しない。下部の角が丸くなっていて、胸ポケットにしのばせたくなる。しかし、後年のモデルとは異なりスライド・スイッチを使用し、のちの改良モデルのようなLEDディスプレーにはなっていない。

ブラウンのデザイン部長だったラムスは、部下のチームのために仕事の手順を定めて、会社のデザイン哲学を定着させた。このふたつによってめざしたのは、技術の利用を容易にすることと、気まぐれな流行を越えた永続的な製品を創造することである。しかしラムスはさらに進んで、自分の品物が人間の肉体と直接かかわりをもち、抑制した心地よい外観から、楽しく利用できるように気を配った。ラムスはデザインについて、うまく実行させるとだれの人生も安らかになるという点で、旧来の執事に代わるものだと述べている。もうひとつの目的は、バウハウス（p.126）の思想をとりいれて、「背景に溶けこむものを作ること」だった。

PS

ナビゲーション

金属とプラスチック。
14.5 × 8 × 2.5 センチ

フォーカス

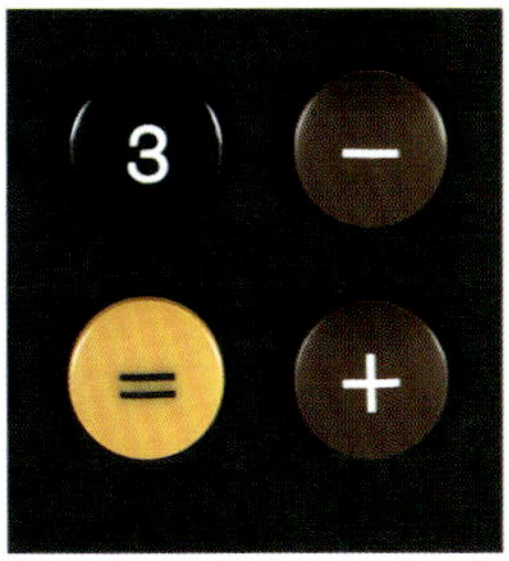

1　色
「ET22」は少ない色数を使用する強い視覚的インパクトをとおして、ユーザーとやりとりする。黒のボディは多数の茶のボタンの背景になり、唯一の黄色のボタンが「イコール」機能を明示する。白の数字と記号が暗い背景から浮き上がる。

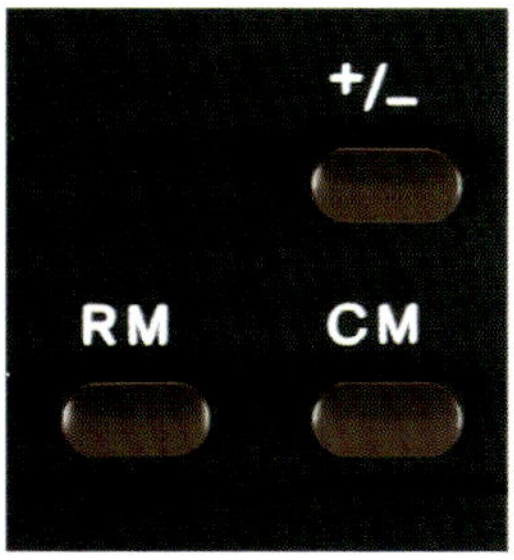

2　ボタン
ラムスはET22を小型の彫刻的なオブジェとして扱っている。最小数のボタンを秩序立って配置し、暗くむだのない色調をとっている。円形と長方形のボタンは中高になっており、手でふれても違和感がない。

ディーター・ラムスとアップル社

Apple（アップル）社を創立した故スティーヴ・ジョブズ（1955–2011年）とチーフデザイナーのジョナサン・アイヴ（1967年–）のふたりは、iPod（2001年）やiPhone（2007年）のようなアイコンとなった製品が、ラムスの作品からインスピレーションを得たと感謝している。最初のiPhoneの電卓アプリは、丸いボタンと特徴的な色彩選択など、あきらかにブラウン「ET66」に似ている。アイヴはラムス製品へのオマージュとして、親しまれ愛されたアイコンの外観も合わせて選択して、もうひとつのアイコンを創作したのである。ラムスがデザインしたブラウンの「T3ラジオ」（1958年、右）も、iPodに反映されているのは明らかで、どちらも中央にコントロール・ダイヤルが配置されている。しかし、ラムスの影響は表面的ではない。首尾一貫した姿勢に根ざしたそのデザイン哲学は、アップル社のすぐれた製品にもはっきりと見てとれるのである。

ウォークマンTPS-L2ステレオ・カセットプレーヤー　1978年

Walkman TPS-L2 Stereo Cassette Player　ソニー株式会社

1　美学

最初のウォークマンのケースは青とシルバーだった。数年後にシルバー、青、黒、赤も出て、1988年にアイコンとなった「イエロー・モンスター」スポーツ・ウォークマンが発売された。しかし、ウォークマンの魅力は結局、外観よりも技術のミニチュア化である。

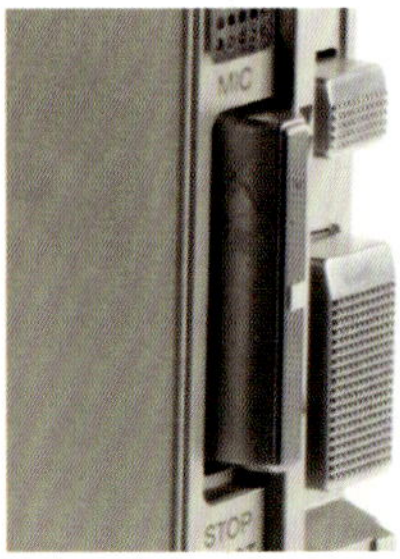

2　機能

機能は最小限になっている。操作で必要なのは、スイッチのオン・オフ、カセットの早送りだけだった。ソニーは1940年代からテープレコーダーを手がけており、この種のコントロールの仕組みには慣れていた。ただサイズを小さくすればよかった。

ソニーが磁気カセットの関連技術を発明したのではないが、はじめて市場に売りだしたのは、この日本の企業である。同社は1955年に最初のテープレコーダーを製造していて、すぐれたデザインのミニチュア電子機器には熟練していた。1970年代末にビニール製のレコードからカセットテープへ移行し、この媒体を使って人々が移動中に音楽を聴ける可能性が広がるころには、ソニーにはこの利点を生かす態勢が整っていた。コンパクトで高品質の音楽プレーヤー「ウォークマン」を開発したのは、ソニーの共同創立者で旅行に出ることの多かった井深大（いぶかまさる）（1908–97年）だった。1978年に試作品ができてから、ユーザーによる念入りなテストが行なわれ、完成品が1979年に日本で発売されると一大ブームをまきおこした。そしていよいよ国際市場に参入したときもまたもや同じ現象を起こした。ウォークマンはごく単純な機械である。基本的にカセットの容器と軽量のイヤホーンで構成されていると考えてよい。この製品が発売されたのは、エアロビクスとジョギングのブームがあったのと同時期で、スポーツの場面で広く利用された。しかし1990年になるとウォークマンはパーソナルCDプレーヤーに追い越され、ソニーはすばやく新方式をとりいれた。

PS

ナビゲーション

合金のケース。
15 × 9 × 3.5 センチ

会社のプロフィール

1946–62 年

1946 年、井深大と盛田昭夫がソニーの前身の東京通信工業を設立した。1949 年、最初の磁気テープレコーダーの試作品を作り、1 年後に発売。1958 年、社名をソニー株式会社に変更した。1960 年に世界初の直視型ポータブルテレビ「TV8–301」を発売。続いて世界最小最軽量のオールトランジスタテレビ「TV5–303」を 1962 年に発売した。

1963 年–現在

ベストセラーの製品に、1968 年発売のトリニトロン・カラーテレビなどがあり、「ウォークマン」はその 10 年後に日本で発売された。その後も新製品の開発を進めて、1983 年にはポータブル CD プレーヤー（のちの名前は「ディスクマン」）とカムコーダ（ビデオカメラ）を完成させた。1993 年に株式会社ソニー・コンピュータエンタテインメントを設立した。21 世紀にはエリクソンとの合弁事業で携帯電話市場に参入。

ウォークマンのマーケティング

ソニーは「ウォークマン」を市場に参入させるにあたって、懸命な努力をしていた。そのキャンペーンの根本には、「日本らしさ」を世界に発信しようとする狙いがあった。「日本らしさ」はハイテクとミニチュア製品、つまりスマートな小型の品物と同義語とみなされていた。ウォークマンは新機能をそなえた新製品で、どこをとっても実用的な外観で、人々を買う気にさせる必要があった。そのため、ポスターや広告のキャンペーンが集中的に開始された。ウォークマンがほかの音楽を聴く製品よりすぐれているのは、主として携帯可能な点である。それで音楽を楽しむ方法が変化した。屋内での個人的な活動だったのが、人前でもできるようになったのである。その結果、最初のマーケティング・キャンペーンでは、人々がスポーツや体を動かすことをしながらウォークマンを使用する場面をアピールした。ポスターでの広報も開始された（右）。短パン姿の若い西洋の女性がウォークマンを聴くのを和服姿の年配の日本人男性が眺める場面、ウォークマンを聴きながらローラースケートをしている若者の姿などはとりわけ印象的だった。ここで強調されているイメージは、若さと楽しさ、動きながら音楽を聴くことから生じる開放感である。

パンク

1　1977年にラモーンズで演奏する舞台上のシンガー、ジョーイ・ラモーン。背景にアルトゥーロ・ヴェガが改作した大統領章が見える。

2　モデルで女優のジョーダン（1955年-）。1976年、ロンドンのマルコム・マクラーレンとヴィヴィアン・ウエストウッドのセックス店の前で。

3　カリフォルニアのパンクグループ、デッド・ケネディーズのコンサートのポスター。バンドのメンバーをサンフランシスコ市長にしている。

パンクは、1970年代のニューヨークとロンドンのミュージック・シーンで爆発を起こした。音楽とファッションにともなうグラフィックタイルも、必然的に大きな影響をあたえ広く使用された。ラモーンズは1974年８月に、ニューヨークのクラブCBGBで最初の演奏を披露したが、激しい２分のオープニングソングが終わったときには、ヒッピーの時代の明らかな終焉を告げていた。

ラモーンズのロゴとグラフィックを制作したのは、メキシコ生まれのグラフィックデザイナー、アルトゥーロ・ヴェガ（1947-2013年）である。ラモーンズの破壊的、反体制的、反大量消費主義的なアメリカ大統領章のパロディーは、ハードコアな攻撃的意図をもっていた。ヴェガの大統領章（図１）の銘文は、「E Pluribus Unum（多数の統一）」ではなく、このバンドの最初のシングル『ブリッツクリーグ・バップ』（1976年）にちなんで「ヘイホー、行こうぜ」に変わっていた。

イギリスの興行主マルコム・マクラーレン（1946-2010年）とガールフレンドでイギリスのファッションデザイナー、ヴィヴィアン・ウエストウッド（1941年-）はその２、３カ月後にニューヨークに来て、ラモーンズの活動に将来性を認めた。マクラーレンはイギリスに戻ってバンドを結成し、これがのちにセックス・ピストルズになった。その数カ月前の1974年春、マクラーレンとウエストウッドは、ふたりのロンドンのブティック、トゥー・ファスト・トゥー・ヤング・トゥー・ダイのイメージを変えて、セックス（図２）と改名した。そこで販売されたボンデージやフェティッシュの服（性的倒錯や性的興奮のファッション）は、安全ピンをさした耳や鼻、モヒカン刈りでクジャク色のヘアースタイル、ちぎれて破れた衣服とともに、真正パンクの印となった。

キーイベント

1973年	1974年	1974年	1974年	1975年	1976年
石油危機がはじまる。その影響で世界的株価暴落が起こり、西洋世界の大部分が不景気になる。	アメリカのバンド、テレヴィジョンのシンガー、リチャード・ヘル（1949年-）などが、髪を立てて固めて、破れた服を安全ピンでとめたファッションを先導。	ラモーンズが結成。パンクの音楽と文化の形を定める。バンドのメンバーはステージ上で同じ姓を名のった。	マルコム・マクラーレンとヴィヴィアン・ウエストウッドがロンドンのチェルシーの店を刷新し、「セックス」と改名。	セックス・ピストルズがはじめてロンドンのセント・マーティンズ芸術大学で演奏。続いてほかの美術学校でも演奏した。	セックス・ピストルズに刺激されて、ロンドンで多数のバンドが結成される。ザ・クラッシュ、ザ・スリッツ、スージー・アンド・ザ・バンシーズ、X-レイ・スペックス、ザ・ダムドなど。

セックス・ピストルズのグラフィックをデザインしたのは、イギリスのアーティスト、ジェイミー・リード（1952年–）である。ロンドンで活動し、マクラーレンのマネージメント・チームであるグリッターベストに所属するリードは、ランサム・ノート（誘拐犯の通告文。書き手が特定されないように活字を切りぬいた文字）風の様式を使い、セックス・ピストルズのティーシャツやチラシ、アルバムのジャケットをデザインした。これは『勝手にしやがれ!!』（1977年、p.412）のようなタイトルには、申し分のない視覚様式だった。

パンクのコンサートを知らせるチラシや広告は、大混乱を伝えるように飛びかった。彼らが宣伝する音楽と同じく、故意にアマチュア風で、リサイクルの紙屑、アッサンブラージュ（関連のない素材を集めて構成する作品）、さらにデッド・ケネディーズを呼び物にするコンサートのようにコラージュ（1979年、図３）を使って、ショックをあたえることを狙った。粗いステンシル印刷に汚れたダダイスト的なモンタージュを混ぜ、植字の伝統的なグリッドをくずして混沌とした無秩序な文字配列に変えた。裂かれたレコードジャケットとポスターは、不信感をいだく当時の若者の本質にあるものを表現したが、これはドイツのアーティスト、クルト・シュヴィッタース（1887–1948年）とダダ運動に負うところが大きい。パンクのミュージシャンとマネージャーは彼らのグラフィックデザイナーと同じく、美術学校出身者が多かったので、ロシアの構成主義の革命的グラフィックアートを知っていた。アメリカとイギリス双方で誇張した演劇性が、パンクグループとミュージシャンの人物像を固め、新しい個性を作るために別名やグループ名が使われた。ジョニー・ロットン（1956年–）、ザ・スリッツ、X-レイ・スペックス、ザ・クラッシュ、ポリ・スチレン（1957–2011年）、ザ・ダムド、ブラック・フラッグなどは彼らの特性を表すのに合う名前で、パンクのグラフィックデザイナーがこうした名前を非常にうまく表現した。

イギリスのサブカルチャーの常で、それ以前より目立つようになった女性は、しばしば社会規範を逸脱したフェティシズム的な服装で現れた。サドマゾヒズムとネオナチズムの視覚要素に、脅迫的で反動的タフネスと暴力的性行動のイメージをあみこむ、といった具合である。

パンクの雑誌と印刷物では、特大の歪んだレタリングと、大胆な角度で切りとられたモザイク処理の写真を使って、攻撃性が表現された。複合的な平面とフォントが、原始的な力で衝突していた。なによりも、パンクはつねに無秩序な光景を表現した。

パンクの価値観そのものを理解しないまま形式だけ気どる態度は、体制側に行くよりさらに悪いとみなされた。真正さが最重要であり、必要から生まれた自作の美意識も、同じく正当性のある視覚表現だった。

1970年代の最初期のパンク雑誌、パンクジン（パンクのマガジン）はSFとロックファンの雑誌からインスピレーションを受けていたが、のちの1980年代、1990年代、2000年以降の雑誌はパンクグラフィックの伝統を引き継いでいる。パンク誌は1976年にニューヨークで作られ、1976年ロンドンのスニッフィン・グルー誌、1977年ロサンゼルスのフリップサイド誌とスラッシュ誌、1982年サンフランシスコのマキシマムロックンロール誌などの独創的な雑誌が後に続いた。

パンクのグラフィックスタイルは、21世紀になっても表現力を失わずに、力強さと用途を増やしている。正統的な若者文化の様式をもった簡潔な表現として、一般大衆のファッションロゴ、新しい書体、広告に広がりを見せている。　JW

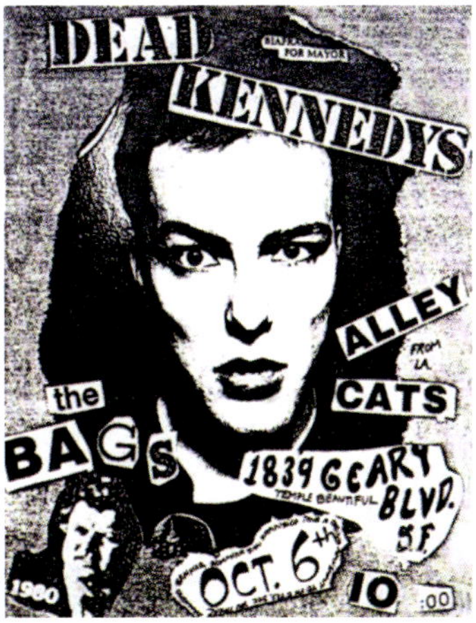

1976年

セックス・ピストルズがメインで、ザ・クラッシュとザ・ダムドが共演した「アナーキー・ツアー」がイギリスで開始。暴力ざたをおそれた会場の多くが、ツアー演奏をキャンセルした。

1976年

シンガーのジョーイ・ラモーン（1951–2001年）がパンク誌の表紙にイラストで登場。制作したのは創立編集者のジョン・ホルムストロム（1954年–）。

1976年

マクラーレンが美術学校の友人だったジェイミー・リードを、セックス・ピストルズのマネージメント・チームに採用。美術関係の作品を制作した。

1977年

シド・ヴィシャス（1957–79年）がセックス・ピストルズのメンバーに。バンドはアメリカのレコードレーベル、A&Mレコードと契約した。

1977年

セックス・ピストルズのシングル「ゴッド・セイヴ・ザ・クィーン」が５月にリリースされる。リードがデザインしたジャケットでは、女王エリザベス２世の顔の一部が活字の帯で覆われていた。

1977年

『勝手にしやがれ！！』アルバムが10月にリリースされた。ジャケットのデザインはリード。

勝手にしやがれ!! 1977年 Never Mind The Bollocks, Here's The Sex Pistols ジェイミー・リード 1947年–

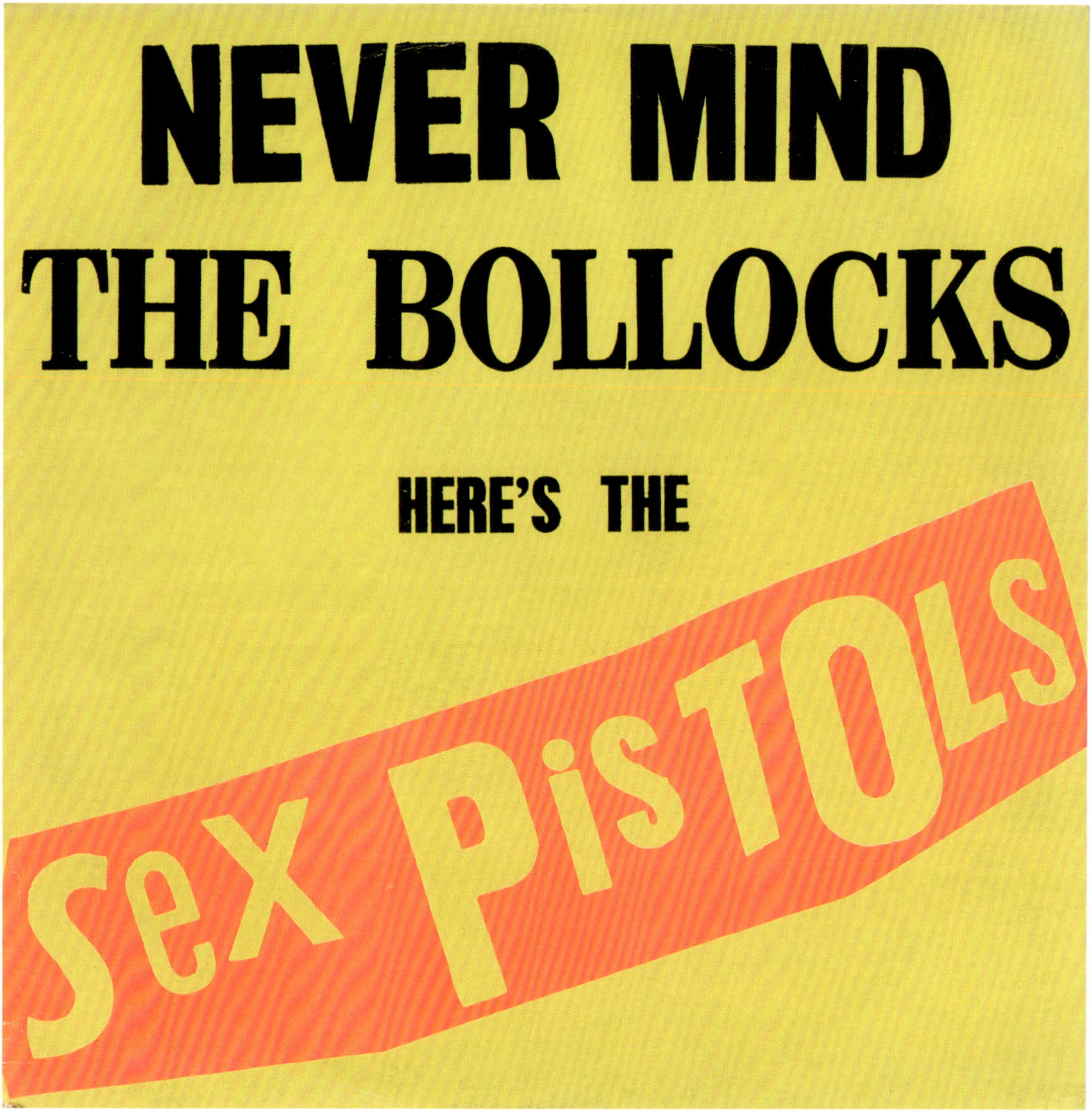

フォーカス

1　ピンクとイエロー
シチュエーショニズムからの影響が、デザイン全体に出ている。『勝手にしやがれ!!』では、コンシューマリストのスローガンに下品な響きをくわえて、パンクのメッセージをパワフルにしている。ピンクとイエローの色使いは、マーケティングで定番化しているありふれた蛍光色のステッカーをグラフィックに再現したもの。

2　レタリング（文字構成）
ランサム・ノート風のタイポグラフィーは、リードの安っぽいコラージュ技法への興味を反映している。ジャケットでは、シングルの「アナーキー・イン・ザ・UK」（1976年）と同じく、「Sex Pistols」の10文字が、バラバラに異なるサイズで書かれている。カウンターカルチャーを巧みに表現するロゴである。

1977年に『勝手にしやがれ!!』がリリースされると、この音楽はパンクファンやメディア、法廷の注目を浴びた。このアルバムは、パンクのサウンドとイメージを、幅広い聴衆にも認識できる一貫性のある形にまとめあげている。曲が以前の音楽とまったく異なっているように、ジェイミー・リードのデザインしたパッケージ作品も、急進的で新しかった。

リードは1975年に、マネージャーのマルコム・マクラーレンからバンドの仕事をするよう依頼された。彼はそれ以前に自分ではじめた出版社、サバーバン・プレス社での仕事で、シチュエーショニズム運動［西洋の現代消費社会に批判的な美術運動］とかかわっており、その経験がデザインの方向づけになった。セックス・ピストルズの最初の２枚のシングルの作品では、手書き文字、ユニオンジャック、安全ピン、それに女王の裂けた肖像をとりいれたが、アルバム・ジャケットではタイポグラフィー（文字配列による表現）と派手な色彩だけに依存している。刺激的な黄色のバックに乗せたピンクの帯に、新聞から切りとったランサム・ノート（誘拐犯の通告文）風の活字で、バンドの名前が衝突するようにならべられている。文字はほとんどが太いブッチャー・ブロック体だが、「THE BOLLOCKS」の字はセリフ（ひげ飾りつき）のフォントである。タイポグラフィーのジャケットとして、このレタリングはデザインのなかでもとくに個性的で影響力の強い部分である。演奏者でセックス・ピストルズのファンだったヘレン・ウェリントン・ロイド（1954年–）が、切りとった文字をパンクのチラシに使用したのを参考にした、と一般に伝えられている。

リードはシチュエーショニストの美意識でたくわえた視覚要素のコラージュを作り、セックス・ピストルズのレコード目録すべてで、独自の破壊的な活字スタイルを使用した。不敵で騒がしく怒りっぽく、パンクの主義に完璧に合致していた。 MS

ナビゲーション

「NEVER MIND THE BOLLLOCKS」という文句（bollocksは睾丸の意味）をジャケットに使用したため、イギリスでわいせつだと問題になったが、法廷ではこの言葉の語義は正当とされた。

デザイナーのプロフィール

1947–75年

ジェイミー・リードはロンドン南部のクロイドンで生まれ、1960年代の初めにウィンブルドン美術大学とクロイドン美術学校に通った。1966年に、シチュエーショニスト・インターナショナルの出版物ハートウェーヴの表紙をデザイン。４年後にネオ・シチュエーショニズムの出版社サバーバン・プレスを共同で創設した。

1976–85年

1976年から1980年までセックス・ピストルズの仕事をして、シングルとアルバムのジャケットと広報資料の美術を担当した。同グループを撮った映画『ザ・グレート・ロックンロール・スウィンドル』（1980年）のグラフィックアート制作にもかかわった。バウ・ワウ・ワウ、リース・モイン＆アンレーヴン、アフロ・ケルト・サウンド・システム、ハーフ・マン・ハーフ・ビスケットなど、幅広い音楽活動のプロジェクトを手がける。また多数の作品展を国際規模で開催した。

1986年–現在

1986年から1990年までロンドンのグラフィックスタジオ、アソーテッド・イメージで仕事をして、1989年からロンドンのレコードスタジオ、ストロングルームで働いた。ボーイ・ジョージ（1961年–）などのアーティストのジャケットアートを制作。2008年には、その作品が国立美術館テート・ブリテンの永久収蔵品になった。2011年、「平和はタフだ」展を開催。ここではこれまで制作した作品と、誕生、生涯、死についての企画「８部分からなる１年の諸様相」を描く365枚の絵画を展示。社会活動とスピリチュアルは、いまなおリードの人生とアートの重要な部分を占めている。

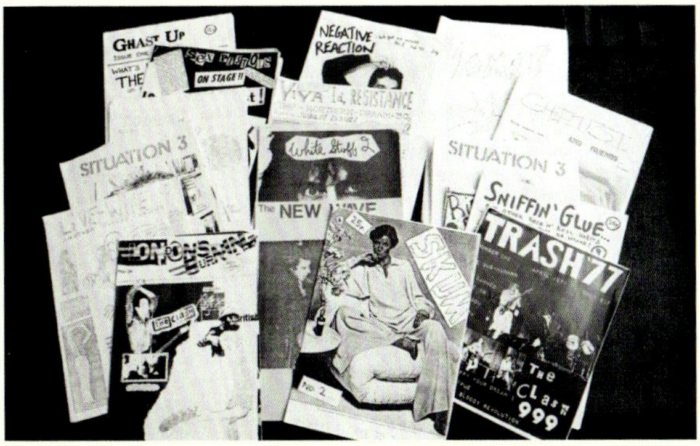

パンクのタイポグラフィー

パンクのタイポグラフィーにはさまざまなテクニックがあるが、粗雑で無教育風、ファウンド・マテリアルズ（見つけてきたもの）の使用、自作をする姿勢など、共通する性質もある。ランサム・ノートの文字構成には手書き活字の使用が多いが、これにも適正にセットされ印刷された、活字の画一性に挑戦する気概が感じられる。パンクのファンジン（ファン誌）、スニッフィン・グルー（上）には創設者マーク・ペリーの走り書きの奥付けがあり、無数のチラシ、ポスター、レコードの図絵には制作者の手書きの目印符号が入れられていた。アメリカでは混在するカウンターカルチャーに、もうひとつのテクニックがくわわった。ラベルメーカーというダイモ社の手のひらサイズの印刷機械で、個別の文字を打ち出して接着性のあるプラスチック帯につけ、自作の単語や語句を作ることができる。実質的に好みの活字印刷ができて既存の技術をくつがえすことになり、パンクの精神によく合った。

第 5 章

矛盾と複雑さ 1980–95年

ポストモダン

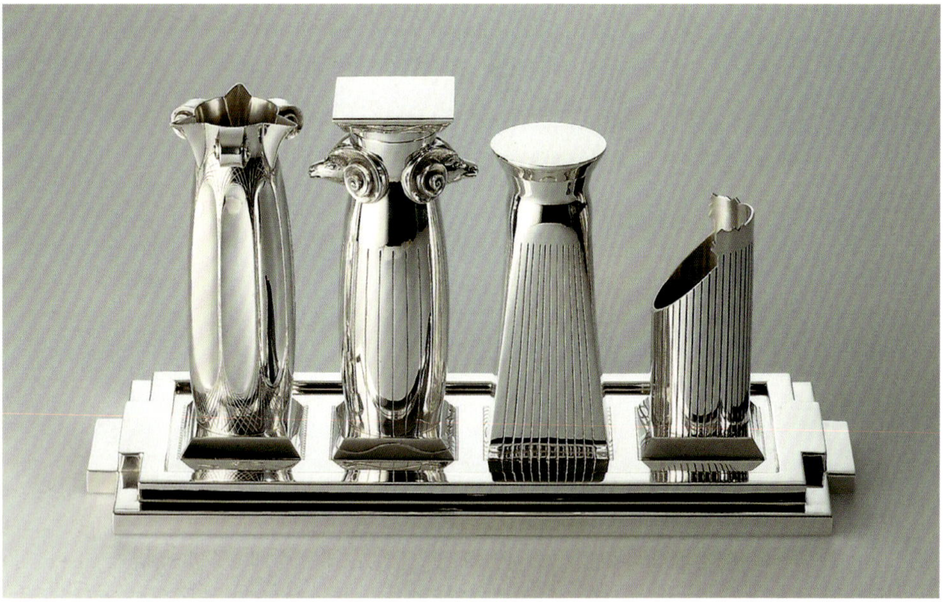

1

2

3

1960年代初めのポップの動きは、モダニズムの信条から価値観が離れていくことを予告していた。その後、デザインはますますコンシューマリズム（消費者主義）に追い立てられるようになる。1970年代以降、デザインとデザイナーはそれまで以上に宣伝広告（マーケティング）やマスメディア、ブランド価値の構築と同調するようになった。ポストモダンは、こうしたモダニズム伝統の断絶のなかから生まれ、過去を批判するハイ・カルチャー運動、またはそうした状況から利益を得ている大衆文化への皮肉な反応として機能した。1970年代には、製品指向のデザインという考え方は、消費の重視に置き換えられた。そうしてポストモダンのデザインが大衆向けの形をとったなかで、メディアは重要な役割を果たした。過去にますます興味をそそられるようになった消費者に、多様なライフスタイルを提示したのである。

1980年代から1990年代にかけてデザインを中心にすえた消費文化が、ショッピングから旅行にいたる日常生活に影響をおよぼすようになった。遺跡や博物館、テーマパークを訪れるレジャーから、ブランドもののファッション・アイテムの買い物にいたるまでその影響は浸透した。市の商業地区がそうしたテーマパークをモデルに、ショッピングモールをファンタジーの世界に変えたので、現実とデザインされた体験との区別をつけるのがむずかしくなった。

製造業者とデザイナーも、ハイ・カルチャー（高級な文化）のデザイン運動を起こそうとしていた。大衆文化に反発して過去への批判を内包する運動である。1890年代初めのメンフィス・グループの実験は、そうした意味で重要だ

1　アレシのためにデザインされた、チャールズ・ジェンクスの「ティー＆コーヒー・ピアッツァ」（1983年）銀器5個組セット。コーヒー・ポットの上部にイオニア様式の渦巻き模様がついている。

2　ロバート・ヴェンチューリのクイーン・アン朝様式の椅子（1984年）。堂々と歴史に言及しながら空想の産物を作り上げている。

3　ミケーレ・デ・ルッキがメンフィス・グループのために作った椅子「ファースト」（1983年）。円形をしたスチールパイプ1本が背もたれを支えている。

キーイベント

1977年	1979-84年	1979年	1980年	1980年	1981年
チャールズ・ジェンクスが『ポスト・モダニズムの建築言語（The Language of Post-Modern Architecture）』を出版。表題ではじめてポスト・モダニズムのコンセプトにふれた本となる。	ロバート・ヴェンチューリがノル・インターナショナル社のために9個セットの椅子を制作。すべてが過去にヒントを得ており、ポストモダンに分類できる。	イタリアのデザイナー集団スタジオ・アルキミアが、モダニズムのデザインの価値観への批判をこめて、「バウハウス1」と題したコレクションを発表。	エットーレ・ソットサス、ミケーレ・デ・ルッキ、マッテオ・テュン（1952年-）らがミラノで集まり、家具をデザインするメンフィス・グループを結成。	オーストリアの建築家、ハンス・ホライン（1934-2014年）がヴェネツィア・ビエンナーレ建築展で、自身の出展コーナーにポストモダンの装飾的正面をデザインして物議をかもす。	メンフィス・グループがミラノで作品を披露。例年開催される権威ある「家具フェア（Salone del Mobile）」に出品し、たいへんな騒ぎをまきおこす。

った。推進役はイタリアのベテランデザイナー、エットーレ・ソットサス（1917–2007年）である。当初は展示会を拠点とする現象だったが、またたくまに前衛的な活動から、市場でモダニズムにとって変わる様式へと変容した。ポストモダンは消費との関連で有形商品の重要度を決定する。そうした力がソットサスの「カールトン」間仕切り（1981年、p.418）のようなメンフィスの製品に付加価値をもたらした。とはいえ、この書棚は上質の木材ではなく、安っぽい積層プラスチックでできていたのだが。1981年からこの集団は、毎年手作り家具の展示会を開いた。そうしてメンフィスが選ばれたデザイナーの発現の場でありつづけるうちに、メンフィス様式のパターンは大量市場で際限なく再生産されて、グループが批判的だった大衆文化にとりこまれていった。ただしメンフィスの創設メンバーであるミケーレ・デ・ルッキ（1951年–）の「ファースト（First）」チェア（図３）のような製品は、幅広い大衆を対象にしてベストセラーになった。

イタリアの企業、アレッシは20世紀の初めから金属のテーブルウェアとキッチン用品を製造している。そのアレッシが、イメージの向上と文化事業で顧客の心をつなぐ戦略の一環として、国際的に名の知れたポストモダンの建築家とデザイナーを招いて、「ティー＆コーヒー・ピァッツァ」という限定版シリーズのティー＆コーヒー・セットを作ろうとした。イタリアのアルド・ロッシ（1931–97）、アメリカのマイケル・グレーヴズ（1934–2015年）、ロバート・ヴェンチューリ（1925年）、チャールズ・ジェンクス（1939年–）などの面々である。それで生まれたデザインは展示目的だけのもので、そのなかにはジェンクスの実用に適さないことで有名なティー＆コーヒー・セットもあった。なにしろ本体は円柱型で、持ち手は牡羊の頭なのである（図１）。しかしながらこのコレクションは波及効果をおよぼした。アレッシ社が専門店に提供しているほかの商品にも、美術館の展示品にふさわしいものがあるのではないか、と思わせたのである。

グレーヴズがドイツのデザイナー、リヒャルト・ザッパー（1932年–）とともにアレッシ社のために作ったケトル（p.420）は、ポストモダンのデザイン・コンセプトに新次元の意味をもたらした。そのデザインはかならずしも本来の実用的機能を果たさなくとも、複雑な社会文化的メッセージを大規模な消費者共同体に伝えたのである。購入者はその商品が有名デザイナーによって作られて、デザインを重視する会社に製造され、選ばれた店舗でしか売られていないのを承知していた。

アメリカの企業も同様の戦略を採用した。似たような方法で製品に付加価値をもたらそうとしたのである。ノル・インターナショナルは、ヴェンチューリデザインの家具コレクションに着手した。このシリーズには成型合板をラミネート加工したアン女王朝様式のサイドチェア（図２）があった。またこのコレクションには、さまざまな歴史的な家具の様式もとりいれられていた。チッペンデール（p.26）、アンピール（帝政）、ヘップルホワイト、シェラトン、ビーダーマイヤー、ゴシック・リヴァイヴァル、アール・ヌーヴォー（p.92）、アール・デコ（p.156）。スウィド・パウエル・デザイン社もメンフィス・グループのデザイナーと連携し、フォーマイカ社も似たようなメンバーを起用して、カラーコア・シリーズの開発に取り組んだ。1980年代の終わりには、ポストモダンデザインのコンセプトは、カスタマイズされた装飾と様式の使用と同義語になった。

PS

1982年	1982年	1983年	1983年	1985年	1987年
オレゴン州のポートランド市庁舎が完成。マイケル・グレーヴズがデザインしたポストモダンの建築物は、ユーモアと皮肉の対象になっている。	スウィド・パウエル・デザイン社が、リチャード・マイヤー（1934年–）のようなポストモダンのデザイナーや建築家による家庭雑貨を発売。	リヒャルト・ザッパーがアレッシ社のためにデザインしたケトルが、またたくまにポストモダンのアイコンとなる。中世の道化がつけるようなとさか状の赤帽子と、音の鳴る真鍮の笛が特徴的。	アレッシ社がポストモダンのデザイナーによる「ティー＆コーヒー・ピアッツァ」を発表。世界中の博物館におさめられる。	サットスがメンフィス・グループからの脱退を宣言。建築業務を受けるソットサス・アソシエーティに全力をそそぐ。	メンフィスが最後の展示会を開催。影響力のあるグループの消滅は、ポストモダンデザイン運動の終わりも告げていた。

「カールトン」間仕切り 1981年 Carlton Room Divider

エットーレ・ソットサス　1917–2007年

木材、積層プラスチック。
195 × 190 × 40 センチ

ミラノで開催された「メンフィス」初の展示会には、イタリアのデザイナー、エットーレ・ソットサスの「カールトン」間仕切りもしくは棚システムも出品されていた。この作品はすぐさま、その独創的な展示のアイコン的存在になった。ソットサスは若いデザイナー仲間を周囲に集めていた。ミケーレ・デ・ルッキ、ジョージ・サウデン（1942年-）、マーティン・ベダン（1957年-）、ナタリー・デュ・パスキエ（1957年-）の面々で、多くの海外の協力者にもくわわって、デザインのモダニズムを直接批判するような作品を作らないかとよびかけていた。型破りな形状と鮮やかな色彩、模様入りの表面、メンフィスがカールトンをふくめて作品に使用していた積層プラスチックが一体となって、従来のデザインに対する美意識に強烈な視覚的攻撃をしかけた。展示品は試作品のつもりだったが、盛大にシャッターを切られて世界のデザイン誌に掲載された。

破天荒な美的センスとは裏腹に、メンフィスは棚システムやソファ、照明、陶磁器の工芸品などといった、シンプルで機能的な家具をデザインしていた。つまり完全に従来のデザインの適用から逸脱したわけではないのである。機能の問題も無視していない。むしろデザインの役割で優先するものを考えなおし、有用性より意味を重視して、デザインしたものを文化的な意味を伝える媒体として見たのである。ソットサスはポストモダンに内在する矛盾に気づいていて、その矛盾にデザイン界の興味を引くためにメンフィスの実験を利用したのである。

PS

ナビゲーション

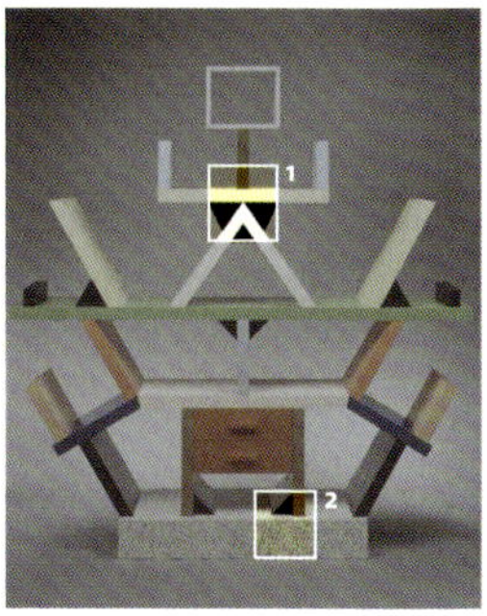

フォーカス

1　棚

メンフィスの作品らしく「カールトン」は手作りで、加工木材のベースに積層プラスチックをかぶせている。ラミネートはイタリアのアベット・ラミナティ社製である。表面を強調するために、またどのハイ・カルチャーともかかわりがないために用いられた。

2　土台

ソットサスがカールトンの土台に用いた、装飾的な白と黒の「バクテリオ」パターンは、彼が1978年にスタジオ・アルキミアのために開発したものである。顕微鏡で拡大したバクテリアに似ている。この棚の陽気で明るい色は、視覚的に対称的になるように注意深く組みあわせられている。

オーシャン・ライト

デ・ルッキの「オーシャン・テーブルライト」（1981年）の斜めの構造と大胆な色使いは、メンフィスの初期のデザインの特徴である。メンフィスのほかの多くのデザイン以上に強い視覚的隠喩があり、ウミヘビを模している。同時にこれは完璧に機能するテーブル照明でもある。3本の縞模様の柱は、光源、スイッチ、電源の接続に分かれた機能的要素となっている。この作品は明白な機能性を、メンフィスのこだわりとたくみに組みあわせている。こだわりとは、表現力のある形と鮮やかな色、表面の強調と作品の象徴化である。アルテミデ社はこのランプをほうろう鋼板で製造した。

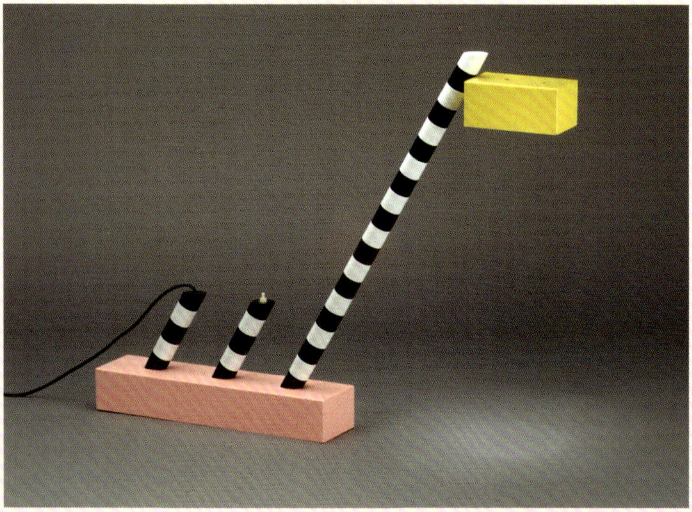

アレッシ・バードケトル 1985年 Alessi Whistling Bird Tea Kettle

マイケル・グレーヴズ 1934–2015年

ステンレス鋼、ポリアミド樹脂。
高さ 22.5 センチ
幅 24 センチ
直径 22 センチ

ナビゲーション

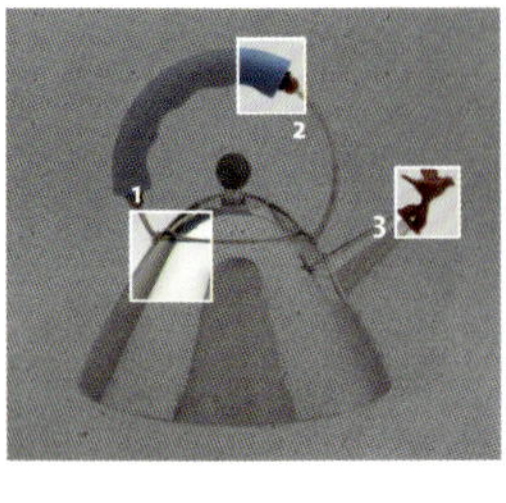

アメリカの建築家、グレーヴズ・マイケルがイタリアのブランド企業アレッシのためにデザインした「9093ケトル」は、1985年に発売された。それはちょうどグレーヴズが、ポストモダンの特徴をそなえる建築に取り組んでいた時期だった。ポストモダンの特徴は、色使いと伝統との関連が決め手になる。アレッシとのつながりは、同社の「ティー&コーヒー・ピアッツァ」ブレーンストーミング・プロジェクトでの仕事以来だった。アレッシは、その際にグレーヴズが提案したアイディアを発展させて、一般受けする大量生産のケトルをデザインしてはどうか、ともちかけた。このケトルはデザインのアイコンとなった。

このケトルには、グレーヴズのポストモダンの理念が具体的な形でふんだんに盛りこまれている。漫画的な部分もある。その特徴がとくに表れているのは、ディズニー風の蓋の上の球形のノブと、ゴム・グリップの両端にある球である。グレーヴズはディズニーのテーマパークの仕事をしたことがあり、大衆文化とハイ・カルチャーをひとつのデザインに融合させる、という考えにとりつかれていた。鳥の笛にはポップ的な感覚もある。お湯がわくとこの鳥が歌うのだ。

2015年、アレッシ社はこのケトルの成功を祝って、「ティー・レックス」版を発売した。そのそそぎ口の先には、鳥ではなくドラゴンがついている。グレーヴズはこれをデザインした直後に亡くなった。彼がドラゴンを選んだのは、中国の伝承で強さと幸運を象徴するからである。グレーヴズの9093ケトルは、アレッシの大ヒット商品でありつづけている。 PS

フォーカス

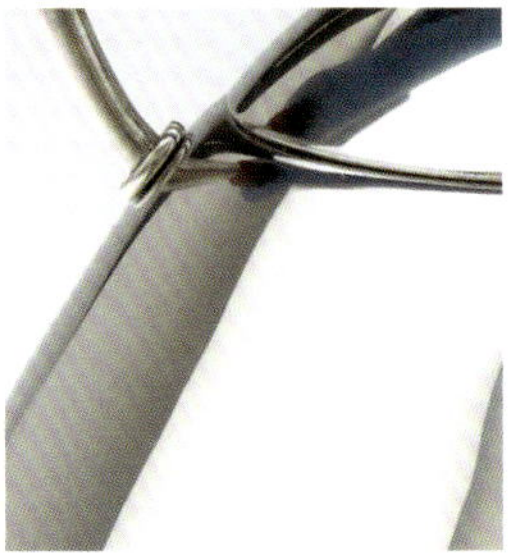

1　本体
ケトルの鏡面研磨したステンレス鋼の本体と円錐の形状は、1930年代のアール・デコの作品を連想させる。アール・デコは同様の仕上がりと幾何学的なくっきりとした外観を特徴としていた。それが郷愁を感じさせる効果を生んだ。またこのケトルは電気ではなくコンロにかけてわかすので、古風な田舎のキッチンを思い起こさせる。

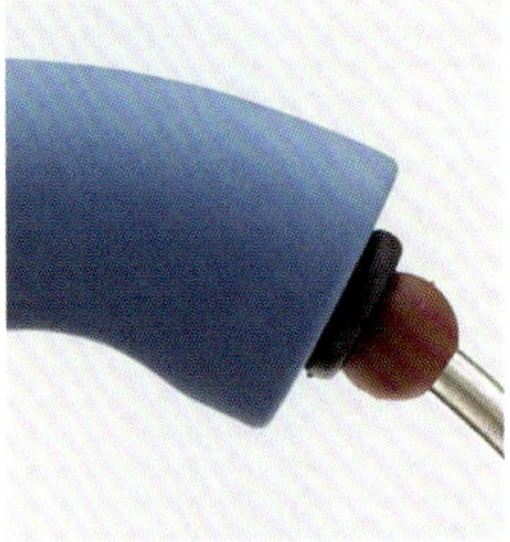

2　持ち手
「9093ケトル」は、グレーヴズにとって初の量産品のデザインだった。彼は円弧状の持ち手をおおう溝つきのゴム・グリップを青に、小さな笛を赤褐色にした。こうした色は象徴する意味から選ばれている。青は空と冷たさ、赤は地面と熱さをイメージさせる。

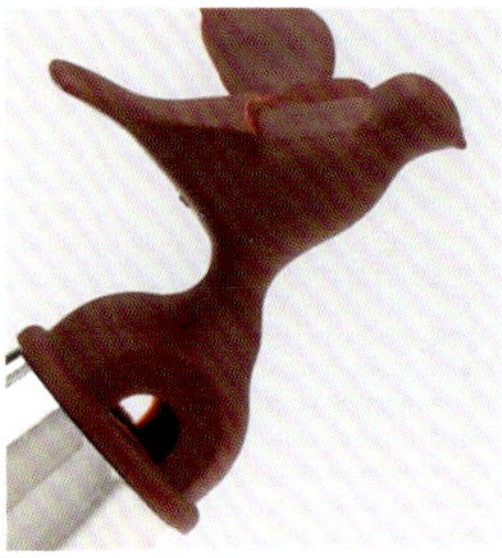

3　笛
ケトルのそそぎ口の先には鳥の形をしたプラスチックの笛がついている。この笛は視覚的に強く訴えるデザインであるとともに音の要素をくわえて、ホイッスリング・ケトルであることを示唆している。グレーヴズのデザインには遊び心があるが、笛の選択でそれをいかんなく発揮している。この笛は子どもの玩具を思わせる。

デザイナーのプロフィール

1934-61年
マイケル・グレーヴズはインディアナ州インディアナポリスで生まれた。オハイオ州のシンシナティ大学で建築学を専攻後、ハーヴァード大学デザイン学院で修士号を取得した。

1962-79年
プリンストン大学で教壇に立ちはじめた。1970年代には建築家5人の「ニューヨーク・ファイヴ」グループの一員となった。このグループが「ホワイト派」とよばれたのは、そのモダニズムの建築物が白かったからである。

1980-2015年
グレーヴズの作品に、色彩と比喩的表現、伝統的要素がくわわりはじめて、ポストモダンとの共通点のほうが多くなった。ポートランド市庁舎（1982年）とケンタッキー州ルイヴィルのヒューマナビル（1985年）のデザインを手がけた。2003年に脊髄の感染症から半身不随になり、その後の人生を身障者のためのデザインに捧げた。

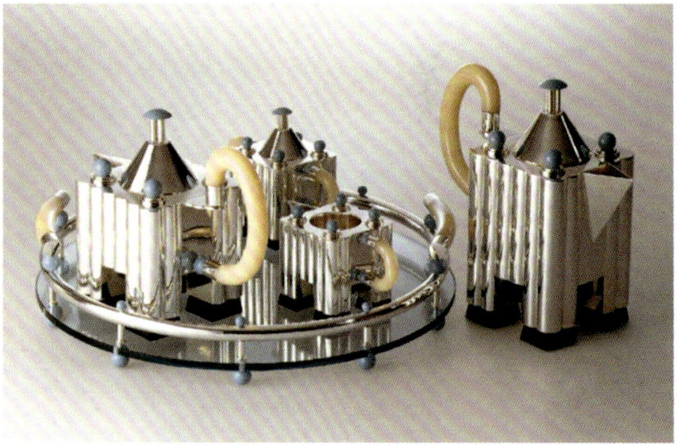

▲グレーヴズがアレッシ社のためにデザインした銀の「ティー＆コーヒー・ピアッツァ」セット。伝統的なティーセットの重要な構成単位であるティーポット、コーヒーポット、シュガーボウル、トレー、ミルクピッチャーを、あたかも建築構成要素のように扱っている。

アレッシ 9091 ケトル

1982年、ドイツのインダストリアルデザイナーのリヒャルト・ザッパーがアレッシ社の最初のデザイナー・ケトル、多感覚的な「9091」を作った。グレーヴズと違い、ザッパーはポストモダンのデザイナーというよりは後期のモダニストで、代表作はアルテミデ社のためにデザインした「ティツィオ・デスクライト」（1972年）である。それでもザッパーはアレッシのケトル・プロジェクトの茶目っ気に夢中になった。それはケトルのとさか帽子をモチーフにした取っ手や2色の音が出る真鍮の笛に表れている。笛は蒸気が出ると短く心地よいメロディーを奏でる。そこに仕組まれている2本のパイプは、楽器の調律用チューニング・パイプを制作しているドイツの職人にザッパーが協力してもらってできたものだ。このパイプは違う高さの音色が出るようになっており、ケトルが沸騰するとハーモニーになるのである。

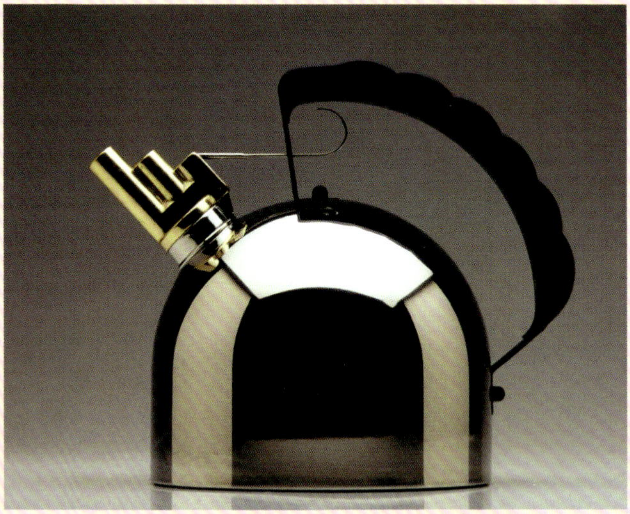

インダストリアル・スタイル

1980年代にはデザインにかなり予想外な紆余曲折があった。なかにはモダニズムの理念を追求しつづけたデザイナーもいたが、1970年代には「クラフツ・リヴァイヴァル」の動きも起こった。1980年代の初めには、その全体図はポストモダンとインダストリアル・スタイルの流行とともに複雑化する。そのどちらも主流デザインの面白みのなさから生まれているが、それぞれが提案した解決策はまったく違っていた。メンフィス・グループが、自意識過剰なほど作為的で過剰装飾的で、パターンを多用した作品に喜びを感じていたのに対し、インダストリアル・スタイルはアンチデザイン運動から端を発して、予算を意識し堅実に、工業用材料からのDIY（ドゥ・イット・ユアセルフ）による家具調度品作りを推進した。

インダストリアル・スタイルの原点は、1970年代末のハイテク・ファッションに求められる。そしてハイテクデザインは、モダニズムの特徴を再活性化させたハイテク建築と密接な関係があった。その草分けといえるのは、パリの「ポンピドー・センター」（1977年）を共同デザインしたリチャード・ロジャーズ（1933年–）とレンゾ・ピアノ（1937年–）、英イースト・アングリア大学の「セインズベリー美術センター」（1978年）を手がけたノーマン・フォスター（1935年–）である。彼らの作った公共建築物は工場のように鉄骨構造がむき出しになっている。それに触発されたハイテクデザイナーは金網や頑丈なゴム製フローリングのような、耐久性のある工業用材料の使用を提唱した。また、スチール・ロッカーのようなカタログにのっている地味な実用品を家庭環境で使うことも提案した。

工業の衰退と都市の放棄もインダストリアル・スタイルの成長に一役かった。使用

1　イングランドのマンチェスターにあった「ハシエンダ・クラブ」。都会的をテーマに、縞模様の柱や車止めをダンス・フロアーに綿密に配置した。

2　ジャスパー・モリソンの「考える人の椅子」。肘かけに平らなドリンク・ホルダーがついている。

3　トム・ディクソンの「Sチェア」。溶接鋼でできており、イグサの椅子張りはイギリスのバスケット製造会社によって行なわれた。

キーイベント

1978年	1981年	1982年	1983年	1985年	1985年
ジョアン・クロンとスザンヌ・シュレシン共著の『ハイテク――インダストリアル・スタイルと家の資料集（High Tech: The Industrial Style and Source Book for the Home）』が出版される。	ロン・アラッドがロンドンに店舗兼デザイン工房のワン・オフを開設。「ローヴァーチェア」やスチールパイプの家具を販売した。	ベン・ケリーがファクトリー・レコーズの依頼でイングランドのマンチェスターにある「ハシエンダ・クラブ」をデザイン。このナイト・クラブを活気づかせた。	かつてのファンカポリタンのベース・ギタリストでヒップホップ・クラブのオーナー、トム・ディクソンが、金属のガラクタから溶接造形家具や照明器具を作りはじめる。	ディクソンがマーク・ブレージャー＝ジョーンズ（1956年–）とニック・ジョーンズ（1963年–）とともにクリエーティヴ・サルヴェージを立ちあげる。金属のガラクタの作品をロンドンの空き店舗で披露した。	シェリダン・コークレーが家具会社SCPを創立。ジャスパー・モリソン、マシュー・ヒルトンと提携する。

されなくなった工場や倉庫などの建物に芸術家や建築家、デザイナーが住みつき、ロフトアパートやアトリエに改装した。マンチェスターではイギリスの建築家ベン・ケリー（1949年–）が、ナイトクラブの「ハシエンダ・クラブ」（1982年）のデザインに、車止めのポール、キャッツアイ［車のライトを反射させるために道路に埋めこんだガラス］、斜め縞模様の警告標示といった工業的な特徴を組み入れた。こうしただだっ広くてガランとした空間は、レンガの壁、鋳鉄の柱、スチールの梁、コンクリートの床で構成されていて、従来の家具は場違いに見える。そこでデザイナーはこうした家庭用でない内装を家庭的にする方法を考案しなければならなかった。低コストで量産された材料とできあいの部品を使い、簡単な組み立て方と臨機応変の制作方法を用いることによって、デザイナーは最小限の設備投資で斬新な家具を作りあげた。

イギリスでは、インダストリアル・スタイルを支持したのはロンドンの新世代の若いデザイナーだった。因習を打破しようとしていたこうしたデザイナーらは、1980年代初めの暗い時期に生のエネルギーと創造の衝動を注入した。景気後退と失業のために、彼らは知恵を働かせ起業家的発想をしながら、わずかな資金を最大限に利用して、創意工夫の才と技能を最大限に発揮しなければならなかった。イスラエル生まれの建築家、ロン・アラッド（1951年–）はその代表格となる人物である。アラッドは足場のパイプに棄てられていた車のシートをのせた「ローヴァーチェア」（1981年、p.424）で、デザイン界をあっと言わせた。もうひとりの重要なリーダーはトム・ディクソン（1959年–）だった。ディクソンは創意に富んだ３人組のクリエーティヴ・サルヴェージの共同創立者となる。ディクソンは手すりやパイプといった金属のガラクタから家具を作り上げて、空き店舗に期間限定で出店して展示していた。

イギリスのインダストリアル・スタイルの再生は、ハイテクと通じる要素はあるものの、ただ既存の製品を作りなおすだけではなく、新しいアイディアの表現手段として工業用材料を利用することを意味してた。マシュー・ヒルトン（1957年–）とジャスパー・モリソン（1959年–）は、しばらくしてさらに抑制的なミニマリスト的なデザインを手がけていくが、どちらも駆け出しの頃はインダストリアル・スタイルに手を出していた時期があった。モリソンはスチールの平らな鉄棒とスチールパイプの骨組みだけの「考える人の椅子（Thinking Man's chair）」（1986年、図２）を作った。一方ヒルトンがシェリダン・コークレー・プロダクツ（SCP）のために作った「アンテロープテーブル」（1987年、p.452）は、おおげさなハイブリッド造形芸術で、砂型鋳造のアルミニウムの脚をならべて、中質繊維板（MDF）のテーブルを支えている。MDFは汚して磨き、木材の質感を出した。

ディクソンのような一匹狼のデザイナーの手にかかると、インダストリアル・スタイルは想像的で、ひねりがきいて、力強くなった。ディクソンのデザインは人目を引き挑発的だった。機能性といったモダニズムの慣例をあからさまに軽視して、自動車のハンドルを借用して彼の伝説的な「Sチェア」（1987年、図３）の基部にした。当初の事業規模は小さかったにもかかわらず、ディクソンとアラッドは頭角を現した。３年もしないうちに、どちらもヴィトラやカッペリーニのようなヨーロッパの大手企業から誘いを受けて、イギリスのデザインの救世主として歓迎された。急進的な反体制運動としてはじめたものが、ライフスタイル誌でインダストリアル・スタイルとして紹介されたのである。

LJ

1986年	1986年	1986年	1987年	1987年	1989年
フランス生まれのアンドレ・デュブルイユ（1951年–）がディクソンと提携。「スパインチェア」（p.450）のような溶接鋼の家具を作りはじめる。	スイスのヴィトラ社がアラッドの「ウェル・テンバードチェア」の製造を開始。打ち抜いたステンレス鋼板を成形した。	モリソンが「考える人の椅子」をデザイン。平らな鉄棒とスチールパイプでできており、1988年からはカッペリーニによって製造された。	ディクソンの「Sチェア」が、イタリアのカッペリーニ社の生産ラインにのる。自動車のハンドルを台座にして、その上にイグサで編んだ座席をのせた。	マシュー・ヒルトンの「アンテロープテーブル」を、SCPが鋳造アルミニウムのアンテロープの脚と汚れをつけて研磨した円形のMDF天盤を組みあわせて製造。	ワン・オフ家具の工房をかねるロン・アラッド・アソシエーツが、アラッドの建築とデザインの新たな実現手段となる。

ローヴァーチェア 1981年 Rover Chair

ロン・アラッド 1951年–

スチールパイプ、革、鋳鉄のキー・クランプ継ぎ手。
80 × 61 × 91.5 センチ

ロン・アラッドは1981年に、工房とアトリエ、店舗をかねるワン・オフを設立して以来、すばらしいキャリアを歩んでいる。彫刻家の息子であるアラッドは、はじめから美術家になりたいと思っていたが、1973年に母国イスラエルからロンドンに出てきて関心を建築に移した。「ローヴァーチェア」での成功後は、いつのまにかデザインの世界に引きこまれた。このデザインのアイディアがひらめいたのは、たまたまスクラップ置き場に立ちよったときだった。ここでアラッドはローヴァー V8エンジン搭載車からとりはずされた座席を目にとめた。車本体はすでに通常の寿命を迎えていたが、革張りの座席はまだ良好な状態だった。座席は快適でくつろげる椅子になるのに気づいたアラッドは、これをスチールパイプのフレームに足場のクランプで固定することを思いついた。資金や技術がなかったためにローテクで低コストの解決策が、理念より必要に迫られて生まれたのである。工業製品そのものがもつ美しさにも魅力を感じたが、このときはほぼコストと工程の容易さが決め手になって、既成のものを材料に使うという決断をくだした。

実際の組み立てにかんする問題に、満足できる手堅い解決策を見出すと、アラッドは足場用のパイプを使うさまざまな種類の家具をデザインした。パイプはキー・クランプ社製の鋳鉄の継ぎ手で接続した。収納家具や棚、机にくわえてデザインした「ラウンドレール・ベッド」(1981年)は、ベッドの両端にアーチ型パイプがついており、金網の床板でマットレスを支える。その後アラッドの作品は異なる方向に転じて、鋼板を溶接して椅子を制作しはじめたあと、ますます造形美術に近くなっていった。 LJ

ナビゲーション

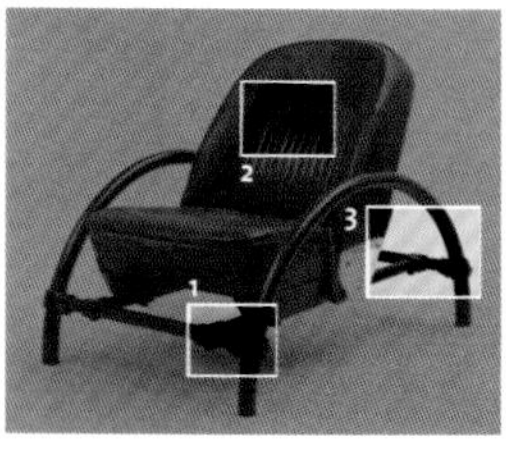

フォーカス

1　キー・クランプ社の継ぎ手
　アラッドはキー・クランプ社の鋳鉄の足場用継ぎ手で、フレームのさまざまなパーツを接合した。建築業者が使用するこの既製品の工業部品は、安価ですぐに使用できた。用途が用途だけに頑丈で信頼性があり、使用に複雑な手順はいらなかった。アラッドはキー・クランプ社の継ぎ手を、ベッドなど多様な低価格家具に用いた。

2　ローヴァー車の座席
　革張りの座席はイギリスの名車、ローヴァーV8から救済した正規品である。座席が再利用されているため、ひとつとして同じものはなく使用されていた過去を物語る。レディメイド［既製品に用途以外の意味をもたせた彫刻作品］という考え方は、1913年に美術家のマルセル・デュシャン（1887–1968年）がすでに提唱していた。アラッドはフレームの上に座席をのせることによってその地位を上げた。

3　スチールパイプのフレーム
　椅子のフレームは、頑丈な広径スチールパイプの足場用ポールでできており、キー・クランプ社の継ぎ手で互いに固定されている。このフレームを構成するまっすぐの長いポール4本が座席を支えアーチ状のパイプ2本が肘かけと脚をかねている。スチールパイプは1920年代から家具に使われていたが、このように堂々とインダストリアルデザインに利用されたことはなかった。

デザイナーのプロフィール

1951–79年
　ロン・アラッドはテルアヴィヴで生まれた。1971年から1973年までエルサレムのベツァルエル美術デザイン学院で学んだあと、ロンドンに移る。1974年から1979年にかけてロンドンのAAスクール（イギリス建築協会付属建築学校）に在籍。

1980–88年
　1981年に、キャロリン・トールマンとともに、店舗とアトリエ、工房をかねる「ワン・オフ」を創立し、工業用材料と廃材を使って家具を制作した。1980年なかばに鋼板を溶接しはじめると、アラッドの作品はしだいに造形美術に近づいていった。

1989年–現在
　1989年に建築デザイン事務所のロン・アラッド・アソシエーションを設立。アラッドはイタリアの複数の一流家具メーカーのデザインを手がけている。1994年から1997年にかけて、ウィーン工科大学の客員教授としてプロダクトデザインを講義した。1997年から2009年まで、ロンドンのロイヤル・カレッジ・オヴ・アートで家具デザイン（のちにデザインプロダクト）学部の教授をつとめた。

スチール製の椅子

　鉄（スチール）パイプは1920年代から椅子のフレームに使われていた。だが1980年代までスチールがシートに用いられることはめったになかった。アラッドの鋼板を溶接した椅子は1988年から「ボリュームズ」シリーズとして製造されている。その椅子は2重の意味で斬新だった。金属で構造と外装を構成しただけでなく、表面にへこみや焼け焦げの部分を残して、椅子を未完成に見せたのである。1986年にアラッドは、ヴィトラのためにそれとは異なる方針にもとづいて「ウェル・テンパードチェア」（右）をデザインした。この椅子は強化ステンレス鋼板を折りたたんでシートと肘かけを作り、金属板を蝶ナットとボルトで固定して、板が跳ね上がらないようにしてある。金属の色と光沢とともにこうした固定方法が、デザインの工業製品としての美を引き立てている。

スタイル・バイブル

1　フランスのライフスタイル誌。既存の女性雑誌のエル、マリクレールをふくめて空前の人気を集めた。

2　マーサ・ステュアート・リヴィング誌。1990 年の創刊以来、1995 年まで各号ごとに 120 万部売り上げた。

1980年代に金融市場が自由化されると、ただちに銀行などの貸付機関間の競争激化という、狙いどおりの効果が表れた。消費者はその直接の結果として、担保のあるなしにかかわらずかつてなくローンを組みやすくなり、そうした恩恵に飛びついた者も多かった。不動産価値が急騰したが、それはそれまでさびれていた都市部で顕著だった。そうした場所では「高級化」が起こり、労働者階級の住む地区に中所得者層が流入した。戦後まもなくは、都市からのがれた者が新たに開発された郊外や農村地域に移り住んだが、それとは逆の人口の流れが起こるなか、専門職をもつ若者は世の中心に住むことに憧れをもった。こうした傾向を反映しあおったのは、ライフスタイルにかんする出版ブームだった。写真やイラストが豊富で光沢紙を用いた雑誌が、家を住み替えたばかりの読者を対象に発行された（図１）。そこに描かれるほとんどが手のとどかない夢のライフスタイルだったが、このような出版物によりインテリアデザインや装飾、ガーデニング、料理の領域にも流行の周期が生じるようになった。「どうやったらそのような家になるのか」についてのアドバイスが補足されているリアル・ホームズ誌の特集は、塗料やソファ、蛇口の宣伝であると同時に、鍵穴からのぞき見するような欲望を満足させるものでもあった。

1974年、テレンス・コンラン（1931年–）が最初の『ハウス・ブック（House

キーイベント

1980年

イギリスでフェイス誌（p.428）が創刊。月刊音楽雑誌だが、ストリート・スタイル、政治、ファッションなどの話題も掲載した。

1981年

ワールド・オヴ・インテリア誌をケヴィン・ケリーが創刊。雑誌名は1983年にコンデナスト社から買いとった。

1984年

ハビタ社が素朴なカントリー・コレクションを発表。１年後に現代の都会の住居のためのシティ・リヴィング・コレクションを売りだした。

1985年

スザンヌ・シュレシン、スタフォード・クリフ共著の『フレンチ・スタイル』が出版される。ベストセラーになったスタイル・シリーズの１冊目となった。

1986年

アルヴィルド・リース＝ミルン（1909–94年）著『ザ・イングリッシュマンズ・ルーム（The Englishman's Room）』が出版される。写真撮影はデリー・ムーア。

1988年

イギリスのテキスタイルデザイナー、トリシア・ギルドが『デザインとディテール——家をスタイリッシュにするための実用ガイド（Design and Detail: A Practical Guide to Styling a House）』を著す。写真撮影はデヴィッド・モンゴメリー。

Book)』を発行した。人気のハビタのカタログ直系の本で、ハビタのスタッフとコンランの家族を登場させて、少し自分で手をかけるだけ（ちょっとしたDIY感覚）で実現する生活様式を売りこんだ。『ハウス・ブック』は、もともとは店舗スタッフの社内トレーニング・マニュアルだったが、時代を超えたスタイル・バイブルのベストセラーとなった。その魅力の中心にあるのは、裁定された限界内での選択である。さまざまな種類のベッド用のシーツや枕カバー、あるいはドアの取っ手といった品物は、すでにイギリスの大手小売業者によって太鼓判を押されている。読者はそれで安心して知識を吸収できたのである。

アメリカでのライフスタイル出版物の草分けは、マーサ・ステュアート（1941年–）だった。マーサ・ステュアート・リヴィング誌（図2）の初版は、タイム社から1990年に出版された。この雑誌はイギリスの料理研究家ビートンの時代から変わらない、主婦にとって気がかりなテーマを包括的なブランドにまとめあげている。ステュアートは読者に料理やデザイン、装飾、娯楽のあらゆる要素を紹介しながら、こうした伝統的な技術を進歩的な職業婦人が真剣に興味をもつ分野として提示した。家庭のスタイルはまた異国風または国際的な特徴もおびた。1985年にスザンヌ・シュレシンとスタフォード・クリフは、『フレンチ・スタイル（French Style)』を発行した。人気のスタイルブック・シリーズの1冊目で、その後シリーズはギリシアやカリブ諸国、日本といった目的地へと進み、その土地固有の伝統的装飾を家庭の領域にもちこんでもよいというメッセージを伝えた。

ライフスタイル出版物の成功と密接に関連したのが、スタイルを作る側のすぐれた手腕である。エル・デコレーション誌のイルセ・クロフォード（1962年–）、ワールド・オヴ・インテリア誌のミン・ホッグ（1938年–）、アーキテクチュアル・ダイジェスト誌のページ・レンス（1929年–）といった編集長は、美的センスの強力な作り手になった。と同時にデリー・ムーア（1937年–）、デヴィッド・モンゴメリー（1937年–）といった写真家、オリヴィア・グレゴリー、フェイ・トゥーグッド（1977年–）、スー・スキーンなどのスタイリストも舞台裏から姿を現した。「天才」という言葉がこうした人々を形容するのに驚くほどひんぱんに使われた。スキーンの白に白を重ねるホワイト・オン・ホワイトの内装はとくに影響力があった。こうしたスタイリストは雑誌で幅広い経験を積んだあと、大手デザイン会社に雇われてカタログ制作にたずさわった。彼らの意見が爆発的な売れゆきにつながったのである。

スタイル・バイブルのブームは、1996年にタイラー・ブリュレ（1968年–）が創刊したウォールペーパー*誌で頂点に達した。従来の「シェルター」「ライフスタイル」雑誌の型を破って、ブリュレと彼のチームはインテリアの実用例をまったく撮影しなかった。そのかわりに高級感のあるセットをゼロから作って、グッチ・ファッションを身に着けたモデルをならべたのである。ウォールペーパー*は、ブレット・イーストン・エリスやMTVとともに育った世代のためのインテリア雑誌で、1970年代末のスタイルを支持した初の雑誌だった。楽観主義の見本といわれるように、論説と広告の境界を平然とぼやけさせたりもした。以前の出版物がおよび腰だったことである。

1991年のワールド・ワイド・ウェブの確立は変化の前兆となった。高速ワイヤレス・ネットワークの出現で、大量の写真をダウンロードするのがしだいに容易になった。雑誌の読者がオンラインの美しいインテリアに思い焦がれるようになるまで、そう時間はかからなかった。 JW

1989年	1990年	1993年	1994年	1996年	2004年
フランスのファッション誌エルの姉妹誌、エル・デコレーションの初号がアメリカで発行。	タイム社がマーサ・スチュワート・リヴィング誌を創刊。1994年まで毎月発行された。	アメリカで毎週30分のテレビ番組「マーサ・スチュワート・リヴィング」が放送開始。	アメリカのジャーナリスト、ジャスティン・ホール（1974年–）［当時は大学生］が、初のインターネット上の日記「ジャスティンの地中からのリンク（Justin's Links from the Underground)」を開設。	カナダのジャーナリスト、タイラー・ブリュレがスタイルとファッションの雑誌ウォールペーパー*を創刊。	マックスウェルとオリヴァー・ライアンがオンラインの装飾サイト「アパートメント・セラピー（Apartment Therapy)」を開始。2010年には月間500万回の閲覧を記録する。

フェイス誌 1980年 The Face Magazine

ニック・ローガン　1947年–／ネヴィル・ブロディ　1957年–

1982年6月発行のフェイス第26号。

1980年5月にロンドンで創刊したフェイスは、親会社をもたない独立音楽雑誌だった。現代の音楽にまったく新しい視点を提供して、どの世代からもほぼ好感をもたれた。音楽を政治やストリート・スタイル、ファッション、文化の枠組みでとらえたのはこの雑誌がはじめてで、ページには光沢紙のファッション誌よろしく写真がちりばめられた。音楽雑誌であるのは疑問の余地がないが、世界をストリート・スタイルの秘密に導いた雑誌でもある。

発行者のニック・ローガンはイースト・ロンドン出身の才能あるジャーナリストで、それ以前にすでに10代向け雑誌のスマッシュ・ヒッツ（1978–2006年）を創刊し、1970年代にニュー・ミュージカル・エクスプレス誌の編集長をつとめた。「フェイスがしているのは、ピリッとした文章を数多くの写真と組みあわせること。よい写真の力は過小評価されている」と、雑誌創刊にあたってローガンは述べた。スタッフが満足できる写真を撮れなかったときは、大きな書体の文字をその上に入れるか、写真をおかしな角度でトリミングした。「それは巨大な実験室だった…ひるまない勇気が、ほかの雑誌からきわだたせたのだ」とデザイナーのネヴィル・ブロディは語っている。1981年から1986年までフェイスの誌面作りにたずさわったブロディは、同世代のグラフィックデザイナーの筆頭にあげられるようになった。そのスタイルには、ロシアのシュプレマティスト（絶対主義者）エル・リシツキー（1890–1941年）のほか、ヤン・チヒョルト（1902–74年）、バウハウス（p.126）、デ・ステイル運動（p.115）といった作品の要素がとりいれられている。そうして作られた型破りなページのレイアウトと独創的な活字書体が、この雑誌の魅力の目玉となった。またそれ以上に、ブロディとフェイスを制作していたスタイリストやライターは、自分たちの限界を認めようとしなかった。決めこまない柔軟性のある対話を望み、最大限の創造性を発揮しようとしたのである。そうした荒々しい情熱がどのページにもほとばしっていた。が、ブロディはこの雑誌を失敗だと考えている。「みんながコピーしはじめたのが失敗だった…（イギリスで）物まねがあたりまえになったんだ」。2011年、フェイスはロンドンのデザイン・ミュージアムの永久収蔵品にくわえられた。 JW

ナビゲーション

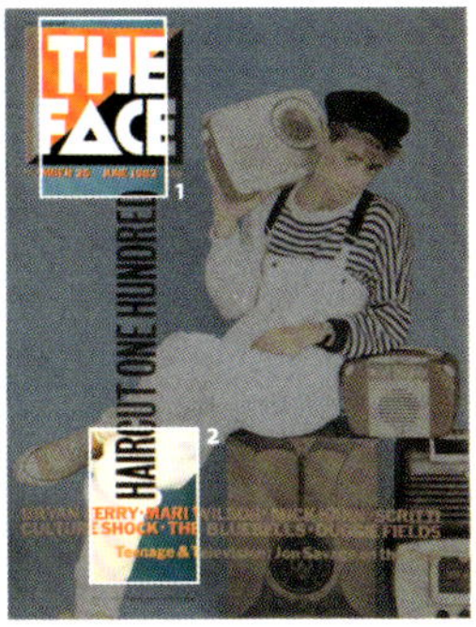

フォーカス

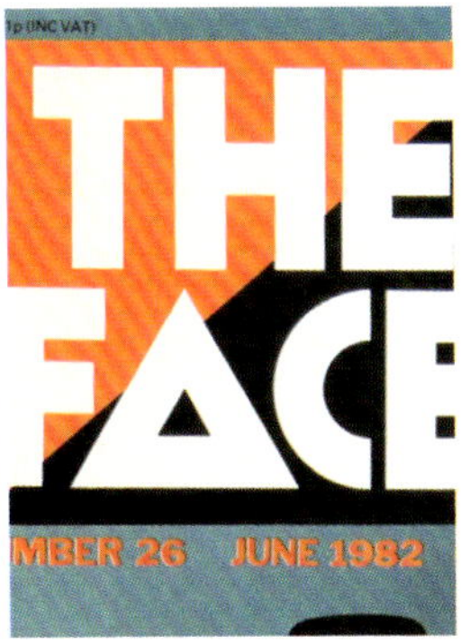

1 エネルギーと熱情

各表紙の雑誌名の背景に、ブロディはただ斜めに黒と赤（または青と赤）に分けた四角を配置した。するとこれが風変わりで非対照的なエネルギーへの扉に見えた。ページをめくると、文章の塊が縦または横にならべられていた。ブロディはのちに、フェイスがテーマとしていたのはデザイン要素ではなく、社会とともに進化する有機体としてのコミュニケーションだった、と語った。

2 活字

ブロディは文字の形を歪めた。見出しや記事のまえがきの書体は変えたが、本文は読みやすい書体のまま手をつけなかった。ブロディ初のカスタム活字は第50号に登場し、つづく5、6号でインダストリアのような新しい活字が目のまわるようなスピードで現れた。そうした活字は、広告や小売り、出版の巨大企業のためにがんじがらめになっていたグラフィックの表現形式に、新風を吹きこんだのである。

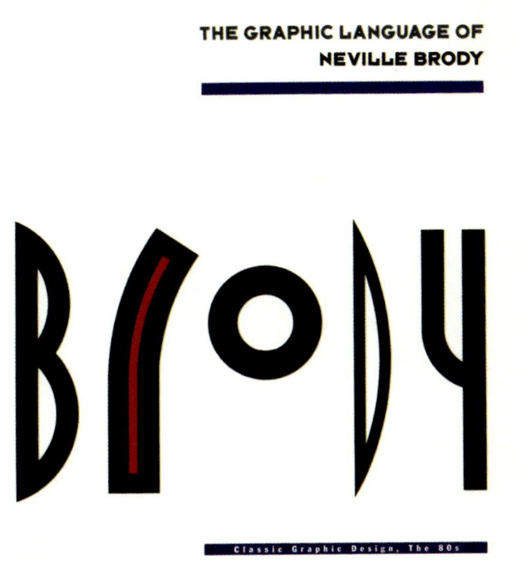

▲1988年に『ネヴィル・ブロディのグラフィック言語（The Graphic Language of Neville Brody）』の第1巻が出版され、またたくまにグラフィックデザイン書の世界的ベストセラーになった。その出版とならんでロンドンのヴィクトリア・アルバート博物館でブロディ作品の回顧展が行なわれると、4万人を超える入場者数があり、その後ヨーロッパ各地と日本でも開催された。

仮想デスクトップ

初期のコンピュータは数部屋分または建物ほどの大きさがあったが、インターフェースはあまり配慮されていなかった。コンピュータとやりとりをするためには、ダイヤルをまわすかパンチカードを挿入してプログラムを実行した。結果はティッカー・テープに数字と文字のストリングで示された。パンチカードでの出力では、データに正確に対応する穴があいていた。最初の本物のディスプレイはブラウン管テレビをデザインしなおしたもので、コンピュータが画面をピクセル単位で制御した。するとそうした制御のために、ユーザーが新たに覚えなくても理解できる新種の言語を考案する必要が出てきた。情報は画面上に表示され、タイプライターをモデルにしたキーボードでデータの入力と削除が可能になった。いわゆる「コマンドライン・インターフェース」である。

はじめてグラフィカル・ユーザーインターフェース（GUI）の構想をしたのは、第２次世界大戦中、軍事目的の科学研究開発局長官をつとめたヴァネヴァー・ブッシュ（1890–1974年）である。ブッシュが仮想したメメックス（memex）とは、個人の所有する文書や画像をすべて格納したメモリを、ハイパーテキストでリンクして、グラフィカル・インターフェースを通じてアクセスできるようにする、というものだった。アメリカのコンピューターの先駆者、ダグラス・エンゲルバート（1925–2013年）は、カリフォルニア州にあるスタンフォード研究所の拡張研究センターに在籍中に、この

キーイベント

1981年

WYSIWYG GUIとアイコンにもとづくファイル・システムを搭載した「Xerox Star 8010」が発売される。「Alto」ワークステーションの技術を引き継いでいるのにもかかわらず、市場の反応は悪かった。

1983年

元ゼロックスのパロアルト研究所の研究員が「Apple Lisa」の開発にくわわる。

1984年

アップルの「Macintosh 128K」が発売される。GUIにもとづくパーソナル・コンピュータとしてはじめて商業的に成功する。

1985年

コモドール社が「Amiga（アミガ）」を発売。デスクトップ環境であるWorkbenchのGUIを採用しており、マルチタスクが可能で先進的な動画ハードウェアをそなえ、４トラック８ビットの音声を再生できた。

1985年

スティーヴ・ジョブズがアップル社を退社しNeXTを創業。それにともないアップルのMacintoshデザイン・チームの一部がNeXTに移る。

1988年

ジョブズが、オブジェクト指向のNeXTSTEPオペレーティングシステムを搭載した「NeXTコンピュータ」を発売。

構想をとりいれてさらにおしすすめた。1960年代に彼の研究チームはNLS（oN-Line System）連携システムを開発し、その過程でマウスやコンピュータ・モニター、マルチウィンドウを発明した。

残念ながらエンゲルバートのチームは解散し、この技術は売却された。多くのチームの研究員が近くのパロアルト研究所に移り、ここですでに手をつけていた研究を継続して1973年に「Xerox Alto（ゼロックス・アルト）」パーソナル・コンピュータを完成させた。このコンピュータが使用した「WYSIWYG」（＝what you see is what you get、見えるものがそのまま結果に反映される）GUIには、アイコンやメニューといった、カギとなる要素がくわえられていた。これで手で行なっているようにデータ項目の移動やコピー、削除ができるようになった。1981年に発売された「Xerox Star（ゼロックス・スター）8010」（図1）は、WYSIWYG GUIを搭載し、アイコンにもとづくファイルシステムを使用した。Altoの派生型だったが、市場には受け入れられなかった。

スティーヴ・ジョブズ（1955–2011年）は経営するパーソナル・コンピュータ会社、Apple（アップル）コンピュータのデザインチームをひきつれてパロアルト研究所を訪れると、その研究員を数人引き抜いて、アップルへの資本参加とひきかえにAltoの技術を使う権利を得た。「Apple Lisa（アップル・リサ）」パーソナル・コンピュータのGUIデザインとその後の「Macintosh（マッキントッシュ）」はAltoの技術をもとに作られている。またアイコンなどに立体的・写実的な質感のスキュアモーフィックデザインが導入されて、デスクトップ・メタファ［GUIと直接操作性によって机の上で仕事をしているような感覚で作業ができること］が強化された。

初期の「マイクロソフトWindows（ウィンドウズ）オペレーティングシステム」（1985年）では、ハードドライブをファイルマネージャで、プログラムをプログラムマネージャで検索していた。Microsoft（マイクロソフト）社最高経営責任者のビル・ゲイツ（1955年–）は、Windowsに搭載しようとしてMacのOSのライセンス契約を試みたがアップルに断わられた。Windowsの初期バージョンでは、アイコンやウィンドウといった、一部のGUI要素にはアップルにライセンス料を払っていたが、その後のバージョンでは、アップルより前にゼロックスが開発したデザインだとして使いつづけた。1988年、アップルはマイクロソフトを相手に訴訟を起こしたが敗訴した。ゲイツは雑誌の誌面でジョブズにこう問いかけた。「スティーヴ、君がゼロックスの家に侵入してテレビを盗ったからといって、ぼくがあとから入ってステレオを盗っちゃいけないってわけはないだろう」

マイクロソフトは「Windows 95」（図2）で優位に立った。このOSではスタートメニューとタスクバーを導入し、実行中のプログラムを1カ所にならべたので、マルチタスクが容易になり見た目も斬新になった。

ジョブズは1985年にアップルを去り、新会社のNeXT（ネクスト）を創業すると、大学などの機関を対象とするハイエンドのコンピュータ・システムを売りだした。1988年に発売された「NeXT Computer」は強力で、優雅で先進的なGUIをそなえていた。その目玉となったのが3Dのアイコンと、使用頻度の高いアプリケーションの情報を格納するdock（ドック）、サブメニューなどである。サブメニューはメニューから切り離すと独立したウィンドウとなって画面上に置けるので、アクセスしやすくなった。

1994年には、MacのOSはまだ使われていたが時代遅れに見えてきた。次世代のOSを開発しようとするコープランド・プロジェクトは社内政争にはばまれ、アップルの将来はますます絶望的になった。だが1996年にジョブズがアップルに復帰したときに、持参した「NeXTSTEP（ネクストステップ）オペレーティングシステム」が新たなアップルのOSの基礎となった。そうして完成した「OS X」は、アップルの幸運をよみがえらせたのである。

DG

1　「Xerox Star 8010」は、商業的コンピュータとしてはじめてGUIを採用し、アイコンとフォルダを用いたデスクトップ・メタファーを実現した。

2　マイクロソフトの「Windows 95」には画面下にならぶタスクバーがあった。ドキュメントやアプリケーションは、スタートメニューから起動できた。

1990年
スイスのジュネーヴに近い欧州原子核研究機構（CERN）で、NeXTコンピュータが世界初のワールド・ワイド・ウェブ・サーバーとして使われる。

1990年
マイクロソフトが「Windows 3.0」（p.432）を発売。アップルのMacintosh、コモドールのAmiga（アミーガ）の強力なライバルとなる。

1992年
マイクロソフトが「Windows 3.1」を発売。TrueTypeフォントのサポートを導入。拡大しても輪郭がなめらかなスケーラブルフォントが、Windowsのアプリケーションで使えるようになる。

1992年
IBMがノートパソコン、「ThinkPad（シンクパッド）700C」を発売。デザインはインダストリアルデザイナーのリヒャルト・ザッパー（1932年–、p.434）。

1995年
マイクロソフトが「Windows 95」を発売。たちまちPCオペレーティングシステム市場の頂点に立つ。

1996年
アップルがMac OSのアップグレード失敗後に、NeXTの買収とジョブズのアップルへの復帰を発表。

マイクロソフト Windows 3.0オペレーティングシステム

1990年　Microsoft Windows 3.0 Operating System　**マイクロソフト株式会社**

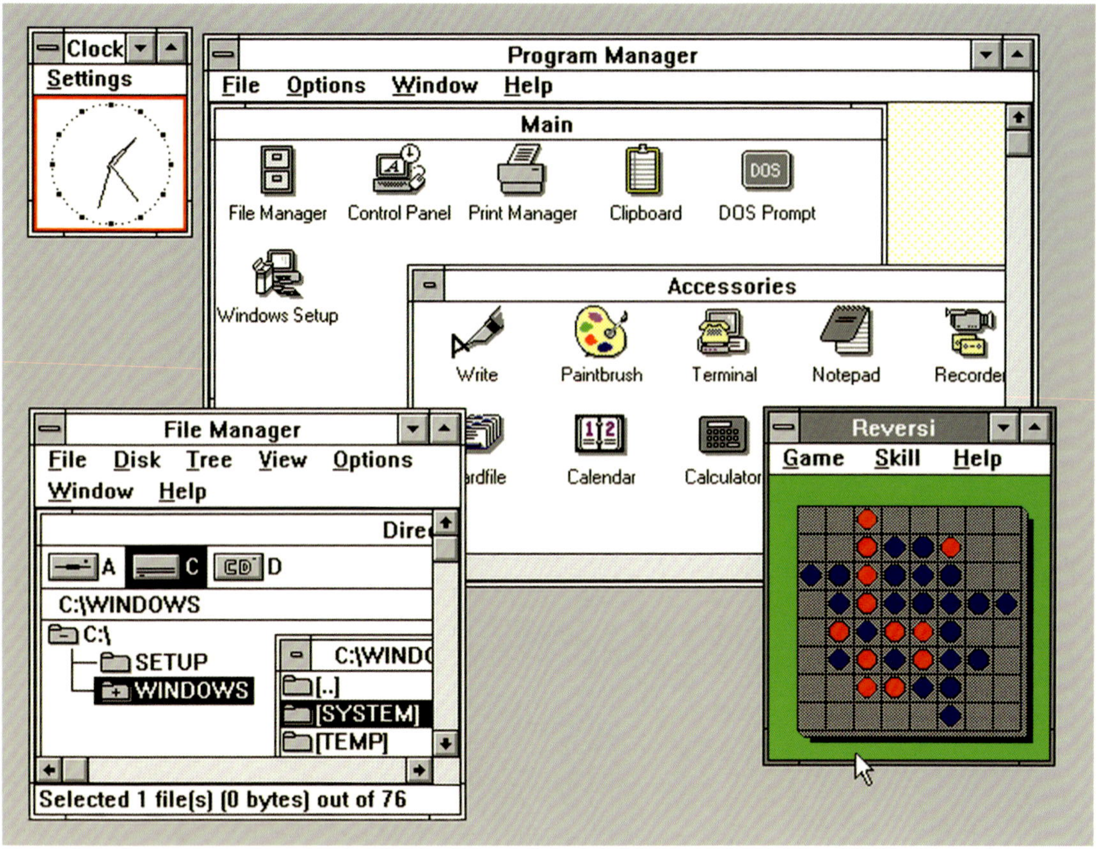

「Windows 3.0」はマイクロソフトにとって、ほんとうの意味で成功した初のWindows製品だった。特徴的だったのは、デザインを刷新したインターフェースとスピードの改善、そして拡大したマルチメディアへの対応（1991年）である。「Windows 3.1」（1992年）が発売されると、1000万本が売れた。

ナビゲーション

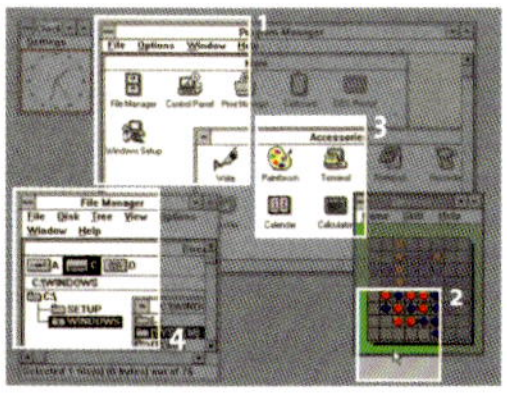

マイクロソフトは「Windows」の開発前は、コンピュータのハードウェア管理に「MS-DOS」オペレーティングシステム（1981年）のみを使用して、ワードプロセッシング・プログラムのようなソフトウェアを動かしていた。だがMS-DOSは直感的というにはほど遠く、専門的な知識が必要だったために、マイクロソフトはインターフェイスマネージャなる新たなオペレーティングシステムの開発にのりだした。このOSは1985年の出荷時にはWindowsと改名された。MS-DOSの流れをくむWindowsは、独自のグラフィカル・ユーザーインターフェース（GUI）が特徴的だった。たとえばドロップダウンメニューやスクロールするウィンドウ、マウスへの対応などである。わずか99ドルという値段も安かった。

マイクロソフトのWindowsとアップルのMacのOSがよく似ているのは、どちらもダグラス・エンゲルバート（p.430）に負うところが大きいからである。エンゲルバートの研究チームは、NLS（oN-Line System）連携システムを動かすために、初のグラフィカル・ユーザーインターフェースを開発した。研究員の多くがひき続き「Xerox Parc Alto」パーソナル・コンピュータ（1973年）の制作にかかわった。Altoはデスクトップ・メタファとGUIをはじめて実装したマシンとなった。アップルの「Lisa」や「Macintosh」のUIの多くはこれを転用しており、マイクロソフトはアップルとライセンス契約を結んで「Windows 1.0」のGUIの一部を使用していた。

Windowsは複数のプログラムを同時に実行できて、便利なソフトウェアがいろいろバンドルされていた。たとえばペイント、ライト［後継はワードパッド］、カレンダー、クロック、カードファイラー、電卓、メモ帳、リバーシ（オセロゲーム）などである。「Windows 2.0」（1987年）も、中核となるふたつのソフトウェアパッケージ、Excel（エクセル）とWord（ワード）を搭載したが処理速度が遅くて販売数は伸びなかった。ただし「Windows 3.0」（1990年）以降のOSは、着実に強力になっていった。2016年4月のスタットカウンターの調査では、コンピュータのおよそ85パーセントがWindows系のOSを使用している（Mac OS Xは10パーセント未満）。とはいえ、その多くは、Windowsが新規に開発したコードベースではなく、「Windows NT」システム（1992年）をベースにしている。　DG

フォーカス

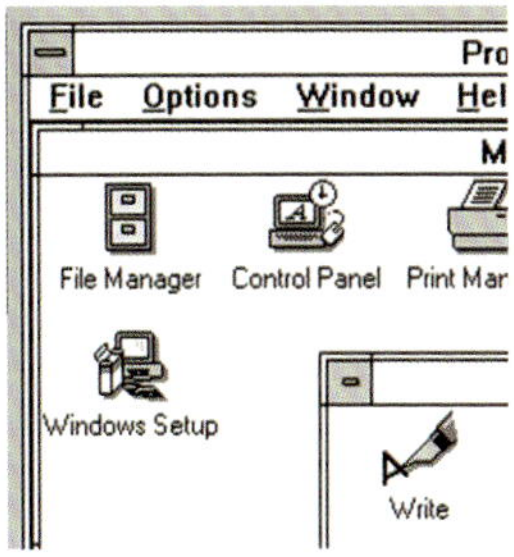

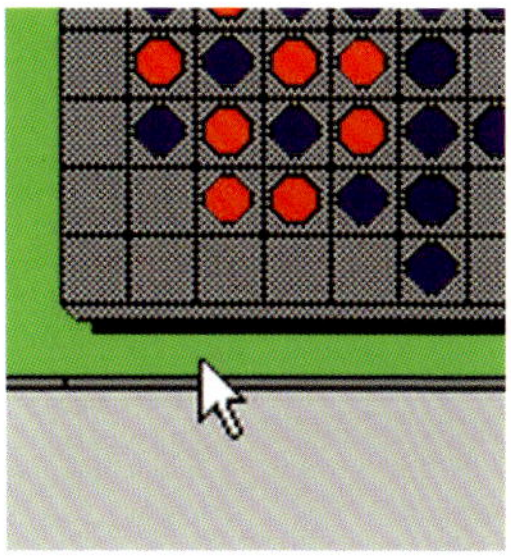

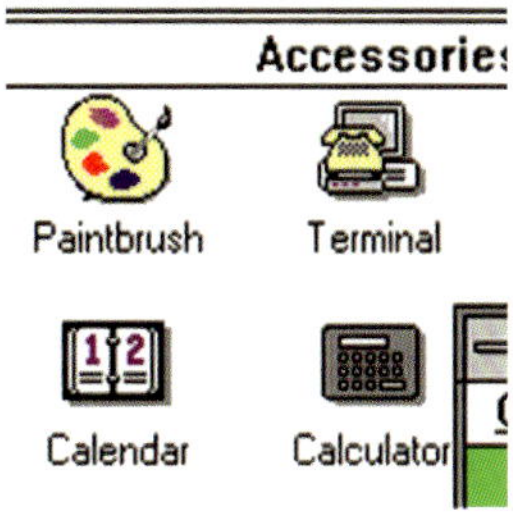

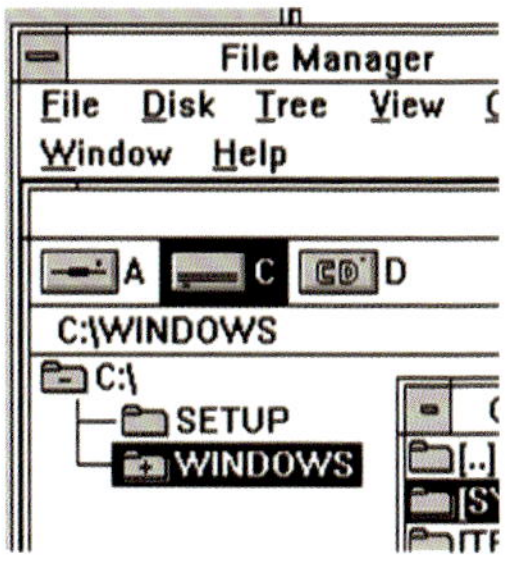

1　ウィンドウ

ウィンドウを最初に考案したのはダグラス・エンゲルバートの研究チームである。ユーザーインターフェースの1種で、通常はファイルもしくはソフトウェアといったほかの要素のコンテナとなる。マイクロソフトのウィンドウは「Windows 1.0」で導入されたが、訴訟を懸念して「Windows 2.0」まで重ねて表示されなかった。

2　カーソル

アップルやゼロックスにならって、マイクロソフトのGUIもマウスで操作された。この機械的装置で手の動きを画面上の動きに対応させ、ボタンを押してアイコンやメニューに情報を伝える。コマンドのタイプ入力に慣れていたユーザーにとっては、革命的な一歩だった。

3　アイコン

ゼロックスとアップルのPCはアイコンを使用しており、マイクロソフトもそれに追随した。アイコンはソフトウェアやファイルのショートカットで、その絵柄からデスクトップ上にどんなオブジェクトがどこにあるかを見てとれる。アイコンのおかげでプログラムの知識がなくても、最初からソフトウェアにアクセスできる。

4　マルチメディア

マルチメディアエクステンション（1991年）を搭載した「Windows 3.0」は、CD-ROMドライヴとサウンドカードとともに一括して販売された初のオペレーティングシステムである。ドライヴは遅くサウンドの質もよくなかったが、この進歩は革命的に見えた。

デザイナーのプロフィール

1955–74年

1955年、シアトルの裕福な家庭にマイクロソフトの共同創業者のビル・ゲイツが生まれた。13歳のときはじめてコンピュータプログラムを組み、学校の端末でゲームを実行した。それから1年もたたないうちに友人3人とともに、近隣のコンピュータ会社に雇われてバグの検証をした。15歳で、彼らはソフトウェアを作成していた。1973年、ゲイツはハーヴァード大学に入学したが、翌年事業を立ち上げるために休学［のちに退学］した。

1975–84年

ゲイツと友人のポール・アレンがマイクロソフトを創業し、プログラミング言語を開発する。1980年にIBMが接触してきて、IBMの新しいパーソナルコンピュータを動かすオペレーティングシステムの作成を依頼。するとマイクロソフトは自社開発はせずに、既成OSを買ってその複製をIBMに「MS-DOS」として売却した。その後まもなくIBMはマイクロソフトに別のOS、「OS/2」の開発を発注した。

1985–2001年

1985年、マイクロソフトは独自のOS、「Windows」を発売。1990年以降はこのOSがほかを圧するようになる。1995年、ゲイツは「Windows 95」とともに同社の重点を普及しはじめたインターネットに移した。2001年、同社は初のゲーム機「Xbox」を発売。

2002年–現在

21世紀に入ってからゲイツは段階的にマイクロソフトから遠ざかり、2014年に最後の役職（会長）を辞任。現在は妻のメリンダとともに運営する慈善財団の活動に専念している。この財団の資産は346億ドルを超える。2015年の時点で、ゲイツの純資産は792億ドルと推定されていた。

ヴァーチャルリアリティ

GUIの次なる段階に進んだのは、まったく異なる製品だった。フェースブック社の「Oculus Rift（オキュラス・リフト）」（上）、マイクロソフト社の「Holo Lens（ホロレンズ）」、HTC社の「Vive（ヴァイヴ）」である（いずれも2016年）。ヴァーチャルリアリティと拡張現実人間／コンピュータ・インターフェースには、通常のGUIとは別種のルール体系と相互動作ポイント――とくに3Dインターフェース――がそなわっている。となるとそうしたヴァーチャルインターフェースには、新しい対話装置が必要になる。そうしたものにはマイクロソフトの距離情報・ジェスチャー認識の「Kinect（キネクト）」（2010年）から、腕輪のようなコントローラー、「Oculus Touch（オキュラス・タッチ）」（2016年）まであるが、いずれもまだ未成熟な段階にある。

ThinkPad 700C 1992年　シンクパッド700C

リヒャルト・ザッパー　1932-2015年

「ThinkPad 700C」は、25メガヘルツ486SLCプロセッサー、最大8メガバイト［カタログでは16メガ］の主記憶(RAM)、120メガバイトのハードディスクの仕様で発売された。重量は3.5キロ。

ナビゲーション

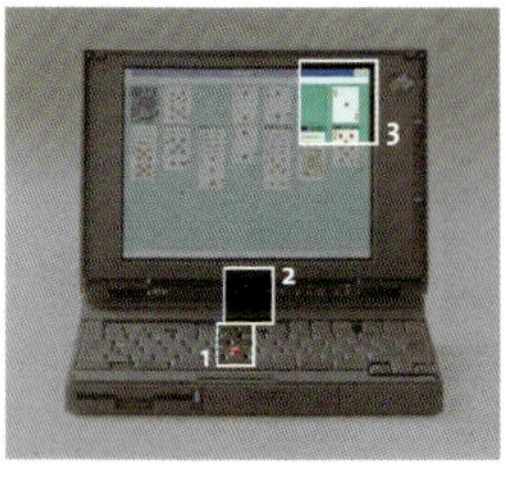

「ThinkPad 700C」の公開時には、ほかに類するものはなかった。シャープで黒い外観は、好奇心をかきたてる弁当やシガーボックスを連想させる作りになっていた。蓋をあけると、そこには中身の驚きがあった。中央がへこんだキーのあいだにある謎の赤いボッチ、明るい色の大きなモニター。ほかのノートパソコンはグレーかベージュで、画面が小さく白黒だったのに対し、700Cの10.4インチ（264ミリ）、640×480ドット表示、VGA対応で256色を同時表示可能なTFT（薄膜トランジスタ）カラー液晶ディスプレーは、強力なセールスポイントだった。なぜならそんなノートパソコンはあったためしがなく、IBMのカスタム開発だったからである。したがって小売価格も高かった。

フリーデザイナーのリヒャルト・ザッパーとIBMのノートパソコン主任デザイナーの山崎和彦、横浜を拠点とするIBMデザインチームにとっては、世界の異なる場所からプロジェクトに協力するのは、技術的な挑戦だった。その成功をサポートしたのは、電話回線をとおして高解像度の画像を転送したソニーのデジタル通信システムである。この技術で、国境を超えた数カ所のIBMデザインセンターがつながった。

ThinkPadシリーズは品質とデザインを評価されて、たちまち300の賞を獲得した。その後200種類のモデルが作られ、ノートパソコンの販売台数は歳月とともに伸びて1億台を突破した。2005年に中国企業のレノボ社によってIBMのPC部門は買収されたが、ThinkPadのデザインチームは、ザッパーをふくめて発足当初のメンバーの多くを残して同シリーズにかかわっている。 DG

フォーカス

1　赤いゴム

「G」と「H」キーのあいだにある赤い小さなポッチは「トラックポイント」で、タッチパッドやタッチボール、マウスに代わる役割をする。マウスより感度はよく移動速度は遅いが、慣れれば同様の操作性を発揮する。ゴムの赤い色は暗い場所でも目立ちやすい。

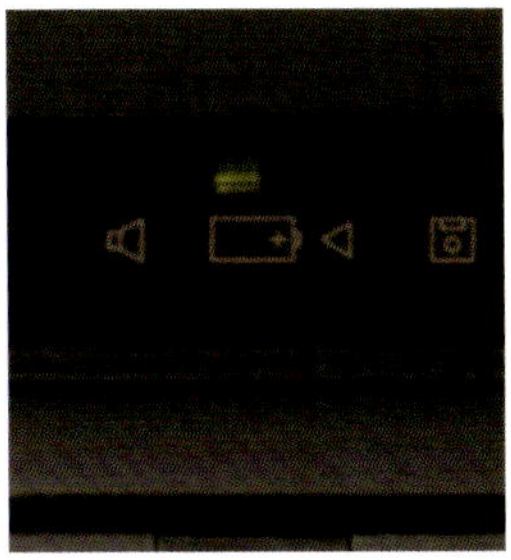

2　筐体

表面の黒い仕上げは、シガーボックスのような形状とパネルの背面で横一列に光る発光ダイオードと調和して、神秘的な雰囲気をかもしている。またひかえめなつや消しの黒は、ほとんど自己主張をせずに、ハイエンドなTFT画面を引き立ててユーザーの注意を引き、ハードウェアが機能を果たしやすい環境を作っている。

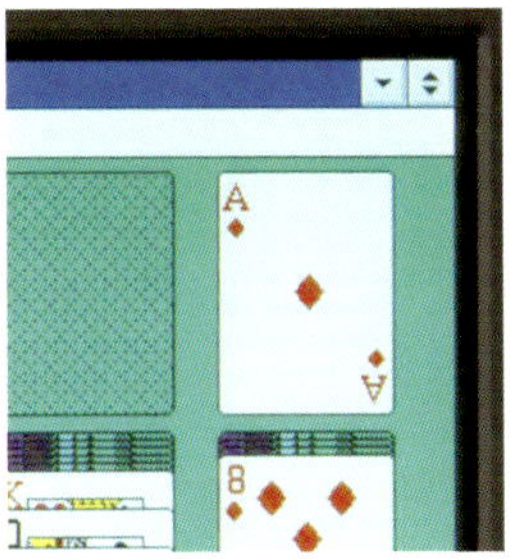

3　画面

ThinkPadの開発ではザッパーのデザインが核心部分を占めたが、処理能力と機能性もそれと同等に重要だった。ノートPCとしてはじめて10.4インチ（264ミリ）TFTカラー液晶ディスプレーを搭載。打鍵感のよい中央がへこんでいるキーボードと着脱可能なハードディスクを採用した。

▲「ThinkPad」はコンピュータ産業の金字塔となった。急速に変化が進む環境のなかでも、ThinkPad は第一級の技術ブランドとなっている。デザインは新機能をとりいれるために進化してきたが、シンプルな黒い筐体の美しさは変わっていない。

TS 502 ラジオ

1963年、ザッパーはイタリアの電子機器メーカー、ブリオンヴェガ社のために、イタリアのデザイナー、マルコ・ザヌーゾ（1916–2001年）とともに、「TS 502ラジオ」を考案した。このラジオは折りたたむと得体の知れない角の丸い箱になる。「われわれは使用するまでテクノロジー製品とわからない、家庭用品を創りたかったのだ」とザッパーは語った。このラジオは数々の賞を獲得し、ニューヨーク近代美術館の永久収蔵品にくわえられている。ザッパーとザヌーゾはその後も一連のラジオやテレビをデザインしている。リニューアル1977年版の「TS 505」は発売中である。

問題解決

創造的な問題解決はいつの時代もデザイナーの仕事だったが、20世紀末になると新たなテクノロジーが前例のないペースで出現して、それはますます入り組んで複雑になった。さらに人口の急増が需要の高まりをまねき、発展途上国は多元的な必要性と向きあうことになった。斬新な解決策が伝説的な商品の開発につながるのはよくある例で、そうした商品はすくなくとも10年以上ターゲット・マーケットに大きな影響をおよぼしつづける。多くの場合、デザインと発明、工学技術の混合体でもあるそうした例には、1979年に木原信敏（1926–2011年）が作ったポケット・サイズのソニー「ウォークマン」(p.408)、1982年にフィリップとソニーが共同開発した「コンパクトディスク」（図1）、1983年に、ニコラス・G・ハイエク（1928–2010年）が生みだした「スウォッチ」がある。

『現実世界のためのデザイン（Design for the Real World）』（1970年）で、デザイナーのヴィクター・パパネック（1927–98年）は、デザインの社会的責任について論じた。この指針はその後10年間をすぎても基調をなすテーマでありつづけた。デザインの現場では、より効率的、安全でユーザーにやさしい製品作りのために努力の連携が進むと同時に、ますます人間工学が配慮されるようになった。デザイナーは人間の形が機能する方法を研究し、それによりユーザーにとって便利で快適なものを作りだした。たとえば1979年には、ハンス・クリスティアン・メンショール（1946年–）が、「バランス正座チェア」を開発している。オフィスでのデスクワークで座る時間は長くなりつつある。この椅子が取り組んだのは、そうしたことから生じる身体的問題だった。1990年代には、ドナルド・チャドウィック（1936年–）とヴィリアム・スタンフ（1936–2006年）が、人間工学デザインの分野でひいでていた。ふたりがハ

1

2

3

1　コンパクトディスク（CD）とコンパクトディスク・プレーヤー。1983年の世界での発売を前に日本で1982年に先行販売された。

2　「アーロンチェア」（1992年）。「人間の身体構造のメタファ」としてデザインされており、直線はまったくない。

3　技術の粋を集めた「カーナ車椅子」（1989年）。Carnaは古代ローマの健康と生命力をつかさどる女神の名前である。

キーイベント

1980年	1981年	1983年	1984年	1985年	1986年
エルノー・ルービック（1944年–）が「ルービックキューブ」を発明。「年間最優秀玩具」の称号を獲得し、その後3年間販売数はピークに達した。	既成デザインに反発するメンフィスデザイン・グループがミラノで初の展示会を開催。	フィリップ・スタルク（1949年–）がフランス大統領フランソワ・ミッテラン公邸の内装をデザイン。	女優のジェーン・バーキンが飛行機内でバスケットの中味ををまきちらしてしまったあと、ジャン＝ルイ・デュマ（1938–2010年）がバーキンのためにエルメス「バーキン・バッグ」を制作。	マイケル・グレーヴズ（1934–2015年）が、アレッシ社のためにアール・デコに触発されたポストモダンな「バードケトル」(p.420) をデザイン。	IBMが市販品のノートパソコンを開発。富士フイルムが商業用途の使い捨てカメラを開発。

ーマンミラー社のために作った草分け的な有機的形態の「アーロンチェア」（図2）は、広範な研究と試行をしたうえに、専門的助言を受けてたどりついたデザインで、再生アルミニウムとポリエステルを材料にしていた。1980年代、1990年代とコンピュータ時代に突入すると、これまでと違うオフィスの座席やデスク、照明のデザインを作る必要が生じたのはもちろん、プロダクトデザイナーやグラフィックデザイナーが高度なプログラムを駆使して、従来なら手で描いたり作ったりしていた作業の一部を行なえるようになった。CAD/CAM（コンピュータ支援設計/コンピュータ支援製造）は、設計や製造に構想力をあたえる新たな可能性を切り拓いた。

パパネックの議論に触発されて、さらにデザインは環境や生態系への懸念にかんする問題にも取り組むべきだとする意識が広がった。『現実世界のためのデザイン』が出版されてまもなく、建築家でデザイナーのミシャ・ブラック（1910–77年）が、デザイナーの役割とは社会的利益のために力になることであって、ただ営利を求めて製品のデザインをすることではない、と論じはじめた。するといたるところで、デザインは社会を改善する強力な影響力をおよぼせるという認識が強まった。1980年代は、デザイナーがしだいに環境問題に関心をよせはじめて、再生可能な材料を使った製品をデザインしたりした。また消費者もますます環境問題に敏感になっていった。

それにくわえて日本のデザイナーが、多種多様な手ごろな価格の製品を作るようになった。しかもそのどれもが人間の五感のうち3つ以上に訴えるものだった。世界中のデザイナーが成功するつもりなら、こうしたデザインの問題と対決しなければならなかった。その解決策に「OXO（オクソー）」の製品のような家庭用品があった。OXOは1989年に産業技術者のサム・ファーバー（1924–2013年）によって創業された。ファーバーの妻は手に関節炎があり、キッチン用品をもちにくく痛みを感じることも多かった。そんな妻のために開発された「グッド・グリップス」（p.440）シリーズのOXO家庭用品では、持ち手のデザインと品質構成要素が重視された。持ち手はサントプレーン（柔らかく柔軟性のあるポリプロピレン・プラスチック、サントプレーンゴム）でできていた。すべらないのと同時に実用的で、人間工学的にすぐれており、使い心地がよかった。日本でもインダストリアルデザイナーの川崎和男（1949年–）が、1978年に交通事故で半身不随になったあと、個人的問題を解決するプロジェクトを進めている。川崎がデザインしたチタンとアルミニウムの軽量「Carna（カーナ）」車椅子（図3）は、使用者の必要に応じてフレームに付属部品を追加できた。

もうひとつのこの時期の問題を解決したデザインは、1986年にゼルコ・インダストリーズ（Zelco Industries）のためにドナルド・ブーティ・ジュニア（1956年–）がデザインした「ダブル・プラス計算機」である。人間工学にもとづいて扱いやすい形状をしており、大きなプラス・キーが特徴になっている。足し算はいちばんよく使われわれる機能なので、そのキーをすばやくタッチできるようにした工夫である。さまざまなタイプのマクラーレン・ベビーバギーも、同様に使いやすさを追求して開発された。原型モデルは1965年に航空エンジニアのオーウェン・フィンレー・マクラーレン（1907–78年）によって作られている。このシリーズには、アメリカでベストセラーになったベビーカーの「ソベリン」（1984年）、標準的な出入り口を通りぬけられるふたり用バギーの「デュエット」（1991年）などがある。

SH

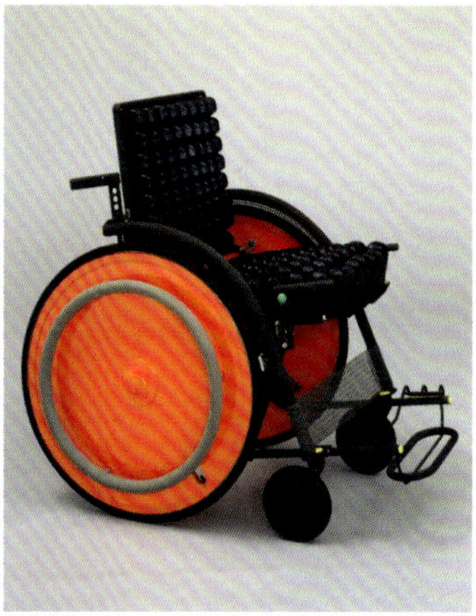

1988年

アンドルー・リッチー（1947年–）が1979年に最初の特許を申請したあと、「ブロンプトン」折りたたみ式自転車のフルタイム生産を開始。

1989年

デザイン・ミュージアムがロンドンのテムズ川の南岸に移転。改築の責任者はテレンス・コンラン（1931年–）だった。

1990年

インダストリアルデザイナーのロス・ラヴグローヴ（1958年–）が、ロンドンでスタジオXを開業。

1991年

トレヴァー・ベーリス（1937年–）が手まわし式発電ラジオを作る。このラジオはバッテリーや電気ではなく、人間の筋力を動力とする。

1993年

ジェームズ・ダイソン（1947年–）が、デュアルサイクロン掃除機、「DC01」（p.442）をイギリス市場に発売。

1994年

パソコンが普及して新たなフォントを作る必要性が生じる。マシュー・カーター（1937年–）が、低解像度でも視認性がよい「ヴァーダナ」を考案。

ブロンプトン折りたたみ自転車 1988年 Brompton Folding Bike

アンドルー・リッチー　1947年–

「ブロンプトン」自転車には1600万とおりを超える色と部品の組みあわせがあり、そのなかから乗る人のニーズに合った1台をオーダーできる。

折りたたみ式自転車の最高傑作と評されることが多いブロンプトンは、1988年にフルタイム生産がはじまって以来、大成功をおさめてきた。デザインしたアンドルー・リッチーは、アルミニウムの「ビッカートン」折りたたみ自転車（1971年）から発想を得ていた。彼は異なる金属を使い異なるたたみ方をすればもっと収納効率のよいデザインになり、また軽量の折りたたみ自転車をうまい具合にたたんで電車や車に積みこめれば、通勤客や郊外をサイクリングする人からの需要が伸びるのではないかと考えた。1975年、リッチーは友人10人を説得してそれぞれから少額の投資をとりつけると、ロンドンのアパートで1年をかけて折りたたみ自転車の試作品を作った。家からブロンプトン礼拝堂を臨めたので、その自転車を「ブロンプトン」とよぶことにした。最初の試作品は不満足なものだったが、それにもめげずさらに2とおりの試作品を作り、最終的にスチール製の自転車ができあがった。小型の車輪と下向きのハンドルをそなえ、車輪はヒンジで油がついたチェーンやチェーンホイール（鎖車）を隠す形で内向きに折りたたむ。この便利でコンパクトな折りたたみ機構がメーカー数社の興味を引いたが、最終的に製造にふみきった会社はなかった。このような自転車の市場はないと判断したからである。

リッチーは特許を申請するとブロンプトンを自分で製造しはじめた。最初に30台を作り販売した。その後数年間でそれ以上の数を作って売った。便利で軽量で頑丈な自転車は、10秒から20秒もあれば、折りたたみと組み立てが完了する。1986年にリッチーは、ネイム・オーディオ社の創業者、ジュリアン・ヴェレカーから個人的な出資を受けた。ヴェレカーは1982年にブロンプトンを購入していた。さらに友人や親戚、そのほかのブロンプトンの購入者から金額が集まり、1987年には設備の整った工場を開設できた。需要が生産能力を上まわったため、1994年と1998年に工場を拡張した。それからまもなく、ブロンプトンはイギリス最大の自転車メーカーにのしあがっていた。 SH

ナビゲーション

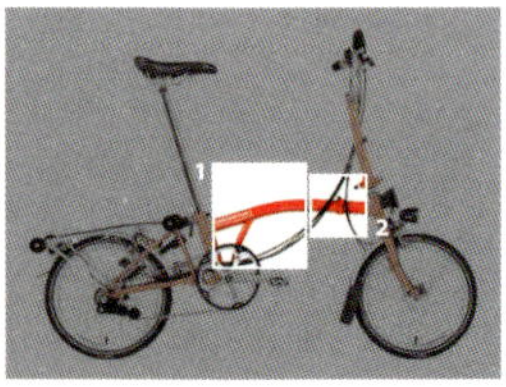

フォーカス

1　湾曲したフレーム
この自転車の初期モデルは大きく湾曲したフレームが特徴的だった。当時手に入った道具の限界で、カーヴをゆるやかにできなかったからである。その後のモデルは、改善された道具のおかげで、優雅なカーヴを描くようになった。

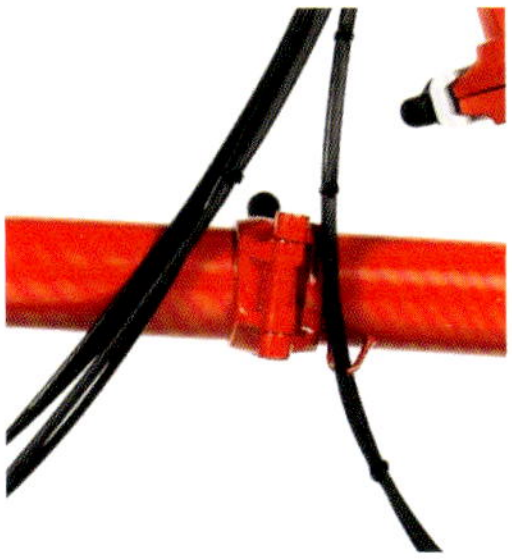

2　ヒンジ
自転車の構造はほとんど変わっていない。ヒンジつきの小ぶりなフレームと小サイズの車輪は、リッチーのオリジナルデザインそのままである。大きな蝶ナット型の金具2個でヒンジ2個を固定する。後三角と車輪がそのままフレームの下で180度回転する。

デザイナーのプロフィール

1947–75 年
1968年にアンドルー・リッチーはイングランドのケンブリッジ大学を卒業した。その後エリオット・オートメーションでコンピュータ・プログラマーとして働く。エリオットはのちに通信機器メーカーのマルコーニの傘下に入った。1970年代なかばに父親の紹介で、最初の真の折りたたみ自転車、「ビッカートン」のために資金を調達している人物に出会う。リッチーはビッカートンのデザインを改良しようと決心した。

1976–85 年
イギリスでは自転車市場が縮小していたが、リッチーは1年間試作品の制作に取り組んだ。人気の自転車メーカー、ラレーとのライセンス契約に失敗したあとに、30人を説得して前金250ポンドで自転車の注文をとった。その後50台を制作し、18カ月以内に完売した。

1986 年–現在
あちこちから資金を集めて、バレントフォードの鉄道高架橋下に工場を開き、1988年に生産を開始。事業は初めから利益が出ており、「ブロンプトン」は現在世界中の44カ国に輸出されている。

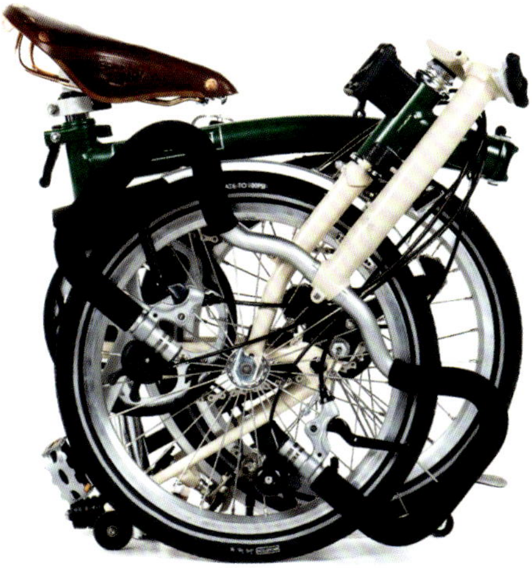

▲「ブロンプトン」のヒンジは前方にあるので、ハンドルを下に押しこめる。また後方のヒンジがつり下げの支点になり、ここでふたつに折れ曲がる。小さなキャスターがついており、折りたたんだ自転車を引いて運べる。

完璧主義

リッチーは完璧主義者で、1987年までは助手をひとりつけただけですべての折りたたみ自転車を自分で制作していた。現在も注文が殺到しているのにもかかわらず、「ブロンプトン」自転車の部品はたいていロンドンの工場内で作られていて、自転車は一つひとつ腕のよい職人の手でろう付けされている（右）。そのおかげでどの自転車も頑丈で目的に合う、ユニークな1台になる。ろう付工はブロンプトンで18カ月の訓練を受けており、自転車の部品には組み立て者のサインがスタンプされる。現在ブロンプトンは年間5万台の自転車を生産している。

グッド・グリップスのキッチン用品 1990年

Good Grips Hand Tools　ダヴィン・ストゥエル　1953年–

サントプレーン、ABSプラスチック、ステンレス。
（左から右）メジャースプーン、ビンオープナー、ピザカッター、カンオープナー、シンクストレーナー、ガーリックプレス、タテ型ピーラー、アイスクリームスクープ、トング。

ダヴィン・ストゥエルはほぼ独学でデザインを学び、1980年にニューヨークでスマートデザイン（Smart Design）社を立ち上げた。同社は以来、倫理的な公共事業への強い関心とともに、人間の体とデジタルとの組みあわせについての斬新な考え方でひろく知られている。1989年、ストゥエルにサム・ファーバーが接触してきた。ファーバーはインダストリアルデザイナーで家庭用キッチン用品会社の社主だったが、妻のベッツィが関節炎をわずらって、ふつうのキッチン用品の大部分をにぎれなくなっていた。野菜の皮むき器などは絶望的だった。ファーバーは引退したも同然の身分だったが、妻が苦しんでいるのを見て、スマートデザインと手を組んで解決策を探す気になった。このプロジェクトに参加したデザイナーのダン・フォルモサ（1953年–）は当時をこうふりかえる。「最初は、大きくしようと考えた。ある程度もつ方向と摩擦がある持ち手をね…アイディアはないか借用できないか、ひらめかないかと金物店でもスポーツ店でもどこでも行ったよ」。結論は人間工学にのっとった特大の黒いゴム製ハンドルになった。自転車のハンドルの持ち手そっくりだったが、鋭利な刃の近くに、指でにぎるとソフトに沈むグリップ部分をもうけた。使いやすいだけでなく、見た目にも美しい道具になった。野菜のピーラーは２種類作られた。ひとつは刃がギザギザで、もうひとつは刃が動くタテ型だった。

同様の工夫がキッチン用品全般に適用された。缶切りのように従来のデザインでは使いにくいような道具にかんしてはとくに力を入れた。先どり的なアイディアもあった。エッグセパレーティング・カップは中空になっており、卵を割ると黄身と白身が分けられた。また流し台の排水口のゴミ受けは、通常は洗うのがたいへんで汚くなりがちだが、管のつまりをなおす通水カップをもとに柔軟性のあるプラスチック製に作り変えて、裏返すとたまった生ゴミが落ちるようにした。「グッド・グリップス」シリーズの製品はふつうのキッチン用品より高かったが、市場ではすぐに好調な売れゆきを示した。これに気をよくしたファーバーと息子のジョンは、家族経営の会社にキッチン用品を作る新部門を設立した。シリーズを「OXO（オクソー）」と名づけたのは、前からも後ろからも読めたからという説がある。1992年にはOXOグッド・グリップス・シリーズが成功したためファーバーズはそれをゼネラルハウスウェアーズ社に売却した。その後もう一度親会社が変わったが、グッド・グリップスは現代のブランドにとどまっている。　AP

ナビゲーション

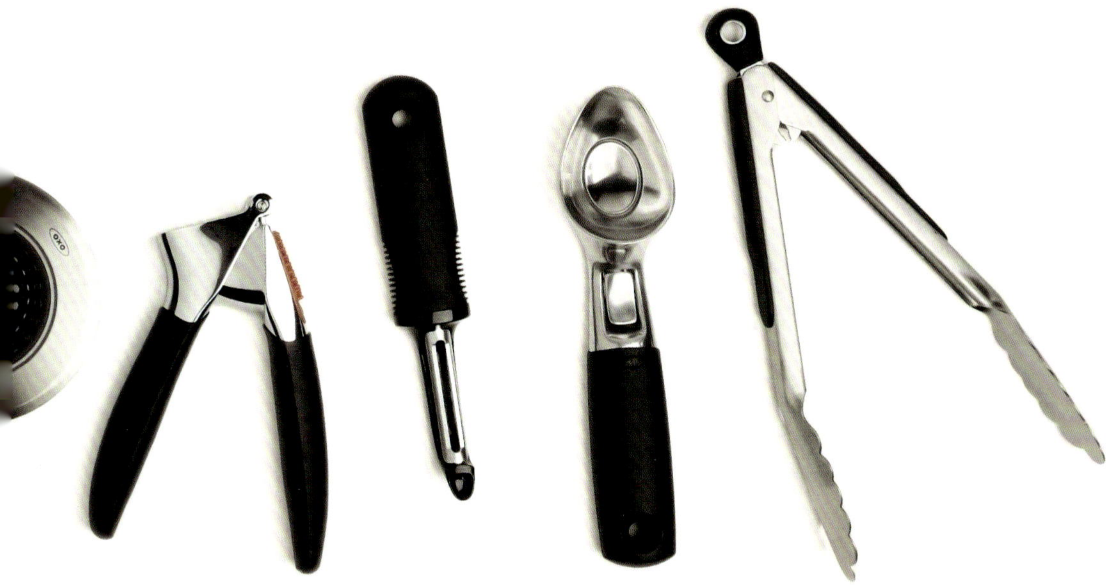

フォーカス

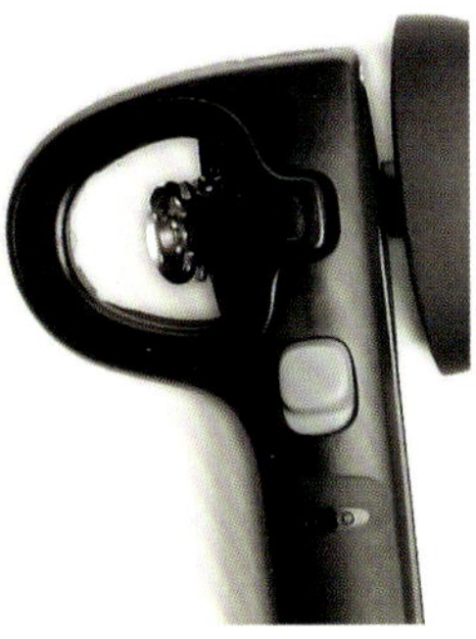

1　メカニズム

単純なバネの力で固定部分が缶の縁をはさみ、ノブをまわすと力がくわわって缶を回転させながら縁を切る。親指でロックボタンを押すと固定を解除できる。鋭い切断ホイールが歯車のついたアンダーホイールとかみあい、切れ味を高めている。実験では、左ききでもこのカンオープナーを同じように使うことができた。「グッド・グリップス」の製品は、すべて黒のみで作られている。

2　人間工学

ハンドルと同じく、回転させるノブは表面がすべらない立体樹脂でできている。ヒンジのついた締めつけ部分には下部に小さな磁石がついており、あいたフタをもちあげる。そのためこの缶切りは安全で使いやすい。また、切れているようすを上の穴から観察できる。グッド・グリップスのカンオープナーは、1992年に関節炎財団デザイン賞を獲得した。

キッチンの名品

有名デザイナーがキッチンに登場するようになったのは、1945年以降の現象である。そのためキッチン用品は芸術や工芸、プロダクトデザインとのあいだにあった障壁をのりこえて、「デザイン名品」の仲間入りをした。フィンランドのデザイナー、ティモ・サルパネヴァ（1926–2006年）の鋳鉄のキャセロール鍋（1959年）はその最たる例である。この鍋のチーク材のハンドルは鍋と蓋をもつ2とおりの使い方ができる。鍋はオーブンやコンロで調理したあと、そのままテーブルに置ける。

ダイソン・デュアルサイクロン™掃除機DC01 1993年

Dyson Dual Cyclone™ DC01　ジェームズ・ダイソン　1947年–

フォーカス

1　アタッチメント
　ダイソンが「DC01」で新しく考案したのは、掃除機本体に作った格納用のアタッチメントである。独自のアイディアではなかったがめずらしかった。アタッチメントは本体に合わせたグレーで、本体に簡単に固定できたので、掃除をするときの利便性が高まり、すぐ手が伸ばせるようになった。

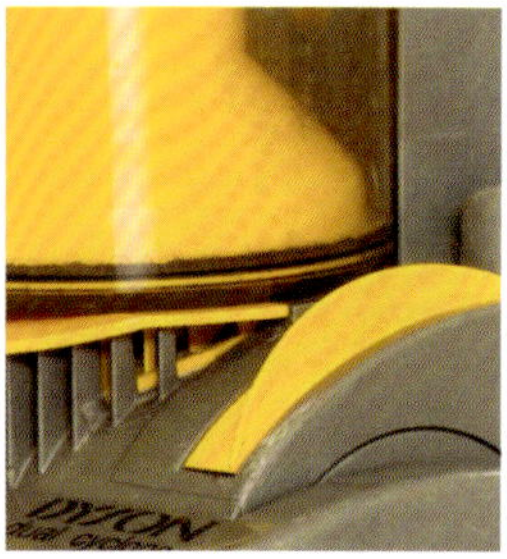

2　黄色
　ダイソンはピンク色の「Gフォース」のあと、DC01をよく目立つグレーと黄色のABCプラスチックで作った。掃除機本体はグレーで稼働部分は山吹色である。それ以上に意見が分かれたのは、透明なクリアビンで、従来の掃除機ではゴミは紙パックのなかで見えなかった。

ナビゲーション

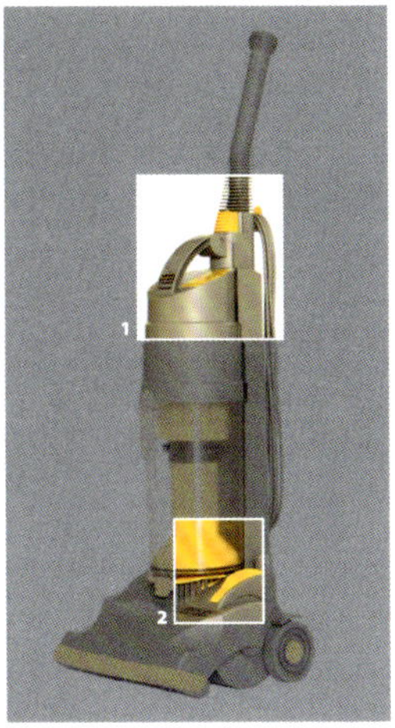

ABS樹脂、ポリカーボネート、ポリプロピレンを素材とするプラスチック。

1976年、イギリスの機械技師で発明家のジェームズ・ダイソンは、使っている掃除機の吸引力が弱まっているのに気づいた。なかを開けてみると、掃除機は多孔質紙パックの側面から空気を吸いこんでいるのがわかった。紙パックはすぐに目づまりするので吸引力がおとってしまう。それとほぼ同時期に、ダイソンは製材所を訪れて木くずを放出する装置を目にした。それに使われていたサイクロン集塵機は、巨大な円錐の周囲に空気の渦を作り、遠心力によっておがくずを空気から分離していた。ダイソンの考えでは、サイクロンのメカニズムを掃除機にくわえれば、紙パックは必要なくなり吸引力の低下は起こらなくなるはずだった。そこで自分の掃除機から紙パックを除き、そのかわりにダンボールのサイクロンを入れて試作品を作った。結果は上々だった。

ダイソンの革命的な紙パック不要の掃除機、「Gフォース」は、はじめ日本で発売された。その間ダイソンはライセンス契約を結ぶ相手をイギリスとアメリカで探そうと悪戦苦闘していた。製造業者は使い捨ての紙パックで巨大な利益を得ていたので、この製品に脅威を感じていた。だが1991年にGフォースが日本の国際産業見本市で受賞したので、ダイソンは賞金を投入してデュアルサイクロン掃除機を開発した。それが「DA001」だったが、翌年には初号機の改良バージョンの「DC01」が主力になった。市場調査は透明なクリアビンは不人気だろうと予想したが、ダイソンと開発チームは後戻りしなかった。1993年にイギリスで販売された直後から、DC01は好意をもって注目された。吸引効率と掃除機の独特なグレーと黄色の外観、ゴミをすてるタイミングが一目瞭然の透明なクリアビンは、すべて高評価だった。それから18カ月以内に、ダイソンはイギリス国内でもっとも売れる掃除機になっていた。

SH

デザイナーのプロフィール

1947–73年

ジェームズ・ダイソンはイングランドのノーフォークで生まれ、ロンドンのバイアム・ショー美術学校に通った。その後ロイヤル・カレッジ・オヴ・アートで家具とインテリアのデザインを学んだが、1966年から1970年まではデザイン工学に興味を転じた。

1974–84年

1974年、ダイソンは「ボールバロウ（Ballbarrow）」を発明した。これは園芸作業用の手押し車を改修したもので、車輪のかわりにボールを用いていた。それがBBC（英国放送協会）で特集され、革新的設計デザイン賞を受賞した。次はボールの車輪をつけたボートランチャー、「トロリーボール（Trolleyball）」を、さらには水陸両用の「ホイールボート（Wheelboat）」をデザインした。1978年、紙パック不要の掃除機のアイディアを思いつき、開発に5年をついやした。1983年に「Gフォース」が完成。その後2年間はライセンス製造をする業者を探した。

1985–95年

日本にGフォースを紹介すると、システム手帳の老舗ファイロファックスを輸入している会社が技術提携に応じた。1993年、ダイソン社を設立。本社は研究センターをかねており、ここでダイソンはさらに多くの掃除機を試作し、「DC01」の発売にこぎつけた。同年、デュアルサイクロンの「DC02」も発売。イギリスで2番目の販売数を記録した。

1996年–現在

1996年、殺菌効果がある特殊なエアフィルターを導入したDC02を発売。それ以降は革新的な新型掃除機を毎年作りだした。2002年からアメリカで発売を開始。2005年に発表したダイソン「DC15」は、従来型の車輪のかわりにボールボローのようなボール型車輪をつけていた。

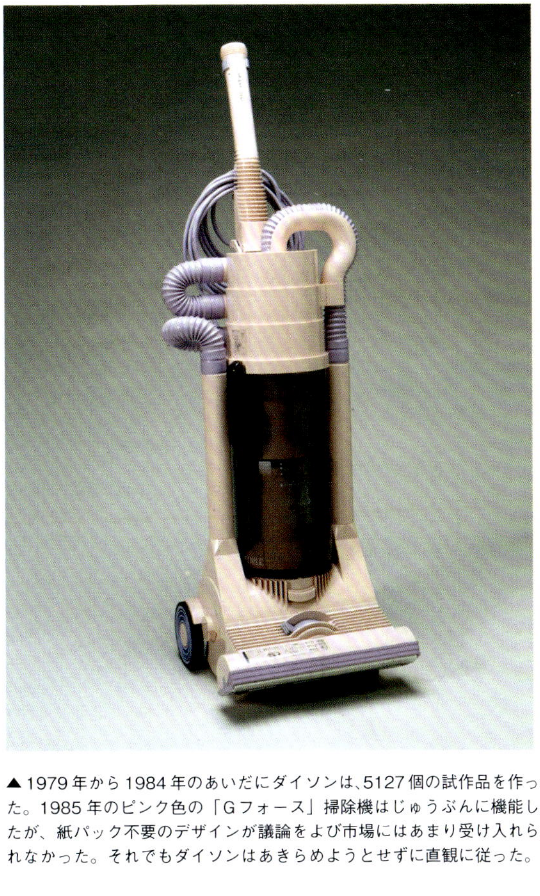

▲1979年から1984年のあいだにダイソンは、5127個の試作品を作った。1985年のピンク色の「Gフォース」掃除機はじゅうぶんに機能したが、紙パック不要のデザインが議論をよび市場にはあまり受け入れられなかった。それでもダイソンはあきらめようとせずに直観に従った。

ミニマリズム

1　ジョン・ポーソンがデザインしたロンドンの自宅（1997-99年）。キッチン・カウンターが、さえぎるものがなくガラスの壁をつき抜けて庭に続いているように見える。

2　無印良品の積み重ねができるポリプロピレン（PP）収納引出。コンパクトで場所をとらないので、さまざまな収納の問題のすぐれた解決策になる。

3　「スノー・チェスト」（1994年）。トーマス・サンデルがデザインした多用途家具シリーズのひとつ。

1970年代と1980年代のインテリアデザインで特徴的だったのは、ポストモダンの度がすぎた誇張とさまざまな時代様式のリヴァイヴァルで、ジョージアン（王朝）風、ヴィクトリア朝風、エドワード朝風の模様替えが人気の流行になった。1990年代になると振り子はモダニズムの基本原則に戻る。古典の模造品（パスティシュ）は姿を消し、20世紀初頭の急進的なデザイン運動があらためて評価された。ミニマリズムはほかのどの様式とも似ていたが、違いは衣装ケースにしゃれた服がほとんど入っていないのではなく、すべてすてられていることにあった。

よく引用される「少ないほうが豊かである（less is more）」という言葉は、ルートヴィヒ・ミース・ファン・デル・ローエ（1886-1969年）の名句で、ディーター・ラムス（1932年-）によって「より少ない、しかし、よりよい（less but better）」、さらにR・バックミンスター・フラー（1895-1983年）によって「少ないものでよりよい効果を（do more with less）」へと言い換えられ、デザインの長年変わらない思潮を刺激しつづけてきた。それはすなわち機能性を優先して、素材そのものを表現するために装飾をひかえる、という考え方である。ミニマリズムはそれより1歩進めて、空間や光、非物質性といった抽象概念を自由に使い、建築、インテリア、ファッション、家具の分野で高度に洗練されたデザインを実現した。

デザインでもとくにインテリアデザインにミニマリズムの傾向が現れたのが景気後退の時期で、金融引締めと下降市況が背景にあったのは偶然ではないだろう。表面的には事実上何もないインテリアは、コンシューマリズム（消費者主義）への妥協のない拒絶もしくはそれまで以上の世界的な沈滞ムードを反映しているようにも見えた。同様に日本の「無印良品」（図2）が店舗にならべ

キーイベント

1986年	1990年	1991年	1991年	1992年	1993年
日本のデザイナー、倉俣史朗が「ハウ・ハイ・ザ・ムーン」(p.446)をデザイン。ミニマルアートの椅子で、編みこんだスチールワイヤーのみを使用している。	フィリップ・スタルク(1949年-)がアレッシ社のために「レモンスクイーザー」(p.466)を考案。キッチン用品にミニマリズムのデザインをもたらした。	ワールド・ワイド・ウェブとインターネットの一般アクセスが開始。	日本の「ノーブランド」販売業者、無印良品がロンドンに初の海外店舗をオープン。	ポンド危機でポンドが急落。イギリスは欧州為替相場メカニズムを離脱せざるをえなくなり、不況がはじまる。	ジル・サンダーが旗艦店をパリでオープン。店舗のデザインはミニマリズムの建築家、マイケル・ガベリーニが手がけた。

ているような「ノーブランド」の商品や衣類が、ブランド設定の「付加価値」が疑わしく金をかける価値のない時代に、広告の必要性はないという事実を世につきつけた。それでも逆説的にミニマリズムは、すぐれたものであれば高くついた。多くの西洋諸国では、不動産が重要な投資の対象となりつつあり、資産価値が目減りした時期であったのにもかかわらず、家屋の価格が比較的高いことから空間にますます額面以上の値段がつけられるようになったのである。ミニマリズムは純然たる空間を、そして広々とした空間をたたえた。

ミニマリズムのインテリアで目をとめるものはあまりないので、表面や仕上がりはほぼ完璧でなければならなかった。従来の建築的特徴が撤去または廃止された場合はなおさらである。その好例が高度に洗練されたミニマリズムの空間によく使われている手法、「シャドウ・ギャップ」である。シャドウ・ギャップの壁には床と接する部分に幅木(はばき)はなく、漆喰が塗られている面は床面よりやや上にはめこまれた金属の細帯までになっている。この「特殊技術なしに見える」タイプの細部装飾は、やろうとするとむずかしくコストがかかるので有名である。その結果、こうしたほぼ何もない空間に置く家具や調度品は、観察眼に耐えるものではならなくなった。モダンデザインの代表的傑作の複製品をライセンス生産している会社、たとえばル・コルビジェ（1887-1965年）ソファの「LC4シェーズロング」（1928年、p.140）やミースの「バルセロナチェア」（1929年）が売上を伸ばしたのは、住居より現代の画廊に酷似した室内インテリアのなかで、美術品のように陳列するためにこうした椅子が選ばれたからである。この領域の手のとどきやすい側でも、ミニマリズムは影響力をおよぼしていた。たとえはトーマス・サンデル（1959年-）とヨーナス・ボリーン（1953年-）がデザインし、スウェーデンのアスプルンド社が製造した「スノー・チェスト」(Snow chest of drawers, 図3）が表現しているひかえめな美しさは、北欧のモダンデザインと切っても切れない人間の特質と結合している。このチェストはさまざまな収納家具の一部で、はっきりと「寝室」用の家具であると示すものは何もない。むしろひかえめながら機能を強調して、それ以外の多くの用途と状況に適応できる余地を残している。

当時もいまもミニマリズムで絶大な影響力をもつのは、イギリスの建築デザイナー、ジョン・ポーソン（1949年-）である。その静謐で清純なインテリア（図1）は、後年の多様な家庭用品とともに、彼のデザイン教育の骨格が形成された時期に負うところが大きい。ポーソンはその頃日本におり、建築家でデザイナーの倉俣史朗（1934-91年、p.446）と出会っていた。ポーソンの切れ目のない空間には、古の禅の「無」の思想がよく表れている。壁は純白の平面で、床には木材や石灰石(ライムストーン)が広がり、すべての日常生活の室内備品が、床から天井までのフラッシュ戸の収納戸棚に隠されている。この瞑想的な手法が認められて、ポーソンは多くの仕事をこなすことになる。顧客はマンハッタンのカルバン・クライン・コレクション・ストア（1993-95年）からチェコ、ボヘミアのノヴェー・ドヴォリ聖母修道院（Abbey of Our Lady of Nový Dvůr, 1999-2004年）まで多彩だった。そのほかの1990年代を画したインテリアには、アメリカの建築家、マイケル・ガベリーニ（1958年-）が作った店舗環境がある。ガベリーニはニコルファリ、サルヴァトーレ・フェラガモ、バーグドルフ・グッドマンの店舗にくわえて、グッゲンハイム美術館、クーパー・ヒューイットデザイン博物館のインテリアも手がけた。 EW

1994年	1995年	1995年	1997年	1998年	2000年
トーマス・サンデルとヨーナス・ボリンが「スノー・チェスト」をデザイン。シンプル化した新世代の北欧モダンデザインの好例となった。	大手小売業者のイケアが、サンデルなど有名デザイナーのデザインを特徴とする「PS」シリーズを発足。	ジョン・ポーソンがデザインしたカルバン・クライン・コレクション・ストアが、ニューヨーク市でオープン。	ポーソンがロンドンのノティングヒルにあるミニマリズムの住居、ポーソン邸の改装に着手。	ジャスパー・モリソン（1959年-）が「グローボール」照明シリーズをデザイン。照明の付属品を必要最低限まで減らした。	安積伸（1965年-）・朋子（1966年-）夫婦の「LEM（レム）カウンタースツール」が、デザイン専門誌FXの2000年国際インテリアデザイン賞を受賞。

「ハウ・ハイ・ザ・ムーン」チェア 1986年

'How High the Moon' Chair　**倉俣史朗　1934–91年**

フォーカス

1　典型的なフォルム

日本には座るための家具の伝統がなく、このデザインは肘かけ、背もたれ、シートといった、西洋のアームチェアの典型的なフォルムを示している。指定どおりにふくらませたメッシュの曲線は、クッション性のある座り心地を思わせる。

2　内部フレームは不使用

従来の椅子とは違い、この椅子は内部で支える構造体がない。スチールメッシュの素材は、フォルムを形成するとともに構造を構成しており、それ自体でデザインに全体的な強度と一貫性をもたらしている。

3　透明性

倉俣史朗は透明という概念を自在にあやつった。透明な物体は空間をふさいでいるがそこには存在しない。また重さを感じさせない外観で、浮遊感をかもしだす。ほとんど存在感のない椅子ほど、ミニマリズムのインテリアにふさわしい付属物はあるだろうか。

4　ワイヤー・メッシュ

この椅子は、ニッケルメッキをほどこしたスチールメッシュでできている。この素材は透明性を出すだけでなく、椅子をかすかに光らせて、非物質感を強めている。倉俣はよく工業製品としての美を感じさせる素材を使用した。

倉俣史朗の作品は一見すると、とりわけ日本の美学をその洗練されたミニマリズムに凝縮させているように見える。だが彼のデザインにはそれ以上に詩的な情熱が表現されている。倉俣の創造的な協力関係でことのほか実りが多かったのが、ポストモダンのエットーレ・ソットサス（1917-2007年）とのコンビだったのもうなずける。ソットサスは1980年代の末に、自分が主宰しミラノを拠点とするデザイナーと建築家のグループ、メンフィスのプロジェクトに参加しないか、と声をかけてきた。倉俣は日本を国際的デザイン地図にくわえた世代のひとりであり、実験的なミニマリズムのインテリアでもよく知られている。なかでも東京都内の寿司店と三宅一生のブティックが有名である。

倉俣は終始一貫して変わらず、軽さと透明性に魅入られていた。「透明な素材に惹かれるのは、透明は特定の場所に属していないのに、そのくせ存在してどこにでもあるからだ」。アクリル、ガラス、アルミニウム、スチールメッシュ。こうしたものが作品にくりかえし登場して、形状だけでなくデザインにこめられた意味を表現している。「ハウ・ハイ・ザ・ムーン」はニッケルメッキをほどこしたスチールメッシュだけで作られている。支える役目をする構造体はないので、金属の光の反射とともに、現実の物質ではないような印象をあたえる。倉俣のどのデザインもそうだが、細部までいきとどいた工芸技術は、日本のモノ作り伝統の多大な恩恵を受けている。この国では「芸術」と「工芸」の境界は定かではない。椅子のデザインの中心にあるのは、さまざまな緊張関係である。見た目のはかなさと鷹揚に受け入れるかのような曲線、そして堅固な印象と光と空気をたっぷりふくんだ素材とのあいだの緊張。座る気にさせないというよりはむしろ、ほんとうに座れるかどうか考えさせる椅子である。 EW

ナビゲーション

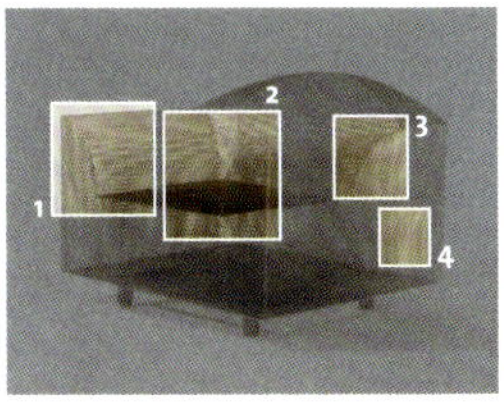

ニッケルメッキの穿孔亜鉛板とスチールメッシュ。
75 × 95.5 × 81.5 センチ

デザイナーのプロフィール

1934-65 年
倉俣史朗は東京で生まれた。高校で伝統的な木工技術を修養し、家具工場に就職。その後東京の桑沢デザイン研究所でインテリアデザインを学び、西洋のインテリアデザインの概念にふれて、その経験を積む。その後は東京のデパートの売り場とショーウィンドウのデザイナーとして仕事を続け、1965年にデザイン事務所を設立した。

1966-81 年
産業技術と透明性のある材料に興味をもつ。この時期の名作には、アクリル製のライト、ガラスのテーブルと椅子、背が高く蛇行するチェストなどがある。1981年に日本文化デザイン賞を受賞。

1982-89 年
1980年代にエットーレ・ソットサスとそのデザイン・グループ、メンフィスと共同制作を行なう。「ハウ・ハイ・ザ・ムーン」以外の名作に、コンクリート製の「キョウト」テーブル（1983年）、「ミス・ブランチ」チェア（1988年）、透明な花瓶（1989年）がある。ブティックや飲食店の内装も手がけたが、現存しているものはほとんどない。

1990-91 年
フランス政府から芸術文化勲章を受章。1991年にラプセル社の自立式のガラスの洗面台をデザインし、同年に56歳で急逝した。

▲倉俣のデザインの美の極致にあるのがこのアクリル製の椅子（1988年）である。映画『欲望という名の電車』（1947年）の登場人物、ブランチ・デュボアにちなんで「ミス・ブランチ」と命名された。椅子は複雑な手順で作られた。アクリルは固めるが透明性なままにしなければならない。花は汁がアクリルににじみださないようにして色を保たねばならなかった。

形態は楽しさに従う

1990年代初めの欧米の不況は短期間で終わり、北海油田や急速に発展するテクノロジー業界、好況にわく株と不動産の取引から、金が勢いよく経済機構に戻ってきた。西洋世界は以前より繁栄して楽しげに見えはじめた。また手をかける新たな不動産はたっぷりあった。こうした新たな繁栄を表現するために、遊び心や色、過剰な装飾がふたたび現れはじめた。

エットーレ・ソットサス（1917–2007年）とデザイン・グループのメンフィスは、1980年代初めにはやくもモダニズムの単色のかたくるしさから離れて、喜びを表現する道を切り拓いていた。またインダストリアルデザイナーが名声を高めて自身のブランドをもつようにもなった。消費者はデザイナーの人柄やユーモアに興味をもちはじめた。たとえばマリスカル・スタジオの「デュープレックス」スツール（図２）は、色違いの脚の上でツイストしているように見える。まるで千鳥足のダンサーが夢中になって踊り興じているかのようだ。同じく愉快なのが、喜多俊之（1942年–）の「ウィンクチェア」（図１）である。ミッキーマウスのような耳がついており、大胆な色をボンボンとならべて、さまざまに変形できる便利さを示している。面白さが追求されているのだ。ミュンヘンでは、インゴ・マウラー（1932年–、p.454）のようなデザイナーの大家が、もともとあったウィットに富んだ側面を解放した。マウラーの「鳥」シリーズは1992年に「ルーチェリーノ」テーブルライト（図３）とともにはじまった。これは羽をつけたハロゲン電球で、「バーズ、バーズ、バーズ」シャンデリアは、羽をつけた24個の電球が中央から空に向かってはばたいている。こうした照明にガチョウの羽をつけてもなんの役にも立たないが、それがツボなのである。自由な発想とどうしてもにじみでてしまうウィットから生まれ、感情に訴えかける物語をそえている。

イタリアのデザイナー、アキッレ・カスティリオーニ（1918–2002年）と兄のピエール・ジャコモ（1913–68年）は、1960年代からデザインにかならずふざけた要素を

1　喜多俊之がカッシーナ社のためにデザインした「ウィンクチェア」（1980年）。各部分用に色違いのカバーがあり、簡単に交換や洗濯ができる。それがまた作品の茶目っ気と楽しさになっている。

2　「デュープレックス」スツール（1980年）。このデザインでハビエル・マリスカル（1950年–）は、「最初に驚かせて次に魅了し、その後納得させる」戦術をまた適用している。

3　インゴ・マウラーのひねりのきいた「ルーチェリーノ」テーブルライト（1992年）。手作りのガチョウの羽の翼をつけている。

キーイベント

1986年	1987年	1992年	1993年	1996年	2002年
アンドレ・デュブルイユ（1951年–）が金属骨格の「スパインチェア」（p.450）を制作。鋼棒で形づくられた曲線が、ロココ様式の装飾を思わせる。	マシュー・ヒルトン（1957年–）が、３本脚の「アンテロープテーブル」（p.452）を個人からの注文でデザイン。	インゴ・マウラーが「鳥」シリーズを開始。「バーズ、バーズ、バーズ」「壁から７羽（Seven off the Wall）」、「小鳥の巣（Birdie's Nest）」「バーディズ・ブッシュ」などの作品がシリーズにくわわった。	ロン・アラッド（1951年–）が「弾性のあるスチール（のちにポリ塩化ビニール）で「本の虫（Bookworm）」本棚をデザイン。この壁面収納は曲がりくねった重力をものともしない曲線の上に本を整頓してならべる。	トム・ディクソン（1959年–）の「ジャック・ライト」は、照明、積み重ねられる椅子、彫刻的オブジェが一体化したもの。	カンパーナ兄弟が限定版の「バンケットチェア」をデザイン。さまざまな種類の動物、ワニ、パンダ、サメなどの多くのぬいぐるみで作られている。

入れていた。兄弟の考えでは、インダストリアルデザイン界は人生のちょっとした喜びの重要性に注目していない。たとえば1967年にフロス社のために制作した「スヌーピー」テーブルランプは、手もとの照明として役に立つと同時に、ふとほほえむ瞬間を作る。またこれもまたフロス社から出ている彼らの「タラクサカム（Taraxacum＝タンポポ）」ペンダント・ライト（1960年）も、タンポポの花に似せてデザインされており、時の流れと子どもの頃タンポポの綿毛を吹いたことを思わせる「余分な」物語を形にしている。タラクサカムに直接的な影響を受けたマルセル・ワンダース（1963年-）は、フロス社のために「ツェッペリン」ライト（2007年）をデザインした。これも同様に装飾的でストーリーのある作品である。ワンダースはカスティリオーニとメンフィス・グループにも触発されており、ドローグ・デザイン集団との早くからの共同制作で、「形態は楽しさに従う」美学の意味を明らかにした中心人物だった。「表面的なことと華々しさは、好むと好まざるとにかかわらず、真性の特質である」とワンダースはいう。同様にブラジルのカンパーナ兄弟（ウンベルト 1953年-とフェルナンド 1961年-）は、ふたりのポストモダン観を茶目っ気のある手法で進展させた。たとえばたくさんの動物のぬいぐるみをモチーフにしてシートにしたり、彼らの象徴的作品「スシチェア」（2002年）では、カラフルな細い布きれを放射状にならべたりしている。

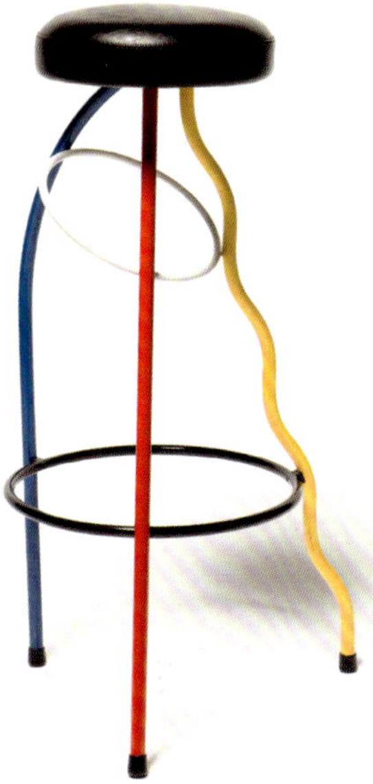

ロンドンのお洒落なスケッチ・レストランなど、レジャー空間も楽しさのためのデザインの主要分野になった。ここでは楽しみの追求があらゆるデザインを決定づけ、美術家考案のインテリア計画が半年ごとに進められる。2012年にマーティン・クリード（1968年-）が手がけたスケッチのダイニングルームは、類似点のないパターンと色、形が氾濫していて、どの素材も意外で目を楽しませた。2014年にはそのインテリアが一掃されて、インディア・マダヴィ（1962年-）のアーモンド菓子のようなピンクのダイニングルームに模様変えした。この部屋のソファは遊び心のある形のヴェルヴェット素材で、壁にはデヴィッド・シュリグリー（1968年-）の絵がかけられており、床にはファッションブランド、ミッソーニ風の模様のタイルが敷きつめられている。レトロなハリウッド・ピンクに古き良きハリウッドがこれでもかというくらい反映されて、赤褐色の金属棒やテーブルランプと穏やかに干渉しあい、クッション材がつまった長椅子の上のスチール・ランプの銀色によって相殺されている。

ただし、遊び心がとくにデザインの主流となったのは照明の市場だった。マウラーの鳥のテーマをさらに凝ったデザインにした、マチュー・シャリアーの「鳥カゴ（Volière）」は照明のシリーズものになっていて、2006年にコンランの店舗で売られていた。この照明は銅製の鳥カゴそっくりで、なかには色とりどりの羽をつけた鳥が仲よくならんでいる。そして電球から人の目をそらして魅了する役割を果たしている。「楽しい」作品の多くには、動物がくりかえし登場する。スキャベッティ社の野外展示「魚礁（Shoal）」（2007年）の磁器製の魚、ミケーレ・デ・ルッキ（1951年-）の「動物相（Fauna）」ライトのトンボもそうだ。デ・ルッキは自身の商標である「プロドゥツィオーネ・プリヴァータ（プライベート・プロダクション）」のために、「ブルネルリスカ（Brunellesca）」ペンダントライト（2015年）を制作した。フィレンツェのルネサンス期のドーム建築家にちなんだ名前をつけて、その構造を思わせるフレームにしたのは、純粋に面白いからである。木枠の下にはあとからつけたしたかのようにLEDがならんでいる。特注デザインはこのようにデザインがぜいたくになる風潮のなかに位置づけられる。そうなると高級感と豪華さ、1点物であることが重要な部分を占めることになろう。モダニズムが万人に機能的で手ごろな値段のデザインを供給するために大量生産を擁護したのに対して、こうした快楽主義的なデザインは、えてして高騰する価格でしか手に入らない限定版であることで制作意欲もかきたてられている。

JW

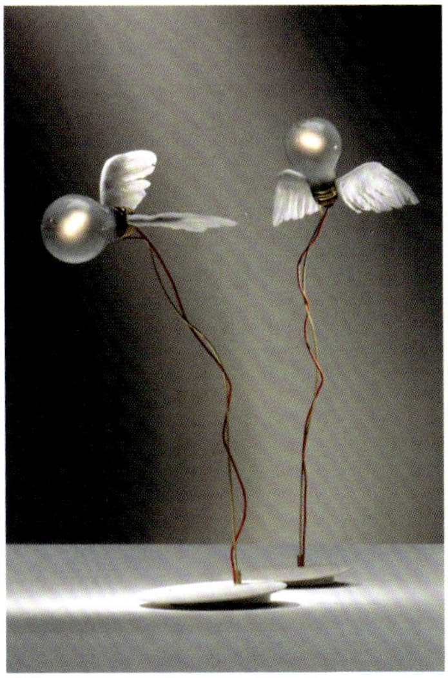

2009年	2007年	2012年	2014年	2015年	2015年
ミケーレ・デ・ルッキが「自然」シリーズのなかで、繊細に切りぬいた金属のトンボが特徴的な「動物相トンボ（Fauna Dragonfly）」ペンダントランプをデザイン。	マルセル・ワンダースがフロス社のために「ツェッペリン・ライト」をデザイン。1960年からアキッレ・カスティリオーニの「タラクサカム」ペンダントランプと同じ技術を用いる。	マーティン・クリードがロンドンのスケッチ・レストランのために新しいダイニングルームをデザイン。どれひとつとして調和するオブジェはなく、驚きの要素をとりいれた。	インディア・マダヴィがロンドンのスケッチ・レストランのために用意したインテリアが、ハリウッドの過剰な華々しさと色気をイメージさせる。	デザインスタジオ・アナグラマが、メキシコのモンテレー市文化芸術会議の要請でアーチ型の本棚をデザインし製作。	アナグラマがモンテレー近郊のキンド（Kindo）子ども服店で、巨大な迷路を完成。

スパインチェア　1986年　Spine Chair

アンドレ・デュブルイユ　1951年–

フォーカス

1　材質

スパイン（脊椎）チェアのシートは、金属の平らな支柱を下側に曲げて形成され、前の脚は小さな鋼板の上にのせられている。椅子のフレームは、断面が円形の鋼棒を手で曲げ、溶接して作られている。これはまちがいなく工場の製造品ではなく、工房の制作物である。

2　様式の引用

椅子の曲線は、バロック様式とロココ様式の家具の優雅なラインを彷彿させる。ただしこの椅子はレプリカではない。歴史的様式の特徴をとりこむことによって、独自の芸術的感性を作りあげているのだ。１点物ではないが、様式に興味をもつ者にとっては、自分の個性を表現する術になる。

アンドレ・デュブルイユは、デザイナーというより職人とよばれるのを好んでいる。作品の多くは、17、18世紀のバロック様式とロココ様式を出発点としている。それはフランスが卓抜したぜいたく品を生産して、ヨーロッパ中の最新のファッションを決していた時期だった。と同時に「スパインチェア」の溶接された金属の装飾的渦巻きは、1980年代なかばの特徴として歴史にきざまれるだろう。この頃はポストモダンにより、複数の様式や細部装飾を引用する背景が整っていたのである。

デュブルイユは溶接をトム・ディクソン（1959年-）から教わった。イギリス人のディクソンは独学でデザインを学んだ一匹狼で、初期の作品はおもに廃品を溶接して作られた家具ばかりだった。デュブルイユ自身も古美術商をしていた時期があった。歴史上重要な様式にこだわりつづけているのはそのせいだろう。軽くて繊細で、曲線が美しいスパインは、長時間座るのではなく、眺めて美しさを鑑賞する椅子である。背もたれからシートに続く優雅なラインには飾り文字のような趣がある。椅子はオブジェであるのと同じくらい絵画的でもある。このデザインはモダニストの金属フレームの家具とは違って、断面が円形の鋼棒で実現した曲線を賛美している。黒い塗料で仕上げて製造されたモデルもあるが、デザイナーのもともとの意向は、塗料を塗らないワックス仕上げだった。デュブルイユの作品にしてはめずらしく、スパインチェアはシリーズ化されて、今日も作られている。

EW

ナビゲーション

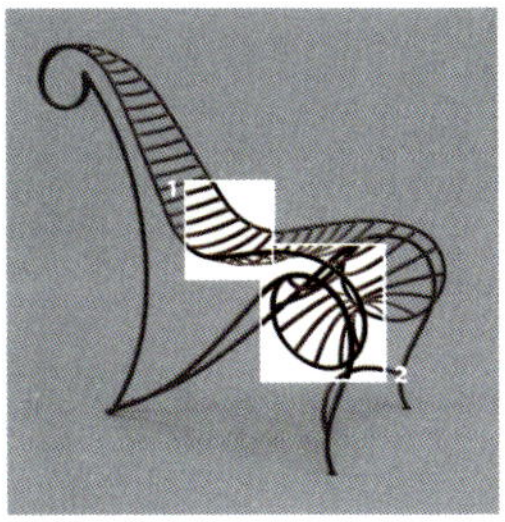

ワックス仕上げのスチール。
86 × 70.5 × 93 センチ

デザイナーのプロフィール

1951–87年

フランスのリヨンで生まれたデュブルイユは、幼少の頃から芸術に興味をもっていた。1967年、ロンドンに移り、インチボールド・スクール・オブデザインで学ぶ。初期の作品はアパートで最小限の道具を使って手作りされたもので、シャンデリア、壁とりつけ用や直置きの燭台などがあった。

1988年–現在

1988年、ロンドンに工房を開き、「アンドレ・デュブルイユ装飾美術（André Dubreuil Decorative Arts）」の名で商売を営む。作品にはスチール、銅、鉄を使用したが、陶磁器やガラスを組みこんだ作品も制作した。1996年に両親の屋敷を受け継いだ。それはドルドーニュの18世紀の城で、デュブルイユはその修復にとりかかった。2010年にはフランスに戻り、現在はこの城で工房の運用をしている。顧客にはシャネルやルイ・ヴィトンなどがいる。

パリスチェア

ワックス処理をした鋼板でできている3本脚の「パリスチェア」（1988年、上）には、デザイナーの偉大なる人格が吹きこまれている。アセチレン灯で作った装飾部分は動物の斑点に見えるために、ますます生命力とエネルギーを感じさせる作品になっている。デュブルイユは機械製造への反対を公言し、自分の作品の複製を作ることを嫌っている。レプリカを作るのを許されているデザインは、すべて手作りでふたつと同じものはない。

▲モダニストの金属製の家具は制作の痕跡を極力隠すが、それとは違い、この場所にはスチールにワックス仕上げした跡がそのまま残っている。

アンテロープテーブル 1987年 Antelope Table

マシュー・ヒルトン　1957年-

アルミニウム、シカモアの木材、
MDF。
高さ 71 センチ
直径 84 センチ

ナビゲーション

家具のデザインでの獣形使用には、古代文明のエジプト、ギリシア、ローマにさかのぼる長い伝統がある。神々が当然のごとく半獣人の姿をしていた時代は、玉座など権力の座に動物を描いたものがあるのが一般的だった。18世紀には、新古典主義の家具がこうした先例をとりいれ、かぎ爪足をつけたものも多かった。この慣例は、鋳鉄のバスタブを支えるかぎ爪足という形で今日まで残っている。マシュー・ヒルトンの「アンテロープテーブル」の芝居がかかった彫刻的なデザインは、こうした混成をさらにおしすすめている。このテーブルはもともと、個人の顧客のための1点物としてデザインされた。その顧客はヒルトンがデザインしたろうそく立てを見て、同じような雰囲気の家具の1品を作るよう注文してきたのだ。ヒルトンはデザインするにあたり、職人の技能と手作業の伝統に大量生産の技術を組みあわせた。使用された材料の対比と同じく、このことがデザインに面白い緊張と力強さをあたえている。アンテロープテーブルは、ヒルトンがデザイナーとして駆け出しだった時期のもので、彼が進歩的な家具会社SCPとデザイナーとして提携するようになるのはそれからまもなくだった。　EW

フォーカス

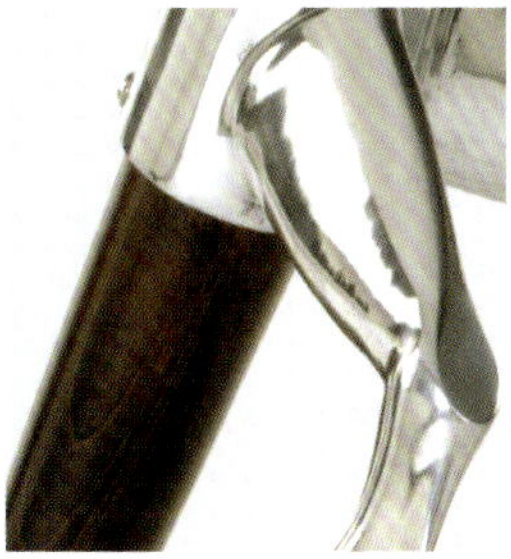

1　獣形使用のフォルム
テーブルの3本脚のうち2本はアンテロープの脚を細くしたもので、このデザインに躍動感と生き生きとした活力をあたえている。まるで部屋中を飛びまわろうとしているかのようだ。サイド・テーブルは家具のなかでも地味なほうだが、この芝居がかった彫刻的なデザインは人目を引く。

2　対照的な材料
この作品のドラマの一部は、使用されている材料の大胆な対比から生まれている。アンテロープの脚は砂型鋳造のアルミニウムでできている。ほかの支えになっている脚はシカモアの堅材である。天板は中質繊維板（MDF）で、わざと汚して研磨し木材の質感を出している。

デザイナーのプロフィール

1957–99年
マシュー・ヒルトンはイングランドのヘースティングズで生まれ、家具デザインの学位を取得して大学を卒業した。ファッションのポール・スミス社と照明のジョゼフ・プーア・ラ・メゾン（Joseph Pour La Maison）社の商品をデザインしたあと、製品デザイン会社キャパ（Capa）で働いた。1984年に独立してデザイン・スタジオを立ちあげ、イギリスの販売・製造会社SCPとの提携を開始。1986年にSCPはミラノでヒルトンの「ボー・シェルフ（Bow Shelf）」を発売し、これが生産ラインにのった第1号のデザインとなった。SCPはその後も彼の椅子やソファ、テーブルの生産と販売を続けた。

2000年–現在
2000年にヒルトン作品の回顧展がロンドンのジェフリー博物館で開かれた。同年、ハビタの家具デザイン・チームのリーダーになる。2005年に家具への尽力が認められて、ロイヤル・デザイナー・フォー・インダストリーに選定された。2007年、ポルトガルのデ・ラ・エスパダ社とのライセンス契約にもとづき、新たな事業、マシュー・ヒルトン有限会社を発足した。

▲「バルザックチェア（Balzac chair）」（1991年）は、SCPでこれまでの最高の売上を記録した椅子である。ブナ材のフレームにオーク材の脚、革の張り地のこの椅子は、昔ながらのクラブチェアを現代風に再現した作品である。ヒルトンは人が好む座り方を観察して、その結果奥行のある丸い形にした。

ハイブリッドno.1

ヒルトンと同じ茶目っ気のあるエネルギッシュさをそなえているのは、トルコの若手デザイナー、マルヴェ・カフラマン（1987年–）の作品である。カフラマンはトム・ディクソンとトート・ボーンチュ（1968年–）のデザイン工房で働いた経験がある。彼女の「ハイブリッドno.1」（上）は、シカの枝角が背もたれの上から生えており、「ハイブリッドno.2」はウサギの耳がついている。こうした椅子に座った者は自分まで半獣人になるというわけである。どちらも手作りだ。ハイブリッドno.1はシカの枝角にテクスチャー・ペイント［ざらざらとした触感を出すために砂などを混ぜた塗料］の仕上げをほどこしており、椅子張りの革に特殊な模様を彫って、シカの皮に似せている。ハイブリッドno.2のウサギは、クリーム色の革の張り地とクリーム色の塗料の仕上げで、女性らしさが感じられる。

ポルカ・ミゼーリア！ 1994年 Porca Miseria!

インゴ・マウラー 1932年–

フォーカス

1 動くナイフ・フォーク

「ポルカ・ミゼーリア！（なんてこった！）」は磁器の要素にくわえて、ナイフやフォークが飾られている。磁器より長く、細い形が光のなかできらめいて、動きを感じさせる外観をさらに拡大している。光が磁器の層をとおすと、白からクリーム色、淡い黄色から青、濃い影のグレーと、さまざまに変化する色彩が放たれる。

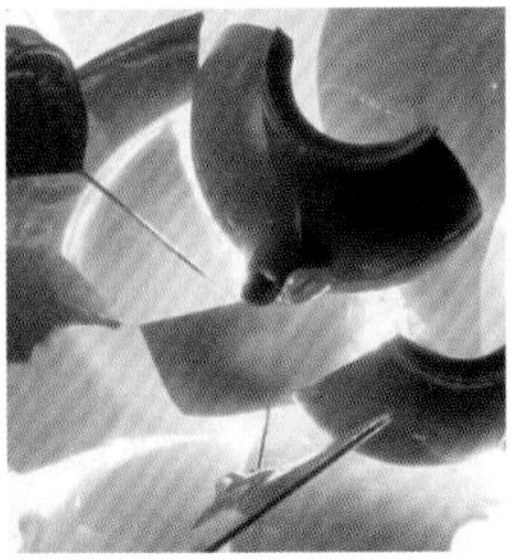

2 光の爆発

遠くから眺めると、半透明の磁器素材が光学的効果を生む。目にはただ影から現れた光の爆発ととらえられる。そういった意味では、これほど純粋なペンダントライトはいままでなかったろう。形がまったくないように見えるからである。

「ポルカ・ミゼーリア」というのはイタリア語のばちあたりな言葉で、偉大なるデザイナー、インゴ・マウラーはこのほかにも自分の照明に彼一流のユーモラスな名前を数多くつけている。当初マウラーはこのペンダント・ライトを「砂丘（Zabriskie Point）」とよんでいた。1970年、ミケランジェロ・アントニオーニ監督の同名の映画があり、そのラスト・シーンの劇的な爆発に触発されたからである。ところが1994年に限定公開の新作発表会にイタリア人の集団が現れてこの照明を見ると、目を丸くして「ポルカ・ミゼーリア」（「なんてこった」のような意味）とつぶやいた。モウラーはその言葉の響きを気に入って、即座に名前をとりいれた。

この照明は感情を表した作品である。イライラの瞬間、またはひょっとすると怒りの類いを魔術的な美しい方法で表現している。おびただしい数の上等な白磁器の皿をハンマーで割るか、手あたりしだいにただ床に落としていき、その後強い遠心力を発する竜巻のなかに、ひとつある電源から吹き飛ばされたかのように組み立ててゆく。この磁器の特質で、息をのむような半透明の輝きが光にくわわり、激しい爆発をとり囲む光になる。スチールケーブル２本でつり下げられている「ポルカ・ミゼーリア！」は、間接照明の光源というよりは光る彫刻だった。洗練された技術に裏打ちされた感情は、マウラーのデザインをつらぬく中心テーマである。この照明は壊れた、または粉砕された美しいもののジャンルに入り、照明に日本のわびさびを表現した究極の例といえるだろう。 JW

ナビゲーション

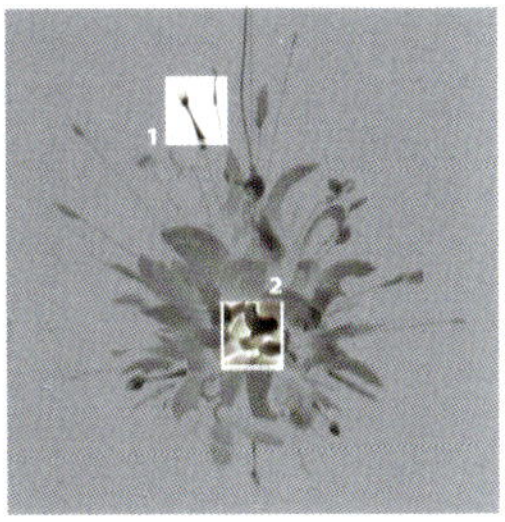

限定版の作品である。１個を作るのに４人がかりで５日間かかり、年間10個しか作られない。

デザイナーのプロフィール

1932–99 年

インゴ・マウラーは10代の頃に植字工に弟子入りし、その後ミュンヘンでグラフィックデザインを学んだ。デザインした照明を製造するために1963年に「デザインM」を創業し、1966年に「バルブ」を発売するとたちどころに傑作と認められた。そのほかの有名なデザインに、「ワン・フロム・ザ・ハート」（1989年）と翼をつけた電球の「ルーチェリーノ」（1992年）がある。

2000 年–現在

2002年にヴィトラデザイン・ミュージアムが「光の魔術師—インゴ・マウラー展」の移動展示をヨーロッパ全土と日本で行なった。もうひとつの展示会は、2007年にニューヨーク市のクーパー・ヒューイット国立デザイン博物館で企画された。マウラーは2011年にイタリア工業協会からすぐれた功績とキャリアに贈られるコンパッソ・ドーロ・アラ・キャリエーラ賞の栄誉に輝き、才能ある新たな人材を指導して内外で尊敬を集めている。

▲映画『砂丘』の最後の爆発のシーンでは、破壊されたものがスローモーションで飛びちり、ピンク・フロイドのハードロックが鳴り響く。皮肉なことにマウラーの破壊的爆発は、創造の夜明けのように見える。

LED の壁紙

マウラーはLEDテクノロジーを照明にいちはやくとりいれたデザイナーで、1990年代なかばからLEDに特有の美的効果とプリント基板の可能性を探っていた。2011年にマウラーらしい実験的精神を発揮して、LEDで照らす壁紙（右）で、照明器具から電球をとりはずして壁にとりつけた。この壁紙は白または緑の不織布のいずれかを選択して作られ、導伝路は閉鎖路として両面にプリントされている。その上には一面に白、赤、青のLEDがちらばっている。赤と青のダイオードは光の立方体を形成し、白のライトはその周囲に不規則にならべられている。光の強さを最大にすると、総消費電力は60ワットになる。マウラーとデザインチームが製造会社のアーキテクツ・ペーパーとともに３年間を開発についやしたこの製品は、2012年にエウロルーチェ（サローネ国際照明見本市）でインテリア・イノベーション賞を獲得した。

タイポグラフィーの脱構築

標準的なまとまった文字は機械のように完璧であたりさわりがなく、適正でさえあり迫力がないので、言葉がどこからともなく出現したかのように見える。書字のデザインは、不自然なまでに静かで慎重な配慮がある声をイメージさせる方向に進んできた。まるで言葉の背後にいるのが、過ちの多い人間ではなく、神に似た存在であるかのようである。

フランスの哲学者、ジャック・デリダ（1930-2004年）は、文字表現の脱構築を提案した。その根本にある構造をむき出しにして、それを読み、書き、考える人にいかに影響するかを明らかにするためである。この考えをとりいれたデザインの分野は建築だった。ただし、脱構築の第一の関心事が書字であるため、この原則が適用される分野は当然タイポグラフィー（書体の体裁、配列など）である。デリダはその可能性を1974年の実験的な著書『弔鐘』［鵜飼哲訳、『批評空間』II-15-III-3］で探っている。タイポグラファーがそれに取り組んだ方法はまちまちだった。

アメリカのグラフィックデザイナー、キャサリン・マッコイ（1945年-）と彼女がミシガン州のクランブルック美術アカデミーで教えていた学生は、哲学と芸術理論にもとづきかなり学術的な手法で、タイポグラフィーの慣習をふきとばす作品を制作した。彼らの創作物は、おもにアンレ・ホリの「タイポグラフィー・アズ・ディスコース（Typography As Discourse）」（1989年、p.458）のようなポスターで、その多く

キーイベント

1981年
ネヴィル・ブロディがイギリスのスタイル誌、フェイスのアートディレクターに就任。幅広い読者に過激な手法のタイポグラフィーデザインをとどける。

1984年
ズザーナ・リッコとルディ・バンダーランスがエミグレ活字制作所を設立。また同名の実験的デザイン誌を発行する。

1984年
アップル社がMacintosh（マッキントッシュ）コンピュータを発売。バンドルされているフォントとソフトウェアにより、出版のための作業をパソコンで行なうデスクトップ・パブリッシングが産声をあげる。

1985年
エドワード・フェラが商業デザイナーとしての仕事の合間をぬって、クランブルック美術アカデミーにかよう。

1985年
ジェフリー・キーディがカリフォルニア芸術大学でデザインを教えはじめる。

1988年
『ネヴィル・ブロディのグラフィック言語（The Graphic Language of Neville Brody）』が出版される。その時期にロンドンのヴィクトリア・アルバート博物館でブロディ作品の回顧展が行なわれる。

が難解で混沌として分散しており、複数のレイヤーの階層（ハイアラーキー）からなっている。文字と画像が通常にはない形で関連づけられているのは、タイポグラフィーの基本である左から右への直線性に挑戦して、読み手に読む過程を意識させようとしているからである。同学院の卒業生であるエドワード・フェラ（1938年–）は、当時一般的だった俗受けを狙った企業の美学をこばみ、あえて主観的な考えと不規則性をとりいれた作品を制作した。デトロイト・フォーカス画廊のために1987年から1990年のあいだに制作されたポスター（図2）がそうである。同様に同学院卒業生のジェフリー・キーディ（1957年–）は、デザインにあいまいさとでたらめさをくわえた。カリフォルニア芸術大学で学生の作品を掲載した「ファースト・フォワード」カタログのために制作したポスター（1993年、図1）がその好例である。

このような着想は、刺激がなく無個性で、ユーモアがないモダニズムの真面目な雰囲気を反映していた。つまりデザイン界は新たな着想や手法を受け入れやすい状態にあったのである。モダニズムの幾何学や材料、制作過程の宗教に近いこだわりは、人の人格や表現にかんする必要性といった、繊細な側面を無視しているような印象があった。モダニズム美学と機能主義の厳格さのみを認める質素なミニマリストの排他性は、うつろいゆく様式の一時的流行とささいな欠点を超越していると主張していたが、たんなる一様式にすぎないことをみずからが暴露し証明しつつあった。

タイポグラフィーではその結果、茶目っ気や感情の表出、なんでもありの実験といった、ポストモダン的な転換があった。これには20世紀初めにタイポグラフィーを革新した、ダダイズム、未来派、コンクリート・ポエトリー［文字や記号の絵画的配列で意図を表そうとする詩］に通じるものがある。エミグレ誌をデザインするにあたり、オランダ出身のルディ・バンダーランス（1955年–）とチェコ出身のズザーナ・リッコ（1960年–）は、創刊者ゆえの特権であらゆるルールを破ることが許された。そこで1ページの見開き広告で、ミスマッチな活字書体をさまざまな大きさで用いて1列にならべたりした。リコはエミグレのなかでは活字の読みやすさという、1世紀前の議論をはねのけて「いちばんよく読むものがいちばん読みやすい」とだけ主張した。伝統のしがらみから解放されたリコは、低解像度のコンピュータの環境から生まれた新しい活字書体を創作した。同様にアメリカのタイポグラファー、バリー・ディック（1962年–）は、「テンプレート・ゴシック」（1990、p.460）で、現実世界の不完全な言語を反映した活字を作ろうとした。

デスクトップ・コンピュータが利用可能になったのは、重要な進展だった。どんなデザイナーでも、それまでは不可能だった極端で創造的な方法でタイポグラフィーを作成できるようになったからである。一匹狼の雑誌デザイナー、フェイス誌のネヴィル・ブロディ（1957年–）やレイ・ガン誌（p.462）のデヴィッド・カーソン（1954年–）は、コンピュータと伝統的な手段を並行して用いて、手のこんだ創造的な制作手段をあみだし、ふたりの作品は1世代のデザイナーに影響をおよぼした。

近年、モダニズムと見まごうほどの整然としたページへの後退が起こっている。ある意味、脱構築されたタイポグラフィーは、その成功の犠牲者なのである。最新の時流にのった様式であるのは主流になるまでで、その後は時代遅れになってしまう。とはいっても、企業や組織が権威を感じさせる単一の中立的な声を伝えたいと望むのもむりはない。出所が定かでない、穏やかで抑制された声の居場所はそうしたところにあるのかもしれない。

TH

1　ジェフリー・キーディがシェリー・ステップとともにデザインしたカタログ「ファースト・フォーワード」（1993年）の見開きページ。デジタル技術を使用して活字書体をモーフィング［少しずつ変化させて別物にする］し、判別不能になっているものもある。

2　エドワード・フェラがデトロイト・フォーカス画廊のために作った「ニュー＝ボディズ（Nu-Bodies）」（1987年）のポスター。非常に個性的なタイポグラフィーの構成になっている。

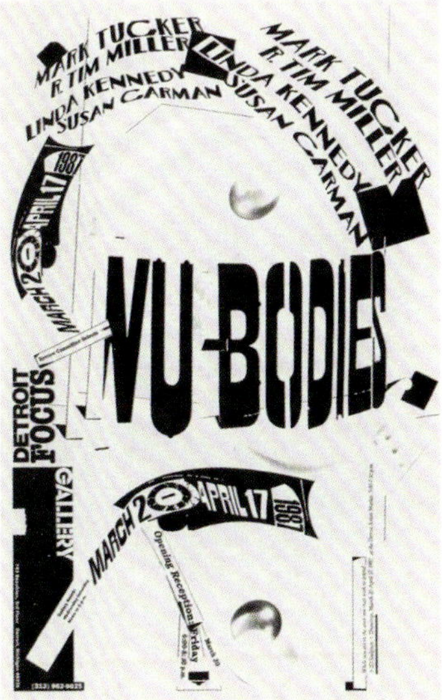

1988年	1989年	1990年	1991年	1991年	1992年
ニューヨーク近代美術館が反響をよんだ「脱構築主義の建築」展を開催。	アレン・ホリの「タイポグラフィ・アズ・ディスコース」ポスターは、ポスト構造主義の理論の影響を受けたグラフィックデザインの好例である。	アメリカのデザイナー、フィリップ・B・メッグズ（1942-2002年）が、ステップバイステップ・グラフィック誌のなかで、「タイポグラフィーの脱構築」のハウツーを指南。	キャサリンとマイケル（1944年–）のマッコイ夫妻が、1980年代の大学の作品集『クランブルックデザイン―新たなディスコース（Cranbrook Design: The New Discourse）』を出版。	アメリカのロック・グループ、ニルヴァーナがアルバム『ネヴァーマインド』を発売。俗悪趣味の美学を全世界のファンに披露する。	音楽誌レイ・ガンが出版される。このなかでアートディレクターのデヴィッド・カーソンが実験的な試みをする。

タイポグラフィー・アズ・ディスコース　1989年

Typography As Discourse　アレン・ホリ　1960年–

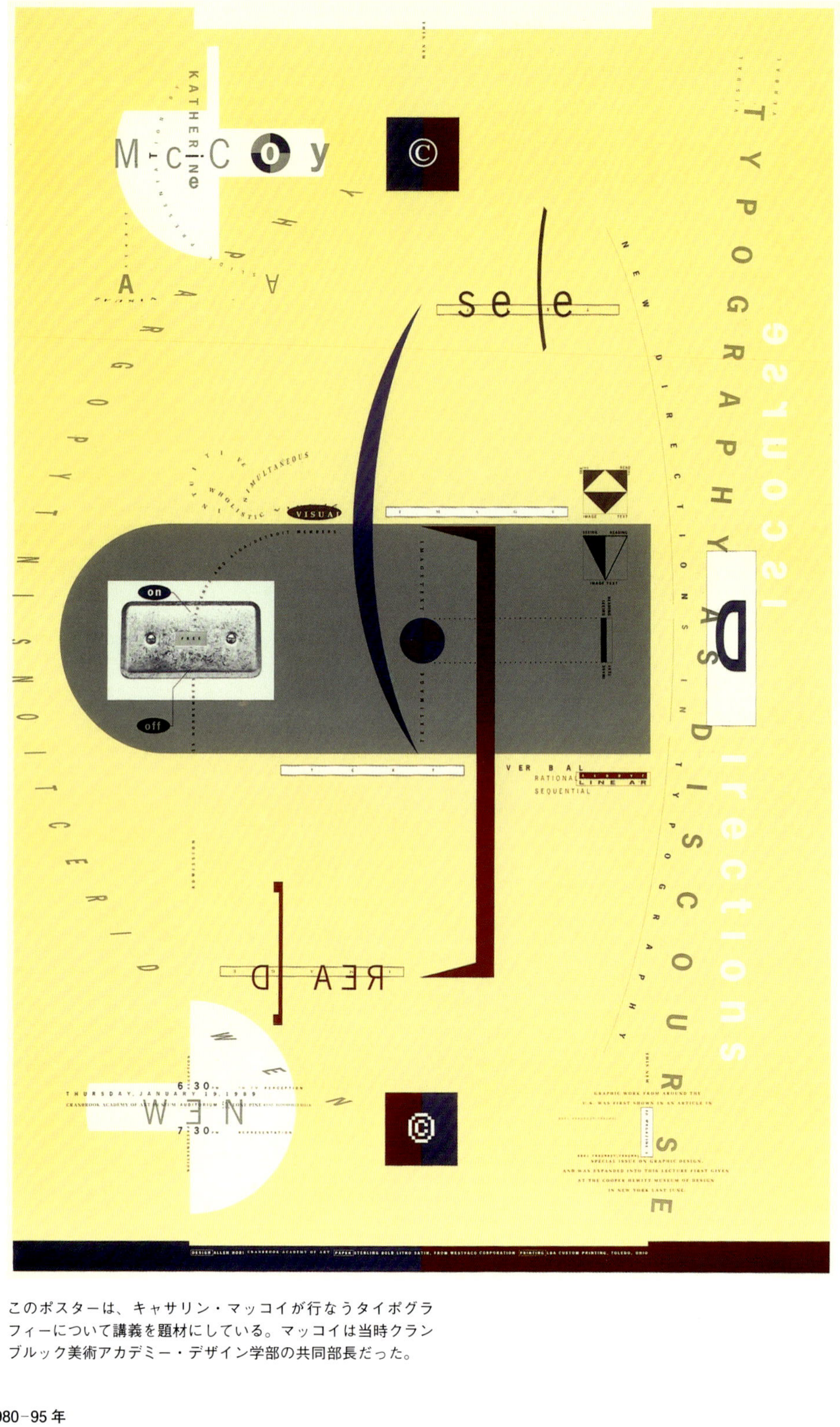

このポスターは、キャサリン・マッコイが行なうタイポグラフィーについて講義を題材にしている。マッコイは当時クランブルック美術アカデミー・デザイン学部の共同部長だった。

かつては「世界一危険なデザイン学校」と評されたが、ミシガン州のクランブルック美術アカデミーほどタイポグラフィーの脱解体の理念について研究した場所はなかった。元インダストリアルデザイナーのキャサリン・マッコイが指導するクランブルックの学生は、広範な学術的情報源を利用して、タイポグラフィーの慣例を原則から考えなおしてはどうかとの示唆を受けた。

アレン・ホリのポスターは、伝統的なページのグリッドと文字の優先順位を無視して、「タイポグラフィ・アズ・ディスコース（言表行為としてのタイポグラフィー）」を形で表現しようとした。通常の学生の小論とは違って、この作品には決まった読み方がひとつもない。言葉はさまざまな方向に流れ、あるいは派手に裏返り、カーヴを描いたり、小さくて繊細な縮小構図にまとめられたりしている。タイポグラフィーは会話に似ていて、強い声と弱い声、主と従のポイント、会話にすばやくはさまれる間投詞、つかえながらの言いなおし、明快になる瞬間があるのではないか、と訴えているのだ。

ひとりの批評家は公然とこの学校の制作物は醜悪だと決めつけた。とはいってもしょせんは学生の作品なのだから不当な評価だろう。それでもホリのポスターは優雅さと構成的なバランス、そしてまるで音楽のような遊び心をそなえており、この時期のクランブルックの途方もない創造性と知的な大胆さを表す象徴的な作品とされるようになった。　TH

ナビゲーション

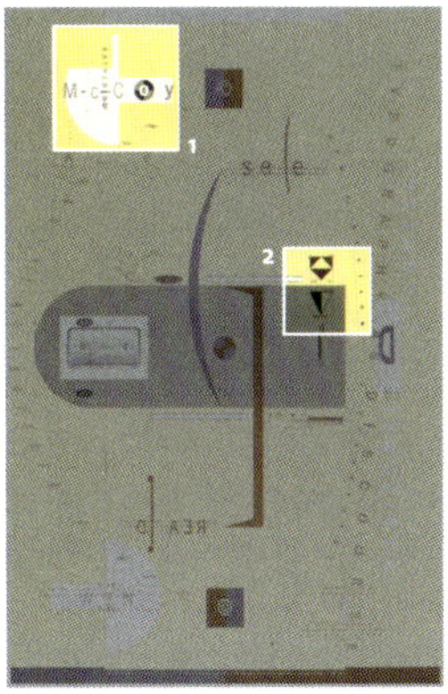

フォーカス

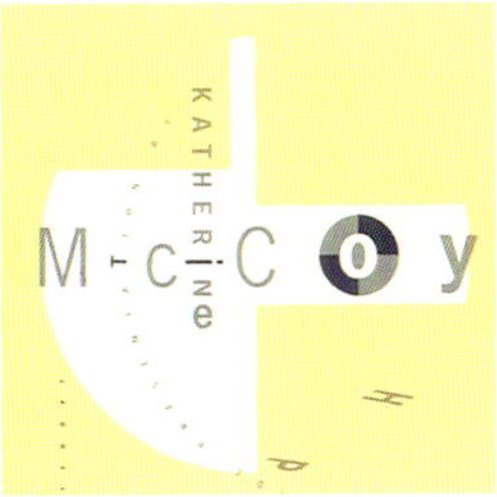

1　レイヤー
文字要素同志の優先順位は、可変的なレイヤーを順々に重ねるという斬新な手法で整理されている。最上位の情報をいちばん上のレイヤーに置き、読む者がとくに興味のある分野を探せる形にしている。

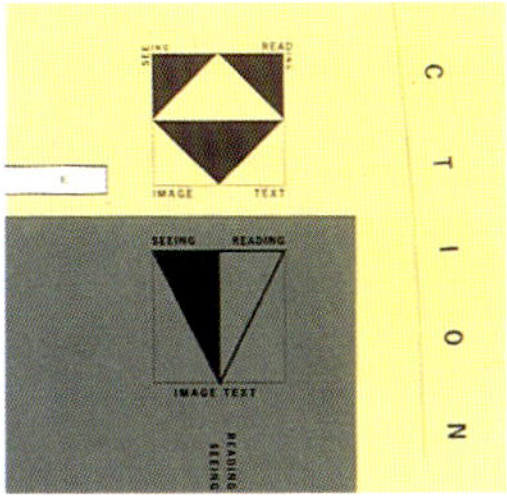

2　グラフィック
フランスのポスト構造主義理論の影響を受けて、クランブルックの中心概念は、読む者が作品と重大な体験をするように仕向けることに置かれていた。つまりその意味は作者の働きかけのみならず、読み手の作品との出会いを通じて構築されるのである。

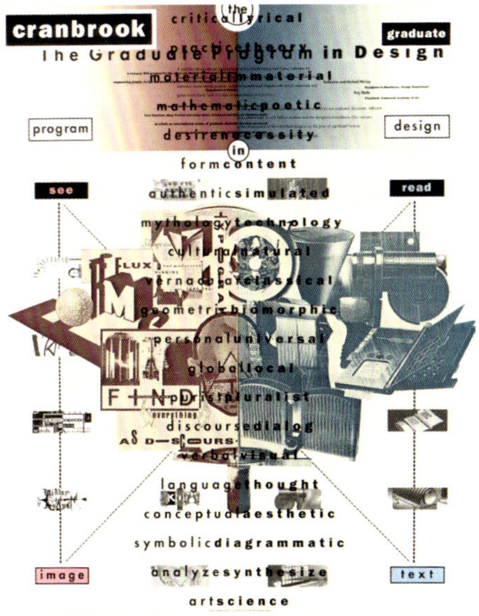

▲マッコイ自身によるポスター。クランブルックのデザイン学部のためのポスターで、1989年から使用された。ここに示されている構成にかんする多くのテーマは、学生の作品にも一貫して登場する。

MIT 視覚言語ワークショップ

1973年、著名なブックデザイナーのミュリエル・クーパー（1925–94年）は、コンピュータによるタイポグラフィーデザインの新たな可能性を探るために、マサチューセッツ工科大学視覚言語ワークショップを共同創設した。クーパーと学生は「情報景観（information landscape）」なるものを開発した。文字は画面上のバーチャルな3次元空間のなかに配置される。クランブルック美術アカデミーと同じく、目的は読み手と文字とのあいだに動的関係を築くことにあった。

テンプレート・ゴシック 1990年 Template Gothic

バリー・デック　1962年

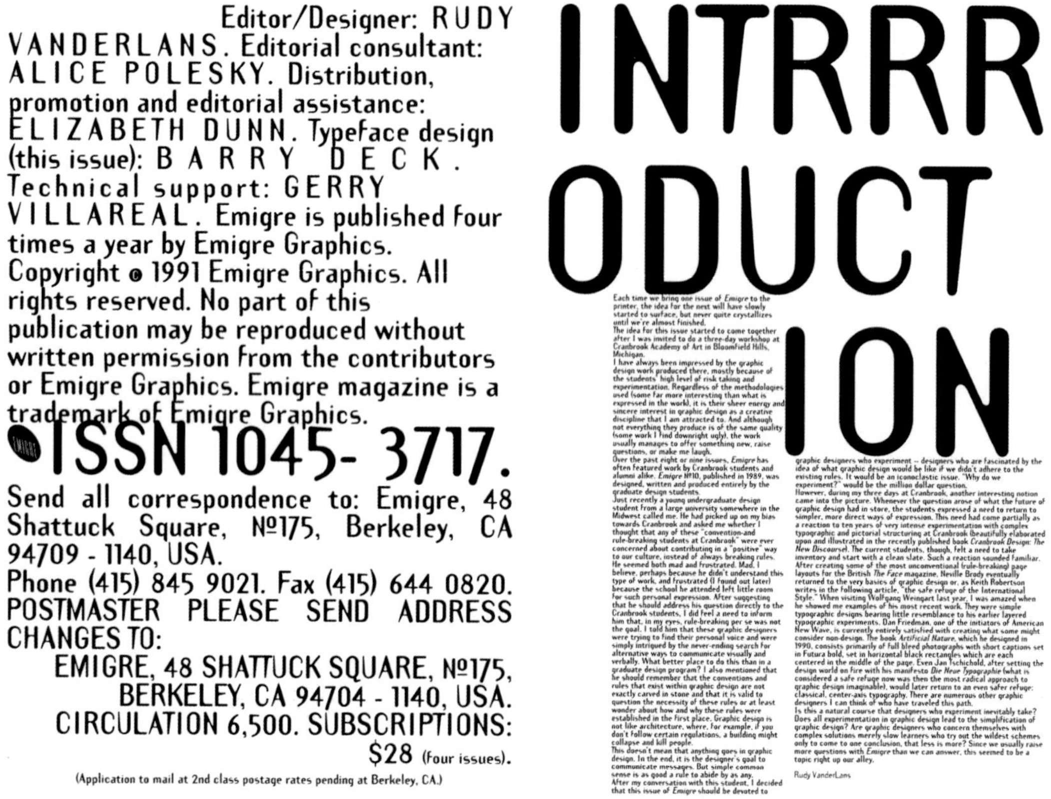

Editor/Designer: RUDY VANDERLANS. Editorial consultant: ALICE POLESKY. Distribution, promotion and editorial assistance: ELIZABETH DUNN. Typeface design (this issue): B A R R Y D E C K. Technical support: GERRY VILLAREAL. Emigre is published four times a year by Emigre Graphics. Copyright © 1991 Emigre Graphics. All rights reserved. No part of this publication may be reproduced without written permission from the contributors or Emigre Graphics. Emigre magazine is a trademark of Emigre Graphics.

ISSN 1045- 3717.

Send all correspondence to: Emigre, 48 Shattuck Square, №175, Berkeley, CA 94709 - 1140, USA.
Phone (415) 845 9021. Fax (415) 644 0820.
POSTMASTER PLEASE SEND ADDRESS CHANGES TO:
EMIGRE, 48 SHATTUCK SQUARE, №175, BERKELEY, CA 94704 - 1140, USA.
CIRCULATION 6,500. SUBSCRIPTIONS: $28 (four issues).

(Application to mail at 2nd class postage rates pending at Berkeley, CA.)

INTRRR ODUCT ION

Each time we bring one issue of *Emigre* to the printer, the idea for the next will have slowly started to surface, but never quite crystallizes until we're almost finished.
The idea for this issue started to come together after I was invited to do a three-day workshop at Cranbrook Academy of Art in Bloomfield Hills, Michigan.
I have always been impressed by the graphic design work produced there, mostly because of the students' high level of risk taking and experimentation. Regardless of the methodologies used (some far more interesting than what is expressed in the work), it is their sheer energy and sincere interest in graphic design as a creative discipline that I am attracted to. And although not everything they produce is of the same quality (some work I find downright ugly), the work usually manages to offer something new, raise questions, or make me laugh.
Over the past eight or nine issues, *Emigre* has often featured work by Cranbrook students and alumni alike. *Emigre* №10, published in 1989, was designed, written and produced entirely by the graduate design students.
Just recently a young undergraduate design student from a large university somewhere in the Midwest called me. He had picked up on my bias towards Cranbrook and asked me whether I thought that any of these "convention-and rule-breaking students at Cranbrook" were ever concerned about contributing in a "positive" way to our culture, instead of always breaking rules. He seemed both mad and frustrated. Mad, I believe, perhaps because he didn't understand this type of work, and frustrated (I found out later) because the school he attended left little room for such personal expression. After suggesting that he should address his question directly to the Cranbrook students, I did feel a need to inform him that, in my eyes, rule-breaking per se was not the goal. I told him that these graphic designers were trying to find their personal voice and were simply intrigued by the never-ending search for alternative ways to communicate visually and verbally. What better place to do this than in a graduate design program? I also mentioned that he should remember that the conventions and rules that exist within graphic design are not exactly carved in stone and that it is valid to question the necessity of these rules or at least wonder about how and why these rules were established in the first place. Graphic design is not like architecture, where, for example, if you don't follow certain regulations, a building might collapse and kill people.
This doesn't mean that anything goes in graphic design. In the end, it is the designer's goal to communicate messages. But simple common sense is as good a rule to abide by as any.
After my conversation with this student, I decided that this issue of *Emigre* should be devoted to graphic designers who experiment -- designers who are fascinated by the idea of what graphic design would be like if we didn't adhere to the existing rules. It would be an iconoclastic issue. "Why do we experiment?" would be the million dollar question.
However, during my three days at Cranbrook, another interesting notion came into the picture. Whenever the question arose of what the future of graphic design had in store, the students expressed a need to return to simpler, more direct ways of expression. This need had come partially as a reaction to ten years of very intense experimentation with complex typographic and pictorial structuring at Cranbrook (beautifully elaborated upon and illustrated in the recently published book *Cranbrook Design: The New Discourse*). The current students, though, felt a need to take inventory and start with a clean slate. Such a reaction sounded familiar.
After creating some of the most unconventional (rule-breaking) page layouts for the British *The Face* magazine, Neville Brody eventually returned to the very basics of graphic design or, as Keith Robertson writes in the following article, "the safe refuge of the International Style." When visiting Wolfgang Weingart last year, I was amazed when he showed me examples of his most recent work. They were simple typographic designs bearing little resemblance to his earlier layered typographic experiments. Dan Friedman, one of the initiators of American New Wave, is currently entirely satisfied with creating what some might consider non-design. The book *Artificial Nature*, which he designed in 1990, consists primarily of full bleed photographs with short captions set in Futura bold, set in horizontal black rectangles which are each centered in the middle of the page. Even Jan Tschichold, after setting the design world on fire with his manifesto *Die Neue Typographie* (what is considered a safe refuge now was then the most radical approach to graphic design imaginable), would later return to an even safer refuge: classical, center-axis typography. There are numerous other graphic designers I can think of who have traveled this path.
Is this a natural course that designers who experiment inevitably take? Does all experimentation in graphic design lead to the simplification of graphic design? Are graphic designers who concern themselves with complex solutions merely slow learners who try out the wildest schemes only to come to one conclusion, that less is more? Since we usually raise more questions with *Emigre* than we can answer, this seemed to be a topic right up our alley.

Rudy VanderLans

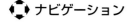

1991 年のエンパイア誌 19 号のレイアウト。「テンプレート・ゴシック」がとりあげられている。

フツーラ（p.146）、ヘルヴェティカ（p.276）、ユニヴァースといった近代の書体は、字体でもとくに字形という、字が意味をなす根源的なところまで削ぎおとす完璧さをめざして作られた。そうすることで、実質的に書体は見えなくなるというのがその主張だった。不必要とみなされる飾り書きや伝統的な書体のセリフ［文字の線の端につけられる飾り］のような装飾で濁らされることなく、字が伝える内容を一点の曇りもない鮮明さで示せているというのである。

バリー・デックは、「テンプレート・ゴシック」の書体でそれとは違うことを試みた。人間の意志伝達のあいまいさや混乱をとりこみ表現することによって、高尚なモダニズムの教義に真っ向から挑戦したのである。デックは完璧ではなく、現実の世界の不完全な言葉をより反映している書体を作ろうとした。彼はステンシルで雑に手作りされた古い看板を近くのコインランドリーで見つけて、そのおおざっぱな不完全さに惹かれた。テンプレート・ゴシックでデックはそういった素朴な魅力にくわえて、写真製版での複製を重ねて劣化した文字をデジタルフォントに再現しようとした。文が読まれるときに活字書体がおよぼしえるかすかな効果を理解して、自分自身の個性を表現する声のトーンをこめて活字を創作した。デックはこうしたタイポグラフィーでの表現にかんする理念を限界まで追求して、恐怖や逸脱、強情さといった特定の性格をそれぞれ書体に吹きこもうとまでした。

テンプレート・ゴシックはそれから俗悪趣味を象徴する書体となり、しばらくしてやっとニューヨーク近代美術館の2011年建築デザインコレクションにくわえられて、まともなデザインの基準の仲間入りをした。カナダの哲学者、マーシャル・マクルーハン（1911–80年）が覚えやすい簡潔な言葉でいうように、「媒体はメッセージである」のだ。雑に描いた店の看板であろうと、専門家がデザインしたモダニズムの書体であろうと、内容だけでなく形も意味を伝えるのである。　TH

ナビゲーション

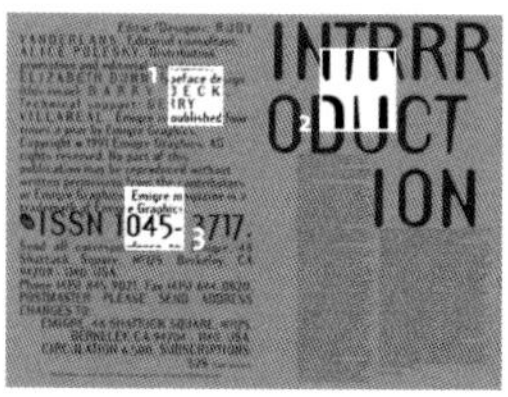

フォーカス

1　字体

「テンプレート・ゴシック」には、専門家のデザインによる書体と区別される変わった特徴がいろいろあり、それが素朴でしゃちこばっていない印象をあたえている。バランスの悪い形状、一定していない字体、おかしな風に先細りしている描線、斜めに切り落とされたセリフ、全体的な奇妙さが、モダニズムのライバルとの違いをきわだたせている。

2　さまざまな終点

字の終わり方には大きなバラツキがある。太線や細線、ときには先細りや丸い形、あるいは斜めに切り落とされた独特なセリフで終わっていたりする。それと同じくらい奇妙なのが描線の太さで、たいていの書体デザイナーをぞっとさせるような変化の仕方をしている。

3　線の太さ

手書き文字の素朴な魅力とならんで、デックが世に示したかったのは、写真製版のコピーを重ねたときの視覚効果の面白さである。線は過度に膨張するか縮小して輪郭がぼやけ、いかにも気まぐれな角度で切りとられている。

▲「テンプレート・ゴシック」は 1991 年にエンパイア・フォンツ社から公開され、エンパイア誌第 19 号の表紙から中味のレイアウトまで全誌面で扱われたあと、人気を博した。

ジョナサン・バーンブルックとバスタード

イギリスの書体デザイナー、ジョナサン・バーンブルック（1966年–）もディックと同じく、タイポグラフィの慣習に敬意をはらう気がないのがよくわかる。バーンブルックは書体の創作で、根本的に異なる歴史的様式を結合して、意表をつく新しい形を出現させている。1990年に公開された「バスタード」（右）では、中世の筆記体活字の「バスターダ（変格体）」をコンピュータ時代に復活させようとした。そこで書体にやや荒削りな印象をくわえるためのモジュール・キットを開発すると、大文字は驚くほど大胆かつ完璧に幾何学的な曲線になり、小文字はつけペンのゴシック筆記体書体を再現する形になった。

レイ・ガン誌 1992-2000年 Ray Gun

デヴィッド・カーソン 1954年–

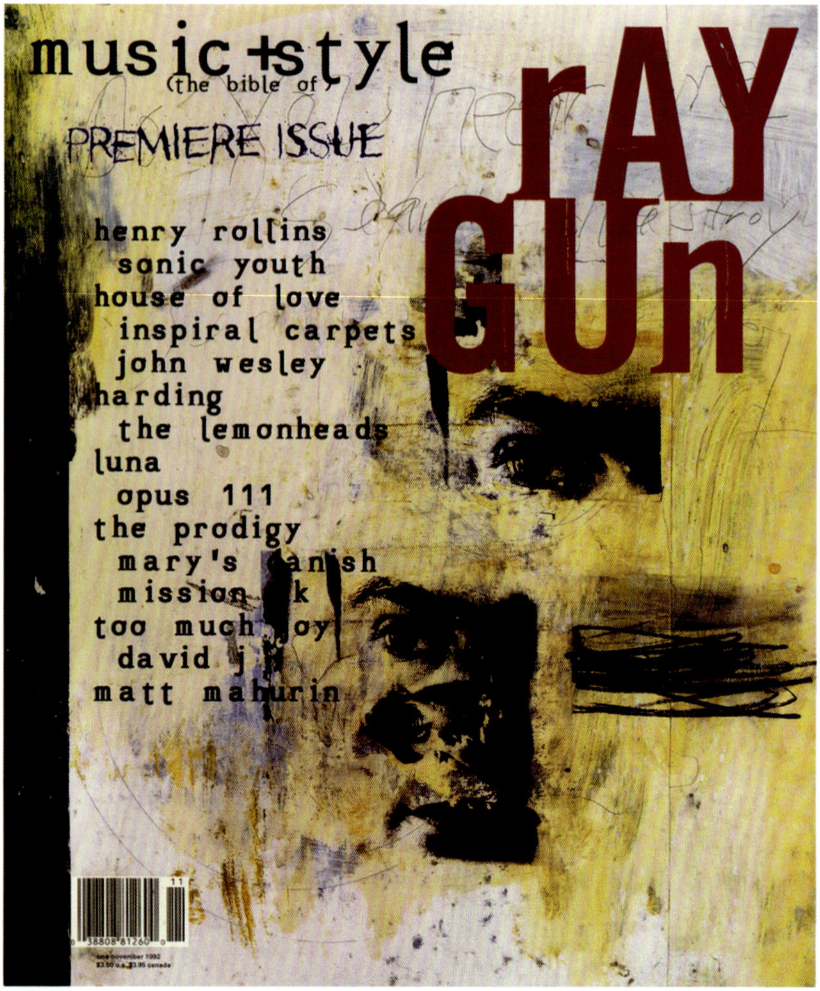

1992年11月に発売されたレイ・ガン誌創刊号。アメリカの歌手ヘンリー・ローリンズ（1961年–）が表紙になっている。

ナビゲーション

デヴィッド・カーソンは、まるでタイポグラフィデザインのロックスターのようだ。彼は何百もの賞を授与され、国際的にマスコミにとりあげられた。講演会場には人がつめかけ、執筆したデビュー作はベストセラーになった。同世代のデザイナーへの彼の影響ははかりしれない。プロ顔負けのサーファーでもあるカーソンは、サーフィンやスケートボードの雑誌でクラフトデザインを学んだ。おそらくこのことが彼のデザインに対する姿勢を決定づけ、1990年代はじめの自由奔放で俗悪趣味の美観を作りだす原因となったのだろう。彼の気どらない目線にくわえて正式な訓練を受けていないことが、実験的な試みに自由に飛びこんでいく精神を育んだのである。

1992年、カーソンは音楽雑誌レイ・ガンの創刊を手伝った。アートディレクターの監視がないため、自由気ままに雑誌のデザインを徹底的に作り替えた。文字どおり雑誌作りの融通のなさがその対象になることもあった。たとえば1号の冊子が途中のページからはじまり、それぞれ逆方向に進むといったありさまである。遊び心満載で、エネルギーと創意にあふれるカーソンのデザインは背景に引っこむどころか、つねに注目とより多くの読者を求めていた。

カーソンは、クランブルック美術アカデミーの学生が追求したページデザインとまったく逆の、学問的でない手法をとった。とはいえ結局は、まったく似たようなやり方で慣例やしきたりに挑戦することになるのだが。自分の直観にしたがい、自身を表現し、ただひたすら楽しむ。カーソンはこれまでにないやり方でタイポグラフィーに肉声と特色をあたえたのである。 TH

フォーカス

1　混在する書体
まるで違う書体が自由奔放に混ざりあっていて、前世代のパンク的な美観をよび起こさせるが、この場合は多少抑え気味だ。描線の太さは均一にそろえられていて、流れるようだが限定的なベースラインが、選んだ書体や文字間に独創性が生まれる余地をあたえている。

2　ロゴ
通常なら面白味のない、一般的なサンセリフ体［セリフ＝文字のひげ飾り、サンセリフはこのセリフがない書体のこと］が、カーソンによって多少手がくわえられ、生き生きしたダイナミックな構成になっている。文字の結合や大文字と小文字の混在、ひと文字にひとつだけくわえられたセリフ、中央線をはずした配列がすべて相乗効果となって、最終的に非常に特徴的なロゴを形成している。

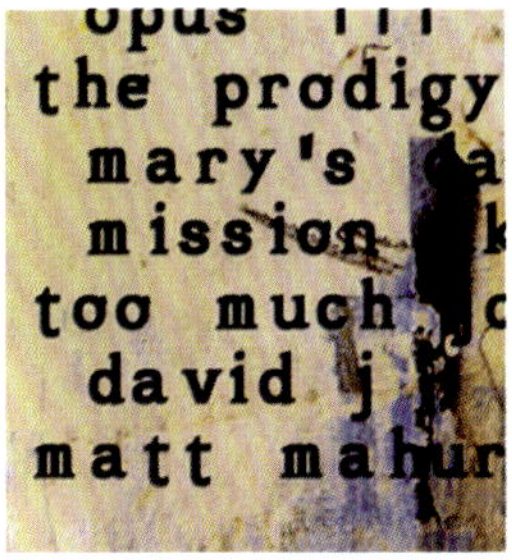

3　インデント
気まぐれなインデント（字下げ）のせいで、おかしなスペースで印字されたようになっているが、これが個性的な美を作りだしている。暗いイラストの上に重ねてところどころ文字を読みにくくしているのは、タイポグラフィの読みやすさという神聖な義務にあえて挑戦し、読者に対しても表紙を解釈するのに本腰を入れる必要性を求めている。

デザイナーのプロフィール

1954–79年
デヴィッド・カーソンは、テキサス州コーパス・クリスティで生まれた。サンディエゴ州立大学社会学科を卒業後プロのサーファーになり、世界第9位にランキングしたこともあったという。

1980–87年
アリゾナ大学での2週間のグラフィックコースに参加。1982–87年まで、カリフォルニア州サンディエゴの高校で教鞭をとる。オレゴン州とスイスで短期のグラフィックデザインコースを履修したあと、スケートボードやスノーボードの雑誌のデザインの仕事を見つける。

1988–91年
カーソンのデザインの才能は、サーフィンの季刊誌ビーチ・カルチャーで開花した。カーソンは6号分のアートディレクターをつとめて、革新的なスタイルでデザインの出版界に注目され、150以上ものデザイン賞を受賞した。それから2年でサーファー誌に移った。

1992–99年
出版業者のマーヴィン・スコット・ジャレットとともにレイ・ガン誌を創刊。グラフィックデザイン界以外でも認められるようになり、ニューヨークタイムズ紙やニューズウィーク紙でもとりあげられた。1995年、カーソンはレイ・ガンから手を引き、ニューヨークにアトリエ、デヴィッド・カーソン・デザインを立ち上げた。彼の反骨精神を反映するカウンターカルチャー的な美的センスは、ナイキ、リーバイス、ペプシといった企業クライアントの心もつかんだ。作品集『印刷の終焉（The End of Print）』（1995年）は、グラフィックデザインの本としては異例の20万部以上の売り上げとなったという。

2000年–現在
サウスカロライナ州チャールストンに居を移し、2011年にメディア理論のマーシャル・マクルーハンの著作を実験的に解釈した『精査の本（The Book of Probes）』を出版した。ニューヨークのアトリエで、大口クライアントのためにフリーランスのクリエイティブ・ディレクターとして活動を続けている。

◀カーソンは、ミュージシャンのブライアン・フェリー（1945年–）とのインタビューがあまりにも平凡だったので、1994年11月号のレイ・ガン誌21号に、「ザプフ・ディンバット（Zapf Dingbat）」のみで作った記事を掲載した（左）。この書体はグラフィック・シンボル（絵記号）だけで構成されている。これはおそらくタイポグラフィの脱構築の究極の反骨精神行動の表れで、理論的には、1字1字を通常の字体に変換することによって、英語に翻訳することができた。

デザイナーのスーパースター

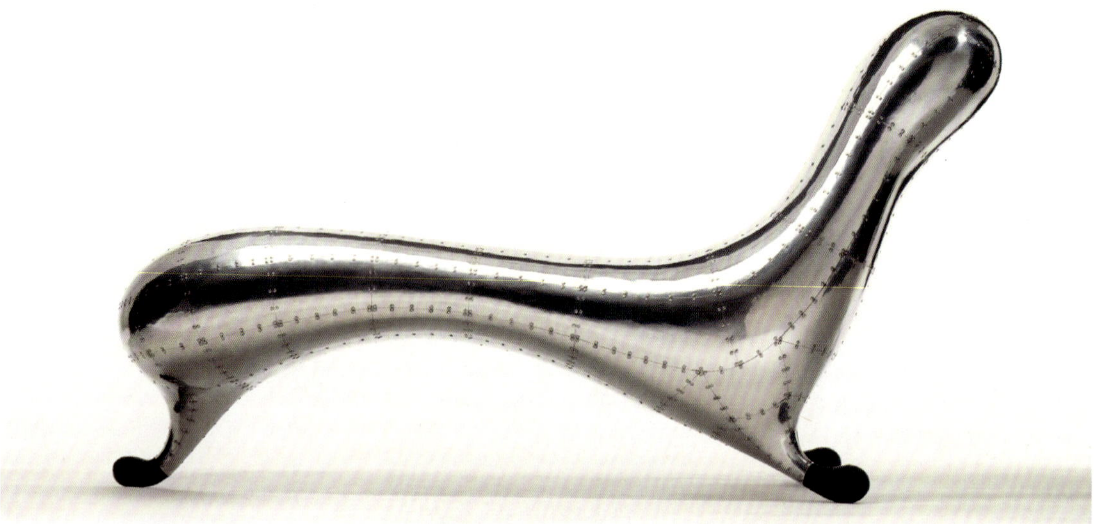

1990年代にはメディア通の華々しいデザイナーが、みずからのブランドで次々とスーパースターになっていった。フランスのデザイナーで型破りな人物、フィリップ・スタルク（1949年–、p.466）はそのなかでもとくに突出している。レーモンド・ローウィ（1893年–1986年）以前のデザイナーにも知名度はあり、自己PRの天才ローウィは、なかでも黎明期の特筆すべき例だった。だがデザイナーの活動範囲と名声が真に国際的になったのはこの時期である。こうした進展は、一般人のあいだでのデザインへの認識の高まりによって育まれ、卓上用大型豪華本や雑誌記事、展示会、インターネットの高速化によって成長した。

世界の舞台では、10年間で戦後期の遺産がくずれて、劇的な変化が起こり、新しい秩序が生まれた。ドイツがふたたび統一し、ソ連が崩壊し、日本の景気が後退し、クリントン政権下のアメリカは、これまでになく長期の持続的成長を享受した。ヨーロッパの都市は、真の意味でニューヨークに対抗する複合文化の中心地となった。金属や光る素材への憧れは、アール・デコ様式（p.156）では顕著に、ポップ・カルチャー（p.364）ではある程度継続していて、中立的なパレットのなかのアクセントとして前面に押しだされるようになった。透明なアクリル樹脂や銀、鏡面仕立てのガラス、研磨スチールなどが、ショーマンであるデザイナーの文の構成で重要なフレーズとなり、消費者は選ばれた少数の美の仕掛け人が産みだし、ひろく受け入れられた美意識をとりいれた。そうしたデザイナーには、スタルクやテレンス・コンラン（1931年–、p.468）、

キーイベント

1990年	1992年	1993年	1993年	1993年	1994年
フィリップ・スタルクが、研磨した鋳造アルミで、アレッシ社の「ジューシー・サリフ・レモンスクイーザー」を制作。	EUの自由貿易協定によって、輸入割りあてや輸入税率などの貿易障壁が削減される。	家具・インテリア販売のホリー・ハントが、クリスティアン・リアグレのデザインをアメリカで製造・配送するライセンス契約を結ぶ。	テレンス・コンランがロンドンにクアグリーノス・レストランを再オープンする（p.468）。	マーク・ニューソンが、アルミと漆で「オルゴンチェア」を制作。その流れるような形状は、彼の長椅子「ロッキード・ラウンジ」（1988年）を思い起こさせる。	ロン・アラッドが、テルアヴィヴのオペラハウスの公共スペースのデザインを完成。コンクリートのホワイエは、青銅の棒でできた壁が特徴的。

ロン・アラッド（1951年–）、カリム・ラシッド（1960年–）、クリスティアン・リアグレ（1943年–）、トム・ディクソン（1959年–）、マーク・ニューソン（1963年–）がいる。消費者は、こうしたスーパースターデザイナーに個人的な立場から、たっぷりの演劇的要素で味つけされて住居や公共の場でかなめとなる作品を生みだすことを求めた（図1、2）。一般的な意味で「デザインのアイコン」の概念が受け入れられはじめたのもこの時期である。たとえばアレッシのケトル（p.420）を買うことは、エリート界へ入りこむひとつの手段になったのである。

アメリカの企業家、イアン・シュレーガー（1946年–）は所有するデザイナーホテル、ニューヨークのロイヤルトンからマイアミのデラノまで、「ロビーを社交の場にする（lobby socializing）」という概念をとりいれた。ここでは、スタルクのデザインがとくに目を引く。こうした空間はますますテーマ化された演劇的な環境になっていった。そこで君臨したのがスーパースターデザイナーなのである。スタルクは、自分の多くのデザインで、日常生活のありふれた現実からユーザーを解放するつもりだと述べている。デザインに対する大衆の好みが広がるにつれて、競争の激しい市場でより人の記憶に残る方法で自分を売りこむ必要のあるデザイナーにとって、派手さは有益なツールになった。ピンクのスーツ、変わったメガネ、フェルトのクローシュ（帽子）などは、メッセージ性がありデザイナーを大衆から区別させるので、覚えてもらうのには都合がよいかもしれない。ショーマンシップはすぐれた芸術性を意味するが、これみよがしなデザインは、現実的に考えてみると、とりわけ機能性にほとんど配慮されていない場合は、厳しい世間の詮索にかならずしも耐えられたわけではなかった。ときには、そうしたことがマイナスに作用して、長らく「すぐれたデザイン」を作る基準点だった根本方針をくつがえすこともあった。たとえば、スタルクの「ジューシー・サリフ・レモンスクイーザー」（1990年）は、レモンしぼり器というより彫刻的なオブジェとして注目された。　JW

1

2

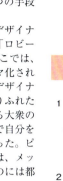

1　マーク・ニューソンによる「ロッキード・ラウンジ（1988年）」。たくさんのアルミパネルをハンマーでたたいて薄くしたものを、ファイバグラスの型に貼りつけて作られている。

2　カリム・ラシッドの「オーラテーブル（Aura table）」（1990年）。手塗りの板ガラスで作られており、金属の足をつけてさまざまな配置に組み換えられる。

1994年

トム・ディクソンのプラスチックを積み重ねた「ジャック・ライト」を、ユーロラウンジが大量生産。ディクソンがインダストリアルデザインの最前線に踊りでる。

1995年

カリム・ラシッドが「アルプ（Arp）バースツール」をデザイン。うねった座席シートが、ラシッドのトレードマークとなる。

1995年

イギリスのデザイナー、デヴィッド・コリンズ（1955–2013年）の設計した、ノブ・レストラン（松久信幸のレストラン）がニューヨーク市でオープン。

1995年

クリエーティヴ産業出身者だけのソーホー・ハウス・プライベート・メンバーズ・クラブがロンドンに設立される。

1998年

リアグレがデザインしたホテル・ザ・マーサーがニューヨークにオープン。ロビーにある印象的なウェンジウッド（マメ科の広葉樹）の家具で、リアグレは一躍有名になった。

1998年

鮮やかな色のiMacが販売開始した。アップルは色を決めるときに、キャンディの包み紙の会社からアドバイスを受けていた。

ジューシー・サリフ・レモンスクイーザー　1990年

Juicy Salif Lemon Squeezer　フィリップ・スタルク　1949年–

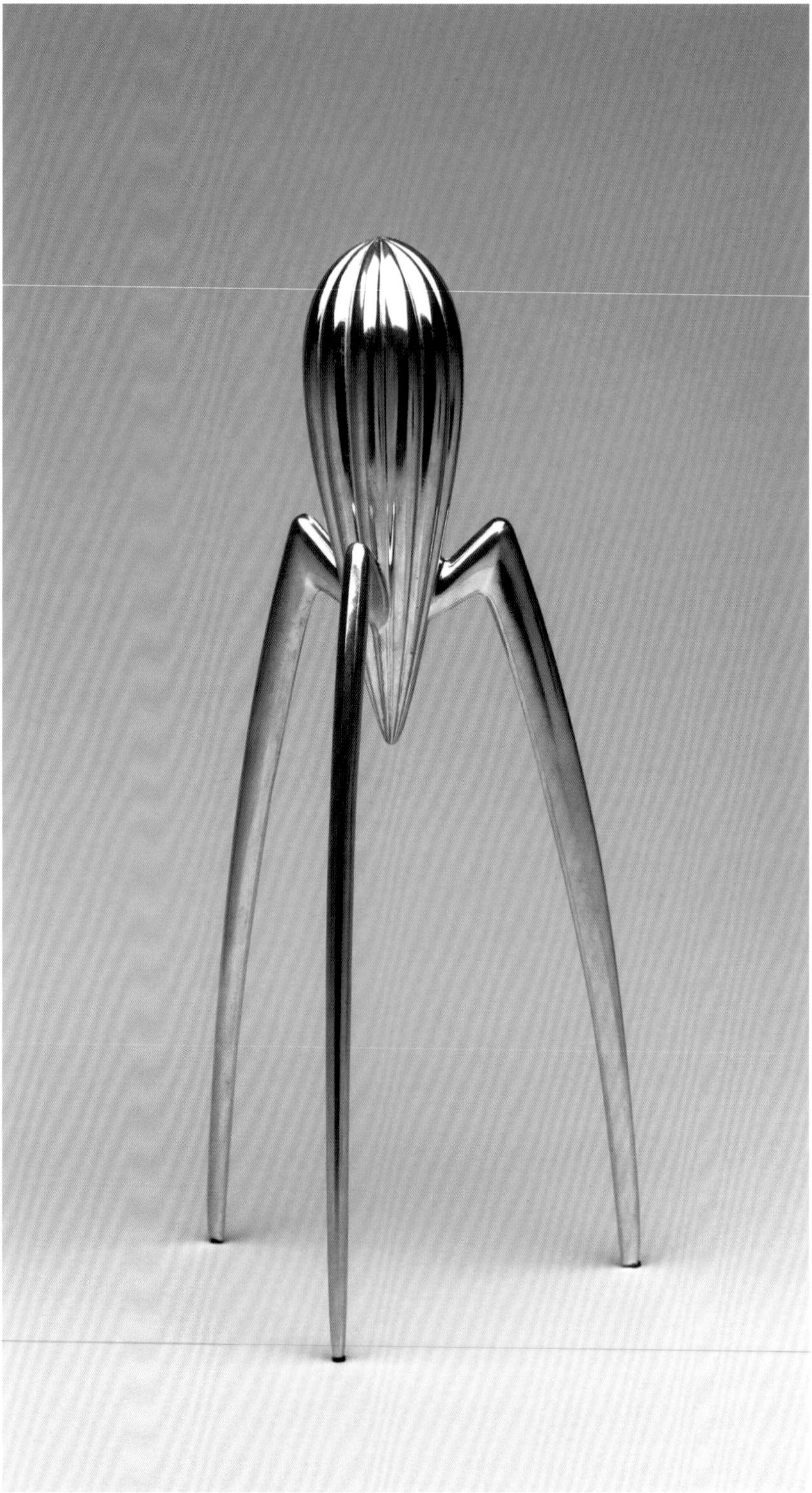

フォーカス

1　金属のヘッド

理論的には、しぼったレモン汁は金属のヘッドに縦に彫られた溝をつたって流れおち、下に置かれたガラス容器にたまるはずだが、実際には汁はあらゆる方向に飛びちってしまう。アレッシの社長、アルベルト・アレッシは「今世紀でもっとも問題の多いしぼり器だ」と嬉しそうに述べている。

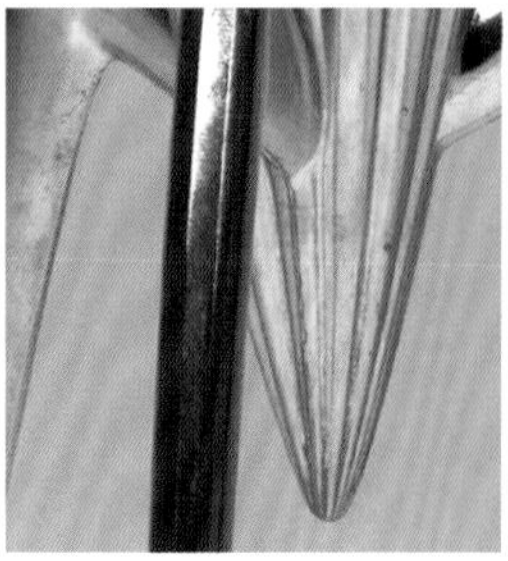

2　材料

鏡面研磨されたアルミの鋳物でできている。アレッシは、オブジェ的要素を強調した、この作品の金張りバージョンも作っている。だがこれを実用向きに作るつもりはなかった。レモンの汁のクエン酸が金属をそこない、変色させてしまうからである。

地味なキッチン用品が、これほどまでに話題になって騒がれることはあまりない。フィリップ・スタルクが1990年に制作したこの作品は、機能を越えた形状の最高例としてもてはやされ、現代デザインの傑作に位置づけられている。しかし、多くの人にとって、「ジューシー・サリフ」は悪ふざけとして作られたととられたようだった。見た目の美しさではよく知られているが、実用性という意味ではまるで役に立たない。批判する者は、しぼった果汁が下に置いた受け皿にちゃんと落ちるどころではなく、キッチンのあちこちに飛びちってしまって、使いものにならないと指摘する。さらに、巷で売っている一般のレモンしぼり器と違って、このジューシー・サリフはキッチンの引き出しにおさまらない。視界からはずされるよりキッチンという環境の装飾物もしくは彫刻、ワンポイントとして扱われることを主張しているのである。スタルクはというと、冷静そのもので、「これはレモンをしぼるものではなく、話題にするものなのだ」と述べている。

ジューシー・サリフのアイディアが生まれたときのエピソードには、スタルクの性格が現れていてとても面白い。あるときスタルクはアマルフィの海岸にあるレストランで、アレッシ社から頼まれていたトレーのデザインについて考えながらランチをとっていた。そのとき食べていたイカ料理にレモンがついていなかったので、彼は突然ひらめいて、紙ナプキンに構想をスケッチしはじめた。25年後、そのナプキンは、アレッシ博物館の展示会にお目見えすることになる。アルベルト・アレッシは回顧している。「スタルクからあのナプキンを受けとったが、いくつかのスケッチのようなもののあいだに意味不明なマークがついていた。おそらくはトマトソースのしみだろう。イカの絵が描かれており、それが左側からはじまって右へと続いていき、最終的にジューシー・サリフ・レモンジューサーだとはっきりわかる例のあの形になっていた」

JW

ナビゲーション

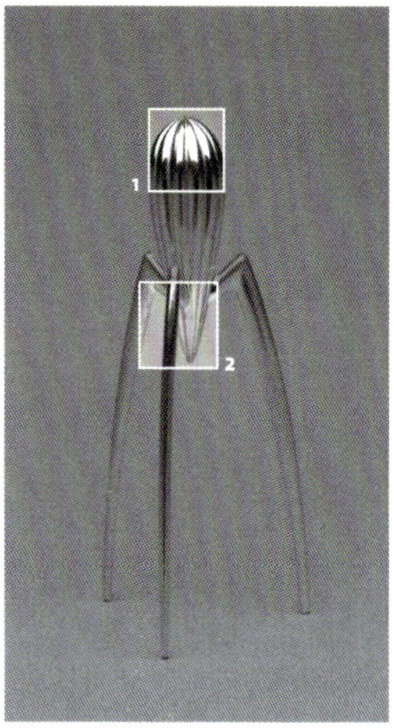

鏡面研磨のアルミ鋳物。
14 × 11.5 × 30.5 センチ

デザイナーのプロフィール

1949–89年

パリに生まれたフィリップ・スタルクは、1969年にピエール・カルダンに師事した。1970年代にはふたつの象徴的なパリのナイトクラブの内装をデザインし、1980年代から1990年代にかけて、イアン・シュレーガーとともにもてなしの大空間の創造へと移行した。

1990年–現在

多作でさまざまな議論をよび、人目を惹くスタルクのデザインは、ヴィトラのオフィス家具や、サムソナイトのスーツケースにもみられる。カルテルから出ているスタルクの「ルイゴーストチェア」(2002年)はベストセラーになり、フロス社の「ガンランプ」(2005年)はセンセーションをまきおこした。2014年、スタルクはリコ社とともに低エネルギー・プレハブハウスのコレクションをスタートした。

▲ロサンゼルス国際空港(1961年)のテーマ性のある建物は、ペレイラ&ラックマン・アーキテクツ(Pereira & Luckman Architects)によってデザインされた。ふたつの巨大なアーチとUFOのようなデザインが、象徴的なランドマークになっている。

デュラビット

「スタルク1」シリーズのトイレ、バス、洗面台は、従来のバケツ、バスタブ、洗面器という永遠に変わらない昔からある形をベースにしている。彼はこれを完璧なまでに現代風のエレガンスで解釈しなおした。1994年に開始し、原型の形を手作業でセラミックやアクリル素材に移し変えた。その成功が、ドイツ、ホルンベルグにあるデュラビットデザイン・センター(2005年、上)のデザインへとつながった。シュヴァルツヴァルト(黒い森)近辺ならかなり遠くからでも目立つ巨大な便器は、3フロア分もあり、建物正面の奥まったところに鎮座している。人間が衛生的に日々体を清潔にする場所は、隠すよりもむしろ大いに崇めるべきという姿勢で、またしてもスタルクのユーモアのセンスが発揮されている。ロンドンでの不動産市場調査によると、スタルク1バスルームをとりつけると、住宅資産の価値が3パーセント上昇する可能性があることがわかっている。

クアグリーノスの灰皿 1993年 Quaglino's Ashtray
テレンス・コンラン　1931年–

手作業で鋳造したアルミ。
直径９センチ

ナビゲーション

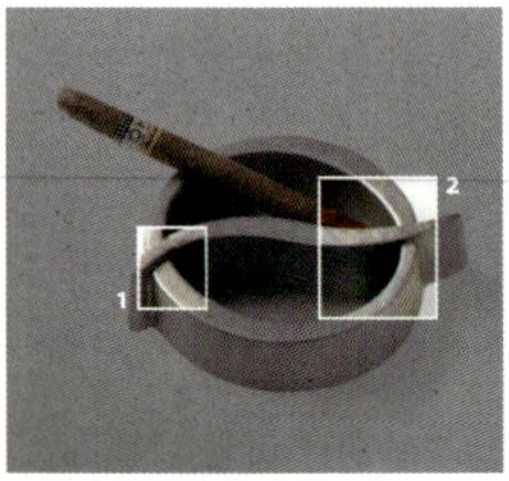

テレンス・コンランは、1993年のヴァレンタインデーにロンドンで歴史あるクアグリーノスのレストランを再開させた。これは、莫大な資金がかかったが、心踊るような賭けだった。ガラス張りのダイニングルームは、四角い鏡にとり囲まれたメインフロアを見渡すことができて、大きなカーヴを描く大階段は、入ってくる客をバスビー・バークレーの映画スターのような気分にさせてくれる。コンランは印象的なQの字のカリグラフィーの形を、制服のボタン、メニュー、グラス、ワインリスト、バーのコースター、マッチ、あらゆる販売促進用の印刷物など、いたるところに使っている。もちろん灰皿も例外ではなく、ほしがる人が後を絶たなかった。中央のバーの後方にある、エッチングされたガラススクリーンや、荘厳な階段の金属の手すりも、Qの文字で装飾されている。Qの文字はレストランのロゴマークにもなっていて、最初にデザインしたのはジェームズ・パイオットだった。

当時は屋内での喫煙はまったく問題なかったので、灰皿は料理が運ばれてくるあいまにタバコを吸う洗練された喜びを保証してくれてたようだ。形はまったく同じで、ポリエステル塗料で粉末塗装された黒のバージョンは、薬味入れとして作られた。合金の仕切りがついたこの灰皿は、よく客にくすねられて、思い出深い夜の記念として家にもって帰られた。クアグリーノスが10周年にあたる2003年に、いっさいを水に流すと発表すると1500個の灰皿が戻ってきた。　JW

フォーカス

1　材料
　クアグリーノスの灰皿は、レジンサンドを使った手作業の重力鋳造で作られている。もともとはイングランドのヘイスティングスにあるハーリング鋳造会社で作られていたが、ここでは量産できなくなったために、生産拠点をインドに移した。青銅で作られたものが12個あり、10周年記念特別バージョンもあった。

2　古い様式のフォント
　灰皿の形は、古い時代の書物に使われていたようなフォントのQをかたどっている。昔の文字は羽根ペンで書かれていたため、どの曲線にも太さの変化があり、すべての文字に斜めの力がかかる傾向があった。波うつ曲線が丸く閉ざされたOを斜めに横切ると、Qの文字ができる。

◀ロンドンのメイフェアの中心に隠れ家的に存在するクアグリーノスは、パリのモンパルナスのこじゃれたレストランをコンセプトにしている。ここは、客が礼儀正しく互いに気づかぬふりをする、イギリスの伝統的な静まり返ったレストランではなく、タバコ売りの女性が歩きまわり、店にいるすべての人が演出に参加する、スリリングで開かれた演劇的なスペースとなっている。

バトラーズ・ウォーフ

　大規模なデザインで野心を表現すると、どうしてもショーマンシップを発揮することになる。コンランはロンドンのテムズ川沿いの忘れられたサウス・バンク地域をふたたび活性化させたが、それ以上の野心はほとんどないだろう。1983年、コンラン＆パートナーズが、タワーブリッジ、現代のランドマークであるオクソタワー、グローブ座、バラマーケット、テート・モダン美術館のすぐそばの倉庫を23も買い占めたとき、まだ将来どうなるかわからず、このプロジェクトは大きな賭けだった。こうした元工業倉庫群はしだいに、アウトレット小売店、レストラン、アパート、カルチャーセンターが混在する活気あるバトラーズ・ウォーフへと変貌をとげた。人々はこの場所におしよせて、生活や買い物、食事をするようになり、1989年にはデザインミュージアムになった元バナナ倉庫での展示会に足を運んだ。コンランは言う。「わたしたちはサウス・バンクを変えた。バトラーズ・ウォーフとわたしたちのささやかなデザインミュージアムの成功がなければ、テート・モダン美術館は決してバンクサイドに来なかっただろう」

ファウンド・オブジェとレディメイド

1　ステュアート・ヘイガーズによるオリジナルの「タイドシャンデリア」(2005年)。イギリス、ケント州の海岸に流れ着いたガラクタから作られている。さまざまな形の半透明の材料が完璧な球体にアレンジされ、プラスチックのかけらを岸に打ち上げる潮の満ち引きをコントロールする月の形をかたどっている。

2　テヨ・レミ作の「ラグチェア」(1991年)。ボロ布を何層にもまとめて作られている。どんな組みあわせになるかは、それぞれの椅子によって異なり、使う人は自分のもっている古着などのボロ布をデザインの素材にしてもらうことができる。

多くのデザインの発展と同様に、ファウンド・オブジェの活用、つまりリサイクル品を最初に創造力豊かによみがえらせたのは美術界だった。フランスのシュルレアリスト、マルセル・デュシャン（1887年–1968年）は、1913年にスツールにとりつけた「自転車の車輪」で、レディメイドの要素を純粋芸術にもちこみ、続いて「ビンかけ」（1914年）や、物議をかもしたあの「泉」（1917年）を発表した。デュシャンは「レディメイド」を、当時優勢だった目で見たままだけを表現する「網膜」アートへの解毒剤とみなしていた。数十年後、パブロ・ピカソ（1881年–1973年）は、自転車のサドルとハンドルを組み立てて作った作品『雄牛の頭』（1942年）についてこう語っている。「これが自転車のサドルとハンドルではなく、雄牛の頭だと認識されてしまうと、この作品は面白味のないものになってしまう」。使った材料がわかる痕跡は、新たなオブジェの価値を定める重大な特徴になり、ウィットに富んだだじゃれから社会への痛烈な主張まで、複雑な意味をふくんでいるのである。

創造的なリサイクルは、まもなく家具デザインの分野に進出する。はじめは、逆説、皮肉、驚きを表す手段だったが、1990年代には廃棄物やかぎりある資源の消耗など、環境への懸念がそこにくわわった。1950年代以降にファウンド・オブジェによる表現のチャンスを大いにとりいれた、傑出した初期のデザイナーに、ミラノのアキッレ

キーイベント

1980年	1991年	1991年	1992年	1993年	1997年
ガエ・アウレンティが、工業用トロッコからヒントを得て、車輪のついたテーブル、「タヴォロ・コン・ルオテ」を制作。	テヨ・レミが、ひろった整理だんすの引き出しをベルトでしばって、「思い出を投げだすことはできない（You Can't Lay Down Your Memory）」を制作。	レミがドローグのために、電球を入れた牛乳瓶をたくさんつるした「ミルクボトルライト」を制作。	ロディ・グラウマンズ（1968年–）が、電球、コード、ソケットをまとめてつなぎあわせた「85ランプ・シャンデリア」（p.472）をデザイン。	アウレンティが「ツアーテーブル」を制作、フォンタナアルテが生産。自転車の車輪4個がコンパスの4つの方角に回転するようにとりつけられていた。	ニューヨーク近代美術館でアメリカ初のアキッレの作品回顧展、「アキッレ・カスティリオーニ——デザイン！」が開催される。

（1918年–2002年）とピエル・ジャコモ（1913年–1968年）のカスティリオーニ兄弟がいる。ふたりが制作し、フロス社が生産したふたつの装飾照明、「アルコ」（1962年）と「トイオ」（1962年）は、レディメイドデザインの傑作である。「まわりには、あらゆるものを深刻にとらえすぎる職業病があるのがわかる」とアキッレは述べている。「わたしの秘密は、四六時中ジョークを言っていることだ」。カスティリオーニ兄弟は、デュシャンのことを名ざししたわけではなかったが、彼の主義を自分たち流にとりいれた。1957年、兄弟は自転車のサドルで作った「セッラスツール」、トラクターのシートから作った「メッツァードロスツール」を制作した。メッツァードロスツールは、トラクターの新モデルが市場に出まわるたびに更新されつづけていた。イタリアの建築家のガエ・アウレンティ（1927年–2012年）もデュシャンの自転車テーマをまねて、1980年にフォンタナアルテ社のために車輪のついたテーブル「タヴォロ・コン・ルオテ（Tavolo con ruote）」をデザインした。続いて1993年に制作した象徴的な「ツアーテーブル」は、クロム製のフォーク（前輪の車軸を支える部品）がついていて、回転する4つの自転車の車輪が厚いガラスの天板を支えていた。

1990年代には、創造的なリサイクル分野は、オランダのデザイン・ブランド集団ドローグにテヨ・レミ（1960年–）やマルセル・ワンダース（1963年–）のようなデザイナーが参加するほど発展した。とくにワンダースは、アキッレ・カスティリオーニからインスピレーションを得たとして、たびたびその名をとりあげられている。ファウンド・オブジェを使ったデザインのトーンはますます内省的になり、レミの「ラグチェア」（図2）やイギリスのデザイナー、ステュアート・ヘイガーズ（1966年–）の「タイドシャンデリア」（図1）にみられるように、環境、社会的責任、廃棄物への関心が高まっていく。タイドシャンデリアの材料は、ビーチからひろってきた色とりどりのプラスチックのゴミである。沿岸部は散乱したゴミで汚染されていたが、ヘイガーズはこれらのゴミを不思議な存在感のあるエレガントな球体シャンデリアへと変身させた。

2000年以降、ファウンド・オブジェ・デザインは造形物やデザインまたは美術品としてとらえられる家具の表現手段となっていて、その結果、国際的なオークションでの取引金額が上がっている。ラファエル・セレンターノ（1962年–）がデザインした、ドイツのブランド、インゴ・マウラーの「カンパリライト」（2002年）は、レディメイドの気軽さへと向かい、世界中の首都のバーやレストランで急速に売り上げをのばした。一方、ロンドンを拠点とするデザインユニット、コミッティーによる、「ケバブランプ」（2003年）は、年に8個の限定版でエスタブリッシュト&サンズから販売されていている。使い古された磁器やプラスチックなどファウンド・オブジェのよせ集めを串刺しにしたアンチデザインの作品で、大量生産や大量消費、量販への疑問を呈している。ワシントンDCのスミソニアン博物館のために制作された、「トランスプラスチックチェア」（2007年）は、ブラジルのウンベルト（1953年–）とフェルナンド（1961年–）・カンパーナ兄弟のコンセプチュアル作品である。色とりどりのプラスチックの椅子やライト、ゴミが小枝で編みこまれているさまは、まるで全能の自然が役目を終えた素材を飲みこもうとしているかのようである。最近ではオランダのアイントホーフェンのピート・ヘイン・イーク（1967年–）が、家具や壁紙の「スクラップウッドシリーズ」（2013年）のデザインで、ゴミの山から集めた素材からどこか懐かしい美しさや、木の柔らかな温かさへの回帰を見出している。　JW

1998年	1999年	2002年	2003年	2003年	2011年
イギリスの美術家、トレーシー・エミン（1963年–）による彫刻、『マイ・ベッド』（1998年）が、レディメイドと芸術をめぐる論争にふたたび火をつける。	ステュアート・ヘイガーズがミレニアムの祝賀のあとの元旦に、ロンドンの通りで集めた使用ずみパーティ・クラッカーで「ミレニアムシャンデリア」を制作。	インゴ・マウラーのためにラファエル・セレンターノが作った「カンパリ・ライト」のおかげで、ポップ・アートのウォーホル派がバーやレストランに赤色発光を使うようになる。	カンパーナ兄弟が、創意工夫に富むブラジルのスラム街住人への愛をこめて、「ファベーラチェア」を制作。	コミッティーによる「ケバブランプ」は、ひろってきたさまざまな磁器やプラスチックなどのガラクタを串刺しにしたもの。のちに「ランプのガレージセール」と称された。	フィリップ・スタルク（1949年–）がバカラのために「マリー・コキーヌ・シャンデリア」を制作。このシャンデリアは、木製のカーヴした取っ手がついている白い傘を材料に、デザインされている。

85ランプ・シャンデリア 1992年 85 Lamps Chandelier

ロディ・グラウマンズ　1968年–

電球、コード、ソケット。
100 × 100 センチ

ナビゲーション

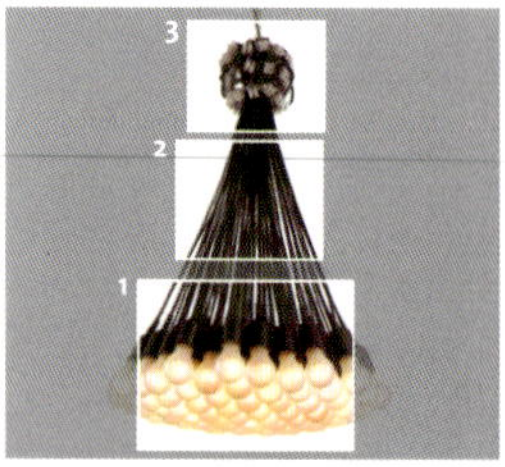

プロダクト、インテリアデザイナーのロディ・グラウマンズが1992年にデザインした、「85ランプ・シャンデリア」は、1993年のミラノ家具フェアでドローグの初コレクションのなかで発表され、あっというまに人気を博した。シャンデリアを作るのに最低限必要と思われるものを、というミニマリズム精神で、使った材料はワイヤー、コネクター、電球のみ。最小限の基本的要素を、量感と反復性というふたつの重要なポイントを生かすことによって、豪華できらびやかでボリュームのあるライトへと生まれ変わらせて、家のなかで使う備品というより現代美術に近いものになっている。

85ランプ・シャンデリアは花束を逆さにしたような形状をしている。ひしめきあっている85個の電球またはランプに向かって、天井付近でまとめられたコードが急降下して広がっているように見える。この作品のオブジェとしての成功に大きく貢献しているディテールは、トップのワイヤー・コネクターの塊である。グラウマンズはワイヤーのコネクターを違う形にアレンジできたはずである。たとえば平らなローゼットのようなものを使うことも、流れ落ちるような形にすることもできた。この作品は仰々しさとは逆で、シャンデリアというものが伝統的に定義されている豪奢な形式にはまるで関心がないように見せているところにユーモアが感じられる。それでも85ランプ・シャンデリアは、現代の感性に合ったぜいたくさの新しい定義を作りだしている。まるで、真っ白な100枚のTシャツからみごとにゴージャスな夜会服を作ってみせたかのようである。 JW

フォーカス

1　電球へのオマージュ
　グラウマンズのシャンデリアデザインは、現代照明の初期の傑作、インゴ・マウラーの「バルブ」（1966年）にさかのぼる。白熱電球に敬意を表して、マウラーは通常は重要な素材のためにはらうはずの畏敬の念をもって、この対象を扱った。1990年代はじめにグラウマンズは、デザイン通向けの豪華な内装に合せるシャンデリアにも、これと同じ主義をとおした。

2　黒いケーシング
　照明器具用の、カラフルで装飾された編みこみコードがすでに出まわっていて、オランダのデザインは温かみのある色を使う傾向があったのにもかかわらず、「85ランプ・シャンデリア」はつねにモノクロをつらぬいている。ランプのケーシングやワイヤーは黒のみが使われ、そのせいで、電気をつけたときにその下でそれぞれの電球が放つ黄金の光の輪とのコントラストがきわだっている。

3　コネクター
　85ランプ・シャンデリアのなかで、デザイナーがうかつにも手をくわえているのを見せている要素は、上部のワイヤーコネクターの束である。このコネクターのサイズは、シャンデリア全体の見た目の調和バランスが完璧になるように徹底的に計算されている。ここにはコンセプトやセオリーにいっさい負うところがない、純粋な美観への判断力がある。

会社のプロフィール

1968–1992 年
　ロディ・グラウマンズはオランダに生まれた。ユトレヒト芸術学校で学び、さらにアムステルダムのヘリット・リートフェルト・アカデミーに進んだ。25歳のとき、名作「85ランプ・シャンデリア」を制作した。

1993–99 年
　1993年、レニー・ラマカース（1948年–）とハイス・バッカー（1942年–）が、アムステルダムでドローグを設立。これはアンチモダニズムを信奉する現実的で質素なデザイン集団で、バウハウスの理論をまだ無秩序で説明的で、どこかバロックの香りさえするとしてくつがえした。スタジオ設立の根本方針には、ポーカーフェイスでジョークを交えるセンスを合わせもった徹底したシンプルさがあった。これはオランダ人特有のウィットの形かもしれないという説もある。グラウマンは、デザイン愛好者に対して新たなウィットの形をこれでもかというほど示した。1990年代の初めにドローグ・コレクションは、比較的手ごろな値段で手に入りやすく、使い勝手のよい商品を提供するよう努めた。ドローグをとおしてヘラ・ヨンゲリウス（1963年–）やリチャード・ハッテン（1967年–）、ユルゲン・ベイ（1965年–）などのオランダのデザイナー世代が、実績を築きあげた。

2000 年–現在
　ドローグはアムステルダム（ホテル・ドローグ）の旗艦店や東京のショールームに続いて、2009年にマンハッタン、2014年には香港にも店舗をオープンした。グラウマンズの85ランプ・シャンデリアはドローグの店でひき続き販売されており、多数のオンライン小売業者にも取り扱われているが、デザイナー自身は奇妙なほど沈黙をつらぬき、インタビューにも応じない。その理由には、グラウマンズの作品があまりに商業的に成功してしまったせいもあるかもしれない。材料は安く集められるのに、できあがった商品は高額で売られているのだ。オランダ西部のゴーダであいかわらずプロダクトデザイナーとして暮らしているが、もはやドローグからグラウマンズの商品は出ていない。

LEDバージョン

　2012年、「85ランプ・シャンデリア」は、調光可能なLEDランプとして再発売された。新しいバージョン（上）は、オリジナルの白熱電球のものよりエネルギー消費を83パーセント節約できる。LED電球は寿命が長いとされているため、電球を交換する回数も節約できる。このように、85ランプはエコなぜいたく品となったが、作品に対するグラウマンズのもともとのコンセプトはしっかりと守られている。

第
6
章

デジタル時代 1995年–現在

オンライン革命

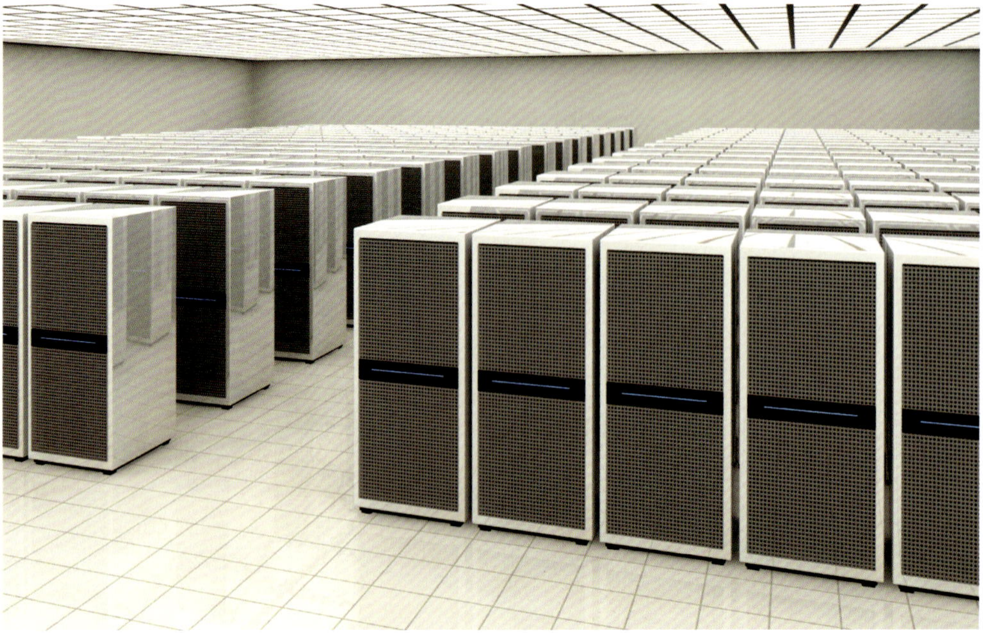

インターネットの出現ほど現代社会にとって大きな衝撃はなかった。実体はないにしてもそれ自体がデザインであり、そこからまたウェブサイトやビデオゲームなど新たなデザイン分野が誕生した。タイポグラフィーなど既存のデザイン分野もオンライン・コミュニケーションの要請にともないさま変わりした。

アナログ式のコミュニケーション・システムと核攻撃にも耐えうる軍事ネットワークから成長したとされるインターネットは［この説はタイム誌に掲載されて以来の都市伝説とされている。『インターネットの起源』（加地永都子ほか訳、ASCII）など参照］、まさにまれにみる国際協力の成功例で、数学、ハードウェア、オープンアクセスがユニークな形で融合している。しかし、現代の消費者にとって、インターネットはほとんど意識せずどこでもあたりまえのように使える情報の蛇口といった存在である。

オンラインでのコミュニケーションを支えているのは非人間的で大規模な構造である。インターネットはずらりとならぶ何百万ものサーバー上で稼働している（図１）。そうした設備は実用主義的な工夫のない外観で、鉱山跡地や凍えるような地下倉庫、都市の中心部にある警備の厳重なビルのなかにたたずんでいる。海底では石英ガラスの光ケーブルがリヴァイアサンのごとく、かつてのテクノロジーでいまはもう利用されていない電信用銅製ケーブルとならんで敷設されている。すべてのコンピュータは地球を周回する人工衛星の大群から位置情報を受けとっている。風景のなかには携帯電話の電波塔があちこちにそびえている。アメリカのIT企業Google（グーグル）は、小さな都市ほどの規模の何十億ドルもするサーバー施設を世界中で建設しつつある。

キーイベント

1995年

ショッピング・ウェブサイトのAmazon（アマゾン）とeBay（イーベイ）が登場。しかし消費者が銀行口座情報をオンラインで容易にやりとりできるようになるのは数年後だった。

1996年

ウェブベースの電子メールサービスHotmail（ホットメール）がはじまる。アメリカのIT企業Microsoft（マイクロソフト）は１年後にこのサービスを買収し、世界市場に向けローカライズした。

1996年

マイクロソフト社が「Internet Explorer（インターネット・エクスプローラ）3.0」の発売と同時に、ウェブと親和性の高いフォント「ヴァーダナ」（p.478）を導入。

1998年

検索エンジンGoogleが登場。さらにGoogle AdWords（グーグル・アドワーズ）はターゲット広告の嚆矢となり、グーグル社はありとあらゆるオンライン・ソフトウェア開発を推進した。

1999年

Napster（ナップスター）の出現でP2Pを介したファイル共有が可能に。ユーザーはネット上のオーディオ・ファイルを共有することができた。著作権侵害でこのファイル共有サービスは2001年に休止。

2001年

マイクロソフト社がゲーム機「Xbox（エックスボックス）」（p.480）を発売。翌年にはユーザー同士がオンライン上でゲームを楽しめる「Xbox Live」を投入。

対照的にインターネットにアクセスするデバイスのほうは驚異的に小型化した。初期のコンピュータに使われたトランジスタ1個にも満たない大きさなのに100万倍以上の能力がある。世紀の変わり目にはまだ夢だったGPSや音声認識、常時接続、顔認識つきのカメラ、バイオメトリック・トラッキング、ジャイロスコープ、銀行決済などの機能が現在では標準仕様になっている。

ユーザーはそうした裏側の仕組みにはまったく気がつかない。紙にふれるような感覚でiPhoneの画面をタップすれば視覚的で心地よい反応が返ってくるわけだが、そうした仕掛けは何百万もの高密度のスイッチと作動装置で構成されたスクリーン、さらにそのデバイスの処理能力と遠隔地にあるサーバー上で稼働するソフトウェアと相互作用することで生みだされている。

電線を使って2地点間でデータをやりとりすることはなんら新しいアイディアではなく、19世紀中頃には電信という形で実用化されていた。しかしこうした接続は一般的に1対1であって、電線の末端にいる者は一度に別の末端部にいる相手としか話すことができない。最初のローカル・エリア・ネットワーク（LANs）やワイド・エリア・ネットワーク（WANs）も同じで、情報源を切り替える必要がでてくると、ユーザーはいらいらさせられた。しかし1969年、アメリカ国防衛省の「アーパネット」（ARPANET = Advanced Research Projects Agency Network）によってはじめてパケット・スイッチングが実現され、コンピュータが同時に複数のコンピュータと接続できるようになった。

ユーザーにとって使いやすいインターネットが登場するのは1989年である。スイスにある欧州原子核研究機構（CERN）の研究者ティム・バーナーズ＝リー（1955年-）がいわゆる「ワールド・ワイド・ウェブ」（World Wide Web）の枠組みを構築し、これが「インターネット」として知られるようになる。こうしたシステムをデザインした背景には、参考文献つまりハイパーリンクをクリックすればその文献を読むことができて、画像であれ音声であれビデオであれ瞬時に手に入れられるようにしたいという思いがあった。必要な文献をいつでも利用できるようにするために、バーナーズ＝リーはNeXTというコンピュータを利用してウェブサーバーを構築し、世界初のウェブ・ブラウザを開発した。さらに簡単なテキストによる表現ではあったがWWWプロジェクト自体を解説した世界初のウェブページも立ち上げた。いつでもまちがいなく望みの文献を得られるように、バーナーズ＝リーはURLs（Uniform Resource Locators）という特定のファイルに世界にただひとつの識別子をつけるシステムと、テキストを読み書きするためのハイパーテキスト・マークアップ言語（HTML = Hypetext Markup Language）、さらにウェブ・ブラウザでサーバーと情報をやりとりするハイパーテキスト・トランスファー・プロトコル（HTTP = Hypertext Transfer Protocol）まで開発した。これらのシステムはいまもほぼすべてのインターネット上の情報通信の基盤となっている。

インターネットは2000年代に可能性が開花し、モバイルテクノロジーが登場するとインターネットはほぼ全世界で利用可能になった。記憶装置の容量とデータ・アクセス速度も急速に進化し、高速インターネット接続とともに「Facebook（フェイスブック）」（2004年、図2）のようなユーザー作成サイトの利用が増加すると、さらに多くのユーザーがインターネットにアクセスするようになった。やがてバーナーズ＝リーの発明はグローバル経済のほぼすべての分野で大変革をもたらすことになった。

DG

1　コンピュータ・サーバーのラックがならぶ施設。世界中にありインターネットの生命線となっていて、ウェブ・ブラウザでの通信を可能にしている。

2　フェイスブックのウェブサイト。オンライン上で人々をつなぐことでソーシャル・ネットワークを推進するビジネスを構築した。

2003年
Myspace（マイスペース）がソーシャル・メディア革命を先導。世界最大のソーシャル・ネットワーク・サイトとなるが、2008年にFacebook（フェイスブック）に抜かれた。

2005年
動画共有サイトYouTube（ユーチューブ）が始動。ユーザーは無料でビデオを閲覧したり自分の作品をアップロードできるようになった。

2009年
スウェーデンのプログラマ、マルクス・「ノッチ」・パーション（1979年-）がビデオゲーム『Minecraft（マインクラフト）』（p.482）の開発をはじめ、ノッチのウェブサイトを介してキャラクターの外見をアップデートできた。

2009年
匿名性のあるデジタル通貨ビットコインが運用開始。リアルな通貨との交換レートは運用開始時点では1ビットコインが1セント以下だったが、2013年には最高の1242ドルに上昇。

2011年
ウェブサイトSilk Road（シルクロード）が運営を開始し、検索エンジンにかからない「闇サイト」を通じて違法商品が売買されるようになる。2013年に閉鎖。

2015年
「国際電気通信連合」によると、世界人口の約43パーセントがインターネットを利用。

ヴァーダナ 1996年 Verdana

マシュー・カーター　1937年–

ヴァーダナはディスプレー上での表示という課題に取り組んだ結果生まれた。

1996年にウェブ・ブラウザ「Internet Explorer（インターネット・エクスプローラー）3.0」を発売するにあたって、マイクロソフト社はウェブ親和性の高い新たなフォントを必要としていた。それまでのフォントは画面上のユーザーインターフェースの解像度が低いコンピュータに特化していたため、見た目より機能性を重視していて、拡大には耐えられなかった。またかつての印刷用フォントは活字をもとにしていたので縮小するとつぶれて判読できなかった。そこでイギリスの書体デザイナー、マシュー・カーターは画面上で読むことを念頭にマイクロソフト向けに２種類のフォント「ジョージア」と「ヴァーダナ」をデザインした。

ヴァーダナはとくに判読しやすく、オンライン作業に理想的なフォントと認められて久しい。低解像度の画面では細かい水平のセリフ（文字の端の装飾）を正確に表示できないため、このフォントはほぼサンセリフ体なのだが、直線的ないくつかの文字ではセリフを残した。カーターはセリフがなくても書体の美しさを保って、判読性の高いフォントをデザインした。またアメリカの書体エンジニア、トム・リックナー（1966年–）が、どんな大きさでもシャープな字形を保てるようにフォントヒンティングをした。ヴァーダナは「エックスハイト」（小文字の基本の高さ）を高くし、「カウンター」［DやCなどの文字にある曲線で囲まれた部分］を大きくとり、さらに文字間隔を広くすることでコンピュータ画面上で視認性が高くなるように工夫されていた。

1996年からヴァーダナはMicrosoft OfficeやInternet Explorer、Windows OSの全バージョンに搭載され、さらに2011年からはMac OSにも搭載されている。カーターはこうしたジョージアとヴァーダナの広がりに驚きを表明している。ウェブに特化したもっと多くのフォントが登場しヴァーダナやジョージアにとって代わるものと予想していたからである。ところがコーポレート・ブランド戦略に一貫性が求められたために、ジョージアとヴァーダナはウェブを抜けだし印刷の世界にまでその領野を広げることが多くなった。

DG

ナビゲーション

フォーカス

1　カウンター

カーターはフォントの判読性を高めるために、文字の小さめな部分を大きくすることにした。エックスハイトを高くして大文字のインパクトを小さくした。同じ理由からカーターは字形に囲まれた空白部「カウンター」も大きくした。

2　サンセリフ

かつてのコンピュータ・モニターは解像度が低く、画像を映すのにブラウン管を使っていたこともあり、スワッシュ［巻きひげのような装飾］やセリフなど細かい装飾は、サイズを小さくするとつぶれてしまい、同じ字形を維持できなかった。カーターは可能な場合はセリフを除去したが、小文字の「j」や大文字の「I」のような文字はセリフを残した。

デザイナーのプロフィール

1937–57年

マシュー・カーターはロンドン生まれた。オランダのハーレムにあるエンスヘデ活字鋳造所でインターンとして働き、「活字父型彫刻」という金属活字を手作業で制作する技能を身につけた。

1958–79年

エンスヘデを去ってからロンドンでフリーランスの書体デザイナーとして活動し、1962年には風刺雑誌プライベート・アイのロゴをデザインした。このロゴは現在も使用されている。1965年から15年間ニューヨークのライノタイプ社で働いた。ここでAT＆T向けの書体「ベル・センテニアル」（1978年）をデザインした。

1980–1990年

1980年にイギリス政府刊行物発行所の印刷顧問に任命され4年間従事。1981年にデジタルフォント制作会社のビットストリーム社を共同設立した。その後同社はモノタイプ社に買収された。

1991年–現在

1991年、フォント制作会社カーター・アンド・コーン社を共同設立し、新書体の「ヴァーダナ」、「ジョージア」、「タホマ」を生みだした。さらにタイム、ワシントン・ポスト、ワイアード、ニューズウィークの書体もデザインした。2015年にはニューヨーク・タイムズ誌のロゴをリ・デザインしている。現在も書体デザイナーとして活躍中。

▲カーター・アンド・コーン社の設立以来、カーターは「ソフィア」（1993年、上）などのパーソナルな書体制作プロジェクトに専念した。この箔押し（表紙・背表紙）用書体のデザインは、ビザンツ帝国の末期に隆盛していたハイブリッド・アルファベットを利用している。文字どおり、ギリシア語の字体、古いローマ字の大文字、アンシャル体文字が組みあわされている書体である。

IKEA（イケア）のカタログ書体

当初ウェブ用にデザインされたフォントである「ヴァーダナ」は、印刷物に使われると軽蔑の目でみられることもあった。2009年にイケア（IKEA）はブランドスタイルの統一にのりだし、オンライン上のイメージに合わせて、印刷物に利用してきた書体の変更を決めた。スウェーデンの家具量販業イケアが、それまで50年間使ってきた「フツーラ」（p.146）のバリエーションである特注の「イケア・サンス・フツーラ」をヴァーダナ（上）に変更したのである。憤慨したデザイン関係者らは「ヴァーダナの使用禁止」をイケアに求めるネット署名をはじめた。

マイクロソフトXbox　2001年　Microsoft Xbox

複数デザイナー

「Xbox」は動作クロック733メガヘルツのインテルPentium IIIプロセッサー、64メガバイトのRAM、10ギガバイトのハードディスクを搭載していた。

「マイクロソフトXbox（エックスボックス）」ゲーム機は、黒と緑の頑丈なプラスチック製のボックスに大きな「X」が浮き彫りになっている。外観のデザインはティーグ社、内部は技術ディレクターのシェーマス・ブラックリー（1967年–）ら4人による設計である。ボックス内部は実質的にノートパソコンをバラしたようなもので、Windows 2000縮小バージョンのWindowsオペレーティングシステム上でDirectX 8グラフィック・エンジンを動かしている。こうしたハードウェア構成を選んだのはWindowsベースのパソコン、つまりPCを使い慣れているゲーム開発者をこのゲーム機のソフト開発に引きこむためだった。さらにPCの部品なら安価になっていたので、対抗馬であるソニーの「プレイステーション2」の2倍の速度のプロセッサーとメモリを搭載して性能を上げることができたからである。ハードドライブを搭載しているため分離型のメモリカードと比べ、音楽やゲームなどのコンテンツをローカルに大量保存できた。

しかしなにより注目すべきなのは、装置の後ろ側にEthernet（イーサネット）のポートを搭載したことである。Xboxが発売されて1年後の2002年、マイクロソフトは「Xbox Live（エックスボックス・ライブ）」を発売し、有料会員になるとブロードバンド接続を介したコンテンツのダウンロードやほかのプレーヤーとの対戦ができるようになった。それまでのゲーム機にもオンライン機能はあったが、本格的に導入したのはXboxがはじめてで、サポートも充実していた。Xboxのプレーヤーは PC上のプレーヤーと同じようにユーザー同士で遊ぶことができるため、発売1週間で15万人が会員登録した。2004年までにXbox Liveに登録した会員は100万人になり、2009年には2000万人まで拡大した。こうしてマイクロソフト社は望んでいた、リビングルームへ進出する足場を手に入れたのである。

DG

ナビゲーション

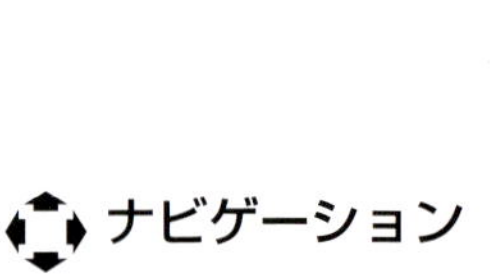

フォーカス

1　コントローラー

「Xbox」発売当初のコントローラーは巨大で重かったため、マイクロソフトがとりこもうとした若い世代からはそっぽを向かれた。そこで日本版の「コントーラーS」はグリップを小ぶりにして小さな手にもしっくり合うようにし、親指スティックも大きめに作った。

2　ディスク・トレイ

Xboxはデジタル・メディアに配慮した。ユーザーは標準的なオーディオCDから音楽データをリッピングしてハードディスクに保存し、ゲームをしながらその音楽を聴くことができた。ゲームによってはオーディオ・データにもアクセスできた。さらにDVDも再生可能だったが、DVD再生キットが必要だった。

3　コントローラー・ポート

Xboxは複数で遊ぶこともできた。コントローラー・ポートが4カ所あり、システムリンク・ケーブルで最大4台のXboxを接続して、ひとつのゲームで同時に16人のプレイヤーが参加できた。Xbox Liveではインターネット経由でさらに多くのユーザーと接続できた。Xboxによってテレビゲームをオンラインで気軽に楽しめるようになった。

Xbox360

機能的にも変わらないのに、デザインがこれほど似ていないものはないだろう。Xboxの後継機「Xbox 360」の色はオフホワイト、グレー、シルバーで、電子機器というよりは陶器を思わせるような洗練された外形である。2005年にハードウェアデザイナー、ジョナサン・ヘイズ（1968年–）率いる国際チームがデザインしたもので、機能よりデザインが重視された。ヘイズはこのフォルムはルーマニアの芸術家コンスタンティン・ブランクーシ（1876–1957）が制作した彫刻『空間の鳥』（1923年）からインスパイアされたと語っている。「鳥の飛行軌跡を表現したもので、飛翔の本質をとらえている」

Minecraft 2009年 マインクラフト

マルクス・パーション 1979年−

『Minecraft』は3Dオープンワールド・ゲームで、達成すべき特定のゴールは設定されていない。

熱狂的なゲームファン以外の人まで注目するテレビゲームというのはめずらしい。『Minecraft（マインクラフト）』は非常にめずらしいゲームで、創造力にあふれ、複数のプレーヤー同士で、また子どもでも楽しめる。このゲームには最終的な目標がない。ゲームの説明すらなく、プレーヤーの意思で行動を起こす。『Minecraft』は乱数シードによって自動的にレイアウトが生成される。つまりプレーヤーはコードを共有しないかぎり他人と同じゲームをすることはない。こうすることでレイアウトの設定をはぶくと同時にプレーヤーは無限のレイアウトを体験できる。『Minecraft』のプレーヤーはまず生物や植物をたたいてみてその「世界」でできることを考えなければならない。それからキーボードを操作する。「クラフト・メニュー」が出てきたらゲームの本番がはじまる。夜になってモンスターが現れると、ゲームは別のタイプのサバイバルゲームになる。

このゲームのデザイン要素の多くは、スウェーデンのプログラマー、マルクス・「ノッチ」・パーションが制作した別の人気ゲームから受け継いでいる。もうひとつパーションのユニークなところは、2009年から完全版が2011年に発売されるまで『Minecraft』の開発を公開していたことである。毎日自分のウェブサイトで情報を提供し、プレイヤーと情報交換をしていた。このことが市場でも後押しとなり、『Minecraft』はすぐに注目を集めた。1年で2万本、2年で100万本を売り上げ、累積販売数は7000万本を越える。 DG

ナビゲーション

フォーカス

1　手描きのキャラクター

このブロック型の人間はコーダー［プログラマー］・アートの一例で、パーションがゲームアーティストに依頼せず自分で制作した。もともとは別のゲーム、『ゾンビ・タウン』用にデザインしたキャラクターだった。身体構造を簡略化したおかげで、描画にかかる時間を短縮して処理能力の負担を軽減できる。

2　つるはしなどの道具

つるはしなどの道具類は、「世界」で集めた素材を組みあわて手に入れることができ、こうした道具を使ってプレーヤーは「世界」を地上でも海でも、地下でも安全にすばやく探索できるようになる。

デザイナーのプロフィール

1979–2003年

マルクス・パーションはスウェーデンのストックホルムで生まれた。7歳でプログラムをはじめ、1年後にはテキストベースのアドベンチャーゲームを制作した。

2004–2009年

Midasplayer社に勤務。同社はのちに『キャンディークラッシュ』を制作するKing.comとなる。2009年にフォト・シェアリング・サービスのJalbum社に移り、『Minecraft』の制作に取り組みはじめる。

2010–現在

『Minecraft』の1日の売り上げがフルタイムで働くくらいになり、ゲーム開発会社Mojangを共同で立ち上げた。2014年にマイクロソフト社が25億ドルでMojangを買収。パーションは同社を退社した。

◀2010年に導入された「The Nether（ネザー）」はマインクラフト内部に存在する地獄のような次元。ゲーム中で入手困難な素材、黒曜石を獲得し、それを使って通りぬけられる大きさのポータルを作り、そのポータルに火をつけるとネザーへアクセスできる。ネザーではおどろおどろしい音が轟くが、希少価値のある素材がある。しかもここは「Overworld（オーバーワールド、通常のディメンション）」の領域同士をつなぐ近道になっている。

モバイルテクノロジー

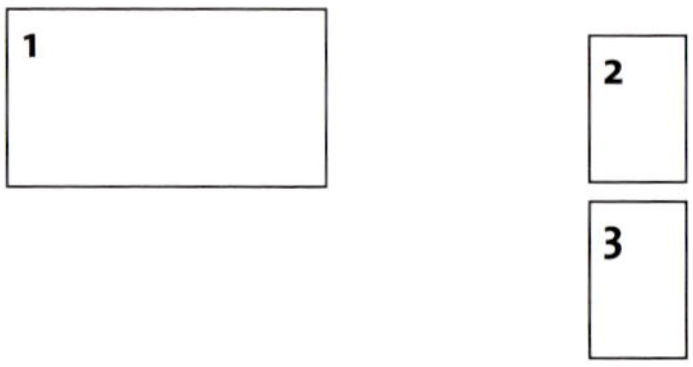

1　モトローラ「ダイナタック」（左端）から「iPhone」（右端）まで、携帯電話は小さくしかも非常に高性能になった。

2　ビジネス・ユーザーのあいだで人気となった「BlackBerry」。ユーザーの多くはそのQWERTY配列の小型キーボードがお気に入りだった。

3　クラムシェル型携帯電話のモトローラ「Razr」。世界的なベストセラーとなった。

小説家ロバート・ハインラインがはじめて携帯電話についてふれたのは1948年の『栄光のスペース・アカデミー』［矢野徹訳、早川書房］だったが、1990年代初めになっても携帯電話はあいかわらずSF小説の領域にあった。2000年になってさえイアン・M・バンクスは遠未来小説「カルチャー」シリーズで「ターミナル」について書いている。それは小型の音声制御型多機能デバイスで、テレビ電話や遠隔地のデータのアクセスが可能だった。それが2005年になるとこうしたバンクスの作品がひどく時代遅れに感じられるようになった。携帯電話のテクノロジーが急速に進歩した証である。

初期の携帯電話のデザイナーは難問の山に向きあっていた。バッテリー装着の問題、キーボード、ユーザーインターフェースのデザイン、キーボードロック、水に弱いポート、堅牢性、そして画面の可読性などなど。さらにインフラ面での問題もあった。初期の携帯電話は無線もしくは人工衛星のテクノロジーを利用していたので、接続できる場所を探しまわらなければならず、通信可能なエリアが飛び飛びになっていることも多かった。まもなく電波塔（無線基地局）がいたるところに建設されるようになると、今度は電波塔そのものがデザイン上の課題となった。今時の高いビルの屋上には通信状態を改善するために冠のような白いプラスチック製の突起物が高くそびえていて、都市生活者にはすでに見慣れた光景になっている。そのほかの場所では樹木やサボテンに見せかけたり、教会の塔のなかに設置したり、大きな広告看板の裏側に隠したりしている。

最初の携帯電話システムは第1次世界大戦末期にドイツの鉄道網用にデザインされた。しかしその後のトラックや乗用車で利用するシステムと同じく、それはただたん

キーイベント

1998年	1999年	2001年	2003年	2007年	2008年
ノキアがはじめて交換可能なケースの携帯電話「5110」を生産（p.488）。携帯電話にカスタマイズという流れを作りだす。	ブラックベリーと名のつく最初のデバイス、「BlackBerry 850」が発売される。電子メールつきポケベルのようなもので、完全な電子メール機能を組みこんだ最初のデバイスだった。	NTTドコモが最初の3Gネットワークの運用を開始。この高速データ通信を介してビデオへのアクセスやアプリのダウンロードが可能になった。	低価格のフィーチャー・フォンにもかかわらずノキア「1100」と「1110」が2億5000万台のセールスを記録。当時世界でもっとも売れた携帯電話となった。	アップル社が最初の「iPhone」を発表。消費者は4GB版（499ドル）やさらに魅力のある8GB版（599ドル）を買いに走った。	グーグル社が初のLinuxベースのAndroidで動作する携帯電話「HTC Dream」を発売。

に電話が移動するだけのシステムだった。ひとりで運べるような代物ではなかったし、そんな装置を買える者などほとんどいなかった。

それに対してモトローラ社の「ウォーキートーキー」と1940年代の「ハンディートーキー」はかろうじてもち運びができた。しかしこれらは半二重通信システムで同時に一方向しか話ができず、さらに通信範囲も狭い無線ネットワークに限定されていた。しかしモトローラはその後も開発を続け、1973年には同社初となる携帯電話の原型「ダイナタック」（図1）を制作した。モトローラの主席デザイナーはこのダイナタックで宿敵だったベル研究所の所長に電話をかけている。おそらくは最初に固定電話を使ったアレグザンダー・グラハム・ベルのパロディーを演じたのだろう。しかしダイナタックのフォルムはといえば実用本位のごっついプラスチック製の「箱」のままで、それまでの軍用無線やハンディートーキーとくらべてたいして進歩していなかった。ダイナタックが革新的だったのはその「セル方式」の無線基地局システムだった。これによって通信がとぎれず基地局間を移動できるようになった。さらに基地局同士は干渉しないので、同時に通話できる数を大幅に増やすことができた。

『ウォール・ストリート』（1987年）などの映画で巨大な「箱」型の自動車電話はおなじみになってはいたものの、1998年まで携帯電話といえばビジネスエリート御用達といった存在だった。ところがその年Nokia（ノキア）社がカバーをとり替えられる「5110」（p.488）など一般向け携帯電話のラインナップを発表すると状況は一変した。まもなく多くの携帯電話製造会社が競合するようになり、携帯電話の価格は値下がりした。1992年に安価なテキストメッセージの送受信機能がはじめて搭載されると、すぐに人気が沸騰した。

技術革新は急速だったが、断片的だった。2000年にはシャープが11万画素イメージセンサーを搭載したカメラ携帯「J-SH04」を日本限定で発売。2001年には通信規格3Gの携帯ができたが、どこの国でもとてつもなく高価だった。2003年にはリサーチ・イン・モーション社（RIM）が「BlackBerry（ブラックベリー）」（図2）を発表し、電子メールのプッシュ式（常時接続）サービスとメッセージの暗号化サービスを提供したことで業務支援を獲得できた。あの象徴的なモトローラRazr（レーザー）（図3）は2004年にフィーチャーフォン［高機能携帯電話］が有終の美を飾るときが来ていることを告げ、2007年にはノキア「N95」がスマートフォン革命の到来を告げた。

しかしスマートフォン誕生の重要な原動力となったのはノキアの母国フィンランドではなく、カリフォルニア北部のシリコン・ヴァレーだった。この一帯を拠点とした企業は21世紀初頭から、のちに日常生活の多くの面にかかわることになるデザインを生みだしていた。マイクロプロセッサー生誕の地であるシリコン・ヴァレーはApple（アップル）社とGoogle（グーグル）社の生まれ故郷でもある。こうした企業は製品とサービスを利用すればだれもが幸せになれる、つまりもっと賢く健康で、情報通になり、効率的で社交的でもっと楽しくなれるという期待を売りこんだ。

完全主義はアップル製品の特徴であり、とくに同社の最高デザイン責任者で、iPhoneを生みだしたチームを率いたジョナサン・アイヴ（1969年-）のデザイン手法がそうだった。2007年にiPhoneが発売されると2008年にははやくもiPhone3Gが登場し、ユーザーの生活のコントロール・パネルとしての地位を確立して、リアルとデジタルの境界をどんどんあいまいにしていった。しかしiPhoneのアイディアはまったく新しいわけではなかった。最初のPDA（PersonalDigitalAssistant）つまり携帯情報端末といえるのは「Psion Organiser（サイオン・オーガナイザー）」（1984年）で、日記、アドレス帳、計算機が搭載されていた。アップル社も1993年にはNewton（ニュ

2008年

ノキアのカメラつき携帯電話が、コダック社のフィルムベース・カメラの販売数を上まわり、同時に最大のカメラメーカーとなる。

2010年

アップル社が大きな画面にタッチスクリーン・インターフェイスを組みあわせた新たなタブレット型小型端末を発表。

2011年

MasterCard PayPassやVisa payWaveの決済機能を搭載したはじめての携帯電話が登場。内蔵されたセキュアエレメントあるいはSIMカードによる支払いが可能に。

2013年

ペブル（Pebble）「スマートウォッチ」が発売される。Bluetooth経由でスマートフォンに接続し腕時計端末にデータを表示した。

2014年

『フラッピーバード』はAppStoreからダウンロードされた大人気のゲームだったが、クリエイターが常習性を理由に提供を中止。

2015年

ティム・クックが「Apple Watch（アップル・ウォッチ）」を発表。アップル社初のウェアラブル端末で、ユーザーをスマートフォンから解放するデザインだった。

4

5

4　2010年1月27日、スティーヴ・ジョブズがiPadを発表。「iPadによってまったく新しいカテゴリーのデバイスが誕生し定義され、ユーザーはアプリやコンテンツともっと身近で直感的に、そして圧倒的に楽しくつながるようになるだろう」

5　プンクト「MP01」は、シンプルな携帯電話で機能はメールの送受信と通話だけである。スイスのプンクト社はスマートフォン革命に背を向けて、自社製品を嬉しげに「能なし電話」とよび、新しいタイプの顧客に向けて発売した。

ートン）社と共同でタッチスクリーンで操作する携帯端末の開発を試みていた。「Palm（パーム）」がPDAのトップブランドとなる一方で、ノキアとブラックベリーは同じコンセプトをそれぞれのスマートフォンで進化させていた。そんなころまさに衝撃的な登場となったのがもっと薄く、もっと軽く、もっと高速でしかも直感的に使える「iPhone」（2007年）だった。

ワイヤレス接続やマイク、カメラ、タッチスクリーンといったさまざまなテクノロジーをつめこみ、しかも小型で軽量かつ酷使にも耐える複雑な製品を、きわめてホリスティックに追究していた企業はアップル社のほかになかった。コンピュータの処理速度をあげつつ1回の充電で最低1日はもたせる必要があった。さらに手にするのが楽しくて操作が簡単な携帯で、しかもアップル社の高水準の品質を保ちつつ量産されなければばならない。その成果が物理的デザインとデジタル的デザインの調和で、製造は中国の深圳（シンセン）市の膨大な工場群で行なわれた。

アイヴとデザイナー・チームが生みだしたiPhoneのガラスとアルミによるインダストリアルデザインは材質の基準となった。一方でスコット・フォースタル（1969年-）率いるチームがデザインしたソフトウェアは、使いやすさの手本となった。最初のiPhoneは物理的キーボードを嫌って静電容量式タッチスクリーンを採用した。このスクリーンからごく自然なスワイプやタッチジェスチャーでユーザーインターフェースが飛びだし、それをサポートするソフトウェアが、本物のように見えるボタンと機敏な動きのアニメーションをとおしてiPhoneがどのように機能するかを誘導する。

アップル社やHTC社、グーグル社などのスマートフォン企業が現れると、世界各国でさまざまな機種が開発された。ノキア「1100」、「1110」は発展途上国を中心に世界中で50万台以上を売り上げ、シンプルな携帯電話ながらも少額決済に利用されはじめた。一方先進国世界では、ますます複雑になるスマートフォン・テクノロジーをめぐって、激しい競争が展開されていた。iPhoneの出現により、グーグル社は自社のスマートフォン・ソフトウェア「アンドロイド」の中核となるデザインの変更を余儀なくされた。ほどなくして位置追跡用のGPS、健康を管理するバイオメトリック・システム、常時接続、バーチャル・リアリティ・ヘッドセット、超小型の周辺機器などが提供された。

こうしたモバイルテクノロジーはもちろん携帯電話にかぎった話ではなかった。ノートパソコンやタブレット、またアマゾン「Kindle（キンドル）」など電子書籍でも移動中の通信と情報へのアクセスが可能となった。これらのデバイスは短期間で出版や印刷ジャーナリズムといった旧来のメディア産業の枠組みに広範におよぶ衝撃をあたえた。

アップル社はハードウェアと同時に、のちに「iOS」として知られるようになるiPhoneのソフトウェアも市場に出しており、毎年ニューモデルの発売に合わせてソフトウェアもアップデートしていた。しかしiPhoneが本格的にその本領を発揮するのは2009年に「App Store（アップストア）」を開始してからだった。アプリ開発者なら『キャンディークラッシュ』（2012年）や『Flappy Bird（フラッピーバード）』（2013年）といったゲームから、『Uber（ウーバー）』（2010年、p.492）や『Tweetbot（ツイートボット）』（2011年）などのアプリまで、iPhone用のソフトウェアを制作することができた。しかし一方でアップル社の厳しい管理体制はあいかわらずで、同社のルールを順守しないアプリを排除したため、ときにはそのことが論争もよんだ。話は前後するが、2001年に同社は最初の実店舗をオープンし、2002年にニューヨーク市ソーホーに直営の本店を開設した。このアップル・ストアは世界に急速に広がり、旧来の小売りの概念に挑んだ。ジーニアスバー（サポート・カウンター）、若く熱心な販売員、独特なミニマルデザイン、そしてアップル社独自の高級感ある白色アクセサリーとパッケージといったすべてが、アップルというブランドイメージをあますところなく効果的に伝えたのである。

2010年、アップルの最高経営責任者スティーヴ・ジョブズ（1955–2011年）は、シリコン・ヴァレーで革新的技術を伝える際の常套句である「革命」と「魔法」という言葉を交えてiPad（図4）を発表した。完全主義の次なる大きな飛躍、2015年の「Apple Watch（アップルウォッチ）」の発売で、デジタル・デバイスはさらに個人的な領域へとふみこんだ。しかし2010年代中頃には半導体の微細化は物理的な限界に到達しはじめていた。シリコン・ヴァレーのブームもバブル崩壊寸前といわれるなか、こうした大量生産の環境コストと常時接続が現実生活での人間関係と社会的交換［人間の社会行動や対人間の行動のやりとり］に大きな影響をおよぼすのではないかという懸念が口にされるようになった。スマートフォンを所有してもかつてのような優越感が得られるわけではなく、市場にはあらたなステータス・シンボルとなるデバイスも姿を見せはじめた。スイスのブランド、Punkt（プンクト）社のためにジャスパー・モリソン（1959年–）がデザインした「MP01」（2015年、図5）は、通話とメール送信のみに特化している。重要な案件で予定がびっしりつまり、とにかく電話などで邪魔されたくないというエグゼクティブをターゲットにしている。 DG/AW

ノキア5110 1998年 Nokia 5110

フランク・ヌーヴォ 1961年-

1 外装

ノキア社は携帯電話をユーザーがカスタマイズできるテクノロジーにしようとした。ノキア「5110」の外装は上部にあるラッチを硬貨などで押せば簡単にはずせる。5110は時計にもなり、指定した時間にアラームをセットできる。

2 ボタン

ノキア5110のボタンは半透明で大きいので、キーパッドの操作がしやすく頑丈である。ディスプレーの下のナビ・キーはグラフィカル・メニューと連動して、160文字までのテキストをSMSで簡単に送信できた。

Nokia（ノキア）社は携帯電話の外装をデザインした初期のメーカーである。それが1992年に発売されたノキア「101 1G」と「1011 2G」モデル（はじめての量産GSM、つまり第２世代移動通信システム）で、このフィンランド企業には最先端のテクノロジーに「従う」最先端のシェルで包みこむ技術力があることを証明した。このプロジェクトを率いたデザイン・コンサルタント会社デザインワークスのフランク・ヌーヴォは、のちにノキアのデザイン統括責任者となった。

101はヌーヴォが手がけた最初の携帯電話だった。キーのレイアウトに十分なスペースをとり、使いやすい配置にし、キーのサイズと色はそのキーの重要度と機能を反映させた。送話口と受話口はちょうどよい間隔をとって大型画面を配した。この101を土台に製造されたビジネス向けの「6110」（1998年）と一般向けの「5110」は、101と量産品の象徴的存在となる「3310」（2000年）の中間的位置づけだった。6110はノキア製品のなかでいちばん小型で軽量化されたモデルで、その光沢のある外装はビジネス向けデザインにもかかわらずセンスが光っていた。赤外線ポートを搭載したことでPCとの接続も可能になった。しかしノキアのデザインが最先端スタイルとなったのは5110で実現した着せ替え可能な外装だった。カバーをとりはずせば、高価なノキア純正デザインとの交換はもちろん、すぐに出まわるようになったサードパーティの市販パーツと交換することもできた。

近年のノキアにはそうした輝きが見られなくなった。同社は一貫性のある戦略を追求せずに、数々の時代遅れな製品を残したまま、Android（アンドロイド）やiOSという排他的なオペレーティングシステムの陰で目立たない存在となった。2014年、ノキアは携帯電話部門をマイクロソフト社に売却し、現在はブランド名Lumia（ルミア）で販売されている。

DG

ナビゲーション

射出成形ABS樹脂とポリカーボネート。
13.2 × 4.75 × 3.1 センチ

デザイナーのプロフィール

1961–94年

1986年、フランク・ヌーヴォはカリフォルニア州パサデナのアートセンター・カレッジ・オヴ・デザインでインダストリアルデザインを専攻して卒業。デザインワークスに入社、同社で家電製品から自動車用品など多様な製品をデザインする。1989年からはノキア社で顧問デザインディレクターをつとめた。

1995年–現在

ノキア社のデザイン統括責任者となった。製品デザインを中心に担うデザイン部門を社内に創設。1997年ノキア社の超高級ブランド、ヴァーチュ（Vertu）の立ち上げにたずさわり、2006年にはノキア社常勤となった。2012年にノキア社がVertuを売却するとヌーヴォは退社し、大手家電の製品デザインを扱うデザインスタジオ・ヌーヴォの運営に専念した。

▲「Nokia 5110」はカラフルな「Xpress-on」カバーがそろい、黒や灰色以外の携帯電話を選べる。これによって携帯電話はファッションアイテムとなった。

SF小説

携帯電話のデザインはSF小説の影響を受けてきた。ノキア社のスライド式「8110」（1996年、右）は映画『マトリクス』３部作（1999–2003年）の多くのシーンで使用され（スプリング仕かけで必要なときにケースがカシャッと開く）、サムスン社のクラムシェル型「SGH-T100」（2002年）は『スター・トレック――ファーストコンタクト』（1996年）の影響を受けている。「スタートレック公式コミュニケーター」（2016年）は携帯電話のBluetoothハンズフリー・デバイスとして機能する。

アマゾンKindle 2007年 Amazon Kindle

LAB126 2004年設立／アマゾン社 1994年設立

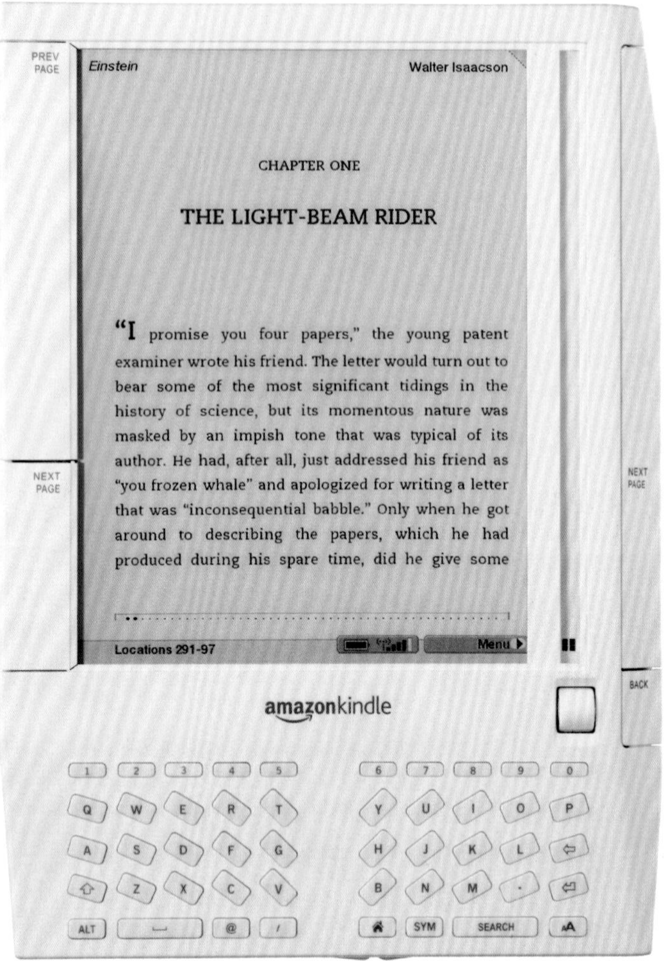

第1世代の「Kindle」は重さ289グラムで、200冊の電子ブックを保存できた。

ナビゲーション

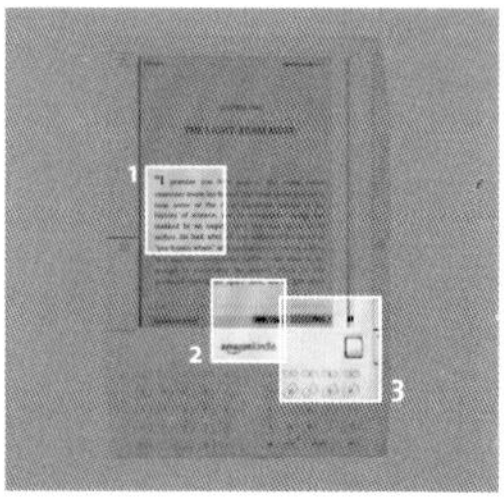

「Kindle（キンドル）」はアマゾン（Amazon）創立者であるジェフ・ベゾス（1964年-）が2004年に立ち上げたグループLab126によってデザインされた。このチームの使命は20年後のアマゾン社の事業を反映した製品開発にあった。最初はMP3プレーヤーとセットトップボックス（テレビ用チューナー）の組みあわせを試みたが、ベゾスは趣味でもある読書を中心にすえるよう指示を出した。ベゾスはこのチームに直接かかわっていた。ただし、単純さと増えつづける機能群を組みあわせるというベゾスの要求は矛盾するように思えた。しかしLab126はKindleという結論に到達した。これは消費電力が非常に小さい電子書籍リーダーで、どんな環境光のもとでも見やすいシンプルなスクリーン、電子書籍のストレージ、3G接続をそなえ書籍をダウンロードできた。

2007年の発売以来アマゾン社は毎年かならず新しいデザインを発表し、選択できるモデルをどんどん増やしている。こうしたKindleの進化速度に追いつけるような電子書籍リーダーはほかにない。画面のサイズを維持しながら端末全体を薄く小型化し、しかもより鮮明で明るくなり、新しい紙に印刷されたかのような感触に近づいている。2010年にアマゾン社はKindle人気により、電子書籍の売り上げがはじめてペーパーバックの売り上げを超えたと発表した。 DG

フォーカス

1　テキスト
Lab126は小電力で動作する電子書籍リーダーを模索していたが、その答えがMITメディアラボのeインク・テクノロジーだった。画面は印刷物のように光を発しない。電源を切っても画像が消えることはない。電力を消費するのは次のページに移るときだけである。

2　バッテリー持続時間
長時間バッテリーを持続させるのに採用したのがeインク・テクノロジー（電子ペーパー）と高速フラッシュメモリだった。最初の「Kindle」でバッテリーは約4日間持続した（3Gを利用した状態）。使っていなければまったく電力を消費せず、それでも1枚の画像をいつまでも映しだしておける。

3　インターネット・アクセス
アマゾン社はクアルコム社およびAT＆Tと取引して、ユーザーが無料かつ無制限に3Gを利用しAmazonストアにアクセスして、書籍をダウンロードできるようにした。この「ウィスパーネット」によってユーザーはどの端末を使っても読書の進捗状況を保存できるので、デスクトップ・コンピュータとのあいだでの低速であてにならない同期をとる必要がなくなった。

▲アマゾン社は電子書籍リーダーのタブレット版「KindleFire（キンドルファイア）」（上）を2011年に発表、続いて2012年にはHD版、2013年にはHDXを発売した。この端末の特徴はディスプレーがカラーで、Amazonアプリストアはもちろん、動画のストリーム再生やテレビ番組へのアクセスもできることである。

Kindleに全力投球

「Kindle」のデザインは骨の折れる作業だった。製造、販売の準備はさらに困難で、3年以上を要した。最初に製造した電子ペーパーディスプレーはわずか1カ月で急速に劣化するという欠陥が判明したが、幸いにも発売前までには改善できた。一方カスタムメイドのウィスパーネット用ワイヤレスチップはアメリカの半導体会社クアルコム社と共同で設計し、クアルコム社がその製造を受けもつことになっていた。ところがクアルコム社は競争相手のブロードコム社から特許権侵害で告訴され部品をいっさい販売できなくなった。こうした紆余曲折をのりこえKindleが発売にこぎつけられたのは、当時の電子書籍リーダーがかかえていた多くの問題を解決したからだった。ところがアマゾン社はKindleの販売予想をあまりに過小評価したため、発売まもなく在庫不足におちいった。

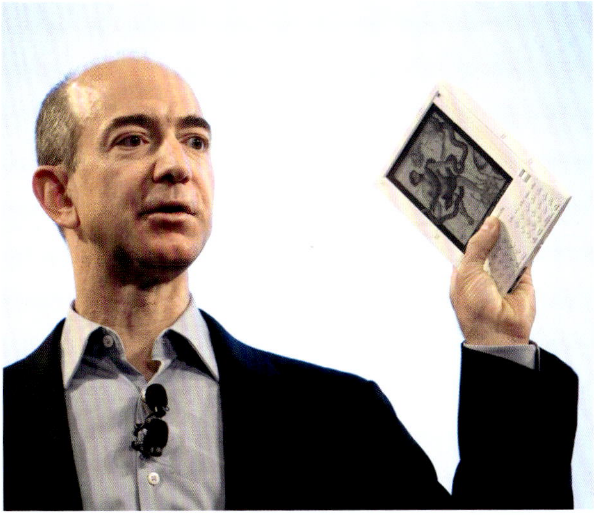

Uber　2010年　ウーバー

ギャレット・キャンプ　1978年－／トラヴィス・カラニック　1976年－

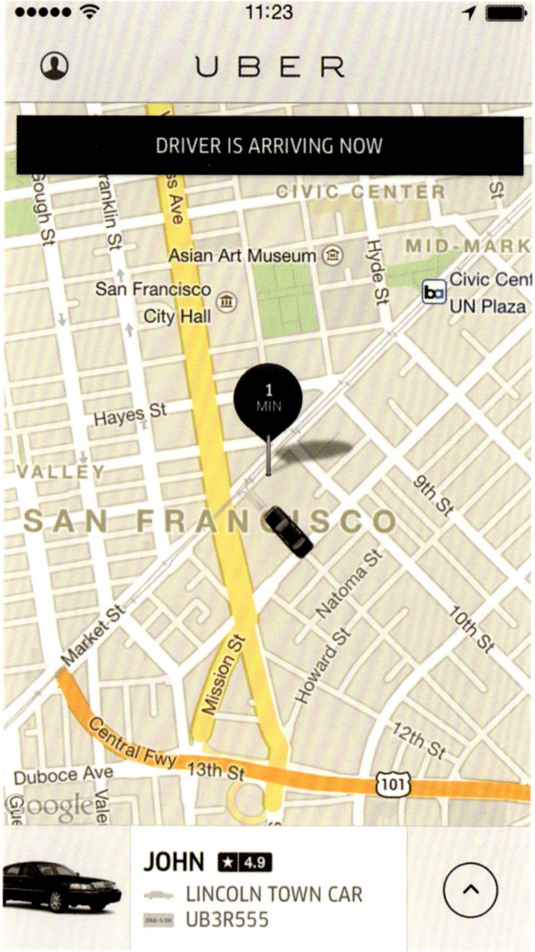

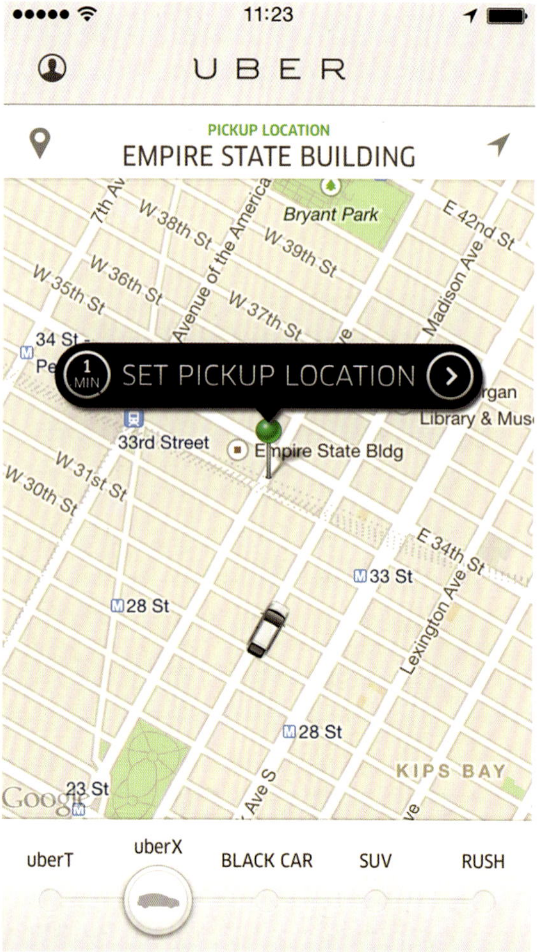

「Uber」はドライバーと乗客の評価システムを導入してサービス品質を確保している。ドライバー名の横にそのドライバーの評価の星が表示される。

アプリケーションはスマートフォンのハードウェアとネットワーク接続をデザインによって仲立ちするが、微妙なアイディアの差がその成功と失敗を分ける。ときには成功があまりに絶大で業界全体が一変してしまうこともある。タクシー業界で「Uber（ウーバー）」がもたらした変化ほど圧倒的なものはない。スマートフォンとアプリケーションが、圧倒的に魅力的な利便性によってどう普及するのか、デザインがそれをどう可能にするかの手本である。

簡便性がUberの成功の鍵だった。なぜならタクシー予約をするためにただディスプレイを少しばかりタップしていくだけで、タクシーの配送時間や乗車してから到着までの時間、料金の把握や支払いの小銭の用意など、従来のタクシー利用で生じていた問題にまとめて対処することになったからである。Uberのわかりやすいインターフェイスの裏側には、Uberの保有車両を管理する信じられないほど複雑なネットワーク・インフラが存在し、このネットワーク上でドライバーは自分の位置と状況を報告するアプリ「Uber Partner（ウーバーパートナー）」を利用する。Uberの「サージ・プライシング（料金上昇）システム」は、乗車依頼の多い区域では料金が高くなる。依頼の多い特定区域に多くのドライバーを向かわせるためにこのようなデザインになった。料金を安価に抑えるため、Uberはドライバーを雇用せず車両も保有しない。ドライバーはみな自営業で、料金競争とUberの評価システムによって管理されているのだ。　AW

ナビゲーション

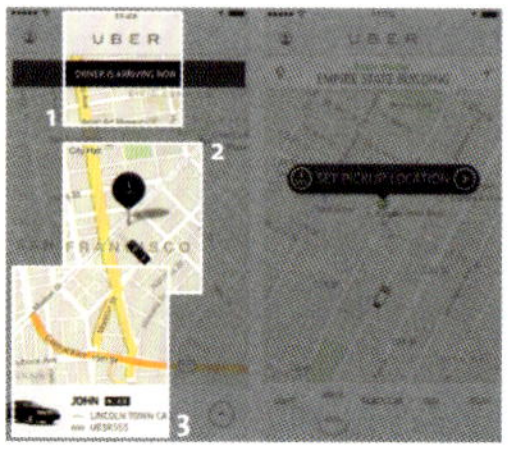

フォーカス

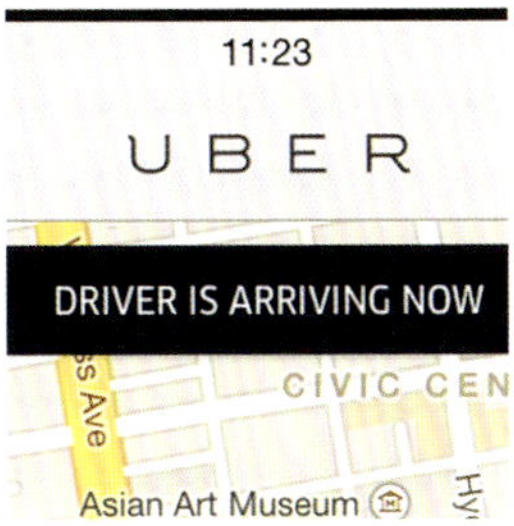

1　使い勝手の良さ
「Uber」の本質は使い勝手の良さにある。GPSのおかげで、アプリを立ち上げればいまいる周辺地図が表示される。地図上で「乗車場所」をタップし目的地を入力すれば、タクシーがやってくる。このアプリでタクシーが到着する時間をリアルタイムで確認でき、料金も最後にこのアプリで決済する。

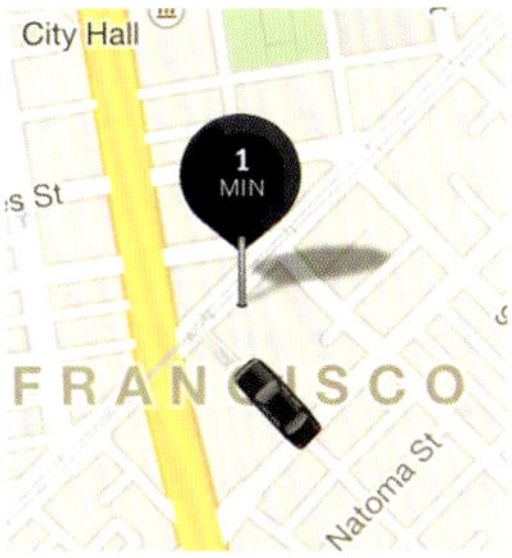

2　地図表示システム
Uberの地図上で、タクシーが近くまで来ているのがリアルタイムで確認できて、あと数分で乗車できることがわかるので安心できる。こうした視覚情報が現実を反映していないと主張する研究者もいたが、ウーバー社はすぐにその指摘を反証してみせた。

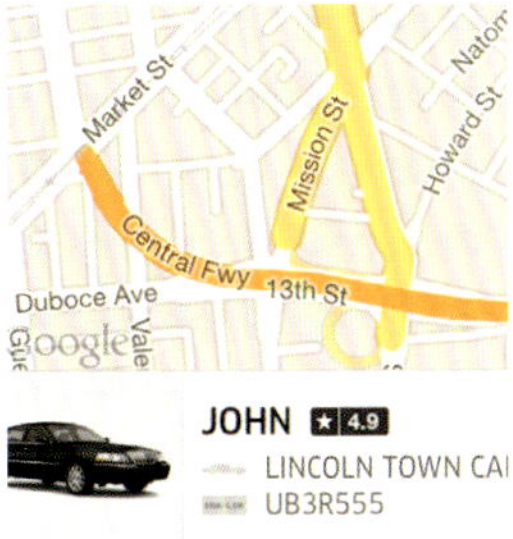

3　かゆいところに手がとどく
Uberアカウントをもっている別の乗客と簡単に料金の割り勘ができるなど、Uberアプリにはかゆいところに手がとどく多くのサービスがそなわっている。またUberの評価システムから算出された評価のほかに、車両とドライバーの情報も提供される。

デザイナーのプロフィール

1976–2000年
トラヴィス・カラニックはロサンゼルスで生まれ、カリフォルニア大学ロサンゼルス校で計算機工学を学んだ。1998年Scour（スカワー）社を共同設立し、検索エンジンおよびP2Pファイルシェアリングサービスを構築するために大学を中退。しかし著作権侵害訴訟により会社は2000年に倒産した。

2001–07年
2001年、新たに大容量のメディアファイルを転送できるP2Pファイルシェアリングサービス会社Red Swoosh（レッド・スウッシュ）社を共同で設立した。この会社は2007年に、アカマイ・テクノロジーズ社に1900万ドルで買収された。

2008–09年
仲間の起業家ギャレット・キャンプとともに「Uber Cab（ウーバー・キャブ）」としてウーバー社を設立、同社の最高経営責任者となった。カラニックは過去のベンチャー経営のプレッシャーで疲れきっていたが、携帯電話アプリのアイディアを支援するキャンプにプロジェクト推進を説得された。

2010年–現在
Uberのサービスが2010年にサンフランシスコではじまった。2011年には毎月新しい都市に営業を拡大し、2011年12月にはアメリカ国外で初となるパリへ進出。このアプリは乗車依頼が高くなりそうな場所、乗客が向かいそう場所を予測できるようにデザインされている。さらにドライバーが巡回すべき区域と新しい乗車依頼に向かわせるドライバーを最適化している。2014年にウーバーのデータサイエンティストの検証により、乗客が少ない時間帯には巡回するより停車すべきで、それによって燃料消費と排ガス削減になると結論づけられた。2014年には、カラニックの推定資産は60億ドルになり、アメリカ長者番付「フォーブズ400」の290位につけた。

自動運転車

2015年、カラニックはUberの将来は自動運転車にあり、それがタクシー業界崩壊の道へとつながる新たなステップとなると述べている。そしてグーグル社がデザインしたような自動運転車（右）は、都心部の渋滞を減少させ、交通安全に大きく貢献することが可能で、Uberの指標とする「未来像」なのだという。2014年の終わりまでに16万人に達するUberのドライバー・ネットワークにカラニックはあまり関心がない。なにしろ「Uberの料金が高い理由は、料金には自動車だけでなく車のなかにいるもうひとり分も入っているからだ」と説明しているほどなのだ。

進化するプラスチック

21世紀になってプラスチックをめぐる環境問題へ懸念が増しているが、現実にはプラスチックはありとあらゆるところに存在する。家庭や職場、自動車、製品の包装、さらに多くの製品そのものがプラスチック製である。これほどまでに普及している理由のひとつは安価だからだ。それ以上に説得力があるのは、その信じられないほど幅広い用途である。プラスチックを使えば、考えられるかぎりほとんどの機能を実現できる。製法やプラスチックの種類によって、しなやかで柔らかくもなるし、硬く頑丈にもなり、編みこむこともできれば着色もでき、透明や不透明にもなる。リサイクルも可能だが、再生プラスチックは生産にエネルギー投入が必要で、質がかなり劣化することから、エコロジー的には当初予想されたほどの利点はない。

日常生活にこれほどプラスチックがあふれているとすれば、埋め立て処分場や世界中の海洋を埋めつくすプラスチックが急速に世界的問題となっているのも当然である。低コストのプラスチック製品は毎日なにげなくすてられている。なかでもあまりにも安いのでほとんど反射的にすてられているのがポリ袋で、無数のポリ袋が世界中の海を汚染している。いわゆる「太平洋ゴミベルト」の面積は正確に測定されたことはないが（テキサス州に相当する面積だとも、アメリカ合衆国の2倍であるともいわれている）、海洋生物にとって脅威であるのはまちがいない。プラスチックは生物分解されず、光分解により長期間かけて劣化し製品に使われていた有害化学物質とともにバラバラになり、食物連鎖に組みこまれる。

キーイベント

1996年

フランスのデザイナー、フィリップ・スタルクがポリプロピレン製の椅子「ロード・ヨー」に続いて「ドクター・ノー」を発表。この2脚の椅子が現代のプラスチックの美学をよびさました。

1997年

京都議定書で温暖化ガス排出削減目標の大綱が合意される。

2000年

ジャスパー・モリソンが革新的な「エアチェアー」を発表、ガスインジェクション方式で生産される単一部材のミニマルデザインだった。

2002年

スタルクがアームチェアの「ルイゴースト」を発表。射出成形ポリカーボネート製で、プラスチック製品にウィットと魅力をもたらした。

2002年

イギリスのデザイナー、マイケル・ヤングがカラフルなアウトドア家具「ヨギ・ファミリー」をデザイン。

2002年

バングラデシュで大洪水のあとで配水管にレジ袋がつまっていたことが判明。世界ではじめてレジ袋を禁止した。

プラスチックが持続的発展に大きな支障となるにもかかわらず、新たなフォルムを試すことができ期待どおりの機能が得られることから、デザイナーは依然としてこの素材を使いたがる。大衆に低コストの製品を提供できるからでもある。

また最近のプラスチック技術の進歩により、デザイナーはプラスチックを使ってデザインするだけでなく、プラスチックそのものをデザインできるようになったことも新たな魅力となっている。ドイツのデザイナー、コンスタンティン・グルチッチ（1965年–）は、「ミュトチェア」（2007年、p.498）の原型を制作しているとき、プラスチック（ドイツのBASF社が製造する「ウルトラデュア」）の成分を変化させるとデザインを細かく調整できることを発見した。つまり幾何学的構造ではなく、プラスチックの化学的性質を変えたのである。コンピュータ・シミュレーションによりそれが可能になった。またグルチッチのそれ以前の「ミウラ・バースツール」（2005年）もコンピュータによるデザインで可能になった。複雑な自由曲面で構成される一体型のモノブロックデザインである。

プラスチックによる環境への影響を緩和する方法のひとつは、使用量を減らすことだ。この解決法を実証してみせた革新的デザインが、イギリスのデザイナー、ジャスパー・モリソン（1959年–）による「エアチェア」（2000年、p.496）である。従来の射出成形を使って製造されたミュトチェアとは違い、エアチェアには高価なガスインジェクション成形が用いられた。プラスチックはガスインジェクションによって型の縁に押しつけられる。これで中空構造が形成され、さらに厚い断面から薄い断面へとスムーズに変化させることができた。椅子としての強度が求められる脚の断面は厚く、背もたれのように軽量化したい部分の断面は薄くできる。イギリスのデザイナー、ロビン・デイ（1915–2010年）による金属製の脚のついた独創的な「ポリプロップチェア」（1963年）と似ているが、エアチェアはポリプロピレン製で積み重ねられてしかも全体がプラスチックの一体成形である点が異なる。

1973年のオイルショック以前までプラスチックは華麗な地位を享受していた。その功労者のデザイナーをひとりあげるなら、フィリップ・スタルク（1949年–）になるだろう。ポリプロピレンで制作した、スタルクの初期のプラスチックチェア「ロード・ヨー」（1994年）と「ドクター・ノー」（1996年）は伝統的なフォルムにたっぷりのウィットとセンスを効かせたデザインで、プラスチックのイメージを急上昇させた。しかし実際にプラスチック製家具への購買意欲をそそらせたのはスタルクがデザインした「ルイゴースト」（2002年、図2）だった。射出成形ポリカーボネート製で、18世紀の有名なルイ15世の椅子からバロック様式の装飾を削り落としたデザインで、その影のような存在の希薄さはアイロニーさえ感じさせる。とりわけ印象的なのは風景をさえぎらない透明バージョンで、空間の広がりをイメージさせた。黒色など色つきのオプションもあった。かなり高い値がついたが、この椅子はアメリカでベストセラーとなり、家具と照明を扱うカルテル社により製造開始から10年で150万脚が販売された。

漫画的とはいわないまでも、とてもユーモラスで色鮮やかなのが「ヨギ・ファミリー」（2002年、図1）で、イギリスのデザイナー、マイケル・ヤング（1966–）がイタリアのマジス社向けにデザインしたアウトドア家具である。地面につくくらい背が低く丸みがあり、その漫画にでも出てきそうなフォルムには、肩肘を張らずにほっとするものがある。 EW

1

2

1　デザイナーのマイケル・ヤングはプラスチックを使い面白味があって色鮮やかな作品を作りだしているが、アウトドア家具ヨギ・ファミリーもそのひとつ。

2　「ルイゴースト・アームチェア」は、再生可能なポリカーボネートを射出成形し一体化して作られている。

2005年	2007年	2012年	2014年	2014年	2015年
コンスタンティン・グルチッチが「ミウラ・バースツール」をデザイン。コンピュータを使い多様な表面形状を組みあわせた複雑なフォルムを一体成形した。	グルチッチがカンチレヴァー（片持ち構造）の「ミュトチェア」を一体化成形でデザイン、これがドイツの化学企業BASFの製品「ウルトラデュア」のお披露目ともなった。	スタルクの「ルイゴースト」が発売以来150万台を売り上げ、製造元カルテル社のベストセラーとなる。	欧州議会がレジ袋利用を2019年までに80％削減する指令案を可決。	カリフォルニア州が使い捨てレジ袋を禁止する法律を可決［この法律に反発した業界によって、2016年に住民投票となったが僅差で禁止が決定］。	イングランドは連合王国の他国と歩調を合わせ、大型小売店での使い捨てレジ袋に5ペンスの料金を課す制度を導入。

エアチェア　2000年　Air Chair
ジャスパー・モリソン　1959年–

ガラス繊維強化ポリプロピレン。
77.5 × 51 × 49 センチ

「エアチェア」は、ジャスパー・モリソンがデザインしイタリアのマジス社が製造した衝撃的にシンプルな椅子で、ポリプロピレンとガラス繊維を素材にガスインジェクションで一体成形している。ポリプロピレンにガスインジェクションを利用した初期のデザインで、このテクノロジーによりデザイナー家具にしては安価な製品になった。

モリソンは、マジス社のオーナー、ユージニオ・ペラッツァ（1940年–）から、まだ初期段階の技術だったガスインジェクションで製造したなめらかなプラスチックのチューブを見せてもらったとき、エアチェアのデザインを思いついた。モリソンのデザインの発想はこうした支援があって生まれた。モリソンは当初100パーセント木製の椅子を考えていたが、その後もっと軽く、耐久性があり、丈夫で積み重ねられるデザインの椅子を追求しはじめた。

従来の射出成形では型の空洞部分にプラスチック素材をつめこむのだが、圧力をかけると表面にムラができたり、型がゆがんだりすることがあった。そこで不活性ガス媒質を利用すると、型のなかで圧力がスムーズかつ均等に分散するので、低圧でひずみを最小限に抑えて、最終的な製品の強度も高められた。また曲面の精度も大幅に改善できた。さらに中空構造になるため少ない原料ですみ、製造コストを30パーセントも削減できた。また中空でプラスチック量が少ないために、プラスチックが早く冷め固化が速くなり、生産性も向上した。

モリソンのシンプルなデザインと流動性の高いプラスチック素材、そして革新的製法が現代の象徴的デザインとなった。モリスは徐々に作品の幅を広げて、折りたたみ式の椅子やアームチェア、テーブルなどもデザインしている。　JW

ナビゲーション

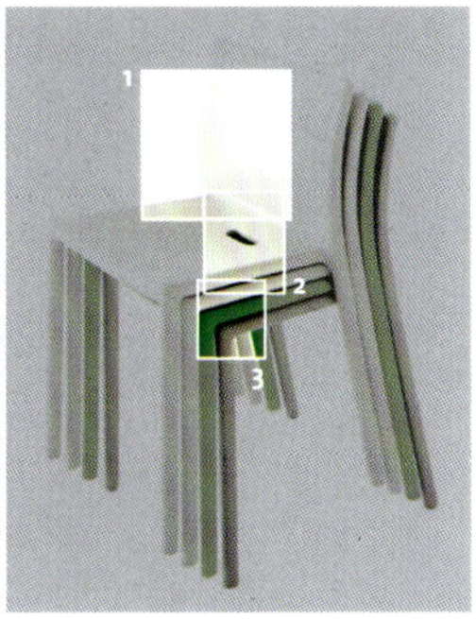

フォーカス

1　背もたれ

背もたれの曲線は脊柱と腰を支えつつ、しなやかに下向し後脚へとつながる。椅子の幅は直線的なラインで定めているが、奥の曲線は微妙にアラビア風である。また背もたれ全体にアジア風、北欧風の趣がある。

2　シート

シートは背もたれと同じ幅で十分な余裕があり、水平で脚の幅を一辺とする四角形になっている。素材が素朴で、装飾やクッション材が使われていないのにもかかわらず、幅がたっぷりしているおかげで、余裕と快適さを感じさせる。

3　カラー

当初からエアチェアには８色のバリエーションがあり、セットで購入する気にさせた。その活気ある明るい彩色は、機能的製品にも個性があっていいといわんばかりだ。白色バージョンはこの椅子のミニマリズムを強調している。

グローボール・ファミリー

モリソンの最初の「グローボールライト」は、イタリアの企業フロス向けに1998年にデザインされ１年後に発売されたが、そのデザインの目的はシンプルかつ機能的な構造で、まぶしくない環境光を最大限に拡散させることにあった。このライトは、自然な感じの扁平な球殻状にふくらませたガラスでできていて、外面は酸エッチをほどこし乳白色にしている。台座部分は透明な射出成形ポリカーボネートである。グローボールはラインナップが徐々に増えてファミリーとなり、ペンダントライト、シーリングライト、フロアライト、ウォールライト、テーブルライト（上）が、それぞれのタイプですくなくとも３つのサイズで用意されている。清潔感のある柔らかい白色光で、いくつかまとめてレイアウトすると美しさがきわだち、惑星を眺めているような気分になる。

ミュトチェア　2007年　Myto Chair

コンスタンティン・グルチッチ　1965年-

ポリブチレンテレフタレート（PBT）。
82 × 55 × 51cm

「ミュトチェア」は、原材料であるポリブチレンテレフタレート（PBT）の量を最小限にしながら一体成形したプラスチック製の椅子で、イタリアのプランク社が製造している。デザインは軽量で丈夫、座り心地がよく、積み重ね可能でコンパクト、しかも魅力的である。ミュトがカンチレヴァー型であることもあって、ドイツのデュッセルドルフで開催された「K2007国際プラスチック見本市」でのお披露目は、デザイン界をあっと驚かせる野心の表明となった。

カンチレヴァー型の椅子は構造を支持する後脚がなく、製品化がきわめてむずかしいフォルムとして知られている。その代表例は伝説的ともいわれるもので、なかにはルードヴィヒ・ミース・ファン・デル・ローエ（1886–1969年）による「MR10」（1927年）、マルセル・ブロイヤー（1902–81年）による「B32」（1928年）、ヴェルナー・パントン（1926–98年）の「パントンチェア」（1960年、p.352）のように20世紀のデザインの筆頭にあげられるものもある。

2006年にドイツの化学メーカーBASF社は同社のウルトラデュア・ハイスピードというプラスチック（高流動性PBT）を使った製品のデザインをコンスタンティン・グルチッチに依頼した。この素材の特性を知ったグルチッチは、射出成形一体型プラスチックによるカンチレヴァー型チェアの開発を思いついた。デザイン史の重さに屈することなく、グルチッチはシートと背もたれをメッシュにして軽くてしなやかな椅子を作ろうとした。ミュトはわずか1年で完成した。グルチッチは椅子には実用性だけなく個性も必要だと考えている。ミュトをメッシュ構造にして動物の皮膚感を出そうと構想し、椅子の全体にきっちりしたアウトラインをあたえて、丸みを残しつつも緊張をはらんだ表面で爬虫類の特徴を表現した。「動物たちが獲物に飛びかかろうとしてこんな格好になることがあるでしょう」とグルチッチは述べている。

JW

ナビゲーション

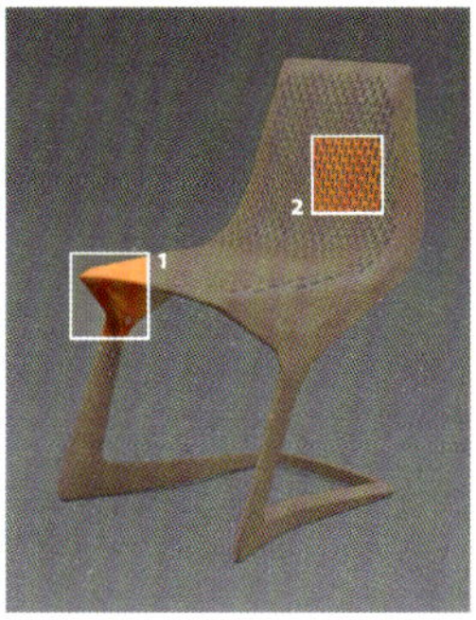

フォーカス

1　角張ったフォルム

「ミュト」は工業的スタイルと大胆で実験的なアートの要素が組みあわさっている。この椅子を人間がひざまずいているようだという者もいれば、この角張ったフォルムには東欧的美学の雰囲気があると評する者もいる。頑丈で安定したフレームが構造の核となり、そこにシートと背もたれがおさまっている。

2　メッシュ構造

グルチッチがこの素材の流動性と強靱性に目を輝かせたのは、「厚い断面から薄い断面へ流れるように成形できる」からだった。ミュトのフォルムは、まず堅固な支持体となるフレームがあり、このフレームが対称的な構造を保ちながら網状のメッシュへと融合している。

クレリチベンチ

イタリアの家具メーカー、マティアッツィ社向けにグルチッチがデザインした「クレリチベンチ」は、2015年にミラノサローネ国際家具見本市で発表された。このベンチは伝統的な木製ベンチで、シートを低くしてクッションをのせたタイプもあり、材料には硬いヨーロッパナラや着色したトネリコを使っている。木製の板に木目を生かすための着色をしており、赤いベンチ（右）はとくに印象的である。このベンチのシルエットはネガティブスペースを縁どっているようにも見えて、ピエト・モンドリアン（1872–1944年）と芸術運動デ・ステイル（p.114）の絵画を連想させる。

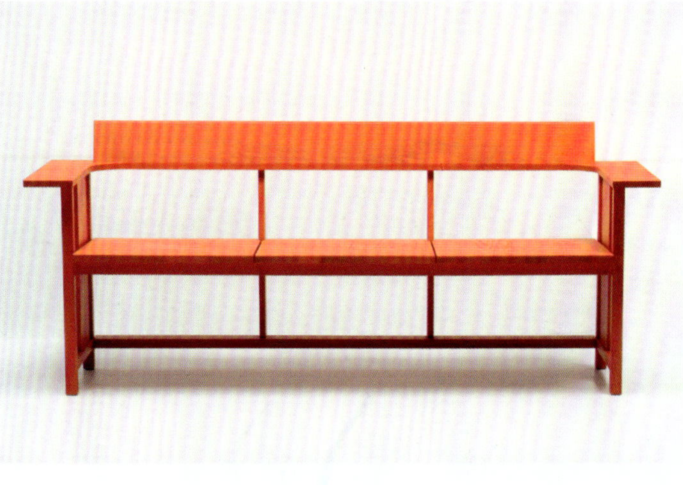

不意打ち戦略

新進のアーティストやデザイナーはかならず先人の美学とエトスに異議を申し立てる。それは若者の反抗という終わることのない循環の一部なのだ。時代の最先端も次の世代には退屈になる。不意打ち戦略は、1970年代のパンク（p.410）や1990年代のヤング・ブリティッシュ・アーティスト（YBA、ダミアン・ハースト、トレーシー・エミンら）の例のように、名を売る手段となることも多い。YBAの隆盛と同じ頃、オランダでは「ドローグ」という前衛的デザイン集団が登場した。1993年、前衛派に造詣の深いジュエリーデザイナーのハイス・バッカー（1942年–、図1）と文化評論家のレニー・ラマカース（1948年–）が創設したドローグは、主流デザインで一般的な基本前提や信念に挑戦する、ヘラ・ヨンゲリウス（1963年–）やユルゲン・ベイ（1965年–）といった、新進気鋭のデザイナーの作品を支持した。1980年代は物質主義がはびこり、実質より外見がまさる時代だった。ドローグはこうした風潮の皮相性と知的怠慢を拒絶して、そのようなデザインを完全にひっくり返し、体裁や製品としてのできよりも思想と創造性を追究する重要性を強調して、コンセプチュアルアートの姉妹版であるコンセプチュアルデザインを生みだした。

美は見る者によって変わるが、世界を美しい場所とすることがデザインの主目的とする考え方が、つい最近まで広く受け入れられていた。ドローグはこうした考えをこばみ、従来の基準からすれば、粗野で田舎くさく未完成とされた作品を作らずにいられないデザイナーに、主流と異なるデザイン構想とともに

1　ハイス・バッカーのステンレス製フルーツボウル（2000年）は水滴形のデザイン。

2　テヨ・レミのチェスト（1991年）はひろった引き出しをジュート製のひもでくくった。

3　ユルゲン・ベイの「木の幹のベンチ」（1999年）。背もたれはブロンズ製。

キーイベント

1997年	1997年	1997年	1998年	1998年	1999年
デザイン・アカデミー・アイントホーフェンが新築のデ・ヴィッテ・ダム（白い人）という建物に移転。	ロベルト・フェオ（1964年–）とロザリオ・ウルタド（1966–）が共同でロンドンにエル・ウルティモ・グリートを設立、ウィットに富むコンセプチュアルデザインを制作。	「デザイナーズブロック」がロンドンの商業イベント「100％デザイン」でサテライト展としてはじまり、新進デザイナーによる実験的作品の発表の場となる。	ミラノサローネ国際家具見本市でサロン・サテライトが若手デザイナーの発表の場として提供される。	ロン・アラッドがロンドンのロイヤル・カレッジ・オヴ・アートに新設されたプロダクトデザイン学科の学科長に就任。	トレンド評論家のリー・エデルコートがデザイン・アカデミー・アイントホーフェン学長に就任。10年の任期のあいだに大きな影響をあたえた。

その活動基盤を提供した。

ユルゲン・ベイの「木の幹のベンチ」（図3）は、ねかせた巨大な丸太の上に椅子の背もたれをならべて挿して、ドローグ哲学ともいえる未完成感を具現化している。ヨンゲリウスの「ソフト・アーン」（1993年）も典型的なドローグ作品である。シリコンゴム製の容器は柔かく、型の合わせ目でできた痕もそのままで、素材の茶色の色づけがまだらになった部分もあえて隠そうとしない。しかし視覚的には地味ながらインパクトある作品で、飾らない単純性がかえって印象的である。ドローグのエトスについてラマカースは次のようにまとめている。「資源を節約して原料や製品、形式を何度もリサイクルし、様式を意図的に欠落させて、いくつかのデザインをその場しのぎで使うこと。これらはみな蔓延する過剰消費や、デザインと様式の同一視、さらに技術的完全性に対する批判的表現となっているのです」

社交家として知られるマルセル・ワンダース（1963年–）にとってドローグはきわめて重要な出発点であり注目を集める場にもなった。ワンダースの重力にあらがうような「ノッテドチェア」は、エポキシ樹脂をしみこませた炭素芯入りのひもを結んだもので、最初は1996年にドローグの援助のもとで発表され、その後2005年にイタリアきってのスタイリッシュブランドであるカッペリーニ社により製品化された。ドローグはテヨ・レミ（1960年–）の引き出しをいくつもよせ集めたチェスト（1991年、図2）やロディ・グラウマンズ（1968年–）の「85ランプ」（1993年）など、衝撃的なコレクションによってデザインの方向性を直接提示しただけでなく、フィリップ・スタルク（1949年–）ら主流デザイナーの作品に影響をあたえることで、デザイン界に派生的なインパクトをもたらした。スタルクの「アッティラ・スツール・テーブル」（1999年）は大きなプラスチック製の小人が特徴の度肝を抜かれるほどキッチュなデザインで、おそらくドローグの存在がなければ日の目を見ることはなかっただろう。こうした常識をくつがえす不意打ちは、スウェーデンのデザインユニット「フロント」やブラジルのカンパーナ兄弟（ウンベルト1953年–とフェルナンド1961年–、p.516）など、世界的に成功した多くのデザイナーの常套手段となっている。フロントのデビュー・プロジェクトである「動物によるデザイン」（2003年）には、くねくねした線を掘り虫食い穴のパターンを再現した木製テーブルや、ネズミにかじられた壁紙のロールなどがあった。

オランダではデザイン・アカデミー・アイントホーフェンがドローグの温室兼繁殖環境の役割を担い、その肥沃な領域が維持されている。コンセプチュアルデザインは、1990年代中頃以降ロイヤル・カレッジ・オヴ・アート（RCA）にもしっかりと根づいている。その焚きつけ役になったのは、1998年から2009年までRCAのプロダクトデザイン教授をつとめ、豊富な知識をもつロン・アラッド（1951年–）だった。イギリスの不意打ちは、ジタ・シェントナー（1972年–）やカール・クラーキン（1973年–）の遊び心ある反体制的デザインに見られるように、ウィットとユーモアをきかせる例が多い。シェントナーのなんともおぞましい「ストラングルド・ライト」（1998年）は、みずからのコードで首をつっているセラミック製ランプシェードで、2002年の「不気味な部屋」展で呼び物になった。クラーキンの「ロング・クローリー・シング」は、シートにクッション材を入れ多数の猫足をつけたムカデのようなベンチで、これも展示の目玉となった。

LJ

2001年	2001年	2002年	2004年	2005年	2009年
オランダのデザイナー、マルセル・ワンダースが物議をかもしたブランド、モーイをオランダで共同設立、アートディレクターをつとめた。	ワンダースが「エアボーン・スノッティ・ベース」（p.502）を発表。不意打ちで注目を集める。	ロンドンの「不気味な部屋」展で、陶芸家リチャード・スリー（1946年–）とガラス作家エマ・ウーフェンデン（1962年–）の作品が目玉となる。	ロンドンのクラフツ・カウンシル・ギャラリーで「美女と野獣――新しいスウェーデンのデザイン」展が開催されて、スウェーデンの革新的デザイナーに光があてられる。	フィリップ・スタルクがイタリアの照明ブランド、フロスのために挑発的な「銃」コレクションをデザイン。「カラシニコフAK-47テーブルライト」（p.504）もそのひとつ。	ロン・アラッドに代わりトード・ボーンチェ（1968年–）がロイヤル・カレッジ・オヴ・アートのプロダクトデザイン学科長となり、2013年までつとめる。

エアボーン・スノッティ・ベース—インフルエンザ 2001年

Airborne Snotty Vase: Influenza　　マルセル・ワンダース　1963年–

ポリアミド。
15 × 15 × 15 センチ

オランダのデザイナー、マルセル・ワンダースはこれまで世間を楽しませるデザインや、世間を驚かせるデザインを追究してきた。ラディカルなアウトサイダーとして出発したワンダースだが、商業的な成功をおさめた現在は、世界中の一流クライアントの注目を集める大規模なデザイン・スタジオを率いて多くの作品を世に送りだしている。ワンダースは意図的に慣習を無視することで、悪評を逆手にとって成功している。称賛する者はそのど派手なデザインの大胆さをたたえるが、批判的な者はひとりよがりと洗練に対する露骨な無視に衝撃を受け反発する。

ワンダースは1990年代中頃から、オランダの創造的なデザインの発展の中心的存在となっている。遊び心を忘れず、いたずらっぽく天真爛漫で、純粋に自由な実験を楽しんでいる。ワンダースの作品のなかには幼稚で未熟なものもあり、無邪気と洗練が混在する。鼻水を想起させ嫌悪感をいだかせるフォルムの「エアボーン・スノッティ（空白鼻水）・ベース」は、「ラピッドプロトタイピング」という手法で制作された。その奇妙なフォルムは人間の鼻水を3Dスキャンし、そこに写った微粒子を拡大して制作されている。これでもまだ異常さがものたりないかのように、このシリーズの５つのデザインはどれもインフルエンザ、副鼻腔炎、コリーザ（鼻感冒）、花粉症、臭鼻症と、どれも鼻腔に関係する疾病にちなんだ作品となっている。3Dプリント技術を限界まで駆使し、ワンダースは「洗練」の意味をたいていの人が癒やされる快適ゾーンのはるか彼方へと押しやっている。 LJ

ナビゲーション

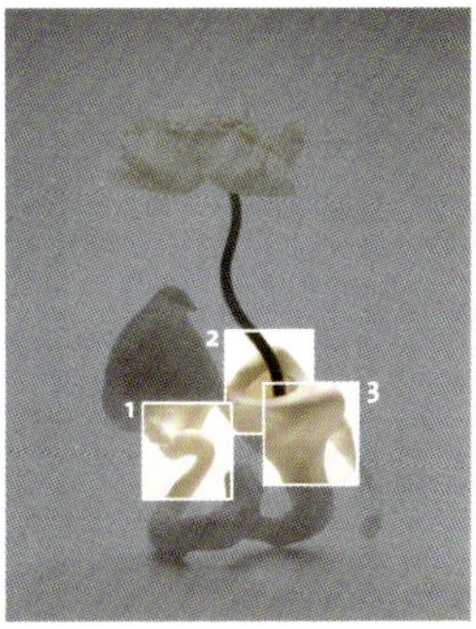

フォーカス

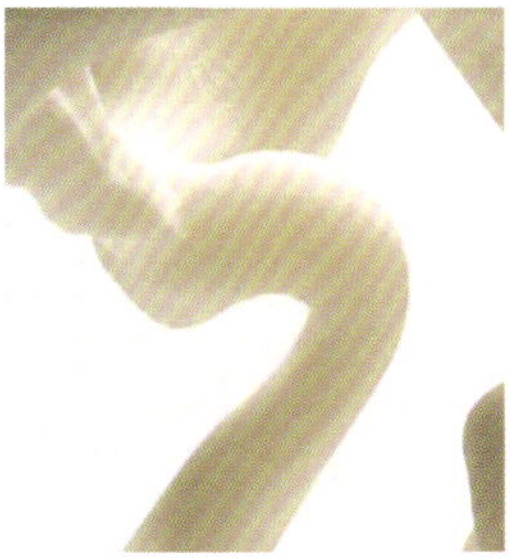

1 曲線
いまにも流れ出しそうな不規則なフォルムは、3Dスキャナーを使い人間のくしゃみで飛散した粘液粒子を記録したものから制作。ワンダースはこの実験的な容器デザインを制作するために、スキャナーに精密工学、医療手段まで動員した。

2 中空
くしゃみのスキャンをコンピュータに入力し、3Dデジタル画像から５つの粒子を選択する。ひとつひとつの粒子を拡大してその形状を花瓶のもとにする。この画像を操作し花を生ける空洞をあけて仕上げている。

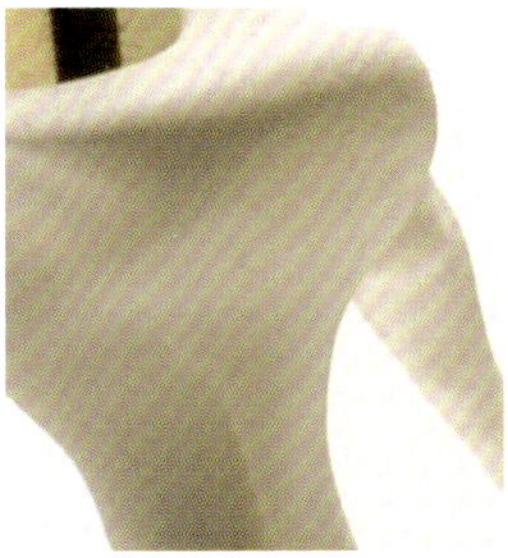

3 プラスチック
花瓶はポリアミド製で「ラピッドプロトタイピング」というデジタルデータ処理を利用して作られている。このテクノロジーは「3Dプリント」ともいい、１回かぎりの試作品を正確に制作する手段として開発されたが、この場合はその試作品が最終製品となった。

デザイナーのプロフィール

1963-88年
マルセル・ワンダースはオランダのボクステルで生まれた。デザイン・アカデミー・アイントホーフェンは除籍となり、1988年にアーネムのArtEZ芸術大学を卒業した。

1989-現在
最初はオランダの革新的なデザイングループ、ドローグで活動していたが、1995年にアムステルダムにみずからのデザインスタジオ、ワンダース・ワンダーズ（Wanders Wonders）を設立して名声を得た。2001年にはデザイン・ブランド、モーイを共同で設立。

▲「ノッテドチェア」（1996年）でワンダースは名声を得た。しっかりした構造にするため、このひもにはエポキシ樹脂をしみこませてある。いったん固化すれば人間の体重を支えるのに十分な強度となる。

カラシニコフAK47テーブルライト 2005年

Kalashnikov AK47 Table Light　フィリップ・スタルク　1949年–

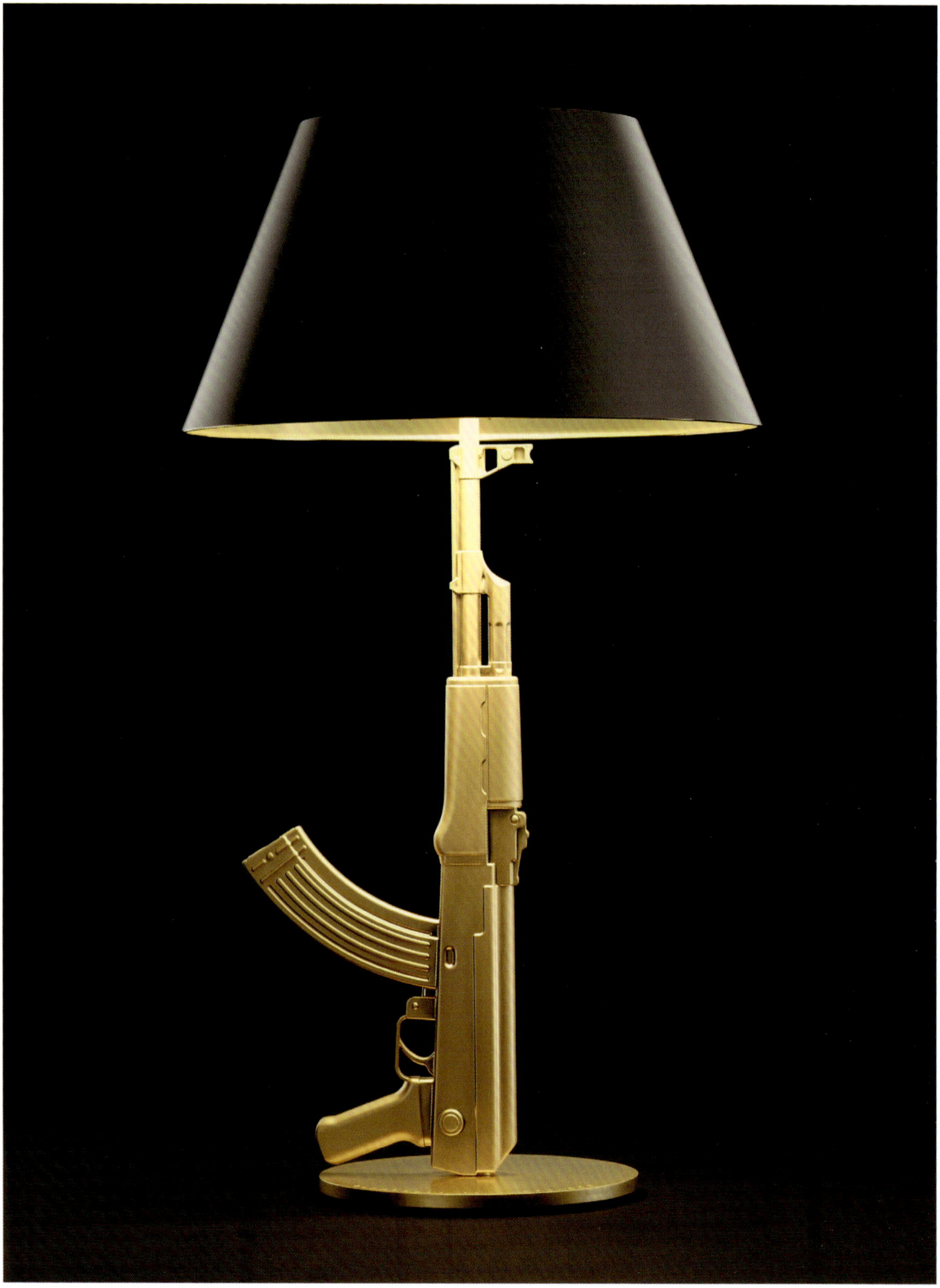

イタリアの照明ブランド、フロス社向けに制作されたフィリップ・スタルクのテーブルランプのフォルムは、カラシニコフAK-47オートマティック・アサルトライフルのもので、スタルクの「ガン」コレクションにくわえられている。このコレクションにはそのほかにも、基部がベレッタ・ピストルのレプリカとなっているベッドサイド・モデルやM16ライフルのフォルムをしたフロアランプがある。銃をテーマとしたのは「たんなる時代の象徴」だとスタルクが述べているので、不意打ちの意図はなかったのかもしれないが、金メッキによるそのデザインは、天文学的値札におとらず挑発的である。

スタルクは「生へ、死へ」(To Life, To Death) と題されたコレクションについて考察し「デザインされ、製作され、売却され、夢想され、購入され、使用される武器は、わたしたちの新たな象徴なのである…みずからにふさわしいものが象徴となる」と述べている。地政学、テロリズム、さらには武器貿易についての意見表明として、このデザインは物議をかもし、当然のごとく悪趣味と批判された。しかしこのデザインはデザイナーと産業とのあいだに存在する本質的な深いパラドクスをあぶりだしている。つまりここでデザイナーは販売目的の商品を制作しつつ、アーティストとしての本質的自由をかすめとっているのである。すぐれたデザイン批評家でロンドンのデザイン・ミュージアム館長であるディヤン・スジック (1952年-) が『モノの言語 (The Language of Things)』(2009年) で述べているように、「批判的作品を制作するデザイナーは、生きるすべてであるその手にかみつく」ことになる。さらにカラシニコフ・テーブルランプにアイロニーがあるとすれば、「リビングルームのお気に入りのインテリアととらえるだろうチェチェンの指揮官やコロンビアのゴッドファーザーには気づいてもらえない」ことにあるのだ。 EW

ナビゲーション

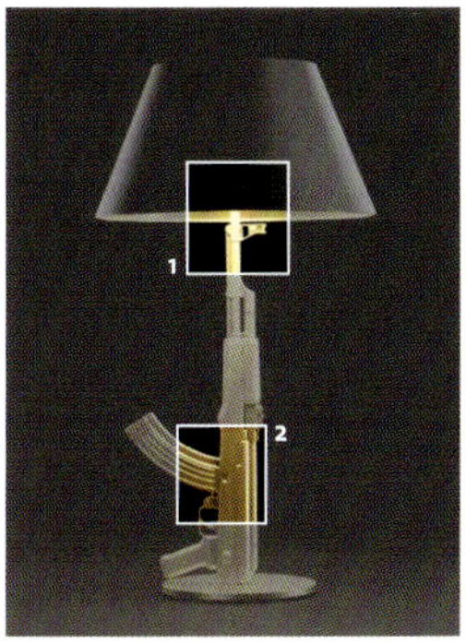

金メッキ、アルミダイキャスト。
92.4 × 50.8 センチ

フォーカス

1 黒のランプシェード
AK-47の銃身が黒いランプシェードに刺さっているのは、スタルクによれば死の象徴で、ランプシェードの内側を十字架で装飾したのは「死せる者を思いださせるためである」。このランプの廉価版も購入可能で、クロムメッキの銀色仕上げでシェードの色は白になる。

2 金色の本体
カラシニコフAK-47アサルトライフルのレプリカはアルミダイキャスト製で、射出成形ポリマーでコーティングし、18金の金メッキで仕上げている。高価な金メッキで「金と戦争の共謀関係」を表現したかったとスタルクは説明する。

交錯するメッセージ

「デザイナーであるわたしにとって唯一の武器はデザインである。だから重大なことを主張するためにはデザインを使う」とスタルクは述べている。金メッキをほどこした銃のフォルムのランプは表面上、戦争や暴力、殺戮を賛美している、またはマッチョ的「成金趣味」の類いととられるかもしれないが、スタルクとフロス社はこのコレクションの売り上げの20パーセントを、世界の貧困解消を目的としたチャリティー、フレル・ディゾム (Frères des Hommes) に寄付すると発表している。

スタルク個人の行動はそれだけではない。彼はテーブルランプの売り上げのいくらかを国際的な人道的医療組織である「国境なき医師団」に寄付するとも述べている。残りは世界で1億丁売れた銃 (東ドイツ人民警察へも供給された。右) のデザイナー、ソ連のミハイル・カラシニコフ (1919-2013年) の取り分になるというが、カラシニコフはこのデザインのロイヤルティをいっさい受けとっていない。

ニュー・ブリティッシュ・デコ

19世紀が終わるまで、ジャガード織りのシルクのダマスク柄カーテンであろうと「アーツ・アンド・クラフツ」のブロックプリント壁紙であろうと、模様装飾(パターン)は室内装飾に不可欠なものとして受け入れられていた。だがモダニズムの進展とともに、模様入りの装飾には異論が多くなった。装飾は犯罪的と非難するミニマリストと、色彩と模様を喜びとするマキシマリストとのあいだに亀裂が生じた。この対立は現在も続いている。

1990年代を席巻したのはミニマリストだった。壁紙はまったくの時代遅れとなりカーテン生地からは華々しさが消えた。流行になったのはクリーム色の壁である。装飾は禁句となった。2000年前後に模様装飾がふたたび流行しだしたのはこうしたミニマリズムの空虚感への反動で、強い視覚的刺激への欲求の現れだった。21世紀を迎えるころには、流行の方向性が変化しつつあった。

この方向転換で重要な役割を果たしたのがポール・シモンズ（1967年–）とアリステア・マコーリー（1967年–）のデュオによるグラスゴーを拠点とするデザイン工房「ティモラス・ビースティーズ」である。この工房は、ミニマリストが席巻した1990年代に創造性豊かでウィットに富んだシルクスクリーンによるプリント生地を制作し、粘り強く装飾模様の炎をともしつづけた。そうしたデザインのひとつが「グラスゴー・トワル」（2004年、p.510）である。その後このデュオは壁紙の制作にものりだして、壁紙復活のきっかけをつくることになる。壁紙の奇跡的復興は、2000年代におけるデザイン界の一大事件

キーイベント

1990年	1997年	1997年	1999年	1999年	2000年
テキスタイルデザイナーのポール・シモンズ（1967年–）とアリステア・マコーリー（1967年–）が、スコットランドのグラスゴーにスタジオ、ティモラス・ビースティーズを設立。	ドミニク・クリンソン（1963年–）がタイルにデジタルプリントするテクニックを開発。翌年に最初のコレクションを発表する。	デザイナーのトレーシー・ケンダル（1957年–）が床から天井まである手刷りの大型スクリーンプリント壁紙コレクション「グラフィク」を発表。	ジェームズ・バレンがロンドンのロイヤル・カレッジ・オヴ・アート（RCA）卒業後、だまし絵プリント「トロンプ・ルイユ」コレクションを制作。	デボラ・バウネスがRCAテキスタイル科を卒業後に、フリーズ壁紙をデザインするスタジオを設立。	オランダのデザイナー、ヘラ・ヨンゲリウスが、大型の陶器壺「ジャイアント・プリンス」にみられるように、陶器のデザインに刺繍飾りをとりいれはじめる。

となった。若いデザイナーが自由な感覚で忘れられていた手法に取り組んだために、壁紙に現代性が吹きこまれ新たな市場を生んだ。床から天井まで模様が広がるパノラマのような壁紙は、19世紀の壁紙業界では骨董品扱いだった。この古風な発想を復活させたデボラ・バウネス（1974年–）は、壁紙のフリーズ（帯状）装飾にはインテリアを一変させる可能性があると直感した。バウネスは屋外の風景ではなく、ハンガーにつるした服など日常の室内空間を切りとった図を使い、自分を投影するような室内景観（図1）をデザインした。

コンピュータを利用したデザインは新たな実験の場となり、デジタル・プリントが創作活動に大きな役割を果たしている。デジタル技術により現代のデザインの手法は大きく変化し、テキスタイルや壁紙だけでなく積層材やタイルなどの分野においても、表面パターンの美学に革命をもたらした。模様をデザインするパターンデザイナー、ジェームズ・バレン（1968年–）もコンピュータ・テクノロジーの創造的効果を利用する。バレンの「保護室（Padded Cell）」（1999年、図2）をはじめとするだまし絵（トロンプ・ルイユ）シリーズは1999年に発表された。図のクローズアップからディテールをスキャンし、その画像を拡大して色調を変化させて制作している。バレンの作りだす仮想テクスチャには不思議で不気味な美しさがある。この方法はシルクベルベットなどの布地にデジタル印刷するほかに、プラスチック積層材やマットにも応用された。

模様柄はイギリス人の精神世界に深く根ざしている。だからオランダ生まれのデザイナー、トード・ボーンチェ（1968年–）の葉と花が重なりあう「ガーランドライト」（p.508）のデザインが熱狂的に迎えられて、2002年にイギリスの高級家具販売のハビタでベストセラーとなったのも当然だった。こうした装飾の流行はその後数年で広まりをみせて、スウェーデンのデザイン集団フロントやオランダのヘラ・ヨンゲリウス（1963年–）といったデザイナーが装飾に取り組むようになり、タブーとされたデザイン手法にかかわる喜びを享受している。

LJ

1

2

1　デボラ・バウネスの壁紙「フロックス（ドレス）」（2000年）。美術のだまし絵（トロンプ・ルイユ）のようなもの。手で混ぜあわせた色をシルクスクリーン印刷している。

2　ジェームズ・バレンのだまし絵（トロンプ・ルイユ）。もともとは布地向けに制作されたが、のちに幅広いウォールアートで用いられるようになった。

2002年	2004年	2004年	2005年	2005年	2007年
ハビタが製品化したトード・ボーンチェの「ガーランドライト」がベストセラーとなる。	ボーンチェがミラノサローネ国際家具見本市で、レーザーカット・テキスタイルによるインスタレーション「ハッピー・エヴァー・アフター（めでたしめでたし）」を制作。	ティモラス・ビースティーズが「グラスゴー・トワル」プリント生地を発表。伝統的な生地トワル・ド・ジュイを過激に再解釈した。	ロンドンのデザイン・ミュージアムの「今年のデザイナー」にティモラス・ビースティーズがノミネートされる。	ヨンゲリウスがイケアPSコレクションの製品として、プリントや型押し、穴を開けた陶器製花瓶のヨンスベルク・シリーズをデザイン。	ティモラス・ビースティーズがスコットランドのダンディー・コンテンポラリー・アート・センターで「廃墟のクジャク（Peacock AmongtheRuins）」展を共同監修。ロンドンにショールームをオープンする。

ガーランドライト 2002年 Garland Light

トード・ボーンチェ　1968年-

2002年、オランダ生まれのトード・ボーンチェがハビタから花綱がからむ「ガーランドライト」、スワロフスキーからロマンティックなシャンデリア「ブロッサム」を発表すると、装飾デザイン界は大きく動揺した。ガーランドライトは木の葉や花、動物をあしらい、おとぎ話の世界のような「ウェンズデー」コレクションの中心的作品である。ほかにもこのコレクションにはステンレス天板にCNC（Computer Numerically Controlled, コンピュータ数値制御）工作機で打ち抜いて装飾をほどこした木製テーブルや、下側に刺繍の針穴ように見える模様を入れたガラスのボウルなどがある。これらのデザインが強い印象をあたえたのは、それまでのボーンチェ作品が質素で飾り気のない実用本位で装飾性が感じられなかったのとくらべ、まったくの別物になっていたからである。ボーンチェの「ラフ・アンド・レディー」家具（1998年）は、廃材と使い古しの毛布で作られ、まるで都会生活の無情を語っているかのようだった。ところがガーランドライトでボーンチェはこうした質素な表現をあえてすてて、豪華で派手な装飾へと向かった。臆面もなくロマンティックなそのデザインは、娘の誕生に心動かされたこと、さらにデザイナーとして模様制作や装飾の歴史への関心をますます深めたことを反映している。技術的に革新的かつ芸術的で画期的であり、フォトエッチングした薄い金属に金、銅、銀でメッキをほどこしている。このガーランドライトはミニマリズムが規範だった時代を越えて、高らかに装飾の復活を告げると同時に、ボーチェのデザインが刺激的な段階に入り、デザインにも新時代の幕が開けたことを知らしめた。 LJ

ナビゲーション

メタルエッチング。
160 センチ

フォーカス

1　影の効果
フォトエッチングによるパターンは繊細かつ優美で、「ランプシェード」はまるでレースのようである。これが装飾的なフィルターとなって天井と壁に美しい影を映す。従来の照明とはまったく異なる独特な雰囲気が生まれている。

2　フォトエッチングメタル
きわめて薄い金属板を切りぬいた複雑なパターンは、フォトエッチングで制作された。ふつうは医療用フィルターやコンピュータ部品の製造に利用されているその柔らかな表情をもつ金属を電球にまとわせている。

3　花模様
この照明でとくに印象的なのは豪華な花模様の装飾である。小さな葉や花が密集して房のようになり、電球を包みつつたれさがりからみ上がり、電気コードにまでからみつく。花飾りで直接電球をおおっているので、本物の植物が照明にからんで育っているかのようだ。

ボーンチェとスワロフスキー

2002年、スワロフスキー社はミラノサローネ国際家具見本市でクリスタル・パレス・プロジェクトを企画した。その一環としてまったく新しいシャンデリアを制作するために招いたトップデザイナーのなかにボーンチェがいた。ボーンチェのシャンデリア「ブロッサム」（上）は花を咲かせた枝を思わせる傑出したデザインで、鉄製フレームにスワロフスキー社のクリスタル・カットガラスが張られ、そこにプログラムで点滅するLED照明の光があたる。そのまたたきと圧倒的な美しさ、咲き誇る花のイメージと素材のもつ官能的デカンダンスが織りなす装飾性の横溢が、にわかにメディアの注目を集めることとなった。

グラスゴー・トワル 2004年 Glasgow Toile

ポール・シモンズ　1967年–／アリステア・マコーリー　1967年–

「グラスゴー・トワル」はリネンに手刷りしたもので、赤と青のバージョンが市販されている。

ナビゲーション

市販のパターンデザイン（布地などの模様や柄）がありきたりで退屈になっていたなかで、1990年にポール・シモンズとアリステア・マコーリーはティモラス・ビースティーズを設立し、イギリスの繊維製品や壁紙に新しい風を吹きこんだ。当初ティモラス・ビースティーズはデザインを既存メーカーに提供していたが、主流デザインの制約がかたくるしすぎることに気づくと、独自に生産まで手がけるようになった。

ティモラス・ビースティーズのデザインの特徴は、自由奔放な折衷主義と過激な遊び心である。テレビやインターネット、さらには過去に利用された模様の見本帳などさまざまな資料からインスピレーションを引き出しては、あきらかに不条理で矛盾する要素であっても、それらを並列させることで示唆に富み視覚的にも刺激的なハイブリッドデザインを生みだしている。ふたりが使う手法でなにより印象的なのは歴史的要素と現代的要素を織り交ぜる点で、たとえば「グラスゴー・トワル」では産業革命後の風景のなかに21世紀の社会問題を浮き上がらせるため、18世紀のトワル・ジュイ布地の構成と彩色をとりいれている。このデザインは意図的に見る者をあざむく。一見したところ、従来のトワルとなんら変わるところがないように見える。しかし近よってみるとデザインのテーマである問題の核心が現れる。遠目での理解と衝撃的に訪れる再認識とのズレが、このデザインの影響力を確かなものとしている。

LJ

フォーカス

1　教会
このデザインには、チャールズ・レニー・マッキントッシュ（1868–1928年）が設計したメリーヒルの自由教会、ネクロポリス共同墓地とその霊廟などグラスゴーの史跡が描かれている。3棟の高層ビルなど現代建築もいくつかみられる。

2　木
ティモラス・ビースティーズは歴史的なトワル・ド・ジュイ布地の様式をとりいれながらも、牧歌的な田園風景にかえて、缶ビールを飲む浮浪者、木に向かって立ち小便をする若者、公園のベンチで麻薬を打つ薬物中毒者など都会生活の殺伐としたスナップショットを盛りこみ21世紀的なひねりをくわえている。

デザイナーのプロフィール

1967–89年
ポール・シモンズとアリステア・マコーリーはともに1967年に生まれ、1984年にグラスゴー美術学校で出会った。専攻はプリント生地で1988年に卒業した。その後シモンズはロンドンのロイヤル・カレッジ・オヴ・アートで美術修士号を取得し、一方マッコーリーは短期間だが、ファッションとテキスタイル関係のスタジオで働いたあとに、グラスゴー美術学校の大学院を修了した。

1990–2003年
ふたりは1990年にティモラス・ビースティーズを設立し、最初は依頼を受け短期間でスクリーンプリント生地を生産していた。その後壁紙の制作をはじめ、それまで時代遅れとされていたこの素材に復活の火をともした。

2004–現在
ティモラス・ビースティーズはグラスゴーに店舗を開設、ロンドンではデザイナーズブロックでグラスゴー・トワルを販売。2005年、ふたりはデザイン・ミュージアムの「今年のデザイナー」にノミネートされた。2007年、ロンドンにショールームを開き、ダンディー・コンテンポラリー・アート・センターで開催された、インテリアデザインに自然がとりこまれてきた歴史を探る「廃墟のなかのクジャク」展を共同監修。最新のプロジェクトには2015年、イングランドのブライトンにあるヒルトン・メトロポール・ホテルでのオーダーメイド・インテリアデザインがある。

▲トワル・ド・ジュイ布地は18世紀中頃からイギリスとフランスで生産された。図柄にとりこまれたのは田園風景のなかの若者と女性の羊飼いなど、理想化された光景である。

武器としての壁紙

ティモラス・ビースティーズが始動した1990年代の初めは、壁紙は時代遅れで芸術的実験の表現手段にはなりえない時代だった。その壁紙が復活しふたたびインテリアに幅広く利用されるようになったのは、このティモラス・ビースティーズの独創的エネルギーによるところが大きい。ティモラス・ビースティーズはたんにデザインを提示するだけでなく、人々の注目を集める装飾を武器として、壁紙のもつビジュアルの力を最大限に引き出している。ふたりのデザインはデッサンではじまる。だから活気があり、即時性がある。それからコンピュータ上で加工し、ヴィヴィッドで重層的な構成を考え、つや消しの顔料と光沢のある顔料を鮮烈な組みあわせで、ときにはメタリックハイライトもくわえて混合し、印刷する。それが極に達すると、たとえばミツバチをモチーフに絵の具をしたたらせた「流血の帝国（Bloody Empire）」のように、ティモラス・ビースティーズの壁紙は力強い芸術作品となる。

手作り的デザイン

1

2

3

1　「アナザー・カラー」（2013年）はトレーシー・ケンダルのオーダーメイド・コレクションのひとつ。地の壁紙に色紙を縫いつけている。

2　クレア・ノークロスの「エイトフィフティー・ランプ」（1999年）は多くの批評家から称賛された。プラスチック製の結束バンドの色は要望に応じて変えられる。

3　マックス・ラムの「陽極酸化椅子（Anodized-chair）」（2015年）。3枚のアルミ板をボルトでつなぎあわせている。縁が直線的なタイプと、不規則な曲線のタイプがある。

21世紀に入ってから、装飾的な模様の復活とともに現代デザインで予測もしなかった変化といえるのが工芸の復権である。装飾と工芸はどちらも1990年代には脇に追いやられていたため、このふたつの復活の流れは関係がないわけではない。1970年代に工芸家らがインダストリアルデザインとはきっぱりと縁を切り、工芸を復興させて以来、主流デザイン界は工芸に対してあまり良い目を向けることはなかった。1980年代になって工芸家らがそのイメージを現代化し「デザイナー・メーカー」とよばれるようになってからも、テクノロジー主導のインダストリアルデザイナーが純粋な工芸を見る目は依然としてよそよそしく、デザイン雑誌からも工芸はほとんど相手にされなかった。こうした工芸とデザインの亀裂は教育制度によっても助長された。学生はさまざまな道を経験しないまま教育によって進路を方向づけられてしまうからである。ロンドンのロイヤル・カレッジ・オヴ・アートやオランダのデザイン・アカデミー・アイントホーフェンといった一流大学で、デザイン教育として自由思考アプローチが導入された後で、工芸に対する視線の変化が定着してきたのは偶然ではない。

2000年以降は、工芸そのものが創造的な表現手段として復活しただけでなく、とくにデザインと製造の手段としても息を吹き返した。いまや手作り的アプローチの価値はデザインと製造の過程の一環として認識されるようになっている。たとえばエドマンド・ドゥ・ヴァール（1964年–）の繊細な磁器製の花瓶や、マックス・ラム（1980年–）による縁が不規則な曲線状の家具（図3）

キーイベント

1996年	1997年	1998年	2001年	2002年	2002年
オランダのデザイナー、ヘラ・ヨンゲリウス（1963年–）がアムステルダム市立美術館で開催された「自家製造デザイナー」展に出展。	ウンベルトとフェルナンドのカンパーナ兄弟がミラノサローネ国際家具見本市にはじめて出品し、翌年エドラ社と提携。	オランダのデザイナー、ユルゲン・ベイ（1965年–）がロッテルダムで工房を設立。それ以前にも1990年からクーニングス＋ベイを共同経営。	ロンドンのクラフツ・カウンシル・ギャラリーで「インダストリー・オヴ・ワン」展を開催、1980年代から登場しはじめたデザイナー・メーカーを特集した。	ファイドン社が『スプーン（Spoon）』を出版。工芸にもとづく作品をふくめて、世界的な現代プロダクトデザインをまとめた。	マーティン・バースがオランダのデザイン・アカデミー・アイントホーフェンの卒業作品展で「スモーク」家具の最初のコレクションを発表。

などの手作り作品は、自動化とデジタル化がとめどなく進展する時代にあって、いまや信頼性の証ともとらえられている。コンピュータやデジタル・デバイスに媒介された日常体験が増加するにつれて、工芸のもつ確かな手触り感と感覚を刺激する即物性が、ヴァーチャルという手のとどかない世界からの救いを提供してくれるのである。ウンベルト・カンパーナ（1953年–）とフェルナンド・カンパーナ（1961年–）兄弟による卓越した彫刻のようなデザインや、マルティーノ・ガンパー（1971年–）の刺激的なハイブリッド家具（p.518）、トマス・ヘザウィック（1970年–）が見せるたぐいまれなる素材の扱いの熟達は、21世紀における工芸の正統性と生命力を示す説得力のある例となっている。

デザインに手作りの手法をうながしてきた要因はほかにもある。かつてのヨーロッパでは、家具作りやガラス製造など熟練を要する職業はあってあたりまえだったが、生産拠点が大きく極東へ、なかでも中国へ移転すると、イギリスをはじめとする国々ではその技能とノウハウの相当な部分を喪失することになった。熟達した手仕事と機械を組みあわせて、精巧で品質の高い家具を製造するアーコール社などの企業はいまでは希少な存在となり、かえってその製品と技術が新たに見なおされるようになっている。また電気製品は規格化による恩恵を受けているものの、作りつけの家具などそのほかの家庭向けデザイン分野では、そうした画一的なアプローチのおかげで面白味がなくなってしまった。それこそがエレノア・プリチャード（1971年–）やマーゴ・セルビーといった手織り工芸家が成功した理由で、彼女らは工芸技能を機械織りに組み入れ、色使いや手触り感、模様柄をくわえてきわだって魅力的なテキスタイルを生みだしたのである。おなじように壁紙の分野でもトレーシー・ケンダル（1957年–）など独立系のデザイナー・メーカーが手刷りを用いたり、「アナザー・カラー」（図1）のような3Dテキスチャデザインでは手縫いで視覚を刺激するオーダーメイド・アートを制作したりして、人々の欲望をかきたてた。

一方照明の分野では、クレア・ノークロスとシャロン・マーストン（1970年–）などのデザイナー・メーカーが、工芸的な構成や工芸的装飾をデザインの核にした製品を生みだすことで、照明の表現手段を変容させてきた。ノークロスの「エイトフィフティー・ランプ」（図2）はプラスチック製結束バンドを使った大きなポンポンで、彼女が数年間照明事業部長をつとめたハビタによってのちにペンダント照明として製品化されている。一方ノークロスはハビタに在職中、トード・ボーンチェ（1968年–）の「ガーランドライト」（2002年、p.508）が切り絵の工芸的美しさを、デジタルデザインによる工業製品にみごとに翻訳している点に可能性を見いだした。

工芸が再評価されたことで大量生産市場が面白くなってきただけでなく、アヴァンギャルドのデザインにも大きな影響が表れた。デザイン集団ドローグが誕生したオランダでは、手作りデザインが擁護されてきた。ドローグの第1世代のデザイナーは、みずからのデザインと商業的デザインとを区別する方法として手作りの不完全性を意図的にとりいれた。その方法論は若いデザイナーに影響をあたえ、たとえばマーティン・バース（1978年–、p.514）は作品のダイナミックな自発性を担保する方法として工芸の手法をとりいれている。バースのデザインは伝統的な意味での工芸ではないが、徹底した手作りである。LJ

2002年	2007年	2009年	2009年	2011年	2012年
クラフツ・カウンシル・ギャラリーが「ホームメイド・オランダ――工芸とデザインの融合」展覧を開催。	マルティーノ・ガンパーのインスタレーション「100日で100脚の椅子」の展示会が、ロンドンを皮切りに世界中で開催される。	エドマンド・ドゥ・ヴァールがロンドンのヴィクトリア・アルバート博物館の委託を受けて陶器のインスタレーション「サイン・アンド・ワンダーズ」を完成。	トード・ボーンチェがロン・アラッド（1951年–）を引き継ぎロンドンのロイヤル・カレッジ・オヴ・アートのプロダクトデザイン部長に就任。	ロンドンのヴィクトリア・アルバート博物館で「作る力」展を開催。手作りによる現代作品100点を展示した。	トマス・ヘザウィックがロンドン・オリンピックの壮観な聖火台を制作。

スモーク・シリーズ 2002-04年 Smoke Series

マーティン・バース 1978年-

焼いた無垢材のエポキシ樹脂仕上げ、
耐火性発泡体をはさんだ革張り。
105 × 72 × 72 センチ

マーティン・バースの作品はきわめてコンセプチュアルだが、製造と破壊という物理的過程とも関係している。このデザイナーの手作りデザインへのこだわりは、オランダ南部にある農場に工房をかまえたことにも見てとれる。バースのほとんどの家具はその工房で製作されている。手作りといいながら皮肉なことに、彼を有名にした家具「スモーク」シリーズは、既存の製品を焼き、そのうえ一部を破壊した作品である。だがこの逸脱こそがバースのエトスなのだ。

モノや言葉に新たな意味や解釈をあたえる「リアプロプリエーション」というアイディアは新しくはなく、100年前のマルセル・デュシャンまでさかのぼることができる。バースのスモークシリーズの原作者はといえば、「ファウンド・オブジェ」を変容させその焼け残りを維持する過程そのものである。その成果物にはいくとおりかの解釈が可能になる。たとえば気まぐれな流行に対するいたずらっぽい批評ともとれるし、浪費社会に対する批判と見ることもできれば、ノスタルジアを好むブルジョアの性癖に対する批評ともいえるだろう。伝統的手法に多面的に異議を唱える「スモーク」シリーズは、アナーキーで決まった解釈はない。この不思議な作品をどう理解するかは見る者に託されている。 LJ

ナビゲーション

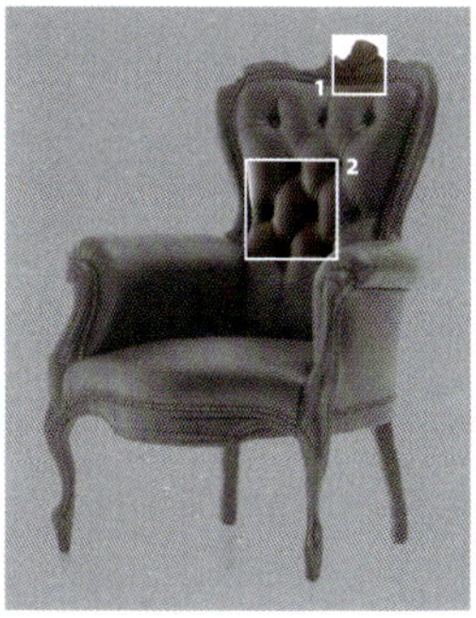

フォーカス

1 焼け残りの保全

炭化した椅子の焼け残りは、部分によっては完全に破壊されているが、エポキシ樹脂でコーティングして慎重に保全する。エポキシ樹脂はもろくなった構造と剥離しやすくなった木材表面を硬化させるとともに防腐剤としての効果もあり、さらなる劣化を防ぐ。

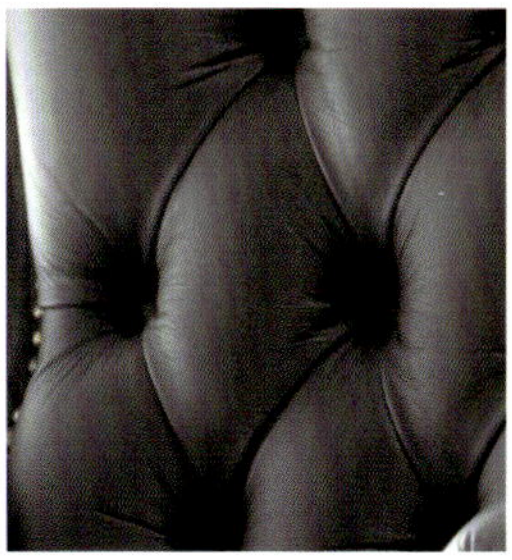

2 ゴシック様式の伝統

客観的にみて、「スモーク」チェアはその純粋に審美的な水準から数百年前のゴシックの伝統の顕現ととらえることもできる。この解釈は、燃やした椅子が自意識過剰ともいえるほど不気味に黒い革張りで、深いボタン締めをしたバロック様式であることからもうかがえる。

デザイナーのプロフィール

1978–2004年

マーティン・バースはオランダで生まれ、デザイン・アカデミー・アイントホーフェンで学び、その後イタリアのミラノ工科大学へ進んだ。2000年にデザイン・アカデミー・アイントホーフェンに戻り、2002年の卒業作品展で「スモーク」シリーズを制作。2004年スモークシリーズの3点がモーイ社によって製品化された。

2005–現在

2005年にバス・デン・ヘルダーと提携してスタジオ・バース＆デン・ヘルダーを設立。2011年にはミラノサローネ国際家具見本市にバースの「クレー」家具を出展する。2012年にはデン・ヘルダー・プロダクション・ハウスの名前でほかのデザイナーによる製品の生産、提供を開始した。

バロック・ダイニング

バースはオランダのブランド、モーイが再生したバロック様式の椅子（上）などの家具を制作の手段として燃やし、意図的に人々を憤慨させることでまたたくまに有名になり、「扇動者」とされるようになった。さらにバースはその極端な制作技法に注目を集めるために、家具が燃え上がるようすを撮影して、その製法がインチキではないことを証明してみせた。こうした派手なパフォーマンスはこのデザインの一部でもある。

ファヴェーラチェア 2003年 Favela Chair

ウンベルト・カンパーナ　1953年–／フェルナンド・カンパーナ　1961年–

フォーカス

1　フレームレス構造

従来の椅子とは違い、「ファヴェーラ」には内部にフレームがない。すべてが無垢材の木片でできていて、釘を打ってつなぎあわせることで負荷に耐える構造を生みだしている。試作品は廃材を再利用して組み立てていたが、製品版はマツ材あるいはチーク材が利用されている。

2　混沌から秩序へ

このデザインは混沌としているように見えるが、ひとつひとつの木片が細心の注意をはらって打ちつけられ、構造的に安定した椅子になっている。木片はすべて形状とサイズが異なるため、同じ椅子はひとつとしてない。このランダムに打ちつけられた木片の模様が、この椅子の美しさの魅力の中心的要素になっている。

ウンベルト・カンパーナとフェルナンド・カンパーナの彫刻のように印象的な家具は、1997年のミラノサローネ国際家具見本市にはじめてお目見えして以来大きな喝采を受けてきた。「ファヴェーラチェア」はこの兄弟のきわめて象徴的な作品で、1991年に構想が固まり、2003年からイタリアのブランド、エドラ社によって製品化された。ブラジルのサンパウロにあるスラム街（ファヴェーラ）の木造の掘っ立て小屋が着想の源泉となっているが、こうした貧民街の住人はあらゆる廃品を利用して家を建て家具を整えている。ファヴェーラチェアはそうした住民の臨機応変さと創造性に対するオマージュでもある。素材を扱う職人技にすばらしい彫刻的センスを融合したファヴェーラチェアには、カンパーナ兄弟のデザインを臆面もなく手作りする手法の特徴が、あますところなく発揮されている。

このデザインは複雑で型破りな素材と常識はずれの制作手法をとりいれているため、制作過程はきわめて労働集約的になる。どのデザインにも高度な手先の器用さが要求される。ふたりのデザインの出発点はたいていリサイクル素材で、鉄線やココナツヤシ繊維のむしろ、山のようなぬいぐるみなど、ありとあらゆる原材料と製品を利用する。兄弟は次のように説明している。「まずは素材があって、それからフォルム、最後に人間工学や制約そして性能を考慮してその製品の機能を作りこんでいる」　LJ

ナビゲーション

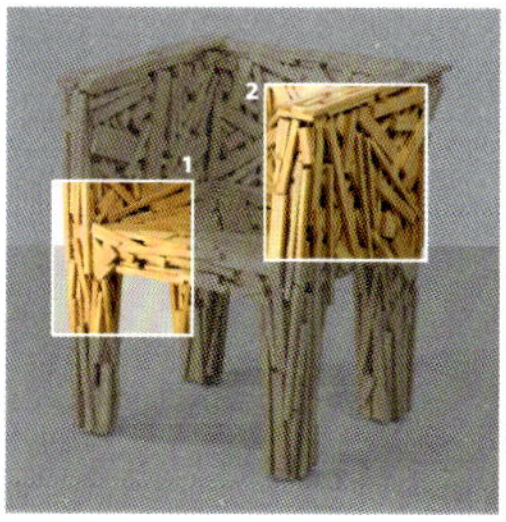

マツ材かチーク材。
74 × 67 × 62 センチ

デザイナーのプロフィール

1953–84 年
ウンベルトとフェルナンドのカンパーナ兄弟はブラジルのサンパウロ生まれ。ウンベルトは1977年にサンパウロ大学を卒業後、まず弁護士業をはじめ、その後彫刻に熱中した。フェルナンドは1979年から1984年までサンパウロ芸術大学で建築を学んでからウンベルトと合流した。

1985–97 年
兄弟は「ヴァーメラチェア」などの実験的な家具の制作を開始し、1990年代はサンパウロやニューヨークで作品を展示販売するコマーシャル・ギャラリーに出品していたが、1997年のミラノサローネ国際家具見本市への参加をきっかけに大きく飛躍した。

1998–2004 年
1998年、イタリアブランドのエドラ社がカンパーナ兄弟のデザインを製品化しはじめ、同じ年にブラジル人デザイナーとしてはじめてニューヨーク近代美術館（MOMA）に作品が展示される。2004年にはロンドンのデザイン・ミュージアムで大回顧展が催された。

2005 年–現在
スワロフスキーやルイ・ヴィトン、キャンパー、アレッシ、ヴェニーニなど多彩なブランドとのコラボレーションで、エストゥディオ・カンパーナは画期的デザインを制作しつづけている。2011年、ギリシアのアテネではじめてホテルのインテリアデザインを完成させたが、そのデザイン要素にはあきらかに「ファヴェーラチェア」を彷彿とさせるものがあった。

素材を臨機応変に利用

困窮の時代には、人々はあまった切れ端や壊れた製品の部品などを再利用して古いものを修理してやりくりせざるをえない。そうしてできあがった物は実用的なだけでなく、ぼろ布で作った敷物やキルトのように創造性の表現手段でもあった。カンパーナ兄弟にとっては逆境に直面したときの臨機応変さがつねにインスピレーションの源となっていて、デザイナーはあえて素材を自給自足する必要はないが、サンパウロのファヴェーラで目にした創意工夫に刺激されて、兄弟は段ボールや気泡シート、ホースなどのどこにでもある素材に新たな使い道を工夫した。ふたりの「ヴァーメラチェア」（1993年、右）も、露店で買った大束のロープに触発されている。できあがった椅子は、鮮やかな色彩のロープを手で結びつけて張り布としたもので、素材そのものは再利用品ではないが、既存素材のもつ造形の可能性を利用して新たな意味と用途を創出している。

100日で100脚の椅子 2005–07年 100 Chairs in 100 Days

マルティーノ・ガンパー 1971年-

マルティーノ・ガンパーは師のロン・アラッドと同じく、デザインに対して自由思考的なアプローチを用いるが、ガンパーの作品は伝統的な境界を無視して、アート、工芸そしてデザインと複数の分野を融合するために、作品をカテゴリー化するのがむずかしい。「製品が機能的であり製品の使い勝手を大切にしているという点では、わたしはデザイナーである」とガンパーは自分の方法論を説明し、「しかし特定の文脈における作品の意味について考えるのも好きで、その点でわたしはアーティストでもある。また工芸家のように伝統的な道具を使って素材からさまざまなものを制作もしている」と述べている。

家具はガンパーがみずからが始動するプロジェクトの出発点となることが多い。これまででとくに野心的なプロジェクトである「100日で100脚の椅子」では、多数収集したヴィンテージ家具から部品を回収し、そのさまざまな椅子の部品を使って新たにハイブリッドの椅子を100脚制作した。どの椅子も別の2、3脚の椅子から回収した部品を再利用して組み立てている。しかももとは背もたれだったものが新たな椅子のシートや脚になっていたりする。似たもの同士の部品で無難に組み立ててしまわないように、ガンパーはプラスチックと合板や、時代の異なる部品、また違いがきわだつ様式など、どうみても関連性のなさそうな材料を慎重に選び組みあわせている。熟練した指物師でもあるガンパーはすでに部材の接合に不可欠な技能をもち合わせていたが、目的は技術的な完璧さではなく自発的創造性にあった。ウィットに富み独創的な「100日で100脚の椅子」は、デジタル時代に手先の器用さと柔軟な思考に価値があることを再認識させている。 LJ

ナビゲーション

2009年イタリア、ミラノのトリエンナーレデザインミュージアムで展示されたインスタレーション。

フォーカス

1 リサイクル部品

ガンパーは収集した古い椅子を切断、分解し部品をたくわえることにした。制作はすばやく即興で行なわれ、さまざまな出所の部品に新たな意味をあたえては独創的な椅子をつくり、ものとしての特性をひとひねりした組みあわせにしてみせた。

2 雑種的デザイン

突然変異したかのような椅子は風変わりで遊び心があるが、不吉な雰囲気も感じられる。常識的な基準からすれば、わざとらしく不格好で醜悪である。植物の雑種交配ならさまざまな植物の特性が融合するわけだが、これらの椅子では不つりあいな要素は互いにあいいれないままになっている。

デザイナーのプロフィール

1971–2000年

マルティーノ・ガンパーはイタリアに生まれ、指物師としての修行を積んだ。ウィーン美術アカデミーで彫刻を専攻したが、のちにプロダクトデザインに転向。1997年にはロンドンに移り、2000年にロイヤル・カレッジ・オヴ・アートのデザインプロダクト修士課程を修了した。

2001–08年

スタジオを設立後、多様なデザイン活動に取り組んだ。「100日で100脚の椅子」が2008年のブリット・インシュランスデザインズ・オヴ・ザ・イヤーの家具賞を受賞した。

2009年–現在

2010年にマジス社から「ヴィーニャ(Vigna)チェア」、エスタブリッシュト＆サンズ社から「セッセル(Sessel)チェア」など家具業界向けにデザインを制作。翌年にモローゾ・アワード・フォア・コンテンポラリー・アートを受賞。最近のプロジェクトにブリティッシュ・アート・ショー(2015年)での「ポスト・フォルマ(Post Forma)」などがある。

◀ガンパーの「ラルコ・デッラ・パーチェ(L'Arco della Pace)」(2009年)は2014年ロンドンのサーペンタイン・ギャラリーで催された「デザインは心の状態」展に展示された。ガンパー自身の企画によるもので「興味のある人々が興味のある棚に集めた興味のあるもの」を中心に構成されている。

思いやるデザイン

1　数々の賞を受賞した「ブライユ・グローブ」。これで手話利用者は、手話教育を受けていない人と容易にコミュニケーションがとれる。

2 「ライフストロー」。軽量で全長わずか31センチで、直径は3センチ。

3 「エコサントイレ」。南アフリカで製造され、現場で組み立てられるキットにして出荷される。

「思いやるデザイン」という発想は、「持続可能なデザイン」(p.524) とその目的に共通する点が多いだろうが、ここでの定義は「持続可能性」とは異なる。普通の意味で経済市場に参加できない人々に対して積極的に配慮したデザインのことである。そんなデザインのひとつが「ワン・ラップトップ・パー・チャイルド」(p.522) で、従来より広い市場を対象に製品をより安く製造すること、つまりそれまでははっきりとした需要として見えてこなかったために見過ごされてきた問題を解決するデザインなのである。こうした領域のデザイナーは特定の問題をかかえる人々に共感し、有効な解決法を発見しようとする。このメッセージをうまく表現しているのがオーストリア生まれのヴィクター・パパネック（1923-98年）である。パパネックは1985年の著書『生きのびるためのデザイン』[阿部公正訳、晶文社] の序文で、「私たちはみな地球村の市民であり、困っている市民への義務がある」と述べている。

パパネックの発想は、社会主義経済学者E・F・シューマッハーが戦後世界の近代化で、「中間技術」の必要性を洞察したことと並行して進展した。中間技術は単純な代用品で同じことができる場合、壊れてすてさられるかもしれないような高度すぎる装置にふりまわされないために必要なのである。こうした思想から生まれたデザインがフリープレー社が販売する「手巻きラジオ」(1995年) で、電力供給がなくバッテリーも手に入らないアフリカの辺境地に、保健医療の知識を普及する必要性にこたえてトレヴァー・ベーリス（1937年

キーイベント

1996年	1998年	1999年	2002年	2003年	2004年
BBCデザイン賞で、トレヴァー・ベーリスがフリープレー社の「手巻き式ラジオ」でベストプロダクト賞とベストデザイン賞を獲得。	ストックホルム環境研究所が『エコロジカル・サニテーション (Ecological Sanitation)』を発行。屎尿再利用にかんする専門知識の普及を推進した。	ヴェスターガード・フランドセン社が就寝時のマラリア感染を防ぐために、長期間持続する防虫蚊帳「パーマネット」を開発。	18歳のライアン・パターソンが、手の動きをスクリーン上の文字に変換する「ブライユ・グローブ」を発明。	カリフォルニア北部のウィルミントンに創設されたフル・ベリー・プロジェクトが省力装置を生産。	ワンガリ・マータイが環境保護主義者として、またアフリカの女性として初のノーベル平和賞受賞。

ー）によって発明された。
思いやるデザインは製品にかぎらない。化石燃料と重厚なインフラ段階をへずに再生可能でローカルなネットワークへと直接移行すること、たとえば植物由来の調理用燃料を太陽光で代用することもそうしたデザインのひとつといえる。そうすれば薪集めの労働を解消するだけでなく、煙による汚染や長期的な森林伐採を抑制できる。ケニヤではかつて、グリーンベルト運動の創始者でノーベル平和賞を受賞し民主化運動を進めたワンガリ・マータイが迫害を受けたが、現在この国は小規模太陽光発電システムの設置と地熱エネルギーの利用で世界をリードしている。
水道と下水は生活機会に決定的な影響をおよぼす。集落へ水を引いたり井戸を掘ったりするためには、地元で調達できる比較的安価な技術がいくつかある。また先進諸国で利用されているような高価でしかも飲料水を汚染する可能性がある下水システムを導入するかわりに、「エコサン」（図３）などの乾燥コンポストトイレを利用するほうがずっと信頼できる。コンポストトイレなら有益な化合物を抽出できるし、従来の汲み取りトイレで起きていた地下水汚染も回避できる。飲料水汚染は自然災害にともなってしばしば発生し、生存者と救助者の双方にとってそもそも困難な条件に疾病のリスクまでくわえる。スイス企業のヴェスターガード・フランドセンが製造する「ライフストロー」（図２）は、コンパクトでもち運び可能なプラスチック製フィルターである。カートリッジ内の微細な孔で浄化される仕組みで、水をストローから吸いこんだときに細菌や寄生虫を除去してくれる。ライフストロー１本で1000リットルの水を浄化できる。数々の賞を受賞したこのデザインは、2010年に起きた大地震後のハイチやはり2010年の大洪水のあとのパキスタンなど、多くの被災地で利用されている。さらに長期間使用可能な大型のライフストローが家族用として販売され、ハイカーや登山者向けの軽量タイプも開発されている。
先進諸国でも斬新なデザインの手法が求められている。デンマークのデザインスクール、コールディングでは21世紀の初めに、学生が新たな視点から問題の解法を発見する研究的視点がもてるように同校の教育システムを改革した。ある実在するプロジェクトでは、学生は心配性の入院患者から採血するロボットをデザインするよう求められた。学生にわかったのは、ロボットを人間そっくりにしても、採血に対する患者の恐怖心は薄れないということだった。そこで最終的にたどり着いたのはイルカの形をした単純な肘かけだった。この肘かけなら患者には処置のようすが見えずに、ストレスがかからなかったのである。
これまであげたものとはいくぶん異なるが、思いやるデザインのもうひとつ重要な側面には身体障害にかかわるものがある。一生涯を通じた障害もあれば、加齢による障害、事故による障害もある。たとえばタイム誌が2002年のすぐれた発明としたライアン・パターソン（1983年ー）の「ブライユ・グローブ」（図１）は、手話をテキストに翻訳できる。パターソンは耳の不自由な女性がもち帰り料理を注文するときに困っているのを見て思いついた。このグローブは手の動きを読みとり、その情報をワイヤレスで小さなモニターに送ってテキストとして表示する。

AP

2005年	2006年	2008年	2013年	2013年	2014年
非営利組織「ワン・ラップトップ・パー・チャイルド（OLPC）」が創設され、発展途上国向けの低価格で丈夫なノートパソコンを開発。	デザインスクールのコーニングがロボクラスターのプロジェクトに参加。患者から採血するロボットを開発した。	イタリアのイタルチェメンティ・グループが、都市の大気汚染物質を分解するセルフクリーニング・セメント「TXアクティヴ（TX Active）」を開発。	フル・ベリー・プロジェクトがホテルなどの施設で廃棄された石鹸の再利用に取り組むために「希望の石鹸（Soap for Hope）」プログラムを立ち上げる。	研究プロジェクトのWAM（Wearable Assistive Materials）が発足。歩行を支援する装着可能な外骨格型ロボットの開発を目的とした。	ドリンカブル・ブック・プロジェクトが立ち上げられる。水質浄化をする銀浸透加工紙を書籍の形に綴った製品制作を目的とした。

ワン・ノートパソコン・パー・チャイルド（OLPC）XOラップトップ

2006年 One Laptop per Child (OLPC) XO Laptop　　イヴ・ベアール　1967年–

金属とプラスチック。
24.2 × 22.8 × 3.2 センチ

2005年、多分野にまたがるデジタル技術の主唱者ニコラス・ネグロポンテはチュニスで開催されたITワールド・サミットで講演し、非営利組織ワン・ラップトップ・パー・チャイルド（OLPC）向けに制作する「100ドルノートパソコン（ラップトップ）」を発表した。OLPCはネグロポンテとMITメディアラボのかつての同僚が立ち上げた組織である。100ドルノートパソコンを制作する目的は、機能をしぼって低価格にししかも手荒に扱っても壊れない丈夫なモデルの新しいパソコンを供給して、発展途上国でのインターネット利用を普及させることだった。スイスのデザイナー、イヴ・ベアールはその年にOLPCと契約を結び、上記の条件がOLPCのためのXOノートパソコンのデザインの土台となった。鮮やかな緑色にしたのは、闇市場に不正流用される子ども用のOLPCXOを減らすためである。

OLPCXOのデザインにあたっては、パソコンのあらゆる要素を再検討して、ユーザーである子どもの能力と必要条件に合わせなければならなかった。ファンを自然冷却に代え、ドライブとポートはUSBだけに抑えた。初期のモデルには手まわし発電機が搭載されていたが、今ではシンプルな太陽電池で長時間稼働するバッテリーを充電している。衝撃から守るケースには携帯用の取っ手もついている。画面には従来の冷陰極蛍光管ではなく省エネのLEDを利用している。ソフトウェアは当初の想定どおり、Windwosかオープンソース・ウェアになった。ウィキペディアはあらかじめ搭載されるソフトウェアで、その記事のコピーが本体に保存されている。ところが、よくできているようでも、生徒のなかにはしばらくするとOLPCXOを使うのを止めてしまう子が出てきた。このノートパソコンがユーザーの必要に合わせて十分工夫されているか、OLPCはXOの利用法について十分な教育を提供しているかという問題が浮上した。　**AP**

ナビゲーション

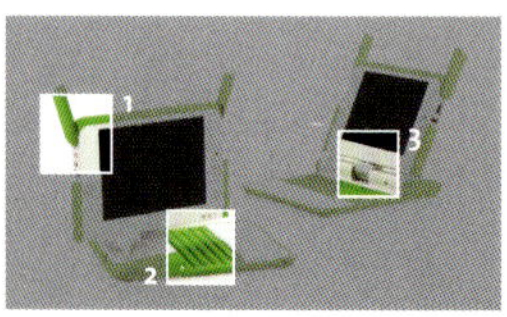

フォーカス

1　ダブルアンテナ
2本のワイヤレスアンテナはインターネットにアクセスしたり、インタラクティブ・ラーニングの際に隣のノートパソコンとコミュニケーションしたりするときには上向きにする。アンテナをたたむとロック装置になり、USBポートなどのポートに埃が入るのを防ぐ役割も果たす。

2　キーボード
コンピュータの駆動部（ハードディスクではなくフラッシュメモリが搭載されている）はキーボードの下ではなく画面の裏側に配置されている。繊細な配線や電子基板がないので、キーボードはダメージに強い。

3　調整可能な画面
画面は180度回転し、水平に倒せるので読書デバイスとして非常に都合がいい。発展途上国の多くの子どもは屋外の明るい陽射しの下で授業を受けるために、ベアールはそうした条件でも画面が読めるように工夫する必要があった。

デザイナーのプロフィール

1967-99年
イヴ・ベアールはスイスで生まれて教育を受け、カリフォルニアのシリコン・ヴァレーで仕事につき、その後1999年にデザイン会社フューズプロジェクトを設立した。

2000年-現在
ベアールは高い理想をかかげるデザインのさまざまな側面にかかわっており、ファウンダーズ・サークル・オヴ・ザ・クレイドル・トゥー・クレイドル・プロダクツ・イノヴェーション・インスティテュートのメンバーで、ウェアラブルテクノロジーのジョウボーン社のデザイン部長もつとめる。2008年には「NYCコンドーム」のロゴ、パッケージ、自販機の新デザインを制作。NYCコンドームはニューヨーク市のHIV・AIDSの撲滅と十代の妊娠を減少させるためのコンドーム無料配布プログラムである。国際的キャンペーン「よく見てよく学ぶ」のために、安価な子ども用オーダーメイドめがねをデザイン、メキシコとサンフランシスコで試験的に配布された。2011年、ベアールは出版社コンデナストのイノヴェーション・アンド・デザイン賞のデザイナー・オヴ・ザ・イヤーに選ばれた。

◀近年、OLPCはXOを利用しても試験成績にほとんど変化がみられないという批判にさらされている。それに対しOLPCでは、XOは「各自の能力を伸ばす学習」の強力な道具になっていることが証明されていると反論した。

持続可能性

1

2

3

1　プーマの靴包装「クレヴァー・リトル・バッグ」。消費者が再利用できて、最終的に完全なリサイクルも可能。

2「レプレニッシュ・フィル・システム」。再使用可能な容器に濃縮洗剤詰め替え用の小型容器を直接はめこむ仕組みになっている。

3「ネスト・ラーニング・サーモスタット」。ユーザーの暖房の好みを学習して、自動的なプログラムでエネルギーを節約する。

「持続可能な発展」という言葉は、環境と開発にかんする世界委員会が1987年に出版したブルントラント報告として知られる『地球の未来を守るために』[環境庁国際環境問題研究会訳、福武書店]で有名になった。同報告では「持続可能な発展」とは「将来世代が必要を満たす能力をそこなうことなく、現世代の必要を満たすような発展」と定義されている。しかし、持続可能な発展はその名がつく前から存在していた。伝統的な社会では水をたくわえ、断熱によって建物内に熱を保ち（エスキモーの住居、イグルーの原理）、上昇気流を生むように形状をデザインして自然冷却を生みだすといったローテク手法が工夫され、それらはみな科学理論というより経験によって導かれていた。しかし民衆の伝統的知恵はその程度までで、これまでは自然過程を利用する多くの機会が見すごされていた。

「生態学的フットプリント」あるいは「炭素フットプリント」といった評価手法により、地域や都市あるいは世界の環境容量との関連で持続不可能なライフスタイルの問題が説明されるようになった。ブルントラント報告では「持続可能」と「発展」という言葉を結びつけているが、経済成長という従来どおりの意味での発展が持続可能かどうかについては多くの異論がある。「ハッピー・プラネット指標」は社会の発展を国内総生産で測るのではなく、各国の幸福な生活体験や寿命、生態学的フットプリントの減少といった調査データと関連づける。この指標によれば西欧社会の消費を基盤とした発展の目標は持続不可能であって、持続可能な未来では、潜在的悪影響へのより広い視野をふまえた新たな役割がデザインに求められることを示唆している。

キーイベント

1995年

イングランドのサリー州ファーナムに、センター・フォア・サステイナブルデザインが設立され、UCA芸術大学の1部門となる。

1997年

温室効果ガス排出を削減し地球温暖化に取り組む国際条約「京都議定書」が採択される。

1998年

ドイツのフライブルクで持続可能な住宅地区ヴォーバンの建設が始まる。持続可能な住宅地区として代表的なモデルとなった。

2000年

ロンドン南部でイギリスの建築家ビル・ダンスター（1960年-）の設計による「ベディントン・ゼロ・エナジー・デヴェロップメント」が建設開始。

2002年

マイケル・ブラウンガートとウィリアム・マクダナーが『サステイナブルなものづくり』[山本聡他訳、人間と歴史社]を出版し、アップサイクリングを提唱。

2005年

アメリカのスポーツウェア・メーカー、ナイキが「ナイキ・コンシダード」を発売。麻でできたコンシダード・ブーツなどの持続可能なシューズをラインナップした。

持続可能性はたいて技術的修正によって達成可能で、産業革命以降の経済成長と人口増加が今後も継続するとの主張もある。しかし、持続可能性推進派がこだわるように、そうした状態が一変して定常経済と安定人口という状態に転じるとなれば、その移行（トランジション）を進めるためには多くの独創的な思考が必要となる。そうした思考はどれもが広い意味でのデザインといえるだろうし、それはかならずしも製品のデザインにかぎられるのではなく、利用したら廃棄するという個人的な満足感を克服して、資源を共有する過程とその方法のデザインとなるはずである。デザイン界では持続可能性に対しておおよそ無関心な状況が続いているが、分野によっては環境意識が高まる兆候も出てきている。流行に敏感な消費者のあいだのレトロを好む傾向は、古いタイプの製造法と素材に先祖返りすることで持続可能性を支えることになる。アメリカの建築家でデザイナーのウィリアム・マクダナー（1951年–）とドイツの化学者マイケル・ブラウンガート（1958年–）が提唱する「クレイドル・トゥー・クレイドル・デザイン」は廃棄も劣化もさせずに、中古利用素材を製品にする。日本のデザイン・スタジオであるnendo（ネンド）の「キャベツチェア」（2008年、p.528）は、プリーツ地を製造する際に出る廃棄物を家具として商品価値を高め、「アップサイクル」するという廃棄物の新たな用途を発見した。製品を修理しやすくして計画的陳腐化を禁止するのもひとつのアイディアだろう。

使いすてる包装のゴミは、とくに海洋で甚大な環境問題となっている。スイスのデザイナー、イヴ・ベアール（1967年–）によるプーマ社の靴のパッケージ「クレヴァー・リトル・バッグ」（2010年、図1）は段ボール箱とビニール袋の廃棄物問題に取り組んでいる。従来なら段ボールの靴箱をビニールの買い物袋に入れていたのだが、それをポリエステル製不織布袋に段ボールの枠を入れたものに替えた。買い物後は消費者が思いつくままに別の用途で再利用してもいいし、リサイクルも可能である。「レプレニッシュ・リフィル・システム」（2014年）は、アメリカの起業家ジェーソン・フォスターが考えだした家庭用掃除用品のデザインである。大部分の掃除用洗剤の90パーセントは水で、実際の成分は10パーセントにすぎない。フォスターはこの問題を逆転させて、リユース可能な容器（図2）に詰め替え用濃縮洗剤の小型容器をはめこめむようにした。あとは蛇口の水を入れて混ぜるだけでよい。

エネルギーを持続可能にするためには、再生可能エネルギーを利用したり省エネの工夫をしたりする。ウェールズのデザイナー、ロス・ラヴグローヴによる街灯「ソーラーツリー」（2007年、p.526）は、再生可能エネルギーを利用したストリートファニチャー［街路備品］の一例だが、同時にパブリックアートとしての役割を介して持続可能性の問題を提起してもいる。さまざまな過程や物事の連携をよくすることも省エネにつながる。また、多くの白家電製品には消費電力のランクづけにかんする消費者向け情報が表示されている。電力の使用状況がわかるスマートメーターも有用である。「ネスト・ラーニング・サーモスタット」（2011年、図3）はアメリカのホーム・オートメーション企業ネスト・ラブズ社が開発した製品で、装置がユーザーの暖房の好みを学習しそれにしたがって自動的にプログラムを構成する。またスマートフォンやタブレット、ノートパソコンのアプリからの遠隔操作も可能なので、留守中に暖房のつけっぱなしもなくなる。 AP

2006年	2010年	2012年	2012年	2015年	2016年
元アメリカ副大統領アル・ゴア（1948年–）の地球温暖化の講義にもとづいたドキュメンタリー映画『不都合な真実』が公開される。	iPod（2001年）とiPhone（2007年）の立役者のひとりであるアメリカのデザイナー、トニー・ファデルがアップル社を去り、ネスト・ラブズ社を共同設立。	アメリカの建築家ランス・ホージーが著書『緑の形——美学とエコロジーとデザイン（The Shape of Green: Esthetics, Ecology, and Design）』で、持続可能なデザインは美しくなければならないと主張。	生産手法の大転換をはかるための「クレイドル・トゥー・クレイドル・プロダクツ・イノヴェーション・インスティテュート」が設立される。	国連気候変動枠組条約締約国会議でパリ協定が採択され、地球温暖化緩和に向けた歴史的転換点となる。	スウェーデンの大手家具店イケアのチーフ・サステナビリティー・オフィサー、スティーヴ・ハワードが、家庭用家具の消費はピークに達したと述べる。

ソーラーツリー街灯 2007年 Solar Tree Street Lamp

ロス・ラヴグローヴ　1958年-

ナビゲーション

ここ数年のあいだに街灯に電力供給している小さなソーラーパネルをよく見かけるようになった。この「ソーラーツリー」街灯は2007年にウェールズのデザイナー、ロス・ラヴグローヴが日本の電気メーカー、シャープ株式会社の子会社シャープ・ソーラーの技術支援を受けてデザインし、イタリアのアルテミデ社がウィーンのオーストリア応用美術博物館のために製造した。この種の街灯は以前にもあったが、その美しさはそれまでのものとは格段の違いがある。

ソーラーツリーをともす低消費電力LEDの電源は太陽光エネルギーで、花の形をした頭部上面で受光している。エネルギーはバッテリーにたくわえられ、冬期に曇天が3日続いても系統電力なしで照明できる。天気がよければ系統電力側に電力供給することも可能になる。街灯は周囲の光のレベルに合わせて自動的にスイッチをオン、オフし光量を落とすこともできる。

ソーラーツリーは2012年にロンドンのクラーケンウェル・デザイン・ウィーク・フェスティバルのなかで展示された。ストリート・ファニチャーは背景にあってでしゃばらなければそれで十分という人もいると、ラヴグローヴは述べる。しかし創造性豊かな屋内照明を公共領域にも導入したかったラヴグローヴはこう問いかけた。「この照明のどこに、あるいはあのストリート・ファニチャーのどこに詩的な美しさが感じられるでしょう…寛容や優しさ、美しさは感じられると思いますか?」

AP

ソーラーツリーのスチール製ポールは屋外用エポキシ塗料で薄緑色から白色へとしだいに変化するように塗装されている。

フォーカス

1 太陽電池

ラヴグローヴは持続可能なデザインを軽視する風潮をしりぞけるために、魅力的に見せるべきだとしている。「ソーラーツリー街灯」は、枝についたつぼみのような生物の形を連想させる。それぞれのポールの頭部上面には太陽電池があり、太陽光エネルギーをとらえている。

2 曲線を描くポール

ソーラーツリー街灯の色使いとフォルムは19世紀のアール・ヌーヴォー運動を彷彿させる。その時代は電気照明のもつ表情豊かな可能性を示す、多くの独創的発想が生まれていた。ソーラーツリーの曲線的ポールの束は植物の茎のようである。

3 ベンチ

ソーラーツリーの根もとにはコンクリートとスチールでできた環状のベンチがあり、都会の社交場を提供している。ポールと頭部の影ができるので、林冠や木陰の下にいる雰囲気になる。ポールの最高点は道路から5.5メートルある。

自家発電(オフ・グリッド)

自家発電(オフ・グリッド)を選択するわかりやすい理由は、世界のエネルギー価格が上昇しているなかで経済的だからだが、小規模再生可能エネルギー資源が環境に対する負荷が小さいことも強力な理由となる。気候変動はさらなる異常気象をよぶので、危機が小さいうちに生き残りをはかることには価値がある。トランジション・ネットワーク基金を共同設立したイギリスの環境保護主義者ロブ・ホプキンス(1968年-)によれば、これからの重要なコンセプトは復元力あるいは逆境をしのぐ能力を意味する「レジリエンス」だという。地元にある資源を開発し、食物の栽培法や道具の修繕、エネルギーシステムの維持、家畜の世話といった幅広い技能に熟達することが重要になる。

キャベツチェア 2008年 Cabbage Chair

nendo　2002年設立

フォーカス

1　層（レイヤー）

「キャベツチェア」のボサボサしてシャギーな感じは、素材の層（レイヤー）を折り返すことで生まれる。プリーツの入った不織布を重ねて円筒状にして、上から中程の高さまで層（レイヤー）を1枚1枚切っては半径方向に広げる。三宅はこの椅子の層構造に注目し「キャベツチェア」と名づけた。

2　シート

シートの高さは円筒状の不織布を結束している環状テープの位置で決まる。この層のおかげでフォルムの構造が安定するために、余分な支えなしで心地よく座れる。またプリーツによって椅子に弾力性とスプリングのような復元力（レジリエンス）がそなわっている。

「キャベツチェア」は2008年に日本のファッションデザイナー三宅一生（1938年–）が東京で企画した「XXIc.—21世紀人」展向けに日本のデザイン・スタジオnendoによって制作された。三宅がnendoに依頼したのは、布地にプリーツをつける過程で生じる副産物のプリーツ加工用型紙で家具を作ることだった。プリーツ生地は三宅がとくに頻繁に利用する素材だが、その後プリーツ加工用型紙は通常は廃棄されている。このプリーツ加工用型紙を廃棄する前に重ねて円筒状にし、テープでしっかり結束する。最初はこうしてできたものをほかの素材と組みあわせようと考えたが、nendoを共同設立した佐藤ナオキ（1977年–）は「プリーツ加工用型紙を円筒にしたものを、めくって折り返していたらトウモロコシの皮みたいになっちゃったんですよ。だからぼくらはこの椅子をデザインしたんじゃなくて、発見したってことですね。紙のロールがあってそれをむいてみただけです」と説明する。

長い紙を椅子に変身させるためには、ロール状にしたプリーツ加工用型紙を用意し、それを立てて下から半分よりやや上の高さのところをテープで結束する。それから上部から切りこみを入れ外側から「葉」をむいていく。模型には紙を使ったが、続いて不織布を使った実物大の椅子を制作した。色は白、緑、濃緑、オレンジ、チェリーレッドと、さまざまな種類が製造されている。ただnendoの最初の意図としては、ロール状にした素材をそのまま出荷して、組み立ては購入者にまかせるつもりだった。流通コストを抑えられるからである。

AP

ナビゲーション

不織布。
64 × 75 × 75 センチ

◀2013年、nendoはイギリスのガラスメーカー、ラスヴィット社のためにガラスのパッチワークコレクションを制作した。ソノデザインでは、ボヘミアン・グラスの特徴である精巧な切子の技法を古来の板ガラス製法と組みあわせた。昔の板ガラスは筒のなかで吹いたガラスを切り広げて平面にしていた。nendoは伝統的な切子模様で装飾されたいろいろなボヘミアン・グラス製品を再加熱して切り広げ、それらを互いに接合させて大きな作品を作り上げた。端布を組み合わせるパッチワーク・キルトの制作にそっくりの工程である。

感動が長もちする

「感動が長持ちするデザイン（emotionally durable design）」という考え方について、同名の書籍を出版したイギリスの研究者ジョナサン・チャップマン（1974年–）がその概要を示している。同書は持続可能デザインの議論におよび、陳腐化しない製品で消費者が長く満足できるようにする必要があると主張した。そうすれば製品が大切にされ、すてられないですむというわけである。レトロ風の外見や感覚のデザインが生まれているのはそのせいかもしれない。たとえばドイツのマニュファクタム社が販売する伝統的スタイルをとりいれた「段ボールスーツケース」（右）などがある。定番品をウィットを効かせて作りなおしたもので、もともとの視覚的魅力と手触り感に見た目の新しさがくわわっている。

モダンレトロ

「モダン」の本質は過去へのこだわりをすてることにあるので、「モダンレトロ」という言葉には確信犯的矛盾がある。それでも現代には歴史を復活させる波が何度かおしよせている。人はたいてい親のスタイルに反抗するものだが、その親もみずからの親のスタイルに反抗した時代があった。したがっておばあちゃんのファッションやおじいちゃん世代のテクノロジーに先祖返りすることで親に反抗することがあってもおかしくはない。

そんな動機と結果はささいなことと思われるかもしれないが、博物館学や収集、大衆の好みという点で復活には大きな意味がある。1960年に、こうしたプロトモダン・スタイル復活の口火を切ったのがニューヨーク近代美術館（MOMA）でのアール・ヌーヴォー展だった。作家スーザン・ソンタグはそうした復活について現代を懐疑的にみる慈愛に満ちたアイロニーととらえて「キャンプ」と表現した。こうした美術館からはじまる復活のパターンはその後も続いた。1960年代にポストモダンという文化的多元主義、相対主義の時代が到来すると、それまでモダニズムを支えていたスタイルと社会政治学的倫理との唯一の硬直した関係が破棄されて、近過去をふくめたふくらみのある歴史が重視されるようになった。1970年代と1980年代にはアール・ヌーヴォーに次

キーイベント

1997年	1998年	1999年	1999年	2004年	2007年
イタリアのスメッグ社がレトロスタイルの冷蔵庫「FAB」シリーズを5色で発売。のちにさまざまなキッチン家電がこのシリーズにくわえられた。	フォルクスワーゲン社が、1994年にかつての「ビートル」のモデルをデザインしなおしたショーカー「コンセプト・ワン」を公表。その後「ニュービートル」を発売した。	BBCがデジタル・オーディオ放送（DAB）を開始。ロバーツラジオ社が2000年代の初めにレトロスタイルの「RD60リヴァイヴァルDAB」を発売（p.534）。	「ヒップスター」や「フォーヒミアン」スタイルが、だれよりも早く新しいかっこよさを知っていることを意味するようになる。	ヴィトラ・ホーム・コレクションが1930年代から60年代の「モダンクラシック」チェアの販売を再開。	伝説のフィアット「500」（p.532）が新解釈で登場。VW「ビートル」ではじまるクラシックのリ・デザイン、アップデートというトレンドにのる。

いでアール・デコが復活し、その後ミッド・センチュリー・モダンがやってくるが、このスタイルは1990年代に出現して以来その勢いを維持していて、当初は「レトロ」とよばれていた。

スタイルの復活には先行するはっきりとしたパターンがあり、まずはスタイル・リーダーがアンティーク業界や学問の領域、博物館でトレンドを形成し、その後複製品や有力メディアなどにそうしたトレンドがみられるようになる。建物の保存もそうしたサイクルの一部を形成している。それはなにより建物は竣工直後から陳腐化しはじめるからである。1970年代には歴史的地区の保存が古物愛好趣味の視点からだけでなく、市街地の再生とツーリズムの刺激策として正当化されるようになった。フロリダ州マイアミビーチにあるアール・デコ様式のホテルはその代表例である。

レトロな雰囲気はビジネスにもなった。1964年イタリアの家具メーカー、カッシーナ社は、当時まだ存命していたのだが一部の専門家を除き忘れられていたル・コルビュジエのデザインを複製する権利を取得した。これは大きなトレンドの予兆だった。その結果、家具デザインに「モダンクラシック」という概念が生まれた。『俺たちに明日はない』(1967年)などの映画にも刺激されて、マリー・クヮントのシンプルなスタイルに反発してローラアシュレイの軽やかな花柄プリントの長いドレスが人気となり、男性のズボンはとてつもなく幅広になった。また、デヴィッド・クリスティアンがデザインしたビートルズの『オールディーズ』(1966年)や、ピーター・ブレークとジャン・ハワースによる『サージェント・ペパーズ・ロンリー・ハーツ・クラブ・バンド』(1967年)など、レコードのアルバム・ジャケットを飾るグラフィックアートもこうしたトレンドを加速させた。1970年代も復活という折衷主義的なお祭り騒ぎは続き、高尚な芸術(複製芸術においては、しばしばポスターとして)や、ポップ・アート運動によって地位が向上した広告や製品パッケージなどの大衆芸術の例でもわかるように、さまざまなスタイルの要素が自由に混ぜ合わされた。『レトロ——復活という文化(Retro–The Culture of Revival)』(2006年)でエリザベス・ガフィはモダン・レトロを「芸術や文化の前衛が前進するために過去をふり返るという一種の破壊行為」ととらえた。最終的に「レトロ」がアイロニーとなったのはおそらく、「レトロ」という言葉自体がかつて「モダン」とよばれたものを意味するようになった21世紀への変わりめ頃である。現在まで50年以上続くサイクルのなかで明らかになったのは、「レトロ」は進歩の経路からの一時的な逸脱ではなく、世界への新たな視点と新たな認識方法の本質的要素になっているということである。レトロをかつてないほど注目せざるをえなくなっているのは、オンラインでアクセス可能な画像があふれかえる一方で、たとえばハードカバーの本を読みながらカップケーキを食べるとか、野暮ったい街乗り自転車(図1)に乗って、革靴を履きウールのジャケットで都会の保存地区や復興地区を走りぬけるなどといった、リアルタイムで生じる実体感のあるものごとを賞賛することで、多くの体験を仮想化することに抵抗したいという欲求があるからである。それはまた一種のエコロジカルな抵抗といってもいいだろう。めまぐるしく回転する消費主義に代わって、たんなる技術効率だけの追究ではない「長続きする感動」が得られる製品を重視するようになるからだ。たとえばスメッグ社の冷凍冷蔵庫(図2)に見られるレトロなスタイリングは、まさにそうしたカテゴリーにあたっている。　AP

1

2

1　スウェーデンのシェップスフルト社のレトロスタイルの自転車。自転車かごとチェーンガードは特別限定版のリバティのプリント柄である。

2　イタリアの家電メーカー、スメッグ社のFAB冷凍冷蔵庫。このシンプルな冷蔵庫は、同社が1977年に発売したカラフルでレトロなスタイルの「FAB」シリーズのモデルだった。

2008年	2011年	2012年	2013年	2015年	2015年
出版社のペンギンが初の布装「クロスバウンド・クラシックス」(p.536)の10冊を発売。印刷書籍そのものがもつ美しさと頑丈さを主張した。	カルティエがオリジナルのセンスをそこなうことなく、「カルティエ・ロンド・ソロ」を発売。クラシックな「カルティエ・ロンド」をわずかにリ・デザインした。	靴のブランド、ドクターマーチンが1990年代ファッションのリヴァイヴァルが追い風になり、2011-12年のシーズンでそれまでで最高の売り上げを記録したと発表。	ブラウンがその象徴ともいえる計算機「ET66」を復刻。オリジナルのET66はディートリッヒ・ルブスとディーター・ラムスが共同でデザインし1987年に発売した。	コンバースが有名なキャンヴァス地のバスケット・シューズ、「チャック・テイラー・オール・スター」をリ・デザイン。スポーツ愛好者以外の幅広い層にアピールした。	レイバン社が「ニュー・ウェイフェアラー・クラシック・モデル」を発表。このリ・デザインで、フレームが小さくなりフォルムがわずかに柔らかい感じになった。

フィアット500　2007年 Fiat 500

ロベルト・ジョリート　1962年–

新型のフィアット「500」はオリジナルの500とくらべて室内空間や快適さ、パフォーマンスが向上したが、購入者がとくに惹かれたのはレトロなスタイリングだった。

1957年、イタリアの大手自動車メーカー、フィアット社はオリジナルの「500」（ミッキー・マウスにちなんでトポリーノ＝ハツカネズミともよばれる）を制作。デザインはダンテ・ジアコーサ（1905–96年）。リアエンジン搭載の４人乗り最小乗用車として、オースティン「ミニ」より２年早く登場した。以来イタリアを象徴する車となるが、1975年に製造を終了した。それから50年経ってフィアットはこのモデルを復活させた。ノスタルジックなセンスを意識した丸みをおびた新車体は、ロベルト・ジョリート（1962年–）とフランク・スティーヴンソン（ステファンソン、1959年–）によるデザインで、オリジナルの５００を彷彿させる。

オリジナルの５００の車内は窮屈だったが、新デザインのほうはずっとゆったりしていながら、もともとの小型ですばしこい感じを残している。５００の新旧の違いは、2014年スペシャル・エディションで明確になった。家具デザイナーのロン・アラッド（1951年–）がデザインを手がけ、黒の新車の車体に1957年版の５００の輪郭が白で描かれている。とくに考えられたのは内装の厚みを減らして空間を広くとることだった。助手席前のダッシュボードは必要な場合は引っこめられて、さらに助手席を前方に動かして後部座席の足下を広くすることもできる（しかし運転席はこのように動かせない。2004年に発売されたフィアット「トレピウーノ」はこの問題をユーモラスに自認している。この車名は「３人と、もうひとり［なんとか乗れる］」という意味）。

オリジナルの５００は安全性にたいして関心をはらっていなかったが、オールドスタイルのマッチョなイタリア人ドライバーがそれを望むはずはなかった。イタリアで徹底的なテストにくわえてエアバッグを搭載したニューモデルはまったく異なる車となったが、安全性基準が厳しくない国なら安全装備のまったくない「ネイキッド」モデルを安価で購入できた。　AP

ナビゲーション

フォーカス

1　クロームメッキのディテール
ドアのハンドル、窓の縁、バンパー、ミラーといったディテールを引き立たせる再利用のクロムメッキで、この新車と先代とのつながりがわかる。しかし装飾的なクロムメッキがアクセントになっているサイドモールが後部まで続いているのは新しい特徴で、1957年の「500（チンクエチェント）」にこうしたモールはなかった。

2　窓
新型５００（チンクエチェント）のデザイナーは乗っている人を保護しつつ大きな視界を確保したかった。大きなガラス面は比較的高い「ベルトライン」（車体の上端線）の上にあり、高めのホイールアーチと高いドライバーの視点はSUVのデザインを利用している。

3　ヘッドライト
生物のような感じをあたえる丸いヘッドライトは、1950年代に５００（チンクエチェント）が人気を得る一因となった。またボンネットの縁がヘットライトのあいだを走り、左右両端で上向きに曲線を描いているため、車が笑っているように見える。

デザイナーのプロフィール

1962–89年
ロベルト・ジョリートは1989年にフィアット社にコンピュータ技能をもつデザイナーとして入社。同時にジャズ・ベーシストとしても活躍した。

1990年–現在
自動車のデザインはチーム作業である。ジョリートはアルミ製フレームの電気自動車フィアット「ジック」（1994年）と、すべてリサイクル可能な素材で制作されたディーゼルエンジンの「エコベーシック」（2000年）のデザインにかかわった。ジョリートが手がけたファミリーカー「マルチプラ」は、なみはずれてコンパクトなボディーにもかかわらずゆったりとした室内空間で、1998年から2010年まで製造された。新型の500（チンクエチェント）と同じく、マルチプラももともとは生産終了製品目録にのっていた、かつての人気車だった。新型の500（チンクエチェント）で早くから成功をおさめたジョリートは、その後もフィアット社にとどまっている。自動車業界でジョリートは「前代未聞の重要デザイナー」と称されている。

伝説の再来

ブランド・アイデンティティを強化し技術革新を公表するために、他にも20世紀中頃に名をはせたスモールカーが、やさしく家族的な形でリ・デザインされている。フォルクスワーゲン「ビートル」やイギリスの「ミニクーパー」、BMW「ミニハッチ」などがそれである。ビートル（タイプ1）は1938年に発売され2003年まで製造されたが、1994年にはビートルへのノスタルジーを感じさせるモデル「コンセプト・ワン」が導入された。さらに続いた「ニュービートル」（1998年、右）は、外観こそ1938年ビートルとそっくりだが、リアエンジンではなくフロントエンジンに変わっていた。

ロバーツRD60リヴァイヴァルDABラジオ

2008年　Roberts RD60 Revival DAB Radio　**ロバーツラジオ　1932年設立**

「RD60 リヴァイヴァル」。スタイリングは 1950 年代だが、テクノロジーは 21 世紀の最先端である。

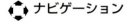

ロバーツラジオ社は1932年にハリー・ロバーツ（1910–59）によって設立された。当社の製品は堅固な作りで、古き良き時代の頼もしい木製パネルを利用しており、第２次世界大戦前後を通じてイギリスの家庭ではおなじみのラジオだった。「RD60リヴァイヴァルDAB（Digital Audio Broadcasthing, デジタル・ラジオ放送）」は交流電源でもバッテリーでも使えて、1980年代後半にはマルティーニ社のノスタルジックなテレビコマーシャルの小道具として使われたことで、広く知られるようになり需要が急増した。

しかし1990年代初めまでは安価な外国製品に押され、家族での会社継承の道は絶たれて、新たなテクノロジーが同社の存続を脅かしていた。1994年には株式非公開会社のグレン・ディンプレックス・グループの子会社となり、それ以来ラジオの外観の特徴（ビジュアル・アイデンティティ）を洗練させる一方で、技術的改良も重ねてきた。2012年の社史に書かれているように「時代がますますデジタル化するなかで、ノスタルジアを求めるトレンドはイギリスでも世界中でもおとろえていない」。最初の「リヴァイヴァル」ラジオは1993年に登場し、1999年に発売された新テクノロジーのDABラジオに、「リヴァイヴァル」の外観があたえられた。

AP

ナビゲーション

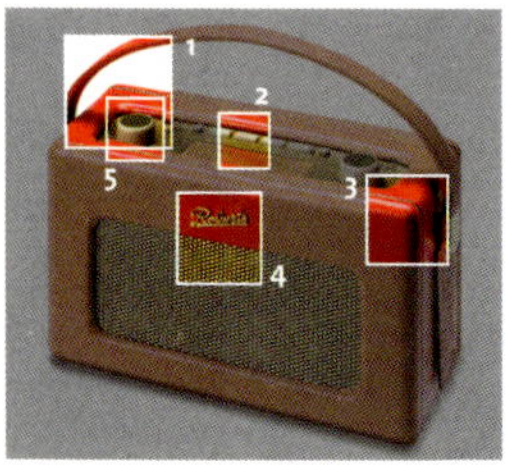

フォーカス

1　取っ手
ラジオは現在では小型デバイスとイヤホンで聴くのがふつうだが、「RD60リヴァイヴァルDAB」には派手な取っ手がついており、1956年のオリジナルデザインの面白さを味わえる。この取っ手はハリー・ロバーツが妻のハンドバッグから思いついた。これでふたたびラジオは体験を共有するメディアとなった。

2　プッシュボタンによる操作
ロバーツは伝統的なプッシュボタンに、ラジオのFMとDABの切り替え操作などの新たな役割をあたえた。1999年、ロバーツはデジタルラジオ放送導入前にBBCとともに試験を行ない、2000年には最初のDABモデルを発売する準備を整えた。

3　本体のカラー
ロバーツというブランドの運命に決定的な役割を果たしたのが色である。最初のRD60リヴァイヴァルDABは赤だったが、続いてパステルカラーを中心にした14色が販売された。特別仕様の限定版では、キャス・キッドソンのデザインによる人気の「ケンプトンローズ」のパターンをつけたリヴァイヴァルも登場した。

4　金メッキ
ロバーツ・ラジオは、現在の電気製品市場でもレトロ・スタイリングにプレミアがつくことを示したすぐれた例である。手仕上げでさわり心地がよい本体と金メッキのロゴなどの金属部分がこのラジオの品質のよさを表現している。

5　レトロ感のある操作ノブ
テクノロジーの時代ではタッチスクリーン操作が一般的になっているが、このなめらかな動きのノブをまわして選曲する感触を楽しむ者は多い。さらにリヴァイヴァルDABは、自動選局とラジオ局プリセットもそなえていて、最高のテクノロジーとレトロ感覚を同時に楽しめる。

▲上方から見た「ロバーツ RFM3」ラジオ。オリジナルの「リヴァイヴァル」と DAB 版にあったノブとプッシュボタンはすべてそろっているが、リヴァイヴァルの意識しすぎたレトロスタイルではない。

ロバーツラジオ社

ハリー・ロバーツ（1910–59年）が1932年に設立して、自分の名をブランドネームにして商才を発揮した。ロバーツのパートナーでエンジニアのレスリー・ビドミードは、ラジオの内部構造の製作を監督し、おそらくは外装にも相当貢献したはずである。同社のラジオの多くに用いられた木製パネルは、音声を共鳴させるのに役立った。1956年に「R66」モデルが発売され、そこから開発が進んで「R200」（上、特別仕様製品）に結実する。1994年、ロバーツ ラジオ社はグレン・ディンプレックス・グループの子会社となった。その前年にノスタルジアを売り物にしたロバーツ・リヴァイヴァル・モデルが発売された。ロバーツ初の「DABモデル」を発表後、2000年には「リヴァイヴァルDAB」が発売された。

ペンギン・クロスバウンド・クラシックス 2008年

Penguin Clothbound Classics　コラリー・ビックフォード＝スミス　1974年-

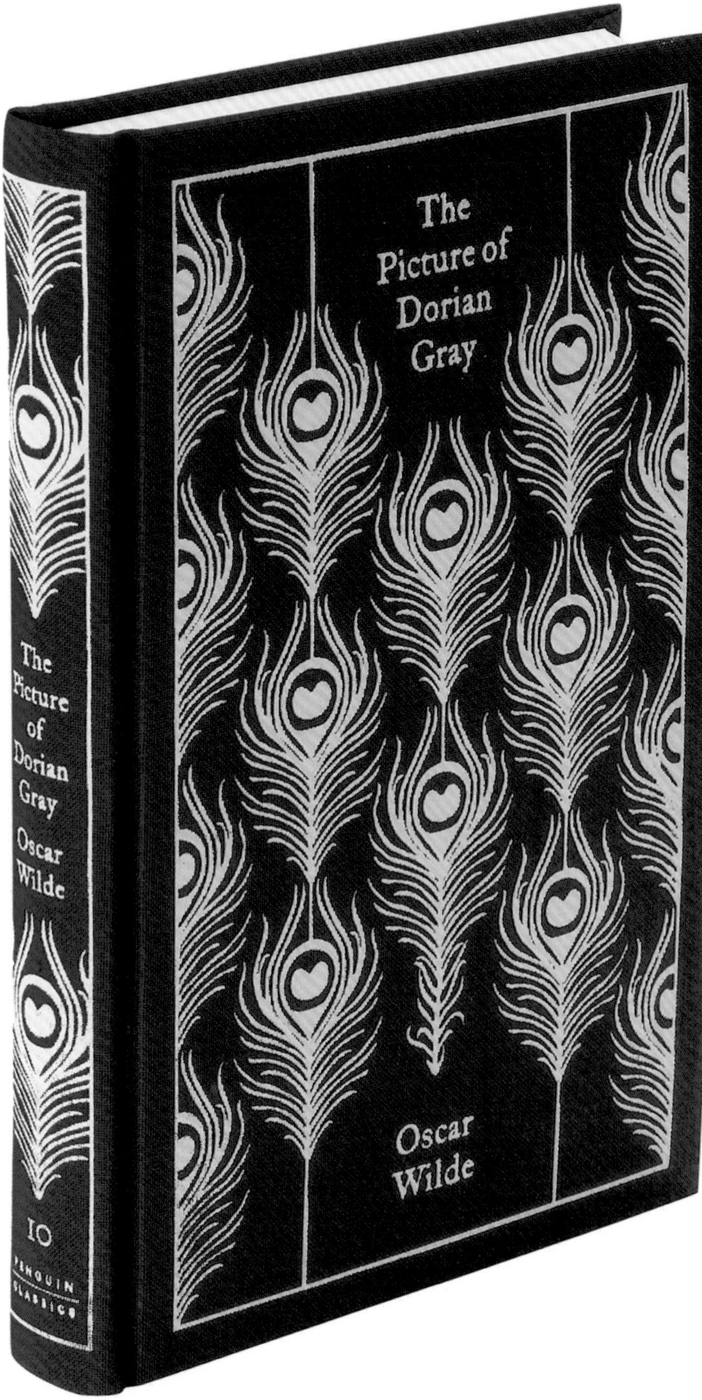

「ペンギン・クロスバウンド・クラシックス」は2008年に10冊のシリーズものとしてはじめて登場し、その後さらに44冊のハードカバー書籍が出版された。このコレクションをとおして、デザイナーのコラリー・ビックフォード＝スミスは、内容を象徴する美しい柄をあしらい、しかも豪華で手触り感のあるデザインによってバラバラなタイトルを相互に結びつけるというアプローチをとった。クロスバウンド・クラシックスはヴィクトリア朝時代の伝統的装丁をイメージさせて、現代の読者の目を引きつける。布製カバーのBフォーマット版（21×14センチ）はどれも古典文学としてはもちろん、感触のよい工芸品としても扱われた。素材は19世紀の書籍製造手法にもとづくもので、これらの版を大切にしてもらいたいという思いがこめられていた。

ビックフォード＝スミスはタイトルごとに物語の象徴的な要素を図案化して、書籍の内容をそれとなくほのめかしている。一方シリーズ全体では基本的な縦横のグリッドがそろうような視覚的モチーフを利用して、シリーズに一貫性をもたせた。またピグメントホイル（顔料箔）では繊細なディテールを表現できないために、うまく再現できるイラストを選んでいる。C・ブロンテの『ジェーン・エア』の表紙にあしらったセイヨウトチノキの葉は物語の重要なシーンの象徴となっている。ブラム・ストーカーの『ドラキュラ』の表紙では、血に飢えた主人公をよせつけないようにヒロインが首にかけたニンニクの花が描かれている。

読者がタブレットと電子書籍に向かう影響から、印刷出版が存続を脅かされているなかで、クロスバウンド・クラシックス・シリーズは時代の超越性と高品質を感じさせる意図的な試みだった。ビックフォード＝スミスの解決策は1冊1冊をまさに物ととらえ、物としてのこの世界の存在を祝福することだった。 AP

ナビゲーション

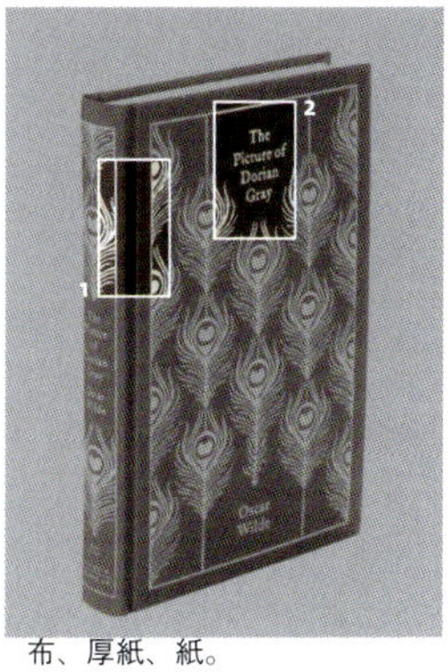

布、厚紙、紙。
13.6 × 20.3 × 2.8 センチ

フォーカス

1 色とモチーフ

ビックフォード＝スミスは布装丁1冊ごとに主題の要素を表現できる色を探した。たとえばオスカー・ワイルドの『ドリアン・グレイの肖像』の白黒の表紙は、ワイルドの同時代人であるオーブリー・ビアズリー（1872–98年）のイラストを参照している。背表紙まで飾るクジャクの羽のモチーフは、ドリアン・グレイというキャラクターの二重人格と虚栄心を暗示している。

2 キャスロン体

コレクション全体の表紙文字書体にはキャスロン体を選んだ。1722年にウィリアム・キャスロンがデザインしたこのセリフ書体は、ピグメントフォイルと相性がよく、布製表紙で使用するとハンドプリントの風合いが出る。エレガントな書体がビックフォード＝スミスの視覚的モチーフを引き立てた。さらに書体を1種類にかぎったことで、このシリーズに視覚的一貫性が生じた。

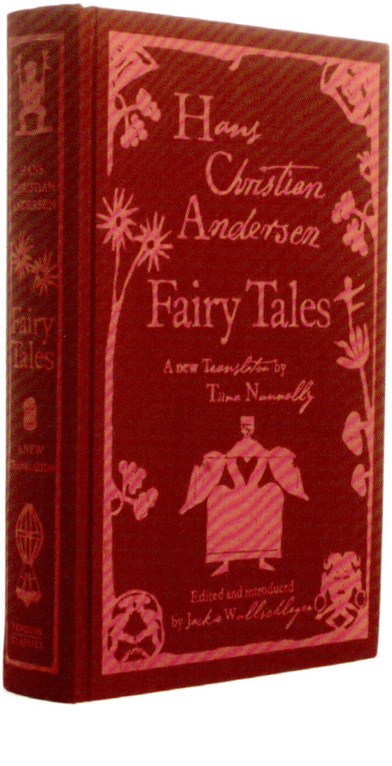

▲ビックフォード＝スミスがペンギンで最初にデザインを手がけた表紙は、ハンス・クリスチャン・アンデルセンの『アンデルセン童話集』の生誕200年記念版（2005年）だった。これは先行して制作された紙製のカバージャケットで、近刊予定のクロスバウンド・クラシックスの外観を知らせるためのデザインだった。

公共領域

「公共領域」とは、人々のための共有の場所という物理的現実であり、情報と議論の自由のための概念的空間でもある。よい社会ではどちらの意味においても重要であると理解されている。建築家やインダストリアルデザイナー、交通デザイナー、交通工学者、景観建築家、芸術家は、怠慢や混乱によってであれ、あるいはショッピングモールや塀で囲んだ住宅地という形での私有化によってであれ、物理的空間の侵害については用心するようになった。道路標識や市電路線、電線、ガードレールといった形で都市空間にぞんざいに組みこまれたテクノロジーは、規制がなければ都市をのっとりかねない。20世紀の自家用車の増加は、そうした事態をさらに悪化させただけで、こうした無秩序な景観は清潔感を求める反動をひき起こした。

都心部の道路を歩行者専用にする施策は1960年代にはじまり、社会的にも商業的にも有益であることが立証された。1970年代には「スペース・シンタックス（Space Syntax）」という都市解析理論が発展し、たとえば歩行者の移動にかんするデータを収集して歩道と来店客数の相関関係を明らかにするなど、都市計画者はこの理論を応用してデザインの社会的影響をシミュレーションできるようになった。またオランダの道路交通エンジニアのハンス・モンデルマン（1945-2008年）が提唱した「共有空間」というラディカルな概念も影響をおよぼした。共有空間は歩行者専用道路とは微妙に異なる代替策で、ガードレールや歩道の縁石を撤去したうえで、ドライバーの意識を信頼することで交通安全を向上させる。この共有空間の考え方が功を奏している例がロンドンのエキシビション・ロード（2011年、図2）で、通過交通用の車線の線引き

キーイベント

1995年頃	1995年	1996年	2001年	2002年	2004-08年
アメリカの「公共空間プロジェクト」が、共有価値を最大化する公共領域を形成するために、このプロジェクトと連動する「プレイスメイキング」過程を導入。	アメリカの都市デザイナー、アラン・B・ジェーコブス（1928年-）が著書『大いなる街路（Great Streets）』で、世界的にすぐれた道路の物理的特徴を分析。	イングランドのスペース・シンタックス理論の先駆けであるビル・ヒラー（1937年-）が『空間は機械（Space is the Machine）』を出版。人々が構築環境とどうかかわっているかを分析した。	トーマス・ヘザウィックがイングランドのニューカースル・アポン・タインの公共空間を特徴づけるために、斬新なタイルを使用した「ブルー・カーペット」をデザイン。	初の「パリ・プラージュ」で、パリのセーヌ河岸沿いのあまり利用されていない道路が夏期だけ人工的なビーチに衣替えされる。	ハンス・モンデルマンがヨーロッパの共有空間プロジェクトを先導。道路をふくむ公共空間をデザインするための新たな発想と手法を開発した。

を減らして、ドライバーに注意深い運転と制限速度の遵守、歩行者に対する配慮をうながしている。車両から停留所、標識、情報まで交通システムをデザインすることで市民に主導権が移り、自動車の利用も減少する。象徴的なルートマスター・バス（2012年、p.542）をリ・デザインしたイギリスのデザイナー、トーマス・ヘザウィック（1970年–）は、公共交通の利用をうながすために、乗客が好みの場所で自由にしかも簡単に乗り降りできるようにした。不要なものの処分による街路景観の改善は公共領域デザインの側面のひとつだが、質のよいストリート・ファニチャーも必要であり、これまでもデザイナーと協力して多くのメーカーが取り組んできた。丈夫でシンプルで修理とメインテナンスの必要性を少なくすることが成功の鍵で、時にはストリート・ファニチャーが二重の機能を果たす場合もある。たとえば座席の配置によって歩行者の流れを誘導したり、座席がレイズド・ベッド（巨大な植木鉢）の花壇や噴水の池の一部になったりするのだ。

パブリックアートは屋外景観改善事業の一環とされることも多く、シカゴのミレニアム・パークに設置されているアニッシュ・カプーア（1954年–）の「クラウド・ゲイト（(2004年、図1）のように、劇的な介入によって場所のアイデンティティが鮮明になると、人々に独特な場所として記憶される。またフロリダ州マイアミにあるマーク・ニューソン（1963年–）による構造物「ダッシュ・フェンス」（2007年、p.540）のように、従来からある構造物に手をくわえることでアート作品となっている事例もある。

公共領域のデザインによって都会生活に活気が出て、自動車ではなく歩行とサイクリングが選ばれるようになるかぎり、炭素排出の抑制に前向きな貢献ができて犯罪が減少し、大気汚染も改善されることは明らかだ。さらにオープンスペースが改善されれば、コミュニティーとしての意識も育まれるのである。

AP

1

2

1　シカゴにあるアニッシュ・カプーアの彫刻「クラウド・ゲイト」はステンレス製で、その表面には周囲の風景が映る。

2　博物館が建ちならぶロンドンのエキシビション・ロードのために開発された街路景観は縁石がなく平らで、歩行者用安全地帯（コンフォート・ゾーン）であることが視覚障害者でもわかるように視触覚的ラインが用いられている。

2007年	2007年	2007年	2009年	2011年	2016年
はじめて世界の都市人口が農村人口を上まわり、人口の過半数が市街地に生活するようになる。	「公共空間と公共生活（Public Space, Public Life）」報告が、シドニーの公共生活と空間について分析し、都心の人々の絆を深めるための計画を提唱。	イギリス運輸省が、道路デザインにかかわる専門家向けの手引きを盛りこんだ『生活道路マニュアル（Manual for Streets）』を出版。	ニューヨーク市のハイ・ライン線形公園の第1期工事が完成。廃線となった鉄道の高架部分に建設された。	国連人間居住計画（ハビタット）の管理理事会が国際政策ではじめて公共空間にかんする決議を採択。	第3回国連人間居住会議（ハビタットIII）が開催され、今後10年の持続可能な都市開発を討議。

ダッシュ・フェンス 2007年 Dash Fence

マーク・ニューソン　1963年–

「ダッシュ・フェンス」はマイアミにある構造物で、全長は30.5メートルある。

オーストラリア生まれのデザイナー、マーク・ニューソンは、2006年にデザイン・マイアミが主催するデザイナー・オヴ・ザ・イヤーを受賞した。「ダッシュ・フェンス」はそのあとに制作された。この賞の受賞者は、マイアミデザイン地区をよりよくするために、地区を引き立てる恒久的なインスタレーションの制作依頼を受けることになっている。ニューソンがデザインしたのはデザイン建築高校（DASH=Designand Architecture HighSchool）のフェンスだった。

マイアミはフロリダ州の都市である。光と水が豊富な土地柄で、ニューソンのデザインはそうした土地の特徴をうまくとらえた。この「ダッシュ・フェンス」を思いついたのも海のさざ波からだった。視線方向によってフェンスの見え方が変化する。近づくとフェンスはまるで透明であるかのように中の様子が見えるが、フェンスから離れると不透明になり目隠しになる。さらにフェンスに沿って歩くとフェンスが波打つように見えてくる。

このフェンスには多くの部品が必要で、技量のあるメーカーを探さなければならなかったので、制作には手間どった。しかしニューソンは「最終的にフェンスは彫刻のような質感が生まれて非常に満足している。正面に立つとブラインドのように隙間から中をのぞけるが、横方向から見ると縦縞が波打っているように見える」と説明する。

このニューソンのフェンスはパブリック・アートとしてもデザインとしても独特な作品である。委託側もこのように従来からある建築要素を利用する環境改善の可能性を認める。防護柵などの場合、ふつうならデザイン性は二の次となるところだが、ニューソンはそれを魅力的な存在に変貌させ、そのことが防護柵が守っている施設の目的を知らせる宣伝にもなった。　AP

ナビゲーション

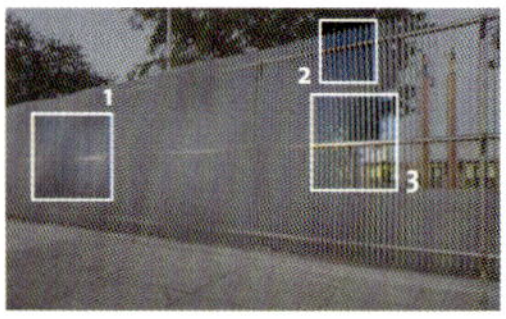

フォーカス

1　さざ波効果

光学的効果によって生じるこのさざ波は、横方向のステー（支柱）がつきだしていることでさらに強調され、フェンスの長さ方向に沿ったパターンを形成している。また表面を照らす光や影の微妙な変化によってもこの効果は強調される。

2　柵

「ダッシュ・フェンス」は薄い金属のフレーム、つまり奥行きの異なる400枚の垂直フィンでできている。フィンのパターンが規則的に変化するようにならべることで、海のさざ波のように波打つ効果が生まれる。

3　水平方向のバー

水平方向のバーは光を受けると、潮が引いたときに砂にできる波紋のように見える。ダッシュの中庭の中からも外からも、フェンスが透けて見えるまで近づくと、向こう側を見通すことができて反対側に何があるのかがわかる。

◀ニューソンが2007年にデザインしたシドニー国際線ターミナルのカンタス航空のファーストクラス・ラウンジ。彫刻作品のような空気力学的フォルムのオーク製仕切りが、駐機場に面した空間を分離していて、内部は飛行機の翼の断面のようである。

限定版

ニューソンはプロダクトデザインの世界にくわえて、一点物や限定版などのプロダクトデザインと美術品の境界があいまいになるもっと高尚な市場でも活躍している。特別限定版の世界では制作過程での高度な完全性を追究できる。ニュートンはニューヨーク市で「トランスポート」（2010年）というショーを主催して、レジャー用高速ボート「アクアリーヴァ」（右）をお披露目し、そのショーに関連して次のように説明した。「22隻のボートは多いとは思えないでしょうが、リーヴァのような高級ヨット・ブランドとしては生産のかなりの部分を占めることになり、ショーを催したガゴシアン・ギャラリーという場を考えれば妥当な数でしょう。それにこの製品は完全に手作りなので、増産してもコストの節減にはなりません」

ルートマスター 2012年 Routemaster

トマス・ヘザウィック　1970年–

「ルートマスター」はディーゼルエンジンと電気のハイブリッド技術を採用。電力をバッテリーから供給し電気モーターで車輪を駆動する。

ナビゲーション

アソシエイティド・エクイップメント社の「ルートマスター」(1954–68年)は、ロンドン交通局がデザインした古き良き時代のダブルデッカー型ロンドンバスで、後部のオープンデッキとともに機能主義的美学がそなわっていた。しかし初代ルートマスターの大部分は、安全性の問題、身障者の利用が配慮されていないこと、切符や定期のチェックに車掌を配置しなければならないことなどから、2005年に通常の旅客輸送から撤退した。新型のルートマスターの製造が提案されると、車体製造業のライトバス社が製造契約を受注して、2階席につながる階段を2カ所に設けるためにシャーシを先行モデルより3メートル長くし、ディーゼルエンジンで発電し電気モーターで駆動するハイブリッド仕様になった。そのデザインを受注したのがトマス・ヘザウィックのデザイン工房、ヘザウィック・スタジオだった。

要求仕様には安全な運転席、低床、ワンマン乗務での走行中に後部オープンデッキが閉じられることなどがあった。ヘザウィック・スタジオが採用したのは実際より大きく見えるように角を丸くして、2階席へつながる階段をガラス面が囲む独特のモチーフで、結果として以前のモデルより軽量となり、このガラス面はさらに伸びて2階席両側にある帯状のガラス窓となっている。またこのバスの座席はもともとのルートマスター同様ベンチシートである。

AP

フォーカス

1　窓

1階席と2階席のガラス窓がバス全体にリボンのように巻きつき、階段部の採光にもなっている。大型のフロントガラスを歩道側までまわりこませて見通しをよくしてあるため、バスの脇に小さな子どもが立っていても運転手が視認できる。

2　ドア

乗客の乗降スピードを重視して、このバスにはオープンデッキを閉じるドアのほかにも2カ所にドアがある。中央付近のドアは車いす利用者や子ども用バギーでも乗降できるように、必要時にはスロープが出る。

3　後部オープンデッキ

ホップオン・ホップオフ式の後部オープンデッキは、先行モデルの「ルートマスター」がとりいれていた。乗客が随時乗降できるデッキは、このバスの特徴でもあった。新型ルートマスターもオープンデッキを採用したが、混雑時以外は閉鎖されている。

◀ロンドン交通局の職員は、第2次世界大戦中に爆撃機のアルミニウム機体製造に従事したときに得た技能を、戦後に軽量ダブルデッカー・バスの開発に応用した。

オリンピック聖火台

ロンドンは観光地として人気があり、赤いダブルデッカー・バスはその象徴のひとつである。新型ルートマスターはそうしたバスのイメージをよみがえらせるためにデザインされた。導入されたのは2012年で、同年のロンドン夏季オリンピック大会の開会式にはヘザウィック・スタジオのオリンピック聖火台（右）も登場した。参加各国がスタジアムに運び入れた聖火台の部品は、磨き上げられた銅が花びらの形にデザインされていた。その部品がならべられると花のような形になり、花びらのひとつひとつに火がともされると、構造物全体が立ち上がりひとつの集合体として聖火台になった。閉会式には逆の過程が進行した。この記憶に残る成功により、ヘザウィック・スタジオは公共領域のデザインまで幅広く対応できることを実証した。

3Dプリント

1

2

3

1　3Dプリントによる「モレキュール・シューズ」(2014年)。フランシス・ビトンティがデザインし、アドビ社のソフトウェアを利用して製造した。
2　フロント社による「マテリアライズド・スケッチ・チェア」(2006年)。ABSに似たレジンに、セラミック粒子を混ぜて強度を上げて積層させている。
3　「リリー．MGXランプ」はジャンヌ・キットネンによるデザイン。2005年にレッドドット・デザイン賞を受賞した。

プラスチックの発明によりデザイナーは物質的制約から解放され、造形の自由度が拡大したが、３Ｄプリントの登場でその自由度はさらに大きくなった。内部構造が複雑で型作りや加工がむずかしい物体であっても、スイッチを押すだけでコンピュータがデータを処理して、完璧な形状ができあがる。さらにこれまで製造過程は工場のフロアであったものが机の上ですむようになった。その結果３Ｄプリントはほどなくして製造とデザインの革命と称賛されるようになった。たしかにユニークな形状を即座に作りだす能力はさまざまな分野に変革をもたらした。しかし最先端医療の現場や工芸デザイナーの工房で利用される一方で、著作権および意匠権や容易に複製可能になった武器の規制といった大きな問題も生みだした。また３Ｄプリントによって、既存の製造・流通業界がさらに環境に配慮した業態へと変貌する可能性もある。

「３Ｄ」という言葉は、３次元物体をレイヤーを重ねて造形する積層造形法を包括的に意味している（図１）。３Ｄは「付加製造技術」ともいい、多様な素材を用いたさまざまな手法がある。たとえば「光造形法」（SLA=Stereolithography）ではコンピュータ制御による紫外光を利用して液体の感光性樹脂を固化させる。「選択的レーザー焼結造形」（SLS=Selective Laser Sintering）ではレーザを使って粉末の金属や熱可塑性物質を溶かして造形する。「熱溶解積層法」（FDM=Fused Deposition Modeling）では熱で溶か

キーイベント

2000年	2005年	2006年	2007年	2009年	2010年
オランダのデザイナー、ジャンヌ・キットネンの卒業プロジェクトが、3Dプリントをベースとするデザイン会社、フリーダム・オヴ・クリエイションの設立につながる。	イギリスのエンジニア、エードリアン・ボウヤー（1952年−）がレップラップ・プロジェクトを開始。プリンタ自体の部品を複製できるオープン・ソースの3Dプリント装置を開発した。	ショース・バーリーマンズとマルク・ファン・デル・ザンデが世界初の実際に履ける3Dプリント・シューズ「ヘッド・オーヴァー・ヒール」を制作。	ニューヨーク市にシェープウェイズ社が設立される。ユーザーが作成した3Dデータファイルを送ればそれをプリントアウトしてくれる。	アメリカのメーカーボット社が同社初の3Dプリンター「カップケーキCNC」を発売。需要が非常に大きく、同社では製品を増産するために製品の所有者に部品の印刷を要請した。	マテリアライズ社がナショナルジオグラフィックの展覧会用に、ツタンカーメンのミイラの精巧な等身大レプリカを制作。

したプラスチックや金属あるいは粘土を積層させ、冷まして固める。どの製法にも特有の用途があり、繊細なディテールを造形するものもあれば、丈夫な構造を作れるものもあるが、形のないところから魔法のように形を生みだすテクノロジーなのは同じである。

3Dプリントの草分けが先に述べた「光造形法」で、プロダクトデザインの原型部品を効率的に製造する方法として1983年にチャック・ハル（1939年–）によって発明された。ハルがその装置で最初に作ったのは黒い洗眼カップだった。1986年にハルが設立した3Dシステム社は、3Dプリント技術を基盤としたはじめての企業で、最初のうちその新しい製造法はアクセサリーや伝統的な成型加工といった大規模産業で利用されて、医療装置や自動車、航空機などの部品のプロトタイプを迅速に製造した。3Dプリントが発明されるまでは、新しいプラスチック部品や金属部品ごとに鋳型を製作しなければならず、製造コストがかさみ時間もかかった。ところが3Dプリントなら、デザインに必要なのは3DCAD（キャド）（CAD=Computer-Aided Design）による製図だけで、注文製品をいとも簡単に作りあげられた。この製造法は応用範囲も広い。たとえば医療研究者がすぐに気づいたのは、この技術が高度に複雑な対象、たとえば患者の身体にぴったり合わせる必要があるインプラントや人工器官（p.550）などの造形に応用できることだった。

3Dプリントの可能性は家具デザイナーやプロダクトデザイナー、そして建築家にとっても魅力的だった。3Dプリントされた物体の質感にほれこむデザイナーもいた。たとえばジャンヌ・キットネン（1974年–）はSLSの質感と透明感、もろい性質に取り組み、3Dプリント専門のマテリアライズ社とのコラボレーションで「リリー」（図3）や「ロータス」、「ツイスター」（2002年）といった照明デザインを生みだした。また家具プロジェクト「スケッチ」（図2）を発表したスウェーデンのデザイン集団フロントなどは、コンピュータ・ソフトウェアを使って、デザイナーが空中で家具を描く動作をデータに変換して、物体のフォルムをプリントアウトしている。

マスメディアは3Dプリントのこうした斬新な特徴に飛びつき、医療分野での注目すべき進歩を報道する一方で、「リベレーター」（2013年）のような3Dプリント銃には懸念を表明した。後者をめぐっては大騒ぎになったが、素材がもろいためにほぼ実射に耐えないことが見落とされていた。またプリントと樹脂が硬化するのに何時間もかかること、さらにフライス加工をして磨き上げなければならないことがわかると、銃の生産が増大する可能性をめぐる論争も沈静化した。さらにうまくプリントするためにはかなりのレベルの知識が必要となるため、生産の民主化という願いは果たせかった。それでも幸いなことに3Dプリント技術はたえず進歩しており、プリント速度が改善しガラスや金属などの高品質素材を効率的に利用できるようになっている。まだ生まれたばかりの技術で、その影響力は未知数で完全に理解されてはいない。デジタル的要素と物質的要素がますますからみあう世界では、3Dプリントの潜在能力についてまだ結論をくだすことはできない。

AW

2011年

オンライン3Dプリント・サービスi.materialiseが、素材オプションに金と銀をくわえる。

2012年

マイケル・イーデン（1955年–）が「PrtInd の壺」を制作。柔らかいコーティングにより豊かな触感をあたえた。

2012年

オランダの病院で初の3Dプリントの人工顎の置換術を83歳の患者に実施。この顎はチタニウム粉末をレーザーで融解して制作された。

2013年

オラフ・ディーゲル（1964年–）が「スチームパンクギター」（p.548）を、自社ODDが展開する3Dプリントギター・シリーズにくわえる。

2013年

非営利組織ディフェンス・ディストリビューテッドを創設したコーディ・ウィルソンが「リベレーター」銃の3Dプリントモデルを発表。

2015年

設計事務所フォスター・アンド・パートナーズが、火星で居住可能な施設をロボットに3Dプリントで建設させる提案を公表。火星表土を材料に付加製造法を用いるという。

Prtlndの壺　2012年　Prtlnd Vase

マイケル・イーデン　1955年–

ナイロンと柔らかい触感のミネラル・コーティング塗料。
高さ 30 センチ
直径 24 センチ

ナビゲーション

マイケル・イーデンの作品には３Ｄプリントされた物体と参照した史料との関係性を問うものが多い。この「Prtlndの壺」も「ポートランドの壺」(p.33) を複製しており、もとになった壺は５世紀から25世紀のあいだに作られたローマ時代のカメオ・ガラスである。カメオ・ガラスはいちばん上の白色ガラスの層をこつこつ削りとり、下層にある青紫色のガラスを見せてゆく製法で、この古代の壺の制作には少なくとも２年はかかったと推定されている。ポートランドの壺はこれまでにも何度も複製され、ジョサイア・ウェッジウッド（1730–95年）も４年におよぶ試作の末、1790年に陶磁器で細部までこだわった複元に成功した。イーデンの壺はインターネットの検索エンジンでヒットする２次元画像情報がもとになっていて、細部へのこだわりを意図的に捨象している。彼はブラウザを介して博物館を見学できるGoogle（グーグル）プロジェクトから刺激を受けた。Googleプロジェクトでは作品を詳細な部分まで見られるが、イーデンが興味をもったのは立体作品も２次元の画面上だけで観賞しているという点にあった。イーデンのPrtlndの壺には切り子面があるが、これはコンピュータが３Ｄで楕円体を表現する場合に基本要素としている２次元の多角形を示したもので、装飾が単純化して欠落している部分さえみられるのは、イーデンが参照した史料では詳細な部分までは判別できなかったためである。　AW

フォーカス

1　ナイロン
この壺はナイロンを素材に「選択的レーザー焼結造形法」でプリントされた。この製法では溶解した粉末素材の層を何千層も重ねてゆっくりと3Dフォルムを形成する。コーティングはまず適切なプライマー（下地）を塗布してから、色のついたミネラル・コーティングをほどこして、最後に柔らかい触感の素材で被覆して豊かな触感を得た。

2　装飾
イーデンはオリジナルの壺の背面と前面の画像をPhotoshopに取りこみ、残りの部分はそれらしく見えるように推測した。色は黒と白だけに抑え、CADアプリの重要ツールである「押しだし」操作を使ってその画像を浮きださせて、壺の表面に3Dフォルムを浮き彫りしたように見せている。

デザイナーのプロフィール

1955–80年
マイケル・イーデンはリーズ・メトロポリタン大学の前身のリーズ・ポリテク大学でインダストリアルデザインを学んだ。大学でイーデンは粘土工芸に出合い、アイディアを実体化するスピードに興味をもった。しかし卒業前に退学し、スリップウェアという陶器を製造する妻の会社で働きはじめた。

1981–2007年
プロ陶芸家として、とくに機能的なスリップウェアを制作。コンピュータによるデザインに魅力は感じたものの、3Dプリントと出会うまでは、プログラミングの息のつまるような正確さが、粘土の可塑的な性質を愛するイーデンの性に合わなかった。

2008年–現在
2008年、ロンドンのロイヤル・カレッジ・オヴ・アートでデジタル・テクノロジーと陶芸家としての体験をいかに融合できるかを研究し、哲学修士研究プロジェクトを仕上げる。その成果がイーデン初の3Dプリント作品「ウェッジウッドントン（非ウェッジウッド）チュリーン」（2008年）となった。イーデンの作品が陶器ギャラリーのエードリアン・サッスーンで扱われた。2015–16年にはイングランドのバースにあるホルバーン美術館で個展を開催した。

▲イーデンはGoogle検索でヒットした画像から、オリジナルの２次元アウトラインをコピーし、CAD（キャド）アプリ「Rhino（ライノ）」上に壺の切り子面形状を手作業で描き、それを回転させながら3Dのフォルムを制作している。

3Dプリント製ウェッジウッド

イーデンは3Dプリント製ウェッジウッド「ウェッジウッドントン・チュリーン」（上）を制作するために、あらゆる面で新しい工夫をする必要があった。このフォルムを制作するために新たなソフトウェアを勉強をしなければならなかったし、3Dプリントそのものの許容誤差と癖についても理解する必要があった。イーデンは3Dプリントで複製する価値のあるものをリメイクしたいと思った。そこで、知名度と産業革命期に果たした役割からウェッジウッドの作品を選んだ。イーデンのチュリーンは、外形こそ1817年のウェッジウッド・クリームウェア・カタログに掲載されたオリジナルにもとづいているが、3Dプリントでしか制作できない作品となっている。イーデンは2次元画像を取りこみ、CADソフトを使ってチュリーンの3D形状を作りだしている。表面仕上げには明るい色を選び、伝統的な陶器の配色からできるだけ遠ざけることで、ウェッジウッドが享受した可能性と、今日達成しうる可能性との差異を顕わにした。

スチームパンク3Dプリント・ギター　2013年

Steampunk 3D-Printed Guitar　オラフ・ディーゲル　1964年-

ボディーの外側はデュラフォーム（ナイロン）PA を使った 3D プリント、
インナーコア部分はメープル、エアブラシ塗装、クリアラッカー仕上げ。
3.2 キロ。

3Dプリントの自由にフォルムを成形する能力には、これまでの特注品とはいったい何だったのかと思わせるだけの力があった。オラフ・ディーゲルのギターは有名なテレキャスターやレスポールのような形状はとどめているものの、ボディーは伝統的な構造をまったく無視している。たとえばレスポールのボディー材はトップ部分もバック部分もメープル単板だが、これに相当するディーゲルの作品「アトム」のボディーは、水面の油膜模様かと思うような曲線的なフレーム構造になっている。またテレキャスターのボディーも単板だが、ディーゲルの「スチームパンクギター」はぐるぐると動く歯車群とピストンで埋めつくされている。後者はナイロン製の単体として印刷され、すべての歯車とピストンも同時に決められた場所でうまく動くように印刷されている。

3Dプリント・ギターについては「本物」ほどいい音はしないだろうという思いこみがある。しかしディーゲルによれば音の違いはほとんどなく、エレキギターのサウンドはボディーではなく弦とピックアップで決まるという。実際このギターには3Dプリントのボディーのほかに、これまでどおりの部品が数多くそなわっている。ワーモス・プロ・テレキャスターのメープル・ネック、クロムカラーのゴトー・ロッキング・チューナー、クロムカラーのシャーラー475ブリッジなどだ。3Dプリントは有益なところにこそ使うというのがディーゲルの哲学である。

AW

ナビゲーション

フォーカス

1　エアブラシ仕上げ
ディーゲルは大部分のギターを自分で塗装しているが、「スチームパンクギター」はニュージーランドを拠点とするエアブラシのスペシャリスト、ロン・ヴァン・ダムによる手仕上げである。このギターは3Dシステムズ社が運営するウェブサイト「Cubify（キュビファイ）」の出力サービスを介して、「sPro230レーザー焼結造形装置」で11時間以上かけて印刷された。

2　内部の歯車
スチームパンクギター制作の大きな課題は、歯車をあるべき場所にじかにプリントして、完成したら歯車が問題なくくるくるまわるようにするために、歯車のあいだに十分なすきまを作ることだった。3Dプリントはそれほど精密ではないので、プリントの許容誤差と厳密性のバランスを何度もテストしなければならなかった。

デザイナーのプロフィール

1964–92年
オラフ・ディーゲルはニュージーランドで生まれた。南アフリカのダーバンにあるナタール大学で電子工学を学び、その後世界中でさまざまな仕事についた。日本で英語を教えたこともある。

1993–2001年
ニュージーランドに戻って照明会社に就職し、3Dソフトウェアで製品模型のデザインをはじめた。1990年代中頃に3Dプリントの存在を知ると、それで部品の試作品を製造できることに気づいた。ニュージーランドでは3Dプリント装置は手に入らなかったために、最初の部品「取っ手」は、オーストラリアにプリントを依頼した。

2002年–現在
2002年、ニュージーランドのマッセー大学の工学部准教授となる。2011年には自身初の3Dプリントギター「スパイダー」を制作。当時所有していた3Dプリント装置で印刷可能な最大限の形状だった。その後制作の様子をブログで公表すると、ギターの注文が入りはじめた。そこでディーゲルは3Dプリントギターを製造するODD社を設立する。2014年にはスウェーデンのルンド大学で商品開発の教授に就任したが、ODDの経営も続けている。

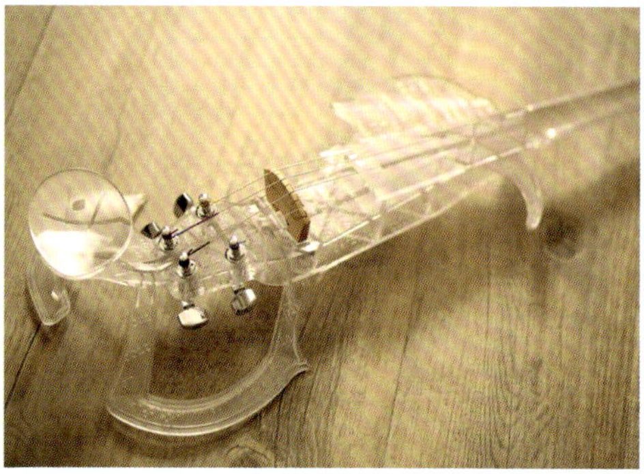

3Dプリント・ヴァイオリン

3Dプリント楽器で知名度の高い「3Dヴァリウス」（2015年、上）は、ヴァイオリン制作の標準的要素の多くを無視した電気ヴァイオリンで、形状も通常のヴァイオリンとはまったく異なる。制作者のローラン・ベルナダックによれば、3Dヴァリウスのフォルムはその構造中の音響の伝わり方とうまく協調するように造形されていて、標準的なヴァイオリンと比べてはるかに耐久性が高いという。

3Dプリントの椎骨 2014年 3D-Printed vertebra

劉忠軍　1958年-

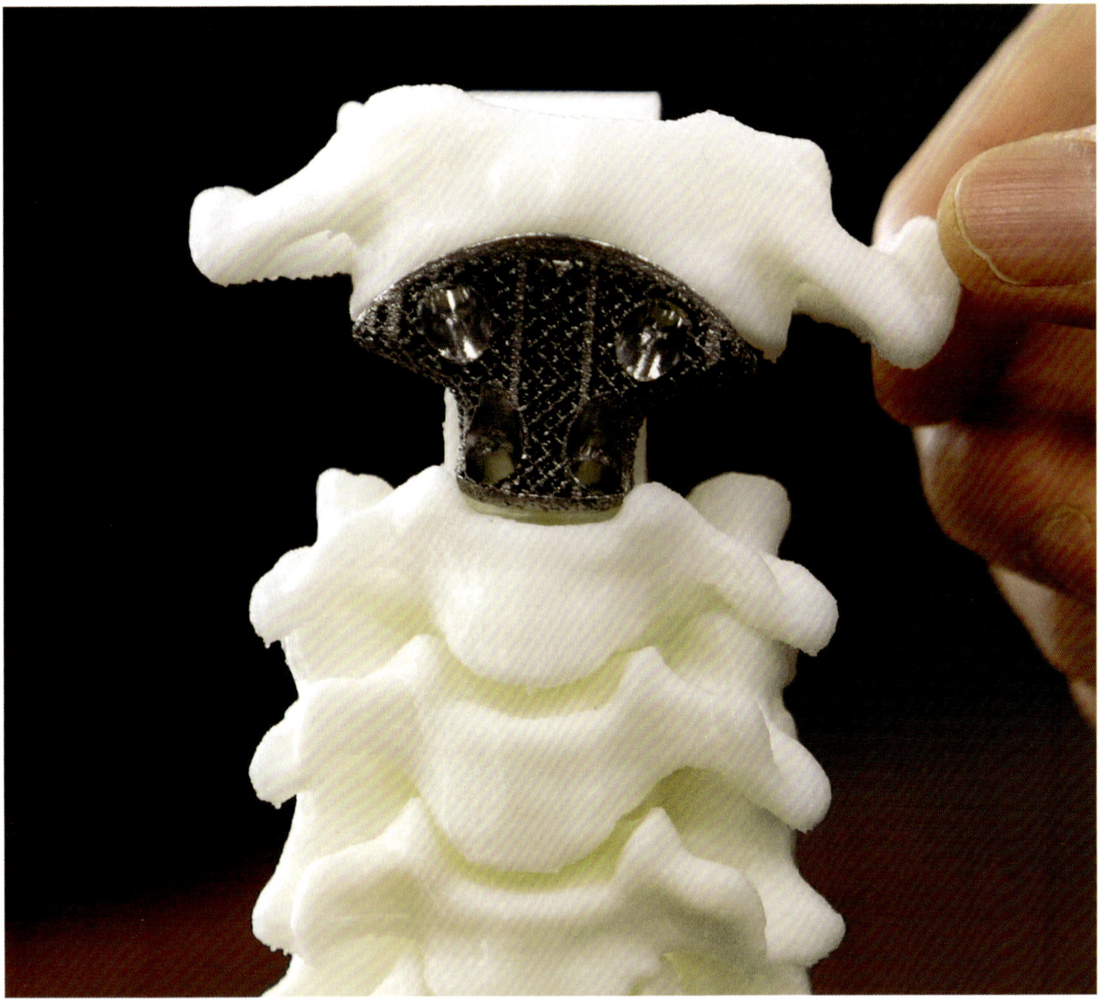

生体適合性があり、ほとんど拒絶反応が起きないチタニウム製インプラントが使われる。

3Dプリントが開いた可能性は、医学にも自然になじむことが証明された。2014年8月、中国の北京大学第3病院の劉忠軍チームは、12歳男児の第2頸椎を3Dプリントで印刷したチタニウム頸椎で置換することに成功した。ミンハオというこの男児は、5時間の手術で脊椎、気管、内頸動脈と外頸動脈の悪性腫瘍を切除する必要があった。軸椎ともいう第2頸椎はその上に頭部がのる重要な部位である。通常なら、標準的な中空のチタニウム製チューブで置換して、治癒するあいだ短くても3か月間は患者の頭部をフレームとピンで固定しなければならない。しかし3Dプリントの第2頸椎を利用すると正確にフィットするだけでなく丈夫で、骨が自然に新しい頸椎のハニカム構造内に成長してゆくので、ミンハオの回復にめざましい効果を発揮した。さらに頸部のもともとの可動域もほぼ回復することが予測された。またニューヨークのコーネル大学では、損傷した椎間板を置換する3Dプリント脊椎インプラントというまったく新しい施術を研究中である。通常なら椎間板疾患の治療は椎骨を融合させるのだが、その場合は可動域が減少してしまう。そこでコーネル大学では、損傷した部位に挿入する人工物に幹細胞を印刷する方法をとっている。新たな脊椎細胞が成長するあいだに、人工物のほうは徐々に溶けていく。　AW

ナビゲーション

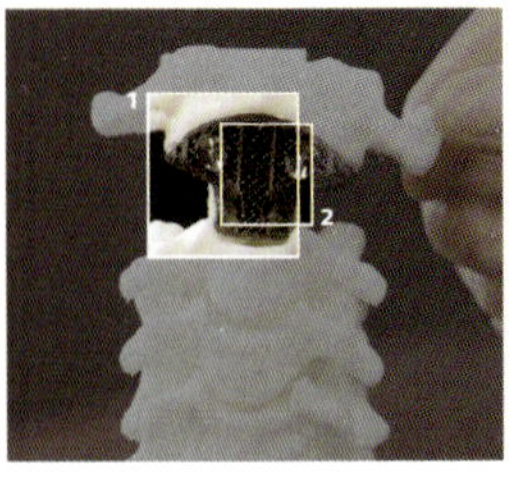

フォーカス

1　複雑な形状

人工椎骨を形成した3Dプリント加工と素材のチタニウムはこれまでも手術でよく使われていた。これまでとの違いは3Dプリントでインプラントに利用する形状の複雑さで、そのおかげでインプラントが部位によく適合し、インプラントを適切な位置に固定する支持構造物も少なくてすんでいる。

2　ハニカム構造

「3Dプリント椎骨」の複雑な部分は、構造的強度を維持しながら従来の方法で鋳造するのは非常にむずかしい。このハニカム構造のなかまで骨が成長するために強度が増し、人工椎骨は患者のほかの椎骨と自然に接合するようになる。

デザイナーのプロフィール

1958－2008 年

劉忠軍は1987年に北京医科大学（現在の北京大学医学部）を卒業。北京大学第3病院の整形外科部に勤務した。同病院整形外科部長、同大学脊椎外科研究センター長となる。その間、脊椎外科分野における功績でもとくに脊椎腫瘍の研究に対して、数十万ドルの研究助成金を受けた。また劉は自分のチームが実施する年間約2500件の手術を監督した。

2009 年－現在

劉とチームはチタニウム3Dプリント・インプラントに数年間取り組んだ。2009年にチームはこのプログラムを開始し最初の施術モデルを開発すると、2010年にはヒツジを使ってこの手法の検証をはじめ、2012年には人体での臨床実験をスタートさせた。劉とチームが50人以上のボランティア患者にインプラントをほどこして良好な結果が得られると、中国保健医療の当局からこの方法をさらに幅広い用途で使用する認可がスムーズに下りて、2014年にミンハオの脊椎外科手術を実施する準備が整った。

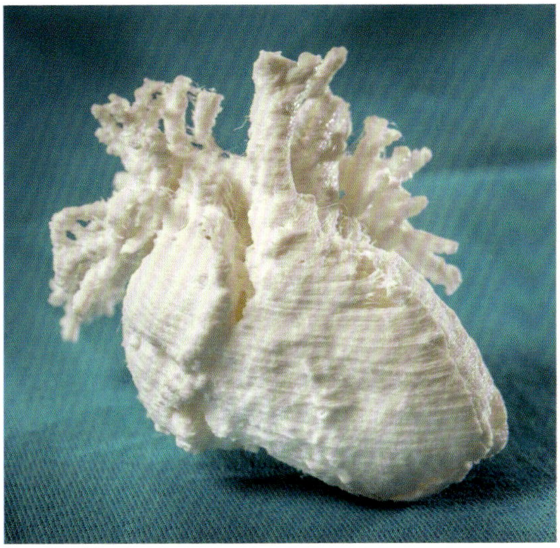

▲子どもの心臓を例にとると、3DモデルはMRIやCTスキャンとくらべて外科医がきわめて多くの情報を得られるので、症状の原因を容易に分析できる。

3D バイオプリント

生体組織を人工的に成長させる過程がきわめて困難なのは、すべての細胞に栄養素をたえず送りつづけるのがむずかしいからである。しかし2014年にマサチューセッツ州のハーヴァード大学で、材料科学者のジェニファー・ルイス率いる研究チームが、栄養素を運搬する血管系などのタンパク質マトリクスと生体細胞を、3Dプリンターを使って生体でみられるのとそっくりなパターンで印刷してみせた（右）。この過程をルイスは「3Dバイオプリント」とよぶ。すべての器官をプリントするのにはまだほど遠いが、重要な一歩がふみだされた。

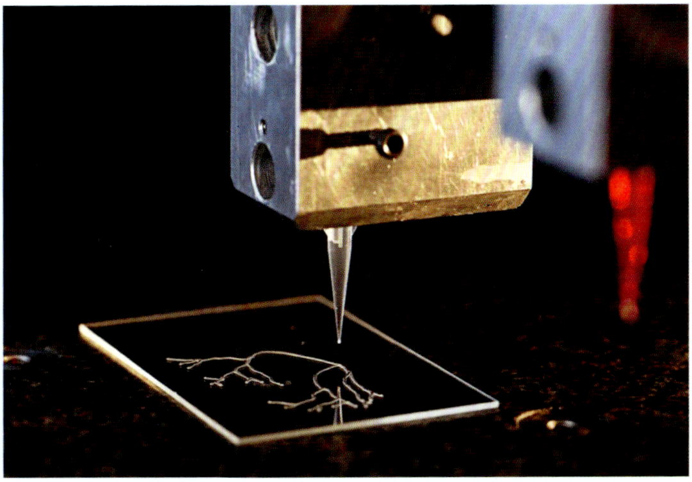

用語解説

アーツ・アンド・クラフツ
19世紀中後期にかけて起きたデザインと建築の運動。主導者はウィリアム・モリスで、個人単位で手作りしていた産業革命以前の工芸の伝統に立ち戻ろうとした。

アール・デコ
1920年代から1940年代にかけて流行した装飾様式。階段状の輪郭、なめらかな曲線、豊富なモチーフ、ロシアのバレエ団バレエ・リュスの影響を受けた鮮やかな色使いが特徴的である。

アール・ヌーヴォー
美術とデザインの国際的運動。しなやかな曲線と有機的な形状、自然なフォルムが特徴的である。

ヴァーチャルリアリティ
コンピュータが生成する3次元の現実。ユーザーとの相互作用が可能。

ヴォーティシズム
短命だったイギリスの芸術文学運動。第1次世界大戦中に、伝統的なテーマを避けて、機械時代の抽象的で想像力豊かな描写を好んだ。

受け材
壁などの平面から出ている支持構造。

エックスハイト
ある書体での小文字の「x」の高さ。

ABS樹脂
アクリロニトリル・ブタジエン・スチレン。耐久性にすぐれた石油系プラスチック。

王室御用達証
イギリスで王室に品物を納めている生産者や製造業者にあたえられる。そのため品質の証とみなされた。

オフセットリトグラフ
19世紀末からはじまった大量印刷の方法。絵柄を金属板からローラーに転写し、その後、紙などの媒体に印刷する。

カウンター
タイポグラフィーで、文字や絵柄のなかで線で閉じた空白部分のこと。

ガスインジェクション
プラスチック成形技術の一種。鋳型にガスを注入することでプラスチックを空洞化させ、断面の肉厚を変えることができる。

ガラス繊維強化プラスチック(ファイバグラス、GRP)
グラスファイバーで強度を補強したプラスチック。

カンチレヴァー・チェア
シートとフレームを4本脚ではなく、1本の基部で支える片持ち式の椅子。

キッチュ
芸術を気どる風変わりで低俗な嗜好。多くは大量生産される。

キュービズム
20世紀初期の芸術運動。同じ絵画平面に同じ対象物の違う角度から見た姿を同時に描いた。ピカソとブラックが強力な推進者だった。

行揃えしない/行揃えする
行揃えしない文字列の長さは定まっていない。行揃えする文字列には右または左、あるいは両方に一定の余白が設けられている。

銀板写真
19世紀の初めにルイ・ダゲールが発明した初期の写真撮影法。銀メッキした銅板に像を感光させた。ダゲレオタイプ。

グーギー建築
自動車文化やジェット機、宇宙時代の影響を受けた現代建築の一形式。

クラフツマン・スタイル
19世紀末のアメリカ版アーツ・アンド・クラフツ運動。グスタフ・スティックリーの作品が代表的。

グリッド
グラフィックデザイナーが活字とイラストをページに配置する際に用いる、幾何学的なガイドライン。

計画的陳腐化
1950年代と1960年代にひろく行なわれていた慣例。家庭用品（とくに電気製品）が短期間しか使えずひんぱんに買い替えが必要なようにデザインすること。

航空（空気）力学
移動する物体の表面を空気がどのように通過するかを探求する学問。「流線型」を参照。

構成主義
ロシア革命後におこった運動。芸術やデザイン、建築は社会変化をもたらすべきであると主張した。

合板
木材（軟らかい木が多い）を薄くスライスした板を重ねて接着剤で貼りあわせ、たいていはさらに高価または美麗な硬材の表板をかぶせる。高圧の水蒸気をかけて曲げることもできる。

合理主義
モダニズムの戦後バージョン。ドイツとスイスで流行し、イタリアではある程度受け入れられた。製品は問題解決の取り組みを反映する。

国際タイポグラフィ様式
厳格で純粋、必要最低限を満たすグラフィックスタイル。戦後のスイスではじまった。よく知られている例にヘルヴェティカ体がある。

ゴシック
中世の建築様式で、その後も19世紀中後期に復活した。一般的に尖塔アーチ、飛梁(フライング・バットレス)、リブボールトなどの特徴をもつ。

古典主義
もともとはルネサンス期に発展した建築とデザインの様式。古代ギリシア・ローマの「秩序」を回顧した。18世紀に復活して美的センスに強い影響力をあたえた。

コーポレート・アイデンティティ
シンボルマーク、ロゴ、印刷物といった視覚的媒体をとおして、企業が顧客と従業員に示す統合的イメージ。

小文字/大文字
小文字は「ロアーケース」、大文字は「アッパーケース」ともいう。活字をおさめていたケースに由来する。

コラージュ
さまざまな素材の断片をつなぎあわせる芸術品もしくはデザイン。ファウンド・オブジェもよく使われる。

コロタイプ
初期の写真製版法。大量印刷に用いられた。

散光器
照明デザインで、光源からの光を拡散させたり照明効果をやわらげたりする、シェード（傘）などのスクリーン。

ジャガード（ジャカード）織機
19世紀初期より使われはじめた織機。穴のあいたカードを利用して、複雑な模様を自動的に織る。

射出成形
溶融した樹脂を型に充填して製品や部品を大量生産する技術。

写真植字
植字の一形式。活字を使わずに写真技術を用いて文字などを植字し、印画紙に印字する。写植。

ジャスパーウェア
18世紀末にジョサイア・ウェッジウッドが考案した光沢のない磁器。いまでも作られ、有名なのが「ウェッジウッド・ブルー」である。

ジャポニズム
19世紀末に、日本から輸入された浮世絵や工芸品から大きな影響を受けた装飾様式。

獣形使用
デザインでもとくに家具に、動物をかたどったものをとりいれること。アンテロープの脚の形にした椅子の脚や、鳥のかぎ爪が球をつかんだ装飾などがある。

シュプレマティスム（絶対主義）
20世紀初めのロシアの芸術運動。具象的な描写より純粋に抽象的または幾何学的な形状を賞賛した。

商標
特定の製品や生産者を示す記号またはシンボル。多くの場合法律で守られている。

書体（タイプフェイス）
書体デザインは一般的に、各種文字、数字、句読点などの特殊文字をふくめ、それぞれの字体が一貫した様式をもつものとして作られる。

シルクスクリーン
印刷技法。画像やグラフィックデザインを織り目の細かいスクリーンをとおして紙や布に転写する。

新古典主義
「古典主義」参照。

スタイリング
プロダクトデザインでは、機能や仕様より外見に焦点をあてる場合にいう。

スチールパイプ、鋼管
スチールの管。もともとは自転車メーカーが使用していた。モダニズム初期の家具デザイナーがシートやテーブルの必要最小限のフレームとしてよく使っていた。

生産主義
ソ連のグラフィックデザイン運動。グラフィックを大衆の生活に芸術をもたらす手段として見た。

生産ライン
ヘンリー・フォードが考案した大量生産の新方式。動くベルト上での流れ作業で、製造のスピードアップをはかった。

背板
椅子の支持部材。椅子の背や、シートとアームのあいだを垂直または水平に支える。

積極的陳腐化
GMの有力カーデザイナー、ハーリー・J・アールによる造語。顧客がスタイリングの変更だけで新しいモデルを買うようにしむける市場戦略を称した。

セリフ／サンセリフ
セリフは文字の線の端にあるヒゲ飾りで、サンセリフ体にはヒゲ飾りなどの装飾がない。

タスクライト
移動可能のタイプが多い。おもな役割は作業や読書のために一定の場所を明るくすること。アームが動く「アングルポイズ」はよく知られている例である。

抽象表現主義
1940年代から1950年代にかけて、ジャクソン・ポロック、マーク・ロスコを旗手にアメリカで起こった抽象芸術運動。絵の具をしたたらせるなど偶然にまかせる描画手法を重視した。

つや消し黒の美学
1970年代には、ハイファイ装置や計算機など、最高級のテクノロジー製品は本格派で洗練されていることを強調するために、たいていつや消しの黒のケースや仕上がりで製造された。

デ・ステイル
20世紀初頭のオランダで起きた美術とデザイン、建築の運動。抽象的な幾何学的フォルムと原色を重んじていた。

ナイロン
化学合成物質の一種。1935年にはじめて製造され、繊維など応用範囲が広い。

人間工学（エルゴノミクス）
人間の身体形状およびその能力と対象またはシステムとのあいだの相互作用にかんする学問。

猫脚
椅子の脚の形。シートとの接合部分で外側に反り、下部で内側に曲がっている。

ハイテク
1970年代末頃の、短命だったデザインと建築のスタイル。工業・商業スペースや付帯設備を再利用または別の目的で使うのが特徴的だった。

バウハウス
現在にいたるまで強大な影響力を残している造形学校。開校していた1919年から1933年のあいだに、幅広い分野でモダニズムの理念を進展させた。

薄板、化粧張り
木製家具作りでは、薄い装飾的な板をいう。この化粧板を家具の中心的なフレームまたは構造となる基材に張る。

パースペックス
プレキシガラスと同様に、軽量で飛散防止形の熱可塑性プラスチックの商品名。ガラスのかわりに使用する。

パラディオ主義
イタリアの建築家、アンドレア・パラディオの作品に触発を受けた、古典主義もしくは新古典主義の一形式。

バロック
17世紀から18世紀初頭にかけて広まった、装飾の多い、絵画的な建築様式。

パンク
パンクロックの粗削りでしばられないサウンドは、グラフィックのDIYコラージュや無秩序なグラフィックと相通じるものがある。

反復模様
テキスタイルでは、具象的、抽象的なデザイン要素を布地全体でくりかえして形成した模様。

表現主義
20世紀初めのドイツの芸術運動。主観的な感情や気分の表現に重点を置いた。

品質管理
アメリカの製造規律。品質の基準を満たすために生産のあらゆる面が厳しく監視される。1945年以降、日本企業にひろく採用された。

ファイアンス焼き
イタリア原産の錫釉陶器。

フォーヴィスム
初期のモダニズム運動。強烈で非具象的な色を使い、しばしば芸術家の心の状態を伝えようとするのが特徴的である。野獣主義。

フォント
狭義には同じサイズで書体デザインの同じ活字一式を意味するが、一般的には「書体」の同意語として使われている。

ブランド
製品もしくはメーカーの包括的なアイデンティティ。ロゴや包装、広告といった目で見える形で示されることもあれば、市場での重要度をさすこともある。

プレキシガラス
「パースペックス」参照。

ベークライト
最初に工業的に成功した合成物質。1907 年にレオ・ベークランドが発明した当時は、茶色と黒しかなかった。フェノールとホルムアルデヒドから作られる。

ポイント
タイポグラフィーの最小の長さの単位。1 インチ（2.54 センチ）は 72 ポイントである。

北欧モダン
デンマーク、スウェーデン、フィンランド、ノルウェーの戦後のデザイン。すっきりしたモダンなライン、自然な形、鮮やかな色、そしてなによりも人間的な魅力が特徴的である。

ポストモダン
20 世紀末のデザインと建築の動向。モダニズムの純粋主義に背を向けて、過去の様式をとりいれた。

ホットメタル
溶かした金属を文字を型どった紙型に流しこんで刷版を作る印刷方式。

ポップ
1960 年代初めのアートとファッション、デザインの運動。若者のポップカルチャー、コンシューマリズム、短命性からヒントを得ていた。

ポリエチレン
一般的になじみのあるプラスチック。包装にひろく使われている。

ポリカーボネート
高い強度の熱可塑性物質。デザインや工学で多彩な用途がある。

ポリプロピレン
用途の広い熱可塑性物質。包装、テキスタイル、機械部品、家具などに使用される。

曲木
ミヒャエル・トーネットが考案した木材加工技術。おもにブナ材などの長い木材を金型にはめて蒸気をあてることによって、曲線に成形した。

ミニマリズム
モダニズムから分岐した厳格な表現スタイル。とくに 20 世紀末に影響力のあった日本の伝統概念である「無」から強い影響を受けている。

未来派
20 世紀初めのイタリアの芸術運動。現代のテクノロジーと自動車や航空機などの製品を賛美した。

モジュール式
ユニット式の棚やシートなど、複数のまったく同じパーツで構成されている家具または家具システム。

モダニズム
20 世紀初期に支配的だったデザイン様式。装飾を排してむき出しにした機械の美学を支持し、機能と純粋な形状を重視した。

モノコック
航空機や船などで、外殻部材全体で荷重を受ける一体構造。

モノブロック
一体構造で生産するデザイン、あるいは一体成型製品のこと。

唯美主義（耽美主義）
19 世紀末のイギリスのデザイン運動。「芸術のための芸術」を推進した。

ユーザーインターフェース
ユーザーがコンピュータと情報のやりとりをするための手段。一般的にソフトウェアを介する。

ラダーバック（横木背）
伝統的な種類の椅子。背もたれに等間隔の横木がわたされている。

ラ・リコストルツィオーネ
戦後の経済再建をさすイタリア語の呼称。デザインが強力な牽引役になった。

流線型
なめらかなティアドロップ型の輪郭。1930 年代には航空力学の原理をとりいれて、さまざまな製品に適用された。

レディメイド
芸術またはデザインの作品。ファウンドオブジェでコラージュを作成して、まったく新しい創作物を誕生させる。

ロゴ
製品や企業を表すために、一貫して同じスタイルで示されるグラフィックシンボルまたは名称。

ロココ様式
18 世紀のフランスで栄えた装飾様式。バロック様式より軽やかで優雅で、遊び心があった。

和紙
日本の強度のある高品質な紙。おもに低木の樹皮が原料になり、コウゾの木などがよく使われる。

執筆者

アレックス・ウィルトシャー（AW）

テクノロジーとテレビゲームにかんするライター。デザイン雑誌アイコンの創設編集チームの一員で、有力テレビゲーム雑誌エッジの編集長もつとめた。雑誌のデジーン（Dezeen）、ロック、ペーパー、ショットガンに、それぞれテクノロジーとゲームデザインにかんするコラムを掲載。ベストセラーとなった『マインクラフトブロックペディア（Minecraft: Blockopedia）』（2014年）も執筆し、『ブリッツソフトのオーラルヒストリー（Britsoft: An Oral History）』（2015年）を編集、『ギネス世界記録 ゲーム版（Guinness World Records Gamer's Edition）』にも執筆した。ロンドンのヴィクトリア・アルバート博物館でのテレビゲームをテーマとした大規模な展覧会ではキュレーターをつとめた。

エリザベス・ウィルハイド（EW）

デザインとインテリアにかんする多くの著作がある。おもな著書に『ウィリアム・モリス――装飾様式とデザイン（William Morris: Decor and Design）』（1991年）、『マッキントッシュ・スタイル（The Mackintosh Style）』（1995年）、『エドウィン・ラッチェンズ――イギリスの伝統的デザイン（Sir Edwin Lutyens: Designing in the English Tradition）』（2000年）、『表面と仕上げ（Surface and Finish）』（2007年）、『北欧の家―― 20世紀中頃の北欧モダンデザイナーの完全ガイド（Scandinavian Home: A Comprehensive Guide to Mid Century Modern Scandinavian Designers）』（2016年）がある。テレンス・コンランとの共著書も多く、『住宅の基本（Essential House Book）』（1994年）、『コンランのデザイン観（Conran on Design）』（1996年）、『素朴でシンプルで実用的（Plain Simple Useful）』（2014年）、『コンランの色彩観（Conran on Color）』（2015年）などがある。デザイン・ミュージアム発行の「デザインの仕方」シリーズでは、照明、椅子、書体、家（すべて2010年）についての本を出した。2冊の小説『アシェンデン』（2013年）、『あなたに言えたら（If I Could Tell You）』（2016年）も著している。

ジェニー・ウィルハイド（JW）

デザイン、美術、ライフスタイルにかんするテーマで、イヴニング・スタンダード紙、スペクテーター誌、アメリカのロブ・レポート紙、テレグラフ・マガジン誌、ホームズ&ガーデン誌、カントリー&タウン・ハウス誌、フォーミュラ・ライフ誌に寄稿している。サラ・サンズを編集長とするイギリス版リーダーズ・ダイジェスト誌では、タマシン・デイ＝ルイスとともに月一のコラムを連載し、ロイヤル・オペラ・ハウス、俗にいう「コヴェントガーデン」の公演プログラムのなかで、店舗ページを担当している。2001年版の『ヨーロッパのエリート1000人（Europe's Elite 1000）』では、寄稿するとともに副編集長をつとめた。女優でもあり、イギリスのロイヤル・ナショナル・シアターで主役を演じ、英米のドラマや映画にも活躍の場を広げている。

ダン・グリリオプロス（DG）

受賞ジャーナリスト。2002年から本やテレビゲームのシナリオも書いている。フリーランスの作家としてサンデー・タイムズ紙、ワイヤード誌、ガーディアン紙など数百種類の定期刊行物に寄稿しているが、PCゲーマーやエッジといった専門誌の記事執筆をとくに好む。色盲ではあるが、画家で図家でもある。オクスフォード大学で政治学、哲学、経済学の文学修士を取得。パートナーと娘とともにロンドンのイーストエンドに住んでいる。

レスリー・ジャクソン（LJ）

フリーランスの作家、キュレーター、20世紀のデザインを専門とするデザイン史家。1950年代と1960年代の権威者で、テキスタイルや家具、ガラスについて詳細な記述をしている。おもな著書は以下のとおり。『新しい見方―― 50年代のデザイン（The New Look: Design in the Fifties）』（1991年）、『「コンテンポラリー」―― 1950年代の建築とインテリア（"Contemporary": Architecture and Interiors of the 1950s）』（1994年）、『60年代――デザイン革命の10年（The Sixties: Decade of Design Revolution）』（1998年）、『ロビン&ルシエン・デイ――コンテンポラリー・デザインの先駆者（Robin and Lucienne Day: Pioneers of Contemporary Design）』（2001年）、『20世紀のパターンデザイン（20th-Century Pattern Design）』（2001年）、『アラステア・モートンとエディンバラ・ウィーヴァーズ（Alastair Morton and Edinburgh Weavers）』（2012年）、『アーコールの家具作り（Ercol: Furniture in the Making）』（2013年）、『イギリスの近代家具―― 1945年からのデザイン（Modern British Furniture: Design Since 1945）』（2013年）。

マーク・シンクレア（MS）

ロンドンのクリエイティヴ・レヴュー・マガジンの副編集長。説明的イラストをテーマとした『絵と言葉――新しいコミックアートと説明的イラスト（Pictures and Words: New Comic Art and Narrative Illustration）』（2005年）など、アイディンティティとロゴデザインについて書いた『トレードマーク――古典的ロゴ29の秘話（TM: The Untold Stories Behind 29 Classic Logos）』（2014年）などの著作がある。ユニット・エディション社から『スーパーグラフィック（Supergraphics）』（2010年）、『活字だけ（Type Only）』（2013年）など、3冊評論も出している。プリント誌、インディペンデント紙、ガーディアン紙にも寄稿している。

ペニー・スパーク（PS）

デザイン史教授。ロンドンのキングストン大学モダンインテリア・リサーチセンターの所長をつとめる。1967年から1971年までサセックス大学でフランス文学を学び、1975年にデザイン史の博士号を取得。ブライトン・ポリテク（現ブライトン大学）とロンドンのロイヤル・カレッジ・オヴ・アートの教育スタッフにくわわったあと、1999年からキングストン大学で教える。著書多数。代表作に『デザイン・文化入門―― 1900年から現在まで（Introduction to Design and Culture: 1900 to the Present）』（1986年）、『イタリアのデザイン―― 1860年から現在（Design in Italy: 1860 to the Present）』（1989年）、『ピンクであるかぎり――美的感覚の性への策略（As Long as It's Pink: The Sexual Politics of Taste）』（1995年）、『エルシー・デ・ウルフ――近代インテリア装飾の誕生（Elsie de Wolfe: The Birth of Modern Interior Decoration）』（2005年）がある。スパークは現在、インテリアの植物と花についての本を執筆中である。

アラン・パワーズ（AP）

20世紀の芸術や建築、デザインについて多角的な著述をしている。最新作は『建築の100年（100 Years of Architecture）』（2016年）、『エドワード・アーディゾーニ（Edward Ardizzone）』（2016年）。教壇に立ちながらも精力的に講演をこなし、展覧会の監督、ACEカルチュラル・ツアーズの見学旅行の案内役をつとめている。20世紀に建てられた建築の保存活動をしている21世紀協会（Twentieth Century Society）の活動に長年かかわっており、その機関誌、21世紀の建築（Twentieth Century Architecture）を共同編集している。

スージー・ホッジ（SH）

美術史家（文学修士、王立技芸協会会員）、作家、芸術家。100冊を超える著書は、おもに美術とデザイン、実用芸術、歴史をテーマとしている。雑誌にも寄稿し、美術館や画廊のためにウェブ記事を執筆しているほか、工房を運営し、世界中の学校や大学、美術館、画廊、企業、催しもの、公式・非公式のグループを対象に講演をしている。ラジオやテレビのニュース、ドキュメンタリーにはなんらかの形で定期的に貢献している。広告代理店サーチ&サーチのコピーライターとし働きはじめたあと、J・ウォーカー・トンプソンに移籍。数多くの学校や大学で教鞭もとっている。

索引

太字数字は図版ページ。

ア

カ

サ

ナ

ハ

ヤ

ラ

ワ

図版出典

作品の複製と本書への掲載を許可してくださった、美術館、博物館、イラストレーター、公文書館、写真家の方々に謝意を表します。
著作者の特定には万全を期していますが、不備があった場合は、判明した時点で必要な措置を講じるものとします。

略号：上＝t、下＝b、左＝l、右＝r、中央＝c、左上＝tl、右上＝tr、左中央＝cl、右中央＝cr、左下＝bl、右下＝br

18 Mary Evans Picture Library **19 t** Mary Evans Picture Library **19 b** © 2016. Image copyright The Metropolitan Museum of Art / Art Resource / Scala, Florence **20** Getty Images **21 r** Getty Images **22** Bridgeman Images **23 c** TopFoto **23 b** Wikipedia **24-25** © Victoria and Albert Museum, London. **26-27** Courtesy of Peter Harrington **28** Image copyright The Metropolitan Museum of Art / Art Resource / Scala, Florence **29** Image copyright The Metropolitan Museum of Art / Art Resource / Scala, Florence **30** Alamy **31** Wikipedia **32** © Victoria and Albert Museum, London. **33 b** © The Trustees of the British Museum **34-35** © Victoria and Albert Museum, London. **36** Bridgeman Images **37** Getty Images **38-39** © 2016. The British Library Board / Scala, Florence **40** Division of Home and Community Life, National Museum of America History, Smithsonian Institute. **41** Bridgeman Images **42** Vitra Design Museum **43 t** Getty Images **43 b** AKG Images **44** © 2016. Digital image, The Museum of Modern Art, New York / Scala, Florence **45** Bridgeman Images **46** Getty Images **47 t** Getty Images **47 b** Wikipedia **48** Alamy p49b TopFotp **50, 51 bl** Courtesy of Victorinox AG **51 br** Alamy **52** Alamy **53** © Victoria and Albert Museum, London. **54** © Victoria and Albert Museum, London. **55 c** Bridgeman Images **55 b** Alamy **56** Bridgeman Images **57 t** Carl Dahlstedt / Living Inside, Owner of the house, Emma Vom Bromsen www.emmavonbromssen.se **57 b** Corbis **58-59** Getty Images **60-61** Getty Images **63 bl** AKG Images **63 br** Getty Images **64** Science & Society Picture Library **65 l** SPL **65 r** Wikipedia **66** Superstock **67 bl** getty Images **67 br** Advertising Archives **68** Alamy **69 t** TopFoto **69 b** Christie's Images, London / Scala, Florence **70** Advertising Archives **71 b** Getty Images **72-73 t** Campbell Soup Company **73 b** Mary Evans Picture Library **74** © Victoria and Albert Museum, London. **75 t** / b Bridgeman Images **76** Bridgeman Images **77 b** Digital Image Museum Associates / LACMA / Art Resource NY / Scala, Florence **78** Bridgeman Imagesw**79 b** Mary Evans Picture Library **80** Bridgeman Images **81 br** © Victoria and Albert Museum, London. **82** © Victoria and Albert Museum, London. **83 t** / b Bridgeman Images **84** © Victoria and Albert Museum, London. **85 t** Bridgeman Images **85 b** © 2016. Image copyright The Metropolitan Museum of Art / Art Resource / Scala, Florence **86** Alamy **87** © 2016. Digital Image Museum Associates / LACMA / Art Resource NY / Scala, Florence **88** Getty Images **89 t** © Victoria and Albert Museum, London. **89 b** Alamy **90** Mary Evans Picture Library **91** Getty Images **92-93** AKG Images **94 t** / b © Victoria and Albert Museum, London. **95** 4Corners Images / Pietro Canali **96-97** Alamy **98** The Macklowe Gallery **99** Courtesy Sotheby's New York, Collection of Sandra van den Broek. **100** Getty Images **101 t** Getty Images **101 b** Alamy **102** Bridgeman Images **103 t** © MAK, MAK – Austrian Museum of Applied Arts / Contemporary Art **103 b** © Auktionshaus im Kinsky GmbH. **104** Ellen McDermott © Smithsonian Institution.© 2016. Cooper-Hewitt, Smithsonian Design Museum / Art Resource, NY / Scala, Florence **105 b** TopFoto **106** © 2016. Digital image, The Museum of Modern Art, New York / Scala, Florence **107** AKG Images **110** Getty Images 111t / b Getty Images **112** AKG Images **113 bl** Alamy **113 br** Magic Car Pics **114** © 2016. DeAgostini Picture Library / Scala, Florence **115** © Victoria and Albert Museum, London. **116, 117 t** Images courtesy of Pallucco **117 b** Getty images **118** Museum of Applied Arts and Sciences **119 t** Museum of Applied Arts and Sciences **119 b** © AEG **120** © 2016. Photo Scala, Florence, © Rodchenko & Stepanova Archive, DACS, RAO, 2016. **121 t** © The Wyndham Lewis Memorial Trust / Bridgeman Images **121 b** Digital image, The Museum of Modern Art, New York / Scala, Florence **122** © Christie's Images / Bridgeman Images **123** © 2016. Digital image, The Museum of Modern Art, New York / Scala, Florence **124** Photo: Brigitte Borrmann© 2016. Photo Scala, Florence / bpk, Bildagentur fuer Kunst, Kultur und Geschichte, Berlin, © DACS 2016. **125 bl** Photo: Brigitte Borrmann© 2016. Photo Scala, Florence / bpk, Bildagentur fuer Kunst, Kultur und Geschichte, Berlin, © DACS 2016. **125 br** © 2016. Digital image, The Museum of Modern Art, New York / Scala, Florence, © DACS 2016. **126** Alamy **127 t** AKG Images **127 b** Getty Images **128 b** Getty Images **128 t** © 2016. Digital image, The Museum of Modern Art, New York / Scala, Florence, © The Josef and Anni Albers Foundation / Artists Rights Society (ARS), New York and DACS, London 2016. **129** © Victoria and Albert Museum, London. **130** © 2016. Digital image, The Museum of Modern Art, New York / Scala, Florence, © DACS 2016. **131 b** © 2016. Digital image, The Museum of Modern Art, New York / Scala, Florence, © DACS 2016. **132** © 2016. Neue Galerie New York / Art Resource / Scala, Florence, © DACS 2016. **133 bl** © 2016. Digital image, The Museum of Modern Art, New York / Scala, Florence **133 br** © 2016. Digital image, The Museum of Modern Art, New York / Scala, Florence, © DACS 2016. **134** Bridgeman Images **135 t** © Villa Tugendhat, David Zidlicky, © DACS 2016. **135 b** Stockholms Auktionsverk **136** Bridgeman Images **137 bl** Alamy **137 br** © 2016. Digital image, The Museum of Modern Art, New York / Scala, Florence **138** © 2016. Digital image, The Museum of Modern Art, New York / Scala, Florence **139 b** Getty Images **139 t** Bonaparte chair by Eileen Gray, images supplied by Aram Designs Limited, holder of the worldwide licence for Eileen Gray Designs **140** © 2016. Digital image, The Museum of Modern Art, New York / Scala, Florence, © ADAGP, Paris and DACS, London 2016 / © FLC / ADAGP, Paris and DACS, London 2016. **141** © ADAGP, Paris and DACS, London 2016 / © FLC / ADAGP, Paris and DACS, London 2016. **142** AKG Images **143** Bridgeman Images **144** PA Photos, with permission by Chanel **145 bl** Image courtesy of Chanel **145 br** Alamy, with permission by Chanel **146** © DACS 2016 **147 b** Wikipedia **148** Barcelona® Table, 1929 designed by Ludwig Mies van der Rohe and manufactured by Knoll, Inc. Image courtesy of Knoll, Inc., © DACS 2016. **149 c** Alamy, © DACS 2016. **149 b** Digital image, The Museum of Modern Art, New York / Scala, Florence **150** © 2016. Image copyright The Metropolitan Museum of Art / Art Resource / Scala, Florence **151** © Victoria and Albert Museum, London. **152** © Victoria and Albert Museum, London. **153** © 2016. Digital image, The Museum of Modern Art, New York / Scala, Florence **154** Blue Marine rug and E1027 side table by Eileen Gray, images supplied by Aram Designs Limited, holder of the worldwide licence for Eileen Gray Designs **155** © Christie's Images / Bridgeman Images **156** Bridgeman Images **157 t** Bridgeman Images **157 b** Getty Images **158** © 2016. Christie's Images, London / Scala, Florence **159** Bridgeman Images **160** Bridgeman Images **161** Alamy **162** © Victoria and Albert Museum, London. **163 b** Collection Het Nieuwe Instituut, archive(code): OUDJ, inv.nr.: ph1705, Copyright Pictoright **163 t** Getty Images **164** Getty Images **165** © Victoria and Albert Museum, London. **166** Alamy **167 t** Image Courtesy of The Advertising Archives **167 b** Cooper-Hewitt, Smithsonian Design, Museum / Art Resource, NY / Scala, Florence, 2297 **168** Alamy **169** Photo credits: Dorotheum Vienna, auction catalogue 4 November 2015 **170** Image courtesy of FontanaArte Spa **171** © 2016. DeAgostini Picture Library / Scala, Florence **172** Original patent application, 1935. This one relates to ex UK. **173 b** Anglepoise® Type 1228™, 2008. Image copyright Anglepoise **174** © 2016. Digital image, The Museum of Modern Art, New York / Scala, Florence **175** Modernity Stockholm **176** © 2016. Digital image, The Museum of Modern Art, New York / Scala, Florence **177 bl** © 2016. Digital image, The Museum of Modern Art, New York / Scala, Florence **177 br** © Victoria and Albert Museum, London. **178** © Victoria and Albert Museum, London. **179 t** / b Isokon Plus **180** Alamy **181** Getty Images **182** © Kameraprojekt Graz 2015 / Wikimedia Commons / CC-BY-SA-4.0 **183 bl**, br Getty Images **184, 185 c** Greg Milneck **185 b** Getty Images **186** © 2016. Digital image, The Museum of Modern Art, New York / Scala, Florence **187 c** © 2016. Digital image, The Museum of Modern Art, New York / Scala, Florence **187 b** Getty Images **188** Getty Images **189 t** Getty Images **189 b** Rex / Shutterstock

190 © Victoria and Albert Museum, London. **191** Getty Images **192** Getty Images **193t** Mary Evans Picture Library **193b** Wikipedia **194** Getty Images **195** Getty Images **196** © Victoria and Albert Museum, London. **197** Getty Images **198** Cooper-Hewitt, Smithsonian Design Museum / Art Resource, NY / Scala, Florence "**199bl** © 2016. Digital image, The Museum of Modern Art, New York / Scala, Florence" **199br** Getty Images **200** Alamy **201t** TBC **201b** © 2016. Digital image, The Museum of Modern Art, New York / Scala, Florence **202** © TfL from the London Transport Museum collection **203bl** © Victoria and Albert Museum, London. **203br** Getty Images **204** © 2016. Digital image, The Museum of Modern Art, New York / Scala, Florence **205r** Getty Images **206, 207t** Getty Images **207b** www.mad4wheels.com **208** © 2016. Digital image, The Museum of Modern Art, New York / Scala, Florence **209b** AKG Images **210** Rex / Shutterstock **211br** Image Courtesy of The Advertising Archives **211bl** The Picture Desk **212** © 2016. DeAgostini Picture Library / Scala, Florence **213b** © 2016. DeAgostini Picture Library / Scala, Florence **213t** Science & Society Picture Library **214** Getty Images **215** Getty Images **216**, 219 © IWM **217** Getty Images **218** Mary Evans Picture Library **220** © Victoria and Albert Museum, London. **221c** AP / Press Association Images **221b** © Victoria and Albert Museum, London. **244** © Victoria and Albert Museum, London. **255** AKG Images, © DACS 2016 **266** © 2016. Cooper-Hewitt, Smithsonian Design Museum / Art Resource, NY / Scala, Florence **227** AKG Images **228** Image courtesy of PP Møbler **229c** Getty Images **229b** Image courtesy of CARL HANSEN & SØN A / S **230** © Republic of Fritz Hansen 2016 **231t** © Christie's Images / Bridgeman Images **231b** © Republic of Fritz Hansen 2016 **232** © 2016. Digital image, The Museum of Modern Art, New York / Scala, Florence **233t** / b Louis Poulsen A / S **234** © Stig Lindberg / DACS 2016. **235b** Image courtesy of Phillip, www.phillips.com, © DACS 2016 **235t** © Victoria and Albert Museum, London. **236** © Victoria and Albert Museum, London. **237t** © Victoria and Albert Museum, London. **237b** © Victoria and Albert Museum, London. **238** AKG Images, © DACS 2016 **239t** Photo Rauno Träskelin, © DACS 2016 **239b** Tapio Wirkkala Rut Bryk Foundation, photographer Hans Hansen., © DACS 2016 **240** Bukowski Auctions, © Stig Lindberg / DACS 2016. **241t** SVENSK FORM **241b** AKG Images, © DACS 2016 **242** STRING FURNITURE AB **243bl** STRING FURNITURE AB **243br** Fritz von der Schulenburg / The Interior Archive **244** © 2016. Digital image, The Museum of Modern Art, New York / Scala, Florence **245l** Rex / Shutterstock **245r** Getty Images **246** © 2016. Digital image, The Museum of Modern Art, New York / Scala, Florence **247** © 2016. Digital image, The Museum of Modern Art, New York / Scala, Florence **248** © 2016. Digital image, The Museum of Modern Art, New York / Scala, Florence **249t** Getty Images **249b** Rex / Shutterstock **250** Alamy **251l** © Christie's Images / Bridgeman Images **251r** © 2016. Digital image, The Museum of Modern Art, New York / Scala, Florence **252** Rex / Shutterstock **253** Rex / Shutterstock **254** © Christie's Images / Bridgeman Images **255** © Victoria and Albert Museum, London **256** Vitra **257t** © Vitra Design Museum **257b** Getty Images, © Calder Foundation, New York / DACS London **258** TBC, © Stig Lindberg / DACS 2016. **259b** Bukowskis Auctions, © Stig Lindberg / DACS 2016 **259t** Rydboholms Textil AB, Scandinavian Design Online AB, © Stig Lindberg / DACS 2016. **260** Corbis **261t** © Victoria and Albert Museum, London. **261b** Getty Images **262** Alamy **263** © Victoria and Albert Museum, London. **264** © Victoria and Albert Museum, London. **265l** © 2016. Digital image, The Museum of Modern Art, New York / Scala, Florence **265r** © Victoria and Albert Museum, London. **266** Digital image, The Museum of Modern Art, New York / Scala, Florence , © DACS 2016. **267t** Image Courtesy of The Advertising Archives **267b** Digital image, The Museum of Modern Art, New York / Scala, Florence **268** Corbis **269b** AKG Images **270** © 2016. Digital image, The Museum of Modern Art, New York / Scala, Florence **271** TopFoto, © DACS 2016. **272** © 2016. Digital image, The Museum of Modern Art, New York / Scala, Florence **273t** Corbis **273b** © BRAUN P&G **274l** © 2016. Digital image, The Museum of Modern Art, New York / Scala, Florence **274r** © 2016. Digital image, The Museum of Modern Art, New York / Scala, Florence **275** © 2016. Cooper-Hewitt, Smithsonian Design Museum / Art Resource, NY / Scala, Florence **276** FontShop **277** Courtesy of American Airlines **278** Bridgeman Images **279** © Victoria and Albert Museum, London. **280** AKG Images, © The Isamu Noguchi Foundation and Garden Museum / ARS, New York and DACS, London 2016. **281** © The Isamu Noguchi Foundation and Garden Museum / ARS, New York and DACS, London 2016. **282** Getty Images **283** Flaminio Bertoni **284** © 2016. Digital image, The Museum of Modern Art, New York / Scala, Florence **285** © 2016. Digital image, The Museum of Modern Art, New York / Scala, Florence **286b** © Christie's Images / Bridgeman Images **286t** Bridgeman Images **287** Bridgeman Images, © The Isamu Noguchi Foundation and Garden Museum / ARS, New York and DACS, London 2016. **288** VITRA **289** © 2016. Christie's Images, London / Scala, Florence **290** © Bonhams, London, UK / Bridgeman Images **291b** Bridgeman **292** AKG Images, © ARS, NY and DACS, London 2016, Courtesy of Knoll, Inc **293** © 2016. Image copyright The Metropolitan Museum of Art / Art Resource / Scala, Florence **294** © 2016. Digital Image Museum Associates / LACMA / Art Resource NY / Scala, Florence, Courtesy of Knoll, Inc **295** Getty Images **296** © Victoria and Albert Museum, London. **297t** Image Courtesy of The Advertising Archives **297b** © 2016. Digital image, The Museum of Modern Art, New York / Scala, Florence **298** © 2016. Digital image, The Museum of Modern Art, New York / Scala, Florence **299l** © 2016. Digital image, The Museum of Modern Art, New York / Scala, Florence **299r** Superstock **300** Alamy **301** Image Courtesy of The Advertising Archives **302** Getty Images **303** Image Courtesy of The Advertising Archives **304** Alamy **305t** Getty Images **305b** London Records catalogue no. LL997 **306** Rex / Shutterstock **307** Rex / Shutterstock **308** Getty Images **309t** Image Courtesy of The Advertising Archives **309b** © Victoria and Albert Museum, London. **310** © 2016. Digital image, The Museum of Modern Art, New York / Scala, Florence **311l** Bridgeman Images **312r** Gibbs Smith Cover Archive **313** Getty Images **314** Getty Images **315t** Image Courtesy of The Advertising Archives **315b** Gale Family Library, Minnesota Historical Society **316** General Motors Media Archive **317** Rex / Shutterstock **318** Alamy **319t** Getty Image **319b** Alamy **320** Alamy **321** Alamy **322** Getty Images **323** Favcars.com **324** Alamy **325r** Alamy **325l** © 2016. Christie's Images, London / Scala, Florence **328** Alamy **329t** Corbis **329b** Image Courtesy of The Advertising Archives "**330** © 2016. Digital image, The Museum of Modern Art, New York / Scala, Florence" **331** Getty Images **332** Reproduced by permission of Penguin Books Ltd **333** © The Economist Newspaper Limited 2016. All rights reserved **334** © 2016. Digital image, The Museum of Modern Art, New York / Scala, Florence, © ADAGP, Paris and DACS, London 2016. **335bl** © 2016. Digital image, The Museum of Modern Art, New York / Scala, Florence, © ADAGP, Paris and DACS, London 2016. **335br** Image Courtesy of The Advertising Archives **336** Getty Images **337** Image Courtesy of The Advertising Archives **338** With permission by McDonald's **339** With permission by McDonald's **340** www.nycoffeecup.com **341t** Getty Images **341b** Bridgeman Images **342** © 2016. Digital image, The Museum of Modern Art, New York / Scala, Florence **343l** Corbis **343r** Image Courtesy of The Advertising Archives **344** Getty Images **345t** Image Courtesy of The Advertising Archives **345b** © 2016. Digital image, The Museum of Modern Art, New York / Scala, Florence **346** Alamy **347** Getty Images **348** © 2016. Digital image, The Museum of Modern Art, New York / Scala, Florence **349** Getty Images **350** ADELTA, eero-aarnio.com **351** © Victoria and Albert Museum, London. **352** VITRA **353** Verner Panton Design **354** Dwell Media **355** AKG Images **356** Fondazione studio museo Vico Magistretti **357** Fondazione studio museo Vico Magistretti **358** Verner Panton Design **359** Bridgeman Images **360** Ball Chair, design Eero Aarnio, ADELTA. **361** Getty Images **362** Alamy **363** Corbis **364** Alamy **365t** Getty Images **365b** © Victoria and Albert Museum, London. **366** Rex / Shutterstock **367l** Getty Image **367r** Rex / Shutterstock **368** Image courtesy of Marimekko **369l** / r Alamy **370** Alamy **371bl** © 2016. Digital image, The Museum of Modern Art, New York / Scala, Florence **372** Copyright Zanotta Spa - Italy - check against images **373t** © 2016. Digital image, The Museum of Modern Art, New York / Scala, Florence. Copyright Zanotta Spa **373b** Getty Images **374** Habitat **375** Alamy **376** Image courtesy of ©1stdibs, Inc. 2016 **377l** © Victoria and Albert Museum, London. **378** Habitat **379t** Habitat **379b** Alamy **380** Alamy **381t** Getty Images

381 b Rex / Shutterstock **382** Getty Images **383** Getty Images **384** Getty Images **385 b** Image Courtesy of The Advertising Archives **386** © Victoria and Albert Museum, London. **387** © Victoria and Albert Museum, London. **388** Laura Ashley **389 t** Image Courtesy of The Advertising Archives **389 b** Getty Images **390** © Toyota Motor Sales, U.S.A., Inc. **391 t** Alamy **391 b** Alamy **392** © 2016. Digital image, The Museum of Modern Art, New York / Scala, Florence **393** The credit for both pictures is Jacob Jensen Design A/S. **394** Courtesy of Richard Sapper Design, Photographs by Serge Libiszewski **395 bl** Courtesy of Richard Sapper Design **395 br** Artemide SpA, Photo Miro Zagnoli. **396** Italdesign, © Volkswagen AG **397** Rex / Shutterstock **398 l** © 2016. Digital image, The Museum of Modern Art, New York / Scala, Florence **398 r** © 2016. Digital image, The Museum of Modern Art, New York / Scala, Florence **399** Pentagram / John McConnell **400** Alamy, © Copyright IBM Corporation 1994, 2016. **401 bl** © Copyright IBM Corporation 1994, 2016. **401 br** Corbis **402** Estudio Mariscal **403 bl** Estudio Mariscal **403 br** Akg Images, © Succession Picasso / DACS, London 2016. **404** © 2016. Digital image, The Museum of Modern Art, New York / Scala, Florence **405 t** Alamy **405 b** Image Courtesy of The Advertising Archives **406** Copyright BRAUN P&G **407** © 2016. Digital image, The Museum of Modern Art, New York / Scala, Florence, Copyright BRAUN P&G **408** © Victoria and Albert Museum, London. **409** Image Courtesy of The Advertising Archives **410** Getty Images **411** Rex / Shutterstock **412** © 2016. Digital image, The Museum of Modern Art, New York / Scala, Florence **413** Getty Images **416** Tea & Coffee Piazza tea and coffee service in 925 / 1000 silver by Charles Jencks for Alessi **417 t** © 2016. Digital image, The Museum of Modern Art, New York / Scala, Florence **417 b** © 2016. Museum of Fine Arts, Boston. All rights reserved / Scala, Florence **418** © 2016. Image copyright The Metropolitan Museum of Art / Art Resource / Scala, Florence, © ADAGP, Paris and DACS, London 2016. **419** © 2016. Image copyright The Metropolitan Museum of Art / Art Resource / Scala, Florence, © ADAGP, Paris and DACS, London 2016. **420** 9093 kettle in 18 / 10 stainless steel mirror polished with handle and small bird-shaped whistle in PA, light blue by Michael Graves for Alessi **421 t** Tea & Coffee Piazza tea and coffee service in 925 / 1000 silver by Michael Graves for Alessi **421 b** TopFoto, 9091 kettle in 18 / 10 stainless steel mirror polished and melodic whistle in brass and handle in PA, black by Richard Sapper for Alessi **422** The Haçienda designed by Ben Kelly RDI **423 t** AKG Images **423 b** © Victoria and Albert Museum, London. **424** © 2016. Digital image, The Museum of Modern Art, New York / Scala, Florence **425** Bridgeman Images **426** Getty Images **427** © Copyright 2016, Martha Stewart Living Omnimedia, Inc. All rights reserved. **428** Alamy **429** Brody Associates **430** DigiBarn Computer Museum **431** Getty Images **432** © 2016 Microsoft **433** © 2016 Oculus VR, LLC **434** Courtesy of Richard Sapper Archive, Photo by Aldo Ballo **435 t** Lenovo UK & Ireland **435 b** © 2016. Digital image, The Museum of Modern Art, New York / Scala, Florence **436** Rex / Shutterstock **437 t** Bridgeman Images **437 b** © 2016. Digital image, The Museum of Modern Art, New York / Scala, Florence **438** Brompton Bicycle Ltd **439 t** Brompton Bicycle Ltd **439 b** Corbis **440** Smart Design. **441** Marjatta Sarpaneva **442** Alamy **443** Getty Images **444** Alamy **445 t** Images courtesy of Muji **445 b** ASPLUND, Photographer Louise Bilgert **446** © Victoria and Albert Museum, London. **447** © 2016. Digital image, The Museum of Modern Art, New York / Scala, Florence **448** PHOTO : Mario CARRIERI, Museum of Modern Art, New York, Centre Georges Pompidou, Paris, Vitra Design Museum, Weil Rhein, Germany, Museum fur Kunst und Gewerbe, Hamburg **449** (c) Ingo Maurer GmbH, Munich. **450** © Victoria and Albert Museum, London. **451** © Victoria and Albert Museum, London. **452** © Victoria and Albert Museum, London. **453 bl** Alamy **453 br** Photo Tamer Yilmaz. **454** (c) Ingo Maurer GmbH, Munich. **455 b** (c) Ingo Maurer GmbH, Munich. **455 c** Alamy **456** Art Director, Mr Keedy, designer, Shelley Stepp **457** Digital image, The Museum of Modern Art, New York / Scala, Florence **458** ALLEN HORI, DESIGNER **459 bl** Katherine McCoy © 1989 **459 br** MIT Media Lab **460** ©barnbrook / virusfonts **461 t** Emigre #19, 1991, Design by Rudy VanderLans, Template Gothic typeface by Barry Deck **461 b** ©barnbrook / virusfonts **462** With permission by David Carson **463** With permission by David Carson **464** © Christie's Images / Bridgeman Images **465** Bridgeman Images **466** © 2016. Digital image, The Museum of Modern Art, New York / Scala, Florence, Juicy Salif citrus-squeezer in aluminium casting mirror polished by Philippe Starck for Alessi **467 bl** TopFoto **467 br** Alamy **468** Quaglino's ashtray by Conran and Partners **469 t** Alamy **469 b** Alamy **470** Images courtesy of Droog, www.droog.com **471** Images courtesy of Droog, www.droog.com **472** Images courtesy of Droog, www.droog.com **473** Images courtesy of Droog, www.droog.com **476** Rex / Shutterstock **477** Alamy, Facebook © 2016 **478** Getty Images **479 bl** Carter & Cone Type Inc. **479 br** IKEA **480** © 2016 Microsoft **481** Alamy **482** © 2016 Microsoft **483** © 2016 Microsoft **484 b** Alamy **485 t** Getty Images **486** Rex / Shutterstock **487** Alamy **488** Alamy **489** Rex / Shutterstock **490** Amazon **491 t** Alamy **491 b** Getty Images **492** © 2016 Uber Technologies Inc. **493** Rex / Shutterstock **494** Michael Young Ltd. **495** AKG Images **496** Jasper Morrison Ltd, Photo Credit: Walter Gumiero **497** Rex / Shutterstock **498** © 2016. Digital image, The Museum of Modern Art, New York / Scala, Florence **499** Photo by by Gerhard Kellerman **500** © 2016. Photo The Philadelphia Museum of Art / Art Resource / Scala, Florence] **501 t** Bridgeman Images **501 b** Alamy **502** by Marcel Wanders, www.marcelwanders.com **504** © 2015 Oliva Iluminación. Todos Los Derechos Reservados. **505** Getty Images **506** WALLPAPER frocks by deborah bowness, Photo by Clare Richardson **507** Created by James Bullen. **508** Studio Tord Boontje **509** Bridgeman Images **510** Glasgow Toile by Timorous Beasties **511 b** Glasgow Toile by Timorous Beasties **511 t** Corbis **512** Tracy Kendall Wallpaper **513 b** Photo by Erika Wall **513 t** Claire Norcross © 2016. All Rights Reserved. **514** Maarten Baas, www.maartenbaas.com, Photo: Frank Tielemans **515** Maarten Baas, www.maartenbaas.com, Photo: Bas Princen **516** Sotheby's **517** © 2016. Digital image, The Museum of Modern Art, New York / Scala, Florence **518** Courtesy of Martino Gamper **519** Corbis **520** Photoshot **521 t** Alamy **521 b** Image supplied by Ecosan South Africa - www.ecosan.co.za **522** Courtesy of fuseproject **523** Courtesy of fuseproject **524** Getty Images **525 t** Getty Images **525 b** Getty Images **526** Alamy **527** Alamy **528** Courtesy of nendo inc **529** Getty Images **529 b** Manufactum Ltd. **530** Alamy **531** Rex / Shutterstock **532** Rex / Shutterstock **533** Alamy **534** © Roberts Radio **535 t** Alamy **535 b** Getty Images **536** Reproduced by permission of Penguin Books Ltd. **537** Reproduced by permission of Penguin Books Ltd. **538** Alamy **539** AKG Images **540** © 2016 Marc Newson Ltd **541 c** Getty Images **541 b** © 2016 Marc Newson Ltd **542** Alamy **543 c** Getty Images **543 b** Alamy **544** Corbis **545 t** © Victoria and Albert Museum, London. **545 b** Janne Kyttanen © Materialise **546** Image courtesy of Adrian Sassoon, London **547 l** Image courtesy of Adrian Sassoon, London **547 r** Image courtesy of Adrian Sassoon, London **548** Olaf Diegel, ODD Guitars **549** Thomas Tetu - lesimagesdetom.fr **550** Reuters **551** Corbis **551** Lori K. Sanders / Lewis Lab, Wyss Institute at Harvard University